मेरा आजीवन कारावास

AF632325

मेरा आजीवन कारावास

विनायक दामोदर सावरकर

प्र
प्रभात प्रकाशन

आभार • स्वातंत्र्यवीर सावरकर राष्ट्रीय स्मारक
252 स्वातंत्र्यवीर सावरकर मार्ग
शिवाजी उद्यान, दादर, मुंबई-28

प्रकाशक
प्रभात प्रकाशन प्रा. लि.
4/19 आसफ अली रोड, नई दिल्ली-110002
फोन : 23289777 • हेल्पलाइन नं. : 7827007777
इ-मेल : prabhatbooks@gmail.com ❖ वेब ठिकाना : www.prabhatbooks.com

संस्करण
2026

© सात्यकि सावरकर

पेपरबैक मूल्य
आठ सौ रुपए

मुद्रक
नरुला प्रिंटर्स, दिल्ली

MERA AAJEEVAN KARAVAS
by Swatantrayaveer Vinayak Damodar Savarkar

Published by **PRABHAT PRAKASHAN PVT. LTD.**
4/19 Asaf Ali Road, New Delhi-110002
in arrangement with Rupa Books

ISBN 978-93-5322-958-0

₹ 800.00 (PB)

अनुक्रम

प्रास्ताविक

स्वजनस्य हि दुःखमग्रतो।
विवृत्तद्वारमिवोप जायते॥

—कालिदास

हमारे अंदमानवाले वृत्तांत तथा वहाँ बंदीवास को निभाते समय भुगतनी पड़ी यातनाओं की कहानी सुनने के लिए न केवल महाराष्ट्र में अपितु समूचे हिंदुस्थान में हमारे हजारों देशबंधुओं ने सहानुभूतिपूर्ण उत्सुकता आज तक समय-समय पर प्रकट की है। उसपर भी, जिन सुख-दुःखों को हमने भुगत लिया, उनका निवेदन सुहृदों से करते समय समान वेदनाओं से जनित आँसुओं के कारण स्निग्ध होनेवाले मधुर आनंद का अनुभव करने के लिए हमारा हृदय हमारी मुक्तता के क्षणों से स्वाभाविक ही व्याकुल होता आया है।

फिर भी आज तक अंदमान की कहानी होंठों तक पहुँचने पर भी किसी तरह होंठों से बाहर नहीं निकल रही थी। अंधकार में बढ़नेवाली किसी कँटीली पुष्पलता की भाँति उन अँधियारे दिनों की याद उजियारे को देखते ही सूखने लगती, भौचक्का हो जाती।

कभी लगता था, क्या बताने के उद्देश्य से वह सब भुगत लिया था? तो फिर उसे निद्रा अभिनय ही कहना चाहिए। कभी लगता था, हमें जो यातनाएँ भुगतनी पड़ीं उन यातनाओं को भुगतते-भुगतते जो लोग उन यातनाओं के शिकार हो गए, उनको तो घर लौटकर प्रियजनों को अपने वे सुख-दुःख बताने का भी संतोष नहीं प्राप्त हुआ। वे साथी आज हमारे बीच नहीं हैं, जिनके साथ तप की जलन को सह लिया था, उनको छोड़कर समारोह की दावत के पकवान अकेले ही कैसे खाएँ? क्या यह उनके साथ प्रताड़ना नहीं होगी?

और हम जैसे कतिपय मनुष्यों पर आज तक ऐसे विकट संकटों का सामना करनेवाले आह्वान आ गिरे हैं और अभी भी इसी प्रकार के अथवा इससे भी भयानक आह्वान आ गिरनेवाले हैं। इस जीवन-कलह के नगाड़े के कोलाहल के बीच हम अपनी

इतनी सी हलगी क्यों बजाते रहें ?

दु:ख के गले में आक्रोश का ढोल तो कुदरत ने ही लटका दिया है, ताकि उसे बजाकर वह अपना यथासंभव मनोरंजन कर सके। बाज ने निशाना लगाते ही विवश हो उसकी चोंच के अंदर ही फँसा हुआ पंछी—सहायता की लेशमात्र आशा न होते हुए भी—जो स्वाभाविक चीख निकालता है, उस चीख से लेकर, नेपोलियन का शव सेंट हेलिना से पेरिस जिस दिन लाया गया, उस दिन एक पूरा-का-पूरा राष्ट्र अपने ध्वजों को झुकाए, अपने हजारों वाद्यों से हजारों शोक-स्वर तथा विरह गीतों को गाते हुए दु:ख और आक्रोश का जो प्रकटीकरण कर रहा था—उस आक्रोश तक, उस राष्ट्रीय स्फूर्तिगान तक, जितना भी प्राणिसृष्टि का आक्रोश है, उतना सब अपने-अपने दु:ख को सर्वज्ञात करने में मग्न होता है। आक्रोश दु:ख का स्वभाव ही है, सो इस अनंत अंतराल में जो अनंत चीखें अपने-अपने दु:ख का बोझ हलका करती हुई विचरण कर रही हैं, उनके मध्य मेरा दु:ख भी अभिव्यक्ति की साँस क्यों न छोड़े ? इस अनंत अंतराल में मेरे भी आक्रोश के लिए स्थान होगा! ऐसा सोचकर प्रवृत्ति कभी-कभी दु:ख को एकबारगी निगलने के लिए तैयार हो जाती थी, परंतु तभी परिस्थिति उसके पाँव खींचकर उसे पीछे ढकेल देती थी।

हमारी सद्य:कालीन परिस्थिति में, हमारे अंदमानवाले अनुभव में जो कुछ बतलाने लायक है, वही विशेष रूप में बताया नहीं जा सकता। परिस्थिति की परिधि में जो बताया जा सकता है, वह बिलकुल ऊपरी सतह का, खोखला तथा अपेक्षाकृत क्षुद्र लगता हुआ, कहने में कोई रुचि नहीं और जो कहने लायक लगता है, उसे परिस्थिति कहने नहीं देती। ऐसी अवस्था में कुछ भी बताते हुए कथ्य का चित्र रंगहीन तथा सत्त्वहीन कर देने की अपेक्षा अभी कुछ भी न बताएँ। जब वह दिन आ जाएगा कि सारी गूढ़ आकांक्षाएँ अभिव्यक्त हो सकें, सारी मूक भावनाएँ खुलेआम बातें कर सकें, उस दिन जो कुछ कहना है, यथा प्रमाण कह देंगे। यदि ऐसा दिन इस जिंदगी के दौरान निकलकर नहीं आया, तो नहीं कहेंगे। यदि उस वृत्तांत को जगत् ने नहीं सुना तो उस वजह से उसका महत्त्व तो कम नहीं होगा अथवा उसकी तीव्रता कम नहीं होगी, अथवा इस विश्व की विराट् दिनचर्या में वह सब अनसुना रहने के कारण कोई बड़ी रुकावट आनेवाली है, ऐसा भी नहीं। ऐसी हमारी सोच थी।

चित्त की ऐसी दोलायमान अवस्था में आज तक अंदमान के हमारे संस्मरण हमारे प्रिय बंधुओं को सुनाने का काम वैसा ही रह गया। हमारे बाद अंदमान आकर हमारे पहले जो मुक्त हुए थे, ऐसे कतिपय राजनीतिक बंदियों ने अपने-अपने अनुभवों को प्रसिद्ध किया—ऐसा हमने देखा। अन्यत्र भी वर्ष अथवा छह महीनों के लिए जो कारागृह में बंद थे, ऐसे लोगों ने भी उनके अनुभवों तथा उनकी यातनाओं की कहानी को समय-समय

पर प्रसिद्ध किया और हमने उसे पढ़ लिया। परंतु ऐसे आत्म-स्मृति कथन में आत्म-श्लाघा की जो गंध अनिवार्य रूप में आ जाती है, वह हमारे मन को पुनः-पुनः सकुचाया करती थी और प्रियजनों के पास अपने सुख-दुःखों को खुले मन से कह डालने की स्वाभाविक प्रवृत्ति गत तथा जिस संकटों के पराभव की कहानी बतलाने का आनंद अनुभव करने के लिए अत्यंत उत्सुक होने पर भी परिस्थिति पुनः-पुनः मार्ग अवरुद्ध कर देती थी।

तथापि, जो कुछ भी आधा-अधूरा अथवा अल्प-स्वल्प सद्यःकालीन परिस्थिति की परिधि में बतलाने लायक होगा, उसे तो आपको कह देना ही होगा, हमें वह भी सुनने लायक लगनेवाला है, इस प्रकार का अत्यंत उत्सुक, निष्पाप तथा प्रेमयुक्त आग्रह विख्यात प्रकाशन मंडलियों से लेकर पाठशाला के बच्चों तक, सभी ओर से हमें अभी भी लगातार होते रहते हैं। इस कारण ऐसे आग्रह का अब सम्मान न करना एक तरफ से विनय का अतिरेक करके सार्वजनिक मनोभंग करना होगा, ऐसा हमें लगने लगा है। ऐसी स्थिति में जो कुछ बतलाया जा सके, वह हमारा अंदमान का वृत्तांत है—यह कह देने का निश्चय हमने किया है। सुसंगत वृत्तांत-कथन असंभव है, यह तो जाहिर है। अतः जो कुछ संक्षिप्त, टूटे-फूटे तथा संबंधविहीन संस्मरण हम बता सकेंगे, उन्हीं के प्रति पाठक संतोष मान लें और उनके बीच जो विसंगतियाँ अथवा अस्पष्टता होगी, उसे परिस्थिति का दोष मानकर कुछ दिनों के लिए क्षमा कर दें।

हम जानते हैं कि ऐसे वृत्तांत का सार्वजनिक उपयोग बहुत बड़ा है; परंतु केवल वृत्तांत से अधिक ऐसी दुर्घट परिस्थिति में उदित विचारों, विकारों तथा भावनाओं का इतिहास विशेष मनोरंजक होने के साथ-साथ बोधप्रद भी होने के कारण हम इन संस्मरणों में उसे अधिक महत्त्व देनेवाले हैं; परंतु चूँकि ये संस्मरण त्रुटित हैं और भावनाओं का वह इतिहास अस्पष्ट, सूचक तथा हलके-हलके रूप में ही बताना बेहतर होगा। अतः जब तक संपूर्ण तथा सुसंगत कथन प्रसिद्ध नहीं होता, पाठक हमारे अंदमान स्थित जीवन के बारे में कुछ भी साधारण धारणा न बनाएँ। यद्यपि इन संस्मरणों में सारी बातें कहना संभव नहीं है, फिर भी जो कुछ बताया जाएगा उसे अक्षरशः तथा भावार्थशः यथातथ्य बताने का यत्न अवश्य किया जाएगा। इस ग्रंथ में विचारों, भावनाओं तथा घटनाओं का जो वर्णन आएगा, वह सब उस समय उद्भूत विचार-भावनाओं का निदर्शक होगा और आज उसे मात्र ऐतिहासिक रूप में ही पढ़ा जाए, ऐसी लेखक की इच्छा है।

—वि. दा. सावरकर

पूर्वार्ध

प्रकरण–१

बंबई स्थित डोंगरी का कारागृह

''आप पर पचास वर्ष के कालेपानी का दंड लागू हो गया है। हेग* के अंतरराष्ट्रीय न्यायालय ने कहा है कि 'अंग्रेजों को आपको फ्रांस के हाथों सौंपना ही चाहिए था।' ऐसा कठोर निर्णय नहीं दिया जा सकता है।'' मुझे···ने कहा।

''ठीक है, मैं कभी हेग के भरोसे रहा ही नहीं था। परंतु क्या मुझे हेग का निर्णय देखने को मिलेगा?''

''यह मेरे वश में नहीं है। आपके लिए जो संभव है, वह मैं करूँगा। फिर भी हम अजनबियों को भी विह्वल करनेवाला समाचार आपने जिस धीरज से सुना, वह मेरी सहायता पर निर्भर रहेगा, ऐसा मुझे नहीं लगता।'' वे सज्जन छटपटाते हुए बोले।

''ऐसा थोड़े ही है कि यह या इस तरह के समाचार मुझे भयंकर नहीं लगते, परंतु पहले से ही समझ–बूझकर इस संकट का सामना करने के संकल्प से भरे होने के कारण हमारा मन कठोर हो गया है। यदि आप भी मेरी स्थिति में होते तो इसी विवेक के बल पर ऐसा ही धीरज रख पाते। आपकी सहायता के प्रति मैं आभारी हूँ।''

इतने में किसी के आने की आहट हुई। वह सज्जन झट से मेरी कोठरी के आगे से निकल दूसरी दिशा की ओर अपने काम से चलते बने। मैं अपनी कोठरी में पीछे सरककर खड़ा रहा। मन में शब्द गूँज रहे थे—'पचास वर्ष'।

तभी वे लोग आ गए, जिनके आने की आवाज आई थी। अधिकारी ने द्वार खोलकर मुझे भोजन परोसवाया। हेग का निर्णय आने तक मुझे बंदियों का भोजन या वेश नहीं दिया गया था; क्योंकि कदाचित् तब तक सरकारी आदेश नहीं आया होगा। भोजन करते समय मैंने हेतुपूर्वक ही अच्छे पदार्थ नहीं खाए तो अधिकारी ने पूछा, ''क्यों, राव साहब, आज खाते क्यों नहीं?''

''खा तो रहा हूँ, परंतु वही व्यंजन खा रहा हूँ जो सभी बंदियों को मिलते हैं।

---

* यह निर्णय २४ फरवरी के दिन घोषित किया गया।

कौन जाने, कल उन्हीं बंदियों के साथ मुझे भी काम करने जाना पड़े, कहा नहीं जा सकता। सदन्न कभी मिलेगा, कभी नहीं। हाँ, परंतु कदन्न तो सदैव साथ होगा। उससे मित्रता चिरकाल तक उपयोगी होगी।'' मैंने हँसते हुए कहा।

अधिकारी ने उतावलेपन से कहा, ''नहीं-नहीं, ऐसा कभी नहीं होगा। आप फ्रांस लौट जाएँगे, ऐसा आदेश भी आ चुका है, ऐसा मैंने सुना है। आप बंदियों में काम करेंगे? राव साहब, ईश्वर ऐसा कभी नहीं करेगा।''

इतने में एक सिपाही भागता हुआ आया और बोला, ''हवलदारजी, साहब आता है!''

धड़ाम से दरवाजा बंद हो गया। भोजन परोसते हुए वे लोग आगे निकल गए। सुपरिंटेंडेंट आया और नियमानुसार परंतु सहानुभूतिपूर्ण शब्दों में मुझसे बोला, ''आगे से आपको बंदी के कपड़े तथा अन्न मिलेगा। आपका पचास वर्ष का दंड आज से लागू हो गया है।''

मैं उठा, अपने घरेलू कपड़े उतार दिए। बंदी के कपड़े ले लिये और पहनने लगा। मन काँप गया। ये वस्त्र—बंदी के वस्त्र, जो आज शरीर पर चढ़ रहे हैं—अब फिर कभी उतरनेवाले नहीं हैं। इन्हीं कपड़ों में मेरी अरथी निकलेगी। धुँधले से विचार···किंतु मन उदास सा हो गया। सुपरिंटेंडेंट यूँ ही कुछ इधर-उधर की बात कर रहा था। उसके संवाद में मन को बलात् उलझाया।

इतने में सिपाही ने एक लोहे का बिल्ला लाकर हाथ में दिया। यही वह 'क्रमांक' है जो प्रत्येक बंदी की छाती पर झूलता है। उस बिल्ले पर बंदी की मुक्ति का दिनांक अंकित होता है। मेरा मुक्ति दिनांक! मुझे मुक्ति भी है क्या? मृत्यु ही मेरी मुक्ति का दिनांक है। कुछ जिज्ञासा, कुछ निराशा, कुछ विनोदमिश्रित भाव से मैंने उस बिल्ले की ओर देखा। मुक्ति का वर्ष था—सन् १९६०। पल भर के लिए उसका कुछ भी अर्थ उजागर नहीं हुआ। पल-दो पल में ही उसमें निहित भयंकर अर्थ उजागर हो गया। दंड सन् १९१० में और मुक्ति सन् १९६० में!

···ने निर्मम व्यंग्य से कहा, ''कोई चिंता नहीं। दयालु सरकार आपको सन् १९६० में अवश्य मुक्त कर देगी।''

मैंने उपहास में कहा, ''परंतु मृत्यु अधिक दयालु है। उसने मुझे इसके पूर्व ही मुक्त कर दिया तो?'' दोनों ही हँसे। वह सहज हँसा और मैं प्रयत्नपूर्वक हँसा। सुपरिंटेंडेंट कुछ और चर्चा के बाद चला गया। सब लोग चले गए। मैं नीचे बैठा। शेष रहे हम दोनों—मैं और मेरा दंड। अकेले उस उदास कोठरी में एक-दूसरे का सामना करते हुए, एक-दूसरे का मुँह देखते हुए।

इसके आगे उस दिन की कहानी तथा हृदय में मची खलबली हमने 'सप्तर्षि'*

---

* यह ५१४ पंक्तियों की कविता 'सावरकर समग्र साहित्य' में सातवें खंड में प्रकाशित की गई है।

कविता के पूर्वार्ध में उसी पुस्तक में प्रकाशित की है।

दूसरा दिन

"पौ फट गई है।" जमादार ने आकर कहा, "यद्यपि आपकी सजा प्रारंभ हो गई है तथापि आपको पूर्व की भाँति ही प्रातः व्यायाम के लिए सैर करने नीचे लाया जाए, साहब ने कहा है।"

मैं व्यायाम के लिए नीचे उतरा तो इधर मेरी कोठरी की खोज-खोजकर तलाशी ली गई। मेरी सारी पुस्तकें तथा मेरा सामान नीचे ले जाया गया। सिपाहियों के पहरे में डोंगरी जेल के मध्य चौक में मैं धीरे-धीरे टहल रहा था। अब मेरे बैरिस्टरी वस्त्रों के स्थान पर वे खुरदरे मोटे वस्त्र थे जो साधारण बंदी के शरीर पर होते हैं। इन वस्त्रों में बैरिस्टर कैसे लगते हैं—इस कौतूहल से बहुतेरे और वास्तविक संवेदना से थोड़े—अनेक लोग रुग्णालय से, रास्ते से, खिड़कियों से, किसी-न-किसी काम के बहाने वहाँ आते-जाते मुझे देख रहे थे। डोंगरी* का कारागृह मध्य बस्ती में है—ऐसा लगता है, क्योंकि आस-पास थोड़ी दूर पर ऊँची-ऊँची इमारतें तथा घर दिखाई देते हैं। उधर व्यायाम करते समय उन इमारतों और खिड़कियों के पास स्त्री-पुरुषों की भीड़ लग जाती और वे तब तक आपस में खुसर-पुसर करते रहते जब तक मैं अपना व्यायाम समाप्त कर वहाँ से चला नहीं जाता। पुलिस की आँख बचाकर मैं भी कभी-कभी उनके प्रणाम स्वीकार कर प्रति-प्रणाम करता। मन में उनका वह पूज्यभाव देखकर कभी अच्छा लगता, पर कभी···ऐसे विचार आते। एक दिन मुझे सामने के घर के एक निवासी को पुलिस द्वारा धमकाने का समाचार मिला।

मेरे कारण दूसरों को कष्ट न हो, इसलिए तब मैं यथासंभव आँखें नीची करके टहलता था। इस व्यायाम के समय मुँह से योगसूत्र का पाठ करता और इसके पश्चात् उसके एक-एक सूत्र पर विचार करते हुए उसकी छानबीन करता। आज भी नित्य क्रमानुसार इसी तरह के विचारों में उलझा हुआ मैं व्यायाम कर रहा था। इतने में एक हवलदार ने—जिसे मेरे लिए ही नियुक्त किया गया था—बताया, "समय पूरा हो गया है, चलिए।" मैं सीढ़ियाँ चढ़ता ऊपर अपनी कोठरी में आ गया। परंतु जो विचार कर रहा था उसीमें उलझा होने से वैसे ही बैठा रहा। उस निमग्नता में काफी समय व्यतीत हुआ कि पुनः दरवाजा खड़का और हवलदार ने भीतर प्रवेश किया। उसके साथ एक बंदी था, जिसके सिर पर एक गठरी थी। सोचते-सोचते मेरा चित्त शांत हो गया और मैं पल भर के लिए उसी तरह आँखें खोले निश्चिंत बैठा रहा। इसे देख हवलदार ने कहा,

---

* यह बंदीगृह बंबई में ही डोंगरी उमरखाड़ी इलाके में था। अब इस कारागृह में दो से सोलह वर्ष के अपराधी बच्चों को सुधार के लिए रखा जाता है।

"राव साहब, चिंता मत करो। ईश्वर आपके ये दिन भी पार करेगा। आप पर पड़े संकट का भगवान् साक्षी है। मेरे परिवार के लोगों की भी आँखें भर आईं। परंतु मैंने गर्व से सभी को आश्वस्त किया कि इस संकट में भी वे नहीं डगमगाएँगे। फिर यह क्या? आप चिंता मत कीजिए।"

उसके इस सद्भावनापूर्वक समझाने का परिणाम एकदम विपरीत हुआ। चिंता करने लायक कुछ घटित हुआ है, इसका मुझे स्पष्ट स्मरण हो गया। मन में एक चुभन सी हुई। मैंने पूछा, "यह बोझा किसलिए?" हवलदार ने हँसने की चेष्टा करते हुए कहा, "कुछ नहीं, बस यूँ ही। कानूनी तौर पर कुछ-न-कुछ काम तो देना ही है। आपसे जितना बने कीजिए, उसकी कोई चिंता नहीं है।"

उसने उस बोझे को नीचे उतारा। उसे खोला और उसके टुकड़े-टुकड़े किए। फिर मुझे दिखाया कि किस तरह उसे ठोक-धुनककर उसकी रस्सी बनाई जाती है।

तो फिर यह है—सश्रम कारावास।

जगत् का पिष्टपेषण

हूँ—चलो, करो इसका सामना। बस, नारियल की जटाएँ ही तो कूटनी हैं न! हाँ रे, पागल मनुआ! भला इसमें ओछापन कैसा? इससे क्या जीवन व्यर्थ जाता है? भई, जीवन स्वयं ही एक पिष्टपेषण है। पंचमहाभूतों को निचोड़, बटकर जीवन की यह रस्सी बटनी है, बार-बार तंतुओं को लंबा करते रहना और अंत में मृत्यु के मोगरे से कूटकर पुनः जटाएँ बनाकर पंचमहाभूतों के ढेर में उन्हें मिला देना।

प्रातः के पश्चात् संध्या, संध्या के पश्चात् पुनः सवेरा—सभी पिष्टपेषण। वनस्पति खा-खाकर जीना, जीते-जीते मर जाना, मरते ही उस अस्थि-मांस को वनस्पति खा जाए—सभी पिष्टपेषण। तेजोमेधा की सूर्यमाला, सूर्यमाला की पृथ्वी, इस धरा के किसी पुच्छल तारे से टकराने भर की देरी है कि पुनः तेजोमेध—सभी निरर्थक! उसी प्रकार उसी का और उसी के एक आवश्यक एवं अपरिहार्य अटल हिस्से के रूप में बनी-बनाई बँधी हुई रस्सी खोलकर उसे कूटना—यह है हमारा पिष्टपेषण। यदि वह महान् पिष्टपेषण महत्त्वपूर्ण हो, कुछ अहमियत रखता हो, यदि उसमें जीवन निरर्थक न हो, तो यह भी एक छोटा सा पिष्टपेषण कर्तव्य ही है, क्योंकि उस महान् पिष्टपेषण का यह भी एक अपरिहार्य अंग है। कारण वह घट रहा है।

मैं जटाओं को कूटने लगा। हवलदार और वह बंदी यह देखने वहीं खड़े रहे कि मैं यह काम कर सकता हूँ या नहीं, और मेरा मन बहलाने के लिए वे इधर-उधर की गप्पें हाँकने लगे—

''महाराज, आपको यह ज्ञात नहीं होगा, जब तिलक* और आगरकर को दंड हुआ था तब उन्हें इसी कोठरी में रखा गया था। वे जब आपस में बहस करते तब जोर-जोर से बोलने लगते। तब कभी-कभी उन्हें चेतावनी देनी पड़ती कि धीरे बोलो।''

''पर वे आपकी बात सुनते थे या उलटे आप पर ही नाराज होते थे?''

''बहस के आवेश में उसके खंडित होने से वे तनिक झुँझलाते, पर फिर धीमी आवाज में बतियाने लगते अथवा चुप हो जाते। और वे वाई के पत्रकार—हाँ-हाँ, वही जो आप कह रहे हैं—वृद्ध लेले—जो कुबड़े थे, वे भी यहीं पर साधारण बंदी थे। उनकी बुद्धि बड़ी कल्पनाशील थी। इधर खटमलों की भरमार हो गई थी। लेले बहुत झुँझलाते। एक दिन उस ब्राह्मण ने क्या किया कि साधारण बंदी होने के कारण उन्हें यहाँ जो घरेलू वस्त्र मिलते, उन्होंने उनमें से एक महीन परंतु सघन चादर निकाली और वे उसकी, जैसे तकिये की बनाते हैं, आच्छादन की खोल सीने लगे। हमने यूँ ही पूछा, 'शास्त्रीजी, यह क्या सिलाई कर रहे हैं? साहब बिगड़ेगा।' उन्होंने कहा, 'ठहरो जरा और देखते जाओ, मैंने इन खटमलों के लिए एक रामबाण औषधि ढूँढ़ निकाली है। आपको भी देता हूँ।' चंद घंटों में खोल तैयार हो गई और देखते-देखते वह बामन उसमें घुस गया। केवल आँख-नाक के छेद खुले रहे। बाकी सर से पाँव तक वह उस थैली में घुस गया, जैसे वह कोई गद्दी हो; और अंदर से उसके बंद खींचकर महाशय शाम होते ही जो लंबी तानकर सोए तो तब उठे जब हमने ही सवेरे दरवाजा खटखटाया। तब से मजाल है कि एक खटमल ने कभी उन्हें सताया हो। दिन में उस थैली को उलटी करके वे उसे धूप में रखते और रात में उसमें घुसकर खर्राटे भरते।''

''तिलक, आगरकर के साथ वे यहाँ थे, उसके बाद भी कभी इधर रहे क्या?''

''जी हाँ, रहे थे, परंतु उस समय उनपर कड़ा पहरा रखा गया था। वे इसी कोठरी में थे। एक दिन खटमलों ने उनका लहू चूस-चूसकर रात भर उनकी नींद हराम कर दी। मैंने सवेरे द्वार खोला, देखा तो तिलक खटमलों का शिकार करने में व्यस्त हैं। मैंने पूछा, 'क्यों महाराज, ठीक तो हैं न आप!' वे शांति के साथ मुसकराते हुए बोले, 'ठीक तो हूँ जमादार, केवल कल रात भर आँख नहीं लगी। तनिक भीतर तो आइए, देखिए आपके ये पालतू कीड़े।' मैंने देखा, तो खटमलों की पंक्तियाँ भीत पर जा रही थी। 'परंतु तात्या साहब, यह जो राजनीतिक कार्य आपने हाथ में लिया है, वह सफल होगा क्या?' ''

हवलदार आदि लोग चले गए। पुनः मैं और मेरा दंड दोनों आमने-सामने एक-दूसरे से परिचित होने के लिए खड़े रहे।

यह परिचय पूरा होता गया। अब कोई संदेह शेष नहीं रहा। आशा नहीं थी,

---

* इस कोठरी में अब लोकमान्य तिलक का चित्र रखकर वहाँ उनका स्मारक बनाया गया है।

तथापि यह संभावना थी—कदाचित् हेग के निर्णय से मुक्ति संभव हो—पर अब वह समाप्त हो गई। अब यह निश्चित है कि संपूर्ण जीवन इसी तरह की किसी कोठरी में सड़ता रहेगा। तो फिर ? इसका भी सामना करना होगा, और क्या ?

वही होगा जो प्रतिकूल है

मेरे इस कष्टमय हेतुपूर्वक स्वयं पर गिराए गए संकट रूपी पर्वत के नीचे पिसते जीवन में यदि कोई एक नियम अतिशय कटु परंतु हितसाधक सिद्ध हुआ है, तो वह यह कि सदैव वही होगा जो प्रतिकूल हो। उसका डटकर सामना करने के लिए मानसिक तैयारी करना।

जिन-जिन व्यक्तियों का जन्म अत्यंत विपरीत देश, काल और परिस्थिति में हुआ हो, फिर भी जो उससे भयंकर संघर्ष कर, उसे पराजित कर, उसकी छाती पर खड़े होकर किसी नवयुग का, किसी महान् ध्येय का सुप्रभात देखना चाहते हों, उन्हें 'प्रतिकूल ही बहुधा घटित होगा', यह गृहीत कर उसका सामना करना चाहिए। उन्हें नियम से हलाहल पीना ही चाहिए। ऐसा दृढ़ निश्चय करके कि प्रतिकूल ही होगा और मैं अपने प्राणों की बाजी लगाकर उसका सामना करूँगा। यदि कदाचित् अनुकूल बात हुई तो उसमें इतनी भी हानि नहीं होगी, प्रत्युत अनुकूलता का वह आनंद द्विगुणित होता है। हाँ, यदि मन में यही आस, यही लालसा रही कि जो अनुकूल है वही होना चाहिए और कुछ प्रतिकूल हो जाए, इस असहाय पीढ़ी में जन्म लेनेवालों के जीवन में यही अधिक संभव है, तो फिर अचानक टूटे निराशाओं के इस पहाड़ के नीचे हमारा धीरज, साहस चूर-चूर हुए बिना नहीं रहेगा। सिद्धि के मानस सरोवर में क्रीड़ा करना जिस पीढ़ी का अहोभाग्य हो, राजहंस सुखपूर्वक मुक्ताफलों का भोजन करके विषतंतुओं का जलपान करे। परंतु जिस पीढ़ी को प्रयासों के मृत सरोवर के विषाक्त प्रदेश से मार्ग का अतिक्रमण करना हो, उसे प्रतिकूलता रूपी लोहे के चने चबाकर उन्हें हजम करने का अभ्यास करना ही होगा।

दारुण आघात

परंतु जो प्रतिकूल है वही घटित होगा, यह मानकर चलने की थोड़ी आदत और शक्तिवाले मेरे मन पर एकाएक इतना भयंकर आघात हुआ कि मूर्च्छा आ जाए। मैं जब लंदन में पकड़ा गया था[१] तभी मैंने समझ लिया था कि अंदमान में पच्चीस साल गुजारने पड़ेंगे। मार्सेलिसस में मैं फिर से तब पकड़ा गया[२] जब सारा शिक्षित जगत् कह रहा था

१. १५ मार्च, १९१०

२. ८ जुलाई, १९१०

कि मुझे फ्रांस को लौटा दिया जाएगा—ऐसा वे निश्चितता से कह रहे थे—फिर भी मैंने मान लिया था कि अधिकतर फाँसी चढ़ना होगा। परंतु अंत में दोनों ही निराशाओं को झुठलाकर एक तीसरी निराशा अचानक आ धमकी, जो एक प्रकार से इन दोनों से भी महाभयंकर थी—पचास वर्ष का दंड[1]। इस तरह की उदास, एकांत कोठरी में अकेले जीवन गुजारना—अकेले एक-एक घंटा गिनते हुए जीवन बिताना! ठीक है—यही होगा।

'हेग' का निर्णय होने से पहले ही पच्चीस वर्ष कैसे निकालूँगा, इसका एक मनोमय चित्र बनाया था। उसमें जो माप निश्चित किया था अब वही दुगुना करना है। इन पच्चीस वर्षों में इस असहाय, नि:साधन तथा निरुत्साही विजन बंदीवास में भला ऐसा कौन सा कर्म किया जा सकता है, जिसके अर्पण द्वारा मातृभूमि का ऋण अल्प, स्वल्प मात्रा में ही क्यों न हो, हलका हो और मानवजाति की कुछ विशेष सेवा हो सके। राले से लेकर क्युरोपॉटकिन तक अनेक महान् बंदियों के चरित्रों का स्मरण करके देखा। उस लेखक को, जिसने 'पिलग्रिम्स प्रोग्रेस' लिखा—लेखन-सामग्री मिलती थी। मुझे पेंसिल का आधा इंच टुकड़ा पास रखना भी मना था। फिर स्टेड सरीखे बंदी की तरह उन विषयों पर लेख लिखने का नाम ही नहीं लेना चाहिए, जिन्हें अखबारों में निरुपद्रवी समझा जाता था। उस कोठरी में, जिसमें मुझे रखा गया था, पंछी तक पर नहीं मार सकता था, फिर प्रचार की बात ही क्या करना! कागज का टुकड़ा रखना भी जहाँ अपराध समझा जाता हो, वहाँ लेखन! कलम घिसना सर्वथा असंभव ही था। स्वयं ही पठन द्वारा ज्ञान- प्राप्ति और भूली-बिसरी एकाध पुस्तक कभी-कभार हाथ लग जाए तो मात्र पढ़कर संचित किया हुआ ज्ञान उस फलहीन वृक्ष अथवा जलाशय में जलसंग्रह की तरह ही व्यर्थ होगा, जिसके जल से हजारों तो क्या, एकाध प्यासे की तृष्णा का भी शमन नहीं होता, अथवा न ही अन्नोत्पादन से क्षुधा का शमन होता है। जिन्होंने महान् तथा उपयुक्त कार्य किए हैं, मेरे समान कारावास तो उनमें से किसी एक को भी नहीं भुगतना पड़ा। ऐसे इस कठोर साधनहीन बंदीवास में भला मैं कौन सा कार्य कर सकता हूँ—यह विकट समस्या थी।

महाकाव्य

धुर बचपन से ही एक इच्छा थी कि मराठी में एक महाकाव्य[2] लिखा जाए। क्या, किस तरह, इतना ही नहीं अपितु मुझे इस बात का भी निश्चित ज्ञान नहीं था कि

१. पहले पच्चीस वर्षों का दंड १४ दिसंबर, १९१० के दिन और दूसरा पच्चीस वर्षों का दंड ३० जनवरी, १९११ के दिन दिया गया।

२. सावरकर रचित कविता दस सहस्र पंक्तियों से अधिक की है। सावरकर समग्र साहित्य के सातवें खंड में यह कविता विद्यमान है।

महाकाव्य होता क्या है? पर लिखूँगा, यह निश्चय था। उस छुटपन से आज तक यह इच्छा सालती रही थी। कर्मक्षेत्र के घमासान में यद्यपि यह मनीषा मन से ओझल हो चुकी थी तथापि कारागृह की एकांत कोठरी की इस शांत धूलि पर लेटते ही यह इच्छा पुनः दृष्टिगोचर होने लगी। इस कोठरी में कठोर परिश्रम करते हुए भी कम-से-कम रात्रि में अकेले पड़े रहने पर बत्ती न दी या कागज-पेंसिल का टुकड़ा पास न रखने दिया, तो भी एकाध काव्य की रचना संभव है। मन-ही-मन कविता रच, कंठस्थ कर अपने स्मृति-पत्र पर ही उसे लिखता गया तो इसपर तो कोई प्रतिबंध नहीं लगा सकता। वर्तमान की इस अत्यंत निर्दय साधनहीनता में भी यह कार्य करना तो संभव है ही। और यदि इस तरह मैं एकाध काव्य रच सका तो इस बंदीवास से कभी मुक्त होने पर, और यदि मुक्ति नहीं भी मिली तो भी अपनी मातृभूमि के चरणों में यह एक नवोपहार अर्पण किया जा सकता है। इतना कार्य भी कम नहीं है।

फिर तब तक यह एक कार्य तो कार्यान्वित करूँ जब तक उससे महत्त्वपूर्ण कोई अन्य कार्य संभवनीयता की कक्षा में नहीं आ रहा। बस, तय हो गया पच्चीस वर्षों में एक महाकाव्य की रचना करना। यह देखकर कि यदि हेग का निर्णय विपरीत हो गया तो बंदीशाला में हाथों से कठोर परिश्रम करते-करते ही (ऐसा प्रतीत हो गया कि) अन्य किसी भी साधन के अभाव में यह एक कार्य तो संभव है। यह देखकर मन की कार्य-पिपासा शांत हो गई सी लगी। छटपटाहट थम गई। हेग का निर्णय विपरीत सिद्ध हो गया। पच्चीस वर्षों के बजाय अकल्पित भयंकर दंड हुआ—पचास वर्ष, तथापि वही कार्यक्रम निश्चित किया। इतना ही नहीं, यह देखकर कि अंगीकृत महान् ध्येय की सिद्धि के लिए ऐसी निस्सहाय एवं निराश अवस्था में भी इतना कुछ तो किया ही जा सकता है और अभी भी कुछ ऐसा कार्य करना संभव है, जिससे यह जीवन कृतार्थ हो सकता है, मन की उदासी कुछ कम हो गई। ऐसा प्रतीत हुआ कि निष्क्रिय विफलता के भय का बोझ हलका हो गया। आतुर मन ने यह गणना भी कर ली कि प्रतिदिन कम-से-कम दस से बीस कविताओं की रचना और पुराने हर संस्करण के साथ कंठस्थ करने का क्रम रखा जाए, तो एक या आधा लाख महाकाव्य की रचना करना संभव है। तो फिर शुभस्य शीघ्रम्—आज ही हो जाए श्रीगणेश। प्रथम श्री गुरुगोविंदसिंह* का चरित्र गान।

श्री गोविंदसिंह का चरित्र

क्योंकि गोविंदसिंह हुतात्माओं के मुकुट मणि थे। महान् यश से मंडित महापुरुष राजप्रासादों के सुवर्ण कलशों जैसे तेजस्वी दिखते ही हैं। परंतु आज उनका चरित्र

* सिखों के दसवें धर्मगुरु, अंत ७ अक्तूबर, १७०८, 'मूर्ति दुजी ती' इस कविता का नाम है, इसमें गुरु गोविंदसिंह के शिष्य वीरबंदा का वर्णन किया है।

बखानने में, उनके यशोगान करने से मुझे उतनी शांति नहीं मिल सकती, उलटे मेरे सिर पड़ी असफलता की तीव्रता अधिक कष्टप्रद हो सकती है। आज मेरा ध्येय यशोमयी राजप्रासाद के पैरों तले गहराई में दबी अपयश की उस नींव का चिंतन करना है। इसीलिए आज मुझे गुरु गोविंदसिंहजी की असफलता की गाथा गानी है। 'चमकौर' दुर्ग से पलायन करते समय जिनका संपूर्ण पराभव हो गया है, जिनके माता-पिता, पत्नी-पुत्र, पूरे परिवार का सर्वनाश हो गया है, जिनके शिष्यों ने उनके प्रति शपथपूर्वक उठाई निष्ठा को त्यागकर, ऐन मौके पर उनका परित्याग कर पराजय एवं असफलता का ठीकरा उन्हीं के सिर फोड़ा, फिर भी इस नरकेसरी ने दुःख का हलाहल किसी अपयश का रुद्र सरीखा अवतार धारण कर पचा लिया। गोविंदसिंह का यही अपयश आज मेरे भयंकर दुःख तथा पराजय का मेरुदंडवत् आधार बनेगा। यही मेरी पीढ़ी के अपयश, दुःख और पराजय की गहरी नींव पर भावी पीढ़ियों के यशप्रासाद खड़े करेगा।

भावनाओं के मीनार पर आरूढ़ होकर मेरा मन सुदूर दृश्य देखने में तल्लीन हो रहा था—और मेरे हाथ नारियल की मोटी-मोटी जटाएँ तोड़ने, कूटने में, उन्हें सुलझाने में व्यस्त थे। प्रतिदिन के लिए निश्चित दस-पंद्रह आर्या (मराठी छंद) बन चुकी थीं—जटाएँ सुलझाना भी समाप्त हो चुका। हाथ छिल गए थे, छाले पड़ गए थे, जिनसे लहू रिसने लगा था। इस बात का मुझे स्मरण नहीं कि हेग के निर्णय के पश्चात् डोंगरी के बंदीगृह में मैं कितने दिन पड़ा रहा। प्रातःकाल उठना, व्यायाम के लिए टहलते हुए मुखोद्गत योगसूत्रों का पाठ करना, उनमें से अनुक्रम से प्रत्येक पर विचार करना, फिर कठोर परिश्रम के तौर पर जो कठोर काम मिले वह करना, उसे करते-करते ही मन में दस-बारह नई कविताओं की रचना और पुरानी कंठस्थ कविताओं की आवृत्ति के पश्चात् भोजन करना। भोजन से निपटकर जेल बंद होने के बाद सर्वत्र शांति छा जाने पर ध्यान धारणा का अभ्यास करना, उसके पश्चात् रात नौ बजे तक सो जाना। नींद बहुत गाढ़ी आ जाती। एकांत कोठरी में इस तरह का कार्यक्रम चलता। कभी-कभी 'प्रवृत्तिचिये राजबिंदीं। पुढां बोधाचिये प्रतिपदीं। विवेक दृश्यांची मांदी सारीत'*—इस प्रकार विवेक दृश्यों के झुंड दूर करने का प्रयास करते हुए भी चिंता तथा उद्वेग अचानक धर दबोचते, जिससे दम घुटने लगता। ऐसा लगता, अपने पीछे अपने कार्य का क्या होगा...यदि...फिर ये कष्ट भी...परंतु मन का संतुलन फिर से सँभालता।

सर हेनरी कॉटन

एक दिन जेल में यह हल्ला हुआ कि मेरे कारण किसी बड़े साहब की पेंशन बंद की गई है। यह क्या प्रकरण है? कुछ दिन पश्चात् 'केसरी' का एक टुकड़ा अचानक

* ज्ञानेश्वरी अध्याय १८, ओवी १०६९-७०।

काल कोठरी में मेरे हाथ लग गया। उसके द्वारा इस वार्त्ता का तथ्य थोड़ा-बहुत समझ में आया। लंदन में नूतन वर्ष के उपलक्ष्य में वहाँ के भारतीय लोगों द्वारा एक गोष्ठी आयोजित की गई थी। उस समय सभा की भित्ति पर मेरी एक बड़ी सी तसवीर लगाई गई थी। गोष्ठी के प्रधान अतिथि सर हेनरी कॉटन जैसे जाने-माने सज्जन ने मेरी तसवीर को संबोधित करते हुए साहस, देशभक्ति की अत्युत्कटता आदि कुछ गुणों की प्रशंसा की थी और इसके लिए खेद भी व्यक्त किया था कि ऐसे गुणसंपन्न नवयुवक का जीवन मात्र पच्चीस वर्ष की आयु में ही इस प्रकार नष्ट हो रहा है। उन्होंने यह आशा भी व्यक्त की थी कि कम-से-कम हेग का उच्चतम न्यायालय मत-स्वतंत्रता के अधिकारों को न कुचलकर मुझे फ्रांस वापस भेजने का निर्णय करेगा। सर हेनरी साहब के इस भाषण से ही संपूर्ण अंग्रेजी समाज बौखला गया। सावरकर के लिए सहानुभूति का प्रदर्शन! भले ही वह निंदागर्भित क्यों न हो, लेकिन थी तो सहानुभूति ही। किसी ने कहा, इस हेनरी कॉटन की 'सर' के कॉटन शब्द के आधार पर सावरकर ने यह उत्कृष्ट व्यंग्य रचना की है—कॉटन माने कपास, सरकी माने बिनौला—अर्थात् कॉटन का बिनौला निकाल डालो। किसी ने कहा, उसकी पेंशन बंद करो। आखिर चाय की प्याली के इस तूफान के झोंके के साथ ही राष्ट्रीय सभा मंडप के भी डाँवाँडोल होने का आभास होने लगा। तत्कालीन अध्यक्ष सर विलियम वेडर्बर्न तथा नेता सुरेंद्रनाथ बनर्जी ने राष्ट्रसभा से वापस लौटते समय एक सार्वजनिक सभा में इस विषय का विशेष उल्लेख करते हुए सर हेनरी कॉटन के उद्गारों पर सफाई का हाथ फेरा और घोषित किया कि राष्ट्रीय सभा का सावरकर तथा उनके अनुगामियों के पथ से किसी प्रकार का संबंध तो दूर, रत्ती भर सहानुभूति भी नहीं है। 'केसरी' के जिस टुकड़े में मैंने यह वृत्तांत पढ़ा था, उसी में केसरीवालों ने एक-दो टिप्पणियाँ लिखकर सर हेनरी साहब का बचाव करने का प्रयास किया था। 'केसरी' के लेख में मेरा नामनिर्देश एकवचनी संबोधन से किया हुआ देखकर मुझे मन-ही-मन आश्चर्य हुआ। 'सर साहब, यह सावरकर कौन? काला या गोरा, यह भी नहीं जानते।' ऐसा वाक्य सर हेनरी कॉटन के समर्थन में लिखा था। 'केसरी' सरीखे पत्र को भी उस परिस्थिति में यह लिखना पड़ा। परंतु उस समय अपना निरपराधत्व तथा शिष्टत्व प्रस्थापित करने के लिए किसी भी राजनीतिक संस्था अथवा व्यक्ति के लिए सावरकर को घोर अपराधी कहना और उस नाम का अशिष्टता से एकवचनी (तू-तड़ाक) उपपदों से उल्लेख करना एक अमोघ साधन बन गया था। इंग्लैंड में एक अंग्रेज अधिकारी हमारा गौरवपूर्वक उल्लेख करे और इधर हिंदुस्थान में हमें 'तू-तड़ाक' के बिना बड़े साहसी समाचार-पत्र भी संबोधित न करें—इसमें उस समाचार-पत्र अथवा व्यक्ति विशेष का दोष नहीं है—मेरे विचार से इससे इसी का निदर्शन होता है कि परतंत्र राष्ट्रों की कैसी दुर्गति बनी है, वहाँ मानवता भी कितनी महँगी है!

बलिदानी वीर या अधम

कोठरी के द्वार की सलाखों से कोई झाँक रहा था, "क्यों, कैसे हो बैरिस्टर, ठीक हो न!"

"हाँ, आपके आशीर्वाद से ठीक हूँ।" मैंने कहा।

"ना-ना, महाराज, कहाँ आप, कहाँ हम! कल ही यूरोप से आए अपने एक मित्र से मेरा संभाषण हुआ। उसने बताया, 'सारे यूरोप में सावरकर को एक हुतात्मा जैसा सम्मान मिल रहा है। फ्रांस, जर्मनी आदि देशों के समाचार-पत्र आपकी तुलना बुल्फटोन-एमेट-मैजिनी के साथ कर रहे हैं। पुर्तगाल में भी समाचार-पत्र आपका चरित्र, जैसे भी उपलब्ध हो, छाप रहे हैं…। वे सज्जन आपसे मिलना चाहते थे परंतु मैंने उन्हें बताया कि यह असंभव है। परंतु कम-से-कम आपके दर्शन का तो लाभ हो—इस तीव्रतर इच्छा से वे आपके टहलने के समय उस सामनेवाली चाल में खड़े रहेंगे, तनिक आप उधर नजर डालें। परंतु कल बंबई के एक ऐंग्लो-इंडियन पत्र ने हेग के विषय में निर्णय लिखते समय आपके लिए जहर उगला है।"

"वह क्या? हाँ, कहिए। स्तुति सुनने जैसा अपनी निंदा सुनना यद्यपि कार्यकर्ताओं को प्रिय नहीं होता, परंतु सुनना आवश्यक होता है।"

"उस समाचार-पत्र ने आपको दंड घोषित होने पर विशेष रूप से आनंद व्यक्त करते हुए लिखा है—The rascal has at last met with his fate."

मैंने कहा, "बस, इतना ही? चलो, यह तो अच्छा ही हुआ। यूरोप में मुझे Martyr (शहीद) कहा गया—उन्होंने मुझे Rascal (अधम) कहा। इन दोनों में आत्यंतिक निंदा-स्तुति के अनायास ही परस्पर काट हो जाने से मेरा अपना मूलभूत मूल्य ज्यों-का-त्यों अबाधित ही रहा।"

सुबह कोठरी का द्वार बंद हो जाता, वह पुनः दस बजे खुलता। इस नियम का मैं इतना अभ्यस्त हो चुका था कि कभी बीच में द्वार खुलने की प्रतीक्षा भी शेष नहीं रही। प्रतीक्षा ही नहीं रहने से बंद द्वार देखकर वह अस्वस्थता जो पहले होती थी, बहुत कम होती जा रही थी। उसपर अचानक मुझे एक साधन मिल गया, जो आजकल काम करते समय प्रतीत होनेवाली उकताहट को दूर करता था। कोठरी की छत में एक दरार थी, उसमें एक कबूतर-परिवार ने खपरैल के नीचे अपना डेरा जमाया हुआ था। उसकी ओर देखते हुए मैं कठिन समय काट रहा था। इतने में द्वार खटका। असमय द्वार खटका था—स्पष्ट है, अपने बंदी बने भाग्य में कुछ नई बात लिखी जानेवाली है। जिज्ञासावश मैंने ऊपर देखा, तो हवलदार ने कहा, "चलो, साहब बुलाते हैं!" चाहे किसी बहाने भी क्यों न हो परंतु इस एकांत कोठरी से बाहर निकलने के लिए किसी भी कैदी का मन इतना तत्पर होता है कि 'चलो' शब्द कान में पड़ते ही बंदी के मन में वैसा ही उत्साह

भर देता है जैसा तड़ाक् से टूटते हुए रस्से की आवाज उससे बँधे हुए चौपाये के मन में पल भर के लिए ही क्यों न हो, भरपूर चपलता भर देती है। मैं उठा। साहब किसलिए बुलाते हैं, यह पूछने का मन हुआ परंतु जब तक कोई कुछ न कहे तब तक किसी भी अधिकारी से स्वयं कुछ भी पूछना नहीं चाहिए, ऐसी प्रथा होने के कारण मैं कुछ बोला नहीं। पर वह सुशील हवलदार ही धीरे से बोला, ''लगता है, कोई मिलनी आई है।''

पत्नी से भेंट

कार्यालय में आते ही मैंने देखा, सलाखों की खिड़की के पास मेरे बड़े साले साहब[१] खड़े हैं—साथ में मेरी धर्मपत्नी[२]। बंदीगृह के वेश में, कैदी के दुःखद स्वरूप में, पैरों में जकड़कर ठोंकी हुई भारी बेड़ियों को यथासंभव सहज उठाए हुए मैं आज पहली बार उनके सामने खड़ा हो गया। मेरे मन में धुकधुकी हो रही थी। चार वर्ष पूर्व जब इसी बंबई से मैं इनसे विदा लेकर विलायत चला गया, उनकी आकांक्षा थी कि वापस लौटते समय मैं बैरिस्टरी के रोबदार गाउन (चोगा) में तथा उन भाग्यशाली लक्ष्मीधरों के मंडल से घिरा आशा एवं ऐश्वर्य की प्रभा से दमक रहा हूँगा। लेकिन आज मुझे इस तरह निस्सहाय, निराशा की बेड़ियों में जकड़ा हुआ देखकर उन्नीस-बीस वर्षीय उस बेचारी युवा रमणी के हृदय को कितनी ठेस पहुँची होगी? दोनों सलाखों के पीछे खड़े थे। मुझे छूने के लिए भी उनपर प्रतिबंध लगाया गया था। पास ही पराए लोगों का कड़ा पहरा। मन में ऐसे भाव उमड़ रहे हैं, जिनको शब्दों का सान्निध्य भी संकोचास्पद होता है। हाय! पचास वर्षों के अर्थात् आजीवन बिछोह के पूर्व विदा लेनी है और वह भी इन विदेशी निर्दयी काराधिकारियों के स्नेहशून्य दृष्टिपातों की कक्षा में। इस जन्म में अब आपकी-हमारी भेंट लगभग असंभव ही है। ऐसा कहनेवाली वह भेंट!

आकाश आँधी-पानी से भर जाए, ऐसे विचार अचानक एक ही क्षण में हृदय में भर आए, परंतु दूसरे ही क्षण हृदय की विवेक चौकी पर उन्हें रोका गया। उनके सारे झुंड छिन्न-विच्छिन्न किए गए और दृष्टि मिलते ही नीचे बैठकर मुसकराते हुए मैंने पूछा, ''क्यों, देखते ही पहचान लिया मुझे? यह तो केवल वस्त्र परिवर्तन हुआ है। मैं तो वही हूँ। सर्दी का निवारण करना ही वस्त्रों का प्रमुख उद्देश्य होता है, जो इन कपड़ों द्वारा भी पूरा हो रहा है।'' थोड़ी देर में विनोद-निमग्न होकर वे दोनों इतने सहज होकर वार्त्तालाप करने लगे, जैसे वे अपने घर में बैठकर ही गपशप कर रहे हों। अवसर पाकर मैंने बीच में ही कहा, ''ठीक है, ईश्वर की कृपा हुई तो पुनः भेंट होगी ही। इस बीच कभी इस सामान्य संसार का मोह होने लगे तो ऐसा विचार करना कि संतानोत्पत्ति

१. श्री त्र्यंबक रामचंद्र चिपळूणकर (दादा)

२. सौ. यमुना (माई) सावरकर; निधन ८ नवंबर, १९६३

करना, चार लकड़ी-तिनके जोड़कर घोंसला बनाना ही संसार कहलाता हो तो ऐसी गृहस्थी कौए-चिड़िया भी बनाते हैं। परंतु गृहस्थी चलाने का इससे भी भव्यतर अर्थ लेना हो तो मानव सदृश घरौंदा बसाने में हम भी कृतार्थ हो गए हैं। हमने अपना घरौंदा तोड़-फोड़ दिया, परंतु उसके योग से भविष्य में हजारों लोगों के घरों से कदाचित् सोने का धुआँ भी निकल सकता है। उसपर 'घर-घर' की रट लगाकर भी प्लेग के कारण क्या सैकड़ों लोगों के घर-बार उजड़ नहीं गए? विवाह-मंडप से दूल्हा-दुलहन को कराल काल के गाल में खदेड़कर नियति ने कितने जोड़ों को बेजोड़ा किया। इसी विवेक का दामन पकड़कर संकटों का सामना करो। मैंने सुना है, कुछ वर्षों के पश्चात् अंदमान में परिवार ले जाने की अनुमति दी जाती है। यदि ऐसा हुआ तो ठीक ही है, परंतु यदि ऐसा नहीं हुआ तो भी इस धैर्य के साथ रहने का प्रयास करो कि कुछ भी हो, इस समय को सहना ही होगा।''

''हम इस तरह का ही प्रयास कर रहे हैं। हम एक-दूसरे के लिए हैं ही। हमारी चिंता न करें, आप स्वयं का जतन करें, हमें सबकुछ मिल जाएगा।'' इस तरह हमारे प्रश्नोत्तर का अनुक्रम चल ही रहा था कि सुपरिंटेंडेंट ने 'समय समाप्त होने' का संकेत किया। अत: मैंने होंठों पर आए शब्दों को आधा-अधूरा ही छोड़कर इस भेंट को समाप्त किया। परंतु जाते-जाते साले साहब ने जल्दी-जल्दी कहा, ''अच्छा, परंतु एक नियम का अवश्य पालन करें। प्रतिदिन प्रात:काल **'कृष्णाय वासुदेवाय हरये परमात्मने! प्रणतक्लेशनाशाय गोविंदाय नमोस्तु ते॥'**—इस मंत्र का जाप नियमपूर्वक अवश्य करें।'' उनकी ओर प्रशंसापूर्ण दृष्टि से देखकर मैंने उत्तर दिया, ''अवश्य।''

वे वापस लौट गए। मैंने पीछे मुड़कर भी नहीं देखा। उन लोगों को, जो वापस लौट रहे थे, यह दिखाने के लिए कि मुझे ये शृंखलाएँ कतई भारी नहीं लगतीं, चलते समय मैं हेतुपूर्वक उन्हें खनकाते हुए जेल के भीतर लौट आया। परंतु मेरा मन? अभी-अभी मैंने उन्हें जिन शब्दों का उपदेश दिया था, उन्हीं का मन-ही-मन जोर से उच्चारण किया—मन को डाँट पिलाई और जिस तरह किसी बछड़े को खींचकर लाया जाता है, उसी तरह मन को खींचकर विवेक के खूँटे से बाँध दिया। ऐसा प्रतीत हो रहा था, मेरी संपूर्ण शक्ति निचुड़ गई है। कोठरी में बंद करके हवलदार के जाते ही मैं निढाल होकर भूमि पर लेट गया। देखा तो ऊपर कबूतर के बच्चे अकेलेपन के दु:खित स्वर में आक्रोश व्यक्त कर रहे थे, तड़प रहे थे। उनकी माँ सवेरे एक साहब की बंदूक का शिकार बन गई थी और बच्चे, हमेशा की तरह वह चोंच में दाने लेकर अब आएगी, तब आएगी, ऐसी राह देखते-देखते निराश और भयभीत हो गए थे तथा वियोग की वेदना से फड़फड़ाते हुए आक्रोश कर रहे थे।

हाय! हाय! मेरे बिछोह की वेदनाओं का यथासंभव जितना चित्रण हो सके

उतना करुण, दारुण बनाने के लिए ही किसी दुष्ट चितेरे ने जान-बूझकर कबूतर के बच्चों के शोक की इस पृष्ठभूमि का चयन किया है? यह तनाव मन के लिए असह्य था। भूमि पर लेटे-लेटे ही आँख लग गई। इतने में—

"उठिए, अरे सो रहे हैं क्या! साहब, काम के समय आपको यदि साहब ने सोते हुए देख लिया तो वे हमें क्या कहेंगे।" दरवाजे की सलाखों पर अपना डंडा जोर-जोर से खड़काते हुए सिपाही बोला।

मैं उठ गया। पुनः वही तूमार—उसे कूटना-खोलना—वही पिष्टपेषण···

दंड प्रारंभ हुए प्रायः एक महीना बीत गया था। मुझे अभी भी वही भोजन मिलता था जो कच्चे बंदी को दिया जाता है, अतः मुझे दूध भी मिलता था। मैं अभी-अभी भोजन से निपटा ही था। इतने में हवलदार ने मुझे बाहर बुलाया और तभी सुपरिंटेंडेंट भी आया, "अपना बोरिया-बिस्तर उठा लो।" मैंने अपना बिस्तर उठाया। सोचा, यह क्या—कहीं अंदमान तो नहीं जा रहे हैं। द्वार के पास आया, वहाँ जेल की गाड़ी खड़ी थी। मैं भीतर बैठ गया, गाड़ी बंद हो गई, इतनी कि बाहर का कुछ भी नहीं दिख रहा था। न दिशा, न मार्ग—केवल खड़खड़ाहट सुनाई दे रही थी। गाड़ी रुक गई—एक और जेल के पास अपने आपको खड़ा पाया। भीतर सोलह संस्कार किए गए, जो एक नए बंदी के लिए किए जाते हैं। आखिर कोठरी में बंद हो जाने के बाद देखा तो मैं एक ऐसे कारागृह में बंद हो गया था जो डोंगरी के कारागृह से भी कठोर एकांत तथा निर्जन स्थिति में है। हाँ, दूर एक बंदी वॉर्डर दिख रहा है। थोड़ी देर में भोजन आ गया। द्वार खोलते-खोलते उस अंग्रेज सार्जेंट ने, जिसे मेरे लिए भारतीय हवलदार के बदले हेतुपूर्वक भेजा गया था—इधर-उधर देखकर (Good day कहते हुए) राम-राम किया। मैंने धीरे से पूछा, "यह कौन सी जेल है?" उसने साथ के भारतीय बंदी को पता न चले, इसलिए स्पेल करते हुए बताया—Byculla (भायखला)।

□

प्रकरण–२

भायखला कारागृह

डोंगरी की एकांत कोठरी से भायखला की एकांत कोठरी पर चढ़ते समय गहराते एकांत तथा उदासीनता की अगली सीढ़ी चढ़नी पड़ी। डोंगरी में आस-पास कोई मनुष्य नहीं रहता था, परंतु कम-से-कम दूर से कोलाहल तो सुनाई देता था। आस-पास मनुष्य ही नहीं बल्कि एक-दो पुस्तकें तथा वे वस्तुएँ भी जिनका मैं अभ्यस्त था, शेष नहीं थीं। सामान का भी एक तरह का संग-साथ होता है। चिरपरिचित वस्तुओं से दूर होने से भी खाली-खाली सा प्रतीत होता है, जैसे परिचित जनों के वियोग से सबकुछ शून्यवत् लगने लगता है। कोठरी का निरीक्षण किया। ऐसा कुछ नहीं था जो देखने योग्य हो। चहलकदमी करने लगा। मन-ही-मन सोचने लगा, मेरे पकड़े जाने से हमारी क्रांतिकारी संस्था की क्या स्थिति होगी ? अब आगे की योजना बनानी चाहिए।

सायंकालीन भोजन आ गया। मेरे मन में राजनीति के विचारों से जो खलबली मची थी—अन्य विषय मिलने से वह कुछ शांत हो गई। भोजन से निपटकर, बरतन माँजकर पुनः उस हाल ही में बंद हुए सलाखोंवाले द्वार के निकट खड़ा रहा। साँझ हो गई। वही संध्या, वही रात, वही तात्त्विक विचारों से मिली हुई तात्कालिक शांति 'सप्तर्षि' कविता* के उत्तरार्ध का विषय बन गई है। आज दो आवेदन-पत्र दिए थे। डोंगरी छोड़ते ही उधर जो थोड़ा सा दूध मिलता था वह भी बंद हो जाने से तथा भायखला में केवल ज्वार की रोटी खाने से पेट खराब हो जाता था, अतः यह माँग की थी कि पुनः दूध दिया जाए। मुझसे अपने घर की तथा सरकार की सारी-की-सारी पुस्तकें छीन ली गई थीं। मेरी दूसरी माँग यह थी कि उनमें से कोई एक पुस्तक पढ़ने के लिए मिले। इस आवेदन-पत्र का उत्तर मिल गया—दूध की कोई आवश्यकता दिखाई नहीं देती, बाइबिल के विषय में सोचें।

आखिर कुछ दिनों बाद बाइबिल मिल गई। बहुत दिन से पुस्तक न होने के कारण हाथ में आते ही लगा कि पढ़ा जाए। बाइबिल खोली, तभी प्रहरी ने बताया—

* सावरकर, समग्र साहित्य, खंड-७

पुस्तक कोठरी में नहीं रखी जाएगी, शाम के समय कामकाज समाप्त होने पर बस एक-दो घंटों के लिए ही मिलेगी। अतः उसे वापस लौटाया और पुनः कठोर परिश्रमार्थ जो काम दिया था, वह करने लगा। करते-करते मन-ही-मन कविता की रचना करता रहा। आखिर शाम के समय बाइबिल हाथ पड़ी।

ईसा मसीह के चरित्र तथा उपदेश के विषय में मेरे मन में हमेशा आदर-भाव था। फ्रांस में मैं बाइबिल की नई पोथी (न्यू टेस्टामेंट) का चिंतन और अध्ययन करता था। अब गोविंदसिंह की 'आर्या' समाप्त होने को ही थी और 'सप्तर्षि' भी पूरा होने को आ गया था। भावी काव्य-रचना के लिए आवश्यक ऐतिहासिक साहित्य साधन प्राप्त नहीं थे, और यह भी स्पष्ट निश्चित नहीं किया था कि किस विषय पर काव्य-रचना करनी है, अतः पहले ईसा का चरित्र ही मराठी में कविताबद्ध करने का निश्चय किया। बाइबिल की पुरानी पोथी (ओल्ड टेस्टामेंट) का ऐतिहासिक और धार्मिक दृष्टि से अध्ययन करते समय ज्यू लोगों के राष्ट्रीय कारावास की दुर्भाग्यपूर्ण तथा असहाय अवस्था और उससे छुटकारा पाने के लिए उनके द्वारा किए गए प्रयत्नों का वर्णन पढ़ रहा था···परंतु ये लोग मुझे अंदमान क्यों नहीं भेजते? मैंने कुछ ऐसा सुना था कि दंड घोषित होने के पश्चात् यदि बंदी को कालेपानी नहीं भेजा गया तो दंड के वे छह महीने गिने नहीं जाते। इसके अतिरिक्त मैंने अंदमान रेग्यूलेशन में भी पढ़ा था कि छह महीने कारावास भुगतने के बाद बंदी को बाहर द्वीप पर छोड़ा जाता है और जिसे थोड़ा-बहुत पढ़ना-लिखना आता है, उस कैदी को सौ-सौ लोगों की देखरेख और अन्य महत्त्वपूर्ण कृषि कार्य भी सौंपे जाते हैं। यदि ऐसा हो तो कारागृह की इस कोठरी के जीवन से उधर का जीवन अत्यधिक सुसह्य होने की संभावना है। कम-से-कम सागर तट पर पल भर रुककर खुली हवा में साँस लेना तो संभव होगा—लोगों में घुल-मिल जाने का सुअवसर प्राप्त होगा, उसके योग से पुनः प्रचार और लोकोपयुक्त कार्य भी करना संभव होगा। दस वर्षों के पश्चात् अपने परिवार के साथ घर भी बसाया जा सकता है। ऐसी अवस्था में मेरा जीवन किंचित् बहुत सुसह्य हो जाएगा। परंतु मन तुरंत खट्टा हो जाता। भई, उनका क्या होगा, जिन्हें मेरे संग पाँच-दस-पंद्रह वर्ष का दंड हुआ है और उनका, जिन्हें कोठरी के इस बंदीगृह की सुरंग में ही सारी सजा काटनी है? उनमें से कोई मेरे बाल मित्र थे, कोई विश्वस्त सहयोगी थे तो कोई अभिन्नहृदय सहचारी थे—प्रायः सभी मुझपर असीम श्रद्धा रखते थे, मुझसे निस्स्वार्थ प्रेम करते आए थे। उनपर तथा उनके परिवारों पर आ पड़े संकट में मैं उन्हें नहीं बचा सका, न ही उनकी किसी तरह सहायता कर सका। इस भ्रांति से कि मेरे कारण ही उन्हें इतनी सारी कठिनाइयों का सामना करना पड़ रहा है, क्या वे मुझसे रुष्ट नहीं हुए होंगे? उसपर भी मुझे उनकी उन वृद्ध ममतामयी माताओं पर, जिन्होंने उन्हें पाल-पोसकर बड़ा किया और अब उनसे उनकी अंधे की

लाठी नियति ने अचानक छीन ली—दया आती। और वे वज्रनिश्चयी वीर—जिन्होंने मात्र सुनने के लिए भी दुस्सह यातनाएँ झेलीं—पर 'उफ' तक नहीं किया, न ही मेरे विरुद्ध एक शब्द कहा, और उन युवकों की सब यातनाओं का स्मरण होते ही मुझे इतना दुःख हुआ कि कुछ देर में मैं अपनी यातनाओं को ही भूल गया। पुनः सोचता, कहीं मैं पिछड़ तो नहीं गया? सबसे आगे रहकर सामने हो रहे कठोर-से-कठोर आघातों को झेलने के लिए क्या मैं छाती तानकर आगे नहीं खड़ा रहा? तो फिर अब जो अटल, अपरिहार्य है, जो सबका कार्य भाग है, उसके भागी भी सभी होंगे। और जो भोगना पड़ा वह तो कुछ भी नहीं है, अभी तो…।

मैंने पहले भी एक निवेदन किया था, जिसमें यह प्रार्थना की थी कि मुझे दिए गए दो आजीवन कारावासों का दंड एककालिक किया जाए। उस प्रार्थना के समर्थनार्थ जो कारण मैंने प्रस्तुत किए थे, उनमें से एक यह था कि दंडविज्ञान में आजीवन कारावास का अर्थ मनुष्य के जीवन के कर्तृत्व के सामान्य काल से किया जाता है। इंग्लैंड आदि देशों में यह अवधि चौदह वर्ष की है, हिंदुस्थान में वे अपराध के हिसाब से बीस अथवा पच्चीस वर्ष मान सकते हैं। यह अवधि ही दंडविज्ञान में जीवन काल है। अधिक-से-अधिक दंड की यही अवधि है। अतः मुझे प्राप्त दो आजन्म कारावास यदि एककालिक नहीं किए गए और एक आजन्म कारावास काटने के उपरांत दूसरा आजन्म कारावास काटने का अर्थ लिया गया, तो दंडविज्ञान की भाषा में ही इस जन्म की समाप्ति के पश्चात् यह दंड भुगतने के लिए दूसरा जन्म लेना चाहिए—यह हास्यास्पद होगा और वास्तव में यह पचास वर्ष कालेपानी की भीषण पद्धति से मरने का अर्थ है—यह जन्म समाप्त करके दूसरे जन्म में भी दंड भोगना है। तो यह हास्यास्पद अर्थ टालने के लिए भी मेरी मुक्ति का वर्ष १९६० न रखते हुए आजन्म कारावास अर्थात् पच्चीस वर्ष—जो अधिक-से-अधिक दंड समझा जाता है—ही निश्चित किया जाए। इस आवेदन-पत्र का आज उत्तर आ गया। यह निर्णय दिया गया था कि 'आपका आजन्म कारावास एककालिक न करते हुए वह क्रमानुसार भोगना पड़ेगा। यही निर्णय उचित है, अतः आपका दंड पचास वर्ष तथा मुक्ति का वर्ष १९६०* ही रहेगा।' यह बताने के लिए जो एक अंग्रेज सज्जन आए थे, उन्होंने मेरे आवेदन-पत्र की परिभाषा का हेतुपूर्वक अवलंब करते हुए मुझसे विनोदमिश्रित स्वर में कहा, ''सावरकर साहब, आखिर सरकार ने यही निश्चित किया कि आपको इस जन्म की आजन्म कारावास की सजा काटने के बाद

* ६ जनवरी, १९२४ के दिन वीर सावरकर की कारावास से मुक्ति हो गई। आगे चलकर उन्हें रत्नागिरि में कुछ शर्तों पर स्थानबद्ध किया गया; १० मई, १९३७ के दिन इन शर्तों को हटाया गया और सन् १९६० में वीर सावरकर का 'मृत्युंजय महोत्सव' धूमधाम से मनाया गया। इसके पश्चात् २६ फरवरी, १९६६ के दिन उन्होंने 'आत्मार्पण' किया।

अगले जन्म में भी आजन्म कारावास काटना होगा।'' मैं भी हँसते हुए बोला, ''तो फिर इसमें भी कम-से-कम एक समाधान की बात यह है कि सरकार ने हिंदुओं के पुनर्जन्म के सिद्धांत को स्वीकार कर लिया है और ईसाई धर्म के पुनरुत्थापन का सिद्धांत छोड़ दिया है!''

यह क्या? आज इतना शीघ्र भोजन? कारागृह में भले ही जान चली जाए, परंतु पूर्व नियोजित कार्यक्रमानुसार ही चलना होता है। यहाँ पर सबके लिए इतना समयशील रहना होता है। भोजन के लिए, अन्न के लिए, मृत्यु आ जाए तो भी भोजन जल्दी नहीं आ सकता, यदि आवश्यक हो तो मृत्यु भोजन आने तक रुके। तो फिर भला आज यह असमय भोजन क्यों? अर्थात् कुछ-न-कुछ नया घटनेवाला है। मैंने पहरे पर खड़े गोरे अधिकारी की ओर जिज्ञासु दृष्टि से देखा। उसने अपनी टोपी पीछे करने के बहाने अपने हाथ दूर तक पीछे ले जाकर दो बार हिलाए—अर्थात् हमें कहीं और पहुँचना है। भोजन हो गया। भित्ति पर एक नुकीले कंकर से कुछ कविताएँ घसीटकर लिखी थीं—उन्हें जल्दी-जल्दी पढ़कर रगड़-रगड़कर साफ किया—जिससे किसी को उनका पता न चले। इतने में सिपाही ने 'चलो' कहते हुए द्वार खोला। गोरे सार्जेंट के अधीन हमें कारागार अधीक्षक को सौंपा गया, जैसे हम कोई निर्जीव वस्तु हों। मोटर-रेल, पुनः स्टेशन। यह पता चला—यह ठाणे है और हमें वहीं के कारागृह में जाना है।

□

प्रकरण–३

ठाणे कारागृह

कारागृह में जहाँ–तहाँ गड़बड़। पचास वर्ष दंड का, कालेपानी का एक बैरिस्टर बंदी! अधिकारियों का कड़ा आदेश कि कोई मेरी ओर आँख उठाकर भी न देखे। सारे वॉर्डर और कैदियों को बाहर निकालकर एक भाग पूरा खाली करके रखा था। परंतु उस कठोर आदेश के बावजूद बंदीगृह की जिज्ञासा दबाते नहीं बनी। उस कोठरी पर, जिसमें मुझे रखा गया था, दुष्ट–से–दुष्ट और क्रूरता में विख्यात मुसलिम वॉर्डर नियुक्त किए गए थे। पूरा कठोर एकांत। भोजन आ गया। एक कौर भी गले से उतरना असंभव प्रतीत हो रहा था। बाजरे की घटिया रोटी और जाने कौन सी बहुत खट्‌टी भाजी, जिसे मुँह में भी नहीं डाला गया। रोटी का टुकड़ा तोड़ना, थोड़ा चबाना, उसपर घूँट भर पानी पीना और उसके साथ गटक जाना—इस तरह रोटी खाई। जल्दी ही शाम हो गई। कोठरी बंद करके लोगों के जाते ही निढाल होकर मैं बिस्तर पर लुढ़क गया। अँधेरा छाने लगा। इतने में कहीं से ऐसे मनुष्य की आवाज आई जिसे स्वयं सुनकर लोग भयभीत हो जाएँ। धीरे से देखा, दुष्टों में दुष्ट जो वॉर्डर मेरे लिए नियुक्त किए गए थे, उनमें से एक बंदी वॉर्डर मुझे हौले से संकेत कर द्वार के निकट बुला रहा है। मैं चला आया। इधर–उधर देखकर उस बंदी वॉर्डर ने कहा, ''महाराज, आपकी वीरता की ख्याति हमने सुनी है। ऐसे शूर पुरुष के चरणों का मैं दास हूँ। आपके लिए मुझसे जो भी बन पड़े, वह सब करूँगा। अब मैं एक समाचार देता हूँ। परंतु वह आपके पास से फूटना नहीं चाहिए अन्यथा मैं मारा जाऊँगा। आप वीर हैं, चुगली जैसा दुष्कर्म आप कदापि नहीं करेंगे, फिर भी आपको सावधान किया है।'' इस तरह बिना रुके परंतु बहुत ही दबे स्वर में बोलते और अंदर घुसते हुए उसने कहा, ''आपका भाई यहीं पर है।''

''कौन सा भाई?''

''छोटा।'' उसे संदेह हुआ, कोई देख तो नहीं रहा, वह झट से पीछे हट गया। मैं भी भीतर खिसक गया।

कनिष्ठ बंधु[१]

छोटा भाई! बीस की आयु के नीचे का वह लड़का, जिसे अहमदाबाद[२] में लॉर्ड मिंटो पर बम फेंकने के आरोप में अठारह वर्ष की आयु में ही जेल में बंद होकर साहस के साथ उन यंत्रणाओं का सामना करने का अवसर मिला था। अहमदाबाद से उसे छोड़ा गया तो घर आकर बिस्तर पर जरा पीठ ही टिकाई थी कि राज्यक्रांति तथा राजनीतिक हत्या के गंभीर आरोपों में उसे पुनः पकड़कर कारागार में डाल दिया गया। लेकिन वर्ष भर एक के बाद एक यातनाओं, धमकियों तथा निर्दयता के आघात सहते हुए उस कोमल आयु में भी अपने कठोर निश्चय तथा अंगीकृत व्रत से वह लेशमात्र विचलित नहीं हुआ। वह मेरा अनुज। माता-पिता की छत्रच्छाया बाल्यावस्था में ही उठ जाने के कारण मैं ही उसका माता-पिता बन गया था। कल-परसों तक पल भर मुझसे दूर होने पर जो रोने लगता, वही मेरा छोटा भाई यहीं पर है, मेरी तरह ही बेड़ियों में जकड़ा हुआ तथा चक्की पीसने जैसा कठोर कार्य कर रहा है। मानो उसके ये सारे कष्ट कम थे, इसलिए उसे आज मेरे आजन्म कारावास का समाचार दिया जाएगा! मेरे आजन्म कारावास का उन्हें पता था, तथापि लगभग सभी को विश्वास था कि हेग में मैं छूट जाऊँगा और पुनः फ्रांस भेज दिया जाऊँगा। इसी आनंद में मेरे ये साथी अपने दुःख भूले हुए थे। परंतु अब उनका अंतिम आशा-तंतु टूट जाएगा। मैं सचमुच ही कालापानी जाऊँगा और यह समाचार मैं स्वयं उन्हें दूँगा। एक बड़े भाई तो पहले ही आजन्म कारावास पर कालापानी चले गए थे। आज मेरा भी चिरवियोग होगा। आज हमारा यह बालक सचमुच अनाथ हो जाएगा। जब उसके मन में यह दारुण सत्य उतरेगा कि मैं लगभग फिर कभी न दिखने के लिए ही अंदमान जाऊँगा, तब उसके कोमल मन की कैसी अवस्था होगी? और मुक्ति के पश्चात् वह कहाँ जाएगा? उसे कौन सहारा देगा? कौन उसकी शिक्षा पूरी कराएगा? यह नन्हा बालक जिस किसी द्वार पर पहुँचेगा, उसके द्वार उसी के सामने धड़ाधड़ बंद कर दिए जाएँगे। दुःखावेग में ये सारे विचार एक साथ तरंगित होकर पुनः डूब गए। उनमें कुछ विचार पुनः हृदय में उथल-पुथल मचाते रहे।

दादा, यह लीजिए

वही वॉर्डर फिर पास आया। काफी अँधेरा हो गया था।

''दादा!''

''हाँ।''

---

१. डॉ. नारायण दामोदर सावरकर; जन्म : सन् १८८८, मृत्यु : सन् १९४९।

२. वीर सावरकर का सतत आग्रह था कि मुसलिम वर्चस्ववाले इस नाम को बदलकर अहमदाबाद का नाम 'कर्णावती' रखा जाए।

"यह लीजिए।" कहते हुए उसने एक पाटी मेरे हाथ में दी और हिदायत दी कि सुपरिंटेंडेंट साहब ने सभी वॉर्डरों को यह आज्ञा दी है कि आपको आपके भाई का समाचार यदि किसी ने दिया तो उसे दस वर्ष का कालेपानी का दंड दिए बिना नहीं छोड़ा जाएगा। आपने अपने मुख से एक शब्द भी निकाला तो मैं मर जाऊँगा। इतना गिड़गिड़ाता हुआ वह पीछे घूम गया और दूर जाते ही जोर-जोर से जूते चरमराता तथा तालबद्ध डग भरता हुआ पहरा देने लगा। वह पाटी मेरे छोटे भाई बाल का पत्र था। दूर कहीं लालटेन जल रही थी। उसके प्रकाश में थोड़ा सा दिख रहा था। उसी उजाले में मैंने अत्यंत ममता से उस पत्र को पढ़ लिया। उसमें दु:ख तथा तेजोभंग का एक शब्द भी नहीं था। इसके विपरीत एक धैर्यशाली संदेश भेजा गया था कि अंगीकृत व्रत की पूर्ति के लिए इससे भी अधिक कठोर तपस्या क्यों न करनी पड़े, चिंता नहीं। मैंने ठान लिया कि इस पत्र का उत्तर भेजूँ। अंदमान में एक वर्ष में एक पत्र भेजने की अनुमति दी जाती है, परंतु मैंने सुना था कभी-कभी ऐसी सहूलियत भी नहीं मिलती। अत: हो सकता है, बाल को पत्र लिखने का यह अंतिम अवसर ही हो। मैंने उस वॉर्डर को संकेत किया। वह दबे कदम आ गया। परंतु यह कहते हुए कि रात में देखा जाएगा, वह चलता बना।

आधी नींद पूरी हो चुकी होगी। दरवाजे के सीखचों के पास धीमी खड़खड़ाहट सुनाई दी। मेरे कान खड़े हो गए, मैं चौंकते हुए उठ गया। देखा तो वॉर्डर दरवाजा खड़खड़ा रहा था। उसने हाथ से संकेत किया 'लिखिए' और लालटेन समीप ले आया। मुझसे एक शब्द भी बोलते हुए यदि वह पकड़ा जाता तो उसे दंड हुए बिना नहीं रहता। दुष्टों में दुष्ट समझे जानेवाले इस घातक डाकू के मन में भी मेरे लिए इतनी सहानुभूति है, यह देखकर मैं दंग था। यही अनुभव आगे चलकर मुझे बार-बार हुआ। मैं उसका आभार प्रदर्शित करने लगा, परंतु जल्दी-जल्दी में उसने कहा, "दादा, तुरंत से पहले लिखकर दो।"

छूटेंगे या मरेंगे

तथापि शंका हुई, 'मुझसे लिखवाकर इस पाटी को कहीं यह बाल के हाथ न सौंपकर अधिकारियों को न सौंप दे? मेरा जीवन गुप्तचरों से दाँव-पेंच खेलते हुए व्यतीत हुआ था। अत: मैंने किसी का भी नाम, गाँव, अता-पता या कोई विशेष कार्यक्रम न लिखते हुए अंदमान के अँधेरे फलक पर आशाओं की दो-तीन तूलिकाएँ मारते हुए लिखा कि 'यदि वहाँ के नियमानुसार मुझे अपना परिवार पाँच-दस वर्षों के लिए ले जाने की अनुमति दी गई तो मैं अपना जीवन साधना में व्यतीत करूँगा और यदि मैं पुन: हिंदुस्थान की पावन धरती के तट पर अपना पैर नहीं रख सका, तो तत: प्राचेतस: शिष्यौ रामायणमितस्तत: मैथिलेयौ कुशलवौ जगतुर्गुरुचोदितौ की तरह ही, उन अभिनव कुमारों

के कंठों से देश भर में प्रचार करूँगा। एक जीवन की सफलता के लिए बस यही एक कार्य समर्थ है। इस योजना के अनुसार मैं अंदमान में पच्चीस वर्ष व्यतीत करूँगा। परंतु यह एक आजन्म कारावास भुगतने के पश्चात् भी यदि मुझे छोड़ा नहीं गया तो केवल…छूटेंगे या…यों ही मरेंगे, यही मेरा निश्चय है। तुम चिंता मत करना अथवा इस विचार से अपना मन छोटा नहीं करना कि जीवन विष हो गया। वाष्पयंत्र को सक्रिय करने के लिए अपनी देह को ईंधन बनाकर यदि किसी को जलते-सुलगते रहना ही है तो भला वह हम ही क्यों न हों? इस तरह मात्र जलते रहना भी एक कर्म ही है। इतना ही नहीं, अपितु महत्कर्म है।'*…वॉर्डर ने संकेत रूप में खाँसकर सूचित किया, 'जल्दी करो'। मैं पाटी को द्वार के निकट रख पीछे हट गया। जाते-जाते उससे कहा, "मैं चाहता हूँ, मेरे कारण आपको जरा सा भी कष्ट न पहुँचे। आप चाहें और यदि आपको यह कर्तव्य लगता हो तो ही ऐसा साहस करें।" वह मुसकराया, "छिह, यह कैसा साहस! दादा, मैं कोई चोर-उचक्का नहीं हूँ। हमने भरे गाँव में प्रवेश करके सरे बाजार डाका डाला है और लड़ते-लड़ते निकल भी गए। दादा, मैं शूर पुरुष हूँ, और इसीलिए आप जैसे साहसी, पराक्रमी पुरुष का मैं बंदा हूँ। भला मेरा कैसा साहस! मेरी मुक्ति होने में दो महीने शेष हैं। साहस तो आपका है कि ऐसे प्रसंग में भी आप इतने प्रसन्न हैं।"

पत्र पहुँचा दिया

उसने जाकर विश्वासपूर्वक बाल को पत्र पहुँचाया। परंतु उसकी शूरता की व्याख्या मेरे ध्यान से नहीं उतरी। डाकू लोग चोरी को पाप और तुच्छ कर्म समझते हैं। माँग जाति के लोग डोमों को नहीं छूते! इसी तरह यह भी। दूसरे दिन मैंने उसे अन्योक्ति द्वारा सूचित करने का प्रयास किया—माना कि स्वार्थ हेतु लूटमार एक प्रकार से वीरता है तथापि वह श्रेयस्कर अथवा प्रशंसनीय नहीं है। वह भी समझ गया और आगे फिर कभी उसने डींग हाँककर डाका डालने का उल्लेख नहीं किया।

मेरे आने के पश्चात् एक-दो दिन के अंदर ही बाल को ठाणे से स्थानांतरित करके कहीं अन्यत्र भेजा गया। अधिकारी जानते थे, यद्यपि इसमें संदिग्धता थी कि पुनः उसकी भेंट होगी या नहीं, तथापि इतने निकट एक भीत की आड़ रहते हुए भी उन्होंने उससे मेरी भेंट नहीं होने दी। उसके पश्चात् वर्षों मुझे उसका कुछ भी समाचार नहीं मिला, यूँ कहिए कि समाचार मिलने नहीं दिया गया कि वह कहाँ गया, कब छूटा, क्या करता है।

---

* 'नोबेल' पुरस्कार विजेता महाकवि रवींद्रनाथ टैगोर को अभिनंदन कर भेजी गई कविता में सावरकर ने यही कल्पना प्रस्तुत की है।

सिंह-पुरुष

ठाणे कारागृह के सिपाहियों के अधिकारियों में से एक प्रमुख अधिकारी हेतुपूर्वक उजाड़ रखे गए मेरे भाग पर नियुक्त किया गया था। वह थुलथुल, गोलमटोल, हँसोड़ परंतु बड़ा ही घुन्ना था। गोरे अधिकारियों का बेहद विश्वस्त। वह यथासंभव मुझसे बात करने का प्रयास करता। मेरे विचार से मेरे लिए उसके मन में सम्मिश्र भावना थी, भले ही वह सत्य थी या मिथ्या। मेरे प्रति वह दया भाव प्रदर्शित करता था। भोजन यथासंभव ठीक-ठीक देने का प्रयास करता। वह इसी प्रयास में रहता कि मुझे कोई कष्ट न हो, मुझे किसी से बात करते देखकर भी अनदेखी कर लेता, परंतु नियमपूर्वक राजनीतिक चर्चा करके मेरे मन पर यह प्रभाव जमाने का प्रयत्न करता कि मैंने अत्यंत निरर्थक एवं पागलपन का काम करके नादानीपूर्वक जीवनहानि की है। आते-जाते बंदियों को सकारण बुलाकर मुझे दिखाता और उनसे कहता, 'देखो, हमारा सिंहपुरुष हो तो ऐसा! पर क्या? राव अजब तेरी करनी, अजब तेरा खेल! मकड़ी के जाल में फँसाया शेर।' यह गीत गा-गाकर स्वाँग करता, नाचता और स्वयं ही पूर्व पक्ष-उत्तर पक्ष करते हुए विवाद छेड़ता कि 'कहाँ इतनी प्रबल सरकार और कहाँ ये अकिंचन चार बच्चे! चले हैं अंग्रेज सरकार का राज लेने।' ऐसा कहते हुए हाथ में पकड़ा सोटा तलवार जैसा घुमाते हुए—दो-तीन पैंतरे काटकर नाचता और अपने साथ लाए दो-तीन कैदियों से वह पूछता, 'क्यों रे रामू, मेरे इस तरह वार करने से हवा मरी?' सब लोग जोर-जोर से ठहाके लगाते। हवलदार की ठिठोली थी! न हँसें तो मुसीबत। कब क्या दंड दिलवा दे। उनके हँसने पर वह और छाती फुलाकर कहता, 'अरे, हँसते क्यों हो? क्या हवा को मारने का यह साहस हमारे इन महाराज के साहस से अधिक हास्यास्पद है, जो आठ-दस लड़के लेकर अंग्रेज सरकार को मारने चले हैं?'

विलायती छैल-छबीली

कभी हम स्नान करते तो वह वहीं खड़े होकर हमारी ओर घूरता रहता और अपने मातहत सिपाहियों से कहता, 'गोंद्या, तनिक देखो तो हमारे दादा की देह! जैसे सोने का टुकड़ा। भुजाओं का गठाव, यह चौड़ी छाती! दादा कुश्ती करते थे, यह पक्का है।' फिर झट से आवाज पलटकर अति विनम्र स्वर में कहता, 'अजी, विलायत में ही रहकर किसी छैल-छबीली के रंग में रँगकर अपना यौवन बिता देते! कहाँ यह आपका तारुण्य और उसपर कैसी मुसीबत! भला आपको ये लोहे की बेड़ियाँ पहनने की हौंस क्यों लगी?' कभी वह कहता, 'न-न! यह घोर कर्म हमारे दादा कर ही नहीं सकते। लगता है, कुछ बड़े-बड़े नामवर लोगों ने अपना उल्लू सीधा करने के लिए हमारे इस भोले शंकर को आगे करके सब्जबाग दिखाकर इन्हें मुँह के बल गिरा दिया। दादा, आपकी अपेक्षा मैं

कितना सुखी हूँ। महीने-के-महीने वेतन पाता हूँ, तिसपर पेंशन है ही। पचास-साठ रुपए खनखनाते हुए मजे में जीवनयापन कर रहा हूँ। और आप—कुंदन जैसा दमकता रूप, खिलता यौवन, बालिस्टरी, दीवान की बेटी ब्याही हुई। सर्वनाश किया आपने अपने जीवन का, स्वर्गीय सुख का। किसलिए? देश के लिए? दीवानगी है दीवानगी राव!' मैं यह सब शांति से सुन लेता, परंतु कभी-कभी वह मेरे धैर्य का बाँध भी तोड़ डालता। हाथ जोड़कर मुझसे कहता, 'महाशय, बताइए, सच-सच बोलिए—शासन की बागडोर आप कैसे हथियाएँगे? आपको क्या लगता है, कितने दिनों में आप छूटेंगे? इस दिसंबर में दरबार है (यह उस समय की बात है जब जॉर्ज पंचम गद्दी पर बैठनेवाले थे) तब छूटेंगे?' मैं कहता, 'न-न, भई, हमारे लिए जुबली कैसी? तथापि कभी दस-बारह वर्षों में समय बदला तो बदला।' तो वह अत्यंत कड़वा मुँह बनाकर कहता, 'छिह, तुम्हें वे क्योंकर छोड़ेंगे, आपको यों ही सड़ने देंगे, मरने के पश्चात् ही छोड़ेंगे।'

इस व्यक्ति की भयंकर सहानुभूति से अपने आपको बचाना मेरे लिए असंभव ही होता। जब वह पाँच-दस बंदियों को जमा करके, उपर्युक्तानुस ार—'देखो हमारा वीर' कहकर कहकहे लगाता, सोटा घुमा-घुमाकर नाचता और नियम बंधनों को अँगूठा दिखा बंदियों को एकत्र कर उन्हें तमाशा दिखाता तो मेरा जी दुःखी होता। इन चोर-उचक्कों के मनोरंजनार्थ मैं इस तरह तमाशा बनता, जैसे किसी शेर को गाड़ी में बाँधकर उसकी प्रदर्शनी की जाए। कभी-कभी मैं मन-ही-मन झल्लाता, इससे अच्छा मुझे फाँसी पर क्यों नहीं चढ़ा दिया गया। मेरे पहले से दुःखी मन पर यह जले पर नमक छिड़कने जैसा था।

काँटों का मुकुट

मैं पुनः-पुनः मन-ही-मन 'प्रतिप्रसवहेयाः सूक्ष्माः'*—यह योगसूत्र बोलते हुए अपने मन को सिखाता कि इस कारावास में तुम्हें मानसिक यातना भी उसी तरह सहनी होगी जैसे शारीरिक यातनाएँ। इससे यदि तुम्हारा तेजोभंग होता है तो यह माना जाएगा कि तुम्हारा तेज एक क्षणिक उत्तेजना ही थी। तुम ऐसा क्यों नहीं सोचते कि उन्हें इस खेल में आनंद आ रहा है? तुम्हें ऐसा प्रतीत हो रहा है न कि इस खेल के नायक तुम हो? केवल इस तरह की वृत्ति को मार लो। तुम तो अच्छी तरह से जानते हो कि तुम कौन हो? तुमने क्या और क्यों किया है? चोरों के तमाशे से तुम्हारा क्या बिगड़ता है? तुमसे पहले यह काँटों का ताज उन्हें भी धारण करना पड़ा जो अपने आपको प्रेषित कहलाया करते थे। आज द्वीप-द्वीपांतर जिनके चरणों पर अपने शीश झुका रहे हैं, तुमसे पहले कारागार के बंदियों ने उनकी दुर्गति की थी। इस तरह विवेक के साथ मैं उस व्यक्ति का व्यवहार सहता रहा। आज सोलह वर्ष बीत चुके थे, परंतु अभी तक मैं

---

* पातंजल योगसूत्र, समाधिपाद सूत्र-१०

निश्चित रूप में यह नहीं कह सकता कि उस मनुष्य को जैसेकि कुछ बंदियों का कहना था—मुझे मानसिक यातनाएँ दिलाकर मेरा तेजोभंग करने के लिए ही हेतुपूर्वक नियुक्त किया गया था अथवा उसका उस तरह का व्यवहार मात्र सहानुभूतिपूर्ण वाहियातपन था। कुछ भी हो, उसका वह गीत आज भी मेरे कानों में गूँज रहा है, 'अजब तेरी कुदरत अजब तेरा खेल, मकड़ी के जाल में फँसाया है शेर।'

एक दिन मैंने उससे कहा, "कुछ समाचार सुनाओ।" उसने कहा, "कैसा समाचार? दादा, इन लोगों के कारण आप व्यर्थ मरे और अब भी आपको उनका मोह नहीं छूटता? ओह, कैसे लोग और कैसा लोकहित? देखो, आप पकड़े गए। बाकी सारे बुरकों में छिप गए। किसी ने चूँ तक की हो तो शपथ! कैसा समाचार! अरे, आप मरे दुनिया डूबी।"

अर्क हैं अर्क

हाल ही में इंग्लैंड में राज्यारोहण समारोह हुआ था तो बंदियों में यह अफवाह उड़ गई थी कि इस अवसर पर छूट मिलेगी। वह हवलदार मेरे साथ बात करके गया ही था, इतने में एक और अधिकारी, जो मुझे कभी-कभी कुछ समाचार देता था, आ गया। उसे पत्र पढ़ने में रुचि नहीं थी। परंतु मुझे समाचार देने थे, इसलिए वह थोड़े पत्र छाँट रहा था। उसने जल्दी से आते हुए कहा, "मद्रास में अशे नाम के एक कलेक्टर को—एक शाक्त ब्राह्मण ने* गोली से उड़ा दिया। सुना है, चिदंबर पिल्लै के प्रकरण से उस अधिकारी का कुछ संबंध था।" वह हवलदार जब दोपहर में पुनः आया तो मेरी ओर घूरते हुए उसने कहा, "क्यों महाराज, मद्रास में आपका कोई स्नेही रहता है!"

"इस बंदीशाला में रहकर भला मैं कैसे जान सकता हूँ कि कौन कहाँ है और थोड़ी देर पहले आप ही ने तो कहा था कि जो कोई हैं वे बुरके में बैठे हैं। कहने भर के लिए भी वे चूँ तक नहीं करते।" इसपर व्यंग्यपूर्वक मुंडी हिलाते हुए उसने अपने सिपाहियों से मेरी ओर संकेत करते हुए कहा, "अर्क हैं अर्क, अवतारी हैं ये।" इसका निश्चित अर्थ आज तक मैं नहीं जान सका। हो सकता है, उसे संदेह हुआ हो कि मद्रास की जो वार्त्ता उसने सुनी, वह मैंने भी सुनी होगी और मेरे उत्तर का व्यंग्य उसने समझा हो।

उपनेत्रों की नीलामी

उस समय मेरे पास मेरी अपनी केवल दो चीजें थीं—एक मेरे उपनेत्र (एनक) और दूसरी एक आने की छोटी सी अँगुलाकार गीता। ये दो वस्तुएँ ही मेरी संपत्ति थीं। परंतु आज सवेरे हवलदार ने इन दो वस्तुओं की भी माँग की, "साहब माँगता है।" मेरी

* उसका नाम वांछु अय्यर था।

समझ में नहीं आ रहा था कि उपनेत्र की माँग क्यों? थोड़ी देर बाद सुपरिंटेंडेंट आया। मैंने पूछा, "उपनेत्र क्यों लिये गए?" उसने बताया, "राज्यक्रांति के अपराध में तुम्हारी सारी चीजें जब्त* की जाएँ, ऐसा दंड होने के कारण उन वस्तुओं को जब्त किया गया है। विलायत में जब आप पकड़े गए तब आपके पास से मिले ट्रंक, कपड़े, पुस्तकें आदि सभी सामान की आज खुले रूप में नीलामी होगी। जो पैसे मिलेंगे वे सरकार में जमा होंगे।"

निजी संपत्ति के रूप में एक आने की गीता और उपनेत्रों का भी अपहरण किया जाए, इससे अन्य बंदियों को दुःख हुआ और कुछ सिपाहियों ने ठान ली कि वे इस नीलामी में सामान नहीं खरीदेंगे। मुझे इस बात का पता लगते ही मैंने उन्हें सूचित किया कि उस सामान में अनेक मूल्यवान् वस्त्र हैं। उन्हें मिट्टी के मोल किसी ऐरे-गैरे के खरीदने से अच्छा है आप लोग उन्हें खरीद लें, इससे मुझे संतोष होगा। यदि आप जैसे सहृदय उस नीलामी में चुप्पी साधकर बैठेंगे तो हृदयहीन लोग बोली लगाएँगे। आप मेरे देशबंधु दूर रहे तो कोई गोरा या नीम गोरा सार्जेंट सब लूट लेगा। इससे अच्छा है, यदि आप नीलामी में बोली लगाएँगे तो कपड़े तथा सामान आपके बाल-बच्चों के काम आएगा—मैं समझूँगा ये वस्तुएँ सद्कार्य में आ गईं। इस तरह मैंने उन सज्जन सिपाहियों को समझाने का प्रयास किया। दूसरे दिन उपनेत्र और गीता मुझे वापस लौटाई गई, परंतु मेरी कहकर नहीं, बंदियों को दिया जानेवाला सरकारी सामान कहकर।

अंदमान का चालान

आज कारागृह में जहाँ देखो वहाँ एक ही गड़बड़ मची हुई थी। आज अंदमान का चालान आनेवाला था। चालान हमारे काराशास्त्र का एक पारिभाषिक शब्द है। कालेपानी का दंड उन बदमाशों को दिया जाता है जिन्हें सारे इलाके में अन्य सभी अपराधियों से भयंकर तथा नृशंस समझा जाता है। कालेपानी के इन दंडितों में से जो भयंकरों में भयंकरतम सिद्ध होते हैं, उन्हें आजन्म कारावास का दंड होता है। उन्हें पहले इलाकों के स्थानीय कारागारों में रखा जाता है, तत्पश्चात् कुछ दिनों बाद उनकी परीक्षा ली जाती है। इसमें जो स्वदेश और स्वसमाज में रखने के अपात्र सिद्ध होते हैं, उन्हें उनके संबंधित ठिकानों से ठाणे भेजा जाता है? और वहाँ इन अपराधियों, जो देश के भयंकर असली बदमाश सिद्ध होते हैं, के झुंड को अंदमान भेजने के लिए कुछ दिन तक रखा जाता है। उनके इस अगली यात्रा के लिए होनेवाले आगमन को ही हम बंदियों की परिभाषा में 'चालान' कहा जाता है। नामी चोर, निर्दयी, खतरनाक डाकू, नृशंस हत्यारे, आग लगानेवाले, उग्र अपराधियों में भी भयानक समझे जानेवाले आदि तमाम

* हिंदुस्थान के स्वतंत्र होने के उपरांत भी सावरकर को उनकी चीजें नहीं लौटाई गईं। उन्होंने स्वत: भी नहीं माँगीं।

'सज्जनों' का समूह आज ठाणे के कारागार में पधार रहा था।

बंदीशाला में इस मेले के आने का दिवस बहुतों को एक उत्सव का दिन प्रतीत होता है; क्योंकि प्रत्येक बंदी के प्राण इस उकताहट भरे, नीरस जीवन के पेंच से, किसी भी बहाने से क्यों न हो, मुक्ति पाने के लिए घुल-घुलकर काँटा बनते हैं। चाहे किसी कौए का उड़ते-उड़ते एकाध पर गिर पड़े या एक चिड़िया को दूसरी चिड़िया मारने लगे—कोई भी नई, साधारण सी घटना उस उकताहट भरे जीवन में तनिक मनोरंजन का कारण बनती है, उसमें रंग भरती है और फिर आज तो 'चालान' आ रहा है। जमादार से लेकर बंदीवान तक सभी उतावली दिखा रहे थे। कालेपानी के इस 'चालान' के लिए पूर्ववर्ती परकोटे की एक भीत की ओट में स्वतंत्र कोठरियों का एक रिक्त हिस्सा आरक्षित था। उस दालान को झाड़-बुहारकर साफ करने में, राशन-पानी के नाप-तौल का प्रबंध करने में, कपड़ों की गिनती में तथा अन्य ढेर सारे प्रबंधों की उतावली में आधे से अधिक बंदी व्यस्त थे और शेष आधे बंदी उनकी उस धाँधली तथा त्वरित निरीक्षण में अपनी उतावली में व्यस्त थे।

चालान आ गया

तीन बज रहे थे। प्रत्येक व्यक्ति अपने निकटवर्ती बंदी से आतुरता से पूछता, ''अरे, अभी तक 'चालान' क्यों नहीं आया?'' इतने में कारागार के द्वार से बंदियों में से कुछ लोग अचानक इधर-उधर मुड़ते हुए दिखाई देने लगे। 'चालान आ गया', 'कहाँ आ गया?', 'हाँ-हाँ, ठेठ द्वार पर है।', 'कितने हैं?', 'कैसे हैं?' आदि प्रश्नों तथा उत्तरों की झड़ी लग गई और बंदियों में ही नहीं अपितु सिपाहियों में भी भगदड़ मच गई, क्योंकि वे भी अवश्य ही उतने ऊब चुके होंगे जितने कि ये बंदी। इतने में 'झन्-झन्' की गहरी लयबद्ध झंकार निकट आने लगी। प्रत्येक बंदीवान अकेला या झुंड बनाकर उस मार्ग के आस-पास पल भर के लिए अनुशासन को ताक पर रखते हुए छिपकर बैठ रहा है। आ गया, चालान आ गया। कोई अत्यंत उग्र, कोई चट्टान सदृश कठोर, कोई भयंकर खूँखार, कोई बलवान, कोई काला कलूटा, बीच-बीच में कहीं दर्शनीय—इस तरह विभिन्न स्वरूप तथा मुद्रा के वे मानव प्राणी। कोई छाती तानकर अकड़ रहा है, कोई दनदनाता हुआ चल रहा है, जैसे कोई महान् पराक्रम करके आ रहा हो, कोई इस तरह हेकड़ी जता रहा है जैसे 'नमयतीव गतिर्धरित्रीम्', तो कोई दुःख भार से शीश झुकाए लज्जा के मारे पानी-पानी होकर घबराते हुए इधर-उधर देखता हुआ। सिपाहियों के नियंत्रण में दो सुनियंत्रित पंक्तियों में चलते-चलते उनकी बेड़ियों की लयबद्ध झनझनाहट—यह सारा दृश्य देखते समय एक तरह का भयंकर मनोरंजन अवश्य हो रहा था।

क्रूर डकैत

वह देखिए, एक डाकू—उग्र मुद्रा, दाढ़ी-मूँछें, लंबे-लंबे बाल। उजड्ड-जंगली मोटी-मोटी और क्रूर गोल-गोल घूमती आँखें, वह सिंधी मुसलमानों में एक छँटा हुआ क्रूर डाकू! बंदी के वस्त्र भी बड़ी सुघड़ता के साथ बाँधकर, पैरों की बेड़ियाँ सहजतापूर्वक कमर में बाँधकर अपना बिस्तर बगल में दबाए, किसी को ऊँची आवाज में पुकारता हुआ, ऊँचे स्वर में बात करते-करते किसी विजयी वीर की तरह घूम रहा है। सिपाही कहते हैं, दो बार कालेपानी की हवा खाकर आया है और अब आजीवन कालेपानी पर जा रहा है। वह स्वयं यह शेखी बघार रहा है कि वह कालेपानी पर जमादारी कर चुका है, वहाँ उसने अपनी ऐसी धाक जमाई है कि एक बंदीवान लौंडे को उसकी अनुमति के बिना उसके एक शत्रु से बतियाते देखकर डंडे के एक ही वार से उसका सिर फोड़कर नीचे गिरा दिया। दूसरे दिन वह मर ही गया। परंतु इस दुष्ट ने यह रिपोर्ट देकर अपने हाथ झाड़ लिये कि वह लड़का काम करते समय किसी कगार से गिर पड़ा। कालेपानी पर मेरी जमादारी पक्की है—वहाँ तो बस जाने भर की देरी है—मैं जमादार बना। फलाने साहब, अमुक साहब, इस प्रकार बड़े-बड़े नाम लेकर उसने नवागत बंदियों को चकित कर दिया। उनमें से जो कुछ कम आयु के थे और जिनकी छाती में अभी तक हृदय नामक कोई चीज धड़क रही थी और कालेपानी जैसे दंड से लज्जित थे, इसी तरह कुछ अन्य बंदी, जिन्हें इस बात की चिंता थी कि आगे कैसी कटेगी, उनको यही आशा थी कि आगे चलकर कहीं यह सचमुच जमादार बना तो हमें सहारा देगा—अतः बेचारे अभी से उसकी सेवा-चाकरी में लगे रहते, उसकी 'हाँ जी, हाँ जी' करते। रास्ते से बंदियों की यह टोली आते ही स्टेशन पर कोई केले, नारियल, खाद्य वस्तुएँ, पैसे आदि दान करते। उसमें से पैसे-वैसे मिलने पर ये बंदी अपने इस 'जमादार' को दे देते और चुपके से उसके पैर रगड़ते। वह भी उन लोगों को डिगीन साहब या फिर मांटफर्ड साहब से कहकर आज ही मुकादमी का काम दिलवाऊँगा आदि, जो जी में आए सो नाम लेकर गप्पें हाँकता, और अपनी भोगेच्छार्थ उनके भोलेपन की बलि चढ़ाता।

बहन की हत्या

देखो, वह लड़का, अभी मूँछें भी नहीं भीगीं, अठारह-उन्नीस की आयु। भँगेड़ियों की संगत में एक दिन भंग के नशे में अपनी बहन को इसलिए चाकू घोंप दिया कि उसने गाली दी। वह तो उसी समय ढेर हो गई और यह अब डरते, सहमते बिछौने के बोझ तले झुकती कमर के साथ तथा बेड़ियाँ उठाए न उठने के कारण लँगड़ाते-लँगड़ाते, घिसटता चल रहा है। इस भय से सहमा हुआ है कि एक बार कालेपानी गया तो अपना गाँव और स्वजन फिर कब दिखेंगे? देखिए, इन दो सिरों के बीच में उग्रता, लज्जा,

निर्लज्जता तथा क्रूरता की विविध प्रतियाँ क्रमशः लगाई गई थीं, जो इस घिनौने भोंड़े जुलूस में बेड़ियाँ खनकाती हुई जा रही थीं।

बात-की-बात में वह जुलूस परकोटे के भीतर घुस गया। उनके निरीक्षणार्थ काराधिकारी चल पड़ा। यह समाचार मिलते ही प्रत्येक बंदी सिर पर पाँव रखे दौड़ा और यथास्थान पहुँचकर काम का बहाना करने लगा। सब भोले बने हुए थे। सिपाही भी किसी के जरा सी 'चूँ' करते ही बरस पड़ते, 'ऐ क्या बात है, कायदे से चलो,' मानो इस बात से सर्वथा अनभिज्ञ थे कि एक क्षण पहले इधर कैसा घपला मचा था। अब तक बंदियों से अधिक सिपाहियों का जो भीड़-भड़क्का तथा ठेला-ठेली चल रही थी, वह सब जैसे 'कायदे' से या विधिवत् चल रही थी।

परोपकारी अधिकारी

दूसरे दिन यह निश्चित हुआ कि कालेपानी भेजने के लिए हमारा स्वास्थ्य, आयु आदि अनुकूल है या नहीं, इसकी वैद्यकीय जाँच हो जाए। एक परोपकारी अधिकारी ने मुझसे कहा, ''यदि आप कालेपानी पर नहीं जाना चाहते तो मुझसे जितना भी बन पड़ा, आपको यहीं रखने का अवश्य प्रयास करूँगा।'' मैंने कहा, ''आपकी सद्भावना के लिए मैं आपका बहुत आभारी हूँ। परंतु मुझे हिंदुस्थान में रखना कदाचित् बंबई के गवर्नर के भी वश की बात नहीं होगी। आप व्यर्थ कष्ट न करें।'' उस दिन पंचों के सामने मेरी परीक्षा हो गई। वह परोपकारी अधिकारी भी वहाँ पर उपस्थित थे ही। मुझे ज्वर था, परंतु रीति के अनुसार मेरा वजन लेकर मुझे कालेपानी भेजने की पात्रता निश्चित की गई। बगल में बोरिया-बिस्तर, हाथ में बरतन-बेड़ियाँ झनझनाते हुए मेरा भी जुलूस निकाला गया। मैं भी उस परकोटे के द्वार के भीतर घुस गया। उस द्वार की देहरी पर कालेपानी के सिंहद्वार की देहरी थी। मैंने उसे पार किया, हिंदुस्थान से नाता टूट गया। अंदमान के लिए मेरा प्रस्थान हुआ।

□

प्रकरण–४

अंदमान के लिए प्रस्थान

ठाणे के कारागृह में केवल अंदमान का चालान बंद करने के लिए ही जो स्वतंत्र परकोटे का भाग था, उसमें अर्थात् अंदमान के उस द्वार के अंदर पाँव रखते ही जिस कोठरी में मुझे बंद किया गया था, वह कोठरी यद्यपि अकेली थी तथापि उससे एक के बाद एक लगी हुई कोठरियों में अंदमान जा रहे सारे बंदियों के भरे होने और भोजन करते–घूमते उनके भाषण, उसाँसें, रोना और हँसना यह सब सुनने और देखने से बहुत दिन के मेरे मन को उस दुःख में भी कुछ आनंद आए बिना न रहा।

मैंने उन बंदियों का 'हँसना' जो कहा, वह सच है। दुःख और यातनाओं की भयप्रद सुरंग के दुःख की अति में हँसना ही हर तरह की हँसी में विकट होता है। दुःख का भार असहनीय होने अथवा निर्लज्जता के कंधे से उसे हलके से फेंक देने से दुःख भी खिलखिलाने लगता है। शोक भी उसी तरह हँसता है, जिस तरह हर्ष का अतिरेक होने पर वह रोता है। कहा जाता है कि फ्रांस की राज्यक्रांति के दौरान अमानुष रक्तरंजन, वध, हत्याओं, फाँसी और मारकाट की पेरिस में अति हो गई थी, और ऐसी भीषण स्थिति हो गई थी कि आज प्रधानमंत्री बने और कल फाँसी। उस समय जो नाट्यगृह कभी इतने नहीं भरते थे, वे भी खचाखच भरे रहते थे और मधुशालाएँ, क्रीड़ालय सतत नाच–गानों, हँसी–कहकहों से गूँजते रहते थे।

उन्मुक्त हास्य

पिछले महायुद्ध में भी यही अनुभव हुआ। जर्मन पनडुब्बियों के अधिकारियों तथा नाविकों को युद्ध में सभी सैनिकों से अधिक कष्टप्रद तथा मारक सेवा करनी पड़ी। उन्हें तत्काल अपने प्राण हथेली पर लेकर सागर में गोते लगाने पड़ते और समुद्र के गर्भ में पल–पल मृत्यु की अपेक्षा करते मारने का काम करना पड़ता। उस भयप्रद अनिश्चितता के धूम–धड़ाके में कभी–कभी ये पनडुब्बियाँ किसी तटीय शहर में आकर विश्राम

करतीं, तब उतने से अल्प काल में भोग-विलास के लिए जो विहारालय बनाए गए थे, उनमें से कई में यह ध्येय वाक्य होता—'एन्जॉय टिल दाउ गोएस्ट मैड! एन्जॉय फॉर टुमारो वी डाय!!' (हँसो बेटा, इतना हँसो कि उन्माद हो जाए, क्योंकि कल तुम्हें कराल काल का ग्रास जो बनना है!) इस तरह के क्रीड़ालयों में उन्मुक्त हास्य-हुल्लड़ सभ्यता सभी नियमित बंधनों को पैरों तले कुचलकर दिन-रात उच्छृंखल तांडव करती रहती। वह हास्य जानता था कि आज जो उसका नाम इस तांडव पटल पर है, वही उसका कल मृत्यु के सरकारी पटल पर दर्ज किया जाएगा। तात्कालिक दुःख का हास्य सभी हास्यों में विकट होता है।

उन सभी वस्तुओं से, जो जीवन को रमणीयता प्रदान करती हैं, वंचित होकर भी उस कारावास में, जहाँ रहते हुए पशु भी थर-थर काँपते हैं, बेड़ियों में जकड़े, पाप करते-करते बेशर्म हो गए, पाप से पूरा परिचय न होने के कारण जी तोड़-तोड़कर खानेवाले, क्रोध में लाल-पीला होकर कुढ़ते रहनेवाले और दुःख से हिचकियाँ भर-भरकर रोनेवाले सैकड़ों जीव कराहते हुए ही सही, जोर-जोर से ठहाके लगा रहे थे। तीव्र संकट के मनोरंजनार्थ साधारण विनोद पर्याप्त न होने से बीभत्स विनोद रूपी दारू की बोतलें गटकते हुए वे नशे में झूम-झूमकर चल रहे थे। कोई सिंध का, कोई धारवाड़ का, कोई कोंकण का, कोई गुजरात का निवासी। उनकी विभिन्न भाषाएँ भले ही उनके मनोविचार तथा मनोविकार को पूरी तरह अभिव्यक्त करने में समर्थ न हों, तथापि बीभत्स विनोद की भाषा सहजतापूर्वक उनकी राष्ट्रीय भाषा बनकर वह मनोविकार समझा सकती थी। उनमें से हर एक बहुत दिनों बाद इतने लोगों में रहने का अवसर पाकर सामाजिक आनंद में क्षण भर को मग्न हो गया था। साँझ की वेला अर्थात् इस विद्रोह हेतु उठी बीभत्स भावनाओं तथा विनोद के नंगे नाच की वेला। हर कोठरी से चीखने-चिल्लाने, गाली-गलौज, ठहाकों, अनुच्चारणीय शब्दों का जी भरकर उच्चार आदि बातों की रेलपेल होती और उसमें भी थोड़ी सी कर्तव्यनिष्ठा की गंध आती। मनुष्य स्वभाव कितना विचित्र है! ये अधम-से-अधम व्यक्ति यही समझते कि इस तरह बीभत्स हुल्लड़बाजी करना अपना परम कर्तव्य है। मन को जब तक यह समझ में नहीं आता कि अधमता भी अपना एक कर्तव्य है—अधम व्यक्ति सरेआम अधमता नहीं कर सकता। उन बंदियों में आजन्म कारावास के जो निर्लज्ज बंदी थे, वे उन बंदियों को, जिनकी आँखों में अभी भी पानी शेष है और इसलिए इस नंगे नृत्य में बेधड़क हिस्सा लेने का निर्लज्ज साहस अभी तक नहीं कर सके थे, चिल्ला-चिल्लाकर कहते, 'ऐ भाई, गाओ। ऐ साला, चिल्ला न! अरे अपने चालान के नाम का डंका बजना चाहिए न! पिछली बार जब हम यहाँ आए तब दरवाजों के सीखचों को पकड़-पकड़कर उन्हें जोर-जोर से हिलाते और बरतन दीवार पर मारते रहे, सिपाही गिड़गिड़ाकर पैर पकड़ने

लगे और उन्होंने हरेक को चुपचाप तमाकू थमा दी। भई, गला फाड़-फाड़कर चिल्लाओ, चालान का नाम मत डुबोना।'

चालान का नाम

क्योंकि चालान काराजगत् की एक महनीय संस्था ही बन गई थी, इसलिए उसका नाम कोई साधारण बात नहीं थी। उस चालान के सभासद का उच्च स्थान हमें सहजता से नहीं मिला था। पुलिस चौकी, मजिस्ट्रेट, कोर्ट, सेशन, ज्यूरी, हाई कोर्ट आदि कई परीक्षाओं में खरा उतरा अथवा चढ़ा मनुष्य ही आजन्म कारावास, कालेपानी की प्रतिष्ठा प्राप्त कर पाता है। तिसपर भी चुन-चुनकर जो विभिन्न राज्यों के प्रतिनिधि रूपी बदमाश यहाँ आए थे, उन बदमाशों की यह प्रमुख संस्था थी। उसका पूर्वापर लौकिक रूप ऐसा था कि थाने में चालान का आगमन होते ही सिपाही, हवलदार, जेलर, सुपरिंटेंडेंट सभी चिंतामग्न होने चाहिए, दीवारें टूटनी चाहिए, सीखचे उखड़ने चाहिए, सिर फूटने चाहिए, दो-एक सिपाहियों की धुनाई होनी चाहिए, पाँच-दस जनों की पीठें कोड़ों की बौछारों से उधड़नी चाहिए। सिपाहियों को उनकी 'हाँ जी, हाँ जी' करते हुए जैसे-तैसे अपनी जान बचानी चाहिए—तभी उसे चालान कहा जाएगा—तभी उसका नाम सार्थक होगा। अन्यथा, बदमाशों के वे आचार्य, कुलगुरु नूतन सदस्यों को प्रोत्साहित करते हुए कहते, 'फिर बदमाशी क्यों? यही चालान की पूर्व परंपरा है। आज इस नामचीन संस्था का संचालन हमारे हाथ में आने के कारण हमारा कर्तव्य है कि हम वह परंपरा निभाएँ। चीखो, चिल्लाओ, नाचो, गालियाँ दो। चालान का नाम रोशन करना चाहिए न भाई!'

और बंदियों में जो उस बीभत्स विनोद तथा निर्लज्ज व्यवहार का नंगा नृत्य कर रहे थे, वे कुछ अंशों में कर्तव्य भावना से उत्तेजित होकर ही ऐसा कर रहे थे। बीच में ही कोई निर्लज्ज शिरोमणि चीखता, 'चालान का नाम राखियो, भाई!' और फिर सीटियाँ, तालियाँ, बेड़ियों की झनझनाहट की धमा-चौकड़ी शुरू। पूर्वापर चले आए इस चालान का 'एवं प्रवर्तितं चक्रं नानुवर्तयतीह यः। अघायुरिंद्रियारामो मोघं पार्थ स जीवति॥' इस तरह उदात्त बुद्धि से वे सारे लोग दस-बारह बजे तक उस नीच कर्तव्य को निभाने का प्रयास करते रहे। चालान के इस संस्थागत अभिमान के सामने क्या सिपाही, क्या सुपरिंटेंडेंट सभी अपना सारा बड़प्पन ताक पर रखकर गुपचुप तमाकू लो, चिल्लाओ, बात करो, पर आपस में धीमी आवाज में और किसी प्रकार ठाणे के इस कारागृह से भाग न जाएँ, यह सावधानी रखते हुए। पुलिस अफसरों को उतने ही बंदी गिन दिए, जितने लिये थे तब समझो गंगा नहा गए, और इस तरह नाक में दम होने पर निढाल हो जाते।

कर्तव्य-कर्म वही है कि जिसकी प्रशंसा जिस समाज में हम रहते हैं, उसका बहुजन समाज करता है। यह साधारण सहज भावना है। इस विधान का पोषक उदाहरण

इस चालान के संस्थागत अभिमान से कुछ परे ढूँढ़ना आवश्यक नहीं है। जिस समाज में बीभत्स विनोद कर्तव्य सिद्ध होता है, उस समाज में वह व्यक्ति पापी तथा समाज-निंदित सिद्ध होगा ही, जो इस तरह के विनोद में सम्मिलित नहीं होता। होली के त्योहार में जो गोबर से नहीं खेलता, वही अशिष्ट सिद्ध होता है और समाज उसकी ओर उपहास तथा तिरस्कार बुद्धि से देखता है।

बालिस्टर की प्रतिष्ठा

उस रात मेरी भी अवस्था कुछ ऐसी ही हो जाती, परंतु सौभाग्यवश 'बैरिस्टर' और 'बड़ा साहब' के रूप में जिस-तिस के मुँह में अपना बोलबाला था। बंदियों में और उनमें भी घुटे हुए बदमाश अपराधियों में, यदि किसी वर्ग के विषय में सहज आदरभाव तथा भय उत्पन्न होता है, तो वह 'बैरिस्टर' वर्ग के विषय में है। कवि, विद्वान्, सात्त्विक जनों के संबंध में उनकी कोई विशेष भावना नहीं होती, भले ही वह अंग्रेजों का प्रधानमंत्री ही क्यों न हो। परंतु 'बैरिस्टर' कहते ही आदरमिश्रित आश्चर्य भाव से भृकुटियाँ तानकर उनके मुख से भी 'अच्छा!' निकल ही जाता है। इसका कारण भी स्पष्ट हैं। चोरी, उचक्की, डाकेजनी, न्यायालय तथा कारागृह में उनका सारा जन्म व्यतीत होता है। उधर उनके मतानुसार सहज ही 'बालिस्टर' कर्तुमकर्तुमन्यथाकर्तुम् समर्थ एक अद्वितीय प्राणी प्रतीत होगा ही, क्योंकि वह उनके अत्यंत कुशलतापूर्वक बुने हुए पापों के जाल अपनी कुशाग्र बुद्धि द्वारा छिन्न-विच्छिन्न करता है अथवा इसके विपरीत उनके स्पष्ट गोचर अपराधों को अपनी बुद्धि की ढाल के नीचे छिपाकर उन्हें निर्दोष-बरी जो करा देता है। उनका इस प्राणी से डरना स्वाभाविक है। उससे हाथ मिलाने के लिए, उससे मित्रता करने के लिए वे स्वाभाविक रूप से प्रयास करते हैं। प्राचीनकाल में बादशाह और बीरबल की सुरस कथाएँ जिस तरह प्रचलित थीं, उसी तरह काराजगत् में बालिस्टर और गवाह की दंत कथाएँ दूर-दूर तक फैली हैं। भले ही मेरी 'बालिस्टरी' का मेरे लिए कोई उपयोग न हुआ हो, तथापि इतना उपयोग तो यहाँ अवश्य हो गया। कितना ही बड़ा बदमाश क्यों न हो, मेरे सामने झट से नम्र बन जाता।

उस रात मैं सलाखों से बंद द्वार के निकट खड़ा रहकर बीभत्सता का वह नंगा नृत्य सुन-देख रहा था। बहुत दिनों के पश्चात् इतने स्वर तथा कोलाहल सुन रहा था। एकांतवास से मेरा मन चिड़चिड़ा हो गया था, वही संतप्त मन उस बीभत्सता, भोंडेपन से घृणा कर पीछे हटने की बजाय मनोविकारों के विस्फोट से आग लगा—मिट्टी के तेल का कनस्तर जैसे एकदम लपेटों में घिर जाए—उसके उजाले में वह तमाशा देखता रहा और देखते-देखते ही उस कारण तथा स्वरूप का तात्त्विक पृथक्करण भी करता रहा। भले ही व्यक्तिगत दुःख से मन व्याकुल हो, तथापि उस गड़बड़झाले में मन अपना

दुःख-दर्द भूलकर घड़ी भर के लिए वह तमाशा देखे बिना अन्य कुछ कर भी नहीं सकता, इतना उन लोगों के ठहाकों का शोर हो रहा था। मैंने उसमें प्रत्यक्ष हिस्सा नहीं लिया तथा चालान के चालक ने यह कहते हुए उसकी उपेक्षा की कि 'बालिस्टर साहब को तंग मत करो।' इतना ही नहीं, ग्यारह बजे रात को जब उनका हंगामा शिखर पर पहुँच गया तब सिपाहियों ने उनसे कहा, "बालिस्टर साब को नींद नहीं आ रही है, अतः तुम भी अब सो जाओ।" यह कहते ही उन बंदियों में से प्रायः सभी बंदियों ने चीखना-चिल्लाना बंद किया और फिर लगभग बारह बजे रात मेरी आँख लग गई।

प्रातः का स्मरण हो आया कि मेरे ज्येष्ठ बंधु बाबाराव जब आजन्म कारावास* पर गए, तब वे इसी तरह के किसी चालान के साथ गए होंगे और उससे पहले यहीं-कहीं उन्हें बंद रखा गया होगा। अतः वॉर्डर से पूछा, पर वह नया था, कुछ नहीं जानता था। एक पुराने सिपाही ने थोड़ी सी खोजबीन करते हुए कहा, "उन्हें इसी कोठरी में बंद किया गया था, जहाँ आज मुझे रखा गया है।" वह सिपाही चला गया। मेरी आँखों के सामने मेरे ज्येष्ठ बंधु की मूर्ति खड़ी हो गई। उनके अभियोग के समय मेरे साथ जो लोग थे, उनसे मुझे ज्ञात हो गया था कि जेल में उन्हें कड़ी यंत्रणाएँ सहनी पड़ीं। मुझे उनकी यंत्रणाएँ भी दिखाई देने लगीं। उनकी वह देह मुझे दिखाई देने लगी, जो यातनाओं से व्याकुल प्राण होने पर उन कष्टों के शारीरिक तथा मानसिक आघात सहती हुई खड़ी थी, जैसे एक बार बहका हुआ हठी गजराज अपने गंडस्थल पर तीक्ष्ण-से-तीक्ष्ण आघातों को 'उफ' तक न करते हुए सहता है और अड़ियल बना अचल खड़ा रहता है। इस कोठरी में वह वीर पुरुष सलाखों के पास उसी तरह हाथ मलता हुआ खड़ा रहा होगा जैसे पक्षीराज गरुड़ पिंजरे के पास झुँझलाता, झल्लाता हुआ रहता है। मेरी चिंता तो नहीं करते होंगे? या मन में यह तो नहीं कहते होंगे—क्या हुआ मैं चला गया तो? वह तो पीछे है न? फिर चिंता काहे की? वह देख लेगा। यदि यह कहते होंगे तो अब मुझे भी इसी तरह आहत होते देखकर उन्हें कैसा प्रतीत होगा? उन्हें कितना आघात पहुँचेगा? इससे अच्छा है, यदि उनसे मेरी प्रत्यक्ष भेंट न हो और उन्हें और मुझे भिन्न-भिन्न वार्डों में रखा जाए।

मेरे विचार से यदि मुझ अकेले को ही दंड भुगतना पड़ता तो मेरे मन को उन वेदनाओं का, जो मैंने भुगती हैं, पचासवाँ हिस्सा भी भोगना नहीं पड़ता। परंतु एक तो मैं अपनी वेदनाएँ सहता था और उसी समय यदि मेरी आँखों के सामने मेरे अग्रज को भी, जो मुझे भगवान् सदृश पूज्य हैं, मुझसे भी अधिक यंत्रणाएँ झेलते हुए मुझे देखना पड़ता, सुनना पड़ता तो उस समय मेरी सहनशक्ति ऐसी भरभराती जैसे तूफान में

---

* गणेश (बाबाराव) दामोदर सावरकर को जून १९०९ के दिन आजीवन कारावास का दंड दिया गया था।

कोई प्रचंड वटवृक्ष कड़कड़ करता भरभराकर धराशायी हो जाता है। मेरा कलेजा छलनी हो जाता।

एक विश्वासी अधिकारी से पूछा, "यहाँ उन्हें कोई कष्ट तो नहीं दिया गया था?" उसने कहा, "वैसे तो नहीं हुआ, पर आपके अभियोगी (अभियोग में जो सह अभियुक्त होते हैं, उन्हें कारागृह में 'को-एक्यूज्ड' कहा जाता है) कहा करते।" उनका यह आश्वासन सुनकर थोड़ी राहत मिली। कम-से-कम इस कमरे में तो वे चैन की नींद सोते होंगे।

मैंने उसी अधिकारी से श्री वामनराव जोशी[१], सोमण[२] आदि सह अभियुक्तों की ठाणे की जानकारी चाही।

चले भैया कालापानी

दो-चार दिन में अंदमान प्रस्थान करने के लिए सभी बंदियों की उस सेना को बाहर निकाला गया। अन्य बंदियों के साथ मैं भी कोठरी के पास तैयार होकर खड़ा रहा। पैरों में बेड़ियाँ, अंदमान के लिए एक अँगोछा, एक चद्दर और एक बंडी—इस तरह का वेश, बगल में जैसे-तैसे दबाया हुआ टाट और कंबल का बिस्तर, जिसे उस टाट के खुरदरेपन तथा कठोरता के कारण लपेटना कठिन हो रहा था, और एक हाथ में टीन के 'थाली पाट'। पुनः वह टोली एक पंक्ति में तालबद्ध बेड़ियाँ झनझनाती हुई चली। जो कोई भी दिखे, उसे 'राम-राम, चले भैया कालापानी' कहते हुए राम-राम का आदान-प्रदान करती हुई वह टोली चल रही थी।

जेल के द्वार पर आते ही वह टोली बाहर निकली। सिपाहियों का बंदूक ताने पहरा सज्ज हो गया और उस पंक्ति को लेकर आगे बढ़ गया। स्टेशन तक वे पैदल चले, परंतु मुझे उसमें सम्मिलित नहीं किया गया। भला ऐसा क्यों? मुझे चिंता होने लगी। इतने में एक मोटर आ गई। दो हट्टे-कट्टे गोरे अधिकारी बाहर निकले। मैं भीतर बैठ गया, फिर वे बैठ गए और मोटर बंद हो गई। न जाने कैसे परंतु शहर और स्टेशन पर यह बात फैल गई थी कि मैं आज कालापानी प्रस्थान कर रहा हूँ। जिस मार्ग से बंदी जाते हैं, उस मार्ग पर मेरा भी दर्शन होगा, इसी आस में लोग हर प्रकार से प्रयास करके छिप-छिपकर टापते जमे हुए थे, अतः मुझे गुपचुप अन्य मार्ग से ले जाना आवश्यक था। यह एक कारण था और दूसरी बात यह कि मैं मार्सेलिस से भागा हुआ और वे गुप्त षड्यंत्र के दिन! न जाने कौन कहाँ कैसा षड्यंत्र रचकर मेरी मुक्ति का प्रयास करे—क्या कह सकते हैं। सहज डग भरते उन दिनों सुरंग उड़ती थी। ऐसी स्थिति में मार्सेलिस

---

१. जैक्सन हत्या में अभियुक्त—इन्हें भी आजन्म कारावास दंड हुआ था।

२. शंकर रामचंद्र सोमण—इन्हें भी जैक्सन हत्या षड्यंत्र में दंड हो चुका था।

का प्रमाद फिर से न दोहराया जाए, इसलिए मुझे स्टेशन पर उस जन-समुदाय में से पैदल ले जाने की बजाय स्वतंत्र मोटर में ले जाया गया।

इस तरह जब-जब मुझे स्वतंत्र मोटर से विशेष व्यवस्था के साथ कहीं ले जाया जाता तब-तब उन बंदियों में मेरे संबंध में बड़प्पन की धारणा होती, 'वह क्या, वह तो भैया, राजा है राजा! देखो उसे मोटर दी गई। वह हमारे साथ पैर घसीटते पैदल थोड़े ही आएगा!' कोई कहता, 'सरकार उससे डरती है। देखो, कैसे मोटरकार ला दी।' मार्सेलिस के जहाज से भागने के प्रयासों के जो लाभ हुए उनमें से यह भी एक लाभ हुआ कि मोटर की खूब सैर हो गई और उससे बंदियों में मेरे संबंध में जो सकारण-अकारण आदरभाव था और जिसके लिए सरकारी अधिकारी डटकर प्रयत्नशील थे कि वह आदरभाव न बने, बढ़ता ही चला गया।

स्टेशन पर आते ही मुझे एक स्वतंत्र डिब्बे में ठूँसा गया। मेरे हाथों में जो हथकड़ी थी, उसका दूसरा सिरा एक भीमकाय अंग्रेज अधिकारी के हाथ से जकड़ा हुआ था। मेरे लिए उस बेचारे को हथकड़ी पहननी पड़ी। मेरे पैरों में बेड़ियाँ तो थीं ही, हाथ में हथकड़ी थी। इतना ही नहीं अपितु उसने मेरे दूसरे हाथ को भी कस लिया था। धोती खोंसनी हो तो उसके हाथ से खोंसनी पड़ती। उस अधिकारी के हाथ से मेरा हाथ बाँधने के कारण शौच, लघु शंका सब विधियाँ साथ-साथ, सोना भी साथ-साथ। कई यात्राओं में इस प्रकार का घिनौनापन तथा कष्ट सहना पड़ा।

मुझे डिब्बे में ठूँसा गया। परंतु ऐसा नहीं कि किसी ने मुझे देखा ही नहीं। जो लोग उधर उत्सुकतावश आए हुए थे उन्हें दूर खदेड़ा जाता। परंतु कुछ यूरोपियन भी देखने के लिए आए थे। वे डिब्बे के पास आते, उनमें से कुछ लोग बंद खिड़कियाँ खोलकर दो शिष्ट शब्द शिष्टतापूर्वक बोलते अथवा उद्दंडतापूर्वक देखकर चले जाते। उनपर कड़ी पाबंदी नहीं थी। गाड़ी छूटने के बाद जहाँ-जहाँ वह खड़ी होती, उस स्टेशन पर पहुँचने से पहले मेरे डिब्बे की सारी खिड़कियाँ बंद कर दी जातीं। जब से इंग्लैंड छूटा, मैंने कभी खुली खिड़कियोंवाले डिब्बे में बैठकर यात्रा की ही नहीं। परंतु इस स्टेशन पर मेरे साथ आए हुए एक अधिकारी ने न जाने पहले से ही वहाँ के विदेशी लोगों से क्या साँठ-गाँठ की थी, मेरे डिब्बे की खिड़कियाँ खोल दी गईं। काफी गोरे लोग थोड़ी-थोड़ी दूरी पर खड़े थे। मैंने देखा, उनमें से कुछ लोगों ने उत्सुकता के आवेश में अपनी मेमों को कंधों पर उठाया हुआ था। एक ने मुझे संकेत किया, खिड़की के पास खड़े रहो। मैं खड़ा रहा तो 'There's he, that is Savarkar' का हल्ला सुनाई दिया। ये गोरे लोग भी, जिन्होंने मुझे देखने के लिए वहाँ भीड़ लगाई थी, इतना निकट नहीं आ पाए कि मुझसे दो बातें करें। चार-पाँच गोरे आकर चले गए, परंतु मैंने स्वयं पहल करके किसी का नाम नहीं पूछा। उनके संभाषण में प्राय: आदरभाव और कम-से-कम शिष्टता तो

दिखाई देती थी। इक्का-दुक्का गोरा उद्दंड होता था। यदि इस तरह कोई आता तो वह मेरी मुद्रा भी वैसी ही पाता—आता और जाता, मैं भी उसे कुछ नहीं गिनता।

मोगलाई मैदान

प्राय: मेरे डिब्बे की खिड़कियाँ बंद रहतीं। डिब्बे के दूसरे हिस्से में, जो लोहे के सीखचों से मेरे हिस्से से अलग किया गया था, कालेपानी के सारे बंदी धमाचौकड़ी मचा रहे हैं। गरमी के दिन। अंगार बरसाती चिलचिलाती धूप, असहनीय उमस। कोई बारात भी उत्सवार्थ यात्रा कर रही होती तो भी उसे यात्रा सुखद नहीं लगती। तिसपर मैं तो कालेपानी के आजीवन कारावास के लिए जा रहा था। डिब्बे के बाहर मोगलाई मैदान आँवे की तरह तप रहे थे। भीतर उस डिब्बे में उमस की उतनी ही तीव्रता से अंग-अंग छटपटा रहा था और उस ऊष्मा की तीव्रता तथा छटपटाहट उतनी ही असहनीय थी जितनी अंत:करण स्थित ऊष्मा की। इस स्थिति में वह रेल मोगलाई मैदानों में से होती मद्रास चली।

जब मन अधिक टूटता तो रूस से साइबेरिया जाते राजनीतिक बंदियों की टोलियों की यात्रा में जो दुर्गत बनी थी, उसका स्मरण करके मैं अपने मन को समझाता, 'अरे, अभी भोगा ही क्या है तुमने ? यह कोई कहने की बात थोड़े ही है ? जो करेगा सो भरेगा। जो भरेगा सो करेगा।'

गाँव के पीछे गाँव, नगरों के पीछे नगर छोड़ती हुई, वन-उपवन, पर्वत, नदी-नालों को पार करती वह रेलगाड़ी किसी हड़काई हुई शेरनी की तरह मुझे मुँह में दबाए भागती जा रही थी। हाय-हाय! जितनी तीव्र गति के साथ वह मुझे अपनी मातृभूमि से कालेपानी की ओर खींचती हुई ले जा रही है उतनी ही तीव्र गति से वह कालेपानी से अपनी मातृभूमि पर मुझे कब लाएगी ? कभी लाएगी भी कि नहीं ? कैसे लाएगी ? यह आशा करना एक मानसिक आश्चर्य ही है। साइबेरिया में भी 'रूस! हाय मेरा रूस' करते-करते सैकड़ों लोगों ने प्राण त्याग किया। अंदमान में 'हाय भारत! हाय हिंदुस्थान' करते-करते मेरे भी प्राण पखेरू उड़ जाएँगे।

मद्रास आ गया। रेल से उतरते ही मुझे एक तरफ सभी बंदियों से अलग करके पहरे में रखा गया। गाड़ी के साथ एक यूरोपियन अधिकारी बड़ी दूर से आया था। हो सकता है, वह रेल का अधिकारी हो या पुलिस का। वह हर दो-तीन स्टेशनों के पश्चात् उन अधिकारियों में, जो मेरी निगरानी के लिए नियुक्त किए गए थे, किसी एक से कुछ बात करके मुझे देखकर वापस लौटता। संभवत: अब वह मुझे छोड़कर वापस लौट रहा हो। मेरे पास आकर वह बात करने लगा, उसका गला रुँधा हुआ था, "Good bye, Friend ! (अलविदा मित्र!) मुझे लगता है, आप प्रभु कृपा से दिसंबर में राज्यारोहण के

समय मुक्त होंगे।'' मैंने कहा, ''आपकी शुभकामना के लिए आभारी हूँ। परंतु हमारे घाव इतने हरे हैं कि वह इतने शीघ्र कैसे भरेंगे? इस तरह की आशा पर निर्भर रहना मूर्खता ही होगी।'' उन्होंने इतने आश्वस्त स्वर में कहा, जैसे कि वह जताना चाहते थे कि अधिकारी होने के नाते वे कुछ विशेष जानते हैं, ''मुझपर विश्वास रखो। आप अवश्य मुक्त होंगे। अच्छा, आपसे विदा लेता हूँ। आपके धीरोदात्त आचरण की अमिट छाप (This your dignified courage) मेरे मन पर अंकित हो गई है।'' अन्य अधिकारी भी विदा लेते हुए चले गए। मार्सेलिस की लंबी-चौड़ी गप्पें सुनने के कारण उनकी यही धारणा बनी थी कि इस यात्रा में भी मैं उन्हें बहुत तंग करूँगा। अंग्रेज को देखते ही मेरे तन-बदन में आग लग जाती है। मैं कोई उद्दंड, अशिष्ट तथा भयंकर व्यक्ति हूँ। परंतु इस यात्रा में उन्हें जरा भी कष्ट न हुआ और मुझे अंत में मद्रास के अधिकारियों को सौंपने के पश्चात् जैसे उनका मन शांत हुआ और उन्हें मुझमें इतने सद्गुण दिखाई दिए कि उन्होंने टोपी उतारकर मुझे प्रणाम भी किया।

उसी समय मद्रास में कलेक्टर अशे की हत्या हो चुकी थी। अधिकारियों को संदेह था कि इस हत्या का संबंध यूरोप स्थित 'अभिनव भारत' के एक नेता से जुड़ा हुआ है। अत: मेरा अनुमान था ही कि इस संबंध में प्रत्यक्ष अथवा अप्रत्यक्ष रूप में मुझसे कुछ-न-कुछ अवश्य पूछा जाएगा। इंग्लैंड में मेरे पकड़े जाने के बाद मुझे हिंदुस्थान में वापस लाया जा रहा था और मेरा प्रकरण समाप्त होने पर मुझे अंदमान ले जाने की व्यवस्था हो रही थी, तब सचमुच ही मैं यह नहीं जानता था कि 'अभिनव भारत' के तत्कालीन उपाध्यक्ष श्री अय्यर*—हिंदुस्थान में आए थे। इनकी असमय मृत्यु से इस वर्ष समूचा आर्यावर्त विह्वल हो रहा था। मैं इस बात से सचमुच अनभिज्ञ था कि वे हिंदुस्थान आए हुए हैं। वे यूरोप से नाना वेशों और विधियों तथा उद्देश्य से यात्रा करते, सिर पर अति गंभीर आरोपों के वॉरंट लिये हिंदुस्थान की सीमाओं पर कड़ी गुप्तचर व्यवस्था के बावजूद हिंदुस्थान में पांडिचेरी में आ धमके थे। अंदमान में सात-आठ वर्ष गुजारने के बाद सीक्रेट रिपोर्ट पढ़कर मुझे ज्ञात हुआ कि पुलिस अधिकारियों की यह कल्पना थी कि वहाँ से उन्होंने 'अभिनव भारत' की शाखा की सहायता से उसके सदस्यों में से एक शाक्त ब्राह्मण के हाथों तूतीकोरिन के कलेक्टर की गोली मारकर हत्या करवाई थी, पर उस समय यह भी मुझे ज्ञात नहीं था कि श्री अय्यर वापस लौट आए हैं।

मद्रास के उस कलेक्टर की हत्या का समाचार मुझे प्राप्त हो चुका था और बस इतना ही सत्य है कि मुझे यह संदेह था कि प्राय: मद्रास के 'अभिनव भारत' के किसी सदस्य द्वारा ही यह कठोर कृत्य संपन्न कराया गया होगा। परंतु इस आशा से कि मुझे

---

* वेंकट सुब्रह्मण्यम अय्यर, शि.ल. करंदीकर लिखित 'सावरकर के सहयोगी' शीर्षक पुस्तक में उनका चरित्र है।

यह समाचार ज्ञात ही नहीं हुआ हो और इसलिए मैं सहजतापूर्वक मद्रास शाखा की कुछ वार्त्ता उगलूँगा—मद्रास अधिकारियों में से एक भारतीय अधिकारी, जिन्होंने अंग्रेजी वेश धारण किया था—मुझसे मिले। सागर में अंदमान का जलयान 'महाराजा' आया हुआ है। सारे बंदी एक बड़ी सी नाव में ठेलाठेली करके उधर रवाना किए गए। बस मैं ही शेष रह गया था। इतने में मुझे ले जाने के लिए ये और अन्य एक-दो अधिकारी एक छोटी नाव के साथ आ गए। मैं उस छोटी नैया में बैठ गया। मैं स्वयं अपनी ओर से कभी किसी से वार्त्तालाप प्रारंभ नहीं करता, क्योंकि मैं ठहरा एक बंदी, कोई भी फटाक से डाँट पिलाएगा, 'चुप रहो।' कुछ समय के पश्चात् इधर-उधर का कुशल-मंगल पूछकर उन अधिकारियों ने अपनी जिज्ञासा प्रकट की कि इंग्लैंड स्थित क्रांतिकारियों की मेरे पीछे कैसी अवस्था हो गई होगी। मैंने कहा, "यह तो आपको मुझे बताना चाहिए। भला जेल में पड़े रहकर मैं कैसे जान सकता हूँ?" जान-बूझकर मुझे ताव दिलाने के लिए उन्होंने कहा, "हाँ, यह भी सत्य है। और कैसे अकिंचन षड्यंत्र! चार लोग भी उनमें सम्मिलित नहीं थे।" मैंने हँसकर कहा, "तो आप ही कुछ लोगों को इकट्ठा करते।"

"अरे, कैसी बात करते हैं। इस मद्रास इलाके के लोग बड़े शिष्ट और विवेकशील हैं, न कि आपके इलाके के नवयुवकों के समान छिछले। इधर कोई प्रचारक आ भी गया तो उसे एक भी अनुयायी नहीं मिलेगा।" यह बात करते समय पग-पग पर उनका लक्ष्य इसपर केंद्रित था कि मैं उनका प्रतिरोध करने के लिए मद्रास के कुछ नामचीन क्रांतिकारियों के नाम तो नहीं उगलने लगा। बाद में स्वयं ही कहने लगे, "आपका अनुभव कैसा रहा?" मैंने कहा, "मुझसे अधिक आप लोगों को मद्रास का अनुभव रहा होगा।" उन्होंने कहा, "मैंने तो मद्रास में सर्वत्र शांति ही देखी।" मैंने स्मित करते हुए कहा, "ठीक है न! आप विश्वासपूर्वक कहते हैं कि इधर हर कहीं शांति है?" वह समझ गया। वह दूसरा अधिकारी भी मुसकराया। कहने लगा, "उन्हें सबकुछ ज्ञात होगा। केवल आप उन्हें उकसाने का प्रयास कर रहे हैं और वे आपको उकसा रहे हैं।"

वह छोटी नौका, जो मुझे लेकर आई थी, अंदमान से आई हुई 'महाराजा' नामक विशाल वाष्पनौका से सट गई। मुझे हथकड़ी पड़ी हुई थी ही। उसके साथ ही उस जलयान की सीढ़ी पर कड़े पहरे में मुझे चढ़ाया गया। मैं ऊपर चढ़ ही रहा था कि उस समय जहाज में सवार हुए यात्री, नौकर-चाकर, अधिकारी तथा आस-पास की छोटी-छोटी नौकाओं में सवार होकर आए हुए दर्शक वह दृश्य देखने के लिए धक्कम-धक्का करने लगे और अंदमान के उस जहाज पर मुझे सवार होते हुए ऐसे देखने लगे जैसे हम किसी शव को अरथी पर चढ़ाते और ठीक तरह से बाँधते हुए विस्मय और जिज्ञासापूर्वक देखते हैं।

उस 'महाराजा' जलयान पर किसी बंदी का, जिसे आजन्म कारावास हो गया है,

सवार होना और शव को अरथी पर सजाना एक ही बात थी। आज तक जो सैकड़ों-हजारों बंदी आजन्म कारावास की सजा काटने इस भयंकर जलयान पर चढ़कर कालेपानी गए, उनमें से दस भी जीवित वापस नहीं लौट सके। अठारह-बीस वर्ष की चढ़ती आयु के युवकों पर इस जलयान पर पैर रखते ही अस्सी वर्ष के बूढ़ों जैसी मुर्दनी छा जाती। मनुष्य एक बार अरथी पर बाँध लिया गया कि उसके परिजन समझते हैं कि यह इस संसार से सदा के लिए जा रहा है और भावना से दुःखित, विस्मित होकर शून्यवत् उसकी उस निकलती अरथी की ओर देखते रहते हैं—ठीक उसी दृष्टिकोण से वे मेरी ओर देख रहे थे। उनकी मुद्रा से यह भाव स्पष्ट परिलक्षित था कि मैं अब इस जगत् के लिए मर चुका—और यह भावना सत्य ही थी। सचमुच ही मुझे अरथी पर चढ़ाया जा रहा था। अंतर बस इतना ही था कि शव को अरथी पर चढ़ाते समय जो भावनाएँ दर्शक मन को स्तंभित अथवा व्याकुल करके शवयात्रा की ओर खींचती हैं, वह शव उनका आकलन नहीं कर पाता। परंतु मैं सबकुछ का आकलन कर रहा था कि मेरी अरथी सजाई जा रही है, मेरी अरथी निकल रही है। मुझे इस यथार्थ का भी बोध हो रहा था कि इन सैकड़ों दर्शकों की दृष्टि, जो मुझपर टिकी हुई है, वह प्रायः निर्मम तथा तटस्थ है। जिस तरह राह चलते आकस्मिक रूप से किसी की निकली हुई अरथी हम देखते हैं, पल भर उसकी ओर देखते-देखते हम केवल इतना ही कहते हैं, लगता है कोई मर गया है, बस उसकी ओर देखते-देखते हम अपनी राह जाते हैं। उस समय इस बात का आकलन होने से कि मैं शव बन रहा हूँ, मुझे इस यथार्थ-बोध का ही अधिक दुःख था कि हजारों देशबांधव मेरी ओर मात्र आँखें फाड़-फाड़कर देख रहे हैं। काश, उनमें से एक भी मनुष्य मुझे इस तरह ढाढ़स बँधा पाता कि 'जाओ बंधु, जाओ! तुम्हारे पीछे मैं और हम तुम्हारे व्रत को पूरा करके अपने इस हिंदुस्थान के…' तो मेरी वह अरथी मेरे लिए फूलों की सेज बन जाती।

□

प्रकरण–५

कालेपानी का सागर

उस जलयान की सीढ़ी से चढ़ाकर मुझे सीधे उसके तलमंजिल पर ले जाया गया। उधर एक बड़ा पिंजरा बनाया गया था, जिसमें लोहे की मजबूत छड़ें लगाई गई थीं। इस जहाज का वह पिंजरा बहुत लंबा किंतु सँकरा था, जिसमें कोई बीस–तीस व्यक्तियों को ही रखा जा सकता था। परंतु हेतुपूर्वक वह इस तरह बनाया गया था कि जिसमें आजन्म कारावास के कालेपानी के बंदीवान जानवरों की तरह ठूँसे जाते। उसमें मैंने देखा कि उन बंदियों को, जो ठाणे से आए हैं, ठेलाठेली के साथ ठूँसकर खड़ा किया गया है। मैं मन–ही–मन सोच रहा था, क्या मुझे भी इस जहाज के इस घुटन भरे तलमंजिले के अँधेरे पिंजरे में इन बंदियों के साथ ठूँसा जाएगा? इतने में ही उस पिंजड़े का द्वार खुल गया और मुझे उसी में ठूँस दिया गया। इंग्लैंड में 'ब्रांकाइटिस' रोग का शिकार हो जाने के कारण मुझे जरा से तंग स्थान पर जाते ही साँस लेना दूभर हो जाता, छाती में दर्द होने लगता और दम घुटने लगता। अत: मैंने उस गोरे अधिकारी को, जो मेरे साथ था, बताया कि इस प्रकार के तंग व घुटन भरे स्थान पर मुझे रखने से गड़बड़ हो सकती है। उसने जहाज के डॉक्टर को सूचित किया। उसने कहा, 'फिलहाल तो इधर ही रहो, स्वास्थ्य खराब होने पर देखा जाएगा' और विशेष सुविधा के तौर पर मुझे उस पिंजरे में न रखते हुए मेरा बिछौना एक कोने में, जहाँ जहाज का छेद था, उसके सामने सीखचों के पास डालने का आदेश दिया। आगे शीघ्र ही ज्ञात होगा कि इस विशेष सुविधा का मुझे क्या लाभ हुआ।

इतने में एक और सज्जन आ गए, उन्होंने मार्सेलिस की बात छेड़ी। मैंने भी खुलकर थोड़ी चर्चा की। ''आपसे मिलने हम हेतुपूर्वक आए थे। ईश्वर आपको वापस स्वदेश ले आए, यही हमारी हार्दिक कामना है।'' इतना कहते हुए वे सभी अधिकारी अपनी टोपियाँ उतारकर प्रणाम करके चले गए। एक गोरे गृहस्थ को जैसे उनका यह व्यवहार अखर गया और वह हेय तथा क्रुद्ध दृष्टि से उन्हें और मुझे घूरकर बिना प्रणाम

किए चलता बना। जैसे उसकी दृष्टि जता रही थी—'भला इस पापी बंदी को इतना सम्मान क्यों?'

प्रस्थान

जहाज की सीटी के पश्चात् भों-भों-भों की कर्णकटु आवाज आई और एक हिचकोले के साथ जहाज चल पड़ा। उस पिंजड़े की ऊँचाई पर दो-तीन छोटी-छोटी गोलाकार खिड़कियाँ थीं, जो शीशे से बंद की गई थीं। उनसे लटकते हुए, उन अभागे दंडितों में से कुछ तट की ओर टकटकी लगाकर देखने लगे—किनारा दृष्टि से ओझल हो गया। 'घर छूट गया भई, घर छूट गया' कहते हुए उनमें से एक धम्म से नीचे बैठ गया। यह सुनते ही 'अब अपना देश हम पुनः कब देखेंगे?' ऐसे बिलबिलाते हुए सतारा की ओर के दो किसान फूट-फूटकर रोने लगे। 'अब कालापानी लग गया! भैया, रो मत। कालेपानी में रोने से कुछ नहीं होता।' इस तरह इन दंडितों में से जो छँटे हुए बदमाश अपराधी थे, दार्शनिक की तरह बीचोबीच खड़े होकर सभी को सांत्वना दे रहे थे। बीच ही में किसी ने मेरी ओर संकेत करते हुए कहा, "देखो भैया, तुम्हारी-हमारी छोड़ो। वह देखो, बालिस्टर साहब! भई, अंग्रेज अफसर भी टोपी उतारकर इन्हें प्रणाम करते हैं। भला इनके दुःख के सामने हमारा दुःख क्या है?" इतना कहने की देर थी कि धीरे-धीरे सभी मेरे इर्दगिर्द जम गए। प्रायः सभी को ज्ञात था कि मुझे पचास वर्षों का दंड मिला है, तथापि हर कोई पूछता—कितने वर्षों का दंड? मैंने अपने गले में लटका हुआ क्रमांक का वह बिल्ला ही उनके हाथों में थमा दिया। बार-बार 'पचास-पचास' की रट लगाते हुए मैं ऊब सा गया था। यह सुनकर कि सचमुच ही मुझे पचास वर्षों का दंड हुआ है—केवल उन्हें ही नहीं अपितु सहस्राधिक दंडितों को भी, जिनकी पंद्रह बरस के दंड से ही सिट्टी-पिट्टी गुम हो गई थी, धीरज बँधता। उन सभी बंदियों का दुःख मुझे देखते ही हलका हो जाता।

जलयान की गंदगी

कुछ देर बाद संध्या हो गई। गरमी से जान निकलती, तिसपर इतना भीड़-भड़क्का। उन चालीस-पचास लोगों में, जिनमें हिंदू-मुसलमान सब थे, कुछ तो घिनौने जीवन के अभ्यस्त बनकर निर्लज्ज बने हुए थे; चोर-उचक्के, डाकू, पापी-दुष्ट, असाध्य इंद्रिय रोग से ग्रस्त; कुछ ऐसे घिनौने, जिन्होंने वर्षों से दाँत भी नहीं माँजे थे। इस तरह के चालीस-पचास आदमियों की बिछौनों पर बिछौने बिछाए हुई भीड़भाड़ में मैं भी अपना बिस्तर बिछाकर लेट गया। मेरे पैरों से किसी का सिर सटा हुआ था। मेरे सिर से ही नहीं अपितु मुँह के पास किसी की टाँगें सटी हुईं और तनिक उधर मुँह करे तो मुख से मुख

सटा हुआ। पल भर चित लेटा। सामने ही एक बड़ा सा पीपा आधा काटकर रखा हुआ था। उधर थोड़ा रिक्त स्थान था। उस पिंजरे में अन्यत्र बहुत भीड़ हो गई थी, उसकी तुलना में मेरे कोने में कम भीड़ थी और इसी कारण मुझे इस कोने में बिस्तर बिछाने की सहूलियत दी गई थी। परंतु इतने में सड़ी हुई दुर्गंध का इतना तीव्र भपारा आया कि नाक सड़ गई। मैंने अपनी नाक जोर से दबाकर बंद की। यह देख निकट के एक बंदी ने संकेत किया कि धुँधले उजाले में रखा वह पीपा देखो। देखा तो ज्ञात हुआ कि यह पीपा ही रात भर सभी प्राणियों को शौचकूप के स्थान पर काम आनेवाला है। मेरी दृष्टि उधर जाते ही वह बंदी, जो उस पीपे पर बैठा था, बेचारा संकोचवश उठने लगा। परंतु मैंने संकेत से उसे बैठने के लिए कहा, "अरे, यह तो देहधर्म है। भला इसमें लज्जा कैसी? थोड़े समयोपरांत मुझे भी उधर ही बैठना होगा। किसी को भी संकोच करने की आवश्यकता नहीं है। ऐसा नहीं कि मेरी नाक है और तुम्हारी नहीं है, तो फिर तुम लोगों से अधिक भला मुझे यह गंदगी असहनीय क्यों लगे?" उन दंडितों में एक पुराना घाघ मेरे निकट आकर कहने लगा, "दादा, हम इसके आदी हो चुके हैं। मैं कालेपानी से ही आ रहा हूँ। आप उस कोने में चलिए, वहाँ न भीड़ है न दुर्गंध। मैं इधर आ जाता हूँ।" उसकी उदारता को मैंने मन से सराहा। मैंने सोचा, 'हे प्रभो, इन पतितों के अंत:करण के आँगन में भी एक सुंदर सा तुलसी वृंदावन होता है।'

मैंने उस घुटे डाकू को धन्यवाद दिया और कहा, "खुली हवा के लिए डॉक्टर ने मुझे यह विशेष सुविधा दी है कि मैं सलाखों के पास सो जाऊँ। इस पीपे की बात पर उन्होंने गौर नहीं किया। परंतु मैं इसे भी एक विशेष सुविधा समझता हूँ। आप चिंता न करें। भला आपको इस गंदगी में ढकेलकर मैं उधर क्यों जाऊँ? मुझे भी अब इस तरह के जीवन का आदी होना होगा।" रात में एक के पीछे एक बंदी उस पीपे पर आने-जाने लगा। गंदगी तथा घिनौने दृश्य की चरम सीमा हो गई। मैंने अपनी आँखें बंद करके सोने का स्वाँग रचाया, ताकि उन बंदियों को संकोच न हो। मन कसमसाया, 'हाय-हाय! यह तो जीवित नरक भोगना पड़ रहा है तुम्हें।' विवेक ने समझाया, 'बावले, यह सत्य है, पर यह भी अपना-अपना विचार है। यह तुम्हें विशेष सुविधा मिल रही है न! तो फिर उसका विशेष उपयोग क्यों नहीं कर लेते? जाति-पाँति, गोत्र, वर्ग का ही नहीं अपितु शील तथा शुचिता का भी अहंकार मिट्टी में मिलाकर विश्व से एकरूप होने के लिए महान् तपस्वी और योगी भी जिसे साधन स्वरूप बनाने में हिचकिचाते हैं, वह तुम्हारे हाथों करवाकर तुम्हारा भी अहंकार चकनाचूर करने के लिए ही ईश्वर ने तुम्हें यह अवसर तो नहीं प्रदान किया? इस विशेष सुविधा का विशेष उपयोग करो। त्रैलिंग स्वामी पर न्यायालय में अशिष्ट व्यवहार के लिए जब अभियोग लगाया गया था, तब उनके साधुत्व की खिल्ली उड़ाने के लिए मजिस्ट्रेट ने व्यंग्य किया, "परंतु ये अद्वैतवादी

भोजन के समय अन्न ही क्यों ग्रहण करते हैं ? गोबर क्यों नहीं खाते ?'' इसपर त्रैलिंग स्वामी हँसे और वहीं पर शौच करके, जब तक लोग सफाई को आते, देखते-देखते उसे खा गए!

रामकृष्ण परमहंस

रामकृष्ण परमहंस के विषय में भी इसी तरह की आख्यायिका है। अपनी अद्वैतानुभूति के सारे साधन समाप्त होने के पश्चात् एक अंतिम कठिन साधना के रूप में कलकत्ता में वे उस स्थान पर गए जहाँ मैला डाला जाता है। वहाँ पड़ी विष्ठा को अपने हाथों से उलट-पुलट करते हुए उन्होंने पाँच काड़ी भरकर विष्ठा मुँह में डाल ली। और एक तू है कि इन दंडितों के विष्ठा करते समय उस दुर्गंध से डरकर उस गंदगी भरे पीपे से दूर भागना चाहता है। अन्य लोगों की विष्ठा के पीपे से चाहे कितना भी दूर भागो, तथापि उसका क्या करोगे जो तुम्हें अपनी विष्ठा का पीपा अपनी ही पीठ पर ढोना पड़ता है ? तुम उसे लाख वस्त्रों की आड़ में छिपा लो तथापि ढकने से भी वह खुला-का-खुला ही रहेगा, चारों ओर दुर्गंधि छोड़ेगा। समर्थ रामदास स्वामी ने यह स्पष्ट कहा है—

'भक्षण करते ही सुग्रास अन्न। आधी विष्ठा आधा वमन।
पीते ही भागीरथी का जीवन। मूत्र होय तत्काल।'

तो फिर 'चाहे राजा हो या रंक। पेट में विष्ठा नहीं चुकती।' यह यदि सत्य है तो अपने आपके मल-मूत्र का उपसर्ग जिस तरह अनिवार्य समझकर तुम शांत लेटे रहते हो उसी तरह उनके उपसर्ग को भी तुम क्यों नहीं सह लेते ? इस जगत् में देह धारणा के लिए रेचन भी उतना ही उपकारक है जितना कि भोजन। इस तरह इस जगत् और इस देह की रचना करके पुनः कुछ इंद्रियों को जो प्रिय है, वह अन्य इंद्रियों के लिए असहनीय क्यों किया गया ? प्रकृति का यह न्याय वही जाने कि एक देह की इंद्रियों में भी यह विषम परस्पर विद्वेष क्यों उत्पन्न किया ? अथवा हो सकता है, उसका उपाय न हो अथवा उनके उस परस्पर कलह से उसे आनंद हो रहा हो।

और फिर इस तरह विवेक सेना को विद्रोही इंद्रियों के पीछे छोड़ते और उनके उस परस्पर संग्राम की हाथापाई देखते-देखते मुझे भी बड़ा आनंद आने लगा। अन्न की विष्ठा, विष्ठा का खाद और खाद पुनः अन्न। भई वाह ! चमत्कार है ! इस आनंद में गंदगी का उपद्रव दूर हो गया। रात एक बजे के आस-पास गहरी नींद सो गया। उस जलयान पर इस तरह मेरा उस कोने में अविचल रहना सभी बंदियों के लिए आश्चर्य का कारण बन गया। एक-दो जनों ने तो मेरी पीठ पीछे यह संदेह भी व्यक्त किया कि मैं किसी नीच जाति का गंदा, घिनौना व्यक्ति हूँ, जिसके शरीर से पसीने की दुर्गंध आती है।

यूरोपियनों का व्यवहार

उस जहाज के यात्रियों तथा कुछ भारतीय अधिकारियों की हार्दिक इच्छा रहती थी कि मेरी कुछ-न-कुछ सहायता करके अपनी आदरभावना व्यक्त करें, जो उनके मन में मेरे लिए पनप रही थी। आते-जाते वे यथासंभव मुझसे मिलकर जाते। यूरोपियन लोगों में कुछ संतरियों ने भी मेरे प्रति बहुत आदरभाव प्रदर्शित किया। कुछ अंग्रेजी वृत्तपत्र, पत्रिकाएँ भी प्राप्त हो गईं। जहाज पर खाने के लिए केवल भुने हुए चने मिलते थे। परंतु कुछ अधिकारियों ने अनुरोध किया कि मैं कुछ खाने के लिए ले लूँ। समझ में नहीं आ रहा था कि क्या माँगूँ? और मुझे अकेले को देना भी कठिन था। अंत में कुछ उदार व्यापारियों ने कप्तान की आज्ञा प्राप्त करके सभी बंदियों के लिए भात, मछली और अचार आदि व्यंजन तैयार करवाए। मेरे कारण दो दिन के अनशन के पश्चात् ऐसा भोजन प्राप्त हुआ जो कभी नहीं मिलता था, इसलिए सभी बंदी बाँसों उछल पड़े। मेरे साथ ही उन्हें घंटा-आधे घंटे के लिए उस घुटन भरे तंग तलमंजिले पिंजरे से निकालकर हवाखोरी के लिए ऊपर के तल्ले पर जब लाया जाता तब साधारण व्यवस्था से अधिक व्यवस्था तथा सुविधापूर्वक व्यवहार किया जाता। इसके संबंध में वे दंडित मुझसे कहते, "बाबूजी, हमारा अहोभाग्य कि आप हमारे साथ आए! कितना अच्छा हुआ!" तब मैं हँसते हुए कहता, "तो फिर यह अच्छा ही हुआ न कि मुझे दंड मिला।"

उधर दिन-रात उन बंदियों में मेरी चर्चा छिड़ती और मेरी चर्चा छिड़ते ही, हिंदुस्थान अपना स्वदेश है···उसे···आदि उस कार्य के संबंध में भी जिसका भार मैंने उठाया था—भरपूर चर्चा होती। यदि कोई तिलमिलाकर मुझसे कहता, 'कैसे कहें, पर आपको देखकर कलेजा टूक-टूक हो जाता है···' तो मैं मुसकराकर कहता, 'अभी-अभी तो आप कह रहे थे कि ऐसा होना चाहिए, और हिंदुस्थान···में आदि चर्चा कर रहे थे न? फिर आपने इस बात पर गौर नहीं किया कि एक मैं ही क्यों? इस तरह मेरे जैसे बंदियों से सैकड़ों जहाज भर-भरकर कालेपानी जाएँगे। जो करेगा सो भरेगा। जो भरेगा सो करेगा··· ।'

जहाज के अधिकारी से लेकर सिपाही-संतरी तक और बंदियों से लेकर खलासियों तक मेरे बहाने सतत राजनीति की चर्चा छिड़ती। जिन्होंने यह सब कभी नहीं सुना था, उन्होंने उसे सुना; जिन्हें कभी सूझा नहीं था, उन्हें सूझा और जिन्होंने इसे कभी नहीं माना था, उन्होंने मान लिया।

बारी बाबा की कहानी

दूसरी महत्त्वपूर्ण बात, जो वहाँ की परिस्थिति में मन को अपनी ओर खींचती, वह यह ज्ञात करना था कि कालापानी कैसा है। जो भी कोई वहाँ से आता, उससे यही

पूछने को जी चाहता। प्रत्येक व्यक्ति एक ही बात पूछता। फिर मुझे भी पूछने की इच्छा होती। अंदमान के सिपाहियों की वह टोली, जो बंदियों को लेने आई थी, उससे पूछते, क्योंकि वही इस विषय के प्रमुख अधिकारी और वही इसके ज्ञाता! कालेपानी का नाम लेते ही वे सबसे पहले 'बारी बाबा' की कहानी सुनाते।

उनकी धारणा थी कि बारी बाबा ही कालापानी है। उन दंडितों में से जो अत्यंत निर्दय बंदी होते, वे बिना किसी कारण हो-हल्ला करके आपस में गाली-गलौज करते, तब सिपाही क्रोधित हो कहते, 'अरे ठहर तू, बड़ी चढ़ी हुई है तुझे, समझता है तू ही सबसे बड़ा बदमाश है। अगर एक बार बारी बाबा को देखा तो सारा होश ठिकाने आ जाएगा—अरे धोती ढीली हो जाएगी, धोती में मूतोगे, समझे!' बारी बाबा और हमारी शीघ्र ही गहरी मैत्री होनेवाली थी, अतः उन सिपाहियों को उस संबंध में अधिक कुरेदने में कोई तुक नहीं था।

अंदमान के संबंध में वे कहते, 'बाबूजी, छह महीने में मुक्ति मिलेगी। आप जैसे पढ़े-लिखे बाबुओं को तो ऑफिस में काम मिलेगा। इतना ही नहीं, पूरा जिला आपकी आज्ञा में रहेगा। दस वर्षों तक सहस्रों रुपए जुटा सकोगे और दस वर्षों के पश्चात् घरबार बसा लोगे।' मन-ही-मन मैं सोचता, 'यह क्या! भई, कहीं मुझे क्रांतिकारी आंदोलन में भाग लेने के उपलक्ष्य में पुरस्कृत करने के लिए तो अंदमान नहीं ले जा रहे हैं। चलो, अच्छा ही हुआ जो मार्सेलिस में पकड़ा गया। यूरोप में दर-दर की ठोकरें खाते हुए भटकने के दुःखद जीवन का मैंने अनुभव किया है। अंदमान का जीवन, जैसा ये वर्णन कर रहे हैं, इससे अधिक असहनीय तो नहीं है। अर्थात् वैसा ही तो नहीं जैसा यह बखान कर रहे हैं। हाँ, हो सकता है, वैसा ही हो। परंतु क्या वह मेरे भाग में होगा? असंभव, सर्वथा असंभव। उनकी अवस्था कैसी है जो राजबंदी पहली बार ही अंदमान गए थे? क्या मेरी उनसे भेंट होगी? और मेरे ज्येष्ठ बंधु?'

कोई भी निश्चित जानकारी नहीं दे सकता था। बस इतना ही ज्ञात हुआ कि वे लोग वहाँ हैं। कारागृह में हैं। प्रायः मैं भी उधर ही जाऊँगा।

सभी कह रहे हैं, आज अंदमान आएगा। प्रातःकाल के छह बज चुके थे, सभी दंडितों को पंक्ति में ऊपर लाया गया। ऊपरी तल्ले पर लास्कार आदि सेवक जहाज धो रहे हैं। बढ़ते-बढ़ते सूरज का ताप प्रखर हो गया। आज बंदियों के मन बिखर रहे हैं कि कालापानी आएगा। यात्रा की धाँधली में दबी हुई लाचारी, विरह तथा शोकपूर्ण विचार मेरे चित्त पर उमड़-उमड़कर ऊपर उठकर हृदय में घुसकर उसे चंचल बना रहे हैं, जैसे सागर की तलहटी की मछलियाँ उछल-उछलकर ऊपरी सतह में घुसती हैं। मैं कालेपानी की छाँव से घिर गया हूँ।

सागर शांत है, किसी झील की तरह स्तब्ध और उसपर यह जलयान ऐसे सलिल

विहार कर रहा है जैसे हिम प्रदेश में बालक मजे में हिम पर फिसलते हैं। सूरज पृथ्वी की ओर टकटकी बाँधकर निरीक्षण कर रहा है, जैसे कि मानव द्वारा जड़ सृष्टि पर प्राप्त की हुई इस अपूर्व विजय से वह विस्मित हो गया हो। कितना विशाल सागर और यह कैसी पिद्दी सी नौका। परंतु उस नौका में एक छोटी सी कोठरी में बैठा एक मानव उस सागर को अपने चप्पू के अंकुश से अपनी इच्छानुसार मोड़कर उसे अपना गुलाम बनाए हुए है। यह मानव की जड़ सृष्टि पर प्राप्त कितनी बड़ी विजय है, कैसे कहें! एक दिन यही सूरज उस नूतन विजय की ओर, जो मनुष्य ने अपने मन पर प्राप्त की है, इसी तरह भौचक्का होकर पृथ्वी की ओर देखता रहेगा। मनुष्य भी मन में विराजमान उस राक्षस पर विजय प्राप्त कर, पीड़क और पीड़ित को एक-दूसरे से छेदकर और अपने पैरों में पड़ी दासता की बेड़ियाँ तोड़कर मुक्त हो गया है, तथापि वह प्रेमपाश से परस्पर बँध गया है—हाँ, एक समय ऐसा भी आएगा—ऐसा धन्य दिवस न जाने कब उदित होगा जब यह सूर्य इस नूतन विजय से प्रमुदित होकर वसुंधरा की ओर इसी तरह देखता रहेगा। मानवजाति की स्वतंत्रता केवल मनुष्य मात्र के प्रेम की ही दासी रहेगी। इस धन्य दिवस पर धन्य उन समस्त भुक्त-कष्टों तथा हुतात्माओं के कष्ट भोग तथा हौतात्म्य सफल होंगे, जिन्होंने यह धन्य दिन लाने के लिए आत्म-बलिदान किया है। समस्त मानव-जाति उनकी आभारी होगी। जिन्हें इस विजय का वह महान् श्रेय प्राप्त होनेवाला है, उनमें मैं भी अंश भागी होऊँगा। कितना महान्, कितना उज्ज्वल है यह भविष्य काल!

प्रस्तुत स्थिति

परंतु वर्तमान! तुम्हारी प्रस्तुत स्थिति? स्वप्न, स्वप्न! अरे मूर्ख, तुम्हें आ रहे भविष्य के ये सपने केवल स्वप्न ही होंगे। वैदिक काल से ऐसे स्वप्न देखते-देखते मनुष्य को युग बीत गए। भविष्य के उन सुनहरे सपनों का उपयोग वर्तमान की रात्रि के घनघोर मोहांधकार में पल भर के लिए प्रकाश देना ही है। इस सागर को ही देखो—कितनी अविस्मरणीय, अगम्य राक्षसी शक्ति। उसके शरीर पर यह नौका कितने मजे में लहराती चल रही है। क्यों? इसलिए कि वह इसे सह लेता है। जैसे कोई प्रचंड राक्षस किसी तुच्छ मच्छर को अपने शरीर पर बैठने देता है। पल भर उस मच्छर का साहस देखकर अपना मनोरंजन करता है, फिर एक ही चपत से उसे मारकर इस तरह नष्ट कर देता है जैसे कभी उसका अस्तित्व ही नहीं था। उसी तरह तुम जैसे मच्छर-मनुष्य का साहस है यह। यह प्रचंड सामुद्रिक शक्ति जब खौलने लगेगी तो अपनी लहर की एक बूँद की फुहार पर तुम्हारी यह नैया ही नहीं अपितु पूरा-का-पूरा महाद्वीप ही उठाकर उसे खंड-खंड कर सुपारी जैसा सटक जाएगा। तब किसी को पता भी नहीं चलेगा कि यहाँ पर कभी एशिया महाद्वीप था या नहीं। कितना 'यः कश्चित्' है मानव—'यः

कश्चित्' मनुष्य के बीच मैं कितना 'यत्किंचित्कर' हो गया हूँ!! आज इन अधम, नीच तथा दुष्ट दंडितों, जो अपना शरीर समेटकर बैठे हैं, की पंक्ति में एक उपेक्षित कोने में मैं भी अपना शरीर समेटकर उकड़ूँ बैठा हुआ हूँ। हाथों में हथकड़ी, पाँवों में बेड़ियाँ—इतना क्षुद्र, तुच्छ बन गया हूँ कि इस जहाज के झाड़ूवाले भी मेरी ओर सहानुभूतिपूर्वक संकेत करके 'बालिस्टर बाबू' कहते हुए दया करते हैं। ये सेवक भी, जो पानी डालकर लकड़ियाँ धो रहे हैं, दहाड़ते हैं—'ऐ कैदी, उठो इधर से। चलो, उधर बैठो।' और मुझे उनका आदेश पालन करना होता है।

सागर शांत था। किसी सामुद्रिक दैत्य की तरह खर्राटे भर रहा था। वाष्पनौका फिसलती हुई किसी आसन्नमरण की नाड़ी सदृश मंद-मंद चल रही थी। ऊपर से सूर्य क्रूरतापूर्वक सभी पर अंगार बरसा रहा था। अत्यधिक गरमी थी, अंदमान निकट आ रहा था। अधिकारियों और यात्रियों ने अब मुझसे बात करना बंद कर दिया था। वे ऐसी दूरियाँ साध रहे थे जैसे मुझसे सर्वथा अपरिचित हों। कालेपानी की छाया मुझपर स्पष्ट दिखाई देने लगी।

□

प्रकरण–६

अंदमान का वर्णन

अंदमान, निकोबार तथा उसके निकटतम द्वीपपुंज का हिंदुस्थान के इतिहास से ही नहीं अपितु भविष्य से भी संबंध होने के कारण प्रत्येक हिंदवासी को उसकी अल्प ही क्यों न हो, जानकारी आवश्यक है। हिंदुस्थान के बाहर अर्वाचीन काल में हिंदू संस्कृति जिन–जिन नूतन भूखंडों पर अपना आधिपत्य फैलाती जा रही है, उसमें अंदमान द्वीपपुंज की गणना करना अत्यावश्यक है।

यह द्वीप कलकत्ता से लगभग छह सौ मील की दूरी पर है। बीच में छोटे–छोटे द्वीपपुंज, थोड़ा सागर, पुनः द्वीपपुंज—इस क्रम से यह एक द्वीपमाला बंगाल के उपसागर में बिखरी हुई है। उसमें अंदमान सबसे बड़ा द्वीप है। वह तीन भागों में विभाजित है। इनको उत्तर अंदमान, मध्य अंदमान और दक्षिण अंदमान की संज्ञाएँ दी गई हैं। इस द्वीप के मानचित्र में दी हुई आकृति देखकर यह स्पष्ट होता है कि उसका नाम अंदमान क्यों पड़ा। इस नाम की हनुमान शब्द से हुई व्युत्पत्ति हमने सुनी है, परंतु अंडाकृति होने के कारण इसका अंदमान नाम हमें संभवनीय प्रतीत होता है। उत्तर अंदमान की लंबाई इक्यावन मील (मील=दूरीसूचक शब्द है, जिसे अब किलोमीटर कहा जाता है), मध्य अंदमान की लंबाई उनसठ मील तथा दक्षिण अंदमान उनसठ मील लंबा है और रटलैंड द्वीप ग्यारह मील लंबा है। इस पुंज को बड़ा अंदमान कहा जाता है। उसके अतिरिक्त उसके उनतीस मील दक्षिण की ओर छोटा अंदमान है, जिसकी लंबाई तीस मील और चौड़ाई सत्रह मील है। आज तक इस द्वीप में उल्लेखनीय उपनिवेश न होने के कारण इधर–उधर दूर–दूर तक ऐसे घने जंगल, जिनकी भूमि को कभी सूर्य किरणों का स्पर्श तक नहीं हुआ, फैले हुए हैं। ऊँचे–ऊँचे पहाड़, जो समुद्र तट से ऊपर–ऊपर चढ़ते जा रहे हैं, और घने जंगलों के अतिरिक्त इस बात का अभी स्पष्ट अनुमान नहीं लगाया जा सकता कि इस इलाके में और क्या है, तथापि वन विभाग के अधिकारियों ने जी–तोड़ परिश्रम कर, निरंतर कष्ट झेलकर जंगल के स्थलों, वृक्षों

और वस्तुस्थिति की यथासंभव छानबीन करके अब उनका मानचित्र भी बनाया है। इस द्वीप के पहाड़ों में सबसे ऊँचा पहाड़ संडलमाउंट नामक चोटी है, जिसकी ऊँचाई तीन हजार फीट है। बड़ी नदी यहाँ पर एक भी नहीं है, पर जगह-जगह पहाड़ों से कलकल कर बहते झरने विपुल मात्रा में हैं।

मलेरिया का प्रादुर्भाव

इस इलाके में घने जंगलों के कारण प्राचीन काल में वर्षा की अविरल झड़ियाँ लगी रहती थीं। ग्रीष्म ऋतु में भी रिमझिम-रिमझिम होती ही रहती, तथापि जिस-जिस भाग में जंगल की कटाई होकर बस्ती बन गई है और भूमि को थोड़ा साफ करके जोतकर खेती और नारियल के बगीचे लगाए गए हैं—उस ओर ऋतुमान लगभग हिंदुस्थान के उष्ण इलाकों जैसा हो रहा है। वर्षा और ग्रीष्म—यही दो ऋतुएँ स्पष्ट रूप से दिखाई देती हैं, शीत या जाड़े का मौसम बस झाँकता हुआ निकल जाता है। इस द्वीप के चारों ओर से ही नहीं अपितु प्रत्येक दो टुकड़ों के बीच में से भी समुद्र के घुसे होने और इन द्वीपों के लंबाई तथा चौड़ाई में छोटे होने के कारण यहाँ-वहाँ खाड़ियाँ और दलदल का साम्राज्य फैला हुआ है। इन खाड़ियों के जल में जंगल के सूखे पत्तों की एक के ऊपर एक परतें जमा होकर सड़ती हैं। इसी से मलेरिया का प्रादुर्भाव तथा प्रभाव अत्यंत कष्टप्रद होता है। मक्खियाँ, जो इस मलेरिया का प्रसार करती हैं, इधर इतनी विपुल और विविध जातियों की हैं कि वर्णन करना असंभव है। कुछ भीतर की ओर मच्छर सदृश मक्खियाँ झुंड-के-झुंड इधर-उधर एक साथ गुनगुनाती हुई भिनभिनाती हैं जैसे तार में पिरोया हुआ जाल। कुछ बड़ी-बड़ी मक्खियाँ अपने लंबे-लंबे पैरों पर खड़ी रहकर इतनी तेजी से झूलती हैं कि उस दोलायमान अवस्था में यह कहना कठिन होता है कि वह एक काली रेखा है या मक्खी।

जोंक, साँप व कनखजूरे

जंगलों में इन मक्खियों के अतिरिक्त जो मलेरिया का प्रसार करती हैं—जोंकों की भी भरमार होती है। कीचड़ में, नीचे पड़े हुए पत्तों और सूखे पत्तों के ढेरों में ही नहीं अपितु वृक्षों की डालियों पर, पत्तों पर ये जोंकें चिपकी रहती हैं। गरमी में दुबककर कहीं छिपी बैठी ये जोंकें रिमझिम बरखा बरसने लगते ही बाहर निकलती हैं। मानवी गंध सूँघते ही आनंदित होती हैं। ऊपर से वृक्षों, पत्तों से वे टप-टप कूद पड़ती हैं, नीचे पाँव पड़ते ही वे तलवे चाटने लगती हैं और मानवी शरीर की पिंडलियों, जाँघों—जो भी हिस्सा मिले, उससे चिपककर सुप-सुप लहू सुड़कने लगती हैं। बड़े-बड़े बदमाश, पाजी कंटक लोग जो कारागृह के कठोर-से-कठोर दंड से नहीं घबराते, वे जब जंगल

की कटाई के लिए जाते हैं तो इन जोंकों के भय से काँपने लगते हैं। जंगल से काम करके बंदी जब शाम ढले वापस लौटते तब ऐसा लगता वे लहू में नहाकर आए हैं, क्योंकि यहाँ-वहाँ सर्वत्र जोंकों के काटने से शरीर में छेद हो जाते और उन छेदों से लहू की पतली सी धारा निकलती रहती। अच्छा, ये जोंकें भी एक या दो नहीं, इधर मनुष्य अपने हाथों से मुट्ठी भर-भरकर उन्हें अपने शरीर से उखाड़कर फेंक रहा है और उधर छोटी-बड़ी जोंकों के झुंड ऊपर से कूदकर या नीचे से चढ़कर अथवा आजू-बाजू से आकर चिपकते जाते हैं।

इन जंगलों में भयंकर साँप की तरह के गिरगिटों का भी, जो जोंकों की तरह ही नहीं अपितु उनसे भी घातक होते हैं—बसेरा होता है। ये एक हाथ लंबे तथा एक इंच से मोटे विषैले साँपसुपल्या, जिन्हें वहाँ 'कनखजूरे' कहा जाता है, इतने विषैले होते हैं कि उनके डसने से मनुष्य को लकवा मार जाता है और भीषण वेदना हुए बिना नहीं रहती। यहाँ साँप बहुत ही कम हैं, तथापि 'वाइपर' नामक अत्यंत विषैला एक छोटा सा साँप मिलता है, कभी-कभी अजगर भी मिलते हैं। सदियों से इन जंगलों में किसी भी मनुष्य का अधिक प्रवेश न होने के कारण इन सब प्राणियों की अत्यधिक वृद्धि होती रही है, जो परस्पर भक्षण की मर्यादा से ही कदाचित् कुंठित होती होगी। इन जंगलों में बाघ, शेर, रीछ आदि खूँखार पशु नहीं पाए जाते। जंगली सुअर मिलते हैं। पक्षियों में यहाँ भारतीय पक्षी कुछ अधिक संख्या में नहीं थे। अंग्रेज सरकार ने मैना, तोता, बाज, गिलहरी, मोर आदि जीवों को यहाँ लाकर छोड़ दिया; इतना ही नहीं, कौए मँगवाकर उनकी बस्ती बसाने में भी उन्होंने कोई कसर नहीं छोड़ी। पक्षियों की तरह हिरन, कुत्ते, सियार आदि पशु तथा बहुत सारे पालतू प्राणी भी यहाँ लाकर छोड़ दिए गए। इसी कारण अब अंदमान में प्राय: सभी उपयुक्त भारतीय प्राणी उपलब्ध हैं।

समुद्री आश्चर्य की तो कोई सीमा ही नहीं। शंख, सीपियाँ, पत्थर, कितनी रंग-बिरंगी सुंदर आकृतियाँ, कितने प्रकार, मानो विश्वकर्मा का वैचित्र्य हो! उसकी शोभा का वर्णन कैसे किया जाए?

ऐसे रंग की सीपियाँ, शंख कि जिनके सामने इंद्रधनुष की शोभा भी लज्जा से शीश झुकाए। उनमें कम-से-कम एक की सुंदरता भी कोई कुशल चितेरा किसी चित्र में उँडेल सके तो मनुष्य उस कलाकृति को प्रदर्शनियों में सदियों तक सजाकर रखेगा। इस तरह की अनेक सुंदर-सुंदर वस्तुएँ ही नहीं अपितु प्राणियों की भी रचना, जिनकी रेलपेल समुद्र तट पर उन्मुक्तत: इधर-उधर बिखरी होती है। जैसे सम्राट् हर्ष के किसी मार्ग से चलते समय बरसाए गए सुवर्ण मोतियों के फूल इधर-उधर बिखरे होते थे, उसी तरह शंख, सीपियों तथा सुंदर पत्थरों पर कोई चितेरा अपनी तूलिका से एक-एक अव्यवस्थित कुशलता की फटकार निश्चित ही इस समुद्र तट पर बिखेरता है। विविध

मछलियाँ-मगरमच्छ! समुद्र स्थित किसी मत्स्य की पूँछ से एक ऐसा तीक्ष्ण सिरे का चाबुक जुड़ा हुआ कि जिसकी एक फटकार से टाँगों के मांस की धज्जियाँ उड़ जाएँ। किसी का मुँह अश्वनुमा, किसी की पूँछ में बिजली जितना शक्तिशाली करंट कि उसके क्रोध से आस-पास विद्युत् के झटके लगें। किसी का मुँह तो मनुष्य के मुख जैसा—हालाँकि बहुत कम, परंतु विश्वसनीय यात्रियों ने स्वयं देखकर इसका वर्णन किया था। इस तरह नानाविध सामुद्रिक प्राणियों का इस द्वीप के रेतीले सागर तट और उसकी लहरों पर स्वच्छंद विहार चलता रहता है।

अंदमान और हिंदुस्थान

इस द्वीपमाला का उल्लेख मार्कोपोलो और निकोलो आदि यूरोपियन तथा कुछ अरबी सैलानियों के प्राचीन लेखों में उपलब्ध है। परंतु इस द्वीप से हिंदुस्थान का संबंध अति प्राचीनकाल से अवश्य रहा होगा। मगध देश से श्रीलंका की ओर अनेक समुद्री यात्राएँ होने के वर्णन इतिहास में उपलब्ध हैं और उसी तरह आंध्र, तमिल आदि दक्षिणी लोगों के ब्रह्मदेश, स्याम, पेगू, जावा आदि देशों पर राजनीतिक आक्रमण होने के जो वर्णन मिलते हैं, उससे स्पष्ट दिखाई देता है कि भारतीय सागर-यात्री इस द्वीप से भलीभाँति परिचित थे। इस द्वीप का स्पष्ट नाम-निर्देश ग्यारहवीं सदी में पांड्य राजाओं के आक्रमण के वर्णन में मिलता है। इस सागर विजेता वीर ने पेगू पर आक्रमण करके उसपर विजय प्राप्त की और अपनी उस विजयी सेना को वापस लाते समय अंदमान और निकोबार—इन दो द्वीपों पर अपना अधिकार प्रस्थापित करके फिर अपने सफल नौसाधनों—अपनी जलसेना के साथ भारतभूमि वापस लौटा—इस तरह तत्कालीन लेखों में उसकी प्रशस्ति की गई है। इन यात्रियों तथा विजेताओं का—जो भिन्न-भिन्न समय पर गए हुए थे—पुरातन सुराग अभी तक कुछ अधिक उपलब्ध नहीं है। हम बंदीवास में थे, तब एक अधिकारी ने बताया था कि जब खुदाई का काम चल रहा था, उस समय प्राचीन राजमहल के अवशेष बरामद हुए थे। परंतु इसकी छानबीन करने का उचित अवसर हमें आज तक नहीं मिला कि यह समाचार कहाँ तक साधार था और उसके पश्चात् कौन-कौन से पुरावशेष उपलब्ध हुए। हाँ, इतना तो सिद्ध हो गया कि भारतीयों की बस्ती तथा प्रशासन इस द्वीप पर कभी हुआ करता था।

अंदमान की स्थिति

तथापि ऐसा प्रतीत होता है कि इस बस्ती तथा प्रशासन का अंदमान के मूल निवासियों पर कुछ अधिक प्रभाव नहीं पड़ा। जिस तरह उन बस्तियों द्वारा की गई बुआई अथवा कृषि, वास्तुकर्मों का प्रभाव उस द्वीप के प्रकृति निर्मित स्वरूप पर कुछ

अधिक समय तक नहीं टिक सका, उसी प्रकार उन भारतीय बस्तियों की मानसिक, बौद्धिक अथवा धार्मिक संस्कृति का प्रभाव भी तत्रस्थ मूल निवासी जनों पर कुछ टिका दिखाई नहीं देता। एक नन्हा सा द्वीप—सागर से घिरा हुआ। उसपर सतत बस्ती बनाकर उसका प्राकृतिक वन्य स्वरूप परिवर्तित करने के लिए हिंदुस्थान का उससे अव्याहत संबंध बना रहना अत्यंत आवश्यक था। आधुनिक जीवन के सारे उपकरण हिंदुस्थान से वहाँ ले जाने से ही वहाँ के जीवन-सुधार का क्रम सरल हो सकता है। हिंदुस्थान अथवा बाह्य सुसंस्कृत जगत् से नाता टूटते ही नए पहुँचे मनुष्यों का भी तत्रस्थ वन्य अवस्था में पहुँच जाना स्वाभाविक है। जर्मन महायुद्ध के समय कभी-कभी चार महीने जब हिंदुस्थान के जलयान सामान सहित अंदमान नहीं जा सके, तब उस कालखंड में जीवन की सुधारक आवश्यकताओं अथवा क्रम को इतनी अधिक मात्रा में त्यागना अनिवार्य हो गया कि पचास वर्षों के अंदर-अंदर तत्रस्थ सभी निवासियों को बिना वस्त्रों के रहना पड़ा तथा खेती-बाड़ी, शाकाहार और अन्नाभाव में मांसाहारी बनना पड़ा। ऐसी अवस्था में अंदमान में समुद्र-गमन निषिद्ध समझने के कालखंड में अंदमान से पहले ही गए हुए भारतीय तत्रस्थ मूल वन्य निवासियों को सुधारने के बदले स्वयं ही जंगली बने और आगे नए रक्त-संबंध असंभव होने के कारण वे वन्य निवासी या तो लुप्त हो गए होंगे या उनका विनाश हो गया होगा, क्योंकि इस द्वीप में आज भी जो लोग मूल निवासी के रूप में पाए जाते हैं, उनका रहन-सहन काफी हद तक विश्व के अन्य प्रदेशों की उन वन्य जनजातियों से ही मिलता-जुलता है, जिनकी गणना रहन-सहन के ढंग से अति प्राचीन जनजातियों में की जाती है। जावा द्वीप के आस-पास फैले हुए द्वीप समूह बंदर जैसे मनुष्यों के लिए प्रसिद्ध हैं। स्वयं वहाँ के डॉक्टरों ने हमें दिखाया कि निकोबार से बंदी के रूप में लाए गए एक-दो मनुष्यों की दुम की हड्डी दो-तीन इंच ऊपर उठी हुई है, जिससे उन्हें कुरसी पर पीठ टिकाकर सीधा बैठना भी असंभव था। उनकी इस दुम पर बालों का अभाव था और उससे सटकर दुम के बालों के गुच्छे की स्नायु वहाँ नहीं लटक रही थी। उनकी ठुड्डी तथा मुख की रचना हू-बहू वानर जैसी थी।

इस प्रकार के वानर सदृश मानव इस इलाके में कभी-कभी मिलते हैं, जिनकी दुम की हड्डी होती है। उनकी वाचा बहुतांश में परिणतावस्था में होती है। अंदमान में जो वन्यजन हैं उनमें जावरा नामक जनजाति साधारणत: चार-साढ़े चार फीट लंबी होती है। उनका वर्ण काला-कलूटा, केश कड़े, रूखे-रूखे से छोटे-छोटे गुच्छों में मुड़े हुए। इनकी दाढ़ी-मूँछ तो कभी निकलती ही नहीं। वे किसी साधु-महात्मा समान नग्नावस्था में ही घूमते-फिरते हैं, वस्त्र परिधान का घोर पातक वे कभी करते ही नहीं। किसी साधु-महात्मा सदृश देह पर रक्तवर्णीय मिट्टी पोतकर वे शरीर की आच्छादन प्रवृत्ति की तुष्टि करते हैं। उनकी स्त्रियों में इक्की-दुक्की ललना विलास-लोलुप निकलीं तो

वृक्ष का एकाध पत्ता कटि के आगे लटका लेतीं। उन लोगों की स्वप्नसृष्टि को, जो आजीवन विलासिता का तिरस्कार करते हुए सादगीपूर्ण रहन-सहन की माला जपते हैं, वास्तविक रूप देनेवाले ये जावरा सर्वथा वन्य स्थिति में हैं और नागरी तथा मानुषिक जीवन स्थित प्रलोभनों से अभी तक दूर रहे हैं। जब वे दियासलाई और वस्त्र नहीं जानते तथा बैलगाड़ियों से भी परिचित नहीं हैं, तो रेलगाड़ी, हवाई जहाज, प्रचंड जलयान आदि मानवी पतितावस्थांतर्गत साधनों का उल्लेख ही नहीं करना चाहिए। उन्हें कुरसी, जूते, कोठी-बँगला, खेती-बाड़ी, खाद्यान्न, यंत्र, चरखा भी ज्ञात नहीं। सादगीयुक्त जीवन के भक्त संप्रदायी के अनुसार मनुष्यजाति के सभी संकटों का एकमात्र कारण सुधारणा है। इस सुधारणा के नाम से ही नहीं अपितु उसकी अभिलाषा से भी जावरा लोग अपरिचित हैं। उन आचार्यों को भी, जो सादगीयुक्त जीवन का डंका बजाते रहते हैं, लँगोटी पहनने का मोह होता ही है, जावरों को तो उतना भी मोह नहीं होता। बड़े निर्मोही हैं वे।

परंतु क्या इस कारण वे असंतुष्ट हैं ? कदापि नहीं। काश्तकारी नहीं, हल नहीं, बैंकों में पैसा नहीं—न सही; परंतु जो किसी ऊबड़-खाबड़ गढ़ा-गुफा में पनाह अथवा मांस का टुकड़ा अस्थायी अग्राधिकारवश किसी जावरे के पास हो, उसपर दूसरे की निगाह न पड़े अथवा पड़ते ही जो सावधानी बरतनी अथवा चिंता करनी पड़ती है, व्यवस्था करनी पड़ती है, आवश्यकता पड़ने पर डटकर टक्कर देनी पड़ती है, यह सब उसके लिए उतना ही उत्कट और भयंकर होता है जितना किसी कैसर या जार के लिए। आपको और हमें खेती की जितनी चिंता करनी पड़ती है, उससे अधिक चिंता और कष्ट जावरा लोगों को वन्य फल की खोज और उसके अभाव में सुअर के शिकार अथवा मच्छीमारी में भुगतने पड़ते हैं।

तीरों की बौछार

इन जावरों के अतिरिक्त इधर एक और वन्य जाति पाई जाती है। परंतु उसका कद ऊँचा तथा वह इन जावरों से अधिक प्रगतिशील दिखाई देती है। कदाचित् यह जनजाति प्राचीन उपनिवेश के अवशिष्ट मानव से वन्य जातियों के संबंध से बनी हो। जावरा एक पत्नीक होते हैं। वे अन्य यंत्रों से भले ही अपरिचित हों, एक यंत्र से भलीभाँति परिचित होते हैं—वह है उनका पाँच-छह फीट लंबा धनुष। उनका शरसंधान अचूक होता है। इस तीर-कमान के बलबूते ही उन्होंने अपनी स्वतंत्रता अक्षुण्ण रखी है। भले ही अब बंदूकों तथा हवाई जहाजों के सामने उसका निभना असंभव है, परंतु उनके धनुष के कारण ऐसे साधन होने के बावजूद अंग्रेज उन्हें सहजता से नहीं जीत सके। कई बार जंगलों से गुपचुप आगे बढ़कर सरकारी छावनियों, चौकियों अथवा

अकेले बंदियों पर छापामारी करके वे नौ-दो-ग्यारह हो जाते, तथापि जैसे-तैसे उनका तात्कालिक रूप से पीछा करके फिर से उन्हें गहरे जंगलों में खदेड़ देना—बस! इससे अधिक उनका पीछा करने का झंझट सरकारी अधिकारी कभी मोल नहीं लेते। हिंदुस्थान में एक राज्य जीतना जितना सुलभ है, उतना इन जंगलों के वन्य तथा शूर लोगों पर काबू पाना सुलभ नहीं, जो तीरों की भयंकर बौछार करते हैं। फिलहाल यह समस्या इतनी आवश्यक न होने के कारण आज तक ये लोग जंगल की अपरिचित निबिड़ता में रहकर, जिस तरह उनके पूर्वज जी रहे थे, उसी सनातन मार्ग से आचरण करते हुए नंग-धड़ंग अवस्था में सुअर का पीछा करते, कच्चा मांस खाते, भूत-प्रेतों को पूजते आनंदपूर्वक जीवन जी रहे हैं। उनकी इस रूढ़ि को कोई अशिष्ट कहकर तो देखे। उनमें से सनातन धर्माभिमानी सज्जन उसे ज़ीते-जी फाड़कर उसकी बोटी-बोटी करके उसी के कच्चे मांस पर अपना उदर-भरण किए बिना नहीं छोड़ेगा।

नरमांस भक्षक

जावरे आज भी नरमांस भक्षक हैं। कुछ यूरोपियन साहसी यात्रियों ने उनके नरमांस भक्षक होने के बावजूद इन लोगों में घुसपैठ करके उनसे मित्रता की और उनके रहन-सहन, उनके रीति-रिवाजों और भाषा की मनोरंजक जानकारी संकलित की। अंदमान में दंडितों को भी जावरों की नरमांस लालसा का शिकार बनने की जगह उनके आतिथ्यपूर्वक भोजन का स्वाद उठाते हुए और उसके पश्चात् वहाँ से सही-सलामत वापस लौटते हुए हमने देखा है। उनके वर्णनों से इस तरह अनुमान लगाया जा सकता है कि जावरा सहसा शरणागत की जान नहीं लेते। परंतु अंग्रेज सरकार के अधिकारियों को ही नहीं अपितु अन्य अवन्य मनुष्य को भी, जो शहरी दिखाई देता है, वे अपना प्राकृतिक शत्रु समझते हैं और जंगल से निकलकर उसे अकेला देखकर उसके प्राण ले लेते हैं। कभी-कभी उसके मांस को वे कच्चा ही और कभी-कभी आग पर भूनकर खाते हैं। दिन निकलते ही हर कोई अपना-अपना तीर-कमान सँभालता हुआ शिकार के लिए निकल पड़ता है। महिलाएँ भी मच्छीमारी अथवा अन्य छोटे-मोटे शिकार के लिए निकल पड़ती हैं। उनकी टोलियाँ एक साथ एक छत के नीचे रहती हैं। आखेट में जो शिकार मिलता है उसमें सभी की साझेदारी। जंगली शहद, फल हर कोई अपना-अपना ग्रहण करता है। दिन भर भटककर रात में आग जलाकर उसपर वे शिकार लटकाते हैं। पहला शिकार भुनते ही उसे फाड़कर सभी जन एक साथ बैठकर खाते हैं। उसके पश्चात् कभी-कभी नर-नारी मिश्रित कोई नृत्य होता है। उनका एक राजा होता है जिसका सभी बड़ा सम्मान करते हैं। नृत्य समाप्त होने के उपरांत नर-नारियों के जोड़े अथवा सभी मिलकर उस आग के इर्दगिर्द वृत्ताकार नग्नावस्था में सो जाते हैं।

कुछ भगोड़े भारतीय बंदियों ने उन्हें खेती की परिकल्पना समझाने के लिए शाक-भाजी बनाकर दिखाई, तब उन्हें बड़ा आश्चर्य हुआ। मनुष्य की मृत्यु के पश्चात् वे शव को कुछ दिन के लिए एक वृक्ष पर टाँग देते हैं। कहते हैं, फिर उसे पत्थर मारकर नीचे गिराते हैं। उनकी धर्म विषयक संकल्पनाओं की कुछ भी विश्वसनीय जानकारी अभी तक संकलित नहीं है, तथापि भूत-प्रेत और भय के आगे उनके धर्म विषयक विचारों का विकास हुआ प्रतीत नहीं होता। उनमें एक जनजाति अनेक वर्ष पूर्व अंग्रेजों की शरण में आकर उनके आश्रय में रही, इस कारण ये वन्य जावरा आधुनिक मानव की तरह उनके प्रति भी विशेष भावना रखते हैं। तथापि इतने निर्जन जंगलों में रहते हुए भी धीरें-धीरे उनमें ब्रांडी और देशी मदिरा का प्रवेश हो रहा है।

जावरों का व्यवसाय

अंग्रेजों से मिलकर रहनेवाले जावरों का प्रमुख व्यवसाय है सागर तट से अनेक सुंदर शंख, सीपियाँ तथा विविधाकृति चकमक पत्थर चुनकर अंग्रेजों की चौकी पर लाना—कुछ काँच के खिलौने, चीनी, तंबाकू लेकर उन वस्तुओं को बेचना—दो-चार निकटवर्ती इमारतों में, जो उनके लिए ही बनवाई गई थीं, रहते हुए और पुनः इस अभेद्य आरण्यक निबिड़ता में घुसकर अदृश्य हो जाना। वे जंगल से शहद लाकर उसे बेचते थे। इन सभी वस्तुओं को वहाँ से इकट्ठा करके सरकार उन्हें विदेश भेजती है। वहाँ के शंखों को ठीक तरह से घिसकर ऊपर से चाँदी अथवा सुवर्ण की गढ़न के साथ भारी मोल लेकर उन्हें बेचा जाता। ये हिले हुए लोग अब एक छोटी सी लँगोटी पहनने लगे हैं। उनकी स्त्रियाँ एकाध पत्ता अथवा पर्णमाला कटि में लपेटती हैं। उपनिवेशीय लोगों से निकट संबंध हो जाने से उनमें एक मिश्रित संतति उत्पन्न होने लगी है। कभी-कभी गोरे सिपाही अथवा यूरोपियन व्यक्ति के संपर्क से उत्पन्न जावरा स्त्रियों की संतान गोरी और भारतीय पुरुषों के संसर्ग से उत्पन्न साँवली अथवा गेहुँआ वर्णीय दिखाई देती है। उनमें से कुछ युवक-युवतियाँ और विशेषतः सम्मिश्र संतति की पढ़ाई और उन्हें सरकारी नौकरी देने का प्रयास किया जा रहा है। सुना है, एक-दो महिलाएँ सेवा-टहल का काम-काज सीखकर धाय भी बनी हैं। अंदमान के चीफ कमिश्नरों में से एक की स्त्री के लिए इसी प्रकार एक जावरा महिला को सहचरी के रूप में नियुक्त किया गया था।

हम कह सकते हैं कि अंदमान का अर्वाचीन सुसंगत इतिहास साधारणतः सन् १७७६ से आरंभ होता है। इससे पूर्व सिंगापुर, पेनांग, मलक्का, टेनासेरीम आदि द्वीपों तथा स्थलों से कालेपानी का दंड प्राप्त लोगों को निर्वासित किया जाता था। इंजीनियर कोलब्रुक तथा कैप्टन ब्लेअर जैसे दो उद्योगी अंग्रेजों ने सन् १७७६ की संधि में अंदमान

में उपनिवेश प्रस्थापित करने का प्रयास किया। उससे पूर्व कई बार अंग्रेजों की नौकाएँ भटककर इस द्वीप के किनारे आ लगी थीं। उनके भयंकर वर्णन आज भी पढ़ने को मिलते हैं। कैप्टन ब्लेअर ने जब उपनिवेश प्रस्थापित करने का प्रयास किया तब अंदमान की जलवायु नगरवासियों के स्वास्थ्य के लिए बहुत हानिकारक थी। जो लोग उधर प्रस्थापित किए गए, उनमें से एक भी मनुष्य अधिक समय जीवित नहीं रह सका। उस ब्लेअर साहब के नाम से ही अंदमान का वर्तमान बंदरगाह 'पोर्ट ब्लेअर' नाम से जाना जाता है। आगे सन् १८५७-५८ के स्वतंत्रता संग्राम में जो हजारों सैनिक पराभूत होकर द्वीपांतर के भयानक दंड के शिकार बने, उन्हें इसी अंदमान में लाया गया। तभी से इस उपनिवेश का सुसंबद्ध श्रीगणेश हुआ। जब हम अंदमान गए थे तब सन् १८५७ की राज्यक्रांति में भाग लेनेवालों में से जो थोड़े लोग जीवित थे, उनमें से एक वृद्ध ने यह सुनते ही कि हम भी राज्यक्रांति के कारण ही आए हैं—हमारा अभिनंदन करते हुए एक प्रेमपूर्ण संदेश भेजा था। आगे चलकर हमने सुना कि उस बंदी को एक उत्सव के अवसर पर मुक्त किया गया, वह भी लगभग साठ वर्ष बंदीवास भुगतने के पश्चात्। सन् १८५७ की राज्यक्रांति के निर्वासित शरणार्थियों से अंदमानी उपनिवेश का श्रीगणेश होता है—और यह कैसा संयोग है कि पचास वर्ष पश्चात् सन् १९०७-८ की राज्यक्रांति के नेताओं के निर्वासन से उसका अंत होता है!

वासुदेव बलवंत के राज्यक्रांति कार्य में भाग लेनेवाले साथियों को भी अंदमान के लिए ही रवाना किया गया था। हमें इस बात का पता चल ही गया था कि उनमें से एक-दो हमारे जाने के बाद आगे-पीछे मुक्त हो चुके थे। बंबई के हिंदू-मुसलिम दंगा-फसादों में दंड प्राप्त कुछ हिंदू उधर ही थे। मणिपुर की राज्यक्रांति में हिस्सा लेनेवालों को भी उधर ही भेजा गया था। उनमें से उनके राजवंश के लोगों को एक सीमित भूखंड पर काफी हद तक स्वतंत्र रूप से घर बसाकर रहने की अनुमति दी जाती। ठेठ बंदियों जैसे व्यवहार से उन्हें तंग नहीं किया गया था। इस प्रकार अंदमान में राजनीतिक अथवा सार्वजनिक आंदोलन में दंड प्राप्त सैकड़ों राजनीतिक दंडित प्राचीन काल से कष्टमय दिन बिता रहे हैं, तथापि उनके कष्टों अथवा अंदमान की कहानी हिंदुस्थान के हृदयपटल पर अंकित होने का संयोग तब जुड़ नहीं सका। अर्वाचीन क्रांतिकारियों के निर्वासन से यह संयोग बना और भारतीय दिलों को अब इस बात का एहसास हो रहा है कि अपने धर्म, जाति तथा राष्ट्र के सहस्रों वंशज और अंशज अंदमान में बसे हुए हैं। उन भारतीय उपनिवेशों का अपने प्रेम, आत्मीयता तथा कर्तव्य पर उतना ही अधिकार है जितना भारत के किसी भी एक राज्य का। यह बात भारतीय दिलों में अभी भले ही धुँधली सी हो, परंतु आने अवश्य लगी है।

पोर्ट ब्लेअर

'पोर्ट ब्लेअर' इस उपनिवेश का प्रमुख बंदरगाह और द्वीप है। अंदमान में भारतीय और ब्रह्मी लोगों के बंदियों का उपनिवेश होने से इन साठ-सत्तर वर्षों में ही वहाँ का जनसमूह भारतीय हो गया है। परंतु निकोबार में ब्रह्मी और मलाया द्वीपपुंज के लोगों की ही बस्ती बढ़ने से ऐसा प्रतीत होता है कि यह द्वीप भारतीय संस्कृति तथा समाज से हमेशा के लिए वंचित हो गया है। आजकल अंदमान में भी कुछ हद तक दंडितों को भेजना बंद होने के कारण हमें यह आशंका हो रही है कि उधर भी भारतीय बस्ती समाप्ति की ओर लगती है और इसीलिए इस विषय से संबंधित पूर्वापर के दोषों को आँचल में बाँधकर भी इस महत्त्वपूर्ण बात पर विचार करने के लिए हम यहीं पर चार शब्द लिखना आवश्यक समझते हैं।

अंदमान में कुछ अंशों में बंदियों की टोलियों को भेजना बंद होने के बाद अधिकारियों ने निश्चय किया कि तत्रस्थ भूभाग का बँटवारा करके उन हिस्सों तथा नारियल एवं सुपारियों के उन हजारों बागानों को, जो सरकारी अधिकार में हैं, ग्राहकों को बेचकर वह सारी संपत्ति व्यक्तिगत कर दी जाए। उसके अनुसार सैकड़ों एकड़ भूमि और वृक्ष अत्यल्प मूल्य पर बेचने के लिए समूह बनाए गए। इन समूहों की बिक्री की योजना के बारे में हिंदुस्थान के व्यापारी पूरी तरह से अनभिज्ञ थे, और ऐसे हिंदू व्यापारी भी इने-गिने ही थे जो अंदमान में उन समूहों को खरीद सकते थे। अतः स्पष्ट है, उनमें से प्रायः सारे समूह तत्रस्थ यूरोपियन तथा ऐंग्लो-इंडियन लोगों के हाथों ही लग रहे हैं। जिन थोड़े से भारतीय व्यापारियों अथवा सज्जनों ने उनमें से कुछ समूह ले लिये, उन्हें भी हिंदुस्थान से आदमियों का उचित सहयोग न मिल सकने के कारण धनार्जन का यह स्वर्ण अवसर व्यर्थ सिद्ध हो रहा है। जंगलों की कटाई करके उपनिवेश बसाने के लिए भी सरकार ने अत्यंत सुलभ सुविधाओं पर भूभाग देने की योजना बनाई है। इक्की-दुक्की ईसाई संस्थाओं ने इन सुविधाओं का लाभ उठाकर हिंदुस्थान स्थित संथाल आदि जनजातियों के लोगों को ईसाई बनाकर उधर ले जाकर जंगल काटकर उनका ईसाई उपनिवेश बनाने की योजना बनाई है, परंतु किसी भी भारतीय अथवा हिंदू व्यापारी का अभी तक इस ओर ध्यान नहीं गया है।

बसाहत की ओर चलो

अंदमान में पहले बंदियों की बसाहत थी, तब उधर जाने अथवा व्यापार करने में ढेर सारी कठिनाइयाँ आती थीं। परंतु अब इतनी कठिनाई नहीं होती। अतः भारतीय लोगों को चाहिए कि उधर आजकल भूमि तथा बने-बनाए नारियल के बागान अल्प मूल्य में प्राप्त करने का अवसर हाथ से न निकलने दें और उधर जाकर उन समूहों को

खरीदें। यहाँ पर पूरी जानकारी देना असंभव है, परंतु यदि किसी को इसमें रुचि हो तो वह अंदमान के चीफ कमिश्नर के पते पर लिखकर जानकारी प्राप्त कर सकता है। इधर बित्ते भर टुकड़े के लिए उच्च न्यायालय के द्वार खटखटाकर विवाद के पचड़े में पड़ने की बजाय उधर एकड़ों में भूमि नाममात्र के मूल्य में उपलब्ध होने पर भी उसे प्राप्त करने का प्रयास न करना कूपमंडूकता नहीं तो और क्या है ? परंतु क्या किया जाए! यह बित्ते भर टुकड़ा पूर्वजों द्वारा अर्जित है न ? ऐसे घरघुसे अभिमानी लोग एक पते की बात पर गौर करें कि 'यह मेरी पूर्वजों द्वारा अर्जित संपत्ति है' ऐसी गर्वोक्ति करने से अधिक श्रेयस्कर है यह कहना कि 'यह मेरी अपनी कमाई है, न कि बाप की कमाई'। भगवान् और देश इसी से प्रसन्न होंगे।

अंदमान के बंदियों की बसाहत बंद करने तक हिंदुस्थानी कौंसिलों में अंदमान संबंधी बहुत चर्चा की गई, परंतु वह बसाहत टूटते ही—कुछ अंश तक टूट ही गई—कौंसिल के सदस्यों को इसका संपूर्ण विस्मरण हो गया, यह ठीक नहीं। उधर आज लगभग दस हजार लोग रह रहे हैं, जो हमारे देश, धर्म तथा जाति के हैं। हमारे बांधवों की तीन-चार पीढ़ियों के जीवन की राख इस द्वीपपुंज में जमी है। उनके अथक परिश्रम से यह द्वीप 'यः कश्चित्' पदार्थ नहीं है, आर्थिक दृष्टि से यहाँ पर विचार करना हमारा अभीष्ट होने के कारण उस दृष्टि से भी उधर विपुल संपदा उत्पन्न हो सकती है। उधर चाय बागान, रबड़ की फसल, गन्ने, नारियल, सुपारी के बड़े-बड़े बागान संपन्नावस्था में लहलहा रहे हैं, तथापि आज भी उस भूमि का भरण-पोषण वैसे नहीं हुआ जैसे होना चाहिए। अभी तक पचास वर्षों में एक छोटे से हिस्से को ही कृषि योग्य बनाया गया है। जंगल की पैदावार भी दो बार हो सकती है। अतः आर्थिक दृष्टि से भी बंदियों की बसाहत बंद होने के बाद इस द्वीप की व्यवस्था कैसी रखी गई, उधर भूमि के गुट तथा बागान की बिक्री किस दर से होगी, इसे पहली बार हिंदुस्थान में विज्ञापित करके फिर उन्हें बेचा गया अथवा वह कुछ खास लोगों के हाथों में जा रही है, आदि पूछताछ कोई कौंसिलर अवश्य करे। उसी तरह अपने उ । जाति-बंधुओं की स्थिति कैसी है, जो उधर एकाकी हो गए हैं—यह एक बार प्रत्यक्ष देख आने के लिए, कौंसिल के लोक नियुक्त पक्ष को चाहिए कि वह किसी कौंसिलर को उधर भेज दे। वे बेचारे गूँगे हैं। उनके पास अपनी स्थिति सुधारने के कोई साधन नहीं, अतः आपको उनका मुख बनना होगा। आर्यसमाजी उपदेशकों में से भी किसी प्रमुख उपदेशक को उधर भेजना आवश्यक है। वहाँ बहुसंख्य लोग हिंदू होने पर भी और इस बात के लिए प्रयत्नरत होते हुए भी कि स्कूलों में हिंदी भाषा पढ़ाई जाए—दैनंदिन लेखन की भाषा उर्दू ही है। इतना ही नहीं, भारतीय अथवा हिंदू बच्चों को भी स्कूलों में मातृभाषा नहीं पढ़ाई जाती, शिक्षा का माध्यम अभी भी उर्दू रखा गया है। ये और इस तरह की अनेक बातों की ओर जो कोई संगठक वहाँ जाए तो

वहाँ के अधिकारियों का ध्यान आकर्षित कर उचित व्यवस्था करे।

अंदमान की समस्त स्थिति का विवरण और उसे सुधारने के उपायों का उल्लेख आगे यथास्थान आएगा, अतः अभी इस अत्यंत महत्त्वपूर्ण प्रश्न की ओर गौर करने तक ही मैं अपनी बात को सीमित रखकर आगे बढ़ूँगा।

अंग्रेजी नाम का हिंदीकरण

अंदमान स्थित प्रस्तुत भूभागों के नाम प्रायः अंग्रेजी में रखे गए हैं। परंतु भारतीय उपनिवेशांतर्गत लोगों की बातचीत में उनके जो रूप हो गए हैं, वे हिंदी से इतनी सफाई के साथ मिलते-जुलते हैं कि यदि कोई विद्वान् उनके रूपांतर करने की जिम्मेदारी ले भी लेता तो वह उसे साध्य नहीं होता। भारतीय लोगों की बातचीत में 'शोअर पॉइंट' का 'सुवरपेठ' रूपांतर हो गया है। 'इंडॉस पॉइंट' का दंडापेठ। उसी तरह गोकुलावन, बाराटाँग, कालाटाँग आदि नामकरण भी श्रवणीय हैं। अज्ञात बातें ज्ञात वस्तुओं के स्वभाव से ही ज्ञात होती हैं, ऐसे ही अज्ञात शब्द भी भाषाशास्त्र में ज्ञात शब्दों के स्वभाव के आधार से ही उच्चारित होने की जो सहज प्रवृत्ति होती है, उसका एक मनोरंजक उदाहरण है। बिना किसी साधारण संकेत के उन अंग्रेजी शब्दों के रूपांतर को अपने आप ही भारतीय मुखों द्वारा हिंदीत्व प्राप्त हो गया है।

इसके प्रत्येक जिले में दंडितों की इमारतें बनवाई गई हैं और उनमें एक-एक कारखाना खोला गया है। उदाहरणार्थ, फिनिक्स में लोहा, पीतल, सीपियों, कछुओं की पीठ आदि से अनेक सुंदर चीजें बनाने का शिल्प कार्य जारी है, जिसमें चार सौ शिल्पज्ञ बंदी कार्यरत रहते हैं। नेव्हीवे फट्टे में सब्जियों का बागान है। चॅथम में जंगली लकड़ियों को बनाने का तथा आरी से चीरने का कारखाना है। कालाटाँग में चाय का बागान है। उधर इतना कठोर परिश्रम कराया जाता है कि वहाँ जाने के नाम पर बंदी भी थर-थर काँपने लगते हैं। इनके अतिरिक्त जंगल कटाई के लिए जिन टोलियों को भेजा जाता है, उनके दुर्भाग्य की तो कोई सीमा ही नहीं होती।

अंदमान* में पहले-पहल जिन-जिन बंदियों की टोलियाँ भेजी गईं, वहाँ पहुँचने पर उन्हें पहले लगभग मुक्त छोड़ा जाता। आगे उनसे कुछ वर्षों तक सरकारी कैद में

---

* अंदमान की वर्तमान (सन् १९६८) परिस्थिति के लिए निम्नलिखित संदर्भ देखिए—

१. अंदमान से आनंदमान—लेखक माधव राजवाड़े, जो सन् १९५८ से अंदमान के प्रशासक हैं।

२. 'किर्लोस्कर', जून १९६०, राजवाड़े का लेख।

३. 'धर्मयुग', ३ मई, १९५९, एस. कृष्णमूर्ति का हिंदी लेख।

४. 'केसरी', ३१ जनवरी, १९६०, वसंत रामचंद्र गोखले का लेख।

५. ७ और १४ जुलाई, १९६८ के 'केसरी' में श्री कौशिक का लेख।

काम करवाया जाता। जो स्वतंत्र रहते, वे धान की खेती करते। उनके वंशजों की जो बस्ती बढ़ती गई, उन्हें फेरी अर्थात् 'फ्री' कहा जाता है। आज उनमें कितने सारे शिक्षित तथा शिष्ट लोग हैं। आगे चलकर हिंदुस्थान से बंदी आते ही उन्हें कुछ दिन के लिए कारागृह में रखने की योजना बनाई गई। इसके लिए और अंदमान स्थित अपराधियों के लिए एक नया विशाल कारागृह बनाया गया।

जी हाँ, यही है वह सिल्वर जेल अथवा Cellular Jail, आगे चलकर जहाँ राजनीतिक बंदियों को वर्षों तक बंद रखने की परिपाटी बन गई—इतनी कठोर कि जिसकी एकांत कोठरी में कराहने की प्रतिध्वनि एक बार हिंदुस्थान के तट तक भी सुनाई दे।

□

प्रकरण–७

अंदमान में

जलयान अंदमान के बंदरगाह में आकर खड़...खड़...खड़ करता हुआ पानी में लोहे का लंगर डालकर खड़ा हो गया।* धीरे–धीरे बड़ी–बड़ी नौकाओं का, जो बंदियों को ले जाती हैं, और अधिकारियों की मोटरबोटों का जमघट उस जलयान के चारों ओर लग गया। उतरने के लिए हमें जहाज पर काफी समय खड़े रहना पड़ा। उतनी देर में इधर–उधर दृष्टि दौड़ाकर उस भूमि का निरीक्षण किया जहाँ हमें आजीवन रहना था। पुराने बंदी जो साथ में थे और कुछ सिपाही, वे कुछ जानकारी दे देते। वह रासद्वीप है। वहाँ अंदमान का चीफ कमिश्नर रहता है। सागर में यह द्वीप इस तरह शोभायमान था जैसे झील में बनाया हुआ किसी अप्सरा का महल। एक प्रकार से वह द्वीप अन्य द्वीपों की तुलना में इतना नन्हा सा, सुघड़ तथा सुशोभित था कि पल भर के लिए बेड़ियों में जकड़े मन का भी मनोरंजन हो जाता था। दूसरी ओर अंदमान के सागर तट के निकट सुदूर तथा सुव्यवस्थित ढंग से लगाई हुई नारियल वृक्ष की श्रेणियाँ झूम रही थीं। दूर–दूर तक आम, सुपारी तथा पीपल वृक्ष के पुंज दिखाई दे रहे थे। निकट घाट पर मनुष्यों के झुंड–के–झुंड चहक रहे थे। उसके ऊपर ही ऊँचाई के सिरे पर नारियल के झूमते हुए छत्र के नीचे एक वृत्ताकार प्राचीर के भीतर एक भव्य भवन दिखाई दिया। कितना शांत! उसके इर्दगिर्द नारियल, सुपारी तथा केले के वन चँवर डुला रहे थे, छत्र पकड़कर खड़े थे। लगा जैसे यह किसी संपन्न तथा शांतिप्रिय गृहस्थ की कोठी हो अथवा किसी पादरी का आश्रम। हमने पूछा, "वह भवन क्या है?" सिपाही ने कहा, "अरे, वही तो है बारी बाबा का सिल्वर जेल।" इस बारी बाबा का और सिल्वर जेल का उल्लेख सिपाहियों ने बंदियों को धमकाने के लिए जहाज पर इतनी बार किया था कि उन सिपाहियों की मान्यता कुछ गलत नहीं थी। यह सिल्वर जेल है, यह कहते ही उसके आंतरिक स्वरूप का पूर्ण बोध हो गया। वह और अधिक कृपालु होकर बिना पूछे ही कहने लगा, "अब

* वीर सावरकर ४ जुलाई, १९११ के दिन अंदमान पहुँचे थे।

उधर ही जाना है। वहीं बारी बाबा के घर पर ठहरना है आप सबको।''

हम सभी दंडितों के सिर पर बिस्तर तथा हाथ में थालीपाट देकर एक पंक्ति में नीचे उतारा गया। जहाजघाट पर आते ही अन्य बंदियों को सिपाहियों तथा बंदियों के पहरे में ऊपर भेजा गया, केवल मुझे ही यूरोपियनों के पहरे में अलग रखा गया। उधर जहाजघाट पर बैठे-बैठे मेरे मन में विचार आ गया कि अंदमान सागर में ऐसे स्थान पर बसाया गया है कि हिंदुस्थान की सामुद्रिक सुरक्षा की दृष्टि से उसका महत्त्व कभी भी कम होना असंभव है।

अंदमान-निकोबार का यह पूर्ववर्ती द्वीपपुंज हिंदुस्थान के पूर्व में सागर का द्वार ही है। यदि यह द्वीप हिंदुस्थान के अधिकार में न हो और यदि उसका परकोटा तथा युद्धजन्य शक्ति दुर्बल हो तो पूरब की ओर से होनेवाला कोई भी समुद्री हमला कलकत्ता तक जा पहुँचेगा, परंतु यदि अंदमान का द्वीपपुंज हिंदुस्थान की सत्ता के नीचे रहेगा तो उसे हवाई एवं सागरीय थाने की योग्यता प्राप्त हो जाएगी और उसकी प्राचीर दृढ़ की जाएगी, उधर भारतीय नौसेना का एक बलशाली बेड़ा सतत पहरा देगा और पूर्ववर्ती विदेशी शत्रु के किसी भी आक्रमण का पहला प्रतिकार अंदमान के आँगन में ही किया जा सकेगा। अंदमान की बस्ती तथा सद्यः संस्कृति—सबकुछ भारतीय होने के कारण उस द्वीपपुंज का भारत का ही एक राजनीतिक विभाग होना न्यायोचित है। पश्चिमी सागर तट पर लक्षदीव-मालदीव जैसे छोटे-छोटे द्वीप भी हिंदुस्थानी राज्यशासन के हाथ से जब निकल गए तब यूरोपीय सामुद्रिक आक्रमण बिलकुल घर के द्वार पर आकर बंबई, गोवा को खटखटाने लगे। उन्हें दूर रखकर रोकने के लिए कोई भी उपाय हिंदुस्थान की तत्कालीन देशी सत्ता नहीं कर सकी। अब भविष्य में तो यह भूल सुधार कर पश्चिम की ओर मालदीव, दक्षिण की ओर सिंहल द्वीप, पूरब की ओर अंदमान निकोबार द्वीपपुंज—इन सभी स्थलों को बलशाली सामुद्रिक सैन्य शिविर तथा सागरीय दुर्ग का स्वरूप देना चाहिए।* आज केवल राजनीतिक संयोगवश सिंगापुर भारतीय सागर की नाक है। अंदमान प्राकृतिक चौकी है, क्योंकि अंदमान सिंहलद्वीप की तरह भारत का ही एक प्राकृतिक तथा सांस्कृतिक अंश है।

चलो, उठाओ बिस्तरा!

भावी भारत के बलशाली युद्धपोतों का बेड़ा अंदमान के प्रांगण में समुद्री दुर्ग के आगे पहरा देता हुआ मेरी कल्पना तरंग में लहराने ही लगा था कि एक सिपाही बड़ी उद्दंडतापूर्वक दहाड़ा, ''चलो, उठाओ बिस्तरा!'' क्योंकि एक यूरोपियन अधिकारी

* सावरकर के इन दूरदृष्टिपूर्ण विचारों ने सन् १९६८ में तब मूर्त रूप ग्रहण किया, जब भारतीय वायुसेना और नौसेना के ठिकाने अंदमान में बनाए गए।

निकट ही खड़ा था। प्रत्येक हिंदू भारतीय पुलिस सिपाही तथा सैनिक की यही धारणा हो जाती है कि अंग्रेजों के सामने भारतीय राजनीतिक बंदियों के साथ जितना अधिक उद्दंडतापूर्वक व्यवहार करें उतना ही अपनी पदोन्नति के लिए लाभदायक सिद्ध होगा। अंदमान में होनेवाले अपमान का यह कटु वाक्य सूत उवाच ही था। उठ गया, अपना बिस्तर सिर पर उठाया, हाथ में थालीपाट थामा, पैरों की भारी बेड़ियाँ कमर से ठीक-ठीक कस लीं और खड़ा रहा। किसी उच्च महान् विचारों की चोटी से अचानक किसी विवश प्रतिकूल तथा रूखे विचारों के गढ़े में ढकेला जाए तो मन भी घायल होता है, जैसे कि अचानक ऊँचाई से नीचे गिरने पर शरीर हताहत होता है, तथापि अपनी कल्पना तरंगों में दृष्टिगोचर हुई भावी भारत की बलशाली नौसेना को देख भविष्य में स्वाधीन होनेवाले भारत के कठोर एवं विवश वर्तमान के उस 'चलो, उठाओ बिस्तरा' का सामना करने के लिए मैं झट से तैयार हो गया। मुझे घाट से निकलकर एक चढ़ाई पर चढ़ने का आदेश दिया गया। पर बेड़ियों से जकड़े हुए नंगे पैरों के कारण चढ़ने में विलंब होने लगा। सिपाही 'चलो, जल्दी चलो' चिल्लाकर जल्दी मचाने लगा। किसी गोरे अधिकारी ने सिपाही से कहा, "चलने दो उसे, जल्दी क्यों मचा रहे हो?" चढ़ते समय मेरे मन में एक ही विचार मँडरा रहा था, 'सागर से यह राह चलकर मैं ऊपर चढ़ रहा हूँ जो अंदमान जाती है। अंदमान से वापस भारत लौटने के लिए इसी मार्ग से मैं इस जन्म में पुनः सागर की ओर नीचे आ भी सकूँगा?'

थोड़ी ही देर में चढ़ाई समाप्त हो गई और सिल्वर जेल का द्वार आ गया। लोहे की चूलों से दाढ़ कड़कड़ाने लगी। फिर उस कारागृह ने अपना जबड़ा खोला और मेरे भीतर घुसने के बाद वह जबड़ा जो बंद हुआ तो पुनः ग्यारह वर्ष बाद ही खुला।

बारी साहब आता है

दरवाजे के भीतर पैर रखते ही दो गोरे सार्जेंटों ने मुझे दोनों हाथों से पकड़कर खड़ा किया। इतने में आस-पास के प्रहरियों में खुसुर-फुसुर प्रारंभ हो गई—'बारी साहब आ रहा है।' बारी साहब से अधिक निष्ठुर अथवा कठोर व्यक्ति उन्होंने कभी नहीं देखा था, अतः वे इस उत्कंठा से मेरी ओर ताकने लगे कि उसका नाम लेते ही मेरे मुख पर क्या प्रतिक्रिया होती है। परंतु मैं तो उस भीषण भव्य कारागृह के दो लौह दरवाजों के बीच के हिस्से को सुशोभित करने के लिए जो आभूषण धारण किए गए थे, उन्हें परखने में व्यस्त था। विभिन्न प्रकार से हथकड़ियाँ एक-दूसरी में गूँथकर उनके भद्दे, भोंडे फूल दीवार पर लगाए गए थे। पैरों की बड़ी-बड़ी बेड़ियाँ, दंड-बेड़ियाँ और अन्य आयुध, जो मनुष्य के शरीर को कष्ट देते हैं, सामने के हिस्से पर एक पंक्ति में लटक रहे थे। उस उग्रता की भी एक शोभा थी। उस बेयॉनेट, बंदूकों, बेड़ियों,

हथकड़ियों के सौम्य आभूषणों से वह भीषण तुरंग इस तरह शोभायमान होता जैसे एक जल्लाद सुंदर वस्त्र पहनकर फाँसी देने के लिए आते हुए शोभित होता है।

देशों की स्वतंत्रता-प्राप्ति का इतिहास पढ़नेवालों और तत्रस्थ निर्वासितों और दंडितों के आत्मवृत्त देखनेवालों ने जिन दृश्यों का वर्णन किया है, जिसे सुनकर रोंगटे खड़े हो जाते हैं, यह दृश्य उनसे अक्षरशः मेल खाता था। दोनों उद्दंड सार्जेंटों ने मुझे पकड़कर उधर इस तरह खड़ा कर दिया कि उस दृश्य के भीषण जबड़ों से मेरा सारा मनोधैर्य चकनाचूर हो जाए। वह भीषणता मेरी ओर आँखें तरेरकर टकटकी बाँध रही थी। मैं भी उसकी ओर आँखें लाल करके देख रहा था और आँखों से आँखें मिला रहा था। दोनों का परिचय हो गया। मुझे एक अनोखी, अद्भुत संतुष्टि मिली। अच्छा, तो फिर मैंने जो पढ़ा वह स्वयं अनुभव किया और इधर इन दृश्यों के जबड़े में बिना टूटे निष्कंप-निर्भयता के साथ खड़ा हो गया। ब्रिस्टन की लंदन स्थित जेल में मैंने 'दो मूर्ति' नामक एक कविता लिखी थी। मेरा मन उसके चरण गुनगुनाने लगा। और जय…इस तरह के उद्गार मेरे हृदय में उभरने लगे।

बारी बाबा का उपदेश

मनोविकारों के बवंडर से किंचित् छुटकारा मिलते ही मैंने मुड़कर देखा तो एक मोटा-ताजा हृष्ट-पुष्ट गोरा अधिकारी हाथ में मोटा सा सोटा पकड़े मेरी ओर घूर रहा था। तो ये ही बारी साहब थे! उन्होंने हेतुपूर्वक अपने आगमन की बात मेरे कानों में डाली और अब वे नित्य के अनुभव के अनुसार इस अपेक्षा के साथ यहाँ आए थे कि यह बेचारा सहमी-सहमी नजरों से उनकी राह की ओर देखता होगा, परंतु उसी समय मेरा मन उपर्युक्त विजयी विचारों में मग्न था, अतः मुझे पता ही नहीं चला कि वे कब आ गए। उस कालावधि में उन्हें मेरी ओर देखते रहने की इच्छा हुई होगी। इस तरह मेरा गुपचुप निरीक्षण करते जैसे ही मेरी दृष्टि उनपर पड़ी वैसे ही वे मेरी ओर देखी-अनदेखी करते हुए उस सार्जेंट को आदेश देने लगे, "Leave him, he is not a tiger." (छोड़ दो इसे, वह कोई बाघ नहीं है।) उसके बाद मेरी ओर उस मोटे सोटे को लक्ष्य करते हुए उन्होंने कहा, "Well, are you the man who tried to escape at Marseilles?" (तुम ही वह आदमी हो जिसने मार्सेलिस से भागने का प्रयास किया था?) उसके इस उद्धत स्वर में पूछे प्रश्न का उतने ही उद्धत परंतु संयत स्वर में मैंने उत्तर दिया, "Yes, why?" (हाँ, क्यों?) मेरे उत्तर से बारी साहब का स्वर तनिक नरम हो गया। केवल कौतूहलपूर्ण स्वर में उन्होंने कहा, "Why did you do that?" (तुमने ऐसा क्यों किया?) मैंने कहा, ''इसके कई कारण हैं। उनमें से एक यह है कि इन सभी कष्टों से मुक्ति मिले।''

''परंतु इन कष्टों में तो तुम स्वयं ही कूदे थे न!''

''हाँ, यह सच है। क्योंकि इन कष्टों में कूदना मुझे अपना कर्तव्य लगा। और उन कष्टों से यथासंभव मुक्त होना भी मुझे कर्तव्य ही प्रतीत हुआ।''

''देखो,'' बारी साहब एकदम खुलकर हँसते-हँसते कहने लगा, ''मैं अंग्रेज नहीं हूँ, आयरिश हूँ। उसी कारण मेरे मन में तुम्हारे प्रति अनादर अथवा तिरस्कार उत्पन्न नहीं होता। इंग्लैंड में मैंने अपनी तरुणाई के दिन बिताए हैं और उन लोगों के सद्‌गुणों का मैं चाहनेवाला हूँ। मैं यह इसलिए कह रहा हूँ कि मैं आयरिश हूँ—बचपन में मैंने भी आयरलैंड को अंग्रेजों के चंगुल से छुड़ाने के लिए छिड़े स्वतंत्रता संग्राम में हिस्सा लिया था। परंतु अब मेरे मन ने पलटी खाई है। और देखो, मैं तुम्हें मित्रता के नाते यह कह रहा हूँ। तुम अभी युवा हो, मैं तुमसे बड़ा हूँ, तुमसे अधिक दुनिया देखी है।'' (You are still young. But I am advanced in age.) मैंने मुसकराते हुए बीच में ही पूछा, "And don't you think that perhaps that may be the reason of the change that has come over you? Not increasing wisdom but dwindling energy?" चकराते हुए बारी साहब ने कहा, ''आप ठहरे बड़े बैरिस्टर और मैं एक अनपढ़ जेलर, परंतु मेरे इस उपदेश को तुच्छ मत समझना। हत्या हत्या ही होती है। हत्याओं से कभी स्वतंत्रता नहीं मिलेगी।'' (Murders are murders and they will never bring independence.)

''बिलकुल सही है। परंतु आप पहले यही पाठ आयरलैंड के सिनफिनवालों को क्यों नहीं पढ़ाते? आपको किसने बताया कि मैं हत्या का पक्षपाती हूँ।'' बात का रुख बदलते हुए उन्होंने कहा, ''अब सुपरिंटेंडेंट साहब पधार रहे हैं। वास्तव में आपसे मेरा राजनीति विषयक चर्चा करना नियम बाह्य है। परंतु आप जैसे विद्वान्, युवा तथा विख्यात मनुष्य को इस तरह के मक्कार बदमाशों में देखकर अंत:करण छटपटाता है, इसीलिए इतना कुछ कहा। अब पीछे जो हुआ सो हुआ। उससे मुझे कोई लेना-देना नहीं है। आप यहाँ के कारागृह के नियमों का पालन कीजिए। बस, मेरा काम हो गया। नियम के विरुद्ध व्यवहार मत करना। अन्यथा मुझे दंड भी देना पड़ेगा।'' इस बंदीपाल के ध्यान में यह बात नहीं आई कि अपना यह कथन—बंदियों के साथ राजनीति की चर्चा मत करना—यह मैं नियम विरुद्ध व्यवहार कर रहा हूँ—'तुम नियम के विरुद्ध आचरण मत करना अन्यथा मुझे दंड भी देना पड़ेगा'—यह कहना कितना परिहासपूर्ण है!

''और आपको एक सावधानी की सूचना देना मैं अपना कर्तव्य समझता हूँ। आप यदि यहाँ से भागने की चेष्टा करेंगे तो भयंकर संकट में पड़ेंगे। इस जेल के इर्दगिर्द घना जंगल है। उनमें महाक्रूर, खूँखार, नृशंस जंगली लोग रहते हैं। वे आपके जैसे सुकुमार बालकों की टोह में रहते हैं, उनके चंगुल में फँसते ही वे उसे ककड़ी जैसा

चबाते हैं। हँसते क्यों हैं ? क्यों जमादार, मैं जो कह रहा हूँ सच है या नहीं ?'' जमादार ने सचमुच मुजरा करते हुए उनकी हाँ में हाँ मिलाई, ''सोलह आने सच है, साहब।''

''मैं भी जानता हूँ।'' मैंने कहा, ''पकड़े जाते ही मैंने प्रथमतः जो पुस्तक मँगवाकर पढ़ी—वह है अंदमान का सरकारी इतिवृत्त। मैं ठीक तरह से जानता हूँ, पोर्ट ब्लेअर मार्सेलिस नहीं है।''

''ठीक है। यह देखो और जैसा मैं कहूँ वैसा करो। मैं आपके काम आऊँगा। हाँ, जमादार, इन्हें भीतर ले जाओ और सात नंबर की चाली की कोठरी में बंद कर दो।''

□

प्रकरण–८

कोठरी में पहला सप्ताह

मुझे लेकर वह जमादार सात नंबर की इमारत में बंद करने चल पड़ा। रास्ते में एक हौज दिखाई दिया। जमादार ने कहा, "इसमें नहा लो।" चार–पाँच दिन हो गए थे, मैं स्नान नहीं कर सका था। सागर यात्रा से शरीर अत्यधिक मैला हो गया था, घमोरियाँ निकल आई थीं। अत: स्नान करने की अनुमति मिलते ही मुझे अति प्रसन्नता हुई। परंतु क्या भिगोऊँ? जमादार ने कहा, "यह लो लँगोटी।" अब काम करते तथा स्नान करते समय नियम से लँगोटी पहननी पड़ेगी। मन तनिक झिझका, पुन: कहा, 'अरे पगले, रामदास भी तो लँगोटी ही पहना करते थे न! सभी जानते हैं, तुम्हारे इन कपड़ों के भीतर क्या है। फिर किससे छिपा रहे हो?' इसी विकार को मिल्टन ने Honour dishonourable (ऑनर डिसऑनरेबल) कहा है। यूरोप में ऐसा एक धर्मपंथ था, जो कपड़े पहनना पाप समझता था, क्योंकि आदम और ईव दोनों निष्पाप अवस्था में नग्न ही रहते थे। इस पंथ के अनुयायी भी वैसे ही रहते थे। उन्हें 'ॲडमाइट' कहा जाता था। वर्तमान यूरोप में भी धर्मदृष्टि से न सही, शास्त्र दृष्टि से कई स्थानों पर स्त्री–पुरुषों की छोटी–छोटी बस्तियाँ हैं, जो ऐसे क्षेत्र में प्रस्थापित किए जाते हैं कि जिनमें स्त्री–पुरुषों के लिए मात्र सर्दी निवारणार्थ वस्त्र पहनना क्षमा है, इसके अतिरिक्त नित्य नग्नावस्था में रहकर सूर्य प्रकाश में शरीर अनावृत रखना अनिवार्य होता है। क्योंकि कपड़ों का अत्यधिक मोह, शरीर को सूर्यदर्शन लगभग आमरण और शायद मरने के पश्चात् भी यूरोप में होने नहीं देता, अत: डॉक्टरों की यह राय बन चुकी है कि स्वास्थ्य की दृष्टि से यह हानिकारक है। इस तरह के विचार मस्तिष्क में मँडरा ही रहे थे कि हाथों से फटाफट अपने कपड़े और चड्डी (कैदियों को दिया जानेवाला घुटन्ना) उतारकर बिलकुल नंगा होकर लँगोटी पहन ली। अन्य राजनीतिक बंदियों की तरह प्रथमत: लँगोटी पहनते समय लज्जावश जो हिचकिचाहट होती है, वह नाटक देखने को नहीं मिलने के कारण उनकी मुद्रा से यह स्पष्ट हो गया कि उनके अनुसार मैं बहुत ही निर्लज्ज मनुष्य हूँ। जैसे–तैसे लँगोटी

पहनकर मैं प्रसन्नतापूर्वक स्नान करने गया। मैं कटोरा (दंडित को दी हुई थाली) भर-भरकर पानी लेने लगा। इतने में जमादार चिल्लाया, ''ऐसा मत करो। यह कालापानी है, भाई! पहले खड़े रहो। फिर मैं कहूँगा 'पानी लो।' फिर पानी लेना, वह भी एक कटोरा। फिर मैं कहूँगा, 'अंग मलो। हाथ से शरीर रगड़ो।' मैं कहूँ, 'और पानी लो' कि पुनः दो कटोरे पानी लेना और वापस लौटना। तीन कटोरों—तीन थालियों—में स्नान करना है।''

उस मुसलमान पठान जमादार की आज्ञा सुनते ही मैं चौंक पड़ा। मैं क्षेत्रवासी होने के कारण नासिक-त्र्यंबक के संकल्प अनुशासन से स्नान करने का आदी था। मन-ही-मन हँसते हुए मैंने कहा, 'यह भी इस तरह का एक संकल्प ही है। वह गोरे पानी का संकल्प था, इसे बस कालेपानी का संकल्प कहा जाए।' उस दढ़ियल दीक्षित ने यह संकल्प-कथन प्रारंभ किया। मैं स्नान करने लगा। इतने में आँखें लप से बंद हो गईं। कुछ भी नहीं दिख रहा था और बहुत तेज जलन होने लगी। क्या हुआ? संकल्प में कहीं कुछ भूल-चूक तो नहीं हुई? इतने में अंजलि भर गई और पानी मुँह में चला गया तो मुख 'थू-थू' करते हुए विद्रोह पर तुल गया। जीभ एकदम खारी बन गई। तब साहस जुटाकर जमादार से पूछा, ''यह पानी खारा कैसे हुआ?'' उसने कहा, ''भला समुंदर का पानी कभी मीठा होता है?'' तब ध्यान आया कि हम समुद्र स्नान कर रहे थे। पीने के पानी की कमी होने से अंदमान में स्नान, कपड़े धोने आदि के लिए सर्वत्र समुद्र का पानी प्रयोग किया जाता है। वह भी किसी कुंड में संचित।

सारा तन चिपचिपा हो गया। बाल कड़े-रूखे-कठोर हो गए थे। काश, स्नान के पचड़े में न ही पड़ता। परंतु पुनः सोचा, अब इसकी आदत डालनी ही पड़ेगी। लंदन, पेरिस के 'टर्किश बाथ' का आनंद लिया है, अब 'अंदमानिश बाथों' का आनंद लेना चाहिए! राष्ट्रीय पापों का क्षालन उत्तम साबुन तथा सुगंधित तेल मल-मलकर गरम पानी के फव्वारों की सुखद फुहारों भरे स्नानों तथा संस्कृत संकल्पों द्वारा नहीं। 'लो पानी'—इन कर्कश शब्दों के कठोर संकल्प द्वारा तीन कटोरे खारे पानी के स्नान से ही होगा।

कपड़े पहनकर आगे बढ़ा तो उस त्रितल (तीन तलीय) इमारत के दर्शन हुए। इसकी भीतें ईंटों तथा पत्थरों से पक्की बनाई हुई थीं, लंबी-लंबी एक ही ऊँचाई की सलाखों से उसमें विभिन्न खाने बनाए हुए थे, आग के भय से उसे कहीं भी लकड़ी का स्पर्श नहीं होने दिया था और उसमें एक जैसी, सप्रमाण अनेक कोठरियाँ बनी हुई थीं। वे चौड़ी-चौड़ी सीढ़ियाँ, वह श्वेत-धवल रंग और सप्रमाण रचना देखकर मन इतना हर्ष-विभोर हो गया जैसे मैं कोई सुगठित हवेली देख रहा हूँ। यही सात नंबर चाली है, इसी के तृतीय तल पर मुझे रहना है। वाह! उत्तम खुली हवा मिलेगी और भरपूर प्रकाश! ऐसा अपना घर होता तो मैं कितना श्रीमंत होता और कदाचित् चार-चार महीने इस विस्तृत भवन में और इस हरे-भरे आँगन में सुख से रह जाता। बस, इसके बंदीशाला

होने की भावना को त्याग दो तो इस हवेली में भी रहना उतना दुस्सह नहीं। निवास के संबंध में वेदांतियों का यह जो कथन है कि मम और नमम में ही सुख-दुःख के बीज निहित हैं, उनका यह कहना व्यर्थ नहीं है। ठीक है, यथासंभव यही प्रवृत्ति रखी जाए। इतना सुंदर घर और वह भी बिना भाड़े के मिल जाए तो उसे बंदीशाला कहकर उससे व्यर्थ भयभीत क्यों होना? कुछ दिन इधर ही प्रसन्नतापूर्वक क्यों न रहा जाए?

परंतु कुछ दिन अर्थात् कितने दिन? आशंका ने प्रश्न उठाया और मैंने खुसुर-फुसुर की, 'यहीं पर तो भेद है।' अंदमान के नियमानुसार छह महीनों के पश्चात् बंदियों को कारागृह से बाहर छोड़ दिया जाता है। अन्य लोगों की अपेक्षा मुझपर क्रोध कुछ अधिक है, तो अधिक-से-अधिक एक वर्ष अंदर रखेंगे। सिपाहियों ने बताया था कि तीन वर्षों के ऊपर किसी भी व्यक्ति को आज तक सिल्वर जेल में एक साथ लगातार बंद नहीं रखा गया है। अतः अधिक-से-अधिक तीन वर्ष मुझे अंदर रखा जाएगा। परंतु कठिनतम ही गृहीत करके उसके प्रतिकार की पहले से ही मानसिक तैयारी करना संकट के समय मेरा अति उपयुक्त नियम रहा था, जिसका अनुसरण करके मैंने सोचा, 'इसका अभिप्राय यह कि अधिक-से-अधिक पाँच वर्ष तक मुझे कोठरी में बंद रखा जाएगा। बस ठीक है! इस बंदीगृह को, जो बुरा नहीं है, अपनी हवेली समझकर पाँच वर्ष यहीं पर डेरा डालेंगे, काव्य-रचना करेंगे, सरकारी आज्ञा से नहीं अपितु स्वेच्छया निश्चय से यह नियम बना लेंगे।'

इसी मानसिक खिलौने से खेलते-खेलते मैं तृतीय तल पर पहुँच उस कोठरी के द्वार के पास खड़ा ही रह गया था। इस कारणवश कि मैं उधर आ रहा हूँ, वह पूरी इमारत जिसमें लगभग डेढ़ सौ लोग रहते थे, खाली की गई थी। केवल दृष्टि से उत्तम परंतु बंदियों की दृष्टि से चुगलखोर, पापी, कुकर्मी तीन ऐसे वॉर्डरों को वहाँ रखा गया था। वे तीनों बलूची तथा पठान मुसलमान थे। राजनीतिक बंदियों पर और उसमें भी विशेषकर मुझपर प्रायः पठान, बलूची मुसलमानों के अतिरिक्त अन्य किसी को भी पहरेदारी का काम नहीं सौंपा जाता। जिसको यह काम सौंपा जाता उसे इसमें अपना बड़ा गौरव लगता, क्योंकि वे इस बात पर इतरा सकते थे कि अधिकारियों का उनपर कितना दृढ़ विश्वास है। उनके माध्यम से अधिकारी हमारे गुप्त भेद जान सकते थे। साथ ही वे अधिकारियों के सभी तरह के अन्यायपूर्ण एवं नृशंसतापूर्ण काम करने के अभ्यस्त थे। अतः इन बलूची और पठान मुसलमानों को अधिकारी भी अधिक ढील देते थे। उनका अनियमित ही नहीं अनीतिमान आचरण भी क्षम्य मानकर इस तरह की नीति अपनाते कि अन्य सभी पर और विशेषतः हिंदुओं पर उनका दबदबा रहे। हम सब राजबंदियों के हिंदू होने के कारण और उस बंदीगृह में हमारे आगमन के कारण हिंदुओं पर जैसे संकटों का पहाड़ ही टूट पड़ा था। हम हिंदू दंडितों पर हिंदू जमादार रखा जाए,

तो उसके हमसे सहानुभूतिपूर्ण व्यवहार करने की संभावना अधिक होती। हमारे राजबंदी होने से हमारी वास्तविक गतिविधियों को तिल का ताड़ बनाकर और जो नहीं भी हैं, उन्हें नमक-मिर्च लगाकर अधिकारियों तक पहुँचाना तथा यथासंभव हमसे क्रूरतापूर्ण व्यवहार करना हिंदुओं के लिए इतना सरल नहीं था जितना कि मुसलमानों के लिए। अत: हिंदुओं के लिए पदोन्नति और वेतन-वृद्धि कठिन कार्य होने लगा।

दूसरी बात यह है कि पठानों को इन दुष्टतापूर्ण कार्यों के लिए सिर पर चढ़ाना, अधिकारियों के लिए अनिवार्य हो जाने के कारण इन कुकर्मी मुसलमानों का, जिन्हें धर्मांधता ने बाल्यकाल से यह घुट्टी पिलाई थी कि हिंदुओं को अत्यधिक कष्ट देने से 'सर्वपापं विनश्यति', हिंदुओं के विरुद्ध मिथ्या चुगलियाँ, उलाहनों को खड़ा करके इन्हें अधिकाधिक पीड़ा देना संभव हो गया था, क्योंकि सभी का अनुभवसिद्ध विश्वास था—बारी बाबा मुसलमानों के विरुद्ध एक शब्द भी नहीं सुनेगा। इस प्रकार हिंदू बंदियों को अधिकारियों में स्थान मिलना असंभव हो गया। जो हिंदू दंडित अधिकारी थे, उनपर मिथ्या दोषारोपण कर पठान बंदियों ने उन्हें निकाल दिया और पठान बंदियों की अधिकारियों के पदों पर नई भरती होती रही। पठान अधिकारी नित्य पठानों का पक्ष लेते। उनकी यही एकता सत्कर्मों में एक आदर्श सिद्ध होती। उनके इस मेल के कारण पठान मुसलमानों, सिंधी मुसलमानों, बलूची मुसलमानों के गुटों के बंदी अधिकारी अपनी-अपनी जातियों के बंदियों को यथासंभव हिंदुओं को अधिक-से-अधिक यंत्रणा देने के लिए प्रोत्साहित करने लगे। अत: हम हिंदू राजबंदियों के उस कारागृह में प्रवेश करते ही केवल वहीं पर नहीं अपितु संपूर्ण अंदमान में हिंदू दंडितों तथा दंडित अधिकारियों की दुर्दशा का कोई ठिकाना नहीं रहा। इसका वृत्तांत धीरे-धीरे आगे आता ही रहेगा कि इसके परिणाम कितने दूर-दूर तक पहुँचते गए थे। वह वृत्तांत ठीक-ठीक समझ में आए, इसलिए यहीं पर इसके मूल कारण का थोड़ा सा विश्लेषण किया है। इन मुसलमानों में पठान, सिंधी, बलूची जैसे व्यक्तिगत अपवादों को छोड़कर प्राय: अधिकतर मुसलमान अत्यधिक क्रूर, नृशंस तथा हिंदू-द्वेष से लबालब भरे हुए होते। उनसे बहुत नीचे पंजाबी मुसलमान तथा अन्य बँगला, मराठी, तमिल आदि मुसलमान बंदीवान व्यक्तिगत अपवादों को छोड़कर प्राय: न तो इतने दुष्ट थे और न ही हिंदू-द्वेष से भरे हुए। तथापि उनकी इस सज्जनता को दुर्गुण घोषित कर उपर्युक्त क्रूर मुसलमान नित्य नियम से उनपर व्यंग्य कसते और 'यह तो आधा काफिर ही है' कहकर उनका उपहास उड़ाते, परिणामस्वरूप ये पंजाबेतर मुसलमान भी धीरे-धीरे पठानों का अनुकरण करने लगते। तथापि वे तत्रस्थ सरकार के विश्वासपात्र नहीं थे। अधिकारियों का रुझान व्युत्क्रम से उनकी ओर ही आकर्षित होता जो अधिक क्रूर होते।

एतदर्थ मुझपर तो मुसलमानों में ही नहीं, पठानों में भी जो अत्यंत बेशर्म वॉर्डर,

जमादार अथवा 'पेटी अफसर' अर्थात् वह बंदीवान अधिकारी, जिसे बंदियों से तरक्की मिली हो, नियुक्त किया जाता। ऐसे ही उन तीनों वॉर्डरों के हाथ मुझे सौंपकर कोठरी में बंद कर, ताला लगाकर वह जमादार चला गया।

दूसरे दिन प्रात:काल लगभग आठ बजे वे पठान वॉर्डर जल्दी-जल्दी मेरी कोठरी के सामने आकर बोले, "साहब आता है, खड़े रहो।" मैं द्वार के निकट आ गया। द्वार अर्थात् कोठरी की सलाखों का नित्य बंद रहनेवाला द्वार। बारी साहब अपने साथ और कुछ गोरे लोग लेकर आए थे। उस कारागृह में मेरा आगमन होने से बारी साहब को एक नया महत्त्व प्राप्त हो गया था। तत्रस्थ यूरोपियन स्त्री-पुरुषों की मुझे देखने तथा यथासंभव मेरे साथ थोड़ा संभाषण करने की इच्छा होती थी। अत: उन्हें बारी साहब की आरती उतारने के अतिरिक्त अन्य कोई उपाय ही नहीं रहता। काफी अनुनय-विनय करने के पश्चात् अत्यंत सावधानी के साथ, गुपचुप बारी साहब उन्हें बंदीगृह में ले आते और मुझसे भेंट करवाकर अथवा दूर से मुझे दिखाकर इस तरह गंभीर मुद्रा बनाते कि तुम लोगों पर पहाड़ जैसा विशाल उपकार किया, अब मैं इस विवेचना में गर्क हूँ कि इसके आगे इसे कैसे पार करूँ। 'That will do! That will do!' कहते हुए वे अतिथियों को लेकर झट से वापस चले जाते। मुझे ऐसे कई गोरे सार्जेंट तथा महिलाओं के उदाहरण ज्ञात हैं जो यह स्वर्ण अवसर पाने के लिए पंद्रह-पंद्रह दिन बारी साहब की कोठी पर उनकी अनुनय-विनय करते रहे थे।

"सरकार!" वॉर्डर के चिल्लाते ही मैं वहाँ के नियमानुसार सीधा खड़ा रहा। कोठरी की सलाखों के छोटे द्वार में से बारी साहब के दिखने के पहले ही उनकी निकली हुई तोंद दिखाई देने लगती। क्योंकि उनकी वह तोंद, जो उनके संपूर्ण शरीर को पछाड़ती हुई और संपूर्ण विश्व को तुच्छतापूर्वक चुनौती देती हुई दिखती थी, उस गुब्बारे की तरह गोल-मटोल, जो स्कूलों में पृथ्वी का आकार दिखाने के लिए रखा जाता है, दो कदम उनके आगे भागती और उनकी इस तोंद पर मध्य तक चढ़ाए हुए पाजामे पर वह चमड़े का पट्टा भूमध्य रेखा की तरह शोभा देता।

सन् १८५७ के विद्रोह की चर्चा

बारी साहब ने प्रारंभ किया, "लोगों ने आपको बताया ही होगा कि मैं आपका बंदीपाल (Jailer) हूँ।" मैंने केवल सस्मित देखा। "परंतु मैं आपसे कहता हूँ कि मैं आपका एक मित्र हूँ।" साथ में आए हुए अतिथि मौन थे, क्योंकि बारी साहब प्रत्यक्ष बोलने का अधिकार अपने विशेष चमचे को ही देता, अन्य लोगों को नहीं। "मुझे आप जैसे शिक्षित, पढ़े-लिखे मनुष्य से संभाषण करना बड़ा अच्छा लगता है। अत: मैं इस तरह कभी-कभी यूँ ही खुलकर वार्त्तालाप करने आ जाता हूँ। आपने सन् १८५७ के उस

दुष्टतापूर्ण विद्रोह का इतिहास लिखा है न!''* वे जब बोल रहे थे मैं केवल सस्मित मुद्रा में देख रहा था। मैंने भाँप लिया कि महाशय टटोलने पधारे हुए हैं और ऐसा प्रतीत होता है कि मेरी सामान्य प्रवृत्ति को देखना ही उनका उद्देश्य है। मैं भी सोच रहा था—चलो, उनकी बात सुनने में समय का भार तो तनिक हलका होगा, जो इस काल कोठरी में भारी हो गया है। मैंने कहा, ''यह सच है कि उस विषय पर मैंने ढेर सारी पुस्तकें पढ़ी हैं।'' उन्होंने कहा, ''तो फिर ऐसे दुष्ट लोगों से आपको घिन नहीं आती? क्या थी उनकी पैशाचिक क्रूरता। मेरे पिता स्वयं उस विद्रोह में फँस गए थे। वे हमें बताया करते, 'उस अधम नाना साहब ने कानपुर में स्वयं सभ्य अंग्रेज महिलाओं पर भोंडे अत्याचार करके उनके मुँह में… !' ऐसे नरराक्षस थे वे!'' मैंने पूछा, ''क्या आपके पिताजी ने अपनी आँखों से देखा?'' उन्होंने झट से कहा, ''एक कर्नल ने बताया, जिसने लखनऊ में यह कृत्य प्रत्यक्ष देखा था।'' मैंने कहा, ''तो फिर यह अवश्य मिथ्या होना चाहिए। क्योंकि जब अंग्रेज महिलाओं तथा पुरुषों को बंदीगृह में डाला गया तब नाना कानपुर में थे, न कि लखनऊ में।'' मेरी बात अनसुनी करते हुए बारी साहब ने कहा, ''ऐसे सैकड़ों उदाहरण हैं।'' मैंने कहा, ''होंगे! जैसी यह मनगढ़ंत, सुनी-सुनाई दंतकथा है वैसी ही वे भी होंगी।''

अब अतिथियों में से एक ने, जो सज्जन दिख रहे थे, कहा, ''परंतु कुल मिलाकर नाना साहब, तात्या टोपे आदि स्वार्थी विद्रोहियों से आपको घृणा नहीं होती क्या?'' मैंने उनसे कहा, ''यदि आप इस विषय पर कारागृह में चर्चा करना उचित समझते हैं तो मैं करता हूँ। परंतु यहाँ मैं एक दंडित हूँ और ये बंदीपाल। यदि चर्चा ही करनी है तो उस समय तक बराबरी का संबंध आपको स्वीकार करना होगा। अन्यथा आपको यह स्वीकार करना होगा कि बंदीवान समझकर मेरे मुँह पर ताला ठोंककर मेरे राष्ट्र के इतिहास से संबंधित एकपक्षीय तथा अपमानजनक उल्लेख करना निंदनीय तथा कायरतापूर्ण कृत्य है।'' बारी साहब ने कहा, ''नहीं-नहीं, मैं आपसे पहले भी कह चुका हूँ कि मैं यहाँ एक हितैषी के नाते खड़ा हूँ। आप जो चाहे चर्चा कीजिए।'' ''तो फिर'', मैंने उत्तर दिया, ''मैं खुलकर अपनी राय प्रस्तुत करता हूँ। मैं जानता हूँ, मेरे विचार आपको प्रक्षोभक, तीखे, उग्र प्रतीत होंगे और हो सकता है, इस चर्चा का उद्देश्य भी यही आजमाना हो कि वे वैसे हैं या नहीं। परंतु मुझे उन्हें छिपाने की कभी आवश्यकता प्रतीत नहीं हुई। ये ऐतिहासिक प्रश्न हैं। और यदि इनके कारण मुझे कष्ट, अत्याचार सहने पड़ें तो भी उनके भय से मैं अपने राष्ट्र के इतिहास का और प्रमुख भूमिकाओं का अपमान

* 'सन् १८५७ का स्वातंत्र्य-समर' वीर सावरकर लिखित पुस्तक उस समय गुप्त रूप से छपवाई गई थी। तब उसपर पाबंदी लगी थी, उसे अब हटाया गया है। अनेक भाषाओं में उसके अनुवाद भी प्रकाशित हो चुके हैं।

चुपचाप सुनना भीरुता, कापुरुषता समझता हूँ। आपने नाना साहब संबंधी जो दंतकथा सुनाई, उसकी सत्यासत्यता का निर्णय करने के लिए अंग्रेजों ने एक सरकारी कमीशन नियुक्त किया था। उसने यह निर्णय दिया कि अंग्रेज महिलाओं पर किए गए नैतिक अत्याचारों के वर्णन मिथ्या तथा अतिरंजित थे। वह अंग्रेजी छावनी के गोरे सोल्जरों के कुत्सित मस्तिष्क की उपज है।''

कौन नहीं होता स्वार्थी

''आपने नाना साहब और तात्या टोपे को स्वार्थी कहा?'' ''हाँ'', उस अतिथि ने कहा, ''क्योंकि नाना साहब राजा बनना चाहते थे और तात्या को महानता चाहिए थी।'' मैंने कहा, ''आपकी यह बात ठीक है, और यह भी बिलकुल सत्य है कि विक्टर इम्यानुएल को इटली का राजा बनना था, वाशिंगटन राष्ट्रपति बनना चाहते थे और गैरीबाल्डी को भी महानता की आवश्यकता थी! वास्तव में वे अपनी जातीय स्वतंत्रता के लिए लड़े और ये अपनी।'' ''तो फिर आपने भी विद्रोह का झंडा तो नहीं लहराया?'' बारी ने पूछा। मैंने उत्तर दिया, ''यह प्रश्न सर्वथा स्वतंत्र है। यह कहना कि सन् १८५७ का स्वतंत्रता संग्राम छिड़ गया इसलिए आज भी वह छिड़ना आवश्यक है, अथवा सन् १८५७ में वह नहीं छिड़ता तो आज भी वह नहीं छिड़ना चाहिए—मेरे विचार से दोनों ही मूर्खता के लक्षण हैं।'' मैंने देखा, उन अतिथियों ने सन् १८५७ के राष्ट्रीय इतिहास पर लिखित एक-दो पुस्तकें पढ़ी हैं। उन्होंने बीच में ही कहा, ''तो फिर आप यह प्रतिपादित तो नहीं करना चाहते कि यह सर्वथा गलत और गप है कि विद्रोहियों ने अंग्रेज महिलाओं का कत्ल किया।'' मैंने कहा, ''ऐसा कौन कहता है? वह बात सत्य है, और करुणाजनक भी। परंतु महत्त्वपूर्ण प्रश्न यह है कि उसका कारण क्या है? उन महिलाओं के साथ प्रथमतः वैसा ही व्यवहार किया गया जैसा युद्धबंदियों के साथ किया जाता है—यह उनमें से शेष महिलाओं तथा अन्य लोगों के साक्ष्य से स्पष्ट है। उस कमीशन के सामने जो साक्ष्य रखे गए, उन्हें मैंने प्रकाशित किया है। परंतु जब अंग्रेज सेना कानपुर पर अधिकार करने आगे बढ़ी तो इलाहाबाद के आस-पास के गाँवों में आग लगाकर लोगों को जीवित जलाने लगी और उस अग्निकांड में राष्ट्रीय विद्रोह में जान हथेली पर लेकर लड़नेवाले सैकड़ों देशभक्तों के बीवी-बच्चों की खुलेआम होली जला दी गई। तब इन वार्त्ताओं से कानपुर के क्रांतिकारियों की सेना में भयंकर क्षोभ उत्पन्न हुआ। इतने में जो अंग्रेज महिलाएँ युद्धबंदियों के रूप में कारागृह में थीं, उनके आक्रमणकारी अंग्रेज सेना को भेजे गए गुप्त पत्र और उनके क्रांतिकारी सेना को भेजे समाचार पहुँचानेवाले संदेशवाहक पकड़े जाने से चिढ़कर उन महिलाओं की हत्या की गई।''

दोनों ही समान थे

"इस नृशंस कर्म को उतना ही दोष देना चाहिए जितना अंग्रेजी सेना के अत्याचारों को। क्या उन्हें दोषी नहीं ठहराना चाहिए, जिनकी वह आंशिक तथा अल्प मात्रा में प्रतिक्रिया थी? क्या आप यह समझते हैं कि आयरलैंड में ड्रॉचेडा के कत्ल से क्रॉमवेल को नरपशु ठहराते हुए इंग्लैंड को लज्जित होना चाहिए था? भयंकर और राष्ट्रीय क्रांति के प्रसंग में इस तरह के भयंकर कृत्य घटते हैं। यह कितनी ही उद्वेगजनक बात क्यों न हो, तथापि उससे उस क्रांति के मूलभूत उद्देश्य का विरोध करने का कोई कारण नहीं है। नाना की आज्ञा के बिना उनकी सेना के क्रांतिकारी सैनिकों के आदर्श का शिकार बनी प्रत्येक अंग्रेज महिला के वध के पूर्व ही केवल विद्रोहियों की नाक में सुतली पिरोने के लिए भारतीय लोगों की दस-दस स्त्रियाँ अंग्रेजी-सेना के अग्निकांड का शिकार बन गईं। उस अंग्रेज सेनानी के इंग्लैंड में पुतले खड़े किए गए। नील अपनी दैनिकी में कहती है, 'अंग्रेज राष्ट्र के कल्याणार्थ इस निर्दयता का अवलंबन करना मेरा कर्तव्य था।' सन् १८५७ के क्रांतिकारियों को भी क्या वही समर्थन उपयुक्त नहीं होगा? यदि दोषी हैं तो हम दोनों, कम-अधिक मात्रा में दोषी हैं, नहीं तो कोई भी नहीं।" अतिथि महोदय ने कहा, "मेरा विश्वास है कि वह विद्रोह राजनीतिक स्वाधीनता के लिए ही था और जो अनेक अश्लील अफवाहें उन सिपाहियों के संबंध में फैली हुई हैं वे भी बहुतांश में निराधार हैं, बेसिर-पैर की हैं। परंतु आज उससे क्या पाठ लिया जाए?"

"यह मेरी समस्या नहीं है। केवल ऐतिहासिक घटना थी, इसलिए मैंने इतनी चर्चा की। प्रस्तुत संबंध में मैंने पहले जो कुछ कहा उसके अतिरिक्त आज इसपर मुझे कुछ भी कहना संभव नहीं है।"

"ठीक है। आज न सही, फिर कभी चर्चा करेंगे।" इस तरह सहजतापूर्वक बोलने के साथ मेरे स्वास्थ्य के संबंध में सहानुभूतिपूर्वक पूछताछ करके बारी साहब चले गए।

अनुष्टुप् छंद

अगले दो दिन मुझे कुछ भी नहीं दिया गया। मुझसे कहा गया, महीना-दो महीना मेरा व्यवहार देखकर मुझे पुस्तक दी जाएगी। कागज का टुकड़ा मिलना तो सर्वथा असंभव था, बात करने के लिए चिड़िया तक नहीं थी। तब इस कालकोटरी में दिन काटने का उत्तम साधन मैंने निश्चित किया, उन कविताओं की रचना करना जो पीछे आरंभ की थीं। बीच के कालखंड में समुद्र यात्रा की हड़बड़ाहट में वह काम ठप हो गया था, क्योंकि वहाँ बात करने तथा पढ़ने के लिए मिल जाने के कारण लोगों में विचारों का प्रसारण करने का दूसरा कार्य संभव हो सका था। कविता-रचना करने का

निश्चय करते ही मन में सोचा, मराठी में अनुष्टुप् छंद का प्रचार लुप्तप्राय ही हो गया है। यह ठीक नहीं। इस मधुर परिचित और काव्य विधा के लिए अनुकूल अनुष्टुप् की, जिसमें रामायण-महाभारत जैसे महाकाव्य का गान किया जाता है, गीता सरीखा दर्शन भी जिसमें अच्छी तरह व्यक्त हो सकता है, उपेक्षा करना हानिकारक, निर्दयता तथा मराठी भाषा के लिए लांछनास्पद है। मोरो पंत के अनुष्टुप् हैं और कुछ समर्थ रामदास के, बाकी उसे (अनुष्टुप् छंद को) कोई पूछता तक नहीं। अत: उसी में एक मंजुल, ललित, छोटी सी काव्य-रचना क्यों न की जाए। तब स्मरण करने लगा, इस वृत्त के नियम क्या हैं। कुछ स्मरण ही नहीं आ रहा था। साथ में वृत्त दर्पण भी नहीं था। अन्य अनुष्टुप् यथासंभव स्मरण करते, उन्हें बोलकर और उनमें नियम ढूँढ़कर उनका मंथन करता रहा। सारा दिन इसी माथापच्ची में बीत गया। मात्राओं की गिनती करें तो किसी में अठारह, किसी में बीस तो किसी में पच्चीस। किसी का किसी से तालमेल नहीं। अच्छा, गणवृत्त कहा जाए तो गण भी कहाँ मेल खा रहे हैं? य गण देखा, भ गण देखा—गणों में तो उसकी गणना ही नहीं। इतने में झट से बचपन में रटा-रटाया एक चरण स्मरण हुआ जिसने हाहाकार मचा दिया। 'अनुष्टुप् छंद वह जिसका कोई नियम ही नहीं। (अनुष्टुप् छंद ते ज्याला एक नेम नसे गणीं)।' 'नियम ही नहीं'—ऐसे शास्त्र वचन से प्रभावित होने के कारण मात्र श्रुति सुख पर ही निर्भर रहकर मैंने अनुष्टुप् रचना का सपाटा लगाया।

तीन-चार दिनों के हमारे इस बलात्कार से क्षुब्ध होकर ही मानो वृत्तदर्पणांतर्गत इस तीसरे चरण ने क्रोध से ताव खाकर स्वयं को प्रकट किया, जैसे प्राचीन काल में निषादविद्वांड दर्शन से प्रक्षुब्ध होकर आदिकवि के शोक ने श्लोक रूप धारण करके उस प्रथम अनुष्टुप् का उच्चारण किया था। हमारे स्मृत गण में उच्चारण हुआ 'अक्षरे चरणी आठ'—तो फिर अनुष्टुप् को 'एक गण नियम नहीं' पद प्रथम देते हुए फिर नियम का पद ग्रहण कर वृत्तदर्पणकारों ने कैसा चकमा दिया। आठ अक्षरों के नियम का स्मरण होते ही सारी ग्रंथियाँ ठीक-ठाक बैठ गईं। परंतु अपने रचे हुए अनुष्टुप् की ओर दृष्टि डाली जाए तो मजे-ही-मजे। किसी के चरण में आठ अक्षर तो किसी के दस तो किसी के बीस। किसी का किसी से मेल नहीं। अर्थात् इन सारे अनुष्टुपों की द्वितीय आवृत्ति करने पर भी यह समाप्त नहीं हुआ, क्योंकि केवल आठ अक्षर गिन लेने पर भी कभी-कभी वह अनुष्टुप् की चाल से किसी भी तरह से नहीं चल रहा था और धप्प से बैठ जाता था। पहले श्रुति सुख ने चकमा दिया तो अब शास्त्र-नियमों ने। उदाहरणार्थ 'सलिलात् नदीच्या त्या प्रतिबिंबित जी पद्मे' (नदी के जिस पानी में वे पद्म प्रतिबिंबित हो रहे थे)—इस चरण में आठ-आठ अक्षर होने से भी वे अंत में अनुष्टुप् की चाल से चलने में स्पष्ट विरोध करते हैं। तब कुछ और दिनों के पश्चात्

उपांत्य ह्रस्व जैसे एक-दो सूक्ष्म नियम जो वृत्तदर्पण में नहीं दिए गए थे, स्वयं ही ढूँढ़ निकालने पड़े। तब विरचित अनुष्टुपों को घिस-घिसकर तीसरा संस्करण निकालना पड़ा। यह सारा गोरखधंधा साधनाभाव के कारण करना पड़ा। वृत्तशास्त्र की एक भी पुस्तक मिलती तो एक घंटे में निर्णय हो जाता। कारागृह में मैं जो साहित्य-सृजन कर सका, उसके लिए साधन-सामग्री का अभाव होने के कारण काफी त्रास हुआ—एक तारीख के लिए, एक शब्द के लिए आठ-आठ दिन अटकना पड़ता। कल्पना लाख अच्छी होने पर भी उसे त्यागना पड़ता। वर्षों तक उसी पर निर्वाह करना पड़ता जो स्मृति में था।

परंतु आखिर अनुष्टुप् सफल हो गया और इस वृत्त में ही कारावास की उस सात नंबर की एकांत कोठरी में 'कमला'* का अरण्य कमल खिलने लगा।

कारागृह की प्रथम गुप्त चिट्ठी

आज मुझे इस कोठरी में बंद हुए चार-पाँच दिन बीत गए होंगे। अभी तक उस पूरे विभाग में मेरे अतिरिक्त एक भी बंदी नहीं छोड़ा गया था, ताकि मुझे कोई भी समाचार न मिल सके। स्नान के लिए भी सामनेवाली कोठरी, जो इमारत का आने-जाने का रास्ता था, की ओर ही पानी मिलता। मैं तृतीय तल की चाली में रहता था। भीत में एक ही नाप की सलाखें ठुकी हुईं, वह रास्ता और उसके पीछे कोठरियों की पंक्ति—इन चालों का ऐसा ही स्वरूप था। भोजन से निपटकर थोड़ा समय हो गया था। दोपहर के समय कोठरी में बैठा था कि नीचे से एक छोटा सा पत्थर सलाखों से टकराया और नीचे गिर गया। पुनः नीचे से किसी ने ठीक तरह से फेंका। वह सलाखों से निकलकर मेरी कोठरी के द्वार पर आ गिरा। मैं खड़ा ही था। सामने देखा तो एक वॉर्डर वह पत्थर उठाने के लिए संकेत करके चला गया। मैंने वह पत्थर उठाया तो उसमें बँधे कागज पर लिखी चिट्ठी मिली। मैं उसे खोलकर पढ़ने ही लगा था, इतने में नीचे शोरगुल सुनाई दिया। मैं चौंक उठा और दरवाजे के निकट आकर देखा तो नीचे आँगन में पेटी अफसर को वह वॉर्डर, जो मेरे पहरे पर रहता था, जोर-जोर से आवाज देकर बुला रहा था। मैंने उसी समय ताड़ लिया कि इस पठान वॉर्डर ने, जो पहरे पर था, उस वॉर्डर को चिट्ठी फेंकते हुए देखा होगा और उसे पकड़ने के लिए अथवा मेरी कोठरी खोलकर तलाशी लेने के लिए यह पेटी अफसर को बुला रहा है। इतने में वह यमदूत मेरी कोठरी के सामने खड़ा हो गया। परंतु वह चिट्ठी फाड़ डालने के लिए मेरा मन नहीं कर रहा था, क्योंकि इतने साहस के साथ जिसने यह चिट्ठी मुझे पहुँचाई वह इसलिए कि उसमें

---

* इस 'कमला' काव्य के अब अनेक संस्करण निकल चुके हैं। सावरकर समग्र वाङ्मय, खंड-७ में यह 'कमला' काव्य प्रसिद्ध हो चुका है और उसका संस्कृत अनुवाद भी प्रसिद्ध हो गया है।

कुछ महत्त्वपूर्ण संदेश होगा। परंतु उसे कहीं भी छिपाना असंभव प्रतीत हो रहा था। मिनटों में ताला खुलेगा। चिट्ठी मिल गई तो वह वॉर्डर, जो इसे लाया था, वे लोग जिन्होंने यह भेजी थी और जिनके इस चिट्ठी में नाम हैं—सभी संकट में पड़ेंगे। अतः कोठरी के एक कोने में, इस वॉर्डर से बचते हुए, झट से शरीर के ही ऐसे स्थान पर चिट्ठी छिपाने के अतिरिक्त, जहाँ छुपानी नहीं चाहिए, अन्य कोई चारा नहीं रहा। मैंने उसे इस तरह छिपाया कि उसमें जो कुछ गोपनीय बात होगी उसे नुकसान न पहुँचे। इतने में पेटी अफसर आ गया। उसने उद्दंडतापूर्वक पूछा, ''चिट्ठी कहाँ है? कंकड़ किसने उठाया?'' मैंने कहा, ''मैं कुछ नहीं जानता।'' मेरे पहरे पर वह पठान वॉर्डर, इस तरह के निश्चित विचार में मग्न था कि इतने सख्त बंदोबस्त में कौन आ सकता है भला! इतने में उस पत्थर की आवाज होने से वह उठकर देखने लगा तो उसे वह नीचे खड़ा वॉर्डर मुझे कुछ संकेत करता हुआ दिखाई दिया। संदेहवश उसने हाँक लगाई। उसमें भी वह वॉर्डर हिंदू था। अतः उसे पकड़कर (पद से) हटाने पर अपने एक पठान को वॉर्डर बनाने का अवसर मिलता। इसीलिए उसने हंगामा खड़ा किया। मेरी चाली पर नियुक्त वह पेटी अफसर भी मुसलमान ही था, क्योंकि सरकारी प्रतिज्ञा यह थी कि मेरे पास किसी भी हिंदू को फटकने नहीं देना है। आखिर मेरी कोठरी का दरवाजा खोलकर उस पेटी अफसर ने मेरे शरीर की तलाशी ली। चड्डी, बनियान की सिलाई भी टटोलकर देखी, परंतु चिट्ठी नहीं मिली। उस हिंदू वॉर्डर की भी तलाशी ली गई। उसके पास भी कुछ नहीं मिला। अर्थात् यह प्रकरण इतने पर ही समाप्त हो गया।

सावधानी की सूचना

उन सबके चले जाने के बाद मैंने शरीर से चिट्ठी निकालकर पढ़ ली। उसमें कारागृह की स्थिति का वर्णन था, जिससे मुझे इस बात का ज्ञान हो सके कि किससे कैसे व्यवहार करूँ। उस समय कारागृह में बंगाल के माणिक टोले के लोग, इलाहाबाद के स्वराज पत्र के तीन-चार संपादक, बस इतने ही राजबंदी थे। जिन्होंने मुझे यह चिट्ठी भिजवाई थी, वे मेरे पूर्व परिचित बंगाली मित्रों में से एक थे। उन्होंने इस तरह संदेश भेजा था कि राजबंदी होने के कारण ही सामान्यतः किसी पर विश्वास न करें। बंगाली लोगों में पकड़-धकड़ होने के उपरांत कुछ लोग सरकार में गुप्त वार्त्ताओं का भेद खोल रहे हैं। अतः उधर हम लोगों में दो पक्ष हो गए हैं—ऐसा प्रतीत होता है कि अमुक-अमुक व्यक्तियों का फिलहाल बस इतना ही काम निश्चित है कि अधिकारियों को प्रसन्न करके कोल्हू की भयंकर यंत्रणाओं से अपनी जान बचाएँ। उसके लिए उन्होंने उन लोगों के नाम बता दिए जिन्हें पिछले आंदोलन में पकड़ा नहीं गया था। परंतु इधर भी वह अधिकारियों को सूचित करता है कि हम क्या बातचीत करते हैं, क्या कर

रहे हैं। अतः अमुक व्यक्ति पर विश्वास मत कीजिएगा।

बंगाल के षड्यंत्र के लोगों की फूट के संबंध में पढ़कर मुझे कोई विशेष आघात नहीं पहुँचा। क्योंकि जब मैं जेल से बाहर था तभी मुझे ज्ञात हो गया था कि उनमें से प्रमुख व्यक्ति के पकड़े जाते ही कुछ लोगों के धीरज का बाँध टूट गया और कलकत्ता के कारागार में ही परस्पर विश्वासघात करने की जैसे होड़ लग गई थी। कुछ लोगों का यद्यपि इस तरह अध:पतन हो चुका था, परंतु सभी विश्वासघाती नहीं थे, न ही सभी का धैर्य भंग हुआ था। इतना ही नहीं, उनमें से उन लोगों का, जिनका इस तरह के कष्ट न सह सकने के कारण अध:पतन हो गया था, उनकी भी पिछली सेवा, देशभक्ति और स्वार्थत्याग जैसे सद्‌गुणों का विस्मरण करना मुझे अन्याय प्रतीत होता था।

यहाँ पर यह स्पष्ट करना आवश्यक है कि इस कथ्य के ये अथवा अन्य विचार भावना के रूप में मैं नहीं बता रहा, मैं यह कथ्य कथन कर रहा हूँ कि क्रमशः उस प्रसंगानुरूप मुझे क्या प्रतीत हुआ और मुझे क्या करना पड़ा। मैं तो केवल इतिहास का ही वर्णन कर रहा हूँ। मैंने इसकी चर्चा तो बिलकुल नहीं की कि उसके संबंध में मुझे क्या प्रतीत हुआ और जो हुआ सो अच्छा हुआ या बुरा। यह चर्चा करने का प्रस्तुत स्थल पर हेतु भी नहीं है। वह प्रश्न सर्वथा स्वतंत्र रखकर पाठक इन स्मृतियों को पढ़ लें—इस तरह सावधानी की सूचना पुनः एक बार देना मैं अपना कर्तव्य समझता हूँ।

गुप्तचरों का काम

बंगाली राज्य-क्रांतिकारियों में से कुछ प्रमुख व्यक्तियों को जब कष्ट झेलना असंभव हो गया तब उन्होंने सोचा, जैसे-तैसे संकटों का बेड़ा पार कर लें और इस आत्मरक्षात्मक बुद्धि के कारण अपने साथियों, अनुयायियों और इतना ही नहीं, मेरे जैसे केवल कारावास में ही प्रत्यक्ष परिचित हुए व्यक्तियों की गतिविधियों तथा वार्त्तालाप की भी गुप्त सूचना अंग्रेज अधिकारियों को देते समय उन्होंने आगे-पीछे नहीं देखा। यह बात सत्य होने पर भी, उसके बारे में सोचते समय हमें यह ध्यान रखना चाहिए कि उन्हें उतनी ही घोर यंत्रणाएँ, अवहेलना तथा भयंकर शारीरिक कष्ट झेलने पड़े, जिससे वे इस मनोदशा तक पहुँच गए। उनपर दोषारोपण करने का अधिकार बस उन्हीं को है जो वैसे ही अपार शारीरिक कष्ट तथा मानसिक यंत्रणाएँ सहते हुए भी विचलित नहीं हुए थे। संपूर्ण जीवन आरामकुरसी पर लेटकर बितानेवाले किसी गोबरगणेश को यह अधिकार नहीं मिलता।

मुझे इस तथ्य का भी ध्यान रहता कि क्रांतिकारियों के प्रमुखों के हाथों विश्वासघाती कृत्य केवल कुछ बंगालियों अथवा हिंदुस्थानियों के ही हाथों नहीं हुए, आयरलैंड, रूस, इटली आदि देशों में राज्यक्रांति तथा धर्मक्रांति के भीषण संग्रामों में तो शारीरिक अत्याचारों

से निराश, हतबल बने इन भारतीय उदाहरणों से भी अधिक घिनौने विश्वासघात के उदाहरण उपलब्ध हैं। अतः इससे पग डगमगाना अथवा किसी राज्य विशेष पर लांछन लगाना निपट मूर्खता होगी।

जो है सो कह डालो

गुप्त चिट्‌ठी का आलेख पढ़कर मुझे कोई विशेष धक्का नहीं पहुँचा। इसके विपरीत मुझे उन धैर्यच्युत व्यक्तियों पर दया आने लगी।

उनमें से एक विशेष उदाहरण विस्तार से देना उचित है। तत्रस्थ क्रांतिकारियों में से एक प्रमुख बंगाली गृहस्थ थे—क्योंकि उस समय भी उनकी आयु तीस के ऊपर थी—ये सज्जन शिक्षित थे और उत्कृष्ट विस्फोटक लेखक के रूप में विख्यात थे। क्रांतिकारियों को गीता पढ़ाते समय वे उपदेश देते—'देह तो कुछ भी नहीं, आत्मा अमर है।' 'नैनं छिन्दन्ति शस्त्राणि।' अतः युवक मरणमारण की चिंता नहीं करते। परंतु जब कारागार की पाषाणी प्राचीर का प्रत्यक्ष दर्शन हुआ और कोल्हू जैसे कठोर काम करते-करते—जिससे बैल भी रुआँसे हो जाते—एक दिन सिर चकराकर गिरना पड़ा, तब मानो प्रतिशोध के लिए ही देह ने आत्मा को पैरों तले कुचलकर उनके मनोबल को चकनाचूर कर डाला। किसी भी तरह उन कष्टों से बचना कठिन हो गया। अच्छा, एक-दो दिन का भी प्रश्न नहीं था, पूरे जीवन का प्रश्न था। उन कष्टों से कभी मुक्ति नहीं मिलनी थी। इसके विपरीत हठ पर अड़े रहें तो इससे भी अधिक भयंकर कष्ट भुगतने पड़ेंगे। इस तरह निराशा के घनघोर अँधेरे में दम घुटने लग जाए और प्राण उड़ने लग जाएँ तो देह प्राण से गठबंधन करके चिल्लाने लगे कि कुछ भी करो, परंतु मेरी बात मानो। परंतु मार्ग? विपदाओं की दमघोंटू दीवारों से बाहर निकलने के लिए मार्ग कहाँ से मिलेगा?

बस एक ही सँकरी, गँदली, दमघोंटू राह! केवल यह बता देना कि अपने साथी कौन-कौन हैं? 'जो है सो कह डालो'—ये अक्षर छपी हुई पट्‌टी इस राह पर नित्य लटकती दिखाई देती ही थी। उनके इस टूटे मनोबल की जानकारी भी उन्हीं के एक मित्र ने अधिकारियों को दे दी। वह मित्र भी वैसी ही अवस्था से मुक्ति पाने के लिए इस राह पर चल पड़ा था। कोई कहता, यह समाचार ऊपर ठेठ कलकत्ता तक भेजा गया, फिर उन्हें सब्ज बाग दिखाए गए। डूबते को तिनके का सहारा होता है। विश्वास न होते हुए भी उन्होंने उनके भुलावे पर विश्वास किया। एक दिन वह नाटक करने की ठानकर उस द्वीप का एक मुख्याधिकारी कारागृह में आ गया। राजबंदी कोल्हू में जुते ही थे। उस अधिकारी के सामने आते ही, बंद कोठरी के छोटे द्वार के निकट आकर वे चिल्लाए, ''निवेदन।'' वह अधिकारी शेखी बघारते हुए 'What do you want?' कहता हुआ थोड़ा घूमकर द्वार के निकट खड़ा रहा। वे सज्जन घुटने टेककर, हाथ जोड़कर 'कुछ भी

करो, परंतु मुझे इन नरक-यातनाओं से मुक्त करो'—ऐसी करुणाजनक प्रार्थना करने लगे। अधिकारी ने उत्तर दिया, ''जो कहना है, वह बंदीपाल को कहो।''

विश्वासघात

अधिकारी चला गया। पूर्व नियोजित कार्यक्रम के अनुसार बंदीपाल ने कागज और स्याही भिजवाई। ये सज्जन कलकत्ता के षड्यंत्र की जानकारी लिखकर देने लगे। आश्चर्य की बात यह है कि उस दुर्बल मनोदशा में भी उस सज्जन में, जो यह कर्म करने के लिए तत्पर हुए थे, इतनी प्रामाणिकता शेष थी कि इस कर्म को बुरा समझा जाए। उन्होंने अपने मित्र को एक पत्र भेजा—'ये कष्ट मुझसे नहीं सहे जाते। उन्हें टालने का मार्ग है आत्महत्या। मैंने उसका अवलंबन करने का प्रयास किया, परंतु मुझमें इतना साहस नहीं था। अत: एक तो यह कि आप मुझे जान से मार डालें, जैसे पूर्व में अन्य विश्वासघातियों को मारा था। मैं आपको दोषी नहीं ठहराऊँगा। या मुझे विश्वासघात करके अधिकारियों को यथासंभव जानकारी देकर उनके सामने गिड़गिड़ाकर इस असहनीय शारीरिक यंत्रणा से मुक्ति पाना अनिवार्य है। अपने मन पर मेरा बस नहीं है। यह विलक्षण गुप्त चिट्ठी उसने अपने अनुयायियों को भेजी और अधिकारियों को यथासंभव सभी जानकारी का कागज भरकर उसमें बहुत सारे नाम भरकर लिख दिए।

तीसरे दिन उन्हें कोल्हू के काम पर से हटाया गया और रस्सी बटने का काम, जो कोल्हू की तुलना में आसान था, सौंपा गया। परंतु कोठरीबंदी से मुक्ति नहीं मिली, न ही उन्हें कारागार से बाहर छोड़ा गया।

इस भले आदमी में इतना आकलन करने तथा मानने लायक प्रामाणिकता शेष थी कि वह जो कर रहा है, अनुचित है। उसके एक-दो साथी इस प्रामाणिकता से भी वंचित हो चुके थे। इन निर्लज्ज लोगों को मेरे आगमन से आनंद प्राप्त हुआ। अधिकारियों को कुल मिलाकर मेरी सारी गतिविधियों को बताने की उत्कट भयप्रद कामना उनमें उत्पन्न हुई और सत्य नहीं भी तो मेरे विरुद्ध मिथ्या बातें भी नमक-मिर्च लगाकर उनकी इच्छापूर्ति करते हुए किसी प्रकार अपने पूर्व अपराध का उन्हें विस्मरण कराकर स्वयं छुटकारा पाने का प्रयास करना ही इन राजबंदियों में से दो-तीन बंगाली बंदीवानों का अभीष्ट था। इन दो उलझनों के चंगुल में मुझे अंत तक रहना पड़ा। मेरे विरुद्ध चुगली करनेवाला हर चुगलखोर अधिकारियों की नाक का बाल बन जाता। कम-से-कम वे दिखावा तो करते कि वह उन्हें कितना प्रिय है—और उसे बंदीगृह में कुछ-न-कुछ सुविधाएँ मिल जातीं। इस योग से मेरे विरुद्ध चुगली खाना प्रतिष्ठा का एक लाभदाई व्यवसाय ही बन गया; परंतु उसी बहती गंगा में हाथ धोकर इन दो-तीन राजबंदियों ने अपना उल्लू सीधा करने में कोई कसर नहीं छोड़ी। उन्हें प्राप्त होनेवाली व्यक्तिगत

सुविधा के साथ प्राय: मेरी व्यक्तिगत यातना में वृद्धि होती। परंतु वह सारी रामकहानी आगे आएगी।

प्रस्तुत चिट्ठी में और अन्य छोटे-मोटे उदाहरणों द्वारा बंगाली राजबंदियों के एक पक्ष ने दूसरे पक्ष के विरुद्ध मुझे जो आस्थापूर्वक सूचना दी थी, उसे पढ़कर मैंने ठान लिया कि जिनके हाथों पूर्व में इतने सारे स्वाभिमानपूर्ण, साहस, तेज तथा निस्स्वार्थ देशसेवा के कार्य हुए हैं उनके संबंध में तब तक कोई भी विरोधी धारणा बनाना उचित नहीं, जब तक स्वयं उनकी प्रत्यक्ष पूछताछ करके परिचयोत्पन्न निश्चिंतता नहीं कर लेते। यद्यपि इस तरह का प्रत्ययकारी दर्शन हो भी गया कि उनका यह नैतिक अध:पतन सत्य है, तथापि मात्र इसी कारणवश उनकी पूर्व की देशसेवा पर छींटाकशी नहीं करनी चाहिए। हाँ, केवल सावधानी की सूचना दृष्टि के सामने रखकर सँभलकर चलना होगा।

अब बस हुआ, माफ करो

यह चिट्ठी मिलने के दूसरे या तीसरे दिन बाद मेरे क्रमांक के अर्थात् सातवें नंबर के आँगन में राजबंदियों को छोड़कर अन्य बंदियों को काम के लिए भेजा गया। उस क्रमांक के विभाग में लगभग दो सौ दंडित नारियल तोड़ना, फोड़ना, टुकड़े करना आदि कामों में जुटे हुए थे। मेरे लिए इस इलाके को सदैव रिक्त रखना असंभव भी था। इसीलिए इस चाल के तृतीय तल को, जिसमें मैं रहता था, रिक्त रखते हुए शेष दोनों तलों को सोने के लिए बंदियों को दे दिया गया था। उस दिन दोपहर में नीचे आँगन में ऐसा प्रतीत हो रहा था जैसे बाजार भरा है। सैकड़ों-हजारों नारियल गाड़ियों में भर-भरकर उनके ढेर-के-ढेर लगाए जाते। बंदियों की एक टुकड़ी उन्हें छीलकर उस टीन के सायबान से एक-एक नारियल फेंकती रहती। उधर वह टुकड़ी, जो नारियल फोड़ती थी, खटाखट वारों से एक वार के साथ दो टुकड़े करके फेंक रही थी—उसका पानी पीपों में भर-भरकर उसे ढोने में एक अन्य टुकड़ी व्यस्त थी। शेष तीस-चालीस बंदी उन कटे हुए गोले के कटोरों को खुरपे से घोंपकर टुकड़े-टुकड़े काटकर नारियली या गोले की खोपड़ियों को जोर से घुमाते हुए फेंक रहे थे। परंतु गोले का एक टुकड़ा खाना तो दूर, ढोकर ले जाते नारियल पानी की—जो व्यर्थ जाता था—एक बूँद भी पीना कानूनी परिभाषा में जघन्य अपराध था और नित्य इन बंदियों को उसके लिए दंड मिलता। तथापि काम का आरंभ होते ही जिस-तिस का थोबड़ा नारियल के टुकड़ों से फूला हुआ और गरदन नीचे झुकी हुई होती तथा सहमी-सहमी आँखें कनखियों से यह देखती हुई लट्टू जैसी गोल-गोल मटकती रहतीं कि कोई अपने भरे हुए गालों की ओर तो नहीं देख रहा। उस बाजार की वह रौनक, वह भीड़-भाड़, वह कोलाहल, उस

अफसर (बंदियों में से जिन्हें अधिकारी के रूप में नियुक्त किया जाता) लोगों की 'चलो भाई, काम करो,' 'ऐ, साले, थोबड़े में क्या ठूँसा है,' जैसी चीख-पुकार देखने लायक होती। इस सारे हंगामे में पल भर के लिए इस यथार्थ का विस्मरण होता कि मैं भी बंदीवान हूँ। परंतु कब तक? तभी तक, जब तक मुँह में भरे हुए टुकड़े पेटी अफसर के देखने पर कमर पर धम्म से उसकी सोटी का धप्पा पड़ा नहीं अथवा उस भार के नीचे दोपहर तक अंग-अंग टूटकर भारी नहीं हो गया।

दही नारियल

उस दिन हमारे उस पठान वॉर्डर का—वह बाजार देखते ही नीचे जाकर थोड़ा पानी पीकर दो-तीन गोले मुख शुद्धि के तौर पर मुँह में डालने के लिए—जी ललचाना स्वाभाविक था। बेचारा मेरे साथ ही उस सातवें क्रमांक की इमारत के तीसरे तल्ले पर बंदी हो गया था और उस एकांतवास से ऊब गया था। अच्छा, मुझपर नियुक्त वह वॉर्डर अधिकारियों का पिट्ठू! उससे कौन नहीं डरेगा? उसके नारियल माँगते ही कौन उसे गुपचुप गरी निकालकर नहीं देगा? दोपहर में पेटी अफसर, वह भी पठान होने के कारण संकेत करके इमारत का द्वार खोलकर नीचे आँगन में गए। पानीवाले नारियल के दो-तीन नरम-नरम गोले तुड़वाकर उन्होंने गटगट करके अपने पेट में उँडेले। अब शेष रह गई मुख शुद्धि। नित्य के नियमानुसार बंदियों की जो लंबी पंक्ति बैठी हुई थी, उधर जाकर नरेलियों से (गोले की खोपड़ियों से) गोला गोड़कर एक को धमकी दी, "हाथ चलाओ!" वॉर्डर को देखकर सकपकाता हुआ वह बंदी हाथ चला ही रहा था, अर्थात् अपना काम करने ही लगा था कि वॉर्डर महाशय स्वयं ही अपना हाथ चलाने लगे और निकट बैठे हुए बंदी को बस यूँ ही यह कहते हुए कि 'नारियल खा रहा था साला! देखो, मुँह देखूँ तो' एक करारी थप्पड़ रसीद की। नारियल खाने के अपराध में उस बंदी को झापड़ लगाने का कार्य समाप्त होते ही उन्हें प्रतीत हुआ कि सर्वत्र अनुकूल वातावरण निर्मित हो गया है, क्योंकि अब किसी से भी दही नारियल की माँग करने पर, जो वहाँ नारियलों में सर्वोत्तम समझा जाता है, कोई माई का लाल डर के मारे 'ना-नु' नहीं कर सकता था। नित्य के अनुभव से उसने यह गाँठ में बाँध रखा था। एक मद्रासी बंदी के पास छिपाया हुआ दही नारियल था, जिसका ऊपर उल्लेख हो चुका है। यह बंदी नया-नया आया था। वॉर्डर महाशय झट से वहाँ पहुँच गए और उन्होंने आज्ञा दी, "लाओ साला नारियल इधर।" परंतु वह मद्रासी अपनी ही अकड़ में था। मद्रास इलाके का यह एक नामचीन डाकू था। कई बार तमिल जेल की हवा खाकर ढीठ बना हुआ था। अब पहली बार कालेपानी पर आया था। वह भी दस वर्षों के लिए, अतः कुछ अधिक भयभीत भी नहीं था। साथ ही उसे हिंदुस्थानी भाषा का अत्यल्प ज्ञान होने के कारण

'इल्ले इल्ले' अर्थात् 'नहीं-नहीं' कहते हुए चतुराई से निभाने की सुविधा प्राप्त थी, जिसे मद्रासी दंडित अपना जन्मसिद्ध अधिकार समझते। अतः वॉर्डर की उस उद्धत आज्ञा का उसने तनिक अक्खड़पन से उत्तर दिया, 'इल्ले'। वह दही नारियल उसने पूरे एक आने की तंबाकू देकर उससे गुपचुप खरीदा था, जो नारियल तोड़ता है। उसके जैसा ढीठ बंदीवान उस वॉर्डर को सहजतापूर्वक थोड़े ही देनेवाला था। परंतु उन पठानी वॉर्डरों को सहसा कोई ऐसे हिंदू बंदी से पाला नहीं पड़ता जो उन्हें ठेंगा दिखाए, परिणामतः वे बहुत नकचढ़े बन जाते थे। उस मद्रासी के पास जाकर वॉर्डर ने गाली-गलौज के साथ पुनः नारियल की माँग की। वह मद्रासी यह सोचकर कि नरमी से ही काम निकालना ठीक है, तिलमिलाते हुए 'इल्ले स्वामी, इल्ले' कहते हुए हाथ जोड़कर गिड़गिड़ाने लगा। पठान का पारा सातवें आसमान पर चढ़ गया। किसी हिंदू से स्वार्थवश कहा-सुनी होते ही पठान और मुसलमानों की साधारण प्रवृत्ति के अनुसार उसे धार्मिक युद्धांतर्गत परम पवित्र कर्तव्य माना जाता। पठान और भी गालियों पर उतर आया और उसने 'साला काफिर है, भड़ुए की चोटी उखाड़नी चाहिए जड़ से' आदि गर्जन-तर्जन करते हुए उस मद्रासी की चोटी पर हाथ डाला। वह मद्रासी सत्य ही हिंदी नहीं जानता था, अतः पल भर के लिए वह उधेड़-बुन में पड़ गया। उसने सोचा, कहीं ऐसा तो नहीं कि मुझे सही बात बताने के बावजूद मैं इसकी बात पर कान नहीं दे रहा हूँ? परंतु उस वॉर्डर के उसकी चोटी को झटके से खींचकर उस दही गोले पर हाथ रखते ही उस मद्रासी ने भी उसकी दाढ़ी पकड़कर खींचातानी शुरू की। किसी ने भी मुँह से चूँ तक नहीं की, क्योंकि दोनों की एक ही चाल थी—दही गोले की गुपचुप चोरी करना, अतः बस तेरी भी चुप, मेरी भी चुप। चोर-चोर मौसेरे भाई!

बस हो गया, माफ करो

आखिर यह देखते हुए कि अन्य बंदीवान उसकी ओर देखकर व्यंग्य से हँस रहे हैं, उसने नित्य नियम के अनुसार अपना सोटा निकालकर उस मद्रासी को जोर से मारा और उसकी चोटी को ऐसा झटका लगाया कि आधी उखाड़ डाली। 'काफिर साला काफिर' बड़बड़ाते हुए क्रोध से लाल-पीला होकर पठान उसकी धुनाई कर रहा था। अंत में न जाने क्या हुआ, वह मद्रासी एकदम आपे से बाहर हो गया और उछलकर उसने उसे उठाकर धड़ाम से धरती पर पटक दिया और उसकी छाती पर घुटना गाड़कर तड़ातड़ तमाचों-पर-तमाचे लगाने लगा। पठान वॉर्डर के उस तरफ आने के कारण उसका मित्र पेटी अफसर भी उस तरफ आकर दूर ओट में बैठकर नमाज पढ़ रहा था। सारे बंदी, जो उस वॉर्डर के अत्याचारों से ऊब चुके थे, कुछ अधिक हंगामा न करते हुए अपना-अपना स्थान पकड़कर तमाशा देखते रहे। मुझे तो ऊपर से सलाखों के निकट

खड़े रहकर यह देखते ही बड़ी हँसी आने लगी। वॉर्डर महाशय की वह पठानी टोपी, वह साफा जिसे देखकर पूरा जेल सिर से पाँव तक काँप उठता था, कहीं-का-कहीं पड़ा था और वह मद्रासी होंठों-ही-होंठों में कुछ तमिल शब्द बुदबुदाता हुआ उसकी दाढ़ी मरोड़ता, मुक्कों-पर-मुक्के मारता हुआ उसकी छाती पर सवार था। वॉर्डर महाशय की क्या मजाल जो उसे 'काफिर' कहे, चुपचाप दही नारियल के स्थान पर मार खाते रहे और ऊपर मद्रासी सवार! अंत में एक-दो मिनटों में पठान वॉर्डर ने थपेड़ों की मार खाते-खाते फुसफुसाते हुए कहा, "अब बस हुआ, माफ करो!" इस तरह ठोकरें खाते-खाते कसमसाए स्वर में की हुई प्रार्थना सुनकर मैंने सोचा, मद्रासी को अब उसे छोड़ देना ही उचित होगा। परंतु देखा तो वह मद्रासी जोर-जोर से तमिल में गालियाँ बकता हुआ उस पठान के सिर पर और तेजी के साथ मुक्के मारने लगा।

माफ करो में से 'मा'

क्योंकि उस मद्रासी को हिंदी भाषा का ज्ञान लगभग न के बराबर था, अत: उसे 'माफ करो' में से केवल 'मा' ही समझ में आ सका। उसे लगा कि वॉर्डर अभी भी मुझे माँ-बहन की गाली दे रहा है। जैसे-जैसे पठान कहता 'अब बस! माफ करो! माफ करो!' वैसे-वैसे 'मा', 'मा' करते हुए उसे धमकाते हुए तमिल भाषा में गालियाँ बकते-बकते वह मद्रासी उसके सिर पर मुक्कों-घूँसों की बौछार करता रहा।

अंत में जो हंगामा होना था, वह हो गया और पेटी अफसर तथा सभी बंदीवान भागे-भागे आ पहुँचे। वह मुठभेड़ समाप्त हो गई। वह संतप्त मद्रासी हाथों तथा मुँह से बड़बड़ाने लगा कि 'साहब हम तुम मार'। इन हिंदी शब्दों में उसने संकेत द्वारा गले को अँगुली से स्पर्श करके स्पष्ट शब्दों में जताया कि यदि यह बात साहब के कानों तक पहुँची और मुझपर अभियोग लगाया तो मैं तुम्हारा गला घोंटकर जान से मारे बिना नहीं छोड़ूँगा।

उस मद्रासी की वह धमकी और सवासेरपन देखते ही पाव सेर बनने का पठानी शेरों का जन्मजात स्वभाव और अफसर से कहने पर स्वयं का ही नियम विरुद्ध आचरण कि इस वॉर्डर को, जो ऊपरी तल पर नियुक्त है, नियम के विरुद्ध नीचे आँगन में आने ही क्यों दिया—इन सारे झमेलों से घबराकर पेटी अफसर और वह वॉर्डर महाशय किसी ने भी साहब को वह बात बताना उचित नहीं समझा और तीन-चार दही गोले गटककर जो मुख शुद्धि की इच्छा वॉर्डर महाशय के मन में उत्पन्न हुई थी, उसकी तुष्टि मद्रासी ने मुख पर मारे घूँसों से की मानकर अपने बिखरे हुए गलमुच्छे सँवारते-सँवारते और साफा बाँधते-बाँधते महाशय पुन: उस इमारत के तृतीय तल पर आकर मेरे ऊपर पहरा देने लगे। मैंने उन्हें सहज स्वर में पूछा, "क्या हुआ, खान साहब ?" उस पठान वॉर्डर ने यह

समझकर कि मैंने कुछ भी नहीं देखा होगा, छाती तानकर कहा, ''वह एक चोर साला, दही नारियल चोरी करना चाहता था। खूब धुनाई की गई उसकी।'' मैंने सविस्मत उत्तर दिया, ''ठीक, एक चोर साला दही गोला चोरी करना चाहता था, वह साला पीटा गया। क्यों, ठीक है ?''

वह साला चोर जो पीटा गया—वह कौन था ? यह या तो उस पठान को ज्ञात था या फिर मुझे।

□

प्रकरण–९

तत्रस्थ राजबंदियों की पूर्व स्थिति

अब जिस त्रितल चाली में मुझे बंद किया गया था, उसमें राजबंदियों के अतिरिक्त अन्य बंदियों को काम करने और रहने के लिए छोड़ा जाने के कारण मुझे कारागृह की बहुत सारी उथल–पुथल ज्ञात होने लगी। जिस विषय की मुझे उत्सुकता थी वह विषय अर्थात् राजबंदियों की तत्रस्थ स्थिति और मेरे ज्येष्ठ बंधु का कुशल–क्षेम—उससे संबंधित काफी जानकारी गुप्त रूप से किसी–न–किसी तरह मैंने प्राप्त की। हमारे पाठकगणों के मन में यह जानने की उत्सुकता होगी कि हिंदुस्थान की स्वाधीनता के लिए भयंकर कृत्य करने के एवज में जिन लोगों को उसी तरह से भयंकर दंड प्राप्त हुए, उनकी क्या गत बनी होगी। यह वृत्त विस्तृत रूप में तो क्या, संक्षेप में भी यहाँ प्रस्तुत नहीं किया जा सकता तथापि जितना दिया जा सकता है, उतना देने के लिए यह प्रसंग उचित है। एतदर्थ उसकी कुछ प्रारंभिक जानकारी देता हूँ।

बम-गोलेवाले

अंदमान में प्रथमतः जो आधुनिक राज्य–क्रांतिकारी गए थे, उनमें माणिकतल्ला बगीचे के षड्यंत्र में सम्मिलित बंगाली सज्जन, उनके पीछे–पीछे महाराष्ट्र के श्री गणेशपंत सावरकर और श्री वामनराव जोशी थे। उनके आगे–पीछे ही बंगाल की एक राजनीतिक डकैती के संबंध में पाँच–छह लोग आए थे। इन सभी राजबंदियों में तीन बंगालियों और दो महाराष्ट्रियों को आजीवन कालेपानी का दंड प्राप्त हुआ था। शेष बंगाली लोग दस से तीस वर्षों तक के लिए दंड प्राप्त थे। मैं जब वहाँ गया था तब इन लोगों के अतिरिक्त इलाहाबाद के 'स्वराज्य' पत्र के चार संपादक भी वहाँ आए थे, जिन्हें सात से दस वर्षों का दंड हुआ था। परंतु उनपर राजद्रोह का आरोप लगाया गया था, न कि राज्यक्रांति का। इतना ही नहीं, अपितु वह सचमुच राज्यक्रांति के तत्त्वों से सर्वथा अपरिचित तथा व्यवहार के विरुद्ध भी थे। परंतु केवल राजद्रोह के अपराध के

लिए दंड देकर उन्हें क्रांतिकारियों में बैठाने के कारण उनमें से कुछ लोगों को राज्यक्रांति के तत्त्व भी परिचित और व्यवहारसम्मत लगने लगे—बस इस दंड का इतना परिणाम अवश्य हुआ। किस मुकदमे में कौन-कौन थे और किस व्यक्ति के क्या मत थे, मुझे अब यह पक्की तरह याद नहीं आ रहा, इसलिए उनका साधारण उल्लेख करके ही समाधान करना पड़ रहा है। ऊपर उल्लिखित लोगों के अतिरिक्त और एक राजबंदी वहाँ थे, ऐसा मुझे लगता है। पहले गए हुए लोगों में बंगाली ही अधिक होने के कारण हम सबको ही बंगाली कहा जाता था, परंतु बाद में जब पंजाब आदि प्रांतों से सैकड़ों लोग आने लगे तब हमें एक और अनाड़ी कोश प्राप्त हो गया। वह था 'बम-गोलेवाले'।

जीभवाले अथवा राजबंदी

उन हजारों बंदियों ने, जिन्होंने राजबंदी का अर्थ तो क्या इस शब्द को भी कभी अपने जीवन में नहीं सुना, भला वे इस शब्द की संकल्पना को कैसे सोच-समझ सकते हैं? उनमें से अधिकतर को बममारी का अभ्यास करने की कल्पना थी और उसी साधारण लक्षण द्वारा हमारे वर्ग के साधारण निर्देश का काम चलाया गया। बारी साहब को जब कभी राजबंदियों की आवश्यकता पड़ती तब 'जाओ, उस सात नंबर के बम-गोलेवाले को लेकर आओ' अथवा 'सब बम-गोलेवालों को अभी-के-अभी बंद करो' ऐसी गर्जना होती। वहाँ जाने के पश्चात् सभी बंदियों को मैं देर-सबेर यह समझाता, 'अरे, हम बम-गोलों से लड़े, पर हम पर ऐसा कहने का आरोप नहीं लगाया गया था। हमपर यह कहने का आरोप लगाया गया था कि हम सरकार से लड़े, स्वराज्य की स्थापना के लिए लड़े। हममें से कोई पिस्तौल से, कोई बंदूक से तो कोई मात्र लेखनी की सहायता से लड़ रहे थे। कुछ लोगों ने तो बम देखा भी नहीं था, फिर उसे फेंकने की बात तो दूर रही। हम सभी ने जो कुछ चलाया, वह शस्त्र था अपनी—जिह्वा। अत: आप हमें जीभवाले कहिए। बमवाले क्यों कहते हैं?' इसका मतलब? वे हँसकर पूछते, 'आप बताइए, वास्तविक नाम क्या है, हम वही कहेंगे।' मैं कहता, 'हमारे वर्ग का वास्तविक नाम है 'राजबंदी'। अच्छा, तुम इसका सहज उच्चारण नहीं कर सकते तो तुम बस इतना ही कहा करो 'राजकैदी'।' इस शब्द का उच्चारण वे झट से कर लेते। आगे चलकर यही शब्द रूढ़ हो गया, तथापि बारी साहब को यह सुहाता नहीं था। हमें यदि कोई 'बाबू' (यह शब्द अंदमान में सम्मानसूचक है) कहता तो भी बारी साहब चिल्लाते, 'कौन बाबू है, साला! वे सब कैदी हैं।' तो फिर जिन बारी साहब को अन्य बंदियों को जो पढ़ना-लिखना जानते थे, बाबू संबोधित करने में कोई आपत्ति नहीं थी, केवल हम राजबंदियों को बाबू संबोधित करने पर आपत्ति थी, वे बारी साहब हमें राजबंदी अथवा राजकैदी थोड़े ही संबोधित करने देंगे?

'डी' टिकट

मरते दम तक बारी साहब ने यही रट लगाई थी कि हम पॉलिटिकल प्रिजनर्स नहीं हैं। कोई बंदी उनके सामने राजकैदी कह देता तो साहब गरजते, 'ह: यो ? कौन राजकैदी ? वो भी तुम्हारे माफक ही एक मामूली कैदी है। बदमाश कैदियों का 'डी' टिकट देखता नहीं तुम उनकी छाती पर ?' बदमाशों में महाबदमाशों को 'डी' अर्थात् 'डेंजरस' (भयंकर) अर्थ का अक्षर खोदकर कपड़ों पर लगाने के लिए हमें एक बिल्ला दिया जाता, तथापि प्रथम दिवस से अंतिम दिन तक बंदीगृह में मुझे सभी 'बड़े बाबू' नाम से ही संबोधित करते रहे। और तो और स्वयं बारी साहब भी गलती से कई बार कहते, 'ऐ हवलदार, जाओ उस सात नंबर के बड़े बाबू को बुलाओ।' उसी तरह जैसे-जैसे हमारे उपदेश से बंदियों की समझ में राजनीतिक आंदोलन के मर्म का परिचय होता गया वैसे-वैसे वे स्वयं ही हमें 'राजकैदी' के नाम से संबोधित करने लगे। इस शब्द में अंतर्भूत स्वराज्यार्थ संघर्ष करने के जिस विचार के कारण बारी साहब उसका नाम भी नहीं लेने देते थे, उसी विचार का ठोस उल्लेख बंदियों के चित्त पर अंकित हो, इसके लिए मैं सभी को यथासंभव यही उपदेश करता कि वे हमें उसी नाम से संबोधित करें। आखिर वही शब्द प्रचलित हो गया। बारी साहब को लेकर वरिष्ठ अधिकारियों तक सभी ने दावे के साथ सौ-सौ बार स्पष्ट करते हुए भी कि 'तुम पॉलिटिकल प्रिजनर नहीं हो, साधारण पापी बंदी हो,' आखिर हम 'पॉलिटिकल प्रिजनर' ही सिद्ध हो गए। उसी तरह उनके लाख डराने-धमकाने के बावजूद बंदीगृह से लेकर अंदमान की स्वतंत्र बस्तियों तक हमें 'राजकैदी' के रूप में ही संबोधित किया जाने लगा।

क्रूर देवता को भोग

मैंने ऊपर लिखा था कि मेरे अंदमान जाने से पहले जो राजबंदी वहाँ गए थे, उन्हें पहले एक ही भवन में इकट्ठा रखा गया था। उनपर एक पठान बंदीवान अधिकारी था। नारियल छीलकर निकाले हुए मोटे-मोटे छिलके, जिसमें नारियल का गोला मिलता है (कोंकण में उसे 'सोड़णे' कहा जाता है), सुखाकर उसको कूटना और उनमें से जटाएँ या रेशे ठीक तरह से निकालकर उन्हें साफ करने का काम उनको सौंपा जाता था। यह काम कठिन ही था, तथापि उतना कठिन नहीं था जितना कोल्हू से तेल निकालना। वास्तव में जिन बंदियों को पूरी तरह से अंग्रेजी स्पेलिंग भी नहीं आती, उन्हें भी इधर आते ही अथवा तनिक आगे-पीछे लिखने का काम सौंपकर 'बाबू' के तौर पर बंदियों पर अधिकार दिया जाता है। परंतु राजबंदियों में से किसी को भी लिखने का काम नहीं दिया जाता। उन्हें इतने कठोर परिश्रम के काम दिए जाते हैं जो उन्होंने अपने जीवन में कभी नहीं किए। कदाचित् उन्हें केवल स्पेलिंग लिखने से कई गुना अधिक

अंग्रेजी का ज्ञान था। उनकी इस शिक्षा की न्यूनता के कारण हो सकता है वे लिखने का काम करने के लिए अपात्र समझे गए हों।

तथापि काम भले ही कठोर परिश्रम का हो, पर जी-तोड़ परिश्रम करते-करते भी सभी एक साथ रह सकते थे। यही लाभ उन समाजप्रिय शिक्षित मनुष्यों को सुखद प्रतीत होता था। उनमें से एक-दो जन रोगग्रस्त थे, जिस कारण उन्हें दूध मिलता। वह दूध उस पठान अधिकारी को, जिसे उनपर नियुक्त किया जाता, भोग के रूप में गुपचुप चढ़ाए जाने के कारण वह क्रूर देवता भी थोड़ा-बहुत कम उग्र प्रतीत होता। इन दो बातों के कारण कुल मिलाकर उस समय कारागृहवासी राजबंदियों की अवस्था कारागृह की तुलना में इतनी दु:सह नहीं थी। मेरे अग्रज भी उसी भवन में रहा करते थे।

परंतु कुछ महीने इस तरह बीतने के पश्चात् कलकत्ता से निरीक्षणार्थ एक पुलिस अधिकारी अंदमान आ गए। उन्होंने जब देखा, राजबंदी 'छिलका' कूट रहे हैं और उन्हें थोड़ी दूरी पर किंतु एक साथ ही रखा गया है, तब उन्हें स्वाभाविक रूप में ही खेद हुआ कि बंदीशाला में भी मनुष्य के साथ इतनी मानवता का व्यवहार किया जाता है। उन्होंने अंदमान के अधिकारियों के कान ऐंठे और उन स्थानीय, अनाड़ी अधिकारियों के मन में एक उच्च राजनीतिक तत्त्व का मर्म बैठाया कि—यह बंदी किसी खूनी, चोर-डाकू जैसे सदाशय, दयालु मानव नहीं हैं अपितु ये राजबंदी महाबदमाश हैं—इनसे ऐसा व्यवहार किया जाए जिससे उनका घमंड चूर-चूर हो जाए।

कोल्हू

तब से व्यवस्था बदल गई। उन राजबंदियों को अलग-अलग चालियों में अकेले-अकेले ही बंद किया गया। यदि वे आपस में वार्त्तालाप करते तो बेड़ियाँ, हथकड़ियाँ आदि की जोरदार भरमार होने लगती। स्नान कुंड पर अथवा भोजनार्थ दूर बैठकर केवल 'ठीक है न' जैसे संकेत से कुशल पूछने पर भी सात-सात दिनों तक हथकड़ियाँ लगाकर रखना आदि दंड दिए जाने लगे और अंत में छिलका कूटने के कठोर परिश्रम का वह काम भी उन लोगों को दिया जाता, जिन्हें स्पेलिंग करने से अधिक अंग्रेजी का ज्ञान है। यह सब उन्हें अन्यायजनक प्रतीत हुआ पर, फिर भी उन्हें कोल्हू में जोता गया, जो कारावास में कठिनतम काम समझा जाता और जो बैलों के करने योग्य था। उन लोगों को सबक जो सिखाना था! दो-दो महीने तक यह काम देने के बाद एक महीना पुन: छिलका दिया जाता और पुन: कोल्हू में जोता जाता। प्रात:काल उठते ही लँगोट कसकर कमरे में बंद होना पड़ता। भीतर कोल्हू की डाँडी को ऐसे घुमाना पड़ता जैसे हाथ से पहिया घुमाया जाता है। उस ओखली में गोले पड़ते ही वह इतनी भारी हो जाती कि अतिरथी, महारथी कुली भी उसके बीस फेरे पूरे करते-करते लुढ़क जाता। चोर-डाकुओं को भी

बीस से कम उम्र में सहसा इस काम में नहीं जोता जाता। परंतु अंदमानी वैद्यकशास्त्र के अनुसार राजबंदी यह डाँडी किसी भी उम्र में घुमा सकते थे। अत: उस डाँडी को आधा घेरा (चक्कर) देकर शेष आधा घेरा देने लायक शक्ति हाथों में नहीं होने से उसपर लटककर उसकी पूर्ति करनी पड़ती थी। इतनी शक्ति उस कोल्हू में पड़े नारियल पीसने को जुटानी पड़ती। इतने कठोर परिश्रम से अनजान और कोमल वय के थे, बीस की आयु के इधर-उधर के सुकुमार शिक्षित नवयुवक राजबंदी। सामान्यत: प्रात:काल दस बजे तक इस तरह सतत चक्कर घुमाते-घुमाते साँस फूल जाती। किसी-किसी का ही नहीं, प्राय: सभी का सिर चकराने से बार-बार नीचे बैठना पड़ता। दस बजे से नियमानुसार दो घंटे काम बंद रखा जाता। परंतु कोल्हू का काम ऐसा नहीं था, जिसमें अवरोध पड़ता। भोजन आते ही कमरा खोला जाता। बंदी के बाहर आकर दाल, भात, रोटी के साथ भीतर जाने के लिए मुड़ते ही दरवाजा पुन: बंद। यदि कोई हाथ धोकर पसीने से लथपथ शरीर साफ करने लगता तो उतना विलंब भी असहनीय होता। जमादार का अर्थात् बंदियों में बदमाश, जिसे किसी ने अधिकारी बनाया हुआ होता, माँ-बहनों की गाली बकना निश्चित था। हाथ धोने के लिए पानी कहाँ से मिलेगा? पीने के पानी के लिए भी जमादार की खुशामद करनी पड़ती है, क्योंकि कोल्हू का काम करते समय प्यास अधिक जोर से लगती है। पानीवाला पानी नहीं देता। किसी ने चोरी-चोरी चुटकी भर तंबाकू दी, तभी वह पानी देता। जमादार को बताने पर वह गुर्राता, 'बंदी को दो कटोरे पानी देने की आज्ञा है, तुम तो तीन पी चुके। और पानी अपने बाप के घर से लाओ।' जमादार की वास्तविक भाषा का हमने सर्वथा सभ्य, शिष्ट शब्दों में अनुवाद किया है। हाथ धोने के तथा पीने के पानी की जहाँ यह अवस्था हो वहाँ स्नान का नाम क्या लेना?

तेल पूरा करना पड़ेगा

स्नान की ही बात क्यों? भोजन की भी यही अवस्था थी। भोजन परोसकर एक बार दरवाजा बंद करते ही जमादार को यह चिंता नहीं होती कि बंदी खा रहे हैं या नहीं। वह सतत उस चाली की कोठरियों के सामने से चिल्लाते हुए चलता—'अरे बैठो मत। शाम तक तेल पूरा करना होगा। नहीं तो पिटोगे, सजा होगी सो अलग।' इस तरह उसके चीखते-चिल्लाते कइयों के गले से कौर नहीं उतरता, क्योंकि शाम तक तेल कम भरते ही नित्य लातों-घूँसों-सोटियों से बंदियों को कुटते-पिटते हर कोई देखता था। इस डर के कारण पेट में भले ही चूहे कूद रहे हों, कोल्हू घुमाते-घुमाते, उस थाली में से, जिसमें खड़े-खड़े पसीने की धार गिर रही है, ग्रास उठाकर मुँह में ठूँसते, जैसे-तैसे उसे निगलते और कोल्हू चलाते-चलाते ही भोजन करते अनेक बंदियों को मैंने कई बार अपनी आँखों से देखा है।

इस प्रकार उस अद्‌भुत भोजन से निपटकर पुनः पाँच बजे तक कोल्हू चलाना पड़ता। अभ्यासी कोई चार बजे समाप्त करता। सर्वथा पक्का सौ में एकाध व्यक्ति ही सदैव पूरा काम अर्थात् तीस पौंड तेल निकाल पाता। शेष सभी आज नहीं तो कल इतना जी-तोड़ कष्ट उठाकर भी काम पूरा करने में असमर्थ रहते। उनमें से जो नौसिखिए, सीधे-सादे और सापेक्षतः सच्चे होते, हाय! हाय! उन्हीं पर जमादार वॉर्डरों की मार पड़ती। भोजन न करते हुए काम में जुटने पर भी तेल का कोटा पूरा न होने पर थप्पड़-लात-घूँसों-डंडों की मार खाते, थके-माँदे बंदी तेल उँडेलकर रोते-रोते वापस लौटते हुए मुझे आज भी दिखाई दे रहे हैं। नम्र स्वभाव के बंदियों की यह अवस्था होती थी। तनिक हेकड़ या क्रोधी होता तो उसे हथकड़ी, डंडा-बेड़ी आदि मारपीट से अधिक आसान दंड था। इस व्यवस्था के कारण बंदीगृह में कदम रखते ही सज्जनताजन्य सच्चाई, अवशिष्ट लज्जा भी छूट जाती है। ऐसे ही लोग अंत तक बंदीगृह में जीवित बच पाते हैं या जो जीते हैं—वे अधिकतर उनमें से ही होते हैं।

रात्रि में कोल्हू पर काम

निर्लज्ज क्रोधी, महाबदमाशों को भी बारी साहब सर्वथा छूट देते हों, ऐसा नहीं था। सीधे-सादे लोगों पर प्रथमतः आते-जाते मारपीट होती, क्योंकि घोंघों को पैरों तले कुचल डालना वीर पुरुषों के लिए आसान काम होता है। इस प्रकार उन सीधे-सादे निर्बल निर्लज्जों की धुनाई होते देखकर उन बदमाशों के मन में भी, जिनका तेल का कोटा पूरा नहीं हुआ होता, यह भय उत्पन्न होना स्वाभाविक था कि उन्होंने और तंग किया तो उन्हें भी यही प्रायश्चित्त करना होगा और उनमें कुछ लोग काम पूरा करने के प्रयास में जुटते। किसी-किसी दिन नारियल की गरी गीली हो और शाम तक किसी का भी तेल का कोटा पूरा नहीं हुआ, तो बारी साहब के पास दूसरा उपाय था, जिसे काम में लाया जाता। 'ये साले बंदी लोग मिली-भगत करके किसी का काम पूरा नहीं होने देते,' इस तरह जोर-जोर से दहाड़ते हुए बारी साहब, जब संध्या समय पाँच बजे भोजन परोसने का समय होता तब यह आदेश करते कि तीस पौंड तेल जब तक पूरा नहीं होगा तब तक भोजन नहीं मिलेगा। सवेरे छह बजे से बिना आराम किए खड़े-खड़े दोपहर ग्यारह बजे भोजन करते और शाम तक बिना रुके कोल्हू चला-चलाकर जो पस्त हो जाते थे, उनमें भी ऐसे दस-पाँच बंदी ही होते जो तेल का कोटा पूरा कर पाते थे, तथापि कोल्हू चलानेवाले चालीस-पचास लोगों से तेल का कोटा पूरा करना असंभव ही होता। परंतु बारी साहब कुरसी मँगवाकर उस चाली को ताला ठोंक देते और सभी बंदीगृहों का काम ठीक पाँच-छह बजे बंद कराकर नियमानुसार सभी कारागृह बंद करने का प्रतिवृत्त (रिपोर्ट) सूचित करते, बस उसी चाली का काम ठोंककर चलवाते रहते। उस नियम को पैरों तले कुचलकर

इस चाली में काम चालू रखने की बात का भाँड़ा फोड़ने का भला किसी सिपाही या नौकर में साहस था? बारी साहब सप्ताह के अंदर-अंदर कुछ-न-कुछ षड्यंत्र रचकर, उसपर लांछन लगाकर उसका सर्वनाश कर देते, इसका कोई नियम थोड़े ही था? तब रात सात-आठ-नौ बजे तक कोल्हू चलाए जाते। आते-जाते सिपाही-जमादार मारपीट कर रहे हैं, घंटों के पीछे घंटे बज रहे हैं, पूरी बंदीशाला गहरी नींद में है किंतु कोल्हू की इमारत कर्रर करती काम कर रही है, बारी चाली के आगे कुरसी पर बैठकर ऊँघ रहा है और बीच में ही माँ-बहन की गालियाँ बकते हुए इस तरह चिल्ला रहा है, "अब तक तेल पूरा नहीं हुआ, तो मारो साले को बेंत, कल मारना तो आज मारो।"

रोग का स्वाँग

जिनके हाथों को इस तरह के कठोर परिश्रम ने कभी स्पर्श तक नहीं किया था, उन्हें कोल्हू का काम महीनों तक दिया गया। इनमें कॉलेज में अध्ययन-अध्यापन करनेवाले तथा सत्रह वर्ष के लड़के भी थे। उनके कष्ट की सीमा नहीं थी। उनमें जब कुछ बीमार पड़ गए तब वे सोचने लगे, इससे तो मृत्यु भली। बीमारी तब तक ढोंग की सूची में समाविष्ट होती थी जब तक वह गंभीर स्वरूप धारण नहीं करती। उसमें भी यदि ज्वर हो तो १०१° के ऊपर चढ़ने पर ही उसे ज्वर समझा जाता, तब भी राजबंदी को रुग्णालय में नहीं अपितु कोठरी में ही बंद किया जाता। साधारण चोरी, आगजनी, डकैती, गरदन काटना आदि पोर्ट ब्लेअर के नीतिशास्त्र के अक्षम्य अपराध हैं, ऐसे अपराध करनेवालों को रुग्णालय में मात्र रोगी कहते हैं। सोने के लिए खटिया दी जाती। परंतु ज्वर अथवा दस्त, उलटियाँ आदि प्रत्यक्ष रोग नहीं होते। सरदर्द, हृदय विकृति, जी घबराना आदि अप्रत्यक्ष रोगों ने जिसे जर्जर किया है, उनकी दशा पूछना तो दूर, उनके रोग का निदान ढोंग अथवा कामचोरी जैसे रोग से ग्रस्त होने में किया जाता था, साथ ही दंड भी दिया जाता। हाँ, यह बात असत्य नहीं कि दंडितों में उनके पास, जिन्हें गुरूकंटाल कहा जाता, आवश्यकतानुसार तेज ज्वर, दस्त अथवा खून की उलटियाँ होने की औषधियाँ तथा उपाय होते। परंतु यह बात भी झूठ नहीं है कि इस तरह की दवाइयों के बदले १०३-४° तक ज्वर से तपना स्वीकार है। तीव्र पेटदर्द होकर खून के दस-दस दस्त होना भी स्वीकार है, परंतु इस कोल्हू की यातना से कुछ दिनों के लिए मुक्ति मिले। इस तरह जिस कोल्हू के कष्ट असहनीय थे—महान् बदमाशों को भी जो असहनीय होते—उसी कोल्हू में उन राजबंदियों को जोता जाता जो अपने जीवन में पहली बार बंदीगृह का मुँह देख रहे थे। और उनमें भी कोई उपर्युक्त अप्रत्यक्ष रोग से बीमार पड़ जाए तो उसकी गणना ढोंगी, नाटकियों में करके उसे पुनः इस कठोर परिश्रम के काम पर भेजा जाता। ऐसे कष्टभोगी पुरुषों में मेरे ज्येष्ठ बंधु की गणना प्रमुख रूप में की जाती।

पालतू बनाने का प्रयोग

एक तो उन्हें पहले से ही आधासीसी की बीमारी थी, उसपर बंदीगृह के ये मानसिक और शारीरिक कष्ट। ऊपर से कोल्हू में जुतना। और सबसे बड़ा अपराध यह कि इस प्रकार के अपार कष्टों से भी पूर्ववर्णित अन्य राजबंदियों की तरह वे अभी तक टूटे नहीं थे। उनके मुँह से अभी तक अवास्तविक जानकारी का अथवा तिरस्करणीय प्रार्थना का एक शब्द भी नहीं निकला था। अत: बारी जो उन राजबंदियों को स्पष्टत: हिंस्र, बर्बर कहता और जो स्वयं उनके सर्कस का चालक कहलाता था, आज भी उन्हें पालतू बनाने का प्रयोग कर ही रहा था। ऐसी अवस्था से टकराते और उसके परिणामस्वरूप उन्हें पुन: भयंकर आधासीसी की व्यथा ने घेर लिया। प्रात:काल कोल्हू में जुत जाने के बाद सतत उसे घुमाने से जैसे-जैसे दिन चढ़ता जाता वैसे ही उनके सिर में असह्य पीड़ा होती जाती, असीम वेदना से वे छटपटाते। धूप भी सही नहीं जाती, तथापि जैसे-जैसे दिन चढ़ता वैसे ही बढ़ती हुई तीव्र पीड़ा की वेदना के साथ-साथ 'कोल्हू पेलो और कुछ नहीं जानता, चलो कोल्हू पेलो' की जमादार की अशिष्ट गर्जनाएँ भी बढ़ती जातीं। गोरे अधिकारी के दौरे पर आते ही उन्होंने उनके सामने निवेदन-पत्र रखा—"मेरा सिर दर्द से फटा जा रहा है।" उन्होंने उत्तर दिया, "वह मेरा सरदर्द नहीं, डॉक्टर को दिखाओ।" डॉक्टर कोई हिंदुस्थानी ही होगा। वह आकर देखता—ज्वर है या नहीं और कह देता—इसे कुछ नहीं है। साहब के पास ले जाओ। क्योंकि सिर की पीड़ा से तापमापी (थर्मामीटर) जरा भी तप्त नहीं होता। मस्तिष्क की पीड़ा को सिद्ध करने के लिए अन्य कोई भी प्रमाण नहीं। अर्थात् इसमें अवश्य कोई चाल होगी बंदियों की, इसमें भी राजबंदियों की, इसमें भी गणेशपंत सावरकर की गहरी चाल···।

मैं कहूँ वही रोगी

डॉक्टर जानता था कि वह जो कर रहा है वह अन्याय है, परंतु उसे बारी का भय था। वह आते-जाते यही कहता रहेगा, 'देखो डॉक्टर, आप हिंदू हैं। ये राजबंदी भी हिंदू हैं। पता नहीं कब ये अपनी चिकनी-चुपड़ी बातों से आपको गड्ढे में ढकेल दें। उनके साथ मेरी अनुमति के बिना यदि आपको एक शब्द बोलते हुए भी किसी ने देखा तो आपके विरुद्ध अधिकारियों के पास प्रतिवृत्त चला जाएगा। अत: ध्यान रखिए, यदि नौकरी चाहिए तो आप अपनी ओर से उनके संबंध में कुछ मत कहिए। आप पढ़े-लिखे तो हैं, परंतु मैं बड़ा अनुभवी हूँ। मुझे पता है, इन ढोंगियों के कौन से रोग सच हैं और कौन से मिथ्या। अत: याद रखिए, वे तभी बीमार पड़ेंगे जब मैं कहूँगा, समझे?' इतना कहकर अपने विनोद पर स्वयं ही बत्तीसी निकालते हुए बारी आगे बढ़ जाता।

एक बार एक डॉक्टर (हॉस्पिटल असिस्टेंट) ने मेरे बंधु की वह अत्यंत दयनीय

दशा देखी। सिर की पीड़ा असहनीय होने पर वे कभी-कभी दीवार से अपना सिर टकराते। फिर उठकर वैसे ही कोल्हू घुमाते। डॉक्टर ने साहस करके कहा, "चलो, मैं दो दिन आपको अपने अधिकार में निरीक्षणार्थ (for observation) रखता हूँ। छोड़ दो यह काम और उठाओ अपना बोरिया-बिस्तर।" उसकी सूचना के अनुसार मेरे बंधु बोरिया-बिस्तर सँभालकर जा ही रहे थे कि वह दानव बारी अपना सोटा पटकता हुआ आ धमका, "अरे ऐ, बम-गोलेवाले, किधर जा रहा है?" कहते हुए गुस्से के साथ उस जमादार से पूछने लगा जो गणेश दादा को ले जा रहा था। जमादार इतना सकपकाया कि काटो तो बदन में खून नहीं। वह कहने लगा, "डॉक्टर बाबू की आज्ञा से काम छोड़कर इन्हें निरीक्षणार्थ संशयित रोगी के नाते छोड़ने जा रहा हूँ।" "पर मुझसे क्यों नहीं पूछा? कौन है यह डॉक्टर बाबू ए साला, वो साला।" कहते हुए उसने हंगामा करके पूरा बंदीगृह सिर पर उठा लिया। "ले जाओ इसे वापस। काम पर लगा दो साले को। देख लेता हूँ उस डॉक्टर को और तुझे भी, साला तुम—मुझसे पूछे बगैर इसको कोठरी से बाहर क्यों निकाला? डॉक्टर की आज्ञा या मेरी?" इस तरह जोर-जोर से गरजते हुए उसने उस जमादार से गणेश दादा को कोठरी में बंद कराया और कोल्हू में जोत दिया। डॉक्टर का अधिकार बारी के अर्थात् बंदीपाल के अधिकार के निम्न स्थान पर नहीं होता, वह केवल सुपरिंटेंडेंट के अधिकार के नीचे आता है। परंतु सभी हिंदू तथा भारतीय अधिकारियों का जी-जान से यही प्रयास रहता कि राजबंदियों से संबंधित कोई भी उलाहना, शिकायत सुपरिंटेंडेंट तक न पहुँचे। एतदर्थ बारी से डरकर उस डॉक्टर ने अपने अपमान का कड़वा घूँट तो पी लिया और बारी से क्षमा माँगकर पुनः कभी किसी बंदीवान को सुपरिंटेंडेंट की अनुमति के बिना कोठरी से रुग्णालय में पल भर के लिए भी ले जाने का साहस नहीं किया। शेष कोई भी दंडित, दस-दस बार जेल काटकर ही नहीं अपितु जेल तोड़कर निकले भगोड़े भी केवल इतना सूचित करके कि 'वे बीमार हैं' रुग्णालय में जा सकते थे। आगे की बात तो डॉक्टरों के हाथ में होती कि उन्हें रखना है या नहीं। उनके काम में सहसा बंदीपाल दखल नहीं देते। केवल राजबंदियों के लिए रुग्णालय के द्वार बंद थे।

वह आधासीसी का रोग तथा टीस सहते-सहते मेरे ज्येष्ठ बंधु कोल्हू पेरते, संध्या समय तेल नापकर 'हुश्श' करते हुए जो सोने की कोठरी में लकड़ी के लट्ठे पर या तख्त पर अपना शरीर पटकते, तब सारे शरीर में पीड़ा होने लगती। फिर आँख लगी नहीं कि दूसरी सुबह। फिर वही आधासीसी, वही जमादार, वही काले अधिकारियों का अपमान और यंत्रणा—वही कोल्हू के साथ खड़ा रहना। इस तरह सप्ताह, महीने कष्ट और अत्याचारों की पराकाष्ठा में बिताते हुए इसी तरह सारा जन्म बिताना था।

नहीं चाहिए यह जीवन

उन यातनाओं का कितना बखान करें? परंतु हाँड़ी के चावल परखने के लिए एक उदाहरण देता हूँ। अंदमान में बंदीवास में कामकाज, अन्न-वस्त्र, मारपीट आदि कई प्रकार से त्रास दिया जाता है, उसमें एक ऐसा था जो देखने में साधारण, कहने में संकोचास्पद, परंतु जिसे सहने में अपने आपसे घिन होने लगती और ऐसा प्रतीत होता जैसे भगवान् जीवन से उठा ले तो अच्छा। वह कष्ट था—बंदियों को मल-मूत्र का अवरोध करने के लिए बाध्य करना। सवेरे, दोपहर, शाम—इस समय के अतिरिक्त शौच जाना लगभग जघन्य अपराध समझा जाता। रात में बंदीवानों को छह-सात बजे ही जो बंद किया जाता तो सुबह छह बजे द्वार खोला जाता। उस अवधि में लघुशंका के लिए केवल एक मटका भीतर रखा जाता। अंदमान के बंदीगृह में सभी कोठरियाँ अलग-अलग थीं और प्रत्येक में एक ही बंदी को बंद किया जाता। इसीलिए तो उसे सेल्यूलर जेल अर्थात् 'कोठरियों का कारागृह' कहा जाता। बारी साहब का नीति-नियम था कि रात्रि के इन बारह घंटों में किसी बंदी को शौच नहीं होना चाहिए। वह मटका भी इतना छोटा होता कि लघुशंका के लिए भी पूरा नहीं पड़ता। किसी को शौच जाना हो तो उसे वॉर्डर को सूचित करना पड़ता। वॉर्डर ने यदि अपनी अनिच्छा अथवा भयवश यह विशेष बात असत्य घोषित की तो प्रश्न ही नहीं। उस बंदी को उसी तरह मलावरोध करके तब तक रुकना चाहिए जब तक सवेरा नहीं होता। और यदि वॉर्डर ने जमादार को सूचित किया तो जमादार बंदी को असमय शौच लगने की पापी सनक सवार होने के अपराध में दस गालियाँ और वॉर्डर को बंदी की शिकायत सुनने के अपराध में पाँच गालियाँ बकते हुए मन हुआ और नींद की खुमारी में याद रहा तो यह बात डॉक्टर को बता देता। डॉक्टर का शौच लगने विषयक प्रमाण-पत्र सौ में से एकाध बार मिलेगा। फिर वह बारी तक पहुँचता और उसकी इच्छा हुई तो ताला खोलकर उस बंदी को शौच जाने के लिए निकाला जाता। उसपर प्रातःकाल में बारी साहब के सामने पूछताछ में ऐसा प्रश्न पूछा जाता जिसका किसी भी बंदी को संतोषजनक उत्तर नहीं सूझता। फिर गालियों की बौछार होती सो अलग। 'क्यों बे, तुमने रात भर इतना हल्ला-गुल्ला क्यों किया?' 'क्या करता हुजूर! जोर से टट्टी लगी थी। क्षमा कीजिए हुजूर।' तब अपनी सोटी पटककर पानी पी-पीकर उसे कोसते हुए साहब पूछते, 'पर क्यों लगा था पाखाना? बोल साले, रात के समय टट्टी क्यों लगी?' सकपकाया हुआ बंदी हड़बड़ाते हुए कहता, 'लगी, इसीलिए लगी।' जमादार तुरंत उसे एक थप्पड़ रसीद करते हुए कहता, 'ऐ साला, साहब का मजाक उड़ाता है?' दयावान बारी साहब इतने पर ही उस बंदी को प्रायः छोड़ देते। कभी वे बहुत ही द्रवित हुए तो उसे इतने पर न छोड़ते हुए यह आदेश देकर चले जाते कि 'इसे एक दिन के लिए कोल्हू पेरने का काम दे दो।'

चुटकी भर तंबाकू

ऐसी त्रासद स्थिति में जिन बंदियों के लिए मलावरोध सर्वथा असंभव हो जाता, वे कोठरी में ही भूमि पर शौच कर लेते। रात भर आठ-दस फीट की उस कोठरी में मल के पास सिरहाना करके सोने के पश्चात् प्रात:काल ताला खुलते ही भंगी की अनुनय-विनय करते—'तुम्हें चोरी-चोरी चुटकी भर तंबाकू दूँगा, तुम चुपचाप मैला साफ कर दो।' उसने बात मानी तो ठीक, अन्यथा किसी के पास तंबाकू ही नहीं होती तो वह मेहतर हो-हल्ला मचाकर जमादार के कान फूँक देता। यदि बंदीवान लातों-घूँसों से मारने योग्य हो तो उसकी धुनाई जमादार स्वयं करता, यदि दंडित गुस्सैल है तो वह उसे बारी साहब के सामने खड़ा करता और उसपर अभियोग लगाया जाता। किसलिए? तो 'कोठरी में गंदगी फैलाने' के अपराध में। एक तो यह दंड देकर कि 'आरोपी अपने हाथों से मल साफ करे' उससे वह काम करवाया जाता और तीन-चार दिन उसे अड़गोड़े में (यंत्रणा देने का यंत्र, जिसमें पुराने जमाने में अपराधियों के हाथ-पाँव कस दिए जाते) खड़े रहने का दंड दिया जाता।

पुन: अड़गोड़े में खड़े रहने में मल का ही नहीं अपितु मूत्र का भी चार-चार पाँच-पाँच घंटे अवरोध करना पड़ता। प्रात:काल छह से लेकर दस बजे तक और अपराह्न बारह से पाँच बजे तक हथकड़ियों में टँगे खड़े रहना पड़ता। उस समय शौच के लिए तो क्या, लघुशंका के लिए भी नहीं छोड़ा जाता। इस त्रास की मार सभी बंदियों पर एक जैसी होती, परंतु राजबंदियों को तो बहुत ही कष्टप्रद होता, क्योंकि उन्हें प्राय: दिन में भी कोठरी में या इमारत में बंद रखा जाता, चाहे वे काम करें या न करें। अत: न केवल रात में, बल्कि दिन में भी उनपर मल-मूत्र विसर्जन की रोक लगाई जाती। निरुपाय हो तब कोठरी अथवा इमारत में चोरी-छिपे भूमि अथवा भीत पर लघुशंका करनी पड़ती। अन्य निर्लज्ज बंदियों को इसका कोई सुख-दु:ख नहीं था। वे तो लोगों के सामने भी हँसते-हँसते सबकुछ कर लेते। परंतु राजबंदियों को, जो सभ्य-शिष्ट जनों में पले-बढ़े थे—इस तरह करना जब अनिवार्य होता तब उन्हें तीव्र नैतिक वेदना भुगतनी पड़ती। देहधर्म की नैतिक आवश्यकता भी उस बंदीगृह में सरकारी अनुशासन के विरुद्ध एक घोर अपराध समझा जाता। अच्छा भोजन, अच्छा वस्त्र-परिधान तो दूर, असमय शौच लगने अथवा पेट फूलने पर अवरोध असहनीय होने से पूर्व ही लघुशंका करना भी विलासप्रियता समझकर उस कठोर कारागृह में दंडनीय माना जाता।

अंदमानीय नीतिशास्त्र

इस प्रकार के अनुशासन के कारण मेरे ज्येष्ठ बंधु को 'छिलका-नारियल की जटाएँ' कूटने का, जैसाकि पीछे वर्णन किया है, काम दिया गया था, जिससे उन्हें आँव

का विकार हो गया। उनके पेट में बहुत पीड़ा होती, भोजन करते-करते जी मिचलाता। परंतु एक बार कोठरी बंद करने पर संध्या समय ही खुलती। अन्य बंदियों को आँव आदि विकार होने पर उन्हें रुग्णालय भेज दिया जाता। इस कारण वे मल-मूत्र यथासमय करने का सुख अनुभव कर सकते थे। परंतु राजबंदी बीमारी में भी कोठरी में ही बंद पड़े रहते। उन्हें रुग्णालय में नहीं भेजा जाता, जब तक बिलकुल खटिया नहीं पकड़ी तब तक; और कोठरी में भी बीमारी में जो एक मटका मिलता, वह भी 'बीमार' ही रहता। रोग हद से बढ़ जाने पर ही डॉक्टर बीमारी का प्रमाण-पत्र देते। अतः राजबंदियों को देहधर्म यथावसर पूर्ण न कर सकने के कारण असह्य कष्ट झेलने पड़ते। अर्थात् मेरे ज्येष्ठ बंधु आँव के विकार से पीड़ित हैं, यह बात सिपाहियों, जमादार तथा डॉक्टर के कानों में उतरने के लिए भी दो-तीन दिन लग गए। पेट में पीड़ा होकर दस्त होने लगे। उसपर भी बंदीगृह का कच्चा-पक्का चावल खाकर छिलका कूटते हुए कोठरी में बंद पड़े रहना। अतः दोपहर में बीच-बीच में दस्त लगते समय उसका अवरोध असह्य होने पर कोठरी में ही दस्त करने पड़ते। परंतु संध्या होते ही दरवाजा खोलते समय यह बात प्रकट होती और गिन-गिनकर गालियाँ खानी पड़तीं। पूरे बंदीगृह में उसकी चर्चा कराकर पुनः दंड भुगतने अथवा बलात् वह मैला स्वयं साफ करने का प्रसंग टालने के लिए उस कूड़े के ढेर में दस्त करते और बाहर कूड़ा फेंकने के लिए संध्या पश्चात् जब छोड़ा जाता तब वह मैला चुपचाप फेंक देते। किसी को कानोकान खबर नहीं होती। कई बार हथकड़ियों में लटकाने पर पेट की पीड़ा तथा दस्त का विकार होने के बावजूद उन्हें सात दिन वैसे ही लटकाए रखा जाता। कई बार उस समय खड़े-खड़े ही दस्त करते। दोपहर बाद लघुशंका लगते ही कोठरी की भीत पर कई बंदी पेशाब की धारा छोड़ते। यह एक दिन अथवा एक प्रसंग की बात नहीं थी, वर्षों की बात थी। ऐसी ही गंदगी भरी कोठरी में घिनौनी देहावस्था में सोना पड़ता। मूत्र की भकाँव भरी कोठरी में।

चौपायों को भी काम में जुटे होने पर अथवा रात-बेरात में यथासमय मल-मूत्र त्याग करने में रुकावट डालना क्रूरता समझी जाती है। परंतु वह व्यक्ति, जो राजनीति अथवा राज्यक्रांति में हिस्सा लेता है, पशु को प्राप्त स्वाधीनता के लिए भी अपात्र समझा जाता और दोपहर बारह से छह बजे तक और पूरी रात यह सुविधा प्राप्त करने का साहस करता तो दंड का पात्र होता—यही अंदमानीय नीतिशास्त्र का नियम था। अंदमान के बंदीगृह में दंडविज्ञान के इस नीतिशास्त्र में परिवर्तन करने के लिए कमिश्नर तक आवेदन-पत्र गए, परंतु बारी साहब कहते, 'यह सब सरासर मिथ्या आरोप है। इस जमादार से पूछिए तो सही कि मैं कभी इस तरह की पीड़ा देता हूँ क्या? ये लोग मेरी इच्छा के विरुद्ध इस तरह षड्यंत्र करते हैं और मुझपर मिथ्या आरोप लगाते हैं।' कमिश्नर और अन्य अधिकारी धमकाते, 'पुनः इस तरह मिथ्या आरोप लगाया तो सजा भोगनी

पड़ेगी। तुम राजबंदी ही व्यर्थ हल्ला मचाते हो। अन्य लोग क्यों नहीं कहते?' अन्य लोगों को यह अत्याचार इतने भुगतने नहीं पड़ते। और भुगतने पड़ते भी तो उन्हें वे सह्य प्रतीत होते, सहनीय न भी लगें तो लातों-घूँसों की धुनाई तथा कोल्हू के भय से बारी साहब के विरुद्ध चूँ तक करने की उनकी हिम्मत नहीं होती।

नैसर्गिक विधि का अधिकार

आखिर शौच और लघुशंका लगना अथवा लगने पर उसका अवरोध असंभव होने पर उसकी अनुमति माँगना अनुशासन-भंग अथवा अपराध नहीं है—यह निश्चित करने का महत्त्वपूर्ण राजनीतिक अधिकार प्राप्त करने के लिए हिंदुस्थान सरकार के गृहमंत्री तक को आंदोलन छेड़ना पड़ा। ये सज्जन एक बार अंदमान में स्वयं पधारे—वह रामकहानी आगे आनेवाली है—तब राजबंदियों में से कुछ जनों ने उनके सामने अपनी बात कही। बारी उलट गया और बोला, झूठ बोलते हैं। एक पंजाबी राजबंदी नंदगोपाल ने खरी-खरी सुनाई, "देखिए, इस बंदीगृह की कोठरियों में आप एक बार स्वयं चक्कर लगाइए, वहाँ की दीवारों के कोनों की दुर्गंध देखिए, तब आपको पता चलेगा कि असमय लघुशंका लगने अथवा रात्रि को मटका भर जाने से बंदियों को दीवार पर लघुशंका करनी पड़ती है या नहीं। आपकी नाक ही हमारी साक्षी है।" उनके इस बेधड़क बोलने के कारण यद्यपि नंदगोपाल को 'चुप रहो! चुप रहो!' कहकर चुप किया गया और बारी के पालतू राजबंदियों में से एक- दो जन इसे अश्लील एवं अशिष्ट घोषित करने की चापलूसी करने में रत्ती भर नहीं हिचकिचाए, तथापि गृहमंत्री ने गुप-चुप बारी के कान उमेठे और भविष्य में यह घिनौना कष्ट कम हो गया। वाकई यह इतना घिनौना, भद्दा कष्ट था कि अपनी देह से भी घृणा होने लगती। 'स्वांगजुगुप्सा परैरसंगश्च' के रूप में योगसूत्र में वर्णित सत्य की प्रत्यक्ष अनुभूति होने लगती। स्वयं उस नंदगोपाल को भी एक बार चाली में काम करते समय मलावरोध असंभव होने पर सभी के सामने शौच का घिनौना प्रसंग आ गया था, तो 'उसने जान-बूझकर यह कृत्य किया' इस तरह उसके विरुद्ध चुगली खाकर बारी ने उसे अपराधी घोषित किया था।

प्रथम हड़ताल

नाना प्रकार के उन अत्याचारों की उस समय उपस्थित राजबंदियों में विभिन्न प्रकार से प्रतिक्रिया हुई। प्रथमतः सभी का उद्देश्य यह था कि यथासंभव यातनाएँ झेलकर जितना हो सके उतना काम करें और कारागार के नियमों का पालन करें। परंतु जब शारीरिक तथा मानसिक कष्ट असह्य होने लगे, तब सभी के सामने यह समस्या खड़ी हो गई कि 'जिएँ या मरें'। दूसरों का आग्रह था कि जो संकट हम अब तक सहते

आए हैं, वही आजीवन सहने होंगे। उन्हें सहते हुए जीने से तो अच्छा है कि लड़ते-लड़ते मर जाएँ।

इस भयंकर समस्या का, जो उस अवस्था में तात्त्विक रूप से नहीं अपितु प्रति पल प्रत्यक्ष सामने खड़ी रहती थी, राजबंदियों के दो छोरों पर दो विरुद्ध दिशाओं का परिणाम प्रत्यक्ष हो गया। एक सिरे पर, जैसाकि पीछे वर्णन किया गया है, कुछ लोगों का मानसिक और नैतिक धैर्य जवाब दे चुका था और उनका रुझान इस ओर था कि येनकेन प्रकारेण अधिकारियों की मनुहार करके जैसे-तैसे इन कष्टों से बचा जाए। इसके विपरीत दूसरे सिरे के अन्य युवकों की तेजस्विता, जो बीच में कुछ दिन के लिए यातनाओं के कारण दब गई थी, परंतु यातनाओं तथा अत्याचारों का अतिरेक होते ही पुनः किसी नीचे दबे प्रज्वलित पोत की तरह उफनकर तीव्र आवेग के साथ उभरकर उत्तेजित करने लगी, 'मरो, परंतु अपमान मत सहना। मरो, पर यथासंभव संघर्ष करते-करते मरो।' उनसे जो बीच की मनोवृत्तियों के थे, उनके विवेक ने कहा, 'जियो! जबतक अपने ध्येय के विरुद्ध तुम्हारा जीना नहीं होता तबतक यथासंभव राजनीति के आश्रय के साथ जियो। हाँ, यदि ध्येय के विरुद्ध ध्येय की अंतिम हानि करके ही जीना अनिवार्य हो तो त्वरित प्राण त्याग करो।'

पीछे बताया गया है कि जिनकी प्रवृत्ति येनकेन प्रकारेण जीवित रहने के लिए उकसा रही थी, उन्होंने किस वर्तन क्रम का आश्रय लिया। लड़ते-लड़ते मरो अथवा जियो, इन उभय पक्षों के लोगों ने संगठित होकर तय किया कि आखिर उन्हें जो यंत्रणाएँ झेलनी पड़ती हैं उनका प्रतिकार न सही, प्रतिषेध के रूप में कठोर परिश्रम के काम वे नहीं करेंगे। यह निश्चय सर्वप्रथम तब व्यक्त हुआ जब हड़ताल में कोल्हू पेरने का काम नकारा गया। यही सेल्युलर जेल के राजबंदियों की प्रथम हड़ताल थी। इसका स्वरूप छोटा था, परंतु बंदीगृह में और बारी साहब की छाती पर आपसी एकता से हड़ताल करना इतनी साहसपूर्ण बात मानी गई कि उन इने-गिने लोगों के संगठित रूप में काम करने के लिए अँगूठा दिखाते ही सैकड़ों बंदियों में मानसिक खलबली मच गई। उसी तरह यह सोचकर कि अपनी शक्ति एवं अधिकार को नीचा दिखाया गया है, वह बंदीपाल बौखला गया। बेचारा भोला बारी! भला कैसे समझेगा कि यह हड़ताल, यह अपमान कुछ भी नहीं है, आगे चलकर अभी उसको ऐसी कितनी हड़तालें और अपमान देखने हैं।

पोर्ट ब्लेअर का ईश्वर

बारी साहब अन्य बंदियों से और कभी-कभी राजबंदियों से भी अपना सुविख्यात मोटा सोटा धड़ाम से पटककर कहता, 'देखो रे, साला लोग! (साला लोग बारी साहब

की भाषा में बंदीवान वर्ग का जातिवाचक नाम होता था।) दुनिया में एक परमेश्वर का वास है, वह आकाश में रहता है। परंतु पोर्ट ब्लेअर में दो-दो ईश्वर रहते हैं। एक आकाश में और एक पृथ्वी पर! और, पृथ्वी पर रहनेवाला पोर्ट ब्लेअर का परमेश्वर मैं हूँ। ऊपर का ईश्वर तुम्हें ऊपर फल देगा। पर मैं, पोर्ट ब्लेअर का ईश्वर तुम लोगों को इधर-का-इधर ही फल दूँगा। सीधे रास्ते पर चलना। याद रखो--भले ही तुम लोग मेरे किसी वरिष्ठ अधिकारी के पास—ठेठ दिल्ली के लाट साहब के पास चले जाओ—परंतु होगा वही जो मैं कहूँगा।' एक बार हम लोगों को मजा चखाने के लिए और हमें यह दिखाकर कि सभी बंदी उससे कितने भयभीत हैं—हमपर सिक्का जमाने की सुप्त इच्छा से उसने सभी बंदियों की दो-दो की लंबी पंक्तियाँ बैठाकर पेटी अफसरों और सैनिक जमादारों की उपस्थिति में भी एकदम भीतर घुसकर पूछा, "क्यों बे पेटी अफसर, अभी दिन है या रात?" उस नौसिखिया अधिकारी ने, जो स्वयं बंदी ही था और अभी-अभी जिसे तरक्की मिली थी, कहा, "दिन है हुजूर!" बारी साहब एकदम बिगड़कर बोला, "ना-ना, रात है।" उस पेटी अफसर ने कहा, "दिन है।" बस, बारी साहब का पारा सातवें आसमान पर चढ़ गया और वह अपने पुराने मुरब्बी जमादार की ओर मुड़कर जोर से चिंघाड़ा, "क्यों बे जमादार, अब दिन है या रात? हमें तो साफ-साफ रात दिखाई दे रही है।" जमादार ने कहा, "जी हुजूर, अब तो साफ रात हो गई है।" तब बारी साहब ने तनिक चुभते हुए स्वर में ताना मारा, "तुमने तो ठीक कहा, परंतु यह सच भी साफ हुआ न कि तुम नए पेटी अफसर को ठीक-ठीक शिक्षा नहीं दे रहे हो। याद रखो, आइंदा ऐसा कुछ हो गया तो…।" कोई भी नया-नया पेटी अफसर बन जाता तो ये क्रूर पठान जमादार उसे बारी बाबा की जी-हुजूरी करने का, उनकी हाँ में हाँ मिलाने का कड़ा आदेश देते।

तमाम बंदीगण आज तक जिसके कारण थर-थर काँपते थे, वही बारी राजकीय बंदियों द्वारा किए गए अपने अधिकारों के इस छोटे से अपमान से बुरी तरह चिढ़ गया तो इसमें कोई आश्चर्य नहीं। उस समय तक राजबंदियों को भी पठान अधिकारियों द्वारा वह अश्लील गालियाँ दिलाता और यदि काम पूरा न हो या फिर राजबंदी एक-दूसरे से बातचीत करते हुए पकड़े गए, तो भी वे पठान वॉर्डर अथवा पेटी अफसर उन्हें करारा झापड़ रसीद करते। यह बात बताने पर भी वह हँस पड़ता, न कि क्रोधित होता। परंतु वही राजबंदी अब इतने शेर बन गए कि गाली तो गाली, एक-दो जनों ने थप्पड़ मारना भी आरंभ कर दिया। उन्होंने काम करने से इनकार करने में हिस्सा लिया था। उनमें से एक-दो जनों ने बारी की दुर्गत बनाने का बीड़ा उठाया।

उदाहरणार्थ एक ही रंजक घटना सुनाता हूँ। श्रीयुत् नंदगोपाल को दस वर्ष के लिए कालेपानी का दंड मिला था। वे पंजाब स्थित एक अत्यंत सभ्य-सुशील घराने के

शिक्षित एवं अत्यंत पापभीरु सज्जन थे। उन्हें पहली बार जब कोल्हू पेरने का काम दिया गया तब वे प्रात:काल के समय कोठरी में गए। लगभग दस बजे तक धीरे-धीरे उतना काम निपटाया जितना उनसे बन पड़ा। भोजन की घंटी बजते ही नंदगोपाल* नीचे उतरे। कोल्हू से जुड़े हुए बंदी को, जब तक वह अपना काम पूरा नहीं करता तब तक, स्नान-भोजन आदि आवश्यक कार्य ठीक-ठाक तो क्या, थोड़ा भी नहीं करने देते। परंतु इन महाशय को इससे क्या? वे आराम से स्नान के हौज पर जाते, अच्छी तरह से शरीर को मल-मलकर स्नान करते, उसके पश्चात् भोजन के लिए चले जाते। तब मार-पीटकर पेटी अफसर उन्हें पुन: काम में जुटा चुकते थे। इन महाशय को भी भरपूर गालियों का भोजन मिलता। परंतु वे उसपर कान तक न देते हुए ऐसे ठाठ से भोजन करने में लीन रहते जैसे वह गालियों की बौछार किसी और पर हो रही है, न कि उनपर। वॉर्डर और पेटी अफसर गालियाँ बकते हुए उनके पीछे पड़ते, 'चलो-चलो, काम तुम्हारा…करेगा' इत्यादि-इत्यादि। अंत में थककर वे हवलदार को बुलाते। हवलदार भी समझाने का प्रयास करता। ये महाशय बड़ी शांति से उसको ही समझाते, "देखो भाई, प्रत्येक ग्रास ठीक तरह से चबाकर निगलने से ही सही-सही पचता है। हड़बड़ी में खाने से पेट खराब होता है।" हवलदार हारकर बारी को ले आया। जेल में यह समाचार आते ही कि 'बारी आ रहा है' ऐसा हड़कंप मचा जैसे भूचाल आया हो या जैसे कोई पहाड़ टूट पड़ा हो। सारे घबराए, परंतु वे उसी तरह इत्मीनान के साथ भोजन करते रहे। बारी ताव खाते हुए झल्लाया, "सारे बंदी काम पर चले गए। तू बाजीराव है क्या, जो अभी तक भोजन कर रहा है? काम कौन पूरा करेगा? याद रख, हड्डी नरम कर दूँगा।" श्रीमानजी कौर चबाते मुसकराते हुए कहने लगे, "मैं क्या यूँ ही हाथ पर हाथ धरे निठल्ला बैठा हूँ? वैद्यकीय शास्त्र के अनुसार प्रत्येक ग्रास कम-से-कम दस बार चबाना चाहिए। वास्तव में मुख से ही पाचन क्रिया का प्रारंभ होता है।" यह वैद्यक शास्त्रीय मत सुनकर बारी की क्रोधाग्नि में जैसे घी पड़ गया। मुँह बिचकाते हुए दहाड़ा, "ठहर जा, तुम्हारे इस अनियमित बेकायदा व्यवहार पर कल अभियोग चलाऊँगा।" श्रीमानजी ने कहा, "दस से बारह बजे तक सरकार से प्राप्त छुट्टी के समय आप इन अनपढ़ बंदियों को काम पर लगाए हुए हो, क्या यह नियम विरुद्ध नहीं है?" बारी मन-ही-मन चौंक पड़ा। वह दस से बारह की छुट्टी में भी नियम के विरुद्ध जेल में काम करवाता रहता था। अंत में 'तुम चाहे जितनी जुगाली करते रहो, परंतु यदि संध्या होते तक काम पूरा नहीं किया तो बेंत से तुम्हारी पीठ की खाल उधेड़ दूँगा'—इस तरह उसे धमकाते हुए और सभी बंदियों के सामने अपनी आज्ञा का अपमान करने पर भी अन्य कैदियों की

* इनका नाम भी नंदगोपाल था—उपेंद्रनाथ बंदोपाध्याय के अनुभव—'कारावास की कहानी', प्रकाशक राजस्थान एजेंसी, कलकत्ता।

तरह उसकी तत्काल धुनाई नहीं कर सका, इसके अपमान से लाल-पीला होते हुए हाथ मलता, पैर पटकता बारी वापस चला गया।

वैद्यक शास्त्र का एक और प्रमेय

इधर श्रीमान का जैसे-तैसे भोजन निपटा। पेटी अफसर, हवलदार, वॉर्डर सभी की जान में जान आई। उन्होंने उन्हें कोठरी में लाकर कोल्हू पेरने के लिए बंद किया। उनसे प्रार्थना भी की कि अब तो वैद्यक शास्त्रानुसार भोजन समाप्त होने पर कसकर काम करो। यह मत भूलना कि बंदियों का काम अधूरा रहने पर बारी प्रथमतः पेटी अफसर तथा वॉर्डरों को ही आड़े हाथ लेता है। उसे पुचकारते हुए वे अगले बंदियों को गालियाँ देते हुए आगे बढ़ गए। थोड़ी देर के बाद यह सोचते हुए वे वापस आए कि श्रीमान कोल्हू चलाते होंगे, पर देखा तो महाशय एक कंबल बिछाकर उसपर अपनी लंबी-चौड़ी देह यथासुख पसारकर दूसरा कंबल ओढ़े खर्राटे भर रहे हैं। चिढ़कर गाली बकता पेटी अफसर दहाड़ा, ''ऐ शैतान! अबे तुझे हो क्या गया है? क्यों मेरी जान लेने पर तुला है? अब बारह बज चुके हैं, तेरा भोजन भी हो गया। अब तो उठ।'' श्रीमान ने आँखें खोलीं। हाथ से धीरे से संकेत किया, 'शोर मत करो।' फिर मुँह से, ''जमादार, भोजन से निपटते ही कोल्हू चलाने लगूँ तो सारे खाए हुए अन्न का पाचन नहीं होगा। वैद्यक शास्त्र का एक और प्रमेय है कि भोजन के पश्चात् तनिक बाईं करवट से विश्राम करें। मेरी नानी भी यही कहा करती थीं।'' सभी बंदी हँसते-हँसते लोटपोट हो गए। जमादार का पारा चढ़ गया। परंतु कोठरी खोलकर श्रीमान पर हाथ उठाने का साहस न होने के कारण 'आप हारे बहू को मारे' वाले न्याय से वह बत्तीसी निकालनेवाले दो-चार बंदियों पर झापड़ कसने लगा। शाम तक श्रीमानजी ने तेल का आधा कोटा—पंद्रह पौंड पूरा किया। वास्तव में दिन भर कलेजा तोड़कर परिश्रम करने पर भी अन्य कैदियों से इतना तेल निकालना असंभव था, परंतु श्रीमानजी का शरीर हट्टा-कट्टा, सुदृढ़ था। पाठकों ने इस झलकी से भाँप लिया होगा कि इनका मन कैसा था। अंत में उन्हें काम कम करने के लिए दंड दिया गया, कम भोजन दिया गया। आखिर सुपरिंटेंडेंट ने यह अनुबंध किया कि तीन दिन पूरा काम करेंगे तो आपको कोल्हू से हटा देंगे। उसके अनुसार श्रीमान ने वैद्यक शास्त्रीय नियम को उतने समय तक आले पर रखकर तीन दिन पूरा काम किया। परंतु उन्हें इतना झुकते हुए देखकर बारी ने तोते की तरह आँखें फेरीं और अनुबंध तोड़कर उन्हें फिर कोल्हू पर भेजा। उन्होंने मुँहतोड़ उत्तर दिया, ''काम नहीं करेंगे। हम बैल नहीं, मनुष्य हैं।'' यहीं से प्रथम हड़ताल का श्रीगणेश हो गया। राजबंदियों की पुनः दृष्टि बदलते तथा उन्हें हड़ताल तक आते देखकर बारी भी मन-ही-मन चौंक पड़ा।

जो राजबंदी हड़ताल में शामिल हो गए उनपर दंडों की भरमार होने लगी। आठ दिन हथकड़ी-बेड़ी, कोठरी बंदी आदि नियमांतर्गत दंड तो दिए ही गए, नियम विरुद्ध दंड भी दिए गए। उपर्युक्त श्रीमान सदृश जो निर्भीकतापूर्वक व्यवहार करते, उनका घमंड चूर-चूर करने के लिए उन्हें दस-दस, बारह-बारह दिन कांजी के अतिरिक्त अन्य कुछ खाने के लिए नहीं दिया गया। कारागृह में यह नियम नहीं है कि दस-दस दिन केवल कांजी पर रखा जाए। परंतु इस आशा से कि इस तरह मात्र दो-तीन बार दिए गए माँड़ पर रहकर उनकी शक्ति क्षीण हो जाएगी और मनोबल टूट जाएगा, यह दंड दिया जाता, पर किसी बंदी के दंड-पत्रक में उसे लिखा नहीं जाता। आगे चलकर जब हिंदुस्थान सरकार की ओर से एक वरिष्ठ अधिकारी जाँच-पड़ताल के लिए आए (यह वृत्तांत आगे चलकर आनेवाला है) और नियम विरुद्ध दंड की ओर राजबंदियों ने उनका ध्यान दिलाया तो इसी दंड-पत्रक के आधार पर बारी ने यह आरोप सरासर मिथ्या सिद्ध किया और उन अधिकारियों ने उसे मान लिया। मुझे इन सहबंदियों ने शपथपूर्वक कहा था कि एक ओर उन्हें उस माँड़ पर रखा जाता, दूसरी ओर यदि विरोध किया गया तो कोयनेल के घूँट उनके गले में उँडेले जाते। उससे उन्हें चक्कर आ जाता, पेट में तीखी जलन होने से बहुत अधिक कष्ट होता। परंतु इन सारे अत्याचारों के सामने हड़तालवालों ने हथियार नहीं डाले। इतना ही नहीं, यह जानकर कि इन बंदियों का दृढ़ संगठन है और उनका धैर्य देखकर अन्य बंदियों पर भी बारी का जो अमानुषिक दबदबा था वह उड़न-छू हो रहा है, उन्हें यह आश्वासन दिया गया कि अब तुम्हें कोल्हू पर नहीं भेजा जाएगा। इतना ही नहीं अपितु अन्य बंदियों की तरह तुम लोगों को भी कारागृह के बाहरी टापुओं में काम करने के लिए छोड़ा जाएगा। राजबंदियों को कारागृह के बाहर के बंदी जो जानकारी देते, उससे ज्ञात था कि बाहर प्रचुर मात्रा में स्वतंत्रता है। इसके अतिरिक्त एक बार अपने बाहर निकलने के अधिकार पर मोहर लगवाई जाए तो फिर उसके अनुषंग से पाँच वर्षों के पश्चात् स्वतंत्र काम करने का और दस वर्षों के पश्चात् 'टिकट' लेकर घर बसाने का अधिकार प्राप्त करने का प्रसंग आएगा—यह जानकर राजबंदियों की उत्कट इच्छा थी कि किसी प्रकार यहाँ से बाहर निकलें। तब यह सुनकर कि कम-से-कम कुछ लोगों को एक वर्ष कारागृहवास पूरा करने से नियमानुसार बाहर छोड़ा जाएगा, लोगों ने भाँप लिया कि हड़ताल का उद्देश्य सफल हो गया और एक-एक करके हड़ताल से हटकर वे काम पर जाने लगे। चंद ही दिनों में कुछ लोगों को बाहर निकाला गया। खाड़ी में छाती, जाँघों तक कीचड़ में उतरकर कीचड़ भरना, सड़क बुहारना, नारियल ढोना इस तरह के काम उन्हें दिए गए। कई लोगों को गाड़ी में जोता गया।

अंदमान में गाड़ी में सरकारी अधिकारी बैठते हैं और उसे खींचने के लिए बैल-

घोड़े आदि पशुओं को जोतने से जो व्यय होता, उसे बचाने के लिए बंदियों को जोता जाता। लगातार भागते और बड़ी-बड़ी चढ़ाई से हाँफते-हाँफते गाड़ी खींचते और ऊपर से गालियाँ खाते बंदी आते-जाते दिखाई देते। मैं ऐसे एक-दो अंग्रेज अधिकारियों को जानता हूँ जो इस रीति को नापसंद करते हुए बंदियों से गाड़ी नहीं खिंचवाते थे। परंतु ऐसे किसी बंदी को नहीं जानता जो गाड़ी खींचने के लिए साफ मना करता। तथापि बारी की कुशाग्र न सही परंतु मोटी बुद्धि ने वह भी सभी को दिखाया। सुपरिंटेंडेंट के मन पर यह अंकित करने के लिए कि राजबंदी कितने उपद्रवी, जिद्दी हैं, बारी ने हवलदार को सूचना दी थी कि उनमें से एक-दो अभिमानी तथा निर्भीक लोगों को बाहर निकालते ही गाड़ी में जोता जाए। अर्थात् गाड़ी खींचने का आदेश देते ही उन निडर लोगों ने टका सा जवाब दे दिया कि हम बैल नहीं जो मनुष्यों की गाड़ी खींचें। बारी ने तपाक से सुपरिंटेंडेंट से कहा, "देखा, कितने बदमाश हैं ये लोग। कारागृह में इनकी रट थी हम कोल्हू नहीं पेरेंगे। अब इन्हें बाहर निकाला तो कहते हैं गाड़ी नहीं खींचेंगे। अब आप ही बताइए, इन सभ्य लोगों के लिए मैं ऐसा काम कहाँ से लाऊँ जिसमें कोई दोष नहीं हो और यदि इन्हें इनकी शिकायतों को सुनकर मैं किसी अन्य सुलभ अथवा शिष्ट कार्य पर लगाऊँ तो अन्य बंदियों की दृष्टि में पक्षपाती होकर दोषी नहीं कहलाऊँगा?"

पापभीरु बारी साहब

परंतु यही बारी साहब यदि उनका मन करे तो जिन बंदियों के लिए काला अक्षर भैंस बराबर है, उन्हें कचहरी में, अपनी कोठी पर भी आराम के काम दे देते, भले ही वे डाकू क्यों न हों। इतना ही नहीं, इन राजबंदियों में भी जो उनके पिछलग्गू थे और हाँ जी, हाँ जी करते थे, उनके केवल हाथ पर हाथ धरे निठल्ले बैठने की गुपचुप आज्ञा भी बारी साहब दे देते थे। इसमें उन्हें पक्षपात का रत्ती भर भी भय नहीं लगता। बारी साहब की पक्षपात की व्याख्या थी कि जिसके योग से उनके पक्ष का पात अर्थात् पतन होने की आशंका होती, उसे पक्षपात कहा जाता था।

जिस समय मैं जेल में पहुँचा था उस समय तक के राजबंदियों के कच्चे चिट्ठे का सारांश ऊपर दिया गया है। सारा वृत्तांत मेरे आने के महीने भर के अंदर-बाहर ही मुझे सूचित किया गया। राजबंदियों में कुछ लोग सच्चे मन से हड़ताल नीति के विरुद्ध थे। कुछ लोगों ने 'बारी वाक्य प्रमाण' का व्रत स्वीकार किया हुआ था। उनके द्वारा राजबंदियों में फूट डालना, उनके मन में यह अंकित करना कि हड़ताल करके उन्होंने बड़ी भारी भूल की तथा उन लोगों की, जिन्होंने अधिकारियों की गाली पर गाली, उद्धत व्यवहार पर उद्धत व्यवहार, इस तरह ईंट का जवाब पत्थर से देना आरंभ किया है, यह कितनी बर्बरता, असभ्यता है, आदि बातें करना आरंभ किया। अर्थात् इस विषय पर मेरा

अभिप्राय जानने के लिए राजबंदी ही नहीं अपितु बारी साहब का भी एड़ी-चोटी एक करना स्वाभाविक था। लगभग दस-पंद्रह दिनों तक मुझे ऊपर ही बंद रखने के बाद नीचे की इमारत में दिन में काम करने के लिए लाया गया और प्रथमतः मुझे पूर्ववर्णित छिलका कूटने का काम दिया गया। वास्तव में छिलका दो अथवा डेढ़ पौंड दिया जाता था। परंतु प्रथमतः मुझे एक पौंड दिया गया। बारी ने मेरी योग्यता पर एक चाशनी में पगा भाषण देते हुए कहा—यह मुझपर विशेष कृपा है। यद्यपि यह दयाशीलता है तथापि उस दया, करुणा में इतनी मृदुता असंभव है जो मेरे हाथों में उन सूखी-रूखी जटाएँ मखमल जैसी नरम मुलायम बन जाएँ। उन्हें कूट-कूटकर मेरे हाथ छिल गए, स्नायुओं में सूजन आने से उनमें पीड़ा होने लगी, हथेलियों पर बड़े-बड़े फोड़े उभरने लगे और ऐसे ही कूटते रहने के कारण खून बहने लगा। मैंने सुपरिंटेंडेंट को हाथ दिखाकर कहा, "क्या काम में परिवर्तन नहीं हो सकता? कम-से-कम कुछ दिनों के लिए तो काम बंद हो जाए।" उन्होंने बस एक ही वाक्य में उत्तर दिया, "सभी की यही हालत होती है। आपको तो बस एक ही पौंड छिलका दिया। यही सरकारी कृपा समझिए कि दो पौंड नहीं दिया।" इतना कहकर वे चलते बने। अर्थात् उसी अवस्था में छिलका कूटना पड़ा। कूटी हुई तथा बँधी हुई जटाओं की गड्डियों पर कई बार लहू की बूँदें टपकतीं। परंतु यह देखने की धाँधली में कि वह पौंड भर है या नहीं, बारी साहब को यह देखने की फुरसत ही कहाँ थी कि वे गड्डियाँ कूटनेवाले के लहू सने हाथ देखते।

साला लोग! बेंत लगावेंगे

तथापि नित्य ही शाम को आकर बारी साहब मुझसे दस-पाँच मिनट अंग्रेजी में वार्त्तालाप किए बिना नहीं रहते। शीघ्र ही उनकी बातों में वहाँ के राजबंदियों के व्यवहार का उल्लेख होने लगा। एक राजबंदी की न केवल जानकारी वरन् प्रणाम भी दूसरे तक पहुँचाने के लिए अन्य लोगों को कड़ा निषेध किया जाता और इस अपराध में यदि कोई रँगे हाथ पकड़ा गया तो उसकी वॉर्डरी निकाली जाती अथवा आठ दिन के लिए उसे कोल्हू पर भेजा जाता। परंतु उसी राजबंदी का सारा कच्चा चिट्ठा बारी साहब अन्य लोगों तक किसी भी तरह से पहुँचा देते थे। किसी भी तरह से का अभिप्राय है कि जिस योग से उनमें फूट डाली जा सके, उस तरह से। बारी साहब जानते थे कि उन्होंने भले ही लाख हथकंडे चलाए, मुझे राजबंदियों का पूर्व इतिहास ज्ञात हो चुका है। अतः इस उद्देश्य से बारी साहब मुझे जानकारी देते, ताकि वे अपना पक्ष सिद्ध कर सकें। उसमें उनकी प्रधान रटंत यह होती थी कि जो लोग उनके पिछलग्गू थे, उनकी भरपूर प्रशंसा करके और हड़ताल में हिस्सा न लेकर कारागृह में भी स्वयं को व्यर्थ अपमान अथवा गाली-गलौज से बचाते हुए अधिकारियों से निर्भीकतापूर्वक व्यवहार करते। उनकी

भरपूर निंदा और वह अहम बात जो इन दो उद्देश्यों से अनुमानित होती, वह मुझे यह स्पष्ट सुनाना कि मेरे जैसे शिक्षित एवं ख्यातनाम व्यक्ति को उन मूर्ख, गँवार तथा अशिष्ट लोगों के जाल में नहीं फँसना चाहिए। इसी में मेरा कल्याण है। इस तरह के संवाद में, जो दीर्घ काल तक जारी रहा था, मैंने यथासंभव मुँह बंद रखा। परंतु कभी-कभी अपने बांधवों की बिना किसी कारण इतनी कड़ी निंदा सुनकर मात्र किसी की कृपा प्राप्त करना, मुँह देखी करके हाँ में हाँ मिलाना मेरे लिए असहनीय होता और मात्र मौन रखने पर संतुष्ट न होकर बारी पूछता रहता, 'आपकी क्या राय है ? बताइए, बताइए न!' एक ही उदाहरण देना हो तो इतना कहकर कि पीछे जिन श्रीमानजी की मैंने जानकारी दी, उनका हड़ताल-कालीन मुँहतोड़ आचरण अशिष्टता थी, बारी साहब बार-बार मुझे अनुरोधपूर्वक यही जताने लगे कि वह पागल हो गया था, वह हीन-कुलीन मनुष्य है। इतना ही नहीं, लालच दिखाकर मुझसे कहने लगे, "आपके जैसे पढ़े-लिखे शिक्षित व्यक्ति की इस बारे में राय सुनने की मेरी इच्छा है। बताइए, पागल हुए बिना भला कोई इस तरह का आचरण कर सकता है ?"

बारी रचित नाटक

तब सबकुछ असहनीय मानते हुए मैंने साफ कह दिया, "यद्यपि मुझसे आपके वर्णित राजबंदियों में से किसी का परिचय नहीं हुआ है, तथापि आपके बताए हुए वृत्तांत से भी उसमें मुझे रत्ती भर मतिभ्रष्टता अथवा असभ्यता नहीं दिखती। कष्ट असहनीय होने पर अथवा अधिकारियों की नियम विरुद्ध यंत्रणाओं पर राजबंदी ही नहीं, अन्य बंदियों को भी हड़ताल द्वारा उनका प्रतिषेध करने के अतिरिक्त सहजतापूर्वक अन्य कौन सा मार्ग मिलेगा ? आप चाहे कुछ भी कहो, ये श्रीमान अच्छे-खासे कुलीन प्रतीत हो रहे हैं। वे कोई काँइयाँ या कलम घिसनेवाले क्लर्क (रोग और क्लॉर्क) बिलकुल नहीं हैं। मेरा उत्तर सुनकर बारी साहब लाल-पीले हो गए। परंतु जैसे-तैसे उस दिन का भाषण समाप्त करके मुझे प्रभावित करने के लिए उन्होंने दूसरे दिन एक दूसरा ही नाटक करवाया। जिन राजबंदियों को बाहर काम पर भेजा जाता, वे लगभग ग्यारह बजे भोजन के लिए फिर बंदीगृह में आए हुए थे। उन्हें भोजन के लिए वहीं बुलाया गया जहाँ मैं भोजन कर रहा था। उन्होंने पूरी तरह से स्नान भी नहीं किया था। उनके कपड़े तथा शरीर कीचड़ भरी टोकरियाँ ढो-ढोकर गदे, मैले-कुचैले हो गए थे। उन्हें वैसे ही खड़ा किया गया। इतने में बारी साहब वहाँ पधारे और मेरी ओर उद्दंडतापूर्वक पीठ करके तैश में सोटी पटकते हुए उस टोली पर बरस पड़े, "क्यों बे साले, आज तुमने कीचड़ भरी उतनी टोकरियाँ क्यों नहीं फेंकीं जितनी जमादार ने फेंकने के लिए कहा था ? याद रखो, तुम्हारी हड्डी-हड्डी तोड़ डालूँगा। हाँ, देखो जमादार, आज दोपहर में भी ये

लोग सब काम नहीं करें तो इन्हें मेरे सामने ले आओ। इन साले लोगों को बेंत लगाकर इनकी···फाड़ डालनी पड़ेगी।''

इस तरह की अश्लील भाषा का प्रयोग करते हुए उन्होंने मेरी तरफ मुड़कर ऐसे देखा जैसे मुझे उन्होंने अभी-अभी देखा है। फिर वह बंदीपाल कहने लगा, ''देखो सावरकर, इनके बहकावे में मत आना। ये साले दो टके के लोग हैं। आप पढ़े-लिखे हैं। इनका क्या? आठ-दस बरस काटकर घर चले जाएँगे। आपका ऐसा नहीं। आपको पचास बरस का दंड है और आप राजबंदी नहीं। अतः इनसे बोल-चाल रखने पर भी आपको घाटा उठाना पड़ेगा। आप बस अपने टिकट की ओर (बंदी पत्र, जिसमें मुझे पचास वर्षों का दंड दिया गया था) देखकर अपनी ही चिंता कीजिए। आपने यह सब सुन लिया न!''

आप राजबंदी नहीं हैं

परंतु मैं उस प्रश्न को अनुत्तरित रख क्रोधाविष्ट भाव से भोजन करता रहा। यह देखकर तनिक खिसियाते हुए बारी साहब बोले, ''देखो, इसी में आपकी भलाई है। आप राजबंदी नहीं, आप अन्य चोर-उचक्कों की तरह एक साधारण अपराधी हैं।'' इस तरह मुझे पुनः-पुनः सचेत करते हुए चलते बने। उस दिन पहली बार मुझे ज्ञात हुआ कि मैं राजबंदी नहीं हूँ। इस तथ्य को मेरे गले उतारने के लिए कितनी बार बारी, सुपरिंटेंडेंट तथा अन्य वरिष्ठ अधिकारियों ने इसे रटा होगा, इसकी कोई गिनती ही नहीं।

बारी साहब चले गए। मेरे सामने राजबंदियों को धमकाने का उनका उद्‌देश्य यह था कि मुझे भी इसी तरह गाली-गलौज, धमकी तथा मारपीट का सामना करना होगा, यह सोचकर मैं दब जाऊँगा। हाँ, इसीलिए बारी ने यह प्रत्यक्ष दृश्य-पाठ का उदाहरण मेरे सामने रखा था। यह देखकर मुझे उन राजबंदियों पर दया आ गई। यह भी ज्ञात हो गया कि मुझे भी दुःखों का सामना करना पड़ेगा, परंतु उसकी परिणति दब्बू बनने में नहीं हुई। इसके विपरीत मुझे ऐसा प्रतीत हुआ कि उनके साथ इस अपमान को सहने की बारी मुझपर आ जाए, जिससे इन लोगों को निठल्ले, गुंडे आदि ताने मारे जाएँ, तब यह जानकर कि मैं भी उन भिखारी, अनपढ़ों की ही पंक्ति में हूँ, उनका मानसिक दुःख हलका होगा और वे सारे ताने, उलाहने उससे भी व्यर्थ सिद्ध होंगे। यह जानते हुए भी कि उनसे संभाषण करने से मुझे दंड मिलेगा, उन तटस्थ राजबंदियों से प्रथम बार मैंने प्रत्यक्ष भेंट की थी, और मैंने आगे बढ़कर उनसे उनके नाम पूछे। उनके उतरे हुए चेहरे देखकर मैंने कहा, ''बंधु, आप मन में इसलिए संकोच मत करना और न ही अपना धीरज खो देना कि मेरे सामने बंदीपाल ने आपके लिए अश्लील भाषा का प्रयोग किया है। आज वह आपको कँगले, ओछे कह रहे हैं, कल मुझे भी कहेंगे। यह

आपका अपमान नहीं है, जो आपको इस तरह के दु:शब्द कहता है, वह अपने आपका ही अपमान करवाता है। आज हम अवश हैं। आज जगत् में हमारा अपमान हो रहा है, परंतु एक दिन कदाचित् ऐसा ही आएगा कि अंदमान के इस कारागार में राजबंदियों के पुतले खड़े होंगे और हजारों लोग इसे तीर्थ क्षेत्र मानकर इसकी यात्रा करेंगे कि यहाँ पर हिंदुस्थान के राजबंदी रहते थे।*

उन कष्ट पीड़ित संत्रस्त बंधुओं में से किसी के भी पल्ले मेरे इस भाषण का पूरा अर्थ नहीं पड़ा। कम-से-कम इन विचारों को प्रदर्शित करते समय मेरे अपने मन में जिस तेज का संचार हुआ तथा निराशा खत्म होती हुई लगी, वैसे भाव उनकी मुद्रा से प्रकट होते हुए दिखाई नहीं दिए। केवल एक जन ने तनिक चौंककर कहा, ''क्या आप सत्य ही ऐसा सोचते हैं?'' मैंने कहा, ''कदाचित् ऐसा होगा भी। कम-से-कम होना चाहिए।'' इतने में पेटी अफसर तथा वॉर्डर चिल्लाते हुए आए और 'आठ बाबू, तुम्हें क्या हो गया है। आपको इनसे बात करते हुए बारी ने देख लिया तो वह हमारी जान ले लेगा। चलो, हम आपका आदर करते हैं परंतु यदि ऐसा करेंगे तो देखो!' कहते हुए मुझे घसीटते हुए उन्होंने कोठरी में बंद किया।

□

---

* स्वा. वीर सावरकर की वाणी सत्य सिद्ध हुई। ३० दिसंबर, १९४३ के दिन नेताजी सुभाषचंद्र बोस की सेना ने अंदमान पर स्वतंत्र हिंदुस्थान का ध्वज लहराया। उस समय उन स्वतंत्रता सेनानियों की मानवंदना की गई जो वहाँ पर पहले दंड भुगत रहे थे। स्वतंत्र भारत की सरकार ने भी सातवीं पाली की क्र. ४२ की कोठरी में वीर सावरकर का चित्र लगवाकर वहाँ उनका छोटा सा स्मारक बनवाया है। राष्ट्रपति राजेंद्र प्रसाद, प्रधानमंत्री शास्त्रीजी ने उनका वंदन किया है।

प्रकरण–१०

अग्रज के दर्शन

मेरे ज्येष्ठ बंधु और मैं—दोनों एक ही बंदीगृह में बंद थे, फिर भी आज तक हमने एक–दूसरे को देखा नहीं था। मेरे आने से उनके हृदय को आघात पहुँचा था। उन्हें कारागार में जो यातनाएँ सहनी पड़तीं, उन्हें सुनकर मेरा कलेजा फट जाता था। परंतु एक दिन ऐसे प्रसंग का सामना करना पड़ा जिसके सामने ऐसा लगा कि वह दुःख कुछ भी नहीं है। इतने दुःखद जीवन में सुख कदाचित् ही प्रतिभासित होता है।

बंधु से मिलने की उत्कट इच्छा स्वाभाविक थी। वॉर्डर और पेटी अफसर की अनुनय करके देखा कि येन–केन उपायों से केवल उनकी एक सरसरी दृष्टि क्यों न हो, परंतु गुप्त रूप से इसलिए कि मैंने अपने बंधु के संबंध में बारी साहब और सुपरिंटेंडेंट से भी कई बार पूछा। वे कहते, 'हम आपको यह भी नहीं बता सकते कि वे कारागृह में हैं या नहीं। फिर भेंट कराने की बात तो दूर ही रही।' एक बार सुना, भाई साहब का सिर पीड़ा के मारे फटा जा रहा है। तब सुपरिंटेंडेंट से पूछा, 'क्या यह सत्य है? तो फिर उन्हें रुग्णालय क्यों नहीं ले जाते? क्यों कोठरी में बंद रखते हो?' उत्तर मिला, 'आप अपने बारे में सोचिए, अन्य बंदियों के बारे में आप पूछताछ नहीं कर सकते।' ऐसा कहकर उलटे मेरी चाली के जमादार को वह वैसे ही गालियाँ बकने लगा, "यह समाचार इस बंदी को कैसे ज्ञात हुआ? साला, तुम बंदोबस्त नहीं रखता। बताओ, किसने उसे यह बात बताई?" मैं ऐसी अवस्था में गुप्त उपायों से लंबे समय से बिछुड़े अपने ज्येष्ठ बंधु के पुण्य दर्शन पाने के प्रयास में था। विलायत जाते* समय मुझे विदा करने जो लोग आए हुए थे, उसी समय मैंने ज्येष्ठ भ्राता के दर्शन किए थे। उसके पश्चात् इस बंदीगृह में उनका दर्शन करने का प्रसंग आया। मन–ही–मन सोचा, उन्हें अत्यंत खेद होगा, अतः भेंट को टाला जाए। परंतु इस तरह मुँह मोड़ना क्या दुःखों का सामना करने से जी चुराना नहीं है? दुःख का विशाल गजराज तो हृदय के पोखर में घुसा बैठा है, अब भला उसकी

* ९ जून, १९०६ के दिन सावरकर लंदन गए। हो सकता है, अंदमान की यह भेंट सन् १९११ में हुई हो।

पूँछ से क्या डरना? और अपने अग्रज के पावन दर्शन के पुण्य कर्तव्य से इसलिए कतराना कि नेत्र जल की चार बूँदें अधिक झरेंगी, यह भीरुता होगी। उस अवस्था में उन पवित्र आँसुओं में मंगल-स्नान होना जन्म-जन्मांतर के पुण्य का ही फल होता है।

आखिर यह देखकर कि इस समय उनसे भेंट होना संभव है, मैंने एक वॉर्डर की सहायता से उसका प्रबंध करने का निश्चय किया। शाम को भी सभी बंदियों को एक साथ नहीं छोड़ा जाता था। परंतु कभी-कभी एक विभाग के बंदियों को वापस भेजने से पहले ही जल्दी-जल्दी में दूसरे विभाग के बंदियों को छोड़ दिया जाता था। उस धाँधली का लाभ उठाकर जब मेरे बंधु को नाप-तौलकर काम देने के समय मेरे विभाग के बंदियों को छोड़ा गया तो मैं भी उनमें घुस गया। तभी दूर से वापस लौटते समय मेरी और मेरे बंधु की आँखें चार हो गईं। विलायत जाते समय उन्होंने मुझे देखा था। आज अब उन्होंने मुझे ऐसी करुणास्पद अवस्था में देखा जहाँ मेरी काया अपने भाग्योदय की लौकिक आशाओं की राख से सनी हुई थी, तो पल भर के लिए उन्हें जैसे काठ मार गया। उनके मुख से बस एक ही उद्गार फूटा, जो उनके मूक दुःखों, वेदनाओं का निष्कर्ष था, "तात्या, तू यहाँ कैसे आया?"

यह एक ही नुकीला मर्मभेदी उद्गार असह्य वेदनाओं-पीड़ाओं का तीक्ष्ण बाण था। वह मेरे हृदय में शूल की तरह घुस गया। परंतु बंधु ने इन शब्दों का जोर से उच्चारण किया था, अतः यदि दोनों भाई एक-दूसरे से इसी तरह जोर-जोर से बोलने लगे तो अधिकारी का ध्यान इस ओर बँट जाएगा और सभी को एक साथ दंड मिलेगा। अतः मेरे विभाग के पेटी अफसर और वॉर्डर ने मुझे झट से पीछे खींच लिया। बस उसी एक क्षण बाद मुझे अपने बंधु से बिछुड़ना पड़ा। परंतु वह उद्गार मेरे मन में उसी तरह नासूर बनकर रह गया। उमड़ते हुए दुःखों से भरी एक गुप्त चिट्ठी भी मेरे बंधु की ओर से मुझे भेजी गई—'तू बाहर का कार्य सफल करेगा ही, प्रिय हिंदुस्थान का··· ! बहुत विश्वास था मुझे। इस विश्वास के कारण मुझे कालेपानी का यह जो दंड मिला, उसका कुछ भी बुरा नहीं लगता। मन इस संकट को तुच्छ मानता था, क्योंकि जिस कार्य में यह बलिदान मैं कर रहा हूँ वह···(करने) तू बाहर है ही। यह कल्पना मुझे धीरज बँधाती थी, कष्टों की सफलता का आभास दिलाती थी। परंतु पेरिस में रहते हुए भी तुम अब इनके हाथ कैसे आ गए···उस बात का और···कार्य का क्या होगा··· ? तुम्हारी योग्यता, कर्तव्य सब मटियामेट होगा न? और बाल*···वह हमारा नन्हा बछड़ा···किसका मुँह ताकेगा? प्रत्यक्ष देखकर भी मुझे विश्वास नहीं हो रहा। समझ में नहीं आ रहा कि हाय! हाय! तुम यहाँ कैसे आ गए?'

मेरे मन की सहनशीलता को उतना तनाव कभी नहीं झेलना पड़ा था जितना उस

---

* अनुज डॉ. ना.दा. सावरकर।

चिट्ठी का उत्तर लिखते समय झेलना पड़ा। उनके हर प्रश्न के साथ मुझे अपने ही प्रश्न कचोटते जा रहे थे। अपनी लौकिक आशा-आकांक्षाओं के भाग्योदय के तहस-नहस होने की निराशा का कड़वा घूँट पीकर ऊपर बंधुओं को सांत्वना देना, अपने आपको धीरज बँधाकर दूसरे को भी देना था, तथापि विवेक की सहायता से कर्तव्य के हलाहल का वह घूँट भी मैंने पी लिया। मैंने उन्हें सूचित किया कि लौकिक तथा भाग्योदय की आशा-आकांक्षाओं की राख शरीर पर मलकर लड़ते रहना है।

यही अलौकिक भाग्य नहीं है क्या

तो फिर दुःख काहे का? मेरी योग्यता, कर्तृत्व सब मटियामेट होता, यदि परीक्षा के क्षण में घटिया सिद्ध होता तो 'सीदन्ति मम गात्राणि मुखं च परिशुष्यति। गाण्डीवं स्त्रंसते हस्तात्वक्चैव परिदह्यते।' किंतु ऐसी अवस्था तब होती यदि मैं कर्तव्य-विमुख होता या किसी का विश्वासघात किया होता। परंतु ऐसा कुछ भी न होते हुए यथा प्राप्त संकटों से सामना करने और स्वार्थ को जड़ से उखाड़ लोगों को कर्तव्य क्षेत्र में संकट भोगने के लिए जो कहा गया, वही प्रसंग आने पर उसी क्षेत्र में स्वयं निर्भीक चित्त से भोगने के लिए तैयार होने में ही आपका, हमारा और इन सभी का सच्चा कर्तृत्व और योग्यता प्रकट हो रही है। यशापयश संयोग की बात है। आजन्म युद्ध लड़ते, लोदी के पुल उतरते और आस्टर्लिट्ज पर विजय पाते हुए भी नेपोलियन आखिर खाट पर रोगग्रस्त होकर मरता है और एक रानी लक्ष्मीबाई दूसरी-तीसरी लड़ाई में ही तलवार के गहरे घाव से मरती है। कोई सैनिक तो पहली ही मुठभेड़ में गोली का शिकार बनकर धराशायी हो जाता है। प्रायः उसका कर्तव्य इस संयोग से सिद्ध नहीं होता। तो 'इस प्रथम भिड़ंत में ही मैं पीछे छिपकर जीवित रहूँ और अन्य जन आगे बढ़कर मृत्यु मुख में चले जाएँ और युद्ध में विजयी होने के पश्चात् उसकी सफलता देखने तथा भोगने के लिए शेष बचूँ' इस तरह दुष्ट एवं जनहित विघातक कापुरुष कामना मन में रखते हुए, वह फौजी तब अवश्य अन्य लोगों के साथ युद्ध का सामना करता अचल, अडिग बनकर जूझता ही रहा न? इस प्रश्न पर उसका वास्तविक कर्तृत्व निर्भर रहता है। मेरे विचार से इस कसौटी पर हम सभी सफल रहे हैं, और इसीलिए हम लौकिक एवं भाग्योदय के सुवर्ण-वलय में जितने कृतार्थ नहीं बनते उतने उस भाग्योदय की अलौकिक राख शरीर पर मलकर आज इस तरह अवश और करुणास्पद अवस्था में वास्तविक रूप में चल रहे हैं। इन संकटों को सहना और इस तरह कारागार में सड़ते, सबसे अज्ञात रहते जिनके लिए इतने कष्ट झेले, उनकी भी गालियाँ खाते-खाते इस तरह मरना, यही अब हमारे जीवन का ध्येय है। यह भी उतना ही महान् है जितना बाहर रहकर कीर्ति, यश और दुंदुभि की ताल पर लड़ना। क्योंकि अंतिम विजय के लिए वह ज्ञात संघर्ष और

दुंदुभि का वह निनाद जितना आवश्यक होता है उतना ही सुरंग का यह अश्रुत कराहना और अज्ञात प्राण त्याग भी होता है।

और कार्यों के विषय में

…उस दिन जब हाईकोर्ट में मेरा दंड घोषित हो रहा था, इस संबंध में मैंने दंड के जबड़े में दरदराकर पीसे जाते समय अपने हृदय का विश्वास तथा भाव मुखरित करनेवाला 'सारथि जिसका अभिमानी। कृष्णजी और राम सेनानी। ऐसी कोटि-कोटि तव सेना। वह ना रुके वह हमारे बिना।'*…इस आशय से भरा पत्र मैंने गुप्त रूप से बंधु को भेजा था। उस पत्र ने बंधु को तो सांत्वना दी ही, परंतु उसे लिखते-लिखते मेरे विवेक का डगमगाता धीरज भी पुनः निश्चल होकर रोम-रोम में उत्साह का संचार करने लगा।

□

* यह कविता 'सावरकर समग्र साहित्य', खंड-७ में पृ. ८७ पर 'पहला हप्ता' शीर्षक के नीचे छपी हुई है।

प्रकरण—११

कोल्हू का बैल

मैंने लगभग एक महीना छिलका कूटने का काम किया। सभी लोगों को आश्चर्य हो रहा था कि मुझे कोल्हू कैसे नहीं दिया गया। इसपर कुछ आशावादियों ने कहा, "नहीं जी, बैरिस्टर बाबू को किस मुँह से कोल्हू का काम देंगे?" मैं उनसे कहता, "उसी मुँह से जिससे बैरिस्टर बाबू को कालेपानी भेजकर, लँगोटी पहनाकर छिलका कुटवाया।" आखिर एक दिन सुपरिंटेंडेंट ने आकर मुझसे कहा, "कल से आपको कोल्हू पर जाना है। छिलका* कूट-कूटकर अब आपके हाथ कठोर बन गए होंगे। अब और अधिक कठोर काम करने में कोई आपत्ति नहीं होगी।" बारी साहब ने हँसते हुए कहा, "अब आप ऊपरी कक्षा में प्रवेश कर रहे हैं।" उस दिन शाम के समय बारी साहब ने मुझे कचहरी में बुलाया। मुझसे हुए संभाषण से उन्हें ज्ञात हो चुका था कि राजबंदियों की हड़ताल से मेरी सहानुभूति थी और उस हड़ताल तथा निर्भीक आचरण की उद्दंड, अशिष्ट तथा मूर्खता के प्रतीक-रूप में निंदा करते उन राजबंदियों के मुख मेरी नीति के समर्थन से शांत हो गए थे। कुल मिलाकर ये वार्त्ताएँ बारी तक गुप्त रूप में नित्य पहुँच रही थीं, उससे यही संभावना दिख रही थी कि शीघ्र ही मैं उन 'अशिष्ट बर्बरों' का शिरोमणि बननेवाला हूँ। इसकी टोह लेने के लिए कि कहीं मैं कोल्हू पेरने के लिए मना तो नहीं कर रहा और ऐसा करने से परावृत्त करने के लिए बारी ने मुझे बुलावा भेजा था। बहुत देर तक गपशप लड़ाने के बाद अंत में उन्होंने कहा, "मैं क्या करूँ? ऊपर से मिले आदेश का मुझे पालन तो करना ही चाहिए। लिखित ऑर्डर आया है कि आपको कोल्हू ही दिया जाए। फिर भी मैंने इतना किया कि आपकी योग्यता के बारे में बताकर आपको सुपरिंटेंडेंट द्वारा केवल चौदह दिन ही कोल्हू का काम दिलवाया। अन्य बंदियों जैसा बार-बार नहीं दिलवाऊँगा। हाँ, आप मना मत कीजिए। जाइए, खड़े हो जाइए। मैं यथासंभव आपकी सहायता करूँगा। परंतु दंड मत भुगतिएगा।" मैंने कहा,

* तारीख ४ जुलाई, १९११ से सावरकर को छिलका कूटने का काम दिया गया था।

"पहले ही हमारा जीवन मटियामेट हो चुका है। फिर बिना किसी कारण और अत्याचार सहने का हमें शौक थोड़े ही चढ़ा है? मैं सदैव यथासंभव काम करता ही रहूँगा।" बारी ने जैसे दयाभाव से कहा, "देखो भाई, मैं आपके लिए कहता हूँ। पचास बरस का दंड जो है। मेरा तो दिल फट जाता है। इसीलिए तो कहता हूँ, अन्यों का चाहे जो हो, आप सबसे अलग ही रहना।" मेरा मनोधैर्य भंग करने के लिए बारी जैसे-जैसे पचास बरस के दंड का बार-बार स्मरण दिलाता गया, वैसे ही उसकी नीति का विपरीत परिणाम होता गया और उन शब्दों के अर्थ से मैं इतना परिचित हो गया, जैसे तोपखाने के फौजी तोपखाने की आवाज से परिचित हो जाते हैं। उसके गर्जन से काँपना ही बंद हो गया। दूसरे दिन प्रातःकाल से ही मुझे कोल्हू के काम पर लगा दिया गया।*

तेलघानी में

मैं जिस सात नंबर में रहता था, वहाँ से उस कोल्हू का काम छठवें भाग में था। अतः मुझे प्रातःकाल ही उधर ले जाया गया। उस विभाग को बदलने से मुझे बड़ा आनंद हुआ, क्योंकि वे राजबंदी, जो उधर रहते थे, अब मुझे दिखाई देने लगे और कभी-कभी मुझसे बात भी करने लगे। काम पर जाते ही देखा, बर्मा देश के एक राजबंदी को भी मेरे कोल्हू में ही जोता गया था। मुझे कहा गया कि यह आपकी सहायता करेगा, परंतु आपको लगातार कोल्हू घुमाते रहना होगा। तनिक भी बैठना नहीं चाहिए। अन्य राजबंदियों की तुलना में मुझे यह सुविधा मिली थी, तथापि वह कोल्हू के काम की सुविधा थी। सुविधा घटाकर भी शेष जो कष्ट बचा वह उसे, जिसे किसी भी तरह कष्टों का अभ्यास नहीं, सीधा करने के लिए पर्याप्त था। लँगोटी पहनकर प्रातः दस बजे तक काम करो, बिना रुके गोल-गोल घूमने से सिर चकराता था। अंग-प्रत्यंग ढीले पड़ जाते थे, शरीर इतना थक जाता कि रात में तख्ते पर लेटते ही नींद आने के बदले करवट बदलते हुए रात काटनी पड़ती थी। दूसरे दिन प्रातःकाल पुनः कोल्हू के सामने जा पहुँचता। इस तरह छह-सात दिन गुजारे। तब तक काम पूरा कहाँ होता था? एक दिन बारी आया और इठलाते हुए कहने लगा, "यह देखिए, आपके पासवाली कोठरी का बंदी दो बजे पूरा तीस पौंड तेल तौलकर देता है और आप शाम तक कोल्हू चलाकर भी पौंड-दो पौंड ही निकालते हैं, इसपर आपको शर्म आनी चाहिए।" मैं बोला, "शर्म तो तब आती जब मैं भी बचपन से ही उसके समान कुलीगिरी करने का आदी होता। यदि आप उसे एक घंटे के अंदर एक सुनीत (सॉनेट) रचने के लिए कहें तो क्या वह रच सकेगा? मैं आपको आधे घंटे के अंदर रचना करके दिखाता हूँ। परंतु इसलिए आप यदि उस श्रमिक को ताना मारें कि 'अरे, तुम सॉनेट की रचना शीघ्रतापूर्वक नहीं कर सके, इसके लिए

---

* १६ अगस्त, १९११ से १४ दिन तक उन्हें कोल्हू का काम दिया गया।

तुम्हें लाज आनी चाहिए' तब क्या कहेगा वह, 'बचपन से कविता करना मुझे किसी ने सिखाया नहीं।' अपने कार्यालय में आप अर्ध शिक्षित किसानादि चोर-डाकुओं को लिखने का काम देते हैं। उन्हें जैसे हमारे सरीखे त्वरित अंग्रेजी नहीं बोल पाने पर लज्जा आने का कोई कारण नहीं, उसी तरह हम उनके जैसा शारीरिक श्रम झेलने में एकदम असमर्थ हैं और इस कारण हमारा लज्जित होना अनावश्यक है। उसे भी लज्जित नहीं होना चाहिए जो सॉनेट की रचना नहीं कर सकता। वास्तव में लज्जित उन्हें होना चाहिए जो बुद्धिजीवी वर्ग को कोल्हू में जोतते हैं, श्रमजीवी अनपढ़ों को क्लर्क की जगहों पर रखते हैं और अपने दोनों काम बिगाड़ते हैं।''

उदार मित्रों का सहयोग

कोल्हू पेरते समय राजबंदियों में से एक-दो बंदी, जो उधर गुप्त रूप से आ सकते थे, आकर मेरी सहायता करते। इतना ही नहीं, मेरे लगातार 'ना-नु' करने के बाद भी और उनके दुःख, कष्ट, मुझसे अधिक होते हुए भी राजबंदियों में से कई जन मुझे अपने कपड़े भी नहीं धोने देते, न ही अपना थाल-कटोरा माँजने देते। मेरे कपड़े धोने तथा बरतन माँजने के संबंध में कई बार पेटी अफसर तथा वॉर्डर लोग उनसे धक्का-मुक्की करते, गालियाँ देते; परंतु इस तरह के कष्ट झेलकर भी ये उदार तथा स्नेही लोग मेरे काम करते रहते। उनको रोकने का मैंने बहुत प्रयास किया। कभी-कभी उनके कपड़े गुपचुप धो डाले। जब उन्हें पता चला तब उनके मन को भारी ठेस पहुँची। इतनी कि वे हाथ जोड़कर गिड़गिड़ाते हुए मुझसे प्रार्थना करने लगे। जब मैंने इस बात का अनुभव किया कि यदि मैंने उनकी सहायता अस्वीकार की तो सहायता देने में जितना कष्ट होता, उससे कहीं अधिक उन्हें मनःक्लेश होगा। तब मैंने निश्चय किया कि इन उदार एवं निरपेक्ष मित्रों को अपना काम करने दिया जाए। साधारणतया प्रायः सभी राजबंदियों की मुझपर इसी तरह निश्छल भक्ति और प्रगाढ़ स्नेह है, इसका अनुभव मैंने कर लिया। कभी-कभी तो उनमें मेरे कपड़े धोने तथा मेरी सेवा करने के लिए होड़ लगती और मनमुटाव भी हो जाता। तब मुझे बारी-बारी से अलग-अलग मित्रों को अपने कपड़े धोने के लिए देने पड़ते। उन लोगों की इस महानता तथा स्नेह के लिए मैं आज भी उनका कृतज्ञ हूँ। इसी प्रसंग में उन साधारण बंदियों ने भी, जो राजबंदी नहीं थे, हमें बिन माँगा जो सहयोग आखिरी दम तक दिया और हमारे शब्दों को सर-आँखों पर रखते गए उन्हें भी सार्वजनिक धन्यवाद देना हम अपना कर्तव्य समझते हैं। मनोरंजक होते हुए भी विस्तार भय से यहाँ उन अनेक प्रसंगों का वर्णन करना असंभव है। केवल एक बार और संगठित रूप से उनके प्रति कृतज्ञता ही प्रदर्शित की जा सकती है।

मानसिक विद्रोह

किसी से चर्चा करनी नहीं, किसी को कुछ कहना नहीं, परंतु कोल्हू चलाते-चलाते पसीने से नहाए शरीर पर उड़ रही वह बुकनी (पीसकर निचोड़ा हुआ भूसा) और सारा कचरा चिपका हुआ, गँदला, नंग-धड़ंग शरीर देखकर मन बार-बार विद्रोह कर उठता। अपने आपसे घिन आती। अरे, इस तरह का दुःख झेल क्यों रहे हो? तुम्हारी इस देह तथा कर्तृत्व का राष्ट्रों के उदयार्थ उपयोग होना चाहिए। वह अब माटीमोल हो गया है। फिर इस अँधेरे में ही इतने सारे कष्ट सहते क्यों सड़ रहे हो? इसका तुम्हारे कार्य के लिए, तुम्हारी मातृभूमि के उद्धारार्थ कौड़ी भर उपयोग नहीं है। उधर तुम पर हो रहे अत्याचारों के संबंध में एक अक्षर का भी पता नहीं चल रहा होगा, फिर नैतिक परिणाम तो दूर की बात है। इस तरह से तुम न कार्य के लिए और न ही अपने लिए उपयुक्त हो। इतना ही नहीं, वह कष्टप्रद भी हो रहा है। ऐसा जीवन तुम व्यर्थ ही क्यों धारण कर रहे हो।* बस जो उपयोग होना था, सो हो चुका। अब चलो उठो, रस्सी के एक ही झटके से कर डालो इस जीवन का अंत! तुम्हारी कर्तृत्व-शक्ति के मेरुदंड का निर्माण इसलिए हुआ था कि उसका समुद्रमंथनार्थ उपयोग हो, उसे इस यःकश्चित् बटलोई के चुल्लू भर छाछ मथने के काम में जुटाकर उसका अनादर क्यों कर रहे हो? चित्त पुनः-पुनः कहता, 'अब जीना व्यर्थ, अब आत्मघात ही आत्मसम्मान सिद्ध होगा।' नोवालिस आदि कई नीति विशारदों का और ऐतिहासिक उदाहरणों का स्मरण होने लगा, जिन्होंने प्रसंगवश आत्मघात को आत्मकर्तव्य सिद्ध किया था।

एक दिन दोपहर की चिलचिलाती धूप में कोल्हू चलाते समय मैं हाँफने लगा; ऐसा लगा, चक्कर आ रहा है। मैं धम्म से नीचे बैठ गया। अत्यधिक श्रम के कारण अँतड़ियाँ ऐंठने लगीं। पेट पकड़कर दीवार से सिर टिकाया, आँखें मूँद लीं और तभी उसी जगह गहरी नींद आ गई। इतनी गहरी कि जब चौंककर आँख खुली तब दिशा-विदिशा, स्थल-काल किसी का भी चार-पाँच मिनट तक भान नहीं हो रहा था। इस तरह शांत, शून्य, निर्विकार, सुखद अवस्था में ऐसे पड़ा रह गया जैसे मेरा अस्तित्व ही नहीं रहा। थोड़ी देर बाद मेरी चेतना लौट आई। एक-एक वस्तु दिखाई देने लगी, उसके अर्थ का आकलन होने लगा। अतः पुनः काम में जुट गया। परंतु मन सतत एकतारा छेड़ने लगा, यह अंतिम कार्य संपन्न क्यों नहीं होने देता? थोड़ी देर पहले जो शून्यवत् हो गया था, वही मृत्यु है। रस्सी के एक टुकड़े से, जिसके सहारे रातों में सैकड़ों बंदी पोर्ट ब्लेअर में मृत्यु को पार करके गए, उस डोर का गले में फंदा डालो और कर डालो इस यंत्रणा का अंत।

* ये विचार अगस्त १९११ में कोल्हू के असह्य कष्टों के कारण मन में आए थे।

आत्महत्या का आकर्षण

उस आत्महत्या का आकर्षण मुझे सतत खींच रहा था। थोड़ी देर पहले जो शून्यावस्था थी, वही है मृत्यु—मरण। वह तो निस्संदेह इस जीवन से मधुर है। मुझे दो-चार बार अपनी निर्वासन की यातनाएँ असहनीय लगीं और आत्महत्या आकर्षक प्रतीत होने लगी थी। एक बार तब, जब मैं मार्सेलिस से पुनः पकड़े जाने के बाद एड़न के आस-पास भयानक गरमी में तथा यंत्रणाओं में बंद किया गया था। दूसरी बार तब, जब इस कोल्हू पेरने में चक्कर आ गया था। दोनों बार मन तथा बुद्धि का प्रबल टकराव होते-होते बुद्धि के लगभग चारों खाने चित होने की स्थिति बन गई थी और एक-दो बार तो वह प्रसंग पुनः आनेवाला था। उस रात कोठरी की जिन सलाखों से लटककर प्रायः बंदी स्वयं फाँसी लगा लेते थे, उस खिड़की की ओर लुभावनी दृष्टि से मैंने चार-पाँच बार तो देखा ही होगा। बुद्धि और मन का संवाद मैं तटस्थतापूर्वक सुन रहा था, जिसे आगे चलकर मैंने एक कविता में ग्रंथित किया है।* बार-बार मन के इस तर्क को विवेक उत्तर देता, 'बावले, यह तुम्हारा अहंकार है। मान लो, तुम्हारा कर्तृत्व, कर्तव्य, पराक्रम एक यंत्र है, जो ऐसी प्रचंड गति प्रदान करने की क्षमता रखता है, जिससे संपूर्ण राष्ट्र का उद्धार होगा, हो सकता है, भला अब उसका क्या? उसका उचित तथा यथाप्रमाण उपयोग नहीं होता, यह एक तरह से सत्य है। परंतु इस तरह जहाँ अन्य भारी-भरकम यंत्र चकनाचूर हो जाते हैं वहाँ इसलिए कि गुप्त, अज्ञात यातनाओं की मार सहने के लिए उपयुक्त हो, इस कार्य को करवाने के लिए यह कर्तृत्व शक्ति का यंत्र नहीं बनाया, यह कैसे कह सकते हैं? राष्ट्रोद्धार की मुठभेड़ों में सैकड़ों महत्त्वपूर्ण चौकियों पर लड़ना पड़ता है और उसमें बंदीगृह का मोर्चा सबसे कठिन परंतु अत्यावश्यक होता है। फिर वह लड़ने की तुम्हारी योजना बनी है, यह क्या उस कर्तव्य का कम गौरव है?'

'और किस पराक्रम की बात कर रहे हो? तेरा, इस अखिल मनुष्यजाति का ही नहीं अपितु इस सूर्य का भी इस प्रचंड विश्व की उथल-पुथल में वास्तव में अणुमात्र भी महत्त्व है क्या? साबुन के झाग के गुब्बारे सदृश वह अब अपनी ही महत्ता के अभिमान से फूला उड़ता दिखाई दे रहा है। परंतु एक क्षणार्ध में विश्व की मूल शक्ति कोई दूसरा हँसता-खेलता गुब्बारा दे मारे तो वह पहला फुस से नष्ट हो जाएगा, तथापि विश्व उसी तरह आगे बढ़ता रहेगा। अतः विवेक से काम लो। सापेक्ष रूप में जो कर्तृत्व है, उसकी खरी कसौटी यहीं पर है। वही सच्चा देशसेवक है जो इस कारागृह में देशसेवा करेगा। जो देशोद्धार मूल्य दिए बिना होगा ही नहीं, वह कारापीड़न का मूल्य चुकाना है, जीवन अकारथ जाना नहीं है। कीर्ति का, लौकिक मन का लालच उसमें नहीं है। परंतु इसीलिए वह अधिक अव्यर्थ है और...'

* देखिए 'सप्तर्षि' कविता, सावरकर समग्र साहित्य, खंड-७, पृ. ८७

यदि मरना है तो

'तो फिर ऐसे क्यों मर रहे हो ? तुम्हारे द्वारा सही गई यातनाओं का परिणाम देश के लिए होगा ही होगा। परंतु यदि तुम्हारा इसपर विश्वास न हो तो यह समाचार भी देश तक नहीं पहुँचेगा। फिर उसका नैतिक परिणाम भला कहाँ से होगा ? फिर व्यर्थ कष्ट क़िसलिए ? उनके लिए अपने हाथों से अपने पक्ष की हानि तथा पराजय क्यों बढ़ा रहे हो ? यदि मरना ही है तो उस सेना का कुछ कार्य करके मरो जिसके तुम एक सैनिक हो। फाँसी पर लटककर नहीं···अपनी एक जान के लिए···इस तरह मरो।

बुद्धि का यह अंतिम कारण जान हथेली पर लिये उस अवस्था में स्वीकार किया। मन स्थिर हो गया। यही ठाणे के कारागार में भी किया था। उसका स्मरण हो आया। उस दिन से पुनः मैं एक बार आत्महत्या के कगार पर जाकर खड़ा हो गया था, रत्नागिरि की जेल में। परंतु वह आगे की बात है।

मरेंगे तो वैसे ही मरेंगे

इस तरह के कृत-निश्चय में रात व्यतीत हो गई। इतना ही नहीं, उपर्युक्त तर्क का उपयोग करके और इस तरह उपदेश करते हुए कि यदि किसी को भी मरना है तो···इसी तरह मरे, यही अंगीकृत व्रतार्थ कर्तव्य है। मैंने अंदमान के उस कारागार के उन सैकड़ों सहभागी राजबंदियों में से अनेक को कई बार आत्महत्या के कगार से हाथ पकड़कर वापस लौटाया है।

कोल्हू पर काम करते समय भारी शारीरिक एवं मानसिक श्रम होते हुए इसकी थोड़ी सी भरपाई करनेवाली एक संधि मिलती थी। वह थी उन राजबंदियों से थोड़ी सी बोलचाल की सुविधा, जो इस कोल्हू पर काम करते थे। आते-जाते अधिकारियों की दृष्टि बचाकर अथवा किसी समझदार या दयालु पहरेदार या सिपाही की कृपा से वे राजबंदी मेरे पास आते। यथासंभव मुझसे बतियाते। प्रायः सायंकाल पाँच बजे के आस-पास भोजन की धाँधली में जब सभी व्यस्त होते तब उस क्रमांक के हौज की ओट में हमारा अड्डा जमता। एक पहरा देता, शेष जन बातें करते। उस समय जिस कार्य के अनवरत चिंतनवश चित्त ने सभी ऐहिक सुखों को लात मारी थी, उस उदात्त कार्य की थोड़ी देर खुलकर चर्चा करना संभव होने से मन पुनः चेतना और उत्साह से भर जाता। सोया हुआ तेज पुनः जाग उठता। जो अपमान सहा था, वह सम्मान प्रतीत होता। भोगी हुई यातनाएँ अकिंचन लगतीं। पुनः यह निश्चय दृढ़ होता कि भविष्य में जो यातनाएँ भुगतनी हैं वे भी कर्तव्य ही हैं। ये चंद घड़ियाँ उस कोल्हू के कठोर अभिशाप में वरदान समान ही थीं।

उस समय मैंने देखा कि उधर आए हुए राजबंदियों में प्रायः मेरे जैसे ही पच्चीस

के आस-पास की आयु के थे। उनकी शिक्षा अधूरी थी। राजनीति, इतिहास, अर्थशास्त्र आदि आवश्यक विषयों का उन्हें अत्यंत कम ज्ञान हुआ था और यह स्वाभाविक ही था। तथापि मुझे कभी ऐसा प्रतीत नहीं हुआ कि इस कारण उनके उत्कृष्ट स्वदेश-प्रेम अथवा स्वार्थ-त्याग में रत्ती भर भी कमी आई है। इतना ही नहीं, यह देखकर कि अपनी इस आयु में वे मात्र जन्मजात परोपकारी बुद्धि तथा उदार भावना से प्रेरित होकर इस उद्देश्य से इतने भारी कष्ट उठा रहे हैं, मेरा मन उनके प्रति आदर से भर जाता। न्यूनता बस इतनी ही थी कि जिस कार्य को उन्होंने इतने स्वाभाविक धैर्य से स्वीकार किया था, उस कार्य तथा उनकी उन उदार भावनाओं को अत्यंत आवश्यक शिक्षा, ज्ञान तथा विचारों का साथ मिलता तो सोने में सुगंध हो जाती और उस महत्कार्य को संपन्न करने के लिए वे पहले से अधिक सक्षम होते। अतः वे उसके लिए यत्नशील बने, एतदर्थ मैं उन्हें उन कमियों का एहसास दिलाकर उनमें वैसी इच्छा उत्पन्न करने का प्रयास करता। मुझे जब से कोल्हू के काम में लगाया गया तभी से उन प्रयत्नों का श्रीगणेश हुआ था। कई लोगों को, जो वहाँ आए हुए थे, ऐसा प्रतीत होने लगा था कि अपना जीवन अकारथ गया। उन्हें उस उदासीनता तथा हतबलता के चंगुल से मुक्त कराने के लिए मैं उन्हें इतिहास के कुछ उदाहरण प्रस्तुत करता। उन लोगों की शंकाओं के निवारण का प्रयास करता, जिन्हें इसका बोध नहीं हुआ था कि कौन सा मार्ग श्रेयस्कर है। जो केवल समाज के राजनीतिक बवंडर के साथ इसमें फँस गए थे, उन्हें यह युक्तिपूर्वक समझाकर कि उन्हें ऐसा क्यों करना चाहिए, वह नैतिक दृष्टि से कर्तव्य था अथवा अकर्तव्य, मैं इस प्रयास में रहता कि उनकी पूर्वकालीन क्षणिक उत्तेजना एक निश्चित निश्चय में परिणत हो, जो पूरे जीवन टिक सके। दिन भर अत्यंत कष्टप्रद, गंदगी से भरपूर, अपमानजनक उस कोल्हू के काम से थके-माँदे वे राजबंदी उस हौज पर घड़ी भर को गुपचुप इकट्ठा होते और इस तरह के उदात्त संवाद करते राष्ट्रीय सुख-सपने सँजोते जब तन्मय हो जाते तब उनके मनोधैर्य की धार, जो दिन भर की यातनाओं के आघात सहते-सहते भोथरी हो जाती थी, पुनः पैनी हो जाती। उनके मुख पर नवतेज दमकता और उठते समय हर्ष तथा प्रेमपूर्वक एक-दूसरे से विदा लेकर वे भारतीय नवयुवक अपनी-अपनी चाली में बंद होने चले जाते।

□

प्रकरण–१२

अंदमान में संगठन और प्रचार

कोल्हू पर काम करते–करते मैं केवल राजबंदियों की स्थिति ही आजमा सका, ऐसा नहीं। थोड़ा–बहुत, कुल मिलाकर अंदमान की सारी स्थिति का आकलन मुझे होने लगा। बाहर के जिन लोगों के मन में हजार आपत्तियों के बाद भी मेरे प्रति जो आदर–भाव तथा प्रेम था, वे हाथ पर हाथ धरे न बैठते, मेरे साथ कुछ–न–कुछ संबंध जोड़ने का प्रयास करते रहे। इस अवस्था से मुझे दिखाई दिया कि प्रयास करने से यहाँ भी कुछ कार्यों में सफलता मिल सकती है, अतः थोड़ी मात्रा में ही क्यों न हो, इस कारावास से ही प्रारंभ करें।

अंदमान में संगठन

कार्य का प्रसार करना संभव है और यदि संभव है तो कम ही सही, पर संगठन करना हमारा कर्तव्य है। कारावास की यातनाएँ भोगना तथा एकांत बंदीवासजन्य कर्मशून्यता का असह्य भार उठाकर निष्क्रिय खड़े रहने का एक कर्तव्य तो हम कर ही रहे थे। उसके साथ–साथ यदि कार्य प्रचार का और इस द्वीपांतर में जहाँ–जहाँ निर्वासित होंगे वहाँ–वहाँ भी जातीय चैतन्य का संचार करने का सक्रिय कार्य भी थोड़ा–बहुत कर सकें, तो उसके द्वारा मातृभूमि की दोहरी सेवा करने का पुण्य क्यों न सिद्ध किया जाए। इस प्रकार के विचारों से प्रेरित होकर अंदमान से प्रचार कार्य प्रारंभ करने का निश्चय किया।

राजबंदियों का शिक्षण

सर्वप्रथम राजबंदियों का शिक्षण कार्य हाथ में लेने का निश्चय किया। इस एक पखवाड़े में ही बंदियों में से जो लोग बवंडर में ऊपरी तौर पर आने के कारण इस आंदोलन के सर्वथा अनुकूल नहीं थे, प्रथमतः उनके गले में यह बात उतारकर इस आंदोलन का अंतरंग विवेचन किया। उन्हें अपना बनाने के लिए दिए गए कोल्हू का

कठोर काम करते-करते ही उन राजबंदियों में से दो युवकों को संगठन के कार्य में सम्मिलित होने के लिए शपथबद्ध कराने का खलबली मचानेवाला कार्य किया।

अंदमान के संगठन के प्रयत्नों का आरंभ यही से है। इसका संपूर्ण वर्णन करना संभव नहीं कि उसका कार्य विकास आगे चलकर किस तरह हुआ। अंशतः जो बताना संभव है, वह आगे क्रमशः बताऊँगा।

चौदह दिनों के पश्चात् मुझे कोल्हू से हटाया गया और रस्सी बटने का काम दिया गया।* यह काम कारागृह के अन्य शारीरिक कार्यों से अधिक सहज था और इसीलिए वह मिलना अहोभाग्य समझा जाता। कुछ दिनों के अभ्यास से रस्सा बटने का काम आने लगा और ऐसा प्रतीत हुआ, अल्प मात्रा में ही क्यों न हो, शारीरिक यातनाओं के चंगुल से तो मुक्ति मिली। इसी समय मुझे जिस सात नंबर की चाली में बंद रखा गया था उसमें निरुपाय हो चार राजबंदियों को रहने की अनुमति दी गई। हाँ, इसलिए कि अन्य कोई चारा नहीं था, क्योंकि अंततः यह उनकी नीति तो थी कि यथासंभव मेरा और अन्य राजबंदियों का संपर्क न हो। परंतु सातवें विभाग में उन बंदियों को रखना अनिवार्य ही होता है, जिन्हें संपूर्ण बंदीगृह में बाँटकर भी स्थान नहीं मिलता। कभी-कभी तो प्रत्यक्ष बारी ने और एक दो-बार सुपरिंटेंडेंट ने भी मुझसे स्पष्ट ही कहा, "आपके विभाग में जो राजबंदी होते हैं, उन्हें यदि ढील देंगे तो आपको भी शिक्षित राजबंदी की संगत का लाभ प्राप्त होगा।" कोई भी नया राजबंदी आने से उसे प्रायः उन राजबंदियों की संगत में रखा जाता जो पालतू बन गए हैं। तथापि किसी भी राजबंदी को सतत एक ही विभाग में और एक ही संघ में रखना सुरक्षित न समझते हुए एक महीने के पश्चात् उसके रहने की कोठरियाँ बदल दी जाती थीं।

बंदीगृह में उत्सव

यह बदली का दिवस माना जाता था, क्योंकि उस बदली के बहाने कोठरी से बाहर निकलने पर लगभग आधा दिन तो उस धाँधली में निकल ही जाता। दूसरी बात, इस कारण जेल का चक्कर लगाना पड़ता। एक विभाग से दूसरी ओर जाते-जाते और उस योग से प्रायः राजबंदियों से दृष्टि-भेंट ही क्यों न हो, हो तो जाती। अवसर मिला तो जाते-जाते दो-चार बातें भी संभव होतीं और अंतिम आनंद का कारण यह कि राजबंदियों से परिचय तथा संपत्ति का लाभ उस बदली के अवसर द्वारा प्राप्त होता। यद्यपि मुझे यथासंभव सात नंबर के कक्ष में ही बंद रखा गया था और प्रायः अन्य राजबंदी मेरे पास नहीं भेजे जाते थे, तथापि मैं भी इसे उत्सव का दिवस ही समझता, क्योंकि उस दिन बदली के बहाने इस विभाग से उस विभाग में आते-जाते दूर से मेरे ज्येष्ठ बंधु से

* दिनांक २९ अगस्त, १९११

दृष्टि-भेंट हो जाती। कभी-कभी पूर्व साँठगाँठ में कदाचित् सफलता मिली तो गुपचुप बातें करना भी संभव होता।

एक महीने-दो महीने के स्थान परिवर्तन के कारण नए तथा अन्य राजबंदियों से जिस तरह बात करने का अवसर प्राप्त होता, उसी तरह आपसी बातचीत की और दो सुविधाएँ इस कारागृह में प्राप्त होतीं। वे थीं—रहने की कोठरी के ऊपर की खिड़की और बिलकुल भूमि से लगी हुई जाली। कारागृह के सातों विभाग फूल की पंखुड़ियों की तरह एक केंद्र से निकलकर फैले हुए होने के कारण प्रत्येक विभाग का आँगन अगले विभाग की पीठ से सटा हुआ था। अत: प्रत्येक विभाग की इमारत से पिछवाड़े के विभाग से और आँगन से सामने के विभाग में खिड़की पर चढ़े हुए मनुष्य से बात करना संभव होता, परंतु यह कार्य बहुत संकट का था।

खिड़कियों पर वार्त्तालाप

कोठरी में पड़े लकड़ी के तख्त को खड़ा करके उस दो पुरुष ऊँचाई की छोटी-सी खिड़की की सलाखों से लटककर, इसके बावजूद कि हाथ तनाव से टूटता हुआ महसूस होने लगता, हम नीचे आँगन में खड़े अपने इष्ट मित्रों से वार्त्तालाप किए बिना नहीं रहते। कई बार एक व्यक्ति अर्थशास्त्र अथवा राजनीति को लेकर शंकाएँ करता और उनका समाधान उस अध्यापक द्वारा होता जो खिड़की पर लटका रहता। इतने में किसी वॉर्डर या जमादार का खखारना कानों में पड़ते ही हड़बड़ाए हुए शिष्य और आचार्य दोनों को ही वहाँ से चंपत होते-होते नाकों दम आ जाता। ऐसे समय एकदम खिड़की से नीचे कूदने की हड़बड़ाहट में कई बार राजबंदी धड़ाम से नीचे गिर जाते होंगे। कई बार उनका शरीर ठोकर खाकर लड़खड़ाया होगा। बात करने का दूसरा साधन वह जाली थी जो कोठरी की भीत से सटाकर दीवार में गहरी बैठाई हुई थी। कुछ इस तरह कि दूसरी तरफ कोठरी से कुछ भी न दिखे, परंतु हवा के लिए स्थान हो। इस जाली के पीछे की ओर कभी-कभी इस विभाग के बंदियों को भोजन करने बैठाया जाता था। फिर क्या, अवसर मिलते ही हम उस जाली के छेदों पर इधर से मुँह लगाकर और हमारे उधर के सहबंदी भोजन की थाली के साथ बैठकर स्वस्थचित्त नहीं तो आशंकापूर्वक, परंतु एकाग्रचित्त होकर बातें करते।

कारागार का टेलीफोन

वह जाली यानी कारागृह का टेलीफोन। उस जाली अर्थात् 'दूरभाष' में बोलने का कोई अवसर किसी के आस-पास न होने अथवा भरोसेमंद व्यक्ति के होने के कारण ही आता था। इस तरह की सूचना देने के लिए हाथ में पकड़ी भोजन की थाली को उन

सलाखों पर खड़खड़ मारना ही ध्वनिवाह (दूर ध्वनि) की घंटी बजाना समझा जाता था। लेकिन जब इस ध्वनिवाह द्वारा भी कार्य दुष्कर होने लगा तब एक 'टेलीफोन' भी राजबंदियों को ढूँढ़ना पड़ा। वह टेलीफोन कौन सा था, यह आगे पता चल जाएगा।

इस प्रकार एक नहीं, अनेक युक्ति-प्रयुक्तियों द्वारा हमने आपस में अपने विचारों का आदान-प्रदान जारी रखा। जैसे-जैसे हमसे अन्य लोगों को दूर ले जाने का प्रयास किया जाता और राजबंदियों के आपस में बातचीत करने अथवा संकेत करने पर भी प्रतिबंध लगाया जाता वैसे-वैसे ही हमारी बातचीत, विचार-विनिमय करने की इच्छा प्रबल होती और वह आपसी संवाद तथा विनिमय अधिक तीव्र गति से चलता। इन सारी युक्तियों की सहायता से, जैसाकि पीछे वर्णन किया है, जब हमें कोल्हू से हटाकर रस्सा बटने के काम में लगाया गया तब हमने उन दो-तीन राजबंदियों की शिक्षा का काम हाथ में ले लिया जिन्हें हमारे कक्ष में अपरिहार्य रूप से रखा गया था। वे सारे राजबंदी अनपढ़ श्रेणी के नहीं थे। उलटे प्रायः सभी प्रवेशिका तथा कॉलेज की एक-दो कक्षाएँ पास कर चुके थे। परंतु राजनीति आदि शासन विज्ञान की उच्च शिक्षा, जो राजनीतिक नेतृत्व के लिए आवश्यक थी, उन्हें प्राप्त नहीं हुई थी। वह शिक्षा देना प्रारंभ करते ही हमें जो पहली अड़चन दिखाई दी, वह थी पुस्तकों के विषय में।

पुस्तकों की कमी

प्रथमतः मेरी अपनी जो पुस्तकें थीं, उन्हें थाने में ही मेरी निजी संपत्ति होने के कारण जब्त कर लिया गया था। अंदमान में राजबंदियों के पास जो पुस्तकें थीं वे उनके आंदोलन की मासिक पत्रिकाएँ थीं। ये पुस्तकें भी सप्ताह में रविवार को ही पढ़ने को मिलतीं और बहुत कम थीं। वे थीं—श्री रामकृष्ण तथा विवेकानंद की कुछ पुस्तकें, टॉलस्टॉय की 'My Religion' आदि एक-दो पुस्तकें और शेष एनी बेसेंट के थियोसोफिकल दर्शन की। एक वॉर्डर उन्हें एक कंबल में सब्जी की तरह भरकर हर कक्ष में घूमता और राजबंदियों में बाँटता और फिर शाम होते ही वापस ले जाता। वास्तव में पढ़ने को एक पुस्तक मिलती, परंतु जिसकी वह हो उसे ही, और वह भी केवल संध्या समय चार से छह बजे तक। दिन में काम का पहाड़ खड़ा करके पढ़ने नहीं दिया जाता और रात में कोठरी में घुप अँधेरा होता, इसलिए पढ़ा नहीं जा सकता था। उसपर भी एक और कष्टप्रद नियम यह कि एक राजबंदी की पुस्तक, उसकी इच्छा होने पर भी, दूसरे राजबंदी को देने की अनुमति नहीं थी, भले ही वह दूसरा राजबंदी उससे आठ-दस कदमों पर ही काम क्यों न करता हो। जिसकी पुस्तक हो वही उसे पढ़े, बारी का यह सख्त आदेश था। सप्ताह में एक रद्दी समाचार-पत्र पढ़ना भी साधारण बंदी के लिए असंभव था, अतः उन्हें वह पर्याप्त था। हाँ, एक सुशिक्षित राजबंदी को हफ्ते में एक

छोटी सी पुस्तक कहाँ तक पूरी पड़ती। परंतु वह उसे बदलकर नहीं ले सकता था। पड़ोस के राजबंदी के पास पड़ी उसकी पढ़ी हुई पुस्तक भी बदले में लेना असंभव! परंतु उसे बदलकर वह दूसरी लेने नहीं देगा या पड़ोसी से आपस में बदलकर ली हुई एक ही पुस्तक दूसरे को पढ़ता देखते ही वॉर्डर जमादार की पाँचों अँगुलियाँ घी में! उस राजबंदी पर अभियोग लगाकर बारी साहब के सामने अपनी तत्परता एवं कार्यक्षमता का प्रदर्शन करने का सुनहरा अवसर भला कौन जाने दे? वे उस राजबंदी पर झपट्टा मारकर अच्छी तरह से जाँच-परखकर कि बदले क्रमांक की पुस्तक दूसरे के हाथ में है, दोनों को बारी के कार्यालय में घसीटकर ले आते।

'इसने पुस्तक दी और उसने ली, हुजूर!' कहते हुए पुनः हल्ला-गुल्ला होता, अभियोग लगाया जाता और पर्यवेक्षक (सुपरिंटेंडेंट) भी उस अपराध से संतप्त होकर चार-चार दिनों की हथकड़ी का दंड ठोंकने में कोई कसर नहीं छोड़ता। घड़ी भर पुस्तक पढ़ने के घोर अपराध में चार-चार दिन तक राजबंदियों को हथकड़ी में लटकाकर दिन भर खड़ा किया जाता। हो सकता है कि रामकृष्ण के चरित्र से पढ़े हुए तत्त्वों को परखने के अनुशासन का राजबंदी पालन करें, इसलिए उस तरह नियम और हथकड़ी में लटकाने की व्यवस्था की गई हो।

पुस्तकें पढ़ने के मार्ग में बाधा डालने में बारी साहब अग्रणी रहते। इस पंडित प्रवर का यह सिद्धांत था कि पुस्तक पठन से भारतीय युवक पागल हो जाते हैं। पीछे जो श्रीयुत्···के पागल होने की बात बारी साहब ने मुझसे कही थी, उसमें भी उसने कहा था, "वे भी थियोसॉफिकल पुस्तक पढ़ते हैं, इसलिए सरफिरे बन गए।" अच्छा, थियोसॉफिकल अथवा रामकृष्ण आदि की भोली-भाली, मनुष्य को पागल बनानेवाली पुस्तकों को छोड़ दिया जाए तो क्या वह राजनीति की पाषाण सदृश कठोर पुस्तकों को पठनीय समझता था? राम-राम! वह स्वयं कुछ कम पढ़ा-लिखा नहीं था। हाई स्कूल की पूरी पाँच कक्षा तक पढ़े थे महाशय। इतने प्रकांड पंडित को इसका परीक्षकत्व सौंपा गया था कि कारागृह में कौन सी पुस्तक आनी चाहिए। वह पुस्तक सरल अंग्रेजी भाषा की तथा सरल विषय की हो, जिसको खोलते ही बारी साहब को पूरा बोध हो। अन्यथा यदि वह कोई दर्शन अथवा समाजशास्त्र की गूढ़ पुस्तक हो तो दो-चार पन्ने पलटते ही 'नॉनसेंस ट्रॅश' कहकर उसे अर्थहीन घोषित कर फेंक दिया जाता। समझने योग्य हो, परंतु उसमें 'नेशन', 'कंट्री' जैसा एकाध शब्द भी हो तो उसे राजद्रोह घोषित करते हुए प्लेग के कीटाणु की तरह त्याज्य, अछूत समझकर तिजोरी में बंद कर दिया जाता। बारी साहब का कहना ही था—"यह कंट्री-शंट्री की पुस्तकें हम नहीं देख सकते, क्योंकि इन्हीं पुस्तकों ने नृशंस हत्यारे निर्मित किए हैं और योगादि की भोली-भाली थियोसॉफी की पुस्तकें, वे भी वास्तव में नहीं देनी चाहिए। परंतु क्या करें, सुपरिंटेंडेंट सुनता नहीं,

वास्तव में इन्हीं पुस्तकों से मनुष्य पागल बनता है।''

पुस्तकों का वैषम्य

बारी साहब स्वयं अल्प शिक्षित थे, अतः या तो ईर्ष्यावश अथवा इस कारण कि शिक्षित बंदी पोर्ट ब्लेअर के इस परमेश्वर के रोब में नहीं आते, अथवा दोनों कारणों के चलते, जो भी हो, परंतु बारी तथा एक-दो सुपरिंटेंडेंट भी पुस्तक पढ़ने का नाम लेते ही द्वेष से भर जाते। कोई बंदी यदि तंबाकू फाँकता हो तो बारी उसकी ओर ध्यान नहीं देते, उसे छोड़ देते और अपनी इसी दयाशीलता का वर्णन करते, पर किसी बंदी को स्लेट का टुकड़ा हाथ में लेते, पुस्तक पढ़ते और इतना ही नहीं, उसे अपने पास रखे भी देखते तो उनके तलवों में आग लग जाती। 'किताब मँगता है, साला! ये जगह स्कूल नहीं है। अपने बाप के घर क्यों नहीं पढ़ा? भेज दो साले को कोल्हू में। कम-से-कम साले की किताब तो जब्त कर लो।'

बारी साहब कई बार अपनी राय प्रकट करते कि विशेष रूप में राजबंदियों को पुस्तकें पढ़ने के लिए देने से उनकी पुस्तकीय भावना एवं 'नाटकीय' वर्णन पढ़कर उनकी बुद्धि, जो कारावास की यातनाओं से 'ठिकाने' पर आई थी, पुनः पूर्व संस्कारयुक्त पठन से भड़की हुई आग में जलने लगती है, एतदर्थ यदि उन्हें मनुष्य बनाना हो, सुधारना हो तो इस तरह की पुस्तकें नहीं देनी चाहिए। यदि कोई राजबंदी पढ़ने की ओर ध्यान न देते हुए स्थिति के अधोगामी आकर्षण से कुटिल बना दिखता, तो बारी साहब को लगता कि वह सुधर रहा है। उसे वह कड़े पहरे अथवा क्रूर दृष्टिक्षेप में नहीं रखता। इन विचारोंवाले उस बंदीपाल के ये विचार उसके तत्कालीन वरिष्ठ अधिकारियों में भी रूढ़ थे और इसलिए उनकी निश्चित राय बन चुकी थी कि कारागृह में ऐसी किसी भी तरह की ऐतिहासिक पुस्तकें, जो इन म्लान, हताश, त्रस्त राजबंदियों को संजीवनी देती हैं, देना उन्हें सुधारने अथवा उन्हें दंडित करने के लिए बंदीगृह में रखनेवाले दंडविज्ञान के उद्देश्य को विफल करना है। 'ऐतिहासिक अथवा धार्मिक पुस्तकें पढ़कर उनके निराश तथा निरुत्साही मन पुनः आशावान, स्वाभिमानी एवं उत्साही बन जाते हैं और बंदीगृह में ही अपने आपको कदाचित् पापी समझने के स्थान पर राजबंदी समझने लगते हैं।'

पुस्तकों का परिणाम

एक प्रकार से उस परिणाम तक अंदमानीय अधिकारियों का अभिप्राय सत्य था कि वनवास में धर्मादिक पांडवों के मन को जब-जब आत्मनिंदा, आत्मलज्जा तथा हताशभाव संत्रस्त करता, तब-तब यह कहते हुए कि 'अरे युधिष्ठिर! नलराज पर भी

इसी तरह का संकट आया था और प्रभु रामचंद्र पर भी' उनके भग्न उत्साह को पुनः चेतना प्रदान करने के लिए ऋषियों के आख्यानों का यही परिणाम होता। गतकालीन ऐतिहासिक वीर काव्य तथा वीर गाथा अथवा गीता का कर्मयोग अथवा उपनिषदों का ब्रह्मवाद पढ़कर कई बार उन राजबंदियों का गुप्त चैतन्य उद्दीप्त होता, कई बार आत्मलज्जा नष्ट हो जाती और मन आत्मगौरव से उल्लसित होकर यातनाओं को धिक्कारते हुए गरजने लगता। कारागृह के···और जिस अर्थ से अधिकारियों का कहना होता कि पुस्तकें पढ़ने को नहीं दी जाएँ, उसी अर्थ सिद्धि हेतु हमारी राय थी कि राजबंदियों को पुस्तकें अवश्य पढ़ने के लिए देनी चाहिए।

प्रथमतः हमने ऐसी प्रशिक्षा का आदान-प्रदान आरंभ किया जो पुस्तक के बिना भी किया जा सकता है। जैसाकि पीछे वर्णन किया है, कुछ संख्या में अनेक प्रकार से राजबंदी इकट्ठे हो सकते थे, बातचीत कर सकते थे। उसका लाभ उठाकर उन्हें, जो मेरे कक्ष में रहने के लिए आए हुए थे, मैंने प्रथमतः मौखिक रूप में ही ऐतिहासिक कहानियाँ बताने का प्रयास किया। कहीं-न-कहीं बंदियों की धाँधली में एकत्रित होकर अथवा दूर बीस पगों पर बैठकर भी पहरेदारों के सहानुभूतिपूर्वक कान न धरने से जोर-जोर से बात करते हुए और आहट लगते ही मौन व्रत का पालन करते हुए अथवा बारी आ ही गए तो 'हाँ, बात कर रहे थे' इस तरह दबाकर कहते हुए हथकड़ी का दंड सहते, कुछ भी करके सप्ताह में दो-चार ऐतिहासिक अध्याय मैं उनके सामने कहने लगा। प्रथमतः हिंदुस्थान का वेदकाल से इतिहास, उसके विभाग और रूपरेखा बताकर उसके पश्चात् उनमें से महान् काल के शासनकर्ताओं के चरित्रों का वर्णन करता, उसके उपरांत यूरोपीय अर्वाचीन इतिहास—नेपोलियन, मैजिनी, गैरीबाल्डी और विशेषकर तत्कालीन डगमगाते रूस के प्रचंड आंदोलन का इतिहास सुनाता। उसके पश्चात् अर्थशास्त्र के गूढ़ तत्त्व और शासन विज्ञान और राजनीति शासन की चर्चा करता। आगे चलकर जैसे-जैसे राजबंदियों की संख्या बढ़ती गई और हड़ताल, बखेड़े, टंटे, झगड़े होते-होते अधिकारियों की ऐसी अवस्था हो गई कि 'तोबा, अपनी छाछ से, इन कुत्तों से छुड़ा। इकट्ठा बैठो, पढ़ो, जो मन में आए करो, परंतु काम करो और आंदोलन करके हमें तंग मत करो', तब इन्हीं संक्षिप्त संवादों का रूपांतर होने लगा। रविवार की बैठक में चर्चा छिड़ती, जो सप्ताह भर साधारणतः भंग रही थी। परंतु विशेषतः रविवार सुबह नौ बजे तक हमें वजन करने अथवा घास काटने के लिए अपनी कोठरियों से बाहर रखा जाता, तब जो पाँच-दस राजबंदी मेरे कक्ष में होते, उनके साथ मैं एक तरफ बैठ जाता। हर एक को एक विषय दिया जाता। वह उसपर बोलता। उसके पश्चात् उस विषय पर चर्चा होती। अंत में यथासंभव एक राष्ट्रगीत गाया जाता। वह गोष्ठी प्रायः भागते घोड़े पर ही होती, न कि सिंहासन अथवा योगासन पर। क्योंकि इसका कोई नियम नहीं था कि कब

पहरेदार गिरता-पड़ता, हाँफता हुआ आता और कहता, 'बारी आता है' अथवा कब जमादार 'ऐ बम-गोलेवालो, तुम बड़े बेशर्म लोग हो, फिर बन गया जमघट? जाओ, घास काटो, उठते हो या नहीं' कहता हुआ गाली-गलौज करते हुए आ धमकता। किसी के भी आते ही वक्ता-श्रोताओं के साथ गोष्ठी भागने लगती और उसके छिन्न-भिन्न सदस्यों में से कोई घास में, तो कोई टीन की आड़ में, तो कोई बरतन के बहाने दुबककर बैठता। पुनः वह आँधी थम जाने के पश्चात् वह बैठक, जैसेकि पहले वर्णन किया है—'Let the Legions thunder past and plunged in deep thought again' पुनः विचारों में खो जाती।

इस तरह आँधी-पानी थमने से कभी-कभी किसी नौसिखिए मनुष्य की आत्मोपहासात्मक प्रवृत्ति उजागर हो जाए और इस बैठक की हेयता का प्रतिभास होने लगे तो मैं ईसाइयों की 'भागती प्रार्थनाओं' का स्मरण दिलाता। यहूदियों के चंगुल में अपना धार्मिक आचार तथा धार्मिक संघ का नियम ईसाइयों को प्रथमतः जब पालन करना पड़ा तब कभी सुरंग में कब्र के सामने, कभी कारागृह में प्रार्थना के लिए घुटने टेकते ही रोमन लोगों के आने की आहट होती और तुरंत भगदड़ मचती। पुनः अवसर मिलते ही एकत्रित होकर प्रार्थना पूरी की जाती। ये भागती गोष्ठियाँ इसी प्रकार की भागती प्रार्थनाएँ थीं। कारागृह की अधोगति को पल भर के लिए रोककर ये गोष्ठियाँ मन को उच्चता, उदात्तता की ओर उन्मुख करतीं। अंदमान के उस बंदीवास में रविवार का यह 'भजन' मैंने वर्षों इसी तरह चालू रखा था। उसमें कितनी सारी राजनीतिक, धार्मिक, भाषाशास्त्र विषयक, साहित्यिक, शास्त्रीय आदि विषयों की ऊहापोह तथा चर्चा हुई होगी। कभी-कभी मन को संतोष भी मिलता कि बाल्यकाल में नासिक में सभा द्वारा हर सप्ताह रविवार को गोष्ठी आयोजन का नियम बनाया था। नासिक के पश्चात् पुणे में, पुणे के पश्चात् बंबई में, बंबई के उपरांत इंग्लैंड में और इंग्लैंड के पश्चात् अब अंदमान के कारागृह में भी रविवार का वह राष्ट्रीय भजन और राष्ट्रीय ज्ञान सत्र निरंतर चालू रखना संभव हुआ। उस नियम का पालन संभव हुआ। कभी होम के विस्तीर्ण स्थंडिल में तो कभी विश्वदेव के बित्ते भर कुंड में, परंतु अग्नि की आहुति टल नहीं सकी। इसीलिए तो अग्नि जीवित रही।

भागती बैठक के अतिरिक्त जो दूसरा महत्त्वपूर्ण साधन हम शिक्षा प्रसारार्थ प्रयुक्त कर रहे थे, वह था चूने से पोती हुई कोठरी की दीवारें और छोटी-छोटी कीलें तथा रामबाँस (केतकी की जाति का एक पौधा, जिसके पत्तों को कूटकर रस्सियाँ बनाते हैं) के काँटे। बंदीगृह में राजबंदियों के पेंसिल तथा कागज रखने पर प्रतिबंध था। उनके शरीर तथा कोठरियों की कसकर तलाशी ली जाती, तथापि प्रायः प्रत्येक राजबंदी के पास अँगुली भर चिट्ठी लिखने योग्य कागज का टुकड़ा और पेंसिल के सीसे की

सलाई का छोटा सा टुकड़ा, जिसकी ऊपरी लकड़ी भी निकाल दी गई है और जिसे अँगुलियों में पकड़ना भी कठिन होता था, इतनी सामग्री तो अवश्य होती थी। यह सामग्री कभी मुँह में, तो कभी बालों में, तो कभी इस हाथ की तलाशी लेते समय उस हाथ में, नहीं तो एकदम···नहीं बंदीगृह के अतिगोपनीय तथ्य का उद्‌घाटन नहीं करेंगे। हमारी सारी युक्तियों की पोल खुल गई तो पुनः कभी इस तरह की यात्रा का प्रसंग आने पर कागज-पेंसिल छिपाना कठिन ही होगा न!

परंतु इस तरह के अंगुली भर कागजी टुकड़े चिट्ठी लिखने के लिए भले ही उपयुक्त हों, शिक्षा के लिए निबंध लेखनार्थ अथवा टिप्पणियाँ लिखने के लिए उपयुक्त नहीं थे। हमारे पहले ही वर्ष में इस तरह की एक अड़चन का प्रसंग सामने आया। हम आर.पी.पी. के एक प्रसिद्ध भू-गर्भशास्त्रीय ग्रंथ का पारायण कर रहे थे। बचपन से ही हमें आदत थी कि पुस्तक पढ़ते ही एक बही में उसका महत्त्वपूर्ण सारांश उतार लेते, ताकि उसे स्मृति में संचित कर सकें। आदत के अनुसार उस भौगर्भिक काल की काल-मर्यादा की टिप्पणी हमने कोठरी में एक लंबा सा कागज लाकर उसपर उतारी। दूसरे दिन वह पुस्तक लौटाने के पश्चात् शाम को द्वार बंद होने पर आराम से उस कागज को निकालकर मैं पढ़ना आरंभ कर ही रहा था कि इतने में खट-खट जूते खड़काते असमय मेरी तलाशी लेने के लिए ओवरसीयर साहब आए और दरवाजा खोलकर मेरी तलाशी लेने लगे। मेरी तो कभी-कभी दिन में तीन बार तलाशी ली जाती। जब बारी ने अनुभव किया कि सौ में दो बार भी यह समाचार सत्य नहीं निकला, तब कहीं जाकर तलाशी का यह क्रम समाप्त हुआ।

अचानक छापा पड़ा

उस समय वह लंबा सा कागज छिपाना असंभव हो गया। उसे उठाते हुए ओवरसीयर ने पूछा, ''यह क्या?'' मैंने कहा, ''नोट्स, टिप्पणियाँ।'' उसने बलपूर्वक जताया, ''कारागृह में पुस्तकों के नोट्स वगैरह कुछ नहीं ले सकते।'' तथापि कुछ बड़ा बखेड़ा उपस्थित करने का सौभाग्य प्राप्त होगा, इस आशा से उसने कागज ठीक उजाले में और फिर अभी-अभी लगी हुई बत्ती के पास ले जाकर पढ़ा तो क्या Pliocene, Miocene, Neolithic आदि ऊटपटाँग शब्दों की रेलपेल। "What Cipher is this?" (यह कौन सी संकेत लिपि है?) उसने किंचित् शंकाकुल मुद्रा में और किंचित् इस भाव से कि 'आखिर रँगे हाथ पकड़ ही लिया' बड़े ठाठ से पूछा। मैंने मजाक में कहा, ''भौगर्भिक'' (जियोलॉजिकल)। तब कहीं फुसफुसाते हुए जमादार ने कहा कि इसे कल ले आओ ऑफिस में। इसपर अभियोग लगाना होगा। उसी तरह अभियोग लगाया गया, परंतु वह हमारा पहला ही कारागृहीय 'अपराध' चेतावनी देने पर रफा-दफा हो

गया और दो सप्ताह तक पुस्तक पठन बंद करने का दंड दिया गया।*

तब, अब पुस्तकों का सारांश कैसे लिखें। वैसे हम कविता करते तो थे, पर उन्हें लिखें कहाँ? राजबंदियों को साप्ताहिक व्याख्यानों में दिए अर्थशास्त्र, इतिहास आदि मुख्य विषयों के नोट्स देकर उनसे याद करा लेने का कार्य कैसे हो? इतने कागज कहाँ से लाएँ? और लाएँ भी तो सँभाले और छिपाए कैसे जाएँ? छुपाया तो भी पढ़ने के समय अधिकारी देखेंगे, उन्हें अँधेरे में कैसे रखा जाए? तभी सामने की दीवार पर दृष्टि गई और युक्ति दिखी। अरे, यही तो कागज है! चूने से पुती लंबी-चौड़ी यह दीवार!

पुती दीवार और रामबाँस का काँटा

पीछे बंबई में भायखला में छोटी सी कील या ईंट के टुकड़े से मैं भित्ति पर लिखा करता। परंतु वह प्रयोग अधूरा था, अब वह बड़े पैमाने पर करने की योजना बनाई और मेरी संपूर्ण शक्ति तक, भरपूर चौदह वर्षों तक वह काम में आई। एक दिन, चुपचाप दरवाजे की कुंडी में खोंसना और कोठरी का दरवाजा बंद होते ही प्रायः वह महीनों बंद ही रहता, भीत पर स्तंभों के साथ लिखना प्रारंभ किया। इस सातवें कक्ष की सभी दीवारें स्वयं एक-एक ग्रंथ ही थीं। मैं रस्सी बटता उस दीवार पर स्पेंसर की अज्ञेय मीमांसा का युक्तिवाद यथाक्रम उतारता गया था। 'कमला' प्रायः उस सातवें भाग की दीवार पर रचा गया था और एक कोठरी में मिल के अर्थशास्त्रीय ग्रंथ की सभी महत्त्वपूर्ण व्याख्याएँ कील से खोदी गई थीं। वह इसलिए कि प्रत्येक महीने जब मेरी कोठरी की बदली होती तब कुछ-न-कुछ तिकड़मबाजी कर दूसरे कक्ष से आनेवाले नए राजबंदियों में से, जिसे अर्थशास्त्र का अध्ययन करना हो, वह मेरी छोड़ी हुई कोठरी में घुसता और महीने भर में उसे कंठस्थ करता। जब अलग-अलग कक्षों में मेरी बदली की जाने लगी, तब प्रत्येक कक्ष में मेरी खुदी हुई टिप्पणियाँ कोठरियों में रहतीं और वे राजबंदी उन्हें पढ़ते, जो क्रमशः संबंधित कोठरियों में बदलकर आते।

राजबंदियों का ज्ञान बढ़ाने के लिए इस तरह साप्ताहिक सभाएँ, समय-समय पर अवसर मिलते ही मौखिक जानकारी देना और दीवार पर खुदी हुई टिप्पणियाँ, व्याख्या, उद्धरण उतारकर रखना—ये तीन प्रमुख साधन उपयोग में आते। दीवार के इन ग्रंथों के विषय में बस इतनी ही कठिनाई होती कि उन भित्ति-पत्रों की आयु मात्र एक वर्ष की ही होती, बेबीलोन के इष्टिका ग्रंथों की तरह सदियों तक नहीं। क्योंकि प्रतिवर्ष एक बार सफेदी का काम शुरू होते ही हमारे उन सारे अनमोल ग्रंथों को चूना लग जाता, अतः पुताई, सफेदी का काम प्रारंभ होने से एक महीना पहले मेरा वेदघोष का काल होता तथा अन्य खुदी हुई सारी कविताओं का गुप्त रूप तथा सूक्ष्म दृष्टि से पठन करके उन्हें

* दिनांक ६ दिसंबर, १९११; अंत में दी गई बंदी पत्रिका देखिए।

कंठस्थ करना पड़ता। यद्यपि भित्ति-पत्रों की आयु वर्ष भर की होती, तथापि चूना पोतने से एक अन्य लाभ होता। पुराने कागजों का विनाश होता और चूना पोतने से दीवार पुनः शुभ्र होती और नए कोरे-करारे कागजों का जन्म होता। कभी-कभी इस कांड का भंडा भी फूट जाता। परंतु अत्यल्प, क्योंकि उस भीत्ति पर की गई बारीक खुदाई पढ़ना एक विशेष कला ही थी। उसमें मराठी भाषा अथवा अर्थशास्त्रादि गूढ़ विषयों की टिप्पणियाँ। उसे बारी साहब पढ़ पाएँ और उसका अर्थ लगा पाएँ—उनकी योग्यता तो इस तरह की क्षुद्र, तुच्छ बातें समझने से कहीं अधिक ऊँची थी! इतनी कि जब-जब दीवार कुरेदने का संदेह किसी पर होता तब यह न समझ पाने पर कि यह घसीटकर क्या लिखा है, बारी साहब सच्चाई के साथ आरोप लगाते, 'जान-बूझकर दीवार का चूना कुरेदकर उन्हें विरूप किया गया है, ताकि सरकारी वास्तु की खराबी हो।' एक बार हमारे ज्येष्ठ बंधु को रामबाँस का काँटा अपने पास रखने के अपराध में दंड दिया गया था। परंतु रामबाँस के काँटों से ही उन्होंने विवेकानंद की पुस्तक की वेदांत विषयक शंकाएँ तथा आपेक्ष लिखे थे अर्थात् खोदे हुए थे—बारी साहब ने यह पहचान लिया था कि इस तरह की पुस्तक हमारे बंधु की ही थी। परंतु पेंसिल मिलना असंभव होने के कारण अपनी पुस्तक पर भी पढ़ते-पढ़ते जो शंकाएँ उभरतीं, उन्हें और उत्तरों को काँटों से खोदना भी स्पष्ट है कि कारागृहीय दंड देने योग्य (Cognisable Crime) ही था। भौंड़ा न सही पर निश्चित और शिष्ट कोटिक्रम में बोलना हो तो बारी यह कहते, 'ऐ, यह जेल है, स्कूल नहीं। पढ़ने का इतना शौक है तो बाप के घर क्यों नहीं सीखा, इधर आया ही क्यों? लड़ो मत, पढ़ो मत, काम करो, बस काम! और हम कुछ नहीं जानता।'

केवल पढ़कर क्या करोगे

इस बाह्य प्रतिबंध के अतिरिक्त राजबंदियों के ज्ञानवर्धन में एक बाधा और थी, उनमें से कुछ लोगों की अपनी ही उदासीनता। राजबंदियों में से प्रायः सभी लोग राज्य क्रांतिकारी थे। अतः ज्ञान की अपेक्षा कर्म की ओर उनका रुझान होना स्वाभाविक था। उनका सहज अभिप्राय होता कि पढ़-लिखकर क्या करना है, कर्म करना चाहिए, त्याग करना होगा। उन्हें इस तरह समझाना पड़ता—आप में से जो प्रायः पाँच-सात वर्षों के दंड के लिए ही आए हैं, वे भगवान् की दया से जब मुक्त होंगे तब उन्हें कार्यक्षेत्र में यथायोग्य कार्य करने हैं। उस समय पुस्तकें मत पढ़ना। परंतु इधर जब तक पढ़ने से अधिक उपयोगी प्रत्यक्ष कार्य करना असंभव है तब तक तो आपके ध्येय की दृष्टि से यह समय ज्ञानार्जन में व्यतीत करना अत्यंत आवश्यक है। संपादित करना (प्राप्त करना) जितना कठिन है उतना ही उसे सँभालना भी कठिन होता है और उसमें पारंगत न होने पर तो और भी कठिन राजनीतिक, ऐतिहासिक, अर्थशास्त्रीय और शासनशास्त्रीय विघातक

कार्य भी बिना ज्ञान के उचित ढंग से नहीं किया जा सकता। तब तो वह सर्वथा ही असंभव है। ईरान का ही उदाहरण लीजिए। राज्य क्रांति हो गई, परंतु राज्य संस्थापन और संवर्धन के लिए आवश्यक विधायक पारंगतता क्रांतिकारियों में तो नहीं थी जितनी कि वह आवश्यक थी, अत: अमेरिका से आय-व्यय में निपुण व्यक्ति को लाना पड़ा और अर्थव्यवस्था जैसे अत्यंत महत्त्वपूर्ण कार्य में दूसरे के हाथ से पानी पीना पड़ा, जिससे दूर-दूर तक अँधेरा छा गया। मात्र विनाश की अंधी प्रवृत्ति किस तरह अपने ही पैरों पर कुल्हाड़ी मारती है, यह सब फ्रांस की राज्य क्रांति से सीखकर यथासंभव विघातक शक्ति का प्रतिरोध करना चाहिए। चीन में भी प्रजातंत्र (गणतंत्र—Republic) स्थापित होते ही प्रथम उसको शासनशास्त्र में निपुण लोगों के अभाव का सामना करना पड़ा, ऐसे विशेषज्ञों को विदेश से लाना पड़ा। अर्थात् मात्र चीन के हित की ओर ध्यान देना और अपने ही स्वजातियों की तदर्थ हानि करना, उनसे सर्वथा असंभव होने के कारण राज्य व्यवस्था में अंधेरखाता खुल गया। अत: शासनशास्त्रीय ज्ञान को खीरा-ककड़ी नहीं समझना चाहिए। इस कार्य में आपको उनका आदर्श सामने रखकर चलना चाहिए जिन्हें उदारमतवादी कहा गया है। उदारमतवादियों में जिस तरह अर्थविद्, राजनीतिज्ञ, शासनशास्त्री हैं उसी तरह आप लोगों में कम-से-कम गोखले अथवा दत्त अथवा सर माधवराव कहाँ हैं? अत: कम-से-कम जब तक प्रत्यक्ष कार्य कुछ भी न करने की इस असहाय अथवा बद्ध अवस्था में आप हैं, तब तक मात्र मक्खियाँ मारते हुए अथवा चिंताग्रस्त होकर समय बिताने की अपेक्षा हममें से हर कोई यथासंभव अपना ज्ञानवर्धन करे।

राजनीतिक इतिहासशास्त्र, राजनीतिक शासनशास्त्र और राजनीतिक अर्थशास्त्र

विशेषत: अपने अंगीकृत कार्य के लिए आवश्यक राजनीतिक इतिहासशास्त्र, राजनीतिक शासनशास्त्र तथा राजनीतिक अर्थशास्त्र, इन तीन शास्त्रों का कुछ-न-कुछ अध्ययन प्रत्येक व्यक्ति को करना ही चाहिए। धर्म कार्य की तरह ही राजनीति में भी ज्ञानयुक्त कर्म ही समाज के लिए हितकारक होगा। आप इस समय एक सेवा-त्याग की यातना सहने की निष्क्रिय सेवा कर ही रहे हैं। उसके साथ-साथ ही आपमें से प्रत्येक अपने-अपने सामने यह तात्कालिक लक्ष्य रखे कि वह एकल सेवा करते-करते ही अंगीकृत कार्यार्थ आवश्यक विद्वत्ता का भी यथासंभव उपार्जन करे और इस प्रकार मात्र वीरदृष्टि से कार्य करने की जो एकल योग्यता इससे पूर्व आप में थी, उसमें अब ज्ञानदृष्टि भी जोड़कर दोहरी योग्यता आत्मसात् करे।

□

प्रकरण–१३

हिंदुस्थान से पत्र-व्यवहार और समाचार-प्राप्ति

हिंदुस्थान की जेल में न रखते हुए राजबंदियों को कालेपानी भेजे जाने पर उन्हें जो सबसे बड़ी पीड़ा भुगतनी पड़ती, वह थी—उनका हिंदुस्थान से संबंध टूट जाना। हिंदुस्थान स्थित कारागृह में कम–से–कम प्रति तीन–चार महीनों में एक बार तो अपने संबंधियों से भेंट होती ही है, पत्र प्राप्त होते हैं और यदि कुछ विशेष कष्ट हो तो प्राय: प्रत्यक्ष ही उन पुराने बंदियों के हाथों, जो मुक्त हो जाते हैं, उस कष्ट का बाहर भेज सकते हैं, उसे मुखर कर सकते हैं। पुन: आते–जाते बाहर के लोग कारागारीय मंडल के रूप में यह निरीक्षण करने आते ही रहते हैं कि काराबंदियों की स्थिति कैसी है। इन सभी बातों का हिंदुस्थानी कारागृह में भी उस समय यद्यपि इतना उपयोग नहीं होता था जितना होना चाहिए, तथापि अंदमान की तुलना में हिंदुस्थान में सार्वजनिक दृष्टि की रश्मियाँ कारागृह के अँधेरे में अधिक तीव्रतापूर्वक तथा अधिक सुलभता के साथ घुस जाती थीं। परंतु इनमें से एक भी लाभ अंदमान में नहीं मिलता था। वहाँ के दस–पाँच यूरोपीय अधिकारी—केवल पाँच ही, दस भी नहीं—वहाँ के सर्वाधिकारी बन गए थे। उनमें से एक कमिश्नर, एक मजिस्ट्रेट, एक डॉक्टर, एक सुपरिंटेंडेंट और एक उस मंडल का, जो उनके विभागों पर निगरानी रखने के लिए नियुक्त किया जाता, वह अदल–बदलकर वही सभासद बनते। उसी तरह सायंकालीन क्रीड़ामंडल के मित्र, सहभोजी दिन के परस्परावलंबी राज्य विभागाधिकारी तथा रात्रि के गाने–बजाने–नाचने के साथी भी। अत: उनमें से किसी के भी विरुद्ध कुछ शिकायत कोई दूसरा सुनेगा, इसकी आशा न होना स्वाभाविक ही था।

बंदियों को एक वर्ष के उपरांत एक बार पत्र भेजने की अनुमति थी।* वह भी संक्षेप में लिखो, छोटा पत्र लिखो। इस प्रकार कड़ाई के आतंक की कैंची में लिखा हुआ

* वीर सावरकर द्वारा अपने अनुज डॉ. नारायण (बाल) दामोदर सावरकर को लिखित पत्रों का संग्रह 'अंदमान के अँधेरे से' शीर्षक से प्रकाशित है।

पत्र। उसमें भी वह खुले रूप में ही भेजा जाएगा, लिफाफे में नहीं। प्रथमतः कारागृह का अधिकारी, फिर उपनिवेशीय अधिकारी उसकी परीक्षा करेंगे और यदि उन्हें पसंद आ गया तो वे भेजेंगे। यह बात पहले से सभी को स्पष्ट की जाती कि कारागृह के संबंध में एक अक्षर भी नहीं लिखा जाएगा, अन्यथा नियम विरुद्ध पत्र होने के कारण उसे कूड़ेदान में फेंक दिया जाएगा। इस प्रकार नुकीली धारदार कैंची से कतरा हुआ अंगुष्ठ मात्र शेष पत्र भेजा जाएगा, वह भी वर्ष में एक बार और वह भी तब जब उस पूरे वर्ष में एक बार भी दंड-पंक्ति में न बैठें। धीरे-धीरे सुस्ताना, असमय शौचादि, निकट बैठे बंदी से बात करना, इस तरह के साधारण अपराधों के लिए भी क्यों न हो, परंतु एकाध कारागृहीय दंड मिला हो तो फिर उस तरह का दो अँगुली भर पत्र भी वर्ष भर में भेजने के अधिकार से वंचित होना पड़ता था। अब क्या यह बताना भी होगा कि इस तरह पूरे वर्ष उसी तरह कठोर अनुशासन में एवं साधारण अपराध से भी बचकर दंडित हुए बिना वर्ष-यापन करना कितना दुष्कर है। इस अवस्था में पत्र द्वारा अपने आप पर टूटे कष्टों के पहाड़ की जानकारी हिंदुस्थान में पहुँचाने की आशा तो दूर रही, वर्षांत में अपने घर के प्रियजनों के मात्र कुशल-क्षेम का वृत्त भी समझने अथवा उन्हें यह सूचित करने कि अभी तक हम जीवित हैं, की आशा करना निरर्थक था। राजबंदियों के आगमन से पूर्व तो इन नियमों का अत्यंत कठोरतापूर्वक पालन किया जाता था। राजबंदियों के अटूट प्रयासों से प्रथमतः उनके ही लिए और पश्चात् लगाव से अन्य बंदियों के लिए भी कई नियम शिथिल किए गए, तथापि राजबंदी कई बार दो-दो वर्षों तक घर में पत्र नहीं भेज सके, न ही उन्हें घर से कोई पत्र मिला।

मुँह सीकर अत्याचार

ठीक है, हिंदुस्थान में सरकार द्वारा बंदियों के जो पत्र भेजे जाते, उनमें बंदीवान स्वयं पर हो रहे अत्याचारों का उल्लेख नहीं कर सकते थे; परंतु हिंदुस्थान स्थित कारागृह में, जैसाकि ऊपर वर्णित किया गया है, अन्य प्रकारों द्वारा भी अपनी बात को मुखर तो किया जा सकता था, परंतु यहाँ कदापि नहीं। प्रथमतः कारागार का समालोचक मंडल उस तरफ आता ही नहीं था। कभी-कभार मजिस्ट्रेट चक्कर लगाते, परंतु वे बारी साहब के विरुद्ध नहीं जाते। उपनिवेश के कमीशन द्वारा ही सभी आवेदन-पत्र हिंदुस्थान सरकार के पास जाएँगे। वे शिकायत भरे आवेदन-पत्र भेजने के लिए साफ 'ना' करते हुए फेंक देते, फिर अन्य लोगों को कौन पूछता है? हिंदुस्थान से नियमित रूप से समालोचक के रूप में किसी के भी आने का भय नहीं था। कभी कहीं किसी दंगा-फसाद की बात फैल जाने से ही ऊपर से कोई आता। इस तरह बात फैल गई तो उसे ऊपर तक पहुँचाने से रोकने का पूरा-पूरा प्रयास होना स्वाभाविक ही था। ऐसी अवस्था

में उस अधिकारी-पंचायत से बाहर अंदमान का समाचार फूटना कठिन हो जाता था। ये अधिकारी अपनी-अपनी न्यायबुद्धि से आवेदन-पत्र की शिकायतों और प्रतिवादों का निर्णय लेते। परंतु यदि कभी उनके निर्णय में किसी को अन्याय का आभास हुआ तो उसको ऊपर तक पहुँचाना या चुगली खाना अथवा सार्वजनिक रूप में उसको प्रकट करना हिंदुस्थान की तुलना में अंदमान में बहुत कठिन कार्य हो गया था।

अब हमेशा ही मुक्त होनेवाले बंदियों के द्वारा बाहर समाचार भेजने का जो हिंदुस्थानी कारागृहों में साधन था, उसका तो अंदमान में नाम भी नहीं ले सकते थे। जो आएगा वह बीस-पच्चीस वर्षों के लिए। अर्थात् कम-से-कम दस वर्ष तो कहीं नहीं गए। उसमें भी अंदमान के उपनिवेश में रहकर, जीवित रहकर! फिर मुक्त होना है। सर्वथा विरला, कदाचित्। फिर हिंदुस्थान में!

शिकायत प्रकट कैसे करें

ऐसी अवस्था में राजबंदियों के सामने यह प्रश्न खड़ा हुआ था कि अपनी पीड़ा अपने देशबंधुओं के कानों तक कैसे पहुँचाएँ? वहाँ के अधिकारियों के हाथों जीवित रहकर मुक्त होने के लिए एकमात्र उपाय था—जिस असह्य कष्ट में रहना पड़ता था उसकी, कुछ अंश में ही क्यों न हो, भनक हिंदुस्थान सरकार के कानों में डालना, क्योंकि वहाँ के अधिकारियों का स्पष्ट कहना था कि तुम लोगों से हम जो कठोरतापूर्ण व्यवहार करते हैं उसमें हमारा कोई दोष नहीं है। हमें ऊपर से ही, हिंदुस्थान सरकार का कठोर आदेश है। यह सत्य है या मिथ्या, यह आजमाने के लिए भी हिंदुस्थान में सूचित करना आवश्यक था। राजबंदी जब अंदमान में जाते तो उनको अंदमान विषयक हिंदुस्थान में बस उतनी ही तथा उसी तरह जानकारी होती जितनी किसी होनोलूलू की जानकारी आज है। वह कालापानी है। राजबंदी के निर्वासन के पश्चात् ही अंदमान से थोड़ा नाममात्र का परिचय हुआ। परंतु साधारण जनता को ही नहीं, प्राय: सभी पत्रकारों को भी अंदमान विषयक कुछ स्पष्ट कल्पना नहीं थी। वही अवस्था सरकार की थी। वर्षों तक अंदमान से संबंधित मात्र सालाना 'सब ठीक है' के आगे कष्ट के बारे में कोई भी पूछताछ हिंदुस्थान के अधिकारियों को नहीं करनी चाहिए और बहुत से लोगों की यही इच्छा होगी कि राजबंदियों को एक बार उस कालेपानी पर छोड़ दें तो पुन: उनकी किटकिट सुनने की आवश्यकता नहीं है।

परंतु उन सब प्रतिकूल परिस्थितियों में भी राजबंदियों ने अपनी उस किटकिट को हिंदुस्थान सरकार के कानों में डालने की योजना बनाई। यदि मुक्ति पानी है, कम-से-कम जीवित रहना है, तो अब यह किए बिना बचना असंभव था। यह सब ठीक, परंतु बिल्ली के गले में घंटी कौन बाँधे? इन राजबंदियों में एक सज्जन श्री होतीलाल थे

जो संयुक्त प्रांत के न्यायालय से राजद्रोह के अपराध में दस वर्ष का दंड पाकर आए थे। उन्होंने अपने एक मित्र की सम्मति से कहा कि मैं यह दायित्व लेता हूँ। उस समय तक राजबंदियों की जो हड़ताल, झगड़े हुए थे, उससे भी साधारण बंदियों में से कुछ समझदार लोगों पर उसका थोड़ा सा तात्त्विक प्रभाव हुआ था। उनमें से कुछ लोगों के मन में इस तरह की एक धुँधली आशा पनपने लगी थी, भले ही वह बहुतांश में पागलपन हो, कि हो सकता है यह प्रोफेसर, बैरिस्टर, एडिटर जैसे लोग कदाचित् आंदोलन छेड़कर अधिकारियों को भी झुकाएँगे और यदि हम इस स्थिति में उनकी सहायता करें तो अपने अच्छे दिनों में ये हमें मुक्ति भी दिला सकते हैं। ऐसे ही कुछ बंदियों से एक 'होती बाबू' ने कागज प्राप्त करते ही एक पत्र लिख डाला।

होतीलाल का पत्र

होतीलाल ने कोल्हू की हड़ताल में बारी साहब से लेकर सुपरिंटेंडेंट तक सभी की नाक में दम कर डाला था। वे उत्तर भारतीय शुद्ध हिंदी तो बोलते ही थे, परंतु अंग्रेजी, उर्दू में भी प्रवीण थे। रूस, चीन, जापान आदि सभी देश-विदेश की सैर करके उन्होंने अनेक अनुभव लिये थे। उन्हें तो सर्वथा 'असुधारणीय' घोषित करते हुए एक कोठरी में कड़े पहरे में रखा गया था। उस कोठरी में और उस पहरे में उन्होंने एक-एक पंक्ति करके यह तीन स्तंभों का पत्र पूरा किया था। उनके एक-दो विश्वसनीय मित्रों को छोड़कर अन्य राजबंदियों को इसमें से एक अक्षर भी ज्ञात नहीं था। एक दिन प्रातःकाल के समय वह पत्र, जिसमें कारागार के राजबंदियों पर हो रहे अत्याचारों तथा बारी साहब आदि के व्यवहार का विस्तृत वर्णन था, होती बाबू ने न केवल अपने हस्ताक्षर के साथ प्रत्युत उस कड़े पहरे में स्थित अपनी कोठरी का क्रमांक भी नीचे लिखकर बंदियों के बाहर काम करने के लिए जाने की धाँधली में किसी के हाथों बाहर भेज दिया। परंतु कारागृह के बाहर भेजने का अर्थ एकदम बाहर तो नहीं, जैसे हिंदुस्थान के कारागार में था। उस पत्र को अंदमान के पार जाना था, जो स्वयं ही एक प्रचंड कारागार था। उधर भी एक सरकारी विश्वासपात्र यात्री के लिफाफे में चोरी-छिपे वह पत्र कलकत्ता में उतरा और सुरेंद्रनाथ तक पहुँच गया। ऐसे दिनों में, जबकि क्रांतिकारियों का नाम तक लेने में बड़े-बड़े अतिरथी, महारथी थर-थर काँपते थे, तब उन्होंने वह पत्र 'बंगाली'* नामक अपने समाचार-पत्र में प्रकाशित किया। इतना ही नहीं अपितु उसपर अपनी संपादकीय टिप्पणी भी लिखी। वह पत्र 'बंगाली' में प्रकाशित होते ही अन्य पत्रकारों को भी उसकी ओट में छिपकर थोड़ा-बहुत लिखने का साहस हुआ। अंत में कौंसिल में भी उस संबंध में प्रश्नोत्तर रूप में चर्चा छिड़ी।

---

* 'बंगाली' २७ अप्रैल, १९१२ के अंक में यह पत्र प्रकाशित हुआ था।

अंदमान से बाहर हिंदुस्थान में पत्र भेजना जितना कठिन था, उतना ही बाहर से और पुनः राजनीतिक कांड का समाचार हिंदुस्थान से अंदमान में लाना और हमें सूचित करना मुश्किल था। अतः इतनी तिकड़मबाजी से जो पत्र भेजा गया था, वह हिंदुस्थान पहुँचा अथवा उस व्यक्ति ने ले जाने के बहाने उसे समुद्र में फेंक दिया अथवा उससे भी आगे उसे सरकार के हाथों में ही थमा दिया—वे जो दो-तीन राजबंदी पत्र भेजने का भेद जानते थे—इस चिंता में डूबे थे कि तभी हिंदुस्थान का समाचार हमारे कानों तक पहुँचाने का डाक विभाग का कार्य स्वयं बारी साहब ने ही किया।

बारी साहब का भड़कना

एक दिन प्रातःकाल सबकुछ ठीक-ठाक होते हुए भी बारी साहब कारागृह में क्रोध से लाल-पीले होते हुए आए। प्रत्येक पेटी अफसर को दस-पाँच, प्रत्येक वॉर्डर को पाँच-पचास और उस बंदी को, जिसपर उनकी कृपा-दृष्टि पड़ती, अनगिनत गालियों की बौछार करते और अपना मोटा काला लट्ठ ठोंकते हुए महाशय हर विभाग में चक्कर लगाने लगे। ऐसा क्या अनर्थ हो गया? सारे बंदी सिर पीटने लगे। बारी साहब केवल दहाड़ते, 'साला लोग! साला लोग! हम बताएँगे! तुम क्या बंदोबस्त रखता है! हम सबको मट्टी में मिलाएँगे!' परंतु वह यह नहीं बता रहे थे कि ऐसा कौन सा पहाड़ टूट पड़ा है। उनका अकांड-तांडव देखकर भयचकित बंदी आपस में मजाक करने लगे, 'क्या हुआ है इसे? कहीं कनखजूरे ने तो नहीं काट लिया?'

बारी बाबा उस चाली में चले गए जहाँ होती बाबू को रखा गया था और बिना किसी कारण उसपर बरस पड़े, ''खड़े रहो! जल्दी क्यों नहीं उठता बे? तुम सब झूठ बोलनेवाला है।'' इसी तरह की और बातें। यद्यपि अन्य लोगों को बारी बाबा का होतीलाल पर झुँझलाकर बरस पड़ना भले ही व्यर्थ प्रतीत हुआ हो, तथापि होतीलाल ने भाँप लिया कि यह अधिकतर सकारण ही है और बारी को वास्तव में इतना भड़कानेवाला कारण दूसरा-तीसरा न होकर संभवतया उसका भेजा हुआ पत्र प्रकाशित हो जाना ही है। होतीलाल को जली-कटी सुनाने के पश्चात् बारी ने तंडेल आदि सभी बंदीवान अधिकारियों को कठोर आदेश दिया कि कोई भी राजबंदी यदि एक-दूसरे के दस पग पास भी खड़े होते हुए देखा गया तो तुम लोगों को 'तोड़ डालूँगा' (अर्थात् काम से निकाल दूँगा)। राजबंदियों को भोजन के लिए दूर-दूर बैठाओ और कोई भी मनुष्य उसके आस-पास भी गया तो याद रखना। इस तरह बरसते-गरजते घोषणा करते बारी वहाँ से गया। जो पत्र का राज जानते थे, वे समझ गए कि पत्र अवश्य प्रकाशित हो चुका है। दो दिनों में ही बात फैल गई कि बारी ने उन भद्र राजबंदियों के सामने, जिन्हें उन्होंने अपना चमचा बनाकर रखा था, यह बात उगली कि पत्र प्रकाशित हो चुका है और उसने

इस बात की पूछताछ की कि यह पत्र भेजनेवाला कौन है। उन 'भद्र' बंदियों ने राजबंदियों को और एक बात बताई कि पत्र भेजने जैसी मूर्खतापूर्ण बात और कोई नहीं हो सकती, क्योंकि उस पत्र को प्रकाशित करने के अपराध में 'बंगाली' समाचार-पत्र पर अभियोग चलाया गया और उसका छापाखाना जब्त कर लिया गया। 'इतना बड़ा, दो-तीन लाख का घाटा इस होतीलाल की मूर्खता से हो गया और इस तरह के पत्र भेजने के कारण अंदमान के अधिकारी अब हमपर बहुत ही कठोरता से अत्याचार करेंगे। मिथ्या विधान करने के अपराध में होतीलाल के दंड में भी अब वृद्धि होगी। कितना निंदनीय कृत्य किया होतीलाल ने!' इस तरह कार्यालय में बारी राजबंदियों को भयभीत करने के लिए तरह-तरह की बातें करता।

बारी के भाषण की प्रतिध्वनि

ये भद्र राजबंदी अपनी तरह से समाचार फैलाते। उस पत्र में सभी पर किए जानेवाले अत्याचार की कहानी के साथ-साथ इनके (भद्र) छल की कहानी भी प्रकाशित हो गई थी और आगे अवसर मिलने पर इस तरह पत्र भेजने की मूर्खता करने में इन महाशयों ने कभी आगे-पीछे नहीं देखा। परंतु होतीलाल की निंदा करते हुए बारी का मन अनुकूल हो रहा हो तो इधर यह लाभ भी उठाया जाए और उधर पत्र प्रकाशित होने से बंगाल में आंदोलन छिड़ने से यदि राजबंदियों के तथा उनके साथ अपने भी कुछ कष्ट कम हो रहे हों तो वह सुविधा भी जेब में डाल ली जाए, ऐसे शिष्ट मार्ग का अवलंबन भद्र लोग कर रहे थे। तभी अन्य लोगों ने सरेआम होती बाबू का अभिनंदन तथा समर्थन करने में आगा-पीछा नहीं देखा। उन्होंने उपर्युक्त आक्षेपों का यह उत्तर दिया कि वैसे भी वहाँ के अधिकारी यथासंभव अधिक-से-अधिक अत्याचार कर ही रहे थे। उसे बंद करने का प्रयास करना है तो प्रथमतः उसे सार्वजनिक रूप में उजागर करना होगा। यह उपाय करते हुए कष्ट भी हो तो उसे कुल अंतिम लाभ के मूल्य स्वरूप सहना होगा।

परंतु यह प्रश्न मात्र तत्कालीन राजबंदियों का ही नहीं था अपितु समस्त राजबंदी वर्ग का ही था। क्योंकि यह संभावना प्रकट रूप में दीख रही थी कि उस पहले दल के बाद हिंदुस्थान की तत्कालीन परिस्थिति में, हिंदुस्थानी राजनीति में राजबंदी जैसी संस्था एक साधारण बात बनेगी और वह भी दस-बीस की नहीं, सैकड़ों-हजारों की संख्या में राजबंदी अंदमान में आएँगे। ऐसी स्थिति में पहला ही दल यदि गरदन तोड़ बोझा ढोने को तैयार हो जाए तो उसके बाद आनेवाले राजबंदियों के दलों को भी गरदन तोड़ श्रम करना पड़ेगा। अन्यथा उस गरदन तोड़ श्रम से बचने के संघर्ष का बोझ उसे उठाना पड़ेगा, तो फिर हम ही उस संघर्ष का श्रीगणेश करके आगे आनेवाले राजबंदियों का

मार्ग यथासंभव कम कंटकमय क्यों न करें? राजबंदी वर्ग की ही स्थिति एवं योग्यता यथासंभव उच्चकोटि की क्यों न निश्चित करवा लें? इससे भी आगे एक पग बढ़कर मैं तो यह कहूँगा कि अपने कारागारीय अस्तित्व से जो अनेक कर्तव्य अपने हिस्से में आ गए हैं, उनमें एक महत्त्वपूर्ण कर्तव्य है—मात्र राजबंदी वर्ग में ही नहीं अपितु भारतीय कारागृहों में भी यथासंभव सुधार कराना।

अत: इस दृष्टि से कारागृह में अंतर्बाह्य सुधार लाने के लिए हमें ऐसे पत्र भेजकर हड़ताल करके, अनुनय या प्रतिकार के साथ आंदोलन करना ही होगा। फिर व्यक्तिगत कष्ट अधिक या कम जैसा भी हो, यथासंभव कष्ट कम करने के लिए ही प्रयास करें। कदाचित् बाजी उलट जाए और तत्कालीन कष्ट ही लाभ से अधिक हो, फिर भी यह सोचकर कि मैंने अपना कर्तव्य निभाया, उन कष्टों को सहने के लिए तैयार होना होगा। राजबंदियों पर इन विचारों का प्रभाव पड़ा। वे भी उस पक्ष का प्राय: खुल्लमखुल्ला समर्थन करने लगे, जिन्होंने वह पत्र भेजा था। मन से तो सब कर ही रहे थे।

दो सप्ताहों तक उस पत्र पर हंगामा चला। क्रोध के पहले आवेश के बाद बारी साहब पत्र-प्रेषक के पेट में घुसने का प्रयास करने लगे। 'हम क्या करें? हिंदुस्थान सरकार के आदेश से सबकुछ होता है।' उन्होंने मुझसे कहा, "आपके इस पागल होतीलाल ने 'बंगाली' अखबार की जान ले ली। पूरा छापाखाना जब्त हो गया।" मैंने कहा, "भई, समझ में नहीं आता कि ऐसा क्यों हुआ? अत: मेरे विचार से यह समाचार मिथ्या होगा। परंतु यदि सत्य हो तो भी वर्तमान तथा भविष्य के राजबंदियों के कष्ट टालने के लिए और कामगारों में सुधार लाने के लिए ऐसे एक ही क्यों, दस छापाखानों को भी जब्त कर दिया जाए तो भी चिंता नहीं, वह अपना कर्तव्य ही है। वास्तव में उस पत्र की पूछताछ होनी चाहिए। सारी शिकायतें यदि सत्य सिद्ध हुईं तो उन्हें दूर किया जाए, यदि सत्य सिद्ध नहीं हुईं तो होतीलाल का नीचे हस्ताक्षर है, उसने वह पत्र लिखा है, अत: उसे दंडित किया जाए। छापेखानों को जब्त करने से क्या होगा?"

परंतु क्या सचमुच ही वह छापाखाना जब्त हो गया? यह समाचार कैसे प्राप्त करें? हमने पहले ही कहा है कि हिंदुस्थान में समाचार भेजना जितना कठिन था, वहाँ से कोई समाचार प्राप्त करना भी लगभग उतना ही कठिन था। राजबंदियों को यह जानने की तीव्र उत्कंठा थी कि अपने प्रियजन क्या करते होंगे, परंतु उससे भी अधिक तीव्र उत्कंठा उनमें से प्राय: सभी को थी कि अपने पीछे स्वदेश की क्या स्थिति है?

स्वदेशवासियों की स्थिति कैसी है

उस समय जो आंदोलन समस्त हिंदुस्थान को प्रक्षुब्ध कर रहे थे उनका जोर कितना है, अपना पक्ष प्रबल है या नहीं, सत्ता का क्रूर आघात सहने के लिए उस ढाल

के आश्रय में पनपनेवाले अन्य पक्ष कुछ कार्य कर पा रहे हैं या नहीं, आदि राष्ट्रीय और अंतरराष्ट्रीय समाचार हमें कोई सूचित करेगा या नहीं? उसे जानने के क्या उपाय किए जाएँ? जो राजबंदी मिलता वह दूसरे से पहला प्रश्न यही करता, 'स्वदेश का कुछ ताजा समाचार?' एकाध वार्त्ता मिलते ही काम का कष्ट, भोजन की कुरुचि, गिरता हुआ स्वास्थ्य आदि सबकुछ भूलकर राजबंदियों का युवा मंडल दो-दो या तीन-तीन का गुट बनाकर या संदेश देते-लेते पूरे दिन उस वार्त्ता की चर्चा में मग्न हो जाता। स्वदेश के स्वास्थ्य एवं विकास की चिंता उनमें से प्राय: सभी को सत्य ही दिन-रात उन व्यक्तिगत कष्टों में भी आकुलित करती। प्रियतम अपनी किसी प्रिया का समाचार प्राप्त करने के लिए जितना उत्कंठित होता है, राजबंदी उससे भी अधिक अपनी उस मातृभूमि का कोई समाचार पाने के लिए आकुलित रहते, जिसके लिए उन्होंने अपना सर्वस्व अर्पित किया था। वृत्तपत्र मिलना असंभव, घर से आनेवाले पत्रों में राजनीति का एक अक्षर भी हो तो वह पत्र दिया ही नहीं जाता। अत: दिन-रात यही चिंता रहती कि हिंदुस्थान का समाचार कैसे प्राप्त करें।

परंतु ऐसी स्थिति में भी साधन से साधन जोड़ते हुए कुछ-न-कुछ समाचार प्राप्त करने में उन राजबंदियों ने कोई कसर उठा नहीं रखी। प्रथम साधन था—नया आनेवाला चालान। हर माह देश-निष्कासन का दंड प्राप्त साधारण पाँच-पचास बंदियों की एक-न-एक टोली अंदमान में आती थी और आने के बाद कक्षमय (सेल्युलर) कारागार में बंद की जाती थी। पहले सप्ताह में उनका महत्त्व इतना बढ़ता कि जमादार आदि सभी को उनकी चिरौरियाँ करनी पड़तीं, क्योंकि उनमें अपने गाँव का या अपनी भाषा का भी कोई बंदी आया हो तो उससे अपने आप्तजनों का कुछ-न-कुछ तो समाचार निकाला जा सकता था। परिचित अथवा समान भाषी व्यक्ति के दर्शन मात्र से जो एक आत्मीयता भरी प्रीति मन में उत्पन्न होती है, उसकी अनुभूति दूर देश ससुराल में गई कन्या को तब होती होगी जब वह अपने मायके के गाँव के आदमी को देखती है या वह बंदी यह अनुभव करता होगा जो स्वदेश से निष्कासित होकर द्वीपांतर दर-दर भटककर अथवा अटककर दिन व्यतीत करता हो। उस चालान से आए उस स्वभाषी, पूर्व परिचित को—हमारा मुलुकी, हमारे देश का—यह उपाधि प्राप्त होती। अंदमान में यह उपाधि मन को अन्य सभी उपाधियों से अधिक मधुर, लुभावनी प्रतीत होती थी। इस मुलुकीपन की व्याख्या भी आवश्यकतावश बहुत ही विस्तृत हो गई थी। अपने गाँव का वह अपना—उस गँवारू भावना की जगह अपने प्रदेश का और विशेषकर अपनी भाषा बोलनेवाला वह स्वदेशीय, अपने मुलुक का यह सहज ही माना जाने लगा। किसी अनपढ़ अछूत को भी मराठी या बँगला भाषा बोलते हुए देखकर वहाँ का ब्राह्मण भी उसे अपना स्वदेशीय, अपना मुलुकी समझकर उससे प्रेमपूर्वक बातचीत करता, उसकी सहायता करता। तब

कोई भी यह बात सहज समझ लेता कि हिंदुस्थान में भौगोलिक विभागों से अधिक वर्तमान स्थिति में भाषा-विभाग किस तरह स्वाभाविक है। प्रत्येक चालान आने के पश्चात् उन नवागत बंदियों से अन्य बंदी अपने-अपने घरबार तथा आप्त स्वकीयों के बारे में पूछताछ करते, पर राजबंदियों का पहला प्रयास यह रहा कि नई सार्वजनिक खबर क्या है, यह उनसे जानें।

चालान के लोग अशिक्षित और राजनीति का नाम भी न जाननेवाले थे, अर्थात् उनसे सहसा स्वदेश की सार्वजनिक वार्त्ता नहीं मिल पाती थी। केवल एकाध बड़ा राजनीतिक अभियोग, यदि वह उसी समय और उसी अदालत में चल रहा हो, जब वे पकड़े गए थे अथवा हिंदुस्थान में वे जिस बंदीगृह में थे, उसमें यदि वे राजबंदी हों तो उनका अथवा उनके द्वारा भेजे गए समाचार की संक्षिप्त जानकारी, दो बातों से संबंधित जानकारी, तो चालानवाले टूटी-फूटी भाषा में अथवा अस्पष्ट रूप से बताते, उसमें सौभाग्य से कोई शिक्षित बंदी भी कभी-कभार निकल आता था। फिर तो उसकी महत्ता एवं कष्टों के संबंध में क्या कहने! क्योंकि जहाँ-जहाँ वह जाता, वहाँ-वहाँ राजबंदी गुपचुप अथवा संदेशों का आदान-प्रदान करते हुए 'समाचार! समाचार!' पूछते-पूछते उसके कान खाते रहते। उसकी अनुनय-विनय करते। राजबंदी उसका काम भी अपने हाथों में मुँगरी लेकर छिलका कूटकर गुपचुप कर देते, ताकि वह प्रसन्न होकर मन:पूर्वक समाचार बता दे। परंतु भले ही शिक्षित हो, तथापि इस तरह के साधारण बंदी को भला राजनीति की कितनी जानकारी हो सकती है? 'क्यों जी, स्वदेश का अमुक आंदोलन कैसा रंग ला रहा है?' राजबंदियों के इस उत्सुक प्रश्न को प्राय: 'कुछ नहीं, इधर-उधर हर जगह शांति-ही-शांति है।' यही घिसा-पिटा उत्तर मिलता, जिससे उन उत्कट देशभक्तों के भावुक मन शोकमग्न हो जाते। इन साधारण बंदियों को भी यदि कोई समाचार स्वयंस्फूर्त रूप से संभव होता तो वह किसी बड़े राजनीतिक नेता को पकड़ने की अथवा 'बादशाह आ रहा है', 'दिल्ली में बड़ा उत्सव हुआ' अथवा 'एक बड़ा साहब मारा गया' इस तरह दो-चार प्रकार की प्रक्षोभक घटनाओं की जानकारी देता। क्योंकि इन घटनाओं की वार्त्ताएँ दावानल की तरह अपने आप भड़क उठतीं तथा भड़काती हुई बाजारों में फैलतीं। शेष राष्ट्रीय सभा अथवा कौंसिल अथवा स्वदेशी प्रचार अथवा अन्य घटनाओं से संबंधित बातें नगण्य। ये बातें उनकी समझ से परे थीं। अर्थात् यह स्थिति प्रथम चार-पाँच वर्षों की है। आगे किस तरह अंतर आता रहा, वह बाद में बताया जाएगा।

समाचार प्राप्त करने के लिए चालान के इस साधन की एक-दो युक्तियों के उदाहरण कथनीय हैं। कुछ लोगों को अंदमान के लिए प्रस्थान करते समय हिंदुस्थान के राजबंदी मिलते तो वे अंदमान भेजे गए अपने कुछ 'अभियुक्तों' को अर्थात् उनके अभियोग में ही दंड प्राप्त होकर अंदमान भेजे गए अपने सहअभियुक्तों को कभी एकाध

महत्त्वपूर्ण संदेश भेजते, तो कभी परिचित न होते हुए भी अंदमान में जो विख्यात राजबंदी थे, उनके प्रति भक्ति से प्रेरित होकर उन्हें प्रमाण-पत्र भेजने के लिए अन्य कोई साधन उपलब्ध न होने के कारण किसी साधारण पुस्तक का, जो बंदी के पास होती, आवरण बनाकर उसमें पत्र छिपाकर भेजते थे।

बिल्ले के पीछे पत्र

कभी-कभी पुस्तक की इस युक्ति से अधिकारी के अच्छी तरह से परिचित होने के कारण जो लकड़ी का अथवा लोहे का बिल्ला हर बंदी के गले में लटका होता था, उसके पीछे अक्षर लिखकर पत्र रवाना किए जाते। एक बार मुझे पंजाब के एक महापुरुष के युवा पुत्र ने पंजाब के कारागृह से इस तरह बिल्ले के पीछे लिखा पत्र भेजा था। वह क्रांतिकारी षड्यंत्र के केस में पाँच-सात वर्षों का दंड भुगत रहा था। जिस बंदी के गले में वह बिल्ला था, पंजाब से प्रस्थान करके अंदमान में मुझसे मिलने तक उसकी पचास बार खूब तलाशी ली गई होगी। परंतु किसी को रत्ती भर भी संदेह नहीं हुआ कि उसके गले में लटके उस बिल्ले के पीछे पत्र लिखा होगा। उस बंदी ने, वह पत्र घिस-घिसकर मिट न जाए इसलिए, वह पदक जतन से रखते हुए अंदमान कारागृह में आते ही मुझे सौंप दिया। मैंने उसे पढ़कर पोंछ दिया और वह बिल्ला वापस लौटाया। इस तरह के उपायों से चालान द्वारा यथासंभव सार्वजनिक समाचार प्राप्त करने का सतत प्रयास चलता रहता था। परंतु एक महीने में आनेवाली सर्वथा अक्षरशत्रु, अनपढ़ बंदियों की इस टोली द्वारा कुछ अधिक महत्त्वपूर्ण समाचार प्राप्त होना कठिन ही होने के कारण यह समझने की कि स्वदेश की हालत कैसी है, राजबंदियों की जिज्ञासा अतृप्त ही रहती। उसकी पूर्ति का अन्य उपाय था कारागृह में समाचार-पत्र मँगवाना। अर्थात् यह सबसे अधिक धोखे का एवं कठिन मार्ग था। जिस काल की हम जानकारी दे रहे हैं, उस काल में कारागृह में एक बार चोरी से हाथी आ सकता था और पकड़े जाने पर बिना अनुमति लाने के अपराध में उस बंदी को क्षमा भी कर दिया जाता, परंतु वृत्तपत्र और भारतीय वृत्तपत्र की परची भी भीतर नहीं आ सकती थी, न ही इस अपराध के लिए क्षमा मिलती थी। ऐसी अवस्था में वृत्तपत्र न सही किंतु उसके अंगुली भर के टुकड़े को लाने के लिए, जैसाकि पीछे कहा गया है, कई लोगों ने गाड़ी खींचने के काम के लिए भी मना नहीं किया। कारागृह का सभी कूड़ा-करकट भरकर जो गाड़ियाँ बाहर जातीं, उनके साथ उन्हें खींचते हुए जाना पड़ता था। बाहर गोरे अधिकारियों की कोठियों से रद्दी, गंदे, पुराने कैसे भी हों, वृत्तपत्रों के टुकड़े कूड़े के साथ बाहर फेंके जाते। उनमें से जल्दी-जल्दी दो-चार चुनकर गाड़ी के तख्तों में अथवा सामान में ठूँस लेना होता था। आते-जाते फिर उन टुकड़ों को पढ़ना। इनसे ही बड़ा मजा आता। एकाध टुकड़ा

किसी एडिनबरोशायर के किसी ग्रामीण पत्र का, कोई टुकड़ा क्रिकेट के लिए समर्पित पत्र का, कोई किसी बीभत्स उपन्यास का तो कोई सन् अठारह सौ सत्तर साल के पत्र का। किसी में जूते लपेटे, तो किसी में अंडे बाँधे हुए, किसी में धोबी के कपड़े। परंतु उन टुकड़ों को पढ़ना! कहीं हिंदुस्थान का नाम अथवा प्रचलितकालीन लंदन का तार अथवा 'बंबई टाइम्स' का टुकड़ा दिखा तो बड़ी आशा से देखते कि कहीं अपने देश का या वर्तमान राजनीति का कोई समाचार तो नहीं है?

परदेसी डाक

यही गाड़ी से आनेवाली परदेसी डाक अर्थात् कारागृह के बाहर से चोरी-छिपे लाए गए समाचार-पत्रों के ये टुकड़े, कभी-कभी अचानक ताजा समाचार पहुँचा देते थे। कभी 'लंदन टाइम्स' के वैलेंटाइन का क्रांतिकारियों के विरुद्ध लेख तो कभी राष्ट्रीय सभा का अध्यक्षीय भाषण। मुझे स्मरण है एक दिन जब इन्हीं बाहरी गाड़ीवानों को तूतीकोरिन के अभियोग की जानकारीवाला एक स्तंभ (Column) मिल गया तब उन्होंने कितनी उत्कंठतापूर्वक वह लाकर हमें दिया, सिर्फ इसी विचार से कि वे समाचार हमें दे सकें और इस तरह वे राजबंदियों की कृतज्ञता प्राप्त कर सकें। उन बेचारों को ऐसा प्रतीत होता कि महीनों गाड़ी खींचने के श्रम का परिहार हो गया। 'परदेसी डाक' के समाचार देने की प्रमुख संस्था थी गोरों का शौचगृह। उधर उनके रोज के 'टाइम्स' आदि पत्र पढ़कर फेंके हुए अथवा टुकड़े किए हुए रखे जाते। कोई भंडारी, जो इस अखंड भंडार की देखभाल करता, इन पत्रों को कूड़े में फेंकवा देता और हम उन्हें पढ़ लेते।

कभी-कभी 'परदेसी डाक' के साथ स्वदेशी डाक की भी सहायता मिलती। कारागार के कारखाने में छोटी-बड़ी कीलें, बिरंजी आदि सामान किसी पुराने समाचार-पत्र में लपेटकर रखा जाता था। उन टुकड़ों द्वारा भी कुछ जानकारी मिलती। 'हिंदुस्तान' शब्द लिखा दिखते ही राजबंदी वह टुकड़ा अवश्य उठाता। वह कभी-कभी तो इतना गंदा, मैला-कुचला होता कि उसे कूड़े के ढेर में से अथवा नाली में से दो पतली लकड़ियों की सहायता से निकालना पड़ता। लकड़ियों से ही उसे फैलाना पड़ता और पढ़ना पड़ता। परंतु उस दशा में भी उसे पढ़े बिना रहा नहीं जाता था। एक बार गोखले के शिक्षा प्रस्ताव से उपजी निराशा पर लिखा एक सुंदर अंश ऐसे ही मैले-कुचले कागज की परची पर पढ़ने का स्मरण मुझे है और यह भी स्मरण है कि गोखले वह शिक्षा प्रस्ताव लाए हैं, इसका अनुमान लगाकर ही साथ के पन्ने पर कई लोग फूले नहीं समाए थे। सोचा, हमारे देश में ज्ञानामृत के मुक्त प्याऊ खुले होंगे। कोई मिल खुल गई, किसी चुंगी को हटाया गया, कोई अभियोग चला, कोई दंगा हो गया, कोई क्रांतिकारी आघात-प्रत्याघात का दनदनाता विस्फोट उठा, कोई नई पुस्तक लिखी गई, किसी नए कवि का

उदय हो गया, चाहे छोटा हो या बड़ा, ऐसा समाचार सुनने के लिए जिसके योग से चिरविरहित मातृभूमि के स्वास्थ्य तथा विकास की कुछ-न-कुछ जानकारी प्राप्त हो, राजबंदियों के प्राण नित्य नियमित रूप से लालायित रहते थे। इस तरह के खंडित समाचार जोड़-जोड़कर उनकी चर्चा करते हुए उस कठोर कारागृह में हे हिंदुस्थान, तुम्हारे लिए तुमसे छीनकर दूर भेजे हुए ये युवक तुम्हारी चिंता करते रहते हैं। अपनी शारीरिक पीड़ा का भी उन्हें विस्मरण होता है। वे राजबंदी अपनी मातृभूति का हाथ थामते हुए उसकी नाड़ी की धड़कनों का परीक्षण करते और उससे उसके स्वास्थ्य संबंधी चिंतातुर हर्ष-विषाद का अनुभव करते हुए अंदमान में कालयापन करते हैं।

समाचारों का एक और मार्ग

चालान और कूड़ाडाक के अतिरिक्त समाचार प्राप्त करने का तीसरा उपाय बाहर के कुछ सहानुभूति रखनेवाले भारतीय सज्जनों के पास उन छोटे-बड़े अधिकारियों को भेजना था, जो कारागृह के कामकाज निपटाकर बाहर जाते थे। बाहर के सहानुभूति रखनेवाले उन लोगों में समाचार-पत्र पढ़नेवाले कदाचित् ही होते थे। हमारे लिए वे पढ़ने भी लगे तो भी इन बाहर जानेवाले अनपढ़ मित्रों में प्रायः इतनी बौद्धिक शक्ति नहीं होती थी कि वार्त्ता मौखिक रूप में भीतर ला सकें। समाचार लिखकर देने और ले आने का साहस करनेवाला हजारों में इक्का-दुक्का ही होता था। पर किसी ने वैसा किया, यह ज्ञात होते ही उन बाहरवालों को ऐसे अत्याचारों का सामना करना पड़ता कि कम-से-कम मैं तो कभी उन्हें यह कार्य करने के लिए नहीं कहता। परंतु ऐसी विकट अवस्था में भी और उस 'पानी के उपनिवेश' में भी कुछ ऐसे महाभाग निकले, जो इस प्रकार का साहस करके राजबंदियों को एकाध महत्त्वपूर्ण वृत्तपत्रीय टुकड़ा भेजने तथा उसे लेकर भीतर आने की हिम्मत करते। ऐसे साहसी लोगों को कभी-कभी पकड़े जाने पर कड़े-से-कड़े दंड मिलते, नौकरी छूटती, परंतु फिर भी कोई-न-कोई साहस करता ही था। राजबंदियों की संगत से तथा उपदेश से जैसे-जैसे देशभक्ति के बीज साधारण जनता तथा बंदी जगत् के मन में जड़ पकड़ते गए वैसे-वैसे ही यह साहस सेवा और कर्तव्य से प्रेरित होने लगा। परंतु प्रथम दो-तीन वर्षों में वृत्तपत्र का इतना सा टुकड़ा लाने के लिए बंदियों के सामने बहुत नाक रगड़नी पड़ती, कई बार उन्हें प्रलोभन दिखाने की कोई अन्य शक्ति न होने से राजबंदी अपनी रोटी उसे देकर स्वयं भूखे रहते, जिससे संध्या तक स्वदेश का कम-से-कम एकाध संदेश तो सुन सकें।

कभी कारागार की दीवारों पर से फेंकी हुई तो कभी नाली में बाहर से घुसेड़ी हुई और कभी नाली में भीतर से हाथ डालकर निकाली हुई, ऐसी अनेक युक्तियों से टुकड़े जमाकर उन्हें पढ़ा जाता। इनके अतिरिक्त एक और मार्ग यह था कि किसी

अधिकारी के मुख से गलती से अथवा सहानुभूतिवश कोई समाचार निकल जाता। इस मार्ग से कभी-कभी स्वयं बारी साहब भी संवाददाता का काम कर देते थे। परंतु उनका वरदान नित्य ही अभिशापगर्भित होता था। बारी साहब ऐसे समाचार लेकर स्वयं हमारे पास मानो उपकार करने पधारते, जो हिंदुस्थान के लिए प्रतिकूल और राजबंदियों को अपने पक्ष की निर्बलता तथा अपनी आशा-आकांक्षाओं की विफलता का अनुभव करानेवाले होते, जिससे उनके उत्साह पर पाला पड़े और वे हमारी प्रतिक्रियाओं को अपनी डायरी में नोट कर लेते। परंतु फिर भी समाचार देने के लिए हम उन्हें धन्यवाद ही देते, क्योंकि अनुकूल समाचार श्रवण करना सहज ही प्रीतिकर होने के बावजूद वीरों का कर्तव्य है कि वे अपने प्रिय का प्रतिकूल समाचार भी श्रवण करें। अनुकूल समाचार से प्रीति की तुष्टि होती है, तो प्रतिकूल समाचार से भुजाओं में भक्ति तथा धैर्य का स्फुरण होता है और उस प्रतिकूल की चपेट से प्रेम को मुक्त करने हेतु अपने प्राणों की आहुति देने के लिए भी वीरता सज्ज होती है। आगे इस बात के कुछ उदाहरण आएँगे कि इस तरह के प्रतिकूल समाचार बारी साहब किस तरह देते और दिलवाते। स्पष्टीकरण हेतु यहाँ एक ही उदाहरण पर्याप्त है। विख्यात देशभक्त गोखले के स्वर्गवासी होने का समाचार जब मैं शाम का भोजन कर रहा था तब बारी साहब ने कारागार में आकर मुझे दिया—"Well, you always want news, Mr. Savarkar, here is something for you, Gokhale is dead." (सावरकर, आप हमेशा कुछ समाचार प्राप्त करना चाहते रहते हैं न! तो लीजिए, समाचार यह है कि गोखले स्वर्गवासी हो गए।*)

गोखले का निधन

क्षण भर को मुझे विश्वास ही नहीं हो रहा था—इतना अप्रत्याशित समाचार था वह। मेरे मुख से दुःखोद्गार निकलते देख बारी ने कहा, ''परंतु वे आपके विरोधी थे न?'' मैंने कहा, ''ना-ना, मैंने उन्हीं के महाविद्यालय में शिक्षा पाई है। हाँ, मतभेद होंगे, विरोध नहीं। हमारे हिंदुस्थान की इस पीढ़ी के वे एक निस्सीम देशप्रेमी तथा देशसेवक थे।'' परंतु बारी ने कहा, ''आपके अभियोग में आपके द्वारा उनके विरुद्ध षड्यंत्र रचने का प्रमाण सामने आ रहा था न? और उन्होंने कहा था कि जब तक आप पकड़े नहीं जाते, हिंदुस्थान में अमन तथा शांति प्रस्थापित करना असंभव है।'' मैंने उत्तर दिया, ''उस संबंध में दंतकथाओं पर विश्वास करना व्यर्थ है। हम दोनों में परस्पर चर्चा हो चुकी है और उस चर्चा के समय उपस्थित एक सज्जन भी जानते हैं कि हम दोनों के मन में परस्पर आदर और पूज्य भावना थी। देशहित की दृष्टि से हो सकता है, उन्हें मेरा मार्ग स्वीकार नहीं हो। परंतु इससे उनकी देशभक्ति की महत्ता जरा भी कम नहीं होती

* १९ फरवरी, १९१५

और षड्यंत्र के बारे में पूछना हो तो वे स्वयं ही कहेंगे कि इंग्लैंड में उनके एक-दो विरोधी भाषणों से प्रक्षुब्ध होकर 'अभिनव भारत' के कुछ नेता गुप्त बैठक में जब उनपर आक्रमण करने की बात कहने लगे तब उन अमंगल विचारों का तीव्र विरोध करके मैंने उन्हें समझाया था कि सच्ची मतभिन्नता के कारण किसी पर भी आक्रमण करना, और वह भी स्वजनों पर, घोर पातक है। यह सचमुच ही अत्याचार होगा और उस प्रस्ताव को मैंने पारित नहीं होने दिया। यदि प्रत्येक हिंदू गोखले जैसा ही देशप्रेमी तथा देशसेवक हो तो भी!!'' हमारी यह बातचीत बारी ने यथाक्रम लिखकर रखी थी। कालांतर में मैंने एक बार वह टिप्पणी देखी। उसमें बारी साहब ने साश्चर्य एक बात लिखी थी और वही बात वे अन्यत्र भी करते थे कि 'ऊपर-ऊपर कितनी ही भिन्नता क्यों न हो, कितना भी विरोध क्यों न हो फिर भी ये सभी महाराष्ट्रीय अंत:करण से एक हैं।'

यह बात स्मरण करते समय मुझे एक महान् देशभक्त की इसी तरह की एक उक्ति का स्मरण हो रहा है। वह बात जब मैं इंग्लैंड में था तब लाला हरदयाल ने कही थी, वे पुणे में तिलक से मिलने गए थे। उसके पश्चात् अपने प्रतिद्वंद्वी गोखले से भी मिलने गए। हिंदुस्थान में वे सर्वत्र विभिन्न प्रतिद्वंद्वी नेताओं से भी मिलते रहे। उस समय उन्हें प्रत्येक विपक्षी द्वारा परस्पर की जानेवाली निंदा सुननी पड़ती थी। परंतु तिलक और गोखले ने हरदयाल जैसे होनहार तथा तेजस्वी युवक को देशसेवा के अपने-अपने मार्ग के लिए अनुकूल करने का प्रयास करते हुए भी एक-दूसरे के विरुद्ध निंदा अथवा विद्वेष का एक अक्षर भी नहीं निकाला। उलटे एक-दूसरे के प्रति आदर भाव ही प्रदर्शित किया। तिलकजी ने कहा, 'एक बार गोखले से भी मिल लीजिए' और गोखले ने भी कहा, 'आप तिलकजी के यहाँ ठहरे हैं? यह अच्छा ही किया। मैं जानता हूँ, युवा पीढ़ी उन्हीं के हाथों में जानेवाली है।' यह किस्सा सुनाते हुए हरदयाल कहते, 'पराए जनों के सामने खड़े रहते ही हममें एकता की भावना जाग्रत् होती है।'

हम एक सौ पाँच

एकता की ऐसी भावना अन्य प्रांतों की अपेक्षा महाराष्ट्र में अधिक है। मैंने कई बार अनुभव किया है कि आपसी कलह राष्ट्रीय कार्य में भूलने की कला महाराष्ट्रीय नेताओं को अन्य लोगों से अधिक साध्य हो गई है।

उपरलिखित अनेक आपत्तियों को इस तरह के अनेक उपायों से दूर करते-करते राजबंदी प्रथम दो-तीन वर्ष महत् प्रयास से हिंदुस्थान के समाचार लाने की तथा अंदमान के समाचार हिंदुस्थान में पहुँचाने की व्यवस्था करते रहते थे। आगे-आगे उनकी वहाँ की स्थिति में जैसे-जैसे सुधार आने लगा और शक्ति बढ़ती गई, वैसे-वैसे हिंदुस्थान से पत्राचार चालू रखने के ये साधन अधिक परिणामकारक होने लगे और उनमें नए साधनों

की भी वृद्धि हो गई, उसकी संक्षिप्त जानकारी यथाक्रम आगे आएगी।

इस तरह थोड़े ही दिनों में राजबंदियों को निश्चित जानकारी मिल गई कि होतीलाल का पत्र प्रकाशित करने से 'बंगाली' छापाखाना जब्त हो गया आदि समाचार बारी ने केवल राजबंदियों को डराने के लिए अपनी जेब से निकाले थे और उसने अपने लोगों के द्वारा फैलाए थे। थोड़े दिनों बाद उस प्रकाशित 'बंगाली' वृत्तपत्र का टुकड़ा भी हमें कारागृह में देखने को मिला। यह समाचार कि मुझे कोल्हू का बैल बनाया गया है, प्रथमत: इसी समय हिंदुस्थान में प्रकाशित हुआ। वह किसी ने बाद में अमेरिका पहुँचाया। वहाँ 'अभिनव भारत' के सदस्यों ने उस समाचार कि 'मैं कोल्हू में जोता गया हूँ' का कल्पना चित्र निकालकर और उसे प्रकाशित कर उस परचे को हजारों की संख्या में बँटवाया। उसका वहाँ के भारतीय लोगों पर क्या प्रभाव पड़ा, वह लाहौर (पंजाब) षड्यंत्र के लोग जब अंदमान आए, उस समय के वर्णन में मिलेगा।

□

प्रकरण–१४

१९११ के राज्यारोहण समारोह की परछाईं

जैसाकि पीछे कहा गया है, होतीलाल का पत्र हिंदुस्थान में प्रकाशित होने से अधिकारियों में खलबली मची। उसके आगे-पीछे ही एक गप यह फैल गई कि राजबंदियों की आशाएँ अचानक सर्वथा फलित होंगी। यह भी गप फैल गई कि इंग्लैंड में राज्यारोहण के बाद जॉर्ज हिंदुस्थान आएँगे। समारोह संपन्न होगा और आश्चर्यजनक बात यह कि उस राज्यारोहण समारोह की प्रसन्नता में सभी राजबंदी—'मैं' भी—मुक्त हो जाएँगे।

मुक्ति की आशा

सूखे में अत्यंत क्षुधित लोगों के झुंड जहाँ-जहाँ भिक्षा माँगने के लिए इकट्‌ठे किए जाते हैं वहाँ-वहाँ ये शब्द सुनते ही कि भिक्षा आ गई, उनकी आत्मा में जो छटपटाहट होती है और इस चिंता से कि मुझे मिलने से पहले ही कहीं भिक्षा खत्म तो नहीं हो जाएगी, उनके प्राण जैसे उड़ने लगते हैं, ठीक वैसी ही अवस्था 'जुबली होगी' शब्दों के साथ-साथ ही मुक्ति होगी, अथवा कम-से-कम छूट मिलेगी, जैसी गप से बंदीवानों की होती है। यहाँ-वहाँ हर रोज यह बात फैल जाती है और हर किसी के मुख प्रफुल्लित दिखाई देने लगते हैं। प्रत्येक बंदी जानता है कि इस उत्सव के समय जो नाम जाएँगे उनमें उसका क्रमांक, उसका नाम होना न होना अपने बंदीवासीय आचरण पर अवलंबित है। यह प्रत्येक को ज्ञात होने से हर बंदी अधिकारियों की चापलूसी करने लगता है। अत्यंत कष्टप्रद काम भी बिना आपत्ति के चुपचाप होने लगते हैं। अधिकारी भी काम बढ़ाकर इस अवसर का पूरा-पूरा लाभ उठाते हैं। बंदी के आगे प्रलोभन जगमगाता है, अब थोड़े दिन ही तो बाकी हैं, जुबली आ रही है, तुम्हारा नाम हम सरकार को ऊपर भेजनेवाले हैं। आशादायी वातावरण में 'जुबली उत्सव आ रहा है' जैसे सच-झूठ उठने की देरी है कि सारे बंदीजनों का वह महीना-डेढ़ महीना बड़े आनंद से व्यतीत होनेवाला है। यह बात पक्की है कि अंदमान के इन बंदियों को, जिन्हें

लगा था। प्रत्येक राजबंदी मन के लड्डू खाने लगा कि अब वह घर जाएगा, जाने के पश्चात् क्या क्‍गा। इतना ही नहीं, रेल के किस मार्ग से वह कहाँ जाएगा, वह यहाँ तक अनुमान कर लगा। उसमें भी कइयों को आजीवन कालापानी, तो कइयों को १४, १०, ७ वर्षों क ारी-भारी दंड दिया गया था और उस दंड के लिए सरकार ने लाखों रुपए खर्च कि थे, जिसे अभी पूरे डेढ़-दो वर्ष भी नहीं हुए थे। इतनी अल्पावधि में इतने पैसों तथा कष्टों की कमाई पर पानी फेरकर उनके समान भयंकर समझे जानेवाले ले ो इतनी सहजता के साथ बंदीगृह के द्वार खोलकर चाहे जहाँ क्योंकर जाने दिया ? मुझे यह नहीं लग रहा था, तथापि आयरलैंड, इटली, रूस आदि उदाहरणों से यह भी दिखाया कि राजनीतिक इतिहास में इस प्रकार की असंभाव्य घटनाएँ भी भवनीय होती हैं। यद्यपि मनुष्य को सर्वथा निराश कभी नहीं होना चाहिए तथापि वृथा आस रखने से न रखना ही कर्मयोग मार्ग में अधिक श्रेयस्कर है, बल्कि वह अधिक सुखकर भी होता है। अत: यही आस मन में सँजोए रखना कि हमें यहीं पर यह कष्ट उस काल तक, जब तक निश्चित अवधि कथन करना असंभव है, सहना पड़ेगा। तद्नुरूप मन को तैयार करो, यही मैं अपने राजनीतिक सहतापियों को बार-बार कहता रहा। परंतु किसी भी तरह से उनकी उत्कंठा तथा यह विचार कि हम अब अवश्य मुक्त होंगे, रत्ती भर भी कम नहीं हो रहा था। जैसाकि ऊपर वर्णन किया है, उनमें से कई जन मेरे इस निराशाजनक, दु:खी भविष्य कथन पर क्रुद्ध भी होते थे। पुन: कइयों का विश्वास अरविंद बाबू की एक भविष्यवाणी का आश्रय लिये हुए था। अरविंद बाबू को जब मुक्ति मिली थी तब उनकी ओर जिन्हें उनके साथ कठोर कारावास तथा द्वीपांतर के आजन्म दंड हो गए थे, मुड़कर अभियुक्त के पिंजरे से बाहर निकलते-निकलते उन्होंने कहा था, ''जाओ युवक, तुम्हें आज मुक्ति नहीं मिली, चिंता नहीं; तीन वर्षों के अंदर-अंदर ही तुम सब वापस लौटोगे!''

अरविंद बाबू का कृष्ण-दर्शन

अरविंद बाबू को कारागृह में कृष्ण-दर्शन हुआ था। अत: इन सभी लोगों का दृढ़ विश्वास था कि उनकी 'भविष्यवाणी' सत्य सिद्ध होगी। अच्छा, भविष्यवाणी के अनुसार बंगाली 'बम-गोलेवाले' मुक्त हो गए तो फिर सामान्य तर्क से भी यह सिद्ध होता है कि आगरा-पंजाब की ओर के लेखनीवाले भी मुक्त होंगे और इतनी सारी सेना के मुक्त होने पर केवल तीन महाराष्ट्रीय क्रांतिकारियों को ही कौन ठूँसकर रखेगा? अर्थात् सभी राजबंदी मुक्त होंगे। सभी का यही निश्चय हो गया। प्रश्न बस इतना ही रह गया कि अरविंद बाबू की भविष्यवाणी के वे तीन-चार वर्ष कहाँ से गिने जाएँ? अनेक मीमांसकों की सूक्ष्म समन्वय पद्धति का बार-बार अवलंबन करके अंत में यह निश्चित

किया कि वही सत्य है जो अनुकूल है। उस दिसंबर में ही वह भविष्यवाणी फलित होगी और वह राज्यारोहण का अलौकिक प्रसंग भी आया हुआ था, निश्चित ही हम सभी मुक्त होंगे। कितनी उत्कंठा थी मुक्ति की! इसलिए कि जिन प्रियकर जनों के दर्शन से सदा के लिए वंचित होना पड़ेगा, ऐसा मानकर मन तड़पता था, उनके प्रियमुख कमल पर काल की कठोर नई सिलवट पड़ने से पहले ज्यों-की-त्यों हम एक-दो वर्षों की अवधि में वापस लौटकर देख सकेंगे। एक-दूसरे के घर जाकर अपने इस अंदमान के कठोर अत्याचारों की दु:खद कहानियाँ पारिवारिक स्नेह की सुखद गोदी में लेटकर एक-दूसरे से कहेंगे। बस फिर देरी किस बात की। बंगालियों को महाराष्ट्रियों ने आमंत्रित किया, पंजाबियों ने भी महाराष्ट्रियों को आमंत्रण दे डाले।

अर्थात् मुझे भी निमंत्रण प्राप्त हो गया। उन राजबंदियों में से मेरे कक्ष में जिन्हें रखा गया था, वे सारे मेरे इर्दगिर्द इकट्ठे होते और सर्वथा निश्छल हर्ष से उत्तरी तथा बँगला उच्चारण में तात्या कहते हुए अनुरोध करते, 'तात्या, आप जाओगे, तब हमारे देश में अवश्य आएँगे।' कहते हुए वे उदारचरित नवयुवक मेरी मुक्ति संबंधी निराशा दूर करने का हार्दिक प्रयास करते। सत्य ही उन सभी का मेरा पचास वर्षीय दंड सुनकर कलेजा इतना फट जाता कि उस मुक्ति से अधिक जो उस उत्सव की खुशी होनेवाली थी, मेरी मुक्ति के लिए वे आनंदित हो रहे थे।

उत्सव समीप आ गया। अफसरों की तो कोई सीमा ही नहीं रही। अंदमान के अधिकारियों ने जिधर देखो उधर चकाचक सफाई कराना आरंभ किया। प्रत्येक बंदी समझने लगा, मैं तो अवश्य मुक्त हो जाऊँगा।

कल राज्यारोहण दिवस है। अत: हर जगह यही अफवाह थी कि राजबंदियों को मुक्त करने की आज्ञा आ भी चुकी है। सत्ताधारियों की भी यही धारणा थी कि ये अवश्य मुक्त होंगे। बाद में हमें पता चला कि सचमुच ही भीतर-ही-भीतर कुछ खिचड़ी पक रही थी। राज्यारोहण समारोह की यह पूर्वसंध्या थी। हम सारे बंदी भोजनादि से निवृत्त होकर एक पंक्ति में बैठे थे। मेरे सह-कष्टभोगी राजबंदी भी मेरे निकट ही बैठ गए, क्योंकि उस हर्ष की गड़बड़ी में जमादार भी व्यस्त था। वह भी कल मुक्त होगा ही होगा। बस, यह निश्चित करना बाकी था कि किस गाड़ी से कलकत्ता से आगे निकल पड़ें। इतने में···खान हाँफता हुआ आ गया और मेरा हाथ बलपूर्वक दबाते हुए कहने लगा, "बालिस्टर बाबू, आप बरी हो गए।" यह खान दुष्टों में तीसरे दर्जे का दुष्ट था। बारी साहब की आज्ञा का स्रोत, जिन तीन बड़ी-बड़ी नालियों में से अप्रतिहत गति के साथ नहीं, वर्धमान गति से बहते-बहते कारागार में पहुँचता, उसमें···खानों का प्रमुख पठान जमादारों का प्रथम क्रमांक···का द्वितीय और खान का तृतीय। बारी बाबा के क्रोध संतप्त कर-कमलों में पकड़ा जाता यह पठानी त्रिशूल राजबंदियों के हृदयों को सदा-

सर्वदा आर-पार चीरता। उनमें से यह एक शूल…खान परंतु वह आज इतना भोथरा बन गया था। दुष्ट भी सुष्ट बन जाते हैं, जहाँ उनका लाभालाभ प्रश्न नहीं होता। आज या कल सारे मुक्त होंगे। फिर अब मुझसे ईर्ष्या रखकर भला…खान को क्या मिलेगा? हाँ, कदाचित् मेरी मुक्ति के पश्चात् बैरिस्टर होने के नाते उसके किसी नए डाकेजनी के कांड में यदि उसपर कोई अभियोग लग जाए तो मैं काम भी आ सकता हूँ न! कैसे कहें? नहीं, इस तरह के प्रकट अनुरोध, प्रार्थनाएँ भी हमेशा की जातीं। अत: मुझसे अब स्नेह रखना ही लाभदायक होने से या वैसा करना कम-से-कम हानिकारक न होने के कारण…खान मेरा हार्दिक अभिनंदन करने लगा और राजबंदियों को बताने लगा कि बड़े बाबू छूट गए।

बड़े बाबू छूट गए

मैंने मुसकराते हुए पूछा, "आपको किसने बताया?" उसने कहा, "अब भी क्या 'हाथ कंगन को आरसी' की जरूरत है? स्वयं बारी ने हमें आदेश दिया कि कल बाहर के सभी जमादारों को इधर बुलाया है, क्योंकि राजबंदियों के मुक्त होते ही उन्हें अमुक द्वीप में ले जाना है, वहाँ से जहाज आते ही उन्हें उसपर चढ़ाना है।" मैंने फिर से कहा, "परंतु आप कैसे कह सकते हैं कि मैं भी मुक्त हो जाऊँगा?" उसने कहा, "मैंने बारी से पूछा, तब वह मुसकराया।" उस एक साधारण बंदीपाल के एक धूर्त हास्य पर हमारी मुक्ति के समाचार का भवन निर्मित हो गया था, तथापि 'बालिस्टर बाबू, आप मुक्त हो गए' ये शब्द सुनते ही मन में हर्ष की लहरें उमड़े बिना नहीं रही। कल मुक्ति मिलने के पश्चात् घर जाकर बाल को जैसे छोड़कर आया था, वैसे ही एक वर्ष के भीतर उसे हृदय से लगाना संभव होगा! और सभी छूटे हुए प्रियजनों का किसी दुष्ट सपने से अचानक जग जाने पर तुरंत हँसता-खेलता मेला लग जाएगा। इस असंभाव्य रमणीय कल्पना से मन भरभराने लगा। यह जानते हुए कि वह मात्र एक कल्पना है, वह मन को आनंद देने लगी। इसमें कोई संदेह नहीं कि दुर्भाग्य के दारुण दु:ख के दिन काटते समय मिथ्या आशा, यह जानते हुए कि वह मिथ्या है, कई बार उन दु:खों की धार तनिक भोथरी करने में काम आती है।

यह समाचार सुनते ही सारे राजबंदी मेरे गले पड़ गए और कहने लगे, "अब तो विश्वास हुआ। अब तो मुक्ति मिलेगी न?" मेरे नकारात्मक सिर हिलाते ही उनमें से एक उत्साही युवा मित्र ने, जो मुझसे अत्यंत निश्छल सहानुभूति रखता था, मेरे गले में झूलती बंदीवान की लोहे की उस हँसुली को, जिसमें बंदी का क्रमांक तथा दंड का लकड़ी का तमगा लटकता है, पकड़ लिया और कहने लगा, "टूटेगा, कल यह बिल्ला आपके गले से टूटेगा।" मैंने कहा, "आप में कोई भी मुक्त हो जाएगा, पर मैं नहीं।

तथापि हममें से एक भी मुक्त हो जाए तो हमें उतना ही हर्ष होगा। ना ही देश का अधिक कल्याण होगा।'' मेरे इस संदेह पर तनिक झुँझलाते हुए उस ाही मित्र ने अपने स्नेहिल क्रोध के आवेश में लोहे की हँसुली और उस पदक को ड़कर ऐसा झटका दिया कि वह लकड़ी का पदक सचमुच ही टूटकर गिर गया। मेरी न को भी तनिक खरोंच आई।

शुभ शकुन

परंतु इसे भी शुभ शकुन मानकर वे और यह समाचार अन्य कोठरियों ही अन्य राजबंदी भी इस वार्त्ता से और भी निश्चिंत हो गए कि अब बालि अवश्य मुक्त होंगे। मैंने भी एक भविष्यवाणी की कि आपके इस शुभ शकुन निश्चित परिणाम होगा। बिल्ला तोड़ने के आरोप में हमें कारागारीय दंड अवश्य और फिर अरविंद बाबू के भविष्य से मेरा भविष्य ही अधिक विश्वसनीय सिद्ध क्योंकि आखिर वह अपेक्षित कल का दिन भी आ ही गया था।

कल का दिन

दूसरे दिन समस्त राजबंदियों को अन्य सैकड़ों बंदियों के साथ कारागृह के द्वार के पास बुलाया गया। परंतु मुझे और एक बंगाली युवक को पहले नहीं बुलाया गया। सभी बंदीवान इस अपेक्षा के साथ कि कब द्वार खुलेगा अथवा मुक्ति न सही, कम-से-कम कुछ वर्षों की छूट मिलेगी और कम-से-कम द्वार अधखुला तो होगा—चंचल मुद्रा से इधर-उधर टुकुर-टुकुर देखने लगे। पर्यवेक्षक साहब (सुपरिंटेंडेंट) आ गए। नया कोरा-करारा गणवेष (यूनिफॉर्म) परिधान धारण कर बारी साहब भी पधारे। राजबंदियों को एक तरफ नाम लेकर बताया जाने लगा। मेरे नाम का कोई अता-पता नहीं। आखिर सौभाग्य यह था कि जिन्हें बुलाया गया, उनमें मेरे ज्येष्ठ बंधु भी थे। उन्हें बताया गया कि 'आपको दंड के हर वर्ष के पीछे कुछ महीने की छूट मिल गई है।' इस हिसाब से मुझे पचास महीने दंड से छूट मिलनी चाहिए थी, परंतु मुझे बताया गया कि आपके लिए न मुक्ति है न ही छूट।

अन्य साधारण बंदियों को भी वर्ष के पीछे एक महीना छूट मिली। इसके अतिरिक्त उत्सव के उपलक्ष्य में सभी बंदियों को आलू-पुलाव की दावत देने की एक विशेष कृपा की गई। हाँ, इस विशेष कृपा के लिए मैं भी सत्पात्र बना। इस प्रकार मुक्ति अथवा छूट न मिलकर जॉर्ज महाराज के राज्यारोहण समारोह के लिए हमें मिला—आलू-पुलाव और बिल्ला तोड़ने का दंड। हम इसी में किंचित् संतोष मान लें, इसीलिए संध्या समय बारी साहब ने हमारे भोजन के समय बताया, ''मेरे जैसे बंदी को, जो पूरे अंदमान में

भुगत रहा है, एक दिन की भी छूट न मिलने के कारण उसे व्यक्तिगत वेद है, तथापि आप जैसे भयंकर क्रांतिकारी को जब तक उसका वैमनस्य, त्र भी कम नहीं होता तब तक इतनी सी भी छूट न देना सरकार का कर्तव्य न्य क्रांतिकारी क्वचित् राजबंदी समझे जा सकते हैं, परंतु सरकार आपको हत्यारा (कॉमन मर्डरर) समझती है, अतः आप उन राजबंदियों की छूट पर र भी नहीं जता सकेंगे।'' मैंने कहा, ''आपके कहने से पहले ही मैं जानता था। हा ही था कि भयंकर क्रांतिकारी होने के नाते हत्यारे खूनी आदि अराजनीतिक न पॉलिटिकल) बंदियों की तरह मुझे छूट नहीं मिलेगी? और मैं अराजनीतिक यारा बंदी होने के नाते राजबंदियों की तरह की सहूलियतों के लिए सर्वथा अपात्र हूँ। स्तव में यह आलू-पुलाव भी मुझे तब तक नहीं मिलना चाहिए जब तक मेरा गुस्सा कम नहीं हो जाता। इसे भी आप वापस ले जाइए।''

किसी भी राजबंदी को मुक्त न करते हुए और मुझे तो एक दिन की भी छूट न देते हुए सन् १९११ का वह राज्यारोहण समारोह समाप्त हो गया। उस दिन प्रातःकाल के समय राजबंदी जब कोठरियों से निकले थे, तब उनमें से अनेक के मन में दृढ़ विश्वास था कि आज संध्या समय ही वे पुनः अपनी कोठरियों में बंद नहीं होंगे। आज संध्या होने से पहले ही इस उत्सव के उपलक्ष्य में उनकी मुक्ति होती और वे जहाज की प्रतीक्षा में बंदीशाला के बाहर कहीं होंगे। परंतु शाम होते ही पुनः उस कोठरी का मुँह देखकर उसके जबड़े में अपने आपको दफनाने के लिए उन्हें पुनः भीतर घुसना पड़ा। बंदीगृह में ऐसी कुछ भयानक उदास घड़ियाँ, जो सभी के मुख पर निराशा की काली-कलूटी छाया फैलाती हैं, मुझे स्मरण हैं। उनमें उस शाम की वेला और वह एक रात भी एक थी।

मुक्ति का विश्वास न होते हुए भी कोठरी में पुनः बंद होते समय अन्य जनों के उस संसर्गजन्य निराशा की बाधा ने मेरे मन को भी घेर लिया। उस दिन मेरा भविष्य उस कालकोठरी की चारदीवारी में चिन दिया गया। उसके बाहर सर्वत्र घोर निराशा। स्याह अँधेरा।

व्यक्तिगत मुक्ति का प्रश्न मिट गया। अब एक अन्य उत्सुकता ने मन को घेर लिया कि उत्सव के दिन स्वदेश को कुछ नए अधिकार मिले होंगे? क्रांति के जो चार-पाँच वर्ष जीवन को दाँव पर लगाए फटाफट बीत रहे थे, उनकी भी मैं टोह लेने का प्रयास कर रहा था। जैसाकि पहले कहा था कि बंदीगृह के बाहर जो थोड़े-बहुत राजबंदी भेजे गए और जिन्हें उस उपनिवेश के विभिन्न विभागों में काम में लगाया गया था, उन्हें बीमार हो जाने पर बाहर के रुग्णालय में नहीं रखा जाता था, क्योंकि वहाँ रहनेवाले बंदी अत्यधिक स्वतंत्रतापूर्वक एक-दूसरे से मिल सकते थे और उनके खान-पान का प्रबंध भी बंदीगृह के रुग्णालय से स्वाभाविक रूप में अधिक अच्छा रहता था।

इस स्वाभाविक भय से कि वह स्वतंत्रता राजबंदियों को मिलने से वे रुग्णालय के आतिथ्य का बार-बार भोग लेना चाहेंगे और एक-दूसरे से डटकर मिलते रहेंगे। राजबंदियों में बाहर कोई बीमार हो जाए तो उसे शीघ्र बंदीगृह के रुग्णालय में कोठरी में बंद किया जाता। उस दंड का राजबंदियों के मन में इतना भय समाया हुआ था कि यथासंभव अपनी बीमारी छिपाकर वे अपना काम करते रहते, अन्यथा बाहर की वह सापेक्ष स्वतंत्रता खत्म हो जाती और बीमार पड़ने के अपराधवश बंदीगृह की कोठरी में बंद होने का पुनः प्रसंग आता। इस प्रकार रुग्णावस्था में अधिक छूट तथा आराम की आवश्यकता होने पर भी उसी समय कोठरीबंदी का दंड राजबंदियों की बीमारी के दुःख को अधिक ही दुःखतर कर देता, तथापि इस आपत्ति का भी एक लाभ उठाने के लिए उन्हें अवकाश मिलता। वह लाभ था बाहर से प्राप्त कोई समाचार भीतर बंदीशाला में बंद अपने साथियों तक पहुँचाना। बीमार पड़कर जब किसी को बंदीशाला के रुग्णालय में बाहर से भेजा जाता तब वह अपने बोरिया-बिस्तर के साथ-साथ ही यथासंभव समाचार प्राप्त करके भीतर आ जाता। बाहर अखबार अधिक सुलभता से गुपचुप पढ़ने के लिए मिल जाते। बाहर गए हुए राजबंदियों में से जिसे समाचार मिल जाता, उसे प्रायः तुरंत कोई-न-कोई बीमारी होती और उसे बंदीशाला के रुग्णालय में बंद होने के लिए भेजा जाता। राज्यारोहण के कारण स्वदेश में क्या हुआ, यह समाचार खोजने में लगे बाहर के सारे राजबंदियों में से एक को अकस्मात् समाचार का रोग लग गया। बीमार बंदियों में वह भी घुल-मिल गया। थोड़ी सी परीक्षा के पश्चात् बाहर के बंदी को बाहर के खुले और सापेक्षतः आरामदेह रुग्णालय में भेजकर अधिकारी ने राजबंदी के साथ सख्ती से पेश आने का नियमानुसार आदेश दिया, ''ले जाओ इसे, जेल की कोठरी में बंद कर दो।'' राजबंदी भी उस कठोर आज्ञा को वरदान समझकर बंदीशाला के रुग्णालय की कोठरी में आकर कराहता-कलपता बंद हो गया।

दूसरे दिन हमेशा की तरह दस बजे मैं स्नानार्थ अपने कक्ष के हौज पर आ गया तो दूसरी तरफ के कक्ष की इमारत के पिछवाड़े की खिड़की से कोई दबी-दबी सी आवाज में पुकार रहा था—सावरकर बाबू! सावरकर बाबू! मैंने ऊपर देखा तो दृष्टि मिलते ही उस राजबंदी ने दुतल्ली इमारत की खिड़की पर लटकते हुए बताया कि बंगाल का विभाजन स्थगित हो गया।

सुनकर भी मैं इस समाचार पर विश्वास नहीं कर सका। पुनः पूछा, ''क्या कहा? बंगाल का विभाजन? That settled fact is unsettled?'' वह हँस पड़ा। बोला, ''हाँ, हाँ।'' मैंने कहा, ''राजबंदियों की मुक्ति की तरह कहीं यह भी भविष्य कथन तो नहीं कर रहे हो?'' मेरे मित्र ने कहा, ''बिलकुल नहीं, पक्का समाचार।'' मैंने वैसे ही स्नान करना छोड़कर हर कक्ष के राजबंदियों को बंगाल का विभाजन स्थगित

होने का समाचार भेजा। शीघ्र ही यह समाचार भी मिला कि दिल्ली राजधानी हो गई। परंतु इस समाचार का कुछ खास महत्त्व नहीं था। महत्त्व इस समाचार का था कि बंगाल का विभाजन रद्द हो गया; और इससे भी अधिक महत्त्वपूर्ण प्रश्न था नीति का, राजनीतिक प्रयोग का, अतः राजबंदियों को अपूर्व संतोष मिला और उस दिन उन्हें अपनी व्यक्तिगत निराशा का विस्मरण हो गया। स्वदेश की समस्या का यदि इस तरह सफलतापूर्वक समाधान मिल रहा हो तो हमारी मुक्ति न हो, न सही। इस तरह के उद्गार उस युवा संघ के हर किसी के मुख से निकल रहे थे। बंगाल का विभाजन क्या? उसके स्थगित होने का यह आनुषंगिक संतोष था। परंतु वास्तविक संतोष यह था कि वही करने के लिए बाध्य किया, जो हमने कहा था। अर्थात् एक हिम्मत उत्पन्न हो गई कि भविष्य में वही करने के लिए बाध्य किया जाएगा जो हम चाहेंगे। कुछ लोगों ने पूछा, ''परंतु इस यःकश्चित् खिलौने से संतुष्ट होकर कि बंगाल का विभाजन रद्द हो गया...पुनः।'' मैंने कहा, ''नहीं, वह डर अधिक नहीं। एक बार जिसको मालूम हो गया कि मलेरिया कुनैन की टिकिया से रफूचक्कर हो जाता है, वह पुनः उस ज्वर का आभास होने पर अपने आप कुनैन ही लेगा।''

मुझे रत्ती भर भी दुःख नहीं हुआ कि राजधानी दिल्ली चली गई, क्योंकि राज्य क्रांतिकारियों में जब-तब यह चर्चा छिड़ती कि भावी हिंदुस्थान की राजधानी कौन सी हो, तब तक मैं यही मत प्रतिपादन करते हुए कि हिंदुस्थान की राजधानी उज्जैन हो, कहता कि ऐतिहासिक, सांस्कृतिक, औद्योगिक, भौगोलिक तथा सामरिक दृष्टि से उज्जैन ही भावी भारत की राजधानी बनना उचित है। लेकिन यह प्रश्न छोड़कर कि राजधानी कौन सी हो, यह प्रश्न पूछा जाए कि कौन सी होगी, तो यही कहने के लिए बाध्य होना पड़ेगा कि हिंदुस्थान की राजधानी प्रायः दिल्ली ही होगी। मेरे इस तर्कानुरूप वह दिल्ली चली गई, इसका मुझे जरा भी दुःख नहीं है। हाँ, मुझे बड़ा हर्ष होता यदि वह राजधानी उज्जैन चली जाती।

□

प्रकरण–१५

अंदमानी बंदियों का भोजन

हिंदुस्थान में इस सारी उथल-पुथल के चलते अर्थात् सन् १९११ के अंत और १९१२ के प्रारंभ में अंदमान के बंदीगृह में मुझे लगभग एक वर्ष हो गया। इस पूरे वर्ष में कठोर परिश्रम को झेलने तथा बंदीशाला का अन्न खाने के बाद भी मेरा स्वास्थ्य साधारणतया ठीक ही रहा। बंदीगृह का यह भोजन कैसा होता है, एक वर्ष का अनुभव प्राप्त करने के बाद इसकी साधारण परिकल्पना देने में अब कोई आपत्ति नहीं है।

बंदियों का भोजन

पुस्तक (जेल नियमावली) में निर्धारित नियमों को देखा जाए तो इस भोजन की मात्रा सरसरी तौर पर अपर्याप्त नहीं होती। अंदमान में सभी राज्यों के विभिन्न जातीय लोगों के आने के कारण कटोरा भर चावल और गेहूँ की दो रोटियाँ—इतना भोजन, जो कि मिश्र पद्धति का था, वह ठीक ही था। यह मात्रा साधारण मनुष्य के लिए पर्याप्त थी। कोल्हू में काम करते समय अथवा चक्की पीसते समय कई लोगों को इस तरह के विशेष परिश्रम में भोजन की यह मात्रा अधिक बढ़ाने की अनुमति दे दी जाती और इस प्रकार किसी प्रतिवाद की गुंजाइश ही नहीं रहती कि भोजन पर्याप्त नहीं होता। बंदियों में ऐसे कुछ लोग होते थे जिनकी भूख इस अन्न मात्रा से पहले नहीं मिटती थी। परंतु प्राय: एक-दो वर्षों के पश्चात् उन्हीं बंदियों की इस स्थिति में परिवर्तन आ जाता। ऐसे बंदी तो विरले ही होते जिनकी भूख दो-तीन वर्ष रहकर भी नहीं मरी। अत: कुल मिलाकर सरसरी तौर पर निश्चित की हुई भोजन की मात्रा अंदमान में ठीक तथा पर्याप्त ही होती। परंतु उस परिमाण के अनुसार अन्न प्राप्त होने के बाद उसके बंदियों के मुँह में जाने तक बीच में जो विघ्न आते, उनकी कोई सीमा ही नहीं थी। पंजाबी तथा पठानी मुसलमान प्राय: गेहूँ भोजी होते हैं। वे चावल पसंद नहीं करते। इन्हीं सज्जनों में से राजबंदी अंदमान में आने तथा नियमित रूप से उन्हीं की वॉर्डर के रूप में नियुक्ति होने

से वे अपनी रोटियों की आपूर्ति प्राय: अन्य बंदियों की रोटियों से उनपर धाक जमाकर अथवा घूसखोरी द्वारा करवाते। बेचारे उन बंदियों को केवल चावल पर ही अपना गुजारा करना पड़ता और वॉर्डर महाशय के कटोरे में गुपचुप अपनी रोटियाँ डालनी पड़तीं अन्यथा उन्हें धमकी खानी पड़ती, 'देख लेंगे बच्चू तेरे को।' फिर उन्हें काम में तंग करने, उनपर झूठमूठ के अभियोग लगाने आदि हथकंडों द्वारा ये वॉर्डर उन्हें तंग करते। इस तरह तंग करनेवाले निन्यानबे प्रतिशत पठान, पंजाबी और सिंधी मुसलमान होते और वे अपने किए हुए अन्याय की जानकारी ऊपर तक न पहुँचने देने की सावधानी बरतते। वहाँ के नीच, अधम-से-अधम मुसलमानों में भी हिंदुओं से विद्वेष रखना एक धार्मिक कर्तव्य भावना होता था। अत: जिन्हें इस तरह की यंत्रणाएँ सहनी पड़तीं, उनमें निन्यानबे प्रतिशत हिंदू बंदीवान ही होते।

इन वॉर्डरों को जेल में ही भोजन करना पड़ता, अत: वे जिसकी रोटी लेते, कभी-कभी बदले में उसे अपने हिस्से का चावल भी दे देते। परंतु पेटी अफसर और जमादार जैसे लोगों को, जिन्हें बाहर छोड़े हुए बंदियों में से अधिकारी के रूप में भीतर लाया जाता है, कारागृह में भोजन करने की आज्ञा नहीं होती। परंतु वे जेल में ही भोजन करना चाहते थे, क्योंकि वहीं पर भोजन से निपटने से बाहर भोजन बनाने के झंझट तथा पैसे की बचत होती थी। इस अधिकारी वर्ग की क्षुधा शांति के लिए बंदियों को बदले में चावल लिये बिना ही उन्हें अपनी रोटियाँ देनी पड़तीं, अन्यथा उस दिन किसी-न-किसी झंझट में फँसाकर वे पीठ पर दो-चार डंडे बरसाते ही थे। एक पठान, जिसका नाम मिर्जा खान था, वहाँ प्रमुख जमादार हो गया और 'छोटा बारी' के नाम से उसका काफी बोलबाला था। वह सिर चढ़ा था। कई बार दस-बारह रोटियाँ इकट्ठी करने के लिए वह किसी पठान वॉर्डर को आँखों से संकेत करता और स्वयं भोजन परोसनेवाले व्यक्ति के साथ-साथ धीरे-धीरे आगे बढ़ता। परंतु उसकी दृष्टि उसपर टिकी होती जो रोटियाँ बटोरता है। वॉर्डर की माँग के अनुसार यदि कोई हिंदू बंदीवान रोटियाँ देने से इनकार करता तो मिर्जा खान तुरंत वापस मुड़कर अपने हाथ से दो-चार बेंत उसे मारता। इसके लिए कैदी लाइन में नहीं होता या और कुछ बहाना बना देता।

छोटा बारी

अंदमान में बंदी को सप्ताह में एक या दो बार नरोटी भर दही मिलता। उस दिन तो पानी के बड़े-बड़े लोटे भरकर बंदियों को मार-पीटकर और उनसे दही छीनकर ये पठान वॉर्डर तथा पेटी अफसर उसे पी लेते। एक बार एक हिंदू बंदी ने नरोटी भर वह दही एक बलूची अफसर को न देते हुए नियमानुसार थाली में आते ही उसे भात में मिला लिया। यह बात उस पेटी अफसर के समझते ही उसने हिंदुओं की पंक्ति में

घुसकर उस हिंदू बंदी के पास पड़ी एक फूटी नारियल की खोपड़ी की ओर संकेत करते हुए कहा, ''ऐ हरामी, यह नरोटी क्यों ली?'' क्योंकि जेल में फूटी नरोटी पास रखना भी अपराध है, इसलिए 'तुमने नरोटी क्यों रखी' कहते-कहते उस बलूची मुसलमान ने उस हिंदू बंदी की चोटी पकड़ी और उसकी पीठ पर लातों से प्रहार करने लगा और झटके मारता हुआ उसे तब तक काफर, चोटीवाला काफर, कहता हुआ गालियों की बौछार करता रहा जब तक उसकी आधी चोटी उखड़कर हाथ में नहीं आ गई। बंदी का चीखना-चिल्लाना सुनकर वह 'बड़ा जमादार' अर्थात् मिर्जा खान आ गया और अपने ही गुट के एक पेटी अफसर को देखकर उलटे उस बंदी पर ही नरोटी रखने के अपराध में अभियोग लगाने ले गया।

मैं यह सारा तमाशा देख रहा था। जाते-जाते मैंने उसे संकेत से सूचित किया, मेरी गवाही दे दो। उसी के अनुसार गवाह के रूप में मेरा नाम बताया जाने पर मुझे बुलाया गया। मैंने जाते ही बताया कि यह बलूची पेटी अफसर दही माँग रहा था, जो इस बंदी ने नहीं दिया। इसीलिए उसने उसे इतनी नृशंसता से मारा। तब मुझपर दहाड़ते हुए 'छोटे बारी' ने कहा, ''हुजूर, ये बड़े बाबू हर समय हम मुसलमानों के खिलाफ झूठी गवाही देते हैं।'' मैंने बंदीपाल को बताया, ''ठीक है, मैं झूठी गवाही देता हूँ न? तो फिर एक और झूठी बात कहता हूँ कि अब इसी समय उस टीन की टपरी में इस बलूची अफसर ने चोरी-चोरी दही का लोटा भरके रखा हुआ है। चलिए, मैं दिखाता हूँ।''

दही का लोटा

बंदीपाल को मेरे साथ आना ही पड़ा। वह मिर्जा खान, जमादार के साथियों को बचाना चाहता था, परंतु मेरे बीच में पड़ते ही महाशय उठ गए। उस टपरी में नरोटियों के ढेर के नीचे उस बलूची पेटी अफसर का दही से भरा हुआ लोटा मिल गया। गवाही मेरी ही थी। सुपरिंटेंडेंट के सामने मैंने अकारण उस हिंदू बंदी पर किए हुए क्रूर अत्याचारों की तथा 'काफर-काफर' की रट लगाकर उसकी चोटी उखाड़ने की जानकारी दी। जो मैंने कहा वही उसके शरीर पर पड़े निशानों तथा दही के लोटे ने भी बताया।

पर्यवेक्षक (सुपरिंटेंडेंट) क्रोध से लाल-पीला हो गया और अन्य पेटी अफसरों पर भी अपनी धाक जमाने के लिए उसने उस बलूची पेटी अफसर को तोड़ डालकर अर्थात् उसका पट्टा छीनकर उसे पुनः कामगार बंदियों में भेजकर कठोर परिश्रम के काम में लगा दिया। इस तरह काफर की उखाड़ी गई चोटी से मियाँजी की दाढ़ी भी उखाड़ी गई।

इस प्रकार 'छोटे बारी' अर्थात् जमादार मिर्जा खान के विरुद्ध उसके अन्याय से हिंदू बंदियों को बचाने के प्रयास में वह कई बार हमें भी फाँसता और इसके लिए हमें

कितना अत्याचार सहना पड़ता, इसका विवरण आगे चलकर थोड़ा-बहुत आएगा। उसके विरुद्ध साधारण बंदियों में चुगलियाँ करने की किसी की हिम्मत नहीं होती। राजबंदी ही कुछ साहस दिखाते, तो दिखाते। उनमें भी दस-पाँच लोग ही अन्य हिंदुओं का पक्ष लेकर मिर्जा के विरुद्ध अभियोग लगाने का साहस जुटाते। उनमें से कुछ ठोस उदाहरण आगे दिए जाएँगे। परंतु यहाँ यह एक बात इसलिए दी कि बंदियों को भोजन मिले। इसके लिए जो नियम थे, वे कुछ अधिक आक्षेपी नहीं थे। फिर भी बंदियों के मुख में पड़ने के पूर्व उस भोजन की जो चोरियाँ होतीं, उससे बंदियों की थाली में प्रत्यक्ष जो भोजन परोसा जाता वह मात्रा में प्राय: कम ही होता।

रुचिकर भोजन

यदि मात्रा की बात छोड़ दें तो उस भोजन में न केवल स्वाद की कमी होती वरन् पौष्टिक तत्त्वों की भी कमी थी। चाहे चावल कम मात्रा में दो, रोटी पेट भर भले ही न मिले, परंतु अधपका चावल मत दो, रोटी आधी सिंकी हुई, आधी जली हुई और कभी-कभी आटे के गीले गोले जैसी मत दो—इस तरह की प्रार्थनाएँ हमें बार-बार करनी पड़तीं। सात-आठ सौ लोगों का भोजन तैयार किया जाता। रसोइए इतने गंदे थे और सरकारी नियमानुसार सावधानी न बरतने के कारण कभी-कभी वे भयंकर संक्रामक, गुप्त रोग से पीड़ित भी होते थे। पसीने से तर-बतर उनके दुर्गंधयुक्त वस्त्र। कड़ी धूप में भोजन परोसते समय हमारी आँखों के सामने माथे का पसीना दाल के बड़े-बड़े डोंगों में, डेगचियों में टपकता, हम देखते और वही दाल हमारे लिए चटकारे भर-भरके सुड़कना अनिवार्य होता। भला इसमें उस रसोइए का क्या दोष? उस परोसिए का क्या अपराध? चिलचिलाती धूप में सैकड़ों बंदियों का भोजन तैयार करके उन्हें परोसते-परोसते उन चार-पाँच रसोइयों के टाँके ढीले हो जाते। वे इसीलिए यह काम करते कि रसोईघर में काम करते-करते एकाध सब्जी या साग चोरी-चोरी खाने के लिए मिल जाती, तिसपर जिन्हें फिर भी ये काम असहनीय प्रतीत होते, उन्हें करने से इनकार करें तो सुने कौन? ऐसी स्थिति में 'स्वादिष्ट' भोजन शब्द ही हम भूल गए थे। इस तथ्य को हम भी स्वीकार करते हैं कि अपराधियों को राजा-महाराजाओं के समान ठाठ-बाट के साथ पंचपकवानों का आस्वाद लेने के लिए बंद नहीं किया गया है, अपितु बंदीगृह में उनका जीवन इतना नीरस किया जाए कि उनमें यह अहसास जाग उठे कि उन्हें अपनी स्वार्थांध सुख लालसावश किए गए सामाजिक अपराधार्थ ऐहिक सुखों से वंचित होना पड़ रहा है। इसीलिए बंदीगृह में भोजन के स्वादिष्ट न होने का स्पष्ट अहसास होता था। वह एक तरह से ठीक ही था। उसपर जैसे गेहूँ के साथ घुन भी पीसा जाता है उसी तरह साधारण अपराधियों की तरह राजबंदियों को भी उनका स्वतंत्र वर्ग न बनाने के

कारण स्वादिष्ट भोजन न मिले, यह भी अपरिहार्य होने से वे इस तरह की शिकायत कभी नहीं करते थे। उनकी बस इतनी ही माँग होती कि चलो स्वादिष्ट न सही, उचित रूप में पका हुआ, स्वास्थ्यप्रद भोजन मिले और इन राजबंदियों की सभी बंदियों की ओर से यही शिकायत रहती कि अंदमान का भोजन प्राय: अत्यंत लापरवाही के साथ पसीने भरा, दुर्लक्षित रूप से पकाया हुआ है, जो स्वास्थ्य के लिए हानिकारक है। यह शिकायत करने पर उन्हें 'झूठी शिकायतों' के लिए कई बार दंड मिला होगा। परंतु वर्षों से उस अधकच्चे, पसीने से तर-बतर घातक अन्न का सेवन करने के बावजूद राजबंदियों द्वारा उस भोजन के विरुद्ध प्रतिवाद करते रहने से आखिर में भोजन में काफी सुधार आ गया था। अन्य बंदियों को राजबंदियों की ओट में अचानक जो लाभ होते, उनमें से यह एक अत्यंत महत्त्वपूर्ण लाभ था। इसकी कल्पना के लिए कि स्वादहीन, गंदा भोजन आखिर किस हद तक गंदा होता है, दो-चार ठोस उदाहरण प्रस्तुत करता हूँ। कभी-कभी दलिए में मिट्टी का तेल गिर जाता। दलिया बड़े सवेरे पकाया जाता। एक महाकाय डेगची चूल्हे पर चढ़ाई जाती और उसमें दलिया पकता। मुँह अँधेरे यह देखने के लिए कि वह ठीक पका है या नहीं, रसोइया हाथ में मिट्टी के तेल की टीन की ढिबरी थामे, उन्नींदी अवस्था में ही उस डेगची में झाँकता। उस समय दो कौड़ी की उस टूटी-फूटी ढिबरी से तेल चूने लगता और उसे तिरछी पकड़ने से देखते-देखते सारा तेल दलिए में गिरता। परंतु आठ सौ लोगों के लिए तैयार किया हुआ दलिया भला यूँ ही फेंका थोड़े ही जा सकता है? यह समाचार ऊपर तक पहुँचना भी तो उस रसोइए तथा मिर्जा खान के लिए घातक सिद्ध होता। अत: जब-जब यह बात होती तब-तब बंदियों को दलिया वैसे ही परोसा जाता। हमारे वहाँ जाने से पहले इस तरह का मिट्टी का तेलयुक्त दलिया प्रतिमास अथवा दो महीनों में एक बार मिलता ही था। परंतु राजबंदियों के जाने के बाद जैसे-जैसे इसकी चर्चा होने लगी वैसे-वैसे ये घटनाएँ कम होने लगीं। एक बार हमने स्पष्ट कह दिया कि इस तरह का दलिया हम नहीं खाएँगे। फिर यह मामला बारी तक पहुँचा तो वे भीतर आ गए। हमारे निकट के बंदियों से उन्होंने चिल्लाकर पूछा, "क्या सचमुच ही दलिए में मिट्टी का तेल पड़ा है?" उन बंदियों को ज्ञात था कि बारी जब कोई बात चीखकर पूछते हैं तब इसका उत्तर किस तरह देना है। उन्होंने दो-टूक उत्तर दिया—"नहीं साहब! बड़ा बाबू झूठ बोलता है।" तब गुस्से से भरकर बारी ने मुझसे कहा, "इन सभी को दलिए में कहीं भी मिट्टी के तेल की बू नहीं आ रही, तुम्हीं को आ रही है। ठहरो, झूठमूठ की चुगली खाने पर तुमपर अभियोग चलाता हूँ।" इस प्रकार शोर-शराबा करके वह चलता बना और सभी कैदियों को मिट्टी का तेल पड़ा वही दलिया गले से उतारना पड़ा। क्योंकि एक तो, भूखे पेट को दूसरा मिलेगा नहीं और फिर भूखे पेट ही काम करना पड़ेगा। दूसरा उससे भी महत्त्वपूर्ण कारण था और वह यह

कि साधारण नियमानुसार कारागृह में परोसा हुआ खाना अनिवार्य था। उसे फेंकना नहीं चाहिए। किसी के लिए कम हो तो अधिक नहीं मिलेगा। अधिक हो तो फेंका नहीं जा सकेगा। साधारण तौर पर निश्चित मात्रा खानी ही पड़ेगी। निर्बल और बलवान के लिए जो एक औसत मात्रा निर्धारित है उसके अनुसार अन्न ग्रहण करते हुए औसत तौर पर जीना चाहिए। वास्तव में ऐसा नहीं था कि इस प्रकार के नियमों का अमल हमेशा सख्ती के साथ होता। परंतु पूर्व में जब इस तरह की कठोरता बार-बार की जाती अथवा आजकल भी की जाती है तब उसका अनिवार्यतः बंदियों के स्वास्थ्य पर बुरा असर पड़ता है। यदि किसी को सचमुच ही जिस भोजन की आवश्यकता न हो और उसने वह भोजन जूठन की टोकरी में फेंक दिया हो, तो किसी अधिकारी द्वारा उससे बलपूर्वक उठवाकर उस बंदी को ही खाने के लिए बाध्य करने के भी उदाहरण देखे थे। उस दिन वह मिट्टी का तेलयुक्त दलिया भी बलपूर्वक सभी को जो सेवन करना पड़ा वह इसी नियम के बलबूते पर। यदि दस-पाँच कैदियों ने उसे फेंक दिया होता तो हम यह सिद्ध कर सकते थे कि दलिए में सचमुच ही मिट्टी का तेल पड़ा है। हमने उसे वैसे ही फेंक दिया। परंतु 'तोबा तेरी छाछ से, कुत्तों से छुड़ा' यह समझकर अभियोग चलाने की गीदड़ भभकी भी तुरंत भूलने का नाटक करते हुए बारी चुप बैठा रहा।

राजबंदी इस प्रकार की शिकायतें बार-बार सुपरिंटेंडेंट साहब के पास ले जाते। यद्यपि उपर्युक्त उदाहरणों के अनुसार प्रायः उनका अपमान करके अधिकारी उधर कान नहीं देते, तथापि कभी-कभी मूड में हो तो सुपरिंटेंडेंट गुपचुप निम्न अधिकारी के अच्छे-खासे कान उमेठता। भोजन से संबंधित इस तरह की शिकायतें आने से बारी को बहुत कष्ट होता। वह अपने पिट्ठू राजबंदी को उपदेश देता कि भोजन के लिए पेटू ही लड़ते हैं। उस पिट्ठू राजबंदी को राजबंदियों में से अन्य दिलेर स्वभाव के सूरमा उत्तर देते कि हम स्वयं इससे भी रद्दी कोदो खाकर निर्वाह कर सकते हैं। इतना ही नहीं, बिना अन्न सेवन किए आठ-आठ दिन अनशन करेंगे, परंतु आज हम जो संघर्ष कर रहे हैं, वह इसलिए कि हजारों लोगों को जीवित रहने के लिए जरूरी स्वादिष्ट भोजन मिले। मात्र पेट होता तो हम अपने-अपने घर आयरलैंड* की सड़कों पर एक शिलिंग भर की दिहाड़ी पर कोदो नहीं दल रहे थे! ऐसे प्रसंग के बाद भी सभी राजबंदी इन महाशय को धिक्कारने लगे और अन्य बंदी कहने लगे कि आप स्वयं ही पहले कह रहे थे कि मिट्टी का तेल है। तब इन महाशय ने शांति से उत्तर दिया, अन्न विषयक प्रतिरोध

---

* बारी साहब आयरिश थे। उधर उपजीविका का साधन सर्वथा नष्ट होने से जो दो-चार रुपए मिलते उन्हें अंटी में बाँधकर वे चंपत हो गए। हिंदुस्थान में प्रवेश करते ही गोरी चमड़ी के नाते उनकी दाल तुरंत गल गई और वे अपने साहसी तथा विधि निषेध की चिंता न करनेवाले स्वभाव के बलबूते अंदमान में सुयोग्य अधिकारी के रूप में नियुक्त हो गए।

करना पेटू लोगों का ओछा कृत्य है। परंतु यही महाशय जब गरीगोले का टुकड़ा चुराने के लिए आधा-आधा घंटा ताक में रहते, तब वह पेटूपन अपनी पेट पूजा होने से भारी तथा शिष्ट कृत्य बन जाता।

राजबंदियों में पेटू

राजबंदियों में से जो कोई बारी साहब का तोता बनकर अन्य लोगों को उपदेशं करता कि अन्न के लिए पेटू लोग ही लड़ते हैं और उनसे कहते कि बंदीगृह का भोजन सुधारने के लिए प्रतिवाद और प्रयास मत करना, वे अपने लिए बारी साहब की मेज पर फल अथवा एकाध डबलरोटी का टुकड़ा पाकर उसे अस्वीकार कभी नहीं करते। जेल में कोई गुपचुप चटनी चुरा लाए अथवा प्याज छिपा लाए तो उसे भी साभार स्वीकार करके चोरी-छिपे चबाने में पेटूपन नहीं समझते।

परंतु राजबंदियों में सभी लोग इतने काठ के उल्लू नहीं होते जो इस प्रकार के रूखे एवं भीरु उपदेशकों की परवाह करें। वे बार-बार कच्ची रोटियाँ, कच्चे चावल, मिट्टी के तेलमिश्रित सब्जी आदि चीजों को पकड़कर उसपर हंगामा तथा प्रतिवाद करते ही रहते थे। उस दृष्टि से सैकड़ों बंदियों को राजबंदियों का आगमन एक भारी मुसीबत ही प्रतीत होता। यद्यपि उनमें बारी साहब के विरुद्ध गवाही देने का साहस नहीं होता, तथापि भीतर से वे राजबंदियों की कृतज्ञ भाव से सहायता ही करते, किंबहुना उनका मनःपूर्वक सहयोग तथा सादर प्रेम का आधार उन्हें नहीं मिलता तो राजबंदियों पर होनेवाले अत्याचारों की कोई सीमा ही नहीं रहती। प्रकट गवाही देने का उनमें साहस नहीं होता था तो सभी राजबंदियों में भी बारी के विरुद्ध गवाही देने का साहस नहीं होता था।

एक बार किसी राजबंदी ने उस दलिए को पकड़ा, जिसमें मिट्टी का तेल गिरा हुआ था। उसने उस दलिए का सेवन करने से साफ इनकार किया तो अन्य दो-चार बंदियों ने भी, जो उस कक्ष में थे, दलिए का सेवन करना छोड़ दिया। यह देखते ही कुछ साधारण बंदी भी उनमें शामिल हो गए। करते-करते बारी आए और उस उत्तर हिंदुस्थानी राजबंदी को डपटकर बोले, ''झूठ बोलकर तुम बंदियों की टोली को बहका रहे हो। देखो, तुम लोगों में से ही अक्लमंद तथा समझदार सज्जन कैसे कांजी के खिलाफ चूँ तक नहीं करते।'' इस तरह दहाड़ते हुए वे अपने एक पिट्ठू राजबंदी से कहने लगे, ''वेल मिस्टर, यह झूठ है न कि दलिए में मिट्टी का तेल पड़ा है ?'' तब उस सज्जन ने कहा, ''भई, मुझे तो कोई बू नहीं आ रही है।'' बस, वे समझदार सिद्ध हो गए और अन्य सारे बंदी झूठे! मिट्टी के तेल का पूरा कनस्तर भी दलिए में उँडेला जाता तो भी बारी की नाक को मिट्टी के तेल की बू नहीं आनी थी।

सब्जी में साँप और कनखजूरे

जैसाकि हमने पीछे कहा था कि अंदमान में एक भयंकर जाति का कनखजूरा होता है। इसकी लंबाई डेढ़ फीट होती है और विष इतना तेज कि इसका काटा पानी भी नहीं माँगता। प्रात:काल के समय बंदियों की एक टोली बंदीगृह के लिए सब्जी लेने भेजी जाती थी। उस इलाके में जंगल के और रास्तों के वीरान स्थानों पर अरवी भरपूर मात्रा में उगती है। उसमें कुछ साग भी उगता है। वह टोली हाथों में बड़े-बड़े हँसिये लिये वह साग काटती जाती और उस कटे हुए साग के ढेर-के-ढेर रचकर उन्हें गाड़ी में भरकर बंदीगृह में भेजा जाता। उन ढेरों की बड़ी-बड़ी गड्डियाँ बनाकर, दो-चार बार काटकर उन्हें उस महाकाय कड़ाह में डाला जाता और उबाला जाता। बंदियों के लिए प्राय: इसी प्रकार सब्जी पकाई जाती। इस तरह के काम में प्राय: इतनी लापरवाही बरती जाती कि कभी-कभी साग के इन ढेरों में बड़े-बड़े कनखजूरे तथा साँप भी उन कड़ाहों में जा पकते। वह अधपकी सब्जी जब परोसी जाती तब इन्हें भी फटाफट परोसा जाता। खाते-खाते साग का पत्ता समझकर उठाई गई चीज कनखजूरा होती। यद्यपि अंदमान में कनखजूरों तथा साँपों की यह सब्जी एक आश्चर्यजनक पकवान ही था तथापि उससे भी आश्चर्यजनक चीज थी वह विशेष सब्जी, जिसमें बारी साहब के शब्दों तथा समर्थन का मसाला पड़ता। न केवल हमने प्रत्युत और भी कई राजबंदियों ने स्वयं सब्जी में से इन कनखजूरों को निकालकर दिखाया और इस सबको बारी साहब के कानों तक न पहुँचनेवाले अधिकारियों के प्रतिवाद भी किए, परंतु वे ढीठ अधिकारी हँस-हँसकर उत्तर देते, 'ओ! इट टेस्ट्स वेरी वेल'। सुपरिंटेंडेंट तक शिकायतें पहुँचने पर वे भी उनकी हाँ में हाँ मिलाते हुए अपना रास्ता नापते। आखिर निरुपाय होकर कनखजूरा अथवा साँप का टुकड़ा फेंककर शेष सब्जी अपने गले में उतारनी पड़ती। अन्यथा रूखा भोजन कैसे करें? उसपर न खाने से काम में छूट थोड़ी ही मिलेगी? फिर इतना कठोर परिश्रम का काम किसके बलबूते पर करें? बारी यह भलीभाँति जानते थे, अत: वे अथवा अन्य कोई भी अधिकारी उधर ध्यान नहीं देते। कभी-कभी मेरे और मेरे जैसे अन्य राजबंदियों के प्रतिवाद के परिणामस्वरूप बारी को थोड़ा-बहुत धब्बा लग ही जाता। ऐसे ही एक अवसर पर कनखजूरे के इस प्रसंग को लेकर बारी मुझे शांत करने के लिए पुचकारते हुए कहने लगे, "Oh! Mr. Savarkar, don't you think much of these scoundrels." (अजी सावरकर, इन बदमाशों का विचार छोड़ दीजिए)। आपकी समाज में जो ऊँची स्थिति है, मैं जानता हूँ। यह देखिए। परंतु इन सारे बंदियों के सामने आप भोजन की खामियाँ उजागर मत कीजिए। वे चौपाए हैं। देखते-देखते मेरे सिर पर चढ़ बैठेंगे। अब तक इस प्रकार के सैकड़ों कनखजूरे इन लोगों ने निकालकर फेंक दिए हैं और चुपचाप सब्जी खाई है, परंतु आज तक उनमें से एक भी मरा नहीं।''

बारी साहब की शायद यह धारणा थी कि जब इस तरह की विषैली सब्जी खाकर कोई बंदी मरे, तभी उस सब्जी को सुधारने का उचित समय आएगा।

उत्तरदायित्व हिंदू पेटी अफसर पर

डाँट-डपट अथवा सहलाने-पुचकारने से भोजन विषयक अथवा बारी साहब के और कुल प्रबंध के विरुद्ध किए गए हमारे प्रतिवादों के मुँह बंद नहीं हुए तो उन्हें बंद करने का एक और उपाय बारी साहब और मिर्जा खान के पास होता। वह था भोजन अच्छा न पकाने अथवा कम देने का उत्तरदायित्त्व किसी हिंदू पेटी अफसर के मत्थे बलपूर्वक मढ़ना। दलिए में मिट्टी का तेल गिर गया अथवा सब्जी में तेल ही नहीं डाला गया और सारा तेल चोरी हो गया, तो हमारे द्वारा शोर मचाते ही मिर्जा खान बारी के सामने इस अपराध के उत्तरदायी के रूप में किसी हिंदू पेटी अफसर को लाकर खड़ा करता। बारी जान-बूझकर उस प्रमाण को सत्य मानकर हमसे कहता, "देखो, दलिया खराब करने के अपराध में इस हिंदू पेटी अफसर पर अभियोग चलाना होगा।" ऐसी अवस्था में या तो एक निरपराध हिंदू बंदी को दंड दिलवाकर उसके अधिकार पर किसी पीड़क मुसलमान की नियुक्ति की जाती अथवा 'अभियोग मत चलाना, हम अपनी शिकायत वापस ले रहे हैं' कहकर चुप बैठना पड़ता। हम इसी उधेड़बुन में पड़ जाते और स्वयं चुप बैठ जाते, परंतु एक हिंदू को अकारण पदच्युत करने के लिए कारण नहीं बनते।

तथापि इन सभी हथकंडों द्वारा जब किसी भी तरह से राजबंदियों के बंदीगृह स्थित भोजन में सुधार लाने का उद्योग शिथिल नहीं हो रहा था, तब आखिरकार हमारा भोजन, विशेषत: सब्जी और रोटियाँ अन्य लोगों की अपेक्षा ठीक-ठाक पकाकर-सेंककर लाई जातीं। कभी-कभी पर्यवेक्षक भोजन चखकर देखता। उसे दिखाने के लिए पहले से ही कुछ रोटियाँ भलीभाँति सेंककर रखी जातीं। उन्हें ही राजबंदियों में बाँटा जाता। इस तरह कम-से-कम राजबंदियों को तनिक अच्छा भोजन मिलने लगा। इस आंदोलन से यह लाभ तो हुआ। क्योंकि कहने की आवश्यकता नहीं कि बंदीगृह के कुग्रास तथा कच्चे भोजन का परिणाम उस वर्ग के लोगों पर, उन साधारण बंदियों से, जो आजन्म कठोर परिश्रम तथा रूखे-सूखे भोजन से चिरपरिचित थे, अधिक घातक होता। स्वास्थ्यवर्धक भोजन विलासिता नहीं, जीने का साधन था। इन कष्टभोगी लोगों का, जिनमें रत्ती भर भी स्वार्थपरायणता का स्पर्श नहीं हुआ है और मार्ग का प्रश्न छोड़ने पर भी जो परार्थरत ही हैं, संघ का जीवित रहना निस्संदेह बहुजन हिताय, बहुजन सुखाय लाभदायी था। इसी विश्वास तथा बुद्धि के बलबूते पर ही यह आंदोलन छेड़ा गया था। आश्चर्य की बात यह थी कि जो बंदी बारी के अत्याचारों से भयभीत होकर इस आंदोलन को पेटू कहकर अपनी कायरता छिपाने का प्रयास करते, उन्हीं राजबंदियों

के लिए जब बारी कुछ अंश में स्वतंत्र रूप से भोजन बनवाने लगा तब राजबंदी होने के नाते उन्हें अपना अधिकार जताने में रत्ती भर भी संकोच अथवा पेटूपन प्रतीत नहीं हुआ।

राजबंदियों को थोड़ा-बहुत अच्छा भोजन मिलने का लाभ हो गया, तथापि उस उपलब्धि से वे हाथ पर हाथ धरे नहीं बैठे। समय-समय पर अन्य बंदियों को आगे करके अथवा स्वयं भोजन से संबंधित उनकी शिकायतों को सुनकर उनके विरुद्ध लड़कर उन्होंने पाँच-छह वर्षों में बंदियों के भोजन में ठोस परिवर्तन करवाया। आगे चलकर एक अच्छा पर्यवेक्षक आ गया और उसके आने तथा उसकी भलाई जाग्रत रखने में हिंदुस्थान स्थित समाचार-पत्रों तथा कौंसिलों में अंदमान विषयक जो चर्चा छिड़ गई थी, उसका भी लाभ मिला। इससे धीरे-धीरे भोजन में सुधार आया और साधारण बंदी के कष्ट बहुतांश में कम हो गए।

भोजन खराब, स्वास्थ्य विघातक और किंचित् प्रसंग में कम मिलने से जितना कष्ट होता, उतना ही कष्ट भोजन जब तक पेट में नहीं जाता तब तक जिस तरह बंदियों के साथ व्यवहार किया जाता, उस पद्धति से होता। क्योंकि भोजन के समय बंदियों की पंक्तियाँ कड़ी धूप में और वर्षा में भी बैठाई जाती थीं, कोई भी पंक्ति के बाहर नहीं बैठ सकता था। इस अत्याचार के विरोधार्थ राजबंदियों में से कुछ लोग थाली में भोजन पड़ते ही उठकर छाँव में जा बैठते। पेटी अफसर गाली-गलौज करता। बारी पंगत छोड़ने का आरोप लगाकर अभियोग चलाता। बंदियों को बहकाने-फुसलाने के आरोप में पर्यवेक्षक दंड देते। परंतु राजबंदियों में से इस विरोध पक्ष के लोग धूप तथा वर्षा में पंक्ति से हटकर छाँव में बैठना नहीं छोड़ते। जब वे पूछते कि केवल भोजन के लिए छाया में क्यों नहीं बैठने देते, तो बारी कहता, यदि मैं उन बंदियों को छाँव में बैठाऊँ तो वरिष्ठ अधिकारी मुझ पर ही आरोप लगाएँगे कि मैंने बंदियों से भाईचारा किया। बारी का कहना सर्वथा झूठ नहीं था। यद्यपि कई बार वे स्वयं तंग करते और साधारण तौर पर बारी का नाम ही आगे आ जाता, तथापि बंदियों को बिना किसी कारण से तथा उनपर स्वास्थ्य विनाशक अत्याचार करने का उत्तरदायित्त्व पूर्णतया बारी साहब पर नहीं था। कुल मिलाकर बंदी विभाग की नीति पर ही था—यह बात ध्यान में रखनी चाहिए।

ऐसा नहीं था कि बंदीगृह में भोजन के समय बंदियों को धूप में तथा वर्षा में प्रायः बैठाया जाता। बंदीगृह के बाहर भी जिस जिले में बारी से अलग दूसरे अधिकारी होते, उन जिलों में भी प्रायः यही कष्ट होते। इतना ही नहीं, अपितु उन बाहरी जिलों में से कुछ इलाकों में मूसलधार वर्षा में खड़े रहकर ही बंदियों को भोजन करना पड़ता। वर्षा में काम करते-करते कपड़े पूरे गीले होते, सर्दी से सारा शरीर ठिठुर रहा होता, ऐसी अवस्था में एक हाथ में वर्षा में भीगी तर-बतर रोटियाँ और चावल थामे वर्षा के पानी से लबालब भरे कटोरे से दाल सुड़कते हुए खड़े-खड़े बंदियों को यह भोजन गले के नीचे

उतारना पड़ता। इस तरह का प्रसंग एक-दो बार नहीं आता, यह लगभग प्रथा ही बन चुकी थी। केवल वही इससे मुक्त थे जिन्हें बाहर जाने के बाद स्वतंत्र रूप से भोजन बनाने का अधिकार प्राप्त हो गया था। परंतु राजबंदी भले ही कहीं जाएँ, उन्हें या तो इन कष्टों का सामना करना पड़ता, अन्यथा उनमें से जो यह यंत्रणा सहकर चुपचाप जीते हुए इन अत्याचारों से सभी बंदियों को मुक्त करने के लिए संघर्ष करते, अधिक कष्ट होने पर भी उन्हें झेलने के लिए आगे बढ़ते, उन्हें अधिकारियों के कोपभाजन के कारण अधिक ही कष्ट झेलने पड़ते। फिर भी उनमें से कई लोगों ने उन्हें झेला—जेल के भीतर और बाहर भी, इस धूप तथा वर्षा में भोजन करने तथा खड़े-खड़े भोजन करनेवाली पंक्ति को निश्चित समय देकर (और वह समय कितना होगा, यह वे हट्टे-कट्टे मुस्टंडे पेटी अफसर तय करेंगे) वह निर्धारित समय होते ही अफसर चिल्लाता—'चलो उठो, खाना हो गया।' बस, पेटी अफसर ने कहा, खाना हो गया तो होना ही चाहिए। फिर चाहे किसी का भोजन समाप्त हो गया हो अथवा नहीं। तपाक से सभी को उठकर खड़े होना ही चाहिए। शेष अन्न पेट खाली होने पर भी जूठन समझकर कूड़ेदान में फेंक दिया जाता। यदि कोई उठकर खड़ा नहीं हुआ तो कुछ निर्मम पेटी अफसर हाथ के बेंत सपासप घुमाते हुए उस पंक्ति में घुसकर थालियाँ उड़ा देते और भगदड़ मचाते। किसी के चूँ-चपड़ करने पर ऊपर से मार पड़ती और उसपर आज्ञाभंग का अभियोग। फिर भी इस सारे आतंक, दबदबे की शिकायतें वरिष्ठ अधिकारियों तक, भले ही बहुत ऊब चुकने पर, पहुँचाकर तथा प्रतिवाद के साथ इस तरह की आज्ञाओं को भंग करके राजबंदियों ने वर्षों तक इस बंदीवास में भी यह संघर्ष जारी रखा। पाँच वर्षों के पश्चात् धीरे-धीरे परिवर्तन हुआ और बंदियों को मूसलधार वर्षा तथा कड़ी धूप में न बैठते हुए छाँव में बैठने की अनुमति मिल गई। आधे पेट ही भोजन से उठाना बंद किया गया। बाहर भी स्थिति में सुधार आ गया। भीतर भी बहुत सुधार आया और अंत में बारी की 'ऐ बदमाशो, तुम काम के लिए आए हो, खाने के लिए नहीं,' यह अकड़बाज, रोबीली घन गर्जना पिलपिली होते-होते एकदम मंद पड़ गई।

बंदीगृह के अन्न तथा उसके सेवन के सुधारों के प्रयास का वृत्तांत प्रथम पाँच-छह वर्षों का अर्थात् साधारणत: सन् १९१४-१५ तक का है। आगे देख सकेंगे कि इसके पश्चात् राजबंदियों और उनके प्रयास से मेरे भोजन में परिवर्तन हो पाया।

□

प्रकरण–१६

आत्महत्या, धर-पकड़ एवं दूसरी-तीसरी हड़ताल

मेरे प्रथम वर्ष के छह महीनों में मुझे सर्वथा कठोरतापूर्वक कोठरी में बंद रखा गया था। वास्तव में अन्य बंदियों को प्राय: छह महीनों में ही जेल से मुक्त करते हुए बाहर भेजा जाता, परंतु जब अन्य बंदियों को कारागार से बाहर निकाला जाता तब कहीं हमें कोठरी से बाहर निकाला जाता।* परंतु वह भी अन्य बंदियों की तरह लोगों में घुल-मिलकर बैठने के लिए नहीं, अपितु केवल कोठरी के विजनवास से निकलकर द्वार के आगे इमारत के निर्जन अहाते में बैठने के लिए। इतनी कड़ी व्यवस्था रखी जाती कि वहाँ परिंदा भी पर नहीं मार सकता था, न ही कोई हमसे बात कर सकता था। दिन भर उस कोठरी के सामने बरामदे में बैठकर रस्सी बटने का काम करते रहते और संध्या होते ही पुन: उसी कोठरी में बंद किया जाता, जिसमें सुबह तक अकेले पड़े रहना पड़ता। इस तरह बरस पर बरस बीतते रहे। केवल भोजन के लिए दो घंटे बाहर आते। बस उसी समय लोगों में घुलने-मिलने का अवसर मिलता।

इस समय मेरा व्यवहार थाने में निश्चित किए गए कार्यक्रम के अनुसार चल रहा था। यथासंभव सार्वजनिक हितार्थ प्रयत्नरत रहते हुए भी कारागृह के नियमों का पालन करते हुए कभी-न-कभी अधिकारियों को बंदीगृह से बाहर भेजने के लिए बाध्य किया जाए, ताकि उपनिवेश में अधिक परिणामकारी प्रचार करके अपनी मुक्ति का भी कुछ-न-कुछ प्रयास करना संभव हो—यही मेरी नीति का प्रमुख मर्म था। एतदर्थ बंदियों तथा बंदी नियमों के सुधार से संबंधित संघर्ष करते हुए भी मैं इस बात के लिए सतर्क रहता कि अधिकारियों को प्रकट रूप में मेरे विरुद्ध अभियोग लगाने का अवसर न मिले।

* सावरकर की 'बंदी' पुस्तक की टिप्पणियों से पता चलता है कि उन्हें १५ जनवरी, १९१२ के दिन कोठरी से बाहर निकाला गया।

अधिकारियों को हमें बाहर न भेजने के लिए प्रमुख बहाना यह मिलता कि 'यह बंदी काम करने से इनकार करता है' और स्वाभाविक रूप में काम करने से इनकार करने का अपराध कारागृह में महान् समझा जाता, अत: मैं कठिन, सुलभ कोई भी काम सहसा इनकार न करते हुए करता रहता। कारागार में काम करने से इनकार करके जो सार्वजनिक हित मैं सिद्ध कर सकता, उससे भी कई गुना हित मुझे बंदीगृह से बाहर निकलने का अवसर मिलते ही सिद्ध हो सकता था। इतना ही नहीं, मेरी अंतिम मुक्ति की संभावना भी बाहर जाने में ही अधिक थी। इसके लिए बंदीगृह में जो साध्य था, वह सार्वजनिक कार्य सिद्ध करने का आंदोलन छोड़कर नहीं, अपितु उसे अन्य उपायों द्वारा जारी रखकर ही। प्रकट रूप में उन नियमों का उल्लंघन न करते हुए जिससे कि मुझपर अभियोग चलाया जा सके—मैं कार्यरत था ही, साथ-साथ बाहर निकलने के अवसर की तलाश में भी प्रयत्नरत था।

राजबंदियों में से जिन लोगों को प्रथमत: कारागार से बाहर भेजा गया, वे निश्चित अवधि के दंड प्राप्त अर्थात् ऐसे बंदी थे जिन्हें आजीवन कालेपानी पर नहीं भेजा गया था। उन्हें तो पाँच-चार-तीन वर्षों के लिए ही भेजा गया था। उनमें से कइयों को बाहर बहुत कठिन काम करना पड़ता। फिर भी मेरा उनसे यही अनुरोध रहता कि 'बाहर ही रहें। आप लोगों के बाहर रहने से धीरे-धीरे आजीवन कालेपानी के राजबंदियों को भी बाहर छोड़ा जाएगा। बाहर रहकर आप प्रचार कार्य अधिक कर सकते हैं। अत: भले ही कितने ही कष्ट हों, उन्हें झेलें, परंतु इनकार करके अपने आपको पुन: कारागृह में लाकर ठूँसने का अवसर अधिकारियों को यथासंभव न दें, जो वे चाहते हैं।' मेरे इस अनुरोध पर वे असहनीय कष्ट और यंत्रणाएँ झेलते हुए बाहर ही रहे। इतने में राज्यारोहण के पश्चात् पहली हड़ताल के परिणामस्वरूप सरकारी आदेश भी आ गया कि आजन्म राजबंदियों में से भी कुछ चुनिंदा लोगों को बाहर छोड़ा जाए। उसके अनुसार दो-चार जनों को चुनकर बाहर छोड़ा गया। कहने की आवश्यकता नहीं कि उनमें मैं या मेरे बंधु नहीं थे, तथापि उनके जाने से इतना सिद्ध हो गया कि राजबंदियों को भी बाहर भेजा जा सकता है। अत: आज नहीं तो कल, हमें भी सहूलियत देने के लिए अधिकारियों को बाध्य करने का एक अधिक कारगर साधन मिल गया, यह देखकर हमने धीरज रखा।

जो राजबंदी बाहर गए उनमें से कई डेढ़-दो वर्षों तक कारागृह में कष्ट झेल रहे थे। उन्हें मुझसे पहले ही अंदमान में आना पड़ा, अत: कष्टों का प्रथम आघात उन्हें सहना पड़ा। उनमें से कुछ लोगों को जब कोल्हू पर लगाया गया तब कभी-कभी पठान अफसर उनकी नाक के सामने अपनी मुट्ठी भींचकर कहते, 'यह देखा? यदि यह काफी नहीं है तो इस मुट्ठी के एक प्रहार के साथ तुम्हारी नाक तोड़ दूँगा, समझे?' उनमें से कइयों को नीच तथा दुष्ट पेटी अफसरों द्वारा दी गई इतनी अश्लील, भद्दी

गालियाँ खानी पड़तीं, जिनका इस लेख में उच्चारण भी नहीं किया जा सकता। उनमें से कई शिक्षित थे, प्राय: सभी कुलीन तथा संभ्रांत खानदान के और इतने निर्भीक कि लोकहित बुद्धि से प्रेरित होकर इस तरह के संकटों का सामना कर सकते थे—उन्होंने उस अवस्था में भी दिन गुजारे। उनमें से कुछ लोगों ने न केवल कालयापन ही किया अपितु उन संकटों से दो-दो हाथ करके उन अत्याचारियों के सामने सिर झुकाने से साफ-साफ मना किया। इस प्रकार कारागृहीय अवधि समाप्त करके उन्हें बाहर उपनिवेश में जब भेजा गया तब हम सभी को यह आशा थी कि अब उनसे सहूलियत के साथ व्यवहार होगा और उन्हें आराम मिलेगा। साधारण बंदीवानों में जो शिक्षा, योग्यता तथा सच्चाई में इन राजबंदियों के जूते उठाने की भी योग्यता नहीं रखते थे, उन्हें बाहर क्लर्क, लेखक, गणक जैसे पदों पर नियुक्त किया जाता और दस-पाँच बंदी उनको सेवा के लिए मिलते। अत: कोई भी यह नहीं कह सकता कि राजबंदियों को भले ही अधिकार न सही, उनकी यह आकांक्षा अनुचित नहीं थी कि उन्हें कम-से-कम कोई बुद्धि का, लेखनादि कार्य तो मिल ही जाएगा।

परंतु शीघ्र ही ऐसे समाचार आने लगे कि राजबंदियों को बाहर भी वही कष्टप्रद काम दिए गए हैं, जैसे भीतर दिए जाते थे। राजबंदियों को ऐसे कितने कठिन कार्य करने पड़े जिन कामों के भय से वे निखरे, मँजे हुए बंदी भी दवाइयाँ खाकर रोग मोल लेते। उन औषधियों को बंदी जानते थे जो रोग उत्पन्न करती हैं। औषधि वही है जो रोग को दूर भगाती है—साधारण जगत् की यह व्याख्या इस उलटे अंदमानी जगत् में उलटी होना भी तो स्वाभाविक है।

ज्वर या दस्त की दवा है क्या

इस तरह एक बंदी दूसरे से दबी तथा झुँझलाई आवाज में पूछता तो उस वाक्य का अर्थ यह नहीं था कि वह दवा जो ज्वर को भगाती है। अंदमानी जगत् में किसी रोग की दवा का अर्थ था—वह दवा, जो रोग उत्पन्न करती है। सफेद कनेर की जड़ घिसकर सेवन करने से मनुष्य तीव्र ज्वर से तड़पता, छटपटाता है। घुँघची के बीज घिसकर खाने से खून के दस्त शुरू हो जाते हैं। घाव में सूई से सिलाई करने के लिए—अब यह स्मरण नहीं किसमें भिगोकर—डोरा पिरोया जाए तो वह घाव सड़ जाता है और छह महीनों तक खटिया पकड़ी जा सकती है। यह सारी जानकारी सत्य है या मिथ्या, पता नहीं; लेकिन प्राय: सभी लोग बताते कि यह उनका अनुभव है। अब कोल्हू में जुतने, बाहर लकड़ी तोड़ने, जंगल काटने, बुनाई आदि कामों के भय से प्रतिकूल जड़ी-बूटियाँ तथा औषधियाँ खाकर, अपने पैरों पर स्वयं घाव बनाकर, उसे सड़ाने के लिए डोरे डालकर, सूई को कंठ में चुभोकर और यह बहाना करके कि खून की

उलटियाँ हो रही हैं अथवा थूक में खून आ रहा है अथवा यह जताने के लिए कि पागलपन का नाटक सच है—तरह-तरह की कोशिशें होतीं।

मल-मूत्र मुँह पर पोतकर किंचित् सेवन करके भी जैसे-तैसे डॉक्टरों के सामने अपनी बीमारी अथवा पागलपन की सत्यता सिद्ध करने के लिए प्रयत्नरत बंदी हमारे ही नहीं अपितु उन यात्रियों के भी, जो अंदमान में हफ्ते भर के लिए ही ठहरे होते, अवलोकन में आए बिना नहीं रहते। ये बंदी डॉक्टरों की आँखों में बार-बार धूल झोंकते। इससे बेचारा डॉक्टर यह नहीं जान पाता कि सच्चा रोगी कौन है? इस प्रकार का अप्रामाणिकता का अभ्यास दूर करने के लिए उन लोगों पर, जो इस तरह के रोग उत्पन्न करते हैं, अभियोग चलाकर उनके स्वस्थ होते ही उनपर बेंत बरसाए जाते। यद्यपि यह सब भले ही सत्य हो, परंतु जिस काम के भय से इस तरह ढीठ बदमाश भी जान-बूझकर विषैली जड़ी-बूटियों का सेवन करके १०४-५° तक ज्वर चढ़ाकर तड़पते रहते अथवा ऐसी दवाइयाँ गटकते, जिनसे खून के सतत दस्त होते और उन्हें पेट शूल की व्यथा से तड़पना पड़ता, उन्हें यह सब सापेक्षत: अधिक आरामदायी प्रतीत होता। वह काम तथा परिश्रम में अथवा चोरी-डाकेजनी जैसे व्यवसाय में व्यतीत हुआ जिस काम का कष्ट भयंकर प्रतीत होता है, ऐसे काम जब बुद्धिजीवी संभ्रांत वर्ग में पले राजबंदियों को दिए गए तब यह कहने की आवश्यकता ही नहीं कि उन्हें कितना कष्ट हुआ होगा।

रोग भी भोग ही प्रतीत होते

ऐसे ही कष्टप्रद काम जिन राजबंदियों को बंदीगृह से बाहर निकलने पर भी दिए गए, उनकी दुर्दशा के कुछ उदाहरण उन्हीं के शब्दों में दे रहे हैं। श्री उपेंद्रनाथ बनर्जी कहते हैं—

'हमसे पहले सन् १८५७ के राज्य क्रांतिकारियों में से जो क्रांतिकारी बंदी आजन्म कारावास का दंड लेकर कालेपानी आए थे, उनमें से प्राय: कोई भी जीवितावस्था में स्वदेश वापस नहीं लौटा—यह बात, उन असहनीय कष्टों को उठाते समय मेरे मन में बनी रहती। तब मन करता, एक रस्सा लेकर गले में फंदा डाल इस कर्म भोग से एकदम मुक्ति पा जाऊँ। परंतु मुझसे यह साहस नहीं बन पड़ा। चुपचाप यथासंभव एड़ी-चोटी एक करते हुए तेल का कोटा पूरा करने के लिए कोल्हू चलाता रहा। एक दिन का स्मरण है—प्रात:काल से संध्या तक कोल्हू चलाते-चलाते देह काष्ठवत् हो गई, हाथों में फोड़े उभरकर छाले पड़ गए, परंतु बीस पौंड तेल का कोटा पूरा नहीं हुआ। चक्कर आ रहा था, बीच-बीच में पेटी अफसर की अश्लील, भद्दी गालियों की बौछार हृदय पर सपासप कोड़े बरसा रही थी। ऐसी अवस्था में संध्या समय मुझे बंदीपाल के सामने खड़ा किया गया। उसने बड़ी अभद्र भाषा में हमारा पितृश्राद्ध करके—माता-पितरों का

उद्धार करके—धमकाया, 'तुमपर बेंत बरसाए जाएँगे।' वहाँ से लौटकर लोहे की थाली में भात खाने बैठा। दुःख और अपमान का ज्वालामुखी पेट में भड़क उठा, कंठ अवरुद्ध हो गया, ग्रास गले के नीचे नहीं उतर रहा था। इतने में एक हिंदू पेटी अफसर ने द्रवित होकर परसैए से गुपचुप कहा, 'अरे, उन्हें थोड़ा चावल और दो। बाबू लोग कष्ट में हैं।' यह सुनते ही एकदम चीखकर रुलाई फूट पड़ी और अपने ही हाथों से अपना ही गला दबाते हुए मैं उसे रोकने लगा। ऐसी दशा में किसी ने पीठ पर लाठी मारी होती तो भी उसे सह लेता, परंतु सहानुभूति के ये बोल सहना भारी पड़ रहा था।'

अपमानित जीवन से मर जाना अच्छा

एक युवक को, जिसका नाम इंदुभूषण था, माणिकतल्ला षड्यंत्र में दस वर्षों का दंड हुआ था। बंदीगृह में उसे भी कोल्हू की और अन्य कष्टों का स्वाद चखना पड़ा। जो लोग बाहर निकले उनमें वह भी था। परंतु बाहर जाकर देखा तो भीतर के कार्य से कुछ अधिक हलकी-फुलकी और कुछ अधिक सुविधाएँ प्राप्त होना तो दूर, उसे कठिन काम ही दिया गया, जैसे भीतर दिया गया था। बाहर यदि कोई बंदी बीमार पड़ जाए तो उस बहाने से उसे बाहर के सापेक्षतः अधिक सुविधाजनक रुग्णालय में भेजा जाता। परंतु यदि राजबंदी बीमार पड़े तो उसे अपने बीमार होने का भी अपराध की तरह दंड भुगतना पड़ता; क्योंकि उसे तुरंत उस ज्वर में अथवा दस्त के चलते अपना बिस्तर सिर पर उठाकर अपनी थाली हाथ में पकड़कर दो-चार-पाँच मील दूर पैदल जाकर पुनः उस सेल्युलर कारागृह का भीषण द्वार देखना पड़ता और भीतर प्रवेश करते ही कोठरी में बंद होकर रहना पड़ता। इंदुभूषण इस कष्ट से ऊब गया। अंत में निरुपाय होकर उसने बंदीवास स्वीकार किया। दंडा-बेड़ी, हथकड़ियाँ अपनाईं, परंतु इन कष्टों को टालने के लिए काम करने से स्पष्ट इनकार किया। उसे दंड दिया गया। पुनः कारागृह में ठूँसा गया। आते ही बारी ने कहा, "तुम वापस क्यों लौट आए? तुम क्या समझते हो, बाहर काम करने से मुँह मोड़ने पर कारागार की कोठरी में बंद होकर सुखपूर्वक रह सकोगे? बिलकुल नहीं। जाओ, इसे कोल्हू में ले जाओ।" बस फिर क्या था! उसे तुरंत कोल्हू में जोता गया। वह झुँझलाया। हमने उसे काफी धीरज बँधाया, "तुम्हें तो केवल पाँच-दस वर्षों का दंड हुआ। हमें आजीवन कारावास है। अतः हमारी ओर देखकर मन को सँभालो।" शाम को तेल ले जाते समय मैंने उससे गुप्त भेंट की। बस, दो-चार शब्द ही बोल पाया। उसने कहा, वैसे वह नित्य ही कहता, "छिः! इस नीच मानखंडना में जीवित रहने से अच्छा है मृत्यु को गले लगाना।" मैंने पुनः उसे धीरज बँधाया और कहा, "स्वदेश-स्वार्थ के लिए प्राणों का त्याग करना जिस तरह परम कर्तव्य है, उसी तरह मेरे भाई, मान-अपमान का त्याग करना भी पुनीत कर्तव्य ही है। अभी तक तुम मेरे

समान ही पच्चीस के अंदर-बाहर हो और मुझसे अधिक मुक्ति की आशा तुम्हें है। अतः धीरज रखो। अभी तो कष्ट झेलते हुए जी लो, जिससे भविष्य में मुक्ति मिलते ही पुनः भारत माता की सेवा कर सको।'' इस तरह हड़बड़ी में चार शब्दों का संवाद हो गया। दो-चार दिन उसने निकाले। प्रतिदिन संध्या समय पसीने से लथपथ, नारियल की भूसी से सिर से पाँव तक शरीर सना हुआ, पाँव में बेड़ियाँ, बीस-बीस पौंड तेल से भरी बाल्टी छलकाते तथा कंधे पर भूसे का बोरा ढोते, झुके हुए नंग-धड़ंग इंदु का दर्शन मैं दूर से करता। हम सभी उसी तरह चल रहे थे। इतने में एक दिन प्रातःकाल के समय कोठरियों के द्वार खुल गए—हम बाहर निकल ही रहे थे कि वॉर्डर ने गुपचुप मुझे बताया, ''किसी को मेरा नाम मत बताना, इंदु ने फाँसी लगा ली है।''*

मुझे जैसे काठ मार गया। विस्मित हो मुँह फाड़े मैं देखता ही रह गया। अभी कल ही तो संध्या समय हट्टे-कट्टे, गठीले, सुदृढ़ बदन का वह युवक कोठरी में बातें करते बंद हो गया था। प्रातःकाल उठकर देखा तो अपने ही कपड़े फाड़कर उनसे बनाई डोरी से गले में फंदा लगाकर, टूटी गरदन, जीभ बाहर निकली हुई, दोनों टाँगें ढीली-ढाली लटकती हुई अवस्था में ऊपरवाली खिड़की में लटका हुआ। उस अभिमानी को अपमानित जीवन से मृत्यु अधिक सुखकर प्रतीत हुई।

ऐसा आभास होने लगा—इधर-उधर सब जगह कृष्णछाया फैली हुई है। उस कारागार में लगभग दो महीनों में कोई-न-कोई इस तरह गले में फंदा डालकर मृत्यु को गले लगाता; परंतु राजबंदी के रूप में इंदु ही पहली बार फंदा लगाकर मरा था। मेरा मन कहने लगा, एक दिन तुम्हारी भी यही अवस्था होगी। दस वर्षों में ही ऊबकर वह चल बसा, तुम्हें तो पूरे पचास वर्षों का दंड है अर्थात् तुम्हें मरने के अतिरिक्त कोई उपाय नहीं।

परंतु इन दुःखद विचारों में गलित धैर्य होकर शांत बैठने के लिए भी बारी साहब ने पर्याप्त अवकाश नहीं दिया, क्योंकि दो-तीन घंटों में ही समाचार मिल गया कि इस सत्य को छिपाने के लिए कि इंदुभूषण ने कष्टों से ऊबकर आत्महत्या की, बारी ने पूछताछ के दौरान इस तरह उलटा-पलटा विधान सिद्ध करने का प्रयास किया कि इंदु ने पागलपन के दौरे अथवा आपसी मनमुटाव के आवेश में आत्महत्या की। मरते समय इंदु ने एक चिट्ठी गले में बाँध ली थी। उस समय उपस्थित प्रायः सभी बंदियों का कहना था कि बारी ने उसे छिपाकर रखा। इंदुभूषण के आत्मकथन की वह चिट्ठी छिपाकर बारी ने अपने पिट्ठुओं द्वारा यह समाचार फैलाया कि यह सरासर असत्य है कि इंदु कष्ट, परिश्रम से मर गया। थोड़ी ही देर में विधि अनुसार वरिष्ठ अधिकारी जाँच-पड़ताल के लिए आ गए। उनके सामने बारी ने गवाहस्वरूप राजबंदियों में से उन एक-

* २९ अप्रैल, १९१२ के दिन इंदुभूषण ने आत्महत्या की।

दो गवाहों से, जिन्होंने उन्हीं की हाँ-में-हाँ मिलाने का व्रत लिया था, यही उगलवाया कि 'सिरफिरा था, मर गया।' यह नहीं कहा कि कष्ट असह्य होने से वह चल बसा। परंतु इधर संदेश-पर-संदेश भेजकर मेरे विभाग के राजबंदियों ने सभी को निश्चित करवाया कि फाँसी का कारण आकस्मिक पागलपन अथवा आपसी कलह नहीं, अपितु असहनीय कष्ट, अत्याचार, आशाशून्यता ही है; और जैसे-तैसे एक ऐसे राजबंदी का नाम, जो बारी से भयभीत नहीं था, गवाह के रूप में आते ही उसके द्वारा इंदु के कष्टों का कच्चा चिट्ठा अधिकारियों के सामने खुलवाया। इलाहाबाद के 'स्वराज्य' पत्र के संपादकों में से जो तीन-चार सूरमा और निर्भीक युवक राजबंदियों में आए हुए थे, उनमें से एक ने गवाही दी और किसी प्रकार के भय अथवा डराने-धमकाने की परवाह न करते हुए स्पष्ट शब्दों में बताया कि इंदु कष्टों से ऊबकर मरा था। इंदु और मेरे बीच में जो संभाषण हुआ था वह भी मैंने सबको बताया। परंतु पूछताछ में बारी मुझे गवाही के लिए नहीं बुला रहा था। संध्या समय बारी मेरे पास आया और मुझे पुचकारते हुए कहने लगा कि स्वयं इंदु ने लिखा है कि मैं आपसी कलहवश मरने जा रहा हूँ। तब मैंने कहा, "तो फिर वह चिट्ठी सामने क्यों नहीं आई? पूछताछ में बात बढ़ाने की अपेक्षा यह अप्रत्यक्ष प्रमाण आपके विधान का समर्थक होते हुए भी आपने इसे आगे क्यों नहीं किया? अब भी आप मुझे वह चिट्ठी दिखाइए। दो-तीन दिन पहले स्वयं इंदु से मेरा प्रत्यक्ष हुआ संभाषण और 'हम तो ऐसी कष्टप्रद अवस्था में दस बरस जीना नहीं चाहते,' यह उसके अन्य लोगों के संकट के समय कहे उद्‍गार हैं और हमारे जानते हुए भी आप कहते हैं कि वह अचानक सिर फिरने से मर गया। अच्छा यह माना कि अचानक सिर फिरने से मर गया, तथापि यह प्रश्न तो शेष रहता ही है कि उसका दिमाग इतना निर्बल, निःशक्त तथा क्षीणधैर्य कैसे हुआ कि इस साधारण निमित्त से वह फिर जाए? एक ऐसे देशप्रेमी का दिमाग, जिसने भयंकर षड्‍यंत्र रचे, फाँसी, कालापानी, विश्वासघात, बंदीशाला, बंदीवास आदि आघात हँसते-हँसते झेले और अनेक बार अपने सहयोगियों के साथ चल रहे स्वाभाविक विवादों के पचड़ों में भी कभी सिरफिरेपन अथवा चिड़चिड़ाहट को जरा भी व्यक्त नहीं किया। हम राजबंदियों में अकसर ही ऐसी चर्चाएँ छिड़तीं जो किसी भी देश के राजबंदियों में विपन्नावस्था में स्वाभाविक रूप से उत्पन्न होती हैं। उन चर्चाओं का असर किसी पर भी नहीं हुआ जो इस चर्चा में भाग लेते थे। इसका परिणाम इंदु जैसे पक्के बुद्धि के युवक पर कैसे हुआ जो नित्य ही विवादों के धक्के, चपेटे सहता आया था? भला उसका मन इतनी दुर्बल अवस्था तक किसने पहुँचाया? कारण? असहनीय कष्ट। जेल में कष्ट, बाहर भी जहाँ जाता था वहाँ असह्य कष्ट और यातनाएँ। पुनः काम को नकारता हुआ भीतर आया तो स्वागतार्थ कोल्हू तैयार। अतः वह स्पष्ट कहने लगा, 'मैं फाँसी लगाकर मर जाऊँगा' और इसीलिए

वह मरा। यह कहने पर भी कि 'वह सिरफिरा हो गया था' यह प्रश्न सुलझाते समय कि उसका सिर क्यों फिर गया—पुन: आपको उसी सत्य को स्वीकार करना होगा।'' इस तरह मेरा बारी साहब के साथ संवाद हुआ। साहब महोदय का कोपभाजन बनने के मेरे लिए जो अनेक कारण थे, उनमें एक महत्त्वपूर्ण कारण यह था कि मैं स्पष्ट रूप में यह प्रतिपादित करता रहा कि इंदु की फाँसी क्रा उत्तरदायित्त्व उन यातनाओं पर है जो कारावास में राजबंदियों को भोगनी पड़ती हैं। वैसे उस भयंकर स्थिति में जिन्होंने बारी के डर से चुप रहने का साहस भी नहीं दिखाया, उन्होंने मुझे यह नहीं बताया था कि इंदु कारावासीय यंत्रणाओं से ऊबकर गले में फंदा डालकर नहीं मरा, परंतु भयप्रद स्थिति में परिवर्तन आते ही वे भी आज खुलेआम बता रहे हैं कि इंदु कष्टों से ऊबकर मर गया और उसका उत्तरदायित्त्व उस पद्धति पर है जिसके तहत अंदमान में राजबंदियों को यातनाएँ झेलनी पड़ती हैं। पर उन्होंने यह अच्छा किया कि भयप्रद अवस्था समाप्त होते ही सत्य उगला। अन्यथा पहले भयवश सत्य का उद्‌घाटन नहीं करना और पश्चात् इस दुराग्रह से कि पहले सत्य नहीं बताया तो अब कैसे बताएँ, अनेक मामलों में ऐसे उदाहरण भी कम नहीं हैं।

इंदुभूषण के पास जो पुस्तकें उपलब्ध थीं, उनमें एक थियोसॉफी की पुस्तक भी थी। बारी के लिए यह आवश्यक था कि हिंदुस्थान सरकार के पास उसके कारागृह की शिकायत न पहुँचे, जो पर्यवेक्षक, चीफ कमिश्नर आदि वरिष्ठ अधिकारियों से होकर पहुँचती थी। इंदुभूषण कारागृहीय यातनाओं से नहीं मरा, यह सिद्ध करने के लिए उन्होंने यह तर्क प्रस्तुत किया कि थियोसॉफी की पुस्तक ही उसकी फाँसी के लिए उत्तरदायी है, क्योंकि इन पुस्तकों से बुद्धि क्षीण होती है और मनुष्य नाक आदि पकड़ने के व्यसन में फँसकर पागल बन जाता है। यह नहीं कहा जा सकता कि बारी साहब की इस अंतिम उपपत्ति पर हिंदुस्थान सरकार ने कितना विश्वास किया, परंतु इंदु के हिंदुस्थान स्थित बंधु ने हठ किया कि इसकी पूछताछ की जाए, तथापि उस समय तक तो यह विवाद समाप्तप्राय ही था। बस फिर क्या था? इस आघात से कि इंदु फाँसी से गया— जो जीवित रहे, वे भी अपने दिन गिनने लगे। पोर्ट ब्लेअर का वह उद्दंड परमेश्वर सरेआम कहने लगा कि इंदु की फाँसी के संबंध में तुम लोगों ने चाहे जितना शोर किया, परंतु मेरा तो बाल भी बाँका नहीं हुआ। राजबंदियों को ऐसे कुछ भी असहनीय कष्ट नहीं झेलने पड़ते और अंदमान में उनकी स्थिति यथासंभव सुसह्य है। ऐसे प्रतिवृत्त (रिपोर्टें) आने-जाने लगे कि इतने में एक भयंकर दुर्घटना घट गई।

हतभागी इंदु विश्व के सामने अपना इतिहास उजागर नहीं कर सका। परंतु यह दूसरी दुर्घटना, जिसके संबंध में घटी, वह एक अन्य राजबंदी था।

उल्लासकर दत्त

उल्लासकर दत्त ने सौभाग्यवश बारह-तेरह वर्षों के पश्चात् मुक्ति मिलने पर अपना वृत्त जैसे भी स्मरण था, उतना लिखा। अतः उनका वृत्तांत उनके ही शब्दों में थोड़ा सा सुन लें। माणिकतल्ला षड्यंत्र कांड के युवाओं पर उनके द्वारा काम से मना करने के आरोप पर जो मुकदमा अंदमान में चला, उसके मजिस्ट्रेट ने भी यह कहा था, 'Ullaskar is one of the noblest boy. I have ever seen but he is too idealistic.' उस 'उदात्त युवक' की इस कठोर कारागृह में कैसी दुर्गत बनी, वह उसी के शब्दों में सुनें—

'हमारे हिंदुस्थान में जिस तरह कोल्हू होता है उसी तरह के एक कोल्हू में मुझे जोता गया। हमारे देश में ये कोल्हू बैल चलाते हैं। ये बैल दिन भर कोल्हू के इर्दगिर्द चक्कर काटकर अधिक-से-अधिक सोलह पौंड सरसों का तेल निकालते हैं, परंतु अंदमान में बैलों के स्थान पर कोल्हू में मनुष्य को जोता जाता है और वही तेल उससे प्रतिदिन अस्सी पौंड निकलवाया जाता है। कोल्हू में तीन जनों को लगाया जाता है। भोजन के चंद मिनटों को छोड़कर प्रातःकाल से सायंकाल तक ये लोग उस कोल्हू को बैल जैसा धीरे-धीरे नहीं अपितु भाग-भागकर घुमाते हैं। अन्यथा उनपर यह भय सवार रहता है कि तेल पूरा नहीं होगा। यदि कोई तनिक सुस्ताया तो समझिए कि निकट ही खड़े पेटी अफसर का डंडा तड़ाक से पीठ पर जम ही गया। इस मारपीट से भी यदि कोई भाग नहीं सका तो उसके होश ठिकाने पर लाने की अन्य उत्तेजक औषधि थी उस सुस्त बंदी को उस कोल्हू की बल्ली से हाथ-पाँव बाँधकर जकड़ना और अन्य व्यक्तियों को भागने का आदेश देना। अर्थात् वह व्यक्ति भूमि पर ही घसीटा जाकर लहूलुहान हो जाता। सिर धड़ाधड़ टकराता, मुँह फट जाता। मैंने प्रत्यक्ष उदाहरण देखा है—हाय-हाय! मनुष्य ने ही मनुष्य की कैसी गत बनाई है! इस प्रकार कोल्हू चलाकर संध्या समय थका-माँदा मैं कोठरी में बंद होने चला जाता, तब मुझे नहीं लगता कि कल पुनः उठकर खड़ा हो सकूँगा। फिर भी मैं उठता—पुनः जोता जाता—पुनः उठता। हम कहा करते—मौजूदा स्थिति का सामना करना होगा, परंतु हमारे साथ आए हुए साधारण बंदी नियमानुसार छह महीनों के पश्चात् कारागार से बाहर भेजे गए। और भी टोलियों के ऊपर टोलियाँ आ धमकतीं—छह-छह महीने बंदीगृह में रहकर बाहर छूट जातीं, परंतु हम वैसे-के-वैसे ही अंदर सड़-गल रहे थे, जैसे वर्षों से थे। आखिर एक दिन हमें कारागृह से बाहर भेजने का आदेश आ गया। परंतु यह मुक्ति ऐसी थी, जैसे चूल्हे से निकालकर भाड़ में झोंका जाए। क्योंकि बाहर जाने के पश्चात् भी मुझे जिस इलाके में भेजा गया, उसमें ईंटों का काम दिया गया अर्थात् मुझे प्रातःकाल से लेकर दोपहर तक गीली ईंटों को लाते-पहुँचाते हुए अविरत भागना पड़ता। यह काम साधारण बंदियों को

भी इतना उबाऊ तथा श्रमपूर्ण प्रतीत होता कि उन्हें थोड़े से दूध का प्रलोभन दिखाया जाता, ताकि वे इस काम में लगे रहें। परंतु यह दूध बंदियों की थाली में पड़ते ही उसपर पेटी अफसर अथवा तंडेल की गिद्ध दृष्टि पड़ती। मुझे भी दूध मिलने लगा, परंतु मैंने इधर-उधर न देखते हुए उसे गट से गले के नीचे उतार दिया। थोड़े ही दिनों के पश्चात् मेरे द्वारा भोग न चढ़ाने के कारण तंडेल महाशय आपे से बाहर होने लगे। अन्य बंदियों का दूध उसे मिलता था, अतः उसने मेरी उस काम पर बदली की जहाँ दूध नहीं मिलता। उसके पश्चात् मेरी नियुक्ति एक अत्यंत कष्टदायी काम पर हो गई। पानी से भरे दो डिब्बों की बहँगी या काँवर सी बनाकर उसे एक ऊँची लगभग टीलेनुमा पहाड़ी पर बनी साहब की कोठी पर पहुँचाना। मन-मन का बोझ और पहाड़ी की चढ़ाई। प्रतिपल पाँव फिसलकर नीचे गिरकर मरने का भय, पानी भर-भरकर थक जाने पर भी कई दिनों तक जैसे-तैसे निभाया परंतु अब स्वास्थ्य के लिए असहनीय हो गया। अतः काम नकारने के अतिरिक्त अन्य कोई चारा नहीं था। जी कड़ा करके एक दिन दो-टूक जवाब दे दिया—जाओ, नहीं करता काम। जो जी में आए करो।''अभियोग चलाया गया। मजिस्ट्रेट ने बहुतेरा समझाया। कहने लगे, कुछ दिन अस्पताल में विश्राम करो। परंतु आज तक भुगते हुए सभी कष्टों, यातनाओं के पश्चात् मुझे विश्वास हो गया था कि हम राजबंदी चाहे जितना कठोर परिश्रम करें, हमें बंदीवासीय सुविधाएँ कभी नहीं मिल सकतीं। जितना अधिक परिश्रम करें उतना ही अधिक जोते जाएँगे। फिर मैं क्यों इतना कष्ट झेलूँ? वे मेरे शरीर पर अधिकार जता सकते हैं; परंतु अपने मन पर, अपनी आत्मा पर मैं स्वयं क्योंकर उन्हें अधिकार जताने दूँ? मैंने ठान लिया, मैं स्वयं अपनी देह को दास बनाने का कार्य नहीं करूँगा। मुझे तीन मास का अति कठोर परिश्रम का दंड दे दिया गया। पुनः कारागृह में डाला गया, पुनः वही कष्टप्रद कारावास। द्वार पर ही खड़ा बारी मुझे देखते ही चिल्लाया, "कान खोलकर सुनो। यह बाहर का मैदान नहीं, कारागार है। यहाँ का अनुशासन तोड़ा, कामचोरी की तो कोड़े बरसाऊँगा। जानते हो, बेंत कैसे होते हैं—ऐसे कि एक-एक फटकार के साथ एक-एक इंच गहरे तुम्हारे मांस में धँसकर चुभेंगे। तीस बेंत मारूँगा।" मैंने उत्तर दिया, "आप मेरी बोटी-बोटी कर दीजिए। मैं काम नहीं करूँगा। मेरे विचार से आपके लिए काम करना अनैतिक है।" बस फिर क्या था? बंदीपाल ने तुरंत मुझे हथकड़ियाँ डालकर आठ दिन लटकाने का आदेश दिया। इतने में मेरे सामने एक आश्चर्यजनक दृश्य प्रकट हुआ। मुझे आभास हुआ (अब मैं कह रहा हूँ कि मुझे आभास हुआ, परंतु तब मुझे प्रतीत हुआ कि यह सत्य घटना है) बंदीपाल बारी ने मुझसे कहा, "तुमने मेरा अपमान किया है।"

बारी के साथ द्वंद्वयुद्ध

'तुम्हारी ओर से कोई प्रतिनिधि हो तो बुलाओ उसे। मेरे विचार से तुम्हारी ओर से तुम्हारा पक्ष लेकर सावरकर द्वंद्वयुद्ध करेगा,' इस तरह बातें करते-करते उसने दूरभाष द्वारा सावरकर को बुलाया। एक व्यक्ति आगे बढ़ा, जो सावरकर जैसा दिखता था, पर उससे अधिक कृश था। बंदीपाल ने उनसे पूछा, 'उल्लास का पक्ष लेकर आप द्वंद्वयुद्ध करेंगे?' उन्होंने हामी भर दी। तुरंत बंदीपाल बारी ने चुनौतीस्वरूप एक हाथमोजा फेंका और सावरकर को एक अस्त्र थमाया। उस समय मैं अत्यंत उत्सुकता के साथ अपने प्रतिनिधि और बारी के उस द्वंद्वयुद्ध की ओर देखता रहा और जब...बारी और सावरकर के उस सशस्त्र द्वंद्वयुद्ध में हमारे पक्ष की जीत हुई और सावरकर द्वारा फेंका हुआ हाथमोजा फट से बारी के मुँह से टकराया तो उसका मुँह उतर गया। तब मुझे बहुत आनंद आया...इतने में मुझे होश आ गया। वह दृश्य पिघलकर अदृश्य हो गया और मैं हथकड़ियों में जकड़ा खड़ा था। मुझे पुनः हथकड़ी के पास खड़ा कर हथकड़ी में मेरा हाथ डालकर, ताला ठोंककर मुझे लटकाया गया। उसी समय मुझे कुछ हरारत सी प्रतीत होने लगी। मैं दीवार से टिका वैसे ही खड़ा रहा। सामने से सूरज की किरणें मुझे सतत तपा रही थीं। मेरा ज्वर बढ़ रहा था। कभी-कभी मुझे इस तरह का दृश्य दिखाई देने लगा कि मुझे बलपूर्वक कोई विषैली दवा पिला रहा है...इस विलक्षण दृश्य के बाद एक सन्नाटा-सा हुआ, तभी डॉक्टर आया। मुझे सर्दी लग रही थी—१०७° ज्वर था। मैं ग्लानि में ही हथकड़ी में झूल रहा था। (इससे पूर्व दो बार मुझे ज्वर चढ़ने का समाचार कार्यालय में भेजा गया था, परंतु हथकड़ियों से मुक्त करने का आदेश नहीं दिया गया था)। इसके पश्चात् मुझे हथकड़ियों से निकाला गया। मैं लगभग सुध-बुध खो चुका था और भयंकर झटके खाने लगा।'

वह मध्याह्न का समय

हमें ज्ञात हो चुका था कि उल्लासकर हथकड़ी में खड़ा है। परंतु जैसाकि ऊपर उसके कथ्य में वर्णित है कि उसके ज्ञानतंतु इतने दुर्बल हो चुके थे कि उसे विलक्षण आभास होने लगे। उसपर ज्वर का नशा सा छाने लगा था और हमें इस बात का रत्ती भर भी ज्ञान नहीं था कि इतना कुछ होते हुए भी वह हथकड़ी में ही था। हम यूँ ही कोठरी के द्वार पर खड़े रहे थे, इतने में अचानक कर्णकटु चीखें और पकड़-धकड़ का कोलाहल सुनाई दिया। पेट में गड्ढा सा पड़ गया। इस तरह के कोलाहल और चीख-पुकार अंदमान के उस कारागार में एक साधारण घटना थी, अतः उनका भयप्रद अर्थ भी साधारणतः सभी को ज्ञात था। किसी बंदी को 'ठीक करने' के लिए उसपर अचानक पाँच-दस वॉर्डर, पेटी अफसर आक्रमण करते हुए उसे कोठरी में बंद करके उसकी रुई

की तरह धुनाई करते और उसके पश्चात् सभी भाग जाते और तब तक नहीं मिलते जब तक गवाही का चक्कर प्रारंभ नहीं होता—इस प्रकार की चीखों का यही अर्थ होता था। अतः हमारे होश इसलिए उड़ने लगे कि कहीं आज किसी राजबंदी को तो 'ठीक' नहीं किया जा रहा है ?

बारी और पेटी अफसर कई बार सरेआम कहते, एकाध बार राजबंदियों में से एक-दो झगड़ालुओं को 'ठीक कर दिया' तो इनके तमाम आंदोलन और अकड़ निकल जाएगी। वॉर्डर से पूछा, "चीखें आ रही हैं, क्या मामला है ?" उसने कहा, "मैं नहीं जानता।" हृदय को चीरती हुई पागल चीखें कानों से अविरत रूप से टकराने लगीं। पाँचवें क्रमांक के कक्ष से पाँच-दस लोग किसी को घसीटकर, गिराते हुए रुग्णालय में उठाकर ले जा रहे हैं, वह चीख रहा है—धड़ाम से गिर रहा है, चिल्ल-पों मची है। इतने में एक वॉर्डर भागा-भागा आकर फुसफुसाया—'उल्लासकर पागल हो गया!'

हाँ, अंगार बरसाती धूप में तपकर उसके शरीर का ज्वर बढ़ते-बढ़ते १०७° तक जा पहुँचा, लेकिन फिर भी उसे हथकड़ियों में जकड़कर खड़ा किया गया था। उसके ज्ञानतंतु, जो पहले ही वर्षों से कारावासीय यंत्रणाओं का शिकार होकर भ्रामक दृश्य देखने की हद तक क्षीण बन चुके थे, निर्बुद्ध हो गए और उसे उन्माद हो गया। शरीर में भयंकर ऐंठन होने लगी और वह दस लोगों से भी सँभाला नहीं जा रहा था। जैसे-तैसे डॉक्टर ने उसे रुग्णालय में ले जाकर पटक दिया। उल्लासकर अत्यंत हँसोड़ स्वभाव का व्यक्ति था। फाँसी का फैसला होने पर भी वह नित्य हँसी-ठिठोली करता रहता। उसका वह व्यंग्य-विनोद उन्मादावस्था में भी उसका साथ नहीं छोड़ रहा था। रात भर चीखते-चिल्लाते, असह्य दारुण यातनाएँ भुगतते वह नानाविध पक्षियों का सही-सही स्वर निकालता हुआ उन्माद भरे ठहाके लगा रहा था। उस रात हमारी आँख नहीं लग रही थी।

यह निर्भीक, हँसमुख, हँसोड़ उल्लासकर जो फाँसी का दंड सुनकर भी कहकहे लगा रहा था, वह उल्लासकर पागल हो जाय। इस तरह की यातनाएँ अपना शरीर भी कहाँ तक सह सकता है—अपने ज्ञानतंतु भी कहाँ तक ऐसा ज्वर सह सकेंगे—इसी आशंका से हर आजीवन कारावास प्राप्त राजबंदी विचलित होने लगा—उल्लासकर की एक-एक चीख उसके हृदय में डर उत्पन्न कर रही थी। तथापि उस रात थोड़ी-बहुत आशा थी कि अधिकारी आकर पूछताछ करके अब भी उसके साथ यथोचित व्यवहार करेंगे। परंतु प्रातःकाल आँख खुलते ही रुग्णालय से न भूतो न भविष्यति कर्कश क्रंदन सुनाई देने लगा, 'अमा! अमा!' इस प्रकार बँगला में करुण कर्कश चीख-पुकार सतत गूँजने लगी। माजरा क्या है ? कोई कहता—यह देखने के लिए कि उल्लासकर वाकई पागल हो गया है या ढोंग कर रहा है, अधिकारी उसे 'विद्युत्' लगा रहे हैं। मुझे यह

कृत्य असंभवनीय प्रतीत हुआ। परंतु स्वयं कहने से कि यह सत्य है या मिथ्या—उल्लास बाबू की प्रकाशित पुस्तक से उसी की भाषा में सुनें—

'इस अर्धमूर्च्छितावस्था में और यातनाओं से घिरे होने पर भी मुझे स्मरण है कि मेडिकल सुपरिंटेंडेंट ने विद्युत् पेटी लगवाकर विद्युत् दी। वह यातना मेरे लिए असहनीय थी। झटकों के ऊपर झटके खाते-खाते मेरे शरीर में विद्युत् संचार होने लगा। ऐसा प्रतीत होने लगा कि उसका प्रवाह मेरे शरीर के हर स्नायु, धमनी, तंतु को क्रूरता से खींच रहा था। ऐसा प्रतीत हो रहा था कि मेरे शरीर में भूत-प्रेत का प्रवेश हो रहा है और यातनाओं के आवेग में मैं उन अश्लील शब्दों का उच्चारण करते हुए चिल्लाता रहा जो जीवन में कभी मेरे मुख से नहीं फूटे थे। आगे चलकर मैं पूरी तरह से अपनी सुध-बुध खो बैठा। होश में आने पर मित्रों ने बताया कि तीन दिन-रात मैं पूर्णतया बेसुध स्थिति में पड़ा हुआ था।'

हम मित्रों ने यही समझा कि यह मर गया। विद्युत् लगाते समय वह भयानक रूप से चीखा-चिल्लाया था। उसे विद्युत् पेटी क्यों लगाई गई? क्या उसके ज्वर पर अथवा उन्माद के लिए विद्युत् औषधि थी?

उसके पश्चात् आठ-दस दिनों बाद जब उल्लास किंचित् होश में आ गया तब उसे अपने प्रिय कुटुंबियों की चीखें सुनाई देने लगीं। पागलपन के दौर में उसे लगा कि जैसे वे सभी अत्यंत अकुलाहट भरे स्वर में उसका नाम पुकार रहे हैं। उसे प्रतीत हुआ, 'उनके सारे दु:खों की जड़ मैं ही हूँ। हाय! हाय! मैं कितना पापी कुलांगार निकला।' इस पश्चात्ताप से दग्ध होकर उसने कंबल फाड़ उसकी डोरी बटी और जिस कोठरी में उसे बंद किया गया था, उसके पिछवाड़े की खिड़की से लटकाकर जैसे सैकड़ों पीड़ित जीव अपने प्राण दे देते थे, उसी तरह फाँसी खाने के लिए अपनी गरदन उस रस्सी में डाल दी, इतने में पहरेदारों ने उसे पकड़ा, इस आभास के साथ ही उल्लास नीचे उतरा और बच गया। वह सुपरिंटेंडेंट, जिसने उसे विद्युत् पेटी लगवाई थी। उसी समय न जाने क्यों छुट्टी पर चला गया और एक दूसरा पर्यवेक्षक आ गया। उसकी न केवल राजबंदियों में बल्कि हर जगह यही ख्याति थी कि यह बहुत ही निष्पक्ष है। दूसरे दिन उसने वह फाड़ा हुआ कंबल देखकर तथा फाँसी की बात सुनकर उल्लास को थोड़ा फटकारते हुए धीरज बँधाया, "यद्यपि मैं अंग्रेज हूँ। सरकारी मुलाजिम हूँ, हम दोनों के हिताहित भिन्न-भिन्न हैं, और इसीलिए मैं यह नहीं कह सकता कि आप क्रांतिकारियों ने जो किया वह उचित ही किया, तथापि मैं इतना कहता हूँ कि आप लोगों ने अपने देश की स्वाधीनता के लिए जो कुछ किया, उसे जब आप कर्तव्य मानकर ईमानदारी का कृत्य समझते हैं तो उस कृत्य के विषय में अपने आपको दोषी ठहराने की अथवा आत्मनिंदा करने की आपको कुछ भी आवश्यकता नहीं है। आप युवा हैं। एक-न-एक दिन आजन्म कारावास का दंड भुगतकर

स्वदेश लौटेंगे, फिर आत्महत्या का कायरतापूर्ण कृत्य क्यों कर रहे हैं ? आपके कष्टों का कारण मैं जानता हूँ। असहनीय कठोर परिश्रम ही तुम्हारी क्षीणता का कारण है। परंतु मैं अकेला उसे दूर नहीं कर सकता, क्योंकि मैं सरकारी सेवक हूँ और सरकारी आदेश है कि आप जैसे राजबंदियों से कठोर परिश्रम के काम करवाए जाएँ। मुझे उस आदेश का पालन करना ही होगा, तथापि यदि आपको कोई आपत्ति न हो और वह स्थिति आप इन कष्टों से बेहतर समझते हैं तो सुविधा के लिए पागलों के रुग्णालय में भेज देता हूँ—देख लीजिए।'' पर्यवेक्षक का भाषण सुनकर उल्लासकर ने उसे स्वीकार किया और उसे पागलखाने रवाना किया गया। वहाँ वह बार-बार पागलपन के दौरे, ऐंठन, घिग्घी बँधना, विलक्षण दृश्यों का आभास आदि मानसिक यंत्रणाएँ सहता रहा, परंतु जब होश में रहता तब उसे उस कठोर परिश्रम की तुलना में पागलखाने का रुग्णालय भी अधिक सुविधाजनक लगता, और उसे ही मुक्ति का आनंद मानकर वह वहीं दस-बारह वर्ष सड़ता रहा। वह पहले अंदमान में, वहाँ से मद्रास के पागलखाने में था और वहीं से अंत में बारह-चौदह वर्षों की कैद के पश्चात् उसे मुक्ति मिली।

जिस दिन दोपहर अचानक कर्णकटु चीखें सुनकर भयभीत हुए राजबंदियों को ज्ञात हो गया कि उल्लास पागल हो गया है, उसके दो-चार दिनों के पश्चात् बारी मुझसे बात करने आ धमका। मैं स्वयं पहल करके उससे अथवा किसी भी सरकारी अधिकारी से बात नहीं करता था। वह स्वयं आ गया तो स्पष्ट रूप में उसके सामने इष्ट मत प्रस्तुत करने में कभी हिचकिचाता भी नहीं था। यह बात बारी साहब को ज्ञात होने के कारण वह कोई भी विशेष घटना घटने पर मेरा अभिप्राय जानने के लिए आ धमकता। उस दिन भी महाशय सस्मित वदन पधारे। दुष्ट भाषण के वे इतने आदी थे कि नरम विनोद में भी सहज ही मर्मभेदी शब्दों का प्रयोग करते थे।

उसका निष्ठुर सौजन्य

मुझे देखते ही उन्होंने मुझसे पूछा, ''आप कब पागल होंगे ?'' मैंने क्रोधावेश में कहा, ''शायद आपके पागल हो जाने के पश्चात्।'' उल्लास के पागलपन की बात छेड़ते ही मैंने कहा, ''इंदुभूषण ने फाँसी लगाई तब आपने कहा था, उसने कष्टों से ऊबकर आत्महत्या नहीं की, पागल होकर गले में फंदा डाला था। तभी मैंने आपसे कहा था कि 'वह पागल क्यों बना ? यह प्रश्न शेष रहता है।' उल्लास के पागलपन का कारण भी उसके झेले हुए कष्ट और राजबंदियों को भविष्य में कोई आशा शेष न रहना ही था। यह वास्तविकता भी उससे अलग नहीं है न ? अत: उल्लास के उदाहरण से यह सिद्ध हो चुका है कि कष्टों के कारण मनुष्य पागल बनता है और पागलपन के दौरे में वह फाँसी लगाने का प्रयास करता है। मेरा यह विधान सत्य सिद्ध हो रहा है कि राजबंदियों के

जीवन के नाश—आत्मवध, फाँसी अथवा पागलों के रुग्णालय में जाने—का उत्तरदायित्व मुख्य रूप में उस पद्धति पर है, जिससे उनसे व्यवहार किया जाता है—उस कठोर आचार-संहिता पर है, जो उनके लिए लागू की जाती है।'' यह सुनते ही बारी ने अचानक पलटी खाई। उसने कहा, ''आपको कैसे पता चला कि उल्लास पागल हो गया है ?''

पागलपन का ढोंग

मैंने कहा, ''मुझे अथवा हममें से और किसी को उससे मिलने तो दीजिए, जिससे सच-झूठ हमें ज्ञात हो।'' उसने कहा, ''क्या हम झूठ बोल रहे हैं ? उल्लास पागल नहीं हुआ है, काम टालने के लिए अन्य कामचोर, पाजी बंदियों की तरह वह भी पागलपन का ढोंग कर रहा है।'' मैंने उत्तर दिया, ''यदि वह पागल नहीं तो यह निश्चित है कि आप पागल हो गए हैं। अब आप और आपके वरिष्ठ अधिकारी राजबंदियों की तरह एक स्वतंत्र वर्ग समझकर हमें सुविधा दें, अन्यथा कम-से-कम साधारण बंदियों के समान ही हमसे व्यवहार करें। परंतु वर्तमान की ये विलक्षण यंत्रणाएँ तो समाप्त करें, अन्यथा हड़ताल के अतिरिक्त हमारे पास अन्य कोई मार्ग शेष नहीं रहेगा। ऐसा नहीं कि हड़ताल से हम आपकी शक्ति को टक्कर दे सकें, परंतु हमारे मन को कम-से-कम यह तुष्टि तो मिलेगी कि हमने यथासंभव अन्याय एवं अपमान का प्रतिवाद तथा प्रतिकार किया।''

इसके पश्चात् लगभग आठ महीनों तक, बारी के वरिष्ठ अधिकारियों द्वारा उल्लास को पागल ठहराकर रुग्णालय भेजने के पश्चात् भी, वे कई दिनों तक यही रट लगाते रहे कि उल्लास पागल नहीं है, वह ढोंग कर रहा है। उन्होंने ऐसे ढोंग करनेवाले कई निघरे, ढीठ बंदी देखे थे कि उनकी यह आजमाने की शक्ति ही कि क्या सच है और क्या झूठ है, भोथरी हो चुकी थी। सहानुभूति का झरना सूख चुका था। तथापि कोई यह न समझे कि बंदियों का जगत् छोड़ने पर अन्य जनों से भी बारी इसी तरह निर्मम, कठोर व्यवहार करता था। कारागृह के बाहर कदम रखते ही वह अन्य साधारण मनुष्यों जैसा मनुष्य बन जाता। आगे चलकर उसके स्वभाव का उल्लेख किया जाएगा।

भीतर भी कष्ट और बाहर भी कष्ट। तथापि मैं यही कहता कि राजबंदी यथासंभव बाहर ही रहें, क्योंकि बाहर प्रचार कार्य करना संभव होता था। इस प्रचार कार्यार्थ मैंने ठान लिया कि मैं स्वयं बाहर निकलने का ही प्रयास करूँगा, भले ही बाहर कितने ही कष्ट हों। अत: एक वर्ष पूरा होते ही मैंने बाहर भेजने के लिए आवेदन-पर-आवेदन करना शुरू किया। इन वर्ष-डेढ़ वर्ष में मुझे बारी के शिकंजे में पूरी तरह से फँसकर दंड भुगतने के दो बार अवसर आए थे।* एक बार बाहर का समाचार और किसी समाचार-

* उनकी 'बंदी' पुस्तक में लिखा है कि पहला दंड ११ जून, १९१२ को और दूसरा दंड १० सितंबर, १९१२ को दिया गया।

मेरे बाहर निकलने के प्रयासों का परिणाम यह हुआ कि बाहर निकले हुए राजबंदियों के कष्ट अधिकाधिक बढ़ने लगे। जैसाकि ऊपर निर्देश किया है, इंदुभूषण के जीवन-विनाश विषयक भी कुछ-न-कुछ प्रतिवाद, कुछ प्रतिकार करना सभी अपना कर्तव्य समझने लगे। अंत में चर्चा हुई और तय किया गया कि सार्वजनिक हड़ताल की जाए। 'जिस तरह यंत्रणा देते समय हमें राजबंदी समझा जाता है उसी तरह सुविधा देते समय भी समझा जाए, बाहर अथवा भीतर अत्यंत कष्टप्रद परिश्रम न देते हुए हमें लेखन कार्य पर अथवा वह भी नहीं देना हो तो किसी-न-किसी छाँव के सुसह्य हस्त व्यवसाय के कार्यों पर लगाया जाए और हममें जो ऐसे राजबंदी हों जिन्हें सावधि दंड अर्थात् आजन्म कालेपानी का दंड नहीं हुआ था, उन्हें छूट दी जाए, जैसे अपने देश के कारागृहों में दी जाती है।' ये हमारी प्रमुख माँगें लिखकर सभी की ओर से एक-दो जनों ने अधिकारियों को सूचित कीं। मैंने अपने आवेदन में कहा था कि देश के कारागृहों में पत्र, भेंट, छूट आदि जो लाभ बंदियों को मिलते हैं, वह हमें इसलिए नहीं मिलते क्योंकि हमें कालेपानी का दंड मिल गया है और कालेपानी पर लेखन कार्य, बाहर स्वच्छंद विचरण, पेटी अफसर होना आदि जो सहूलियतें बंदियों को मिलती हैं, उनसे हमें साधारण बंदी न होकर विशेष प्रकार के बंदीवान होने के नाते वंचित रहना पड़ता है; और विशेष बंदी के रूप में कुछ विशेष सुविधाओं की माँग करें तो हमें बताया जाता है कि तुम लोगों के लिए साधारण बंदियों से पक्षपात करके इस प्रकार की विशेष सुविधाएँ नहीं दी जा सकतीं। इस तरह देशी कारागृहीय सुविधाएँ, कालापानी स्थित सुविधाएँ, विशेष वर्गीय सुविधाएँ, इन सुविधाओं में से एक भी लाभदायी सुविधा न मिलते हुए इन तीनों प्रकार के वर्गांतर्गत हानिकारक निर्बंध भुगतने के लिए ही केवल हमारे इस विशेष वर्ग का निर्माण किया गया है। अतः भविष्य में हम यह चुपचाप नहीं सहेंगे। मात्र कष्ट और कोई भी सुविधा नहीं मिलनी है तो हम काम भी नहीं करेंगे। अब कष्ट हैं तो कष्ट ही सहेंगे, फिर जो होना है होने दो। मेरे और अन्य लोगों के इसी आशय के आवेदन-पत्रों को ठेंगा दिखाया गया। हड़ताल निश्चित हो गई और बाहर से काम को नकारकर एक-एक, दो-दो करके लोग, पुनः कारागृह के लोग भी एक निश्चित दिवस पर एक साथ काम करने को मना करके एक साथ हो गए और इस प्रकार कारागृह में दूसरी हड़ताल का श्रीगणेश हुआ।

मेरे बंधु पहले ही दिन हड़ताल में सम्मिलित हो गए थे। दंडों की भरमार होने लगी। झुंड-के-झुंड पर्यवेक्षक के सामने खड़े किए जाते और हथकड़ी, दंडा-बेड़ी, पाँव-बेड़ी, कोठरी-बेड़ी आदि दंड जोर से चिल्लाकर सुनाए जाने लगे। प्रत्येक कक्ष में राजबंदी हथकड़ियों में लटके हुए दिखाई देने लगे। कोई हथकड़ी के साथ बैठने का प्रयास करने लगा, कोई पाँव-बेड़ियाँ डलवाने से मना करने लगा, कोई आपस में बोलने

के नियम का भंग करके एक-दूसरे से दूर से ही जोर-जोर से सरेआम बतियाने लगा, कोई बारी आदि अधिकारी के जेल में प्रविष्ट होते ही जो खड़े होना पड़ता था, अब खड़े नहीं होते। प्रायः सभी ने काम को नकार दिया था। बारी के आगमन के साथ ही पेटी अफसर चिल्लाता, 'सरकार!' सभी बंदी नियमानुसार नहीं तो रूढ़ि के अनुसार खड़े रहते, परंतु राजबंदी बैठे रहते। एक-एक को पकड़कर खड़ा करने के लिए तीन-तीन जनों की आवश्यकता पड़ती। इस तरह बलात् खड़े करवाकर अपना सम्मान कराने से बारी भला कितने दिन तक संतुष्ट रह सकता था? राजबंदियों के काम बंद करने से उनका भोजन भी तोड़ा गया। किसी को थोड़ा अन्न दिया जाता तो किसी को आठ-आठ दिनों तक केवल कांजी (नमक रहित) दी जाती। कहीं-कहीं मारपीट भी होने लगी। इस तरह सर्वत्र भगदड़ मची। इक्का-दुक्का मारपीट का समाचार मेरे कानों में आते ही मैंने बारी साहब को स्पष्ट चेतावनी दी कि 'अभी तक राजबंदी केवल अप्रत्यक्ष रूप से ही नियम भंग कर रहे हैं, वे आपका नियम भंग कर रहे हैं, आप उन्हें न्यायिक दंड दे रहे हैं। उसके लिए हम आपको दोष नहीं देते। परंतु यदि अन्याय से आप अपने ही नियम के विरुद्ध व्यवहार करके मारपीट पर उतरेंगे तो याद रखें, ये पागल बने युवक आपा खोकर चोट को चोट देने उतर पड़ेंगे। वे जानते हैं, आप उन्हें कुचल डालेंगे। परंतु याद रखें, जान हथेली पर लिये क्रुद्ध साँप की तरह वे कहीं भी और किसी भी समय डसकर फिर कुचले जाएँगे। इस तरह नियम तोड़कर एक को तीन पकड़नेवालों और मारनेवाले आपके अधीनस्थ पेटी अधिकारी की निर्दयता और कायरता पर अंकुश रहेगा। वही बात गालियों की है। राजबंदियों को विशेषतः पठान, सिंधी आदि मुसलमान पेटी अफ़सर गंदी-गंदी गालियाँ देते हैं। जवाब में उन्हें उतनी ही बीभत्स, भद्दी गालियाँ देने का ज्ञान यद्यपि सभी बंदियों को नहीं है, तथापि उनमें से कुछ बंदियों ने इस शास्त्र का अध्ययन किया है और वे हर भोंडी, ओछी गाली के उत्तर में उसी तरह चुनिंदा गालियाँ दे सकते हैं कि बदमाश पठान भी दाँतों तले अंगुलियाँ दबाएँगे। गालियों से मारपीट का प्रश्न खड़ा रहना स्वाभाविक ही है और मैंने आपको स्पष्ट किया है कि मारपीट का क्या परिणाम होगा।'

मेरी इस प्रकार की चेतावनी का परिणाम बारी पर अवश्य होता, परंतु वह इस सरल भाषण को उलटकर, सावरकर मारपीट को प्रोत्साहित करते हैं, वरिष्ठ अधिकारियों को सूचित किए बिना नहीं रहता। अभी तक मैंने काम नहीं छोड़ा था। काम छोड़ने से उस वर्ष का पत्र जब्त किया जाता। अतः मैं सभी को यथासंभव पत्र आने के पश्चात् ही हड़ताल पर जाने का अनुरोध करता था। मेरे घर से आए हुए पत्र में हिंदुस्थान का काफी समाचार होता था और वह पत्र हम सभी को सप्ताह भर समाचार का संभरण प्रतीत होता था। कारागृह में कई लोग उस पत्र को लेकर पुनः-पुनः पढ़ते। इसके लिए मैंने

निश्चय किया था, मेरे पत्र की अवधि पूरी होने से पत्र-प्राप्ति के पश्चात् ही हड़ताल में सम्मिलित हो जाऊँगा। मेरे बंधु इससे पूर्व ही हड़ताल में सम्मिलि हो चुके थे। जैसे-जैसे हड़ताल की अवधि लंबी होती गई, वैसे-वैसे बारी को ऐसे मान का अनुभव करना पड़ा, जिसे उसने कभी नहीं किया था। अन्य बंदियों की दृष्टि परिवर्तन आ गया। साधारण बंदियों पर जो दबदबा उन्होंने बनाया हुआ था, जीव उसे स्थिर रखने के प्रयास में बारी की भारी हड़बड़ाहट होती। कभी-कभी तो मनोरंजक प्रसंग आ जाता। राजबंदियों में कुछ लोग अधिक शिक्षित नहीं थे, परंतु के साथ अन्य सभी राजबंदी अंग्रेजी में वार्त्तालाप करते, उसी तरह वे भी अंग्रेजी षण करते। परंतु एक दिन बारी साहब के चतुर दिमाग में एक विचित्र कल्पना आ लोग मुझसे अंग्रेजी में बात करते हैं, इसलिए ये साधारण बंदियों पर छा जाते ये उन राजबंदियों से उसने कहा, "तुम्हें अंग्रेजी बोलने का अधिकार नहीं है। तु विशेष शिक्षित नहीं हो। साधारण बंदियों की तरह हो।"

अंग्रेजी में नहीं, हिंदी में बोलो

बस फिर क्या था! उन्होंने अविलंब हिंदी वाक्य का उच्चारण किया, "अजी, अंग्रेजी देववाणी थोड़ी ही है? आप ही अंग्रेजी में पूछते हैं, इसीलिए अंग्रेजी में उत्तर देना पड़ता है। यह इतनी लज्जास्पद बात नहीं है कि हमें अंग्रेजी में बोलना नहीं आता। लज्जास्पद बात तो यह है कि आयरिश कोख से जन्म लेकर आप आयरिश भाषा का एक अक्षर भी नहीं जानते। हमारे लिए यह गौरव की बात है कि हम इतनी फर्राटेदार अंग्रेजी नहीं बोल सकते कि अपनी मातृभाषा का भी विस्मरण हो। आपको इस बात पर लज्जा आनी चाहिए कि आपको मातृभाषा का इतना सा भी ज्ञान नहीं और अंग्रेजी इतनी लच्छेदार बोलते हैं।" हिंदी भाषा की यह प्रथम तोप दागते ही सभी साधारण बंदी बारी साहब की ओर टुकुर-टुकुर देखने लगे। राजबंदी जब अंग्रेजी बोलते थे तब बंदियों को यह स्पष्ट रूप में समझ में नहीं आता था कि वे क्या बोल रहे हैं और राजबंदियों की अंग्रेजी में जैसे-को-तैसे उत्तर सुनते हुए भी बारी पूर्ववत् अकड़कर खड़े रहते, उस अकड़ से बंदियों को इस तथ्य का पता नहीं चलता था कि उनकी कितनी थू-थू हो रही है। परंतु अब हिंदी में टका सा मुँहतोड़, खरे-खरे उत्तरों की झड़ी लगने लगी। देखते-देखते प्राय: सभी राजबंदी हिंदी झाड़ने लगे। शिष्ट भाषा के लिए शिष्ट भाषा, टकसाली बोली परंतु गाली-गलौज के लिए असल दस नंबरी गालियाँ। शुद्ध हिंदी में यह सब सुनते-सुनते बारी को इस तरह हड़बड़ाहट होने लगी कि 'तोबा तेरी छाछ से, इन कुत्तों से छुड़ा।'

एक दिन बारी ने अपने नित्य के मुँहफट स्वभाव के अनुसार ऐसे ही एक

राजबंदी से हिंदी मे कहा, "तुम हिंदुस्थानी लोग हमारे गुलाम हो।" यह समझकर कि अन्य बंदियों को ह ज्ञात हुआ होगा कि वह राजबंदियों को किस तरह खीरा-ककड़ी समझता है, ब ठहाके लगा ही रहे थे कि उन्हें हिंदी में ही उत्तर मिला, "हाँ, हम हिंदुस्थानी ग अंग्रेजों के गुलाम हैं, परंतु आपके नहीं। अरे, आप लोग तो स्वयं ही अंग्रेजों बाँदियों के पिल्ले हैं। हाँ, आयरलैंड इंग्लैंड की बाँदी जो ठहरी। उसी के पिल् आप। हम अंग्रेजों के गुलाम ही सही, परंतु उस गुलामी, उस दासता का करने का बीड़ा उठाकर हम जान हथेली पर लिये लड़ रहे हैं। परंतु आप उसी कि को अपना घर समझते हैं जो आपके सामने दो टुकड़े फेंकता है। उस कुत्ते समान, अपने स्वामी के आचरण का अनुकरण करना चाहता है। उस साम्राज्य को, जिसने यरलैंड को गुलाम बनाया है—अपना साम्राज्य मानकर देश-देश में उनपर भौंक रहे जो उस साम्राज्य को अस्वीकार करते हैं।" इस प्रकार का हिंदीभाषी उत्तर सुनकर सभी बंदी खी-खी करने लगे। बारी साहब क्रोध से लाल हो गए। परंतु करते क्या! उन्होंने ही तो यह राजनीतिक विषय कुरेदा था। अतः चिल्लाए, "हिंदी में नहीं, अंग्रेजी में बोलो, अंग्रेजी में!" परंतु वह राजबंदी अंग्रेजी बोलने के लिए तैयार नहीं था, "जी नहीं! आप ही ने तो कहा था न, हिंदी में बोला करो। अब हम कभी भी अंग्रेजी में नहीं बोलेंगे। हिंदी में ही बोलेंगे हम।" इस तरह जोर-जोर से बोलते हुए उसने आयरलैंड के विषय में उपर्युक्त सभी वाक्यों का उच्चारण हिंदी में ही किया। उस दिन के बाद उसने किसी से भी नहीं कहा कि 'हिंदी में बोलो'। उसने कान पकड़कर स्पष्ट इच्छा जताई कि राजबंदी पूर्ववत् उससे अंग्रेजी में ही बात किया करें।

कारागृह का अनुशासन तथा सरकारी दबदबा अनेक छोटे-मोटे प्रसंगों और बिगड़े हुए राजबंदियों के आंदोलन से डाँवाँडोल हो गया। एक बेंत बरसाना छोड़कर प्रायः शेष सभी दंड दो-दो बार देकर अधिकारी थक गए, परंतु कोई भी काम को हाथ नहीं लगाता था। कोड़े बरसाने की धमकियाँ रोज दी ही जाती थीं, परंतु किसी के कानों पर जूँ नहीं रेंगती। अंत में चीफ कमिश्नर ने बारी और सुपरिंटेंडेंट द्वारा यह बातचीत चलाई कि हम आपको हलके काम पर लगाएँगे, काम नकारने के और उसमें समाविष्ट होने के अपराध को दुर्लक्षित करते हुए आपको तुरंत बाहर छोड़ा जाएगा और यह निश्चित करने के लिए कि आप लोग राजबंदी हैं या नहीं, ऊपर हिंदुस्थान सरकार को लिखेंगे। उसके अनुसार एक बार काम प्रारंभ करते ही बाहर भी भेजा जाएगा। हलका काम मिलने का समाचार आते ही कई लोगों की राय बनी कि कम-से-कम इतना तो प्राप्त करें। मुझे कुछ भी करके, जैसे-जैसे प्रचारार्थ और मुक्ति की दृष्टि से भी राजबंदियों को बाहर निकालना अत्यंत इष्ट होने के कारण मैं यही कहने लगा कि हड़ताल समाप्त करके काम करें। यदि अनुबंध के अनुसार सभी को बाहर नहीं भेजा गया, तो पुनः

हड़ताल करें। थोड़े ही दिनों में मेरे बंधु के साथ सभी काम करने लगे।

अधिकारियों ने भी अनुबंध के अनुसार अनेक राजबंदियों को पुनः बाहर भेजा। कुल मिलाकर काम भी पहले से अधिक हलका—नारियल पर पहरा देना, झाड़ू-बुहारना आदि। वस्तुतः सभी को इसी तरह बाहर भेजा जाता तो यह हड़ताल वहीं पर समाप्त हो जाती, परंतु लोगों के काम करना आरंभ करते ही अधिकारियों ने हड़ताल में नेता के रूप में, जो उनके अधिक कोपभाजन बने थे, उन्हें बाहर भेजने से साफ इनकार कर दिया। मेरे बंधु, श्री वामनराव जोशी, होतीलाल, श्री नानी गोपाल तथा और दो-तीन लोगों को बाहर नहीं निकाला गया। मेरा तो नाम ही मत लीजिए। हड़ताल में मैंने काम नहीं छोड़ा था, तथापि हड़ताल का ठीकरा मुख्यतः मेरे सिर पर ही फोड़ा गया। यह उचित ही हुआ कि उन राजबंदियों को भी बाहर भेजा गया जिन्होंने हड़ताल में प्रत्यक्ष भाग लिया था, जिनपर मुझसे अधिक बार कारागारीय अभियोग चलाए गए, जो एक बार बाहर भेजने पर भी उधर काम न करते हुए पुनः वापस लौट आए; क्योंकि निरुपाय होकर उन्हें हड़ताल में भाग लेना पड़ा। परंतु जब मैंने पूछा कि जो उचित बात उनके लिए की गई, वही मेरे संबंध में क्यों नहीं की जाती, तो अधिकारी कुछ भी उत्तर नहीं दे सके। चीफ कमिश्नर ने लिखा था—'आपका हिंदुस्थान स्थित पूर्वेतिहास हमें आपको बाहर भेजने से रोकता है।' उसका उत्तर भी मैंने दिया था—'मेरे समान जो बाहर गए हैं, वे भी उसी धारा के अंतर्गत, उसी तरह के आंदोलन में सम्मिलित होने के कारण आजन्म कारावास का दंड प्राप्त करके आए थे, फिर पूर्वेतिहास उनके मार्ग में रोड़ा क्यों नहीं बनता? भला मेरे ही मार्ग में अड़चन क्यों डालता है? इतना ही नहीं, परंतु अंदमानीय उपनिवेश की नीति ही ऐसी थी कि पूर्वेतिहास का कच्चा चिट्ठा, सात जन्मों की टिप्पणियाँ न खोलते हुए बंदी का आचरण मुख्यतः इस बात से निश्चित किया जाए कि वह उपनिवेश में कैसा व्यवहार करता है। इतना ही नहीं, उधर भी जो दो-तीन बार कारागृह तोड़कर भागे थे, उन्हें भी एक-दो वर्षीय कारावंधीय दंड दिया जाता और उसे भुगतने के बाद पुनः बाहर भेजा जाता। मेरे इस उत्तर का लिखित उत्तर आ गया कि 'हिंदुस्थान सरकार का आदेश है कि आपको बाहर नहीं छोड़ा जाए।' अच्छा, मुझे कितने वर्षों तक बाहर न छोड़ने का आदेश है, पूछने पर भी निश्चित रूप में मुझे सूचित नहीं करते थे। अतः हमने निश्चय किया कि हिंदुस्थान सरकार को ही आवेदन-पत्र भेजा जाए।

परंतु वे हिंदुस्थान सरकार को आवेदन-पत्र नहीं भेजने देते थे। इस तरह हम घुटन का शिकार बन गए। मेरे बंधु तो मुझसे पूर्व ही आए हुए थे। परंतु उन्हें भी बाहर नहीं निकाला जाता। एक बार एक पर्यवेक्षक ने मुझसे तर्क करते हुए कहा, ''यह सत्य है कि आपके प्रश्नों का उत्तर नहीं है। परंतु आप हड़ताल को प्रोत्साहित करते हैं।'' मैंने कहा, ''परंतु हड़ताल में जो प्रत्यक्ष सम्मिलित होते हैं वे बाहर निकले हैं और यह तो

उचित ही है। तो फिर तुमने हड़ताल की, यह ठीक किया, ऐसा कहनेवाले का अपराध प्रत्यक्ष हड़ताल करनेवालों से अधिक है, क्या यह कहा जाए? क्या यह दंड विज्ञान के सर्वथा विपरीत नहीं है? और देखिए, मैंने हड़ताल को आज तक प्रोत्साहित क्यों नहीं किया? अथवा किया हो तो मेरे मित्र उसे क्यों नहीं मानते थे? हड़ताल आज ही क्यों हुई? इंदु को भी फाँसी लगाने के लिए क्या मैंने ही प्रोत्साहित किया था? उल्लासकर को पागल बनने के लिए मैंने सिखाया क्या? राजबंदियों को जो खान-पान, कष्टप्रद काम, मानसिक चिंताएँ, भावी निराशा तथा पग-पग पर अपमान की तीव्र यातनाएँ सहनी पड़ीं और अभी भी पड़ रही हैं, उन कारागारीय पद्धतियों की यातनाएँ ही हड़ताल को प्रोत्साहित करती हैं, न कि मैं। राजबंदियों की तरह आप उन्हें सुविधाएँ दीजिए, कम-से-कम चोर-डाकुओं की तरह उन्हें लेखन आदि कामों पर नियुक्त कीजिए, फिर कौन और क्यों हड़ताल करेगा? पहले से ही इस कष्टदायी कारावास में हड़ताल के साथ अल्पभोजन पर अथवा मात्र कांजी पर कोठरी में तड़पते रहकर कष्टतर दुर्दशा में रहने का शौक तो नहीं होता। मैंने अभी तक काम का परित्याग नहीं किया है। फिर हड़ताल का सारा दोष आप हमारे ही मत्थे क्यों मढ़ते हैं?'' बार-बार मेरे अकाट्य तर्क की यथार्थता को वहाँ के स्थानीय अधिकारी और प्रसंगवश बारी भी स्पष्टतया स्वीकार करते थे। वे बस इतना ही कहते, ''यह हमारे बस में नहीं है। हिंदुस्थान सरकार के हाथ में है, उसी की आज्ञा से आपको कारागृह में रखना अनिवार्य है।''

नानी गोपाल

मेरे कांड की इस तरह चखचख चल ही रही थी कि एक और कांड हद से ज्यादा बढ़ रहा था। अंदमान में कुछ राजबंदी ऐसे थे जो बड़े ही साहस से सारी यातनाओं, कष्टों को सह रहे थे। उनमें बंगाल का एक सोलह-सत्रह वर्षीय संभ्रांत ब्राह्मण परिवार का एक नवयुवक नानी गोपाल भी था। बंगाल में एक बड़े यूरोपीय पुलिस अधिकारी की चलती कार पर बम फेंकने के अपराध में उसे चौदह वर्षों का दंड मिला था। कारागृह में सोलह वर्षीय कोमल लड़के को कोल्हू का कठोर काम नहीं दिया जाता, तथापि इसे कोल्हू में जोता गया। उससे संबंधित बहस छिड़ने पर उसने काम को नकारा। वह उन चार-पाँच बंदियों में से एक था जिन्हें पिछली हड़ताल में सर्वाधिक यंत्रणाएँ सहनी पड़ीं। परंतु वह बड़ा जीवित रहने की तीव्र इच्छावाला तथा दृढ़निश्चयी युवक था। झुकने के लिए वह किसी भी हालत में तैयार नहीं था। वह हथकड़ी में प्रायः खड़ा ही रहता। ज्यों-ज्यों उसे अधिकाधिक दंड दिया जाता त्यों-त्यों उसका क्षोभ अधिकाधिक बढ़ने लगा। काम छोड़ देने के कारण उसे दंड मिला। उसने कपड़े धोना भी बंद किया। इसलिए उसे दंडस्वरूप मोटे टाट के बोरे को फाड़कर बनाए

हुए खुरदुरे कपड़े दिए गए, तो उसने कपड़े पहनना ही छोड़ दिया। टाट के उन वस्त्रों को दो-चार लोगों ने उसे गिराकर बलपूर्वक पहनाया और लगभग सिलाई से उन्हें पक्का किया तो उसने रात में उन्हें फाड़ डाला। अतः रात में भी उसे हथकड़ियों में रखकर ताला ठोंक दिया गया; लेकिन उसने रात भर गुपचुप महत्प्रयास से हथकड़ियाँ तोड़ डालीं। 'क्यों तोड़ डालीं?' यह प्रश्न करते हुए उसपर गालियों की बौछार की गई तो महाशय ने उत्तर देना ही छोड़ दिया। अधिकारियों के प्रश्नों के उत्तर न देने की उद्दंडता के लिए उसे दंड दिया तो अधिकारी के आते ही उसने खड़ा रहना ही छोड़ दिया। इसके दंडस्वरूप उसकी कोठरीबंदी बढ़ाई गई तो किसी भी कार्यवश कोठरी से बाहर निकलना ही उसने बंद कर दिया। स्नान करने के लिए भी वह बाहर नहीं आता। तब उसे बलपूर्वक उठाकर नग्नावस्था में ही हौज में गिराकर भंगियों से उसे स्नान कराया जाता और नारियल के छिलके के टुकड़े से उसका शरीर इतना घिसा जाता कि उसकी पीठ रक्तरंजित हो जाती और भयंकर जलन होने लगती। परंतु वह डटा रहा। दुष्ट पठान एकांत में उसे बीभत्स गालियाँ देता। दिन में वह नग्न रहता, अतः रात में भी उसका एक कंबल छीन लिया गया तो उसने दूसरा कंबल भी फेंक दिया। वैसा ही नंग-धड़ंग वह दिन-रात सर्दी में ठिठुरता हुआ नंगी भूमि पर महीनों पड़ा रहा। उसकी प्रमुख माँग यह थी कि हम लोगों की राजबंदियों में गणना की जाए।

वह कहता—यह प्रश्न गौण है कि अन्न अच्छा है या बुरा। महत्त्वपूर्ण प्रश्न है सम्मान का। यह सिद्ध होना चाहिए कि हम राजबंदी हैं, कोई चोर-उचक्के-डाकू नहीं। चीफ कमिश्नर ने उसे सूचित किया कि तुम्हारी माँग कभी स्वीकारी नहीं जा सकती। परंतु वह अपने ही हठ पर अड़ा रहा। आखिर कमिश्नर ने स्वयं आकर कहा, "तुम सोचते होगे कि इस तरह तुम्हें यातनाओं में देखकर हमारा हृदय पसीजेगा या हम भयभीत होंगे, परंतु ऐसा कुछ नहीं होगा। तुम इस तरह मर भी गए तो हमें इससे क्या?" परंतु चिंता न सही, पर अधिकारियों का जो अपमान वह सत्रह वर्ष का बालक निरंतर कर रहा था वह उन्हें बेचैन किए हुए था। बारी के अनुसार एक बार इन राजबंदियों में से दो-तीन जनों की चमड़ी उधेड़ दी तो इन बाबू लोगों के होश तुरंत ठिकाने आ जाएँगे। साधारण बंदियों का उसे यही अनुभव था। इससे विपरीत पक्ष में हममें से दो-तीन युवक, जो अखबारों के संपादक थे—कहते कि मार्ले की आज्ञा उन्होंने स्वयं पढ़ी है कि राजबंदियों पर बेंत नहीं बरसाने चाहिए। इस वार्त्ता से प्रायः हमारी यह धारणा बन गई थी कि चमड़ी उधेड़ने की केवल धमकी ही दी जा रही है, तथापि हड़ताल में मैं हमेशा कहता था कि आज्ञा भले ही ऐसी हो परंतु उसमें परिवर्तन लाना भी उनके हाथ में है, अतः हमें यह मान करके ही कि समय पर बेंत भी बरसेंगे, हड़ताल में सम्मिलित होना चाहिए। बीस वर्षीय यःकश्चित् डाकू और चोर तीस-तीस बेंत बरसने तक चूँ तक

नहीं करते, इसका कारण बाल्यावस्था से ही अभ्यस्त होकर उनका ढीठ बन जाना है। हम भी निश्चय करने पर ढीठ बन सकते हैं। कोड़े बरसाए गए तो अवश्य खाएँगे। इस प्रकार दृढ़ निश्चय करने के बाद चीफ कमिश्नर की इस चेतावनी से भी कि बेंत खाने पड़ेंगे, नानी गोपाल टस-से-मस नहीं हुआ। कोल्हू तो दूर, कोई भी काम करने से उसने साफ इनकार कर दिया। अंत में तंग आकर अधिकारियों का रुझान बारी की युक्ति की ओर होने लगा और अंत में उन्होंने नानी गोपाल पर बेंत बरसाने का निश्चय किया।

यह समाचार बारी ने गुप्त रूप से मुझे दिया। मैंने कहा, "यद्यपि व्यक्तिगत रूप से एकांत में आपने यह समाचार मुझे दिया, तथापि अधिकारी होने के नाते ही आप यह बता रहे हैं और मुझे इस बात का अहसास है कि मेरे उद्‌गार आप वरिष्ठ अधिकारियों तक पहुँचाना चाहते हैं। अत: मैं आपको स्पष्ट रूप में कह देना अपना कर्तव्य समझता हूँ कि यदि आपने इस युवक के साथ मारपीट की तो राजबंदी इतने बहक जाएँगे कि आज तक भी नहीं बहके होंगे। इन लोगों का पूर्वकालीन साहस तथा भयंकर कृत्यों का स्मरण रखें, आप समर्थ हैं, इनकी शक्ति तो आपके सामने पासँग भी नहीं है। परंतु उस शक्ति की सहायता से जो कुछ भी होगा, उसे करने में वे कभी नहीं चूकेंगे। अभी तो केवल साधारण प्रतिवाद और प्रतिकार ही कर रहे हैं, परंतु यदि असाधारण दंड दिए गए और लहू बहा तो लहू बहाने में भी वे आगा-पीछा नहीं देखेंगे।"

मैं यह नहीं कहता कि क्या होना चाहिए, मैं तो यह कह रहा हूँ कि क्या होना संभव है। बारी ने स्मित किया। वे चले तो गए, पर मन-ही-मन चौंके बिना नहीं रहे। उधर बेंतों के लिए तिपाही खड़ी की गई। कुछ दंगा-फसाद खड़ा न हो इसलिए हमें कोठरियों में बंद किया गया। अब हम सारे चौंकते हुए कान लगाकर इस ताक में बैठ गए कि अब बेंत सटकाते ही खून के उड़ते फव्वारे के साथ-साथ कहीं नानी गोपाल की चीख तो कानों से नहीं टकराएगी। इतने में एक वॉर्डर साहस करके इतने कड़े प्रबंध में भी मेरे पास आया और यह कहता हुआ कि नानी गोपाल को कारागृह से बाहर भेजा गया है—खिसक गया।

थोड़ी देर में एक ओवरसीयर जान-बूझकर मेरे पास आ गया और हास्य की मुद्रा में कहने लगा, "क्यों, नानी की···फटकर दो हो गई है।" उसकी इस भोंड़ी, अश्लील भाषा की ओर ध्यान न देते हुए मैंने मुसकराकर कहा, "नानी का कुछ भी दो नहीं हुआ। हो सकता है और किसी का हुआ हो। नानी पर बेंत न बरसा कर उसे जेल से बाहर भेजा गया है। यह नया समाचार मैं तुम्हें सुनाता हूँ।" वह हक्का-बक्का रह गया। लौटा, मुझ पर तैनात पेटी अफसर पर झल्लाते हुए कि यह समाचार इतना शीघ्र कैसे फैल गया? तुम क्या देखते हो? किसने बताया? इसे पकड़कर ले आओ—इस तरह बड़बड़ाता हुआ चला गया।

वह समाचार सच था, क्योंकि दंड का आदेश देने के बाद भी अधिकारियों से उसका उत्तरदायित्व लिया नहीं गया। चीफ कमिश्नर को दूरभाष से सूचित किया तो वह भी सकपकाया। अंत में बेंत बरसाने का दंड रद्द करके नानी को उस कारागृह से निकालकर बाहर एक जिले के पुराने कारागार में कुछ दिन रखा जाए—इस तरह दूरभाष द्वारा उन्हें आदेश देने की सद्बुद्धि आ गई। इस तरह यह संकट टल गया। परंतु हमें प्रसन्नता हुई कि नानी गोपाल को बेंत नहीं मारे गए।

तथापि उसका जी खट्टा हो गया। बेंत खाकर भी अपनी जीवट वृत्ति का प्रदर्शन करने की उसमें जो एक तरह की सुरसुरी थी, उसका नशा ही उतर गया। उसके साहस, धैर्य की वाहवाही किए बिना शत्रु से भी रहा नहीं गया। अधिकारियों का यह अनुमान था कि उसे हमसे दूर करने और हमारे प्रोत्साहन की कक्षा से बाहर निकालने से वह नरम हो जाएगा, परंतु शीघ्र ही उन्हें ज्ञात हो गया कि प्रोत्साहन की यह बात कितनी गलत थी, क्योंकि हमसे दूर जाते ही उसने उस बाहरी बंदीवास में अन्न त्याग दिया।

जब तक वह भीतर था तब तक अन्न त्याग करने से हम उसे सतत रोकते रहे थे। उसके अन्न त्याग के पश्चात् तीन-चार दिन किसी ने उसपर गौर नहीं किया। उसने किसी से यह बात नहीं कही। अन्न-जल के बिना वह ऐसे ही लेटा रहा। यह नया कांड देखकर अधिकारियों ने पुनः उसे उठाकर हमारे सेल्युलर कारागृह में बंद किया, फिर भी उसने अन्न ग्रहण नहीं किया। आगे चलकर पाँच-छह दिनों के पश्चात् उसे नियमानुसार बलपूर्वक नाक में नलिका ठूँसकर दूध पिलाया जाने लगा।

भीतर नानी गोपाल की यह स्थिति थी और बाहर एक नया कांड उपस्थित हो गया। बाहर निकले हुए राजबंदियों में प्रायः सभी एक-दूसरे से मिलने के लिए गुपचुप इस जिले से उस जिले में चले जाते—लाख नियम उल्लंघन करते हुए भी। इसपर गौर करना चाहिए कि अन्य बंदी भी इसी तरह चोरी-छिपे भटकते रहते थे। परंतु राजबंदी कोई भी बात करते तो वह अधिकारियों को तुरंत चौंका देती। उन लोगों ने, जिन्होंने स्वदेश का समाचार लाना तथा अन्य बंदियों में स्वदेशी व्रत का प्रसार करके देशभक्ति उत्पन्न करना अपना कारावासीय कर्तव्य माना था, सप्ताह भर में वे जो कुछ चोरी-छिपे समाचार प्राप्त करते, उन्हें एक कागज पर उतारकर उसके साथ एकाध देशभक्ति पर कविता लिखकर उस कागज की पांडुलिपि की दस-बीस प्रतियाँ जिले में बाँटते। आगे चलकर उसमें एक संपादकीय लेख भी लिखा जाने लगा। अर्थात् वह कागज समाचार-पत्र का पिल्ला शोभायमान होने लगा। बंदियों में से कुछ के आगे बढ़ते-बढ़ते वहाँ के कुछ 'स्वतंत्र' लोगों से भी परिचय हुआ और राजबंदियों का 'वजन' बढ़ने लगा। ये 'स्वतंत्र' अर्थात् भूतपूर्व बंदियों की मुक्ति के पश्चात् वहीं पर बसे हुए परिवारों की संतति थीं। राजबंदियों के इस आंदोलन की वार्त्ता अतिशयोक्ति द्वारा गुब्बारा बनते-बनते

एक षड्यंत्र का रूप धारण कर अधिकारियों के कानों तक पहुँच गई। इसी समय अंदमान स्थित राजबंदियों की स्थिति, इंदुभूषण की फाँसी, उल्लासकर के पागलपन से संबंधित गुप्त रूप से भेजे गए कुछ पत्र हिंदुस्थान पहुँच गए और वह यातनाओं की लोमहर्षक कहानी हिंदुस्थानी समाचार-पत्रों में छपते* ही अंदमान के अधिकारियों में खलबली मच गई। हिंदुस्थान के वृत्तपत्रों का एकाध लेख इधर चाहे कितना भी घटिया क्यों न प्रतीत हो, परंतु अंदमान में उस योग से हम लोगों का एक दिन तो सुखपूर्वक व्यतीत होता। कौंसिल में अंदमान के राजबंदियों से संबंधित पूछा गया एकाध प्रश्न, फिर इधर उसे चाहे कितना ही तिरस्कारपूर्ण उत्तर क्यों न मिले, हमें कम-से-कम महीना भर जीवन किंचित् सुसह्य रूप से व्यतीत करने की शक्ति प्रदान करता। क्योंकि हम किसी भी तरह कुचले गए तो भी हमसे पूछता कौन है—इस भावना से जो एक तीव्र निराशा मन को भग्नोत्साहित करती, वह क्षण मात्र में दूर होती। लेशमात्र वह तुष्टि प्राप्त होती कि जो यातनाएँ हम भुगत रहे हैं, वे सर्वथा निरुपयुक्त न रहकर उनके प्रकाशन से उधर उस महान् अग्नि में तेल की एक बूँद क्यों न हो, उँडेल सकती है—यही विचार मन को पुनः सशक्त एवं सहनशील बनाता। दूसरे पक्ष में आज नहीं तो कल इसकी छानबीन हुए बिना नहीं रहेगी कि राजबंदियों के साथ कैसा व्यवहार किया जाता है। इतना ही नहीं, वहाँ के अधिकारियों के मन में इस प्रकार का भय भी उत्पन्न होगा कि प्रसंगवश उन्हें इससे संबंधित उत्तर भी देना पड़ेगा—वे बहुत ही विवेकशील आचरण करने लगे और प्रत्येक काम हिंदुस्थान सरकार की अनुमति लेकर ही करते। इस परिणाम का और इस भय का प्रथम अनुभव नहीं होता। प्रथम तो इसके विपरीत हमें अधिक कठोर मुसीबतों से सामना करना पड़ता। परंतु अंत में उसी योग से उन्हें राजबंदियों की बात पर विचार करना अनिवार्य होता।

इस समय भी वही हुआ। हिंदुस्थान के वृत्तपत्रों में किसने यह समाचार भेजा, कौन लिखित साहित्य ले गया आदि बातों का सुराग न मिलने से अधिकारी आग-बबूला हो गए। कुछ दिन यूँ ही बीत गए। मुझे बाहर भेजने के विषय में मेरे आवेदन-पत्र की सुनवाई हुई और मुझे उससे पाँच-छह दिन पूर्व ही उत्तर मिल चुका था कि आपको सोमवार के दिन बाहर भेजा जाएगा।

मैं दंग रह गया। सोचा, मेरे जाने से बंधु भी अवश्य बाहर जाएँगे। उस इमारत की दीवारों पर छिप-छिपकर जो कविताएँ टाँकी थीं, उन्हें जल्दी-जल्दी कंठस्थ करके सोमवार की प्रतीक्षा करने लगा। परंतु मुझे रत्ती भर विश्वास नहीं हो रहा था कि वे मुझे बाहर भेजेंगे। सोमवार आ गया। अन्य कई बंदियों को बाहर भेजा गया, परंतु मैं ज्यों-का-त्यों अपनी कोठरी में ही बंद। तीसरे दिन पर्यवेक्षक आ गया। मैंने पूछा, यह क्या?

* 'मराठा', पुणे २८ जुलाई, १९१२, हेराल्ड ऑफ रिवोल्ट, लंदन, अक्तूबर, १९१२

वह तनिक वचन का सच्चा था। उसी ने मुझे सोमवार का दिन बताया था, अतः वह कुछ खिसिया सा गया। उसने कहा, ''चीफ कमिश्नर रंगून गए हैं। आते ही पता चलेगा।'' तभी मेरा माथा ठनका। आखिर कमिश्नर रंगून से लेफ्टिनेंट गवर्नर से भेंट करके आ गया। पता नहीं वहाँ क्या खिचड़ी पकी, परंतु मुझे बाहर भेजने के स्थान पर एक दिन प्रातःकाल के समय उन सारे राजबंदियों की, जो बाहर गए थे, पूरे अंदमान में अचानक पकड़-धकड़ आरंभ हो गई। किसी को हथकड़ियाँ डाली गईं, किसी को वैसे ही पकड़ा। किसी की कोठरी की तलाशी ली गई। बात-ही-बात में राजबंदियों की इस आपत्ति का पहाड़ अन्य लोगों पर भी टूट पड़ा। कुछ स्वतंत्र घरों की, कुछ जमादारों की, कुछ तंडेलों की, जहाँ देखो वहाँ तलाशी, छानबीन, पकड़-धकड़। गोरे अधिकारियों का उग्र हो-हल्ला। सभी के छक्के छूट गए, सभी सकते में आ गए, क्योंकि अधिकारियों को विश्वस्त समाचार मिला था कि राजबंदियों ने बम-गोले बनाकर अंदमान से निकलने का एक महाषड्यंत्र रचा है। परंतु इतनी तलाशियों में से—इतना पहाड़ खोदने से—एक चूहा तक नहीं निकला, एकाध बम-गोला तो क्या, साधारण सा लौंगिया पटाखा भी बरामद नहीं हो सका। यह विश्वस्त समाचार देनेवाला लाल मोहन बंगाली आगे चलकर और इसी तरह के एक कांड में मिथ्या समाचार देने के अपराधवश अधिकारियों का कोपभाजन बन गया था। इससे ज्ञात होता ही है कि उसके समाचार में कितना तथ्य था। आश्चर्यजनक बात यह थी कि इसी वॉर्डर द्वारा पहले होतीलाल का पत्र इष्ट स्थान पर अपने हाथों से पहुँचाने का अधिकारियों को संदेह हो चुका था। हो सकता है, इसी संदेहवश अधिकारियों की भड़की हुई क्रोधाग्नि के शमनार्थ वॉर्डर महाशय ने राजबंदियों के विरुद्ध इस तरह चुगली खाई होगी। कुछ भी हो, परंतु राजबंदियों पर जैसे आसमान टूट पड़ा। कोई कहता, किसी नाले में बम बरामद हो गया। कोई कहता, अमुक राजबंदी के जहाज मँगवाने के लिए भेजे गए पत्र पकड़े गए। किसी की समझ में नहीं आ रहा था, क्या होगा? इस दंगे का लाभ उठाकर राजबंदियों को पकड़कर कारागार में ठूँसा गया। इसीलिए तो चीफ कमिश्नर रंगून गया था। बारी के महत्त्व की सीमा ही नहीं रही। उसको तो जैसे पर लग गए। वह कमिश्नर से भी कहता, आप सोचते हैं, मैं खलपुरुष हूँ। परंतु ये महाभयंकर लोग हैं, आप भी इनसे शिष्टतापूर्ण व्यवहार नहीं करा सके। इन्हें तो उठते-बैठते लात-घूँसे चाहिए।

हम राजबंदी, जिन्हें पहले ही बम भोले महादेव के प्रसाद से आजीवन कारावास का दंड प्राप्त हो चुका था, दिन-रात पुनः इस चिंता में डूब गए कि पुनः उसी बम महादेव की दूसरी कृपा कौन सा प्रसाद देगी। इस चिंता में हमारे बाहर निकलने का प्रश्न एक बार जो डूबा तो पुनः कभी ऊपर आ ही नहीं सका। बम-गोले और अंदमान को उड़ाकर भाग निकलने के षड्यंत्र का समाचार सुनने पर अथवा सुनने का नाटक करने के पश्चात् अधिकारी उन्मत्त हो गए। वे उद्दंडतापूर्वक कहने लगे, अब बाहर जाने का

नाम भी मत लेना। हिंदुस्थान सरकार का अंतिम आदेश आ गया है। अब दंड समाप्त होने पर अथवा मरने के पश्चात् ही इस कारागार से बाहर निकलोगे।

अवश, असहाय राजबंदी, जो आजीवन कारावास का दंड भुगत रहे थे, जिन्हें एक-एक करके कोठरियों में बंद किया गया था, उन्होंने इस बात का आकलन भी नहीं किया था कि इस नए भयानक आरोप का निश्चित स्वरूप क्या है। ऐसी अवस्था में तथा मानसिक चिंता से व्यग्र इस प्रकार के उत्तर सुनकर राजबंदियों की कैसी गत बनती होगी, भला इसका वर्णन कैसे करें? इस तरह असंगठित तथा किंकर्तव्यविमूढ़ अवस्था में कुछ दिन गुजरे।

बस थोड़े ही दिन! क्योंकि एक-दो सप्ताह में ही आगामी कार्यक्रम की साधारण रूपरेखा निश्चित की गई। प्रथमतः यह निश्चय हुआ कि यूँ ही न घबराते हुए दो-तीन लोग इस तरह आवेदन-पत्र भेजें कि यह निश्चित रूप में सूचित किया जाए कि अभियोग या आरोप क्या है। षड्यंत्र, राज्य क्रांति, राजद्रोह, बम बनाना, भागने की योजना—जो भी अपराध आप समझते हैं, उसे प्रकट रूप में आरोपित करके हमपर अभियोग लगाइए। जो बाहर से आ गए, उनमें से जिन्होंने इस तरह उत्तर दिया, उन्हें काफी हाँ-ना करते हुए अंत में उत्तर दिया गया, 'हमारे पास इतना प्रमाण नहीं है कि आप पर अभियोग चलाया जाए। परंतु हाँ, प्रमाण न होने पर भी आप यदि कहें, हमें बाहर छोड़ो तो इसका नाम कतई न लें।' इस प्रकार धमकाया भी जाता। अंदमान में जहाँ बंदियों पर चलाए गए अभियोग में वकील भी नहीं मिलते—न पंच, न ज्यूरी ही—ऐसी अदालत में बारी जैसे कर्तृत्वशाली लोगों के मौजूद रहते, जो प्रमाण उत्पन्न करना बाएँ हाथ का खेल समझते हैं, प्रकट पूछताछ करने योग्य यदि प्रमाण नहीं मिल सका तो यह कहने की आवश्यकता ही नहीं कि वह आरोप कितना काल्पनिक तथा अतिरंजित होगा। परंतु वह आरोप ठोस न सही तथापि सुविधाजनक था। उसके द्वारा हिंदुस्थान सरकार को भयंकर चित्र उकेरकर भेजना संभव हो गया और उनकी इस तरह धारणा का कि राजबंदियों की इस बला को कारागार में ही बंद रखना ठीक है और इस तरह मुझे कारागृह से बाहर छोड़ने की आपत्ति भी सहज टालने का अधिकारियों के हाथ में एक अच्छा बहाना आ गया।

अन्न त्याग

यह ज्ञात होते ही कि मैंने अन्न त्याग किया, अधिकारी वर्ग में खलबली मच गई। चीफ कमिश्नर ने पर्यवेक्षक को संदेश भेजा कि जैसे-तैसे यह मामला रफा-दफा कर दो। अन्न त्याग के अपराध में मुझपर अभियोग चलाया गया। परंतु अभियोग के समय मुझे दंड न देते हुए मुझसे अनुरोध किया गया कि मैं अन्न ग्रहण करूँ। अपना उद्देश्य सूचित करते ही मुझे 'नानी गोपाल' से मिलने की अनुमति दी गई। यह निश्चित

रूप में समझते ही कि मैं तीन-तीन दिन तक* अन्न ग्रहण नहीं करता, नानी को बहुत दु:ख हुआ। बारी बाबा के साथ मुझे उससे मिलने के लिए भेजा गया।

भूख हड़ताल का अंत

अन्न त्याग, अनशन करके स्वयं भूखों मरने की स्वपक्षविघातक युद्ध-पद्धति का मैं तीव्र विरोध कर रहा था। इसके परिणामस्वरूप अन्न त्याग की कल्पना का सभी ने परित्याग किया। सभी में नानी गोपाल को अन्न ग्रहणार्थ मना लेना दुष्कर था। सभी उपाय बेकार हुए। वह मरणावस्था पर पहुँच गया। अत: मैंने ऐसे धीरोदात्त पुरुष का जीवन मटियामेट न हो, इसके लिए अंतिम उपाय की योजना बनाई। मैंने उसे धमकी दी, यदि तुमने अन्न ग्रहण नहीं किया तो मुझे भी अन्न त्याग करना होगा। तुरंत दूसरे ही दिन उसने मेरा कहना मानकर अन्न ग्रहण करने का निश्चय किया। मैंने उसे समझाया, "मरना ही है तो इस तरह त्रिया हठ करके व्यर्थ मत मरो। कुछ-न-कुछ...फिर मरो।" अंत में उसने भी अन्न ग्रहण किया, मैंने भी अनशन व्रत तोड़ा—अब दो बार जो भोजन मिलता—वह काम छोड़ देने से सरकारी दंड-स्वरूप कम मात्रा में दिया जाता—उसे खाकर राजबंदी ऊपर से नारियल की गरी चट करने लगे, परंतु काम नहीं करते। 'भूखे क्यों मरते हो, छीन-झपटकर भोजन करो, हट्टे-कट्टे बनो। हाँ, काम मत करना।' मेरे इस मंत्र का सभी ने अनुकरण किया। तब उन राजबंदियों पर, जो सावधि दंड प्राप्त थे, काम छोड़ने के अपराध में सभी कारागृहीय दंड समाप्त होने के कारण मजिस्ट्रेट के सामने अभियोग चलाए गए। किसी के दंड में दो महीनों की वृद्धि की गई, किसी के में चार महीने की, नानी गोपाल का दंड एक वर्ष बढ़ गया।

जैसाकि ऊपर कहा गया है, हिंदुस्थान में अंदमान के समाचार छपने के कारण अधिकारियों में खलबली मच गई थी। उसमें इस षड्यंत्र का जोड़ मिलने से हिंदुस्थान सरकार ने भी सोचा कि एक बार अंदमान की स्थिति का प्रत्यक्ष निरीक्षण करने के लिए किसी को भेजना आवश्यक है। अत: स्वयं गृहमंत्री (Home member) सर रेजिनॉल्ड क्रैडॉक, जो आगे चलकर ब्रह्मदेश के गवर्नर बने, अंदमान में पधारे। पहले अंदमान में कोई भी वरिष्ठ अधिकारी नहीं आता था और यदि इक्का-दुक्का आ भी जाए तो उसका आगमन इतना गुप्त रखा जाता था कि बंदियों को यह ज्ञात होना असंभव होता कि यह कोई यात्री है या अधिकारी। इससे कइयों को अपनी शिकायतें उसे बताने का अवसर ही नहीं मिलता। यह देखकर कि कोई चूँ तक नहीं करता, वे अधिकारी वापस लौटते और प्रतिवेदन (Report) करते कि सब ठीक-ठाक है। इस बार ऐसा अवसर न आ जाए इसलिए राजबंदियों को गुप्त रूप से गृहमंत्री के आगमन का समाचार मिलते ही उन्होंने

*३० दिसंबर, १९१२ से २ जनवरी, १९१३

यह माँग रखना प्रारंभ किया कि हम उनसे मिलना चाहते हैं।

'किसने बताया तुमको' इस तरह चिल्लानेवालों की गीदड़भभकी की परवाह न करते हुए यह भी निश्चय किया गया कि यदि वरिष्ठ अधिकारी आए और उनसे मिलने नहीं दिया गया तो अपनी कोठरियों से जोर-जोर से पुकारा जाए, फिर भले ही नियमभंग का दंड मिले। आगे चलकर इसी निश्चय पर कई बार चलना पड़ा और राजबंदियों को दंड भी भुगतना पड़ा। अंत में जब सन् १९१३ में गृहमंत्री सर रेजिनॉल्ड क्रैडॉक आए, उस समय कुछ चुनिंदा राजबंदियों को उनके सामने उपस्थित किया गया। किसी की शिकायत का उत्तर मिला, 'तुम लोग सरकार के शत्रु हो, तुम्हें मृत्युदंड ही उचित था।' किसी को बताया गया, 'बात मत करो बाहर जाने की। तुम राजद्रोही षड्यंत्र रचते हो। प्रमाण हम सिद्ध नहीं कर सकते। परंतु हम जानते हैं।' मेरा संभाषण* आरंभ में तनिक कुटिल परंतु सौम्य स्वरूप का हो गया। सर साहब ने कहा, "सावरकर, आपने अपने पाँवों पर स्वयं कुल्हाड़ी मारी है। कितनी दुर्गत बनाई है अपनी। मैंने आपकी सारी पुस्तकें पढ़ी हैं। आपका ज्ञान और शक्ति यदि उचित मार्ग से व्यय की जाती तो आपको कोई भी श्रेष्ठ सरकारी नौकरी मिल सकती थी, परंतु आपको यह दुर्गति ही रास आई।" मैंने कहा, "आपकी सहानुभूति के लिए धन्यवाद! यह दुर्गति टालना आपके हाथ में है। हिंदुस्थान में अब विधिमंडल (कायदे कौंसिल) के सामने गोखले का अनिवार्य शिक्षा का प्रस्ताव आया है। यदि उससे सहमत होकर हमारे राष्ट्र को इसी तरह का वैधानिक विकास का पूरे मन से अवसर दिया जाए तो मैं ही क्यों, मेरे पूर्वकालीन सहयोगी क्रांतिकारी मित्र भी हँसते-हँसते शांति का मार्ग स्वीकार करने के लिए तत्पर होंगे। मेरे विचार से वे भी यही कहते होंगे।"

सर क्रैडॉक : आपको कैसे ज्ञात हुआ? क्या आप जानते हैं कि वे कहाँ हैं?

मैं : यह कैसे संभव है? क्या मैं दिन-रात आपकी कोठरी में, आपके पहरे में बंद नहीं हूँ? परंतु हम एक-दूसरे की नस-नस से परिचित हैं, उसी के आधार पर मेरा अनुमान है। शांति-मार्ग से विकास संभव होते ही क्रांतिकारी मार्ग स्वीकारना मैं अधर्म समझता हूँ। वे भी यही सोचते थे, सोचते भी होंगे।

सर : बिलकुल नहीं। आप गलत सोच रहे हैं। वे अभी तक वही रण-गर्जना कर रहे हैं और आपका नाम ले रहे हैं। हिंदुस्थान में हों अथवा अमेरिका में, आपके लोग आज भी उसी आपराधिक आंदोलन में व्यस्त हैं।

मैं : यह समाचार आप दे रहे हैं, इसीलिए मुझे ज्ञात हो रहा है। मेरा नाम कोई ले रहा है या नहीं, इसे भला मैं कैसे रोक सकता हूँ? वे मुझे अपना नेता मान रहे हैं, इसीलिए क्या आप ऐसी कल्पना भी कर सकते हैं कि मैं यहाँ रहते उनसे संबंध रख

---

* १६ नवंबर, १९१३ के दिन यह भेंट हुई थी।

सकता हूँ? (पाठक इस बात पर ध्यान दें कि उस समय सन् १९१२-१३ में अमेरिका में 'गदर' नामक एक क्रांति पत्र और अन्य आंदोलन का संचालन 'अभिनव भारत' के लाला हरदयालजी आदि कर रहे थे, जो यूरोप से अमेरिका चले गए थे।)

सर : (भाषण को और थोड़ा खींचकर बीच में ही) फिर थोड़ी देर पहले जो आपने कहा, उस प्रकार का अभिप्राय यदि आप उन्हें सूचित करने के लिए तैयार हों तो पत्र भेजने की अनुमति पर विचार किया जा सकता है।

मैं : पत्र भेजने में मुझे अति प्रसन्नता होगी। परंतु वह मेरी ओर से उन्हें स्वतंत्र रूप में भेजा जाए, तभी लाभ की आशा है।

सर : पत्र हमारे द्वारा जाना चाहिए।

मैं : उससे क्या वे ऐसा नहीं सोचेंगे कि मैंने वह पत्र सरकारी दबाव में आकर भेजा है? अच्छा तो है कि पत्र मैं स्वतंत्र रूप से ही भेजूँ।

सर : ऐसा हम नहीं कर सकते।

मैं : तो फिर सरकार के हाथों पत्र भेजने में कोई लाभ है, यह मुझे नहीं लगता।

सर : (व्यंग्य दृष्टि से मेरी ओर सस्मित मुद्रा में देखते हुए मानो हम दोनों एक-दूसरे को खूब जानते हैं) अच्छा, आपकी क्या शिकायत है?

इसके पश्चात् मैं कारागृहीय दुःखों की रामकहानी सुनाने लगा। राजबंदियों के कष्टों का वर्णन करते-करते 'सर' साहब के साथ आए हुए हमारे चीफ कमिश्नर ने कहा, "परंतु तुम राजबंदियों ने अत्याचारी और खूनी षड्यंत्र रचा था। यदि हिंदुस्थान पर आज रूसी लोगों का राज होता तो आप जैसे बागियों को वे साइबेरिया भेजते अथवा गोलियों से उड़ा देते। अतः आप अपना अहोभाग्य समझिए कि हम अंग्रेज आपके साथ इतना ही 'नृशंस' व्यवहार करते हैं।"

मैं : परंतु रूसियों का शासन होता तो वे हिंदुस्थान को इतना निहत्था नहीं करते। आज हमारे लोग भी सेनापति बन सकते थे, जैसे रूसी, साइबेरिया आदि राज्यों में वहाँ के लोग अधिकारी और सेनापति बन सकते हैं। और जिस तरह मुगलों के साथ हुआ था, उसी तरह हम सरेआम विद्रोह करते हुए शीघ्र स्वाधीनता भी प्राप्त कर सकते थे।

सर : आपका हिंदू प्रशासन होता तो और भी अधिक नृशंसता होती। विद्रोहियों को हाथी के पैरों तले कुचलकर मारा जाता था।

मैं : जी हाँ! और इंग्लैंड में तो केवल चोरी के अपराध में भरे रास्ते घसीटकर अपराधियों को फाँसी पर चढ़ाया जाता था। परंतु इसीलिए कि 'हुआ करता था' आज कोई चोरों को सूली पर चढ़ाता है क्या? परंतु सत्य यह है कि दोनों पक्षों को मनुष्यजाति के सार्वजनिक सुधार का लाभ प्राप्त होता है। प्राचीनकाल में विद्रोहियों को हाथी के पाँव के नीचे कुचला जाता था तो विद्रोही यदि सफल होते थे तो वे भी चार्ल्स जैसे राजा

को फाँसी पर लटकाते थे। आज दोनों पक्षों में अधिक शिष्ट तथा सौम्य व्यवहार करना हम अपने में हुआ सुधार, विकसनशीलता का लक्षण मानते हैं, और जब तक आप अपनी ओर से समझ रहे हैं तब तक ही हम भी कहते हैं कि आपके नियमानुसार ही हमसे व्यवहार किया जाए। आप बिना नियम सरेआम अत्याचार करने लगे तो फिर हम उस अवस्था का भी जैसे-तैसे सामना करेंगे ही।

इस संभाषण के पश्चात् बात घूम-फिरकर फिर उसी बिंदु पर आ गई। अंदमान की बंदी-संस्था विषयक भी कुछ प्रश्नोत्तर हुए और हमें बताया गया कि हिंदुस्थान सरकार ही उत्तर भेजेगी।

क्रैडॉक धमकाते हुए चले गए, उत्तर भी नहीं आया। अंदमान के अधिकारी कहने लगे, अब वर्तमान स्थिति पर ही संतोष करो। परंतु सभी राजबंदियों ने निश्चय किया कि कोई-न-कोई आंदोलन छेड़े बिना चैन से नहीं बैठेंगे और उन्होंने तीसरी हड़ताल का आह्वान किया। कोई एक-दो जनों को छोड़कर सभी ने काम करना छोड़ दिया। छह-छह मास बेड़ियों का दंड मिला। नानी गोपाल को अन्न-त्याग करते हुए डेढ़ महीना हो गया था। उसे नाक में नली डालकर बलपूर्वक दूध पिलाया जाता। वह हड्डियों का ढाँचा रह गया था, तथापि उस बालक को, जिसे अन्न-त्याग किए डेढ़ महीना हो चुका था, आठ दिन तक हथकड़ियों में दिन भर खड़े रहने का दंड दिया गया। परंतु वह वीर रत्ती भर भी विचलित नहीं हुआ। साथ ही उसके दु:ख के उद्वेगवश अन्य छह-सात जनों ने भी अन्न-त्याग किया। उन्हें भी खाली पेट आठ दिन तक हथकड़ियों में खड़ा किया गया। मेरा अपेक्षित पत्र आ गया। परंतु मुझे कहा गया, आपके पत्र में आपत्तिजनक लेखन है, अत: आपको पत्र नहीं दिया जाएगा। पत्र आते ही मैं हड़ताल में सम्मिलित हो गया। दो[१] सप्ताह के लिए आड़ी-बेड़ी[२] का दंड मिला। उसके पश्चात् हथकड़ी, उसके पश्चात् साँकल बेड़ी। इस तरह दंड बढ़ते रहे। हमारे सहायकों ने गुप्त रूप से हमें सूचित किया कि उस पत्र में आपत्तिजनक क्या है। वह आपत्तिजनक विधान था—उस वर्ष पार्लियामेंट में करहार्डी द्वारा मुझसे संबंधित चर्चा—आयरलैंड में लोग खुल्लमखुल्ला विद्रोह की धमकियाँ देते हैं, सेना संगठित करते हैं, फिर भी सरकार कुछ नहीं करती। परंतु सावरकर जैसे एक भारतीय क्रांतिकारी को पिस्तौल जुटाने के लिए पचास वर्ष के कालेपानी का दंड दिया गया—इस प्रकार की ताना देनेवाली चर्चा पार्लियामेंट में हुई थी। यह समाचार देनेवाले पत्र को यदि मैं देखता तो पार्लियामेंट तक के लोगों का हमारी ओर लक्ष्य केंद्रित होगा, इसी धारणा से हम राजबंदी इतराने लगेंगे और हड़ताल का जोर बढ़ेगा—इसी भय के कारण घर से आया हुआ वह पत्र मुझे नहीं दिया गया। हम सभी

---

१. सन् १९१४ में यह दंड दिए जाने का उल्लेख है।

२. 'इकोज फ्रॉम अंदमान' में ९ मार्च, १९१५ के पत्र में इसकी चर्चा है।

ने हड़ताल में दो-तीन प्रधान माँगें प्रस्तुत कीं—

१. हमें राजबंदी समझकर उस वर्ग के प्रथम श्रेणी के अधिकार दिए जाएँ।
२. अन्यथा मात्र साधारण बंदीवान समझकर अंदमान के अन्य बंदियों की तरह बाहर छोड़ा जाए, लिखने का काम दिया जाए। आखिर में यथासमय परिवार के सदस्यों को लाने की अनुमति दी जाए।
३. यदि यह भी न करना हो तो हमें हिंदुस्थान के कारागृह में ही भेजा जाए। फिर हम कम-से-कम वहाँ की सुविधाओं का तो लाभ उठा सकेंगे। छूट-दंड के दिवसों की कारागृहीय छूट भी मिलती रहेगी।

इन माँगों के लिए हड़ताल जारी रहते राजबंदी सरेआम सरकारी नियमों को अँगूठा दिखाने लगे। कड़े पहरे में विभिन्न कोठरियों में दिन-रात बंद पड़े रहने से परस्पर योजनाएँ तथा समाचार सूचित करना दूभर हो गया। जैसाकि पीछे वर्णन किया था—वह 'दूरध्वनि' बंद हो गया, क्योंकि आँगन स्थित दूसरी कोठरियों के छेद के पास जाना असंभव हो गया।

टेलीफोन खत्म तो टेलीग्राफ शुरू

टेलीफोन टूट गया तो टेलीग्राफ का आविष्कार हुआ—वह भी वायरलेस का। दूरध्वनि टूट जाने के पश्चात् यह बेतार का तार यंत्र बहुत दिनों तक ठाठ से कार्यान्वित होता रहा था। पाँवों में बेड़ियाँ थीं, उनके पोले (खोखले) छड़ या कड़े थे। उन छड़ों अथवा बेड़ियों को द्वार की सलाखों से टकराकर एक निश्चित ध्वनि लिपि में कट्ट, कड़क, कट्ट आरंभ हो गया। यह केवल दो-चार कोठरियों के लिए नहीं था। ऊपरी कोठरियों से ही नहीं, ये इमारतें जिस कोने से एक-दूसरी से सटी हुई थीं, उनमें से पहली कोठरियों से आवाज इस इमारत से उस इमारत जाने के कारण चारों ओर से विपुल मात्रा में समाचार आने-जाने लगे। पुनः बीच में वॉर्डरों के विश्वासघात का जो भय था, वह भी नहीं रहा। यह ध्वनि लिपि प्रथमतः अंग्रेजी में बनाई गई थी। उसे हमारे भ्राताश्री ने नागरी में परिवर्तित किया। अब विशुद्ध स्वदेशी बेतार का तार यंत्र शुरू हो गया। आपके बेतार की खोज मारकोनी ने की होगी। हमारे अंदमानी विश्व में मारकोनी का वायरलेस आने से पूर्व ही हमारा स्वदेशी बेतार शुरू हो गया था।

यह लिखते-लिखते हमें स्मरण हो रहा है कि 'कैपिटल' पत्र में हमारे बंधु वायरलेस तार यंत्र पर नियुक्त किए गए थे। ऐसा जो समाचार प्रकाशित किया था, वह सरासर झूठ था, यह कहा नहीं जा सकता। व्यर्थ ही हमने उस बेचारे से अभियोग की धमकी के साथ क्षमा-याचना करवाई। हाँ जी, हाँ! हमारे बंधुराज बेतारी तार यंत्र (वायरलेस) पर नियुक्त किए गए थे। उस पत्र-कथन में जो किंचित् अंतर आ गया,

वह बस इतना ही था कि उस पत्र के अनुसार वह बात युद्ध के समय हो गई थी और इस बेतार की आवाज पड़ोस अथवा पिछवाड़े की एक-दो कोठरियों तक ही पहुँचती थी। वहाँ 'कैपिटल' का दावा था कि वह ठेठ जर्मनी तक पहुँचती थी। केवल दूरी का अंतर, जो क्षम्य था। वैसे भी दार्शनिकों के सामने अभी तक यह समस्या ही है कि Space or time (दिक् और काल) ये पदार्थ हैं या आभास मात्र!

इस तार यंत्र द्वारा हमें एक-दूसरे की योजना का ज्ञान होता और जो करना है, सभी एक साथ करते। 'बारी' वॉर्डर के सिर पर सवार होता कि ये सामुदायिक योजनाएँ बनती कैसे हैं? कौन समाचार देता है? वे गँवार पठान! उन्हें समझ में नहीं आ रहा था, ये खटखट बेड़ियाँ क्यों बजती हैं? कोई चिल्लाया तो हम कहते, हम मन-ही-मन भजन कर रहे हैं। अंत में एक कल्पनाशील वॉर्डर का माथा ठनका—बेड़ियों की यह प्रश्नोत्तरी खटखट क्यों हो रही है? एक ने की—फिर दूसरे ने की—वही खटखट। उसने बारी को बताया। एक रात बारी ने गुपचुप जेल में चारों ओर चक्कर लगाया। उन्होंने भाँप लिया—यह बेतार का तार यंत्र है। निरुपाय! इन कुकर्मियों को बेड़ियाँ मत खटखटाने दो, बस, यही कहकर वे चले गए। पर सुनता कौन? नियम है तो उसे रखो ताक पर।

ऐसी धमाचौकड़ी मची थी। भोजन परोसते समय घंटे भर के लिए राजबंदियों को खोलकर आँगन में लाया जाता। वे परस्पर संभाषण करेंगे, इसलिए बारी साहब लरजते-गरजते बीच में खड़े रहते। एक-दो दिन ठीक-ठाक बीत गए, परंतु पाँचवें दिन सभी राजबंदी एक पंक्ति में परंतु दूरी पर थाली में भोजन ले रहे थे। इतने में सुश्राव्य अंग्रेजी में अचानक भाषण सुनाई देने लगा—'Brothers! We are all born free.' चौंकते हुए सब ऊपर देखने लगे। नानी गोपाल ने अचानक खड़े होकर सार्वजनिक व्याख्यान शुरू किया। 'बोलना नहीं' जैसे बारी के नियम का संपूर्ण प्रतिशोध लेने के लिए ही उसने भाषण आरंभ किया, "बंधुओ! हम सब जन्म से ही स्वतंत्र हैं। प्रेमपूर्वक एक-दूसरे से बात करना मनुष्य का प्रकृति सिद्ध अधिकार है, और इसे भी यदि शत्रु छीनना चाहता है तो भला उसकी कौन सुनेगा? देखो, यह मैं बोल रहा हूँ और बोलता ही रहूँगा।" इस तरह वक्तृत्वपूर्ण कुछ वाक्य उसके मुँह से निकल ही रहे थे कि आँखों से चिनगारियाँ निकालते हुए बारी, मिर्जा खान, पठान वॉर्डर—सभी ने उसपर धावा बोल दिया। परंतु हमारे वक्ता महोदय का भाषण उसी तरह धाराप्रवाह जारी था। उसके भाषण के विषय का तब तक समापन नहीं हुआ जब तक उसे उठाकर कोठरी में बंद नहीं कर दिया गया। राजबंदी अपनी हँसी रोक नहीं पा रहे थे और बारी का गुस्सा अनियंत्रित हो रहा था।

पठान या हिंदू

मेरी कोठरी के पास आकर अकेले में मिर्जा खान से रहा नहीं जा रहा था अर्थात्

छोटे बारी ने कहा, ''बड़े बाबू, यह छोकरा नानी गोपाल आपका सच्चा चेला है। उसका साहस हिंदुओं को शोभा नहीं देता। वह तो किसी पठान का बच्चा लगता है।'' मैंने कहा, ''बड़े जमादार साहब, आप भूल कर रहे हैं। आपके पिता पठान थे। यदि वह आप जैसा पठान का बच्चा होता तो आज स्वदेशार्थ यहाँ सड़ते रहकर बारी को साग-पात न समझते हुए आपकी तरह ही उसके तलवे चाटता फिरता। बारी यदि दिन को रात कहे तो आप भी रात कहते हैं। वह हिंदू है, इसीलिए वह इतना सूरमा है। जमादार, पठान जनजाति की बुद्धिमानी तथा शूरता की मैं भी भूरि-भूरि प्रशंसा करता हूँ। परंतु यदि सारे-के-सारे पठान शूर होते और सारे-के-सारे हिंदू शूर न होते तो आपका पठानी अथवा मुसलमानी तख्त हिंदू कैसे पलट सकते थे?''

हड़ताल जारी थी, तब अंत में हिंदुस्थान सरकार का आदेश आया कि राजबंदियों की नई व्यवस्था की जाए।

इस आदेश* का पाठ बड़े ठाठ-बाट, ताम-झाम के साथ सभी को इकट्ठा करके किया गया। उसमें प्रमुख बिंदु थे—

१. राजबंदियों में जो सावधि बंदी हैं, उन्हें हिंदुस्थान के कारागार में भेजा जाएगा। उन्हें नियम के अनुसार दंड में छूट मिलती रहेगी।
२. जिन्हें आजीवन कारावास हो गया है, उन्हें चौदह बरस तक कारागृह में रखा जाएगा। इसके पश्चात् यदि उनका आचरण ठीक रहा तो हाथ के श्रम के बाद उन्हें खुला छोड़ा जाएगा।
३. कारागृह में चौदह वर्षों तक उन्हें वरिष्ठ श्रेणी का अन्न-वस्त्र दिया जाएगा। पाँच वर्ष पूरे होते ही उन्हें स्वयं भोजन बनाकर खाने की अनुमति दी जाएगी। व्यय के लिए प्रति मास रुपया-बारह आने तक भी उन्हें दिए जाएँगे।

तीसरी हड़ताल का अंत

उपर्युक्त शर्तों से यही दिखाई देगा कि हड़ताल की कुछ माँगें पूरी हो गई थीं। दिल्ली से लिखकर आया था—'यह सर्वथा अपरिवर्तित व्यवस्था है।' तथापि इस तरह कितनी ही अपरिवर्तनीय व्यवस्थाएँ राजबंदियों ने आंदोलन द्वारा बदली थीं। अत: यह तय हो गया कि अपनी शक्ति के अनुसार जो मिल गया, उसको स्वीकार करें, जब तक कि दूसरा अवसर नहीं मिलता और सभी ने हड़ताल समाप्त करके काम प्रारंभ किया।

शीघ्र ही सावधि दंडित (Term-Convicts) हिंदुस्थान के कारागार में भेजे जाने लगे। जाते समय हमने उन्हें बता दिया कि देश में सतत अंदमानीय यंत्रणाओं को

* यह आदेश दिसंबर १९१४ का है।

प्रचारित करते रहो और देश से जब-जब भी बंदियों के चालान अंदमान आएँगे तब-तब स्वराष्ट्र के समाचार भेजते रहो। उन राजबंदियों को एक राज्य की बजाय सभी राज्यों में बिखेरने से उनके लिए ये दो काम करना अधिक सुलभ हो गया, और उन्होंने ये दोनों काम यथासंभव भलीभाँति निभाए।

सावधि दंडितों के रवाना होते ही कारागृह में आजीवन कारावास प्राप्त हम थोड़े ही दंडित शेष रहे। एकाध सावधि कैदी पीछे रह गया था। प्राय: सभी को टोली-टोली में अपना भोजन अपने आप बनाने की सुविधा दी गई, जिससे अच्छा भोजन मिलने लगा। कुछ लोगों को छापाखाना, ग्रंथालय (उसका वृत्तांत आगे आएगा), नक्शे निकालना—इस तरह के काम दिए गए और उन्हें पाँच रुपए प्रतिमास वेतन भी मिलने लगा। पैसों की दुर्लभता ही नहीं, दुर्दृश्यता भी जिस कारागृह में थी, उसमें उसे ही धन्ना सेठ समझा जाता जिसके पास पाँच रुपए होते। और फिर अनेक लोग उसकी सेवा में तत्पर रहते। इसमें क्या आश्चर्य ? इस तरह शेष आजन्म कारावास प्राप्त दंडितों में बहुत सारे लोगों का कारागृह की तुलना में सुलभ श्रम और अच्छा भोजन मिलने से उचित प्रबंध हो गया। परंतु यह सारा जुगाड़ होने पर भी, इस साधारण लाभ में भी हमें कुछ अधिक सुविधा नहीं मिली। हमें किसी भी तरह का लिखने का काम नहीं दिया गया। हमारी किसी कारखाने की देखरेख पर नियुक्ति नहीं की गई। हमें प्रमुख संतोष यह हुआ था कि हमारे सहभोगी देशभक्तों को तो कुछ-न-कुछ सुविधा मिल ही गई। हमारे बंधु को और हमें वही रस्सा बटने का कष्टदायक काम करना पड़ा। आगे चलकर नासिक के अभियुक्त श्री वामनराव जोशी और मेरे बंधु को अन्य राजबंदियों की तरह एक साथ भोजन बनाने की अनुमति मिल गई। पर मुझे पहले की ही तरह एक इमारत में बंद रखा गया। अंदमानी प्रशासन का यह सूत्र ही निश्चित हो गया था, जो बारी कई बार कहता—'अशांति का प्रमुख कारण सावरकर हैं। उनपर कड़ी नजर रखनी चाहिए। उन्हें यथासंभव कोई भी सुविधा नहीं देनी चाहिए।'

यह सन् १९१४ का वर्ष था। राजबंदियों के अंदमानीय आंदोलन तथा उसके वृत्तांत का पूर्वार्ध यहीं पर समाप्त होता है। आगे चलकर हिंदुस्थान की और इस जगत् की राजनीति में बड़े-बड़े परिवर्तन होते गए। उनके परिणाम के प्रभाव अंदमान के इस छोटे से उपनिवेश पर भी होने के कारण वहाँ के समाचारों का स्वरूप ही आमूलचूल बदल गया। पूर्वार्ध में मुख्यत: स्वावलंबनयुक्त जीवन जीने के लिए अत्यंत आवश्यक भूमिका निर्माण करने में राजबंदियों की शक्ति व्यय हो गई। परंतु उत्तरार्ध में अंदमान के सार्वजनिक जीवन में भी नया जोश उत्पन्न करने पर उनका ध्यान लगा रहा। इस ठोस परिवर्तन से हमारा यह कारागारीय समाचार भी दो विभागों में बँट जाता है, अत: इसका पूर्वार्ध यहीं पर समाप्त करके आगामी अधिक व्यापक वृत्तांत उत्तरार्ध के लिए सुरक्षित रखेंगे।

□

उत्तरार्ध

प्रकरण–१

अंदमान में संगठन और प्रचार कार्य

पूर्वार्ध में केवल मेरा ही नहीं अपितु स्थूल रूप में अंदमान स्थित पूरे राजबंदी वर्ग का विवरण दिया गया है। उन पाँच–छह वर्षों में राजबंदियों के संपर्क से, उनके प्रयासों से बंदियों के साथ आचरण आदि में जो अधिक मानवता का दर्शन होने लगा, उससे और विशेषत: राजबंदियों का अधिकारियों से जो अभिमान तथा प्रतिरोधपूर्ण व्यवहार होता रहा, उससे साधारण बंदियों का एकात्मक संगठन, उनका साहस, धैर्य आदि देखकर और यह देखते हुए कि एक को कष्ट में देखकर अन्य सारे बंदी किस तरह जी–जान से उसकी मुक्ति के लिए प्रयत्नरत होते हैं—अन्य बंदियों के मन में भी सामाजिक तत्त्व जड़ पकड़ने लगे। स्वदेश, स्वधर्म, जनसेवा आदि शब्दों से परिचित होकर उनकी सामाजिक नीतिमत्ता परिवर्धित होने लगी। उसमें भी हिंदू बंदियों में इन गुणों का प्रादुर्भाव शीघ्रतापूर्वक होने लगा। पीछे कहा ही गया है कि उनकी शिक्षा के विरुद्ध अधिकारियों ने कितनी कठोर नीति अपनाई थी। परंतु राजबंदियों के प्रयासों के कारण वह अब बहुत ही ढुलमुल हो गई थी। मुसलमान वॉर्डरों के पास ही नहीं अपितु बंदियों के पास भी कुरान अथवा अन्य धार्मिक पुस्तकें होतीं और कभी–कभी काम टालने के लिए वे उनका पाठ करते। परंतु हिंदुओं को अपनी धार्मिक पुस्तकें रखना और पढ़ना चोरी जैसा काम होता। या तो वरिष्ठ अधिकारी उन्हें रोकते या कभी वरिष्ठ अधिकारियों से अनुमति मिलने पर मुसलमान जमादार बाधा खड़ी करते। पाँच–दस हिंदू बंदी विश्राम के दिन भी तुलसी रामायण पढ़ने बैठे तो इसका कोई नियम नहीं होता कि मुसलमान तंडेल अथवा मिर्जा खान उनपर कब अचानक डंडे बरसा दें। इस तरह के अवसर हमने कई बार देखे। ऐसे पठानी तंडेलों तथा पंजाबी मुसलमानों से सभी परिचित थे, जो धार्मिक पुस्तकों में छपे चित्र देखकर इस तरह की 'बुतपरस्त' (मूर्तिपूजक) पुस्तकें हिंदुओं द्वारा पढ़ने का विरोध करना अपना परम कर्तव्य मानते थे। ऐसी अवस्था में राजबंदियों में से हम जैसे कई लोगों को यह सब असह्य हो जाता, तो हम यह बखेड़ा

वरिष्ठ अधिकारियों तक ले जाते। बार-बार ऐसा करने से हिंदू बंदियों द्वारा पुस्तक रखने पर किया जानेवाला प्रत्यक्ष या अप्रत्यक्ष विरोध बंद हुआ। हिंदू बंदियों को धार्मिक पुस्तक अपने पास रखने, काम से निपटने के बाद किसी को पढ़ने के लिए देने तथा स्लेट का एकाध टुकड़ा या स्लेट भी रखने की स्थिति बनी।

हिंदू लोगों को छुट्टी मिलने में भी इसी तरह का पक्षपात होता। मुसलमानी छुट्टी के दिन मुसलमान बंदियों को काम न करते हुए गप्पें हाँकने और आराम से घूमते रहने की पूरी छूट मिलती थी। परंतु हिंदुओं को कितनी ही छुट्टियाँ तो दी ही नहीं जातीं, छुट्टियों के दिन छोटे अधिकारी उन्हें डाँटते-धमकाते, 'काम करते हो या दिन भर कोठरी में बंद रहना पसंद करोगे?' अर्थात् आँखें तरेरे जमादार के मुँह से कोठरीबंदी का नाम सुनते ही बेचारे हिंदू बंदी चुपचाप काम करते। इस प्रकार के अन्याय को रोकने और हिंदुओं को अपनी छुट्टियाँ दिलवाने के लिए उन्हें मना करने के लिए प्रवृत्त करके हम भी काम छोड़कर बैठ गए। पर्यवेक्षक ने आकर देखा कि मामला हद से बढ़ गया है, तब उसने हमसे कहा, ''हिंदुओं को छुट्टियाँ दी जाएँगी परंतु आप लोग इस तरह डंका पीटेंगे तो आपको दंड दिया जाएगा। आपको एक साधारण दंडित सदृश दंड देना मुझे अप्रिय लगता है, इसीलिए अबकी बार छोड़े देता हूँ।''

हिंदू बंदियों के अन्याय दूर करने के लिए प्रयत्नशील रहनेवाले राजबंदी अपने मुसलमान बंदियों पर हो रहे अन्यायों का प्रतिकार करने में भी पीछे नहीं रहते थे। उनके प्रयासों से भोजन, काम, दंड आदि में जो सुधार हुए और बंदियों को जो सुविधाएँ मिलती गईं, उनका लाभ मुसलमानों को भी मिल ही रहा था। अत: वे भी राजबंदियों का आदर करते। इतना ही नहीं, वे उनके द्वारा किए गए घपले कहीं राजबंदी उजागर न कर दें, इस डर से उनकी जी-हुजूरी भी करते। राजबंदियों के उपदेशों से मुसलमानों में भी राष्ट्रीय प्रवृत्ति के लोग आगे आ गए। वे उपयुक्त भी सिद्ध हुए। परंतु आगे चलकर जैसे-जैसे शुद्धि आदि आंदोलन करना राजबंदियों के लिए अनिवार्य हो गया वैसे-वैसे उनमें उनकी जन्मजात धर्मांधता भी उभर आई।

बंदियों की शिक्षा के लिए जब पाठ्य-पुस्तकें रखने की थोड़ी सुविधा प्राप्त हो गई तब मुख्य प्रश्न यह उपस्थित हुआ कि उन्हें पुस्तकें किस तरह मिलेंगी। प्राय: उन सभी घरों में अज्ञान का बसेरा था। यदि वे कुछ माँग करते तो घर से महँगे जूतों के पार्सल तो आ जाते, परंतु दुवन्नी-चवन्नी की पुस्तक माँगने पर भी नहीं आती। यह प्रार्थना व्यर्थ थी कि उन्हें सरकार की ओर से पुस्तकें मिलें। यही क्या कम उपकार था कि एकाध पुस्तक रखने की अनुमति मिल गई थी। अत: हम अपने निजी पार्सलों में क्रमिक तथा सुलभ इतिहास, भूगोलादि की पुस्तकें मँगवाने लगे। कुछ दिन ऐसे ही काम चला। परंतु पक्की व्यवस्था के लिए शीघ्र ही एक केंद्रीय संस्था स्थापित की गई। पीछे

उल्लेख किया ही गया है, जिन राजबंदियों को राजनीति का ध्येय अथवा मार्ग का विवेक तथा रहस्य का आकलन नहीं हुआ था और जो किसी भी देशसेवक संस्था में शपथबद्ध नहीं हुए थे—इस तरह के लोगों को शपथपूर्वक स्वदेशसेवा की दीक्षा तथा उस विवेक एवं रहस्य का ज्ञानपूर्वक बोध कराने का उपक्रम प्रारंभ किया गया था। आगे-आगे उसी संस्था में राजबंदियों के संपर्क से, जिनके हृदय में देशभक्ति का बीज पड़ा था, उन साधारण बंदियों को प्रवेश मिलने लगा। वे बंदीवान जब छह माह अथवा एक वर्ष के पश्चात् बाहर निकलते तब उसी पद्धति के अनुसार अपने स्वतंत्र मंडल प्रस्थापित करते। इसी संस्था में आगे चलकर शिक्षा प्रचारार्थ प्राप्ति के पीछे प्रत्येक को रुपए के लिए इकन्नी, पाँच रुपए के लिए अठन्नी—इस तरह चढ़ती श्रेणी का शुल्क रखा गया। कुछ बंदियों को बाहर कुछ इस तरह के अधिकार प्राप्त होते थे कि वे सहजता से तीस-चालीस रुपए प्रति मास कमा लेते। उसके पश्चात् चार-पाँच महीनों में बाहर छोड़े गए राजबंदियों के कारण बाहर के बंदी अधिकारियों में ही नहीं, अपितु साधारण व्यापारी आदि 'स्वतंत्र' वर्ग में भी कई लोग देशभक्ति में रुचि लेना सीख चुके थे। उसी तरह बंदियों ने भी भीतर ली हुई शपथ का प्रचार करते रहकर लोगों में कम-अधिक मात्रा में राजनीति में रुचि तथा इस भाव का निर्माण किया था कि स्वदेशार्थ अपना भी कुछ कर्तव्य बनता है। उस उपनिवेश में डॉक्टर, न्याय विभाग के अधिकारी तथा अन्य प्रशासन विभागीय अधिकारियों ने, जो हिंदुस्थान के शिक्षित वर्ग से केवल नौकरी करने आए हुए थे, और जिनमें से बहुत सारे प्रत्यक्ष अथवा अप्रत्यक्ष रूप से हमसे भी परिचित हो गए थे, उन्होंने भी वह अभूतपूर्व नियमबद्ध स्वदेश-सेवाव्रत स्वीकार कर लिया था। उसमें एक नियम था कि अब वह वर्ग सौ रुपए की प्राप्ति के पीछे पाँच रुपए अंदमान में प्रचार कार्यार्थ संस्था को प्रदान करे। उस नियमानुसार कुछ लोग नियमित रूप में द्रव्य दान करते। उनमें से जिन्होंने हिंदी नहीं पढ़ी थी, वे हिंदी पढ़ना-लिखना सीखते। राजनीति, इतिहास, अर्थशास्त्र, प्रशासनशास्त्र जैसे विषयों, जो प्रत्येक देशप्रेमी के लिए आवश्यक हैं—पर चुनी हुई पुस्तकों की हमने जो एक साधारण सूची बनाई थी, उसके अनुसार वे पुस्तकें खरीद लेते और पढ़ते। संस्था की संचित निधि तथा संस्था के इस तरह के सभी व्यवहार अलिखित होते और उन्हें इस तरह चलाना पड़ता कि विरुद्ध अधिकारियों की वक्रदृष्टि को यथासंभव उनका सुराग भी न लगे।

संस्था की निधि में से बंदियों के लिए स्लेटें, क्रमिक पुस्तकें तथा उच्च विषय की पुस्तकें खरीदने पर जो दूसरी कठिनाई सामने रहती, वह थी उन्हें बाँटने की। क्योंकि कारागृह स्थित बंदी के पास पुस्तक देखते ही अधिकारी का पहला प्रश्न होगा, यह पुस्तक किसने दी? इसकी तो कोई गिनती ही नहीं कि पढ़ने तथा पुस्तक पास रखने के अपराध में कितने लोगों को दंड भुगतना पड़ा; और इस प्रश्न पर कि पुस्तक किसने दी,

हमारा नाम लेने का अर्थ है अपने वॉर्डर के पद से हाथ धो बैठना अथवा कोल्हू में जोते जाना। राजबंदियों से बोलना असंभव था, फिर उनकी पुस्तक को स्वीकार करने के अपराध के बारे में क्या कहना? अतः छुट्टी के दिन कोई वॉर्डर बाहर चला जाए तो इस बहाने से कि अलाने-फलाने भाई-बंदों ने बाहर से अमुक व्यक्ति को पुस्तक दी—उन क्रमिक पुस्तकों को ठिकाने लगाना पड़ता।

इन पुस्तकों के मार्ग में सरकारी बाधा की तरह ही बड़ी बाधा स्वयं उन अनाड़ी, नासमझ बंदीवानों की थी। पढ़ने का नाम लेते ही उनका पहला प्रश्न होता, पढ़ने से भला क्या लाभ होगा? बौद्धिक अथवा राष्ट्रीय लाभ बताओ तो उनके पल्ले कुछ नहीं पड़ता। यह भय भी उनके मन में समाया हुआ था कि बारी साहब की उनपर वक्रदृष्टि है, जिन्हें पढ़ने-लिखने में रुचि है, तथापि बलपूर्वक, पकड़-धकड़कर जिस किसी से संपर्क होता, उसे पढ़ाने का प्रयास जारी था। किसी को कहते, तुम्हें जरा सी मराठी आते ही अंग्रेजी पढ़ाएँगे, फिर तुम छोटे से लेखक का काम कर सकोगे और 'मुंशी' बन जाओगे। बंदियों में 'मुंशी' का बड़ा मान था। इस महत्त्वाकांक्षा से प्रेरित होकर कि 'मैं मुंशी बनूँगा' कई बंदी पढ़ने लगते। कुछ ही ऐसे निकलते जो केवल इस उदात्त भावना से कि वह हमारी विद्या है, अथवा हम धर्मग्रंथ पढ़ सकेंगे, अथवा यह हमारा राष्ट्रीय कर्तव्य है, प्रौढ़ावस्था में अ-आ से श्रीगणेश करते।

परंतु इसका बखान क्यों करें कि यह काम कितने झंझट का था। अ, आ, क, ख पढ़ने के लिए देते अथवा 'घर, कर' आदि शब्द इन निपट अनाड़ी बंदियों को चोरी-छिपे पढ़ाना, और उलटे उनकी चिरौरी भी करना। कभी-कभी तो मुफ्त मिली हुई स्लेटें, पुस्तकें रखने को भी वे तैयार नहीं होते। पढ़ने के भय से वे बात करना ही छोड़ देते। ऐसे लोगों का मन मोड़ने के लिए छात्रवृत्तियाँ देनी पड़तीं, वह भी अंदमानी मुद्रा में। अंदमान के कारागृह में रुपए की मुद्रा दूसरे दर्जे की थी—प्रधान कार्यकारी चलन 'सुक्के' का था। इस पारिभाषिक शब्द का अर्थ है—तंबाकू। शिष्य को तंबाकू की दो चुटकियाँ देने पर वह अपने गुरु पर पंद्रह-बीस मिनट तक पढ़ने का महान् उपकार करता। इस झंझट से तंग आकर प्रथम हमारे सहयोगी राजबंदी ऊबकर बंदियों को पढ़ाने का काम करने से स्पष्ट मना करते। कहते कि यह शक्ति का दुरुपयोग है, क्योंकि हम जैसे बी.ए., एम.ए. लोग अनाड़ी, अपराधी, चोर, डाकुओं को पुचकारकर उन्हें अ, आ का पाठ पढ़ाएँ और शब्द जोड़ने की कष्टप्रद माथापच्ची करते रहें—यह सचमुच ही उद्वेगजनक है। परंतु इस तरह की भावना हमारे अथवा हमारे सहयोगियों के मन में आते ही हम अपने मन को तथा उनके मन को पुनः-पुनः प्रोत्साहित करते हुए कहते, 'यह शक्ति का अपव्यय है न? अच्छा, फिर इस अवस्था में देशसेवार्थ कोई और अधिक महत्त्वपूर्ण कृत्य आप कर सकते हैं? जो हाँ कहे, वह यह काम छोड़कर दूसरा अधिक

महत्त्व का कार्य करे। परंतु यही समय केवल व्यर्थ की चिंता अथवा तिलमिलाहट सहते अथवा आपस में निरर्थक विवाद करने में व्यतीत करने से इन तुच्छ पतितों को पढ़ाने में उनकी मन:प्रवृत्ति परोपकार की ओर मोड़ने में व्यतीत करना क्या देश के लिए अधिक कल्याणकारी नहीं है? और देखिए, हम गाँव-गाँव में प्राथमिक स्कूल खोलने के प्रस्ताव लाते हैं। वह शिक्षा देने के लिए किसी-न-किसी को आगे आना ही होगा न? प्राथमिक स्कूलों में इस तरह पढ़ाने में जीवन देने का व्रत किसी-न-किसी को लेना ही होगा न? फिर वह कष्टप्रद कार्य हम ही क्यों न करें? हम अध्यापकों के मोटे-तगड़े वेतन तथा सम्मानीय कुरसियों पर कब्जा करें और गाँवों में बारहखड़ियाँ रटाते हुए पढ़ाने का कष्टप्रद कार्य अन्य लोग सँभालें, यह इच्छा क्या अन्यायमूलक नहीं है? पतितोद्धार का कार्य राष्ट्रीय हित के लिए आवश्यक है। महान् मनीषी, पंडित, मिशनरी, यूरोपीय कारागार में मात्र इसी कार्यार्थ अपना जीवन समर्पित करते हैं। रूस के शताधिक राज्य क्रांतिकारी विद्वान् गाँवों में घुसकर चुपचाप शिक्षा प्रसारार्थ माथा मार रहे हैं। फिर क्यों न हम इस स्थान पर उसी दृष्टि से वही कार्य करें? हम इन्हें मात्र शाब्दिक बारहखड़ियाँ नहीं पढ़ाते तो उस शाब्दिक शिक्षा की ओट में खड़े रहकर उनकी आत्माओं को आर्थिक बारहखड़ियाँ भी पढ़ा रहे हैं। हमारी संगत में आते ही उनके मन में स्वराष्ट्र, स्वदेश, स्वजाति की धारणाएँ उभरती हैं। जब हम इतिहास का वर्णन करते हैं, तब उनके मुखमंडल पर भी आभा चमकने लगती है। क्या वे पतित हैं? और हम क्या हैं? हम भी जन्मजात मुक्त थोड़े ही हैं? यदि उन्हें सुधारा जाए तो वे भी सुधरेंगे। अत: जब तक अन्य अधिक महत्त्वपूर्ण देशकार्य में हम असमर्थ हैं तब तक इस अत्यंत कष्टप्रद कार्य को कार्यान्वित करने में ही वास्तविक देशसेवा है। अपने इन दीन-हीन पतित बंधुओं को शाब्दिक, बौद्धिक, राष्ट्रीय तथा आत्मीय शिक्षा देने की जितनी योग्यता हम में है, उतनी शिक्षा का कार्य हमें करते रहना होगा।'

इस प्रकार प्रयत्नरत रहते हुए उन्हीं दीन-हीन पतितों में कई ऐसे उदारमना निकले कि उनकी निस्स्वार्थ परोपकारी बुद्धि का, स्वच्छ आचरण का तथा देशहित साधने का प्रभाव देखकर हम राजबंदियों को भी आत्मश्लाघा के लिए लज्जा का अनुभव होने लगता।

राजबंदी बंदीवानों की पुस्तकादि शिक्षा-सामग्री का यह सब प्रबंध करते थे, साथ ही राजबंदियों के लिए भी एक ग्रंथालय खोलने का प्रयास कर रहे थे। प्रथमत: हम एक-दूसरे की पुस्तकें नहीं पढ़ सकते थे। पिछले एक प्रकरण में इसका उल्लेख किया है। उसके पश्चात् हम दस-पाँच लोगों ने कमिश्नर तक यह प्रार्थना की कि हमें एक-दूसरे की पुस्तकें पढ़ने की अनुमति दी जाए। परंतु बारी का कहना था—इन्हें एक-दूसरे की पुस्तकें पढ़ने की अनुज्ञा देते ही एक-दूसरे ने पुस्तकें फाड़ डालीं, इस बहाने से

वे एक-दूसरे से झगड़ते रहेंगे और पुस्तक पर पेंसिल से चिट्ठियाँ लिखकर आपस में पत्र-व्यवहार करते रहेंगे। मानो आपसी पत्र-व्यवहार इस साधन के अभाव में रुका हुआ था! काफी पापड़ बेलने पर एक हड़ताल के फलस्वरूप पर्यवेक्षक ने अनुज्ञा दी कि अधिकारियों की सम्मति से आपस में लेन-देन करके पुस्तकें पढ़ें। इसके पश्चात् सभी की पुस्तकें एकत्रित रखी जाएँ। यह आवेदन करते ही बारी को लगा कि अब ये लोग ग्रंथालय बनाए बिना मानेंगे नहीं। अतः उन्होंने जमकर विरोध किया। उन्होंने पर्यवेक्षक को सूचित किया कि राजबंदियों में से प्रायः सभी लोग अपनी अनमोल पुस्तकें दूसरों के हाथ सौंपने के लिए तैयार नहीं हैं। उदाहरण के तौर पर उन्होंने अपने दो भरोसेमंद प्यादों को सामने किया। उन दोनों ने पर्यवेक्षक को सूचित किया कि "हम दोनों पुस्तकें एकत्रित करने के विरुद्ध हैं।" तब पर्यवेक्षक ने हमसे कहा, "आप दो-तीन जनों को छोड़कर सभी विरुद्ध हैं। ऐसे में पुस्तकों को इकट्ठा कैसे किया जाए?" हमने उनसे कहा, "आप स्वयं सभी से पूछिए, तभी आपको सही स्थिति ज्ञात होगी।" यह सुनते ही बारी ने सभी को धमकाया कि ठीक है, पुस्तकों को एकत्रित कीजिए, लेकिन उन पुस्तकों में किसी का भी पेंसिल से लेखन मिला, भले ही वह दूसरों ने लिखा हुआ हो, तो उसके लिए पुस्तक के स्वामी को ही उत्तरदायी समझकर वे पुस्तकें जला दी जाएँगी।

इस प्रकार उसने ऐसा डर दिखाया, धमकाया—पर दूसरे दिन सभी से पर्यवेक्षक के पूछने पर सभी ने अर्थात् बारी के दो-तीन 'समझदार' पालतू चमचों को छोड़कर कहा, "पुस्तकें इकट्ठी रखेंगे।" जलाने के नाम पर हमने कहा, "जो पुस्तकें हैं उनमें मेरी पुस्तकें बहुत मूल्यवान हैं—दो-तीन सौ रुपयों की वे पुस्तकें यदि जलाई गईं तो भी हानि नहीं, परंतु पुस्तकें इकट्ठी होनी चाहिए। प्रत्येक कारागृह में सरकारी व्यय से ही एक-एक ग्रंथालय रखा जाता है। इधर सरकार एक पुस्तक भी नहीं दे रही। परंतु हम अपने व्यय और आपकी अनुमति से जो पुस्तकें भीतर लाए हैं, उन्हें भी इकट्ठी रखकर ग्रंथालय बनाना चाहते हैं तो आपको कष्ट हो रहा है।" पर्यवेक्षक प्रगतिवादी मनुष्य था। उसने स्वीकार किया और हमारे कहने के अनुसार उनकी पुस्तकें छोड़कर, जो इकट्ठी पुस्तकें रखना नहीं चाहते थे, क्रमांक लगाकर एक ग्रंथालय बनाया। हर रविवार को सभी राजबंदी बारी-बारी से जाकर पुस्तकें बदल लेते थे। इस तरह एक क्रम शुरू हुआ।

ग्रंथालय के प्रबंध से एक-एक को पढ़ने के लिए विविध पुस्तकें मिलने लगीं और जिन राजबंदियों को घर से पुस्तकें भेजने योग्य भी कोई आधार नहीं था, उन्हें सरेआम पुस्तक पढ़ना संभव हो गया। अतः हमने स्वाभाविक रूप से ही आपस में पार्सल मँगवाने के समय इस तरह तय किए कि हर किसी को प्रतिवर्ष एक ही पार्सल मिलता, तथापि अलग-अलग समय पर मँगवाने से हर महीने किसी-न-किसी का

पार्सल आता ही रहता। उसमें भी एक जो पुस्तकें मँगवाता, उन्हें छोड़कर दूसरा अन्य पुस्तकें मँगवाता—इस प्रकार मराठी, बँगला, हिंदी, पंजाबी, संस्कृत पुस्तकें किसी एक पर बोझ न बनते हुए सभी को पढ़ने के लिए मिलने लगीं। प्रति मास प्राय: एकाध पार्सल आने से नई पुस्तकें, साहित्यिक अथवा धार्मिक पुस्तकें बार-बार मिलतीं, जिससे देश की विपुल जानकारी मिलने लगी। मासिक पुस्तक के संबंध में चखचख करनी पड़ती। पीछे बताया गया है कि कौन सी पुस्तक कारागृह में आए, इस संबंध में बारी की कसौटी मूर्खतापूर्ण थी। परंतु बीच में जो एक विवेकी पर्यवेक्षक आया, उसने पुस्तक परीक्षण के काम में बहुत उदार दृष्टिकोण रखा। मासिक पुस्तकों के संबंध में बारी उसे भी चौंकाता, क्योंकि वह कमिश्नर को भी सूचित करता कि पर्यवेक्षक राजद्रोही लेखों से भरी मासिक पत्रिकाएँ राजबंदियों को देता है। अत: मॉडर्न रिव्यू, इंडियन रिव्यू आदि पुस्तकें हम जब आपस में मँगवाते तब कमिश्नर तक झगड़ना पड़ता। मैं कहता कि वास्तव में हिंदुस्थान सरकार जो मासिक पत्रिकाएँ अथवा पुस्तकें जब्त नहीं करती वह राजबंदियों के समान शिक्षित और स्वतंत्र विवेकी वर्ग को देने में कोई आपत्ति न उठाई जाए, क्योंकि हिंदुस्थान सरकार के साहित्य प्रबंधक विभाग (सेंसर ऑफिस) की हजार आँखों से भी जो पुस्तक छूट गई वह राजद्रोही अथवा अपठनीय नहीं हो सकती। बारी जैसे अनभिज्ञ मनुष्य द्वारा उसे भी आपत्तिजनक समझने का अर्थ है—उन विज्ञ साहित्य प्रबंधक के सहस्र चक्षुओं को भी दृष्टिहीन साबित करना। हमने यह सब कमिश्नर के सामने स्पष्ट किया। तब कहीं ये पत्रिकाएँ मिलने लगीं। तथापि उस पर्यवेक्षक के बदलते ही बारी पुन:-पुन: हस्तक्षेप करता। कभी पत्रिका के पन्ने फाड़ लेता और कभी-कभी उनमें से आक्षेपयोग्य पन्नों को काली स्याही से मटियामेट करके देता। जो मिल गया उसको स्वीकार करके बहस जारी रखने का उपक्रम हमने कर ही रखा था। एक-दो बार तो वर्ष भर बाद हमारे पार्सल आने पर भी बारी ने हमसे कह दिया, नहीं आए। खोज लेने पर सिद्ध हुआ कि उनको आए महीना हो गया। तब बारी पर्यवेक्षक के सामने नाक रगड़ते-रगड़ते थक गया। एक-दो बार तो मासिक पत्रिका प्राप्त करने तथा पार्सल प्राप्त करने के लिए काम छोड़ना पड़ा, तब कहीं जाकर न्याय मिला। बारी की इच्छा के विरुद्ध हमने ग्रंथालय शुरू करवाया, इसी का क्रोध वह हम पर इस प्रकार उतार रहा था।

इतनी आपत्तियों, बाधाओं के बावजूद वह ग्रंथालय धीरे-धीरे एक श्रेष्ठ पुस्तकालय बन गया। उसमें विविध भाषाओं तथा उत्कृष्ट श्रेणी की लगभग डेढ़-दो हजार पुस्तकें एकत्रित हो गईं। जिन तीनों ने बारी को संतुष्ट करने के लिए प्रथमत: ग्रंथालय में पुस्तकें रखना नकारा था, शीघ्र ही उन्होंने भी अपनी पुस्तकें दे दीं और अन्य लोगों की तरह पढ़ने का अधिकार प्राप्त किया। आगे चलकर पर्यवेक्षक भी इस संस्था पर गर्व से सिर ऊँचा

करने लगे। उन्होंने ग्रंथालय के लिए आलमारियाँ दीं। एक स्वतंत्र स्थान दिया और फटी हुई पुस्तकों की सिलाई तथा उनकी यथोचित देखभाल करने के लिए दो-तीन राजबंदियों को नियुक्त किया। वे पुस्तकों की जिल्दसाजी का काम इतना बढ़िया करने लगे कि सरकारी कार्यालय से भी बड़े-बड़े ग्रंथ वहीं जिल्द बाँधने के लिए आने लगे। इसके अतिरिक्त राजबंदियों में एक-दो चित्रकार थे। उन्हें यूरोपीय अधिकारियों में से अनेक के प्रकाशित लेख बड़े करने का काम करने की अनुज्ञा भी मिली और वे भी वहीं आने लगे। राजबंदियों में से दो-चार जनों को एक बौद्धिक कार्य करने तथा शारीरिक श्रम से मुक्त होने की अच्छी सुविधा मिल गई। यह सापेक्षतः विश्राम तथा वांछनीय स्थान उनमें से किसी को भी नहीं मिला, जिन्होंने ग्रंथालय की स्थापना के लिए झगड़ा किया था। यह अपेक्षानुरूप ही था। यह स्वाभाविक ही था कि जिन्होंने ग्रंथालय का कड़ा विरोध किया, उन्हीं को उस स्थान का लाभ प्रथमतः देकर बारी उनसे ऋणमुक्त हो गया।

उस ग्रंथालय में बँगला भाषा के राजा राममोहन राय, विद्यासागर आदि महापुरुषों के चरित्र, नवीन सेन राय, रवींद्रनाथ आदि के प्रायः सभी ग्रंथ, जोगेश चंद्र आदि की ग्रंथावलियाँ, 'संपूर्ण महाभारत', 'संपूर्ण रामायण', 'योगवासिष्ठ' आदि उत्तमोत्तम सैकड़ों ग्रंथ थे। पत्रिकाएँ तथा विवेकानंद, रामकृष्ण के चरित्र और ग्रंथों की तो इतनी प्रतियाँ थीं कि पूछिए मत। वहाँ पर हमने बँगला भाषा का जी भरके अध्ययन किया। लंदन में सन् १८५७ के क्रांतियुद्ध का इतिहास लिखते समय हमें बँगला पुस्तकों का प्रथम दर्शन हुआ था। रजनीकांत बाबू का 'सिपाही युद्धेतर इतिहास' ग्रंथ इस उद्देश्य से कि उसमें कुछ नया तथ्य प्राप्त होगा, हमने अपने बंगाली मित्र से पढ़वाया था। हम बँगला बोलना तथा पढ़ना तो सीख गए, तथापि बँगला अक्षर हम लिख नहीं सकते थे। इस बात पर हमें आश्चर्य भी होता था। फिर उसे भी आत्मसात् किया। आज भी बँगला पढ़ सकते हैं। दृष्टि को अक्षरज्ञान तो है परंतु लिखते समय विस्मरण होता है। अंगुलयों को अक्षरों का परिचय कुछ अधिक नहीं है। समकृष्ण के लीलामृत-कथामृत आदि अनेक खंडों में पूर्ण किया हुआ चरित्र, 'रवींद्रनाथ की जीवन-स्मृति', 'चित्रा' आदि पढ़-पढ़कर थक जाने के पश्चात् प्राचीन बँगला के 'पायरी' वृत्त में विरचित रामायण, भारतादि ग्रंथों का पठन किया। ये हमारे राम-विजय की तरह हैं। इस 'पायरी' वृत्त को ही आगे चलकर मधुसूदन दत्त ने अमित्राक्षर छंद में रूपांतरित किया। मधुसूदन के 'मेघनाद वध', 'कुरुक्षेत्र' आदि ग्रंथ पढ़ने के बाद जिस तरह उन्होंने अंग्रेजी के निर्मयमक (Blank Verse) की तरह बँगला अमित्राक्षर वृत्त की रचना की, उसी तरह हमें इच्छा होने लगी कि ऐसी मराठी वृत्त रचें जो उसकी अधिक शास्त्रशुद्ध वृत्त-प्रवृत्ति से मिलती-जुलती हो। वही प्रयास 'गोमंतक' के 'वैनायक वृत्त'* में परिणत हो गया है।

---

* 'वैनायक वृत्त' की संपूर्ण जानकारी के लिए सावरकर समग्र, खंड-७ देखिए।

राजबंदियों में केवल हम दो-तीन महाराष्ट्रीयनों को ही मराठी पुस्तकें मँगवाने की आवश्यकता प्रतीत होती थी। परंतु प्राचीन पुस्तकें प्रायः परिचित होने के कारण मात्र 'चित्रमय जगत्' आदि कुछ नई पत्रिकाएँ तथा नई प्रकाशित पुस्तकें ही हम अपने लिए मँगवाते। परंतु साधारण बंदियों में, उनके लिए जो मराठी बंदीवान थे और हमारे कष्टभागी श्री वामनराव जोशी और उन राजबंदियों के लिए, जो मराठी पढ़ रहे थे, हमने इतिहास, ज्ञानेश्वरी से लेकर मोरो पंत तक प्रमुख कवियों के काव्य संग्रह, क्रमिक पुस्तकें, शास्त्रीय पुस्तकें, संपूर्ण महाभारत का अनुवाद, बड़ौदा में प्रकाशित 'द्वैताद्वैत भाष्य' सहित संपूर्ण 'ब्रह्मसूत्र' का अनुवाद आदि डेढ़-दो सौ ग्रंथ धीरे-धीरे मँगवाकर संगृहीत किए थे।

प्रथमतः हिंदी पुस्तकें मँगवाने का व्यय भी हमें ही उठाना पड़ा, क्योंकि हमारे इस प्रयास के चलते कि हिंदी राष्ट्रीय भाषा है, अतः प्रत्येक को इसे सीखना चाहिए, ऐसा कोई भी नहीं था जो हिंदी की पुस्तकें मँगवाता। अतः कुछ पत्रिकाएँ, कुछ ग्रंथ, कुछ क्रमिक पुस्तकें मँगवाकर हमने ही ग्रंथालय में रखीं। परंतु आगे चलकर ढेर सारे हिंदी तथा पंजाबीभाषी राजबंदी आ गए और उन दो राज्यों की काफी पुस्तकें भी आने लगीं।

अंग्रेजी पुस्तकों की भरमार तो जैसे रीढ़ की हड्डी ही थी। स्पेंसर की दोनों मीमांसाएँ, समाजशास्त्र के उसके सभी खंड, लगभग संपूर्ण हर्बर्ट स्पेंसर, मिल, गिबन के इतिहास, शेक्सपीयर, मिल्टन, पोप के समग्र ग्रंथ, अबाट के नेपोलियन, डार्विन, हक्स्ले, हीगेल, इमर्सन की प्रायः सारी पुस्तकें वहाँ थीं। कार्लाइल, मैकाले, बिस्मार्क, गैरीबाल्डी, मैजिनी आदि के चरित्र, इटली, इंग्लैंड, अमेरिका, हिंदुस्थान के इतिहास पर प्रख्यात ग्रंथ, डिकेंस, टॉल्स्टॉय, क्रोपाट्कीन के प्रायः सभी ग्रंथ, विवेकानंद तथा रामतीर्थ के सभी ग्रंथों की तीन-तीन प्रतियाँ, ट्रीस्क एवं नीत्शे के राजनीतिपरक निबंध, प्लेटो का 'रिपब्लिक', 'स्टेट', 'कॉन्ट्रैक्ट' आदि प्रशासनशास्त्रीय प्राचीन और अत्याधुनिकों में से नवीन ग्रंथ, इस तरह कितने ही उत्तमोत्तम ग्रंथ वहाँ राजबंदियों ने संगृहीत किए थे। थियोसॉफी के ग्रंथों की भी कमी नहीं थी। प्रथम उपरिनिर्दिष्ट ग्रंथों में राजनीति से संबंधित प्रत्येक ग्रंथ को लेकर हमें झगड़े करने पड़े, तब कहीं जाकर उनकी प्राप्ति हो सकी थी। एक विकासप्रिय पर्यवेक्षक को छोड़कर हमारा यह ग्रंथालय सभी अधिकारियों की आँख की किरकिरी बन चुका था, सभी की आँखों को खटक रहा था। हिंदुस्थान से किसी बड़े अधिकारी के आते ही बारी राजनीतिक पुस्तकों को छिपाने का प्रबंध करता, अन्यथा वह जली-कटी सुनाता। परंतु आगे चलकर वह सबकुछ हजम हो गया। इतना ही नहीं अपितु यूरोपीय अधिकारी भी ग्रंथालय में अपनी पुस्तकें रखने लगे और उनमें से स्वयं भी पढ़ने के लिए ले जाने लगे। ऐसे ही एक अधिकारी ने एनी बेसेंट के आत्मकथ्य से लेकर कृष्णमूर्ति के 'मेरे गुरुदेव' तक थियोसॉफी की कई पुस्तकें दी थीं।

इन सारे ग्रंथों का हमने यत्नपूर्वक अध्ययन किया। एक भी ग्रंथ हमसे अछूता

नहीं रहा। कई ग्रंथों का पारायण किया और राजबंदियों में से अनेक द्वारा इतिहास, अर्थशास्त्र, शासनशास्त्र विषयक पुस्तकों का अध्ययन करवाया। उनसे निबंध लिखवाते, ताकि उनके विचार विकसित हों। जैसाकि पीछे वर्णन किया गया है, रविवार की सभा में उनके व्याख्यान करवाते। 'स्टेट' जैसे कठिन ग्रंथ दस-पाँच जनों को संगठित करके पढ़ाते, जैसे महाविद्यालयी वर्गों में पढ़ाया जाता है।

संस्कृत ग्रंथों में हमने जो पुस्तकें, काव्य मँगवाए थे, बस उतने ही वहाँ थे। शेष एकाध पुस्तक किसी की हो या न भी हो। परंतु अनूदित पुस्तकों में भी अनेक संस्कृत ग्रंथ मूल सहित छापे जाते। सभी 'उपनिषद्', 'ऋग्वेद', 'रामायण', 'महाभारत', 'ब्रह्मसूत्र', 'सांख्य सूत्र', 'ईश्वरचंद्र की कारिकाएँ', 'योगसूत्र' आदि संस्कृत ग्रंथों का परिशीलन वहाँ पर किया जा सकता था।

बँगला अथवा मराठी, संस्कृत, अंग्रेजी, हिंदी, पंजाबी—किसी भी भाषा की नई पुस्तक प्रकाशित होने का समाचार मिलते ही यदि वह महत्त्वपूर्ण हो तो तुरंत मँगवाई जाती। इस तरह यद्यपि स्वदेश से और एक तरह से सारे विश्व से हम बहुत दूर जाकर बंद हो गए थे, तथापि स्वदेशीय नाड़ियों के स्वर अविरल रूप से हमारे हृदय में गूँज रहे थे। विश्व के प्रत्येक नव विचार की लहर हम जगद्बहिष्कृत निर्वासितों की मज्जा-पीठ के तट को स्पर्श किए बिना नहीं रहती।

राजबंदियों के उच्च विचारों को गति देने के लिए जब तक इस ग्रंथालय का इतना विशाल रूप सामने नहीं आया था तब तक हम नानाविध युक्तियाँ करते थे। उदाहरण के लिए एक बार सभी से यही प्रश्न किया कि पेशवाई के अस्त के उपरांत हिंदुस्थान में जो नामवर राष्ट्रीय महापुरुष हुए, उनके नाम प्रत्येक व्यक्ति बताए। उनमें से अंत में ऐसे बारह चुने जाएँगे, जिन्हें सर्वाधिक मत प्राप्त होंगे। सप्ताह भर तक यही चर्चा थी, अंत में नामावलियाँ आ गईं, परंतु उनमें सन् १८५७ के क्रांतिवीरों में से किसी एक का नाम भी किसी को नहीं सूझा। राष्ट्रीय पुरुषों में सन् १८५७ की क्रांति में से एक ने केवल एक ही नाम सुझाया—वह था लक्ष्मीबाई का। शेष लोगों के दिमाग में यह नाम भी नहीं आया। अतः उस इतिहास पर हमने कई बार बैठकों में व्याख्यान, संवाद तथा व्यक्तिगत चर्चा की। बँगला में प्रकाशित रजनीकांत की 'सिपाही युद्ध' शीर्षक पुस्तक मँगवाई। यह विवेचन करने का प्रयास किया कि उस पुस्तक का शीर्षक अनुचित कैसे है। किसी भी तरह वह क्रांतियुद्ध सिपाहियों का तो था ही नहीं। आगे चलकर हर कोई तात्या टोपे, नाना साहब, पेशवा, कुँवर सिंह, लक्ष्मीबाई आदि नामों को जानने लगा। थॉमस एकेंपिस लिखित 'इमिटेशंस' हमारी प्रिय पुस्तक थी। 'कुरान' का अंग्रेजी अनुवाद पहले पढ़ा, इसके पश्चात् बँगला में सरसरी दृष्टि से देखा। हिंदुस्थान के तट पर पहुँचने पर उसके मराठी अनुवाद के पन्ने पलटे। इसके अतिरिक्त अपने मुसलमान मित्र के

अभिप्राय के अनुरूप कि उसे मूल में पढ़ने से उसका सही स्वाद मिलेगा, अत: उन्हीं से उनके समान ही पवित्र मन से एकाग्रचित्त बैठकर प्रत्येक पन्ना पढ़वाकर तथा उसका हिंदी अनुवाद करवाकर सुन लिया। मोहम्मद अली (इंग्लैंड) द्वारा कुरान को नूतन पश्चिमी उपनेत्रों से देखकर किया हुआ अत्याधुनिक अनुवाद भी पढ़ लिया। पीछे लिखा ही है कि संपूर्ण बाइबिल दो बार पढ़ा था। उपनिषदों का प्रमुख दशोपनिषदों में से एक-एक को लेते हुए एक-एक महीना उनपर रात-रात भर चिंतन-मनन करते वर्ष भर अध्ययन किया। 'योगवासिष्ठ' भी एक बार सहज ही पढ़ने को उठाया और उसमें इतना रस उत्पन्न हुआ और ऐसा लगा कि वेदांत पर हमारे अवलोकन में आए हुए ग्रंथों में इतना सुंदर ग्रंथ विरला ही है। इतने निरपवाद सिद्धांत और इतनी सुंदर कविता कि जिसके मुख से मधुर स्वरों में उन सिद्धांतों का श्रवण किया जाता है और उससे मन तल्लीन होकर आत्मा भी उनका श्रवण करने का सौभाग्य प्राप्त करती है। संस्कृत कवि ही दर्शन और काव्य का इतना मनोहर गठबंधन कर सकते हैं। देखिए 'भगवद्गीता' का विश्वरूप दर्शन अध्याय अथवा कालिदास के काव्यांतर्गत विष्णु वर्णन का श्लोक अथवा 'कुमारसंभव' के अंतर्गत ये सरस वचन—'स्वयंविधाता तपस: फलानाम् केनापि कायेन तपश्चचार,' जो गगन सदृश अनाकलनीय व्यापक अर्थ को किसी सुंदर सरोवर सदृश श्लोक में प्रतिबिंबित करते हैं।

वास्तव में कविता और दर्शन में विरोध होना असंभव ही है। कविता सुंदरता पर मोहित होती है, सुंदरता वही जो निरपवाद परिपूर्ण है और आनंद, उल्लास प्रदान करती है। सत्य वही जो इंद्रिय, मन-बुद्धि के विरोध के लिए रत्ती भर भी अवकाश न देते हुए शंकाकुल आत्मा को निस्संदेह तथा संपूर्ण संतोष में डालने के लिए बाध्य करता है। वही समाधान-समाधि का सौंदर्य और इसीलिए कविता वहीं पर 'कंठे स्वयंग्राहनिर्षिक्तबाहु:' होकर अपने कार्य की परम तुष्टि प्राप्त करती है।

वेदांत विषयक ये ग्रंथ पढ़ते समय एक अनुभूति हमें बार-बार अवश्य होती थी कि शरीर की नस-नस समरस, तल्लीन किंतु ढीली होकर पुन: कर्म के पचड़े में पड़ने से साफ मना कर देती। कर्मोत्साह पूरी तरह से समाप्तप्राय होता। 'नैष्कर्म्य सिद्धिं परमा' ये शब्द सतत गुनगुनाए जाते। स्वदेश सेवा, परोपकार, भूत दया आदि अत्युदार भाषा भी क्षणिक और लड़कखेल प्रतीत होती। यही अवस्था भूगर्भशास्त्र अथवा ज्योतिषशास्त्रीय पुस्तकें पढ़ते समय, परंतु भिन्न कारणवश होती। इन शास्त्रांतर्गत काल तथा प्रकृति की कष्टप्रद भव्यता देखकर पृथ्वी और व्यक्ति का जीवन तुच्छ सा होकर निराशापूर्ण कर्मव्यर्थता होता और दु:ख भी होता, परंतु वेदांत के सुंदर सिद्धांतों के आनंद में कर्म की व्यर्थता दु:खदायी प्रतीत नहीं होती। गुड़िया एक खिलौना है, यह जानने पर होनेवाली हताशावस्था उस खिलौने के आनंद से अनंत गुना आनंददायिनी वह प्रत्यक्ष सखी मिलने से नष्ट

होकर कर्मों का भूसा भरी गुड़िया का त्याग सुखकारक होता। भौतिक शास्त्रों से कर्मवियोग होकर कष्ट होता। वेदांत से कर्मत्याग की इच्छा सुखकारक प्रतीत होती। कई बार योगवासिष्ठादि ग्रंथों का पठन करते-करते हाथों में धरा रस्सा हाथों में ही रह जाता और मन इतना कर्मपराङ्मुख होता कि घंटों तक यह सुध-बुध ही नहीं रहती कि इस देह में इंद्रियाँ हैं या नहीं। कदम आगे नहीं बढ़ते, प्रतीत होता कि सबकुछ छोड़ दें। प्रचार कार्य भी मात्र लड़कखेल लगता। अंत में प्रकृति प्रवृत्ति को हठात्, बलपूर्वक स्फुरण देकर कार्य में जुटाती।

इसके विपरीत, इतिहास और भौतिकशास्त्र पढ़ते रहने से स्वाभाविक कार्य-लालसा कभी-कभी इतनी प्रदीप्त होती, महायुद्ध के हिंदुस्थान के तात्कालिक क्रांतिकारी आघात-प्रत्याघातों के, रूस के जार जैसों के सिंहासन चकनाचूर होने के समाचार कानों में आते ही कर्मशक्ति यों ठाठें मारने लगती कि एक मुक्के से इस कारागार की दीवारें मिट्टी में मिलाकर पूर्वोक्त हिंदुस्थान का लहराता हुआ वह ध्वज उभारकर मरने-मारने के क्षेत्र में तुरत कूद पड़ें।

कर्म और निष्क्रियता की परस्पर विरोधी भिड़ंत रिक्त मानस के खुले मैदान पर इस तरह सतत चलती रहती कि उसे देखकर कभी-कभी अपने आप पर ही हँसी आती, तथापि यह स्थल उनके समन्वय का विचार करने के लिए उचित नहीं है। अतः उस 'तथापि' को यहाँ वैसे ही रोकते हुए अगले वृत्तांत का श्रीगणेश करना ही उचित है।

कारागृह के बाहर चल ग्रंथालय

बंदीशाला के ग्रंथालय का पहले राजबंदीवानों द्वारा ही उपयोग होता, परंतु साधारण बंदियों में भी कई शिक्षित बंदी होते। इसके अतिरिक्त राजबंदियों के संपर्क से उन लोगों में भी, जिन्होंने इन राजबंदियों के पास ही प्राथमिक शिक्षा संपादित की थी—कई इस तरह के बुद्धिमान निकले कि उनमें इतिहासादि उच्च कोटि की पुस्तकें पढ़ने की योग्यता एवं उत्कंठा उत्पन्न हो गई थी। उनके लिए हिंदी, मराठी आदि देशी भाषाओं में एक अच्छा-खासा ग्रंथालय खोलना आवश्यक था। परंतु कहाँ, कैसे और किस मार्ग से? अंदमान के अधिकारियों की पढ़ने के तथा ज्ञानार्जन के विरुद्ध रहने की विलक्षण प्रवृत्तिवश बंदियों के पढ़ने पर प्रतिबंध लग गया। एक बार तंबाकू खाना, चुगलियाँ खाना और अन्य बुरी लतों का भोग करना सुलभ था, परंतु दस जनों द्वारा संगठित रूप में चलाई गई ज्ञानार्जन की संस्था खुलेआम स्थापित करना असंभव हो गया था। अतः पीछे जिस संस्था का उल्लेख किया गया है, उस अप्रकट संस्था की निधि से बड़े-बड़े देशों के इतिहास, अर्थशास्त्र, उत्तम ऐतिहासिक उपन्यास बंदीशाला के बाहर के हिंदी अबंदीवान अधिकारियों के पते पर मँगवाने का उपक्रम जारी रखा। ये पुस्तकें एकत्रित न रखते हुए

कुछ इसके पास तो कुछ उसके पास, इस तरह बिखेरकर रखीं, परंतु चालाक बारी बंदियों से उन्हें ले लेता। उन बंदियों द्वारा, जो बाहर आते-जाते हैं, 'स्वतंत्र' जनों में जैसे-जैसे प्रचार बढ़ता गया वैसे-वैसे उनके नाम पर हिंदी-मराठी के प्राय: सभी प्रमुख समाचार-पत्र भी मँगवाए जाने लगे। ऐसे बंदी को, जिसे स्वदेश में रहते समाचार-पत्र क्या बला होती है, इसका रत्ती भर भी ज्ञान नहीं था—प्रथमत: नियम बनाकर समाचार-पत्र पढ़ने के लिए बाध्य किया जाता। अंततोगत्वा उनमें इतनी रुचि उत्पन्न हो गई कि समाचार-पत्र आते ही उसका अपने हाथ में आना ही दूभर हो गया। अत: कोई एक चोरी-छिपे पढ़ लेता और दस लोग उसे सुनते। पत्र पहले मैं पढ़ूँ वह नहीं, इस तरह होनेवाले झगड़े देखकर हमें खुशी होती। 'भारत मित्र', 'प्रताप', 'केसरी' और कभी-कभी 'संदेश'। 'चित्रमय जगत', 'सरस्वती', 'आर्य गजट', 'बंगाली', 'प्रभात' इस तरह कितने सारे समाचार-पत्र बंदीवान पढ़ने लगे। इसके लिए कइयों को दंड मिला, कितने वॉर्डर 'टूट' गए, कितने बंदी-लेखकों को निकाल दिया गया, परंतु समाचार-पत्रों का बंदियों में प्रसार हो ही रहा था, और उनमें से प्राय: सभी हम राजबंदियों को सीधे बंदीशाला की तालाबंद कोठरियों में पढ़ने के लिए मिलते और फिर अदृश्य हो जाते थे। इसके अतिरिक्त बाहर जो बड़े-बड़े भारतीय अधिकारी थे, उनके लिए जो हमने एक राजनीतिक ग्रंथों की सूची तैयार करके रखी थी, उसके अनुसार वे अंग्रेजी अथवा देशी पुस्तकें लाकर पढ़ते। सौ-पचास रुपया वेतन प्राप्त करनेवाले हर अधिकारी के पास घर का एक सुंदर ग्रंथालय होना चाहिए—यह हमारा आग्रह था और बहुतों ने उसे पूरा किया। इटली का इतिहास, फ्रांस का इतिहास, मिल का अर्थशास्त्र, विवेकानंद के ग्रंथ और भारतीय इतिहास पर दत्त, राय डेविड का बुद्धकालीन हिंदुस्थान, अशोकादि चरित्र—इस तरह के पच्चीस-एक ग्रंथ उन अधिकारियों से हर तरह के प्रयत्न करके पढ़वाए जाते। इस बंदीशाला के बाहरी ग्रंथालय का एक विरोधी उपयोग इस तरह होने लगा कि बंदीशाला स्थित हमारे ग्रंथालय में जिन पुस्तकों को अपठनीय अथवा भयंकर समझकर भीतर नहीं आने दिया जाता, उन्हें हम बाहरी ग्रंथालय से मँगवाते। रूसी राज्य क्रांति होते ही उसका इतिहास, सन् १८५७ की क्रांति संबंधी हिंदी पुस्तकें, तिलक के व्याख्यान, लाला लाजपतराय का गैरीबाल्डी, इस तरह की कितनी सारी पुस्तकें और विशेषत: वे समाचार-पत्र, जिनका बंदीशाला में आना अत्यंत दुर्लभ था—बाहर के इस चलते-फिरते ग्रंथालय में ही मँगवाए जाते और उसके पश्चात् हस्ते-पर-हस्ते उन्हें अप्रकट रूपेण बंदीशाला में लाकर उन राजबंदियों को पढ़ने के लिए दिया जाता, जो अंग्रेजी नहीं जानते थे या आवश्यक ही हो जाए तो जानते थे।

बंदियों को पढ़ाने का अन्य लाभ यह हुआ कि उन्हें साधारण पढ़ना-लिखना, अंकगणित आते ही और दो-तीन अंग्रेजी पुस्तकें समाप्त होते ही वे 'मुंशी' हो सकते

थे। उस दृष्टि से ऐसे देशहितैषी हिंदू बंदीवान जो हमारी शिक्षा में निपुण हो गए थे—बंदीशाला में, कार्यालय में और बाहर के जिले में 'लेखक' के और अन्य बंदी-अधिकारियों के स्थान पर नियुक्त किए गए। उस योग से उनका दैहिक कष्ट तो दूर हुआ ही, उनकी अंटी में चार पैसे भी आ गए। परंतु प्रचार की दृष्टि से एक महत्त्वपूर्ण लाभ यह हुआ कि जैसे-जैसे अधिकारी पद इन लोगों के हाथ में, जिनमें सार्वजनिक आस्था की कुछ गंध थी, आते गए वैसे-वैसे बंदियों तथा स्वतंत्र उपनिवेशवालों में स्वदेशी व्रत और स्वदेशी पक्ष का प्रचार परिवर्धित होने के लिए उपयोग होने लगा और उससे सरकारी कामकाज में कुछ अनुचित व्यवधान आया ही नहीं। इसके विपरीत, बंदियों में देशाभिमानादि उदात्त भावनाओं का उदय हुआ और उनमें मानसिक तथा नैतिक सुधार हो जाने से झगड़े कम होने लगे, जो कि प्राय: व्यसनासक्ति, नृशंसता, दुष्टता, लूटपाट आदि दुर्गुणों के कारण होते थे। उपनिवेश बसाने का जो मुख्य ध्येय 'बंदियों में सुधार' लाना था, वह भी थोड़ा-बहुत पूरा होने लगा। इस प्रयास को वस्तुत: सरकार को ही प्रोत्साहित करना चाहिए था और वास्तव में तो इस कार्य से सभी को संतुष्ट होना चाहिए था, परंतु उधर ऐसे ही अधिकारियों की भरमार थी जिन्हें 'बंदियों का सुधार' जैसे ध्येय का ज्ञान ही नहीं था और जिनकी यही धारणा थी कि कठोर-कड़ा काम करवाना ही बंदी विभाग का परम कर्तव्य है। अत: यह सब कार्य लगभग दंडनीय ही समझे जाने का भय था, इसीलिए वह अप्रकट रूप से करना पड़ता था।

□

प्रकरण–२

अंदमान में शुद्धि

हमने सन् १९११ में अंदमान में पाँव रखा था। उसके पश्चात् कुछ ही महीनों में हमें ज्ञात हो गया कि कुछ हिंदू बंदी अंदमान में आने के पश्चात् मुसलमान बन गए हैं और उन्होंने अपने नाम भी बदल डाले हैं। हम उनकी खोज करने लगे कि यह कैसे हुआ ? वहाँ के हिंदुओं में किसी को भी इसके संबंध में कुछ खास पता नहीं चला। मैंने देखा, उनकी राय में यह एक इतनी परिचित घटना है कि उसकी पूछताछ क्या करना। वस्तुत: अंदमान में अंग्रेज अधिकारियों की एकच्छत्र समर्थ सत्ता होने से वहाँ उनके हाथ में निराधार तथा अनाथ बने हिंदू बंदियों को ईसाई बनाए जाने की अधिक संभावना थी। सन् १८५७ तक कार्यालयों में ही नहीं अपितु सेना में भी ईसाई धर्म का प्रसार करने के लिए अधिकारियों द्वारा अधिक सुविधाएँ दी जाती थीं। परंतु सन् १८५७ के क्रांतियुद्ध की प्रचंड ठोकर खाने के बाद कुल मिलाकर सरकारी अधिकारी धर्म प्रसार के झमेले में अधिक नहीं पड़ते थे। यद्यपि अभी भी कुछ ऐसी जातियों के, जिनपर अपराधी जाति का ठप्पा मारा जाता है, उपनिवेशों में मिशनरियों का प्रत्यक्षाप्रत्यक्ष अधिकार रहता है तथापि अपने स्वानुभव से मैं यह दावे के साथ कह सकता हूँ कि कारा-संस्थाओं का उपयोग हिंदुओं को भ्रष्ट करने के लिए कभी नहीं किया जाता। कहीं-कहीं ईसाई प्रचारक प्रार्थना के लिए आता है, परंतु उसकी प्रार्थना पर जाने के लिए किसी पर भी कहने लायक सख्ती कभी नहीं बरती जाती। छिटपुट अपवादों को छोड़कर अंदमान में हिंदुओं को ईसाई बनाने के लिए, प्रत्यक्ष अथवा अप्रत्यक्ष किसी भी तरह का प्रयास सरकारी पद्धति से तो कभी हुआ ही नहीं, सरकारी अधिकारियों के व्यक्तिगत वजन का दुरुपयोग करते हुए भी नहीं हुआ। इस छिटपुट अपकार का एक उदाहरण हमें स्वयं सुलझाना पड़ा। उसका विवरण आगे आएगा। परंतु अंदमान के हिंदू बंदियों को डाँट-डपट से, घूसखोरी से अथवा सतत उपदेश का झंझट लगाकर ईसाई बनाने के उदाहरण चौदह बरसों के हमारे अनुभवों में चार भी नहीं हैं।

अंदमान में हिंदू बंदीवान जिस ईसाई शासन के हत्थे पड़े थे, उस प्रशासन द्वारा उन पर अपना धर्म थोपने का किसी भी प्रकार का अन्याययुक्त प्रयत्न नहीं हुआ; लेकिन यह कितने आश्चर्य की बात है कि इन हिंदू बंदियों की तरह उसी बंदी द्वीप में अवश और हताश पड़े मुसलमान बंदी अपने सह-बंदियों को भ्रष्ट करके उन्हें मुसलमान बनाने के लिए उनपर बलात्कार करते, उनपर अत्याचार करते, उन्हें बहकाने का प्रयास करते और वह ईसाई प्रशासन, जो स्वधर्म प्रसारार्थ स्वयं किसी प्रकार की पीड़ा नहीं देता था, परधर्मीय मुसलमानों द्वारा हिंदुओं पर हो रहे अत्याचारों की उपेक्षा करता। वयस्क बंदियों की बात छोड़ दें तो जिन छोटे, कम उम्र बालकों को कालेपानी पर अथवा कारागार में भेजा जाता है, उनके शरीर की, स्वास्थ्य की, उनके नादान होने के कारण सरकार जैसी चिंता करती है, उसी तरह उनकी आत्मा एवं धर्म की चिंता करना और कम-से-कम तब तक, जब तक वे समझदार उम्र के नहीं हो जाते, उनके धर्म का पालन-पोषण करना, अज्ञान की संपत्ति की रक्षा करना एक महत्त्वपूर्ण सार्वजनिक कर्तव्य है। परंतु कारा-संस्था में वह सर्वथा दुर्लक्षित होता है। अंदमान की बात छोड़िए, हिंदुस्थान के भी प्राय: सभी कारागारों में हिंदू बंदियों को मुसलमान बंदियों द्वारा और मुसलमान जमादार, हेड अफसर, वॉर्डर आदि बंदी अधिकारियों द्वारा मुसलमान बनाए जाने का कार्य होता रहता है। चौदह वर्षों के अनुभवों और इस मसले पर नियंत्रण करने का अटूट प्रयास करते समय बिलकुल बारीकी से पूरी जानकारी प्राप्त कर लेने के पश्चात् हम यह स्पष्ट विधान करते हैं कि कारा-संस्था की यह मसजिद हिंदुओं को प्रतिवर्ष जितना धर्मभ्रष्ट करती है, उतना दिल्ली अथवा बंबई की जामा मसजिद भी नहीं करती।

संगठित प्रयासों से हिंदुओं को धोखे में लानेवाले हसन निजामी के ज्ञात जाल से कारा-संस्था की इस अदृश्य मसजिद का वह अज्ञात जाल कम भयंकर नहीं है, जो हजारों हिंदुओं को सहज ही आज तक धर्मभ्रष्ट करता आया है।

भ्रष्टीकरण की प्रथम विधि

बंबई आदि नगरों के मुसलमानी चोर-अड्डों में यह विधि अपनाई जाती है— कारा-संस्था स्थित इस मुसलमानी भ्रष्टीकरण की कोई संगठित योजना नहीं है। उसके कोई अधिकृत चालक अथवा प्रेरक भी नहीं हैं। प्रत्येक मुसलमान को बचपन से ही यह मंत्र घुट्टी में पिलाया जाता है कि तुम आधा-पूरा जैसा भी हो, काफिर को मुसलमान बनाते रहो। इससे इस लोक में तुम्हारा सम्मान बढ़ जाएगा, परलोक में पापों की क्षमा होगी और तुम्हें स्वर्गीय अप्सरादि भोग प्राप्त होंगे। इस प्रकार की शिक्षा से कारा-संस्था के इस मुसलमानी भ्रष्टीकरण को मूल प्रेरणा मिलती है। उसे प्रथम व्यक्त स्वरूप बंबई, कलकत्ता, दिल्ली, लाहौर, मद्रास आदि महानगरों में उनके उन अड्डों में प्राप्त होता है,

जहाँ मुसलमानी चोर-डाकुओं की टोलियों का विचरण होता है। उन मुसलमानी बंदियों में रहकर जो चोरी, डाकेजनी आदि पाप करते हैं और दंड भुगतते हैं—उनकी मनोवृत्ति का जिन्हें ज्ञान है, वे इस बात को तुरंत स्वीकार करेंगे कि हिंदुओं के घर की हुई चोरी अथवा हिंदू गाँवों अथवा व्यापारियों पर डाला हुआ डाका—मुसलमानी अड्डों में क्षम्य माना जाता है। इतना ही नहीं, वह प्रशंसनीय भी समझा जाता है। हमने ऐसे मौलवी देखे हैं, जो इस तरह के अपराधियों को निरपराध समझते हैं। इस प्रकार की मनोवृत्ति के इस व्यवसाय को अपनाए हुए वे आततायी लोग अपने धर्म की मद्यपान निषेध, प्रार्थना, दान आदि प्राय: सभी आज्ञाओं को पैरों तले कुचलते हैं। यह नहीं कि जो हिंदुओं के घर चोरी करते हैं वे मुसलमान के यहाँ नहीं करते। आपसी वैमनस्य के कारण उनकी हजारों हत्याएँ होती हैं। परंतु इन सभी पापों के प्रायश्चित्तस्वरूप उपरिनिर्दिष्ट जो एक सुलभ धर्मविधि उन्हें बाल्यावस्था में पढ़ाई जाती है कि तुम काफिर को मुसलमान बनाओ, ऐसी अवस्था में उसे वह बड़े सुविधाजनक ढंग से कर सकता है। नहीं, वह विधि-संपन्न करना, उनके इस चोरी, डाके, ठगी आदि लौकिक व्यवसायार्थ अत्यावश्यक होता है। जिन्हें बंबई जैसी महानगरी के चोरों के अड्डों की जानकारी है, उन्हें ज्ञात है कि इन लोगों के भी महंत होते हैं। वे अत्यंत शिष्ट तथा माननीय व्यवसाय करते हुए साझे में दुकान चलाते हैं। उनके अधिकार में नित्य नौसिखिया बच्चे खटते हैं। इन बच्चों को उनकी प्रशिक्षा के अनुसार जेबकतरे की पहली कक्षा से, खिड़की तोड़ने की दूसरी कक्षा तक, तिजोरी तोड़ने की तीसरी कक्षा से धमकाकर खुल्लमखुल्ला डाकू-लुटेरों की चौथी कक्षा तक और अंत में डाकेजनी की टोली में समाविष्ट होने की पाँचवीं कक्षा में बढ़ोतरी मिलती है। कारागृह में जाना हो तो इन्हीं बच्चों को भेजा जाता है। महंत सामान्यतया अपने स्थान पर अडिग रहते हैं, न वे कभी किसी के झाँसे में आते हैं। यह स्पष्ट निर्देश होता है कि इस विद्यापीठ में नए रिक्रूट की भरती अविरल रूप से होनी चाहिए।

चोरों के अड्डे यदि हिंदुओं के हैं तो उनमें अनाथ, कँगले हिंदू बच्चे जिस तरह मिलते हैं, उसी तरह कुछ मुसलमान बच्चे भी मिलते हैं। परंतु हिंदू का धर्म उसे आदेश देता है—तू मुसलमान के साथ खान-पान मत कर। मुसलमान के हिंदूकरण की कल्पना वह कभी नहीं कर सकता। अत: हिंदू महंतों के अड्डे पर मुसलमान बच्चे बरामद भी हुए तो वे चोर, पाजी, लफंगे बनेंगे, जेब काटेंगे; परंतु मुसलिम धर्म से च्युत होने का उन्हें भय नहीं होता। इसके विपरीत, उनके साथ कभी-कभार, लाचारी से ही क्यों न हो, खान-पान करते हुए हिंदू महंत ही मुसलमान बनकर पतित हो जाते हैं। परंतु मुसलमानी महंतों के अड्डे में अनाथ, कंगाल, आवारा हिंदू बालक जो मिलते हैं उनकी अवस्था उपरिनिर्दिष्ट घटना से सर्वथा विपरीत होती है। उन्हें चोरी करना सीखना पड़ता है, पाप करने पड़ते हैं, कारागृह में सड़ना पड़ता है और साथ ही अपने हिंदू धर्म से च्युत भी होना

पड़ता है, क्योंकि चोरी-चकारी करते समय प्रसंगानुसार उनके साथ खान-पान, शिखाकर्तन, दाढ़ी रखना आदि सभी नाटक करने पड़ते हैं। परंतु इस प्रकार उन हिंदू बालकों को एक-दो बार अभक्ष्य भक्षण करवाकर अथवा उसकी रोटी के टुकड़ों को स्पर्श करके अथवा मुसलमानी नाम देकर पुलिस की आँखों में धूल झोंकने के लिए उसकी चोटी काटकर और सुन्नत करवाने के एक-एक कार्य से वह हिंदू बालक स्वयं समझने लगता है कि वह मुसलमान बन गया है। उसके घर में उसे शिक्षा ही इस तरह दी जाती है कि छूत-छात से अपवित्र रोटी के टुकड़े में अथवा मुसलमान के साथ भोजन करते समय अंगुली के स्पर्श में तुम्हारे संपूर्ण हिंदू धर्म को गँवाने की शक्ति है। इस प्रकार शताधिक हिंदू बालक और युवक किसी को कानोकान खबर न होते हुए बंबई जैसे महानगरों में चोर-डाकुंओं के अड्डों में गुप्त रूप से मुसलमान बन रहे हैं। उनके मुसलमान के साथ खान-पान का समाचार मिलते ही उन्हें जात से खारिज किया जाता है और मौलवी-महंत उनसे कहते हैं, 'अब तुम मुसलमान बन गए हो, अब सिर्फ नमाज पढ़ो, सुन्नत करवाओ। फलाने मुसलमान की बेटी से तुम्हारा निकाह करवा देते हैं।' उन महंतों के अड्डों पर इन उचक्के युवकों की तरह उचक्की बाजारू लड़कियाँ भी लार टपकाती हैं। इस तरह हिंदुओं के बच्चे मुसलमान चोरों के अड्डे पर पाँव रखते ही अपना हिंदू धर्म खो बैठते हैं। यह बात उस मुसलमानी अड्डे के महंतों को ही नहीं, अपितु उन बदमाश बच्चों को भी, जिन्हें इनको फँसाने के लिए नियुक्त किया जाता है, ज्ञात रहती है और वे जी-जान से इन हिंदू बच्चों को धर्मभ्रष्ट करने का हेतुपूर्वक प्रयास करते हैं, क्योंकि जैसा ऊपर कहा गया है, उनके पाप कर्मों में इन हिंदू बालकों द्वारा सहायता ही मिलती है। उन्हें उस पारलौकिक दंड से मुक्ति मिलती है, जो उन्हें इस पाप के लिए मिलनेवाला था। इतना ही नहीं, उनकी अटूट निष्ठा होती है कि एक काफिर को मुसलमान बनाने के पुण्य का कुछ-न-कुछ पुरस्कार तो अवश्य ही मिलेगा।

नगरों के चोर-अड्डों से जो बच निकलते हैं वे बंदीगृह में मुसलमानी भ्रष्टीकरण के शिकार बनते हैं। कारागृहों में पाए जानेवाले धर्मभ्रष्ट हिंदुओं में कुछ लोग ऐसे होते हैं, जिन्हें उपरिनिर्दिष्ट मार्ग से धर्मभ्रष्ट किया जाता है। परंतु कुछ लोग बंदीगृह में आने से पहले ही धर्मभ्रष्ट हो जाते हैं। ऐसे कई हिंदू बंदीगृहों में धर्मभ्रष्ट किए जाते हैं जो छोटे-छोटे गाँवों में चोरी करते हैं, जिन्हें आवेश में हत्या के अपराध में दंड मिलता है, अथवा जो मुसलमान चोरों के अड्डों में बरामद न होकर हिंदुओं के चोर-अड्डों में बरामद होते हैं अथवा अन्य अपराधार्थ खेती-बाड़ी के झगड़ों, मारपीट आदि में दंडित होते हैं। उनमें भी पच्चीस बरस के अंदर के तथा किशोर-वयस्क बालक ही अधिक संख्या में धर्मभ्रष्ट होते हैं। ऊपरी विवरण के अनुसार बंबई के अड्डों के महंतों में जो मुसलमान महंत अंत में दंड विधान (क्रिमिनल लॉ) की कैंची में फँसकर कारागृह में आते हैं, वे बंदीशाला में

भी इस तरह के नए हिंदू युवकों पर दृष्टि रखते हैं; क्योंकि वहीं पर वे चोरी के प्रथम या आगे के पाठ पढ़कर मुसलमान बनते हैं और वही बच्चे उनके दुष्ट व्यवसाय के लिए उपयोगी होकर बंबई आदि महानगर स्थित अड्डों में समाविष्ट किए जाते हैं। मुसलमान बनाने के इस प्रयास को बंदीगृह में नौकरी करनेवाले मुसलमान सिपाही भी कभी-कभी हस्ते-पर-हस्ते सहायता देते हुए पाए जाते हैं। परंतु मुसलमान बंदियों में से जो वॉर्डर, पेटी अफसर आदि बंदीवान अधिकारी नियुक्त किए जाते हैं, वे नब्बे प्रतिशत हिंदुओं को डाँट-डपट आदि संभव उपायों से धर्मभ्रष्ट करने में रत्ती भर भी कसर नहीं छोड़ते।

हिंदुस्थान स्थित प्राय: सभी कारागृहों में जब यही स्थिति पाई जाती है तो अंदमान की तो पूछिए ही नहीं। उधर तो पहले से ही धर्मांध और पापपरायण पठान, बलूची आदि मुसलमान बंदियों में से वॉर्डर आदि अधिकारी नियुक्त किए जाते हैं। उनमें भी राजनीतिक दंडित हिंदू ही होने के कारण जमादारादि के स्थानों पर मुसलमानों को ही नियुक्त करने की कट्टर परिपाटी थी। पूर्वार्ध में इसका थोड़ा-बहुत दिग्दर्शन हो ही चुका है कि ये लोग हिंदुओं को कठोर कामों में जुटाकर, कठोर दंड का हौवा दिखाकर, सतत सत्यासत्य अभियोग चलाकर उन्हें तंग करते और स्पष्ट रूप में यह कहते कि 'हमसे पिंड छुड़ाना चाहते हो तो मुसलमान बन जाओ'। अल्पवयस्क तथा हताश हिंदुओं को मुसलमान धर्म स्वीकारने के लिए वे किस तरह बाध्य करते हैं, इसका विवरण थोड़ा-बहुत पहले आया ही है। जैसे-जैसे यह सारा तमाशा हमारी दृष्टि में आने लगा, वैसे-वैसे हम सोचने लगे कि इसका कुछ-न-कुछ प्रतिकार करना ही होगा। हर महीने-पखवाड़े कम-से-कम एकाध हिंदू गुपचुप हिंदुओं की पंक्ति से उठकर मुसलमानों की पंक्ति में भोजन करता हुआ दिखाई देता। यह स्थिति हमें दुस्सह प्रतीत होती। परंतु हम ठहरे कोठरीबंद। हमें समझ नहीं आ रहा था कि किया क्या जाए?

अन्य हिंदू बंदियों के मन में थोड़ा आवेश उत्पन्न करने का प्रयास करने लगे तो हमने देखा कि उन्हें इस बात से कुछ लेना-देना नहीं था। हर कोई कहता, 'मुझे इससे क्या?'

मुसलमानों का विरोध

अज्ञानी हिंदुओं की बात छोड़िए, परंतु राजनीतिक बंदीवानों में भी इस मुसलमानीकरण में बाधा डालने का साहस कई लोगों में नहीं हो सका। एक तरह से वह क्षम्य भी था। उनकी सहनशीलता आखिर कितना तनाव सहेगी? देश में अथक परिश्रम करके भयंकर दंड भुगतते हुए वे कारागारों में सड़ रहे थे, और अब कारागृह में भी सभी से टक्कर लेते हुए और अधिक कष्टप्रद अवस्था में पड़ने योग्य दैहिक शक्ति तो मनुष्य के पास होनी चाहिए न! उनका बोझ वे ढो ही रहे थे। वास्तव में दूसरे काम

दूसरे लोगों को करने चाहिए थे। अतः राजबंदियों में कुछ यह कहते कि रहने भी दो, यह नया पचड़ा। उन क्रूर, कराल पठानी जमादार, हवलदारों से भिड़ंत न होते हुए भी जीना हराम है, उसमें उनकी धर्मांधता का प्रतिरोध करके उनका रोष अपने ऊपर कौन ले? एक दृष्टि से उनका तर्क स्वाभाविक ही था। परंतु इसमें कोई संदेह नहीं कि उन दो–चार लोगों का आचरण निंदनीय था, जो इस सत्य को प्रांजलता से स्वीकार करने के लिए तैयार नहीं थे कि अधिक कष्ट सहने की उनमें शक्ति नहीं है, बल्कि यह प्रतिपादित करते कि मुसलमानों के भ्रष्टीकरण का प्रतिकार करने का प्रयास ही निपट मूर्खता है और इस बहाने से वे अपनी कायरता एवं भीरुता को ढकना चाहते थे। उनमें कुछ लोग तो मुसलमान जमादार को प्रसन्न करने के लिए इस तरह नित्य आभास कराते हुए कालयापन करते कि वे भी शीघ्र ही मुसलमान धर्म स्वीकारने का विचार कर रहे हैं। फिर अन्य हिंदुओं को उनकी आँखों के सामने भ्रष्ट किए जाते समय उसका प्रतिकार करने की बात किसलिए?

मुसलमान अधिकारियों को प्रसन्न करने और यह प्रतिपादित करने की कि अपनी भीरुता ही बुद्धिमानी है, अगली सीढ़ी यह थी कि आगे जब मुसलमानी चंगुल से हिंदू लोगों को छुड़ाने के लिए झगड़े होते तब इस प्रवृत्ति के लोग झगड़नेवाले हिंदू लोगों को पागल कहते हुए मुसलमान जमादारों को प्रसन्न करते और हिंदुओं से कहते, 'अरे भाई, कैसी भ्रष्टता और शुद्धि? इस तरह के ये पतित अपराधी नीच लोग हिंदू समाज में रहें या न रहें, कोई अंतर नहीं पड़ता। उनके हिंदू होने से क्या लाभ? जो भय के मारे या पैसे के लिए मुसलमान बनते हैं, उन्हें हिंदू बनाने का काम केवल बचपना है।' सुपरिंटेंडेंट, बारी, कमिश्नर आदि अंग्रेज अधिकारी भी हमसे यही कहते। ढोंगी, मक्कार, कपटी मुसलमान भी हमें यही पाठ पढ़ाना चाहते थे। शुद्धिकरण पर यह आक्षेप आज भी स्वधर्मीय सच्चे परंतु भोले लोगों द्वारा लगाए जाते हैं, न कि परधर्मीय पाखंडियों द्वारा। अतः उनमें स्थित कुतर्क का तनिक विवेचन किए बिना पाठक ठीक तरह से इस बात पर गौर नहीं कर सकेंगे कि उस समय अंदमान में ऐसी कौन सी भावना और विचार प्रचलित थे, जो हमें शुद्धिकरण का यह कार्य हाथ में लेने के लिए प्रवृत्त कर रहे थे।

शुद्धिकरण खेल नहीं

हिंदू समाज में जनमे पतितों, लुच्चों तथा अपराधियों को विधर्म में जाने से रोकने के प्रयास करना यदि बचपना है तो आज मुसलमान लोग हजारों बरसों से युद्ध करके भी हिंदू पतितों, लुच्चों तथा अपराधियों को मुसलमान बनाने का बचपना क्यों कर रहे हैं? मुसलमान धर्मोन्मत्त हैं, ठीक! परंतु ये सुज्ञ, स्वतंत्र, विचारी यूरोपियन और अमेरिकन लाखों रुपए इकट्ठा करके तथा खर्च करके हिंदुस्थान के पिछड़े गाँवों में ही नहीं,

अपितु घने जंगलों में बसे हुए पतित ही नहीं, पशु समान बर्बर, जंगली हिंदुओं को जो ईसाई बनाने के लिए छल-बल, लोभादि के साधनों से अथक प्रयास करते आए हैं, वह भी बचपना ही है क्या? ऐसे लोभी, दुष्ट लोग हिंदू समाज में भी हों, तो क्या लाभ? उनके ऐसे तर्क पर हमारा कहना है कि इनके मुसलमान समाज में अथवा ईसाई समाज में जाने से भी क्या लाभ? परधर्मियों से हम पूछते हैं कि आप लोग इतना आकाश-पाताल क्यों एक कर रहे हैं? जो पतित, दुष्ट हैं, वे हमें वैसे ही स्वीकार हैं। आप अपने मोहम्मदीय और ईसाइयों के पवित्र कुलों में उन्हें घसीटकर अपनी पवित्रता क्यों कलंकित तथा भ्रष्ट कर रहे हैं? इस बचपने के लिए लाखों रुपए पानी की तरह बहाकर उसका आरंभ ही मत करो, ताकि हिंदुओं को भी शुद्धिकरण का कार्य कर इस लड़कपन में भागी होने का मोह न हो। परंतु यदि यह बचपना नहीं है और यदि आपका यह कहना हो कि हजारों सम्राट्, साधु, धर्म-प्रवर्तक और भिक्षु करोड़ों रुपयों को स्वाहा करते हुए विश्व पर अपनी-अपनी संस्कृति तथा धर्म का सिक्का जमाने के लिए सदियों से भरसक चेष्टा कर रहे हैं, तो फिर जिन-जिन हिंदुओं को इसपर विश्वास है कि उनकी संस्कृति और धर्म विश्व भर में प्रचारित होने से विश्व का अंतिम कल्याण अधिक सुलभतापूर्वक तथा निश्चयपूर्वक साध्य होगा, उनके शुद्धिकरण के प्रयास भी आपको उतने ही न्याय्य तथा गंभीर प्रतीत होने चाहिए।

पतित, मद्यपी, कलहप्रिय, नीच लोगों में आप अपने धर्म का प्रचार करते हैं, वह क्यों? इसीलिए न कि उनकी आत्मा का उद्धार हो? तो फिर हम भी ऐसे दुष्ट, नीच, मद्यपी लोगों को अपने धर्म में रखने और उनके शुद्धिकरण का जो प्रयास करते हैं, वह इसीलिए कि 'स्वधर्मे निधनं श्रेयः' उक्ति के अनुसार उनकी आत्मा का उद्धार हिंदू धर्म तथा संस्कृति द्वारा ही होना चाहिए।

पतितोद्धार की विशेष आवश्यकता

यदि आप हिंदुओं को, फिर चाहे वे कितने ही पतित और नीच क्यों न हों, लोभ, काम, व्यसन का प्रलोभन दिखाकर या हमारे मौलवी साहब जैसे छुरी की नोंक पर धर्मभ्रष्ट करते हैं, वह आप अपना समाज एवं संख्याबल बढ़ाने के लिए, ऐहिक लाभार्थ ही भ्रष्ट करते हैं तो उसी तरह हम हिंदू भी अपना समाज और संख्याबल बढ़ाने और इसलिए कि अपनी संस्कृति क्षीणतर न हो और अन्य जातियों के सामने अपने जातीय जीवन की बलि न चढ़ाई जाए—भ्रष्ट किए गए हिंदुओं का शुद्धिकरण करते हैं, फिर भले ही वे पतित, नीच क्यों न हों।

क्योंकि वह व्यक्ति, जिसे धर्मभ्रष्ट करने के लिए आप एड़ी-चोटी एक करते हैं, दुष्ट अथवा मद्यपी अथवा पतित भी हो, परंतु गहराई से विचार करें तो आपने इस

सामाजिक सत्य को पहचानकर स्मृति में रखा है कि व्यक्ति को अपने नाम से, बल से जैसे-तैसे मुसलमानी अथवा ईसाई धर्म में ठूँसकर रखा तो उसकी संतति बाल्यकाल से आपकी संस्कृति में ही पली-बढ़ी होने के कारण मन से पक्की ईसाई अथवा मुसलमान होकर आप में से सुयोग्य, बलिष्ठ एवं उपयुक्त नागरिकों की संख्या परिवर्धित करेगी, क्योंकि ऐसा कोई नियम नहीं कि दुष्ट, मद्यपी एवं मक्कारों की संतति भी मक्कार ही होती हो। इंग्लैंड ने कनाडा और ऑस्ट्रेलिया द्वीपों में ऐसे ही निकम्मे और भ्रष्ट लोग भेजे। आज इंग्लैंड के उन्हीं हत्यारे, चोर, डाकू, अपराधियों के उन द्वीपांतरित पतितों के वंशजों ने कनाडा और ऑस्ट्रेलिया में स्वतंत्र राष्ट्र एवं राज्य प्रस्थापित किए हैं। हिंदू समाज की गंदगी, कीचड़, कूड़ा-करकट और तलछट भी आप फावड़े—सोने के फावड़े—से जो निरंतर खींचकर बाहर निकाल रहे हैं, वह बस इसीलिए कि किसान की तरह आपको उस मैले तथा तलछट के उपयोग का ज्ञान है कि यदि उसके खाद का वैज्ञानिक ढंग से उपयोग किया जाए तो आगामी वर्षों में आपके खेत अनाज की जीवनदायी सुनहरी बालियों से लहलहाने लगेंगे।

और इस तत्त्व पर विचार करते हुए कि चाहे वह हिंदू नीच हो, चोर-उचक्का हो, टुच्चा-मक्कार हो, अज्ञ हो, परंतु मात्र हिंदू होने से उसे परधर्म में जाने नहीं दिया जाय और यदि वह चला भी गया तो उसे पुनः शुद्धिकरण के साथ हिंदू समाज में वापस लाया जाए। इसलिए शुद्धिकरण-सेना ने कमर कसी है। क्योंकि वह चोर भले ही हो—हिंदू संस्कृति के लिए हिंदू चोर मुसलमान चोर से कम हानिकारक है। हिंदू चोर केवल चोरी करेगा, मंदिर नहीं तोड़ेगा, न ही मूर्ति तोड़ेगा, न वेदों को जलाएगा। मुसलमान चोर चोरी तो करेगा ही, परंतु जाते-जाते देवमूर्तियों को तोड़ेगा और यथासंभव कम-से-कम एक 'काफिर' के सिर पर केवल इसलिए कि वह काफिर है, डंडा बरसाकर स्वर्ग में उस चोरी के पाप प्रक्षालनार्थ लहू बहाने में भी कोई कसर नहीं छोड़ेगा। यह अंतर नित्य ही स्मरण रखें। उसका चोरी करना नहीं छूट रहा, मद्य पीना नहीं छूट रहा या वह लोभ नहीं छोड़ रहा, तो भी चिंता नहीं। फिर भी हिंदुत्व छोड़ना उचित नहीं है। हिंदू बने रहने के लिए पतितों को तैयार करना हिंदू संस्कृति एवं जातीय जीवन की दृष्टि से आवश्यक है—यही सिद्ध होता है।

परंतु शुद्धिकरण का आंदोलन चोर-उचक्कों में भी जारी रखना चाहिए। इसके लिए उपर्युक्त कारणों से भी अधिक महत्त्वपूर्ण और समुचित कारण है।

चोरी करना छोड़ सको तो अच्छा ही है, परंतु वह नहीं छूट सके तो कम-से-कम हिंदू चोर बनकर ही रहो, क्योंकि चोरी करना न छोड़ना पाप अवश्य है, तथापि हिंदू न रहना तो उस पाप से भी सौ गुना घोर राष्ट्रीय एवं सामाजिक पाप है, नैतिक पाप तो अवश्य है ही। कम-से-कम यह पाप तो मत करो। इस तरह हम प्रत्येक हिंदू मनुष्य

को, फिर वह कितना ही रद्दी क्यों न हो, ऐसा कहें। इसके लिए कमर कसनी होगी, क्योंकि ऐसे ही 'बेकार' बंधुओं को हमारे पूर्वजों ने अपनी पवित्रता के घमंड में परधर्म में जाने दिया कि मुझे इससे क्या? जिसका धर्म उसके पास—वह दो कौड़ी का है? जाने भी दो। इस तरह अक्ल का अजीर्ण होकर आत्मघात की धारणा बनने से उन्हें गँवा दिया। देखिए, उसका परिणाम क्या हुआ। उस एक-एक बेकार मनुष्य को परधर्म में फेंक देने से आज सौ वर्षों के बाद उस बीज से हिंदू धर्म, संस्कृति एवं समाज के शताधिक कट्टर शत्रु उत्पन्न हो गए। औरंगजेब एक राजपूत नारी की इसी तरह की बेकार कोख से उत्पन्न हुआ था। मालाबार के ये मोपले आधे से अधिक रक्त-मांस-बीज से मूल हिंदुओं के वंशज हैं। परंतु क्या अब उनमें यह पहचान शेष है कि उनकी माता कौन है? यह भयंकर अंतर उन मुसलमान मौलवियों के उस 'बचपने' का परिणाम है, जिन्होंने उन मूल हिंदुओं की चोटी बलपूर्वक काटकर दाढ़ी रखी थी।

बड़ों का बचपना

वह चाहे बड़ों का बचपना ही क्यों न हो और नाम से ही सही, पर कितना भी नीच या निरुपयोगी क्यों न हो, उसे हिंदुत्व की श्रेणी में रखने के लिए हम जी-तोड़ प्रयास करें। बचपने का वह खेल न खेलने से आज हिंदू संस्कृति पर मारक आघात करनेवाले मालाबार के दंगे* यहाँ-वहाँ भड़कना शुरू हो गया। वह लड़कखेल दाढ़ी मुड़ा चोटी रखने, मुसलमान अथवा ईसाई नाम बदलकर हिंदू नाम रखने अथवा केवल तुलसी-पत्र देकर हिंदू बनने की हामी भरवाने का लड़कखेल अब ज्येष्ठों को भी खेलना ही होगा। नीच, दंडितों, पापियों को उनके लिए न सही, पर इसलिए कि उसकी संतान हिंदुत्व से वंचित न हो, हिंदू समाज में समाविष्ट कर लेने के लिए प्रयत्नशील रहना अत्यंत आवश्यक है। सामाजिक दृष्टि से और पारलौकिक दृष्टि से भी यह प्रयास होना चाहिए। और कौन कह सकता है कि आपके उस अहंकार से जो हत्यारे, चोर, उचक्के को नृशंस, पापी समझता था, भविष्य में कोई वाल्मीकि पैदा नहीं होगा? हिंदुओं को तथा अखिल विश्व को ऐसे ही एक उपेक्षित हत्यारे, चोर, डाकू ने उपहारस्वरूप रामायण दी हुई है। इसीलिए उन्हें उलटा-सीधा ही सही, परंतु राम नाम जपने दीजिए। उनसे जाप करवाइए, इससे कल्याण ही होगा।

इस तरह सुदूर विचारों से प्रेरित होकर हम उस कठोर कारागृह तथा उपनिवेश में भी हिंदुओं तथा राजबंदियों से कहने लगे, 'उन पतितों को भी, जो चोर, डाकू तथा हत्यारे हैं, मुसलमानी धर्म के शिकंजे से मुक्त करने के लिए प्रयास करने होंगे।' उपर्युक्त वाक्य छह-सात वर्षों तक हमारे होंठों पर थिरकते रहे थे। सन् १९१३ में अर्थात् अंदमान

* इन दंगों पर सावरकर ने 'मुझे इससे क्या' अर्थात् 'मोपलों का विद्रोह' शीर्षक उपन्यास लिखा है।

में जाने के डेढ़-दो बरसों बाद हमने मुसलमानों पर, जो हिंदुओं को धर्मभ्रष्ट करने पर तुले थे, पहला अभियोग चलाया। पहला प्रतिकार किया। राजबंदियों में से जिन्होंने हमारी सहायता करने की तत्परता दिखाई और जिन हिंदू बंदियों ने इस आंदोलन में धीरे-धीरे उत्साहपूर्वक भाग लेना प्रारंभ किया, उन्हीं के सहयोग से शुद्धिकरण का यह आंदोलन हमने लगभग सन् १९२०-२१ तक, अर्थात् अंदमान से हिंदुस्थान के कारागृह में आने तक, सतत चलाया था। हिंदुस्थान आने के पश्चात् यहाँ के बंदीगृह में भी उसे नहीं छोड़ा। इस कारण कई बार मुसलमानी गुंडों ने हमपर शारीरिक आघात करने, हमें जान से मारने के षड्यंत्र रचे, प्रयास किए, बंदीगृहों में दंगे हुए। एक बार हमारे बंधु पर मुसलमान गुंडे टूट पड़े और उन्हें घायल भी कर दिया था। परंतु वह आंदोलन रुका नहीं। इस आंदोलन के कारण अंदमान में नए हिंदू को धर्मभ्रष्ट करना लगभग असंभव हो गया। परंतु पूर्व में भ्रष्ट हिंदुओं को भी उपनिवेश में पुनः शुद्ध किया गया।

अंदमान में शुद्धि

अंदमान में हिंदुओं को धर्मभ्रष्ट करने का साधारण क्रम इस तरह होता कि चालान आते ही अथवा उसके पश्चात् जैसे ही अवसर मिलता, तब सुकुमार बालकों या भीरु लोगों को मिर्जा खान जमादार कठोर परिश्रम के कामों पर भेजता, वहाँ के मुसलमान वॉर्डर अथवा पेटी अफसर उन्हें एक ओर ले जाते हुए मारपीट करते, डाँट-डपट, गाली-गलौज करते। दूसरी ओर उन लोगों को, जो पहले हिंदू थे और अब धर्मभ्रष्ट हो गए हैं, चोरी-छिपे लाई गई मिठाई, तंबाकू आदि वस्तु देकर उनसे प्रेमपूर्वक व्यवहार करते। उन नए कैदियों के त्रस्त होकर रुआँसे होने पर उन्हें बताया जाता कि तुम क्यों मरते हो, तुम भी उस अमुक-अमुक की तरह मुसलमान बन जाओ, इससे तुम्हें भी इन सभी कष्टों से मुक्ति मिल सकेगी। धीरे-धीरे ये बंदी उनके चंगुल में फँस जाते, उन्हें वही तंबाकू आदि वस्तु देकर अंत में एक दिन भोजन के समय खुल्लमखुल्ला मुसलमानों की पंक्ति में बैठाया जाता और मुसलमानी भोजन परोसा जाता। अंदमानी कारागृह में हिंदुओं तथा मुसलमानों का 'भंडारा' अर्थात् भोजन क्रमशः उन जातियों से अलग पकवाया जाता। एक बार ये हिंदू मुसलमानी पाँत में भोजन करते हुए दिखाई दे जाएँ, फिर हिंदू ही उन्हें अपनी पाँत में नहीं लेंगे—उन्हें इसका पूरा-पूरा विश्वास होने के कारण वे इस नवभ्रष्ट हिंदू के विषय में सर्वथा निश्चिंत हो जाते। केवल एक बार उसका नाम बदलकर मुसलमानी नाम रखते। कोई हिंदू भूल से भी अगर उसे उसके हिंदू नाम से पुकारने लगता तो मिर्जा खान और अन्य मुसलमानी हस्तक उन हिंदुओं को डाँट पिलाकर कहते, 'खबरदार! वह मुसलमान हो गया है। उसे उसका मुसलमानी नाम लेकर ही बुलाया करो।' बस, यही थी मुसलमान धर्म की दीक्षा! कुरान, सुन्नत, नमाज

आदि किसी की भी आवश्यकता नहीं होती। तंबाकू ही सुन्नत, कठोर काम ही कुरान और मुसलमानी भोजन ही नमाज!

इस तरह साधारणत: लोग धर्मभ्रष्ट किए जाते। आगे चलकर उनमें से किसी-किसी की सुन्नत भी की जाती। कारागृह से मुक्त होते समय ये लोग अपना मुसलमानी नाम ही लिखवाते। उस समय कोई भी अधिकारी यह नहीं पूछता कि तुमने अपना हिंदू नाम बदलकर यह मुसलमानी नाम क्यों धारण किया? तुम मुसलमानी धर्म का अध्ययन करके मुसलमान बने या किसी के डर से अथवा प्रलोभनों का शिकार होकर मुसलमान बने हो? आगे चलकर वह मनुष्य बाहर, उपनिवेश में जाता तो उधर भी मुसलमानी अधिकारी ही होते। वहाँ के मुसलमान अधिकारी हिंदुओं को इसी प्रकार भ्रष्ट करते, और दुर्भाग्य की बात यह कि कोई आपात स्थिति में इस तरह मुसलमान धर्म स्वीकारे और फिर किसी हिंदू के अधिकार में अथवा स्वतंत्र रीति से रहने का अवसर आने पर यदि इस दिखावटी मुसलमानी का त्याग करने का निश्चय कर फिर से हिंदुओं में घुल-मिल जाने का प्रयास करे, तो हिंदू ही हंगामा खड़ा करते। 'भ्रष्ट! भ्रष्ट! यह तो मुसलमानी पाँत में बैठता था' कहते हुए उसे अपने में से निकाल देते। एक बार धर्मभ्रष्ट हुआ मनुष्य गुपचुप पुन: हिंदू नाम धारण करके हिंदुओं की पंक्ति में जैसे ही बैठने लगता तो मुसलमानों से भी अधिक कट्टरता से उसे खदेड़कर पुन: मुसलमानों में उठने-बैठने के लिए बाध्य करती, शोर मचाती हिंदू बंदियों की टोली हमने कई बार देखी है। इससे मिर्जा खान आदि मुसलमानी प्रचारकों का काम और सुलभ होता। एक बार कहीं चपेट में लाकर हिंदू बंदीवान को मुसलमानों की पाँत में भोजन खिलाया कि बस, फिर उसपर पहरा, उसे पुन: तंबाकू देना, उससे नमाज पढ़वाना—इन सारे झंझटों से छुट्टी। शेष सारी व्यवस्था हिंदू स्वयं करते, जिससे कि वह मुसलमानों के पंजों में ही जकड़ा रहे। हिंदू को एक दिन मुसलमान बनाने का कष्ट मुसलमानों ने कर लिया कि बस उसे आजीवन ही नहीं, पीढ़ियों तक मुसलमानों में रहने को बाध्य करने का कष्ट स्वयं हिंदू ही करेंगे। यह दुर्भाग्यपूर्ण स्थिति जैसी स्वदेश में थी वैसी ही उस कालेपानी में भी, जिसमें स्वदेश की ही परछाईं झाँक रही है।

इस प्रकार प्रत्येक मास-दो मास बाद कम-से-कम तीन-चार हिंदू मुसलमान बन जाते। फिर वे वापस स्वदेश लौटते अथवा अंदमान में ही ब्याह रचाकर बस गए तो भी उनकी संतान मुसलमान ही होती और एक-दो पीढ़ियों के पश्चात् तो इस सत्य को स्वीकार करने के लिए भी कि अपने पूर्वज हिंदू थे—अपमान समझने योग्य कट्टर हिंदू द्वेषी मुसलमानियत उस संतान में आजन्म प्रशिक्षा से प्रविष्ट हो जाती।

कभी-कभी कोई हिंदू स्त्री द्वारा मुसलमान पति स्वीकार किए जाने से वह मुसलमान बन जाती। परंतु कोई मुसलमान महिला यदि हिंदू पति बनाए तो? क्या वह

हिंदू धर्म स्वीकार करती? कदापि नहीं। उसे कौन हिंदू होने देगा? हिंदू लोग ही उस नारी को हिंदू समझने की अपेक्षा उस हिंदू पति को मुसलमान समझकर बहिष्कृत करते।

इस सर्वथा आत्मघातक प्रवृत्ति पर प्रतिबंध लगाने के लिए हमने कमर कसी और सन् १९१३ में मुसलमानों से घिरे एक ब्राह्मण बालक को बचाने के लिए प्रकट रूप में प्रयत्नरत रहे। उसी बात के कारण आगे चलकर जो मुठभेड़ हुई, उसका वर्णन संक्षेप में इस प्रकार है—

हिंदू बालक का अभियोग

यह उत्तर हिंदुस्थानी ब्राह्मण युवक कोई बीसेक वर्ष का होगा। चोरी के आरोप में इसके पूर्व भी कारागृह हो आया था अर्थात् दुष्ट संगत में मुरब्बी था। परंतु अब भी अपने ब्राह्मणत्व का अभिमानी। कालापानी देखते ही सिटपिटाया। उसपर कोल्हू। देखते-देखते पठान वॉर्डरों ने उसे घेर लिया। उस चांडाल चौकड़ी की निर्लज्जतापूर्ण घोषित प्रतिज्ञा थी ही, 'हिंदुओं के लड़कों को पहले तंग करके बिगाड़ना चाहिए। फिर वे आसानी से मुसलमान बन जाते हैं।' उनकी घृणास्पद धर्म दीक्षा के प्रथम संस्कार का भक्ष्य बनकर वह लड़का इससे पूर्व ही 'बिगड़ा' हुआ था, अब केवल सरेआम उसे मुसलमानी पंक्ति में बैठाना शेष रहा था। इतने में उसे एक व्यक्ति से संदेश भिजवाकर निवेदन किया, ''हिंदुत्व का त्याग मत करो।'' उसने कहा, ''नहीं छोड़ूँ तो क्या करूँ? मिर्जा खान मुझे पुनः कोल्हू में भेजेगा।'' यह कहने से कि धर्म के लिए कष्ट उठाने ही चाहिए, उस पतित पर उसका क्या प्रभाव होता? हम स्वयं कोठरीबंद ऐसी अवस्था में उसकी सहायता करना, मिर्जा खान के विरुद्ध सहायता देना दुष्कर ही था। अंत में एक दिन शाम को अंतस्थ भेंट द्वारा बारी के पास सारी शिकायत पहुँचाई। इसके पूर्व भी ऐसी घटनाएँ होती थीं, इस सत्य से बारी अनभिज्ञ थोड़े ही था? उसने हमपर ही, ''आपको कोठरी में किसने बताया कि उस कक्ष में क्या-क्या हो रहा है? जाने भी दो, ये बिगड़े हुए लौंडे हैं! आप क्यों इस लड़कखेल में पड़ते हैं?'' आदि आड़े-तिरछे प्रश्नों की झड़ी लगा दी। अतः दूसरे दिन सुपरिंटेंडेंट को हमने सारी बात बताई। बारी ने पहले से ही उसके कान भरे हुए थे, अतः उसने भी हमसे वही घिसे-पिटे प्रश्न पूछे, ''इस तरह के दुष्ट लोग हिंदुओं में रहे तो क्या, मुसलमान हुए तो क्या?'' हमने भी उसी तर्क से उत्तर दिए, जिसका इस प्रकरण के आरंभ में विवरण दिया गया है। अंत में सुपरिंटेंडेंट ने कहा, ''कोई यदि स्वेच्छापूर्वक जा रहा हो तो हम उसे कैसे रोकें?'' हमने कहा, ''स्वयं जा रहा हो, तो हमें भी आपत्ति नहीं है। परंतु मुसलमान बंदीवान हिंदुओं को तंग करके, कठोर काम देकर तथा प्रलोभन दिखाकर उन्हें मुसलमान धर्म स्वीकारने के लिए बाध्य करते हैं—इसका आप विरोध करें।'' तब पर्यवेक्षक ने कहा, ''आप यदि किसी

मुसलमान द्वारा हिंदू लड़कों को तंग करते अथवा नियम विरुद्ध तंबाकू आदि बाँटते देखें तो हमें सूचित करें, फिर मैं उसका अवश्य प्रतिरोध करूँगा, दंड दूँगा।''

कर्तव्य समझकर अपमान का कड़वा घूँट पी लिया, पर्यवेक्षक चला गया। परंतु बारी तथा मिर्जा खान हमसे रुष्ट हो गए, क्योंकि बातचीत में उनके अनेक रहस्य उजागर करने पड़े थे और विशेषत: पर्यवेक्षक द्वारा हमें प्राप्त हुई अनुज्ञा कि कोई मुसलमान किसी को तंग करते हुए दिखे तो उसे पकड़ो, बारी को यह अनुज्ञा अपने अधिकार का भंग करती हुई प्रतीत हुई। मुसलमानों में तो हर कोई दाँत पीसने लगा, क्योंकि हिंदू को तो वह साग-पात समझते थे। उसे मुसलमान बनाने के अपने पैतृक अधिकार के विरुद्ध शिकायतें? उन्होंने जीवन में कभी यह अनुभव नहीं किया था। बारी ने हमें सीधा करने का निश्चय करके उन क्रोध से उबलते हुए मुसलमान वॉर्डरों से कहा, ''उस लड़के को यह पट्टी पढ़ाओ कि मैं स्वेच्छापूर्वक मुसलमान बन रहा हूँ।'' दूसरे दिन अन्य कक्ष में रहते हुए भी उसे जान-बूझकर हमारे कक्ष में लाया गया और हमारी आँखों के सामने मिर्जा खान ने उसे मुसलमानों की पंक्ति में बैठाकर मुसलमानी भोजन कराया और हमारे नाम का उच्चारण न करते हमें बीभत्स, गंदी गालियाँ देता हुआ चला गया। उस बंदी को पूरे दिन वे लोग मुसलमानी नाम लेकर बुलाते रहे थे, जिससे हमें अपनी विवशता पर लज्जा का अनुभव हो, अर्थात् हमने उस सारे अपमान का घूँट कर्तव्य समझकर पी लिया।

आप अन्य लोगों को हिंदू क्यों नहीं बनाते

दूसरे दिन प्रात: एक मुसलमान वॉर्डर दो-तीन आने की तंबाकू उस भ्रष्टाचारी के हाथ में थमा ही रहा था कि हमारी दृष्टि उसपर पड़ गई। हमने तुरंत उठकर वॉर्डर को बताया। परंतु वॉर्डर ठहरा हिंदू। गिड़गिड़ाते हुए कहने लगा, ''मैंने उसे पकड़ लिया तो मिर्जा खान मेरी मिट्टी पलीद कर देगा।'' अत: हमने स्वयं हो-हल्ला मचाकर पेटी अफसर को बुलाकर उस लड़के की तलाशी लेने के लिए कहा और कहा कि 'नहीं तो पर्यवेक्षक को बताया जाएगा।' इस तरह धमकाते ही तलाशी ली गई और सारी तंबाकू उसकी अंटी में रखी मिल गई। इतने में यह हंगामा सुनकर मिर्जा खान हाँफता हुआ आ गया। उसके 'यह तंबाकू तुम्हें किसने दी' पूछते ही उस लड़के ने उस मुसलमान वॉर्डर का नाम ले लिया। मिर्जा खान हम लोगों को वैसे ही इमारत में बंद रखकर उस लड़के को अभियोग लगाने के लिए बारी के पास ले गया। परंतु आगे चलकर देखा तो उस बात का कुछ भी अता-पता नहीं था। संध्या समय बारी से पूछा तो वह झल्लाते हुए बरस पड़ा, ''जेल का अभियोग लगानेवाला अधिकारी मैं हूँ। आप एकमात्र बंदी हैं। बंदी की तरह केवल अपने बारे में ही जो कुछ बोलना है, बोलें, अन्यथा दंड भुगतेंगे।''

दो दिन पश्चात् पर्यवेक्षक फिर दौरे पर आ गया, इस बात की टोह लेने कि बारी ने उसे क्या कहा है? हमने अपनी इमारत से पुकारा, "आवेदन!" पर्यवेक्षक को सप्ताह का नियोजित दिन छोड़कर किसी के अनुशासन छोड़, आवेदन पुकारने पर क्रोध आता था। अतः कुछ उस कारण से और कुछ बारी ने जो कुछ कहा था, उससे झुँझलाता हुआ झटके से वहाँ आकर बोला, "अन्य बंदियों की वकालत करना आपका कोई कर्तव्य नहीं है। काम करो काम।" मैंने भी साफ कहा, "मैं अपना आवेदन (अरजी) दूँगा। चाहे आप उसे सुनें या न सुनें। राजबंदी एक-दूसरे से बात भी करें तो अन्य बंदियों को इनकी चुगलियाँ खाने का अधिकार है, हमारी चिट्ठियाँ चाहे जब पकड़ी जाती हैं। इसलिए हमें भी धर्म जैसे कार्य में अन्य लोगों के बारे में बोलने का अधिकार है।" मेरा यह क्रोध भरा निश्चयी उत्तर सुनकर और आवेदन सुनना उसका कर्तव्य होने के कारण पर्यवेक्षक निकट आया और बोला, "कहिए, क्या कहना चाहते हैं आप?" तब मैंने कहा, "मुसलमान वॉर्डर को तंबाकू देते हुए मैंने रँगे हाथों पकड़ा था, फिर भी उसपर अभियोग नहीं चलाया गया।" पर्यवेक्षक चकरा गया। उसने झुँझलाते हुए बारी से पूछा, "यह क्या है? कहाँ है वह मुसलमान वॉर्डर?" इतने में बारी के आँखों से संकेत करते ही मिर्जा खान ने आगे आकर कहा, "हुजूर, इस बाबू ने (अर्थात् हमने) खुद तंबाकू उस लौंडे के कपड़ों में रखी थी। खुद उसके कपड़ों में तंबाकू लपेटकर इस मुसलमान वॉर्डर पर इस तरह झूठ-मूठ का अभियोग लगा रहे हैं।" उस लड़के से पूछने पर उसने इतनी सच्चाई का प्रदर्शन किया और कहा, "यह सच नहीं है कि बाबू ने तंबाकू दी।" पर्यवेक्षक मन-ही-मन चौंक गया। मिर्जा खान के पुनः बोलने लगते ही 'चुप रहो' कहकर उसने हमसे कहा, "इस धर्मांतरण के बारे में आप क्या कहना चाहते हैं?" मैंने कहा, "संक्षेप में मेरी माँग यह है कि उपनिवेश में किसी भी व्यक्ति ने कुरान अथवा बाइबिल का अध्ययन करके ईमानदारी के साथ यदि हिंदू धर्म का त्याग करने का निश्चय किया तो वह प्रथमतः अधिकारी को इसकी सूचना दे और अधिकारी इसकी पूछताछ करे कि इसपर किसी ने छल-कपट अथवा बलपूर्वक सख्ती बरती है या नहीं। उसके पश्चात् ही उसे वह करने की अनुमति दे, और फिर भी बालिग होने से पहले किसी भी हिंदू लड़के पर अन्य धर्म स्वीकारने के लिए मूलतः पाबंदी लगाई जाय। यह हो गई साधारण उपनिवेश की बात। परंतु अंदमान के बंदीगृह में तो चाहे अल्पवयस्क हो या प्रौढ़, किसी भी हिंदू को परधर्म में जाने की कभी अनुमति न दी जाय।" इसपर पर्यवेक्षक ने कहा, "उपनिवेश का प्रश्न मैं कमीशन के सामने प्रस्तुत करूँगा। कारागार से संबंधित मेरी राय यह है कि यदि कोई स्वेच्छापूर्वक धर्मांतरण करने लगे तो भला हम उसे क्यों रोकें? हाँ, सख्ती अथवा प्रलोभन दिखाकर अब मैं किसी भी हिंदू को परधर्म में नहीं जाने दूँगा।" बीच में ही क्रोध से मसमसाकर बारी ने कहा, "ऐसा करना भी

हमारे लिए कठिन ही होगा, क्योंकि सरकार ने सभी को धार्मिक स्वतंत्रता दी है।'' मैंने कहा, ''धार्मिक स्वतंत्रता के लिए ही मैं कह रहा हूँ कि किसी भी हिंदू को परधर्म में नहीं जाने दिया जाय। दोनों धर्मों के विचार सुनकर फिर यदि कोई परधर्म को स्वीकार करे तो कहा जा सकता है कि वह धार्मिक स्वतंत्रता के तत्त्वानुरूप हो गया, परंतु इस कारागार में मुसलमान अधिकारी ही प्रबल होने के कारण वे अपनी बात रख लेते हैं, जबकि हम हिंदुओं को अपनी बात प्रस्तुत करने की जरा सी भी स्वतंत्रता नहीं है। जैसे यदि मुझे किसी बंदी से बात करते किसी ने देखा तो उसे और मुझे दंड दिया जाता है। अतः इस प्रकार के निर्बंधों का अर्थ इतना ही होगा कि मुसलमानों को अपने बलबूते पर भी उनके धर्म का पक्ष प्रस्तुत करने की स्वतंत्रता होगी, परंतु हिंदुओं को उस स्वतंत्रता से वंचित रहना पड़ेगा।'' तब बारी ने कहा, ''हिंदू पेटी अफसर और तंडेल भी तो यहाँ हैं। भला वे क्यों नहीं हिंदू धर्म का पक्ष प्रस्तुत करते?'' मैंने खरी-खरी सुनाई कि हिंदू तंडेल आदि पर आप लोगों की वक्रदृष्टि है। दूसरी बात यह है कि हिंदू तंडेल हिंदू धर्म पर और मुसलमान तंडेल मुसलमान धर्म पर यदि व्याख्यान, विवाद करते रहे तो यह कारागृह धर्म प्रचार का एक अड्डा बन जाएगा। परंतु आपके नियमानुसार तंडेलादि बंदी अधिकारियों को भी बंदियों से कारागृहीय काम के अलावा एक भी शब्द बोलने की अनुमति नहीं है। तो फिर कारागृह का अनुशासन यदि रखना है तो आप उसे इस तरह धर्म प्रसार का अड्डा कैसे बना सकते हैं?'' पर्यवेक्षक ने बीच में ही कहा, ''परंतु आप हिंदू लोग मुसलमानों को हिंदू क्यों नहीं बना लेते? हमेशा दूसरों का ही नाम लेकर हल्ला क्यों करते हैं?''

तीव्र और खरा आक्षेप

उनका यह आक्षेप कितना तीव्र और सत्य था, इसलिए वह मुझे चुभ गया। मैंने कहा, ''वास्तव में देखा जाय तो हिंदुओं का यह नियम कि किसी को भी अपने धर्म अथवा समाज में बलात् या छल-कपट द्वारा नहीं खींचना चाहिए, धार्मिक स्वतंत्रता के उदात्त तत्त्व पर ही अधिष्ठित था। उनके इस तत्त्व को कोई भी स्वीकार करेगा कि धर्म कोई ऐसी चंचल प्रवृत्ति नहीं है जो गिरगिट की तरह रंग बदलती रहेगी। परंतु ऐसे भयंकर पंथ को टक्कर देने का प्रसंग आने के कारण इसलाम तलवार और प्रलोभन की तेज धार से ही धर्म प्रसार उचित और क्षम्य मानता है। अब हम भी समझने लगे हैं कि उन उदात्त तत्त्वों से चिपके रहना हिंदू धर्म की हानि करना है। ऐतिहासिक शुद्धिकरण के उदाहरण छोड़ें, पर हिंदू आर्यसमाजी शुद्धिकरण द्वारा करने लगा है। यह आपको ज्ञात नहीं होगा, परंतु कम-से-कम यह तो आपने सुना होगा कि अमेरिका से लौटते समय विवेकानंद ने मिस नोबल को हिंदू धर्म की दीक्षा दी और उन्हें निवेदिता बनाया। यहाँ पर

हमारे ग्रंथालय में निवेदिताजी की पुस्तकें हैं। आप स्वयं ही देखिए, सत्य है या मिथ्या। यह सत्य नहीं कि हिंदू लोग इसलिए अन्य धर्म माननेवालों को उपदेश नहीं देते कि उन्हें स्वधर्म के दुर्बल होने का भय है। उनकी यह उदात्त भावना है कि यदि मनुष्य साधना करे तो मोक्ष प्राप्त करके ही रहेगा, चाहे वह किसी भी धर्म का अनुयायी हो। विश्व में केवल एक ही धर्म है। वे धर्म को, समाज की शक्ति को एक साधन की दृष्टि से देखते ही नहीं। मेरे विचार से यह ऐहिक दृष्टि से तथा सामाजिक जीवन-दृष्टि से भी अनुचित है। परंतु मूलभूत तत्त्व मैंने स्पष्ट किया और निरपेक्ष दृष्टि से देखा जाए तो उसकी आत्यंतिक उदारता वादातीत है।'' यह सब सुनकर पापासक्त मिर्जा के तोते उड़ गए।

उस पर्यवेक्षक की प्रवृत्ति सदाभिरुचिपूर्ण थी। वह यथासंभव निष्पक्ष व्यवहार करना चाहता था। उसके बारे में पहले भी लिखा है और आगे चलकर भी लिखा जाएगा। हमारा वार्त्तालाप वह शांत चित्त से सुन रहा था। उसकी मुद्रा से ऐसा प्रतीत हो रहा था कि उसके मन पर गंभीर प्रभाव पड़ा है। कुछ अधिक न बोलते हुए उसने बस इतना ही कहा, ''आपकी बातों पर मैं विचार करूँगा। अभी मैं बस इतना ही आदेश देता हूँ कि उस ब्राह्मण लड़के को हिंदुओं के साथ ही भोजन करना होगा। यदि इसे किसी ने मुसलमानी भोजन दिया अथवा किसी भी तरह से तंग किया तो याद रखो। समझा, अंतिम बार समझो।'' यह शब्द उसने मिर्जा खान की ओर संकेत कर जैसे ही कहे, लगभग घुटनों तक सिर तथा हाथ झुकाते हुए उस पापासक्त खान ने थरथर काँपते हुए सलाम किया और फिर वह पर्यवेक्षक वहाँ से चला गया।

मुसलमानों को यह चेतावनी मिलने से यद्यपि एक काम तो हो गया, तथापि वास्तविक कठिनाई तो आगे की थी। यद्यपि पर्यवेक्षक ने कहा था कि उस लड़के को मुसलमान नहीं होने दिया जाएगा, उसे हिंदुओं की पंक्ति में बैठाओ, तथापि हिंदुओं की पंक्ति उसे अपने में कैसे समा ले, क्योंकि वह तो एक-दो दिन मुसलमानी पंक्ति में भोजन कर चुका था। इतना झगड़ा कर मुसलमानों का दुष्ट उद्‌देश्य तो विफल कर दिया, परंतु अब इन हिंदुओं के आगे क्या करें? बारी ने यह कठिनाई तुरंत भाँप ली, परंतु पहले दिन वह चुप रहा, क्योंकि पर्यवेक्षक ने उसे भी दबाया था। इधर हम संदेश भेज-भेजकर थक गए। हिंदुओं में खुसुर-फुसुर प्रारंभ हो गई कि हम उसके साथ पाँत में नहीं बैठेंगे। अंदमान में हिंदुओं के विभिन्न भेद नहीं माने जाते। सभी हिंदू हाथ भर के अंतर में एक ही पंक्ति में बैठते और मुसलमान दूसरी पंक्ति में। अतः कई हिंदुओं को निवेदन किया। कहा, ''अरे, यह मिर्जा अपने बच्चों को प्रथमतः अपनी पापी भोग-लालसा पर बलि चढ़ाकर उनका धर्म बलपूर्वक छीनता है। आज पहली बार उसकी सिट्टी-पिट्टी गुम हुई है। उसपर हमारी अच्छी-खासी धाक जम गई है। इतने में आप कहेंगे, इस लड़के को हिंदू पंक्ति में नहीं लेंगे तो बारी प्रतिवृत्त (रिपोर्ट) भेजकर पर्यवेक्षक की भी

खिल्ली उड़ाएगा; क्योंकि उसने हमारे पक्ष में निर्णय दिया है। जो मिर्जा खान आज दब गया है, वही कल पुनः हम हिंदुओं की छाती पर मूँग दलेगा।'' नाना ढंग से उन्हें समझाया। परंतु वे निपट अनाड़ी, अंधश्रद्ध हिंदू लोग स्पष्ट रूप से 'ठीक है' ऐसा नहीं कह रहे थे। हमारे कहने से उनकी तुष्टि तो नहीं हुई तथापि अंत में एक-दो जनों ने हमारे सामने हाथ जोड़े। हमारे लिए उनके मन में आदरभाव होने के कारण वे खिसिया गए और उन्होंने यह स्वीकार किया कि पंक्ति के एक छोर पर हम बैठें और हमारे निकट वह युवक बैठे। यह सब चोरी-छिपे मिर्जा खान और बारी की आँख बचाकर करना था। कितनी मुसीबत थी!

परंतु अंत में धीरे-धीरे जितने भी हिंदू हमसे मिल गए थे, उनके पास हिंदू पंक्ति में वह बैठने लगा। बारी की यह चाह टाँय-टाँय फिस्स हो गई। परंतु पर्यवेक्षक द्वारा अंतिम निर्णय कुछ भी न देने के कारण मुसलमान भीतर से प्रयास करते रहे थे। अंतर बस इतना और महत्त्वपूर्ण था कि अब वे पहले जैसी धमाचौकड़ी नहीं मचाते। घबराए और सहमे-सहमे से रहते। परंतु उनके मन में हमारे प्रति विद्वेष और भी तीव्र हो गया तथा बारी जो पहले उनके धर्मांतरण कार्यक्रम का इतना विरोध नहीं करता था, अब गुप्त रूप से उन्हें प्रोत्साहित करने लगा।

शुद्धि कार्य का प्रत्यक्ष शुभारंभ

अब उपनिवेश में यह बात सब जान गए कि बंदीगृह में उन मुसलमानों को मैंने रोका, जो भ्रष्टीकरण का प्रयास कर रहे थे। कुछ बंदीवान उत्तर हिंदुस्थान के थे, जिन्होंने आर्यसमाजियों के कुछ भाषण सुने थे। उनमें से दो-तीन व्यक्तियों ने प्रत्यक्ष सहयोग देना आरंभ किया। हमारे अंदमान जाने से पूर्व ही कुछ उत्साही लोगों ने वहाँ एक छोटा सा आर्यसमाज केंद्र स्थापित किया था, परंतु उसमें प्रचार कार्य अथवा किसी भी तरह का आंदोलन संगठित रूप से चलाने की शक्ति कतई नहीं थी। स्वाभाविक है, इस बात की कल्पना भी किसी में नहीं थी कि अंदमान में शुद्धि विषयक कुछ करना संभव है। तथापि उन लोगों को हमारे शुद्धिकरण के प्रयास की बात सुनकर संतोष हुआ और धीरे-धीरे उनका सहयोग भी मिलने लगा, यह भी कुछ साधारण बात नहीं थी। आगे चलकर उनमें से एक-दो जनों ने अंदमान में उस आंदोलन का, जिसे हमने आरंभ किया था, उल्लेखनीय नेतृत्व किया और बड़े उत्साहपूर्वक यह कार्य आगे चलाया। उसमें कुछ 'स्वतंत्र' अधिकारी भी शामिल थे।

ऐसे ही बंदियों में से जो देश से आर्यसमाज के तत्त्व ग्रहण करके आए थे—एक हिंदू दंडित इसी समय उपनिवेश में दंड भुगतकर पुनः जेल में बंद किया गया था। बदमाशी, ढिठाई में वह किसी मुसलमान गुंडे का लोहा नहीं मानता था। देश में आजन्म

कारावास का दंड भुगतने पर अंदमान में भी इन महाशय ने धींगामुश्ती, उपद्रव, बंदीवास से भागना, मारपीट, अफीम बेचना आदि सब किए तो इससे मुसलमान गुंडों पर भी उसका रोब जम गया। उसके हिंदू मित्र की ओर टेढ़ी नजर से देखने का साहस अब वे नहीं करते, क्योंकि उसके परिचित अथवा स्नेहांकित मनुष्य को तंग करने का यदि किसी ने प्रयास किया तो वह सभी निर्बंध ताक पर रखकर उसकी धुनाई करता या उसकी कलई खोलकर उसका सर्वनाश करता। सौभाग्य से इस हिंदू बंदीवान की इस ढीठ बदमाशी को मुसलमान बदमाशों की तरह ही स्वधर्माभिमान तथा स्वजाति अभिमान की थोड़ी-बहुत धार मिल गई थी। हमारे शुद्धि प्रयत्नों से मुसलमानों की जो मानखंडना हुई, उससे उसको बड़ा सकून मिला और उसने हमारी सहायता करने का वचन दिया। हमने भी ठान लिया कि जिन पुराने दुष्टों से हमें लड़ना पड़ रहा है और ये जातीय कार्य संपन्न करने पड़ रहे हैं, उनमें गाली-गलौज, चोरी-चकारी, मार-काट आदि बीभत्स तथा नीच शस्त्रों से जूझने के लिए 'धृष्ट-से-धृष्ट, उद्दंड-से-उद्दंड' अर्थात् 'जैसे-को-तैसा' नीति से मुसलमानी गुंडों के दाँत तोड़ने के लिए हिंदू गुंडों का हाथ थामें। उसी के अनुसार इस बंदी को हमने पहला काम यह बताया कि पच्चीस वर्षीय एक हिंदू युवक, जो पहले मुसलमान बना था, अब पुनः हिंदू बनना चाहता है, अतः उसका मामला हाथ में लेकर पार लगाओ।

एक बार पर्यवेक्षक ने हमसे कहा था, आप लोग केवल चिल्लाते हैं कि मुसलमान हिंदुओं को धर्मभ्रष्ट करते हैं। आप हिंदू मुसलमानों को हिंदू क्यों नहीं बनाते? उसकी इस चुनौती का हमें एक बार उत्तर देना ही था। अपने निर्दिष्ट जात्याभिमानी हिंदू बंदी का सहयोग मिलते ही हमने अंदमान के कारागृह में ही शुद्धि संस्कार संपन्न करके उस युवक को, जो चार-पाँच वर्षों तक मुसलमान बनकर रहा था, हिंदू धर्म की पुनर्दीक्षा देने का निश्चय किया। उस दंडित ने इतने उत्साह के साथ इस कार्य में तन-मन एक किया कि एक और धर्मभ्रष्ट हिंदू लड़के को, जिससे उसकी गाढ़ी छनती थी, पुनः हिंदू बनने के लिए राजी किया और किसी की धौंस की परवाह न करते हुए प्रकट रूप में यह कार्य सिद्ध कर लिया। यद्यपि वह ऐसा पक्का बदमाश था जो अनेक दंड भुगत चुका था, तथापि राजबंदी न होने के कारण उसे एक कारखाने में दस-बीस बंदियों पर नियुक्त किया गया था। हम कोठरीबंद इमारत में बंद पड़े थे, अतः हमने उससे अपने कारखाने में ही अंदमान का प्रथम शुद्धि कार्य संपन्न करने के लिए कहा।

दो जनों को पुनः हिंदू बनवाया गया

एक रविवार के दिन सभी बंदी कपड़े धोने की धाँधली में थे और मिर्जा खान आदि मुसलमान अधिकारी उनकी निगरानी में व्यस्त थे। उसी समय उपरि निर्दिष्ट हिंदू

'मुकादम' उन दोनों युवकों को एक ओर ले गया। स्नानादि से निवृत्त होकर नए वस्त्र धारण कर उन दोनों ने दो-तीन हिंदुओं के सामने प्रार्थना की कि हम पुनः हिंदू धर्म में आना चाहते हैं। उन्हें तुलसी-पत्र खिलाया गया, उन्हें गीता के श्लोक तथा तुलसी रामायण का अध्याय सुनाया गया, फिर शुद्धि समारोह के उपलक्ष्य में प्रसादस्वरूप गुप्त रूप से बनवाया गया हलवा (सत्यनारायण का प्रसाद) सभी हिंदुओं में बाँटा गया। मिर्जा खान को यह सब ज्ञात हो, इससे पहले ही प्रत्येक बंदी अपनी-अपनी कोठरी में जाकर बैठ गया। उस दिन से उन दो लड़कों ने नमाज पढ़ना छोड़ दिया। हम सब उन्हें हिंदू नाम से पुकारने लगे। मुसलमान उन्हें मुसलमानी नाम से पुकारते, तब वे उन्हें कोई उत्तर नहीं देते। वे पुनः तुलसी रामायण पढ़ने लगे और हिंदुओं की पंक्ति में भोजन करने लगे।

झटपट शुद्धि समारोह का यह अभियान देखकर अंदमान के बंदियों में भारी खलबली मच गई। कुछ दिनों तक मुसलमान अधिकारी और बारी ने भी चुप्पी साध ली, क्योंकि उन्हें यह डर था कि यदि उन्होंने पर्यवेक्षक से शिकायत की तो हमें सारे गड़े मुरदे उखाड़ने का सहज ही बहाना मिलेगा। फिर भी मुसलमानों को अब भी आशा थी कि मेरे प्रयासों का दो-चार दिन के बाद हिंदू लोग प्रतिकार किए बिना नहीं रहेंगे।

हिंदुओं द्वारा हिंदूकरण का विरोध

और अंत में वही सत्य सिद्ध हुआ। क्योंकि वहाँ के एक हिंदू तंडेल ने हिंदू बंदियों में हमारे इन शुद्धिकृत हिंदुओं को पुनः हिंदुओं की पाँत में बैठाने की चेष्टा से फैले हुए गुप्त असंतोष को मुखर किया और हमारे ऊपर जल को छूने की पाबंदी लगाई। राजबंदियों का दबदबा होने के कारण वे प्रकट रूप में किसी अधिकारी के पास प्रतिवाद करने अथवा अभियोग करने नहीं गए, तथापि हिंदू लोगों के इन तंडेलों के पिट्ठुओं ने गुपचुप चुटकियाँ भरने का भरसक प्रयास किया। हमें हमारे मुँह पर 'भंगी बाबू' जैसी उपाधि प्रदान करने में भी इन ठाकुरों ने कम योगदान नहीं किया।

यहीं पर यह भी कह देना उपयुक्त है कि दिन-प्रतिदिन इस 'भंगी बाबू' का ही यह पक्ष कि भंगी बाबू वह व्यक्ति है जो मुसलमान बने व्यक्ति के साथ भी उसे हिंदू बनाकर भोजन करता है, इतना तेजी के साथ बढ़ने लगा कि अंत में उन प्रमुख लोगों में, जो धर्मांतरण पर गर्व करते थे, स्वयं 'ठाकुर' तंडेल भी शामिल हो गए; क्योंकि दो-तीन वर्षों के भीतर ही ठाकुर बंदी हिंदुत्व का कट्टर प्रचारक बन गया और यथासंभव हमारी सहायता करने लगा।

इस शुद्धिकरण का समाचार हमने स्वयं पर्यवेक्षक के कानों में नहीं डाला, क्योंकि यदि बारी मुसलमानों की तरह ही हिंदुत्व का प्रचार करने में रोड़े न अटकाते हुए हमें अवसर देने लगा तो भला हम व्यर्थ क्यों झगड़ा उपस्थित करें ? वास्तव में बारी के लिए

हिंदू धर्म मरे या मुसलमान धर्म मरे, एक ही बात थी। उसे मुसलमानों का पक्ष इसलिए प्रिय था कि वे उसके निर्बंधों के विरुद्ध जब चाहे तब मारपीट करते और राजबंदी क्योंकि हिंदू थे, इसलिए मुसलमानों को उनपर रखना अधिक सुरक्षित था। हमारे शुद्धिकरण के विरुद्ध प्रकट रूप में कुछ करने से यह मामला पर्यवेक्षक तक जाएगा और पर्यवेक्षक ने जैसाकि पहले हमारा कहना थोड़ा-बहुत सुना था, इस कारण यह भी निश्चित नहीं था कि वह बारी के विरुद्ध नहीं जाएगा। ऐसी बाधाओं के कारण हमारी पहली दो-चार शुद्धियों के विरुद्ध पर्यवेक्षक तक शिकायत कुछ खास नहीं हुई।

सीलोनी ईसाई की शुद्धि

हमने अपना शुद्धि कार्य सतत जारी रखा। एक बार सीलोन के तीन-चार शिक्षित लोग कुछ मार-पीट और हत्या आदि अपराध में दंडित होकर अंदमान में आजन्म कारावास पर आए। उनका हमारे राजबंदियों से परिचय हुआ। उनमें से दो-तीन को तो हमने, जैसाकि पीछे वर्णित है, संस्था का शपथबद्ध सदस्य भी बना लिया। इनमें से एक सीलोन में ही ईसाई बन गया था। आते-जाते उसको भी उपदेश के घूँट पिला-पिलाकर हिंदू होने की प्रार्थना की गई। उनमें जो दो थे, उन्हें कारागार से बरी होते ही उपनिवेश में अच्छी-खासी लेखक की जगह मिल गई थी। उसी तरह की जगह हम हर प्रकार की चेष्टा से तुम्हें देंगे, तुम चिंता मत करना आदि व्यावहारिक दिशा की चर्चा करते-सुनते आखिर वह हिंदू बनने के लिए तैयार हो गया। अंत में हमारी शीघ्र शुद्धि संस्कार पद्धति से उसे भी शुद्ध कर लिया गया। अंदमान के कारागार में ईसाई लोगों के लिए प्रार्थना के लिए एक पादरी आता था। जब वह पुनः आया तब इस शुद्धिकृत सीलोनी ने उसे बता दिया कि वह हिंदू बन गया है। वह पादरी सन्न रह गया। उसने यह बात पर्यवेक्षक को सूचित की। पर्यवेक्षक ने पूछताछ की। तब पुनः एक बार शुद्धिकरण कांड का झंझट वरिष्ठ अधिकारी तक जा पहुँचा। हाँ, इस बात को स्मरण रखना होगा कि वहाँ के अंग्रेज अधिकारियों ने एक ईसाई को पुनः हिंदू किया, इसलिए किसी प्रकार का क्रोध, खीझ का प्रदर्शन नहीं किया। केवल वही पूछताछ की, जो उचित थी।

बंगाली बालक को बचाया

इसके कुछ आगे-पीछे ही मैंने सुना कि मुसलमानों ने एक बंगाली हिंदू लड़के को धर्मभ्रष्ट करने का षड्यंत्र किया है। इस लड़के पर गाँजा पीने की लत अथवा इसी तरह के किसी अविचार के कारण किसी को छुरा घोंपने से सहसा हत्या करने का आरोप था। वह अठारह वर्ष का होगा। कारागृह में आते ही मिर्जा खानी पाप-वासना का शिकार बनाकर उसे मुसलमानी अधिकार में रखने की व्यवस्था की गई थी। इसके पश्चात् जब

ऐसा प्रतीत हुआ कि वह उनमें हिल गया है, उसे रीति के अनुसार मुसलमान बनाने की योजना बनाई गई। यह समाचार मिलते ही मैंने एक युवा हिंदू बंदी से उस लड़के को उनसे तोड़ने के लिए कहा। इस बंदी को इसी तरह कम आयु में कालेपानी पर आए हुए लगभग दस वर्ष बीत गए थे। यह अंदमान के नामी गुंडों में से एक था। उसके पास विपुल धन था। वह दस-बारह गिन्नियाँ उस खोपड़ी* में सहजतापूर्वक रखता था।

वह चार बार साहस जुटाकर उपनिवेश से भागकर चार-चार महीने घने जंगल में छुपकर बैठा रहा था। विपदाओं में घिरने से अथवा अज्ञानवश उन दुष्टों की बस्ती में जीवित रहने के लिए यद्यपि उसे आपत्कालीन पाप करने पड़े थे, तथापि उसके हृदय पर दुष्टता की छाया उतनी नहीं थी। उसका मन सत्कर्मपरायण और श्रद्धायुक्त था तथा जिसपर वह श्रद्धा रखता, उसके लिए विपदाओं, कष्ट सहने की पूरी ईमानदारी उसमें थी। यह तय हो गया कि जिस कक्ष में मुसलमानों ने उस बंगाली लड़के को रखा था, उसी कक्ष में वह हिंदू युवक जाकर रहे और उनका सारा भंडा फोड़ दे। यद्यपि राजबंदी इस कक्ष में से उस कक्ष में नहीं जा सकते थे, वह काम स्वयं बारी करता था, तथापि अन्य बंदियों का कक्ष परिवर्तन का कार्य साधारणतया एक मुंशी के हाथों रहता। उस मुंशी को उस हिंदू युवक द्वारा दो रुपए देते ही एक दिन उस मुंशी ने बड़ी सहजता से बंदियों की अदला-बदली करते समय उस युवक को उस बंगाली युवक के कक्ष में बिलकुल उसके पास की कोठरी में रहने के लिए भेज दिया। उधर आठ-एक दिनों में ही वह बंगाली युवक उस हिंदू युवक से प्रेम करने लगा। उसे थोड़े से उच्च स्तरीय उपदेश से जो देश, जाति आदि गंभीर प्रकृति को जाग्रत् करता था, उसने सूचित किया कि उसको धर्मभ्रष्ट करने के लिए कैसी-कैसी योजनाएँ बनाई जा रही हैं। उस युवक ने यह भी कहा कि यद्यपि मन-ही-मन वह मिर्जा खान आदि मुसलमानों से विद्वेष रखता है, तथापि उनके अत्याचारों तथा उत्पीड़न के डर से वह उनका प्रत्यक्ष प्रतिकार नहीं कर सकता। आप ही उनका प्रतिबंध करें, ऐसा उस लड़के ने कहा। यह निश्चित होते ही

* खोपड़ी—बेशर्म, ढीठ और वे बंदीवान, जिन्हें अनेक बार दंड हुआ है। दंड होने पर बंदीवास जाने से पूर्व वे अपने मुँह की मांस की थैली में द्रव्य भरकर रखते, ताकि बंदीवास में धन की कोई कमी न हो। मुख में गले के थोथे स्थान में पड़े हुए, खोखले, पोले स्थान को बंदी लोग 'खोपड़ी' कहते हैं। सीसे की एक गोली डोरे में पिरोकर उसे मुँह में जीभ के तले एक ओर रखते। वह वहाँ का मांस खाती हुई नीचे के खोखले स्थान पर उतरती रहती है। पशु की जुगाली करने की जो मांस की पेटी होती है, वह स्थान तब से बंद पड़ा है जब से मनुष्य ने उसका उपयोग करना छोड़ दिया है। वह गोली पूरा मांस भक्षण करते-करते पुनः उसी थैली का निर्माण करती है। फिर उस गोली को बँधी हुई डोर से खींचकर निकाला जाता है। मुख स्थित उस प्राकृतिक थैली में पैसे, एकाध छुरी आदि सामान बंदीवान छुपा सकते हैं। हिचकी के साथ उसे बाहर निकाला जाता है। अन्यथा डॉक्टर को भी वह नहीं दिखता, न ही डॉक्टर उसे बाहर निकाल सकते हैं। भोजन करते समय भी कोई कठिनाई नहीं होती।

उस हिंदू युवक ने मेरी सलाह से उस दिन तक, जिस दिन मुसलमानों द्वारा उसे यथासंस्कार धर्मभ्रष्ट करने की सूचना मिली थी, चुप्पी साधकर उन सभी को ऐन मौके पर रँगे हाथ पकड़वाने की योजना बनाई। एक रविवार के दिन उस कक्ष के तंडेल ने स्वयं उस युवक के भ्रष्टीकरण का चोरी-चोरी नेतृत्व करने हेतु उस युवक को यह आदेश दिया कि अन्य बंदियों के साथ कोठरी में बंद न रहते हुए बाहर ही रहो। इसके पश्चात् पाँच-दस मुसलमान हौज के पास किसी की ओट में बैठकर उस लड़के को बहकाने के लिए कारागृह के बाहर से लाया हुआ जलेबी का दोना ले आए। इसके बाद अपने हाथों जल प्रदान करने, जलेबी खिलाने और उसके पश्चात् स्वयं भी जलेबी पर हाथ साफ करने की सारी तैयारी के पश्चात् उनमें से एक व्यक्ति उस भोजन समारोह को प्रारंभ करने का असली कारण उस युवक को समझाते हुए उसे मुसलमानी 'कलमा' भी पढ़ाने लगा। उसे बीच-बीच में यह धौंस भी दी जाती कि यदि तू मुसलमान नहीं बना तो हम समझेंगे, तू आज तक हमारे दिए हुए 'आराम' का कुछ भी उपयोग न कर सका, तुम कृतघ्न व्यक्ति हो और तुम्हें कठोर परिश्रम के कामों में लगाया जाएगा। इस तरह डरा-धमकाकर कलमा पढ़ने का समारोह ओट में जारी ही था, इतने में अचानक कारागृह के एक गोरे अधिकारी के साथ वह हिंदू युवक उस चांडाल चौकड़ी के सामने आ धमका।

यह देखकर कि मुसलमान तंडेल इधर व्यस्त हो गया है, वह चुपके से इस कक्ष से बाहर निकल पड़ा था। उसके पैसे के बोझ के तले दबे हुए वॉर्डर आदि सभी लोग उसका कुछ अधिक प्रतिरोध नहीं करते। उस कक्ष से बाहर निकलते ही वह सीधे कारागृह के कार्यालय में गया और वहाँ उपस्थित एक गोरे उप-अधिकारी को यह कहा कि मैं एक चोरी पकड़वाना चाहता हूँ। वह गोरा अधिकारी उस अस्पष्ट समाचार की पूछताछ करने चल पड़ा। मुसलमानों के भ्रष्टीकरण का समय पहले से ही ज्ञात होने से वह हिंदू युवक उस गोरे अधिकारी के सामने उन मुसलमानों और उस युवक को जलेबियों तथा नमाज के साथ पकड़वाने में सफल हो गया।

वह मुसलमान तंडेल पानी-पानी हो गया। उस लड़के को कोठरी में बंद न करना, उसे अपने पास बैठाना, कारागृह में चोरी-छिपे जलेबियाँ लाना, प्रतिबंध के विरुद्ध अन्य बंदियों को इकट्ठा करना आदि कारागारीय अपराध ही उसका घमंड तोड़ने के लिए पर्याप्त थे। इसके साथ ही एक हिंदू को बलपूर्वक मुसलमान बनाने के नए अपराध की जोड़ उस हिंदू युवक ने अधिकारी को पूर्व कहानी कहते हुए समझाई। अभियोग चलाया गया। उस तंडेल को बचाने का बारी का भी साहस नहीं हुआ। पर्यवेक्षक के सामने अभियोग के चलते उस बंगाली युवक ने अपने कथन में सारी सत्य स्थिति उजागर कर दी। अर्थात् पर्यवेक्षक पर उसका यथोचित प्रभाव हुआ। उसने इस बात पर गौर किया कि आज तक हम जो यह प्रतिवाद करते आए हैं कि मुसलमानों की

नीच धर्मांधता से हिंदू बंदीवान कितने पीड़ित हैं, उसमें कितना तथ्य था और कितनी सच्चाई थी। इस अभियोग में मुसलमानों ने हमारे नाम को भी बताकर यह कहा कि हम मुसलमानों को हिंदू बनाते हैं। तब सहज ही हमारा बुलावा आ गया। अर्थात् हमने यह आरोप स्वीकार किया और हमने पर्यवेक्षक को पूर्व में किए गए वार्त्तालाप का स्मरण दिलाते हुए कहा, 'आप ही ने हमें चुनौती दी थी न कि हिंदू मुसलमानों को धर्मभ्रष्ट क्यों नहीं करते।'

अब रोने की बारी मुसलमानों की

हो सकता है, इस चुनौती का गूढ़ अर्थ यह हो कि मुसलमान इतना दुर्बल नहीं होता, जो धर्मभ्रष्ट हो जाए और हिंदू धर्म में अपने अनुयायियों को सँभालने की भी शक्ति नहीं होती, फिर आक्रमण की तो बात ही दूर! परंतु अब आपने और मुसलमानों ने इस बात को देखा ही होगा कि यह गलत धारणा है और यदि ठान ही लें तो हिंदू भी परधर्मियों को आत्मसात् कर सकते हैं। प्रथमत: हिंदू प्रतिवाद करते कि मुसलमान हमें धर्मभ्रष्ट करते हैं, अब मुसलमानों के वही दुखड़ा रोने की बारी है कि उन्हें हिंदू धर्मभ्रष्ट करते हैं। कारागृह में यदि यह दुष्कर्म बंद करना है तो उसका एकमात्र उपाय यही है कि सरकारी ढंग से तो किसी को भी बंदीवान के धर्मांतरण की अनुमति नहीं दी जाएगी और नाम परिवर्तन तथा विधर्मी पंक्ति में सहभोजन—इस तरह के धर्मांतरण को सरकार स्वीकार नहीं करेगी।

इसके बाद थोड़े ही दिनों में पर्यवेक्षक ने कमिश्नर की सम्मति से उपर्युक्त आशय का आदेश बंदीपाल बारी को दे दिया और कामगारों में किसी भी हिंदू को खुलेआम धर्मभ्रष्ट करके मुसलमानों की पंक्ति में बैठाने अथवा धर्मांतरण करने की चर्चा छेड़ने पर पाबंदी लगाई गई। इस आदेश से कारागृह में मुसलमानों का सारा व्यवसाय ही ठप हो गया। हिंदुओं ने वह व्यवसाय कभी आरंभ ही नहीं किया था। कारागृह में मुसलमानी धर्मांधता की नाड़ी ढीली पड़ गई।

यह प्रबंध होते ही दो बातों की सावधानी बरतना आवश्यक था। एक तो यह कि इस निर्बंधानुसार मुसलमानों का आचरण ठीक है या नहीं तथा उन्हें हिंदू युवकों और बच्चों के साथ निकटता बढ़ाने का अवसर नहीं देना। दूसरी बात यह कि कारागार में प्रत्यक्षत: किसी को मुसलमान बनाना यद्यपि नियम विरुद्ध हो गया था, तब भी गुप्त रूप से किसी को परेशान करना या लोभ दिखाकर कारागृह से छूटते ही उपनिवेश में खुले रूप में इसलाम धर्म स्वीकार करने के लिए सहमत करना कभी भी संभव था, इसलिए मुसलमानों के इन गुप्त प्रयासों को कारागृह और उपनिवेश में हिंदू तत्त्वों द्वारा रोका जाना आवश्यक है। इन दोनों के लिए हमें निर्भय तथा ढीठ बंदियों का अच्छा सहयोग

प्राप्त हो गया। वे गुंडागर्दी में भी मुसलमान गुंडों को अच्छी तरह सीधा करते। इनमें उन व्यक्तियों की तरह ही, जिनका ऊपर उल्लेख किया गया है, अनेक व्यक्ति हमारे भक्त बन गए और एक आश्चर्यजनक अनुभव हमें हुआ। वह यह कि गुंडे नाम से जाने जानेवाले इन हिंदुओं में हिंदुत्व का सामाजिक और राष्ट्रीय अभिमान जगाने का कार्य अत्यंत सरल है। अन्य शिक्षित एवं भोले हिंदुओं में यद्यपि यह अभिमान जाग्रत् किया जाता, तथापि प्रत्यक्ष प्रयास में उस अभिमान से स्वयं कष्टकर कार्य करने की क्षमता बहुत थोड़ी ही होगी। परंतु इस आपत्ति (मारपीट आदि) से जूझे हुए हिंदू गुंडों में जब स्वधर्माभिमान जाग जाता है तब उसके लिए लड़ने-भिड़ने की हिम्मत उनमें तुरंत दिखाई देती है। इसका कारण स्पष्ट ही था। गुंडों में साहस और आत्माभिमान सहज ही भरा होता है या इन सद्गुणों का विकृत रूप ही गुंडागर्दी है। अंतर बस इतना ही था कि जिन सद्गुणों को दुष्ट कृत्यों में निस्तेजित किया जाता था, वे अब हिंदू धर्म तथा संस्कृति के अभिमानवश स्वजातियों की रक्षा के उदात्त कार्य में लगने लगे। इस योग से यद्यपि प्रथमतः कुछ गुंडे हमारे व्यक्तिगत प्रभाव तथा हमसे प्राप्त आर्थिक सहायतावश इस राष्ट्रीय कार्य में संघर्ष करने के लिए तैयार हो गए तथापि साहसी वीरों की अंगीकृत कार्य पर गर्व करने की जो जन्मजात प्रवृत्ति होती है, उसी के योगवश वे बाद में उस कार्यार्थ अत्यधिक निरपेक्ष भाव से स्वयं के आत्माभिमान तथा प्रेम से जुटे रहे। इतना ही नहीं, उनमें से अनेक नियमपूर्वक 'तुलसी रामायण' का पाठ करने लगे, शिक्षा ग्रहण करने लगे। वे लोग जो मक्खीचूस के रूप में ख्यात थे, धर्म कार्यार्थ अब स्वर्ण मुद्रा गिनकर देने लगे। हिंदू बंदी लड़के आते ही हम उन्हें बेखटके उनके हाथों सौंपते। इन हिंदू लड़कों की प्रेम-लालसा, उनके शौक आदि की भली-बुरी खामियाँ यही गुंडे पूरी करने लगे। अतः ये लड़के अब मुसलमानों के हाथ नहीं लगते थे।

मुसलमानों के अत्याचार निरस्त

जैसे-जैसे हिंदू दंडितों में हिंदुत्वाभिमान का संचार होने लगा वैसे-वैसे मुसलमान हमसे जलने लगे। बारी के फुसलाने पर कभी-कभी हमें अत्यधिक कष्ट सहने पड़ते, न केवल शारीरिक—वह तो हम झेल ही रहे थे—अपितु मानसिक यातनाएँ भी। कुछ दिनों तक बारी के फुसलाने पर मिर्जा खान ने एक-दो मुसलमान वॉर्डरों को हमें बीभत्स, भद्दी गालियाँ देते हुए पूरे कारागार में घूमने का ही काम सौंप रखा था। ये नीच से नीचतम दंडित मुसलमान कारागार में जब जी चाहे तब, यहाँ-वहाँ कहीं भी आ-जा सकते थे, उन्हें कोई रोक-टोक नहीं थी। हमारी कोठरी के अथवा इमारत के सामने खड़े रहकर वे हमें अत्यंत बीभत्स गालियाँ देते हुए घंटों खड़े रहते और मुसलमान अधिकारी यह तमाशा देखते हुए खी-खी करके दाँत निपोरते। उनके साथ उसी बीभत्सता से

लड़ना हमारे लिए तो असंभव था। यदि हम उन्हें वाहियात, अंट-शंट गालियाँ बक भी देते तो उन्हें किसी भी तरह का मानसिक कष्ट न होता। वे तो उसके अभ्यस्त थे ही। परंतु उनकी हर गाली से हमारे मन पर चोट लगती, फिर भी हम उन्हें चुपचाप सह जाते। अंत में कुछ हिंदू गुंडों ने, जो बीभत्सता तथा ओछेपन में निपुण थे, जब उन्हें पेंच में फाँसा तब कहीं उनके थोबड़े बंद हुए। उन्हें बारी को उकसाना था, इसलिए उससे कोई प्रतिवाद न करते। एक हिंदू वॉर्डर ने उस मुसलमान वॉर्डर से छिपकर उसके बिस्तर में पैसे, छुरियाँ, तंबाकू आदि कारागारीय निर्बंध-विरोधी वस्तुएँ छिपाकर रख दीं और जिस दिन पर्यवेक्षक निरीक्षणार्थ आया, उसी दिन अचानक उसके सामने उस वॉर्डर का बिछौना पकड़वाया। अर्थात् निर्बंध-विरोधी वस्तुओं को पास रखने के अपराध में उस मुसलमान वॉर्डर को दंड मिला और उसे उस काम से हटाकर कारागार के बाहर एक कठिन कार्य के लिए भेजा गया। उधर हिंदू लोगों के साथ कुछ चखचख हुई और काम न करने के अपराध में उसपर बेंत बरसाए गए। इसी तरह और दो-चार मुसलमान तंडेल और पेटी अफसरों को भी अपने राजबंदी तथा अन्य साथियों की सहायता से पेंच में डालकर 'तोड़' डाला गया। तब कहीं शुद्धिकरण के कांड से भड़की हुई मुसलमानी गुंडई के होश ठिकाने लगे।

जैसाकि पीछे वर्णन किया गया है, कारागार स्थित हमारी संस्था में शिक्षा पाए लोग जैसे-जैसे बाहर उपनिवेशों में फैलने लगे, वैसे-वैसे वहाँ भी शुद्धि आंदोलन चलने लगा। हिंदू लोगों में हिंदुत्व की चेतना जैसे-जैसे दृढ़ होती गई वैसे-वैसे परधर्मियों के अत्याचार से त्रस्त कोई हिंदू दिखते ही उसका दुःख अपना प्रतीत होने लगा। इससे हिंदू, हिंदुओं के प्रांत विशेष अथवा जाति विशेष संकुचित भाव थोड़े-बहुत कम हुए और इनमें कुछ एका बना। कहीं पर भी कोई हिंदू धर्मभ्रष्ट हुआ है, यह पता चलते ही उपनिवेश के नेता हिंदू बंदियों का ध्यान अपने आप उस ओर जाने लगा। इस प्रकार उन लोगों को भी, जो हमारे अंदमान जाने से पूर्व आठ-आठ, दस-दस वर्ष पूर्व मुसलमान हो गए थे, शुद्ध किया गया। अपनी पाँत में उन्हें भोजन के लिए बैठाने में अब हिंदू लोग 'ना-नु' नहीं करते। उदाहरण के लिए तुलसी की बात कहूँ, जो लगभग पचास की आयु का था। यह महाशय जुआ, चोरी आदि सभी कार्यों में घुटा हुआ था। अंदमान में मुसलमानों का जोर देखकर और हिंदुओं के खान-पान की कष्टप्रद रूढ़ियों से उकताकर वह मुसलमान बन गया था। परंतु जब हमारे लोगों के सतत उपदेशों से 'खान-पान से हिंदू धर्म डूब जाता है' जैसी मूर्खतापूर्ण धारणा का हिंदू लोग त्याग करने लगे, तब तुलसी की भी हिंदू धर्म में लौटने की इच्छा हुई। उसका मुसलमानी नाम इतना परिचित हो चुका था कि उसे अपने हिंदू नाम का स्मरण करना पड़ा। कागजों में तो उसकी गिनती मुसलमानों में होने ही लगी थी, परंतु जहाँ-तहाँ हिंदुत्व का बोलबाला सुनते ही

उसका भी अभिमान जाग्रत् हो गया और लगभग पंद्रह बरसों के बाद उसने पुनः हिंदू धर्म को अपनाया और तुलसी नाम धारण किया। प्रतिदिन वह 'रामायण' का पाठ करने लगा। बिना भूले माथे पर तिलक लगाने लगा। हिंदुओं ने भी उसे सहजतापूर्वक अपना सहभोजी बना लिया।

खान-पान से हिंदू भ्रष्ट नहीं होता

जैसे-जैसे भोजन संबंधी यह आपत्ति दूर होती गई वैसे-वैसे मुसलमानों के लिए पुराने भ्रष्ट हिंदुओं को सँभालने तथा नए हिंदुओं को भ्रष्ट करने में बड़ी कठिनाई होने लगी। आज तक स्वयं हिंदू ही किसी हिंदू को किसी मुसलमान द्वारा पानी पिलाने या कुछ खाने को देने पर उसे मुसलमान समझकर बहिष्कृत करते थे। कहने की आवश्यकता नहीं कि आज, इस समय भी हमारे इस हिंदुस्थान में यह दुष्ट और गँवार धारणा शास्त्री मंडलियों में भी प्रबल है। इस एक धारणा के कारण भ्रष्ट हुए हिंदुओं में से पचास प्रतिशत लोग अतीत और वर्तमान में परधर्मी हो चुके हैं। हिंदुस्थान की जब आज यह अवस्था है तो फिर इसकी कल्पना करना कोई कटिन नहीं कि उन गँवार, उजड्ड पतितों के अंदमान स्थित उपनिवेशों की क्या दशा होगी। अत: अंदमान में सरेआम इस रूढ़ि को तोड़ने के लिए कि 'खान-पान से मनुष्य भ्रष्ट होता है' हम सतत प्रयास कर रहे हैं, और नाना प्रकार से उसका ढकोसला हिंदू बंदीवानों के मन पर अंकित कर रहे हैं।

यदि हिंदुओं के हाथ का खाकर मुसलमान हिंदू नहीं होता, हिंदुओं का भोजन पचाकर मुसलमान ही रहता है, ईसाई ईसाई ही रहता है तो फिर मुसलमान के हाथ का खाते ही आपको धर्म का दस्त क्यों होने लगता है? आपके हिंदुत्व की शक्ति क्षीण कैसे हो गई? आपकी पाचनशक्ति ऐसी होनी चाहिए कि मुसलमान के हाथ का खाकर, ईसाई के हाथ का जलपान करके पुनः हिंदू के हिंदू ही रहें। सारे विश्व ने आपका अन्न खाया, पर आप भूखे-के-भूखे ही रहे। इसलिए बंधुओ, अब हमें सारे विश्व का अन्न गटक-पचाकर पुनः हिंदू-का-हिंदू ही रहना है, वही एक उपाय है। इस तरह नाना ढंग से हम हिंदुओं को समझाते रहे। प्रत्येक प्रसंग में यह अर्थ उनके मन पर अंकित करते रहे। उदाहरणार्थ एक ही घटना प्रस्तुत करता हूँ।

हिंदू बंदी का अनशन

कभी-कभी अंदमान में कोयले से चलनेवाली नावें आती हैं। उधर कोयले की चौकी बनाई गई है। आगे जानेवाली नौकाओं तथा जहाजों को अत्यंत आवश्यकता पड़ने पर कोयला मिल सके, इतना संग्रह वहाँ करके रखा जाता है। एक दिन इसी तरह कोयले से भरा एक जहाज आ गया। उसे खाली कराने के लिए नित्य नियमानुसार

शताधिक बंदियों को कोयला उतारने के काम पर तड़के ही भेजा गया। काम की शीघ्रता होने से दोपहर में बंदियों को भोजन न देते हुए दो-चार मुट्ठी भुने चने बाँटे जाते थे। प्रात:काल से तीन बजे तक सतत काम करके बंदियों की सेना भोजनार्थ पुनः उपनिवेश में लौटती। साधारणतया चने की बोरियाँ—कुछ हिंदुओं की और कुछ मुसलमानों की—होतीं। पहले दिन कोयले की भारी-भारी टोकरियाँ उलीचते, भरते, ढोते, थके-हारे, सारा शरीर कोयले से स्याह—इस तरह सैकड़ों हिंदू बंदियों के झुंड मुट्ठी भर चने खाकर पानी पीने के लिए वापस लौटे तो देखते हैं कि मुसलमान बंदियों में से कुछ आतंकवादी गुंडों ने हिंदुओं की चने की बोरी उलीचकर उसमें से मुट्ठी भर-भरकर चने चबाना प्रारंभ कर दिया है। वे उत्तर हिंदुस्थान के ठाकुर हिंदू थे। मुसलमान ने चने छू दिए हैं, इसलिए भ्रष्ट हो गए चने खाने के लिए कोई तैयार नहीं था। वरिष्ठ अधिकारी एक मुसलमान जमादार अपनी बत्तीसी दिखाने लगा, परंतु उन मुसलमानों को वह रोक नहीं रहा था। मुसलमानों की तो पौ बारह हो गई। उन्होंने अपनी बोरियाँ तो साफ कर ही डालीं, हिंदुओं की चने की बोरियाँ भी, इसलिए कि वे खा नहीं रहे, स्वयं ही चबा डालीं। बेचारे हिंदू बंदी पूरे दिन मुट्ठी भर चने भी न मिलने से भूखे पेट कष्ट उठाते हुए वापस लौटे। दूसरे दिन भी लगभग वही बात हुई। हिंदुओं के हिस्से की एक-दो बोरियों को मुसलमानों में से कोई एक छूकर भ्रष्ट करता और फिर उन्हें कोई हिंदू खाता नहीं, इसलिए मुसलमानों को अधिक हिस्सा देकर मुसलमान अधिकारी उन्हें बाँट देते। गोरे अधिकारी भी ऐसी हास्यास्पद घटनाओं की ओर स्वाभाविक रूप से झुँझलाकर कान नहीं देते, और इस सबसे बेचारे हिंदू बंदियों को अत्यंत कष्ट पहुँचता।

वे चने हिंदू क्यों नहीं बन जाते

पहले दिन मुझे यह सारा मामला ज्ञात होते ही मैंने उन बंदियों में से कई लोगों के उनकी इस आत्मघाती, मूर्खतापूर्ण रूढ़ि के संबंध में बात करके कान उमेठे। उनसे कहा, ''अरे, आज तुम ठाकुरों ने जलेबी बनाई। कोई मुसलमान आया, उसने उसे हाथ लगाया। वह भ्रष्ट हो गई। उसे फेंक दिया, झट से वह जलेबी उसने गटक ली। दूसरे दिन तुमने पेड़े बनाए, कोई ईसाई टपका, उसने उन पेड़ों का स्पर्श किया। पेड़े भ्रष्ट हो गए। तुमने उठाकर फेंक दिए। उसने उन्हें स्वाहा किया। तुम पुनः भूखे-के-भूखे रहे। हिंदुओं क़ी इस 'भ्रष्टता' ने ही हिंदुओं को कंगाल बनाया है। विदेश में जाकर बाहर का पैसा स्वदेश में लाना असंभव हो गया। प्रमुख कारण खान-पान की शुद्धता। देश का धन, अनाज, विदेशी लूटकर ले जाते हैं, वह 'भ्रष्टाचार' नहीं—हमारा भोजन सारा विश्व छीनकर ले जाए और उसे खाकर हृष्ट-पुष्ट बने, वह भ्रष्टाचार नहीं। परंतु दूसरे का भोजन अपने पराक्रम द्वारा प्राप्त करके खाना भ्रष्टाचार है। दूसरे का हरण मत करो,

परंतु आपका मात्र स्पर्श से वे हरण करें—इस तरह की मूर्खता तो मत होने दो। यदि मुसलमानों द्वारा तुम्हारे चने के बोरे में हाथ डालने से वे चने मुसलमान बन जाते हैं तो तुम हिंदुओं द्वारा मुसलमानों के चने छूते ही हिंदू क्यों नहीं बनते? अतः अरे मूर्खो, जाओ, कल कुछ लोग काम बंद होते ही तुरंत आगे बढ़ो और मुसलमानों के बोरे में हाथ डालकर चने चबाना शुरू करो। यदि वे चिल्लाएँ तो उन्हें बताओ, हम हिंदुओं ने पहले इन चनों को छू लिया, अतः ये चने हिंदू हो गए। हमारे चने उनके स्पर्श से भ्रष्ट नहीं होते, उलटे हम हिंदुओं के स्पर्श से मुसलमानी चने हिंदू होते हैं। जाओ, इस आक्रमणशास्त्र पर विश्वास रखो। सब पाप मेरे सिर पर। स्वयं ही भूखों क्यों मरते हो?''

इस तरह चेताकर उन्हें समझाता। अंत में उनमें से केवल सौ-डेढ़ सौ लोग तदनुसार व्यवहार करने को तैयार हुए। तीसरे दिन इन लोगों ने अन्य हिंदुओं की प्रतीक्षा न करते हुए काम से छुट्टी मिलते ही अपना रुख सीधे मुसलमानों की बोरियों की ओर करके उनपर हाथ साफ करना आरंभ किया। देखते ही मुसलमान क्रोध से पागल हो गए। हिंदुओं ने पूर्वस्मरण दिलाकर दो-टूक उत्तर दिया, ''जिस तरह तुम लोगों के प्रथमतः छूने से चने मुसलमानी बन जाते हैं, उसी तरह अब हमने इन चनों को प्रथमतः छू लिया, अतः ये चने हिंदू हो गए।'' वह गोरा अधिकारी भी, जो उस पूरे काम की देखरेख करता था, यह सब सुनते ही जोर-जोर से हँसने लगा और उसने इन हिंदुओं को कोई भी दंड न देते हुए उनका अभिनंदन ही किया। अगुआई करनेवाले उन हिंदुओं को मस्त देखकर अन्य सारे हिंदू बंदी भी चुपचाप उन चनों को चबाने लगे। दूसरे दिन से मुसलमानों ने बोरों को छूने की धृष्टता करना छोड़ दिया, क्योंकि अब उसका कुछ भी लाभ होनेवाला नहीं था।

भ्रष्टता का दोष नष्ट किया

इस प्रकार प्रत्येक छोटे-मोटे अवसर से लाभ उठाकर खान-पान, सोना-बैठना आदि छोटी-छोटी दैनिक बातों में 'भ्रष्ट-भ्रष्ट' चिल्लाने के हिंदुओं के मूर्खतापूर्ण दोष से उन बंदियों को हम पूरी तरह मुक्त करने में सफल हो गए। उससे मुसलमानी अथवा ईसाई धर्म की तरह ही हिंदू धर्म और हिंदू रूढ़ियाँ भी उस विपदग्रस्त विश्व में व्यवहार के लिए सुखकर तथा कठिनाइयों का सामना करने के लिए समर्थ होने लगीं। परिणामतः ऐसे अनेक लोग, जो इन रूढ़ियों के कष्टों से ऊबकर हिंदू समाज से वंचित हो गए थे, शुद्ध होकर पुनः हिंदू बनने लगे और जो हिंदू 'भ्रष्ट' होते, वे पहले की तरह नहीं होते थे। ईसाइयों में से भी इक्का-दुक्का कभी-कभी वापस लिये जाते। एक तेलंगी वॉर्डर का उदाहरण देखिए। उसकी आयु चालीस के ऊपर हो चुकी थी। वह तेलंगी था, परंतु एक पीढ़ी पूर्व ईसाई बन चुका था। अदंमान में आते ही उसे तेलंगी रामायण पढ़ते हुए

देखकर हमने उसपर नजर रखी। उसने थोड़ी-बहुत अंग्रेजी भी पढ़ी थी। यह प्रत्यक्षत: अपनी आँखों से देखकर कि हम सुलभ ढंग से बंदियों को अंग्रेजी पढ़ाकर उन्हें 'मुंशी' का स्थान दिलवाते हैं, वह चोरी-छिपे अंग्रेजी पढ़ने हमारे पास आने लगा। शीघ्र ही वह पूरी तरह से हमारा भक्त बन गया और राष्ट्रभक्ति तथा हिंदू इतिहास की कथाएँ सुनते-सुनते उसने पुन: हिंदू समाज में आना स्वीकार किया। वह अत्यंत निडर था। हमने उसे परावृत्त करने का प्रयास किया, तथापि शुद्ध संस्कार होते ही उसने अपना ईसाई नाम बदलकर आवेदन किया कि सरकारी कागजात में उसका हिंदू नाम दाखिल किया जाए। पादरी के आने पर भी वह प्रार्थना के लिए नहीं जाता। बारी ने गुस्से से उसे वॉर्डरी से निकालने की धमकी दी, परंतु पर्यवेक्षक ने उसपर कोई ध्यान नहीं दिया। हिंदू होने के पश्चात् दिवाली, दशहरे के समय छुट्टी लेकर वह कारागृह से बाहर हिंदू मंदिरों में भी जाता। तिलक लगाता तथा विवेकानंद आदि की पुस्तकें और हिंदू इतिहास की वीरगाथाएँ भक्तिभाव के साथ श्रवण करता। अपने टुटपुँजिया बारह आने महीने के अत्यल्प वेतन से हमारी संस्था को वह नियमित रूप से चार आने देता।

उपनिवेश में जैसे-जैसे बंदीवान जगत् शुद्धि कार्यार्थ अनुकूल होता गया, वैसे-वैसे ही वहाँ के 'स्वतंत्र' हिंदू जगत् अर्थात् हिंदुस्थान से आए हुए व्यापारी, अधिकारी, सिपाही और उन बंदीवानों की अंदमान में ही जन्म लेकर बसी हुई प्रजा भी अनुकूल होती गई। वहाँ इन लोगों द्वारा बनाए गए मंदिरों में प्रथमत: शुद्धिकृत हिंदुओं को लेने में कठिनाई होती थी, परंतु आगे चलकर वह सर्वथा दूर हो गई और दशहरा, दीवाली आदि हिंदुओं के उत्सवों, समारोहों में शुद्धिकृत हिंदू पूरी तरह से बाधा रहित अन्य हिंदुओं के साथ रामायण पाठ और दर्शन में तल्लीन दिखाई देने लगे।

बाबाराव पर आक्रमण

इतना सबकुछ होने पर भी कभी-कभी शुद्धिकार्य में मुसलमानों द्वारा दंगा-फसाद करने तक के प्रसंग भी आए। सन् १९२० के आगे-पीछे गुजराती मुसलमानों के एक अत्यंत बेहया, निर्लज्ज तथा उद्दंड गुंडे ने अपने एक 'छोकरे' को पाला था और नियोजित पद्धति के अनुसार इस पालन का निश्चय हिंदुत्व के श्मशान में जाकर उस हिंदू लड़के को मुसलमान बनाने में होनेवाला था। यह समाचार मिलते ही हमारे बंधु ने, जो उसी कक्ष में बंद थे, हर तरह के प्रयत्न से उस लड़के को उस गुंडे के चंगुल से निकाला। एक हिंदू मुंशी ने हमारे कहने पर उस लड़के को उस कक्ष से बदलकर एक विश्वसनीय हिंदू बंदी के पासवाली कोठरी दे दी। इससे आग-बबूला होकर उस मुसलमान गुंडे ने हमारे भाई पर उस समय हमला किया जब वे स्नान करके बदन पोंछ रहे थे। उसने उनकी नाक पर जोरदार मुक्का मारा। उस अचानक आक्रमण के आघात से हमारे

बंधु को चक्कर आ गया, खून का फव्वारा फूट पड़ा। इतने में आस-पास के राजबंदी तथा साधारण बंदी आ गए और वह गुंडा पकड़ा गया। परंतु यह समाचार सुनकर हमारे बारी ने क्या किया? सबके सामने सस्मित बात करते हुए उस गुंडे की लगभग पीठ ठोंकी और एक-दो लोगों के सामने स्पष्ट उद्गार निकाले, "कितना अच्छा हो, यदि सावरकर का घमंड भी इसी तरह तोड़ा जाए।"

परंतु यह घमंड फाँसी की छाँव में भी नहीं टूटा तो इस तरह अंगुलियाँ चटकाने से कैसे टूटेगा? सावरकर का सार्वजनिक आंदोलन तो नहीं दबा, किंतु उस गुंडे की मस्ती शीघ्र ही उतर गई। अन्य अपराधों के लिए आगे चलकर उसे दो बार बेंत खाने पड़े। वह जब हमारे पास की कोठरी में बंद हो गया तो एकदम गऊ बनकर हमें 'बाबा' कहने लगा और स्पष्ट किया—गणेश बाबू पर वार करने के लिए मुझे बारी ने फुसलाया था, अन्यथा मेरे बाप की भी हिम्मत नहीं होती। परंतु वह या उसके बारी महाराज ही जानते हैं कि उस कथन में कहाँ तक सच्चाई थी।

इस तरह स्वयं अनेक पीड़ाएँ सहीं। आंदोलन को तो छोड़ने को मन नहीं करता। इस तरह पहले से ही अवश, कष्टप्रद तथा असहाय अवस्था में दिन व्यतीत करते जब इन सार्वजनिक प्रयासों के कारण यह स्थिति अत्यधिक असहनीय होती तब कभी-कभी सोचता—बस बहुत हुआ यह झमेला। एक तो अपने आपका कष्ट सह रहे हैं, उससे ही अपने हिस्से का सार्वजनिक कर्तव्य पूरा हो रहा है, और अब अन्य छिटपुट कर्तव्यों का भार दूसरे लोग उठाएँ। परंतु यह प्रवृत्ति कुछ पल टिकती। यह समाचार मिलते ही कि कोई हिंदू मुसलमानों की चपेट में आ गया है, अथवा किसी बंदी की, चाहे वह कोई भी हो, अधिकारियों द्वारा अन्यायपूर्वक पिटाई की गई है, प्रतिक्रिया-शक्ति का एकदम ज्वार सा उमड़ आता। ऐसा प्रतीत होता, जैसे वह अन्याय या अपमान मेरा ही हुआ है और हाथ-पर-हाथ धरे बैठना सर्वथा असंभव होता। मन बार-बार कहने लगता—

"न जानपदिकं दुःखं एकः सोहितुमर्हति।
अशोचन् प्रतिकुर्वीत यदि पश्येदुपक्रमम्॥"

इस वचन से मन में भरी प्रवृत्ति को रोकने का प्रयास करता। मेरे विचार से जब मन को अपनी जाति, राष्ट्र तथा धर्म के अपमान से वेदनाएँ होती हैं, परंतु निरुपाय असीम पंजरबद्ध व्याघ्र सदृश वह मन सतत छटपटाता रहता है, तब कभी इसी प्रसंगवश श्रीसमर्थ के मुख से यह उद्गार निकले होंगे—

"स्वार्थ गेला ताटातुटी, जडती परार्थ उपाधी
आता सावधान जीवा, त्याग केलाची करावा।"

(—''स्वार्थ गया वियोग में, जम गई परार्थ उपाधियाँ, बनो सावधान, हे जीव! अपना लो त्याग की कृतियाँ।'')

उनके मन जैसी बेचैनी से मुक्त होकर मैं अपने मन को कुछ शांत करने के लिए उनके उपर्युक्त वचनों का बार-बार जाप करने का प्रयास करता, क्योंकि पग-पग पर राष्ट्रीय एवं धार्मिक अपमानों के आघात सहन करते-करते मन इस तरह जलने लगता, जैसे आग लगी हो।

अपने स्वभाववश अनेक मानसिक, शारीरिक और लौकिक संत्रास, अत्याचार सहते हुए भी हिंदू जनों में हिंदुत्व के अभिमान का संचार हुआ और उसे एक सबल राष्ट्र बनाने के लिए उनकी घातक, मूर्खतापूर्ण रूढ़ियों को जड़ से उखाड़ने का यह कार्य अधिकारियों, मुसलमानों और स्वयं स्वजनीय, स्वधर्मीय हिंदू लोगों के विरोध से टक्कर लेते हुए यथासंभव आगे बढ़ाए बिना हम शांति से नहीं बैठ सकते। शीघ्र ही हमें ऐसे अनेक राजबंदियों तथा बंदियों का साथ मिलने लगा, जो हमें उतनी ही आस्था से सहयोग देने के लिए कमर कसे हुए थे। उनमें से प्रमुख व्यक्तियों के नाम उजागर करने की इच्छा हो रही है, परंतु अभी तक हम उनसे यह नहीं जान पाए कि उनकी वर्तमान स्थिति में उनके नाम उजागर करना उन्हें अच्छा लगेगा या नहीं, अतः उनके नाम नहीं दिए जा रहे। यदि कभी अगले संस्करण का सौभाग्य प्राप्त हुआ, तो उन्हें उजागर करके कृतज्ञता के ऋण से हम अपने आपको और अपने पाठकों को अंशतः अवश्य मुक्त करेंगे। विशेषतः आगे चलकर पंजाब स्थित लाहौर-अभियोग के जो राजनीतिक बंदी आए थे, उनमें ऐसे अनेक कृतनिश्चयी, देशप्रेमी निकले, जिन्होंने इस हिंदुत्व को समर्पित होकर नीच से भी नीच अथवा क्षुद्र-से-क्षुद्र हिंदू की शिक्षार्थ, स्वधर्म प्रसारार्थ और परधर्म के शिकंजे से उन्हें मुक्त करने के लिए व्यक्तिशः सतत प्रयत्न किए। परंतु इनमें से प्रायः सभी को इस शुद्धिकरण हिंदू संगठन का महत्त्व समझाकर इस कार्य के लिए प्रवृत्त करना संभव होने तक सारा बोझ हमें अपने 'साधारण' बंदियों में से थोड़े से सहयोगियों के साथ स्वयं ढोना पड़ा।

जैसाकि अन्यत्र वर्णन किया गया है, धीरे-धीरे वॉर्डरों से लेकर मुंशी, पेटी अफसर और जमादार ही नहीं, 'स्वतंत्र' लोगों की अधिकारियों तक नाना तरह से सिफारिश आदि से हिंदुत्व के अभिमानी अधिकारी नियुक्त किए गए और उन पठानी, पंजाबी आदि मुसलमान अधिकारियों को, जिनकी नीच प्रवृत्तियाँ धर्मांधता के कारण और अधिक उद्दंड बनी हुई थीं, फंदे में फँसा-फँसाकर 'तोड़ा' गया। इससे हिंदुओं पर हो रहा उत्पीड़न, अत्याचार एवं अन्याय कम हुआ और भ्रष्ट करने की मुसलमानी कुप्रवृत्ति भी बंद हो गई। चार व्यक्तियों को छोड़कर कम-से-कम प्रत्येक जिले के उन लोगों को, जिनसे हम परिचित थे, जो पहले हिंदू धर्म से भ्रष्ट हो गए थे, पुनः स्वधर्म में लिया गया।

इस कार्य में जिलों-जिलों से लेकर पूरे उपनिवेश में शुद्धि तथा धर्मांतरण को लेकर कामगारों के झगड़ों का ऊपर जो संक्षिप्त वर्णन किया गया है, उसी तरह हमें हिंदू-मुसलमानों के झगड़े झेलने पड़े। एक बार 'उर्दू' नामक जिले में उभय पक्षों द्वारा वरिष्ठ अधिकारी तक झगड़ा ले जाने पर कारागार की ही तरह आदेश हो गया कि सरकारी नीति के अनुसार किसी भी हिंदू का अथवा मुसलमान का धर्मांतरण स्वीकृत नहीं किया जाएगा। अर्थात् अंदमान में प्रवेश करते समय बंदी का जो धर्म होगा, वही अंत तक मान्य समझा जाएगा। इस आदेशानुसार उस बस्ती में जो हिंदू मुसलमान बन गए थे और जिनका नामांतरण किया गया था, उनके भ्रष्टीकरण का सरकारी आधार अपने आप ही समाप्त हो गया और इससे उन्हें पुनः हिंदू कहलाने पर मुसलमानों द्वारा अभियोग लगाने अथवा अधिकारियों का कोपभाजन बनने का डर नहीं रहा।

इस परिवर्तन के कारण यह खोज करना आवश्यक हो गया कि जो लोग मुसलमान कहलाते थे, उनकी मूल जाति कौन सी है। इसके अतिरिक्त कई बार हिंदू लड़कों के नाम के आगे सरकारी कागजात में उनके अपने 'बंदी पत्रकों' पर भी धड़ल्ले के साथ लिखा जाता—इसलाम धर्म के अनुयायी। इसका भी परीक्षण करना आवश्यक था। हमने देखा है कि मुसलमान मुंशी ही यह सब करते थे।

अब इस समय जब हम लिख रहे हैं, इधर रत्नागिरि में एक हिंदू मेहतर के बेटे का नाम मुसलमानी बोध कराने वाला रखा गया। यह मामला उजागर हो चुका है। इस जमादार ने दो आवेदन-पत्र लिखे, तथापि उसके अज्ञानवश, अल्पवयस्क बेटे को अभी तक मुसलमान माना जाता है। यह काररवाई तब हुई जब चार वर्ष पूर्व वह मिशनरी स्कूल में था। 'तुम मुसलमान हो'—रोज-रोज लोगों से यह सुनते-सुनते वह अज्ञानी बालक भी अपने आपको मुसलमान ही समझने लगा। अब यह मामला उजागर हो चुका है, इसलिए इसका समाधान हो गया है। शीघ्र ही सरकारी कागजात में उसकी हिंदू जाति स्वीकृत की जाएगी।

अतः एक बार मूलभूत कागज-पत्रों तक पूछताछ करके हिंदुओं के सभी लोगों की गिनती हो। जो पतित हिंदू शुद्धिकृत हो गए थे, उनके इस समय में बदले हुए नाम और धर्म काटकर लिखित पत्रों में हिंदू नाम और धर्म लिखा जाए और जिनके नामों की बलपूर्वक परधर्मियों में गणना की जाती है, उन्हें हर कागज पर हिंदू लोगों में दर्ज किया जाए, इसके लिए हिंदुस्थान से प्रत्येक बंदी के साथ आए हुए कागजात देखना आवश्यक था। परंतु वास्तव में एक वर्ष में पिछले सारे कागज देखना कैसे संभव होगा और मिलने पर भी सरकार यह काम कैसे करने देगी, यह एक बड़ी समस्या थी।

सौभाग्य से यह समस्या सुलझाने का अवसर अचानक प्राप्त हो गया। गत जनगणना के समय अंदमान में वह गणना (Census) प्रारंभ होते ही उस कार्य पर हमारे

अत्यंत विश्वसनीय लोग नियुक्त किए गए। उस समय हमारे पीछे लगा हुआ सरकारी संदेह का झंझट प्रचुर मात्रा में ढुलमुल हो गया था और हमें कभी-कभी लेख्यालय (दफ्तर) में लिखने का काम करने की अनुमति मिल जाती थी। लेकिन कैसे और कब, इसका वृत्तांत आगे चलकर आएगा। परंतु शुद्धि-वृत्तांत के अनुसंधानार्थ यहाँ इतना उल्लेख करना ही आवश्यक था।

जनगणना के अवसर पर

अंदमान में गत जनगणना का कार्य शुरू होते ही दुर्भाग्यवश हिंदुस्थान स्थित हिंदुओं में फैली आपसी सांप्रदायिक कलह की प्रतिध्वनि वहाँ भी होने लगी। मेरा विचार था कि इस नूतन जनगणना के अवसर का लाभ उठाते हुए पिछली सभी त्रुटियाँ और भ्रष्टीकरण हेतु जान-बूझकर की गई काट-पीट को सुधारा जाएगा, हिंदुओं की अखंड और सुधारित जनगणना होगी, उनकी निश्चित संख्या सरकारी अभिलेखों में दर्ज की जाएगी। इस संबंध में हमने साथियों से मिल-जुलकर यथासंभव हर कार्यालय से अंदमान के सभी जिलों में संदेश भेजे। सौभाग्यवश जनगणना का महत्त्वपूर्ण कार्य कारागारीय कार्यालय में होना था। विभिन्न स्थानों की जनगणना के कागजात का निरीक्षण करके बंदियों के नाम, गाँव, धर्म, जाति सही-सही लिखे हैं या नहीं, यह सब वारंट की मूल प्रति और जेल के अभिलेखों से मिलाकर ही जाना जा सकता था। लेकिन ऐसा न होने पर ही वह काम इधर सौंपा गया था। अत: उस काम में हाथ बँटाने के लिए हम लोगों में से अनेक लोग आगे बढ़े और उन्हें अनुमति भी मिल गई।

परंतु हमारे कुछ आर्यसमाजी बंधुओं ने बीच में ही प्राचीन काल में हिंदू शब्द संबंधित उस समाज के लोगों की जो भ्रामक धारणा थी, उसी की पुनरावृत्ति करते हुए जनगणना में अपना नाम 'हिंदू' की बजाय 'आर्य' दर्ज कराने की योजना बनाई। आर्यसमाजियों के ये विचार सुनते ही उस समय कारागार में आए सिख राजबंदियों में से कुछ नेताओं तथा अंदमान स्थित सिख बंदियों तथा सिपाहियों ने भी अपने आपको 'हिंदू' न कहलाते हुए 'सिख' के रूप में दर्ज करने का हठ किया।

हमने अपनी 'हिंदुत्व' शीर्षक पुस्तक में विस्तारपूर्वक यह सिद्ध किया है कि 'हिंदू' शब्द के वास्तविक अर्थ के विषय में हिंदुओं के अनेक संप्रदायों का जो तिरस्कार है, वह उनकी भाषाशास्त्रीय एवं ऐतिहासिक अज्ञानता के कारण है।

अब लाला लाजपतराय, श्रद्धानंद, भाई परमानंद आदि नामवर आर्यसमाजी नेताओं ने भी 'हिंदू' शब्द के लिए अपना यथार्थ ममत्व प्रदर्शित किया है और हिंदू संगठनों के व्यापक आंदोलनों से यह अनुदारता भी सनातनी और आर्यसमाजी दोनों ने भुला दी है और शाब्दिक शुष्क भेद से ऊपर उठ गए हैं, इसलिए हम यहाँ हिंदू शब्द के वास्तविक

अर्थ और व्याख्या की चर्चा करना उचित नहीं समझते। बस यही कहना पर्याप्त है कि इंग्लैंड में रहते हुए जब हमें यह डर सताने लगा कि हिंदुओं की सांप्रदायिक कलह से हिंदुत्व खंड-खंड हो जाएगा और अपनी अखिल जाति को एक सूत्र में, एक ध्वज के नीचे संगठित करने की शक्ति वर्तमान स्थिति में जिस एकमेव शब्द में शेष बची है, वह 'हिंदू' शब्द भ्रामक विद्वेषों के आघातों से कहीं पंगु तो नहीं बन जाएगा, तब हमने उन संकटों का सामना करने के लिए मन-ही-मन हिंदू शब्द की सच्ची, ऐतिहासिक तथा सार्वत्रिक व्याख्या निश्चित की थी। उसका उपदेश हम आठों पहर शिक्षित अथवा अशिक्षित—इसका विचार न करते हुए—अंदमान के बंदियों तथा स्वतंत्र व्यक्तियों को करते आए। वह प्रत्येक व्यक्ति 'हिंदू' है जिसकी पितृभूमि और पुण्यभूमि (धर्मभूमि) हिंदुस्थान है। उन दिनों जो भी आर्यसमाजी, सिख और जैन मिलता, उससे हमने सतत इस व्याख्या की चर्चा की, विवाद चलाया। आज 'हिंदुत्व'* पुस्तक प्रकाशित हो चुकी है। हिंदुत्व की वह व्याख्या है—

"आसिन्धु सिन्धुपर्यन्तायस्य भारतभूमिका।
पितृभूः पुण्यभूश्चैव स वै हिन्दुरिति स्मृतः॥"

हिंदुस्थान के महान् मनीषियों से लेकर हिंदूसभा की शाखोपशाखाओं में यह व्याख्या स्वीकृत है। परंतु अंदमान के उन दिनों में यह व्याख्या नए सिरे से आगे आने के कारण उसकी सत्यता तथा उपयोगिता समझाने के लिए हर व्यक्ति के साथ चर्चा करते समय कितनी माथापच्ची करनी पड़ती थी।

सिख भी हिंदू ही हैं

इसके कारण मेरे आर्यसमाजी मित्रों की हिंदू शब्द विषयक तिरस्कार बुद्धि काफी कम हुई और उन्होंने अपने आपको 'हिंदू' के रूप में दर्ज कराना स्वीकार किया। यह तय हुआ कि 'हिंदू' शब्द के आगे कोष्ठक में 'आर्यसमाजी' लिखकर अधिक स्पष्ट किया जाए। यही न्यायपूर्ण समझौता सिख मित्रों को भी सुझाया। परंतु उनमें से कुछ अतिरेक के लिए भी सिद्ध थे, अतः उन्हें समझाने में बहुत सिर खपाना पड़ा। यदि हमें जनगणना में 'हिंदू' के रूप में दर्ज किया गया तो हम भूख-हड़ताल करेंगे और स्वयं को केवल 'सिख' संबोधित करने के लिए सभी को बाध्य करेंगे—यह प्रतिपादन करने में भी उन्होंने आगे-पीछे नहीं देखा। परंतु अंत में उन सभी से आस्थापूर्वक प्रार्थना की गई कि 'बंधुओ! मुसलमान, ईसाई आदि हमारी जाति की बोटी-बोटी करनेवाले इन

* मूलतः यह पुस्तक अंग्रेजी में है। इसके अनेक भाषाओं में अनुवाद हो चुके हैं। इसी व्याख्या के सूत्र लेकर भारत शासन ने 'हिंदू' की व्याख्या की है।

विधर्मियों का हमें सामना करना है। अतः ऐसी स्थिति में तो हम अपने जाति विघातक दुरभिमान का त्याग करें। कम-से-कम यह मामला सीमा से आगे बढ़ाया जाए। वे लोग जो हिंदुओं में यथासंभव फूट डालकर हमारे अखंड समाज के टुकड़े-टुकड़े करना चाहते हैं—अवश्य कहेंगे कि 'सिख हिंदू नहीं हैं, उनकी जनगणना अलग की जाए। तो क्या उनकी चाल विफल करनी है या सांप्रदायिक हठ से शत्रु की सहायता करनी है? यह प्रश्न एक शब्द का नहीं है। क्या इस शब्द जैसा शब्द भी इस स्थिति में दूसरा कोई अस्तित्व में है—जो अपनी इस प्राचीन जाति को एक सूत्र में, एक नाम के नीचे ला सके? यह कितने दुर्भाग्य की बात है कि इतने सरल तत्त्व का हमें बोध नहीं कि जाति जैसे साधारण शब्द के पीछे जाति-साधारण प्रेम, अभिमान और ममत्व उत्पन्न होता है। फिर ऐसा थोड़े ही है कि सिख नहीं कहलाया जा सकता? हम प्रथमतः 'हिंदू' दर्ज करेंगे और कोष्ठक में सिख अथवा आर्य अथवा ब्राह्मो, सनातन जो भी हो, लिख लेंगे—यही उत्तम मार्ग है।' इस तरह हमारा निरर्थक श्रम तब तक चलता रहा जब तक उससे उकताहट न होने लगी—तब कहीं सिखों में से कुछ समझदार मित्रों और सहयोगियों को बोध हो सका, और उन्होंने अन्न त्याग जैसे उपायों का अवलंबन करना चाहनेवाले लोगों की योजना धराशायी कर दी। एक और घटना अनायास ही सामने आ गई, जिसने यह स्पष्ट किया कि एक अतिवादी व्यक्ति भी अपने सांप्रदायिक दुरभिमान से किस तरह जातीय एकता का सर्वनाश करता है। सिखों में ही अकाली, सहजधारी, केशधारी आदि पंथों में विवाद उठ खड़े हुए और कई इस हठ पर अड़ गए कि हम 'केशधारी सिख' के रूप में अपने को दर्ज करेंगे, न कि मात्र सिख के। मैंने इस उदाहरण को सामने रखकर यह स्पष्ट किया कि जैसे ही संप्रदायों ने एक बार संकुचित दृष्टि रखी कि जातीय एकता दूर तक टूटती जाती है। इसका भी अच्छा परिणाम निकला। अंत में मेरे सिख मित्रों के सहयोग से सभी के साथ कुछ-न-कुछ समझौता संभव हो गया और यह तय हुआ कि वरिष्ठ सिख अधिकारियों को एक आवेदन-पत्र भेजें, जिसमें वे अपना पक्ष प्रस्तुत करें, परंतु इससे अधिक विरोध न करते हुए जनगणना में अपना धर्म 'हिंदू' दर्ज करके कोष्ठक में 'सिख' लिखें।

यह समझौता न्याय्य था, क्योंकि सिखों के मूलभूत वारंटों पर ही उनके नाम, उसके पश्चात् 'सिख', आगे पुनः जाति 'जाट' अथवा 'महजब' आदि का उल्लेख होता था। यह बंदी पत्रक (prisoners sheets) प्रत्येक सिख अपने-अपने पास रखता, परंतु मैं जाट न होकर सिख ही हूँ, ऐसा कोई नहीं कहता। फिर ये जाट, सोढ़ी आदि जातियाँ हिंदुओं की ही थीं, अतः उन्हीं की तरह 'हिंदू' की पंक्ति में अपना नाम दर्ज कराने में उन्हें कोई आपत्ति नहीं थी।

इस बहाने हिंदुओं में 'हिंदू' शब्द की सच्ची व्याख्या का ज्ञान फैलने में अच्छा

सहयोग प्राप्त हुआ। सरकारी उच्च अधिकारियों या स्वतंत्र अधिकारियों में भी यह चर्चा हो रही थी।

आखिर सभी की एकवाक्यता हुई। जनगणना के कागजात जब निरीक्षण, शुद्धिकरण के पश्चात् अंतिम प्रति के रूप में तैयार किए गए तब कहीं हम अपने देशाभिमानी तथा उत्साही सहायकों के साथ संप्रदाय तुल्य हिंदू मात्र को एक 'हिंदू' के रूप में समा सके। पुराने वॉरंट देखते हुए कई दिन सतत बैठकर व्यतीत करने पड़े। वे पोथियाँ उलट-पुलट करते-करते कितनी ही मनोरंजक बातें उजागर हो गईं। एक व्यक्ति ने, जो जन्मजात मेहतर (भंगी) था, अपनी जाति बदलते-बदलते ताजा सरकारी अभिलेख में ब्राह्मण लिखवाई थी, क्योंकि एक बार ब्राह्मण कहलाने से भोजन व्यवस्था में किसी 'खास' स्थान पर नियुक्ति का अवसर जो मिलेगा! एक भंगी अपने आपको ब्राह्मण कहलाए, इसमें मेरे मन में कौतुक की भावना थी। परंतु यह देखकर कि ऐसे कितने सारे लोगों को, जो मूलतः हिंदू थे, अत्याचार, बल तथा कपट से मुसलमान बनाया गया—आश्चर्य और खेद होता। ये सारे कागजात अपने मित्रों को दिखाकर उन्हें इस बात का सबल प्रमाण देना संभव हुआ कि वर्ष-दो वर्षों से हमने जो शुद्धि का आंदोलन छेड़ा था, वह कितना आवश्यक था। कहने की आवश्यकता नहीं कि जनगणना की नई कॉपी बनाते समय उन लोगों को हमने इस लेखा में पुनः 'हिंदू' ही दर्ज किया, जिनकी मुसलमानों में गणना की जाती थी। उनमें से प्रायः सभी को शुद्ध किया ही गया था। इस लेखा द्वारा हम सभी को इतना सप्रमाण संतोष तो अवश्य प्राप्त हुआ कि कम-से-कम उन हिंदुओं को, जो विगत दस वर्षों से हिंदुत्व से वंचित किए गए थे, शुद्धिकरण द्वारा हम पुनः स्वजाति में समाविष्ट कर सके; और उससे भी अच्छी बात यह है कि मुसलमानी धर्म प्रसार की आँधी को मुँहतोड़ जवाब मिलने से नए हिंदुओं को भ्रष्ट करना उनके लिए लगभग असंभव किया जा सका।

इस जनगणना के परिश्रम से हम निश्चित रूप में यह समझ पाए कि कितने हिंदू मुसलमान बन गए थे, उनमें से कितनों को पुनः हिंदू बनाया गया और अभी कितने शेष हैं—इससे पुनः उन्हें भी हिंदुओं में समाविष्ट करना संभव हो गया।

ऐसे धर्मशकूर, जो यह मूर्खतापूर्ण बात कर रहे थे कि अंदमान के शुद्धिकरण आंदोलन द्वारा इतना सारा कार्य न करते हुए केवल 'मुसलमान भी हिंदू हो सकता है,' यही बात लोगों के मन में बैठाते तो भी वह आंदोलन एक सफल आंदोलन कहलाता अथवा 'हिंदू मुसलमान तो होता है पर मुसलमान हिंदू कैसे हो सकता है ?' सर्वथा इन्हीं शब्दों में जो प्रश्न खड़ा कर रहे थे, अब अंदमान में ऐसा कोई नहीं रहा। हाँ, मुसलमान को भी हिंदू बनाया जा सकता है, यह बात अंदमान स्थित उन हिंदुओं की अब एक दृढ़ धारणा बन चुकी है कि हिंदू धर्म का पेट इतना निःशक्त नहीं है कि केवल दो ग्रास

मुसलमानी भोजन करने से दस्त लगें और प्राण उड़ जाएँ। शुद्धिकरण आंदोलन का यह भी कोई साधारण लाभ नहीं है, क्योंकि हिंदुस्थान के 'सुधी' तथा 'स्वतंत्र' लोगों में भी इस तरह के धर्मशकूर आज भी उपलब्ध हैं, जो यही मूर्खतापूर्ण प्रश्न बड़ी गंभीरता से करते हैं।

यह स्पष्ट करने के लिए कि यह जागृति हम जैसे एक-दो जनों पर निर्भर न रहकर आगे चलकर वहाँ के जनसमाज में कितनी बद्धमूल हो गई थी, उदाहरण के लिए अंदमान छोड़ने के पश्चात् की घटित एक-दो घटनाएँ यहाँ पर देता हूँ।

अंदमान में पहले किसी भी हिंदू स्त्री के मुसलमान से विवाह करते ही वह मुसलमान बन जाती, परंतु स्वयं हिंदू रहकर मुसलमान से हिंदू होने के लिए वह नहीं कह सकती थी। हिंदुओं की विवाह विषयक धारणाएँ अत्यंत कोमल होने के कारण कोई भी हिंदू बंदी अंदमान स्थित महिलाओं को खीरा-ककड़ी समझकर उनसे सहसा विवाह नहीं करता। इसके विपरीत, विवाह तो दूर, केवल संबंधार्थ तैयार होते ही मुसलमान किसी भी हिंदू स्त्री को नहीं नकारता, क्योंकि इससे एक काफिरानी को मुसलमान बनाने तथा संतति-वर्धन का काम जो होता। उसे यह तथ्य घुट्टी में पिलाया जाता कि औरत चाहे कैसी भी हो, पाक होती है। अंदमान स्थित हिंदू अभिमानी लोगों को इस यथार्थ का जैसे-जैसे बोध होने लगा वैसे-वैसे वे इस ओर से सतर्क रहने लगे कि कोई हिंदू नारी मुसलमानों के हत्थे न चढ़े। उदाहरणार्थ—एक ठकुराइन एक मुसलमान की संगत से खान-पान के संबंध में मुसलमान बन गई। आगे चलकर उसने विवाह करने का निश्चय किया। उसने स्पष्ट शब्दों में चेतावनी दी कि यदि कोई हिंदू उसे शुद्धिपूर्वक स्वसमाज में समाविष्ट करते हुए उससे ब्याह नहीं रचा सकता, तो वह अपने मुसलमान स्नेही से ब्याह कर लेगी। मुसलमान तो इसके लिए एक टाँग पर खड़े ही थे। यह संकट देखकर एक धर्माभिमानी हिंदू सज्जन ने उससे विवाह करने का निश्चय किया, केवल इसलिए कि उसे मुसलमानों के चंगुल से छुड़ा सकें और उसकी भावी संतान अपने राम-कृष्ण के अभिमानी हिंदू कुल में रहे। दुर्भाग्य की बात यह कि यह सर्वथा न्यायसंगत बात भी मुसलमानों के कानों में जाते ही, उन्होंने उसका प्रतिवाद करते हुए कहा कि वह महिला मुसलमान हो चुकी है, अतः किसी हिंदू से ब्याह नहीं रचा सकती, और सरकारी अधिकारियों को आवेदन-पत्र भेजने तक बात बढ़ाई। हिंदू स्त्री भ्रष्ट होकर मुसलमान पति कर सकती है, परंतु हिंदू स्त्री शुद्ध होकर भी हिंदू पति नहीं कर सकती? हमें इस तथ्य का विस्मरण नहीं करना चाहिए कि इस तरह की अतिरेकी माँग करने का निर्लज्ज साहस करने के लिए हम हिंदुओं की घातक, मूर्खतापूर्ण तथा असामयिक रूढ़ियों ने ही मुसलमानों को प्रोत्साहित किया है। इसके विरुद्ध सारे हिंदुओं ने एकजुट होकर जब प्रतिवाद किया तब अधिकारियों ने निर्णय दिया कि 'उस स्त्री के

मूलतः हिंदू होने के कारण तथा हमारे द्वारा शुष्काशुष्की धर्मांतरण करने पर पाबंदी लगाने के कारण, यदि उसकी इच्छा हो तो वह हिंदू से विवाह करने के लिए पूर्णतया स्वतंत्र है।' इस निर्णय के पश्चात् मुसलमानों को चुप रहना पड़ा और उस स्वधर्माभिमानी हिंदू गृहस्थ ने उस ठकुराइन से हिंदू धर्मानुसार ब्याह रचाया।

काम टालने का बहाना नमाज

हमारे आने के पश्चात् भी इसके उदाहरण हमें ज्ञात हो गए कि दुष्ट मुसलमानों को अपनी अकारण शत्रुता तथा उद्दंडता के लिए हिंदू बंदियों ने संगठित रूप में किस तरह सबक सिखाया। उनमें से और एक का उल्लेख हम कर रहे हैं। वस्तुतः मुसलमान बंदियों में सैकड़ों लोग ऐसे होते हैं जो प्रतिदिन एक बार भी नमाज नहीं पढ़ते। परंतु केवल उन्हें हिंदुओं को चिढ़ाने के लिए कुछ-न-कुछ बहाना चाहिए, अतः इन्हीं विधिशून्य व्यावसायिक चोर-डाकुओं को अचानक पूरा मुसलमानी धर्मशास्त्र स्मरण होने लगता है। किसी कठोर परिश्रम का काम करने के लिए बंदियों की टोली भेजी जाते ही उस टोली का प्रत्येक मुसलमान बंदी पैगंबर जैसा ही मसीहा, धर्मभीरु होकर दिन में पाँच नहीं सात-सात बार नमाज पढ़ने लगता है, क्योंकि कोई नमाज पढ़ने लगे तो सरकारी अधिकारी उस समय तक मुसलमान बंदी को छुट्टी देते हैं और उस समय बेचारे हिंदू लोगों के काम में जुटे रहने से उन टुच्चे, गुरूकंटाल मुसलमानों का काम कम हो जाता है—ऐसे समय मुसलमानों के पाजियों में भी पाजी पुराने चांडालों की भी ईश-चिंतन में तल्लीनता देखने योग्य होती। आहा! नमाज पढ़ने से पहले हाथ-पाँव धोना (वजू करना), शांत चित्त से नढ़ी को पुनः-पुनः हाथ से सहलाना, नमाज पढ़ने के पश्चात् भी आँखें बंद किए ऐसे चिंतनमग्न मुद्रा में स्थिर रहना, और वह ईश-चिंतन की शांति! ऐसे समय ऐसा लगता है कि योगसूत्रों में समाधि के साधन की जो प्राणायाम, इष्ट प्रतीक, जाप आदि अनेक विद्याएँ उल्लिखित हैं—उनमें से ये दो विद्याएँ कहीं छूट तो नहीं गईं! एक तो सामने दूध का कटोरा होना चाहिए अथवा मछली चमकनी चाहिए और दूसरा साधन बंदीशाला में कठोर परिश्रम करवाना, क्योंकि प्रथम दो प्रसंगों में बिल्ली और बगुले की और कठोर परिश्रम के दर्शन से ही इस तरह इन मुसलमानी चोर-डाकू बगुला-भगतों की जैसी शांत मुद्रा बन जाती है, वह समाधिस्थ तन्मयता से कुछ अधिक भिन्न तो नहीं दिखती।

बाँग और शंख की प्रतिस्पर्धा

मुसलमानों में से लुच्चे, कामचोर लोग काम की बला टालने के लिए नमाज के अतिरिक्त एक और युक्ति का अवलंबन लेते हुए हमने देखे हैं, जो केवल हिंदू लोगों को चिढ़ाने के लिए अथवा सरकारी निर्बंध का अन्यायपूर्ण उल्लंघन करते हुए गुंडागर्दी

का डंका बजाने के लिए है—वह है भोर की वेला में 'बाँग' देना। 'बाँग' का अर्थ है, तड़के उठकर नमाज के आगे-पीछे सभी को जगाकर ईश चिंतनार्थ तत्पर रहने के लिए ऊँची आवाज में की हुई पुकार, ललकार। कारागार में मुँह-अँधेरे सभी बंदी निद्राधीन होते हैं, इसलिए इस प्रकार निष्कारण चीख-पुकार करना सरकारी कर्तव्यानुरूप निषिद्ध होता है। जब तक सुबह सिपाही दरवाजा खोलकर गालियाँ नहीं देता, तब तक बरसों से लंबी तानकर सोने का आदी वह व्यक्ति (गुंडा) जब अचानक तड़के उठकर ऊँची आवाज में 'बाँग' देकर सामाजिक शांति को भंग करता है, तब उसके पीछे दुष्टता के अतिरिक्त और कोई उद्देश्य हो ही नहीं सकता। जिस तरह प्रत्येक मुसलमान का नमाज पढ़ना कर्तव्य है, उसी तरह सारी बंदीशाला का गला फाड़कर कोलाहल करना धार्मिक दृष्टि से कतई आवश्यक नहीं है। परंतु पास की इमारत में रहनेवाले हिंदू काफिर की नींद उचाटकर, धार्मिक ढाल की आड़ में दंड से बचे रहने की सुविधा ही इस बाँग के पीछे थी। भाँग छानने की तलब को कैसे रोका जा सकता है!

अंदमान के कारागार में भी हमें यहाँ से इधर के कारागृह में भेजने पर तुरंत ही मुसलमान बंदियों को यही तलब लगी। उन्होंने मुँह-अँधेरे हर कोठरी से बाँग देना आंरभ किया। नींद उचटने से सभी हिंदू तथा ब्रह्मदेशीय बंदी झुँझला गए। अधिकारियों के डाँटने पर मुसलमान कहते—यह हमारी धार्मिक विधि है। यहीं पर कह दूँ कि ब्रह्मदेशीय बंदी हिंदू संगठन के कार्य अर्थात् हिंदुओं से घुल-मिलकर रहते थे।

इसके अतिरिक्त इस बात पर भी गौर करना चाहिए कि अंदमान में ब्रह्मी लोगों को भ्रष्ट करना मुसलमानों को सर्वथा साध्य नहीं होता था, क्योंकि किसी के साथ खान-पान से धर्म डूब जाता है अथवा अन्न का एक कौर खाने के साथ आजन्म ही नहीं, अपितु संतान के सात जन्म भ्रष्ट हो गए—ऐसी बात् वे नहीं मानते। वे बौद्ध संप्रदायी अर्थात् हिंदू धर्म के ही थे। परंतु वे मुसलमान, ईसाई आदि सारे विश्व का खा-पीकर बौद्ध-के-बौद्ध ही बने रहते। अत: जिस तरह सनातनी, कर्मठ हिंदुओं को भ्रष्ट करना सहज संभव हो जाता उस तरह ब्रह्मी लोगों को भ्रष्ट करना मुसलमानों के लिए संभव नहीं था। भ्रष्टाचार के शेष दो साधनों—तलवार (टूटी हुई) और बुद्धिवाद अथवा तर्कवाद—उसकी और साधारण मुसलिम समाज की उतनी ही मित्रता होती है जितनी साँप-नेवले की। अत: इन दोनों साधनों से अंदमान स्थित हजारों हिंदुओं को अथवा उनकी उपशाखा के ब्रह्मी लोगों को वे बिलकुल भ्रष्ट नहीं कर सके। गुंडागर्दी और खान-पान द्वारा ही जो हिंदू भ्रष्ट किए गए, सो हो गए; परंतु इन दोनों में ब्रह्मदेश के लोग मुसलमानों से बीस ही थे। सुअर के मांस से लेकर, जिसे मुसलमान छूना भी हराम समझते हैं, चूहों के बच्चों के अचार तक सभी तरह का भोजन ब्रह्मी लोगों के लिए वैध है। उनके साथ भोजन करते हुए कई बार मुसलमानों का ही पसीना छूट जाता। ब्रह्मी

लोगों के बौद्ध धर्म का हम हेतुपूर्वक और भक्तिपूर्वक बार-बार उल्लेख करते थे और उनके मुख से रामायण, महाभारतादि कथाएँ, जिन्हें हिंदुओं की तरह ही उनमें भी पूज्य समझा जाता है—जान-बूझकर सुनते-सुनाते थे। हिंदुओं के त्योहार और उनके त्योहार हम परस्पर सम्मिलित होकर संपन्न करते। उससे ब्रह्मी लोगों की हिंदू संगठनों से सहज ही सहानुभूति रहती। उनके दाढ़ी-मूँछविहीन कोमल किशोरों, युवकों और कुल मिलाकर उनकी सौम्य सात्त्विक जाति पर पठानादि मुसलमानों में से क्रूर तथा उद्दंड लोग, जो अत्याचार करते थे, उससे हिंदू संगठनों द्वारा उस नृशंस क्रूर मुसलमानी प्रभुत्व का घमंड अच्छी तरह से तोड़ देने के कारण ब्रह्मी लोगों को बड़ी राहत मिली थी। अतः उनके मन में हमारे तथा हिंदुओं के लिए कुछ अधिक ही भक्तिभाव तथा ममत्व था।

ऊपर निर्दिष्ट 'बाँग' कांड से तो हिंदुओं की तरह ब्रह्मी लोग भी तंग आ चुके थे। बाँग के उपद्रव से अधिक हिंदू लोग इस अहसास से क्रुद्ध थे कि उनके आगे धर्म की ऊँचाई प्रदर्शित कर उन्हें नीचा दिखाने के लिए ही मुसलमान गुंडे यह नया ढंग अपना रहे हैं। यह देखकर कि अधिकारी मुसलमानों पर दबाव नहीं डालते, हिंदुओं ने भी तड़के उठकर ऊँचे स्वर में प्रार्थना करना आरंभ किया। हम जब अंदमान में थे, तब भी एक 'नमाजी' को हमने इसी तरह सीधा किया था और आगे रत्नागिरि के बंदीगृह में भी इसी उपाय को अपनाया था। इस समय अंदमान में एक-दो व्यक्तियों का प्रश्न नहीं था, सभी इस षड्यंत्र में शामिल थे। हिंदुओं द्वारा जोर-जोर से प्रार्थना शुरू करते ही, जो अधिकारी मुसलमानों को बाँग लगाने से रोक नहीं पा रहे थे, वही हिंदुओं पर यह आरोप लगाकर कि वे ऊँचे स्वर में प्रार्थना करके शांति भंग कर रहे हैं, उनपर अभियोग लगाकर उन्हें दंड देने लगे। वास्तव में मुसलमानों को हिंदुओं का यह उत्तर बड़ा ही मजेदार था। ऊँचे स्वर में प्रार्थना करना भले ही पूजा का अंग हो या न हो, परंतु कम-से-कम शंख फूँकना तो निश्चित ही पूजा का अंग था। अतः हमारे एक उत्साही सहयोगी तथा सदस्य ने, जिन्होंने इस कार्य में हिंदुओं के नेतृत्व का भार उठाया था, कारागृह की अपनी कोठरी में शंख छिपाकर रखा। दूसरे दिन उत्तर-रात्रि के समय मुसलमानों द्वारा बाँग की झड़ी लगाना शुरू करते ही उसने अपनी कोठरी से जोर-जोर से शंख बजाना आरंभ किया। उस काफिर के शंख की आवाज के सामने बाँग की मिमियाहट फीकी पड़ गई, बेचारी बाँग भ्रष्ट हो गई। वे मुसलमान गुंडे गुस्से से गालियाँ बकने लगे। उस हिंदू नेता पर अभियोग लगाया गया और उसे शंख फूँकने के आरोप में दंड दिया गया। उसकी प्रतिक्रिया में ब्रह्मी और सनातनी लोगों में से कई बंदी तड़के उठकर शंख फूँकने लगे। अब इस शक्तिशाली शंख के आगे बाँग के हाथ-पाँव ठंडे पड़ गए। अधिकारियों ने प्रतिकारी मुसलमानों को मुँहतोड़ उत्तर दिया—'शंख पूजा का अंग है। तुम हमारी बात सुनो। बाँग देना बंद करो तो हम उन्हें शंख बजाना बंद करने के लिए बाध्य करेंगे।'

तब वह बाँग लगनी बंद हो गई। जिन गुंडों की बुद्धिवाद से अकल ठिकाने पर नहीं आई थी, वह इस शंखनाद से आ गई। ऐसा कार्य भी, जिसके सामने बुद्धिवाद घुटने टेकता है, कभी-कभी कोई 'शंख' ही कर जाता है।

इस शुद्धिकांड और अंदमान के बंदीगृह के कुल वृत्तांत में वहाँ के मुसलमानों का दुर्भाग्यवश बार-बार उल्लेख करना हमारे लिए अनिवार्य हो गया है। क्योंकि वहाँ के दुराचारी बंदियों की बस्ती में वे प्रायः मुसलमान ही थे, जो धर्मांधता से ग्रस्त थे। परंतु उनकी बात छोड़ दें तो भी अनेक लोग जानते हैं कि उस स्थान पर कुछ सज्जन मुसलमान भी थे, जिनसे हम सद्व्यवहार करते थे। हमारे लिए भी सद्प्रवृत्त धर्मांधों के मन में अत्यधिक आदरभाव था, क्योंकि हम धर्मांतरण तथा अत्याचार के प्रश्न को छोड़कर शेष हर काम में हिंदुओं की तरह ही मुसलमानों का भी पक्ष लेकर उनकी न्यायसंगत उचित सहायता अवश्य करते थे। हम राजबंदियों ने अंदमान के बंदी उपनिवेश का वन्य, बर्बर स्वरूप बदलकर उसे जो थोड़ा-बहुत मानवी स्वरूप दिलाया और उस संघर्ष में सरकारी अधिकारियों का कोपभाजन बनकर जो तीव्र ताप सहा, उसका लाभ मुसलमान बंदियों को भी उतना ही मिला जितना हिंदू बंदियों को। अत: आश्चर्य तब होता था जब उन्हें हमारा जिस तरह कृतज्ञ होना चाहिए था, वैसे नहीं होते थे; और यह बात हमारे निष्पक्ष प्रयास करने का सच्चा प्रमाण है कि धर्मांतरण का उत्तरदायित्व हम हिंदू पर भी उतना ही डालते थे जितना मुसलमानों पर।

अत्याचार से धर्मप्रचार नहीं

जो धर्म हमें सत्य प्रतीत होता है, उसका बुद्धिवाद से प्रसार करना प्रत्येक व्यक्ति का अधिकार है। मुसलमान प्रचारकों का दोष यह है कि वे यह प्रचार गुंडागर्दी, नीचता, हत्या, बलात्कार आदि राक्षसी, नृशंस साधनों द्वारा करने में भी नहीं झिझकते। प्राचीन काल में ईसाई धर्म का प्रचार भी इसी तरह होता था, पर आजकल उनसे सहसा ऐसा अत्याचार नहीं होता। परंतु मुसलमान धर्मांधता आज भी कई बार अत्याचार पर उतारू होती है। माना कि यह दोष अक्षम्य है तथापि हिंदुओं की वे रूढ़ियाँ, जो विधर्मी को इस तरह के अत्याचार करने के लिए प्रोत्साहित करती हैं, धर्मांतरण के संकट की दोषी होती हैं। हमारी तो यही भावना है कि हिंदू अपने धर्मांतर्गत दो घातक धारणाओं को त्याग दें और शुद्ध तथा स्वस्थ स्वास्थ्यवर्धक अन्न अथवा जल किसी के हाथों ग्रहण करने में कोई दोष नहीं मानें। इतना ही नहीं, अशुद्ध अन्न अथवा जल बलपूर्वक ग्रहण करना भी पड़ा तो भी उसमें तत्कालीन दोष से अधिक किसी प्रकार की भी भ्रष्टता शरीर या आत्मा को नहीं चिपकती, यह मानें। संक्षेप में, यदि वे यह निश्चय कर लें कि छूआछात मूर्खतापूर्ण धारणाओं की जो टाँगें पग-पग पर खटखट उछलती-फुदकती हैं, उन्हें तोड़

देंगे और छूआछात की इस धारणावश जिन हजारों लोगों को आज तक स्वधर्म से वंचित होना पड़ा, उन्हें पुन: स्वधर्म में लौटाकर स्वसमाज में उन्हें व्यवहार्य समझेंगे, तो मुसलमानों का धर्मांतरण का व्यवसाय आधे से अधिक चौपट हुआ ही समझिए। 'छूआछात' जैसे एक ही शब्द में हमारी प्राय: सभी रूढ़ियों की—जो हमारी सामाजिक एवं राष्ट्रीय अवनति का कारण हैं—जड़ें समाई हुई हैं। 'शुद्धि' भी इस 'छूआछात' के रोग के कारण आवश्यक बन गई है।

बहिष्कर्ताओं की ही शुद्धि

वस्तुत: गोवा जैसे प्रांतों में, जिन्हें मात्र इस 'छूआछात' की भोली मूर्खतापूर्ण धारणावश हमने अपने से अलग कर दिया, उनके जैसे स्वजनों को पुन: पितृगृह में वापस लेते समय उन्हें शुद्ध करने की इतनी आवश्यकता नहीं है जितनी हम जैसे लोगों को—जिन्होंने बलपूर्वक उन्हें पितृगृह के बाहर निकालकर भीतर नहीं आने दिया—अपनी इस ज्ञान विघातक उद्दंड क्रूरता के लिए प्रायश्चित्त करने की जरूरत है। शुद्धि बहिष्कृतों की नहीं, अपितु हम बहिष्कर्ताओं की होनी चाहिए, जिन्होंने निरपराध स्वजनों को बहिष्कृत किया।

हमारा विश्वास है कि अन्न-जलादि की छूआछात का त्याग तथा धर्म बहिष्कृतों के शुद्धिकरण की रूढ़ि, ये दो सुधारणाएँ हिंदू अपने समाज में करेंगे, तो उस योग से मुसलमानों को हिंदुओं के आपद्ग्रस्त लोगों को भ्रष्ट करना कठिन होगा और उन लोगों को, जिन्हें भ्रष्ट किया गया है, सँभलना उससे भी अधिक कठिन होगा। उससे वे बुद्धिवाद की सहायता से जितने अधिक हिंदुओं का धर्मांतरण कर सकते अथवा उसे सँभाल सकते, उतने ही हिंदुओं को मुसलमान होने से और उसी न्यायसंगत रीति से मुसलमानों को भी हिंदू बनाने में हिंदुओं को कोई आपत्ति नहीं रहेगी—एक ओर से मुसलमानों की अत्याचारी प्रवृत्ति अवसरसाध्य न होने से तथा निष्फल सिद्ध होने से कम होगी और दूसरी ओर हिंदुओं का अपने धर्म-बांधवों को छीना-झपटी से ले जानेवाले मुसलमानों के प्रति जो स्वाभाविक आवेश होता है वह भी कम्र होगा। तलवार तो दोनों की ही टूट चुकी है। तत्त्व प्रसार करने का दोनों को ही अधिकार है। हिंदू 'भ्रष्टता' की धारणा से अपनी बुद्धि भ्रष्ट न करें। इससे मुसलमान धर्मांतरण के तीन साधनों—भ्रष्टता, तलवार और तत्त्व—में से जो उन्हें अनुकूल हो गए हैं—तत्त्व ही न्यायसंगत साधन शेष रहेगा और धर्मांतरण का विवाद मिट जाएगा। अर्थात् वह प्रचंड बहाना ही दूर होगा, जो हिंदू-मुसलमानों की तीव्र स्पर्धा का कारण था।

अत: हम हमेशा यही प्रतिपादित करते हैं कि हिंदू संगठन और शुद्धि कार्य हिंदू-मुसलमानों के शाश्वत विरोध के नहीं, अपितु शाश्वत एकता के महत्त्वपूर्ण साधन हैं।

हैं। इसी दृष्टि से हमने अंदमान में उसको स्वीकार किया था। सन् १९१३ में हमने शुद्धि-कार्यार्थ पहला विवाद हाथ में लिया था। तभी से सन् १९२०-२१ तक अंदमान में, उसके बाद हिंदुस्थान के कारागार में और सन् १९२४ में बरी होने के पश्चात् आज तक संगठन और शुद्धि* कार्य के लिए इसी न्यायसंगत आकांक्षा से हम प्रयासरत हैं। मुसलमान बंधु, ईसाई बंधु अथवा मानवजातीय किसी बर्बर से भी बर्बर जाति से हम न विद्वेष करते हैं, न घृणा। हाँ, उनमें से व्यक्तियों की या व्यक्ति संघ की अत्याचारी प्रवृत्ति का प्रतिरोध अवश्य करते हैं; क्योंकि हमें आशा है और विश्वास है कि इस शुद्धि की रूढ़ि से ही हिंदू-मुसलमानों की शाश्वत एवं लाभदायक एकता के लिए भारी और दृढ़ सहायता मिलनेवाली है।

□

* स्वा. वीर सावरकर ने अपने मृत्युपत्र में ऐसा लिख रखा है कि शुद्धि कार्यार्थ ही पाँच सहस्र रुपए दिए जाएँ—इस कार्य के संबंध में उन्हें अंत तक इतनी आस्था एवं चिंता थी।

प्रकरण–३

यूरोपीय जर्मन महायुद्ध

उत्तरार्ध के प्रथम प्रकरण से पाठकों को ज्ञात हुआ होगा कि पहले–पहले राजबंदियों को स्वदेशीय राजनीति के समाचार मिलना जितना कठिन था उतना बाद में नहीं रहा था। प्रथमतः बंदियों को ही नहीं अपितु वहाँ के उच्च अधिकारियों को भी राजनीति में बिलकुल भी रुचि न होने के कारण उनके मन में राजबंदियों की सहायता करने की बात हो तो वे पैसे, मेवा, खाद्य पदार्थ आदि देने लगते। परंतु 'समाचार दो' कहने से उनकी समझ में नहीं आता था कि यह सेवा वे कैसे करें? भूगोल, इतिहास अथवा प्रस्तुत राजनीति के नाम अवगत न होने के कारण समाचार सुनने पर भी बंदियों को उसका स्मरण नहीं रहता। शिक्षित भारतीय अधिकारियों में कई ऐसे थे, जिन्होंने केवल हमारे अनुरोध से और हमें समाचार पहुँचाने के लिए ही ध्यानपूर्वक समाचार–पत्र पढ़ना आरंभ किया, तथापि राजबंदियों के उपदेश तथा आंदोलन से वहाँ के लोगों का राजनीतिक, मानसिक वातावरण जैसे–जैसे विस्तृत होने लगा वैसे–वैसे हमें समाचार मिलने लगे। कहाँ तो कूड़े की गाड़ी से गंदगी में सने कागजों के फटे–चीथड़े चुनते हुए स्वदेश का समाचार प्राप्त करने के वे दिन और कहाँ सन् १९१४ के वे दिन, जब पिछले अध्याय में वर्णित विभिन्न स्वदेशी समाचार–पत्र समूचे पढ़ने के लिए मिलते थे! अधिकारियों का रोष कम होने से ये दिन नहीं आए, क्योंकि इसी वर्ष एक उत्तर हिंदुस्थानी वॉर्डर को, जिसका नाम 'ब्रह्मगिरि' था, हमें दूर से राम–राम करते हुए एक मुसलमानी पठान तंडेल ने, जिसका नाम दौलत खान था, देखा और उसे पकड़कर वॉर्डर के पद से हटाकर कठोर परिश्रम के काम पर भेज दिया। लेकिन शीघ्र ही दौलत खान की दौलत भी मिट्टी में मिल गई। कारण, वह चोरी–चोरी हम बंदियों का भोजन खाते हुए रँगे हाथ पकड़ लिया गया। इस उदाहरण से यह स्पष्ट होगा कि राजबंदियों से और विशेषतः हमसे कोई भी बंदी संपर्क न रखे, इसपर अधिकारी कितना जोर देते थे। अधिकारियों के ऐसे रुख में कमी आने से नहीं, अपितु बंदियों में प्रचार करने से उनमें राजनीति का ज्ञान

और रुचि बढ़ती गई। परिणामत: पहले से अधिक मात्रा में समाचार मिलने लगे, और इस कारण बारी जैसे अधिकारी, जो पहले केवल हमें मानसिक यातनाएँ देने के लिए ही गप उड़ाते थे, उनका धंधा ठप होने लगा—इतना कि उन्हें भारतीय पक्ष की जीत के कुछ समाचार हम ही दे देते। इस प्रकार के एक-दो मनोरंजक उदाहरण देता हूँ।

गवर्नर जनरल पर बम

सन् १९१२ में दिल्ली में भव्य राज-समारोह था और उसमें चतुरंग दल-बल सहित हाथी पर राजसी तामझामवाली अंबारी में बैठे हुए तत्कालीन गवर्नर जनरल लॉर्ड हार्डिंग पर बम फेंके जाने से इस समारोह का भयानक अंत हुआ। अंदमान कारावास के वरिष्ठ अधिकारी, चीफ कमिश्नर को जैसे ही यह समाचार* मिला और उसने उस गोपनीय (confidential) समाचार को जैसे ही अपने अन्य अधिकारियों को बताया, तत्काल वह समाचार हमें भी हमारी कोठरी में मिल गया। मौखिक रूप में तो समाचार प्राप्त होता ही, परंतु उसके वाहक अबोध व्यक्ति से, कभी कुछ गलतियाँ भी हो ही जाती थीं, अत: प्रात:काल जब एक गोरा अधिकारी नित्य नियमानुसार काम देखने के लिए आया और हमसे बात करने लगा, तो हमने उसके मन की थाह पाने और यह देखने के लिए कि कहीं वह भी यही समाचार दोहराता है या नहीं, उससे सहज भाव से पूछा, "दिल्ली में पूरा समारोह निर्विघ्न रूप से संपन्न हो गया न ?" उस समय तक वह समाचार न मिलने के कारण नित्य की तरह उस अधिकारी ने गर्व से उत्तर दिया, "हमारी साम्राज्य-शक्ति का वह विराट् प्रदर्शन देखकर आपके मुट्ठी भर क्रांतिकारियों के तोते उड़ गए होंगे।" यह सुनकर हमें हँसी आ गई, जो उसे चुभ गई। उसने पुन: कार्यालय में जाकर देखा तो बारी ने जेब से दिल्ली का तार निकालकर उसे दे दिया। वह तार देखते ही एक गाली देकर उसने कहा, "इसमें कोई संदेह नहीं, इन राजबंदियों को यह समाचार मिल गया है।" बारी चौंक उठा। गुप्त रूप से खोज शुरू हो गई।

देखा तो, न केवल राजबंदियों के वरन् बंदीगृह के साधारण बंदियों की जबान पर भी यही समाचार था। कचहरी में बारी का तांडव प्रारंभ हो गया। एक शिक्षित युवा बंदी पर, जो कारागार में लिपिक था और जब से वह बंदीशाला में प्रविष्ट हुआ तभी से हमसे स्नेह करता था, बारी को संदेह था। उसे निरंतर दो दिन तक तंग करने के बाद भी जब उसने यह नहीं बताया कि मुझे यह समाचार किसने दिया, तब बारी साहब गर्जना करने लगे, "ठहर, तुझ पर कोड़े बरसाता हूँ।" वह स्वाभिमानी लड़का था, "मारो,

---

* २३ दिसंबर के दिन यह बम फेंका गया। इस संबंध में १३ जनों पर अभियोग लगाया गया। उनमें अमीर चंद, अवध बिहारी, बाल मुकुंद और वसंत कुमार विश्वास को फाँसी हुई। मुख्य अभियुक्त रास बिहारी बोस पकड़े नहीं गए।

अभी मारो'' कहता हुआ कलम रख उठकर खड़ा हो गया। उसे पर्यवेक्षक के पास ले जाया गया, परंतु उसके विरुद्ध कुछ भी प्रमाण न मिलने के कारण और सरकारी काम करने में उसकी तत्परता तथा सुचारु कार्य प्रणाली से पर्यवेक्षक के प्रभावित होने के कारण उसने कहा, ''पुनः संदेह करने लायक यदि सावरकर से तुम्हारा संबंध दिखाई दिया तो तुम पर बेंत बरसाए जाएँगे। आज बस इतनी ही चेतावनी के साथ तुम्हें छोड़ देता हूँ।'' इतना कहकर उसे छोड़ दिया गया।

राजबंदियों की सहायता करना हमारा कर्तव्य ही है, फिर भले ही हमें दंड मिले; ऐसों को छोड़कर भी जिन देशसेवक बंदियों के मन में उपर्युक्त सज्जन जैसी भावना थी, उसके कारण बंदी भी अब हमारी सहायता करने में इतने नहीं घबराते थे। क्योंकि कभी-कभी अधिकारियों के कोपभाजन का लक्ष्य बनकर उन्हें वॉर्डर-पद से वंचित होना पड़ता अथवा बाहर कठोर काम के लिए भेजा जाता, तथापि बाहर भी धीरे-धीरे देशसेवक अधिकारियों को और बंदियों का दल बन जाने से राजबंदियों के लिए अथवा राजनीति के लिए कोई 'टूट' कर अथवा दंड पाकर आते ही हमारे लोग उसे कुछ हलका-फुलका आराम का काम दे देते। वे थोड़ी-बहुत पैसे की कमी को भी दूर करते। इस सहयोग के आधार पर बंदी देशसेवा का अपना कर्तव्य निर्भीकतापूर्वक निभाते।

हमने जान-बूझकर बारी को दरशाया कि दिल्ली के बम कांड का समाचार हमें मिल चुका है। उद्देश्य यह था कि यदि ऐसा प्रसंग देखकर उसे एक बार हमें समाचार नहीं मिलने देने के प्रयास की व्यर्थता का बोध हो गया तो बंदियों को बिना किसी कारण से छिटपुट बातों के लिए वह तंग नहीं करेगा। यह देखकर कि चाहे कुछ भी करो, हमें समाचार मिलते ही हैं, वह थक गया। कभी-कभी वह हमसे स्पष्ट शब्दों में कह देता और सुपरिंटेंडेंट से भी कहता, ''राजबंदियों का आपस में बातचीत बंद करना और उन्हें बाहर से समाचार न मिलने देना—मैं ही नहीं, अपितु (Even if the devil be sent here as a jailor instead of me) वह शैतान भी हथियार डाल देगा।'' आगे तो वह इस वाक्य को बार-बार दोहराता और सर्वथा निढाल होकर केवल उसे ही समाचार सुनने-सुनाने के अपराध में पकड़ता जो सामने आ जाता। इतना ही नहीं, हमें समाचार मिलते हैं, इसका हम बार-बार आभास कराते थे, जिससे वरिष्ठ अधिकारियों को एक सर्वथा विपरीत उपाय का सहारा लेना पड़ा। हमें जो समाचार प्राप्त होता, कभी-कभी वह राई का पहाड़ बना हुआ मिलता, क्योंकि समाचारवाहक अबोध होते। उदाहरणार्थ, दिल्ली के बम कांड में 'चार बड़े-बड़े लॉर्ड्स मारे गए'—इस तरह बाजार में लोग चर्चा करने लगे। ऐसी अवस्था में समाचार रोकने अथवा छिपाकर रखने का अकारण क्लेश निष्फल सहते रहने से ऊबकर अधिकारियों को होश आना स्वाभाविक था। वे कहते, ''इस तरह समाचार छिपाकर इस अज्ञ अतिशयोक्ति की हानि से तो श्रेयस्कर वह

हानि है, जो स्वयं समाचार देने से होगी।'' और वस्तुतः उन्हें यह पहले ही समझ लेना चाहिए था। तब से वे हमें समाचार-पत्र भी देने लगे और जब स्वयं बारी से समाचार-पत्र कभी-कभी मिलने लगे तब राजबंदियों का कहीं से भी विकृत तथा अपक्व समाचार प्राप्त करने का अप्रकट प्रयास भी कम होना स्वाभाविक हो गया।

दिल्ली-बम कांड का समाचार हमने प्राप्त किया, इस संबंध में हमसे प्रतिशोध लेने के लिए बारी ने एक दिन कारागार में यह गप उड़ाई कि सावरकर का छोटा भाई इसी बम कांड में पकड़ा गया है।

यह इतना असंभवनीय तो नहीं था, क्योंकि सचमुच ही उस मामले में उसे अत्यधिक मुसीबतें सहनी पड़ीं। परंतु उस समय हमें कुछ पता नहीं था, इसलिए स्वाभाविक था कि यह जानने के लिए हम उत्सुक हो गए कि यह सत्य है या असत्य। दोपहर में पर्यवेक्षक ने भी सहज ढंग से हमसे कहा, ''क्यों? अब केवल आपका छोटा भाई ही बाहर रह गया है न!''

इससे पहले कि हम उत्तर देते, बारी ही सस्मित कहने लगे, ''भई, सब्र करो। वह भी शीघ्र ही इधर आएगा।'' उसे इस तरह निर्लज्जतापूर्वक निर्मम, कठोर व्यंग्य कसने की आदत थी ही। किंचित् झुँझलाते हुए हमने कहा, ''वह ही क्यों महाशय, हिंदुस्थान का कोई भी व्यक्ति यहाँ आ सकता है। पूरा हिंदुस्थान ही एक प्रचंड बंदीशाला है और आयरलैंड भी।'' बारी आयरिश होने के कारण तनिक खिसिया सा गया, तब पर्यवेक्षक ने कहा, ''ना-ना, यह मैं नहीं जानता कि वह डरपोक है।'' मैंने उससे कुछ समाचार उगलवाने के लिए पूछा, ''भला वह कैसे?'' सुपरिंटेंडेंट ने कहा, ''दिल्ली का समाचार सुनते ही उसने अपने आप घबराते हुए पुलिस के प्रमुख अधिकारी को तार भेजा 'मैं कलकत्ता में हूँ। आगे-पीछे आप मुझ पर आरोप लगाएँगे, इसीलिए पहले ही सूचित करता हूँ'।'' मैंने कहा, ''तो फिर पूरे कलकत्ता में वही एक चतुर तथा बुद्धिमान् व्यक्ति है। जाहिर है कि बम उसने नहीं फेंका। परंतु अगर फेंका भी होता तो भी उसे इसी तरह पुलिस को तुरंत तार भेजकर चकमा देना चाहिए था। नहीं, वह डरपोक नहीं है, जो दुष्ट शत्रु पर वार करके खिसक जाने में भी सफल होता है, वही सच्चा शूर है।'' हमारा यह मानसिक क्लेशों से संतप्त उत्तर सुनकर पर्यवेक्षक भी चौंक पड़ा और अधिक कुछ भी न कहकर वहाँ से चुपचाप खिसक गया।

दो-तीन दिन हम इसी चिंता में अशांत और अन्यमनस्क थे कि अनुज कहीं सचमुच ही विपद्ग्रस्त तो नहीं है। पुनः-पुनः—

''की घेतले व्रत नहि अम्हि अंधते ने
लब्धप्रकाश इतिहास-निसर्ग माने।

जे दिव्य, दाहक म्हणूनि असावयाचे
'बुध्याचि' वाण धरिले करि हे सतीचे॥*
(नहीं लिया हमने यह व्रत अंधता में
लिया इसे इतिहास और प्रकृति के प्रकाश में
जो दिव्य, दहकता ही होगा हमेशा
ऐसा सति व्रत जान-बूझकर लिया हमने।)"

यह पद मन-ही-मन दोहराते हुए 'अब जो होगा सो होगा' कहते हुए मन को आश्वस्त कर रहे थे। परंतु आगे सत्य समाचार ज्ञात होने पर यह चिंता भी जाती रही। इस तरह अकारण मानसिक यातना देने के लिए बारी जो प्रयास करता, उससे संबंधित एक और उदाहरण याद हो आया है। एक दिन उन्होंने पूछा, "लाला हरदयाल कौन है?"

लाला हरदयाल

मैंने कहा कि जब गृहमंत्री आए थे तब उन्होंने मुझे आपके सामने बताया था कि 'लाला हरदयाल अमेरिका में क्रांतिकारी पक्ष के नेता हैं।' यह आप भी अच्छी तरह से जानते हैं। उनसे संबंधित कुछ विशेष बात हो तो बताइए। बारी ने चुपके से यह समाचार दिया कि लाला हरदयालजी को हत्या के आरोप में पकड़कर बंबई लाया गया है। हमारा दिल दहल गया। हमारे साथियों में प्रमुख सहयोगी तथा तत्कालीन क्रांतिकारियों का नेता पकड़ा गया। अब उनके जीवन की, आत्मसम्मान की हमारे सदृश ही धज्जियाँ उड़ेंगी? यह इस देश का दुर्भाग्य है। हमें उन दिनों का स्मरण हो आया, जब हमें भी इसी तरह विदेश में पकड़कर लाया गया था। इसकी टोह लेने, पूछताछ के लिए वॉर्डर को गुप्त रूप से बाहर भेजा। उसे उस नाम को स्मरण रखना कठिन हो गया। उसे इस बार तोतारटंत करवाई। मन तो खीझ और झुंझलाहट से भरा ही था कि हमारे देश की यह कैसी दुर्दशा! जो लोग सिर पर कफन बाँधकर देश-विदेश में दर-दर की ठोकरें खाते हुए, स्वाधीनता के लिए अपनी जान की बाजी लगाते हुए जूझ रहे हैं, उनका नाम तक इस कृतघ्न देश के लिए अज्ञात है। इन विचारों से मेरा सिर भन्ना गया। साथी राजबंदियों ने उसपर पानी डाल मुझे थोड़ा शांत किया। उसी समय पर्यवेक्षक दैनिक निरीक्षण के लिए आया और मुझसे पूछा, "क्यों जी, क्या यह सच है कि हरदयाल आपके मित्र थे?" मैंने स्पष्ट किया, "जी हाँ, मुझे उनकी मित्रता का सम्मान प्राप्त हो चुका है।" वे बोले, "उन्हें हत्या के अभियोग में पकड़ा गया है। दिल्ली के बम कांड में भी उनका हाथ है।" मैंने कहा, "होगा। ऐसा होने से भी उनके प्रति मेरे हृदय में जो

* लंदन में सन् १९१० में जब वीर सावरकर पकड़े गए तब उन्होंने अपनी भाभी को 'मेरा मृत्यु-पत्र' शीर्षक से एक सांत्वना, पर काव्यमय पत्र भेजा था। यह पद उसमें से उद्धृत है।

स्नेह और सम्मान है उसमें रत्ती भर की कमी नहीं आएगी।'' मेरे इस दो-टूक उत्तर और मेरी तप्त मुद्रा से पर्यवेक्षक ने सहज भाँप लिया कि आज के तेवर नित्य की भाँति हँसते, खेलते तथा नरम विनोदवाले नहीं, अपितु क्षुब्ध हैं। विषय बदलकर वह चलता बना। मेरे इन दो-टूक, धृष्टतापूर्ण उत्तरों से राजबंदी चिंतित हो गए। मैंने कहा, ''मैं सब समझता हूँ। परंतु यह कायरता मुझसे नहीं हो रही थी कि हरदयाल पकड़े जाएँ और उसी दिन हम उनका गौरव करना तो दूर, उनके स्नेह-संबंधों को भी स्वीकार करने में हिचकिचाएँ। हरदयाल मेरे सुहृद हैं। मुझे और क्या दंड देंगे?...हमें यह सीखना होगा। हरदयाल के ऋण से मुक्त होने का यही एकमात्र मार्ग है।''

धीरे-धीरे मन शांत होकर सही समाचार पाने के पीछे पड़ गया। एक-दो दिन में पता चला कि वे अमेरिका में पकड़े गए।* परंतु (जमानत पर) छूट गए। हम राजबंदी अब आते-जाते बारी से पूछने लगे, ''हरदयाल अब बंबई में हैं या उन्हें दिल्ली लाया गया?'' वह समझता, सत्य ही ये लोग अज्ञान में हैं। अत: वह कहता, ''दिल्ली में।'' एक दिन तो महाशय इतने बहक गए कि बोले, ''हरदयाल को दंड मिल गया है। शीघ्र ही पोर्ट ब्लेअर चालान होगा।'' हमने अपनी हँसी दबाते हुए कहा, ''देखिए, वे इधर आ जाएँ तो उन्हें इधर मेरी कोठरी के निकट की कोठरी ही दीजिए, एक बार उनसे जी भरकर बातें तो कर लूँ।''

तब भी मर्म न समझते हुए हमारी लपेट में आते हुए बंदीपाल ने गंभीर मुद्रा बनाते हुए कहा, ''इसपर विचार करेंगे।'' इस वाक्य के साथ ही पंक्ति में बैठे पाँच-दस राजबंदी हँसी रोकने में असमर्थ हो जोर-जोर से हँसने लगे। तब कहीं वह अनाड़ी समझा कि उन्हें इससे पूर्व ही मेरी गप की पोल ज्ञात हो गई है और ये मुझे उल्लू बना रहे हैं।

कुछ दिनों के पश्चात् हमें निश्चित समाचार मिला कि हरदयाल अमेरिकी सरकार को झाँसा देकर भाग गए। इतना ही नहीं, अपितु अमेरिकी सरकार ने स्वेच्छा से यह झाँसा खाया। कुछ भी हो, हरदयाल के निर्विघ्न छुटकारे का समाचार सुनते ही हमारे सिर से एक बोझ उतर गया।

सुरेंद्रनाथ बनर्जी

हिंदुस्थान के प्रख्यात नेताओं के विषय में अधिकारियों द्वारा इसी प्रकार के हेय व्यंग्योद्गार अधिकारियों द्वारा निकालने का एक और उदाहरण कालक्रम छूटने पर भी अनुसंधानार्थ रखता हूँ। हमारा स्वास्थ्य आगे बहुत ही गिर गया और हमने रुग्णशय्या

* १६ मार्च, १९१४ के दिन हरदयाल पकड़े गए और जमानत (bail) पर बरी हो गए। बरी होते ही वे स्विट्जरलैंड खिसक गए।

पकड़ी। तब एक बार अंदमान के चीफ कमिश्नर हमें देखने आए थे। वे मुझसे नित्य शिष्टतापूर्ण व्यवहार करते। बातों-ही-बातों में उन्होंने कहा, "कुछ ही दिन पूर्व मैं यूरोप से हिंदुस्थान आ रहा था कि मुझे सुरेंद्रनाथ बनर्जी जहाज पर मिले थे। उनसे परिचय होते ही उन्होंने पूछा, 'सावरकर का स्वास्थ्य कैसा है? और उन्होंने यह भी पूछा कि यदि उनसे संवेदना प्रकट करने और राजबंदियों की स्थिति प्रत्यक्ष देखने अंदमान आना चाहूँ तो क्या मुझे अनुमति मिल सकती है'?" यह सुनकर मैंने चीफ कमिश्नर से पूछा, "तो फिर आपने क्या कहा?" उन्होंने उत्तर दिया, "मैंने कहा, आइए। परंतु निश्चित उत्तर बाद में सूचित करूँगा। पर सावरकर, आपके सुरेंद्रनाथ आ गए तो उन्हें ठहराने के लिए आपके साथवाली बंदी-कोठरी से अधिक सुविधाजनक स्थान अंदमान में हमारे पास नहीं है।" मैंने भी उसी तरह सस्मित मुद्रा के साथ कहा, "क्यों? चीफ कमिश्नर की कोठी जो है। दो दिन चीफ कमिश्नर साहब इस बंदी-कोठरी में रहें, यद्यपि वह अतिथि महोदय की योग्यतानुरूप तो नहीं है, पर जो है, जैसी है, वह कोठी उनको सौंपें।"

यहाँ पर यह भी बताना हमारा कर्तव्य है कि बंगाल के इस वृद्ध योद्धा, सुरेंद्रनाथजी ने आदि से अंत तक राजबंदियों और मेरे प्रति जिस आस्था का प्रदर्शन किया और 'बंगाली' से लेकर 'विधि मंडल' (कौंसिल) तक मेरी जो सहायता की, उतनी हिंदुस्थान के अन्य किसी भी नेता ने कदाचित् ही की होगी। हमें रह-रहकर इस बात का खेद है कि हमारा यह आभार-प्रदर्शन सुनने के लिए आज वह देशभक्त नहीं रहा।

पूर्वार्ध में हमने साधारणत: सन् १९१४ के मध्य तक कारावास की अपनी कथा पहुँचाई थी। हड़ताल के परिणामस्वरूप राजबंदियों की माँगें स्वीकृत हुईं और हमने काम शुरू किया। यह समाचार मिलते ही चीफ कमिश्नर को भी एक झंझट समाप्त हुआ लगा और पहले कभी किसी को न भेजा गया एक पत्र भेजकर* मेरा अभिनंदन किया और हम इस चिंता से व्यग्र होकर कि इस कारागार में इस एक ही कोठरी में चौदह वर्ष कैसे निकालें, कालक्रमण करने लगे। कारागार में आने पर तो यही सोचा था कि अधिक-से-अधिक पाँच वर्ष इस कारागार में बिताने पड़ेंगे। परंतु अब चौदह बरसों की यह लंबी, अँधेरी सुरंग, जो हमारे जीवन-रथ के लिए अटल, अपरिहार्य थी, मुँह फाड़े सामने आ गई।

द्वीपांतर वास का दंड पाते ही अंदमान के नियमों की पुस्तिका पढ़कर हमने अपनी युवा पत्नी को आश्वासनार्थ एक कविताबद्ध पत्र लिखकर सूचित किया था कि अधिक-से-अधिक पाँच वर्ष धीरज रखो। उसके पश्चात् अंदमान में ही सही, हम प्रेम की कुटिया में साथ मिलेंगे और अपने हाथों से बनाई गई कुटिया के आगे मंडली पर

* इस पत्र की तारीख २६ जून, १९१४ है।

फूलों से लदी-फदी बेला, चमेली, मोतिया, मालती, जूही की लता-वल्लरियों के साथ स्नेह संबंध जोड़कर रस-बस जाएँगे, जनसंपर्क नहीं तो न सही।

परंतु अब वह आशा भी निष्फलित हो गई। आज जो विपदा कठिन-से-कठिन समझकर स्वीकार करें, वही कल आनेवाले संकटों के सामने सामान्य प्रतीत होती, कष्टों की ऐसी झड़ी लग गई। जो भी आता वह बीते हुए को ठीक कहता। ऐसे मानसिक उत्ताप में कल्पना की बेला-चमेली भी सूख गईं, कल्पना-सृष्टि की नमी से भी प्राण वंचित हो गए।

उसमें भी हमारे कष्ट में भागीदार हुए और संकट में हमपर अत्यंत प्रेम और भक्तिभाव रखनेवाले हमारे राजबंदीवान सहतपी हमारी ही की हुई माँग के अधीन हिंदुस्थान भेजे गए और उन्हें वहाँ के कारावास के नियमों के अनुसार दंड में छूट मिलेगी, इसकी खुशी भी होती थी, फिर भी उन सबका एक साथ वियोग होने से हम ही पाँच-छह लोग पीछे रह गए। इससे मन बहुत उदास हो गया। कोई प्रेम से बुलाए, किसी को सस्नेह आ बैठ कहें, ऐसी उत्कट इच्छा होती, पर ममतामय मनुष्य उस निष्ठुर कारागृह में कौन मिलेगा? मन-ही-मन सोचता रहता। शून्य लंबी-लंबी रातें कटते न कटती थीं। नया स्नेह, नई घटना, आशाओं से भरा कुछ नया खाद्य न मिलने से स्मृति के कपाटों में से पुरानी स्मृतियाँ, बीती हुई घटनाएँ, अतीत की मधुर स्नेह स्मृतियाँ निकाल-निकाल उनसे क्रीड़ा करते बैठे रहते। परंतु इस चित्रित भोजन से भूख कैसे शांत होती? कभी-कभी इस क्षुधा से आकुलित विकार और विचार चोरों की किसी अकाल पीड़ित भयंकर भूखी टोली सदृश दंगा-फसाद करके विद्रोह पर उतारू होते। किसी भी तरह से उनका शमन दुष्कर था। 'भूख! भूख!' आक्रोश करते वे चित्त का नाकों दम कर देते। इस तरह महीने बीत चले। बस, हमारे साथ कंधे से कंधा मिलाकर खड़े और क्लेशों में सहयोगी हमारे बंधुवर्ग को ही इस बात का अहसास होगा कि उन दिनों हमारा जीवन कितना दुस्सह था, क्योंकि वह इस प्रकार वियोग से विषण्ण, एकांत से संत्रस्त तथा स्नेह-प्रेम के लिए आकुलित था, तथापि उसमें यह अहसास जीवित था कि कर्तव्य करते रहना ही होगा। कर्तव्य करते भी रहे, पर मुक्ति की आशा नहीं थी। तीसरा भी एक मार्ग था। वह यह कि बंदीगृह से मुक्ति मिलने पर कर्तव्य करते हुए भी मुक्ति को साध्य करने की संभावना। उसी के लिए यथासंभव नियम-भंग के फंदे में न फँसते हुए हमने प्रतीक्षा की कि आज नहीं तो कल बाहर जाना संभव होगा। परंतु अंत में यह निश्चित आदेश प्राप्त होने पर कि चौदह बरस कारागृह में रहना ही होगा, बाहर निकलते हुए मुक्ति प्राप्ति की संभावना भी अस्तप्राय हो गई। हमें स्वयं ज्ञात नहीं कि वे निराशाजनक असह्य पहाड़ जैसे दिन हमने कैसे काटे।

अंग्रेजों के दामाद से युद्ध

इस प्रकार कुछ महीने बीते। इतने में हमें बाहर से यह समाचार प्राप्त हो गया कि अंग्रेजों का किसी अन्य देश से महासमर छिड़ गया है।

प्रथम इस बाजारू गप पर विश्वास नहीं हुआ, क्योंकि बंदियों को अपनी निराशाजनक अवस्था में ऐसी किसी काल्पनिक आशा का आधार थामने की आदत सी पड़ जाती है। कोई-न-कोई हर चार-पाँच महीनों में किसी 'जुबिली' के उत्सव की या तदर्थक होनेवाली बंदी मुक्ति की गप उड़ा देता। डूबते को इस काल्पनिक तिनके का आधार पाने की भी इच्छा होती। कुछ दिन इसी गप को लेकर व्यतीत होते। आगे चलकर वह झूठ सिद्ध होती। इतने में अफवाह का कोई अन्य तिनका कल्पना पर तैरता हुआ उनके सामने लहराता, युद्ध तो शुरू हो गया, पर किससे? यह पक्का किसी को ज्ञात नहीं, कारण अज्ञात। भारतीय बंदी को पूरे विश्व में मात्र दो राज्य ज्ञात थे—अंग्रेज और अमीर। मुसलमान को तुर्की के अस्तित्व का अहसास रहता। अतः युद्ध छिड़ने पर कोई कहता—वह अमीर के साथ छिड़ गया, कोई कहता—तुर्की से। दोनों में से चाहे किसी से भी हो, उससे अंग्रेजों का बाल भी बाँका नहीं होनेवाला था। अत: दो-तीन दिन हमने उधर अधिक ध्यान नहीं दिया। परंतु आगे चलकर यह समाचार प्राप्त हुआ कि अंग्रेजों ने अपने दामाद से ही युद्ध की घोषणा की है। यह दामाद कौन है? हमारे बाहरी मुखबिर मौखिक रूप में जर्मनी का नाम भेजते, परंतु अज्ञ दंडितों को, जो इस समाचार को भीतर लाते, उस नाम का विस्मरण होने के कारण वे बस इतना ही कहते, उनसे युद्ध छिड़ गया है, जिसे अंग्रेजों ने अपनी बेटी दी है। उन राजा-महाराजाओं की बेटी के लेन-देन की धारणा वे समझ सकते थे। परंतु हम असंमजस में पड़ गए। होते-करते एक लिखित चिट्ठी मँगवाई। उससे स्पष्ट बोध हुआ कि अंग्रेजों का जर्मनी से युद्ध छिड़ने की संभावना है। फ्रांस से तो भिड़ंत हो भी चुकी है।

जर्मनी का अंग्रेजों से युद्ध—अनेक वर्षों से जिसकी प्रतीक्षा थी, वह स्वर्ण घड़ी आ ही गई। पर वह ऐसी निरुपाय अवस्था में…यह केवल इतिहास!

यद्यपि इससे पहले कई बार कहा है, तथापि भ्रामक अनुमान टालने के लिए पुनः एक बार स्पष्ट करता हूँ कि हमने इस सारे कथन में जो विचार अथवा भावनाओं का वर्णन किया है अथवा भविष्य में भी जो वर्णन करेंगे, वे विचार और भावनाएँ उस विशेष समय पर उत्पन्न हुई थीं। कोई ऐसा अनुमान न करे कि उस विशेष समय पर उत्पन्न होने से हम आज भी उनसे सहमत ही हैं। यह केवल इतिहास है, उसका समर्थन नहीं।

जर्मनी का ध्यान हिंदुस्थान की राजनीति की ओर होने में सबसे पहले 'अभिनव भारत' के प्रयास ही प्रमुख रूप से कारणीभूत हुए थे। हम यूरोप में जब गए तब जर्मन, फ्रेंच, आयरिश, तुर्क (तरुण तुर्क), मिस्र आदि परराष्ट्रियों से संवाद करते समय हमें

इस बात का स्पष्ट अनुभव होता कि यूरोप में यह कल्पना ही नहीं थी कि हिंदुस्थानी कोई सजीव लोग भी होते हैं। राष्ट्र की दृष्टि से कोई हिंदुस्थान का अस्तित्व मानता ही नहीं था। उनके विचार से वह एक मृत संस्कृति है और अंतरराष्ट्रीय राजनीति की बाजी में इस पत्ते का गौण प्रयोग करना भी असंभव है। परंतु 'अभिनव भारत' के इंग्लैंड में किए हुए झगड़ों से इंग्लैंड के समाचार-पत्रों तथा जनता में जैसे ही हिंदुस्थान विषयक खलबली मची, वैसे ही यूरोप के धूर्त, चालबाज नेताओं का ध्यान हिंदुस्थान की ओर आकर्षित होने लगा। विशेषत: फ्रांस और जर्मनी में हिंदुस्थान की आकांक्षाओं की घोषणा करने के लिए 'अभिनव भारत' के प्रमुख व्यक्तियों के प्रयास चलते रहते। मैडम कामा के जर्मनी में हुए एक व्याख्यान का उल्लेख हमारे अभियोग में किया गया है। उसके बाद वहाँ के समाचार-पत्रों में क्रांतिकारियों के लेख भी कभी-कभी प्रकाशित होते। आगे चलकर मदनलाल धींगरा द्वारा की गई सर कर्जन वायली की दारुण हत्या,[१] उसका निर्भयता से फाँसी पर चढ़ना और 'अभिनव भारत' के अन्य नेताओं तथा उनके आंदोलन पर जर्मनी और फ्रांस में अंग्रेजों की खुफिया पुलिसों द्वारा पीछा करना आदि कारणों से यूरोप में भारतीय राष्ट्र की राजनीतिक शक्ति पर विश्वास बढ़ता गया। धींगरा ने अपनी पैरवी के समय दिए गए प्रखर बयान (statement) में जर्मनों का उल्लेख किया था। उसके पश्चात् यह खोजने के लिए कि हमारी पुस्तक 'सत्तावन के क्रांतियुद्ध का इतिहास' की छपाई का काम कहाँ चल रहा है, जर्मनी में अंग्रेज पुलिस द्वारा निरीक्षण आरंभ हो गया था। उस समय उनमें से कुछ जर्मन अधिकारियों के हमें संदेश भी आए थे। ऐसे ही एक प्रसंग में जर्मन पुलिस के एक हस्तक ने एक भारतीय क्रांतिकारी द्वारा, जो जर्मनी में रहता था, हमें एक आपातिक संदेश भेजा था कि 'आप शीघ्र ही पकड़े जाएँगे, अत: संदेश मिलते ही इंग्लैंड छोड़िए।' 'तलवार' नामक 'अभिनव भारत' का मुखपत्र जब शुरू हो गया तब उसके पहले ही अंक में 'कील' नहर के घोटाले का विस्तृत वर्णन करते हुए लिखा था कि पाँच-छह वर्षों में ही इंग्लैंड का जर्मनी से युद्ध छिड़ेगा। उस समय हिंदुस्थान की स्वाधीनता का समाधान होने का स्वर्णावसर आनेवाला है। आगे मार्सेलिस[२] में हमारी मुक्ति के लिए हमारे द्वारा किए गए साहस प्रदर्शन तथा पूरे यूरोप में भारतीय क्रांतिकारियों के प्रयत्नों तथा आकांक्षाओं की तथा उनकी प्रशंसा के लिए उनके प्राण-त्यागों की चर्चा आरंभ हो गई। हिंदुस्थान में घटित उथल-पुथल की अपेक्षा उनके द्वार पर ही घटित अनेक भयंकर एवं उत्क्षोभक कृत्यों से यूरोप में इस तरह की भावना उत्पन्न हो गई कि हिंदुस्थान जैसा राष्ट्र अभी मरा नहीं है और अंग्रेजों को वह अत्यंत क्लेशदायी सिद्ध होगा तथा वह अपने हाथ का भावी

---

१. १ जुलाई, १९०९

२. ८ जुलाई, १९१०

साधन है। जर्मनी और इंग्लैंड के बीच तीव्र प्रतिद्वंद्विता होने के कारण जर्मनी में यह भावना अधिक दृढ़ हो गई और हमारे पकड़े जाने के पश्चात् जर्मन नेताओं का भारतीय क्रांतिकारियों से विधिवत् गुप्त संबंध जोड़ने का प्रयास आरंभ हुआ। 'अभिनव भारत' के एक-दो कार्यकर्ता तथा बुद्धिमान् नेता इन प्रयासों का लाभ उठाने के लिए जर्मनी में ही जाकर रहने लगे और उन नेताओं के, जो अमेरिका गए थे, प्रस्थापित किए हुए 'गदर' पत्र में इस तरह के प्रक्षोभक लेख प्रकट रूप में आने लगे कि शीघ्र ही महायुद्ध होना संभव है, उस अवसर पर स्वदेश की मुक्ति का उग्र प्रयास करने के लिए तैयार हो जाइए। ये समाचार अंदमान में भी थोड़े-बहुत ज्ञात हो गए थे।

यह भूमिका संक्षेप में यहाँ प्रस्तुत करने का प्रमुख उद्‌देश्य यह है कि उससे पाठकगण इसकी कल्पना कर सकें कि जर्मन महायुद्ध का आरंभ होने का समाचार मिलते ही हमारे अभिनव भारतीय कार्यक्रम के अनुसार वह समाचार अनपेक्षित न होते हुए भी इस तरह की असहाय अवस्था में रहे कि उस चिराकांक्षित घटना का भी उसका पूरा-पूरा लाभ न ले सके—इसके लिए हम कितने छटपटा रहे होंगे। अब इसका विस्तृत लेखा-जोखा देने की आवश्यकता नहीं कि हमारी तत्कालीन भावनाएँ तथा योजनाएँ क्या हो सकती हैं ?

स्वयं असहाय अवस्था में होने के कारण, स्वराष्ट्र की संभावित मुक्ति का स्वर्णावसर, जो सदियों में एक-दो बार ही आता है, आया है, यह देखकर मेरा मन बहुत छटपटाया तथापि हमने निश्चय किया कि इस अवस्था में भी शीघ्र ही इस स्वर्णावसर का पर्व अपनी मातृभूमि के हाथ से फिसलकर न जाए, इसलिए जो दाँव-पेच लड़ाना संभव है, वह हम अवश्य लड़ाएँगे।

इतने में स्वयं पर्यवेक्षक ने निरीक्षण के दिन हमसे कहा कि 'यूरोप में एक बड़ा बहुराष्ट्रीय युद्ध छिड़ गया है और तुर्की जर्मनी के पक्ष में चला गया है। इस युद्ध के लिए पोर्ट ब्लेअर में चंदा इकट्‌ठा करने और वहीं के लेखकों की एक मासिक पत्रिका निकालने की भी योजना बन रही है। आप भी अपनी एक कविता अथवा लेख दीजिए।'

पर्यवेक्षक की इस विनती के अनुसार मैंने अंग्रेजी में एक लंबी कविता लिखकर दी थी। मेरी अंग्रेजी कविताएँ वहाँ के ब्रिटिश अधिकारियों में थोड़ी-बहुत परिचित थीं ही। मुझे संदेह था कि इस कविता के स्वतंत्र विचार उन्हें कहाँ तक जँचेंगे। परंतु उस पत्रिका के जन्म से पूर्व ही उसका अंत हो जाने से वह बात आई-गई हो गई।

तथापि पर्यवेक्षक द्वारा तुर्की राष्ट्र के जर्मनी से मिलने का समाचार देने से मेरे मन में तैयार किए गए वहाँ के कार्यक्रम का स्वरूप ही पलट गया। तुर्की राष्ट्र के युद्ध में इंग्लैंड के विरुद्ध जाने का समाचार सुनते ही मेरा मन, जो कि पान-इसलामी गुप्त महत्त्वाकांक्षा से चिरपरिचित था—हिंदुस्थान पर मँडरानेवाले अनेक नए संकटों के भय

से भर गया। तुर्कियों के युद्ध प्रवेश से जर्मनी का हाथ हिंदुस्थान तक पहुँच जाने से अंग्रेजी शासन के हिंदुस्थान में बुरी तरह असमंजस में पड़ने की संभावना थी। यह तो मेरी तत्कालीन योजना के लिए इष्टापत्ति ही थी, क्योंकि इस उलझन से हिंदुस्थान की वैध माँगें पूरी करने के लिए इंग्लैंड को बाध्य होना पड़ता, अन्यथा उन ऐंग्लो-जर्मन हाथियों को टक्कर देने में दोनों के ही मस्तक शीर्ण तथा चूर-चूर होकर हिंदुस्थान को अपनी आकांक्षाओं की पूर्ति अपने आप करने का अवसर प्राप्त हो जाता। परंतु इस हाथापाई में रूस के मुसलमानी टिड्डी दल को हिंदुस्थान पर आक्रमण करने के लिए उकसाकर हिंदुस्थानी मुसलमानों के, जो हिंदुस्थान के समाप्तप्राय मुसलमानी शासन को पुनः प्रस्थापित करना चाहते थे, राक्षसी प्रयास भी किंचित् शुरू हो सकते थे।

इन सारे दाँव-पेचों का पूर्ण विचार करके अपनी असहाय अवस्था में उस अवसर पर मैं क्या कर सकता हूँ, उसकी रूपरेखा मन में बनाकर उसका सूतोवाच करते हिंदुस्थान सरकार को एक आवेदन-पत्र भेजना निश्चित किया। यद्यपि मेरी योजना की रूपरेखा यहाँ देना असंभव है, फिर भी उस आवेदन-पत्र की रूपरेखा मात्र बता देना संभव है।

विवशतावश सशस्त्र प्रतिकार

पर्यवेक्षक द्वारा हिंदुस्थान सरकार को आवेदन-पत्र भेजने की अनुमति देते ही मैंने कहा कि हिंदुस्थान की राजनीतिक स्थिति से सरकार का चिंतित होना स्वाभाविक है, विशेषतः उनके मन में यह जिज्ञासा उत्पन्न होना संभव है कि इस युद्ध में हिंदुस्थानी क्रांतिकारी कौन सी नीति अपनाते हैं, अतः मेरे जैसा बंदी, जो क्रांतिकारी आंदोलन से निकटता से परिचित है, इसे अपना कर्तव्य समझता है कि उन्हें अपने विचारों से अवगत कराए। हिंदुस्थान को स्वाधीन राष्ट्र बनाना हमारा ध्येय था और अब भी है, तथापि हमने ऐसी कोई शपथ नहीं ली कि उस ध्येय के लिए केवल रक्तपात का या सशस्त्र प्रतिकार के मार्ग का ही अवलंबन करना है। इतना ही नहीं, अपितु अन्य कोई भी उपाय, यदि सफल होने की संभावना होती, तो हम सशस्त्र प्रतिकार का सहारा ही नहीं लेते।

जो बात साधन की, वही साध्य की। राजनीति का व्यवहार तथा शासनशास्त्र का उच्चतम ध्येय समस्त मनुष्यजाति को एक ऐसी प्रातिनिधिक संस्था का नागरिक बनाना है जिसमें सबको समान अधिकार प्राप्त हो। एक ईश्वर, एक भाषा, एक जाति, एक जीवन—इस तरह एक न्यायप्रवण तथा प्रातिनिधिक शांति साम्राज्य की आध्रुव ध्रुव स्थापना करके और उस मानव साम्राज्य में कुल, वंश, जाति—देश-भाषा भिन्नत्व के क्षुद्र अभिमान तथा अहंकार विलीन करके संपर्ण मनुष्यजाति का राजनीतिक एकीकरण ही हमारा ध्येय है, अतः हमें वे सारी संस्थाएँ इस सिद्धि के लिए तदनुकूल ग्राह्य ही प्रतीत होती हैं, क्योंकि वे उस ध्येयपथ की ओर बढ़ने के टप्पे हैं। ऐसा कोई साम्राज्य,

जो अनेक उपजातियों एवं राष्ट्रों को एक शासन प्रणाली में पिरो सके, उस ध्येय को व्यवहृत करने के लिए उपयुक्त ही होगा। अत: ऐसे साम्राज्य के हम कतई विरोधी नहीं हैं, जिसकी छत्रच्छाया में विभिन्न राष्ट्र अपने-अपने विकास के लिए पोषक स्वतंत्रता का भोग कर सकते हैं।

एतदर्थ आज जिसे ब्रिटिश साम्राज्य कहा जाता है, उसमें अंतर्भूत हिंदुस्थान देश को यदि उसकी अपनी प्रकृति के अनुसार तथा तत्स्थितिनुरूप स्वतंत्रता का उपभोग करने की अनुमति दी जाए तो उस साम्राज्य से एकनिष्ठ रहना हम अपना कर्तव्य समझेंगे। इस प्रकार वह साम्राज्य, जो आयरलैंड से हिंदुस्थान तक सभी देशों को एक सूत्र में पिरोने का कार्य करता है, 'ब्रिटिश साम्राज्य' नाम को भी त्याज्य समझेगा। उसे तब तक 'आर्य साम्राज्य' कहा जाए जब तक उसे कोई अन्य उपयुक्त नाम नहीं मिलता।

इन साम्राज्य चालकों में यदि सात्त्विक साहसी धैर्य हो तो कम-से-कम उसके अधीन हिंदुस्थान के इस विस्तृत और प्रमुख राष्ट्र को तो सत्वर ऐसे अधिकार प्रदान करें, जिससे वह स्वाधीनता के आनंद का भोग कर सके। युद्ध की धाँधली में अन्य कुछ करना असंभव हो तो भी यदि औपनिवेशिक स्वायत्तता (colonial self government) हिंदुस्थान को दी जाए और इस अधिकार-दान का सूतोवाच करने के लिए वरिष्ठ विधानमंडल में भारतीय प्रतिनिधियों का निरपवाद बहुमत प्रस्थापित किया जाए तो हिंदुस्थान देश के कल्याणार्थ ही हम और हमारे मत के क्रांतिकारी अपना पूर्वोक्त सशस्त्र प्रतिकार का मार्ग स्थगित करके इस युद्ध में इंग्लैंड के पक्ष का एकनिष्ठ भाव से समर्थन करेंगे।

हमारा यह विधान मन:पूर्वक है या नहीं, यह सिद्ध करने के लिए हमें अवसर प्रदान करने तथा भारतीय लोगों के मन में यह विश्वास उत्पन्न करने के लिए कि इंग्लैंड सत्य ही हिंदुस्थान की दासता की बेड़ियाँ तोड़ देना चाहता है, सरकार को प्रथमत: हम राजबंदियों को भी तुरंत मुक्त करना चाहिए। हम वचन देते हैं कि यदि इस समय हमें मुक्त किया जाएगा तो हम अफगान, तुर्क आदि एशिया के विदेशी मुसलमानों के झुंडों से, जो हिंदुस्थान पर आक्रमण करने का भरसक प्रयास कर रहे हैं, स्वदेश की रक्षा करने के लिए, सेना में भरती होकर हिंदुस्थान के सीमा समर पर अथवा अन्य किसी भी रणक्षेत्र में जाने के लिए आगे-पीछे नहीं देखेंगे। इस प्रकार स्वयं सैनिक होने की शर्तों पर हम राजबंदियों को बरी करके और हिंदुस्थान को औपनिवेशिक स्वायत्तता प्रदान करने का काम तत्काल प्रारंभ करके वरिष्ठ विधि मंडल (councils) में भारतीय प्रतिनिधियों के बहुमत प्रस्थापन के अधिकार प्रदान करने की घोषणा करके सरकार हिंदुस्थान के प्रेम, सहयोग तथा निष्ठा प्राप्त करने के अवसर का लाभ अवश्य उठाए।

अन्य लोगों को तो मुक्त किया जाए

यदि सरकार का मन किसी तरह से शंकित है कि हमने यह आवेदन-पत्र केवल बंदीगृह से मुक्ति पाने के लिए लिखा है, अथवा अन्य राजबंदियों को बरी करने से हमें भी मुक्त करना होगा और हमारी मुक्ति के पश्चात् यह निश्चित रूप में कहना कठिन है कि हम शांति भंग करेंगे या नहीं, और यही अच्छा है कि राजबंदियों को मुक्त नहीं किया जाए—तो मैं प्रसन्नतापूर्वक स्वयं ही यह सुझाव प्रस्तुत करता हूँ कि सरकार मुझे बरी न करते हुए उन राजबंदियों को तुरंत मुक्त करे जो अंदमान, हिंदुस्थान तथा बाहर देश-विदेशों में निष्कासित होकर त्रास झेल रहे हैं। उनकी मुक्ति में भी मुझे उतना ही संतोष प्राप्त होगा जितना अपने मुक्त होने से।

इस आशय से भरा आवेदन-पत्र मैंने भेज दिया। उस समय यूरोप में प्राय: सभी राष्ट्र अपने-अपने राजबंदियों को बरी कर रहे थे। आयरिश 'राजद्रोही' बंदी भी बरी हो गए थे, ये उदाहरण भी मैंने दिए थे। इस आवेदन-पत्र से कोई इतना पागल तो नहीं था जो निश्चित रूप में यह समझता कि राजबंदियों को बरी किया जाएगा। फिर भी इस तरह के आवेदन-पत्र भले ही केवल अपने बलबूते पर ही मुक्ति नहीं दिला सके, तथापि आंदोलन के साथ संयुक्त होने पर उनका भी कभी-कभी एकत्रित परिणाम होता ही है।

मेरे इस आवेदन-पत्र (सितंबर १९१४) का उसी वर्ष के दिसंबर में उत्तर आ गया कि सावरकर को इतना सूचित किया जाए कि गवर्नर जनरल ने मेरा पत्र पढ़ लिया है, यद्यपि उसपर अधिकृत उत्तर तत्काल देना असंभव है, तथापि वर्तमान स्थिति में उस आवेदन में दी हुई सूचनाओं को ग्राह्य समझना सरकार के लिए असंभव प्रतीत हो रहा है।

इस उत्तर से भी मुझे यह प्रतीत हुआ कि देश में कुछ धूर्त राजनीतिकुशल नेताओं ने युद्ध के अवसर पर कुछ सुधार करने का जो उद्योग आरंभ किया है, उसे क्रांतिकारी विचारों एवं वचनों की पुष्टि देकर सरकार पर यथासंभव दबाव डालने का मेरा उद्देश्य सफल हो गया है। मैं कहा करता कि यह नीति उस स्थिति में उपयुक्त थी—अधिकार दो, सहयोग लो—अधिकार नहीं तो सहयोग भी नहीं। इसी नीति की बात अपने सहभोगी राजबंदियों के गले उतारकर मैं बहुतों का यह मत तैयार कर सका कि जब तक युद्ध का अंत नहीं होता तब तक इस आवेदन-पत्र और इसके बाद भी दिए गए आवेदनों के समर्थन की शर्त पर मुक्त करने पर हम यथासंभव उस वचन का पालन करेंगे।

युद्ध के आरंभ होने के पश्चात् और यह आवेदन-पत्र भेजने के पश्चात् माह-डेढ़ माह तक हमारे और अधिकारियों के बीच बड़ी गहरी घुटने लगी थी। परंतु शीघ्र ही कुछ अनबन होने का प्रसंग आ गया, क्योंकि जैसे-जैसे 'युद्ध के समाचार' आने लगे वैसे-वैसे ही जो समाचार हमें सत्य प्रतीत होते, उन्हें हम बंदियों को बताने लगे। पहले हमले के साथ एक के पीछे एक जर्मनी की जीत के समाचार आने लगे। अधिकारी उन्हें

छिपाना चाहते थे। बारी तो घनचक्कर थे ही। वे अगर आज इधर अंग्रेजों की जीत होती तो कल उधर बढ़ा-चढ़ाकर बातें करते। उनकी यह चाल इसलिए थी, ताकि अंग्रेजों के विषय में जनमानस में बढ़ रही अप्रतिष्ठा और उनकी शक्ति से लोगों का ढलता विश्वास रुके और यह सुनकर कि अंग्रेजों का साम्राज्य डाँवाँडोल हो रहा है, अज्ञानी और उजड्ड लोगों में दंगा-फसाद खड़े करने की प्रवृत्ति न भड़के। यह जानते हुए भी राजबंदियों में से दो-चार पिट्ठू इन विक्षिप्त गपों में हाँ में हाँ मिलाते हुए अन्य बंदियों से कहने लगे कि जर्मनी अति दुर्बल, नीच, गुरुकंटाल है और अंग्रेजों का पक्ष मात्र सात्त्विक क्रोध का मूर्तिमंत अवतार है, क्योंकि अंग्रेजों की आरती उतारने के पुण्य कृत्य का फल उन्हें इस लोक में उसी क्षण अंदमान में ही जो मिल रहा था। पोर्ट ब्लेअर के परमेश्वर बारी उन्हें कठोर शारीरिक श्रम के काम से हटाकर सभी बंदियों में घुलने-मिलने देते और 'मुकादम' का पद भी दे देते। हम दो-चार नष्ट-दुष्ट लोग इस सम्मान के लिए अपात्र थे, क्योंकि युद्ध का सारा ठीकरा जर्मनी के माथे पर फोड़ते हुए हम बंदीवानों को इस तरह उपदेश नहीं दे रहे थे कि उस क्रूर, खूँखार जर्मन व्याघ्र के शिकंजे से इंग्लैंड जैसे दयनीय मेमनों को छुड़ाने के लिए ही अत्यंत सात्त्विक क्रोधवश इस युद्ध में कूद पड़ा है। जर्मनी की स्वार्थी महत्त्वाकांक्षाओं को हम जिस तरह विवेचित कर रहे थे, उसी तरह इंग्लैंड की अपहारक लालसा तथा जर्मनी की शक्ति से ईर्ष्या की भी डुगडुगी पीट रहे थे। जर्मनी की जीत पर हम मातम नहीं मना रहे थे, बल्कि अत्यंत निष्पक्ष भाव से जैसा समाचार आता उसे ज्यों-का-त्यों बंदियों को बताकर उन्हें यह स्पष्ट कर रहे थे कि हिंदुस्थान की राजनीति पर उसका क्या परिणाम हो सकता है। बंदी जगत् के उन हजारों लोगों को इससे जीवित राजनीति का ज्ञान हुआ और उस कार्य के लिए प्रत्यक्ष लाभ उठाने के लिए महायुद्ध का यह अपूर्व अवसर आ पहुँचा है,* ऐसा हमें लगता था।

बंदियों की लड़ाई की कल्पना

युद्ध छिड़ते ही क्योंकि हिंदुस्थान की तरह अंदमान में भी साधारण लोगों से लेकर पढ़े-लिखों तक एक ही खलबली मच गई, अर्थात् इस खलबली का उद्गम उस निराधार, निराश तथा पतित बंदी जगत् में राजनीति अथवा स्वदेश की किसी भी सार्वजनिक भावना से नहीं हुआ, बल्कि वह तो मुख्यतः उनकी मुक्ति की स्वार्थी आशा-भावना से हुआ था, इसीलिए युद्ध का भविष्य उनके लिए आत्मीय प्रश्न हो गया था। उनमें से उन्हें भी जो अज्ञानी थे, बचपन से दंतकथाएँ एवं गप्पें सुनकर यह ज्ञात हो गया था कि किस तरह प्राचीन बादशाहों एवं राजा-महाराजाओं के राज्य चुटकी बजाते ही उलट-पुलट हो जाते थे। उस पूर्वकालीन राजनीति की दंतकथात्मक भाषा में ही वे इस नए विषय का

* दूसरे महायुद्ध में भी वीर सावरकर की यही भूमिका थी।

अनुवाद करके उसकी कल्पनाएँ करते। प्राचीन काल में अमुक राजा मारा गया और उसका राज्य अमुक राजा ने हड़प लिया। इसी तरह बंदियों की यह धारणा थी कि किसी भी लड़ाई में अंग्रेजों का राजा मारा गया अथवा जर्मनी का राजा पकड़ा गया कि युद्ध समाप्त हो जाएगा, अंग्रेजी शासन पलट जाएगा और फिर सारे-के-सारे बंदी छूट जाएँगे। इन गँवार, अनाड़ी कल्पनाओं की सुखद लहरों पर उन बंदियों की आशा-आकांक्षाओं की नैया कई दिनों तक डोलती रही थी।

लालटेन हिलाते हुए वॉर्डर जब पहरा देते तब कोठरी के बंदी प्रश्न करते और वे स्वयंमान्य विद्वत्ता से भरे होकर अधिकारपूर्ण वाणी से युद्ध के मर्म की व्याख्या करते कि इस समय अंग्रेजों का राजा मुकुट धारण कर, कमर में तलवार लटकाए जर्मनी के राजा की सेना पर पहाड़ी पर चढ़कर कड़ी नजर रख रहा होगा। यदि जर्मनी के राजा ने अचानक कोई तीर छोड़ा तो? परंतु जर्मन का वह राजा इंग्लैंड के राजा का दामाद जो ठहरा, कहीं उसकी रानी उस जर्मन को अपने पिता पर तीर छोड़ते समय बीच में पड़कर रोक तो नहीं लेगी! इस प्रकार बंदियों की हास्यास्पद चर्चा जब हम सुनते तो हमारा बड़ा मनोरंजन होता। कोठरियों के बंदियों से इस तरह चर्चा करते-करते उस वॉर्डर को पता भी नहीं चलता कि तीन घंटे का उसका पहरा किस तरह चुटकी बजाते ही समाप्त हो गया। अब कोल्हू का काम भी बंदियों को इतना कष्टप्रद प्रतीत नहीं होता, क्योंकि उनमें से हँसोड़ स्वभाव के बंदी कोल्हू चलाते हुए भी जोर से चिल्लाते, 'अरे यार, कोल्हू! बस अब थोड़े ही दिन रह गए हैं। फिर तुम्हें हाँकने के लिए कोई नहीं आएगा। आराम से जंग खाते पड़े रहना।' बस एक बंदी की यह गर्जना सुनते ही तमाम कोल्हूवाले बंदी पंक्ति में खड़े होकर उसी मजेदार गर्जना को दोहराते, 'अरे घूमो यार! घूमो! बस, थोड़े ही दिन रह गए हैं।'

और उस आवेश में, इस विचार से कि अब थोड़े ही दिन शेष रहे हैं, कोल्हू की बल्ली और चक्र हवा से बातें करने लगते और घंटे भर का काम आधे घंटे में ही निबट जाता। यह बात कठोर परिश्रम करते बंदियों की ही नहीं, उनके अधिकारियों की भी थी, जो उनपर नियुक्त किए गए थे। इनमें वे भी थे, ऐसे जिन्हें बीस-पच्चीस बरसों का दंड हो चुका है। तंडेल, पेटी अफसर जैसे-तैसे देखरेख का अपना काम निपटाकर रोते, कराहते, ऊबते हुए तीन-चार घंटे घसीटते थे। परंतु अब वे बंदीगृह में आते ही युद्ध का कुछ नया समाचार लाकर बंदियों में से किसी तीसमार खाँ के साथ उसपर चर्चा करते रहते और चर्चा को सतत पीसकर अंग्रेजों का तख्ता पलटते ही उसमें से अपनी मुक्ति के लिए अनुकूल अर्थ निकालने के लिए उसपर कल्पना का हलका सा कोल्हू घुमाते रहते। इतने में उस अफसर की रिहाई के लिए दूसरा तंडेल और पेटी अफसर आता। उसे देखते ही चौंकते हुए से महाशय कहते, 'अरे, तीन घंटे बीत भी चुके! इतने बज गए? भई, पता

ही नहीं चला, समय कैसे फुर्र हो गया।' पहले तंडेल आदि जो अधिकारी बंदियों को छेड़-छाड़कर, उन्हें तंग करके अपना मनोरंजन करते थे, अब वे इस नए मनोरंजक खेल में व्यस्त हो गए थे और इससे कामगार बंदियों के कष्ट भी बहुत सुसह्य हो गए। दृष्टि मिलते ही टंटे-बखेड़े, कुत्ते समान भौंकना और गाली-गलौज आरंभ करने की बजाय अब वे परस्पर आँखें चार होते ही, किसी बंदी को देखते ही आतुरता से 'क्या समाचार है भाई?' पूछते और कुछ भी समाचार हो, पर उसका एकमात्र निष्कर्ष निकालते हुए कहते, 'चलो, अब थोड़े ही दिन रह गए' और सस्मित वदन एक-दूसरे से विदा लेते।

इस प्रकार युद्ध-वृत्तांत के लिए बढ़ा स्वाभाविक आकर्षण और पुनः अपने स्वार्थ की समस्या युद्ध के परिणामों से संलग्न होने के कारण युद्ध समाचार सुनने की यह जो जिज्ञासा बंदियों में जाग्रत् हो गई थी और कुल मिलाकर उनके मन में एक अनूठी खलबली मच गई थी, उसका लाभ उठाते हुए उनके मन में हिंदुस्थान की राजनीति में आस्था और रुचि जगाने का हमने निश्चय किया। अब हर कोई हमारे पास समाचार की माँग करने आ जाता। जो मुसलमान शुद्धिकरणवश असंतुष्ट हो गए थे, वे भी हमारी ओर भक्तिभाव से देखने लगे, क्योंकि अन्य राजबंदी बारी का मन रखने के लिए उलट-पुलटकर युद्ध समाचार सुनाते। उनके मन में अटल विश्वास पैदा हो चुका था कि हम और हमारी विचारधारा के अन्य लोग ज्यों-का-त्यों समाचार देने में जरा भी नहीं हिचकते। ऐसे समय यदि हमारे पास कोई समाचार पूछने आ जाता तो हम उसके सामने यह शर्त रखते कि यदि तुम पढ़ना-लिखना सीखोगे तो प्रतिदिन जो भी समाचार मिलेगा, वह हम तुम्हें तुरंत दे देंगे। इस प्रलोभन से ऐसे कई लोग पढ़ना-लिखना सीख गए जो पहले टस-से-मस नहीं होते थे।

युद्धपूर्व हिंदुस्थान की अज्ञ जनता की कोटि-कोटि जनसंख्या में विश्व मात्र दो-तीन राज्यों में बँट गया था। यदि हिंदू हो तो विलायत अथवा अधिक-से-अधिक काबुल का अमीर। इसके आगे उसके भौगोलिक अथवा राजनीतिक ज्ञान की पहुँच कभी नहीं जाती। यदि किसी ने कहा कि इस भूतल पर विलायत अथवा काबुल के अतिरिक्त भी अन्य बड़े-बड़े राज्य हैं, तो उसे आश्चर्य होता। उनके नाम तो उसे बिलकुल नहीं आते। एक अंग्रेज और दूसरा अमीर। मुसलमान हो तो वह एक तीसरे राजा का नाम ले लेता—तुर्की का सुलतान। अतः युद्ध आरंभ होने पर कितने ही दिनों तक बंदियों की यही धारणा रही कि अंग्रेज और सुलतान में ही यह युद्ध छिड़ा है, क्योंकि किसी तीसरे राज्य की कल्पना उन्हें नहीं थी। वे अंग्रेज और मुसलमानों से ही परिचित थे। ऐसी स्थिति में उनकी युद्ध विषयक जिज्ञासा का लाभ उठाते हुए हम उन्हें समाचार देने से पहले उनके सामने यह शर्त रखते कि प्रथमतः पृथ्वी पर मौजूद देशों के नाम रट लो और यह मानचित्र (नक्शा) समझ लो। ईंटों के टुकड़ों से दीवारों के चूने अथवा स्लेट पर यूरोप, एशिया

आदि मानचित्र बनाकर हम तथा हमारे सहयोगी इन बंदियों को समझाते। जान जाने पर भी जो भूगोल नहीं सीखते, वे समाचारों के लिए सीखने लगे। हम इन बंदियों को जर्मनी, फ्रांस, ऑस्ट्रिया, रूस, मिस्र, सर्बिया, बेल्जियम आदि राष्ट्रों के नाम रटाते। इसके पश्चात् यह दिखाते हुए कि इन मानचित्रों पर उनकी अवस्थिति कहाँ है, उन्हें युद्ध घटना समझाते। उनमें से जो चतुर, बुद्धिमान थे उन्हें यह पढ़ाते गए कि उन विभिन्न राष्ट्रों का संविधान कैसा होता है। वे राजा से ही परिचित थे। अतः वे यही कहते—फ्रांस का राजा हट गया, अमेरिका का राजा कुपित हो गया। और जब उनसे कोई यह कह देता कि वहाँ राजा ही नहीं है, तो अचंभे में पड़कर पूछते—तो फिर युद्ध कौन करता है? भारत में राजा-महाराजाओं की कथाओं से उनकी यही धारणा बन गई थी कि वे नित्य द्वंद्वयुद्ध करते रहते हैं। रूस का राजा अत्यंत निर्बल है अर्थात् उनके विचार से रूस के राजा के हाथ दुबले हैं और शरीर साधारण सा है, और उन्हें आशा थी कि जर्मनी का बादशाह हट्टा-कट्टा है, अतः रूस के राजा को सुपारी जैसा झट से गटक जाएगा। अतः यह निश्चय करते समय कि जीत किसकी होगी, वे प्रथम पूछते, बेल्जियम का अथवा कोई अन्य राजा किस तरह लड़ता है? घुड़सवारी में वह निपुण है या नहीं? कैसर के शारीरिक डीलडौल के वर्णन तो अति श्रवणीय थे। हट्टा-कट्टा, मुस्टंडा होते-होते वह महाकाय भीमसेन जैसा बन गया था। किले के द्वार को एक मुक्के से चूर-चूर कर देता, फ्रांसीसी राजा को तो उसने एक बार गरदन पकड़कर एक धक्के में चित कर दिया था। हमें आज भी स्मरण है, किसी ने हमसे प्रश्न किया था कि जर्मन बादशाह का कद अधिक लंबा है या रूस के बादशाह का; और जब हमने यह बताया कि न केवल रूसी राजा प्रत्युत रूसी लोग भी साधारणतः जर्मन लोगों से अधिक लंबे और हृष्ट-पुष्ट होते हैं, तब उनकी संदेह भरी वह मुद्रा और फिर जर्मन राजा की रूसी राजा से मुठभेड़ होने पर उस बेचारे की कैसी दुर्गत बनेगी, इस विचार से चिंतित उनकी आकृति हम आज भी देख रहे हैं। बंदियों के मन से 'राजा' तथा राज्य विषयक अज्ञान को दूर करके हमने उनके साथ शासन शास्त्रांतर्गत व्यावहारिक एवं तात्त्विक चर्चा की कि 'साम्राज्य' क्या होता है, साम्राज्य की तरह प्रजातंत्र (republic) का संविधान कैसा होता है, वहाँ के राज्यों में युद्ध, संधि आदि काम राजा जैसा एक व्यक्ति न करते हुए किस तरह पंच-सभाएँ करती हैं। राजा और अध्यक्ष में अंतर क्या होता है, अमेरिका और फ्रांस में किस तरह अध्यक्ष होते हैं। उनके सामने बार-बार यही शर्त रखी कि यह सारी चर्चा ध्यान में रखकर इसके सही-सही उत्तर देने पर ही हम तुम्हें समाचार देंगे। इस तरह युद्ध के प्रथम वर्ष ही हम उस बंदी जगत् में भौगोलिक ज्ञान तथा राजनीति के अंतरराष्ट्रीय संबंधों तथा स्वरूप की जानकारी का आश्चर्यजनक फैलाव करने में सफल हो गए। आगे चलकर तो युद्धकथा सुनने की बंदियों पर जैसे धुन ही सवार हो गई। जैसे-जैसे वे इस तथ्य का

अनुभव करने लगे कि भूगोल, मानचित्र तथा संविधान का ज्ञान होने से इन समाचारों का मर्म उत्तम रीति से ज्ञात होता है और कितनी गहरी आत्मतुष्टि प्राप्त होती है, वैसे-वैसे कई बंदी अपने आप ही हमें उन मानचित्रों को समझाइए, यह बताइए, वह बताइए आदि ज्ञान आग्रहपूर्वक पूछकर सीखने लगे। समाचारों के लोभवश हम कई बंदियों में बाहर जाकर स्वयं समाचार-पत्र पढ़ने की लगन भी उत्पन्न कर सके।

हिंदुस्थान का लाभ देखिए

बंदी जगत् की भौगोलिक संकुचितता दूर करके उसे विस्तृत कराने के प्रयास के साथ-ही-साथ हम उनसे विशेष रूप से भूगोल, मानचित्र एवं राजनीतिक अवस्था का अध्ययन भी कराते थे। बंदियों को प्रथमतः 'जर्मन' सहजतापूर्वक भा गया, क्योंकि उनकी यह भावना थी कि अंग्रेज कभी किसी भी बंदीवान को आसानी से नहीं छोड़ता और जर्मन यदि अंग्रेजों का राजपाट ले लेंगे तो वे उन बंदियों को छोड़ देंगे, अतः जर्मन को भला-बुरा कहना उन्हें कतई नहीं सुहाता। इसलिए जब हम अपनी संस्था के सदस्यों और उनके द्वारा अन्य बंदियों को यह बताते कि हिंदुस्थान पर युद्ध के क्या परिणाम होंगे और अपनी कार्यसिद्धि के लिए हिंदुस्थान को कैसे-कैसे दाँव-पेच लड़ाने होंगे, तब हमारा यह कहना कि जर्मनी यदि हिंदुस्थान पर आक्रमण करे तो वह हिंदुस्थान पर अत्याचार करेगा, ऐसे में मात्र जर्मनी की जीत में आपका क्या लाभ, तो उनमें से कइयों को बड़ा अप्रिय लगता। फिर हम उन्हें गधे की यह कहानी सुनाते—'एक कुम्हार गधे से गिर गया। तब उसपर जर्मन कुम्हार चढ़ गया, पर वह निरा गधे-का-गधा ही रह गया। अतः तुम्हारी यह धारणा कि जर्मनी की जीत हो गई तो हिंदुस्थान की जीत होगी—निपट मूर्खतापूर्ण है।' इस तरह समझाने-बुझाने से कई लोगों के पल्ले पड़ता। तब कहीं बंदियों को विस्तारपूर्वक यह समझाना संभव होता कि महायुद्ध की इस धाँधली में हमारे हिंदुस्थान को यदि कुछ लाभ होना है तो वह किस तरह होगा, उसके लिए हम सभी को क्या करना होगा। यह बात समझदार हिंदू बंदी के गले तो उतर जाती कि जर्मन के आने से भी क्या? वह भी हिंदुस्थान पर हावी हो जाएगा। परंतु तुर्क अथवा अमीर के आने से हिंदुस्थान को भला क्या लाभ होगा, यह बात मुसलमानों को लाख समझाने पर भी समझ में नहीं आती। सुलतान उनके लिए खुदा का प्रतिरूप था। उनके कथा-पुराणों और धर्म में इस शब्द की चारों ओर कैसी-कैसी अनूठी, विस्मयजनक कथाएँ गुँथी हुई हैं। बाल्यकाल से ही उन्हें लोरी में ऐसी घुट्टी पिलाई जाती है कि सुलतान के नाम मात्र से ही उनके हृदय में गौरव और आशाएँ उत्पन्न होतीं। वह सुलतान हिंदुस्थान पर आक्रमण करने जा रहा है और आप कहते हैं कि हिंदुस्थान को क्या लाभ होगा? लाभ यह होगा कि अंग्रेजों को भगाकर भारत में मुसलमानी राज्य

प्रस्थापित होगा। परंतु यह बात ही उनकी समझ में नहीं आती कि सुलतान का राज्य भी विदेशी राज्य ही है। कोई इतिहास जाननेवाला मौलवी अथवा शिक्षित बंदी हो और उसे इतिहास के आधार के साथ यह दिखा दिया कि तुर्कों ने अरबों पर, अरबों ने ईरानियों पर, ईरानियों ने पठानों पर और पठानों ने ईरानियों और मुगलों पर; सभी विदेशी मुसलमानों ने भारतीय मुसलमानों पर कैसे और कितने अत्याचार किए, तब भी वह चाहता कि हिंदुस्थान पर सुलतान आक्रमण करे और उसका मुसलिम राज पूरे हिंदुस्थान पर प्रस्थापित हो—इसी में हिंदुस्थान की भलाई है। उनके इस राष्ट्राभिमानशून्य, धार्मिक उन्माद में उनके विश्व विषयक अज्ञान की जोड़ मिली हुई है, फिर उनकी कल्पनाओं की घुड़दौड़ के आनंद के क्या कहने ? अंग्रेज बादशाह से तो वे परिचित ही थे। परंतु यह सम्राट् उन्हें नया मिला। उसका बल, उसकी शक्ति, उसके पराक्रम, वीरता की अद्‌भुत कथाएँ वे रात-दिन सुनते और अभिमानपूर्वक स्वयं भी सुनाते। इस विवेचन उद्‌देश्य से कि इस सम्राट् को इतना बल, इतनी सफलता कहाँ से प्राप्त होती हैं—वे आपस में विशेषतः हिंदू बंदियों को बताते कि यह बल सम्राट् सुलतान की कृपा से प्राप्त करता है।

मुसलमानों द्वारा तुर्की की बड़ाई

शुद्धिकरण आंदोलन प्रारंभ होने के पश्चात् युद्ध छिड़ गया था। उसमें तुर्कों के भाग लेते ही मुसलमानों को, जो हमारे शुद्धिकरण आंदोलन से हतप्रभ हो गए थे, हिंदुओं को भ्रष्ट करने के लिए एक नूतन साधन मिल गया—सुलतान का नाम। अब अंग्रेजी शासन डूबते ही इस हिंदुस्थान पर स्वयं सुलतान आकर जर्मन के सम्राट् को प्रस्थापित करेगा, अतः पुनः मुसलमानों का शासन प्रस्थापित होकर उन्हें महत्त्वपूर्ण अधिकार मिलेंगे और जो मुसलमान नहीं होंगे उन्हें दंड भी मिलेगा—इस प्रकार वे सनकी पीर खुलेआम हिंदुओं से कहने लगे। उनसे यदि यह पूछा जाता कि तुम्हें किसने बताया, तो कहते—बाजार में किसी उर्दू पत्रिका में छापा है। कई बार रुआँसे होकर, टका सा मुँह लेकर हिंदू बंदी पूछते, 'बड़े बाबा, क्या यह सच है कि हिंदुस्थान पर मुसलमानों का राज होनेवाला है और केवल मुसलमान बंदियों को ही बरी किया जाएगा ?' इस प्रकार के समाचार देकर मुसलमानों में सनकी धर्मांध लोग हिंदू बंदियों से कहते, 'इसीलिए कहता हूँ, तुम मुसलमान बन जाओ।' समाचार के इस रोग से हिंदुओं को बचाने के लिए हम उनकी ऊटपटाँग कहानियों की थुक्का-फजीहत करने का अवसर कभी नहीं खोते। धीरे-धीरे प्रायः सभी हिंदुओं को तुर्कों के बलाबल का सम्यक् ज्ञान हो गया, और उसके पश्चात् हमारे वाक्यों की झड़ी सुन कंठस्थ कर चुकने के बाद वे उन्हीं वाक्यों की बौछार से उन गप्पीदास मौलवियों के मुँह खुलते ही बंद कर देते। 'तुम्हारा यह सुलतान भूसा भरा शेर है। उसे बित्ता भर के बलगेरिया ने मारा, सर्बिया ने धुनाई

की, ग्रीस ने कुचल डाला। गत दस वर्षों में दस स्थानों पर उसकी दुर्गत बनी और वह हिंदुस्थान पर आक्रमण करेगा? अंग्रेजों की एक फटकार उसको चुप कर देने के लिए काफी है। बस, जर्मनी के निमंत्रण से उसे थोड़ा-बहुत महत्त्व प्राप्त हो गया है, अन्यथा आज तक उसने अंग्रेजों का नाम क्यों नहीं लिया? और सुना है, यह सुलतान सम्राट् को बल देता है, यश देता है। भई, कहाँ सम्राट् और कहाँ सुलतान! कहाँ राजा भोज और कहाँ गंगु तेली!' इस तरह पूर्वनियोजित निश्चित और ठोस वाक्यों के उच्चारण से हिंदू बंदी उन झक्की पीरों की टर-टर बंद करके उनका भ्रम तोड़ते।

शिक्षित हिंदुओं को मैं जर्मनों की सेना, हवाई जहाज, रण नौका आदि बल और तुर्कों के बल—दोनों की सारणियों के बारे में समझाता। मुसलमानों को भी समझाता, 'इस तरह की व्यर्थ डींगें हाँककर तुम लोग अपनी ही आँखों में धूल झोंक रहे हो।' यह सत्य मैं बार-बार आनेवाले समाचारों का प्रसारण करते हुए फैलाता कि जो थोड़ी-बहुत सफलता मिलती है वह भी प्रमुखत: जर्मन बारूद, अस्त्र-शस्त्र तथा प्रशिक्षा का फल था और स्वयं जर्मन सेनानायक उन तुर्की सेनाओं का संचालन कर रहे थे। पीछे वर्णित हमारी संस्था की साप्ताहिक सचल अथवा स्थिर सभाओं में तरुण तुर्कों के इतिहास पर व्याख्यान देता और अनवर बेग आदि उनके नेताओं का यथोचित गौरव-गान करते हुए अपने तत्कालीन दृष्टिकोण के अनुसार विस्तारपूर्वक स्पष्ट करता कि युद्ध में तुर्कों के साथ गठबंधन होने से जर्मनी के हाथ किस तरह हिंदुस्थान तक पहुँचने में सहायता मिली है, और यदि हिंदुस्थान इसका यथोचित लाभ उठा सका तो किस तरह महत्त्वपूर्ण योगदान रहेगा। उस समय तक तुर्कों के प्रति यथोचित सहानुभूति का प्रदर्शन करते हुए मैं उनकी यथोचित प्रशंसा भी करता। अत: मुसलमान मुझपर नित्य ही दाँत पीसते, मुझसे खार खाते।

सम्राट् मुसलमान और आर्य बना

कई बार उनके इस घमंडी तथा दुष्टतापूर्ण हेतु से प्रेरित शेखचिल्ली की थुक्का-फजीहत बड़े मजेदार ढंग से करनी पड़ती। एक बार आठ-दस दिन तक इन मुसलमानों ने पूरे पोर्ट ब्लेअर और विशेष रूप से कारागार में यह अफवाह फैला दी कि 'सम्राट् मुसलमान हो गया। सुलतान ने उससे स्पष्ट कह दिया, यदि तुम मुसलमान बनोगे तभी मैं रण में रहूँगा, अन्यथा मैं 'राजधानी' में वापस चला जाता हूँ।' तब सम्राट् घबड़ाया और मुसलमान बन गया। यह समाचार वे छाती फुलाकर हिंदू बंदियों के सामने कहते फिरते। तब हिंदू बंदियों में जो स्वाभिमानी थे, वे मन-ही-मन सोचते, उन्हें नीचा दिखाया जा रहा है और वे पूछते, 'क्या यह सच है?' अंत में हमारे प्रचारकों में से एक उत्साही वॉर्डर बंदी ने—जो स्वयं आर्यसमाजी था—हमसे कहा, "महाराज, हमें यह सिद्ध करना चाहिए कि यह समाचार कोरी गप है।" हमने कहा, "सिद्ध-असिद्ध भला

कौन करता है ? उनके मुँह बंद करने के लिए मैं तुम्हें एक युक्ति बताता हूँ। कल बाहर से कारागृह में पग रखते ही, बड़े उत्साह के साथ यह समाचार देते फिरो कि सम्राट् 'आर्य' हो गया है (उधर मुसलमान 'आर्य-समाजी' लंबे शब्द को संक्षेप में 'आर्य' कहते)। जहाँ-जहाँ तुम्हें मुसलमान वॉर्डर गप्पें हाँकते मिलें वहाँ-वहाँ तुम हिंदू वॉर्डर भी कुंडली मारकर बैठो और गपशप करो कि सम्राट् आर्य हो गया। कोई पूछे—इसका प्रमाण ? तब कहो—बाजार में हिंदी समाचार-पत्र में पढ़ा।''

फिर क्या था, दूसरे ही दिन संध्या समय कारागार में यह गप उड़ गई कि सम्राट् 'आर्य' हो गया। मुसलमान भी दबकर आपस में पूछने लगे, 'भई, यह कैसा ढकोसला है ?' खोज करते-करते पता चला कि यह समाचार अमुक हिंदू वॉर्डर लेकर आया है। दूसरे-तीसरे दिन सारे कैदियों के एक ही स्थान पर इकट्ठे होते ही, और उनके मुँह खोलने से पहले ही उस हिंदू वॉर्डर ने सारे हिंदू वॉर्डरों को यह कथा सुनाना आरंभ किया कि सम्राट् आर्य अर्थात् आर्यसमाजी हो गया है। जले-भुने मुसलमान बीच में ही पूछने लगे, ''यह झूठ नहीं है कि सम्राट् मुसलमान हो गया है !'' हिंदू ने पूछा, ''इसका प्रमाण क्या है ?'' उन्होंने कहा, ''हमने उर्दू पत्रिका में पढ़ा।'' उसने कहा, ''मैंने हिंदी पत्रिका में पढ़ा कि कैसर आर्य बन गया है।'' मुसलमान वॉर्डर ने पूछा, ''कहाँ है वह हिंदी पत्रिका ?'' इसने पूछा, ''कहाँ है वह उर्दू पत्रिका ?'' मुसलमानों ने कहा, ''आर्य काफिरों का धर्म है।'' हिंदुओं ने कहा, ''इसलाम म्लेच्छों का धर्म है।'' करते-करते मामला 'तू-तड़ाक' पर उतर आया।

उस हिंदू वॉर्डर ने हर वाक्य पर मात देते हुए पूछा, ''तुर्क जो सम्राट् के सामने भीगी बिल्ली बनकर रह रहा है, यदि भगवान् के घर उसकी इतनी साख होती तो सर्बिया, बलगेरिया, ग्रीस आदि सारे ईसाई धर्मीय देश इसलाम धर्मीय तुर्कों को युद्ध में पराजित नहीं कर सकते थे। तब यदि ईश्वर ने मुसलमानों के लिए कोई जेब्रियन नहीं भेजा और ईसाइयों को विजय दिलाई, तो इससे क्या यह सिद्ध नहीं होता कि मुसलमानों पर आजकल उसकी कृपादृष्टि नहीं है ? फिर सम्राट् इस सफल ईसाई धर्म को छोड़कर उस असफल मुसलमानी धर्म को भला स्वीकार ही क्यों करेगा ? इसपर भी उसका मुसलमान होना संभव है, यही आप कहेंगे तो फिर यह समाचार भी संभवनीय है कि वह मुसलमान से पुनः आर्य हो गया है, क्योंकि कुछ मुसलमान पुनः आर्य हो जाते हैं।''

इस विवाद का समाचार दूसरे दिन जमादार तक पहुँच गया। वह भी 'सम्राट् मुसलमान हो गया' कहनेवाला ही था, पर क्या करता। इसके पश्चात् कोई भी मुसलमान सम्राट् के मुसलमान होने की बात कहता तो समझिए हिंदू उसके हिंदू आर्य होने की बात अवश्य कहते। अंत में मुसलमानों ने यह समाचार फैलाना ही छोड़ दिया।

युद्ध में तुर्कों के कूद पड़ने से हिंदुस्थान में इसलामी राज्य प्रस्थापित करने की

आकांक्षा चोर-उचक्कों के मन में भी इस तरह उद्दीप्त हो गई तो फिर बीच-बीच में यह समाचार प्रसारित होते ही कि अफगानिस्तान का अमीर भी युद्ध में सम्मिलित होकर ब्रिटिशों के विरुद्ध युद्ध पुकार रहा है, तब कहने की आवश्यकता ही नहीं है कि उनके उद्दीपन का ज्वार कैसे ढाड़ें मार रहा था। विशेषत: पठान तो वर्षा की पहली झड़ी के साथ जल से लबालब गड्ढों के मेढकों के समान टर्र-टर्र करते हुए कूदने लगे। एक पठान बित्ते भर का समाचार फैलाता तो दूसरा हाथ भर का। जब तक केवल तुर्क और अनवर बेग ही युद्ध करते तब तक वह अधिक-से-अधिक अंग्रेजों की पूरी सेना को भस्म कर देता अथवा 'बसरा' ले लेता। परंतु अमीर की बात ही न्यारी थी। भला वह अनवर की तरह 'बसरे' तक ही थोड़े रुकता? अमीर केवल सिंधु नदी पार करके भी नहीं रुकता। वह तो उसे पार करने से पहले ही आज लाहौर का द्वार खटखटाता तो कल सरहिंद पर बरसता। पठान वॉर्डर और पेटी अफसर, जो कारागार के बाहर से आते-जाते रहते, भीतर पग रखते ही आतुर जीभ और बौराई हुई शीघ्रता से कुछ ऐसा चरपरा समाचार सुनाते कि बंदियों में एक समान खलबली मचती। एक कहता, अमीर ने लाहौर ले लिया तो दूसरा कहता, सम्राट् ने लंदन पर कब्जा कर लिया। समाचार का आधार? इस नहीं तो उस टापू का 'मुंशी' और उर्दू अखबार!

मूर्खता के पीछे सुसंगति

पठानों की इस हास्यास्पद मूर्खता की जड़ में जो एक लक्षणीय जात्याभिमान रहता है, उसकी ओर मैं हिंदू का ध्यान आकर्षित कराए बिना नहीं रह सकता। इस बात पर गौर करें, यह सुनते ही कि हिंदुस्थान पर कोई मुसलमान राजा आक्रमण कर रहा है—मुसलिमों में से चोर-उचक्कों, उजड्डों तक सभी के मन में उसके प्रति कितनी सहानुकंपा उत्पन्न होती है; और इस सहानुभूति का अवसर मिलते ही कृतियों में परिवर्तन होने की संभावना कुछ कम नहीं होगी। मुसलमानों को अपनी इस प्रवृत्ति पर भले ही गर्व हो, तथापि हम इस बात पर गौर करें कि वह हिंदुओं के हित में घातक है। और उसपर उसी तरह यह देखिए कि शैशव काल से इसलामी राज्य की यह आकांक्षा किस तरह धर्म के रूप में उनके घर-घर में गले उतारी जाती है। और यह भी देखिए कि हिंदुओं में से कितने लोगों का हिंदुस्थान, हिंदू सत्ता, हिंदू राजा आदि शब्दों के कम-से-कम अर्थ का भी बोध होता है? दस हजार में से एक को भी इसका मतलब पता नहीं होगा, फिर सहानुभूति तो दूर ही रही। पठानों का एक स्वतंत्र राज्य शेष रहा है—काबुल। अपने खान-पान, उठने-बैठने सभी में वे उसकी ही माला जपते हैं। हम हिंदुओं का उतना ही एक छोटा सा राज्य आज भी जीवित है; परंतु क्या आप उसका नाम जानते हैं? वह राज्य है—नेपाल। आपमें से कोटि-कोटि अशिक्षित जनों को यह

भी ज्ञात नहीं कि यह राज्य हिंदू है या मुसलिम? और आपमें से शिक्षित जन, उनमें से कई लोग तो मुझसे बहस करते हैं कि नेपाल हिंदुस्थान देश का अंश नहीं। वह एक अलग देश, अलग जाति होने से हमारे लिए उतना ही विदेशी है जितना चीन, ईरान, अफगानिस्तान अथवा सर्बिया।

और वस्तुतः अंदमान में नेपाल की भवितव्यता के संबंध में तथा इस विषय में कि किस तरह वह हिंदू संगठन की एक महत्त्वपूर्ण आधारशिला हो सकती है—जब कभी मैं संवाद करता तब प्रायः सभी राजबंदियों के मन में यही संदेह उभरता कि भला नेपाल से हमारा क्या लेना-देना? भूटान की ही तरह वह भी किसी विदेशी, जंगली बर्बर लोगों की एक साधारण विदेशी रियासत है। कई बार गंभीर तर्क देकर उन संदेहों का समाधान करना पड़ता।

युद्ध काल में समाचार सुनते-सुनते और इस तरह विभिन्न राजनीतिपरक विचार आठों पहर कानों से टकराते-टकराते अंदमान स्थित हजारों बंदियों का विचार-क्षेत्र और राष्ट्रीय भावना की उत्कटता अत्यधिक विकसित तथा विस्तृत होती गई। अंदमान में जो संगठन तथा प्रचार कार्य की हमारी इच्छा थी, इस युद्ध घटना ने उसमें इस तरह महत्त्वपूर्ण योगदान किया और उस अवसर का लाभ उठाते हुए हम सभी हेतुपूर्वक सतत प्रयत्नशील रहे।

पुनः काम में जुटाया

समय-समय पर आ रहे युद्ध-समाचारों का ज्यों-का-त्यों वर्णन करने की हमारी परिपाटी से मुसलमानों का पारा इसलिए चढ़ता कि हम तुर्कों के विरुद्ध समाचार देते हैं। उसी तरह बारी भी इसलिए क्रुद्ध होते कि हम अंग्रेजों की ओर से डींगें नहीं मारते। तत्कालीन पर्यवेक्षक भी संकुचित राष्ट्रीयता से भरे हुए एक सज्जन थे। उन्हें भी मेरी कृति में खलत्व की गंध आने लगी और वे मुझपर शत्रुवत् कड़ी नजर रखने लगे। उसमें भी अंदमान को युद्ध का प्रथम आघात पहुँचाकर कोई यह समाचार ले आया कि सागर में कोई जर्मन युद्ध नौका चक्कर काट रही है। इस संकट में पोर्ट ब्लेअर को सुरक्षित रखने के लिए ब्रिटिश सैनिकों का दल मँगवाया गया है, जिसके लिए टाट आदि सामग्री तैयार करने के लिए कारागार में बंदियों पर काम करने की सख्ती शुरू हो गई। तब अधिकारियों की हम पर प्रकट रूप में अवकृपा हो गई, क्योंकि उस सेना के लिए टाट बनाने की हड़बड़ी में सभी बंदियों को छिलका कूटने का काम दिया गया। उस काम की मात्रा लगभग पाँच-पाँच, छह-छह गुना बढ़ाई गई। जहाँ दो पौंड छिलका कूटकर दिया जाता, वहाँ अब धड़ल्ले से दस पौंड छिलका कुटवाना आरंभ हो गया। मार-पीट होने लगी। हम आजन्म कारावास के बंदी बस इने-गिने ही शेष रह गए थे, क्योंकि पीछे

बताया गया है कि हड़ताल के कारण राजबंदियों को हिंदुस्थान भेजा गया था। उनमें किसी प्रकार का विरोध न हो, बारी ने उन्हीं के आदमियों को उस काम पर लगाया तथा वह बढ़ा हुआ श्रम बंदियों से करवाने के काम पर देखरेख करने के लिए नियुक्ति का सम्मान दे दिया। यह भी स्पष्ट था कि इस प्रकार के काम में सहायता देने से आगे चलकर मेहनत के काम से छूट मिलती है और वॉर्डर का पद प्राप्त होने की संभावना होती है। अतः राजबंदियों को 'आप कुछ मत करना, केवल इन बदमाशों से काम करवाना'—इस तरह मान देकर बारी ने उनकी बला दूर करने का प्रयास किया और सहज ही वह बहुत सफल रहा। परंतु दुर्भाग्यवश शीघ्र ही हमने पाया कि हमारी निगरानीवाले कक्ष में प्रति व्यक्ति दो या तीन पौंड से अधिक छिलका कूटा जाना असंभव है। बंदी दो-टूक उत्तर देते—'भई, लड़ाई इन लोगों की है। हम क्यों दिन भर मरें ? नियम के अनुसार दो पौंड काम ले लो। दो दिन की छूट माँगने पर दी नहीं जाती और अब युद्ध छिड़ गया है, सो दस-दस गुना अधिक काम करो। हम बिलकुल काम नहीं करते, जाओ। बस उतना ही करेंगे जितना हमसे बन पड़ेगा।' उनके इस प्रतिवाद पर भला हम क्या कहें ? स्वयं हम भी उनकी इस उचित बात को उचित ही समझते थे। बंदियों को अटूट विश्वास था कि जिस कक्ष में हम होंगे उस कक्ष में तंडेल जमादारों का सहसा मार-पीट पर उतरने का साहस नहीं होगा। अतः अपना काम पूरा करके, जितना अधिक बन पड़े उतना काम करके वे इत्मीनान से बैठ गए। संध्या समय तक हमारे कक्ष का काम सबसे कम हुआ, परंतु निर्बंध के अनुसार अधिक ही हुआ। तब बारी गर्जन-तर्जन के साथ बरसने लगे। तंडेल का पट्टा छीना गया। मुसलमान तंडेल तो हमसे खार खाते ही थे। उसने उसी रात बारी के कान भरे—हमने बंदियों को फुसलाया कि हम उन्हें राजद्रोह की पट्टी पढ़ाते हैं, आदि झूठ-मूठ की बातें कुरेदकर सारे दोषारोपण हमारे मत्थे मढ़े। दूसरे दिन पर्यवेक्षक भी आँखें चढ़ाते हुए देखरेख के सिंहासन से हमें च्युत करते हुए, रस्सी का सुलभ काम और नित्य नियोजित काम भी छीनकर दंडस्वरूप छिलका कूटने का काम देकर चला गया। हम भी उन्हीं बंदियों में छिलका कूटते पसीने से तर-बतर हो गए। परंतु संध्या समय तक हमारा छिलका केवल एक पौंड ही हो पाया। यह देखकर कि हम निश्चित मात्रा से अधिक छिलका नहीं कूटते अथवा अन्य बंदी भक्तिभाव से गुपचुप कूटने में सहायता करते हैं तो हम उसे स्वीकार नहीं करते, हमारे अन्य साथी सहयोगी बंदी भी कोल्हू का बैल बनने से कतराने लगे। अतः सरेआम बंदियों में उठने-बैठने तथा उनसे हिल-मिलकर काम करने की सहूलियत जो हमें अभी-अभी मिली थी, उसे भी रद्द किया गया। हमें पुनः सात नंबर की इमारत में बंद किया गया तथा छिलके का कठोर काम उसी तरह निर्धारित किया गया।*

* दिनांक २१ मई, १९१५

जिस तंडेल ने 'हम सरकार के विरुद्ध बंदियों को पट्टी पढ़ाते हैं' इस प्रकार बारी के कान भरे थे, उसने और उसी की तरह अनेक चुगलखोरों ने उसी सरकार के विरुद्ध हमारे पास तथा हमारे सामने ईश्वर की प्रार्थना भी की थी। परंतु उन्हें विश्वास था कि हम कभी भी उनके विरुद्ध चुगलखोरी नहीं करेंगे, अतः वे मुझ पर निर्भीकता के साथ मनचाहे लांछन थोपकर अपनी पाँचों अँगुलियाँ घी में रखते।

पीछे शुद्धिकरण आंदोलन में जैसा कहा है, इसी समय बंदियों में हमारी बढ़ती हुई प्रतिष्ठा गिराने और हमें मानसिक यातनाएँ देने के लिए निम्न अधिकारियों के उकसाने पर कुछ मुसलिम वॉर्डरों को हमें अश्लील, बीभत्स गालियाँ देते हुए घंटों हमारे सामने खड़े रहने अथवा पूरे कारागार में मुक्त रूप से घूमने की छूट दी गई। इस तरह का कुछ-न-कुछ झमेला हमारे पीछे लगाया जाता रहा।

परंतु इस दौरान एक के पीछे एक ऐसी घटनाएँ घटती गईं, जो इस क्लेश एवं विवशता में भी अपना कार्य करने के लिए हमें प्रोत्साहित करती थीं।

एम्डेन का आगमन

जिस घटना से पोर्ट ब्लेअर के अधिकारियों का ध्यान हमसे हटा और तेजी से उनकी सारी शक्ति अपनी ओर आकर्षित करने से हमें तनिक विश्राम मिल गया, वह थी अंदमानी सागर में 'एम्डेन' का आगमन।* यह उड़ता समाचार फैलने और प्रत्यक्ष सरकारी कार्यवाही होने से पूर्व ही बंदियों में उथल-पुथल होने लगी। इतने में मद्रास पर बम वर्षा होने का समाचार आया। सरकार ने उसे गुप्त रखने का प्रयास तो किया, पर हमेशा की तरह वह गुप्त रहा नहीं, उलटे नमक-मिर्च के साथ पूरे उपनिवेश में फैल गया। इस उपनिवेश के पूरे इतिहास में जैसा पहले कभी नहीं हुआ था, अधिकारियों में ऐसा हड़कंप और सैनिक तैयारी की बड़ी धाँधली मच गई। कारागृह के समीप ही बारूद-गोले का भंडार और शस्त्रागार बनाया गया। कारागृह के इर्दगिर्द खंदक खोदकर कारागृह में अंग्रेजी सोल्जरों का पहरा बैठाया गया। कलकत्ता से त्वरित गोरी पलटन मँगवाई गई। अंग्रेज अधिकारी रात भर समुद्र पर पहरा देकर सोने लगे। थोड़े ही दिनों में युद्ध-नौकाओं की आवाजाही होने लगी। कभी फ्रेंच रणनौका तो कभी रूसी विध्वंसिका (ड्रेडनॉट) पोर्ट ब्लेअर में रुककर एक दो-दिन पहरा देकर चला जाता। इनमें से रूसी और अन्य रणनौकाओं के नौकाध्यक्ष कभी-कभी हमें देखने कारागृह में आते। रूसी रणनौका का एक अधिकारी हमसे लंबी चर्चा करके गया था। उसने कहा कि यूरोप में लोगों को इस बात का विस्मरण नहीं हुआ है कि हम अंदमान में बंद हैं। यह सुनकर और वह आवाजाही देखकर हमें सुकून मिले बिना नहीं रहा।

---

* नवंबर, १९१४

इन सरकारी गतिविधियों से यह स्पष्ट हो रहा था कि यूरोपीय महायुद्ध के रणक्षेत्र में अंदमान का सूत्र प्रत्यक्ष रूप में कहीं-न-कहीं उलझ गया है। अभिनव भारतीय तथा अन्य भारतीय क्रांतिकारी राष्ट्रीय प्रयत्नों की पूर्वपीठिका से ऐसा प्रतीत हो रहा था कि युद्ध प्रारंभ होते ही अंदमान का क्षेत्रबिंदु उस महायुद्ध की विस्तृत कक्षांतर्गत प्राय: एक रणक्षेत्र बिंदु होगा। बारी के साथ अन्य यूरोपीय अधिकारियों ने सैनिकों की गतिविधियों के निश्चित सुराग का पता न लगने देने का लाख प्रयास किया, तथापि हमें ज्ञात हो चुका था कि एम्डेन अंदमान पर छापा मारने के लिए चक्कर काट रहा है। आगे उस जर्मन रणनौका* के एक-दो बार अंदमान पर छापा मारने के लिए आ जाने की अफवाह उड़ी और उससे बंदियों तथा सरकार में बड़ी हड़बड़ी सी मच गई। हम जानते थे कि इस जर्मन नौका का अंदमान के चारों ओर मँडराने का साहसी कार्य केवल यह नहीं है कि वह बंदरगाह इतना महत्त्वपूर्ण था, अपितु उसका एक प्रमुख उद्देश्य यहाँ के हम हिंदुस्थानी बंदियों को मुक्त कराना था। वहाँ के साधारण बंदी भी आशा की अत्युच्च लहरों पर जी भरकर विहार करने लगे। 'थोड़े दिन रह गए' जैसा वाक्य खत्म हो गया और उसकी जगह अब जिस-तिस के मुँह में 'चले भैया, आज या कल' यह वाक्य गूँजने लगा। कोई हाँफते हुए आता और कहता कि जर्मनी की रणनौका आ गई। देखो, देखो, सभी साब लोग अपनी-अपनी कोठियाँ छोड़कर दूरबीनें लगाकर उधर भाग रहे हैं। और वाकई साब लोग भागते थे। एम्डेन का और कुल जर्मन नौ सेना (navy) साधनों का प्रताप सुनकर उस मुट्ठी भर अंग्रेजी दल के मन में एक-दो बार तो सचमुच ही भारी चिंता उत्पन्न हो गई थी। उनकी यह आशंका कि सारे बंदी समय पर पलटे बिना नहीं रहेंगे—सर्वथा अनुचित नहीं थी। उसमें भी उनके पास युद्ध सामग्री अत्यल्प थी। वह तो पृथ्वी का ढेला था जो समुद्र में गिर पड़ा था। मुट्ठी भर अंग्रेज—वे भी सैनिकी व्यवहार के अनभ्यस्त। यदि कोई प्रबल जर्मन विध्वंसक अथवा रणनौका आती तो उनकी क्या गत बनती—पर एक साम्राज्य की पूर्व परंपरा में ढले हुए अंग्रेजों ने वह सारा भय पीकर डटकर सामना करने का निश्चय किया था। इसमें आश्चर्य की कोई बात नहीं थी कि एक बार तो जर्मन नौका आने पर उनके बीवी-बच्चे तक हड़बड़ा गए थे। आश्चर्य यह था कि उन हजारों बंदियों तथा विदेशी एवं शत्रुवत् बिगड़े हुए बंदियों की छातियों पर सवार ये लोग अंदमान पर वैसा ही राज करते हुए अंदमान को चार वर्ष सँभाले रहे। नारियल का एक पेड़ किसी को उखाड़ने नहीं दिया और बंदियों के निर्धारित दो पौंड के छिलके अथवा तीन पौंड रस्सी में एक रत्ती की भी छूट नहीं दी। उन्होंने उस कार्य को, उन निर्बंधों को, उस शासनचक्र को ज्यों-का-त्यों चलाया था।

* यह रणनौका वीर सावरकर के साथी चंपक रमण पिल्लै के विशेष प्रयास से अंदमान में आई थी।

अंग्रेजों की दृढ़ता, हमारा भोलापन

आश्चर्य इस बात का है कि अंग्रेजों का यह शूर स्वभाव और हठी जातीय दृढ़ता हिंदुस्थानी लोग जिस तरह पेशवाई के अंत में नहीं पहचान सके, उसी तरह आज भी वे उसे पहचानने में असमर्थ ही रहे। युद्ध के इन दिनों में बंदी बार-बार गप उड़ाते, 'आज लंदन गिरा, यह सोलह आने सत्य' अथवा जर्मन विध्वंसिका सोलह आने आज रात अंदमान पर आक्रमण करेगी—परंतु किसने कहा? बावरची ने! अरे, कमिश्नर साब के बावरची ने! उसने अपनी आँखों से कमिश्नर साब को लिफाफा खोलते हुए देखा।' 'परंतु यह कैसे कह सकते हैं कि लिफाफे में यही समाचार था?' 'यह लिफाफा पढ़ते ही कमिश्नर साहब धम से नीचे बैठ गए। उन्होंने सिर से टोपी उतारकर खटाक से मेज पर पटक दी।' अथवा 'बारी साहब की आँखों में पानी भर आया' अथवा 'मिसी बाबा घुटनों में सिर छिपाकर बैठ गई'। जितने मुँह, उतनी बातें।

जब-जब बंदी इस प्रकार के समाचार लाते और उनकी सत्यता के लिए उपर्युक्त प्रमाण देते तब-तब मुझे बिलकुल इसी तरह सोलह आने निश्चित पेशवा-कालीन राघोबाजी के समय के पत्र-व्यवहार का स्मरण हो गया। उसमें यशवंत राव होल्कर ने अंग्रेजों को पराभूत करने का एक समाचार गारपिर पर नियुक्त वार्त्ताकार द्वारा मराठों को सूचित करने का उल्लेख है और उसमें भी उस समाचार के आधार स्वरूप यही लिखा है कि 'रेसिडेंट साब ने पत्र पढ़ते ही अपने सिर की टोपी उतारकर खट से धरती पर पटक दी।' उसी आधार और उसी अनुमान जैसी मूर्खता डेढ़ सौ वर्ष बाद आज भी हिंदुस्थानी कर रहे हैं और फिर भी उनके सिर पर अंग्रेजों की टोपी ज्यों-की-त्यों स्थिर है।

सत्य ही डेढ़ सौ वर्षों में अंग्रेजों के राजकर्तृत्व की दृढ़ता, लगन और सैनिकी धैर्य में जिस तरह कोई खास अंतर नहीं आया, उसी तरह उनके उन गुणों को परखकर विपक्ष से लड़ने की योग्यता कैसे प्राप्त करनी है, यह न समझ सकनेवाले हमारे पगलाए भोलेपन में भी कोई अंतर नहीं आया। डेढ़ सौ वर्षों में अंग्रेजों को कुछ अधिक विस्मरण नहीं हुआ, न ही हम कुछ अधिक सीख पाए। टोपी पटकने के समान उद्‌गारों से मैं अंदमान में बार-बार यही सोचता और भारतीय बंदियों से कहता, 'क्या वह कोई हिंदू है जो मात्र एक लिफाफे से अपनी टोपी पटके? वह तो अंग्रेज है अंग्रेज! हजारों में कोई एकाध ही डरपोक होगा। शेष सारे जहाँ भी हैं, वहाँ संघर्ष करेंगे। देखो, तुम्हारे हजारों बंदियों में पाँच-दस शेर ही इस तरह निर्भीक हैं—जैसे भेड़-बकरियों में रहते हैं। टोपी पटक दी! अरे, गरमी लग रही होगी उन्हें। खेलने से थककर मिसी बाबा को झपकी आई होगी, अत: उसने अपने घुटनों में सिर छिपाया होगा। यह कैसे कह सकते हो कि उन्होंने रणनौका के डर से ऐसा किया?

विपक्ष की उचित कल्पना हो

विपक्षी का सामना करना हो तो उसके दोषों के साथ, बल्कि दोषों से भी अधिक उनके गुणों से परिचित होकर उन्हें अच्छी तरह से जाँचना-परखना चाहिए और इसी कारणवश अंदमान जाने से पहले मैं अपने हिंदुस्थानी बांधवों को ब्रिटिशों की शक्ति विषयक यथातथ्य कल्पना देने का प्रयास करता रहा था। विपक्ष की खोखली डींग हाँककर अपने पक्ष का तेजोभंग करना जितना घातक होता है, उतना ही घातक है विपक्ष को ठीकरा समझकर स्वपक्ष को थोथी आशा के गड्ढे में ढकेलना। उन दिनों मुझे यह देखकर बड़ा दु:ख होता था कि हमारे हिंदुस्थानी सामान्य जनसमूह का प्राचीनकालीन वह अफीमबाज पिनकी-भोलापन आज भी ज्यों-की-त्यों स्थिर है। मैं उनके उस भोलेपन का आते-जाते तीव्र उपहास करता। जर्मन रणनौका का अंदमान के चक्कर काटने का समाचार कोई व्यक्ति, विशेषत: मुसलमान बंदी भागा-भागा आकर बाजार में देता, 'उस पास के जंगल में कल जर्मन रणनौका लग गई और उसका सेनानी चार तुर्कों के साथ उस पहाड़ी से टोह लेकर चला गया। अजी, चौकीदार ने अपनी आँखों से देखा। कैसे दपदप दमक रहे थे वे तुर्क—छाती पर चार चाँद चमचमा रहे थे। चौकीदार को प्रतीत हुआ—चार सितारे जगर-मगर कर रहे हैं। तुर्कों की उस चौकड़ी ने उस जर्मन को कुछ समझाया। जर्मन सेनानी ने विनम्रतापूर्वक प्रणाम कर 'जी हुजूर' कहा और फिर वे चारों देखते-देखते अदृश्य हो गए।' इस तरह की अफवाह उड़ने की देरी होती कि पूरे पोर्ट ब्लेअर में उसके एक से बढ़कर एक रंगीन सुनहरे संस्करण निकलते। उपर्युक्त अफवाहें इसी तरह उठतीं। भले ही हम उन्हें लाख विकृत क्यों न समझें, उन बंदियों को वे अत्यंत विश्वसनीय प्रतीत होतीं, जिनकी अरेबियन नाइट्स की, अलिफ लैला की कहानियों के सुलतान और खलीफा संबंधी तिलिस्मी धारणाएँ बनी थीं। प्रथमत: हिंदू-मुसलमान दोनों हमारे पास उन समाचारों के सत्यासत्य के विषय में पूछने के लिए आ जाते। क्योंकि मुसलमान बंदियों को भी इसपर पूरा विश्वास था कि चाहे कुछ भी हो, अंग्रेज अथवा जर्मनों के अवास्तविक बड़प्पन के गुण न गाते हुए जो सत्य हो, वही समाचार यदि कहीं मिलता है तो वह केवल बड़े बाबू के ही पास मिलेगा। अत: उनके आते ही हम उनका यह भोलापन दूर करने के लिए उपहासपूर्वक अथवा समझा-बुझाकर कि किस तरह ये दंतकथाएँ मिथ्या हैं, झूठी हैं—उन्हें सुनाते। हम अनुभव भी उसी तरह से करने लगे। अत: इसके पश्चात् इस तरह के असत्य तथा अतिशयोक्तिपूर्ण समाचार कोई भी नहीं फैलाता और न ही कोई उनपर विश्वास करता। जैसे-जैसे राजनीतिक स्थिति का ज्ञान बढ़ता गया वैसे-वैसे इन अद्‌भुत कथाओं का काल अस्तंगत होने लगा।

बंदियों का इन मिथ्या कथाओं से सम्मोहित होकर 'चलो भाई, आज चले, कल चले' कहना मूर्खतापूर्ण था, तथापि इस तरह के भूकंपों से कई राजपाट जहाँ उलट-

पुलट जाते वहाँ यह मानना भी मूर्खतापूर्ण ही था कि हिंदुस्थान को ऐसा कोई आघात नहीं पहुँच सकता जो उसके भाग्य को ही उलट-पुलट कर डाले। उसमें भी क्रांतिकारियों की गतिविधियों की थोड़ी-बहुत जानकारी तो मिल ही रही थी। अत: अंदमान के आस-पास प्रबल जर्मन रणनौकाओं का मँडराना और उससे हमारी आँखों के सामने अंग्रेजों का भी अंदमान के बचाव के लिए सैनिक तैयारी करना आरंभ हुआ। तब इन सारे मामलों का विचार न कर 'कुछ नहीं होगा' कहते हुए रोते-सड़ते रहने का पंगुपन हमें मूर्खतापूर्ण तथा निकम्मापन ही लगा। हमें यह संभवनीय प्रतीत होने लगा कि भारतीय राज्यक्रांतिकारियों की योजना के अनुसार जर्मन रणनौकाएँ अंदमान पर आक्रमण करते हुए हमारी मुक्ति का प्रयास करेंगी। एक-दो बार यह घटना लगभग हो भी चुकी थी, क्योंकि जर्मनी की इन भटकती हुई रणनौकाओं ने एक बार अंदमान को लगभग असहाय अवस्था में घेर लिया था। कलकत्ता को कमिश्नर द्वारा आर्थिक सहायतार्थ भेजे गए बेतार संदेश को रास्ते में पढ़कर इन रणनौकाओं ने उन्हें आगे भेजा। संदेशानुरूप कलकत्ता से सहायता के साथ साधारण जलयान आते ही उसे रास्ते में पकड़कर वह मोटी रकम हड़प ली। अंदमान में एक-दो बार अन्न की कमी भी तीव्रता से अनुभव हुई, क्योंकि रंगून, कलकत्ता अथवा मद्रास से जहाजों का आना-जाना दो महीनों से सर्वथा बंद हो गया था। यह कहना आसान नहीं था कि इस तरह चारों ओर से घिरा अंदमान कब शत्रु के हाथों घिर जाएगा। यदि ऐसा समय आ भी जाए तो क्या होगा?

यह अवसर आने से पहले ही कि इस अपूर्व घटना के समय किस प्रकार व्यवहार किया जाए, यह सोचना फूहड़पन की परिसीमा होती। उस सुनहरे अवसर को व्यर्थ खो देने का पातक उस फूहड़पन पर आ जाता। इसी विचार से यदि इस तरह अचानक कोई अद्‌भुत प्रलय हो जाए, जर्मन रणनौका अंदमान पर आक्रमण करके उसपर अपना अधिकार जमाए और वहाँ के सारे बंदियों को मुक्त कर दे।

निरपेक्ष सुज्ञ योजना बनाओ

जर्मन युद्धपोत की यह योजना भारतीय क्रांतिकारियों की योजना की सहायता से ही चल रही है, यह हमें स्पष्ट दिखाई दे रहा था। हमारी प्रणाली के राजबंदियों तथा साधारण बंदियों में से विश्वसनीय नेताओं को हमने यह विस्तारपूर्वक समझाया कि ऐसा प्रसंग आते ही हमारा कर्तव्य क्या होगा और इसकी एक सुसंगत योजना भी बनाई। फिर उसे चुनिंदा लोगों को स्पष्ट बता दिया। उस योजनानुरूप बंदियों के मत-गठन का कार्य उपनिवेश में जारी था। उन्हें कहा जा रहा था—भोलेपन में यह मत समझो कि अंग्रेजों का प्रशासन उलट जाएगा। परंतु यह भी याद रहे कि कम-से-कम अंदमान तक तो अचानक छापामारी के साथ अंग्रेजों से उसे छीन लेना और कुछ समय तक अपना केंद्र

बनाकर आस-पास राज्यक्रांति की चिनगारियाँ बिखेरना जर्मन रणनौकाओं के लिए संभव हो सकता है। अत: इसके बारे में सोचकर कि ऐसे प्रसंग में हम क्या कर सकते हैं, और आरंभ से ही किस तरह संगठित रूप में आत्मरक्षा और स्वकर्तव्य कर सकते हैं, इसकी योजना तैयार कीजिए। वह भी आशामय भोलेपन से नहीं अपितु आँखें खुली रखकर, निरपेक्ष, सुज्ञ सुलझी हुई बुद्धि से। इस तरह बताकर-समझाकर हम समस्त बंदियों को सचेत करने के प्रयास में लगे रहे।

अब रौलट रिपोर्ट और अन्य प्रसिद्ध वृत्तांतों से यह सिद्ध हो ही गया है कि जर्मन योजना और भारतीय क्रांतिकारियों की हम सभी को अंदमान से मुक्त करने के प्रयास की हमारी धारणा काफी हद तक साधार थी। प्रथम वर्ष में तो उनकी योजनाएँ सफल होना कतई असंभवनीय नहीं था। एक-दो बार तो वह सफल हो भी रही थी। यह भी उन वृत्तांतों तथा यूरोपीय अधिकारियों के इसके पश्चात् स्वयं कथित वृत्तांत से स्पष्ट है।

पीछे कहा गया है कि 'एम्डेन' को पकड़ने के बाद इस योजना का निश्चित ज्ञान होने के बाद किस प्रकार राजबंदियों के कारागार के चारों ओर किसी लड़ाकू किले सदृश तैयारी की गई थी। उसमें भी एक देशभक्त ने बारी साहब को गप सुनाई कि सावरकर को अचानक कारागार से उठाने के लिए जर्मनी की ओर से एक हवाई जहाज भी आने की बातचीत चल रही है। तब से उस हवाई जहाज के काल्पनिक अवतरण को रोकने के लिए ही मानो कारागृह के गोरे सैनिकों के पहरे के साथ हथियारबंद सिपाहियों का दल कारागार के बीचोबीच स्थित एक ऊँचे गुंबद पर दिन भर कड़ा पहरा देने के लिए तैनात किया गया। युद्ध समाप्ति के महीनों तक भी यह व्यवस्था उसी तरह जारी थी। हमारी गतिविधियों तथा बोलचाल पर जर्मन रणनौका के आक्रमण के बाद से अत्यंत कड़ी निगरानी रखी गई थी, उससे व्यवसायी चुगलखोर हमारे विरुद्ध मनचाही सत्यासत्य अफवाहें उड़ाकर अधिकारियों की प्रसन्नता प्राप्त करने में व्यस्त हो गए।

उसमें भी उपनिवेश में जब गोरे सैनिकों की पलटन उतर गई तब तो क्या कहने हैं। उस रूखे और निर्जन द्वीप में गोरे सैनिकों के लिए मनोरंजनार्थ कुछ अन्य साधन उपलब्ध नहीं थे, अत: उनके लिए हमारे संबंध में हमारे क्रांतिकारी कृत्यों के विषय में जी भरकर गप्पें हाँकना ही समय बिताने का एक मनोरंजन शेष था। कलकत्ता के 'डिचर' की 'कैपिटल' पत्रिका में प्रकाशित लेख विख्यात ही है, जिसमें बिना प्रयास यह उजागर किया गया था कि उनके मंडलों, टोलियों और इतना ही नहीं, हमारे संबंध में और उस जर्मन रणपोत के विषय में और कैसी-कैसी मनगढ़ंत काल्पनिक अद्‌भुत दंतकथाएँ प्रचलित थीं और आगे चलकर उसका उल्लेख भी किंचित् आ ही जाएगा।*

---

* यह संदर्भ आगे प्रकरण-१२ में 'कैपिटल' पत्रिका पर अभियोग नाम से आया है।

विश्व को अंदमान का परिचय

हम राजबंदियों को सँभालना इतना सरल नहीं था। हमें जीवित जगत् से वंचित कर मृतप्राय समझकर सब विस्मृत कर दें—इसलिए हम राजबंदियों को अंदमान के कालेपानी में बंद करके सभी आश्वस्त हो गए कि अब इन बदमाशों की श्मशान में दफनाए शवों से अधिक चिंता करने की कोई आवश्यकता नहीं है। परंतु अंदमान के कारण जगत् ने हमें विस्मृत नहीं किया, अपितु हमारे कारण सारे विश्व को अंदमान का पता चल गया और कारागृह को लड़ाकू किला बनाकर तथा उस व्यापारी बंदरगाह को विध्वंसिकाओं एवं रणनौकाओं की तोपों से हमारी रक्षा करनी पड़ी। इन घटनाओं को देखकर हम अपने पूर्वकालीन सहयोगियों के प्रति कृतज्ञ हैं, जिन्होंने जीवित रूप में मरणोपरांत भी हमें स्मरण रखा और इससे उस कारागार में उस अत्यंत भयंकर स्थिति में एक तरह से हमें प्रोत्साहन और सहारा जैसा मिला।

इस यथार्थ का इस ऐतिहासिक वृत्त में उल्लेख न करते हुए छिपाकर रखने का प्रयास करना व्यर्थ है। उन दिनों यह कहना असंभव था कि कब, किसकी चुगली से हमपर राजकोप का कैसा आघात होगा, तथापि उस चिंता में भी राजबंदियों को यह देखकर कि हिंदुस्थान के राजनीतिक प्रश्न को महायुद्ध में इतना अंतरराष्ट्रीय महत्त्व प्राप्त हो गया है, थोड़ा-बहुत संतोष अवश्य प्राप्त हुआ। हमारी राजनीतिक महत्त्वाकांक्षाएँ भी क्या इस सांसारिक भूचाल में सफल होंगी, मरुभूमि क्या फल-फूलों से परिपूर्ण उद्यान में परिवर्तित होगी अथवा फलों-फूलों से लहलहाते उद्यानों को जलाकर वीरान, मरुभूमि बनाने में ही इस प्रचंड सामरिक भूचाल का अंत होगा।

इसी चिंता, इसी आशा और इसी भय के कंधों पर आरूढ़ रहते वे राजबंदी अंदमान की बंदीशाला की अँधेरी कोठरियों के निराश वर्तमान की दीवार के उस पार भविष्य के उजाले के दर्शन के लिए उत्कंठित हो गए थे।

□

प्रकरण–४

अंदमान में राजबंदियों का रेला

जर्मन नौकाओं की अंदमान पर छापामारी के लिए इस तरह की हाथापाई के चलते एक दिन हमारे एक लेखक सहयोगी ने समाचार–पत्र का एक टुकड़ा हमें दिया। बाद में इमारत के किसी कोने में जाकर मैं उसे खोलकर पढ़ने लगा तो शीर्षक में लिखा हुआ था 'Mutiny at Meerut.'

मई के दौरान मेरठ स्थित सेना निवेश में विद्रोह* के षड्यंत्र का भेद खुल गया। कई लोग पकड़े गए। आगे चलकर कइयों को फाँसी पर चढ़ाया गया। सैनिक विद्रोह का वह तार पढ़ते ही कलेजा थर्रा उठा।

सन् १८५७ में इसी मेरठ में, इसी मई के दौरान सैनिक विद्रोह का श्रीगणेश हुआ था। वह भी क्रांति के एक देशव्यापी षड्यंत्र की चिनगारी थी। आज की मेरठ की यह घटना भी क्या सचमुच ही विस्तृत देशव्यापी क्रांति के षड्यंत्र की समय पूर्व उड़ी हुई चिनगारी है ?

यदि न होती तो सरकार उसे प्रकाशित करने जैसा महत्त्व नहीं देती। न भी सही, तो भी इन दस वर्षों में कितना अंतर आ गया है। असंतोष, आवेदन, अभ्यर्थना, निषेध, षड्यंत्र, आघात–प्रत्याघात, पिस्तौल, अस्त्र–शस्त्र, मुठभेड़ और अब सैनिक–विद्रोह की अफवाह। गाड़ी कहाँ–से–कहाँ पहुँच गई!

सन् १८५७ के क्रांतियुद्ध के बाद से विद्रोह जैसा शब्द इस देश के कोश में सहसा नहीं जगमगाया था। यह कल्पना ही शेष नहीं रही थी। महायुद्ध की आग से आज वह पुनः भड़क उठी। देश का साहस तापमान के इस अंश तक पहुँच गया।

उस दिन और उस सप्ताह में ऊपर वर्णित कच्ची रूपरेखा राजबंदी और उनके संपर्क से साधारण बंदियों में भी यह चर्चा सतत जारी थी।

---

* विष्णु गणेश पिंगले का मई १९१५ का विद्रोह।

इतने में लाहौर तथा पंजाब के षड्यंत्र और क्रांतिकारी विद्रोह* का समाचार आ गया। देखते-देखते वे सिपाही, जिन्हें युद्ध पर जाने के लिए इनकार करने के कारण दंड दिया गया था, और उसके पश्चात् पलटन के कई और जत्थे उस कारागार में आ गए। देश में जो खलबली मची थी, उसके प्रत्यक्ष प्रमाण मिलने लगे।

पिछली हड़ताल सन् १९१४ के आरंभ में समाप्त हुई थी। तब हम कुछ आजन्म कारावासी राजबंदियों को अंदमान में रखकर शेष अवधि के प्राय: सभी राजबंदी स्वदेशी कारागृह में भेजे गए थे। परंतु अब महायुद्ध के हुड़दंग में उस व्यवस्था का कौन पालन करता। यद्यपि पिछले बंदी न भी भेजे गए, तथापि महायुद्ध काल में स्वदेश में जो क्रांति की लहर उमड़ना चाहती थी, उसकी चपेट में आए हुए राजबंदियों को बंगाल, संयुक्त प्रांत तथा पंजाब से पकड़कर पुन: अंदमान में ठूँसना शुरू हो गया। इससे विभिन्न स्थानों के राजनीतिक समाचार और युद्ध की बहुत सारी विश्वसनीय जानकारी हमें प्राप्त होती रही।

जिस समय जर्मन रणनौकाओं ने अंदमान के सागर में एक-दो व्यापारी जहाजों को पकड़कर और कुछ जहाजों को रोककर उस सागर का अवरोध किया था, तब से कई दिनों तक हिंदुस्थान से बंदियों को भेजना बंद कर दिया गया था। उन जर्मन रणपोतों का जापानी, रूसी तथा अंग्रेज रणनौकाओं द्वारा विनाश कर देने पर जब वह समुद्र निष्कंटक हो गया, तब कहीं पुन: वह 'चालान' शुरू हो पाया।

और एक दिन लाहौर के क्रांतिकारियों की पहली टोली अंदमान के उस कारागार में आजन्म कारावास का दंड भुगतने के लिए आ गई। उनमें प्राय: सभी 'गदर' अभियोगांतर्गत थे। उन्हें देखते ही उनकी वह दु:खद अवस्था पल भर के लिए विस्मृत हो गई और हमारे मुख से अपरिहार्य उद्‍गार फूट पड़े—'यह देखो, आखिर आ ही गए। वही हुआ जो कहा था।'

जिस समय हम क्रांतिकारी आंदोलन का नेतृत्व कर रहे थे, उस समय एक दिन एक सिख सहयोगी के साथ चर्चा छिड़ गई थी कि सिखों में राष्ट्रीय जागृति किस तरह उत्पन्न करें? इंग्लैंड में अनेक पंजाबी युवक थे। उन सभी को हम बताते कि सैनिक भरती का केंद्र होने के कारण पंजाब की हर झुग्गी-झोंपड़ी में राष्ट्रीय जागरणार्थ कौन-कौन से विभिन्न उपायों तथा युक्तियों का आयोजन किया जाना चाहिए। यह योजना स्पष्ट करते समय हमने यह भी कहा कि हिंदुओं के एक प्रमुख भाग के रूप में सिख पंथ में जागृति लाना कितना महत्त्वपूर्ण है। तब उन सज्जन ने तनिक निराश स्वर में कहा था, ''सिखों को कूपमंडूक वृत्ति के धार्मिक रोग से मुक्त करके उनमें अखिल भारतीय

* लाहौर षड्यंत्र के प्रथम अभियोग में ६१, दूसरे में ७४ और तीसरे में १२ अभियुक्त थे। उनमें से २८ जनों को फाँसी हुई।

ममत्व उत्पन्न करना तथा उनके धार्मिक उत्साह को राष्ट्रीय मोड़ देना वर्तमान में तो अत्यधिक कठिन है।'' तब हमने कहा, ''मित्र, तुम भी तो सिख ही हो न? फिर तुम्हारे जैसे उच्च कुलीन युवक को, जिसका जन्म सरकार के प्रति नरम रुख रखनेवाले एक परिवार में होने के बाद भी तुम्हें उच्च शिक्षा प्राप्त हो गई, फिर त्याग भावना और राष्ट्रीय धर्म की दीक्षा यदि इतनी अल्पावधि में देना संभव हो गया तो वह अन्य सिखों को क्यों नहीं दी जा सकती? मैंने सिख इतिहास का बारीकी से अध्ययन किया है। यह योजना जो मैं बता रहा हूँ, उसे सामने रखकर यदि तुम लोग प्रयास करोगे, स्वदेश में या विदेश में, जहाँ कहीं भी सिख से सामना होगा, वहाँ यत्न करोगे, तो तुम देखोगे कि पाँच वर्षों के अंदर-अंदर हमारे सिख वीर तुम्हारे कंधे-से-कंधा मिलाते हुए लड़ेंगे।'' यह बात सन् १९०८-९ की है।

उस बात का जब हमें उस समय कारागार में स्मरण हुआ तो मैंने अपने एक साथी से कहा, देखो सिख आए हैं या नहीं। अब अपने वे नेपाली बंधु शेष रहे। वे वीर गुरखा हिंदू संगठन के शिविर में आ जाएँ तो समस्त हिंदू एक हो जाएँ।

हमारे उस काल के मत-मतांतरानुरूप इन भाव-भावनाओं का हमारे मन में बार-बार उदय होता था। सिखों की इस पहली टोली के पीछे-पीछे पंजाब के विभिन्न स्थानों से क्रांतिकारी प्रयासों में दंड प्राप्त अनेक राजबंदियों की टोलियाँ आने लगीं। रंगून, सिंगापुर, बसरा आदि स्थानों पर युद्ध के लिए जाना अस्वीकार करने के अपराध में अथवा विद्रोह करके राज्यक्रांतिकारियों के पक्ष में मिलने के लिए प्रत्यक्ष किए हुए सशस्त्र विद्रोह में सैकड़ों सिपाही भी बड़े-बड़े दंड प्राप्त करके अंदमान में पधारे। उनके आगमन से उस उपनिवेशीय जनता में राजनीतिक मत-मतांतरों का फैलाव जोर-शोर के साथ होने लगा। ऐसे लगभग सौ-डेढ़ सौ राजबंदी, जिनमें से कुछ लोगों ने सिंगापुर में विद्रोह किया, वहाँ से स्याम, रंगून जाकर वहाँ विद्रोह के लिए फौज में षड्यंत्र रचे। कुछ लोगों को बंगाल में सशस्त्र राजनीतिक डकैती के लिए दंड मिला था। ऐसे सारे लोग कारागार में एकत्रित हो गए थे। इन सब दंडितों की जानकारी उनके अद्‌भुत साहस, उनके षड्यंत्रों की योजना आदि का उल्लेख तो दूर रहा, इस स्थल पर उनके नाम तक देना संभव नहीं। अगले संस्करण में यदि हो सके तो वह प्रयास होगा।*

इन राजबंदियों में ऐसे एक ही थे जिनसे मेरा प्रत्यक्ष पूर्व परिचय था—वे थे प्रो. परमानंद। उनसे संबंधित और अन्य लोगों से संबंधित यथासंभव जानकारी हम पहले से बंदियों को बताते रहे थे। उन सारे बंदियों के आते ही उनके मुख से उनका ध्येय, त्याग, उन अद्‌भुत चरित्रों की, जिन्होंने फाँसी पर अथवा सशस्त्र मुठभेड़ में प्राण-त्याग किया, उनके षड्यंत्रों की योजनाओं की, जिन्होंने प्रत्यक्ष युद्ध देखा, उनसे फ्रांस आदि रणस्थलों

---

* ये नाम अब सरकार ने प्रकाशित कर दिए हैं।

के युद्धों की जानकारी अंदमान के बंदी उत्सुकता से सुनते। इस कारण उस उपनिवेश के राजनीतिक जीवन में बहुत ही अंतर आ गया था। पूर्व के उन हजारों बंदियों को कुछ इस तरह प्रशिक्षित करने का हमारा प्रयास चल रहा था, जिससे वे इस जगत् के उच्च वातावरण में हो रही गतिविधियों पर विचार करने के लिए सक्षम बनें। इस प्रयास को इन शताधिक राजबंदियों के आगमन से महत्त्वपूर्ण सहयोग प्राप्त हुआ।

यद्यपि उनमें मेरे प्रत्यक्ष परिचित तो प्रो. परमानंद ही थे, तथापि उनमें से बहुतों को मेरी जानकारी थी। इतना ही नहीं, उनमें से प्रायः सभी ने मेरे लेखों और पुस्तकों का अध्ययन किया हुआ था। उनके मन में मेरे लिए पूज्य भावना थी, अतः भीतर पग रखते ही स्वाभाविक रूप से वे मुझसे मिलने को उत्कंठित थे। अधिकारियों ने प्रथम मुझे उनसे दूर रखने का अत्यधिक प्रयास किया, तथापि अंत में केवल इतनी संख्या में कारागार में आए उन कैदियों को सँभालना असंभव होने से हम लोगों की परस्पर आवाजाही खुलेआम प्रारंभ हो गई। उन्होंने मुझे बताया कि अमेरिका की 'गदर' पत्रिका में मेरे सन् १८५७ के क्रांतियुद्ध का हिंदी, उर्दू और किंचित् पंजाबी में अनुवाद प्रकाशित होता था। उनमें से गदर पक्ष के एक उच्च शिक्षित प्रमुख नेता ने, जिसने लाहौर अभियोग में मृत्युदंड मिलने की आशंका रहते हुए भी न्यायालय में अपना बचाव करने से स्पष्ट रूप में यह कहते हुए इनकार किया था कि क्रांतिकारी प्रयास तो मैंने किए ही थे, फिर बचाव किस बात का, और अंत तक वह अपने निश्चय पर अडिग रहे थे, मुझे बताया कि 'मैं एक रसिया, मनमौजी व्यक्ति था। राजनीति में कभी भाग नहीं लिया। परंतु एक बार एक स्नेही के अनुरोध पर आपकी 'सत्तावन का क्रांतियुद्ध' अंग्रेजी पुस्तक पढ़ना आरंभ किया। पूरा दिन और पूरी रात मैं वह पुस्तक पढ़ता रहा था। फिर जब समाप्त कर उसे दूर रखा तब से मेरा पुराना जीवन ही दूर चला गया। मैंने राष्ट्र मुक्ति की शपथ ली और यहाँ तक आ गया।' हमने हँसी-हँसी में 'यहाँ तक' शब्द पर व्यंग्य करते हुए कहा, ''तो फिर यूँ कहिए, वह पुस्तक क्या हुई—अंदमान का टिकट ही हो गई!''

एक वृद्ध सिख राजबंदी ने, जिसने पहले सेना में नौकरी की थी और उसके पश्चात् स्वकष्टों से विदेश में अर्जित किया धन 'गदर' पत्रिका में प्रकाशित क्रांतिकारी लेख पढ़ते ही उस कार्यार्थ गुप्त रूप में दान दिया था, बताया—चीन में कभी-कभी वहाँ के प्रगतिशील लोग हिंदुस्थान की चर्चा करते हुए पूछते कि 'आपके सावरकर कहाँ हैं? आजकल किस कारागार में हैं?' इसपर उन्हें जब ये सिख—कोल्हू चलाना आदि—कठोर श्रम के बारे में बताते तब वे आकुलित मन से तीव्र खेद प्रदर्शित करते। जब हम विलायत में थे, तब डॉ. सनयात के नेतृत्ववाले चीन के क्रांतिकारी केंद्र में और समाचार-पत्रों में हिंदुस्थान की जानकारी प्रकाशित करने का प्रयास करते थे। उनमें से कुछ चीनी

लोगों को तो हमारा स्मरण सन् १९१५-१६ तक था। यह देखकर हमें स्पष्ट लगने लगा कि विलायत में रहते हुए किए गए वे प्रयास अकारथ नहीं गए।

उस तेल ने असंतोष की आग भड़काई

उस सिख राजबंदी की कोल्हू की बात से 'हमें कोल्हू चलाना पड़ा' यह समाचार अमेरिका में प्रथम कैसे प्रकाशित हुआ, वह बात स्मरण हो आई। हमारे इन सिख बंदियों में से कुछ शूर और ध्येयनिष्ठ सिखों को कर्तव्योन्मुख करने के लिए वह बात उत्कटता से कारणीभूत हो गई थी। वे कहते—'क्रांति पक्ष ने आपका एक चित्र छापा था, जिसमें आपको कोल्हू में जोता दिखाया गया था। अमेरिका में उसे बेचनेवाले लड़कों के पास जब हमने वह चित्र देखा तब अत्यधिक दुःख से हमारी आँखें भर आईं और हमने सोचा, 'हाय! ऐसे महान् पुरुष अपने राष्ट्र की आजादी के लिए इतनी यंत्रणाएँ, अत्याचार सहते हैं और हम मदिरा के प्यालों में डूबकर गुलछर्रे उड़ा रहे हैं तथा धन बटोरने में लगे हैं—यह कितनी लज्जास्पद बात है।' इस प्रकार तीव्र पश्चात्ताप से उनके मन में यह उत्कट कामना उत्पन्न होती कि हम भी राष्ट्र कार्यार्थ कुछ करें। अंत में विदेश में कमाए हुए सहस्रों रुपयों की संपदा को ठोकर मारकर वे विदेशी सिख उन देशप्रेमी सिखों के साथ, जो हिंदुस्थान को स्वतंत्र कराने के लिए अपनी जान हथेली पर लिये अमेरिका से हिंदुस्थान आ रहे थे—चल पड़े।

इस तरह वे हमारे संबंध में अपने अनुभवों की अनेक कथाएँ कहते, जिनमें से दो-एक संस्मरण ऊपर दिए गए हैं। अंतिम स्मृति पर हमें विशेष आश्चर्य होता है, क्योंकि जब उस कालेपानी में एकांत कालकोठरी में हम तब तक कोल्हू घुमाते रहते जब तक सिर नहीं चकराता, तब अनेक विचारों में हमें एक यह विचार भी त्रस्त करता था कि 'ये क्लेश भी सह लेते, यदि इनकी खबर स्वदेश पहुँचकर वहाँ की आग को अधिक भड़काने के लिए तेल बनकर गिरती। परंतु यह समाचार, इस अँधेरी कोठरी के ये क्लेश, भला देश कैसे देखेगा? यह समाचार उसे कैसे ज्ञात होगा?' पीछे दिया ही है कि इन विचारों का विवेक के सहारे हमने किस तरह शमन किया। परंतु यह स्मृति-चित्र मेरे सिख मित्रों द्वारा दिखाते ही, अर्थात् जो मैंने सोचा था कि लो, ऐसी यातनाएँ भी सहनी हैं, जिनकी किसी को कानोकान खबर तक नहीं होगी, उन निष्फल दिखाई देनेवाली यातनाओं का सहना भी प्रायः यातनाओं को सफल बनाने के कार्यक्रम में एक अपरिहार्य अंग होता है। अतः किसी को भी उनका पता न होने से विशेष चिंता नहीं होनी चाहिए थी। परंतु देखिए—संयोगवश उन यातनाओं का समाचार स्वदेश पहुँचा और उसका प्रत्यक्ष लाभ भी हुआ। इस कोल्हू से गिरनेवाली तेल की बूँदें उस बाल्टी में नहीं टपकती थीं, अपितु देश-देशांतर में प्रज्वलित असंतोष के धधकते अग्निकुंड में

जाकर टपक रही थीं। यह इसका प्रत्यक्ष प्रमाण है। इन सिखों में से ही एक ने कहा, उसके पास मेरी पुस्तक की (सत्तावन का स्वातंत्र्य समर)—जो जब्त हो गई थी—एक प्रति थी, जो उसने अपने ब्राजील स्थित एक मित्र को भेजी थी। वह पुस्तक उस भारतीय युवक को बहुत प्रिय हो चुकी थी, पर उस प्रति को मित्र के हाथों जाते-जाते एक युवक ने १५० रुपए में खरीदा।

इस प्रकार के अनेक व्यक्तिगत समाचारों के साथ-साथ ऐसे नेताओं तथा अनुयायियों से, जिन्होंने उन विशेष कर्मक्षेत्र में प्रत्यक्ष भाग लिया था, स्याम, कनाडा, सिंगापुर, ब्रह्मदेश, अमेरिका, यूरोप, बंगाल, पंजाब आदि अनेक स्थानों पर घटित क्रांतिकारी गुटों, कामागाटामारू से लेकर महायुद्धकालीन पंजाब स्थित विद्रोह तक की सशस्त्र मुठभेड़ों और विदेश स्थित हिंदुस्थानी राजनीतिक स्थिति का प्राय: संपूर्ण सर्वथा गुप्त तथा सर्वथा प्रकाश्य इतिहास काफी कुछ ज्ञात हो गया। उस समय उस संपूर्ण आंदोलन के सुसंगत सूत्र में पिरोकर सन् १९०९ के आरंभ से लेकर महायुद्ध समाप्ति तक के कालखंड के भारतीय क्रांतिकारी रत्नों का एक संकलित इतिहास लिखने की हमें बार-बार इच्छा होने लगी। परंतु कारागार में यह लिखना असंभव था। आगे कभी उस इतिहास को लिखने तक स्वतंत्रता और हमारी मुक्ति का अवसर प्राप्त होगा, उस समय तो यह भी उतना ही असंभव दिख रहा था। अत: जब हमारे सिख आदि सहयोगी मित्र अनुरोध करते कि आपको इस तरह का इतिहास लिखना ही होगा, तब हम गंभीर परंतु विनम्र विनोद के साथ कहते, "मित्रो, इतिहास निर्माण करना हमारी पीढ़ी का प्रमुख कार्य है और इतिहास लिखना गौण। कदाचित् वह काम भावी पीढ़ी करेगी।"

पंजाब स्थित लाहौर के 'गदर' अभियोग की पहली टोली का आगमन होते ही अधिकारियों ने कारागार में उनकी कड़ी व्यवस्था बनाए रखने के लिए सख्ती बरती। तथापि पिछले अनुभव से सचेत होकर उनमें से सभी को एक साथ कोल्हू का काम न देते हुए कुछ हट्टे-कट्टे तथा श्रमजीवी दंडितों को यह काम दिया गया। परंतु पूर्ववर्ती सभी मित्रों ने उनसे अनुरोध किया कि चंचुप्रवेश होने दोगे तो शीघ्र ही आपमें से प्रत्येक को कोल्हू में जोतकर तेल निकलवा लिया जाएगा, अत: पहले से ही कोल्हू का काम मत करो। उसके अनुसार उन्होंने स्पष्ट शब्दों में सूचित किया कि वे कोल्हू का काम नहीं करेंगे। हम जानते थे कि अधिकारियों को इसका विस्मरण नहीं हुआ है कि इससे पूर्व मुट्ठी भर राजबंदियों से इस कोल्हू के कारण हड़ताल, जोराजोरी तथा विरोध हुआ था। अत: वे इन चालीस-पचास राजबंदियों की पंजाबी टोलियों से व्यर्थ विद्वेष या वैर की भावना नहीं रखेंगे। इसके अनुसार अधिकारियों ने कहा, सप्ताह भर जितना हो सके तेल निकालो, आगे हम किसी को भी कोल्हू नहीं देंगे। हमने अनुरोध करके कि यह समझौता स्वीकार करें, यह मामला रफा-दफा कर दिया और कोल्हू के लिए पिछले

राजबंदियों ने जो आंदोलन छेड़े थे, उनका लाभ इन नए राजबंदियों को मिला और उनका कोल्हू से पीछा छूट गया।

परंतु छिलका कूटने पर अचानक एक झगड़ा खड़ा हो गया। यह स्पष्ट दिखाई देने के बावजूद कि उस टोली के अनेक तेज युवक पहले दिन ही कारागृह के अनुशासन को झुककर मान लेंगे यह असंभव था, कुछ उद्धत पठान आदि तंडेलों ने, जो बारी के अधिकार में काम करते थे, काम नापकर लेते-देते उन बंदियों का इस तरह अपमान किया जैसे वे साधारण बंदियों का करते थे। उन स्वाभिमानी, तेज-तर्रार, तेजस्वी राजबंदियों ने उस समय उसका प्रतिकार करने में कोई कमी नहीं रखी। इसका प्रतिवाद बंदीपाल तक पहुँचा। उन राजबंदियों में झाँसी की ओर का एक निर्भीक और बेधड़क परमानंद नाम का युवक था, उसे बंदीपाल ने पूछताछ के लिए कार्यालय में बुलाया।

परमानंद ने बारी को मारा

यह युवक परमानंद प्रो. परमानंद से अलग था, किंतु आगे चलकर कारागृह के उस 'नालंदा विहार' में भरपूर अध्यवसायपूर्ण अध्ययन करके जो सत्य ही स्नातक तथा अध्यापक हो गए, उनमें उस समय के इस युवा परमानंद की भी गणना थी। उसने भी विद्वत्ता, त्याग आदि गुणों से उस कारावास में ही इतनी योग्यता प्राप्त कर ली, जो किसी प्राध्यापक से कम नहीं थी।

बारी की जन्मजात आदत थोड़े ही छूटती ? उसने परमानंद को, जो संभाषण के दौरान सहज भाव से खड़ा था, हाथ छोड़कर 'ठीक' खड़े होने का आदेश दिया। फिर भी 'जैसे था' वैसे ही खड़ा देखकर बारी ने उसे दो अश्लील गालियाँ बकीं। इस तरह की गालियाँ बारी के लिए नई बात नहीं थी। परंतु वह तेजस्वी युवक इनका आदी नहीं था। बारी के मुँह से ऐसी-वैसी गालियाँ निकलते ही वह खट से पहरेदारों के हाथ से खिसका और उसने कचहरी में ही बारी के मुँह पर तड़ाक से एक चाँटा मारा। उसे शेर की तरह टूटता हुआ देखकर बारी जैसे ही चिल्लाकर उठने लगा तो उसका हाथ उसकी टोपी पर पड़ा और वह नीचे गिर गई, कुरसी लुढ़क गई और 'पकड़ो-मारो' चिल्लाते हुए बारी कचहरी से बाहर निकला। अर्थात् लोगों ने परमानंद को पकड़कर उसके मुँह पर, पीठ पर मुक्कों तथा डंडों की बौछार की। उसके होंठ फट गए और उनसे लहू बहने लगा। घबराए हुए बारी ने दूरध्वनि द्वारा पर्यवेक्षक को शीघ्र बुलाया। कारागृह में हुड़दंग मचा, भागमभाग होने लगी। इस तरह हंगामा खड़ा हो गया कि बारी को बम-गोलेवाले ने मारा, पर्यवेक्षक ने आते ही परमानंद को कोड़े का दंड सुनाया तथा उसे तिकटी से बाँधकर बीस या तीस बेंत मारे गए। प्रत्येक कोड़े के साथ खून छलकने लगा। उसका अंग-अंग लहूलुहान हो गया और कोड़ों के सटासट वारों से मांस की

बोटी-बोटी उड़ने लगी। परंतु उसके मुँह से 'उफ' तक नहीं निकली। बेंत की पहली चोट के साथ बड़े-बड़े बदमाश भी कारागार में चीत्कार करते हैं, परंतु यह युवक चुप था। बारी दहाड़ा, "कसकर मारो।" कोड़े कसकर मारे गए । परंतु परमानंद ने 'चूँ' तक नहीं की।

कोड़े बरसाने के पश्चात् उसे मरहम-पट्टी कराने रुग्णालय में न भेजते हुए पुनः कोठरी में ही बंद कर दिया गया। अंदमान में राजबंदियों पर बेंत बरसाने की यह पहली ही घटना थी।

बारी पर गालियाँ देने की पाबंदी

इस धुनाई का जैसे परमानंद को कोई दुःख नहीं था, वैसे ही राजबंदियों को भी नहीं था, क्योंकि परमानंद ने पहले ही बारी पर आक्रमण करके उसे पीटा था। बारी की अप्रतिष्ठा हुई, परमानंद के तेज स्वभाव के कारण पूरे उपनिवेश में राजबंदियों का दबदबा बढ़ा—इस लाभ के आगे बेंत खाने का मूल्य चुकाना उसे अधिक महँगा नहीं लगता। हमारे आदमी ने बंदीपाल को मारा, तो तुमने उसे बेंत मारे, लो हम उसे विस्मृत कर देते हैं। परंतु बारी के गालियाँ बकने के निषेधार्थ राजबंदियों में से कइयों ने हड़ताल कर दी। पर्यवेक्षक और बारी सभी को समझाते हुए घूमने लगे। पर्यवेक्षक ने स्पष्ट कहा कि 'बारी को मैंने किसी राजबंदी को गाली-गलौज न करने के सख्त आदेश दिए हैं। पुनः ऐसा नहीं होगा। तुम लोग काम करना आरंभ करो। जो होगा और जितना हो, बस उतना ही करो, पर काम करो।' इस आश्वासन के बाद जिन्होंने हड़ताल की थी, उन्होंने पुनः काम आरंभ किया।

इस पहली ही टोली के प्रतिकार के कारण बाद में सिख और जो अन्य टोलियाँ आईं, उन्हें अधिक कष्ट के काम नहीं करने पड़े। तथापि बारी कभी-कभी छोटे-मोटे राजबंदी पर जोराजोरी करते हुए काम की मात्रा बढ़ाने का प्रयास करता। कभी 'ये राजबंदी तीन पौंड रस्सा तुरंत पूरा करते हैं, अतः चार-पाँच पौंड करना चाहिए'—ऐसे आदेश देता। कभी धीरे से किसी को कोल्हू पर भेजने की बात करता। परंतु राजबंदी काम की मात्रा बढ़ाते ही उसका प्रतिवाद कर काम करने से साफ इनकार करते और बारी के अपना अंतिम अस्त्र 'कोड़े मारूँगा' की बात करते ही सभी पूरा काम छोड़ देने की धमकी देते। राजबंदियों के जुझारू पक्ष ने अंत तक बारी की दाल नहीं गलने दी। इस नित्य की चखचख से राजबंदियों में से कोई-न-कोई नित्य मनाई पर होता। राजबंदियों ने बारी का अधिक काम तो दूर, पर्याप्त काम भी कभी पूरा नहीं किया। कारागृह के द्वार पर नित्य लिखना पड़ता कि 'कुल बंदियों में से कितने काम करते हैं और कितने नहीं करते।' राजबंदियों के आगमन के बाद ऐसा कभी नहीं हुआ कि काम न करनेवालों की

संख्या शून्य हुई हो। इस प्रकार कोई-न-कोई प्रतिकार करता रहा, इसीलिए बारी या अन्य अधिकारी अधिकाधिक दबोचने का अवसर या साहस नहीं कर सके।

झगड़े की जड़ सावरकर

पिछले प्रकरण में यह बताया गया है कि युद्ध प्रारंभ होते ही कारागार में हम पर अधिकारियों का कितना सख्त पहरा था। उसमें भी जब ये सैकड़ों राजबंदी कारागार में आ गए तब उनके मन में मेरे प्रति आदर, विश्वास एवं पूज्य भाव देखकर बारी यथासंभव मुझे उनसे दूर रखने के लिए एड़ी-चोटी एक करने लगा। परंतु यह असंभव होने से अपने पालतू पिट्ठुओं से ऐसे हथकंडे चलाकर भी कि जिससे मेरे प्रति उनके मन में अविश्वास उत्पन्न हो, वह सतत प्रयास कर रहा था। अंत तक वह प्रयास उसकी इच्छा के अनुसार सफल नहीं हो सका, इससे वह जल-भुन भी रहा था। राजबंदियों तथा साधारण बंदियों से वह कहता, 'इस सावरकर के बहकावे में मत आना, यह व्यर्थ ही अधिकारियों का कोपभाजन बनाएगा। यह कामचोर है, गुरुकंटाल है। तुम वही करो जो मैं कहूँ। मैं तुम्हारा कल्याण कराऊँगा अथवा यदि मुझपर विश्वास न हो तो वह देखो—अमुक व्यक्ति भी वैसा ही राजबंदी है जैसे तुम। परंतु कितना शिष्ट, विनम्र है। इसीलिए देखो, हमने उन्हें अधिकार-पद भी दिए। नहीं तो देखो वह सावरकर…अभी तक पड़ा है, कोठरी में छिलका कूटता हुआ।' इधर वह राजबंदियों से इस तरह कहता, उधर अधिकारियों को सतत हमारे विरुद्ध लिखता रहा कि 'यह आदमी ही सारे फसादों की जड़ है। यह बंदियों के सामने जर्मनी की डींगें हाँकता है। अंग्रेजों की हार के समाचार देता है, षड्यंत्र करवाता है। सरेआम नेतृत्व करने में दंड के भय से भी नहीं हिचकिचाता। इसके लिए सिखों में वही पूज्य भावना है जैसे पहले थी, यह देखकर वह उन्हें भड़काने का प्रयास करेगा। चाहे लाख झगड़े हों या मैंने भी करवाए हों, तथापि राजबंदियों पर इसका जो प्रभाव है, वह कम होता ही नहीं। महा साहसी है यह।' मुझे इसी तरह एक न सुधरनेवाले झगड़ालू के रूप में अधिकारियों से बार-बार परिचित कराने में बारी का एक और उद्‌देश्य पूरा हो रहा था। वह यह कि कारागृह में कुछ भी गड़बड़ होने से अपना उत्तरदायित्व झटकते हुए उसका ठीकरा मेरे सिर पर फोड़ना बारी के लिए सहज था। 'देखो, उस सावरकर का उकसावा!' यही बारी हमेशा कहता।

बारी अपने आपको जितना लुच्चा, धूर्त तथा उस्ताद समझता, एक तरह से वह उतना ही मूर्ख था। यह देखकर कि राजबंदियों को ठगने कि लिए वह उन्हीं उपायों का सहारा लेता, जिनसे साधारण बंदियों को ठगा करता, मुझे हँसी आ जाती। एक बार उसके मन में यह विचार आया कि उसने सावरकर के विरुद्ध जो-जो कहा है, उसमें से थोड़ा सा अंश भी उसे दिखाया जाए तो अवश्य उसके होश उड़ जाएँगे और फिर वह

राजबंदियों के संगठन का नेतृत्व छोड़ देगा। इस तरह कुछ सोचते हुए महाशय ने हमें कचहरी में बुलाया। वहाँ प्रथमतः तो उसने हमारी बुद्धि, विद्वत्ता, सार्वजनिक कार्य में निर्भीकतापूर्वक कार्यरत होना आदि गुणों की प्रशंसा के पुल बाँधे (यही बारी राजबंदियों से कहता, सावरकर परले दर्जे का कामचोर है।) और उसके पश्चात् हमारे कान उमेठना आरंभ किया कि हम अपने गुणों का किस तरह दुर्व्यय करते हुए अपने पाँवों पर स्वयं कुल्हाड़ी मार रहे हैं। 'यदि आप यह देखेंगे कि मेरे मन में सहानुभूति होते हुए भी मुझे आपके विरुद्ध कितने भयंकर प्रतिवेदन (रिपोर्टें) लिखने पड़ते हैं—तो संभव है आप सचेत होंगे।' इस हेतु यह करना अधिकारी के नाते यद्यपि एकदम निषिद्ध है, तथापि इसलिए कि मेरे मन में आपके प्रति सद्भावना है, मैं कुछ प्रतिवेदन आपको दिखाता हूँ।' यह कहते हुए महाशय ने अपनी दैनिकी (diary) निकाली और उसमें से थोड़ा-थोड़ा अंश पढ़ा कि उसने समय-समय पर हमारे विरुद्ध क्या-क्या लिखा था। उनमें से ऐसे कुछ वाक्य जो हमें स्मरण हैं, हमने ऊपर दिए हैं। मेरे द्वारा हिंदुस्थान सरकार को भेजे हुए प्रत्येक आवेदन (अर्जी) के विषय में बारी अपनी दैनिकी में लिखता—'यह मात्र एक गप है। सावरकर ऐसा व्यक्ति नहीं जो किसी भी सुविधा अथवा धौंस से दब जाए। वह ऐसा प्राणी है जो कभी नहीं सुधरेगा।' यह उल्लेख भी उसने मुझे दिखाया और मुझे चेतावनी दी कि मैं आज की इस घटना का उल्लेख किसी से न करूँ।

राष्ट्रहित में अ-विरोधी वचन का पालन

यहीं हम यह भी बता देते हैं कि बारी ने हमारे विरुद्ध अथवा हमसे सहानुभूति का जो भी 'भेद' बार-बार बताया और हमने विश्वास के साथ सुना, उसके बारे में हमने कभी भी किसी को कुछ बताया नहीं। यदि राष्ट्रीय हित के विरुद्ध न हो तो दिए हुए विश्वास एवं वचन का हमने आखिरी दम तक पालन किया। अब बारी साहब का स्वर्गवास हुए कई बरस बीत चुके हैं, अतः उन अनेक संवादों में से यहाँ पर उतने ही बताएँगे, जिन्हें राष्ट्रीय हितार्थ इस कथा में बताना आवश्यक है।

अंदमान के इस वृत्तांत में हमें इतने समय तक बारी साहब के स्वभाव की कठोरता का बार-बार उल्लेख करना पड़ा, परंतु बारी साहब के स्वभाव का दूसरा पहलू भी था, जिसका उल्लेख कहीं-न-कहीं करना हमारा कर्तव्य है। किसी भी व्यक्ति को सीमा से अधिक दोषी ठहराना हम अन्याय मानते हैं। इसमें रत्ती भर भी संदेह नहीं कि बारी कठोर थे, परंतु इस तथ्य को भी स्मरण रखना चाहिए कि एक बंदीपाल के नाते इस कठोरता को धारण करना प्रायः आवश्यक भी था। हिंदुस्थान के अपराधियों को, जो अत्यंत निर्दयी, दुष्ट, पापी और एक पैसे के लिए भी हँसते-हँसते दूसरे के प्राण लेने पर उतारू होते हैं, ऐसे भंयकर समुदाय को अनुशासन में रखने जैसा कठिन कार्य उनको

सौंपा गया था। पूरे हिंदुस्थान के उद्दंडों में भी उद्दंड, जल्लाद अपराधियों में से ढीठ बदमाशों को अनुशासित रखने के लिए किसी को भी जितनी कठोरता बरतनी पड़ती, उतनी कठोरता उन्होंने बरती। पर यह उनका अपराध नहीं था, हम बार-बार यही दोहराते हैं। परंतु इसी तरह के लोगों में पूरा जीवन बिताने से उन्हें अच्छे और बुरे की पहचान नहीं थी। यह उनका दोष था। सच में, उन्हें लगता था कि वे पोर्ट ब्लेअर के परमेश्वर हैं। जो दास की तरह हाँ जी-हाँ जी करे वह अच्छा, अन्य बुरे। मनुष्य को परखने की उनकी बस यही व्याख्या थी, यही उनका दोष था। निर्दयता उनका मनोरंजन था। अनपढ़ होने के कारण, बुद्धि विकास के अभाववश ज्ञान, विज्ञान, कला आदि गुणों तथा रुचियों का उनमें अत्यल्प ही विकास हो पाया था। अतः अन्य मनोरंजनों से वे वंचित थे। बंदीगृह के झमेले, पचड़े यही उनके उस एकांत उपनिवेश में संपूर्ण जीवन तथा मनोरंजन बन चुके थे। तथापि बंदीगृह से बाहर अपने परिवार, इष्ट मित्रों आदि के साथ वे इतने निर्मम नहीं थे। इतना ही नहीं, यदि कोई उन्हें उकसाकर चढ़ाता तो चढ़ भी जाते। परंतु उन्हें इस बात का अहसास होने के कारण कि वे विद्वान् नहीं, लोग उन्हें विद्वान् समझें, उन्होंने करीब पाँच-छह अंग्रेजी कविताएँ कंठस्थ कर ली थीं, जिन्हें तनिक पुचकारने पर वे किसी कवि जैसे ठसके के साथ सुनाते। कभी-कभी उनपर यह सनक भी सवार हो जाती कि उनकी विद्वत्ता का सिक्का सभी पर जमे। तब एक ही साँस में रटा-रटाया सबकुछ उगल देते। केवल कारावास का विरोध छोड़कर वे हमारे प्रति सचमुच ही आदरभाव रखते थे।

अंदमान में किसी-न-किसी कारणवश आए हुए व्यापारी, संपादक अथवा सैनिक वर्ग के यूरोपीय लोग हमें देखने अवश्य आ जाते। बारी देखते कि युद्ध के दिनों में रणनौका से आए हुए यूरोपियन नौका-अधिकारी भी हमारी पूछताछ करते हुए हमसे समान अधिकार के नाते संवाद करने चले आते हैं। अर्थात् उनके मन में हमारे प्रति आदर उत्पन्न होना स्वाभाविक था। उनके परिवार के लोगों में उनकी पत्नी ईश्वर पर बहुत श्रद्धा रखती थी और उनकी सत्रह-अठारह वर्षीय इकलौती कन्या रंगून से मैट्रिक पास करके वहीं अध्यापिका बन गई थी। बारी की निर्दयता पर बार-बार अंकुश रखने में इन दो महिलाओं का अत्यधिक योगदान था। बंदी कहते, बारी की अत्यधिक कठोरता देखकर उसकी आस्तिक पत्नी उसे बार-बार रोकती थी। वे दोनों भी हमसे व्यक्तिगत सहानुभूति रखती थीं। कुमारी बारी बचपन से लेकर पिता की मृत्यु तक जब-कभी छुट्टियों में रंगून से अंदमान आती, तब अकसर ही हमसे मिलने कारागार में चली आती और बड़ी सहानुभूति के साथ आधा-आधा घंटा विभिन्न विषयों पर चर्चा करती। व्यक्तिगत संबंधवश बारी के परिवार के साथ और उस समय बारी के साथ भी हम उतने ही प्रेमपूर्वक तथा मित्रतापूर्वक व्यवहार करते। कभी-कभी बारी अपनी कोठी से हमारे

लिए कुछ फल भी भेजते। परंतु उसमें उनका अंत:स्थ हेतु यह रहता कि कम-से-कम इससे तो हम उसके प्रति कृतज्ञ रहेंगे। सौजन्यतापूर्वक हम उसको स्वीकार भी करते, और यहाँ कृतज्ञतापूर्वक ही उसका सार्वजनिक उल्लेख भी कर रहे हैं। परंतु इसमें बारी साहब को आस रहती कि हम राजबंदियों का पक्ष छोड़कर अथवा उपनिवेश के हजारों स्वदेश बंधुओं के दु:ख विमोचनार्थ और उन्नति हेतु अपने शुद्धि, ज्ञान वितरण आदि आंदोलन से नाता तोड़कर केवल अपना ही हितो-हित देखते हुए हाथ-पर-हाथ धरे बैठे रहें। वह आशा जब हमने विफल की और उनके अन्याय का पुनः पूर्ववत् विरोध करते रहे, तब उन्हें अपने सौजन्य पर पछतावा होता और वे अत्यधिक निष्ठुरता का प्रदर्शन करते। वे हममें से एक-दो व्यक्तियों को ऑफिस में बुलाते, जो उनके उस व्यक्तिगत सौजन्य को स्वीकार करते हुए उनकी मरजी के अनुसार व्यवहार करते थे और जिन्होंने अपनी यह नीति निश्चित की थी कि केवल अपने ही ठीक-ठाक दिन बिताने की चिंता करनी चाहिए। उसी समय वे हमें भी बुलाते, परंतु जान-बूझकर उन्हें कुरसी देकर कुछ लिखने का काम देते और हमें साधारण बंदियों की तरह तिरस्कार से दूरी पर वॉर्डर के पहरे में खड़ा रखते। इस उद्देश्य से कि इससे अन्य सभी बंदियों में हमारी अप्रतिष्ठा हो और हमें पछतावा हो कि बारी के सौजन्य के वश में होकर हमने सार्वजनिक कार्य क्यों नहीं छोड़ा।

दोनों संदेह त्याज्य

परंतु बारी यह बात भूल जाते कि उनके द्वारा हमारी अप्रतिष्ठा किए जाने पर बंदियों में हमारी प्रतिष्ठा और भी बढ़ती है। किंबहुना जब-जब वे हमारे प्रति आदर व्यक्त करने के लिए हमें कुछ उपहार भेजते अथवा अपनी सौजन्यता का प्रदर्शन करते, उसी समय हमारे साथियों में, जो अतिरेकी स्वभाव के थे, उनका हमारे बारे में तनिक प्रतिकूल भाव होता। वे यही आपत्ति उठाते कि हम बारी द्वारा भेजे फलों को स्वीकार ही क्यों करते हैं? हम इन दोनों शंकाओं को त्याज्य समझकर उन्हें समझाते कि हमारी उस व्यक्ति से क्या शत्रुता है? वह अथवा उसके परिवार के लोग जब स्नेहपूर्वक तथा आदर के साथ व्यवहार करना चाहते हैं तो व्यक्ति विषयक सौजन्य का प्रदर्शन करना सभ्यता की दृष्टि से हमारा भी कर्तव्य है। उनके उस व्यवहार में यदि कोई विषैला हेतु हो तो उस हलाहल को तो हम पचा ही रहे हैं, उस हेतु को हम विफल भी कर रहे हैं। कभी बारी को हम दो-टूक कह देते, 'आपके आग्रह के लिए हम आभारी हैं। जिस स्थिति में आप और हम फँस गए हैं, उसमें सार्वजनिक कार्य में आपका विरोध करना मेरे लिए अनिवार्य है। अत: उस स्वतंत्रता को अबाधित रखते हुए यदि मुझे आपका आतिथ्य स्वीकारना संभव हो, तभी आप यह कष्ट करें।' इतना स्पष्ट कहने के बावजूद वे और

उनके परिवार के लोग कभी-कभी अनुरोधपूर्वक मुझे बुलाते, मुझसे बात करते, मेरा सम्मान करते। तब व्यक्तिगत दृष्टि से मैं भी—यह गृहीत करते हुए कि अपना उद्देश्य वे बस उसी समय के लिए व्यक्त करते हैं, उसमें निरपेक्ष आदर ही है—उनसे कृतज्ञतापूर्वक आचरण करता और उनके सम्मान को स्वीकार करता।

वास्तव में बात यह थी कि बारी का स्वभाव दुरंगा था। उनके मन में आदरभाव था। ऐसा नहीं कि उनके हृदय में दया थी ही नहीं; परंतु सारा जीवन ऐसे कठोर व्यवसाय और लुच्चे-मक्कारों के साथ अंशतः अपरिहार्य लुच्चापन, मक्कारी प्रदर्शित करने में व्यतीत होने के कारण उनकी उदार भावना में भी भूल-चूक से कभी अनुदार वृत्ति की बूँद गिरे बिना नहीं रहती। उनके इष्ट मित्र तथा कुटुंबी हमारी अंग्रेजी कविताएँ पढ़ते, हमारा पूर्व चरित्र बड़ी उत्सुकता एवं प्रशंसापूर्वक सुनते और साधारणतया आदर भावना से हमारी ओर देखते। उनकी प्रार्थना पर हमने उन्हें कुछ अंग्रेजी कविताएँ भी लिखकर दी थीं।

एक दिवसीय निरपेक्ष दया भाव

हाँ, एक दिन—वर्ष में एक दिन बारी अपने मन में संपूर्ण निरपेक्ष भाव धारण करने का प्रयास करते। वह था क्रिसमस का दिन। उस दिन आयरलैंड के रोमन कैथोलिक संप्रदाय के पीढ़ियों के संस्कार का पोर्ट ब्लेअर के उस पेटू भगवान् को भी दमन करना असंभव होता और उनकी मुद्रा शांत, करुणामय एवं दयालु दिखाई देती। उस दिन उनके कट्टर विरोधी राजबंदी भी तिरस्कार एवं घृणा से उनकी भृकुटियाँ टेढ़ी नहीं कर सकते थे। बारी उन्हें भी सम्मानपूर्वक अपने कार्यालय में निमंत्रित करते और दस-बारह रुपए खर्च करते हुए उनके लिए मिठाई, दूध, चाय आदि मँगवाते।

ऐसे समय प्रायः हम उस मीठे सम्मान को नकारते हुए उसके बदले में एक-दो ताजे समाचार-पत्र मँगवाते। बारी हाँ-ना करते-करते उन्हें भेजते, पुनः मिठाई भी अवश्य भेजते। यदि हम उधर नहीं जाते तो कोठरी में भेज देते। उस दिन वे किसी भी बंदी से सहसा कठोर आचरण नहीं करते। अभियोग भी यथासंभव नहीं लगाते।

बारी जैसे व्यावसायिक क्रूरकर्मा, ढीठ व्यक्ति को भी कम-से-कम वर्ष में एक दिन इतना सौम्य और सहृदय जिस रूढ़ि अथवा उपदेश ने किया, यह नहीं कहा जा सकता कि उसके प्रेषित ईसा का उपदेश अथवा वह कैथोलिक रूढ़ि संपूर्ण विफल हो गई। चलो, हम हिंदुस्थानी राजबंदियों को भी ईसा मसीह के उपदेश का लाभ मिला—उस दिन मेरे मन में यही एक मजेदार विचार आ जाता।

बारी के सौजन्य की तरह उनकी स्वभावगत चतुराई भी चोखी नहीं थी। जैसे उनका सौजन्य किंचित् वक्र था वैसी ही उनकी चतुराई भी किंचित् मूर्खतापूर्ण होती,

क्योंकि मूर्खता का एक लक्षण आत्म-मर्यादा की पहचान न होना है। वह उसमें स्पष्ट रूप में व्यक्त होता। इसीलिए उसकी धारणा थी, साधारण अशिक्षित बंदी को ठगाने में अथवा झुकाने में जिस चतुराई का लाभ उन्हें होता, उसी का उपयोग सर्वत्र होगा। इसी कारण इस पेचीदे मामले के तौर पर उन्होंने उस दिन हमें कार्यालय में बुलाकर अपनी दैनिकी सुनाई। उसी कारणवश सत्य ही हमें यह ज्ञात हुआ कि वास्तव में बारी हमारे विरुद्ध क्या लिखते थे और अपने वरिष्ठों के पास कैसे रिपोर्टें भेजते थे। उसी समय राजबंदियों में से उनके पिट्ठुओं के संबंध में किए हुए अनुकूल उल्लेख—केवल हमें खूँखार सिद्ध करने के लिए क्यों न हों—परंतु उनके मुँह से निकले विश्वसनीय वाक्य—यद्यपि बारी उन पृष्ठों को छिपाने का प्रयास कर रहे थे—तथापि अंशतः ही सही, हमने देख ही लिये। यह तो बिना प्रयत्न ही हमारा काम बन गया। बारी ने वे दिखाकर, जो वह हमें दिखाना चाहते थे, अर्थपूर्ण मुद्रा में कहा, ''देख ली न मेरी डायरी?''

उस लेखन का, जो हमारे विरुद्ध था, तिरस्कारपूर्ण उपहास करते हुए मैंने कहा—प्राचीन काल में रोम के सीजर की रखी हुई दैनिकी और अब इस गँवार सीजर की दैनिकी। दैनिकी विश्व भर में मात्र दो ही हैं। सचमुच ही हमें दोनों को देखने का सौभाग्य प्राप्त हो गया।

तनिक चिढ़कर परंतु हँसी-मजाक में बात आई-गई करते हुए बारी ने कहा, ''परंतु इसका तात्पर्य यदि स्मरण रखेंगे तो आपका कल्याण होगा। सरकार के पास आपके विरुद्ध प्रचुर मात्रा में भयंकर प्रतिवृत्त संचित हो गए हैं। अभी भी सँभल जाइए। एक मित्र के नाते सलाह दे रहा हूँ और अब इन नवागत पंजाबी बंदियों के मामले से सर्वथा दूर रहिए। प्रायः वे सभी गँवार, आवारा, कँगले तथा मजदूर हैं। बस चले आए राजनीति के अंधड़ में पैसों के लालच में। भला किसलिए डाके डाले थे ससुरों ने? उनसे बात करना भी आपकी महानता को शोभा नहीं देता।''

मैंने शांतिपूर्वक किंतु निश्चय से जो उत्तर दिया, उसका तात्पर्य था—''महाशय, सच्चा शिक्षित वही है जो लोगों के दुःख से द्रवीभूत होकर उनके सुख के लिए अपनी यातनाओं को ठीकरा समझता है। ये पंजाबी, सिख भले ही अंग्रेजी नहीं जानते होंगे, परंतु अंग्रेजी ही शिक्षा नहीं है। इनके समान सुशिक्षितों ने सहस्रों में दस व्यक्तियों ने भी राष्ट्र के लिए इस तरह का स्वार्थ-त्याग, प्राण-त्याग नहीं किया होगा। अतः ये निर्भीक और सीधे-सादे किसान तथा श्रमिक लोग मेरे लिए किसी भी तरह से राजबंदियों से कम प्रतिष्ठित नहीं हैं। अतः मैं इनसे तो अवश्य संबंध रखूँगा।''

बारी जब निंदा करते थे तब उसका विरोध करना वह कतई पसंद नहीं करते थे। मुँहदेखी क्यों न हो, उस निंदा में हाँ में हाँ मिलाने से वे खुश हो जाते थे। यह जानते हुए भी हमें इन पंजाबी शूर तथा सच्चे स्वबांधवों की निंदा सुनना पापास्पद प्रतीत हुआ और

हमसे उनका समर्थन किए बिना नहीं रहा गया। इससे बारी का पारा चढ़ गया। हमें वे पक्का शत्रु मानने लगे। परंतु प्रत्यक्ष किसी भी भयंकर अभियोग में हमें फँसाने का अवसर हम उन्हें कभी नहीं देते थे। अतः कई दिनों तक वे हाथ मलते रहे। इसके पश्चात् दो-चार बार हमें किसी अभियोग में फँसाने के लिए उन्होंने कुछ बदमाशों की नियुक्ति की।

उनसे बहकावा मिलते ही इन बदमाशों ने हम पर लांछन लगाने का षड्यंत्र रचने के बार-बार प्रयास किए। एक-दो उदाहरण ही प्रस्तुत करते हैं—एक बार एक ईसाई बदमाश ने हमारी इमारत के स्नानगृह में एक छुरी छिपाकर रख दी और यह गवाही देने के लिए वह एक अन्य हिंदू बदमाश को, जो इसी तरह के झमेलों में निपुण था, उकसाया कि हमने किसी अधिकारी की हत्या करने के लिए वह छुरी मँगवाई थी। सौभाग्यवश हमारे हिंदू संगठन के प्रयासों से प्रभावित होकर उस हिंदू बंदी को हमारा नाम प्रिय हो गया था। उसने उनकी हाँ में हाँ मिलाते हुए यह समाचार हमें दे दिया। हमने उस षड्यंत्र की सूचना बारी को दी और दो राजबंदियों के सामने उन्हें चेतावनी दी कि यदि इसकी जाँच नहीं की गई तो सारा मामला वरिष्ठ अधिकारियों तक पहुँचाया जाएगा। अर्थात् महाशय का जोश ठंडा पड़ गया और बिना किसी आँच के हम सही-सलामत बच गए।

बारी टाँय-टाँय फिस्स

एक अन्य उस्ताद मुसलमान बदमाश को कोड़े से पीटकर उसे हमारे निकट लोहे के पिंजड़े में बंद किया गया था। अपने अपराध की क्षमा मिले, इसके लिए उसने हमारे सामने की लोहे की दो छड़ें, जो इमारत बंद करने के लिए लगी थीं, उनमें से एक उसी रात एक मुसलमान वॉर्डर द्वारा दी गई छोटी आरी से काटकर रख दी। उसके षड्यंत्र में एक बर्मी भी शामिल था। यदि बात बन गई तो रातोरात उस पिंजरे तथा इमारत से छुटकारा और फँस गए तो सलाखें हमने काटी थीं और हम भाग जानेवाले थे, इस तरह हमारे विरुद्ध गवाही देकर स्वयं क्षमा-प्राप्ति। जिस रात वे चंपत होनेवाले थे, उसी दिन संध्या समय उन सलाखों को मुड़ा हुआ देखकर तंडेल का माथा ठनका और उनकी पोल खुल गई। तब उस मुसलमान बदमाश ने कहा कि मैंने उन सलाखों को काटा है और मैं उस रात भागनेवाला था। परंतु छानबीन में उस ब्रह्मी गवाह ने चुगली की। इस संदेह से उस मुसलमान ने उसका नाम भी बता दिया। परंतु पकड़े जाने पर उस ब्रह्मी गवाह ने सच्चाई उगल दी और क्रोध से उस मुसलमान बदमाश की असली योजना का भंडाफोड़ कर दिया तथा उस मुसलमान वॉर्डर को भी पकड़वाया। अर्थात् हमारे ऊपर लगा लांछन भी टल गया। इस संबंध में मैंने पर्यवेक्षक को भी चेतावनी देते

हुए स्पष्ट शब्दों में कहा कि इस प्रकार के मिथ्या लांछन मुझ पर थोपे जाते हैं और इसका कारण बारी का उन बदमाशों को यह कहते हुए फुसलाना है कि 'सावरकर पर कड़ी नजर रखो।'

इन घटनाओं से भिन्न एक और घटना में हमें फँसाने का बारी ने जी-तोड़ प्रयास किया था।

पंजाबी सिख राजबंदियों में एक राजबंदी चतरसिंह थे। वे सिख पाठशाला में अध्यापक थे। उन्होंने पाठशाला के निरीक्षणार्थ आए एक अंग्रेज अधिकारी पर क्रांतिकारियों की गड़बड़ी में सशस्त्र आक्रमण कर उसकी हत्या करने का प्रयास किया था। उसे आजीवन कारावास का दंड हो गया। वह क्रोधी स्वभाव का था। कारागृह में सिख बंदियों को बाल धोने के लिए साबुंन, तेल आदि छोटी-मोटी चीजें भी न देना, काम की सख्ती, गाली-गलौज आदि अनेक दिक्कतों को सहते-सहते ऊबकर एक दिन बंदियों का वजन लेते समय उसने एक अंग्रेज पर्यवेक्षक पर धावा बोल दिया। इस हाथापाई में पर्यवेक्षक कुरसी से तो गिरा, पर उसे कुछ अधिक चोट नहीं आई। अचानक पर्यवेक्षक पर हाथ उठाने की चीख-पुकार होते ही सभी तंडेल, वॉर्डर आदि ने चतरसिंह की धुनाई की। अच्छा हुआ, उस पर्यवेक्षक ने स्वयं बीच में पड़कर उसे छुड़ाया। परंतु यह समाचार सुनते ही बारी ने रिपोर्ट दी कि मैंने (सावरकर ने) ही चतरसिंह को उकसाया। यह पर्यवेक्षक हमसे कभी-कभी राजनीतिक चर्चा किया करते थे, उनसे मैंने इस घटना के एक दिन पूर्व ही यह प्रश्न किया था कि आप हिंदुस्थान को देशीय स्वराज (home rule) देने के पक्ष में हैं या नहीं। उस प्रसंग का लाभ उठाते हुए बारी ने कहा—उस प्रश्न से ही सिद्ध होता है कि सावरकर का दूसरे दिन हुए आक्रमण में हाथ था। दूसरी बात यह कि उस आक्रमण का प्रतिकार करने के लिए दो-चार राजबंदियों ने पर्यवेक्षक के पास जाते हुए चतरसिंह का तीव्र विरोध भी किया था। परंतु हमने ऐसा कुछ भी नहीं किया था। बारी के यह पूछते ही कि आपने ऐसा क्यों नहीं किया, हमने कहा कि 'आपका ही आदेश है न कि एक बंदी दूसरे के कामों में हस्तक्षेप न करे। मेरे सगे भाई जब रुग्णावस्था में थे और उन्हें रुग्णालय में नहीं भेजा गया तब मैंने आपसे तथा पर्यवेक्षक से यह प्रार्थना की थी कि आप इस बात को देखें। तब सगे भाई के संबंध में भी आपने कहा था, 'आप बंदी हैं, चाहे वह भाई हो या कोई अन्य, आपको किसी अन्य बंदी के विषय में बोलने का कोई अधिकार नहीं है।' अब चतरसिंह भी अन्य बंदी है। भला उसके मामले में मैं क्यों बोलूँ? तीसरी बात यह थी कि जब यह तय हो गया था कि चतरसिंह पर कोड़े बरसाए जाएँगे, तब अन्य बंदियों के साथ हम भी कह रहे थे कि चतरसिंह ने नियम विरुद्ध आक्रमण किया था तो सरकार ने भी नियम विरुद्ध उसकी चमड़ी उधेड़ी थी। वह दंड तो पा ही चुका था। तब अब बेंत मारने का कोई कारण नही

है।' हमारी इन दो-तीन बातों को जोड़कर बारी यह सिद्ध करने का प्रयास करने लगा कि 'इस कृत्य की जड़ में सावरकर बंधु ही हैं।' इसके पश्चात् बरसों तक चतरसिंह को लोहे के पिंजरे में बंद रखा गया। इस मामले में प्रो. परमानंद के हाथ में यूँ ही पड़ी चिट्ठी से उन्होंने अपना तर्क प्रस्तुत किया कि 'यह सारी करतूत बारी की ही होती थी। पर्यवेक्षक को सभी राजबंदियों के विरुद्ध भड़काने का अवसर मिल जाने से वह खुश हो जाता था। अत: उसने और अन्य अधिकारियों ने इसका ठीकरा सावरकर बंधुओं के सिर पर फोड़कर यह ढिंढोरा पीटने में आगे-पीछे नहीं देखा कि 'सावरकर बंधु ही कारागृह की सारी अशांति की जड़ हैं, क्योंकि अशांति फैलाने में उन्हें बड़ा आनंद मिलता है'।' (प्रो. परमानंद कृत आपबीती)

युद्ध के दिनों में हमारे विरुद्ध उच्चाधिकारियों तक इस तरह अनेक संदेह उत्पन्न किए जाने के कारण हमें तथा हमारे इष्ट मित्रों को इस बात का कभी पता नहीं चलता था कि हमें कब किस चक्कर में फँसाया जाएगा। अर्थात् इस चिंताजनक स्थिति में हम आत्म-सुरक्षार्थ यथासंभव सावधानी बरतते कि कारागृह के नियमों के विरुद्ध कभी अपना पग न बढ़े। परंतु स्वयं नियम-भंग की कैंची में न फँसने की सावधानी बरतते हुए भी हमारा मन यही कहता कि अपने सहकष्ट भोगी राजबंदियों के अथवा अन्य बंदियों के सुख-दु:खार्थ केवल तटस्थ रहते अपने सार्वजनिक हितार्थ छेड़े हुए आंदोलनों का सर्वस्व छोड़ देना भीरुता है। अत: हम यथासंभव राजबंदियों के पक्ष का समर्थन करते हुए उनपर होनेवाले अन्याय दूर करने के साधन आयोजित करने में कोई कसर नहीं छोड़ते।

स्वास्थ्य गिर गया

सन् १९१५-१९ के दौरान ही हमारा स्वास्थ्य गिरना आरंभ हो गया था। सन् १९१० में विलायत में पकड़े जाने के पश्चात् विलायती बंदीशाला, हिंदुस्थानी कारागृह और अंदमान के कालापानी—इन विभिन्न बंदीगृहों में जो अनेक शारीरिक कष्ट झेलने पड़े, पारिवारिक चिंताएँ वहन करनी पड़ीं, राजनीतिक आंदोलनों के उत्क्षोभक तथा चिंताजनक प्रयास करने पड़े, संदूषित अन्न, स्वास्थ्य विघातक रहन-सहन तथा कठोर परिश्रम का सामना करना पड़ा, उन सभी विपदाओं के निरंतर तनाव में सन् १९१५ तक हमारा शरीर टिका तो रहा परंतु निरंतर अपक्व तथा निस्सत्त्व अन्न-सेवन से उसी वर्ष से पाचन-क्रिया में बाधा पहुँचने लगी। हमने यह बात पर्यवेक्षक आदि अधिकारियों के कानों में डालने का प्रयास किया। परंतु समय पर किसी ने भी पूछताछ नहीं की। बाद में एक-दो बार तेज ज्वर चढ़ा। परंतु ज्वर में भी अन्य बंदियों की तरह हमें रुग्णालय में नहीं भेजा जाता और ज्वर उतरने के बाद रुग्णालय में कुछ दिन थोड़ा अच्छा सा भोजन भी नहीं दिया जाता। ज्वर कम होते-न-होते ही पुन: काम पर भेजा जाता और पुन: वही

अधकच्चा-अधपका अन्न मिलता। इससे अतिसार का विकार बढ़ गया। जहाँ साधारण बंदियों को केवल अच्छा काम करने पर दूध दिया जाता, वहाँ हमें एक घूँट दूध नहीं मिलता। अतः कारागारीय 'दाल' के साथ ही भात खाना पड़ता। रोटी अधिकतर कच्ची होने से हमने खाना ही छोड़ दिया था, परंतु इससे वजन घटने लगा। आगे दाल भी हजम न होती। तब चावल में केवल विशुद्ध जल घोलकर उसे कंठ से उतारने का क्रम कुछ दिन बनाए रखा। इसलिए कि जैसे-तैसे इस अतिसार से जान छूटे। अतिसार से पेट में मरोड़ होती थी। मरोड़ आने पर असमय शौच जाने की कारागृह में लगभग पाबंदी होने से बहुत कष्ट होता। शरीर में ज्वर जम गया था, उससे भी अतिसार बढ़ता। अंत में चावल भी हजम नहीं होता था, क्योंकि दो-चार दिनों के पश्चात् वह अधपका ही परोसा जाता। अतिसार की मात्रा अधिक तो हो गई परंतु वह इतनी अधिक होनी चाहिए थी, जिससे डॉक्टर को विश्वास हो—तभी वह रोगी को देखने आएगा। इतनी आकुलित मनोदशा हो गई कि ईश्वर से मन्नत माँगूँ, भगवान्, जब डॉक्टर के सामने शौच करूँ तो उसमें आँव अवश्य गिरे! क्योंकि, यदि किसी कारणवश आँव नहीं आई अथवा केवल खून की एक बूँद मात्र गिर गई तो 'यह असत्य है' कहता हुआ डॉक्टर चला जाएगा। हमने स्वयं कई बार यह अनुभव किया है कि पेट में शूल उठता, रात-बेरात खून गिरता, परंतु संयोगवश डॉक्टर के सामने नहीं गिरा तो 'सौ प्रतिशत मिथ्या'! और यह सब 'केवल संदेह' वर्ग में चला जाता—यदि इस वर्ग में नहीं गया तो। जब डॉक्टर का आना और ज्वर अथवा आँव का गिरना साथ-साथ होता तो उस समय हम इतने उपकृत अनुभव करते जैसे ईश्वर प्रसन्न हो गया हो। ऐसे अनूठे मणिकांचन योग के साथ यदि हम रुग्ण सिद्ध हो गए तो एक-दो दिन ठीक भोजन तथा रुग्णों को प्राप्त दूध के कारण अतिसार बंद होता—कि पुनः काम पर जाना···पुनः वही अन्न···पुनः वही रोग···

इसी समय हमारे बंधु को भोजन बनाने की अनुज्ञा प्राप्त हो गई। सन् १९१४ में हड़ताल के अंत में आजीवन दंड प्राप्त राजबंदियों को स्वयं भोजन बनाने का जो अधिकार दिया गया था, उसी के अनुसार यह अनुज्ञा दी गई थी। हमारे भाई साहब कच्ची सामग्री लेते और दस बजे काम से छुट्टी मिलने के पश्चात् उस कोने में, जो उनके लिए नियत किया गया था, जाकर भोजन पकाते। आगे चलकर वामनराव जोशी को भी उनके साथ भोजन बनाने की अनुज्ञा प्राप्त हो गई। उन दोनों को सहभोजन करते देखकर बहुत सुख होता। मानिकतल्ले के राजबंदियों को भी एक साथ रखा गया। हमारे भ्राताश्री को इस तरह अनुज्ञा मिलते ही वे कभी साग, कभी रोटी, कभी दाल—कुछ-न-कुछ चोरी-चोरी हमें भेजते, क्योंकि तब तक हमें भोजन पकाने की अनुज्ञा नहीं मिली थी। आगे जब मिल गई तब साथी लेने की अनुमति नहीं मिली और अपना स्वास्थ्य अधिक गिरने से भोजन बनाने का श्रम भी नहीं किया जाता था। तुरंत ज्वर चढ़ जाता।

अतः बंधु की ओर से जो कुछ चोरी-छिपे प्राप्त होता, उसपर ही गुजारा करता। उनकी उस नरोटी भर दाल का स्वाद चखकर, हमारे बंधुराज पाककला में निपुण हैं, यह आभास होता। कम-से-कम हमसे अधिक तो अवश्य हैं। वह भोजन अमृत तुल्य प्रतीत होता। इसका कारण हमारे बंधु की पाक कुशलता ही नहीं, अपितु यह भी था कि जिस दिन दाल नहीं मिलती, उस दिन मात्र विशुद्ध जल के साथ भात खाने का प्रसंग आ जाता, क्योंकि कारागारीय दाल पचती नहीं थी और दूध का तो दर्शन ही दुर्लभ।

ऐसी स्थिति में उत्तरोत्तर स्वास्थ्य गिरता गया और हमारे सार्वजनिक कार्य तथा कारागारीय कष्ट बढ़ते ही गए। धीरे-धीरे प्रतिदिन रात-बेरात ज्वर चढ़ने लगा। परंतु वह अधिकारियों की स्थूल दृष्टि को प्रत्यक्ष गोचर नहीं होता था, अतः ऐसे ही बिना दवाई, बिना विश्राम के दिन ढकेलने पड़े। उधर हमारे बंधु की आधासीसी बार-बार भड़क उठती, उस कुग्रास भोजन की निरंतरता के परिणामस्वरूप उनका स्वास्थ्य भी गिरता रहा। आखिर हमें और उन्हें भी थोड़ा सा दूध रोज मिलने लगा। परंतु वह भी तब जब स्वास्थ्य इतनी हद तक गिर गया कि उस दूध को पचाने की शक्ति भी नहीं रही।

इसी अवसर पर राजबंदियों को विक्षुब्ध कर देनेवाली एक दुर्घटना घटी। वैसे एक-दो राजबंदियों के झगड़े तथा व्यक्तिशः काम करने से इनकार तो नित्य की बात थी। अधिकारियों की आदत से भी हम परिचित थे, इसलिए इस तरह के प्रत्येक विरल अथवा आंशिक अन्याय का प्रतिकार करने के लिए प्रोत्साहित करना हम अपना कर्तव्य समझते थे। सभी राजबंदियों से डेढ़ पौंड छिलका लेने की परिपाटी होते हुए भी, एक-दो अल्पवय बंगाली राजबंदियों को चुनकर अधिकारियों द्वारा उनसे दो पौंड लेने की जबरदस्ती करते ही तथा यदि इतना काम पूरा नहीं हुआ तो दंड देते-देते अंत में कोड़े मारने की धमकी देते ही, उन्हें राजबंदियों की सार्वत्रिक हड़ताल का भय दिखाया गया। तब कहीं अधिकारी इस बात पर राजी हुए कि उनसे बस उतना ही छिलका लिया जाएगा जितना वे दे सकें। इस तरह झगड़े होने पर संबंधित व्यक्ति को मुझसे दूर रखने के लिए यथासंभव अन्य कक्ष में भेजा जाता, जिससे प्रतिकारार्थ मेरी सहायता न मिले। इस डेढ़ पौंड छिलके के झमेले में ही एक सच्चे तथा बुद्धिमान राजबंदी को भी, जो बंगाल यूनिवर्सिटी में एम.ए. का छात्र था, काम करने से इनकार करना पड़ा। उसे दो पौंड छिलके के लिए काम करना अत्यधिक कष्टप्रद प्रतीत होता। उधर अधिकारी का हठ था कि दो पौंड पूरा करना ही होगा। उसे कई दंड भुगतने पड़े और अंत में बेंत भी खाने पड़े। राजबंदी को कोड़े मारने का क्रूर दंड केवल इसलिए कि वह अन्य जन्माभ्यासी श्रमजीवी मजदूरों की तरह परिश्रम कर नहीं सकता था। परंतु दंड देने में न हिचकिचानेवाले अधिकारियों का तिरस्करणीय हठ जितना अतिरेकपूर्वक प्रदर्शित हुआ, उतना ही एम.ए.

तक शिक्षित उच्च कुलीन उस बंगाली युवक के* मुख से एक चीत्कार का भी न निकलना और शांति से कोड़े सहना एक अनुकरणीय सात्त्विक निश्चय एवं धैर्यशाली सहनशीलता का ही प्रदर्शन रहा।

इस नित्य नियमित माथापच्ची से यद्यपि उस समय एक ही व्यक्ति को कष्ट सहना पड़ता, तथापि उस योग से कुल मिलाकर सभी राजबंदियों पर काम का बोझ डालना अधिकारियों के लिए कठिन हो गया। जहाँ दो पौंड छिलका भी कठिन होता वहाँ कोल्हू का नाम कौन लेने देता? जब से पंजाब के राजबंदी आए तब से पोर्ट ब्लेअर के कारागार के निम्न श्रेणी के अधिकारियों की वह अश्लील, अशिष्ट शूरता भी इन राजबंदियों के सामने सहम गई। उन राजबंदियों में काश्तकार, हस्तशिल्पी, बढ़ई आदि ग्रामीण लोग थे। अत: तंडेल आदि लोगों के पितामहों ने भी कभी नहीं सुनी होंगी, ऐसी-ऐसी चुनिंदा गालियाँ सुरक्षित थीं और हमारी तरह उनकी जीभ समय पर उनका उच्चारण करने में कभी चूकती भी नहीं थी। अत: कोई तंडेल उन्हें 'अरे' कहता, तो वे उसे उसी भाषा में 'तू रे' कहकर धमका देते। माँ को माँ नहीं नानी तथा बाप को नाना—इस बढ़त से उन अशिष्ट तंडेल आदि के पुरखों का इन राजबंदियों द्वारा उद्धार होने लगा। जिस विद्या का प्रयोग हम नम्रता के कारण नहीं कर सकते, उसका प्रयोग हमारे सहकष्ट भोगी करने में जरा भी नहीं हिचकिचाते, यह देखकर बड़ा सुख मिलता। क्योंकि उन नीच तथा भाड़े के टट्टुओं के अशिष्ट, अश्लील शस्त्र, जिनकी धार हम भोथरी नहीं कर पा रहे थे, उसी अशिष्ट भाषा से टकराने से भोथरी हो गई। यह कहने की आवश्यकता नहीं है कि हमारे इन अनपढ़ ग्रामीण राजबंदियों का स्वदेश हितार्थ त्याग अन्य किन्हीं भी तथाकथित सुशिक्षितों से कम नहीं था और जो सच्चाई तथा शील में किसी भी तथाकथित नागरिक से हीन नहीं थे। दूसरे की ओर से किसी भी बंदीवान को अकारण गाली-गलौज अथवा पीड़ा होने का भय अत्यल्प रहता। इसके विपरीत, उन बंदियों के लिए ये राजबंदी प्रतिदिन किसी-न-किसी कारणवश संघर्षरत रहते।

इस प्रकार विरल तथा व्यक्तिगत संघर्ष चलते ही रहते और यद्यपि हम यही सोचते कि उसका राजबंदियों की प्रतिकार शक्ति जीवित रखने तथा अधिकारियों की अत्यधिक यातना देने की प्रवृत्ति को कम करने में उपयोग होता है, तथापि हम कभी यह नहीं चाहते थे कि किसी भी कारणवश यथासंभव यह बात सार्वजनिक हड़ताल तक पहुँचे, क्योंकि जैसाकि पीछे 'अंदमान में प्रचार' शीर्षक प्रकरण में हमने लिखा है, योजनानुरूप हमारे नवागत राजबंदी बंधु नानाविध बौद्धिक प्रशिक्षण ले रहे थे और

---

* श्री आशुतोष लाहिड़ी। रत्नागिरि की स्थानबद्धता से वीर सावरकर सन् १९३७ में बरी हो गए और लगातार छह बार हिंदू महासभा के अध्यक्ष बने। तब उस कार्य में भी उन्हें श्री आशुतोष लाहिड़ी के सहयोग का लाभ प्राप्त हुआ था।

अमेरिका जैसे सुदूर महाद्वीपों में बसकर वहाँ के बंदियों के उपनिवेशों में संपादित ज्ञान, उपार्जित व्यवहार–चातुर्य तथा देशप्रेम, लोकसेवा आदि उदात्त भावनाओं का निरंतर प्रचार कर रहे थे। उनके प्रगल्भ प्रशिक्षण तथा बंदियों में सैकड़ों लोगों में उनके द्वारा किए जानेवाले प्रचार का महत्त्व मुझे उस हड़ताल से, जो अनावश्यक तथा मात्र खींचातानी के लिए की जाती, बहुत अधिक चिरस्थायी प्रतीत होता था। परंतु मेरी इच्छा न होते हुए भी आगे निर्देशित हिंदुस्थान स्थित राजनीतिक परिस्थिति से तथा ऊपरी निर्दिष्ट दुर्घटनावश मेरा यह विचार बनने लगा कि इस तरह कोई हड़ताल करना राजबंदियों का कर्तव्य है और अपने विचार के सहयोगियों के साथ मैंने यह कार्य संपन्न करने के लिए कमर कस ली।

□

प्रकरण–५

चौथी हड़ताल तथा गिरता स्वास्थ्य

पीछे हमने जिस दुर्घटना का उल्लेख किया है वह इस प्रकार हुई थी कि भानसिंह नामक एक राजबंदी की तंडेल और पेटी अफसर से कुछ कहा–सुनी हुई तो उन्होंने भानसिंह को कोठरी में बंद किया और बारी को बुलाया। बारी के भानसिंह की कोठरी में घुसकर गालियाँ देते ही उसने भी उलटकर बारी को गालियाँ दीं। इससे क्रुद्ध होकर बारी ने अपने पिट्ठुओं की सेना को संकेत दिया, 'ठीक करो इसको।' 'इसे ठीक करो' का अर्थ हमने पहले ही स्पष्ट किया है। संकेत मिलते ही पाँच–दस तंडेल, पेटी अफसर आदि डंडे लेकर कोठरी में घुस गए और उन्होंने भानसिंह का कचूमर निकाला। वह बेचारा अकेला उनसे यथासंभव मारपीट करता रहा। अंत में ढलती आयु के उस सिख को वे जल्लाद नीचे गिराकर डंडों से धुनने लगे। उस समय पूरी बंदीशाला उसके दारुण चीत्कार से गूँज उठी। 'अरे मारा! भाइयो, मुझे मार डाला रे!' इस तरह की चीखें सुनते ही उसी इमारत में नीचे जमा पाँच–छह बंदी आपे से बाहर होकर सनसनाते बाहर निकले और जो भी हाथ में आया, उसे लेकर ऊपर चढ़ गए। बारी भानसिंह की ऊपरी मंजिल का द्वार बंद किए खड़ा था। बारी यह देखकर कि राजबंदी उसे ही मारने के लिए आ रहे हैं, भानसिंह की धुनाई छोड़कर झट से ऊपरी मंजिल के गुंबद का द्वार खोलकर उस सीढ़ी से बाहर निकल गया। भानसिंह की मारपीट का आँखों देखा हाल जो राजबंदी वहाँ उपस्थित थे, जैसा उनसे सुना वैसा ही यहाँ पर प्रस्तुत किया है। इतना ही नहीं, जैसा हम आगे बताएँगे, उसके अनुसार दो प्रमुख राजबंदियों ने अपने लिखित बयान में भी इसी प्रकार सूचित किया था।

'मार डाला! भाइयो, मुझे मार डाला'—इस तरह की चीखें तथा मारपीट को पड़ोस की इमारत से सुनते ही हमने भाँप लिया, आज किसी को 'सीधा' किया जा रहा है। भानसिंह का नाम सुनकर बड़ा दुःख हुआ। उस पेटी अफसर ने, जो मारपीट के समय बारी के आदेशानुसार भीतर घुसा तो था, परंतु भानसिंह को न मारते हुए अन्य

लोगों के साथ मारने का मात्र ढोंग कर रहा था—बताया कि यह समाचार सोलह आने सच है। वह भोजन का समय था। अपनी इमारत के दो प्रमुख राजबंदियों के साथ हमने इस दुस्साहस का तीव्र विरोध करने का निश्चय किया और प्रत्येक इमारत में पत्र द्वारा संदेश भेजना आरंभ किया। राजबंदी इस मारपीट से रत्ती भर भी न डरते हुए, भड़क उठे और वे सार्वत्रिक हड़ताल की भाषा बोलने लगे। एक ने तो···इस भाषा का भी उच्चारण किया। परंतु···

इस सारे हंगामे का पता लगते ही तथा इतनी प्रबल प्रतिक्रिया देखते ही बारी अपने स्वभावानुरूप चौंका। संध्या समय जब वह मुझसे मिलने आया तब मैंने उसे दो-टूक उत्तर दिया, "आप पूछ रहे हैं, इसलिए कहता हूँ—आपके दुस्साहस की हद हो गई है—इसका परिणाम हमें और विशेषतः मुझे तो भुगतना ही होगा, परंतु आपको भी भुगतना होगा।" उसने सारा दोष भानसिंह पर थोपते हुए कहा कि उसने मुझे गाली दी। पर ये सब बहाने थे। मैंने कहा, "मान लिया, सब सच है, तथापि आप उसपर अभियोग लगाकर बेंत मार सकते थे। परंतु इस तरह उसपर अत्याचार क्यों किए? वहाँ के सारे राजबंदी तथा साधारण बंदी एक मुख से कहते हैं, आपने भानसिंह को इतना पीटा कि उसके मुँह से लहू बहने लगा, यह बात झूठ नहीं है।"

पर्यवेक्षक के साथ निरीक्षण के दिन राजबंदियों में से कुछ चुनिंदा लोगों ने माँग की कि इस मामले की पूरी जाँच करते हुए बारी को दंड दिया जाए। परंतु इसके विपरीत जिन राजबंदियों ने बारी को घेरने तथा भानसिंह को छुड़ाने का प्रयास किया था, उन्हें ही डराया-धमकाया गया।

तब हड़ताल करना निश्चित हो गया। इसी दौरान हिंदुस्थान से समाचार आ गया कि संविधान में कई नए अधिकार प्रदान करने की जो चर्चा छिड़ गई थी, उससे संबंधित पूरी जाँच करने के लिए हम जो प्रयास कर रहे थे, उसमें इसी बात पर अधिक गौर किया जानेवाला है। हिंदुस्थान के राजनीतिक विश्व के सामने राजबंदियों की समस्या सतत रूप में प्रकाशित होती रहनी चाहिए। इतनी तीव्रता से राजबंदियों की यातनाओं भरी कहानी हिंदुस्थान के हृदय में शूल की तरह सतत चुभती रहनी चाहिए कि उन लोगों को भी, जो इस प्रश्न को छूने से भी घबराते हैं, उसे टालना असंभव हो जाए। अधिकारियों के मन में यह अंकित करने के लिए कि हिंदुस्थान को संतुष्ट रखने के लिए जो कुछ बातें करना अपरिहार्य है, उनमें से एक बात अहम है—राजबंदियों की मुक्ति। इसी हेतु अंदमान का आंदोलन जीवित रखना आवश्यक था और उसी तरह यह भी आवश्यक था कि उसकी जानकारी हिंदुस्थान में निरंतर पहुँचे और इतनी तीव्रता से कि लोगों के दिल दहल जाएँ। इस सारे मामले के लिए मांटेग्यू साहब के आगमन के समय ही पोर्ट ब्लेअर के राजपीड़ितों के विषय में कुछ-न-कुछ प्रक्षोभक परंतु सत्य

घटना (भारतीय समाचार-पत्रों में) प्रकाशित करानी हो तो वह प्रथम पोर्ट ब्लेअर में ही घटित होनी चाहिए।

भानसिंह पर किए गए इस नृशंस अत्याचार के विरोधार्थ शताधिक राजबंदियों द्वारा की गई हड़ताल ऐसी ही एक घटना होगी और इसी कारण से इस उद्दिष्ट को लेकर भी साहस के साथ हड़ताल को उभारना हमें इष्ट प्रतीत हुआ। कुछ बांधवों का कहना था कि हड़ताल का प्रत्यक्ष नेतृत्व पुराने राजबंदी करें और सभी की ओर से वही उन माँगों को प्रस्तुत करें। परंतु मैंने अपने साथियों को समझाया कि उससे हड़ताल के प्रमुख उद्देश्य की ही नहीं, अपितु प्रसंग विशेष में राष्ट्रीय कार्य की भी हानि होने का किस तरह खतरा है। प्रत्यक्षतः आगे बढ़ने से बारी तथा वरिष्ठ अधिकारियों तक सभी को मनचाहा अवसर प्राप्त हो जाएगा और मुझे तथा मेरे पुराने साथियों को आजकल स्वतंत्र रूप में घूमने की जो छिटपुट सुविधा केवल निर्बंध रीति से (according to jail rules) अधिकारियों को विवश होकर देनी पड़ी थी, उन सारी सुविधाओं को रद्द करके मुझे पुनः दिन-रात कोठरी में बंद रखा जाएगा। उससे हड़ताल का समाचार हिंदुस्थान में पहुँचाने के लिए आदमियों को भेजना, चिट्ठियाँ भेजना, उन सहायकों से जो युद्ध के समाचार बाहर से नियमित रूप से लाते हैं—समाचार-पत्र लेना, उन्हें छिप-छिपकर पढ़ना—हड़ताल के कारण बंद पड़े राजबंदियों के समाचार परस्पर पहुँचाकर ऐसी योजना बनाना, जिससे वे एक ही योजना में नीतिपूर्वक आचरण कर सकें और उसे सूचित करना। हड़ताल की दृष्टि से ये सारे महत्त्वपूर्ण कार्य कोठरी में बंद हो जाने से बहुत कठिन हो जाएँगे। दूसरी बात यह कि गत चार-पाँच वर्षों में कारागार की अत्यंत क्रूर यातनाओं का हमें सामना करना पड़ा था और इससे सारे पुराने राजबंदियों के स्वास्थ्य पर बुरा असर हुआ था। हमें अब और हथकड़ियाँ, कोठरीबंदी तथा कुग्रास भोजन और कोड़े खाने के लिए बाध्य करना हमारे प्राण ही संकट में डालना था और वह भी हड़ताल जैसे तात्कालिक और स्थानीय तुच्छ कार्य के लिए। ऐसे कार्यार्थ अपनी अरथी उठाने की तैयारी करना केवल राष्ट्रीय हित की हत्या करना जैसा था। एक बार पग आगे बढ़ाने पर उसे पीछे खींचना अधिक हानिकारक होता। इससे अधिक उचित यही था कि हड़ताल, प्रतिवाद, इनकार आदि स्थानीय आंदोलन की जिम्मेदारी, नवागत ताजे लहूवाले सौ-सवा सौ लोग ही कुछ दिन तक बारी-बारी से उठाएँ। तीसरा महत्त्वपूर्ण कारण यह था कि उस कारण से हिंदुस्थान में पत्र भेजने का मेरा अधिकार ही छीन लिया जाएगा। वही व्यक्ति वर्ष में एक बार पत्र भेज सकता था, जिसे पूरे वर्ष में एक भी कारागारीय दंड न मिला हो। मैं बंद हो जाता तो पत्र भी बंद हो जाता। परंतु मेरा पत्र बंद होने का अर्थ है, हड़ताल तो दूर, राजनीतिक बंदियों की मुक्ति के प्रश्न की ही भारी हानि।

क्योंकि राजबंदियों में जिस इक्के-दुक्के के पत्रों को हिंदुस्थान के नेताओं के, समाचार-पत्रों के और जनता के कानों तक पहुँचाना संभव होता, उन्होंने ऐसे पत्र भेजने का, जिनमें इस तरह सभी राजबंदियों की चर्चा है, अथवा वे विवश हैं जो अधिकारियों को चुभते थे, वे व्यक्ति ऐसा 'पागलपन' करने का बुद्धिमत्तापूर्ण साहस कभी नहीं करते थे। उससे बारी का पारा चढ़ जाता। और जो ऐसे राजबंदी थे जो पत्र द्वारा अपने हस्ताक्षर से सही जानकारी लिखने का और सभी राजबंदियों के हित की चर्चा करने का साहस कर सकते थे, उनके पत्रों की हिंदुस्थान की जनता पर प्रभावी ख्याति होना अथवा उसकी चर्चा होना तत्कालीन स्थितिवश असंभव था। ऐसी स्थिति में मेरे अकेले के ही पत्रों से वह कार्य अपरिहार्य हो सकता था, अतः हड़ताल से मेरा अलग रहना अपरिहार्य हो गया था।

जनता को ज्ञात था कि मेरे अनुज न केवल मेरी प्रत्युत उस बहाने सभी राजनीतिक बंदियों की मुक्ति की समस्या हिंदुस्थान में सतत प्रचारित रखने का प्रयास कर रहे थे। मेरे वार्षिक पत्र से उन्हें बड़ा सहारा मिलता। मेरा वार्षिक पत्र आते ही उसकी तुरंत प्रतियाँ निकाली जातीं और वे हिंदुस्थान के अनेक नेताओं के हाथों में पड़तीं। उनमें से कई लोगों द्वारा वह पत्र समाचार-पत्रों में प्रकाशित किया जाता। अनेक देशभक्त उत्साहपूर्वक उस पत्र की प्रति निकालने के लिए आते और उसे एक पवित्र स्मृति के रूप में अपने संग्रह में रखते। बैरिस्टर आसफ अली ने भी अपने 'फॉरवर्ड'* में प्रकाशित किया है कि किस तरह पेरिस तक ये वार्षिक प्रतियाँ जातीं और उधर भारतीय लोग कितनी आतुरता के साथ तथा भक्तिभाव से उन्हें पढ़कर उनकी प्रतियाँ निकालकर किस तरह उनका जतन करते। उस पत्र से मैं केवल पोर्ट ब्लेअर की कारागारीय शिकायतें बाहर भेज देता। शेष राजबंदियों की मुक्ति के लिए कौन-कौन से आंदोलन करने चाहिए, इस प्रश्न में हाथ डालने को लेकर किस तरह नेताओं की घिग्घी बँध जाती है, किस तरह सरकार को क्रांतिकारियों और उनमें भी मुझे राजबंदी घोषित करने में हिचकिचाहट होती है, उनकी इस कृति का किस तरह विरोध करना चाहिए, क्योंकि वह कितनी विपरीत है, आदि मुद्दों पर ही केवल चर्चा नहीं करता अपितु उसमें यथासंभव किसी-न-किसी बहाने से राजनीतिक, सामाजिक और धार्मिक मतों का भी प्रदर्शन करता था, जो देश के लिए हितकारी थे। विशेषतः युद्ध के दौरान पोर्ट ब्लेअर के कारागार पर नियुक्त पर्यवेक्षक बड़ा उदार स्वभाव का था और इसलिए कि पूरे वर्ष मैं प्रत्यक्ष निर्बंध भंग नहीं करता, इसलिए मुझ पर प्रसन्न होकर काफी स्वतंत्र रूप से मुझे पत्र लिखने देता। यदि कारागारीय उल्लेख उसमें न हो तो फिर सहसा वह पत्र में काट-छाँट भी नहीं करता, भले ही बारी जल-भुने। मैं भी इस सुविधा का यथासंभव लाभ लेने से कभी नहीं चूकता। कारागारीय समाचार अन्य तरीके से भेजने पड़ते और उसी

* ८ जुलाई, १९२४ तथा उससे अगला अंक देखिए।

तरह भेजने पर वे कभी-कभी समाचार-पत्रों में प्रकाशित भी होते। उस तरह गुप्त रूप से भेजे गए और मेरे हस्ताक्षर के साथ साक्षात् सरकारी अधिकारियों द्वारा भेजे गए मेरे वार्षिक पत्र में ऐसा होता। मेरे इस पत्र का कौंसिल से लेकर झुग्गी-झोंपड़ियों तक अधिक प्रभाव होता। पर उसमें भी दस गुप्त पत्र भेजने पर एक पहुँचता और उसमें से भी आधा ही प्रकाशित होता। परंतु मेरा पत्र निश्चित रूप में अधिकारियों की मोहर के साथ हिंदुस्थान भर में प्रकाशित होता।

एतदर्थ इस तरह पत्र भेजने, उसके द्वारा स्वदेश में अपनी राय तथा राजबंदियों की मुक्ति के प्रश्नों की चर्चा सतत प्रज्वलित रखने का यह अवसर मैं प्राय: नहीं खोता। इस या अन्य कारणों के लिए मैंने हड़ताल की योजना इस तरह निश्चित की कि पुराने राजबंदियों को (अर्थात् मुझे, मेरे बंधुओं को तथा श्रीयुत् जोशी को—क्योंकि शेष राजबंदियों में से कई लोग यह जानते हुए कि भानसिंह की पिटाई हो गई—वे कुछ भी नहीं जानते, उनका अन्य लोगों से कोई संबंध नहीं, यही कहते, उलटे हड़ताल को कौन प्रोत्साहित करता है, कौन नहीं आदि समाचार देने में भी नहीं हिचकिचाते। अत: हड़ताल में उनके आने का प्रश्न ही नहीं उठता था) छोड़कर नए बंदियों में से उन लोगों ने, जिनके स्वास्थ्य की परिणामकारक हानि होना संभव नहीं था, हड़ताल में प्रत्यक्ष काम छोड़कर सम्मिलित हों। प्रथमत: यह योजना निश्चित की गई कि राजबंदियों को कौन से अधिकार चाहिए और दोनों नेता यह लिखकर दें कि भानसिंह की पिटाई हड़ताल का केवल तात्कालिक निमित्त मात्र है, प्रमुख कारण था यह माँग कि राजबंदियों से राजबंदियों की तरह ही व्यवहार किया जाए—यदि इस कथन को स्वीकार नहीं किया गया तो कुछ लोग अनशन की धमकी दें, परंतु कोई भी अपना स्वास्थ्य अधिक गिर जाने तक कोठरी में सड़ने का हठ न करे अथवा अन्न-त्याग द्वारा प्राण-त्याग न करे। हड़ताल के समर्थनार्थ और देश में खलबली मचाने के लिए यथासंभव प्रयास करने का काम हमने अपने जिम्मे ले लिया। इसके अतिरिक्त मेरे बाहर रहने से वह कार्य भी अबाधित चलता रहा, जो हमने पोर्ट ब्लेअर के उपनिवेश में शिक्षा आदि सार्वजनिक प्रचार कार्यार्थ हाथ में लिया था।

निश्चित दिवस पर राजबंदियों की टोलियाँ अपना काम छोड़कर तनकर खड़ी रहीं। लगभग सौ लोग इस हड़ताल में सम्मिलित हो गए। इससे पहले जो हड़ताल की गई थी, उससे अब राजबंदियों की संख्या में अत्यधिक वृद्धि होने तथा अधिकारियों की शक्ति और सख्ती में अधिक मात्रा में शिथिलता आने से इस हड़ताल का काफी प्रभाव पड़ा। न केवल राजबंदियों वरन् उस उपनिवेश के इतिहास में भी किसी को स्मरण नहीं कि इतने विशाल तथा इतने संगठित रूप में अन्य कोई हड़ताल कभी हुई भी हो। हर छह महीनों में राजबंदी विषयक एक प्रतिवेदन अधिकारियों को हिंदुस्थान सरकार को भेजना पड़ता था। उपनिवेश में हमारे आने तक 'सब ठीक है' जैसे सभी प्रतिवृत्त आते रहते थे।

इस तरह क्रूर अपराधी, गुंडों के उपनिवेश का दमन करके उसपर अपना दबदबा बनाने की अधिकारियों की कुशलता की हिंदुस्थान की सरकार प्रशंसा ही करती।

परंतु जब से राजबंदी आ गए, उपनिवेश के वार्षिक प्रतिवेदन अथवा राजबंदियों के स्वतंत्र प्रतिवृत्त में वे अधिकारी 'सब ठीक है' जैसी रिपोर्ट कभी नहीं दे सके। एतदर्थ स्वलौकिकार्थ इन हड़ताल आदि आंदोलनों को दबाने के लिए वे बहुत पाँव रगड़ते, तथापि उन्हें भी हड़ताल के पीछे हड़ताल तथा एक के पीछे एक झगड़े देखते-देखते अब इतना क्रोध नहीं आता जैसे पहले हड़ताल के समय आया करता था।

फिर भी उनकी खटपट बराबर चलती रही। हड़ताल होते ही बारी ने हमारे विरुद्ध राजबंदियों के मन में फूट डालने का जो कार्य प्रारंभ किया, वह अंत तक जारी रहा। वह राजबंदियों के कमरे के पास आधा-आधा घंटा खड़ा रहकर कहता रहता, "अरे, यह सावरकर तुम्हे फँसा रहा है, लटका रहा है। स्वयं पीछे रहता है। देखो, वह दंड से डर रहा है। तुम पगले हो, उसे देखो—वैसा चलो, तुम्हारा हित होगा…"

सावरकर से डरते क्यों हो

राजबंदी बारी की रग-रग से परिचित थे, वे भलीभाँति जानते थे कि यदि बारी की 'जी-हुजूरी' करने से लेकर समाचार देने तक उसकी पाँवचप्पी करनी हो, जैसे फलाना व्यक्ति करता है, तो सावरकर मना नहीं कर रहे थे। सरकारी टिप्पणियों* में वे देख ही रहे थे कि सावरकर उसी कारागार में कुल मिलाकर आड़ी बेड़ियाँ, खड़ी बेड़ियाँ, जंजीरों की बेड़ियाँ, हथकड़ियाँ, कोठरीबंदी, अन्न-त्याग आदि सभी प्रकार के दंड भुगत चुके हैं। राजबंदियों के कर्तव्यस्वरूप वे हड़ताल में सम्मिलित हो गए थे और उन राजबंदियों में से कई लोग तो इतने संतप्त हो गए थे कि उन प्रतिकारों तथा प्रतिवादों से भी, जिन्हें सावरकर पर्याप्त समझते थे, अधिक उग्रतर प्रतिवाद करने का उनका अनुरोध था, केवल सावरकर ने ही उन्हें रोक लिया था। यह बात भी छोड़िए, बारी केवल सावरकर के विरुद्ध जहर उगलता है, यही एक कारण यह सिद्ध करने के लिए पर्याप्त है कि सावरकर की नीति तथा आचरण राजबंदियों तथा उनके राष्ट्र के लिए हितकारक है। उनमें से कई तो हँसते हुए यह कह भी डालते कि 'क्यों जी, सावरकर बाबू जैसा आप कहते हैं, यदि वे वैसे ही डरपोक हैं तो आप दिन-रात उनसे इतने घबराते क्यों हैं?'

हमारे राजबंदियों में से जुझारू पक्ष में फूट डालने के बारी तथा उसके हस्तकों के सारे प्रयास निष्फल हो गए। हड़ताल का धूम-धमाका चल रहा था, उधर बेचारा

* सावरकर का बंदी पत्र देखिए, जो अंतिम परिशिष्ट में दिया गया है। Source material for a history of the freedom movement of India, Vol. 2, page 478 पर भी यह पत्रक दिया गया है।

भानसिंह उस पिटाई के पश्चात् पुनः नहीं पनपा। आगे चलकर उसे खून की उलटियाँ होने लगीं और एक हफ्ते के भीतर उसे रुग्णालय में भेजा गया। हमारा भी स्वास्थ्य गिर गया और हमें भी रुग्णालय में कुछ दिन के लिए भरती कर दिया गया। तभी उसे तपेदिक ने इतनी तेजी से घेरा अथवा स्वास्थ्य इतनी तेजी से गिरा कि वह डेढ़ महीने में ही परलोक सिधार गया। भानसिंह एक अनपढ़ किसान था, परंतु हमारे विचार से शिक्षितों में भी इतना सच्चा देशभक्त नहीं मिलेगा। बेचारा आजन्म कारावास का दंड पाकर जिस देश के कल्याणार्थ यहाँ आया था, एक-डेढ़ वर्ष के भीतर उसी देश के कल्याणार्थ संघर्ष करते-करते चल बसा। वहाँ के राजबंदियों में प्रत्येक ईमानदार देशभक्त के प्रति यही भावना घर कर गई।

भानसिंह पर जो अत्याचार हुए थे, उससे संबंधित तथा हड़तालवालों की माँगें नियमानुसार अधिकारियों को सूचित करने के लिए जिन दो नेताओं को नियुक्त किया गया था, अधिकारी उनका लिखित वक्तव्य नहीं ले रहे थे। अतः योजना के अनुसार उन दोनों ने अन्न-त्याग किया। दस-बारह दिनों तक वे--जिनमें से एक साठ वर्षीय आदरणीय सरदार थे और दूसरे एक तेजस्वी पंजाबी राजपूत युवक—बिना अन्न ग्रहण किए अपनी कोठरियों में बंद पड़े रहे। अंत में उनका लिखित वक्तव्य लिया गया और उसमें 'हमारे साथ उसी तरह व्यवहार किया जाए जैसे पूरे विश्व में और विशेषतः इंग्लैंड में राजबंदियों से किया जाता है' इस प्रमुख माँग से लेकर 'सिखों को बाल धोने के लिए थोड़ा पानी और साबुन दिया जाए' इस तरह की फुटकर माँगों तक सभी माँगें लिखी गईं। इस प्रकार अन्न-त्याग का मूल उद्देश्य सफल हो जाने पर, उस वृद्ध तथा आदरणीय सज्जन ने पूर्व योजना के अनुसार अन्न ग्रहण किया, परंतु क्रोधावेश में यह विवेक छोड़कर उस राजपूत युवक ने अन्न-त्याग का अपना निश्चय उसी तरह जारी रखा। दो हफ्तों बाद उसकी नाक में नलिका डालकर उसे दूध पिलाना शुरू किया गया। अन्न-त्याग से उस युवक की देह कृश होती गई। परंतु उससे वह अभिमानी राजपूत रक्त ठंडा होने की अपेक्षा अधिक जल उठा। उसने वस्त्र धारण करना छोड़ दिया, कंबल ओढ़ना छोड़ दिया, भूखा-प्यासा, नंग-धड़ंग होकर वह कड़ाके की ठंड में कोठरी के बर्फीले फर्श पर पड़ा रहता, किसी से एक शब्द भी नहीं बोलता। उस अधिकारी से बात ही क्या करना जो सुनना नहीं चाहता। मुझे जो कहना है, वह सारा लिखित वक्तव्य में कह दिया है। बस इतना ही कहते हुए उसने अपने मुँह को ताला लगाया और फिर कभी खोला ही नहीं। कमिश्नर आया, पर एक नहीं, दो नहीं, पूरे छह महीने वह निरन्न स्थिति में, दिगंबर होकर कोठरी में पड़ा रहा। उसकी सुदृढ़, विशाल देह हड्डियों का पंजर बन गई। उसके जैसा तेज-तर्रार, ओजस्वी, सच्चा, अनमोल देशप्रेमी इस तरह मटियामेट न हो, इसके लिए हमने भरसक प्रयास किया। अंत में एक युक्ति से उससे प्रत्यक्ष भेंट की।

उसका थोड़ा उपहास भी किया। राणा प्रताप भी विपरीत स्थिति में डटे रहकर जूझने की मूर्खता करने की अपेक्षा दो कोस पीछे हटने में किस तरह शूरता एवं बुद्धिमानी समझते थे—इस प्रकार हलदीघाटी तथा अन्य उदाहरणों से उसे समझाया। उसे स्पष्ट शब्दों में बताया—राष्ट्र के लिए आप सौ रुपए मूल्य के प्राण देते समय नकद सौ का प्रतिमोल ले लें, अन्यथा राष्ट्र के नाम पर इस तरह आत्महत्या करते समय राष्ट्र की कुछ हानि ही करेंगे। तब कहीं महाशय का निश्चय बदला। उसने गुप्त रूप से वचन दिया कि मरते दम तक मैं स्वयं देह-त्याग नहीं करूँगा, तब कहीं जाकर हम तनिक निश्चिंत हुए।

परंतु अन्य इष्ट मित्रों को वह यह बात कह नहीं सकता था। वे कहते, आप ही उसे अन्न-त्याग से परावृत्त नहीं होने देते। आपकी बात वह नहीं टाल सकता। उनका यह मिथ्या आरोप भी कुछ काल तक सहना पड़ा, क्योंकि उस युवक को हमें यह प्रतिवचन देना पड़ा था कि 'अंत में तुम अन्न ग्रहण करोगे, अपना दिया हुआ गुप्त वचन मैं किसी को भी नहीं बताऊँगा'। हमने डॉक्टर से भी कह रखा था कि उसका स्वास्थ्य कहीं बहुत अधिक तो नहीं गिरा, गुप्त रूप से वह हमें प्रतिदिन समाचार दे।

कभी-कभी उसे तंग करने के लिए अधिकारियों के हस्तक वॉर्डर उसे माँ-बहन की गालियाँ देते, क्योंकि इस बहाने तो वह प्रत्युत्तर देगा। शरीर ज्वर से तप रहा था, ऊपर से उन अभद्र बीभत्सतापूर्ण शब्दों की मार उससे सही नहीं जाती थी। ऐसी अवस्था में एक दिन भागते हुए उस युवक ने रात के समय कोठरी की दीवार पर तथा भूमि पर अपना सिर तड़ातड़ पटकना आरंभ किया। एकदम हड़कंप मच गया। पर्यवेक्षक ने उस कमरे में रात भर एक वॉर्डर को पहरा देने के लिए रखा कि कहीं वह आत्महत्या न कर बैठे।

अंत में डॉक्टर ने मुझे सूचित किया कि अब या तो वह मर जाएगा या पागल हो जाएगा। यह सुनते ही सारे राजबंदियों का लिखा एक प्रार्थना-पत्र उसे भेजा कि वह अन्न ग्रहण करे। अब कोई माई का लाल यह नहीं कह सकेगा कि तुम पीछे हट गए। अतः सभी के आदेशानुसार अन्न ग्रहण करो, क्योंकि तुमने वचन दिया है कि स्वास्थ्य का खड़ टूटने से पहले तुम उसे तानना बंद कर दोगे। स्पष्ट सूचित करता हूँ कि अब वह समय आ गया है। अंततः उस आत्माभिमानी युवक ने अन्न ग्रहण किया।

हमारा निरंतर यही कहना होता था कि हड़ताल जैसे तात्कालिक आंदोलन के लिए अन्य कष्ट सहना भले ही उपयुक्त हो, तथापि किसी भी देशप्रेमी को अपने आपको राजबंदी कहलाने की माँग के लिए प्राणों की बलि चढ़ाना और वह भी अन्न-त्याग जैसे उपायों से, बहुत बड़ी मूर्खता है। उन मानधन राजबंदियों ने दो बार सामूहिक अन्न-त्याग की हड़ताल करने की योजना बनाई। कभी-कभी दस-पाँच आरंभ भी करते, परंतु हम उसका समर्थन न कर उनकी उस तेजस्विता को यथोचित गौरव देते हुए

से कुछ मुक्त होकर पुनः स्वराष्ट्र की सेवा कर रहे हैं। जिस मानधन युवक का ऊपर उल्लेख किया है, उसकी यदि कुछ जानकारी प्राप्त हुई तो हम अगले संस्करण में देने का प्रयास करेंगे।

जिस दिन यह हड़ताल संपन्न हुई, उसी दिन हमने मांटेग्यू साहब को एक आवेदन भेजने की याचना की थी, उससे संबंधित चर्चा करते हुए बारी ने हमसे कहा था, 'Well, you have accorded a fine reception to Mr. Montegue.'

यद्यपि यह सत्य था कि मांटेग्यू के आगमन पर पोर्ट ब्लेअर की प्रतिवंदना (सलामी) के लिए ही हड़ताल इतनी लंबी की गई थी, तथापि उसमें मैंने जो काम न छोड़ने का विचार किया था, उसी से आवेदन-पत्र की अनुमति न देना अधिकारियों के लिए कठिन हो गया। दूसरा एक अन्य महत्त्वपूर्ण कारण भी था।

मांटेग्यू आदि सभी अधिकारियों के सामने यह प्रश्न था कि हिंदुस्थान में जो सुधार करने हैं, उससे राज्यक्रांतिकारियों का थोड़ा-बहुत भी विश्वास संपादन होगा या नहीं। इस विषय में वहाँ के उच्चाधिकारियों द्वारा स्वयं आकर हमारे साथ की गई चर्चा तथा समाचार-पत्रों के लेखों से हमें संदेह नहीं रहा था। इससे पूर्व मॉर्ले साहब के सुधारों की किश्तों के समय तो हम इंग्लैंड में ही थे। यह उस समय के अनेक विख्यात अंग्रेज सज्जनों के साथ किए गए विवादों और गोखले आदि नेताओं के तत्रस्थ भाषणों से और प्रत्यक्ष संवाद से ज्ञात ही था। और क्रांतिकारियों को शांत करना—कम-से-कम अन्यों को क्रांतिकारियों के इस अग्निसम प्रकाशमान पंथ में जाने से रोकना, उन सुधारों को लागू करने के पीछे अंग्रेजी सत्ता का मुख्य हेतु था। अतः हिंदुस्थान में आंशिक सुधारों की माँग करने के लिए एकमुखी माँग करने का जो प्रयास सारे प्रमुख लोकमान्य देशप्रेमी कर रहे थे, उसमें क्रांतिकारियों के प्रमुखों में से किसी-न-किसी को थोड़ा सा हाथ देना अनिवार्य था। अतः इस समय महत्त्वपूर्ण नियंत्रणात्मक सुधार यदि वास्तव में किए जाएँ तो क्रांतिकारियों में से भी अनेक लोग शांति मार्ग का अवलंबन करना चाहेंगे।

इसपर सरकार का ध्यान आकर्षित करना हम अपना कर्तव्य समझते हैं। मांटेग्यू ने सभी पक्षों से भेंट की, उनमें प्रकट रूप में क्रांतिकारियों का पक्ष मिलना मुश्किल ही था। अतः इस तरह अपरोक्ष रीति से उनमें से कुछ लोगों की राय ज्ञात करना उन्हें जरूरी था। इसीलिए हममें से अनेक लोगों से किसी-न-किसी ओट में यह अधिकारी चर्चा करते। परंतु कुछ डरकर, अत्यधिक कायर बनकर कहते, 'ना बाबा ना, नहीं चाहिए वह राजनीति! स्वाधीनता भी आज नहीं चाहिए, कम-से-कम हम 'हरि-हरि' करते हुए तो बैठे हैं, और हमें मुक्ति के अतिरिक्त कुछ नहीं देखना है' तो कोई अन्य अधिकारियों को उन कंठस्थ तेजोमंडित शपथों को सुनाते, जो पहले अंग्रेजों को खदेड़ने के लिए ली गई थीं। ऐसी अवस्था में यह सुनते ही कि क्रांति पक्ष के ध्येय तथा राजनीति की तात्त्विक

को उन कंठस्थ तेजोमंडित शपथों को सुनाते, जो पहले अंग्रेजों को खदेड़ने के लिए ली गई थीं। ऐसी अवस्था में यह सुनते ही कि क्रांति पक्ष के ध्येय तथा राजनीति की तात्त्विक चर्चा सुसंगत, युक्तियुक्त तथा निर्भीक लिखित वक्तव्य हम भेजना चाहते हैं—अधिकारियों को वह एक तरह की इष्टापत्ति ही लगती रही। वे चाहते तो थे कि यह कार्य उनका कोई प्रिय व्यक्ति करे, न कि मैं करूँ। परंतु वह हो नहीं पा रहा था। वे यह भी जानते थे कि मेरे नाम से गया हुआ आवेदन वरिष्ठ अधिकारी अधिक उपयुक्त समझेंगे। हड़ताल में काम छोड़कर भाग न लेने के कारण कारागारीय नियमों का उल्लंघन मैंने नहीं किया था। अतः मुझे मांटेग्यू साहब को गवर्नर जनरल द्वारा आवेदन-पत्र भेजने की अनुमति मिल गई और उसके अनुसार मैंने पत्र भेजा।

मांटेग्यू साहब का ऊपर निर्दिष्ट आवेदन-पत्र भेजते ही उसके इष्ट परिणाम के लिए उसमें से प्रमुख मुद्दों की जानकारी हिंदुस्थान में प्रकाशित होना भी नितांत आवश्यक था। क्योंकि उस दृष्टि से हिंदुस्थान स्थित जो नेता सुधारों के लिए प्रयासरत थे, उन्हें यह भी एक सबल कारण मिल जाएगा कि देखिए, संतोषजनक सुधार होने पर क्रांतिकारियों में से भी कुछ प्रमुख लोग शांति मार्ग का अवलंबन करने के लिए तैयार हैं। इसलिए कि अपनी विवश स्थिति में भी जो कुछ समर्थन हम अपने नेताओं को दे सकते हैं, हमने अपने उस वार्षिक पत्र में इस आवेदन का उल्लेख किया। उससे साफ होगा कि राजबंदियों की मुक्ति के विषय में अपने देशबंधुओं को सतत प्रोत्साहित करने के कार्य में अपने वार्षिक पत्र द्वारा हम किस नीति का और कैसा प्रयास कर रहे थे।* उस पत्र द्वारा तत्कालीन स्वास्थ्य स्थितियों का भी प्रदर्शन होने के कारण उसका मूल अनुवाद ही हम नीचे दे रहे हैं।

हमें अत्यधिक प्रसन्नता है कि महाराष्ट्र प्रांतीय परिषद् ने राजबंदियों की मुक्ति के लिए प्रस्ताव पारित किया। (पिछली बार नासिक में भी महाराष्ट्र ने इसी तरह महत्त्वपूर्ण प्रस्ताव रखा था) यह सत्य है कि बंबई प्रांतीय परिषद् अन्य किसी भी प्रांतीय परिषद् से अधिक जीवट तथा निर्भीकता के साथ हिंदुस्थान के सभी राजबंदियों की मुक्ति के लिए कमर कसे है। मेरी जानकारी के अनुसार गत वर्ष संयुक्त प्रांत तथा आंध्र दोनों संस्थाओं ने ही यह प्रस्ताव किया था। उसमें भी आंध्र का प्रस्ताव संग्राहक तथा आस्थावान था। इससे यह स्पष्ट होता है कि आंध्र बंधुओं के अंतःकरण उन महान् देशभक्तों के प्रति सहानुभूति से लबालब हैं, जो अपनी मातृभूमि की मुक्ति के लिए चाहे सही हो या गलत, परंतु उसे अपना कर्तव्य समझकर सच्चाई एवं निर्विवाद स्वार्थ-त्याग की चरम सीमा तक जाते हुए कारागार में अपना जीवन समर्पित करने में

* मूल अंग्रेजी पत्र ४ अगस्त, १९१८ के 'इको फ्रॉम द अंदमान' शीर्षक पुस्तक में प्रसिद्ध हुआ है। देखिए, 'सावरकर समग्र साहित्य', खंड-५, पृ. ४७४

पीछे नहीं हटे। तुमने लिखा है कि समाचार-पत्रों तथा पत्रिकाओं में बार-बार राजबंदियों की मुक्ति विषय पर लेख आते हैं। परंतु मेरी समझ में यह नहीं आता कि केवल राष्ट्रीय सभा ही उस विषय का उल्लेख करने में इतनी लज्जा का अनुभव क्यों करती है? उन लोगों के, जिनका यह सभा अपने आपको प्रतिनिधि कहती है, मन में बसे हुए राजबंदियों से संबंधित मात्र मानवी सहानुभूति के उल्लेख मात्र से इतना क्यों घबराती है? उस सभा ने गत वर्ष एक प्रस्ताव पारित किया—मात्र स्थानबद्ध राजबंदी (interned) के कल्पनार्थ उस सभा को इस बात का विस्मरण हो गया कि स्थानबद्ध लोग युद्ध के पश्चात् अपने आप मुक्त होनेवाले हैं। परंतु हमारे उन स्थानबद्ध बंदियों के दुःख से उस शोभायमान तथा मुक्तवास मंडप में सुखासीन बैठे जिन देशभक्तों की आँखें डबडबाईं, उन्होंने इस बात पर कभी गौर नहीं किया कि उस दुःख से कई गुना अधिक तीव्र सीमातीत दुःख सहते-सहते एक नहीं, दो नहीं, शताधिक लोग घुटते-मरते रहे हैं। उनकी मुक्ति अपने आप नहीं होगी, इसलिए इन प्रतिष्ठित एवं उत्तरदायी नेताओं द्वारा उनके संबंध में अधिक प्रयास होने चाहिए। प्रतिष्ठित और उत्तरदायी, यही तो एक रहस्य है। वे केवल स्थानबद्धों के विषय में बोलते हैं, क्योंकि वे जानते हैं, वह इतना धोखा देनेवाला नहीं है। परंतु अन्य राजबंदियों के संबंध में वे एक शब्द भी नहीं कहते, क्योंकि उस दृष्टि से उनके साहब के घर उनकी प्रतिष्ठा पर कालिख पोती जा सकती है। राष्ट्रीय सभा का प्रमुख कर्तव्य देश का बहुमत प्रदर्शित करना है, न कि उसमें स्थित मुट्ठी भर चाटुकारों का मत प्रदर्शित करना। फिर इतने सारे समाचार-पत्रों तथा प्रांतीय सभाओं की माँग के रहते कि 'राजबंदियों को मुक्त करो' इस राष्ट्रसभा के नेताओं में से कुछ नेताओं पर जब कारागृह में सड़ने का प्रसंग आ गया तब राष्ट्रसभा से उन्हें स्वयं यह अपेक्षित था कि राष्ट्रसभा तथा उन लोगों का, जिनके लिए वे लड़े और कारागार में बंद हो गए—कर्तव्य है कि वे उनके दुःख का नामनिर्देश करें। विशेषतः आयरिश, बोअर, ऑस्ट्रियन आदि लोगों ने अपने-अपने देश के राजबंदियों की मुक्ति का आंदोलन चलाकर उन्हें मुक्ति दिलाई थी और इसलिए यह एकदम अनुचित है कि राष्ट्रीय सभा जो अपने आपको 'राष्ट्रीय' कहलाती है—अपने भारतीय राजबंदियों के विषय में मुँह खोलने से डरे। अब राष्ट्रसभा को यह करने के लिए बाध्य करना ही होगा। यदि कुछ बुजुर्गों को ऐसा करते समय पसीना आता हो तो वे इस प्रस्ताव के समय सभा में उपस्थित न रहें। परंतु इसलिए कि इन इने-गिने प्रतिष्ठितों में साहस नहीं है, भला समस्त राष्ट्र इस आपराधिक मौन का पाप अपने सिर पर क्यों ले?

इस प्रकार का प्रस्ताव करते समय भी एक-दो बातों की सावधानी बरतनी होगी। राजबंदियों के विषय में पत्र लिखते समय कई बार उन सुविधाजनक शब्दों का प्रयोग इस संदिग्धता के साथ किया जाता है कि सरकार ही क्यों, अन्य लोग भी नहीं

समझें कि उसमें निश्चित किसका अंतर्भाव किया गया है। कभी उसका अर्थ स्थानबद्ध बंदी, तो कभी स्थानांतरित, तो कभी निर्वासित होता है, परंतु स्पष्ट उल्लेख के साथ राजनीतिक कार्य में दंडित सभी बंदियों का अंतर्भाव उस शब्द में कदाचित् ही किया जाता है। पिछली बार मैंने लिखा ही था कि वानरलॉ ने भी आयरिश राजबंदियों को मुक्त करते समय यह कहते हुए कि उन राजबंदियों को छोड़ा गया, जो व्यक्ति-विषयक अपराध के लिए दंडित नहीं किए गए थे, उनके प्रति भी विद्वेष का प्रदर्शन करने की धूर्तता की थी। अब ये सज्जन भलीभाँति जानते थे कि मताभिलाषी महिलाएँ (siffragists) इस तरह के व्यक्तिगत अपराध में दंडित हो गई थीं, परंतु युद्ध आंरभ होते ही उन्हें छोड़ दिया गया था, तो वानरलॉ के हाथ में 'व्यक्तिगत अपराध' शब्द ही ऐसी ढाल क्यों बने जो उनके असली उद्देश्य को ढक देती है? और दंडित शब्द से भारतीय नेता इतने डरते क्यों हैं? बोथा प्रधानमंत्री थे और रेमंड संसदीय (constitutional) पक्ष के अगुआ हैं, तथापि उन्होंने उन राजबंदियों को बरी किया, जो सरकार के विरोध में सशस्त्र विद्रोह कर रहे थे और जो उसके विपक्षी थे। पंरतु राष्ट्रीय सभा के नेताओं को तो प्रतिष्ठित विद्रोहियों का नामोच्चारण करने में डर लगता है। उन भिखारियों को, जो नगर-द्वार पर भीख माँगते हैं, नगराध्यक्ष तथा नगरसेठों से भी अधिक अपनी प्रतिष्ठा एवं उत्तरदायित्व का अहसास रहता है। इसलिए अगले प्रस्तावों और लेखों में—राजनीतिक बंदी शब्द की ऐसी व्याख्या हो कि उसमें क्रांतिकारियों सहित सारे राजबंदी सम्मिलित हों अर्थात् 'जो भी कोई—चाहे वह दंडित हो अथवा विचाराधीन (under trial) अथवा स्थानबद्ध—व्यक्तिगत आक्रमणार्थ अथवा सार्वत्रिक विद्रोहार्थ (वास्तव में मुझे इस भिन्नत्व शून्य प्रभेद का अर्थ ही ज्ञात नहीं है) अपराधी घोषित किया हो, वे सभी परंतु राजबंदी वही हैं जो विशुद्ध एवं निर्मल राजकीय उद्देश्य से प्रेरित होकर संघर्षरत हैं—इस शब्द की यही वास्तविक व्याख्या है। व्यक्तिगत शब्द और राजनीतिक शब्द में प्रमुख प्रभेद उस कृत्य से नहीं अपितु उस हेतु से होना चाहिए जो उस कृत्य के पीछे निहित है। उद्देश्य ही प्रमुख कसौटी होता है।

कोई भी कृत्य अपने आप राजनीतिक निश्चित नहीं होता, क्योंकि सशस्त्र विद्रोह भी यदि केवल किसी व्यक्ति की आजीविका के लिए हो तो वह राजनीतिक और सार्वजनिक सिद्ध नहीं होगा और उसे किसी भी सुधी गृहस्थ से सहानुभूति नहीं मिलेगी। वह मात्र एक बड़ा डाका ही होगा। यह बात अलग है कि उस व्यक्ति के उदरभरण का प्रश्न संघर्ष के चलते किसी एक सार्वजनिक अधिकार की रक्षार्थ आगे किया हो। ठगों में जो टोलियाँ मात्र स्वार्थी लूटपाट करती फिरती थीं, उनकी मुठभेड़ या लड़ाइयाँ, राजनीतिक अथवा सार्वजनिक स्वरूप की सिद्ध नहीं होतीं। राजनीतिक अधिकार प्राप्त करने के लिए संघर्षरत इंग्लैंड की महिलाओं में से उस महिला को भी सरकार ने

'राजनीतिक' नारी ही माना है जो अचानक प्रधानमंत्री पर कोड़े बरसाती है अथवा प्रत्यक्ष आग लगाने जाती है। यद्यपि उनके कृत्य व्यक्ति विशेष पर आघात करते हुए सार्वत्रिक अथवा प्रत्यक्ष युद्ध नहीं थे, तथापि उनके इस व्यक्तिगत संघर्ष का उद्‌देश्य प्रतिशोध अथवा स्वार्थ सिद्ध करना नहीं था बल्कि किसी सार्वजनिक कार्यार्थ, कल्याणार्थ प्रयत्नरत रहना ही था। हो सकता है, साधन अनुपयुक्त या दंडनीय अथवा पापकारी हो, या न भी हो। परंतु कृत्य की नैतिकता उस हेतु में होती है जो उस कृत्य की प्रेरक हो। वह हेतु यदि राष्ट्रीय हो तो वह कृत्य राजनीतिक ही सिद्ध होना चाहिए।

यह सारा विवरण मैं इसलिए इतना विस्तारपूर्वक दे रहा हूँ कि यदि आम माफी प्रदान की गई—यद्यपि राजबंदी को इस तरह आम माफी दिए जाने के विषय में मुझे कोई आशा नहीं है—तो भी इसकी स्पष्ट व्याख्या न होने से कि राजबंदी किसे कहा जाए, सरकार अन्याय का प्रभेद करते हुए यह प्रतिपादन करेगी कि राजबंदियों में से अनेक राजबंदी ही नहीं हैं, इसलिए आम माफी में उनकी गिनती न करने का अवसर मिलना संभव है। एतदर्थ सभी मुख्य लेखकों के दृष्टिपथ में अभी से यह बात लाओ और सभी राजबंदियों की मुक्ति का आंदोलन छेड़ो।

मैं इस संबंध में यह स्पष्ट रूप से सूचित करता रहा कि राष्ट्रीय सभा के विषय निर्वाचक मंडल में इस संबंध में कुछ चर्चा होती है या नहीं तथा अन्य सभाओं में कौन से प्रस्ताव पारित होते हैं। सभी राजबंदियों की मुक्ति की माँग होती है या नहीं या केवल कुछ स्थानबद्धों के ही विषय में होती है।

क. दूसरी बात, एक सार्वजनिक बृहत् आवेदन-पत्र सरकार को भेजने के विषय में—(इस प्रकार का आवेदन सहस्रों हस्ताक्षरों के साथ सरकार को किस प्रकार भेजा जाए और राजबंदियों की मुक्ति के आंदोलनार्थ किस नीति तथा उपायों का अवलंबन किया जाए—इससे संबंधित सूचना मैंने अपने राजबंदी मित्रों द्वारा, जो यहाँ से बरी होकर गए थे—अपने बंधु को दी थी।) यह योजना कार्यान्वित होनी ही चाहिए। हो सकता है, आपने यह योजना इसलिए स्थगित की हो कि युद्ध के पश्चात् इस तरह का आवेदन भेजना अधिक परिणामकारक होगा।

ख. तीसरी बात, स्थान-स्थान पर एक के पीछे एक राजबंदियों को मुक्त करने के लिए सभाओं का आयोजन करना—यह योजना केवल एक वर्ष के लिए ही नहीं, अपितु ऐसी सभाओं का चक्र सतत वर्षों के पीछे वर्ष चलता ही रहना चाहिए।

ग. कुल मिलाकर राष्ट्रीय सभा, प्रांतीय परिषद् सरकार को बड़े-बड़े सार्वजनिक आवेदन तथा राजबंदी के परिवार की ओर से व्यक्तिगत आवेदन और

समाचार-पत्रों में सतत लेख, वाइसरीगल विधानसभा और प्रांतिक विधानसभा (councils) से लेकर ठेठ पार्लियामेंट तक प्रश्नोत्तरी का धूम-धड़ाका जैसी विविध रीतियों से राजबंदियों के प्रश्नों का आंदोलन ऐसी जीवटता के साथ चलाओ कि वह प्रश्न राजनीति का एक प्रमुख अंग होकर रहे और हर बार इस बात को स्पष्ट रूप से व्याख्यायित किया जाए कि वह प्रत्येक बंदी 'राजबंदी' कहलाने योग्य है, जो क्रांतिकारी दंडित के साथ भी राजनीतिक उद्देश्य से आक्षेपभूत कृत्य से प्रेरित हो गया है।

मैं खुले मन से कह देता हूँ कि इस सारी चर्चा में मैंने प्रत्यक्ष परिणाम से अधिक इन सारे प्रयासों के आनुषंगिक नैतिक परिणामों की ओर ही अधिक गौर किया है। मैंने सरकार को स्पष्ट शब्दों में सूचित किया है कि 'राजबंदियों की मुक्ति का प्रश्न अपरिहार्य रूप से उन प्रश्नों से जुड़ा है जो हिंदुस्थान को विकासशील एवं वास्तविक नियंत्रित शासन संस्था का अधिकार प्रदान करते हैं।' अतः यह स्पष्ट है कि साधारण मुक्ति की संभावना, जो इस प्रकार की आम माफी से होगी, आजकल तो अपेक्षित नहीं है। इस प्रकार, यद्यपि प्रत्येक मुक्ति संभवनीय नहीं है, तथापि जैसाकि मैंने ऊपर कहा है, मुक्ति से संबंधित प्रयासों का कम-से-कम एक फल तो गाँठ में बाँधना अवश्य संभव होगा—वह है उन प्रयासों का नैतिक परिणाम, जो राष्ट्र पर होगा। जो हुतात्मा जवान तथा वीर अपने राष्ट्रीय युद्ध में खेत रहे, उनका स्मरण राष्ट्र को उत्कटता से हो और उनके कष्टों एवं हेतु के प्रति सहानुभूति एवं आस्था व्यक्त करनेवाले इन प्रयासों से राष्ट्र में उस युद्ध में अंतिम विजय तक संघर्षरत रहने के उत्साह का संचार हो। उन सैनिकों का, जिन्हें रणभूमि में वीरगति प्राप्त हो चुकी है, कृतज्ञतापूर्वक स्मरण करना, नवीन सैनिकों की भरती करने का अत्यंत परिणामकारक साधन होता है, ऐसी अवस्था में बरी होने से क्या लाभ?

मुक्ति से भी क्या लाभ

जैसाकि ऊपर उल्लेख किया गया है, मैंने शासन संस्था के सुधार विषयक अपने विचार सूचित करने के लिए मांटेग्यू तथा गवर्नर जनरल को आजकल जो निवेदन भेजा है, उसके प्रमुख विधेय इस तरह थे कि यदि उनके कहने के अनुसार सत्य ही हिंदुस्थान में कोई उत्तरदायी शासन संस्था प्रस्थापित करने का उनका विचार हो, तो फिर हम राजबंदियों को बंदीशाला में बंद रखने का कोई कारण नहीं। दूसरी बात यह है कि यदि शासन संस्था में ऐसे सुधार हों जो उत्तरदायी सत्ता प्रदायक हों और राजबंदियों की मुक्ति नहीं की जाए तो यह बहुत दुष्कर है कि वह सरकार, जिसने लोगों का विश्वास खोया है, केवल उन सुधारों द्वारा अथवा सरकारी मनःशुद्धि को भाषणों द्वारा ही पुनः प्राप्त कर पाए। केवल देसी स्वराज्य से लोगों के घरबारों में अपने इष्टजनों के वियोग से फैले

असंतोष का समूल निर्मूलन नहीं होगा। उस देश में शांति एवं संतोष का वास हो ही कैसे सकता है, जिसमें भाई से भाई छीन लिया गया है, शताधिक, सहस्राधिक देशभक्त कारागृह की कोठरियों में लोहे के पिंजरों में सड़ रहे हैं अथवा देश की सीमा पार निर्जनवास में दर-दर की ठोकरें खाते हुए भटक रहे हैं और हर दूसरे परिवार से किसी पुत्र, भाई अथवा सखा मित्र या पिता को छीन लिये जाने से वह बिछोह की मरुभूमि में आकुलित होकर जल रहा है।

परंतु विपरीत पक्ष में इस बात पर भी गौर करना चाहिए कि राजबंदियों को केवल बरी करने के साथ-साथ यदि कोई महत्त्वपूर्ण शासन सुधार नहीं किए और दायित्वपूर्ण सत्ता राष्ट्र को नहीं दी गई, तो तपेदिक की वह बीमारी और राजबंदियों की मुक्ति वैसे ही विफल होगी। मेरी अपनी मुक्ति के मार्ग में यह सत्य आड़े आएगा, यह जानते हुए भी ईमानदारी के साथ स्थिति को स्पष्ट कर दिया है, क्योंकि बरी होकर उस देश में जाकर भी हमारा जीवन सुसह्य कैसे होगा, यदि प्रगति, विकास के हर रास्ते पर 'अतिक्रमणकारियों पर अभियोग चलाया जाएगा' तख्ती टँगी हो। जहाँ प्रत्येक अगला पग उठाने पर स्वाभिमान और अपनी धर्मबुद्धि पर चोट पड़ती हो, वहाँ संकट में पड़े बिना चलना कैसे संभव होगा? अतः देसी स्वराज्य तथा राजबंदियों की मुक्ति को विभक्त करना असंभव है। एक को सफल होना है तो दूसरे के साथ ही उसकी योजना होनी चाहिए। मैंने यह भी स्पष्ट शब्दों में बताया था कि राजबंदियों की मुक्ति होने पर भी मुझे बरी नहीं किया गया, तो भी मैं असंतुष्ट नहीं रहूँगा। इसके विपरीत, यदि मुझे मुक्त करने से राजबंदियों को साधारणतः क्षमा नहीं किया जा सकता है तो मुझे इसी में हार्दिक प्रसन्नता होगी कि मुझे बरी न करते हुए उन सैकड़ों लोगों को, जिन्हें मुक्त करना संभव है, सरकार मुक्त करे। यदि मेरे कथनानुसार सरकार इस तरह दायित्वपूर्ण शासनाधिकार अर्थात् कम-से-कम उच्च विधिमंडल में ऐसा परिणामकारी बहुमत दे, जिसपर किसी राज्य-समिति (Council of State) का पत्थर प्रत्येक वर में अभिशाप घोलने के लिए प्रस्थापित न किया गया हो, ऐसे लोकपक्षीय प्रतिनिधियों को बहुमत दे रही हो और उस अधिकार-दान के साथ ही अशेष राजबंदियों के अमेरिका आदि स्थानों पर अटके हुए हमारे निर्वासितों के साथ सभी राजदंडितों को बरी करवाने की उदारता का प्रदर्शन कर रही हो, तो कम-से-कम मैं और मेरे जैसे अन्य कई बंदी इस तरह के संविधान को ईमानदारी के साथ स्वीकार करेंगे। यदि हमारे लोगों को अपने प्रतिनिधि के रूप में हमें चुनना उचित प्रतीत हुआ तो जिन्होंने आज तक हमारे विषय में केवल विद्वेष ही धारण किया और अपने कार्य एवं नीतियों से हमारे मन में मात्र तिरस्कार ही उत्पन्न किया है, उन्हीं विधानमंडलों का अपने जीवन के परम ध्येयार्थ कमर कसकर सामना करेंगे। मैंने यह प्रस्ताव सरकार के मन में उत्पन्न आशंका को ध्यान में रखकर सोद्देश्य

किया था, क्योंकि मांटेग्यू साहब के लेख में लगभग स्पष्ट रूप से इस तरह का सूचक प्रश्न किया गया है कि क्या क्रांतिकारी इन सुधारों को स्वीकार करेंगे? मांटेग्यू साहब के इस तरह की आशा प्रदर्शित करते हुए कि ये सुधार अपने ध्येय एवं महत्त्वाकांक्षा की पूर्ति के लिए अनुकूल हैं, अतः क्रांतिकारी अपने पूर्ववर्ती भयंकर मार्ग का परित्याग करते हुए शांति एवं उपयोगिता के मार्ग पर आएँगे, इस विधान के उत्तरस्वरूप हम यह स्पष्ट करते हैं कि क्या मात्र मानोरंजनार्थ कोई आग की लपटों या संकट के जबड़ों में प्रवेश करता है? यह किंचित् संभव है। और यह तो उससे भी अधिक संभव है कि जो सच्चा देशभक्त है और जो भूतदया से प्रेरित हो गया है, वह रक्तपात, आघात-प्रत्याघातों की अपरिहार्यता से क्रूर बनी राज्यक्रांति में तब रँग जाता है जब उसके लिए ऐसा कोई वैध मार्ग, जो अधिक लाभदायक, अधिक चिरपरिणामी, अधिक सुलभ, अधिक संघर्षशून्य प्रगति का कोई ऐसा वैध (constitutional) मार्ग न खुला हो और उसपर चलना असंभव हो। अर्थात् जब राज्य घटना ही नहीं, विधान ही नहीं, तब वैध प्रयासों की बातें करना मात्र मजाक ही है। परंतु जब इंग्लैंड में अथवा अमेरिका में रूढ़ किसी शासन संस्था की तरह कोई विधि नियंत्रित प्रगति पर संविधान अस्तित्व में होता है, तब उसके संबंध में 'राज्यक्रांति एक शीतल पथ है, जिसपर गुलाब जल छिड़का है,' इस तरह की बातें करना उससे भी अधिक निर्मम मजाक ही नहीं, बल्कि एक अपराध है।

ऐसा ही अर्थपरक एवं विधेयपरक और इसी भाषा में लिखा आवेदन मैंने मांटेग्यू साहब को भेजा है।

नाममात्र की द्वितीय श्रेणी

तुमने पिछले पत्र में पूछा था कि मुझे 'द्वितीय श्रेणी'* में प्रोन्नति मिल गई तो क्या-क्या सुविधाएँ प्राप्त हो गईं। जेल से बाहर जाने की? नहीं। लेखन सामग्री रखने की? नहीं। बंधु के साथ रहने की? नहीं। अपरिहार्य और कठोर परिश्रम से मुक्ति? नहीं। वॉर्डर होने की अथवा कोठरी में बंद न होने की? नहीं। मुझे अधिक अच्छा तथा आदरयुक्त व्यवहार प्राप्त होने की? नहीं। अधिक पत्र भेजने की? नहीं। घर से भेंट प्राप्त करने की? ना जी, ना। अन्य लोग इसका पाँच वर्षों के पश्चात् ही उपभोग कर सकते हैं, मैं आज कारावास के आठवें वर्ष में हूँ, परंतु अभी तक इनमें से एक भी सुविधा मुझे प्राप्त नहीं है। तो फिर तुम कहोगे, 'भई बताइए, आपकी द्वितीय श्रेणी में तरक्की होने का भला क्या लाभ हुआ?' तो महाशय, यही वह महान्, महत्त्वपूर्ण लाभ

* अंदमान में पाँच वर्षों के पश्चात् दूसरी श्रेणी में बढ़ोतरी मिलने पर बंदी को अधिक सुविधाएँ प्राप्त होती हैं। दस वर्षों के पश्चात् प्रथम श्रेणी में बढ़ोतरी मिलने पर वह स्वतंत्र 'टिकट' निकालकर अपने परिवार के साथ रह सकता है। सावरकर को १२ नवंबर, १९१६ के दिन द्वितीय श्रेणी दी गई।

हुआ कि तरक्की हो गई। समझे श्रीमान डॉक्टर बाबू?

यह बात हुई कारागारीय बाह्य सुविधाओं की। यह सब तब तक ही सह्य था जब तक मेरा शारीरिक स्वास्थ्य ठीक था। परंतु इस वर्ष मेरे भाग में वह भी दुस्सह आपत्ति आ पड़ी है, क्योंकि मेरा स्वास्थ्य तेजी से गिर रहा है। तुम जानते ही हो, मैं सहसा इस तरह नहीं लिखूँगा। परंतु अब ऐसा लिखना मैं अपना कर्तव्य समझता हूँ। मैं दावे के साथ कह सकता हूँ कि दुर्भाग्य के कितने भी कठोर आघात हों, गीता का साधक तथा मेरा बंधु सहसा डाँवाँडोल नहीं होगा। बाल, प्रतिवर्ष एक दिन तो इस कारागार में निर्मल आनंददायी प्रतीत होता है, वह दिन है घर में तुम लोगों को वार्षिक पत्र भेजने का। परंतु यद्यपि आज तुम्हें पत्र लिखते समय पूर्ववत् उन सारे प्रिय दृश्यों की तथा स्नेहमय मूर्ति की कृतज्ञ स्मृति जाग्रत् होकर मन प्रफुल्ल हो रहा है, तथापि इस तरह के पत्र लिखते समय शरीर पर पड़ते उस सुखद तनाव को झेलने की शक्ति भी शेष न रहने से मन उसका पूर्ण आनंद नहीं ले पा रहा है। गत मार्च में मेरा वजन ११९ पौंड था। इस वर्ष ९८ पौंड रह गया है। आमाशय का विकार यथासमय वैद्यकीय उपचार तथा व्यवस्था न किए जाने के कारण हद से अधिक बढ़ चुका है। देह अब अस्थि-पंजर बन गई है। आठ वर्ष मैंने यह बंदीवास का बोझ ढोया है। अनेक विपदाओं ने, जो तुम्हारे लिए अज्ञात थीं, बहुत हाथ-पाँव मारे और भय, धमकी भरे, वक्रतापूर्ण अपशब्दों, आँसुओं तथा उसाँसों के उदास एवं दुःखी कर देनेवाले उस वातावरण में ऐसा प्रतीत होता कि कहीं अपनी उदात्त मनोवृत्तियों की इतिश्री तो नहीं हो रही? परंतु ईश्वर ने आज तक मुझे इस स्थिति में भी अटल, अडिग सीना तानकर खड़े रहने की शक्ति प्रदान की है और मैं उन परिस्थितियों से दो-दो हाथ कर सका। परंतु अब देह द्वारा झेले हुए कष्ट हद से अधिक बढ़ रहे हैं और दिन-ब-दिन देह सूखकर काँटा हो रही है। आजकल स्वास्थ्य पर्यवेक्षक (Medical Superintendent) अधिकारी मेरे स्वास्थ्य की ओर कुछ ध्यान दे रहे हैं। यद्यपि अब भी मुझे 'कर्तव्य' अर्थात् कारागारीय काम ही करना पड़ रहा है, तथापि आजकल मुझे ढंग से पकाया चावल तथा दूध मिलने लगा है। मुझे जो आशंका हो रही है वह यह कि दिन-प्रतिदिन बढ़ती यह दुर्बलता कहीं मुझे अंदमानी कारागार स्थित उस चिरपरिचित साथी की तरह तपेदिक के हाथ तो नहीं सौंप देगी? बस, एक ही बात से उस आशंका का समाधान होगा और वह है परिवर्तन, फेरबदल। परंतु कारागारीय पारिभाषिकी का परिवर्तन नहीं, क्योंकि उस परिभाषा में परिवर्तन का अर्थ है, उससे भी अधिक कष्टकर अवस्था, बल्कि परिवर्तन—सुखकर परिवर्तन—अर्थात् किसी हिंदुस्थानी बंदीशाला में किंचित् स्वास्थ्यप्रद जलवायु के स्थान पर भेजा जाना, क्योंकि एकरसता से जीवन ऊब गया है। किंतु तुम चिंतित नहीं होना। यह स्थिति कष्टप्रद तो है, पर निर्णायक नहीं, क्योंकि बंदीशाला की जीवट-वृत्ति विलक्षण होती है। वह अपने भक्ष्य की बोटी-

बोटी नोंच लेती है, पर जान से नहीं मारती। व्यथा प्रदान करती है, पर हत्या नहीं करती। सत्त्वहीन बनाती है, पर ना नहीं करती। राख करती है पर रखती भी है, धुकधुकी रखती है। और ऐसे बंदियों के उदाहरण दुर्लभ नहीं हैं जो जीवन की अत्यल्प संभावना होते हुए भी अस्सी बरसों तक उसे घसीट रहे हैं। अतः शरीर भले कितना ही दुर्बल क्यों न हो, तथापि यह भय तुम्हें आज भी नहीं होना चाहिए कि प्राणों को कुछ हानि होगी। हाँ, यदि बीच में कुछ अप्रत्याशित विपदा न खड़ी हो तो।

पुनः यह सबकुछ बस शरीर तक ही है। यद्यपि जलती चिता में संबद्ध होते, अग्नि की हँसी उड़ानेवाली वाचा-वीरता का प्रयास करना उपहासास्पद है, तथापि मैं इतना ही कह सकता हूँ कि आत्मा अब भी इस कंपित एवं विचलित देह को अपने हाथों में रखने में समर्थ है। इससे भी कष्टतर एवं दीर्घकालीन कठिनाइयों से टकराने के लिए तैयार है। न केवल चुपचाप, बल्कि निश्छलतापूर्वक तथा निर्भीकता के साथ सबकुछ सहने के लिए तैयार। हमारे ज्येष्ठ बंधु का स्वास्थ्य मुझसे अच्छा है, तथापि आधासीसी के कारण उनका भी वजन घटकर १०६ पौंड पर आ गया है।

अंदमानीय पत्रों का सर्वत्र प्रचार

इन कुछ परिच्छेदों से, जो मैंने सन् १९१८ के अगस्त में सरकारी सम्मति से ही भेजे गए, अपने कारागृहीय पत्रों से उद्धृत किए गए हैं, यह ज्ञान होगा कि किस प्रकार मैं सभी राजबंदियों की मुक्ति के लिए प्रयत्नशील था और मेरी तात्कालिक भावनाएँ तथा अवस्था कैसी थी। मेरे अनुज ने उपरिलिखित पत्र की शताधिक प्रतियाँ राष्ट्रीय सभा के सभी प्रतिनिधियों को बाँटीं, जो उस वर्ष एकत्रित हुए। उसके कुछ भाग 'अमृत बाजार पत्रिका', 'बंगाली' और अन्य अंग्रेजी दैनिकों में तथा अनेक प्रादेशिक भाषाओं के समाचारपत्र-पत्रिकाओं में प्रकाशित हुए। मेरी स्वास्थ्य विषयक चिंता से लोगों में प्रचंड सहानुभूति का वेग उमड़ आया, जिससे राजबंदियों की कष्टप्रद अवस्था की ओर तीव्रतापूर्वक सार्वजनिक ध्यान आकर्षित हुआ। मेरे बंधु और मैंने इन और अन्य सरकारी तथा अंतःस्थ पत्रों द्वारा आयोजित कार्यक्रमों के अनुसार सतत आंदोलन जारी रखा। लोगों के मन में गुप्त रूप में बसी हुई राजबंदी वर्ग से भक्ति और प्रीति अब धीरे-धीरे निर्भीकतापूर्वक प्रकट रूप में व्यक्त होने लगी है। दो-चार मित्रों की बातों में आकर मैं यदि हड़ताल में काम करना छोड़ देता तो इस अवसर पर यह पत्र सरकारी रीति के अनुसार भेजना असंभव था। परंतु इस पत्र की वस्तुस्थिति सरकारी अधिकारियों की अनुमति से ही अपने भाई को सूचित करना संभव होने से उसे सत्य समझना तथा उसके आधार पर राजबंदियों पर हो रहे दारुण अत्याचारों की कड़ी अलोचना करना उन नेताओं तथा पत्रों को भी संभव हुआ, जो अज्ञात अथवा अंतःस्थ पत्रों की जानकारी पर

निर्भर रहने से डरते थे। बाद में हमें ज्ञात हुआ कि इस पत्र की प्रति पढ़ते ही कई नेताओं की आँखों से टप-टप आँसू झरने लगे। 'अमृत बाजार पत्रिका' में 'Outrageous treatment of a political prisoner' शीर्षक से छपा मेरे पत्र पर आधारित लेख कारागार में हमारे प्रच्छन्न स्नेही ने हमें गुपचुप भेजा था।

सरकार के माध्यम से वह पत्र वहाँ जाने से उसके विधेय को विशेष महत्त्व प्राप्त हुआ था, तथापि उस पत्र में सरकारी प्रतिबंध के अनुरूप कारागारीय हड़ताल और अन्य छिटपुट घटनाओं की जानकारी नहीं दी जा सकी थी। यह कमी पूरी करने के लिए अंत:स्थ पत्र भेजना अनिवार्य ही था। अत: प्रथमत: एक पत्र लिखकर उसकी टाइपराइटर द्वारा अनेक प्रतियाँ निकालकर उन्हें श्री मदन मोहन मालवीय, डॉ. ऐनी बेसेंट आदि प्रमुख नेताओं तक तथा विधानसभा के सदस्यों को हर जहाज द्वारा दो-दो, चार-चार करके भेजा गया। वे कुछ पहुँचतीं तो कुछ खो भी जातीं। इसके पश्चात् एक सज्जन, दुर्भाग्यवश जिनका हाल ही में स्वर्गवास होने के कारण उनका नामनिर्देश करने में कोई आपत्ति नहीं, वे डॉ. दामोदर हिंदुस्थान आते समय अपनी आँखों देखी सारी जानकारी लिखकर अंदमान से स्वदेश ले आए। न्यू इंडिया और अन्य एक-दो पत्रिकाओं में अंदमान के राजबंदियों से संबंधित उनके लेख पहले ही अनामिक रूप में प्रसिद्ध हो गए थे। अत: उनपर पहले ही अंदमान में सभी अधिकारियों की नजर थी। वे स्वतंत्र प्रवृत्ति के थे। हमारी संस्था के, जिसका पीछे उल्लेख किया है, वे सदस्य थे और उन लोगों में से थे, जिन्होंने निरपेक्ष भाव से राजबंदियों की सहायता की। कई लोगों को आश्चर्य होगा कि वे मद्रास के अछूतों में से एक थे। उनके समान सुंदर, प्रतिष्ठित, स्वाभिमानी, साहसी तथा स्वतंत्र प्रवृत्ति के पुरुष को देखकर तत्काल यही बात मन को चुभती कि इस तरह कितने ही कर्तृत्वशाली पुरुषों के कर्तृत्व हिंदू समाज अपनी अस्पृश्यता के अभिशाप तथा छाप से कुंठित करके समाप्त करते हुए अपने राष्ट्र की शक्ति क्षीण की है। डॉ. दामोदर जैसे कर्तृत्वशाली देशभक्तों को देखकर तुरंत ज्ञात होता है कि स्पृश्य वर्ण दाँतों तले अंगुली दबा लेगा। उनके उच्च अधिकारी भी उनसे दबकर रहते। उनके विरुद्ध शिकायतें आती रहतीं कि राह में चलते वे किसी ऐरे-गैरे गोरे व्यक्ति को राम-राम नहीं करते। दुर्भाग्यवश ये सज्जन हिंदुस्थान में आते ही भरे यौवन में एंफ्लुएंजा का शिकार बन गए, तथापि उन्होंने पहले वह कार्य पूरा कर दिया था जो हमने उनको सौंपा था।

हमारे राजबंदी मित्रों एवं प्रमुख सहकर्मियों में से एक सज्जन ने भानसिंह की मारपीट के साथ-साथ हड़ताल की सारी घटनाओं तक, बंदियों पर हो रहे अत्याचारों से परिपूर्ण एक पत्र लिखकर तैयार किया था। उसे उसने हमें दिखाया और हमने जान-बूझकर केवल अपने से संबंधित यातनाओं का उल्लेख काटकर एक बंदी के हाथ उसे हिंदुस्थान भेज दिया। वह बंदी हमारी संस्था में शपथबद्ध हुआ था और अत्यंत विश्वस्त

था। वह अपना दस-बारह बरसों की सजा काटकर बरी हो रहा था। उसने अपनी तलाशी होने के बावजूद बड़ी कुशलता से उस पत्र को सँभालकर हिंदुस्थान में निश्चित पते पर रवाना किया। पत्र पहुँचने पर भी उस आधार पर प्रकाशित करने में समाचार-पत्र हिचकिचाने लगे। परंतु डॉ. दामोदर ने हिंदुस्थान पहुँचते ही नेताओं से भेंट कर व्यक्तिगत दायित्व पर उनके गले उतारा कि उस पत्र में भयानक दिखाई देनेवाली घटनाएँ नितांत सत्य हैं। वह पत्र 'बंगाली' में और मेरे अनुमान से 'न्यू इंडिया' में भी पूरा-का-पूरा प्रकाशित हो गया। तब स्वदेश में राजबंदियों पर हो रहे अत्याचारों पर हो-हल्ला हुआ, जिससे अंदमान का प्रश्न सभी देशप्रेमियों की आँख की किरकिरी बन गया। उस पत्र के प्रकाशित होते ही और स्वदेश में जागृति होने पर हिंदुस्थान सरकार से भी पूछताछ की गई और यथापूर्व अंदमान के अधिकारियों में भारी खलबली मच गई।

इधर धैर्यपूर्वक हड़ताल जारी ही थी। जो हड़ताल में सम्मिलित थे और जो हट्टे-कट्टे बंदी थे, उन्हें प्रतिदिन प्राप्त होनेवाला भरपूर भोजन भी अपर्याप्त होता था, पर अब उन्हें दंडस्वरूप उस भोजन से भी कम मात्रा में भोजन मिलने लगा। उसकी आपूर्ति करने के लिए हमारे सहायक बंदी लोग, वॉर्डर तथा पेटी अफसर भी अंत:स्थ रीति से कारागार के नारियल के बड़े कारखाने से थालियाँ भर-भरके नारियल के टुकड़े उन हड़तालियों की कोठरियों में पहुँचाते। प्रति दो-तीन दिनों के पश्चात् एकाध दैनिक अथवा साप्ताहिक पत्र हमें अंत:स्थ रीति से प्राप्त होता। वह भी बड़ी मनोरंजक घटना होती। प्रथम वह समाचार-पत्र कारागृह के द्वार के भीतर किसी नाली से अथवा किसी के कोट पर सिलाया जाता अथवा कूड़ागाड़ी की किसी फट्टी के नीचे दबकर या किसी साहसी व्यक्ति की जेब में खुलेआम घुसता हुआ प्रवेश करता। उसके पश्चात् अवसर मिलते ही वह हमारी इमारत में आ जाता। पत्रवाहक इधर-उधर सर्वथा काम में व्यस्त होकर चक्कर काटता रहता। यह देखने पर कि सरकारी काम वह इतनी ईमानदारी के साथ पाँव तोड़कर कर रहा है, हमारे लोग भाँप लेते कि कदाचित् डाक आ गई है। फिर वे उसके मार्ग पर उस इमारत की सलाखों के पास गुपचुप खड़े रहते। हम हड़ताल में न होने के कारण कोठरी-बंद नहीं थे, परंतु इसका अर्थ यह नहीं कि हमें खुला छोड़ा गया था। हम इमारत की कोठरी के आगे बरामदे में बंद थे। हम उन सलाखों के पास यूँ ही खड़े रहते। पहचान होते ही किसी सुविधाजनक स्थान पर सलाखों से वह बंदी, जो गोले की टोकरियाँ लेकर शीघ्रतापूर्वक चक्कर काटता होता अथवा 'चलो काम करो, बैठे हैं निगोड़े' कहता हुआ बंदियों पर रोब जमाता हुआ अपने काम में व्यस्त होता, झट से सलाखों के अंदर पत्र डाल देता।

पत्र मिलते ही हम दो-तीन हों तो उसके तीन छोटे टुकड़े करते, क्योंकि कोई आ जाय तो इतना लंबा पत्र छिपाना कठिन था। फिर उस पत्र के टुकड़े दीये के पीछे, किसी

छेद में दीवार में जहाँ साध्य हो, उधर छिपाते हुए एक-एक टुकड़ा निकालकर पढ़ते जैसे कोई चौपाया समय मिलते ही आधा कच्चा निगला हुआ चारा उगलकर पुनः धीरे-धीरे जुगाली करता है। जब एक पढ़ने लगता तब दूसरा पहरा देता। इसके पश्चात् पंक्तियाँ पढ़ने पर तुरंत उतना ही टुकड़ा फाड़कर उसे गिंज-मसलकर उस वृत्त पठन कार्य का अंतिम पत्र 'विनाश खाता विभाग' के अधिकारी तक जाता और वह तुरंत सारा झमेला पानी में घोलकर पुनः उसका लोंदा बनाकर फेंक देता। क्योंकि वैसे ही फेंक दे और उस पत्र के नाम का ही टुकड़ा किसी के हाथ लग जाए तो एक घंटे के अंदर-अंदर पत्र पानेवाले स्वामी का पता लग जाता, क्योंकि पोर्ट ब्लेअर में पत्र पानेवाले लोग इने-गिने ही थे, जिन्हें दर्ज किया जाता था। अर्थात् चारों ओर से हाहाकार मचता। इस तरह से वह पत्र पढ़कर उसमें प्राप्त जानकारी संक्षेप में लिखकर एक कारागारीय चिट्ठी का समाचार-पत्र सिद्ध होता। फिर उस दिन संध्या होने तक वह एक इमारत से दूसरी इमारत में घूमता रहता। कोठरी में किसी ने पत्र दिया तो वॉर्डर के फेरे लगाते समय उस उजाले में व्यथा झेलते हुए पढ़ते। एक-दो बार उसी समय अधिकारी के आने की बारी आ जाने से वह ताला खोलकर इमारत में प्रवेश करता और कागज चबाकर निगल जाता। कोठरी बंद लोग इस कारागारीय चिट्ठी के समाचार-पत्र की प्रतीक्षा में रहते। उस पर वे युद्ध के दिन थे। हर कोई समाचार देता। जो शिक्षित होते, वे समाचार पर ही संतुष्ट न रहते हुए पत्र की चार पंक्तियाँ ही सही, परंतु छपा हुआ टुकड़ा माँगते। परंतु इस तरह के महत्त्वपूर्ण टुकड़े छोटी गेंदुरी बनाकर नारियल के कूड़े में खोंसकर प्रत्येक इमारत में भेजने पड़ते। हड़ताल के कारण अधिकारियों के कड़े बंदोबस्त के बावजूद और काले लोगों पर विश्वास कम होने से हर इमारत में गोरे सैनिकों के पहरे के बावजूद इस प्रकार युद्ध की वार्त्ताएँ प्रतिदिन सभी को पहुँचाने की व्यवस्था थी। परिचय होते-होते उन गोरे सैनिकों में से कुछ इतने मिलनसार तथा सहानुभूतिप्रवण निकले कि हमें शपथपूर्वक कहने का साहस नहीं होता कि उन्होंने भी समाचार नहीं दिए अथवा समाचार-पत्र नहीं दिखाए। फिर उनका भी तबादला किया जाता। पुनः वही क्रम, क्योंकि मनुष्य स्वभाव ही कुछ ऐसा है।

गिड़गिड़ाने में भी निपुण

इतने सारे गड़बड़झाले में कभी-कभी पत्र अथवा पत्रवाहक या पत्र-पाठक पकड़ा भी जाता। फिर उसको अपना मुख देखने लायक बनाना पड़ता। दादा, बाबा, जमादार साब—इस तरह इन गधों को भी बाप बनाकर ठेठ बारी तक गिड़गिड़ाते हुए उस पत्रवाहक बंदी को छुड़ाने का प्रयास करना पड़ता। दो-चार बार बारी ने द्रवित होकर पत्र छोड़ दिए थे। यह बात बारी के प्रति कृतज्ञता प्रदर्शित करने के लिए जिस तरह कहना उचित है, उसी तरह यह सिद्ध करने के लिए भी कि गिड़गिड़ाने की कला

में हम कितने निपुण हो गए थे, यह बताना भी उतना ही उचित है। अच्छा, इतने पर अभियोग चलाया ही गया तो 'चलता है।' एक बार इसी तरह एक पत्र पकड़ा गया और हमें हथकड़ी में सात* दिनों तक लटकना पड़ा। उस समय बारी आया और हथकड़ियाँ दिखाकर उसने व्यंग्य कसा, "ये क्या है?" हमने कहा, "यह पोस्टेज है।" उसने कहा, "तनिक महँगा पड़ा न?" हमने कहा, "जी नहीं। एकदम सस्ता। आपको समाचार-पत्र लेना हो तो शुल्क देना पड़ता है और उसके साथ पोस्टेज भी। हमें कारागार में निःशुल्क समाचार-पत्र मिलते हैं। बस, कभी-कभी इस तरह आठ दिन हथकड़ियों का पोस्टेज देना पड़ता है। यही है डाक व्यय। पुनः छह महीनों तक निःशुल्क पत्र।"

उन राजबंदियों का, जो हथकड़ियों, बेड़ियों की मार के नीचे छह-छह महीनों तक कोठरी-बंद हुए थे, स्वास्थ्य हद से अधिक गिर गया था। एक-दो में तो तपेदिक के लक्षण स्पष्ट दृष्टिगोचर होने लगे। अंदमान में प्रायः लोग तपेदिक के ही शिकार बनते। उन सुदृढ़, स्वस्थ, दीर्घकाय किसान एवं श्रमजीवी सरदारों में भी तपेदिक के शिकार होने की आशंका दिखाई देने लगी। एक-दो जनों ने तो कोठरी-बंदी को असहनीय जानकर यह सूचित किया कि मस्तिष्क का संतुलन बिगड़ने के आसार दिखाई देने लगे हैं, परंतु प्रथम छह महीनों के पश्चात् भी 'आगे हड़ताल जारी रखने की' उनकी जीवट वृत्ति वैसी ही स्थिर थी। फिर भी हमने अपनी नीति के अनुसार अपना निश्चय बताया कि हड़ताल जैसे तात्कालिक आंदोलन में ऐसे श्रेष्ठ देशभक्तों को बलि नहीं चढ़ाया जा सकता। हमने कहा कि हड़ताल जारी रखनी ही है तो वे नए बंदी, जिन्हें पहले हड़ताल में सम्मिलित नहीं किया गया था, काम छोड़कर कोठरी में जाएँ और जो थके-माँदे हैं और जिनके स्वास्थ्य में गड़बड़ की आशंका स्पष्ट दिखाई देने लगी थी, वे कोठरी से बाहर आकर अधिकारियों द्वारा दिए गए हलके-फुलके काम करें और तनिक विश्राम करें। काफी चर्चा तथा विरोध के पश्चात् अंत में वे दृढ़प्रतिज्ञ लोग हड़ताल छोड़ने के लिए तैयार हो गए और उसके अनुसार सभी ने पुनः काम करना आरंभ किया। पीछे कहा ही है कि छह महीनों के पश्चात् उस राजपूत युवक ने तभी अन्न ग्रहण किया।

हड़ताल समाप्ति के पश्चात् अधिकारियों को राहत मिल गई। इस नित्य नियमित हड़ताल के कारण कारागृह में अब अधिकारियों का इतना दबदबा नहीं रहा जितना पहले था। पर्यवेक्षक अथवा बारी के आने पर भी ये राजबंदी प्रत्येक इमारत में बैठे ही रहते, हथकड़ियाँ लगवाकर खड़ा करवाया जाए तो वह बलपूर्वक किया हुआ सम्मान अधिकारियों को ही अपमान से अधिक क्लेशदायी प्रतीत होता। इसके अतिरिक्त इस तरह से, और विशेषतः इस अंतिम हड़ताल से कारागृहीय व्यवस्था को आर्थिक चोट भी पहुँचती थी। इसके अतिरिक्त देश में मची खलबली, हिंदुस्थान सरकार से होनेवाले

* ८ जून, १९१४ से १५ जून, १९१४ तक।

प्रश्न-प्रतिप्रश्नों के उत्तर देते रहने तथा प्रसंगोपात्त भय के कारण अधिकारी हड़ताल से ऊब गए थे। यह एक माँग कि राजबंदियों से राजबंदी जैसा व्यवहार किया जाए, को छोड़कर हिंदुस्थान सरकार द्वारा इस हड़ताल से पहले की हुई प्रायः सभी छिटपुट परंतु महत्त्वपूर्ण माँगें स्वीकृत हो गईं। दीर्घ पत्र भेजना, सिखों को सिर धोने के लिए मीठा पानी, साबुन-तेल मिलना, भोजन में सुधार, काम की अत्यधिक सख्ती न करना आदि सुविधाएँ मिल गईं। हड़ताल का प्रमुख उद्देश्य अंदमान की पीड़ा का प्रतिवाद और प्रतिकार करना था, जिसका हिंदुस्थान में असर होता। यह तो साध्य हो ही गया। यद्यपि हड़ताल की माँग के अनुसार भानसिंह की मारपीट के लिए प्रत्यक्ष पूछताछ के बाद भी बारी दंडित नहीं हुआ, तथापि एक तो वरिष्ठ अधिकारियों से उसकी इतनी पूछताछ हो गई कि उस आक्षेप से मुक्ति पाने के लिए उसे बहुत हाथ-पाँव मारने पड़े, दूसरी बात यह है कि यह हिंदुस्थानांतर्गत संविधान मंडल तथा प्रेस का काम था कि वह एक अधिकारी की प्रत्यक्ष पूछताछ करने के लिए सरकार को बाध्य करे। कारागार में जकड़े हुए राजबंदियों ने उतना प्रतिकार कर लिया था, जितना वे कर सकते थे।

इस हड़ताल के पश्चात् अधिकारियों का व्यवहार बहुतांश में ढुलमुल हो गया। पहले इस तरह व्यवहार होता था, राजबंदी को पकड़ा और कोल्हू में ठूँस दिया। परंतु अब पिछली हड़ताल और प्रतिकार के कारण वे तनिक नरम हो गए। युद्धकाल में आए हुए शताधिक राजबंदियों में हट्टे-कट्टे, सुदृढ़ लोगों को भी कोल्हू पर अधिक नहीं लगाया गया। जहाँ छिलका पूरा करवाने में कठिनाई होती, वहाँ कोल्हू का नाम लेना ही व्यर्थ है। इस चखचख से ऊबकर जो भी करना है करो, पर कुछ-न-कुछ काम तो करो, बिलकुल ठेंगा मत दिखाना। इस तरह स्पष्ट कहकर अधिकारी दिन काटने लगे। यदि छिलके के लिए चखचख न करते तो वे पुनः कोल्हू पर लगा देते। इससे पूर्व कोल्हू ही नहीं परंतु अधिक दिन यदि कोई हड़ताल करता अथवा फसाद खड़ा करता तो बारी रस्सी का काम भी बढ़ाता। एक बार इसी तरह शांति देखकर उसने रस्सी का काम प्रत्येक के लिए चार पौंड बढ़ाने का प्रयास किया, जो पहले तीन पौंड ही बटते और फिर पूरा दिन पढ़ते रहते। इस तरह के अधिकारियों को यह चखचख प्रायः सही रास्ते पर ले आती।

बारी हताश हो गया

परंतु इस हड़ताल से बारी थक गया। हिंदुस्थान तक उसकी बदनामी हो गई थी। आखिर सरकार भी उसकी ओर संदिग्ध दृष्टि से देखने लगी, और राजबंदियों का वह वर्ग तो, जिसे छोटी-मोटी सुविधाएँ मिलतीं हैं, इतना सिरचढ़ा हो गया था कि पोर्ट ब्लेअर के भगवान् की कारागार में प्रतिष्ठा और धाक अब एक पत्थर से अधिक नहीं रह गई थी। ऐसी अवस्था में वह सर्वथा तटस्थ हो गया। वह स्पष्ट कह देता, 'भाड़ में

जाए वह सरकारी दबदबा! बस, बचे-खुचे दिन जैसे-तैसे कट गए कि गंगा नहाए।' इससे पूर्व हमें प्रत्येक हड़ताल में वही माँगें करते हुए देखकर वह कहता, 'क्यों सावरकर, फिर वही माँगें! पर आपका यह प्रयास पत्थर की दीवार पर अपना सिर फोड़ना है।' अब उन्हीं माँगों में से कई माँगें पचाते-पचाते यहाँ तक पहुँचने पर हम बारी से कहते, 'हमारी यह जीवट वृत्ति देखें, जो बार-बार वही माँगें दोहरा रही है और अंत में आप देखेंगे कि वही प्रवृत्ति अपना सिर फोड़ती है या दूसरे का। राजबंदियों को आजकल बरसों से जिसका दर्शन नहीं हुआ, वह कोल्हू ही बताएगा कि आज तक तो वह प्रवृत्ति अकारथ नहीं गई।'

युद्ध के पश्चात् आए हुए राजबंदियों को अब अधिक स्वतंत्रता और कइयों को अन्य बंदियों की देखरेख अथवा ऐसे काम दिए गए कि वे खुलेआम घूम सकें। विशेषत: जो हड़ताल की ओर उन्मुख नहीं होते अथवा अपना-अपना काम करके चुप बैठ जाते, उनकी नाक की सीध में चलने की सादगी की ओर ध्यान देकर सरकार द्वारा उन्हें पुस्तक बाँधना, कारखानों, छापेखानों में सुविधाजनक काम देना आदि अधिकार प्रोत्साहनार्थ मिल जाते। हड़ताल और चखचखबाजी का यह एक महत्त्वपूर्ण उपयोग है। उससे यद्यपि उनको जो झगड़ा कर रहे हैं, भले ही लाभ न हो तथापि उन राजबंदियों को, जो झगड़े के पचड़े में नहीं पड़ते, 'सीधे' आचरण का कुछ-न-कुछ फल मिलता ही और उससे कुछ राजबंदी सापेक्षत: ठीक-ठाक स्थिति में रहते थे। कम-से-कम सरकार उन्हें 'सुशील' समझे, इसके लिए किसी-किसी को 'चंडशील' होना अवश्य था, अन्यथा उन सुशीलों को भी तीन पौंड के बदले चार पौंड रस्सी बटनी पड़ती।

इसी दौरान युद्ध का पहला स्वरूप बदल गया था। अब जर्मनी का पहला ज्वार उतरता जा रहा था और उसकी तुलना में बंदियों की उमड़ती आशाओं का उबाल भी ठंडा पड़ने लगा था। बाद में जो राजबंदी थे, उनमें भी कुछ लोग ऐसे थे जो साधारण बंदियों की तरह दृढ़ विश्वास रखते थे कि कल ही बरी हो जाएँगे। हड़ताल से पूर्व पर्यवेक्षक जब दंड ठोंकता, 'छह माह बेड़ी', तब उसी जगह कई भोले-भाले राजबंदी उससे कहते, 'जा-जा, छह महीने तक तुम्हारा राज थोड़े ही टिकनेवाला है?' अपने इन साथियों से मैं प्रार्थना करता, 'भाइयो, ऐसे खयाली पुलाव मत पकाना, अन्यथा कदाचित् निराशा की प्रतिक्रिया सही नहीं जाएगी। यदि समय आ ही गया, तो ये अवश्य जाएँगे, परंतु उसपर निर्भर मत रहना। उसका निश्चय न रखते हुए यहीं संघर्ष करते हुए मरने का संकल्प रखो। इस आशा से कि अंग्रेजों का राज एक या दो सप्ताह में नामशेष होगा, जंगल की आग (दावानल) की तरह भड़के हुए उस बंदी जगत् में मुझे एक दृढ़, परिपक्व विचार का वृद्ध मिला, जो कहता था, 'जाओ-जाओ! अंग्रेजों का राज कभी नहीं जा सकता।' यह हत्यारा बड़ा साहसी था। उसने तीन बार अंदमान से भागने का

प्रयास किया था और उससे पूर्व एक बार वह दस वर्ष का दंड भुगतकर बरी हो गया था। पर बरी होते ही अपने शत्रु की, जो उसके पहले दंड का कारण था, हत्या करके आजन्म कारावास भुगतने अंदमान आया था और तीसरे प्रयास में सफल होकर अंदमान से खिसक गया। नौका में सवार होकर महीना भर अकेला सागर में भटकता रहा था। अंत में मद्रास के किनारे लगते-लगते पकड़ा गया। इस तरह अनेक निराशाओं से उसपर निराशा का भूत सवार था, जैसे अन्य बंदियों पर आशा का। कोई भी 'अंग्रेजों के शासन का अस्त होगा' कहे तो वह झुँझला उठता और ताव खाते हुए कहता, 'ऐसे तीन युद्ध मैंने देखे हैं और पचास बार सुना है कि अंग्रेजों का शासन नहीं रहेगा। परंतु सब मिथ्या है। मात्र चालाकी, काँइयाँपन से अंग्रेजों का शासन कभी जानेवाला नहीं। जो कोई उसके जाने की बात कहता है वह साला…है।' इस तरह की गाली देता। परंतु यदि कोई यह समझे कि उसके मन में अंग्रेजों अथवा उनके शासन के प्रति रत्ती भर भी प्रेम था, वह भूल करेगा। एक बार तो वह अंग्रेजों से प्रतिशोध लेने के लिए एक भयंकर कृत्य करने के लिए तैयार हो गया था।

सत्याग्रही रामरक्षा की मृत्यु

इस हड़ताल के मध्य एक पंजाबी ब्राह्मण की, जिसका नाम रामरक्षा था, मृत्यु की दुर्घटना घटी। ये सज्जन चीन, जापान आदि स्थलों की यात्रा करते-करते राज्यक्रांतिकारियों के दल में समाविष्ट होकर स्याम, रंगून में विद्रोह करने तथा फौजी सिपाहियों को बहकाने के षड्यंत्र में दंडित हुए थे। वहाँ भी उन्हें अत्यधिक यंत्रणाएँ सहनी पड़ीं। अंदमान के कारागार में पाँव रखते ही उन्होंने देखा कि ब्राह्मणों के गले से यज्ञोपवीत उतारा जा रहा है। वे स्वयं विदेश के मुरब्बी और बाह्य संस्कारों को ही धर्म समझने की संकुचितता से अत्यधिक प्रगल्भ विचारों के थे। परंतु उन्हें यह बात अखरी कि किसी को भी उसकी इच्छा के विरुद्ध उसका धर्मचिह्न उतारने के लिए बाध्य किया जाए। अत: उन्होंने अपना यज्ञोपवीत निकालने के लिए स्पष्ट शब्दों में मना कर दिया। अधिकारियों ने ऐसी बातों में भी अपनी मूर्खता की हेकड़ी जताकर उसे दुत्कार दिया। उस धार्मिक अपमान के प्रतिवादार्थ रामरक्षा ने शपथ ली कि जब तक यज्ञोपवीत नहीं, तब तक मैं अन्न ग्रहण नहीं करूँगा। अन्न ही नहीं, वह जल तक ग्रहण नहीं करता। निर्जल तथा निरन्न—इस तरह कठोर व्रत का पालन करते हुए यह वीर कई दिनों तक अपनी कोठरी में पड़ा रहा। अंत में कोई पंद्रह दिनों के पश्चात् नाक में नलिका डालकर उसे बलात् अन्न दिया जाने लगा। इसे भी महीना हो गया। यज्ञोपवीतार्थ जूझते हुए मरण प्रतिज्ञा के साथ यह ब्राह्मण संघर्षरत रहा। इससे पूर्व किए हुए अत्याचारों तथा निराशा से उसकी छाती में तीव्र वेदनाएँ होने लगीं। डॉक्टर ने सूचित किया कि उसे

तपेदिक की बीमारी हो गई है। सभी कहते, 'अब तुम अन्न ग्रहण करो।' परंतु वह टस-से-मस नहीं हो रहा था। मृत्यु के द्वार पर बैठ गया। हमने अपने हाथों से लिखकर उसे चिट्ठी भेजी। अंत में महत्प्रयास से अन्न ग्रहणार्थ उसे राजी किया। परंतु दुर्भाग्यवश हद से बढ़ता हुआ विकार ठीक न होते हुए एक-दो महीनों में ही उस ब्राह्मण वीर को वीरगति प्राप्त हो गई।

परंतु उसका यह कांड वहीं पर दबा नहीं रहा, अंततः उसका समाचार वरिष्ठ अधिकारी, हिंदुस्थानी प्रेस और अंत में कारागृह की जाँच के लिए नियुक्त मंडल कमीशन तक पहुँचाए जाने से ब्राह्मणों को कारागृह में यज्ञोपवीत पहनने का अधिकार मिल गया*, परंतु इस मामूली अधिकारार्थ भी एक ब्राह्मण को बलि चढ़ना पड़ा। आजकल सभी कारागृहों में न केवल ब्राह्मण बंदियों को प्रत्युत सर्वपंथीय बंदियों को अपने अत्यावश्यक धर्मचिह्न रखने की अनुमति प्राप्त है।

जैसे-जैसे युद्ध का अंत समीप आने लगा वैसे-वैसे जर्मनी की हार स्पष्ट होने लगी। तब पूर्व जर्मनी के विरोध में मिथ्या विजय के समाचार देने का प्रसंग जैसे अंग्रेजों को अच्छा लगता, उसी तरह मिथ्या जीत की काल्पनिक गप उड़ाकर उसपर अपनी तीव्र निराशा की धार भोथरी करना बंदियों को सुहाता। बंदी अंग्रेजों की हार को तिल का ताड़ बनाकर प्रस्तुत करते थे। युद्धोपरांत एक-दो वर्षों में अंग्रेजों को बंदियों को पत्र पढ़ने की अनुमति देना ही अधिक इष्ट प्रतीत हुआ, क्योंकि समाचार-पत्रों में कम-से-कम लंदन जीता। लाहौर में अमीर का आगमन आदि अद्‌भुत घटनाएँ तो कोई नहीं छापेगा। इसी समय हम राजबंदियों को अंशतः उपर्युक्त कारणों के लिए और अंशतः इसलिए कि हमें समाचार-पत्र देकर कुछ तो हमारा मनोरंजन हो, तात्कालिक समझदार पर्यवेक्षक 'लंदन टाइम्स' का साप्ताहिक संस्करण ही कारागृह में हमें सरेआम देता। अंत में यह सुनकर कि तुर्की की हार हो गई, मुझे तो बड़ा संतोष हुआ। यह समाचार मुसलमान तो छोड़िए, कई राजबंदियों को भी, जो राजनीति से सर्वथा अपरिचित हैं— अच्छा नहीं लगा, परंतु बाद में उन्हें वह बात समझ में आई। जर्मनी के समाचार मैं यथातथ्य वर्णन करता, परंतु ये अप्रिय समाचार सुनकर वे सुनानेवालों पर ही आँखें तरेरते। अच्छा समाचार पूछे बिना तो उनसे रहा नहीं जाता। कभी मैंने कहा, 'मैं नहीं देता कोई समाचार। तुम लोगों के संतोष के लिए मिथ्या समाचार देना मैं गलत समझता हूँ।' फिर वे गिड़गिड़ाने लगते। ऐसे समय उन बंदियों को जर्मनों की हार एवं तुर्कों की हार का असली अर्थ समझाने के लिए मैंने उनकी साप्ताहिक सभा में एक-दो बार यही विषय लिया था। मूर्ख का स्वभाव होता है, जब अनुकूल समाचार हो तभी उसे सुनना। शूर तथा कर्तृत्वशाली पुरुष प्रथम प्रतिकूल समाचार सुनना चाहता है, ताकि प्रतिकूल का

---

* मुसलमानों को दाढ़ी रखने तथा सिखों को बाल रखने की अनुज्ञा इससे पूर्व ही मिल चुकी थी।

तुरंत सामना कर सके। नेपोलियन बोनापार्ट की आज्ञा थी कि कोई भी प्रतिकूल समाचार हो तो उसे तुरंत, आधी रात को भी, जगाया जाए, अनुकूल हो तो नींद खुलने के पश्चात् सूचित किया जाए। उसपर भी अनुकूल समाचार सुनने योग्य तपस्या अभी तक हिंदुस्थान ने नहीं की। अभी कितने सारे प्रतिकूल समाचार सुनने हैं। सत्य है न! तो फिर प्रतिकूल होने पर भी उसका सामना करना चाहिए। प्राचीनकाल में राजा-महाराजाओं को यदि कोई पुत्र जन्म की सूचना देने आता तो उसे सोने का कड़ा दिया जाता। परंतु ऐसे लोगों को पराजय का समाचार तब ज्ञात होगा जब शत्रु ही घर में घुसकर उनकी छाती पर सवार हो जाए। भला इस तरह के पौरुष से कैसे चलेगा? इस तरह हम समझा-बुझाकर सभी बंदियों को हार के समाचार से हो रही प्रतिक्रिया से यथासंभव सँभालने का प्रयास करते। धीरे-धीरे युद्ध के उत्तरंग के समाचार सुनकर शांति के साथ उनकी चर्चा करने का अभ्यास भी बंदियों में प्राय: सभी समझदार लोगों को हो गया। धीरे-धीरे सभी ने इस बात पर भी ध्यान दिया कि तुर्किस्तान की हार से हिंदुस्थान के मुसलमानों की महत्त्वाकांक्षा ने जो बिपरीत, देश विघातक मोड़ लिया हुआ था, वह समय पर ही उतरने में सहायक होगा। यह सभी की समझ में आने लगा। फिर भी अन्य बंदियों पर ही नहीं, राजबंदियों पर भी युद्ध के परिणामों की थोड़ी-बहुत प्रतिक्रिया होती गई। कुछ लोग उसके कारागार की कोठरी में ही बंद पड़े रहे और उनके स्वास्थ्य पर उसका अपरिहार्य प्रभाव हो गया। अंदमान की स्वास्थ्य विघातक जलवायु से उन सुदृढ़ एवं हट्टे-कट्टे राजबंदियों का, जो बाद में आए थे और शारीरिक परिश्रम से अपरिचित थे, स्वास्थ्य भी गिर गया। तीन-चार वर्षों के अंदर ही बड़े-बड़े भीमकाय पंजाबी भी तपेदिक के शिकार हो गए। कोई अमचूर हो गया, किसी को अतिसार, दस्त ने जर्जर कर दिया, कोई आत्महत्या की माला जपने लगा। तीन-चार सिख बंधु तपेदिक से हमारी आँखों के सामने चल बसे। उस समय हमें भी इसी विकार के संदेहवश उसी रुग्णालय में रखा गया था। ऐसे शूर तथा उदार देशप्रेमियों को यूँ ही फटाफट दम तोड़ते देखकर कलेजा फट जाता। आश्चर्य यही कि जहाँ तीन-चार वर्षों के भीतर ऐसे हट्टे-कट्टे बलवान लोगों का अस्थि-पंजर बन गया या मात्र हड्डियों का ढाँचा रह गया, वहाँ हम आठ-नौ बरस तक कैसे टिके रह सके?

पुनर्जन्म लेकर वापस लौटूँगा

एक बंगाली युवक, जिसका नाम ज्योतीशचंद्र पाल था, युद्ध के दिनों बारिसाल आ रही रणनौका की मार्ग-प्रतीक्षा में बैठे राज्यक्रांतिकारियों की पुलिस से जो प्रत्यक्ष मुठभेड़ हुई, उसमें गोली से आहत हो गया था। ये बंगाली राज्यक्रांतिकारी बारिसाल में जर्मनी से अस्त्र-शस्त्रों के साथ आ रही रणनौका की प्रतीक्षा कर रहे थे। ज्योतीशचंद्र

को इसके पश्चात् आजन्म कारावास, द्वीपांतर का दंड मिला था। हड़ताल के दिनों में कोठरी बंद होने से एक दिन संध्या समय उसे भोजन परोसकर सिपाही कोठरी बंद करने लगा। ज्योतीशचंद्र ने कहा, कोठरी में शौच किया हुआ गमला वैसे ही भरा पड़ा है। पहले उसे निकालो, फिर भोजन भीतर ले जाऊँगा। पीछे बताया ही है कि कोठरी में बंदी को गमले में टट्टी करनी पड़ती थी। सिपाही ने कहा—अब भीतर जाओ। उसी कहा-सुनी में उसे बलपूर्वक भोजन सहित कोठरी में बंद करके सिपाही और जमादार चले गए। बारी ने भी बिलकुल कान नहीं दिया। दोपहर को किए गए शौच के मटके को सिराहने के पास सहते हुए ज्योतीश को रात भर उस सँकरी सी सड़ाँध भरी कोठरी में रहना पड़ा। राजबंदियों के लिए यह कोई पहला प्रसंग नहीं था। परंतु ज्योतीश बाबू की सहनशक्ति की टूटती डोर को यह झटका असहनीय प्रतीत हुआ। उन्होंने तपाक से भोजन की थाली फेंक दी और अन्न त्याग दिया। थोड़े ही दिनों में उसे खून के दस्त होने लगे। वे रुग्णालय में आ गए। अन्नग्रहणार्थ हम उनसे अनुरोध कर ही रहे थे। अंत में प्रत्यक्ष भेंट होने पर उनके गले पड़कर ही उनसे अन्न ग्रहण करवाया। परंतु उससे टूटी हुई डोरी पुनः हाथ नहीं लगी, न ही वह जुड़ सकी। उस रात से उनका प्रक्षुब्ध मस्तिष्क बिगड़ते-बिगड़ते महीने भर में ही वे पागल हो गए। आगे वर्ष भर वह पागलखाने में थे। उसके बाद गत वर्ष तक बंगाल में किसी कारावास में बंद थे। अंत में परसों किसी समाचार-पत्र में एक साधारण से कोने में चार पंक्तियों का समाचार पढ़ा—'ज्योतीशचंद्र पाल का बरहाम में पागलों के रुग्णालय में अंत हो गया।' सुना है, आजकल उनका पागलपन दूर हो गया था। मरण से पूर्व उन्होंने अपने संबंधियों को यह संदेश भेजा था—

"यह कभी मत सोचना कि मरणोपरांत मेरी आत्मा स्वर्ग में चैन से खर्राटे भरती रहेगी। मातृभूमि पर मेरी यदि अकृत्रिम, निश्छल भक्ति हो तो उसकी सेवा के लिए मैं पुनर्जन्म लेकर तुरंत वापस लौटूँगा। इसे पत्थर की लकीर समझो।"

'लोकमान्य' जनवरी १९२४ में 'बावला ज्योतीश' शीर्षक से प्रकाशित इस समाचार में ऊपर लिखा है—सुना है, आजकल उसका पागलपन ठीक हो गया है। परंतु मृत्यु के समय भेजी हुई उसकी इस चिट्ठी से यह नहीं लगता कि जिस पागलपन ने उसे आजन्म घेर लिया था, वह ठीक हो गया है!

एक ओर उत्तमोत्तम, उदार हिंदू संगठन का कट्टर अभिमानी पंजाबी राजबंदी उस समय इसी तरह पागलपन, तपेदिक अथवा मृत्यु के शिकंजे में फँसा हुआ था; दूसरी ओर ज्ञान-तंतुओं की क्षीणतावश कुछ राजबंदी निद्रावश तथा मस्तिष्क रोग के शिकार हो गए थे। उसमें ये सज्जन भी फँस गए। रुग्णालय से मुझे चिट्ठी आ गई। उसमें सभी स्थिति का वर्णन लिखकर फिर लिखा था—मुझे यह जीवन बोझ प्रतीत होकर असहनीय हो रहा है, आत्महत्या ही एकमेव उपाय है। तत्काल यथासंभव युक्ति-प्रयुक्ति से उनके

मन में उत्साह का संचार कराके तथा बार-बार यह बताकर कि राष्ट्रसेवार्थ इस तरह निष्फल मरण टालना ही अपना राष्ट्र-धर्मीय कर्तव्य है, बार-बार समझाते हुए उसे संकट से मुक्त करने का प्रयास किया, इसीलिए हम अपने उस उदार मित्र के जीवन से वंचित होने से बच गए। एक-दो वर्षों के पश्चात् उन्हें तनिक खुलकर घूमने लायक काम मिला और उनका स्वास्थ्य भी सुधरने लगा था।

निराश-हताश लाला हरदयाल

इसी दौरान राज्यक्रांतिकारियों के झिझकते धैर्य पर एक और आघात करने के लिए उच्चाधिकारियों द्वारा लाला हरदयाल का लिखा एक पत्र पढ़ने को दिया गया। पूर्व में जो अधिकारी अंगुली भर छपा हुआ टुकड़ा पास रखने के अपराध में आठ-आठ दिन हथकड़ियाँ ठोंकते, वे ही अब, जब उन्हें आवश्यक होता तब बुला-बुलाकर इस प्रकार समाचार अथवा पत्र पढ़ने के लिए देते। महायुद्ध के पश्चात् लाला हरदयालजी ने एक पत्र प्रकाशित किया था कि अब हम इस मत के समर्थक बन गए हैं कि राज्यक्रांतिकारियों से सारे संबंध तोड़कर इंग्लैंड के छत्र तले ही हिंदुस्थान स्वराज्य प्राप्त करे और वह स्वराज्य शांतिपूर्ण मार्ग का अवलंबन करके वैध आंदोलन द्वारा ही प्राप्त होगा। बारी ने मुझे और मेरे बंधु को बुलाकर वह कतरन पढ़ने को दी। इसके पश्चात् मेरी राय पूछी। मैंने बस इतना ही कहा, ''लाला हरदयाल सच्चे मानव हैं। मैं जानता हूँ कि जो वे लिखते हैं, वैसी ही आज उनकी समझ होगी। इससे अधिक मैं आज कोई चर्चा नहीं कर सकता।'' इतना कहकर हम वापस आ गए। हमने अगली बैठक में हरदयाल के पत्र का विषय ही रखा था। उनके इतिहास, किसी प्रतिकूल आघात के साथ अपने आपको निराशा के गर्त में झोंकने और आज तक अनेक एकांतिक मतों को पकड़ने-छोड़ने की उनकी अस्थिर, चंचल प्रवृत्ति से मैं परिचित था। उस विशेष समय तक वे जो कुछ कहते, वह उनकी सच्ची राय ही होती। परंतु वह निराशा, हताशा तथा आशा की एकांतिक प्रतिक्रिया अधिक काल तक स्थिर नहीं रहती थी। वह पत्र भी उसी तरह का है, प्राय: सभी ने यही निष्कर्ष निकाला। कुछ लोगों ने कहा कि यह पत्र केवल अपनी राय आजमाने के लिए बनावटी रूप में छपाया है। मैंने कहा—ऐसा नहीं, सामान्यतया यह पत्र सत्य है। उसमें उल्लिखित तुर्किस्तान और तदनुषंग से अमीर और हिंदुस्थान के कुछ मुसलमानों द्वारा की हुई राष्ट्र विघातक महत्त्वाकांक्षा और मीमांसा सर्वमान्य हो गई। मैं दिन-रात वह स्पष्ट कर ही रहा था। उस पत्र से किसी के मन पर गहरा प्रभाव पड़ा हो, ऐसा हमने बिलकुल नहीं देखा।

युद्ध के समय 'आज चलें-कल चलें' यह प्रतिज्ञापूर्वक डंके की चोट पर व्यक्त की गई, आशा इस तरह निष्फल सिद्ध हो गई। यदि वह अनाड़ी भविष्यवाद सत्य सिद्ध

होता तो वे लोग अन्य भविष्यवादियों की तरह सुलभता के साथ ज्योतिर्विद् की उपाधि प्राप्त कर लेते, परंतु जब संजोगवश यह असवर खो गया तब सभी को एक तरह की तीव्र उदासीनता का आभास हो गया। परंतु डूबते को तिनके का सहारा, युद्ध में होनेवाली मुक्ति रह गई। पर अब युद्ध में जीत के कारण कम-से-कम उसकी खुशी में मुक्ति अथवा छूट मिलेगी या नहीं? चारों ओर अब यही चर्चा छिड़ गई। मेरे पत्र ने, जिसका पीछे एक परिच्छेद उद्धृत किया था, इस विषय की ओर तीव्रतापूर्वक देश का ध्यान आकर्षित कर दिया था। उसके अनुसार, यह भी चर्चा आरंभ हो गई कि अच्छा है, मुझे स्वदेश में किसी कारागृह में लाकर रखा जाए। अंत में अंदमान में यह किंवदंती फैल गई कि राजबंदियों में से पुराने लोग हिंदुस्थान के कारागार में ले जाए जाएँगे, और मैं सिंगापुर। देखते-देखते एक दिन हमारे श्री जोशी बाबू तथा एक-दो और राजबंदी सचमुच ही हिंदुस्थान के लिए चल पड़े। उनके जाने का समाचार उड़ने से पहले ही मेरे प्रयाण की धूम मच गई थी। अतः रुग्णालय में युक्ति-प्रयुक्ति से वे एक बार मुझसे मिलने भी आ गए थे। हमारे इन निश्छल सहयोगियों ने, जो एक साथ सुख-दुःख के और विशेषतः दुःख के साझी बन गए थे, और जो हमारे गाढ़े समय के संगी थे, हमसे विदा ली। परंतु देखा तो हमें उसी कारागार में रखकर वही अब हिंदुस्थान चले गए।* हमने कभी यह आशा ही नहीं की थी कि कभी हमारी तथा हमारे बंधु की हवा-बदली तथा स्थान-बदली संभव होगी या कभी इस कारागार से तनिक अधिक सहनीय स्थल पर हमारी रवानगी की जाएगी। इसी आशा से तो हम समय-समय पर निराशा के आघात सह सके।

अब शेष रह गई युद्ध के विजयोत्सव के कारण प्राप्त मुक्ति अथवा छूट। एक दिन वह भरोसे की भैंस भी जनमी और सारे बंदियों को वर्ष के पीछे एक महीना छूट मिल गई। कुछ बड़े-बूढ़े छूटे। राजबंदियों को भी यदाकदा छूट मिली, पर हमें—यथापूर्वमकल्पयत्। हमें एक दिन की भी छूट नहीं। मुक्ति की तो बात ही दूर।

□

---

* जैक्सन हत्या अभियोग के आरोपी वामन (दाजी) नारायण जोशी। जो सन् १९१८ में बरी हो गए।

प्रकरण–६

मृत्यु शय्या पर

युद्ध के उत्तरार्ध की इस सार्वजनिक उथल-पुथल के चलते पीछे जिस पत्र से परिच्छेद उद्धृत किया था, उसमें किए गए उल्लेख के अनुसार हमारा स्वास्थ्य दिनोदिन गिरता जा रहा था। जब अतिसार का विकार अपनी सीमा पार कर चुका और प्रतिदिन सौ डिग्री तक ज्वर शरीर में रहने लगा, तब कहीं हमें रुग्णालय में भरती करते हुए उपचार की व्यवस्था की गई। रुग्णावस्था में कारागृह में आए किसी भी बंदी के रुग्ण होते ही उसे अस्पताल में भेजा जाता, जहाँ उसे थोड़ा-बहुत आराम मिलता, पर हमें यह सुविधा आठवें वर्ष—हमारा रोग हद से ज्यादा बढ़ जाने पर—दी गई, अन्यथा रुग्णावस्था में भी हमारी कोठरीबंदी कभी छूटी ही नहीं।

एक बार रुग्णालय में भरती होने के पश्चात् पर्यवेक्षक ने कारागृह में जितना संभव था, हमारी अच्छी व्यवस्था की। भोजन में बार-बार परिवर्तन करके वही अन्न दिलाया जो हमें हजम हो। इस परिवर्तन का मूल कारण हमारे पत्र से हिंदुस्थान में विधानसभा और समाचार-पत्रों में आरंभ की हुई चर्चा थी। परंतु यह व्यवस्था इतने विलंब से हुई कि स्वास्थ्य में सुधार नहीं हो पा रहा था। शरीर में ज्वर चढ़ता, उसे उतारने के लिए सतत कुनैन दी जाती। उससे बार-बार अतिसार और खूनी दस्त की पीड़ा होने लगी। कभी-कभी दस्त से चावल और दूध ज्यों-का-त्यों निकल जाता, पाचनशक्ति इतनी क्षीण हो चुकी थी। पोर्ट ब्लेअर अर्थात् अंदमान में तपेदिक, अतिसार और मलेरिया प्राय: एक साथ हाथों में हाथ डालकर चलते थे। हमपर अतिसार तथा मलेरिया की कृपा हो ही गई थी। छह-सात महीनों के पश्चात् हमें ही नहीं, डॉक्टरों को भी तपेदिक का संदेह होने लगा, जो स्वाभाविक ही था। इस रुग्णालय में जहाँ अच्छे हृष्ट-पुष्ट, दृढ़काय राजबंदी और साधारण बंदी भी जो हमारे आस-पास रहते, तपेदिक, अतिसार तथा मलेरिया के शिकार बनते थे, वहाँ हमारे स्वास्थ्य की, जो आठ-आठ वर्ष तक कारागृह की विषाक्त छाया तले प्रतिहत हुआ था, की क्या बिसात? अतिसार के

कारण अन्न वर्जित। अन्नाभाव से दुर्बलता में बृद्धि, मज्जा तंतु बिलकुल क्षीण। कारागार में मनोरंजनार्थ ही नहीं अपितु आत्मतुष्टि के लिए एकमात्र साधन था पुस्तक-पठन। परंतु उस तांतविक क्षीणता (nervous debility) के कारण पुस्तक पढ़ना अथवा बौद्धिक संवाद भी सहना कठिन होता। जरा पढ़ने अथवा बौद्धिक संवाद करने से ज्वर झट से दो अंश ऊपर चढ़ जाता, एतदर्थ पढ़ना ही छोड़ दिया। पुस्तकें पास रखना ही बंद किया। खटिया पर ही पड़ा रहता। अत: समय की लंबाई, जो कारागार में पहले ही कठिन प्रतीत होती थी, ऐसी उकताहट भरी और प्रदीर्घ बन जाती कि पूछिए मत। फिर वह शैतान की आँत जैसा प्रदीर्घ समय अतिसार की वेदना और ज्वर की भन्नाहट में तड़पकर काटना पड़ता, तथापि उस अवस्था में भी पिछले प्रकरण में वर्णित सार्वजनिक कार्य यथासंभव कर ही रहा था।

राजमहल रोग न देखे

कभी-कभी ऐसा लगता कि कारागार में बीमार पड़ने से हमें कारागार के विशेष कष्ट होते हैं और लगता कि काश, मैं कारागार के बाहर होता। परंतु सारा दोष कारागार पर ही थोपना न्यायसंगत नहीं है। बाहर भी क्या है? जो बाहर हैं वे क्या इन रोगों से बीमार नहीं पड़ते? मलेरिया, अतिसार और तपेदिक की बीमारी को राजमहल में भी कोई रोक-टोक नहीं होती। ताऊन (प्लेग) की छूत, एंफ्लुएंजा की बौछार जब प्रारंभ होती है तब बंबई के समान नाट्य एवं विलास के साधनों से भरपूर, विद्युद्दीपों से जगर-मगर करती महानगरी में भी घर-घर मरने की कराह क्या सुनाई नहीं देती? एक-एक घर में मृत्यु की चार-चार अरथियाँ नहीं सजाई जातीं? फिर उस भावनावश कि हम कारागार में हैं, दु:ख को जो एक तीव्रता प्राप्त होती है, वह बहुतांश में निरर्थक है; क्योंकि बाहर भी दु:ख भोगने ही पड़ते हैं। ऐसी सैकड़ों झुग्गी-झोपड़ियाँ हैं, ऐसे सैकड़ों गाँव हैं, जहाँ हजारों लोग दीन-निर्धन इन्हीं रोगों से तड़पते, छटपटाते रहते हैं। तुम्हें कारागार में जो डॉक्टरों की सेवाएँ, जो दवाइयाँ उपलब्ध हैं, उनका रत्ती भर लाभ भी उन्हें नहीं मिलता। कारागार की तुम्हारी इस परतंत्र दुर्गति से उनकी वह स्वाधीनता की दुर्गति अधिक असहनीय है। फिर केवल रोग का दु:ख सह लो। कारागार में हूँ, अत: मैं रुग्ण हुआ हूँ, इस प्रकार कराहते-कुढ़ते रहकर कारागार की कल्पना से ही उस बीमारी का दु:ख अधिक दुस्सह मत करो। कितना अच्छा होता यदि मैं कारागार में न होता, तुम्हारी यह अन्यमनस्कता अन्य दृष्टियों से भले ही सत्य हो, तथापि बीमारी के संबंध में वह उतनी सत्य नहीं है। भले ही यह सत्य है कि कारागृह में रोग और उसके सेनापति बार-बार मिलते हैं, तथापि ऐसा नहीं कि बाहर उनसे कभी भेंट होती ही नहीं। कारागारीय जीवन बाहरी जीवन से कुछ अधिक निरर्थक, उकताहट भरा, बासी तथा

एकरस भी नहीं है—यह तत्त्व की बात समझ में आई।

व्यवहारत: देखा जाए तो यदि बाहरी स्वाधीनता, राष्ट्रीय आंदोलन अथवा व्यक्तिगत जीवन का 'घरौंदे का खेल सार्थक तथा गंभीर हो तो ऐसा नहीं कि यह कारागारीय जीवन भी ऐसा ही है।' उस राष्ट्रीय स्वतंत्रता के महान् ध्येयार्थ ही यह कारागार, यह बंदीवास, यह तपस्या तुम और तुम्हारे ये सहतपी सहन कर रहे हैं। उस ध्येय की गंभीरता का तेज परावर्तित होने के कारण ही तुम्हारे कारागारीय जीवन की छिटपुट बातें भी बड़ी-बड़ी बाहरी जीवन-घटनाओं की तरह ही तेज से परिपूर्ण, आदरणीय एवं अहम हैं। रूस के जार के अथवा रासपुतीन के विलासी एवं राज्यव्यापी झमेले लोग जिनती उत्सुकता के साथ पढ़ते हैं, उससे भी अधिक जिज्ञासा एवं पूज्य बुद्धि से किसी अलेक्जेंडर को जान से मारकर साइबेरिया में सड़ते हुए क्रांतिकारियों की व्यक्तिगत और छोटी-बड़ी घटनाएँ भी पढ़ी जाती हैं। कभी-कभी शरणार्थियों की झुग्गी-झोंपड़ियों अथवा दंडितों की कारागारीय कालकोठरी पर एकाग्रता के साथ सार्वजनिक ध्यान जितना बिद्ध होता है, उतना महल पर भी केंद्रित नहीं होता, और जब नहीं होता तब भी राष्ट्रीय ऊषा:काल के आगमन के लिए उस कालकोठरी की अँधेरी घटिकाएँ गिनते रहना आवश्यक है, इसीलिए महत्त्वपूर्ण भी होता है। फिर कारागारीय जीवन केवल कारागारीय है, एतदर्थ बाह्य एवं स्वतंत्र जीवन से हीनतर एवं व्यर्थतर क्यों प्रतीत हो?

स्वतंत्र जीवन? रे पागल मन, कारागार की इन चारदीवारों के बाहर क्या स्वतंत्रता है? पत्थर की इन चारदीवारियों के आगे प्रकृति नियम की दीवारें खड़ी हैं। मन की एवं क्षितिज की दीवारें हैं। इन कारागारों की दीवारों से जितना तुम बद्ध हो गए हो उतने ही दीवारों से बाहर के लोग तुम्हें स्वतंत्र लगते भी बद्ध हो गए हैं। सौ बात की एक बात यह है कि जो कारागार में, वही बाहर। यह मात्रा कम-अधिक हो सकती है, परंतु विधा एक ही है।

और मनोरंजन? कैसा मनोरंजन? यह देखो, इस पुस्तक के दो पृष्ठों में दीमक ने कैसी अपनी राजधानी बसाई है।

जो बात बीमारी की, वही उकताहट की। कारागार में जीवन एकरस तथा निरर्थक प्रतीत होता है। परंतु तत्त्वत: देखा जाए तो बाहर भी क्या है? तुम बंदी हो। परंतु यह पर्यवेक्षक तथा बंदीपाल तो बंदी नहीं हैं न? परंतु अंतर क्या है? वे भी प्रतिदिन उठते हैं, कार्यालय में बैठते हैं, बार-बार एक ही बात लिखते हैं, खाते-पीते हैं और सो जाते हैं। पुन: उठते हैं, सो जाते हैं। उनका जीवन कौन सा बड़ा सार्थक होता है? हाथ पीले हुए, बच्चे जने, पेंशन मिल गई—क्या यही सार्थकत्व है? बच्चे भी अपने 'घरौंदे' के खेल में यही सब तो करते हैं। बच्चों के उस लड़कपन के खेल से इस संसार का तुम्हारे कारागारीय अन्वय की दृष्टि से क्या कुछ अधिक अर्थ है? तत्त्वत: दोनों जैसे ढोल के

भीतर पोल हैं। क्योंकि माता-पिता की गोद में पलना, फिर उनकी अरथी, उनकी चिता ठंडी करके अपने बच्चों को गोद में पालना और फिर स्वयं श्मशान घाट का रास्ता पकड़ना—'पुनरपि जनम्, पुनरपि मरणम्, पुनरपि जननि जठरे शयनम्।' यह सारा प्रपंच किमर्थम्? क्या मिलता है इस सारे झमेले से? यह चक्र भी क्या एकरस तथा उकताहट भरा नहीं है? आचार्यों का प्रश्न—'ततः किम्?' यह तुम्हारे कारागारीय परवश आंदोलन पर जितना लागू है, उतना ही क्या बाहरी महायुद्ध के आंदोलन पर लागू नहीं है?

इस फ्रांस और जर्मनी ने कितनी बार युद्ध के यही लड़कखेल खेले हैं। तब से जब फ्रेंच लोगों का गॉल पर आक्रमण हुआ—आज तक—आज फ्रांस विजय मनाता है तो कल जर्मनी के आगे नाक रगड़कर काला सूतकी परिवेश धारण करता है। आज नेपोलियन प्रथम या कल नेपोलियन तृतीय—बाजीराव प्रथम या बाजीराव द्वितीय! इस एकरसता में, खेल-खेल में चूल्हा-चौका सजाने में तथा टूट-फूट में यह संपूर्ण जगत् कौन सा अर्थ साध्य कर रहा है? जिधर देखो उधर एकरसता। परंतु उकताहट, निरर्थकता, तत्त्वतः कारागृह की कोठरी के द्वार पर ही नहीं, अपितु विश्व के प्रत्येक राजप्रासाद पर, ताजमहल पर और सागर पर, पर्वतों पर, यही पटल टँगा हुआ होता है कि 'ततः किम्?' तो फिर कारागार में बंद होने का इतना दुःख क्यों? जो कारागृह में, वही हिंदुस्थान स्वतंत्र होने पर भी। हिंदुस्थान के स्वतंत्र होने के बाद समाचार! समाचार! समाचार की लालसा की वही स्थिति! कारागार में समाचार नहीं मिलता और बाहर मिलता है, इसलिए कारागार असहनीय प्रतीत होता है? देखिए, किसी भी समाचार से क्या अंतिम तुष्टि कभी होगी? हिंदुस्थान के स्वतंत्र होने के पश्चात् भी? अतः हे मन! चिरकालिक ऐसी निरंतरता क्या कभी मानी जा सकती है? हिंदुस्थान आज स्वतंत्र हो गया, पुनः वैभव शिथिल हो गया, पुनः परतंत्र हो गया। देखिए इतिहास। यह पीढ़ी स्वाधीनता प्राप्ति के लिए लड़े, अगली पीढ़ी उसका भोग करे, तीसरी उसे खो दे, पुनः सहे, लड़े, मरे, भोग करे, खोए, प्रत्येक राष्ट्र का, प्रत्येक राजकुल का, प्रत्येक समाज का पूरा इतिहास, सभी समाचार इन तीन-चार वाक्यों में भरे हुए हैं, जैसे गागर में सागर। एक बार उन्हें सुनने के बाद पुनः समाचार के नाम कुछ शेष नहीं रहता, क्योंकि संपूर्ण उथल-पुथल में सर्वथा निर्णायक, सर्वथा अंतिम कृति प्रलय है। यह पुन उत्पन्न विश्व आद्य समाचार। वह अब बासी हो चुका है।

अब जो संपूर्ण ताजा समाचार आएगा—प्रलय, बस उत्पत्ति से प्रलय। इसमें सारे समाचार आ गए और वे दोनों तुम्हारे कानों में आ चुके हैं। फिर कारागृह में समाचार नहीं, इसका विशेष खेद क्यों? मात्र लड़कखेल के समाचार, 'घरौंदे' के खेल-समाचार से दार्शनिक अधिक रंजनाई भला कैसे समझेंगे? इस क्षणिक और उत्पत्ति, लय, अभाव, प्रलय, जन्म-मृत्यु इन लंबकों (लंगर) के बीच कहीं हिलोरें लेते हुए समाचार आए ही

हैं। वे इतने क्षणिक हैं कि उनमें एक भी समाचार का अंतिम कहलाना कठिन होने के कारण समाचार की इस तृष्णा का कभी शमन होगा ही नहीं—फिर तुम कारागार में बंद रहो या विश्व में हवा के झोंकों की तरह उन्मुक्त। गत महीने के समाचार के लिए कारागार विमनस्क होता है तो पिछले घंटे के समाचार के संबंध में अमेरिका मन मसोसकर रहता है। क्योंकि उधर प्रति प्रहर नया पत्र निकलता है, अतः गत प्रहर का समाचार बासी हो जाता है और ताजे प्रहर का समाचार प्राप्त करने के लिए मन लालायित एवं व्यवसाय के बाजार भाववश चिंतातुर रहता है। कल पृथ्वी के सारे समाचार पल-पल में ज्ञात हों तो मानव मंगल के समाचार सुनने के लिए इसी तरह तड़पता रहेगा जैसे तुम इस कारागार में हिंदुस्थान के समाचार सुनने के लिए तड़प रहे हो।

अतः तत्त्वतः देखा जाए तो तुम्हारा कारागारांतर्गत जीवन उन लोगों के जीवन की तुलना में सर्वथा व्यर्थ नहीं—जो स्वतंत्र रूप से विचरण कर रहे हैं। वह देखो, चींटियों की नगरी लोकसंख्या में पाटलिपुत्र से अधिक रेल-पेल से भरी-पूरी। वे अंडे, उनकी वह रानी, उनकी राजकुमारी, लड़ाकू चींटियाँ अर्थात् खड़ी क्षत्रिय सेना, चींटियों में भी चातुर्वर्ण्य सुप्रतिष्ठित है—श्रम विभाजन है—वह आगे देखो, गगन में तुम्हारी दृष्टि के सामने तरंगित तिल से भी दस गुना सूक्ष्मतर मच्छरों का राष्ट्र। देखो-देखो—झुंड-का-झुंड एकत्रित यात्रा करता चला जा रहा है, जैसे ज्यू लोगों का चलता-फिरता राष्ट्र। और उस मच्छर को यःकश्चित् ठीकरा मत समझना। तुम मानव होने की डींग हाँकते हो—परंतु तुम्हारे पर कहाँ हैं? परंतु एक तिल के दसवें हिस्से जितने उस मच्छर के पंख देखो तो सही। उसकी स्नायु कितनी सूक्ष्म होंगी, परंतु कितनी लचीली और कितनी कार्यक्षम! उस ईश्वरीय कुशलता का निरीक्षण करो। क्या यह मनोरंजन नहीं? बड़े-बड़े महान् वैज्ञानिक केवल कृमि-कीटकों अथवा पशु-पक्षियों के जीवनक्रम का अध्ययन करने के लिए आजीवन किसी बाँबी या मधु के छत्ते के सामने कुंडली मारकर बैठते हैं। यदि वह निरर्थक, तुच्छ नहीं है तो यह क्यों कहा जाए कि तुम्हारा जीवन इस कारागार में निरर्थक, व्यर्थ जा रहा है?

बिल्लियों की लड़ाई और रामायण

इस मनोरंजन की ओर देखिए, बिल्लियाँ रोज ही अर्ध रात्रि में अपने प्रीतिगान गाती हुई घूमती हैं। इतने में एकाध प्रतिद्वंद्वी सामने आते ही उन रति गीतों का पर्यवसान समर गीतों में होकर घमासान युद्ध छिड़ जाता है। क्यों? सारा उपहासास्पद प्रतीत हो रहा है? तो भला फिर रामायण क्या है? कामातुरता में प्रतिद्वंद्वी बनकर दो मानवों में मुठभेड़ हो गई, जैसे ये दो बिल्लियाँ। ये बिल्लियाँ नाखूनों से नोचती-खसोटती हैं और मुँह से घनघोर गर्जना करती हैं। वे भाला, तलवार, त्रिशूल के साथ नोच-खसोट रहे थे,

दुंदुभि द्वारा लरजते-गरजते थे। शंखनाद द्वारा युद्धारंभ की सूचना देते थे। शेष मनोविकारों की तीव्रता, गंभीरता तथा अकुलाहट दोनों पक्षों में समान ही थी। यह स्पष्ट है, बिल्लियों को इस बिल्ले का युद्ध उतना ही महत्त्वपूर्ण प्रतीत होगा जितना हमें राम-रावण युद्ध। विकास के बाद की परिभाषा में कहा जाए तो यह 'मार्जारायण' ही उत्क्रांत होते-होते रामायण में परिणामित हुआ है।

विकासवाद की बात छिड़ गई, इसलिए वह भी देखिए। विकासशास्त्र के अनुसार जीवन कलह जैसे विकास का विघटक साधन है, वैसे ही बाल संगोपन यह संगठक साधन है। जीवन कलह के तत्त्वानुरूप उस मार्जारायण का ही विकसित रूप है, रामायण—उसी तरह इस संतान के पालन-पोषण के तत्त्वानुरूप 'मेरी' का अथवा यशोदा का मातृप्रेम उस गृहपालित मादा के प्रेम का विकास है। देखिए, कारागारीय डॉक्टरों का आँगन और उसमें अपने दस-बारह चूजों को आगे-पीछे लेती, अठखेलियाँ करती बीच-बीच में उन्हें कुकू-चीकू की मधुर लोरी सुनाती, इठलाती हुई चलती मुरगी। देखिए उस चील के झपट्टे से किस तरह अपने लाल को बचाया उसने। पूतना के झपट्टा मारने से यशोदा भी उतनी तड़पी थी जितनी उस चील का अपने चूजों पर झपट्टा मारते ही उसका कलेजा मुँह को आ गया। देखिए, उस प्रकृति का कौतुक, छोटे बच्चों के खेल अथवा स्कूली प्रतियोगिता देखने लोग दर्शिक (टिकट) लेकर जाते हैं। क्या उन छोटे-छोटे चूजों का वह झुंड—उनका वह फुदकना, वह कुलकुलकुल, किलकिल चहकना, वह दाना चुगने में होड़ और वे किलकारियाँ भरते हुए अठखेलियाँ उतनी ही मनोरंजक नहीं हैं? उनके मन में वह खिलाड़ी खिलंदड़ भाव, वही हर्ष उमड़ रहा है। जीवन जीवोजीव समवेदन होता है। केवल सहानुभूति से उसे जीकर देखो।

पंद्रह दिन तो सुख प्राप्त होता

रुग्णालय में लगभग एक वर्ष बिताने के पश्चात् पुनः जब पाँचवें नंबर की इमारत में तीसरे तल के सर्वथा एकांत में हमें रखा गया तब हम उस विजनवास में 'प्रति प्रसव' विचारों से कारागृह में मन के उद्वेग से तथा देह की क्षीणता से लड़ते रहते। कभी-कभी प्रतिदिन एक-न-एक बीमारी पीछे लगने से महसूस होता कि अब यह देह-वस्त्र इतना जीर्ण-शीर्ण हो गया है कि इसे ओढ़ना असंभव है। आगे चलकर किंचित् स्वास्थ्य सुधरेगा भी, परंतु कितनी प्रतीक्षा करें? छह महीने, वर्ष-डेढ़ वर्ष बीता। आज अतिसार, कल रक्तातिसार, परसों ज्वर, नरसों और कुछ सहता गया। अंत में निश्चय किया कि इस कारागार से तो हमारे छूटने की संभावना नहीं और तब तक कारागार छूटता नहीं, जब तक स्वास्थ्य में सुधार नहीं। आगे काम आएगा, इसलिए जैसे-तैसे सँभालकर रखा यह शरीर फेंक दो। सुख के लिए तो सारा घटाटोप, कहाँ तक

दुःख में आँसू बहाएँ, यह निश्चय करने के लिए महीने में कितने दिन देह धारण सुसह्य होता है, और कितने दिन कष्टप्रद—दीवार पर यह गणना करता। प्रतिदिन बीमारी या पीड़ा होने पर अथवा दिन ठीक बीता तो उसे दीवार पर दर्ज करता। ऐसे ही दो महीने व्यतीत हुए। उसके बाद जोड़ा। देखा तो साठ दिनों में पंद्रह-एक दिन स्वास्थ्य इतना ठीक था कि जिजीविषा जाग उठती। तो फिर अभी तक सबकुछ दुःखमय नहीं है। पंद्रह दिन तो यह देह सुखमय होती है। चलो, देख लेते हैं कुछ और जीकर।

परंतु इस तरह केवल मनोमीनार पर कोई नित्य थोड़े ही रह सकता है? वास्तव का गुरुत्व उसे खींचकर नीचे लाता ही है। उसी तरह एक बार खींचते हुए हम मृत्यु की खाई के छोर पर लटकते रहे। रुग्णालय में अत्यंत क्षीण वजन ९५ पौंड पर आया हुआ, पेट में अन्न जाता ही नहीं। तपेदिक के लक्षण, शरीर में हमेशा हरारत, कोई भी अपना निकट नहीं, उस बंदीखाने में जहाँ हमें शत्रुवत् देखा जाता है, अपमान, निराशा की अवस्था में किसी से प्रेम भरे दो शब्द बोलने पर रोक-टोक, तनिक नीचे उठने-बैठने पर पाबंदी। ऐसी अवस्था में हमारा स्वास्थ्य इतना हद से अधिक गिर गया कि इसका भी भरोसा नहीं था कि कब मृत्यु का झटका लगे और जीवन की डोर टूट जाए।

तब ऐसा प्रतीत होता था कि अब इस रुग्णालय में ही मृत्यु आएगी। प्रतिदिन बौद्धों के शून्यवाद, ज्ञानवाद, विज्ञानवाद से हेनकेल हर्बर्ट के 'सब्स्टंस' और विकासवाद तक मरणोपरांत की सभी उपपत्तियों की मन-ही-मन विवेचना करके देखता। मीमांसा से लेकर 'मिल' के उपयोगितावाद तक 'धर्म' अर्थात् कर्तव्य कर्म के स्वरूप के ऊहापोह का विवेचन करता। ऐसे ही एक सर्वथा क्षीण दिन जीवन से अंतिम विदाई लेने 'मरणोन्मुख शय्या पर' शीर्षक कविता लिखी। इसकी रचना करते हुए सचमुच ही हमें आशा नहीं थी कि हम उसे पढ़ने के लिए भी जीवित रहेंगे।

मैं जब इंग्लैंड में पकड़ा गया तब फाँसी की छाया में 'मेरा मृत्युपत्र' और फाँसी का दंड दिया जाना जिस दिन संभव था, उस दिन 'पहली किश्त' कविता की रचना की थी। उसके पश्चात् मृत्यु की दहलीज पर खड़े रहकर उससे दो शब्द संवाद साधने का प्रसंग इस 'मरणोन्मुख शय्या पर' तीसरी कविता में आया था। ये तीनों कविताएँ 'Echo from the Andaman' पुस्तक में प्रकाशित हो चुकी हैं।*

तीनों बंधुओं का भरत-मिलाप

इस वर्ष मुझे और मेरे बंधु को अपने परिवार से मिलने की अनुमति आखिरकार मिल गई। अंदमान में अन्य कैदी पाँच वर्षों में अपने घर-परिवार के लोगों को बुलाकर एक-दो दिन और कभी हफ्तों उनके साथ रह सकते थे। हमें यह सुविधा आठ वर्षों बाद

* अब ये सारी कविताएँ 'सावरकर समग्र', खंड-७ में उपलब्ध हैं।

प्राप्त हुई, वह भी ढेर सारे तिकड़म करने के बाद। एक बार तो मेरे अनुज अनुमति प्राप्त करके मेरी पत्नी के साथ कलकत्ता आने के लिए तैयार हो गए थे कि पुनः अनुमति रद्द करने का तार पहुँच गया। यही निर्मम ठिठोली सतत चल रही थी। बंबई सरकार से पूछें तो वह लिखती, पोर्ट ब्लेअर से पूछिए। और पोर्ट ब्लेअर के कमिश्नर से पूछते तो वे लिखते, हिंदुस्थान सरकार से पूछिए। हिंदुस्थान सरकार से पूछा जाय तो वह कहती, यह समस्या बंबई सरकार के अनुरोध, सिफारिश पर निर्भर करती है। इस तरह चलते-चलते सन् १९१८-१९ में भेंट हो पाई। वह भी कारागार में अन्य लोगों की तरह साथ रहना तो दूर, सिर्फ साथ बैठना और वह भी पर्यवेक्षक के सामने। उसपर इस भय से कि न जाने कोई क्रांतिकारी षड्यंत्र तो नहीं रचा जा रहा, परदे के पीछे यह जानने के लिए कि हमारा वार्त्तालाप किस विषय पर चल रहा है, एक समझदार वॉर्डर को छिपाया गया। ऐसी अवस्था में आठ वर्षों के पश्चात् मैं अपने अनुज, छोटी भौजी तथा धर्मपत्नी से मिला। कनिष्ठ बंधु का सुदृढ़ स्वास्थ्य देखकर मुझे संतोष हुआ।

उस भेंट का यथासंभव अधिक-से-अधिक आनंद उठाने के लिए हम अतीत, वर्तमान तथा भविष्य की सारी चिंताएँ एवं दुःख-स्मृतियाँ बलात् हृदय की तलहटी में दबाकर घंटा-डेढ़ घंटा तक सहजतापूर्वक बतियाते रहे, मानो निर्विघ्न रूप से संपन्न विवाह के पश्चात् लग्न-मंडप में बैठकर हँसते-खेलते बातें कर रहे हैं। परंतु मेरी भाभी, मेरे ज्येष्ठ बंधु की पत्नी, वह क्यों नहीं आई? राजनीतिक संकट काल में जिसके कोमल कंधों पर हमारे पूरे परिवार के दुःख का भारी बोझ पड़ा और जिसने उसे अत्यधिक धीरज तथा एकनिष्ठ भाव से सहन किया, वह मेरी बालसखी, ममतामयी माँ, राजनीति की अत्यंत विश्वसनीय सहयोगिनी, मेरी और अपने निर्वासित पति से भेंट के लिए सात बरसों से जिसने सतत पलकें बिछाई थीं, अब ऐन मौके पर मिलने के लिए क्यों नहीं आई? सिर्फ इसीलिए, क्योंकि बरसों से उस भेंट की राह पर अपने दीपक की बाती उकसाकर टकटकी लगाए उसके वे वत्सल विरहाकुल नेत्र अपने जीवनदीप का आशामय तेल तथा जीवन-ज्योति समाप्त होने के कारण ऐन समय पर बंद हो गए। स्वराष्ट्र के कल्याणार्थ जलाए गए विरह के अग्निकुंड में कुढ़ती, जलती, सिसकती, अंत में आज वह भस्म हो गई और कल अंदमान में अपने पति से मिलने जाने को अधिकारियों का वह अनुमतिसूचक दयामय तार आ गया।

बंधु ने यह वार्त्ता कही और हमने चुपचाप उसे पचा लिया, जैसे हलाहल का एक घूँट। प्रत्युत यही कहा, यह विश्व परिवर्तनशील है, एक-न-एक दिन संयुक्त का वियोग होगा ही होगा। ईश्वर का यह बड़ा उपकार है कि आज तक उसने साथ रहने दिया, अब पुनः अपने जीवन-नाट्य का उत्तररंग आरंभ होनेवाला है। अब कथ्य से इस तरह एक-एक चरित्र निकल जाएगा, यह दृश्य रंगमंच से इसी तरह तिरोहित

होगा। और इस अदृश्य के रंगमंच पर? यह देखो, बाबा की पुनर्जन्म पर नितांत श्रद्धा है, निष्ठा है। अत: उनकी निष्ठा के अनुसार किंचित् नहीं, प्राय: निश्चयपूर्वक भाभी की आत्मा इस समय सूक्ष्म रूप से अपने इस पारिवारिक सम्मेलन में समाविष्ट हुई होगी, सबकुछ सुन रही होगी। अच्छा, हमारे जैसे किसी की उसपर उतनी निश्शंक निष्ठा न हो तो बात समाप्त हो गई। वह वीरांगना धारातीर्थ पर ही विश्राम लेती है जो राष्ट्र-हिताय रणभूमि में वीरों के जूझते समय उन्हें प्रोत्साहित करती-करती संकट की धार से काटी जाती है और धराशायी होती है—अर्थात् समस्त दु:खों से, कष्टों से मुक्त होती है, जैसे अग्निशलाका देखते-देखते मिट जाती है, मुक्त होती है, सुख-दु:खातीत होती है। अत: उसके लिए शोकसंतप्त होना अकारण है, व्यर्थ है। हम उसे पार नहीं कर सके, बस उतना ही दु:ख करना कर्तव्य है। इतना कहते हुए वह विषय छोड़ दिया और राष्ट्रीय तथा धार्मिक, पारिवारिक, विनोद संभाषण निर्धारित समय की कक्षा में जितना अधिक भर सकते, उतना भर दिया। एक घंटे में इतनी बातें करने की शक्ति मेरे जैसे बातूनी, गप्पीदास के भाग में भी कदाचित् ही आई होगी। हम त्रिवर्ग बंधुओं का यह मिलाप बारह बरसों बाद हुआ। पहला सन् १९०६ में जब बंबई से विलायत गया तब जहाज घाट पर तीनों खड़े थे, उसके पश्चात् आज अंदमान के कारागार में पुन: मिले हैं सन् १९१९ में; और वह भी इस शर्त पर कि केवल एक घंटा ही भेंट होगी।

मुझे अपनी पत्नी से भी आध-एक घंटे के लिए एकांत में बातें करने की अनुमति प्राप्त हो गई थी। तुरंत मेरे बंधु और अन्य परिवारवालों को पोर्ट ब्लेअर से नौयान पर सवार कराया गया। सप्ताह भर भी द्वीप देखने के लिए यहाँ नहीं रहने दिया। डर था कि कहीं टोह लेकर मेरी मुक्ति के लिए कोई नौका या हवाई जहाज भेजने का व्यूह न रचाएँ। मेरे बंधु के आगमन से पूरे उपनिवेश में सनसनी फैल गई थी, सभी उनके दर्शनार्थ उत्सुक थे, परंतु कोई भी उनसे मिल नहीं सकता था। तथापि इन भावुक, सुबुद्ध बंदियों में से कई उस पाबंदी की परवाह न करते हुए उनसे मिलने गए और सस्नेह उन्हें फल-फूलों के उपहार देने में भी नहीं सकपकाए।

विकार और विवेक का द्वंद्व

वे लोग गए। ज्वर में तपते-तड़पते जैसे किसी रात पल भर के लिए आँख लग जाए, कोई मधुर सपना दिखे और पल भर में पुन: आँख खुलने पर उस रुग्ण शय्या पर स्वयं तड़पता-छटपटाता रहे, ठीक उसी तरह उस पाँचवें नंबर की तीन मंजिली इमारत की तीसरी मंजिल पर मैं पुन: बंदीवान बनकर पड़ा रहा। अब हमें रुग्णालय से यहाँ बंद किया गया था। सर्वथा एकांत। परंतु सामने सागर और आकाश; और उस समुद्र में रास

नामक वह द्वीप स्पष्ट दिखता था। ऐसी कोठरी, जिससे मुक्त वायु बहती और मुक्त दृश्य दिखते, आज तक हमें नहीं मिली थी। उसपर भी इमारत के बरामदे में हम घूम-फिर सकते थे। अत: मैं उस रास का सौंदर्य निहारता रहता। मस्तिष्क में विचारों का चक्र सतत घूमता रहता। बड़ा कष्ट होता, कभी-कभी विकार विद्रोह पर उतरते। सर्वथा अनियंत्रित होकर ऐसा विद्रोह हो जाता जो विवेक को सिंहासन से उठाकर फेंक देता। तब पल भर के लिए विकारों के सामने घुटने टेके बिना उन्हें नि:शेष करने का अन्य मार्ग नहीं दिखता। फिर उस अंधेरखाते में आपस में संघर्ष होते और परस्पर बलि होते देख हम पुन: अपने हाथों राज्य की बागडोर सँभालते और एक-एक को बद्ध करते विवेक के स्थान पर उसकी पुनर्स्थापना करते। मन उनकी चपेट में न आ जाए, इसलिए जान-बूझकर सर्वथा नगण्य बातें, जैसे कंपाउंड में घास चरते चौपाए, उड़ते और गरीगोलों को लूटने के लिए कूटयुद्ध का नाटक करते कौए अथवा 'रास' की ओर जा रही नौकाओं को निहारते हुए अपना मनोरंजन करते। कारागार में एकांत के अतिरेक से मन इतना अंतर्मुख होता है कि उसे बलात् बाहर ढकेलने से भी बहिर्मुख नहीं होता। बाहरी बातों में व्यस्त रहने का अभ्यास ही छूट जाता है। उसे बार-बार वही पुराने विचार घोलते रहने की भँगेड़ियों जैसी आदत लगती जाती है।

उसपर दुर्बलतावश पढ़ना असंभव हो रहा था, फिर गंभीर विचारों और ध्यान-धारणादि अभ्यास का नाम ही मत लीजिए। सामने फैले उस रत्नाकर की ओर देखते-देखते और उसकी लहरों जैसी चित्तवृत्तियों को एक-एक में विलीन करते हुए कभी झट से मन उस सागर की गहराई की तरह किसी अथाह गंभीर गहराई में अदृश्य होकर अचानक चित्त ध्यानस्थ हो जाता, कभी उस सागर में किसी संपुट में जड़े हीरे की तरह शोभायमान उस छोटे से 'रास' द्वीप के बीचोबीच ऊँचा खड़ा वह चर्च और आकाश की ओर निर्देश करता तर्जनीवत् खड़ा शिखर देखकर अचानक उसी तरह एकाग्र होकर आकाश स्थित उस परम पिता के स्मृति-स्पर्श से मन मुग्ध होता। परंतु इस गंभीर एकाग्रता अथवा उस विशाल मुग्धता का एकांतिक आवेग उस निर्बल तथा तात्त्विक दुर्बलतावश पंगु मन को तथा मज्जातंतुओं को असहनीय होता। ऐसे ध्यान के पश्चात् अथवा विचारों का आवेग घटते ही सिर दर्द आरंभ होता। मज्जातंतुओं तथा ज्ञानतंतुओं पर भारी प्रतीत होकर तनाव-दुर्बलता ही अनुभव होती, अत: उस आनंद से भी वंचित होना पड़ता। ऐसी अवस्था में भगवान् बुद्ध का स्मरण होता। उस उपोषण के पश्चात् मूर्च्छितावस्था से उठते ही ध्यानशक्ति, शारीरिक शक्ति उन्हें प्रथम संपादन करनी पड़ी। मिसरी, मक्खन, खीर, मार्ग में जो भी मिला, उसे मुँह में डालते हुए उन्हें प्रथम अनशन से क्षीण बनी देह स्थूल करनी पड़ी। फिर इतरजनों का क्या कहना! ऐसी अवस्था में पढ़ना वर्जित, विचार वर्जित, ध्यान वर्जित, धारणा वर्जित और गंभीरता दुर्बलतावश

वर्जित तो सलिलता कारागारीय क्रूरतावश वर्जित। न साथ, न केलि, न संगत, न क्रीड़ा! बस सामने स्थित डॉक्टर की मुरगियाँ, उनके चूजे, मच्छर और पक्षी··· ।

मंडन मिश्र की कोठरी

हाँ, पंछियों का नाम लेते ही एक सुखद अनुभव का स्मरण न करना कृतघ्नता होगी। वह आनंद है उन बुलबुलों का मनोरंजन। अंदमानी बुलबुल बड़े सुंदर, नन्हे से, सुडौल एवं चपल होते हैं। अहा! उनका वह सुरीला मधुर कूजन! कितने चुलबुले, कितने चंचल! उनके झुंड-के-झुंड नारियल की गरियों पर ऐसे टूट पड़ते कि बस मेरी इमारत के सामने चहचहाते रहते। गंभीर विचार सहन न होने पर मैं हठात् चित्त को हलकी-फुलकी बातों में रिझाने लगता। तब ये चुलबुले, चंचल, चहकते बुलबुल मेरे चित्त को रिझाते। उनकी और मैना की भाषा भी मुझे अवगत होने लगी। मैना की भाषा के विभिन्न दस-पंद्रह स्वर अर्थात् शब्द मैं सही-सही पहचानता। कोठरी में वह शब्द सुनते ही मैं सही-सही पहचान लेता। बाहर वे इस तरह सोच रहे हैं। उनके सरल निमंत्रण, लुका-छिपी की भाषा, तत्काल का बुलावा, भय सूचना, सुख गीति, रति भीति, शिशु गीति, छौनों को बुलाना, प्रीतम को बुलाना, युद्ध पूर्व अंतिमोत्तर (ultimatums) चुनौतियाँ, रण-गर्जनाएँ आदि प्रसंगो-पात्र विभिन्न स्वर तथा शब्द सर्वथा भाषावत् निश्चित होते और उस भाषा के व्याकरण में मैं संपूर्ण व्युत्पन्न हो गया था। पर उनके लिए मेरी भाषा सीखना असंभव था, क्योंकि पक्षीपालन कारागारीय अपराध था, अन्यथा मैं अपनी कोठरी में उन्हें सहजता से पालता। यदि मैं यह कर सकता तो मैं उन्हें राष्ट्रप्रीति के गीत सिखाता। और फिर जिस तरह शंकराचार्य मंडन मिश्र का घर पूछते गए तब लोगों ने अभिमान के साथ कहा कि 'जिनके द्वार के आगे शुक और मैना वेदांत चर्चा करते हैं,' (जानीहि तन्मंडनमिश्रगेहम्) उसी तरह यदि मेरी कोठरी के संबंध में पूछताछ करने कोई नया बुलबुल आता तो पुराने बुलबुल कहते कि जिसकी सलाखों के निकट मैना और बुलबुल हिंदुस्थान की स्वाधीनता के गीत गाते हैं। 'जानीहि तन्वंडनमिश्र कक्षम्,' वह उस मंडन मिश्र की, विद्रोही की कोठरी है।

कौओं की मुझसे बहुत घुटने लगी थी। उधर एक बार मेरी सम्मति से एक मुसलमान बंदी ने चोरी-चोरी एक कौआ पाला। पर दो-चार दिनों के पश्चात् मैंने देखा कि वह कौआ ब्रह्मी लोगों की सब्जी के काम आने का योग बन रहा है। क्योंकि उस कारागार में बरसों से अन्य किसी का भी मांस भक्षण करना असंभव होने के कारण सामिषभोजी ब्रह्मी लोग और कुछ मुसलमान कौओं को पकड़कर, उन्हें मार और उसका मांस कारखाने की आग में भूनकर खाते। इतना ही नहीं, अपितु उस भुने हुए मांस की एक बोटी पर एक आना अथवा तंबाकू के चार पत्ते के भाव से आपस में क्रय-विक्रय

भी करते। उस मुसलमान बंदी ने भी इसी हेतु से कौआ पाला था। मुझे संदेह होने के दूसरे दिन ही उसने नीचे रहनेवाले ब्रह्मी लोगों को देकर उसकी सब्जी भी बना डाली।

काव्य रचना बंद

मैं जब पहले-पहल कारागार में आया तब इसी प्रकार कड़े एकांत में बंद था। परंतु उस समय काव्य रचने में मेरा समय बीतता था। आठ बरसों के पश्चात् भी मेरे साथी बंदी बाहर स्वतंत्र रूप से घूमते-फिरते, दस लोगों पर अपना रोब जमाते, सापेक्षतः बहुतेरी मनमानी करते रहते, तब भी मैं उसी तरह कठोर एकांत में बंद था। परंतु अब समय बिताने के लिए काव्य रचना करने की शक्ति भी शेष नहीं रही। प्रथमतः दंड प्राप्त होने के पश्चात् यह देखकर कि अंदमान में संगठन और प्रचार कार्य हाथ में लेना संभव है, मैंने काव्य रचना के निश्चय को कुछ दिनों के लिए स्थगित कर दिया था, उसके पश्चात् तंत्रिका (नाड़ियों) की दुर्बलतावश वह काम लगभग छोड़ ही देना पड़ा। जो हजार-डेढ़ हजार कविताएँ हो गई थीं, उन्हें कंठग्थ करने में ही कठिनाई होने लगी, फिर नव-रचना तो दूर ही रही। प्रति सप्ताह कुछ देर उन्हें दोहराना, जिन्हें पहले कंठस्थ किया था। एक बार मैंने इस तरह गणना की कि यदि मैं सतत उस बंदीशाला में विरचित कविताएँ गाने लगूँ तो प्रातःकाल से आरंभ कर संपूर्ण दिवस और संपूर्ण रात्रि, भोजन का कुछ समय छोड़कर, सतत गा सकता हूँ। इतनी काव्य रचनाएँ हो गई थीं। वह सारी कंठस्थ भी थीं। परंतु इसी दुर्बलता के कारण उस बीमारी के वर्ष-दो वर्षों में स्मृति की छलनी से कितनी सारी कविताएँ पठनाभाव में निकल गईं।

इस तरह एकांत कालकोठरी यद्यपि इतनी कष्टप्रद और कठोर थी, फिर भी उससे मेरे कारागारीय सार्वजनिक आंदोलन बंद नहीं हुए थे। किसी-न-किसी मार्ग से शुद्धि, संगठन, शिक्षा तथा राजनीतिक जागृति आदि उपांगों के आंदोलन पूरे उपनिवेश में फैल ही रहे थे।

इस एकांत इमारत में भी इस तीसरे तल पर आकर कारागारीय अधिकारियों का कोपभाजन बनकर प्रसंगवश हथकड़ियों में खड़े रहने का दंड सहकर भी जिन बंदियों—राजनीतिक एवं साधारण—ने मुझसे मिलना और मेरी सेवा करना नहीं छोड़ा, यहाँ उनका आभार प्रकट किए बिना नहीं रहा जाता।

मैंने पीछे भी उल्लेख किया है कि उस पाँचवें नंबर की इमारत में तीसरे तल पर मुझे रखने के पीछे एक उद्देश्य था कि सामने फैले हुए सागर की मुक्त एवं विशुद्ध हवा का मैं भरपूर सेवन कर सकूँ। इसी कारणवश तथा विशेषतः इन दो वर्षों में इस प्रकार मरणोन्मुख शय्या पर चिपक जाने पर मुझे स्वास्थ्यप्रद अन्न दिए जाने से मेरा स्वास्थ्य धीरे-धीरे सुधरने लगा। थोड़ा-बहुत अन्न पाचन होने लगा और ज्वर, वजन घटना आदि

तपेदिक के पूर्व चिह्न समाप्त होने लगे। लगभग डेढ़-दो वर्षों के पश्चात् मैं वह मरणोन्मुख शय्या समेट सका।

बाबा का दुःखद दर्शन

मैंने अपनी मरणोन्मुख शय्या समेटी ही थी कि उसे पुनः बिछाना पड़ा—वह भी अपने ज्येष्ठ बंधु के लिए, क्योंकि उनका स्वास्थ्य गिरते-गिरते मेरा स्वास्थ्य सुधरने के संधिकाल तक संपूर्ण गिर गया। उसपर भी दुःख की बात यह कि अंत तक उनकी व्यवस्था ठीक नहीं रखी गई। मेरी दृष्टि के सामने अभी तक वह दुःखद दृश्य दिखाई दे रहा है—काले कंबल का कोट पहने हुए, पित्ताशय बिगड़ने से अत्यधिक वेदना से पीड़ित झुके हुए बाबा रुग्णालय की ओर जा रहे हैं—वहाँ एक उद्धत तथा घिनौना भारतीय मद्रासी मेडिकल असिस्टेंट आँखें तरेरकर जूते पटककर उनसे तनिक खींचातानी करते हुए कहता है, 'कहाँ दुख रहा है? इधर तो कुछ भी नहीं। सारी बंडलबाजी है।' और इस अपमान से खिन्न, उसका प्रतिवाद करने के लिए—पुनः रुग्णालय नहीं जाऊँगा, चाहे कुछ भी हो जाए—यह निश्चय करता हुआ वह कष्टभोगी देशप्रेमी, कंबल का काला कोट पहने, खाँसी की अविरल ढाँस से, जिसे सभी तपेदिक का लक्षण समझते थे, पीड़ित-कराहते हुए अपनी कोठरी की ओर जा रहा है। उस मद्रासी के उद्धत व्यवहार पर उसके कान उमेठे गए। पर्यवेक्षक ने भी तपेदिक की आशंका में भाई के थूक की जाँच की। अंत में 'चालाकी' के नाम पर जो बीमारी हद तक बढ़ गई थी, एक निर्भीक वरिष्ठ डॉक्टर ने—जिसे हिंदुस्थान से सोद्‌देश्य यहाँ की अवस्था में सुधार लाने के लिए भेजा गया था—उनकी रीढ़ की हड्‌डी में तपेदिक का दाग ढूँढ़ निकाला और यह सिद्ध हो गया कि उन्हें तपेदिक की बीमारी लग गई है। तथापि जब तक वे अंदमान में थे, तब तक उनके स्वास्थ्य की देखभाल ठीक-ठाक नहीं हो रही थी। खाँसी इतनी जोर से आती कि वे एक इमारत में यदि खाँसने लगते तो पड़ोस की दोनों इमारतों में उस जानलेवा सूखी खाँसी को सुननेवाला घबरा जाता। उनके प्राण उड़ने लगते, ऐसा लगता कि दमघुटी हो रही है, फिर भी खाँसी नहीं रुकती। ऐसी खाँसी, प्रतिदिन १००° से १०२° तक ज्वर, पित्ताशय में इतनी तीव्र पीड़ा कि सीधा खड़ा रहना भी कठिन। अतिसार का घिनौना कष्ट—इन सारे कष्टों को झेलते हुए उस कर्मवीर ने अंदमान में अंतिम डेढ़ वर्ष बिताया।

उस डेढ़ वर्ष में सौ-डेढ़ सौ राजबंदी, जो आजन्म कारावास का दंड लेकर आए थे, चार-पाँच सौ चोर, डाकू, हत्यारे आदि साधारण बंदी, जिनमें से किसी-किसी ने एक वर्ष भी दंड नहीं भुगता था, फिर भी विजयोत्सव तथा राजक्षमा के (जिसका आगे चलकर हम उल्लेख करनेवाले हैं) कारण बरी किए गए। परंतु इस रोगजर्जर राजबंदी

को, जो दस वर्षों से इस यंत्रणा में सड़ रहा है और अंत में राजयक्ष्मा जिसके जीवन की बोटी-बोटी नोच रहा था, उस राष्ट्रीय बंदी को बरी नहीं किया गया।

और विधि (कायदे-कानून) की भाषा में कहना हो तो उनपर इस भयंकर कोप के लिए जो महान् अपराध सिद्ध हो गया था, वह यह कि उन्होंने दस पन्नों की एक पुस्तिका प्रसिद्ध की थी, इसलिए आजन्म कारावास; और दूसरा अपराध यह कि वे मेरे बंधु थे, अतः तपेदिक होने पर मुक्ति नहीं।

तथापि उस कष्टभोगी कर्मवीर के आत्मविश्वास, तत्त्वनिष्ठा अथवा धैर्य में रत्ती भर भी कमी नहीं आई। मृत्यु भी मार्ग रोकने लगी, तब भी निश्चित मार्ग से तिल भर भी वे टले नहीं।

यह है अंदमान का वृत्तांत। वहाँ से हिंदुस्थान के कारागार वापस लाने के पश्चात् उनके भाग्य में जो कष्ट लिखे थे, उनके सामने अंदमान के शारीरिक कष्ट तथा मानसिक यंत्रणाएँ कुछ भी नहीं थीं। उनका सामना आगे चलकर उन्हें करना ही था।

□

प्रकरण–७

पंजाब तथा गुजरात में दंगे

नियमानुसार दंडित सैनिक राजबंदियों का आगमन और कारागारीय आयोग (जेल कमीशन) के सम्मुख वक्तव्य

महायुद्ध की समाप्ति के पश्चात् उसकी प्रतिक्रिया समाप्त होते-न-होते सन् १९१९ में पंजाब, अहमदाबाद, दिल्ली, वीरमगाँव आदि स्थानों पर हुए दंगे-फसादों के समाचार अंदमान पहुँच गए। हमें वह बड़ा सराहनीय प्रतीत हुआ। महायुद्ध की धाँधली में जागतिक महान् क्रांति की बारात निकल जाने पर पीछे मक्खियाँ उड़ाते पड़ा हुआ यह निबद्ध भारतीय टट्टू हाथ-पाँव मारते हुए अब उठना चाहता है। पीछे-पीछे वे राजबंदी भी पहुँच गए, जो पंजाब तथा गुजरात के सैनिकों से दंडित (Martial law Convicts) किए गए थे। अंदमान में अभी तक राजनीति के कारण दंड प्राप्त मुसलमान राजबंदी नहीं आए थे। इन सैनिक दंडित-बंदियों में थोड़े-बहुत मुसलमान राजबंदी भी थे। उन सभी को आजन्म कारावास से लेकर दो वर्षों के कठोर परिश्रम के दंड दिए गए थे।

सन् १९११ में जिस नौयान पर सवार कराके मुझे अंदमान लाया गया था, उसी पर सवार एक साधारण बंदी से बात करते हुए मैंने कहा था, यह ठीक है कि तुम लोग इसलिए दुःखी हो रहे हो कि मैं अकेला राजबंदी कारावास पर जा रहा हूँ। परंतु घर-बार का स्वदेशार्थ होम करके जब मात्र राजबंदियों से ठसाठस भरे नौयान अंदमान में आवाजाही करने लगेंगे, तब कहीं यह सिद्ध होने लगेगा कि अब स्वदेश में अपनी मनचाही वस्तु पाने की क्षमता आ गई है। आजन्म कारावास प्राप्त राजबंदियों की संख्या हिंदुस्थान की जीवंतता की उष्णता मापनेवाला 'तापमापी' (Thermometer) है। इन शब्दों का मुझे तब स्मरण हुआ, क्योंकि वे दोनों नौयान राजबंदियों से लगभग भरकर ही आए हुए थे। अब उस कारागार में कम-से-कम दो सौ तक राजबंदी एकत्रित हो गए थे। अधिकतर

सभी दस वर्ष अथवा आजन्म कारावास, समान भयंकर दंड से दंडित, फिर भी सभी उस दंड को कर्तव्य भावना से उन्नत मस्तक, तनी छाती से धैर्यपूर्वक सह रहे थे। मेरे आने के दस वर्षों के दौरान तापमापी का पारा इतना ऊपर चढ़ गया था। एक-डेढ़ वर्ष का दंड हो जाने पर जिस हिंदुस्थान में उस देशभक्त को हुतात्मा समझा जाता था, उसी हिंदुस्थान में सैकड़ों लोग आजन्म कारावास में जाने के लिए रत्ती भर भी नहीं हिचकिचाते और यह घटना इतनी आई-गई होती है कि उनके नाम भी लोगों को याद नहीं रहते, और एक अथवा डेढ़ वर्ष का दंड, इसकी गणना तो मुक्ति में ही होने लगी। छूटा बेचारा अमुक, 'केवल दो वर्ष बंदी।'

इतना कुछ होने पर भी, साध्य प्राप्त करना है तो और बहुत कुछ होना चाहिए। कितने सारे कष्टों का मूल्य अभी नापकर देना होगा, तब जाकर कहीं कसर पूरी होगी।

देशभक्ति और बुद्धि बल

देशभक्ति के साथ-साथ व्यक्ति में बुद्धिबल भी होना चाहिए। इस तरह के विचार मैं साप्ताहिक गोष्ठी तथा व्यक्तिगत चर्चा में सतत प्रदर्शित करता रहता था। उससे कष्ट सहने की तैयारी तथा धारणा अधिक उत्पन्न होती है। श्रम का परिहार हो जाता है तथा निराशा के बादल छँट जाते हैं। इन नवागत राजबंदियों में प्रायः सभी ग्रामीण जन थे। अधिकतर पूरे अशिक्षित, परंतु देशभक्ति से वंचित नहीं थे। अचानक मेरे हाथ खजाना लग गया है, मुझे ऐसा लगा। मैं उनमें से प्रत्येक व्यक्ति से प्रार्थना करने लगा कि स्वाभाविक देशभक्ति तो आप में थी, परंतु देशभक्ति को बौद्धिकता का बल प्राप्त नहीं था, उसे अब उपार्जित करने का अवसर मत खोना। यह नालंदा (बिहार) का विश्वविद्यालय है। ज्ञान और तप की साधना आरंभ कीजिए। मैंने तथा मेरे साथियों ने राजबंदी बनकर आए इन पंसारी, दुकानदार और काश्तकारों को 'अ, आ' से पढ़ाना आरंभ किया। उनमें कुछ गुजराती भी थे, उन्हें गुजराती पढ़ाने के लिए मैंने पुस्तकें मँगवाईं। मैं सुबह, दोपहर जब भी थोड़ा-बहुत उनमें घुल-मिल सकता था, उस काल में पंजाबी को गुरुमुखी पाठ, गुजरातियों को गुजराती पाठ, हिंदुस्थानियों को हिंदी पाठ पढ़ाना आरंभ किया। प्रत्येक नंबर की बैरक से हमारी संस्था के तत्त्वानुसार हमारे सदस्यों ने वही क्रम बनाए रखा। उन बंदियों में ऐसे कई लोग थे, जिन्होंने मेरा नाम सुन रखा था। उनपर मेरा सहज प्रभाव हो जाता। उनमें से एक ने मुझसे कहा, इससे पूर्व मेरे पंजाबी बंधुओं में से एक-दो जनों ने भी वही कहा था—आपके अंदमान आने के बाद अमेरिका से आनेवाले जलयानों पर यदि भारतीय सवार होते तो वह सिंगापुर से आगे सरकते समय, उनमें से अनेक लोग अंदमान की ओर मुख करके उसे प्रणाम करते, क्योंकि यहाँ वे बंदी वीर बंद थे जिन्होंने उनके देश के लिए संघर्ष किया था। इस तरह

की बातें सुनने पर हमें पूर्वार्ध में ग्रंथित किए हुए उन वाक्यों का स्मरण होता, जिनका अंदमान में अपने प्रथम, द्वितीय सप्ताह में उच्चारण किया था। 'अपमान और लांछनों से तेज-भंग मत होने देना। कभी एक दिन ऐसा भी आएगा—इसी कारागृह में तुम जैसे राजलांछितों की प्रतिमाएँ खड़ी की जाएँगी।' निराशा की मूर्च्छना पर की गई कल्पना की उस उत्तेजक मात्रा की कम-से-कम इतनी तो चरितार्थता हो गई। अंदमानीय निर्वासितों को सारे भरतखंड ने विस्मृत नहीं किया था।

उन राजबंदियों को केवल अक्षर ज्ञान ही नहीं अपितु भूगोल, इतिहास, अंकगणित आदि शिक्षा प्रदान करने का धूम-धड़ाका चल रहा था। उसके अतिरिक्त संध्या समय भोजनोपरांत सभी बंदियों को प्राप्त अवकाश के समय और रविवार को बीस-पच्चीस बंदियों के साथ बैठकर मैं हिंदुस्थान की राजनीतिक स्थिति, सुधारों का अर्थ, विदेशी इतिहास, अर्थशास्त्र के मूलभूत तत्त्व आदि विषयों पर संवाद करता और उन्हें तथा अन्य बंदियों को बौद्धिक प्रशिक्षण देता। उन दिनों उस कारागार में राष्ट्रीय शिक्षा का काफी धूम-धड़ाका था। पंजाबी राजबंदियों में से पुराने बंदी जब अपनी 'गदर' पत्रिका के क्रांतिकारी हिंदी और पंजाबी गीत गाते, तब तंडेल पेटी अफसरों के साथ सभी बंदियों से भरी-पूरी इमारत उन गीतों को सुनने खड़ी रहती। इतना ही नहीं, हमारी इमारत में कारखाने के लिए लगे टीन के शेड की आड़ में फैली हरी-भरी दूब पर राजबंदी संध्या समय कुश्ती का प्रशिक्षण भी लेने लगे, क्योंकि नवागत राजबंदियों में एक-दो नामांकित पहलवान भी आए हुए थे।

बन गए जंटलमैन

उस काल में उन्हें शिक्षा देते समय कभी-कभी बड़ा कष्ट होता, कभी-कभी बड़ा कौतुक लगता। गुजराती राजबंदियों में एक मुसलमान को गुजराती सिखाने के लिए तंबाकू देकर वश में करना पड़ा। एक पंजाबी ब्राह्मण ठेठ गाँव का था, परंतु पक्का लबार। पंजाब के दंगों में पकड़ा गया था। उसे पढ़ाने के लिए हमें न केवल तंबाकू देनी पड़ती, अपितु कभी-कभी रुग्णालय के भोजन में से दूध का भोग भी चढ़ाना पड़ता, फिर भी श्रीमान हमारे आने की आहट पाते ही केवल जोर-जोर से घोटा लगाते। आयु पचास से ऊपर हो चुकी थी, परंतु थे अवतारी! बच्चों जैसी शरारतें करते। किसी दिन हमने समय पर तंबाकू नहीं दी तो अपनी स्लेट छिपाकर कहते, 'खो गई।' इसकी टोह लेते हुए कि हम लोग आस-पास नहीं हैं, उन्होंने हम पर एक मजेदार गीत की रचना की, 'बन गए बाबू जंटलमैन, बन गए बाबूजी।' उसे सुनकर हमें कौतुक लगता और फिर वह गीत अपने सामने गवाने के लिए उसे और एक चुटकी तंबाकू देनी पड़ती। अन्य राजबंदी हमसे बराबरी करने के लिए उसे घुड़कियाँ देने लगे। फिर हम बीच में

पड़कर उसे छुड़ाते। उसका वह गीत 'बन गए बाबू जंटलमैन, बन गए बाबूजी' आज भी हम कभी-कभी बड़े चाव से गुनगुनाते हैं।

स्लेट, पेंसिल और अंकलिपियों के साथ उन राजबंदियों के पीछे-पीछे हमें कितनी बार घूमना पड़ता, इसकी कोई गिनती ही नहीं। कुछ लोग इस बला को टालने के लिए हमसे बात करने से भी कतराते। एक चालीस वर्षीय गुजराती किसान को, जिसका नाम 'जीवा' था, हमने चालीस बार गिनकर बारहखड़ी दी थी। वह तमाशा देखकर राजबंदी हँसते-हँसते लोटपोट हो जाते। परंतु इससे भी मजेदार बात यह हुई कि उसे वह बारहखड़ी याद हो, ऐसे थे ये अनपढ़, गँवार। परंतु इनका हृदय पवित्र, निर्मल, भक्तियुक्त शुद्ध था। कैसी उनकी भक्ति और कितनी लीनता, उनमें से कइयों को दंगे में हुई गोलीबारी में गोलियाँ लग चुकी थीं। हम बड़े गर्व से उन घावों के दागों पर हाथ फेरकर उन्हें सहलाते हुए कहते, 'ये देखो, हमारे वीर सैनिक और ये देखो, उनके सम्मानसूचक तमगे। ये भाड़े के सुवर्ण पदकों से कहीं अधिक सम्माननीय मांस पर अंकित पदक हैं। कितने सच्चे हैं ये तमगे!'

बारी की निस्पृहता

कारागार में राजबंदी बहुत उथल-पुथल मचा रहे थे; किंतु हमारे बारी महाशय गायब थे! राजबंदी यदि ऊपर देखे तो नीचे देखो और नीचे देख रहा हो तो ऊपर देखो, इस तरह किसी-न-किसी बहाने जो उन्हें नीचा दिखाता, गर्जन करता था, पोर्ट ब्लेअर का वह मर्त्य ईश्वर कहाँ है ? वह उसी कारागार में था, परंतु पोर्ट ब्लेअर के ठीक उसी पाषाण, जिससे यदि कोई टकराने जाए तो उसे चोट पहुँचाता, परंतु स्वयं उठकर किसी से भी नहीं टकराने जानेवाला; एक उपद्रवहीन पाषाण! दस वर्षों की निरंतर चखचख से ऊबकर, हड़तालें, वृत्तपत्रीय हल्ला-गुल्ला, अपनी शान खोने का दुःख आदि से वह त्रस्त हो चुका था। और वरिष्ठ अधिकारियों ने भी भारी सिरजोर बने और संख्या तथा संगठन से निरंतर बढ़ते राजबंदियों से 'तोबा तेरी छाछ से, पर इन कुत्तों से छुड़ा' यह नीति अपनाई थी। हमारी यह उथल-पुथल, जहाँ दो जनों का बात करना अपराध समझा जाता, वहाँ पच्चीस जनों की सभा-गोष्ठी आदि वह सुन रहा था। परंतु पेटी अफसर आदि से स्पष्ट कहता था, 'मेरे कानों तक कोई भी शिकायत मत आने दो। मेरे तथा वरिष्ठ अधिकारियों के सामने उन्हें इकट्ठा मत बैठने देना, थोड़ा-थोड़ा काम करवाओ और कोई ऐसा-वैसा भयंकर कृत्य उन्हें मत करने देना जिससे हंगामा खड़ा हो। बस, फिर करने दो उन शैतानों को अपनी मनमानी। तुम ही सब सँभालो। जाओ।'

पर जमादार से लेकर पेटी अफसरों तक, बंदियों में से ही बने अधिकारी, जो हमारी बरसों की प्रशिक्षावश अब हमारे ही ढर्रे पर चलने लगे थे, ऐसे लोग इने-गिने

ही थे, जो स्वयं जाकर चुगली नहीं करते। अत: प्राय: सभी घटनाएँ बारी तक न पहुँचते हुए ही घटती रहीं। इसका एक उदाहरण देता हूँ, जो इस बात का द्योतक है कि किस तरह अधिकारियों में संगठन तथा राष्ट्रीय विचारों से प्रेरित लोग होते थे। एक गुजराती बंदी, जो खेती के लिए हत्या के अपराध में दंडित हुआ था, जब से हम आए तब से हमारे विचारों से प्रेरित हुआ और हमारा कट्टर समर्थक बन गया। उसमें राष्ट्रीय रुचि इतनी जगी थी कि हड़ताल जैसे सर्वथा कड़े बंदोबस्त के दिनों में भी वह स्वयं काम करता। जब वह बंदी था तब नारियल के गोले के छिलकों में राजबंदियों की चिट्ठियाँ छिपाकर उन्हें लाने-पहुँचाने का काम करता। आगे चलकर वॉर्डर बनने के पश्चात् वह कूड़ा भरनेवाली टोली का मुखिया बन गया। तब से हम जो समाचार-पत्र हर कक्ष में भेजते, उसे वही उन टोकरियों में ले जाता। उसके इस साहस से हमारे लोगों में उसे 'डाकिया' का उपपद प्राप्त हो गया था। जब बारी का शासनकाल कठोरता की चरम सीमा पर लरज-गरज रहा था और जब पेंसिल अथवा कागज का छोटा सा टुकड़ा भी रखना-मिलना संभव नहीं था, तब हम पानी पीते-पीते ईंट के टुकड़े से कटोरे पर जो समाचार या संदेश लिखते, उन कटोरों को ये महाशय बड़ी सहजता से इधर से उधर कर देते। पेड़ों के पत्ते कूड़े में फेंके जाते। इन महाशय के संकेत से ही हम उन्हें खोलकर देखते, उनमें काँटों से कुरेदे किसी समाचार के दो शब्द होते जो बाहर से आया होता। वह भी किसी को रत्ती भर भी संदेह न हो, इतनी सफाई के साथ। आगे चलकर वह पेड़ काटा गया। इस प्रकार निस्पृहता से राष्ट्रीय स्वयंसेवक का कार्य करके राजबंदियों और शुद्धिकरण आदि सार्वजनिक आंदोलन के लिए संघर्षरत उस बंदी की बढ़ते-बढ़ते उस समय तक जमादार के रूप में तरक्की मिल गई थी। उन टोकरियों से पूर्व वह स्वयं हमारे ही पास 'अ-आ' से शुरू कर गुजराती सीख गया था। जमादार होने पर भी जिसे हम कहते, उसे पढ़ने देता और स्वयं भी पढ़ता। हाँ, इधर-उधर देखते हुए, क्योंकि सार्वजनिक परोपकारी राष्ट्रीय प्रवृत्ति को प्रोत्साहित करना करागारीय संविधान की दुष्टतापूर्ण नीति के अनुसार दंडनीय था। राजबंदियों से सहानुभूति के कारण वह संदेहास्पद व्यक्ति जाहिर होने के बावजूद बारी के अधिकार के नीचे अवश्य था, परंतु बारी की कृपा से जमादार नहीं बना था। इसी से बहुतांश में यह सिद्ध होता है कि वह बंदियों के काम और अन्य आवश्यक अनुशासन का कितना पालन करता था तथा कितना सच्चा, विश्वसनीय और निर्व्यसनी था!

क्रांतिकारी और पक्षी

हमारी ही प्रशिक्षा में पले लोग उपनिवेश में इधर-उधर कारागृहों में फैले हुए थे। इससे ऊबकर अधिकारीगण जैसे-तैसे राजबंदियों को शांत रखने की नीति अपनाने

के लिए बाध्य थे। इस कारण हमारा बारी अब एक मृत ज्वालामुखी की तरह बंदीशाला के लेख्यालय में हाथ पर हाथ धरे बैठा रहता था। आठों पहर मुँह में लगे डंडे समान सिगार का धुआँ ही बस उसके भीतरी ज्वालामुखी का अहसास कराता। शेष सब ठंडा। उसपर वह लंबॅगो के विकार से सर्वथा उकता गया था। आखिर उसे सावधि अवकाश मिल गया और वह शीघ्र ही पोर्ट ब्लेअर छोड़ने की तैयारी में जुट गया।

जब तक वह पोर्ट ब्लेअर की बीस-तीस बरसों की संपत्ति समेटकर अपना बोरिया-बिस्तर बाँधकर तैयार हो रहा है, तब तक छुट्टी की बात छिड़ने पर उसकी एक मनोरंजक घटना सुनाता हूँ। चार-एक वर्ष पूर्व अर्थात् सन् १९१५ या १९१६ में उसने आयरलैंड जाने की योजना बनाई और उसे सावधि छुट्टी मिल गई। बहुत समय पहले यह आदमी आयरलैंड से दो-चार पैसे लेकर भाग आया था। वही दरिद्र अब दस-पाँच हजार अंटी में बाँधकर वापस आयरलैंड जा रहा था। वह कहता, 'मैंने भी अपना बीस बरस का आजन्म कारावास पूरा किया है, सावरकर! क्योंकि मैं भी तो यहाँ एक स्थानबद्ध मनुष्य ही हूँ।' आयरलैंड को अब वापस तो लौटना था, परंतु तब तक राजबंदियों की जो दयाशील व्यवस्था उसने की थी, अब वह उसके पेट में शूल की तरह चुभ रही थी। उसपर वे दिन ऐसे थे कि जब उन सरकारी अधिकारियों, जो लोगों में पीड़क के रूप में कुख्यात थे, में से एक-दो जनों पर किसी उद्दंड क्रांतिकारी के हाथों झटपट 'राम' कहने का समाचार मिलता। एक दिन बारी के कार्यालय में उसके कुछ गोरे मित्र बैठे थे, तब यह चर्चा छिड़ गई और यह सहज वार्त्तालाप हो रहा था कि कलकत्ता से होकर यात्रा करने में बारी को उसकी कीर्ति का मजा चखाने की टोह में लगे हैं। किसी दुष्ट क्रांतिकारी से घातक भेंट की आशंका है, अतः वह हिंदुस्थान मार्ग से यात्रा न करते हुए सीलोन मार्ग से यात्रा करें। हमारे 'मुंशी' (बंदी लेखक) लोगों ने जो उनके आगे-पीछे रहते थे, तुरंत यह समाचार हमें दिया। हमारे विचार से उस समय गोरे अधिकारियों के मन में इस तरह का भय उत्पन्न होना मात्र भीरुता का ही लक्षण नहीं था, अपितु कुछ हद तक बुद्धिमानी का भी था। इस संवाद से बारी अपने आपको बड़ा महत्त्वपूर्ण समझने लगा और उस दिन शाम को स्वयं ही सीना फुलाते हुए अपने उद्धत व्यंग्य-विनोद से पूछने लगा, "क्यों सावरकर, सुना है, हिंदुस्थान में पैर रखते ही आपके मित्र हम पर बम फेंकनेवाले हैं?" हमने भी उसी के उद्दंड व्यंग्य का अनुकरण करते हुए उत्तर दिया, "मुझे ऐसा नहीं लगता। यदि किसी के पास वास्तव में बम हो, तो उसे इस तरह कौए, चिड़ियों के शिकार में बरबाद करने से किसी शेर का शिकार करने में ही बुद्धिमानी है। और कोई क्रांतिकारी ऐसा नहीं, जो यह न समझे।" बारी का गर्व ऐसे पिघल गया जैसे पानी में मिट्टी का ढेला। उसके डर का क्या हुआ वह वही जाने!

बारी की मृत्यु

यह भी गत वर्ष की घटना है। इस छुट्टी की बात सर्वथा भिन्न थी। अब बारी हमेशा के लिए जा रहा था। उसका स्वास्थ्य इतना गिर गया था कि अंदमान तो छूट ही रहा था, यह भी संदेह होने लगा था कि यह दुनिया भी वह देख सकेगा या नहीं। अंत में शताधिक बंदियों की गालियों और अभिशाप के उपहार स्वीकारते हुए बारी को, जिसकी कमर ही टूट चुकी थी, दो जनों की सहायता से जलयान पर चढ़ाना पड़ा। अर्द्धमूर्च्छित अवस्था में वह हिंदुस्थान पहुँचा और वहाँ शीघ्र ही अत्यंत कष्टप्रद अवस्था में उसका प्राणांत हो गया। उसकी स्मृति भी उन राजबंदियों ने ही जीवित रखी, जिनपर उसने घोर अत्याचार किए थे; और जब तक यह ग्रंथ रहेगा तब तक रहेगी, अन्यथा वह भी उसी के साथ समाप्त हो जाती और वास्तव में वैसा ही होना चाहिए था। राजबंदियों को जो कष्ट हुआ, उसके लिए मूलभूत कारण वह नहीं था, वह तो निमित्त मात्र था। परंतु इससे उसे हद से ज्यादा महत्त्व प्राप्त हो गया। किसी अमूर्त संस्था की दुष्टता अथवा शिष्टता की जानकारी देते समय किसी-न-किसी मूर्त व्यक्ति का नामोल्लेख अपरिहार्य होता है, इसलिए इस तरह के बंदीपाल का नाम लोगों की दृष्टि के सामने आ गया, अन्यथा बारी के गुण अथवा दोष भी इतनी प्रख्याति अथवा कुख्याति प्राप्त करने योग्य नहीं।

तथापि उस अत्यधिक विवश अवस्था में भी हमारे विषय में उसने जो सुखद शब्द कहे तथा उसके परिवार के लोगों ने जो कुछ सहानुभूति प्रकट की, उसके लिए उस बंदीपाल, उसकी सदय कन्या तथा उसकी सत्त्वशील पत्नी के प्रति आभार प्रकट किए बिना हम आगे नहीं बढ़ेंगे। हमारे विचार में परस्पर विरुद्ध स्थिति में यदि हमारी भेंट होती तो कदाचित् वह हमारा प्रशंसक ही बनता और हमारी इस धारणा का आधार हमारी पीठ पीछे उसी के मुँह से निकले अनेक ऐसे उद्‌गार हैं।

शाप और क्षमा

बारी के उल्लेख की समाप्ति के साथ-साथ ही 'छोटा बारी' अर्थात् पोर्ट ब्लेअर में 'पठानी राज्य' का डंका पीटनेवाले मिर्जा खान की भी खानगी करें। बारी की ज्वाला ही जहाँ बुझ रही थी, वहाँ यह कहने की आवश्यकता ही नहीं है कि उसकी तपिश को सर्दी लग जाने से वह लुप्तप्राय होने लगी थी। यह देखकर कि इधर-उधर हर जगह राजबंदियों का जोर है, उसके दुष्ट पठानी-सिंधी हस्तक एक-एक करके 'तोड़' दिए गए हैं, जहाँ-तहाँ सर्वत्र सापेक्षतः सौम्य, सदाचारी तथा राष्ट्रीय विचारों के हिंदू बंदी जो यहाँ-वहाँ सर्वत्र सरकारी कार्य एवं उचित कारागारीय अनुशासन को उनसे भी सुव्यवस्थित ढंग से संपन्न कर रहे हैं और उपनिवेश में तथा कारागार में प्रायः सभी छोटे-मोटे स्थानों पर 'स्वतंत्र' लोग नियुक्त किए जा रहे हैं, उससे विवश होकर दाढ़ीबाज मिर्जा खान

एकदम ढीला पड़ गया था। राजबंदियों के आगे दुम हिलाते हुए वह दिन बिता रहा था। मुसलिम धर्मांधता जो पहले उसे उन्मत्त करती थी, वही अब उसका भय भी अकारण बढ़ाने में कारणीभूत होती थी। उसे लगता था कि काफिरों पर उसने जैसे अत्याचार किए, वैसे ही वे उस पर करेंगे। एक मनोरंजक बात उसकी इसी प्रवृत्ति का दिग्दर्शन कराती है। इस उत्तरकाल में एक बार उसके हाथ में कुछ तकलीफ हो गई। किसी भी तरह वह पीड़ा बंद न हुई। बारी का पूरा शरीर जिस तरह ढीला पड़ रहा था, ठीक उसी तरह उसके पिट्ठू का हाथ भी ढीला पड़ गया। तब उस धर्मांध मिर्जा खान को पूर्ण विश्वास हो गया कि हो-न-हो सात नंबर के उस चश्मेवाले बड़े बाबू ने ही हम दोनों पर टोना-टोटका किया है। बारी इतना भोला नहीं था, परंतु मिर्जा खान आतंकित हो गया। हमारा भरपूर गौरव करते हुए रुग्णालय से ही उसने संदेश भेजा कि 'मुझसे सौ-सौ अपराध हुए हैं। सावरकर बाबू से कहियो, क्षमा कर दें और मेरा हाथ मुझे वापस लौटा दें।' यह प्रार्थना सुनकर मैंने उसे लाख समझाया कि भई, मैंने जादू-वादू कुछ नहीं किया, न ही टोना-टोटका। ऐसी व्यर्थ बातों पर मेरा रत्ती भर भी विश्वास नहीं है। परंतु वह नहीं माना। तब केवल उसे निश्चिंत करने के लिए मैंने कहा, "अच्छा, आपके विश्वासानुसार यदि मेरे कहने पर आपका हाथ ठीक हो जाएगा, यही आपकी भावना है, तो ईश्वर को साक्षी मानकर कहता हूँ कि मैं आपका भला चाहता हूँ।" आगे चलकर उसका हाथ ठीक हो गया—यद्यपि दवाइयों के ही कारण, परंतु उसने क्या सोचा होगा, वही जाने। आगे छह महीने तक वह वहीं पर था, परंतु जैसे दंतहीन साँप। इसके पश्चात् विजयोत्सव के समय जो तीन-चार सौ बंदीवान बरी हो गए, उनमें अपने अतीत की पीड़ादायी सेवा का फल सहसा इन महाशय के हाथ लग गया और वह मिर्जा खान, जिसका हिंदुओं के अत्याचारी के रूप में दस बरसों तक डंका बजता रहा था, परंतु आगे चलकर जो बिलकुल गऊ बन गया था—बरी हो गया। उसके बाद पठान, सिंधी और पंजाबी मुसलमानों का हौसला टूट गया, उनकी धौंस सर्वथा कुचल दी गई। एक-दो जो शेष रहे, वे चुपचाप समय काटने लगे। कारागार एवं उपनिवेश में सर्वत्र वॉर्डर, हवलदार, जमादार, स्वतंत्र अधिकारियों में लेखक, डॉक्टर, कंपाउंडर प्रायः हिंदू ही रखे गए थे। सापेक्षतः सरल एवं सच्चे स्वभाव के कारण वरिष्ठ अधिकारियों को भी वही रास आने लगे थे। यह देखकर पठान दाँत पीसकर कहने लगे, "अब क्या बोला जाए, अब तो हिंदू राज हो गया है।"

कुछ पुराने पठान वरिष्ठ अधिकारियों से चुगली भी करते, "साब, अब तो पोर्ट ब्लेअर में हिंदू राज है। साब, हमें डर है, हमपर झूठा मुकदमा न बनाया जाए।" जिस समय 'पठान राज' था तब हिंदुओं पर ऐसे मिथ्या अभियोग लगाकर उन्हें अकारण तंग करने की जिन्हें आदत थी, उनमें से इन अवशिष्ट दुष्टों को यह डर लगता कि अब ये

भी वही करेंगे। यह उन्हीं की दुष्टता का प्रतिबिंब था, न कि हिंदुओं की; क्योंकि हिंदुओं ने कभी किसी को इसलिए तंग नहीं किया कि वह मुसलमान है। इतना ही नहीं, समझदार तथा धर्मांधता से निर्लिप्त अपने उन मुसलमान बंधुओं का हम अंत तक समर्थन ही करते, उन्हें पढ़ाते और अपनी सिफारिश से यथासंभव उनकी भलाई ही करते। उनमें से कइयों के आवेदन-पत्र हमने लिखे होंगे, कइयों को कामकाज में सहायता दिलवाई होगी। आगे चलकर उस तुच्छ नरेली के 'हिंदू राज' के कुछ अधिकार हमारे हाथ में भी आ गए। तब मुसलमान जमादार आदि से हमने कितनी सच्चाई तथा न्यायसंगत रीति से व्यवहार किया, यह आगे उन्हीं के शब्दों में बताया जाएगा।

बारी की विदाई के बाद उधर दो-तीन तत्रस्थ तथा हिंदुस्थान से लाए गए स्थायी-अस्थायी (permanent or temporary) बंदीपालों का आना-जाना रहा। इनमें से एक ने बारी के पूर्वार्ध के दबदबे के संबंध में सुना था, परंतु उत्तरार्ध की हताशा का स्मरण उसे नहीं रहा। अत: उसने विचार किया कि क्यों न वह उसी तरह राजबंदियों को सताकर सरकार के सामने अपनी शूरता का ढोल पीटे ? अत: उसने और उसी समय के एक वरिष्ठ उथले स्वभाव के अधिकारी ने नवागत गुजराती राजबंदियों में से जो शांत स्वभाव के प्रतीत हुए, उन्हें कोल्हू घुमाने की आज्ञा दी। राजबंदियों ने कड़े संघर्ष से उस कोल्हू की कमर तोड़ी थी। उन्हें कोल्हू देना अच्छा नहीं लगा। यदि देना ही था तो नवागतों में जो हृष्ट-पुष्ट एवं सूरमा थे, उन्हें कठोर परिश्रम का यह काम देना चाहिए था। परंतु नि:शक्त, सौम्य और निपट गऊ जैसे ग्रामीण बंदियों को चुन-चुनकर कोल्हू का काम दिया गया, जिसका उद्देश्य यह था कि वे डरकर काम करेंगे। परंतु प्रथम दिन ही उन सभी ने इनकार कर दिया। उन्हें बीता इतिहास बताया जा चुका था। उनमें से दो हमारी ही इमारत के थे। उनके साथ सब नीति निश्चित की। उनके इनकार करते ही उस बंदीपाल ने बारी के ही ढंग से हल्ला-गुल्ला किया—हमारी इमारत के एक-दो जनों को, जिन्हें उसने नेता समझा था, लकड़ी के कोल्हू में ठीक वैसे ही जोता जैसे बैलों को जोतते हैं और दूसरों को कोल्हू घुमाने का आदेश दिया। अर्थात् अन्य बंदीवानों के कोल्हू में जुटते ही उससे बँधे उन गुजराती राजबंदियों के पास दो ही मार्ग शेष रहे—या तो कोल्हू घुमाना या फिर धराशायी हो घिसटते जाना। उन दोनों में से एक ने यही मार्ग अपनाया, वह धराशायी हो गया—कोल्हू से बँधे होने पर अन्य बंदियों द्वारा कोल्हू खींचते ही वह भूमि पर घिसटता हुआ नाचने लगा।

थोड़ी देर में कोल्हू की इमारत की यह बात सभी इमारतों में फैल गई। हमारी इमारत तक भी पहुँच गई। अन्य राजबंदियों को संदेश भेजकर कुछ निश्चय करें, उससे पहले भोजन का समय हो गया। अत: प्रत्येक इमारत में यह संदेश भेजा गया कि बंदीपाल से हमें यह पूछना है कि गुजराती राजबंदियों पर हो रहे इन अत्याचारों के

समाचार सत्य हैं या मिथ्या। यह हंगामा सुनकर बंदीपाल कारागृह में आ गया। देखा तो? ऐसे संघर्षों में उस्ताद पुराने राजबंदियों में एक से बढ़कर एक निश्चयी एवं स्वाभिमानी दृढ़प्रतिज्ञ कैदी हाथों में थालियाँ पकड़कर और यह कहते हुए कि जब तक इस कार्य की व्यवस्था नहीं होती, अन्न ग्रहण नहीं करेंगे। इमारत के हर दर पर रास्ता रोककर तैश में खड़े रहे। बंदीपाल के जीवन में ऐसा बाँका प्रसंग पहली बार आया था। महाशय ने भाँप लिया कि अब इन राजबंदियों से सामना है। प्रथम कहने लगा, 'यह सरासर झूठ है कि उन गुजराती बंदियों को कोल्हू से बाँधा है।' तब एक बलदंड और हड़ताल में हमेशा अग्रणी रहनेवाला पंजाबी राजबंदी तमतमाकर पूछने लगा, 'तो क्या हमारा गुजराती भाई झूठ बोल रहा है?' और उसने लोहे का वह थाल गदा जैसा ऊपर उठाया और बोला, 'देखो, यदि आवश्यक हुआ तो इस थाली से ही सिर फोड़ डालूँगा। जो हमपर अत्याचार करना चाहता है, सोच-समझकर करे।' बंदीपाल चुपचाप, बिना कुछ बोले पीछे हट गया। उन दोनों गुर्जर बंधुओं को कोल्हू से हटाकर कोठरी में बंद किया गया और राजबंदियों को संदेश आ गया कि अब तुम लोग भोजन करो। तुम्हारे आदमियों को कोई कष्ट नहीं पहुँचाया जाएगा। कुछ दिनों पश्चात् उन गुजराती राजबंदियों को अन्य बंदियों की तरह छिलका दिया गया और संपूर्ण हड़ताल का यह नया और अंतिम कारण हड़ताल की धमकी देने से ही दूर हो गया।

ठीक करनेवाले ही ठीक हो गए

जहाँ तक हमें याद है, इसी बंदीपाल के हाथों अंदमान में नियम विरुद्ध अंतिम मारपीट की गई। साधारण बंदियों में से एक साहसी युवक पर, जो नित्य राजबंदियों की सहायता करके हमारे सार्वजनिक आंदोलन में मनोयोगपूर्वक भाग लेता था और जिसका उल्लेख हमने पीछे शुद्धि प्रकरण में भी किया है, अधिकारियों की नित्य नजर रहती। ज्ञानार्जन में उसकी विशेष रुचि थी। एक दिन काम के समय उसके हाथ में पुस्तक देखकर अथवा ऐसे ही किसी कारणवश क्रुद्ध होकर कचहरी में बुलाकर इन महाशय ने उसे ग्रामीण गाली दी। ग्रामीण गाली का अर्थ अंग्रेजी भाषा में नाम के पीछे उप-पद जैसे नियमपूर्वक आता है, इसी तरह का उप-पद लगाया। परंतु बंदीपाल क्या जाने कि अंदमान के कारागार में लोगों के स्वभाव अब आठ वर्ष पहले जैसे नहीं रहे। उसके गाली बकते ही 'तुम्हारा बाप···' कहते हुए उस हिंदू युवक ने इस बंदीपाल के पिताश्री को ही उस गाली का उपहार दिया। तब क्रोध से उफनता हुआ वह बंदीपाल उठ गया और उसने वॉर्डरों से उस बंदी को पकड़वाया और अपने हाथों से उसके मुँह तथा छाती पर मुक्के मारना शुरू किया। उसका मुँह सूज गया और खून बहने लगा, तब उसे छोड़ा। यहाँ इस बात पर गौर करना चाहिए कि उस बंदी को गंडमाला का रोग था। बंदीपाल

को लगा—अच्छा हुआ, अच्छा मजा चखाया बच्चू को। अन्य कायर तथा लुच्चे लोग उससे कहने लगे—'अरे भई, अंग्रेजों से तो राजबंदी ही टक्कर ले सकते हैं। भई, हम किस खेत की मूली? बस, अब जो हुआ सो हुआ। तुम डॉक्टर से कहना कि गिरने के कारण मेरे चेहरे पर सूजन आई है और खून बह रहा है, अन्यथा, उलटे तुम दंड भुगतोगे।' परंतु वह धीर वीर था। उसकी आँखों और होंठों पर बहुत सूजन आई थी। उसने डॉक्टर से कहा कि बंदीपाल के मारने से सूजन आई है। परंतु डॉक्टर ने बंदीपाल के भय से उधर ध्यान नहीं दिया। बंदीपाल ने पर्यवेक्षक से उसकी भेंट नहीं होने दी। तब हममें से एक राजबंदी ने यह पोल खोलने की ठान ली। यह देखकर कि उसी सप्ताह संयोग से चीफ कमिश्नर भी आ रहे थे—बंदीपाल के होश उड़ गए। वह गिड़गिड़ाने लगा, परंतु चीफ कमिश्नर के सामने उस अत्याचार को प्रस्तुत करने में वह हिंदू युवक जरा भी नहीं हिचका। बंदीपाल के अच्छी तरह कान उमेठे गए। इस तरह पूर्वकालीन प्रतिवाद से कारागृह में मारपीट खत्म ही हो गई थी। इन नए महाशय द्वारा उसे फिर से शुरू करने का प्रयास करते ही उन्हें भी करारा थप्पड़ रसीद किया गया, जिससे उन्होंने भी पुनः इस तरह का दुष्टतापूर्ण कृत्य करने का साहस नहीं किया। इसके आगे जो वर्ष-डेढ़ वर्ष हमने उधर बिताया, उस काल में हमें स्मरण नहीं कि बंदियों से इस तरह बिना किसी कारण क्रूर मारपीट की गई हो। मारपीट का हमारी स्मृति में यह अंतिम उदाहरण था, अतः उसका वर्णन हेतुपूर्वक किया गया है। यह कहना भी आवश्यक है कि इतनी मारपीट और खून की उल्टियाँ होने के बाद भी उस हिंदू युवक बंदी ने निडरता के साथ सार्वजनिक आंदोलन करना नहीं छोड़ा था। उसने अपने दंड के चौदह बरस पहले ही पूरे कर लिये थे, परंतु मेरे आने तक वह बरी नहीं हुआ था। राम जाने हमारे पीछे उसका क्या हुआ?

हिंदू संस्कृति के अभिमानी बंदीपाल

इसके पश्चात् कई स्थानांतरण होते-होते बारी साहब के साले साहब बंदीपाल बन गए। उसने उपनिवेश में इससे पूर्व भी अनेक अधिकारपूर्ण स्थानों पर काम किया था। उस व्यक्ति का नाम डिगिन्स था। कोई भी अच्छा व्यक्ति अंदमानी प्रतिबंधों की नीति में अच्छा नहीं रह सकता, तथापि डिगिन्स साहब के उस कारागार में नियुक्त होते ही सभी को हार्दिक प्रसन्नता हुई, क्योंकि उन्होंने नियुक्त होते ही उस दुष्टतापूर्ण नीति में भी यथासंभव न्यायपूर्ण रीति से अपने अधिकार का डंका बजाया, जिससे उनका नाम सभी दंडित उतनी ही कृतज्ञता तथा आदर से लेते जितना बारी साहब का घृणा से। वे हिंदू संस्कृति के अभिमानी थे। वे आयरिश थे और विशेष बात यह कि थियोसॉफिस्ट थे। इंदूभूषण की आत्महत्या कांड में हमने बारी की बकवास का उल्लेख किया है कि

थियोसॉफिस्ट पुस्तकें पढ़कर मनुष्य पागल बनता है। परंतु दिन-रात थियोसॉफिस्ट की पुस्तकें पढ़कर भी बारी के साले साहब पागल नहीं बने। वे ज्ञानपिपासु तथा शिष्ट थे। वे अपने व्यवहार से अपनी श्रेणी में यथासंभव सिद्ध करके दिखाते कि ढंग से सरकारी काम कराते और यथोचित अनुशासन रखते हुए भी बंदी से इनसान की तरह व्यवहार किया जा सकता है। इतना ही नहीं, अपितु इस तत्त्वानुरूप कि कारागारीय संस्था का प्रमुख ध्येय बंदियों का आत्मिक, मानसिक तथा नैतिक सुधार ही होना चाहिए—कारागारीय संस्था चलाई जा सकती है। इसके लिए कभी-कभी उन्हें वरिष्ठ अधिकारियों की नासमझी का कोपभाजन भी बनना पड़ता था।

कारागृह जाँच समिति

इन स्थानांतरण के चलते उधर हिंदुस्थान में एक जेल कमीशन की नियुक्ति का समाचार मिला। इस आयोग के सामने जो समस्याएँ थीं, उनमें एक तो यही थी कि अंदमान उपनिवेश का आगे क्या करना चाहिए? १ जनवरी, १९२० को नियुक्त आयोग के संबंध में और विशेष रूप से अंदमान के उपनिवेश की स्थिति की जाँच करके उसके भविष्य पर विचार करने का प्रश्न मुख्यत: उसके सामने प्रस्तुत करने के पीछे हमारे अंदमानीय आंदोलन तथा आठ-नौ बरसों से उसकी दुर्दशा की कहानी हिंदुस्थान एवं विश्व भर में उजागर करने का प्रयास ही विशेष कारगर हुआ था। इसके अतिरिक्त हमारे तथा अंदमान स्थित सभी सुजान बंदीवानों के सामने यह स्पष्ट था कि यदि इस समय अपने कष्टों, अत्याचारों का विस्तृत ब्योरा आगे बढ़कर इस जाँच समिति के कानों में नहीं डाला तो यहाँ के अधिकारी इस समिति के सामने यह बताने से नहीं चूकेंगे कि यह उपनिवेश ईश्वरीय देन है और इसमें कुछ भी ऐसा नहीं, जिसे सुधारा जाए। अधिकारियों में भी एक-दो प्रमुख अधिकारियों की स्पष्ट राय थी कि अंदमानीय जलवायु ही स्वास्थ्य विनाशक है और बंदियों को वहाँ बसाने की नीति भी अधिकांश विघातक है। परंतु अधिकारी वर्ग इस प्रयास में था कि अत्याचारों की यथासंभव कम-से-कम जानकारी उन्हें हो, और जो जानकारी मिले भी तो उसे मिथ्या सिद्ध किया जाए। कुल मिलाकर 'सब ठीक है' का आभास देकर ही उन्हें विदा किया जाए। बंदियों में से खुशामदी बंदियों को ढूँढ़कर उन्हें इस तरह व्यवस्थापन करने के लिए नियुक्त किया गया कि आयोग के सामने कोई भी प्रतिवाद अथवा शिकायत न जाने पाए। इसके विपरीत राजबंदियों की अगुवाई में न केवल बंदियों ने, बल्कि अन्य लोगों ने भी यथासंभव निर्भीकता के साथ आयोग के सामने अपनी दुर्गति की बात रखने की व्यवस्था की। जिले-जिले में एकमत से एक ही तरह की एकमुखी माँगें तथा प्रतिवाद किया जाए, इसके लिए संदेश तथा लिखित डाक प्रारंभ हो गई। यद्यपि जाँच समिति के सामने

बंदियों का संपूर्ण पक्ष प्रस्तुत करने का कार्य विभिन्न जिलों के विभिन्न व्यक्तियों को सौंपा गया था, तथापि न केवल उपनिवेशीय बंदियों को बल्कि वहाँ के स्वतंत्र लोगों का भी हमसे सतत अनुरोध होने लगा कि इन सभी प्रमुख बातों का प्रतिनिधत्व करने का कार्यभार हम अपने कंधों पर लें। उनका भावुकतापूर्ण विश्वास था कि जिस कुशलता और जिस भाषा में सटीक तर्क प्रणाली तथा निर्भीकता के साथ उनकी माँगें हम आयोग के सामने प्रस्तुत करेंगे, वैसा कोई अन्य नहीं कर पाएगा। इसके अतिरिक्त उन बंदियों के अनुरोध के पीछे का विधेय इस वास्तविकता पर भी आधारित था कि आयोग के मन पर हमारे कहने से जो परिणाम होगा तथा उस जानकारी का जो महत्त्व होगा, वही जानकारी इससे भी अधिक स्पष्ट रूप में अथवा तीव्रतर भाषा में भी यदि किसी ने रखी तो वह प्रभाव नहीं हो सकता। अत: उनका सतत अनुरोध देखकर मुझे भी वह कार्यभार सँभालने की इच्छा हो आई।

परंतु दूसरे पक्ष में एक महत्त्वपूर्ण बाधा हमारे सामने थी। अंदमान का कैदी यदि आत्म-संबंधित शिकायत या अन्य कुछ भी प्रतिपादित करता तो वह एक तरह से सहज माना जाता था, परंतु यदि अन्य बंदियों से संबंधित कुछ बात करे अथवा किसी बंदी का पक्ष लेते हुए उसकी वकालत करे, तो उसे एक अपराध समझा जाता था। यदि वह ऐसा साहस करे भी तो उसका मुँह यह कहते हुए बंद किया जाता कि दूसरे से तुम्हें क्या लेना-देना? तुम अपनी कहो अगर कहना चाहते हो तो। दूसरी बात यह थी कि राजबंदियों को विजयोत्सव के उपलक्ष्य में क्षमादान कर बरी किया जाए, हिंदुस्थान में इस माँग का आंदोलन व्यापकता से चल रहा था। कौंसिल में प्रश्नोत्तर भी हो रहे थे। सरकार ने हिंदुस्थान में तथा वहाँ के अधिकारियों ने अंदमान में स्पष्ट सूचित किया कि इस मुक्ति में प्रत्येक राजबंदी के राजनीतिक और सार्वजनिक आचरण तथा उसकी मानसिकता का विशेष रूप से विचार किया जाएगा। अर्थात् हमारे तथा हमारे बंधु की मुक्ति का प्रश्न प्रमुखत: अंदमान के अधिकारियों के कहने पर ही निर्णीत होना था। यद्यपि हमने अपनी राय स्पष्ट शब्दों और लिखित रूप में गवर्नर जनरल के सामने रखी थी, तथापि सरकार अंदमानी अधिकारियों की गुप्त टिप्पणियों पर ही निर्णय लेगी कि हमारा लिखा स्पष्ट है या नहीं, सत्य है या नहीं। हम आज तक अपने सार्वजनिक आंदोलनों से अंदमान के सारे अधिकारियों के कितने प्रेम-भाजन हो गए हैं, यह बात भी उजागर ही थी। ऐसी अवस्था में ऊपर से आ रहे आयोग के सामने उपनिवेश के सभी काले कारनामों को प्रकट करना तथा बंदियों और स्वतंत्र पक्ष की ओर से अधिकारियों का पक्ष विफल करने का कार्य स्वीकारना उन उपनिवेशीय अधिकारियों के अनुसार हमारे अत्यधिक दुराचारी तथा बरी होने के सर्वथा अयोग्य होने के कारण था।

सच कहने का अर्थ बंदीवास बढ़ाना

उसमें भी हमें यह मालूम था कि वह आयोग एक विशेष उद्देश्य से राजबंदियों का निरीक्षण करने आ रहा है। विशेष उद्देश्य यह है कि अंदमानीय अधिकारियों के उस संबंध में प्रस्तुत प्रतिवेदन (report) का और स्वयं प्रमुख राजबंदियों का निरीक्षण कर हिंदुस्थान सरकार को प्रतिवेदन करना कि कौन बरी करने योग्य है और कौन नहीं। यदि हमने चुनिंदा अधिकारियों से भरे इस आयोग के सामने अंदमानी अधिकारियों अर्थात् हिंदुस्थान सरकार के, जो उनका समर्थन कर रही थी—तत्कालीन बंदीशाला विभागांतर्गत दुष्टतापूर्ण नीति तथा पीड़ादायी व्यवहार की कटु आलोचना की तो स्पष्ट है, यह धृष्टता इन शिष्टजनों को असहनीय होगी। इसका अर्थ यह है कि इस तरह अगवानी करना हमारे मुक्तिमार्ग में रोड़े अटकाना है, आए हुए स्वर्ण अवसर से वंचित होना है और इसके विपरीत, यदि राजबंदियों का संपूर्ण उपनिवेश के प्रति आग्रह का अपमान किया तो आज तक उनमें से शताधिक लोगों ने राजबंदियों की जो सहायता की, आदरभाव दरशाया, उसका ऋण न चुकाते हुए उनपर किए जा रहे अत्याचारों को टालने का हाथ आया हुआ सुनहरा अवसर खो देना था। वे दस-बारह हजार बंदी और उनकी न्यायसंगत शिकायतें। इतने सारे लोगों के दु:ख, उनपर किए गए अत्याचारों का मात्र उल्लेख करके इस तरह की जाँच के समय उसे सबके सामने प्रकट करने में यदि हम हिम्मत हार बैठे तो हमारा सार्वजनिक परिश्रम, जो हमने इस जाँच के लिए सरकार को बाध्य करने के लिए किया था, उसे ही अकारथ होने देना था, क्योंकि यह जाँच हम सभी के सतत प्रयासों से, हमारे द्वारा सहे गए अत्याचारों, यंत्रणाओं के विरुद्ध किए गए प्रतिवादों से ही हो रही थी। यदि और कोई यह कार्य करता तो वह इतना परिणामकारी नहीं होता, यह अन्य हजारों बंदियों की तरह हमें भी लग रहा था, इसलिए आयोग के सामने गवाही देना हम अपना कर्तव्य समझने लगे।

मुक्ति का मापदंड

अंदमान में हम अपने आचरण का बिंदु नित्य ही मुक्ति और राष्ट्रहित दो छोरों के बीचोबीच रखते कि अंदमान में जो कुछ राष्ट्रहित साध्य होगा, वह इतना महत्त्वपूर्ण कभी नहीं हो सकता जितना मुक्ति के पश्चात् हिंदुस्थान में जाकर साध्य होगा। परंतु इसके लिए मुक्ति हेतु कोई भी विश्वासघाती, निंदनीय, नीच तथा चापलूसी भरा आचरण, जिससे देश अथवा जाति का स्वाभिमान कलंकित हो, कभी समर्थनीय सिद्ध नहीं हो सकता, क्योंकि उस योग से होनेवाली मुक्ति राष्ट्र के लिए अधिक हितकारी होने की अपेक्षा अधिक राष्ट्रविघातक ही सिद्ध होगी। अत: इस तरह का आचरण टालते हुए यदि मुक्ति का निश्चित अवसर मिल रहा हो, तो वह हम साध्य करके ही रहेंगे। वह

निश्चित अवसर मिलने तक उसी स्थिति में जो कुछ राष्ट्रहित साध्य कर सकें, उसे साध्य करने का प्रयास करते हुए दिन व्यतीत करें। उसमें भी यथासंभव उन्हीं से ये कार्य करवाना, जिनपर सरकार का इतना उग्र रोष अथवा तीव्र दृष्टि अभी तक नहीं है। उस अवस्था में जब अपने बिना संभावित सार्वजनिक आंदोलन करने के लिए कोई अन्य इतना इच्छुक अथवा समर्थ न हो तो उन मामलों को स्वयं निपटाना, मुक्ति संभव दिखाई दे रही हो तो यूँ ही नहीं गँवानी चाहिए। परंतु निश्चित संभव न हो तो केवल ललचाई हुई कायरता से यह कहते हुए कि 'अन्यथा छोड़ेंगे नहीं' अंदमान में स्वकीयों पर हो रहे अत्याचार यूँ ही चुपचाप नहीं देखेंगे, क्योंकि यह हम भलीभाँति जानते हैं कि आखिर हमारी मुक्ति अंदमान स्थित हमारे व्यवहार पर जितनी निर्भर है, उससे अधिक वह हिंदुस्थान की राजनीतिक हवा की तपिश पर निर्भर रहेगी। हिंदुस्थान का वातावरण जब तक राजबंदियों, को बरी करने के लिए छेड़े गए आंदोलन से और लोकमत को कुछ राजनीतिक महत्त्व प्राप्त होने योग्य तप्त नहीं हुआ था, तब तक ऐसे राजबंदी, जो 'बारी वाक्यं प्रमाणम्' कहते हुए बैठे थे तथा किसी भी सार्वजनिक कार्य में संबंधित तटस्थ भावना रखते थे, वे भी मेरे जैसे ही सड़ रहे थे। उन्हें सरकार 'समझदार' समझने लगी और अन्य लोगों से थोड़ी-बहुत अधिक सुविधाएँ देने लगी, वह भी तब जब अन्य बंदियों के आंदोलन अधिकारियों के कठोर व्यवहार का निषेध करने लगे। वे यदि इतने धृष्टशील नहीं बनते तो ये समझदार भी सरकार को 'सुशील' प्रतीत नहीं होते। कारागार में राजबंदी चाहे लाख गऊ बनकर नाक की सीध में चलें, परंतु सरकार इतनी भोली नहीं थी कि बस उतने से उन्हें बरी कर देती। मुक्ति होगी तो तभी, जब प्रमुखतः हिंदुस्थान की राजनीति के दाँव-पेचों में वह एक अनुकूल दाँव होगा। तभी इस तरह की धारणा बनने योग्य लोकमत प्रबल होगा। यह भी हमें कारागारीय ही नहीं, अपितु ऐतिहासिक अनुभव से निश्चित ज्ञात था।

अपनी इस नित्य की नीति के अनुसार हमने मध्यम मार्ग अपनाया। हजारों बंदियों पर किए गए अत्याचार कोई भी उतने परिणामकारक ढंग से प्रस्तुत नहीं कर सकता, जितने कि हम। अतः हमने कारागारीय आयोग के सामने गवाह बनने का निश्चय किया। हमने तय किया कि स्वयं पहल न करते हुए यदि आयोग स्वयं हमारे पास वस्तुस्थिति को जानने आ जाए तभी कहा जाए और उसमें भी वही बातें कहें जिन्हें हम पूरी तरह सत्य सिद्ध कर सकें। उसके पूछने पर सत्य कहें तो भी सरकार हमें 'धृष्टशील' समझकर नहीं छोड़ेगी—किसी-न-किसी बहाने वह छोड़ना ही नहीं चाहती थी—एक नहीं तो कोई दूसरा निमित्त बताएगी—यही अपरिहार्य था। इस तरह किसी भी प्रकार से यदि मुक्ति नहीं ही होनी है तो हजारों बंदियों का, विशेषतः राजबंदियों का हित न करना अपने कर्तव्य से च्युत होना है, ऐसा हमें लगा।

अंत में जब आयोग अंदमान आ गया तो जैसा अपेक्षित था, उसी तरह ठेठ हमारे बारे में पूछता हुआ वह हमारी कोठरी में ही आ धमका। उसमें श्री जैक्सन थे, जिन्होंने बंबई कारागार विभाग में आजीवन अपने अधिकार का डंका बजाया था। पनगल के महाराज और अन्य उच्च पदाधिकारी लोग भी थे। उन्होंने बात करते-करते स्वयं ही प्रश्नोत्तर रूप में अंदमान का उपनिवेश, कारागारीय व्यवस्था तथा राजबंदियों आदि के संबंध में चर्चा प्रारंभ की। तब हमने उस विषय की जानकारी व्यवस्थित ढंग से उनके सामने प्रस्तुत की। चर्चा नीति का ज्ञान कराने के लिए उनमें से एक-दो चुटकुले नीचे दे रहा हूँ।

सधे हुए तर्कशुद्ध उत्तर

राजबंदियों पर किए गए असंख्य अत्याचारों की रामकहानी, जो इस पुस्तक में अब तक वर्णित है, उसका वर्णन करते-करते हमने भानसिंह की धुनाई की जानकारी भी दे दी। अत: उस चर्चा में गोरे सदस्यों से भी अधिक उद्धत और तैश भरे स्वर में अधिकारी पक्ष का समर्थन करते हुए एक भारतीय सदस्य ने कहा, ''परंतु भानसिंह के शरीर पर हुए घाव, मारपीट के कारण ही हुए, यह आपने कैसे जाना?''

''वे अपने आप हो गए यह मानना असंभव था, इसलिए।''

आयोग के एक अन्य सदस्य ने कहा, ''वह सीढ़ी उतरते समय चक्कर खाकर गिर पड़ा था, तब वे घाव हुए थे। आप मारपीट के समय प्रत्यक्ष वहाँ उपस्थित नहीं थे न? फिर सुनी-सुनाई बातें व्यर्थ हैं।''

मैं : पर भानसिंह, जैसा आप कह रहे हैं, सीढ़ी से गिर गया, क्या उस समय आप वहाँ उपस्थित थे? नहीं। तो फिर आपको भी किसी ने यह जो सुनी-सुनाई जानकारी दी है, वह भी बेकार है। मेरी जानकारी से भी वह अधिक अविश्सनीय है, क्योंकि घटना घटी तब आप एक सागर पार हिंदुस्थान में थे और मैं इधर ही मात्र एक दीवार की ओट में था। मैंने वह चीख-पुकार, मारो-मारो तथा भाग-दौड़ का शोर साक्षात् अपने कानों से सुना है और अनेक लोगों ने जो घटनास्थल पर उपस्थित थे, पाँच मिनट के अंदर मेरे पास आकर वह घटना ज्यों-की-त्यों मुझे बता दी थी।

सदस्य : हमें अधिकारियों ने जानकारी दी।

मैं : और मुझे उन राजबंदियों ने जानकारी दी जो उस जगह उपस्थित थे। मैं नहीं समझता कि वे राजबंदी इन अधिकारियों से कम विश्वसनीय हैं। यहाँ के कारागार के निम्न श्रेणी के अधिकारियों के प्रमादशील होने के कारण यह अधिक संभव है कि उन्होंने घटना विकृत करके बताई होगी और वरिष्ठ अधिकारी स्वयं घटनास्थल पर थे नहीं। इसके अतिरिक्त मैंने रुग्णालय में भानसिंह के शरीर पर छड़ी की मार के निशान अपनी आँखों से देखे थे।

इसके पश्चात् मेरे अभिप्राय से संबंधित इधर-उधर की चर्चा करते हुए एक ने कहा, ''पर आपको कारागार के बाहर छोड़ने पर आप क्या करेंगे?'' इससे पहले कि मैं कुछ उत्तर देता, एक अन्य सदस्य ने व्यंग्यात्मक हँसी के साथ कहा, ''वही पुनः राजद्रोह फैलाने का काम।'' मैंने कहा, ''आप अपने आपको अंतरज्ञानी समझते हैं। अन्यथा यह कहने के लिए कि मेरे मन में क्या है, आप आगे नहीं बढ़ते। अच्छा, मान लीजिए, राजद्रोह फैलाने का काम मैंने पुनः आरंभ किया भी तो आप मुझे पुनः पकड़ सकेंगे। कल कोई चोरी करेगा, इसलिए आप उसके ऐसा कुछ भी करने के पहले अपने ही नियम के विरुद्ध क्या आज ही उसे इस कारागार में बंद कर देंगे? आपके नियमों के आधार पर ही मुझे कारागार से बाहर छोड़ना न्यायसंगत है। गत पाँच वर्षों में मुझ पर एक भी अभियोग नहीं चलाया गया। उन्हें भी कारागृह में आप एक वर्ष से अधिक बंद नहीं करते, जिन्होंने कारागार तोड़कर भाग जाने जैसे मुझसे भी अधिक बड़े अपराध किए हैं। कारागार की ही बात क्या, हिंदुस्थान में भी यदि मुझे खुला छोड़ा गया तो मैं उधर भी निश्चित शर्तों का प्रामाणिकता के साथ पालन करूँगा। यदि आप राजनीति में हिस्सा नहीं लेने देंगे तो देश एवं मानवजाति की अन्य रूप में देशसेवा करूँगा, उसके हितार्थ कमर कसूँगा। यदि मैंने वचन भंग भी किया तो आप मुझे पुनः आजन्म कारावास पर भेज सकते हैं। आपकी निर्बंध (कानून) शक्ति तो सूक्ष्म, प्रबल एवं सर्वसाक्षी है ही।

सदस्य : आप अगर कानूनी दायरे में नहीं आए तो इससे यह सिद्ध नहीं होता कि आप कानून भंग कर ही नहीं रहे थे। राजद्रोह के अभियोग में न फँसने पर भी यह नहीं कहा जा सकता कि आपने राजद्रोह किया ही नहीं।

मैं : लेकिन किया है, यह भी तो नहीं कहा जा सकता। किसी को चोर कहने का हमें तब तक अधिकार नहीं होता जब तब वह चोरी करते पकड़ा नहीं जाता अथवा विधिक (legal) संदेह उत्पन्न नहीं हुआ हो। वही स्थिति राजद्रोह की है। मैंने कई बार गवर्नर जनरल तक अपने विचार पहुँचाए हैं। वैध उपायों से मिलनेवाले सुधार में थोड़ा-बहुत सार्वजनिक राजनीतिक हित साध्य होगा। उसी वैध मार्ग से मैं यह प्रयास करना चाहता हूँ कि वह साध्य होता है या नहीं। यदि सुधार का उसी तरह उपयोग होता गया और उससे अगले सुधार का मार्ग खुल गया तो कोई भी राज्यक्रांतिकारी वैध और शांति के मार्ग से ही देशहित साध्य करने के लिए प्रयत्नरत रहना चाहेगा। मनुष्य अपनी जान से इतना तो नहीं ऊब जाता कि बिना कारण वह रक्तपात तथा प्राणघात की दिशा में प्रवृत्त हो। जब हम निरुपाय हो गए तभी हमने वह भयंकर मार्ग अपनाया, न कि किसी शौक से। यदि मेरे वचन से आपको विश्वास नहीं हो रहा हो कि मैं राजनीति में वैध मार्ग का अनुसरण करूँगा, तो मैं लिखित वचन देने के लिए तैयार हूँ कि मैं एक

निश्चित अवधि तक राजनीति में बिलकुल हिस्सा नहीं लूँगा।* मैं ही क्यों, मेरे अन्य स्नेही भी ऐसा वचन देंगे। अतः इस शर्त पर तो हम राजबंदियों को मुक्त किया जाए। राजनीति छोड़कर अन्य मार्गों द्वारा भी हम लोक-सेवा और साहित्य-सेवा कर सकेंगे। उसपर भी बंदी क्यों? इतने सारे सच्चे शूर तथा निस्स्वार्थ आत्माओं तथा शक्ति को इन पत्थरों की दीवारों के बीच में व्यर्थ क्यों रहने देते हैं? आयरलैंड के विद्रोहियों को दस बार बरी किया। उन्होंने दस बार शर्तों को भंग किया, तथापि उनके पुनः वचन देते ही आपने उन्हें ग्यारहवाँ अवसर प्रदान किया—फिर कम-से-कम एक बार हमपर विश्वास करके क्यों नहीं देखते? एक अवसर हमें भी क्यों नहीं दिया जाए?

इसी स्वर में घंटा-डेढ़ घंटा संभाषण हुआ। अंदमानीय कारा संस्था के संपूर्ण भयंकर स्वरूप, जंगल के काम, रबड़ के काम आदि में बंदियों के हो रहे उत्पीड़न से जुड़ी आदि सारी रामकहानी कही। वह इस ग्रंथ में है ही, अतः पुनरुक्ति करना उचित नहीं।

इसी तरह कुल दंड-विज्ञान तथा शिक्षा-विज्ञान (criminal law and penollogy) का मूल ध्येय और व्यवहार कैसा हो, कारा संस्था के इंग्लैंड स्थित बोर्स्टल संस्था से लेकर अमेरिका आदि स्थानों के नए-नए प्रयोगों से संबंधित विषयों पर भी आयोग ने हमारे साथ चर्चा की। इसके पश्चात् उसका सुसंगत सारांश एक आवेदन-पत्र में भेजने के लिए कहकर आयोग चला गया।

हमारी तरह ही राजबंदियों में से और दो-चार आवेदन-पत्र उन्होंने मँगवाए थे। बाहर भी जिले-जिले में से हमारी निश्चित पद्धति की भाषा से विभिन्न नेता बंदियों ने आवेदन-पत्र भेजे। अर्थात् वे केवल अपनी ही चर्चा कर सके। राजबंदियों में से एक-दो आवेदन-पत्र सर्वथा निर्भीक थे। सभी की माँगें एकमुखी थीं। इधर-उधर से आवाज उठी, अंदमान का उपनिवेश जैसा है, वैसे ही न चलाया जाए और इसे तुरंत बंद किया जाए। प्रायः सभी यही माँग करने लगे कि अंदमान का बंदी उपनिवेश आमूल बंद किया जाए। अर्थात् हिंदुस्थान के समाचार-पत्रों में यही हल्ला मच गया कि अंदमान के अत्याचार बंद करने के लिए वह उपनिवेश ही बंद करना चाहिए। बँगला भाषा में ऐसे ही लेख छपे, क्योंकि उपनिवेश ही बंद करना और उपनिवेश का स्वरूप बदलना, इनमें जो अंतर था, उसकी सूक्ष्मता अथवा यथार्थ स्वरूप हिंदुस्थान में कोई नहीं जानता था और वहाँ के बंदी ऐसे नहीं थे जो उस सूक्ष्म अंतर को तत्काल ग्रहण कर सकें। अतः 'अंदमानीय उपनिवेश तोड़ो'—इस नारे के सही-सही अर्थ का अपने उस पत्र में हमने निदर्शन किया था। आगे चलकर यह स्पष्ट होगा कि इस भेदवश बंदियों की साधारण

---

* बाद में ऐसे ही वचन पर वीर सावरकर को ६ जनवरी, १९२४ के दिन बंदीगृह से मुक्त कर रत्नागिरि में स्थानबद्ध किया गया।

प्रवृत्ति का हमें किस तरह विरोध करना पड़ा। हमारे आवेदन-पत्र में कारा संस्था तथा दंड-विज्ञान के ध्येय और व्यवहार विषयक जो चर्चा की गई थी, उसकी रूपरेखा नीचे दी हुई है—

कारावास की व्यवस्था

दंड-विज्ञान का ध्येय दंडितों का आत्मिक, मानसिक तथा शारीरिक सुधार हो, न कि प्रतिशोध। एक परिणामकारी साधनस्वरूप ही, जो इस नैतिक सुधार को संभव करता और नैतिक अवनति को रोकता है, यथाप्रमाण अत्यावश्यक प्रतिशोध और शासन का अवलंबन किया जाए।

अभी तक मनुष्य स्वभाव की क्रूर प्रवृत्तियों का पूरा विनाश न होने के कारण और यह अनुभव बार-बार होने के कारण कि दंड के भय से कई लोग अधिक संयमित रहकर सामाजिक बंधनों का पालन करते हैं, अपराधी को अपराध के अपेक्षित सुख की अपेक्षा अपराध करने से अधिक दु:ख होता है—इस तरह प्रत्यक्ष डर लगने लगे, बस इतना ही दंड देना आवश्यक है। परंतु वह दंड व्यक्ति-विशेष के तथा अपराध की परिस्थिति के सापेक्ष न्यूनाधिक कठोर हो। साधारणत: कोड़ों अथवा फाँसी का दंड यदि निषिद्ध नहीं माना जा सके तो भी यह दंड उस व्यक्ति को ही दिया जाए, जिसे किसी भी उपाय से सुधारना असंभव प्रतीत होता है।

जो दंडित होते हैं उनका वर्गीकरण उनके अल्पवय, सुधारणीय स्वभाव, अपराध का पश्चात्ताप, अपराध की अथवा दंडित होने की संख्या आदि कुछ स्थूल आधारों पर हो और उनका सुधारणीय अथवा दुस्सुधारणीय, दंडनीय अथवा दयनीय—इस प्रकार का विभाजन हो। उनमें यथासंभव सम्मिश्रण न हो। सुधारणीय अथवा दंडनीय वर्ग को एक ही तरह के दंड के अधीन परंतु सौम्य शासन के नीचे रखें और विरोधी वर्ग को सापेक्षत: कठोर और कड़े शासन में रखा जाए। सुधार के अनुसार इस वर्ग को उस वर्ग में अथवा उस वर्ग को इस वर्ग में डाला जाए।

यह उद्देश्य कभी न रखा जाए कि दंडितों से काम करवाकर कारागार संस्था की आर्थिक स्थिति सुधारी जाए अथवा कुछ आर्थिक प्राप्ति की जाए। उसे इस तरह की शिक्षा कड़ाई से दी जाए कि वह पहले से अधिक अच्छा नागरिक बने और स्वतंत्र जगत् में पुन: प्रवेश करे। अंदमान जैसे स्थान पर शिक्षा ग्रहण न करने का जो अप्रत्यक्ष नियम था, वह केवल शैतानी प्रवृत्ति का ही द्योतक था। काम की अनिवार्यता बंदियों पर की जाए। शिक्षा विशेषत: सामाजिक सद्गुण और नैतिकता बढ़ानेवाली हो।

विशेषत: बीस-बाईस वर्षों तक के बंदियों को कभी भी असुधारणीय न समझा जाए, फिर उनका कानूनी अपराध चाहे जो हो। इस निश्चय के साथ कि उन्हें भावी

नागरिक बनाया जा सकता है, व्यक्ति स्वभाव के अनुसार सख्त अथवा सौम्य शासन द्वारा उन्हें शिक्षा दी जाए। उन्हें ऐसे व्यवसाय सिखाए जाएँ जो समाजोपयोगी तथा उनके चरित्र के पोषक हों। बीच-बीच में उन्हें मनोरंजक संगीत, चित्रपट आदि की अनुमति भी दी जाए, जो उनमें राष्ट्रीय तथा मानवीय गुणों के विकास में सहायक हो।

अर्थात् उनकी स्थिति नित्य ही इतनी कष्टप्रद होनी चाहिए, जिससे कारागार उन्हें बाहरी जगत् से अधिक कष्टप्रद एवं दुस्सह प्रतीत हो। पर वह दुस्सहता अपने आप मोल ली है, और नियमानुकूल आचरण रखकर सामाजिक सद्‌गुण जितने शीघ्र सीखें, उतनी ही शीघ्रतापूर्वक वे पुनः उस समाज में स्वतंत्रता का सुख अनुभव कर सकते हैं, ऐसी निश्चित अनुभूति उनमें उत्पन्न की जाए।

यह सिद्धांत कि कुछ वंशों में पाप-प्रवणता जन्मसिद्ध होती है, उसी विशेष उदाहरण तक उसका अवलंबन किया जाए। साधारणतः यह सिद्ध होने के लिए जितना प्रमाण चाहिए, उसका शतांश भी अभी उपलब्ध नहीं है, जबकि विपरीत प्रमाण विपुल मात्रा में उपलब्ध हैं।

उपर्युक्त रूपरेखा अत्यंत संक्षेप में देने से उसके विधान संदिग्ध प्रतीत होंगे, परंतु हमने मौखिक चर्चा में उनका विवेचन किया था। अंदमान संबंधित अपनी नीति हमने दरशाई थी कि यद्यपि जलवायु की दृष्टि से अंदमान वर्तमान में स्वास्थ्य विघातक है, फिर भी प्रयासों से वह स्वास्थ्यप्रद हो सकता है। रहन-सहन तथा व्यवस्था उत्तम हो तो अंदमान में आज भी दीर्घायुषी तथा स्वस्थ जनता रह सकती है। अंग्रेज आदि संपन्न अधिकारी उधर अच्छे-भले हृष्ट-पुष्ट रह सकते हैं।

राष्ट्रीय दृष्टि से यह आवश्यक है कि ऐसे लोगों को, जिनके स्वभाव में अपवादस्वरूप क्रूरता दिखाई देती है अथवा सामाजिक नियम बार-बार भंग करने से जो सभ्य समाज में नहीं रह सकते, हिंदुस्थान के कारागारों में व्यर्थ सड़ा-गलाकर मारने की अपेक्षा अंदमान जैसे द्वीप में रहने के लिए भेजना राष्ट्रीय दृष्टि से हितकारी है। उससे उनके जीवन का कुछ सामाजिक फल प्राप्त होगा। अपना व्यक्तिगत जीवन भी उन्हें अधिक सुखकर तथा सुधारणीय प्रतीत होगा, क्योंकि शिष्ट जगत् के सौम्य निर्बंधों में भले ही वे अपना परिवार, अपना समाज बनाकर नहीं रह सके, तथापि ऐसे कठोर अनुशासन में, जो उनकी उद्‌दंड प्रवृत्ति को नियंत्रित करे, वहाँ वे समाज बनाकर रह सकते हैं। ऐसे स्वार्थांध और क्रूर लोग भी कारागारीय कठोर अनुशासन में मोम से भी नरम बनकर सामाजिक नियमों का पालन करते हुए देखे जाते हैं। ऐसे लोगों को उपनिवेश में विवाह कर, व्यवसाय करके घर बसाने की अनुमति देने से उनकी शक्ति भी समाज की दृष्टि से सफल होगी, समाज पर वे बोझ नहीं बनेंगे, उनकी संतान के उत्तम नागरिक बनने का अवसर भी हाथ से नहीं छूटेगा। भारतीय कारागार में उन्हें चौदह-चौदह वर्ष

सड़ाने से इतने लोग संतानहीन रह जाते हैं, जिससे राष्ट्र का संख्या-बल घटता है। उपनिवेशों में उन स्त्री-पुरुषों को कठोर अनुशासन में गृहस्थी बसाने का अवसर देने से इसमें वृद्धि होगी। कनाडा और ऑस्ट्रेलिया आदि उपनिवेश इसी तरह उद्दंड अपराधियों की संतति से आज अंशतः समृद्ध बनाए गए हैं। इसके अतिरिक्त शिष्ट और समृद्ध देशों में जो लोग उद्दंड प्रतीत होते हैं, उनके लिए वही उद्दंडता, क्रूरता तथा कठोर स्वभाव, बर्बर, जंगली एवं उग्र लोगों द्वारा आक्रमित उजाड़ भूभाग को उपजाऊ और समृद्ध बनाने के लिए आवश्यक ही नहीं, उपयुक्त भी होता है। एतदर्थ अंदमान जैसे द्वीपखंड को बसाने के लिए इन बंदियों का उपयोग कर लेने से एक नया उपनिवेश हिंदुस्थान को प्राप्त करा देने का महत्त्वपूर्ण कार्य उनके और हमारे हाथों से हो सकेगा।

हमारा अभिप्राय यह नहीं कि इसके लिए अंदमान के कारागृह को बंद किया जाए, हमारा अभिप्राय बस यह है कि इस उपनिवेश की केवल जंगली एवं क्रूरतापूर्ण नीति और निर्बंधों में परिवर्तन किया जाए। अंदमान में 'काम कसकर लिया जाए' यह ध्येय न हो। इस ध्येय में परिवर्तन हो, पर अंदमान आए बंदियों से व्यक्ति तथा वर्ग के अनुसार इस प्रकार व्यवहार करें कि वे तथा कम-से-कम उनकी संतान उत्तम नागरिक बनें और हिंदुस्थान की संस्कृति तथा समाज को वे यह उपनिवेश एक नए उपहारस्वरूप अर्पित करें।

अधिकारियों के मन में जो भय समाया हुआ है कि अंदमान का महत्त्व अथवा उसे बसाने के लिए आज तक जो करोड़ों रुपया व्यय हुआ, वह सारा पानी में जाएगा—इस भय का कोई कारण शेष नहीं रहेगा, यदि हमारी बातों पर ध्यान दिया जाए। इतना ही नहीं अपितु यह व्यवस्था अंदमान के महत्त्व में कल्पनातीत वृद्धि करेगी।

तब से, जिस दिन हमने अंदमान में पाँव रखा, हमें ऐसा प्रतीत होता रहा है कि अंदमान हिंदुस्थान का एक जलदुर्ग है। आज नहीं तो कल, यहाँ हवाई तथा सागरिका केंद्र भी प्रस्थापित किया जाएगा और यदि हिंदुस्थान पर कभी पूर्व दिशा की राजनीतिक महत्त्वाकांक्षा का अन्यायपूर्ण आक्रमण हुआ तो उसके सामुद्रिक बेड़े तथा हवाई जहाजों को अंदमान का दुर्ग रोकेगा।

इस प्रकार और अन्य तथ्यों से भरा एक आवेदन हमने आयोग को भेजा। हमारी मौखिक चर्चा तथा आवेदन-पत्र में वर्णित अंदमान के जलदुर्ग की नई दृष्टि से योग्यता एवं भविष्यवाणी सुनकर आयोग के कई लोग ऐसे चौंके जैसे उन्होंने कुछ अद्भुत सुना हो। कुछ लोग ऐसे हँस पड़े जैसे उन्होंने कुछ संदेहास्पद सी बात सुनी हो। फिर भी उस सूचना की उनपर ऐसी छाप लगी कि उसकी स्मृति रहे। क्योंकि उसके पश्चात् हमारे कई पर्यवेक्षक महीनों उस पाँच नंबर के निरीक्षणार्थ आते समय सनक में हों तो सागर की ओर निर्देश करते हुए व्यंग्य से कहते, 'सावरकर, वो देखो, अंदमान के आपके

भावी जलदुर्ग स्थित रणतरियाँ इधर-उधर पहरा दे रही हैं।' मैं भी सस्मित मुद्रा में कहता, 'आप या मैं शायद न देख सकें, परंतु हमारी संतान उन्हें अवश्य देखेंगी।'*

यह घटना सन् १९१९-२० की है। उस समय मैंने जिसकी आशा व्यक्त थी कि भविष्य में हमारी संतानें यह देखेंगी, वह दिखाई देने की संभावना आज अर्थात् सन् १९२६ में ही प्रतीत हो रही है, क्योंकि परसों नवंबर के एक पत्र में पढ़ा कि 'अंदमान द्वीप का भविष्य में अपराधियों के उपनिवेश के लिए उपयोग न करते हुए उसे स्वपोषणार्थ समर्थ उपनिवेश बनाने तथा नौ-साधन विभाग के नौ सेना या नौ सेना (आरमेडा) यंत्रों के कार्यों की दृष्टि से इस द्वीप की जो उपयोगिता है, उससे लाभ उठाने के लिए हिंदुस्थान सरकार ने प्रतिवर्ष ४११ लाख रुपए व्यय करने की योजना बनाई है।'

इस संबंध में यहाँ बस इतना ही कहना आवश्यक है कि सन् १९१० में अंदमान में पैर रखते ही अपनी जानकारी के अनुसार इस योजना पर हमने विचार किया, जो आज तक किसी के गले नहीं उतरा था, जिसका आज तक हम मौखिक और लिखित समर्थन भी करते आए हैं। यदि यह समाचार सत्य है कि वह योजना अंत में फलोन्मुख हो रही है, तो हमें अत्यधिक प्रसन्नता है। परंतु हमें ऐसा प्रतीत नहीं होता कि अंदमान में सामुद्रिक एवं वायुसेना का अड्डा बनाने के लिए वहाँ अपराधियों का उपनिवेश बंद करने का कोई कारण नहीं है। प्रत्युत हमारे मतानुसार वह उपनिवेश वैसे ही—परंतु राष्ट्रीय तथा सुधार नीति से—चलाना अंदमान की समृद्धि, संपन्नता तथा सैनिक-शक्ति के लिए सर्वथा अनुकूल होगा।

□

---

* वर्तमान में अंदमान में भारतीय नौ सेना का अड्डा है।

प्रकरण–८

सैकड़ों बंदियों की मुक्ति

कारागारीय आयोग वापस लौट गया। इसमें कोई संदेह नहीं कि हमारे साथ हुई परिचर्चा तथा हमारे आवेदन का उन सदस्यों पर अत्यधिक प्रभाव पड़ा था। इसमें भी संदेह नहीं कि उस सारी चर्चा में 'यदि सुधार सफल होते रहे तो क्रांतिकारी शांतिपूर्ण मार्ग का अवलंबन करेंगे।' इस तरह हमने जो रुख अपनाया था, उसमें से हमारे 'यदि–तदि' से कुपित एवं संदेहशील होकर आयोग ने हमारी मुक्ति का अनुरोध हिंदुस्थान सरकार से नहीं किया। तथापि इस भावना से हजारों बंदियों के कल्याणार्थ अपने हाथों से जो कुछ संभव था, वह हमने किया और वह भी सरकार को हमें बरी करने के लिए कोई भी न्याय्य अथवा सामंजस्यपूर्ण कारण न देते हुए हमने आत्म–प्रसन्नता का सुख अनुभव किया।

उधर ऐसी घटना घटी जिसने आयोग के आने–जाने की धाँधली में ही हिंदुस्थान में राजबंदियों की मुक्ति के प्रश्न को—जो अचानक राष्ट्रीय स्वरूप प्रदान किया वह है—बंबई के राष्ट्रीय संघ (नेशनल यूनियन) का सत्तर हजार हस्ताक्षरों के साथ भेजा हुआ आवेदन। पिछले प्रकरणों तथा उद्धृत पत्रों से पाठकों ने इस बात पर गौर किया होगा कि हम बरसों से यही चाहते थे कि इसी प्रकार एक विशाल आवेदन सरकार को भेजकर इस ओर उसका ध्यान आकर्षित करें कि इस विषय में लोकमत कितना जाग्रत् है। बंबई, महाराष्ट्र स्थित हमारे देशबंधुओं के अविरत प्रयासों से आखिर हमारी कामना सफल हो गई। सरकार हमेशा कहा करती थी कि क्रांतिकारियों के संबंध में साधारण जनता अत्यंत तटस्थ है, उनके प्रति समाज में रत्ती भर भी सहानुभूति नहीं है। इतना ही नहीं अपितु साधारण जनता उन्हें दुष्ट, स्वार्थी तथा पापी अपराधियों से भिन्न नहीं समझती।

इस आरोप का उत्तर देने के लिए हमारे विचार से इस तरह के राष्ट्रीय आवेदन की नितांत आवश्यकता थी। इसके अतिरिक्त उन देशभक्तों के, जो राष्ट्रीय हितार्थ कमर कसकर संघर्षरत हैं, भले ही उनके मार्ग अनुचित प्रतीत हो रहे हों, तथापि खुलेआम यह

प्रकट करने का साहस दिखाने से कि इन देशप्रेमियों के राष्ट्रीय वीरोचित संकल्प तथा देशसेवा की हम कृतज्ञ स्मृति सँजो रहे हैं—राष्ट्रीय मन पर जो उच्च नैतिक परिणाम होता है—इसके लिए भी इस राष्ट्रीय आवेदन की आवश्यकता थी। अपने बंधु से भेंट के समय भी हमने उन्हें सूचित किया था। उनके तथा बंबई के 'राष्ट्रीय संघ' के निरंतर आंदोलन से उस आवेदन-पत्र पर हस्ताक्षर करने के लिए लोगों ने जो उत्साह दिखाया, स्टेशन, सड़कें, नाट्यगृह, गाँवों में अनेक स्वयंसेवकों ने जो कठोर परिश्रम किया, बंबई जैसी महानगरी से लेकर भगूर जैसे गाँव तक कुलीन महिलाओं ने भी हस्ताक्षर कराते तथा परचे बाँटते हुए घूम-घूमकर हमारे लिए जो भावना प्रकट की और महाराष्ट्र की तरह ही निर्धारित समय पर यथासंभव अन्य राज्यों में भी जिस मात्रा में सहानुभूति दरशाई गई, उससे पंद्रह दिनों के अंदर साठ-सत्तर हजार हस्ताक्षरों का आवेदन-पत्र हिंदुस्थान के राजबंदियों के इतिहास की एक स्मरणीय घटना बन गई थी। इतना ही नहीं, यह इस बात का भी सबल निदर्शक था कि हिंदुस्थान का राष्ट्रीय भाव तथा वह साहस जो उसे व्यक्त करता है, किस तरह वृद्धिंगत हो रहा है, क्योंकि एक समय क्रांतिकारियों का नाम लेने भर से लोगों का कलेजा काँप उठता था तथा सुननेवाले को साँप सूँघ जाता था। बड़ी-बड़ी राष्ट्रीय हस्तियाँ तथा समाचार-पत्र उनके नामों का 'राजश्री' आदि उपपद के साथ उल्लेख न करते हुए किसी अधम, पतित के नाम की तरह एकवचन में उल्लेख करते थे।

इस आवेदन-पत्र में यह माँग की गई थी कि हिंदुस्थान के सभी राजबंदियों और साथ ही हम पर सरकार के विशेष रोष से हम दोनों बंधुओं को भी शीघ्र मुक्त किया जाए। अत्यंत अल्पावधि होने के कारण हस्ताक्षर मुख्यतः महाराष्ट्र से ही लिये गए। पर्याप्त समय होता तो सभी राज्यों ने इसी तरह हस्ताक्षर भेजे होते। अल्पावधि के बावजूद हर राज्य से स्थूल मात्रा में हस्ताक्षर आ ही चुके थे।

हमारा उपर्युक्त उद्देश्य पूरा होने से इस आवेदन-पत्र से हम राजबंदियों को कैसा प्रतीत हो रहा था? यह सन् १९२० में अंदमान से भेजे हुए तत्कालीन पत्र के निम्नांकित परिच्छेद से व्यक्त होगा—

'धन्यवाद! उन सभी को लाख-लाख धन्यवाद, जिन नेताओं, देशबंधुओं विशेषतः जिस राष्ट्रीय संघ (Bombay National Union) ने भारतीय राजबंदियों की मुक्ति के लिए यह आवेदन-पत्र भेजने का जिम्मा लेकर हस्ताक्षरों के साथ इसे संसद् तक भेजने का कष्ट उठाया। इतनी अल्पावधि में पचहत्तर हजार से ऊपर हस्ताक्षरोंवाला आवेदन-पत्र सरकार पर महत्त्वपूर्ण, फिर वह अप्रत्यक्ष ही क्यों न हो, प्रभाव डाले बिना नहीं रहेगा। न्यूनतः इतना तो हो ही गया कि उस योग से समाज में राजबंदियों की नैतिक प्रतिष्ठा बढ़ गई और राजबंदियों के साथ-साथ उस कार्य की भी, जिसके लिए उन्होंने

इतना संघर्ष किया। अब यदि कहीं हमारी ुक्ति हो गई तो वह स्वीकार्य होगी, क्योंकि अब जनता ने हमें वापस बुलाने की इच्छा व्यक्त की है। अपने इन देशबंधुओं की सहानुभूति से हमें कितनी प्रसन्नता हो रही है तथा हम उनके प्रति कितने कृतज्ञ हैं—इसे हम पूर्णतया व्यक्त करने में असमर्थ हैं। इसमें कोई संदेह नहीं कि हम जितना अपने आपको योग्य समझते हैं, उन्होंने उससे हमारा अधिक आदर-सत्कार किया।'

थोड़े ही दिनों में सरकार ने राजबंदियों को क्षमादान देकर मुक्त करने का संकल्प व्यक्त किया। इसमें कोई संदेह नहीं कि जिस तरह राजबंदियों की मुक्ति का सेहरा पूर्वा पर चले आए आंदोलनों के सिर पर बाँधना चाहिए, उसी तरह उपर्युक्त सार्वजनिक आवेदन भी इस सेहरे का अधिकारी है।

एक दिन हम कारागारीय काम से निपटकर भीतर बंद होने से पहले अन्य बंदियों के साथ खड़े थे कि राजबंदियों में से हमारा एक सिख मित्र भागा-भागा हमारे पास आ धमका और जोर-जोर से तालियाँ बजाते हुए कहने लगा, ''बाबूजी, मुक्ति! राजबंदियों को बरी करने का आदेश आ गया है। आप बरी हो गए बाबूजी, आप अब आजाद पंछी हैं।''

मुक्ति! कोई आजन्म कारावास अथवा फाँसी की कोठरी में बंद पड़े बंदी के अंतःकरण से पूछे, इस शब्द की संभावना से ही मन किस तरह झूम उठता है। उस इमारत के सारे राजबंदी चौंकते हुए इकट्ठा हो गए और 'मुक्ति-मुक्ति' का जयनाद करने लगे।

परंतु 'मुक्ति' शब्द हमने इतनी बार सुना था और इतनी बार हम उससे धोखा खा चुके थे कि हमारे निष्ठुर मन में उसकी प्रसन्नता अधिक देर तक टिकी नहीं रह सकी। सन् १९११ में एक राजबंदी इसी तरह भागा-भागा आकर राज्यारोहण उत्सव के कारण हमें बरी किए जाने का समाचार नहीं सुना गया था? तब सारे राजबंदी अपना-अपना बोरिया-बिस्तर बाँधकर जाने के लिए तैयार भी हो गए थे। उस प्रसंग को आज आठ-नौ वर्ष बीत चुके हैं और हम अभी तक उसी कारागार में, उन्हीं सलाखों के पीछे सड़ रहे हैं। कितने सारे अन्य राजबंदी आए और चले भी गए।

अतः हम अपने मित्र से बड़ी बारीकी से—एकदम बाल की खाल निकालते हुए कुरेद-कुरेदकर पूछ रहे थे—इस समाचार का आधार बताओ, भाषा क्या है, स्रोत क्या है, तार आया था क्या? उन दिनों बाहर से समाचार प्राप्त करने की हमारी व्यवस्था इतनी बढ़िया हो गई थी कि जैसे ही अंदमान में कोई तार अधिकारियों के हाथों में पड़ता वैसे ही उसकी एक प्रति सात समुद्र, पहरे, दीवारें, ताले, चुगलियाँ, हथकड़ियाँ आदि सारी बाधाओं को लाँघती हुई हम राजबंदियों के हाथों में भी आ जाती। उसी तरह उस दिन के तार की प्रति, जो हमारे लिए भेजी गई थी, किसी वॉर्डर ने गुपचुप हमें देने के

लिए हमारे मित्र के हाथों में दी थी। हमारे व्यंग्य बाण छोड़ते ही उसने मुसकराते हुए वह प्रति हमारे हाथ में थमाई और 'अब तो हो गया विश्वास!' कहते हुए वह विजयानंद के साथ हमें झकझोरने लगा।

हमने तार पढ़ा। राजबंदी बरी नहीं होगा, परंतु वह वाक्य हमने अपने मित्र को दिखाते हुए कहा, "यह देखो—So far as it is compatible with public safety." अर्थात् उस राजक्षमा (amnesty) का उपयोग बस उतना ही करें जितना सार्वजनिक सुरक्षा के अनुकूल हो। अर्थात् प्राय: हम दोनों बंधुओं तथा अन्य तीखे स्वभाववाले देशभक्तों को नहीं छोड़ा जाएगा। यह आशंका हमने प्रदर्शित की, तथापि मानवी प्रवृत्तिवश उसे सच मानने को कोई तैयार नहीं था। सभी लोग सुबह तक मुक्ति की प्रतीक्षा में आँखें बिछा रहे थे। हम नित्य की तरह बार-बार चेतावनी देते रहे कि यह निश्चित है कि कई राजबंदी बरी होंगे और यह संतोषजनक तथा अपनी आंशिक विजय ही है, परंतु सभी के मुक्त न होने की संभावना अधिक है। अत: उसपर भरोसा मत करना, अन्यथा निराशा की तीव्रता अधिक दुस्सह होगी। यह स्मरण रखना कि इधर अंदमान में हमें सहज जूझते, कुढ़ते परंतु यथासंभव राष्ट्रकार्य करते मरना है—बस, इतना ही निश्चित है, शेष सबकुछ संभावना मात्र है।

और यही हुआ। उस समय उस राजक्षमा से हम तो मुक्त हुए नहीं—परंतु उन राजबंदियों में से भी, जो हमारे बहुत वर्ष बाद आए थे—अनेक देशभक्त बरी नहीं हुए। कई राजबंदी तो आज भी हिंदुस्थान में विभिन्न कारावासों में बंद हैं। ईश्वर उनकी मुक्ति कब करेगा? देखें!

सौभाग्यवश जो तत्काल बरी हो गए, उनमें प्रथमत: ऐसे कई लोग थे जिन्हें पंजाब और गुजरात में सैनिक शासन ने दंडित किया था। उनमें से कइयों को पंद्रह-बीस-पच्चीस वर्षों तक का दंड मिला था। परंतु कारागार में पाँव रखते ही डेढ़-दो वर्षों में ही वे मुक्त हो गए। दंगे-फसाद के अभियोग में दंडित न होते हुए विशुद्ध राज्यक्रांति के षड्यंत्र के लिए दंडित होनेवालों में क्षमादान के डंके का पहला लाभ माणिकतल्ला के राजबंदियों तथा पंजाब और काशी के कई अभियुक्त क्रांतिकारियों को मिला और वे मुक्त हो गए। उनकी मुक्ति का दिन कितना हर्षदायक तथा सुहाना था। परंतु हर्ष में भी निगूढ़ दु:ख की पार्श्वभूमि मैं देख रहा था और अपने विश्वसनीय मित्रों तथा सह कष्टभोगियों को दिखा रहा था कि जो शिवधनुष हमने उठाया है, जिस महान् ध्येय को प्राप्त करने के लिए यह एक उपयुद्ध लड़ा गया है, जब तक वह साध्य नहीं होता तब तक आज की मुक्ति आनंद होते हुए भी क्षणिक है। आज मुक्त हो गए इसलिए आनंद का क्षण, परंतु 'शतवीर शत समरे' संघर्ष तो करते ही हैं।

एक दूसरी महत्त्वपूर्ण बात भी मैं विशेष उल्लेख के साथ कहता था कि यद्यपि

इस मुक्ति में ऐसे लोग थे जो सरकार की नीति के अनुसार चलते हैं; परंतु कुछ ऐसे भी कट्टर राजबंदी हैं जिन्होंने सभी हड़तालों में नेतृत्व किया था और 'अग्नि भक्षक' के रूप में उनका सर्वत्र डंका बज रहा था। उनमें से एक ने तो पूरी-की-पूरी इमारत में दनदनाते हुए 'गदर' पत्रिका के गीत बंदियों को सुनाए थे, उनमें से एक के ध्रुव पद की ध्वनि 'आँखें खोलो भारतीय लोगो, राष्ट्र गरकता जाता है' आज भी कानों में गूँज रही है, उसे भी मुक्ति मिली। इसपर मेरा यह कहना सही था कि राजबंदियों की मुक्ति की समस्या प्रमुखत: अंदमान में उनके कारागारीय आचरण से अधिक हिंदुस्थान के राजनीतिक क्षेत्रों में उनके स्थान तथा संभाव्य नीति और व्यवहार पर निर्भर होगी। अन्यथा जो यही कहते हैं और यही आचरण करते हैं कि कारागार में मानापमान का घूँट पीकर मृतवत् चुपचाप पड़े रहो और सार्वजनिक संगठित आंदोलन को त्यागकर कम-से-कम दिखावटी तौर पर हाँ में हाँ मिलाते रहो, कहनेवालों को ही मुक्ति मिली। इसी बात पर प्रमुखत: विचार किया जाए तो विद्रोह पक्ष के कई राजबंदियों तथा कई साधारण परंतु देश-हितैषी बंदियों पर नैतिक दृष्टि से विघातक परिणाम होता और उनमें हमारे सार्वजनिक आंदोलन से अपना हाथ खींचकर अलग होने की भीरु प्रवृत्ति उत्पन्न होती।

यह कारागारीय तात्कालिक बात छोड़ भी दें तो इन मुक्त लोगों में हमारे उन बंगाली बांधवों को, जिन्होंने भारतीय राज्यक्रांति के प्रथम क्रूर आघात को बंधुवत् अपने मस्तक पर झेला और जो लगभग दस वर्षों से हमारे दु:खों, कष्टों में सहभागी थे, उस कारागार के कठोर दाँतों से मुक्त होते देखकर हमें अत्यंत प्रसन्नता हो रही थी और हमने उनसे मिलकर उनका यथोचित अभिनंदन किया। उनमें से जो आजन्म कारावासी होकर भी पाँच-सात वर्षों में ही बरी होकर जा रहे थे, उनमें भी ऐसे लोग थे जो हमारे निकट, परिचित तथा तेजोमंडित देशाभिमानी थे। हमारे सिख आदि राजबंदियों की टोली ने मुक्त होते-न-होते एक सुर में राष्ट्रीय क्रांति के गीत गा-गाकर समुद्र-गमन का मार्ग गुंजाया।

सुना है, चीफ कमिश्नर ने इस विषय में लिखे अपने प्रतिवेदन में यह मत प्रदर्शित किया कि 'ये शैतान के बच्चे—These devils—आजन्म कारावास पर पुन: आए बिना नहीं रहेंगे।' वह संभवनीय ही था।

इन राजबंदियों से अनुबंध-पत्र पर हस्ताक्षर करवाया जाता—'मैं भविष्य में कभी भी या अमुक वर्षों तक राजनीति और राज्यक्रांति में भाग नहीं लूँगा। पुन: यदि मुझ पर राजद्रोह का आरोप सिद्ध हो गया तो मैं अपना विगत उर्वरित आजन्म कारावास का दंड भी भुगतूँगा।'

क्षमादान का तार—जिसका उल्लेख पीछे किया गया है—आने के पश्चात् राजबंदियों में गरमागरम बहस होने लगी कि यदि ऐसी शर्त थोप दी जाए तो उसको स्वीकार करें या नहीं। मैं कहता रहा कि भविष्यकालीन तथा राष्ट्रीय हितानुकूल कोई

भी शर्त मानी जाए। शिवाजी-जयसिंह, शिवाजी-अफजल, चमकोर के पश्चात् पलायन में श्री गुरुगोविंद तथा स्वयं भगवान् श्रीकृष्ण के अनेक उदाहरणों से सभी के मन पर मैं यही अंकित कर रहा था। जो मानधन, जिद्दी थे, उन वीरों को यह बात मान्य नहीं हो रही थी। इतने कष्ट, यंत्रणाएँ झेलकर भी जिनका संकल्प रत्ती भर भी नहीं डिगा था, उन्हें मेरा विरोध करते देखकर मेरे मन में अपने देश के भविष्य के विषय में अधिकाधिक आशा पनपने लगी। परंतु अंत में मैं उनके गले में यह उतारने में सफल रहा कि वैसा ही करना उचित है, राजबंदियों की मुक्ति के समय सबने अनुबंध-पत्र पर आँखें मूँदकर हस्ताक्षर किए और फिर कारागार का ताला तोड़ दिया।

उनके पीछे-पीछे एक-एक टोली करते-करते अनेक राजबंदी बरी हो गए। श्रीयुत् भाई परमानंद की मुक्ति से तो सभी के मन में प्रसन्नता की लहर दौड़ गई। क्योंकि यद्यपि उन्हें कारागार में आए पाँच वर्ष भी नहीं हुए थे तथापि वहाँ के जीवन से तथा मानवता से वंचित उस दुष्टतापूर्ण वातावरण में साँस लेने से इतने ऊब चुके थे कि उन्होंने आत्मार्पण करने का निश्चय किया और एक महीने के ऊपर अन्न-त्याग करके मृत्यु तक अनशनव्रत आरंभ किया था।* हमने उन्हें कई तरह से उस वृत्ति से विमुख करने के लिए कमर कसी हुई थी। अंत में क्षमादान का समाचार सुनकर उसमें उनके बरी होने की संभावना दिखाई देने लगी। तब उन्हें भी पुन: आशा होने लगी और उन्होंने अन्न ग्रहण आरंभ किया। अन्न-त्याग के दौरान उन्हें बलपूर्वक नाक में नलिका लगाकर दूध पिलाया जाता। उनके अन्न ग्रहण करने के पश्चात् थोड़े ही दिनों में उनकी मुक्ति का प्रसन्नतादायक समाचार आ गया। बड़े स्नेहपूर्वक हमसे मिलते हुए 'वास्तव में आपके बरी होने की बारी थी। मुझे जाने में बड़ा संकोच हो रहा है' कहते हुए अश्रुपूर्ण नेत्रों से उन्होंने हमसे विदा ली। हमने यह कहते हुए कि 'आपको जाते देखकर हमें इतनी प्रसन्नता हो रही है कि अपने को ही भूल गया हूँ' उन्हें प्रीतिपूर्वक विदा किया।

राजबंदियों की मुक्ति की संभावना दिखते ही उस दिन से लेकर मुक्ति संबंधित अंतिम टोली के बरी होने तक साप्ताहिक एवं दैनिक बैठकों में, संकटों में अपने देश की स्वतंत्रता के लिए अब किस सार्वजनिक कार्यक्रम की योजना बनाई जाए, हम तथा हमारे साथी सर्वत्र इसकी चर्चा करते रहे थे। इस कारागार में आते समय वे देशभक्त एवं स्वार्थत्यागी पुरुष थे, परंतु उन पाँच-दस वर्षों में उनमें से प्रत्येक बंदी इतना शिक्षित, सहनशील तथा विचारशील बन गया था कि उनमें से प्राय: सभी सर्वथा यथार्थरूपेण 'नालंदा विहार' के आचार्य अथवा स्नातक की उपाधि के योग्य बन गए थे। अब वे न

---

* परमानंद को मिश्रक का काम दिया गया था। परंतु उनके द्वारा पत्नी को भेजे हुए पत्र में अंदमान की भीषण स्थिति का वर्णन होने से वह पत्र प्रकाशित हो गया और परमानंद को कनिष्ठ काम दिया गया, जिससे वे झुँझला गए।

केवल सैनिक थे प्रत्युत सेनानी होने योग्य भी थे, क्योंकि उनका मनोवेग न केवल तात्कालिक उत्तेजना पर टिका था प्रत्युत वर्षों तक भोगे हुए दंड से तपकर और स्वयं संयमित बल से दमक रहा था। यह देख हमें बड़ी खुशी होती। यह देखकर कि हमारे सहे हुए कष्टों के फल द्वारा कुछ-न-कुछ तो स्वदेश को मिलेगा ही, इन लोगों के माध्यम से अपने विचार और कार्य स्वराष्ट्र में कुछ तो अवश्य फैलेंगे, उपायोजित होंगे, इससे हमें आत्मतुष्टि प्राप्त होती। उनमें से कई ऐसे थे जिन्हें आत्महत्या के गड्ढे के किनारे से हमने अपने हाथों से पकड़कर पीछे खींचा था। आखिर उनके मुक्त जीवन से अब राष्ट्र को लाभ होगा, इस संतोष का आस्वाद हम बार-बार लेते रहे।

राजबंदियों की टोलियाँ छूटते-छूटते आखिर तीस-एक छने हुए जो लोग वहाँ रहे, सहज ही है कि उनमें हम दोनों बंधु भी थे। परंतु अन्यों में कुछ राजबंदी ऐसे भी थे कि हिंदुस्थान के क्रांतिकारी कृत्यों अथवा अंदमान के कारावासी, किसी भी दृष्टि से देखा जाए तो उनसे अधिक 'धृष्टशील' तथा 'दुराग्रही' राजबंदी के मुक्त होने पर भी यह समझना असंभव था कि उन्हें बरी क्यों नहीं किया गया? इन राजबंदियों में से सैकड़ों लोगों को मुक्त करने की धाँधली में हर व्यक्ति की ठीक से छानबीन नहीं किए जाने के कारण और प्रायः छानबीन करने का कोई भी एक माप निश्चित नहीं होने के कारण कई बार गेहूँ के साथ घुन भी पीसा गया।

दस वर्षों से एड़ियाँ रगड़ते-रगड़ते राजबंदियों की मुक्ति का जो यह महापर्व आया था, उसमें से हम सूखे-के-सूखे ही बाहर निकले। हमारे साथ आए आजन्म कारावासी बरी हो गए। हमारे पीछे-पीछे आए बंदी भी बरी हो गए। हमारे सात-आठ वर्षों बाद आए आजन्म कारावासी एक-दो वर्ष दंड भुगतकर बरी हो गए, परंतु हम जैसे थे वैसे ही पड़े रहे, एक दिन की भी छूट नहीं मिली।

इस घटना का हिंदुस्थान के लोगों पर थोड़ा-बहुत प्रभाव हुए बिना नहीं रहा। ज्यों-ज्यों सरकार हमें पीछे ढकेलती रही त्यों-त्यों लोक-हृदय की दृष्टि में स्मृति ही प्रमुखतः आगे-आगे खड़ी रहती। दिल्ली में वरिष्ठ विधानमंडल[१] के लोकप्रतिनिधियों ने अनेक प्रश्न पूछे। समाचार-पत्रों में सतत माँग होती रही। राष्ट्रीय सभा के कार्यकारी मंडल की बैठक में प्रस्ताव किया गया कि 'सावरकर बंधुओं और पंजाब के बोगारतन चौधरी को सरकार छोड़ दे।'

आखिर हमारा भाग खुल गया और हम भी मुक्त हो गए। अन्य बंदियों को अंदमान से मुक्त कर जब उन्हें हिंदुस्थान भेजा गया, तब हमें अपनी इमारत से निकालकर कारागार के आँगन में आने की अनुमति मिल गई।[२] वहाँ से दस-पाँच निवेदन होते

---

१. २४ फरवरी, १९२० के दिन विट्ठलभाई पटेल और खापर्डे ने यह प्रश्न पूछा।

२. १४ जुलाई, १९२०।

बहुत डरते-डरते लेख्यालय (दफ्तर) के द्वार तक जाने दिया गया। वहाँ फॉर्म भरने के लिए कहा जाता था, जिन्हें भरकर उस लेख्यालय के द्वार पर देना पड़ता। हाँ, द्वार के भीतर पाँव रखना मना था।

एक बार तो वह द्वार भी बंद हो गया। कारण? हमने कुछ किया? नहीं। राजबंदियों में से एक जन हिंदुस्थान में पत्र भेजने के प्रयास में था कि वह एक वॉर्डर के हाथों पकड़ा गया। उसमें वहाँ के राजबंदियों आदि की व्यथा समाचार-पत्र के लिए लिखी थी। बस फिर क्या था, उन लोगों को तो नियमानुसार दंड हो ही गया, हमारे लिए भी कुछ दिन तक लेख्यालय का दरवाजा बंद हो गया।

बस यहीं हम फँस जाते। जब-तब कारागृह में हमारा संबंध न होते हुए भी कोई प्रतिकूल घटना होती तो परिणाम हमें भुगतना पड़ता।

इस अन्याय का दुखड़ा रोते-रोते पुनः एक बार लेख्यालय के दरवाजे पर पाँव रख पाए। मात्र पाँव ही।

इस समय हमें दस वर्ष पूरे हो रहे थे। नौ तो हो ही चुके थे। अतः आवेदन-पत्र भेजने का धूम-धड़ाका चलाया कि जब मेरे साथी राजबंदियों को कारागार से बाहर घूमने तथा एक को तो रहने के लिए भी छोड़ा गया था (अंत में जैसा पीछे उल्लेख किया, वैसा साफ बरी होने से पूर्व) और जबकि मुझसे अनेक वर्षों पश्चात् आए राजबंदियों को भी कारखाने में वरिष्ठों के काम, छापाखाना आदि में जगह दी गई—वे भी बाहर जा सकते थे, तब मुझे भी टिकट पर बाहर जाकर स्वतंत्र रूप में बसने की अनुमति दी जाए। सैकड़ों आजन्म कारावासी राजबंदी और साधारण बंदी चार-पाँच अथवा एक-दो वर्षों में भी आजन्म कारावास दंड समाप्त करके बरी होकर हिंदुस्थान लौटे, मुझे टिकट पर दस वर्षों के पश्चात् कम-से-कम अंदमान में तो छोड़ा जाए। परंतु नहीं। उत्तर आ गया, दस वर्ष में अभी बहुत दिन कम हैं। यह नियम के विरुद्ध है।

मेरे लिए सारे प्रतिकूल नियमों की घटिका पल नापकर पालन की जाती, परंतु अनुकूल नियम ही शेष नहीं रहता। पाँच वर्षों के पश्चात् भेंट होने का नियम, परंतु मुझे सात-आठ वर्षों में भी भेंट की छूट नहीं मिली। टिकट के समय दस वर्षों का नियम तो हू-बहू पालन करना चाहिए।

क्या उसका सही-सही पालन हो गया? बिलकुल नहीं। दस वर्ष बीतने के बाद टिकट का समय आने पर भी हम कारागृह में ही थे।

परंतु अब यद्यपि मैं कारागार में था, पर Foreman के पद पर था और पूरा एक रुपया महीना वेतन मिलने लगा था, वह भी इसलिए कि हम पर बड़ी कृपा हो गई थी। हम उन अधिकारियों के व्यक्तिशः आभारी हैं जिन्होंने हमें ये सुविधाएँ देने योग्य अवसर दिया। कोई बात नहीं, हो गए Foreman, हो ही गए। अन्य लोग हमपर व्यंग्य

कसते, 'बिलकुल अल्पशिक्षित बंदी भी जो आपके पीछे आए 'बड़े बाबू' बनकर अपने अधिकार का तुनतुना बजा रहे हैं और आपको केवल 'तेल गोदाम' का व्यवस्थापक ही नियुक्त किया गया न! यह क्या?'

हम भी हँसी-हँसी में चुटकी काटते, 'अरे, तनिक विचार तो करो। अधिकार कौन सा है? बाबू? परंतु प्रत्यक्ष बंदी, पर्यवेक्षक, कमिश्नर भी मात्र Man अर्थात् मनुष्य हैं, जबकि हम Foreman हैं। फोरमैन का अर्थ है मनुष्यों का अग्रणी। आखिर सरकार ने हमारा मूल्य पहचान ही लिया। उसने हमारा वह सम्मान किया जो वाइसरॉय को भी नहीं मिला था। Foreman, 'नराग्रणी'! और क्या चाहिए?'

'नराग्रणी' पद प्राप्त होते ही हमें 'तेल गोदाम' के कारखाने पर नियुक्त किया गया।* उस कारागारीय राज्य में सबकी राय में वह 'तेल गोदाम' का इलाका अत्यंत महत्त्वपूर्ण एवं सम्माननीय समझा जाता, क्योंकि यहीं पर हजारों पौंड तेल भरे सैकड़ों पीपे प्रतिमास तैयार होते। अंदमान में प्रमुख उत्पादन नारियल था। नारियल फोड़कर उस कुख्यात 'कोल्हू' से जो तेल निकलता, वह सब इस गोदाम में दो-तीन बड़ी-बड़ी टंकियों में भरकर रखा जाता। तेल की माँग आते ही भीमकाय पीपे भरे जाते और रंगून, कलकत्ता आदि स्थानों पर हजारों रुपए मूल्य का वह सामान भेजा जाता। यह उस छोटे से अंतरराष्ट्रीय व्यापार का प्रमुख केंद्र, यह उस कारागारीय राज्य का महत्त्वपूर्ण प्रमुख प्रांत, और अब हम उसके अधिकारी बन गए थे। ऐसा वैभवपूर्ण स्थान हमारे अधीन हो गया था। दूसरों का दिल जले ऐसा स्थान, ऐसा वैभव हमें प्राप्त हो गया था।

इस ऐश्वर्य तथा सुखदायी प्रसंग को एक स्वतंत्र तथा नवीन प्रकरण का सम्मान देना चाहिए।

□

* ४ नवंबर, १९२०

प्रकरण–९

अंदमान में हिंदी का प्रचार

सन् १९०६ से हम हिंदी को राष्ट्रीय भाषा के रूप में सम्मान दिलाने तथा यथासंभव उपायों से उसका प्रचार करने के लिए सतत प्रयत्नरत थे। जब हम इंग्लैंड में थे तब 'अभिनव भारत' के सदस्य हर रात सोने से पहले संगठित रूप में तथा एक स्वर में अपना जो राष्ट्रीय संकल्प का पाठ करते, उसमें 'हिंदुस्थान को स्वतंत्र करना, हिंदुस्थान को एक राष्ट्र करना, हिंदुस्थान में प्रजातंत्र की स्थापना करना'—इन सूत्रों के साथ ही चौथा सूत्र घोषित किया जाता—हिंदी को राष्ट्रभाषा बनाना, नागरी को राष्ट्रलिपि बनाना।*

इस नीति के अनुसार संगठन और प्रचार करने के लिए जो भी थोड़ा अवसर प्राप्त होता, उसमें हमने सन् १९११ में ही जो कार्यक्रम मन में पक्का किया, हिंदी प्रचार उसमें एक मुख्य विषय था।

उस समय यह धारणा इतनी संकुचित थी कि हिंदी को राष्ट्रभाषा बनाया जाए, इस कल्पना को बड़े-बड़े नेता भी बचपने की बात समझते थे। साधारण लोगों के लिए तो वह अपरिचित ही थी। आगे चलकर इस आंदोलन को इतना महत्त्व प्राप्त हुआ कि बाद में लोकमान्य तिलक या महात्मा गांधी द्वारा उसका प्रत्यक्ष समर्थन करने की स्थिति भी आई। उस समय केवल नागरी प्रचारिणी सभा और आर्यसमाज के चंद लोग ही विशेषत: इस आंदोलन के समर्थक थे। इसमें कोई संदेह नहीं कि स्वामी दयानंद सरस्वती को यह घोषित करने का ही नहीं कि हिंदी राष्ट्रभाषा है, अपितु उसमें ग्रंथ लेखन का भी प्रथम सम्मान प्राप्त है।

ऐसी अवस्था में जब हम सन् १९११ से सभी भारतीय राजबंदियों तथा साधारण बंदियों से हिंदी सीखने का अनुरोध करने लगे, तब इस तथ्य से ही विवाद करना पड़ता

* सावरकर का यह प्रयास अंतिम साँस तक जारी था। अपनी भाषा में घुसे अनावश्यक परकीय शब्द निकालकर उन्होंने अनेक अपने शब्द रूढ़ किए। स्वतंत्र भारत के संविधान ने हिंदी भाषा और देवनागरी लिपि को स्वीकार किया। देखिए 'भाषा शुद्धि' पुस्तक।

कि हिंदी भाषा है भी या नहीं ? महाराष्ट्र तथा अन्य दक्षिण के लोगों को हिंदी भाषा शब्द भी नया सा प्रतीत होता। वे उस भाषा को मुसलमानी भाषा कहा करते थे, क्योंकि दक्षिणी मुसलमानों की वही मातृभाषा कम-से-कम समाज भाषा होती है। उत्तर के बंदी जानते थे कि यह हिंदुओं की ही भाषा है और आठ करोड़ हिंदू-मुसलमान आज भी मातृभाषा के रूप में उसका प्रयोग करते हैं। परंतु फिर भी वह राष्ट्रभाषा कहलाने योग्य नहीं है, ऐसा वे कहते थे। कोई कहता, इसमें व्याकरण नहीं; कोई कहता, इसमें साहित्य नहीं। मद्रासी आदि लोगों का हिंदी को राष्ट्रभाषा न मानना स्वाभाविक था, परंतु विरोध बंगाली युवकों में ही अधिक दृग्गोचर होता था, क्योंकि उनमें स्वाभाविक महत्त्वाकांक्षा थी कि बँगला राष्ट्रभाषा हो। वास्तव में देखा जाए तो हिंदी के बाद संख्याबल की दृष्टि से बँगला ही राष्ट्रभाषा बनने की अधिकारिणी है, क्योंकि चार करोड़ लोग बँगला बोलते हैं और मराठी की तरह ही साहित्य के क्षेत्र में भी वह हिंदुस्थानी भाषाओं में अग्रणी है। तथापि बंगाल के ही एक नेता श्री मित्र ने बहुत पहले ही इस बात को स्वीकार किया था कि हिंदी में राष्ट्रभाषा होने की योग्यता अधिक है। इतना ही नहीं अपितु हिंदी का समर्थन करने के लिए उन्होंने एक पत्रिका भी निकाली थी।

इन सभी आक्षेपों का बार-बार निराकरण करके मैं नाना तर्कों द्वारा सभी के गले यह उतारने का प्रयास करता कि साहित्य, व्याकरण, प्रौढ़ता, भवितव्यता तथा क्षमता, इन गुणों से संख्याबल सदृश ही हिंदी राष्ट्रभाषा होने के योग्य है। इतना ही नहीं, इससे पूर्व ही अपरिहार्य रूप से वह राष्ट्रभाषा बन भी चुकी है। इसके लिए हिंदी के उत्तमोत्तम श्रेष्ठ प्राचीन ग्रंथ मँगवाए। यह सही है कि हिंदी में नवीन साहित्य नहीं है, परंतु अब उसका इतनी तेज गति से निर्माण हो रहा है कि यदि आप सभी यत्न करेंगे तो हिंदी साहित्य इतना श्रेष्ठ होगा कि पाँच-एक वर्षों में वह संपूर्ण विश्व में भी महत्त्वपूर्ण हो जाएगा। हिंदी को राष्ट्रभाषा बनाना नहीं है, वह तो राष्ट्रभाषा है ही। रामेश्वरम का वैरागी और व्यापारी यही भाषा बोलते हुए हरिद्वार में पृथ्वीराज के साम्राज्य से भी पूर्व काल से आता-जाता रहा है। इस तरह के अनेक तर्कों के साथ हम राजबंदियों को जिस तरह हिंदी सीखने के लिए प्रवृत्त करते, उसी तरह अन्य बंदियों को भी करते।

हमारा शिक्षा-क्रम ही इस तरह का था कि हर राजबंदी अन्य प्रांतीय भाषाओं का यथासंभव अध्ययन करे। अंदमान में ऐसे ज्ञानार्जन का अवसर उत्तम था। उसी तरह हम स्वयं बंगालियों को हिंदी-मराठी, मराठों को हिंदी और बँगला, पंजाबियों को उनकी और पंजाब की तरफ की गुरुमुखी आदि भाषाएँ पढ़ाते। आखिरी दम तक यह उद्योग चल रहा था। गुजराती राजबंदी सबसे अंत में आए। परंतु उन्हें भी देवनागरी लिपि और भाषाएँ पढ़ाकर उस अवधि में हमने उन्हें इतनी शिक्षा दी कि वे हिंदी पुस्तक पढ़ सकें। अन्य बंदियों को तो प्रथमतः हिंदी भाषा सिखाई जाती और उसके पश्चात् अन्य। इस

प्रकार दस वर्षों से हमारे और हमारे साथियों का निरंतर कार्य चल रहा था।

पीछे लिखा ही है कि इसके लिए हमने उत्तम हिंदी ग्रंथालय बनाना असंभव होने के कारण किस प्रकार चलता-फिरता ग्रंथालय बना रखा था। इस ग्रंथालय के लिए हमने धन जुटाने के विभिन्न रास्ते अपनाए थे। हमारी सहायता करने के लिए बाहर के कई स्वतंत्र अधिकारी कभी-कभी द्रव्य देना चाहते थे। हम उनसे यह कहकर कि परस्पर हिंदी पुस्तकें माँगकर दे दीजिए, वे पुस्तकें ग्रंथालय को दे देते। अंदमान में पुस्तकें मँगवाना भी चोरी जैसा काम थी। अतः द्रव्य सहायता, पता देना और पते पर केवल पुस्तकें मँगवाना भी सहायता ही समझी जाती। यह साहस का काम था। क्योंकि यदि सरकार को ज्ञात होता कि इसने बंदी से संबंध रखा है, तो उस स्वतंत्र अधिकारी को पदच्युत भी किया जा सकता था। फिर भी वे अपने पते देते। इतना ही नहीं, हिंदुस्थान से आए स्वतंत्र अधिकारियों में भी हिंदी प्रचार करने का कार्य चूँकि हमारी संस्था करती थी, इसलिए हिंदी सीखने के लिए उन्हें भी हमारी आवश्यकता होती थी। कई मद्रासी सज्जन-अधिकारियों को हिंदी पढ़ाने के लिए हमारे सहायक बंदी अंतःस्थ रूप से जाते। एक राष्ट्राभिमानी डॉक्टर ने तो अपनी धर्मपत्नी को भी हिंदी सिखाकर उससे बेटे के सामने भी हिंदी में ही वार्त्तालाप करने का अभ्यास करवाया, ताकि उसका बेटा मातृभाषा की तरह ही हिंदी सीख ले। ये सज्जन कभी-कभी हिंदी प्रचारार्थ पाँच-दस रुपए दान भी करते। इन स्वतंत्र अधिकारियों की सहायता के अतिरेक में हम और अनेक प्रसंग साध्य करते। उसको स्पष्ट करते हुए दो उदाहरण दे रहे हैं।

एक साधारण अल्प शिक्षित किसान, जिसका नाम दिवाण था और जो आर्यसमाज से पूर्व परिचित था, किसी डाकेजनी के झंझट में उलझकर आजन्म कारावास का कैदी बनकर आया था। उसकी हमपर बड़ी श्रद्धा थी। उसने हमारी संस्था में प्रचुर मात्रा में कार्य किया। लोगों पर उसका दबदबा था, परंतु दुर्भाग्यवश वह ठीक युवावस्था में ही अंदमान की जलवायु तथा कष्टप्रद बंदीवास का शिकार बन गया। उसके इष्ट मित्रों ने उसके नाम पर कुछ भोज आदि का प्रबंध करने की योजना बनाई। हमने उन्हें समझा-बुझाकर उन पैसों से उसके नाम पर हिंदी ग्रंथ तथा क्रमिक रूप से पुस्तकें खरीदकर ग्रंथालय तथा निर्धन बंदियों को दान करने का निश्चय किया। एक व्यक्ति को, जिसका नाम बिहारी था, फाँसी का दंड मिला। उसने कुछ द्रव्य दान की मनौती माँगी। संयोगवश वह दंड रद्द होने के कारण उसने पूछा—वह दान कैसे किया जाए। मेरे उपदेश से ये भोज-प्रसंग लगभग बंद ही हो गए थे। ग्रंथों के तथा ज्ञान प्रसारार्थ ज्ञान दान करने की योजना बनाएँ तो सिख, उर्दू, अंग्रेजी प्रत्येक वर्ग कहता—वह दान अपनी भाषा की पुस्तकों को मिलना चाहिए। हमारे विरोध करने पर वे कहते, राष्ट्रीय भाषा का चिकना-चुपड़ा ढोंग करके बँगला, पंजाबी आदि भाषाओं को खत्म करना चाहता है। परंतु हम

कहते, मैं अपनी मराठी के लिए दान नहीं माँग रहा हूँ। यदि ऐसा हो तो आपका संदेह ठीक है, पर हिंदी के लिए दो। मैंने स्वयं गुरुमुखी सहित उन सारी प्रांतीय भाषाओं का अध्ययन किया था। अन्य लोगों को बँगला आदि स्वयं पढ़ाता भी था। क्या मुझे मराठी की—अपनी ही भाषा की हत्या करनी है ? परंतु राष्ट्रीय हित के सामने अपने प्रादेशिक अभिमान का बलिदान देना ही होगा। इस तरह उन्हें समझाते हुए अंत में उन पैसों से हिंदी पुस्तकें मँगवाने के लिए हमने उन बंदियों को तैयार किया और आल्हा-ऊदल सदृश लोकप्रिय किंतु प्राचीन शैली के ग्रंथों से लेकर नागरी प्रचारिणी की नवीनतम ग्रंथमाला तक सौ-एक रुपयों के ग्रंथ मँगवाए। हमें स्वयं भी आल्हा ग्रंथ अत्यधिक प्रिय था।

उस बंगाली स्नेही को, जो हिंदी को प्रौढ़ भाषा नहीं समझता था अथवा उसके अनुसार हिंदी में साहित्य नहीं था, यह दिखाने के लिए कि वह कितनी गमनशील है, हिंदी के गुरुकुल स्थित अथवा उत्तमोत्तम ग्रंथ प्रकाशित होते ही उन्हें मँगवाकर दिखाता। कभी-कभी उन्हें यह संतोषजनक प्रतीत न होता और उसमें अपमानजनक कम-से-कम किसी दुष्टतापूर्ण हेतु की गंध आती। परंतु उस हेतु प्रतिकूलता को भी सहते हुए मैं यह करता ही रहा। अंत में यह मान्यता कि हिंदी राष्ट्रभाषा है, इतनी सार्वजनिक हो गई कि वह सिद्ध करते रहने की स्थिति से सिद्धांत की स्थिति तक पहुँच गई। सिखों का मन हिंदी की ओर करने के लिए एक भिन्न युक्तिवाद तर्क उपयुक्त होता। उनमें से कई सरदार इस सत्य से अनभिज्ञ होते कि श्री गोविंद गुरु का 'विचित्र नाटक' आदि ग्रंथ और 'सूर्य प्रकाश' आदि इतिहास शुद्ध व्रजभाषा में अर्थात् प्राचीन हिंदी में हैं। परंतु एक बार उन्हें यह समझाया कि किस प्रकार हिंदी उनकी धर्मभाषा है और गुरुमुखी मात्र एक लिपि है, तो फिर उन्हें हिंदी का महत्त्व न केवल राष्ट्रीय दृष्टि से वरन् पंथ की दृष्टि से भी पूर्णतया मान्य हो गया।

कारागारीय ग्रंथों के अध्ययन से गुरुमुखी के संबंध में हमारा अभिप्राय इस प्रकार था कि परंपरा से प्रचलित यह मत कि इस लिपि को गुरु ने खोजा है, ऐतिहासिक नहीं है। उसका बस इतना ही अर्थ है कि उस समय पंजाब में प्रचलित लुंडी-मुंडी (मोड़ी) आदि व्यापारिक तथा सामान्य जनों की लिपियों में से गुरु द्वारा चुनी गई वह एक पुरानी लिपि थी। सिख धर्मग्रंथ 'शास्त्री' (नागरी) में न लिखते हुए साधारण लोगों में प्रचलित उस लिपि में लिखवाए गए जैसे गौतम बुद्ध ने पाली में। हो सकता है, इसीलिए उसे गुरुमुखी नामाभिधान प्राप्त हो गया। यह स्वतंत्र विषय है। बातों-बातों में विषय छिड़ गया था, इसीलिए उल्लेख किया है। हमें उस समय भी यह ज्ञात था कि आज तक किसी भी विद्वान् ने इस उपपत्ति का समर्थन नहीं किया था। उसकी यथार्थता अथवा अयथार्थता का दायित्व जब तक मुझे ज्ञात है, मेरा है। इस संबंध में अनेक 'ग्रंथों' और सिख इतिहास के विद्वानों से हम कई बार चर्चा भी करते थे।

प्रथमतः मैं मराठी भी किसी को पढ़ने नहीं देता। क्यों ? प्रथम मातृभाषा, फिर तुरंत हिंदी और इसके पश्चात् अन्य प्रांतीय हिंदू भाषा—इस तरह क्रम रखा था। जहाँ तक हो सके प्रत्येक को अन्य प्रांतीय भाषा पढ़ने का अनुरोध करता, परंतु तमिल संघ की (मलयालम, तेलुगु, कन्नड़, तमिल) द्रविड़ भाषाओं को पढ़ाने की सुविधा—उनके ग्रंथों का संग्रह और प्रचारक न होने से और मेरे लिए वह ग्रीक-लैटिन के बराबर होने से मैं प्रबंध नहीं कर सका। इसमें मैं हमेशा ही अपनी न्यूनता समझता। आज भी उस कमी को मैं पूरा नहीं कर पाया हूँ। शेष मराठी, पंजाबी, बँगला भाषाएँ प्रायः सभी राजबंदियों तथा शिक्षित बंदियों को अच्छी तरह से अवगत थीं। मराठी के महत्त्वपूर्ण ग्रंथ भी वे पढ़ते। तथापि मैं इसकी सूक्ष्म जानकारी नित्य ही प्राप्त करता कि द्रविड़ भाषा में कौन-कौन से नए ग्रंथ हैं, और आखिरी-आखिरी दिनों में पर्यवेक्षकों से उन भाषाओं की प्राथमिक पुस्तकें तथा अन्य नए ग्रंथ मँगवाने की अनुमति तथा पैसे लेकर एक टिप्पणी करके उन्हें मँगवाया भी, परंतु मेरी आकस्मिक वापसी के कारण मुझे कुछ भी पता नहीं चला कि आगे उसका क्या हुआ।

अंदमान में विभिन्न प्रांतीय लोगों के एकत्रित होने के बाद उनमें बोलचाल की भाषा स्वतः हिंदी ही होती है। उधर बंदियों की जो संतानें हैं, उनमें भी परस्पर प्रांतीय लोगों में ब्याह होने के कारण अंदमान में जनमे बच्चों की मातृभाषा सहज ही हिंदी होती थी। इन 'स्वतंत्र' लोगों में बहुलांश में हिंदू ही थे, इसलिए पाठशालाओं में प्रमुखतः हिंदी में ही शिक्षा देनी चाहिए थी। परंतु पूर्व काल से ही हिंदुस्थान के जो 'मुंशी' के रूप में वहाँ गए, वे सारे पंजाब, दिल्ली आदि के उर्दू-शिक्षितों में से होने के कारण अंदमान की प्राथमिक पाठशालाओं में उर्दू पढ़ाने की परिपाटी बन गई। इसका एक अन्य कारण यह था कि कार्यालयों (Offices) में उर्दू नौकरों की ही भरमार होने के कारण वहाँ दफ्तर की दूसरी भाषा उर्दू ही बन गई थी। पहली पाठशाला से बाहर निकले उर्दू-शिक्षित छात्रों के उदाहरण से शिक्षित का अर्थ है उर्दू-शिक्षित। इस प्रकार इस नए उपनिवेश में विचित्र धारणा बनकर लोगों में हिंदी शिक्षा ग्रहण करने की इच्छा तो क्या, कल्पना भी शेष नहीं रही। जैसे-जैसे पाठशालाओं की संख्या बढ़ती गई, वैसे-वैसे उनमें उर्दू शिक्षा की परिपाटी ही चलने लगी। वास्तविक दृष्टि से देखा जाए तो हिंदी और जिसे उर्दू कहा जाता है, उसमें मूलतः कोई भेद नहीं है। हिंदी भाषा फारसी लिपि में लिखो, बस हो गई उर्दू। अतः वास्तव में मूलभूत प्रश्न लिपि का था। अंदमान में बंदियों तथा बाशिंदों की संख्या में मूलतः हिंदुओं की ही भरमार होने के कारण और शिक्षा ग्रहणार्थ उन्हीं लोगों के अधिकांश आगे बढ़ने के कारण, उन सभी को पाठशालाओं में पहले से ही हिंदी अर्थात् नागरी लिपि पढ़ानी चाहिए थी, जो राष्ट्रीय एकता एवं धार्मिक एकता की द्योतक तथा प्रिय है। परंतु आश्चर्य की बात यह है कि उन पाठशालाओं

में, जो मुख्यत: हिंदुओं के करों पर चलाई जाती हैं, आज भी सही ढंग से हिंदी नहीं सिखाई जाती। हिंदू बालक अ, आ, क, ख, ग, नहीं जानते, 'तुलसी रामायण' अथवा 'भगवद्गीता' के श्लोक नहीं पढ़ पाते, उन्हें पर्शियन कवियों के चुटकुले कंठस्थ होते हैं। कालिदास तो रहने दीजिए, सूरदास अथवा प्रेमसागर की एक पंक्ति से भी वे परिचित नहीं होते—हिंदी की प्रथम पुस्तक उन्हें ग्रीक-लैटिन समान प्रतीत होती है। परंतु उर्दू समाचार-पत्र वह बिना बाधा के फर्राटे से पढ़ता है। उसके मस्तिष्क की उपमाएँ पर्शिया एवं अरेबिया स्थित नदियों से भरी रहती हैं। वहाँ के वीर पुरुष उन्हें ज्ञात हैं, परंतु पांडव क्या, महाभारत, रामायण अथवा भागवत का एक अक्षर भी उन्हें ज्ञात नहीं होता, न ही वे पढ़ सकते हैं। अंदमान के हमारे जैसे शिक्षित लोगों में से साधारण मनुष्यों की इस स्थिति का अवलोकन करने के बाद हमारी यही राय बनी कि अंदमान में हिंदू संस्कृति जीवित रखनी है तो हिंदी भाषा एवं नागरी लिपि की शिक्षा प्रत्येक हिंदू बच्चे को सर्वथा अपरिहार्य रूप में देने के लिए सतत आंदोलन छेड़ना अत्यावश्यक है।

प्रत्येक पाठशाला में हिंदी भाषा एवं नागरी लिपि शिक्षा का अनिवार्य माध्यम हो और जिस मुसलमान बच्चे अथवा अन्य लोगों को उर्दू लिपि और भाषा (अरबी, पर्शियन शब्द, प्राय: हिंदी) सीखनी है, उन्हें वह भाषा के रूप में विशेष विषय के रूप में पढ़ाई जाए। अंदमान के स्कूलों में यह व्यवस्था करने के लिए प्रथमत: लोगों में यह इच्छा उत्पन्न करना आवश्यक था।

क्योंकि वहाँ के हिंदू लोगों में सार्वजनिक एवं राष्ट्रीय एकता की भावना अत्यल्प थी और हिंदुत्व का अभिमान केवल मूर्खतापूर्ण रूढ़ि के रूप में जीवित मात्र था। उन्हें इस बात का बिलकुल ज्ञान नहीं था कि हिंदी हिंदुओं की अपनी भाषा है और अपने धर्मग्रंथ, कम-से-कम प्राकृत, जिस नागरी में होते हैं वह लिपि तथा वह भाषा सीखना अपना परम पावन कर्तव्य है। दो-तीन पीढ़ियों से उर्दू के संपर्क से उसका केवल वर्चस्व ही नहीं, अपितु आत्मविनाशक अभिमान का भी उनमें संचार हुआ था। अत: हमारे विचारों के जो लोग बाहर थे, उन्होंने स्वतंत्र लोगों के घर-घर इस विषय की चर्चा करने और जागृति लाने का साहस के साथ श्रीगणेश किया।

जिस अध्याय में हमने अंदमान के संगठन, शिक्षा, शुद्धिकरण आदि आंदोलनों का इतिहास इससे पूर्व दिया है, उससे बंदियों एवं बाशिंदों में समाचार-पत्र, समाचार, राष्ट्रीय गीत, राष्ट्रीय चर्चा, अंत:स्थ सभा तथा व्याख्यान आदि साधनों द्वारा पाठकों ने गौर किया ही होगा कि हमारी संस्था के प्रचारकों ने कितनी जागृति फैलाई। उन आंदोलनों में सर्वप्रथम 'स्वतंत्र' लोगों में हिंदी का प्रचार करना कर्तव्य था। इस योग से उन पाँच-छह वर्षों में स्वतंत्र लोगों में हिंदी से संबंधित विपुल जागृति आई। कई परिवारों में हिंदी अध्यापक भिजवाकर हमने बच्चों को नागरी तथा हिंदी पढ़ाई। जब तेल कोठार का

व्यवस्थापन हमारे पास आ गया तब व्यवसाय के बहाने जो स्वतंत्र लोग कारागृह में आते, उनसे हमारा परिचय होने लगा। केवल हमें देखने अथवा मिलने के लिए कई स्वतंत्र लोग तेल और भूसी को खरीदते, ताकि कम-से-कम उसी बहाने कारागार में प्रवेश पाकर उस गोदाम में हमसे भेंट हो जाए। ऐसे सभी लोगों को अन्य उपदेशों के साथ यह भी उपदेश देते कि 'तुम लोग हिंदू हो, हिंदी तुम्हारी राष्ट्रभाषा नहीं तो कम-से-कम अंदमान में तो धर्मभाषा है। तुम्हें अपने बाल-बच्चों को तो हिंदी और नागरी लिपि अवश्य सिखानी होगी। तुम सब मिलकर सरकार को एक आवेदन-पत्र भेजो तो स्कूलों में हिंदी और नागरी अवश्य प्रारंभ होगी। परंतु जब तक वह प्रबंध नहीं होता तब तक तुम लोग अपने-अपने घरों में हिंदी पढ़ाओ।' हमारे स्वयंसेवक किसी के 'हाँ' कहते ही उसके घर में प्रकट रूप में अथवा अंत:स्थ रीति से जाकर हिंदी पढ़ाते, क्योंकि अंदमान में इच्छा होते हुए भी स्वतंत्र रूप में किसी के घर बिना अनुमति कोई भी बंदी सहसा नहीं जा सकता था। 'स्वतंत्र' को भी बंदी से बात करने अथवा किसी तरह के व्यवहार की स्वतंत्रता नहीं थी। हमें जो भी कोई मिलता, उससे हिंदी सीखने की प्रार्थना करते। मुंशी आया, चलो हिंदी सीखो; लेखक आया, हिंदी सीखो; डॉक्टर आया, हिंदी सीखो—इस तरह हमारा अविरल जाप होता रहता।

स्वतंत्र लोगों में हिंदी-शिक्षा का इस तरह थोड़ा-बहुत प्रसार होते ही उनके बच्चों के लिए हिंदी में महाभारत आदि पुस्तकें, शिवाजी आदि महापुरुषों के चरित्र नि:शुल्क बाँटे जाते। उनके घर हिंदी समाचार-पत्र पहुँचाकर उनसे पढ़वाए जाते। जो सिपाही, व्यापारी आदि लोग हमसे आखिर-आखिर में प्रत्यक्ष मिल सकते थे, उन्हें हम स्वयं हिंदी पढ़ाते। इस तरह प्रयास करते-करते स्वतंत्र लोगों में यह भावना प्रचुर मात्रा में बढ़ गई कि कम-से-कम अंदमान में तो प्रत्येक हिंदू का यह धार्मिक कर्तव्य है कि वह हिंदी सीखे और उस भावना के बलबूते पर वहाँ के स्कूलों में कम-से-कम हिंदू बालकों को तो हिंदी पढ़ाई जाए। इस प्रकार सरकार को आवेदन करने का प्रयास भी आरंभ हो गया।

परंतु यह देखकर कि जब तक सरकारी दफ्तर की भाषा उर्दू है, तब तक बच्चों की रुचि साधारणत: उर्दू सीखने की ओर अधिक होगी। तब जहाँ संभव था उस स्थान पर दफ्तर की भाषा ही हिंदी करने का हम प्रयास करने लगे। वास्तव में प्राय: सब सरकारी दफ्तर के काम अंग्रेजी में ही होते। जो उर्दू भाषा में होता, वह इसलिए नहीं कि उस तरह का कोई नियम था, अपितु पहले-पहले उत्तरी क्षेत्र के हिदुस्थानी मुंशी आते रहने और बंदियों में भी उत्तर के उर्दू लिखित प्रांतों के लोगों की ही भरमार होने से वह एक परिपाटी या रूढ़ि बन गई। इस उर्दू भाषी दफ्तर में प्रमुख हिस्सा जहाज से जा रहे बंदियों की चिट्ठी-पत्रियों का होता। ये पत्र 'मुंशी' द्वारा लिखवाए जाने से प्राय: उर्दू में

ही होते। अतः इस तरह अनुमति प्राप्त करने का प्रयास किया गया कि पत्र देशी भाषाओं में हों। 'मराठी', 'गुरुमुखी' आदि भाषाओं में पत्र-व्यवहार करने के लिए अनुमति के प्रयास करने में कई दिन बीत गए, क्योंकि मुंशी अंग्रेजी अथवा उर्दू जानते थे और मुंशी द्वारा पत्र पर सम्मति मिले बिना उसे 'उपयुक्त' नहीं समझा जाता। अंत में जब यह अनुमति मिल गई कि बंदी अपनी प्रांतीय भाषा में पत्र लिख सकता है, तब पंजाब, लखनऊ आदि उन प्रांतों के, जहाँ उर्दू प्रचलित थी, हिंदू बंदी का मत-परिवर्तन किया गया कि पत्र हमेशा हिंदी में ही भेजा जाए। मराठी, बंगाली आदि हिंदू बंदियों से अंतःस्थ रूप से जोर-शोर से यह कहने लगे कि या तो वे पत्र अपनी मातृभाषा में लिखें या हिंदी में, परंतु उर्दू में कदापि नहीं। अतः उच्च कार्यालय में यह देखने के लिए कि वह पत्र नियमानुकूल लिखे गए हैं या नहीं, ऐसे मुंशी नियुक्त किए गए जो हिंदी तथा अन्य देशी भाषा जानते थे। पुराने अधिकारी जो उर्दू जानते थे, स्वयं आगे बढ़कर हिंदी नागरी का ज्ञान संपादन करने लगे। हिंदी पत्र लेखनार्थ मुंशी नहीं मिलने पर हमारे लोग वह काम स्वयं करते। इससे पूर्व हमारे कारागार में नब्बे प्रतिशत पत्र उर्दू में भेजे जाते थे, परंतु प्रयासों के चलते अंत में नब्बे प्रतिशत पत्र देशी भाषाओं में और विशेषतः हिंदी नागरी में जाने लगे। आगे चलकर उन लोगों में भी, जिन्हें मुंशी आदि को नियुक्त करने का अधिकार था, हिंदू संगठन के अभिमानी हिंदू लोग ही नियुक्त किए जाते। उसी तरह ऐसे मुंशियों की नियुक्ति की जाती जो हिंदी जानते थे। हमारी संस्था के लोगों के प्रयासों से इस तरह अलिखित नियम ही बन गया कि हिंदू को पत्र हिंदी में ही लिखना चाहिए—अधिक-से-अधिक अपनी प्रांतीय हिंदू भाषा में। मुसलमान बंदी चाहे तो उर्दू में पत्र लिखें, उसपर कोई जबरदस्ती नहीं की गई। परंतु इससे पूर्व किसी भी बंदी को महाराष्ट्र में अथवा बंगाल में भी प्रायः जो उर्दू में ही भेजना अनिवार्य था, वह जबरदस्ती हमने तोड़ डाली। जब हम कार्यालय में जाने लगे तब हम स्वयं सभी बंदियों के पत्रों की तलाशी लेकर देखते कि कहीं कोई हिंदू अकारण उर्दू में तो नहीं लिख रहा। तुरंत उसके पास जाकर हम उसका मत-परिवर्तन करते। इस तरह करते-करते जगह-जगह पर हिंदू मुंशियों की, जो हिंदी जानते थे, नियुक्ति कराकर पत्र-व्यवहार बहुशः हिंदी में आरंभ कराया गया। वही बात आनेवाली डाक की थी। क्योंकि यह प्रयास हो रहा था कि प्रत्येक हिंदू बंदी अपने संबंधियों को लिखे कि उत्तर हिंदी में ही भेजा जाए। इससे आनेवाले पत्रों में हिंदू प्रांतीय भाषाओं तथा हिंदी में लिखे पत्रों की संख्या बढ़ने लगी। यह देखने के लिए कि वे सरकारी दृष्टि से उपयुक्त हैं या नहीं, हिंदी मुंशियों की आवश्यकता बढ़ गई। उर्दू का महत्त्व और प्रचार कम होने लगा।

केवल राजबंदियों को ही अंग्रेजी में पत्र भेजना लगभग अनिवार्य होता, क्योंकि उन पत्रों का स्वतः अंग्रेज अधिकारी अन्वेषण करते। आगे चलकर जब सैकड़ों राजबंदी

यहाँ आ गए तब अनेक को अंग्रेजी न आने से पत्र स्वभाषा में भेजने की अनुमति—वह भी बहुत प्रयासों से—मिल गई। हमें अंत तक अंग्रेजी में पत्र भेजना अनिवार्य था।

जो स्थिति पत्र-व्यवहार की थी, वही टिप्पणियों, सरकारी कार्यालय तथा कार्यालयांतर्गत निम्न वर्गीय अधिकारियों के कार्यों, दैनिक, छिटपुट सरकारी पत्र-व्यवहार और दफ्तर की भी हो गई। पहले यह सब उर्दू में था, परंतु जैसे-जैसे हिंदू 'मुंशी' और अधिकारी उर्दू न लिखने का व्रत लेने लगे वैसे-वैसे यह काम भी हिंदी में ही होने लगा। धीरे-धीरे उर्दू को निकालकर हिंदी एकमात्र लिपि नहीं हुई, तथापि ऐसा स्पष्ट प्रतीत होने लगा कि वह उसके साथ सम्माननीय सरकारी भाषा तथा लिपि होगी।

स्वतंत्र लोगों में शादी-ब्याह की पत्रिका भी हिंदू लोग उर्दू में छापते थे, परंतु इसके पश्चात् कई लोग हिंदी में छापने लगे। उन्हें पढ़ना भी कठिन हो रहा था, क्योंकि शिक्षित हिंदू केवल उर्दू-शिक्षित था। फिर भी वैसे ही प्रवाह चला कि अधिक-से-अधिक पत्रिकाएँ हिंदी और उर्दू—इस प्रकार दोहरे कागज पर छापी जाएँ। कम-से-कम उर्दू में ही छापी गईं तो ऊपर ॐ और नीचे कुछ नागरी वाक्यों को छापें और लिखें। बाद में इस प्रकार की परिपाटी प्रचलित हो गई।

इसमें कोई आश्चर्य की बात नहीं कि इतने सारे गोरखधंधे के चलते इसका विरोध भी हो ही रहा था, परंतु आश्चर्य यह कि न केवल मुसलमान अधिकारियों द्वारा विरोध हो रहा था, प्रत्युत अंग्रेज अधिकारियों द्वारा भी विरोध किया जा रहा था। वे हिंदी के विषय में सशंकित रहते। एक कारण यह था कि वे भी उर्दू जानते, हिंदी नहीं; और दूसरा कारण हिंदी के आंदोलन को हमारा प्रबल समर्थन था। अतः वे नित्य सशंकित रहते। हिंदी पुस्तक मँगवाने के लिए हम एक बंदी को अनुकूल कर रहे थे कि 'तुम उर्दू पुस्तकें मँगवा रहे थे न, तो अब हिंदी क्यों मँगवाने जा रहो हो', इस प्रकार उससे प्रश्न पूछकर उसका मत-परिवर्तन करने के लिए भी एक अंग्रेज अधिकारी तत्पर था। जब पाठशालाओं में हिंदी पढ़ाने के लिए हमने स्वतंत्र आंदोलन छेड़ा और वह सफल होने लगा तब 'स्वतंत्र लोगों में हमारा नाम होगा और हमारा प्रभुत्व बढ़ जाएगा'—मुसलमान अधिकारी इस प्रकार की रिपोर्ट स्पष्ट रूप में गुप्तचर विभाग की पुलिस तथा उच्चाधिकारियों को भेजने लगे। उन्हीं बंदियों ने मुख्यतः हिंदी का आंदोलन छेड़ा था जो आर्यसमाज, शुद्धि, राजनीति प्रचार, शिक्षा, अन्याय का प्रतिरोध आदि कार्यों में सतत नेतृत्व करते रहे थे और सरकारी दफ्तर में 'आंदोलनकारी, भयंकर संदेहास्पद व्यवहारवाले' जैसे ढेर सारे उपपदों से गौरवान्वित थे। इस प्रकार सरकार के बिना किसी कारणवश संदेहास्पद दृष्टि से देखने से स्वतंत्र लोगों की माँग होने पर भी स्कूलों में हिंदू बालकों के लिए हिंदी को अनिवार्य करना असंभव हो गया। हमारे आने पर भी संभव नहीं हुआ। हम लोगों के मन में यह बिठाया जा रहा था कि यदि वहाँ के स्वतंत्र लोग अविरत

प्रयास करेंगे तो सरकार को यह बात ज्ञात होगी कि अपना संदेह निपट पागलपन है और वह अंदमान की पाठशालाओं में कम-से-कम हिदुंओं को तो हिंदी तथा नागरी अनिवार्य रूप में पढ़ाने की अनुमति देगी।

कन्याओं को हिंदी नागरी शिक्षा

यद्यपि लड़कों की पाठशालाओं में हिंदी, नागरी अनिवार्य नहीं की जा सकी, तथापि उसी दौरान स्थापित कन्या पाठशाला में उस आंदोलन को सफलता प्राप्त हो गई। इन कन्याओं को भी उर्दू में ही शिक्षा दी जानेवाली थी। हिंदी का कुछ भी प्रबंध नहीं रखा गया था। परंतु समय पर स्वतंत्र लोगों को सतत लज्जित करके, चिढ़ाते हुए कन्याओं को तो अलिफ, बे, पे आदि उर्दू वर्णमाला (हरूफ) पढ़ाने के लिए मुसलमान मौलवी के हाथों सौंपने की विघातक प्रवृत्ति से विमुख किया गया और पहले से ही कन्या पाठशालाओं में हिंदू कन्याओं को हिंदी, नागरी पढ़ाने की व्यवस्था की गई।

यह कहने की आवश्यकता नहीं है कि राजबंदियों में भी पंजाब आदि प्रांतों के लोगों ने उर्दू में पत्र न भेजते हुए अपनी हिंदी भाषा में भेजना आरंभ किया। राजबंदियों में पंजाबी आदि लोगों में उर्दू के अच्छे शायर एवं नामवर लेखक भी थे। उनमें से कइयों ने प्रथमत: सहज भाव से ही हमारे विरुद्ध आंदोलन का प्रतिकार किया, परंतु आगे चलकर राष्ट्रभाषा की दृष्टि से किस तरह उर्दू अपनी साख जमाना चाहती है, आदि युक्ति, तर्क, उनके गले उतारे, तब उनमें से कुछ लोगों ने हमारे सामने 'आज से यह उर्दू कलम तोड़ दी,' इस प्रतिज्ञा के साथ हिंदी में लिखना आरंभ किया। उन्हें प्रथमत: 'आकाश, व्यायाम' आदि सरल शब्द भी सिखाने पड़े, इतना उनका मन उर्दू ने अहिंदू बना छोड़ा था। परंतु उन्होंने उन कष्टों को झेला और उच्च नागरी हिंदी सीखते गए।

मेरा यह आंदोलन उर्दू के प्रति विद्वेष भावना से नहीं छेड़ा गया था, क्योंकि मैं स्वयं उर्दू सीख रहा था और पढ़ता भी था। आज भी साधारण टफ तक उर्दू मैं पढ़ सकता हूँ। काफी समझ भी सकता हूँ। वह एक लिपि और किंचित् उपभाषा के रूप में हिंदू-मुसलमानों में सूखे नैन जीवित रहे। हमारे मुसलमान देश-बंधुओं में से कुछ लोगों की भाषा होने से हम भी उसका आंशिक ममतापूर्वक जतन करेंगे। परंतु हिंदुओं के परिश्रम तथा प्रोत्साहन से वह इतनी नकचढ़ी हो जाए कि हिंदुओं को ही 'हिंदी भाषा छोड़ो और मुझे अपनी राष्ट्रभाषा बनाओ' कहते हुए धमकाए, धौंस दिखाए, यह हम कदापि सहन नहीं करेंगे। बस, यहाँ तक ही हम उसका प्रतिरोध करेंगे। अपने व्यय से चलाई गई पाठशालाओं में हिंदुओं की उनकी अपनी राष्ट्रभाषा हिंदी अनिवार्यत: पढ़ाए जाने और इस माँग के न्यायसंगत प्रतीत होने तथा उर्दू को बलपूर्वक थोपना अन्याय तथा परिणामत: हिंदू संस्कृति के लिए विघातक प्रतीत होने से हम यथासंभव उर्दू का उच्चाटन

करते रहे। भाषा अथवा लिपि की दृष्टि से कोई भी हिंदू उर्दू सीखे। जैसे हम फ्रेंच, जर्मन पढ़ते हैं वैसे ही उर्दू भी सीखें, परंतु राष्ट्रभाषा अथवा स्वभाषा के रूप में अपनी संस्कृतोत्पन्न तथा पूर्वजों की हिंदी भाषा त्यागकर उर्दू को अपने सिर पर नचाना, उसे मुँहजोर बनाना हमें अनिष्टकारक प्रतीत होता है।

अंदमान में हिंदी पुस्तकों की भरमार करते हुए चलते-फिरते गोपनीय ग्रंथालय कैसे थे, इसका संक्षिप्त वर्णन पीछे ग्रंथालय प्रकरण में आया ही है। चलते-फिरते इस ग्रंथालय में हिंदी में अर्थशास्त्र, राजनीति, राजनीतिक आंदोलन आदि नवीनतम पुस्तकें सतत आती रहती थीं, जिससे साधारण बंदियों के लिए न केवल प्रचलित वरन् उच्च विषयों का ज्ञान भी बहुत कुछ सुलभ होता गया। 'सत्यार्थ प्रकाश' ग्रंथ के पठन की ओर तो हम नित्य ही विशेष ध्यान देते। राजबंदियों से उसे बार-बार पढ़वाते। इसमें कोई संदेह नहीं कि दयानंद का यह ग्रंथ कुछ तात्कालिक संग्राम से उड़ी धूल तथा धुएँ का अंश छोड़कर एक अदम्य तथा निर्भीक प्रचारक ही है, जो मन पर हिंदू संस्कृति के उच्च तत्त्व अंकित करते हुए हिंदू धर्म का राष्ट्रीय स्वरूप व्यक्त करता है।

हिंदी पढ़ने में प्रवृत्त करने के लिए कभी-कभी हम वहाँ के बंदियों तथा उर्दू-शिक्षित स्वतंत्र युवकों को छात्रवृत्तियाँ भी प्रदान करते। यद्यपि प्रथम पैसे लो, पर सीखो अवश्य, इस तरह का आंदोलन छेड़ना पड़ा, तथापि आगे हिंदी की रुचि इतनी बढ़ गई कि पुस्तकें ही पूरी नहीं पड़ती थीं। यह शिकायत बंद हो गई कि पुस्तकें धूल में सनी यूँ ही व्यर्थ पड़ी हैं। अब यह शिकायत कानों में पड़ने लगी कि लगातार लोगों के हाथों में जाती हुई पुस्तक मैली हो जाती है। मैं कहता—यह सुनने से कि पुस्तक व्यर्थ पड़ी है, मुझे यह शिकायत सुनना अधिक अच्छा लगता है कि वह पढ़-पढ़कर फट रही है। जिस अंदमान के घर-घर में उर्दू हिंदू लोगों के मन कुतर-कुतरकर उन्हें इतना खोखला बना रही थी कि हिंदू कन्याएँ भी आपस में पूछतीं, 'तुम्हारी शादी है?' परंतु लगन, विवाह आदि शब्दों का अर्थ उनके पल्ले नहीं पड़ता था, उसी अंदमान में अब हिंदी भाषा तथा नागरी लिपि हमारी धर्मभाषा एवं धर्मलिपि है, यह भावना हिंदू जनता में बच्चों तक दृढ़मूल हो गई तथा हिंदी पढ़ने में रुचि बढ़ने लगी। यह बात जिस अवस्था में आंदोलन छेड़ना पड़ा, उस अवस्था की तुलना में इसमें कोई संदेह नहीं कि जिन्होंने यह चालू रखने में प्रमुख हिस्सा लिया—कारागृह तथा उपनिवेश के उन उत्साही बंदीवान प्रचारकों के लिए भूषणास्पद, गौरवास्पद थी।

परंतु उस आंदोलन का संपूर्ण फल हाथ लगने के लिए वहाँ के शिक्षा विभाग द्वारा ही हिंदी नागरी का प्रचार होना आवश्यक था। उसका सूतोवाच हमने करवाया था। आगे दखेंगे—इसका क्या हुआ? □

प्रकरण–१०

सवा बालिश्त का हिंदू राज्य

जब हम अंदमान गए तब वहाँ 'बालिश्त भर पठानी राज्य' था, जिसका चारों ओर डंका बज रहा था। वह पलटकर जब बालिश्त भर का 'हिंदू राज्य' प्रस्थापित हो गया तब तेल गोदाम, जो उस राज्य की राजधानी ही थी, हमारे आधिपत्य में आ गया और वहाँ की लकड़ी की कुरसी के सिंहासन पर, जिसका एक हाथ टूटा हुआ था, हम विराजमान हो गए। यहाँ तक कथा पीछे कही जा चुकी है।

तेल गोदाम उस कारागार की आमदनी का अंतिम केंद्र था। इसी कारण और विशेषत: राजबंदियों के आने के बाद, पठान, मुसलमान के सिवाय अन्य किसी के विश्वासपात्र न होने से उस तेल गोदाम में प्राय: मुसलमान, पठान अधिकारी ही होते थे। सभी बंदियों का तेल तौलकर देने का काम उन्हीं के हाथों में था। इसी से वे सभी बंदियों के कलेजे थरथरा सकते थे। उनके 'तेल पूरा नहीं है' कहने मात्र से जमादार, पेटी अफसर, बंदी सभी के पैर काँपने लगते, उनके प्राण सूख जाते। उस गोदामवाले बंदियों की पिटाई करने का अधिकार उन्हें आसन्न परंपरा से प्राप्त हो गया था। बारी अपने कार्यालय में आँख मूँदकर यदि किसी की सुनता था तो बस ऐसे ही अधिकारी की। एतदर्थ राजबंदियों के विरुद्ध चुगलियाँ करते समय भी यही अधिकारी नेता बनता। इस अधिकारी पद पर उसी की नियुक्ति की जाती जो कारागार में गुरूकंटाल तथा गुंडा और स्वार्थी होता। सात–आठ वर्षों के हमारे कारावास में ऐसे कई सुयोग्य अधिकारी उस स्थान को पावन करते हुए गए थे और हमारे नौवें वर्ष में इस अधिकार–पद पर हमारी नियुक्ति हो गई।

हमारे उधर आते ही कारागार में शेष रहे मुसलमान तंडेल, पेटी अफसर, बंदीवान, वॉर्डर आदि सभी के चेहरों पर हवाइयाँ उड़ने लगीं। उस कोल्हू में अपने प्राणों की पेराई नहीं चाहनेवाले बंदी और बंदी अधिकारी को उस तेल गोदाम स्थित देवता पर प्रचुर मात्रा में सोने–चाँदी का भोग चढ़ाना पड़ता था। आज तक वहाँ मुसलमान अधिकारियों के बलबूते पर कोल्हू में भोग न चढ़ाने अथवा चढ़ाने पर भी काफिर होने के नाते इन

लोगों ने हिंदुओं को यंत्रणाएँ दी थीं। जब वह स्थान हिंदुओं के हाथों में आया और वह भी उस नष्ट, दुष्ट, शैतान चश्मेवाले के, जिसने शुद्धिकरण आरंभ किया था, तो एक-एक मुसलमान तंडेल और वे पेटी अफसर, जो इससे पूर्व राजबंदियों पर अत्याचार करने में सबसे अग्रणी होने की होड़ लगाते थे, अब दाँतों में तिनका पकड़कर आते और सलाम नहीं, हाथ जोड़कर गिड़गिड़ाते, 'अरे बाबू, अब जान बचाइए।'

सलाम नहीं, राम-राम

हमने ऊपर हाथ जोड़ने की बात लिखी है, उसमें एक रहस्य है। हमने अंदमान में आते ही गौर किया कि साधारणत: हिंदू लोग मुसलमानों को सलाम करते थे। इतना ही नहीं, पंजाबी आदि हिंदू लोग भी आपस में सलाम करते देखे जाते, परंतु मुसलमान कुछ भी हो, कभी 'राम-राम' नहीं कहते। एक दिन एक मराठी वॉर्डर ने मुझसे कहा कि उसने मिर्जा खान जमादार को (उस छोटे बारी को) सहज राम-राम कहा तो उसने उस वॉर्डर को गालियों की बौछारों के साथ चेतावनी दी कि 'अबे ओ काफिर, उल्लू के पट्ठे! हमारे सामने राम-नाम मत निकालो। तुम्हें सलाम ही बोलना होगा।' यह बात सुनकर हमने स्वयं निश्चय किया कि अब किसी भी मुसलमान को सलाम नहीं करेंगे, जब तक वह भी मुझसे राम-राम, नमस्कार नहीं कहता। यदि कभी कोई मुसलमान इस तरह राम-राम कहनेवाला होता—वैसे महाराष्ट्रीय मुसलमान कम-से-कम उस समय तक बहुत सीधे-सादे थे और वे राम-राम भी कहते थे—तो मैं एक नहीं, दस बार सलाम कहता। परंतु जो धर्मांध मुसलमान हठात् राम-राम नहीं कहते और हिंदुओं को कहने के लिए बाध्य करते उन्हें सलाम नहीं कहना, यह निश्चय किया था। इस निश्चय के साथ मैंने अन्य हिंदू बंदियों में भी यह परंपरा डाली। इससे कई बार छिटपुट झड़पें होतीं, परंतु हिंदू बंदियों में अनेक दृढ़निश्चयी लोगों ने मुसलमानों के भी सलाम कहने पर स्वयं राम-राम अथवा नमस्कार करने का निश्चय नहीं छोड़ा। इससे मुसलमान जानते थे कि मैं हिंदुओं के राम-राम, हाथ जोड़कर प्रणाम, वंदे मातरम् आदि शिष्टाचार का कट्टर अभिमानी हूँ, इसीलिए ये भयभीत बंदी अधिकारी यह देखकर कि मुझे प्रसन्न किए बिना अन्य कोई चारा नहीं, 'हाथ जोड़कर' प्रणाम करने लगे थे। परंतु मैं उनसे कभी यह अनुरोध नहीं करता था कि सलाम मत करो। वे सलाम करें, फिर हिंदू राम-राम करेंगे। वे यदि सीधे राम-राम कहें तो चाहें तो हिंदू भी सलाम कहें।

'जान बचाने' के पुरस्कारस्वरूप पूर्व पद्धति के अनुसार मुझे मुसलमान बंदियों तथा तंडेलों द्वारा भोग भी अंत:स्थ रूप से स्वीकारने का अनुरोध किया जा रहा था। तब मैंने कोल्हू के कारखाने में जाते हुए तथा अन्य सभी से मिलकर कहा, "क्योंकि तुम मुसलमान हो, इसलिए तुममें से किसी को मुझसे कष्ट होगा, यह मत सोचना। बस, तुम

भी किसी हिंदू बंदी को तंग मत करो। मुझे किसी से कौड़ी भी नहीं चाहिए। केवल तुम लोग अपना काम यथासंभव ठीक करने का प्रयास करो। फिर थोड़ा-बहुत मैं देख लूँगा। परंतु मैं हिंदू हूँ, इसलिए षड्यंत्र रचकर कम काम करोगे अथवा पूर्ववत् हिंदुओं पर अत्याचार करोगे अथवा पैसे ऐंठने का प्रयास करोगे, तो याद रखो।''

सभी पर धाक जमाई

जब तक मैं उस अधिकार-पद पर था, मैंने इसी नीति से उनके साथ व्यवहार किया। एक-दो पुराने नकचढ़े, नक्कू मुसलमान वॉर्डरों ने तेल की चोरी करके मुझ पर झूठा अभियोग लगाने की योजना बनाई। परंतु तत्काल उन्हें पकड़कर काम से हटा दिया गया, जिससे सभी बंदियों पर दबदबा छा गया और आगे चलकर सभी मेमने बनकर रहने लगे। मैंने वॉर्डरों के काम पर हिंदू वॉर्डर नियुक्त किए। जिस कोल्हू को 'फाँसी का गुरु' कहा जाता—क्योंकि फाँसी चढ़ने के लिए किसी के मन को तैयार करना हो तो उसे कोल्हू पर भेजना ही पर्याप्त होता था—जब तक वह मेरे पास था, तब तक किसी को बेड़ियों का दंड नहीं भुगतना पड़ा। न ही एक थप्पड़ की भी मारपीट और न फूटी कौड़ी की घूस। फिर भी तेल का काम कम हुआ अथवा उसके उत्पादन में कमी आ गई हो, ऐसा नहीं हुआ। उसी दौरान उस कार्यालय पर बंदीपाल बारी के साले साहब नियुक्त हो गए। उनके शिक्षित, दयामय एवं उदार स्वभाव के कारण कारागार में सरकारी कामकाज उत्तम रीति से चलते और बंदियों पर अन्याय, अत्याचार नहीं किए जाते थे। कोल्हू के काम की पीड़ा एवं अत्याचार बंद करने में उनका भी मुझे काफी सहयोग मिला। हिंदू बंदी तो मेरे उपकार मानते-मानते थकते ही नहीं थे। उनकी वह भोली भक्ति और यह देखकर कि मेरी भलमनसाहत, मेरे सदाचार को वे मनोयोगपूर्वक धन्यवाद देते हैं, उनकी अल्पसंतुष्ट याचना से द्रवित होकर कभी-कभी मेरे नेत्र नम हो जाते।

पीड़ा और अत्याचार बंद

इस तेल गोदाम में अनुभव के बाद मुझे जो प्रमुख संतोष मिला वह यह कि कुल मिलाकर मैं उन लोगों का हित साध सका, जिन्होंने राजबंदियों के दुर्दिनों में हमारी सहायता की थी। उसी तरह मैं स्वतंत्र लोगों में सत्पात्र मनुष्यों एवं परिवारों की अच्छी सहायता कर सकने के कारण अपनी कृतज्ञ बुद्धि को प्रसन्न कर सका। अब किसी तरह की पीड़ा देना बंद हो गया जैसाकि पहले था। पहले बंदियों को एक ही समय दिशा जाने के लिए छोड़ देते, शौचालय में आठ-आठ पंक्तियों में उन्हें भेजा जाता, जमादार की इच्छा हो गई तो वह फट से आज्ञा देता कि 'उठो, अब बस हो गया।' तब चाहे किसी का शौच पूरा हो या न हो, सभी को एकदम उठना पड़ता, अन्यथा उन्हें नग्नावस्था में ही

बाहर खींचा जाता, कई बार पानी से शरीर धोने से पहले ही उन्हें बाहर खींचा जाता, इस तरह के पाशविक अत्याचार, जो उस काम में भोगने पड़ते थे, वे अब पूर्णतया समाप्त हो गए थे। मुसलमान वॉर्डर किसी हिंदू को हौज का पानी लेते हुए देखते तो हौज में दोनों पाँव डालकर धोने लगते और यदि विवशता में उस हिंदू ने उस पानी को वैसे ही प्रयोग किया तो जी भरकर उसकी खिल्ली उड़ाते हुए डींगें हाँकते, जैसे उन्होंने बड़ा सत्कर्म किया हो। उस इमारत में यह सब जो होता था, उसी में अब शुद्ध जल उपलब्ध होने लगा और अब वहाँ उस तरह की उद्दंडता करने की हिम्मत किसी की नहीं होती थी।

पानी की बात छिड़ गई है, इसलिए और एक स्मरण हुआ कि पहले चार-पाँच वर्षों में कभी-कभी नाक पकड़कर पानी पीना पड़ता था, क्योंकि दूर से पीने का पानी मँगवाने के लिए जब बारी सुस्ती बरतता तब बंदियों को ऐसे कुएँ का पानी पिलाया जाता जो गंदा-मैला घोषित था। वह जल इतनी सड़ाँध तथा दुर्गंधयुक्त होता था कि बिना नाक दबाए उसे पीना असंभव होता। बारी यह बात पर्यवेक्षक को कभी सूचित नहीं करता। एक दिन हमने उस जल को छिपाकर रखा। दूसरे दिन पर्यवेक्षक के आते ही हमने प्रथम शिकायत की कि साथवाले गंदे कुएँ का जल पीने के लिए बाँटा गया है। नित्य नियमानुसार बारी यह बात शपथपूर्वक अस्वीकार करने लगा। कोई भी जमादार अथवा बंदी हमारे पक्ष में मुँह नहीं खोल रहा था। हमें ही झुठलाया जाने लगा। तब हमने कोने से वह बरतन निकालकर आगे बढ़ाया। पर्यवेक्षक ने बारी की वहीं थोड़ी पाद्यपूजा की और कार्यालय में जाने के बाद रही-सही कसर पूरी कर दी। उसके पश्चात् वैसा पानी देना बंद हो गया।

ऐसी अवस्था में जिन बंदियों ने पिछले दिन बिताए थे, उन्हें इस बात का बोध होने के लिए कि श्रीमान डिगिन्स साहब के बंदीपालकत्व के दिन कारागार की तुलना में कितने कम दुर्धर थे—उत्तम साधन यही था कि जिन कामगारों में महीने-दो महीना में कम-से-कम एकाध बंदी फाँसी लगाकर आत्महत्या कर लेता था, उन्हीं कामगारों तथा पूरे उपनिवेश में भी फाँसी लगा लेने का एकाध उदाहरण भी दुर्लभ हो गया। इसका कारण था आठ-दस वर्षों के अथक प्रयासों से उपनिवेशीय अधिकारियों के व्यवहार में किया गया सुधार। इसके अतिरिक्त एक कारण यह भी था कि युद्ध के कारण किसी-न-किसी बहाने बंदियों के मन में मुक्ति की आशा सतत पनपती गई। आत्महत्या की संख्या में इस कमी की ओर हमने कारागारीय आयोग का ध्यान भी आकर्षित किया था।

भंगी के साथ सहभोज

उस तेल गोदाम के अधिकार का उपयोग हमारे शुद्धिकरण, संगठन आदि अंदमानीय सुधार प्रचार कार्य के लिए अत्यधिक उपुयक्त सिद्ध हुआ। कुछ उदाहरण—एक बार

एक हिंदू भंगी को, जो कुछ दिन पूर्व मुसलमान बन गया था, हमने पुनः हिंदू धर्म में ले लिया। परंतु उसकी नई चोटी देखकर मुसलमान उसे अपनी पंक्ति से उठाने लगे और भंगी होने के कारण हिंदू उसे अपनी पंक्ति में लेने के लिए तैयार नहीं थे। तब हम उसका (भंगी का) काम समाप्त होने पर उसे तेल गोदाम में काम के बहाने बुलाते। अपने सामने साबुन लगा शुद्ध स्नान कराकर उसे नए कपड़े पहनाते और अपने साथ भोजन के लिए बैठाते। हमारा तथा हमारे मित्रों का उदाहरण देखकर वह भंगी धीरे-धीरे हिंदुओं की पंक्ति में बैठने लगा। हिंदू बंदी भी उसकी कोई रोक-टोक नहीं करते और इस प्रकार वह पुनः मुसलमानों के शिकंजे में फँसने से बच गया। वह प्रतिदिन तुलसीदास का भजन गाता। इससे पूर्व उसी कोल्हू के अत्याचार से त्रस्त हो अपने प्राण बचाने के लिए कई उच्च वर्णीय हिंदू भी—और ब्रह्मी तो पूछिए मत—भंगी का काम माँगकर कर लेते थे। यह कोल्हू भंगी बनाने के स्कूल के रूप में विख्यात था, परंतु वह काम अब सहनीय होते ही वही उच्च वर्णीय हिंदू जाति से उस बेचारे भंगी को अपनी बगल में बैठने नहीं देते थे।

लोकमान्य की मृत्यु पर उपवास*

इसी दौरान कभी आगे-पीछे लोकमान्य के स्वर्गवास का समाचार आ गया। प्रथमतः उड़ता समाचार रात में मिला। प्रातःकाल एकदम पक्का समाचार मिला। लोकमान्य की मृत्यु से मेरी आत्मा छटपटाने लगी। वह छटपटाहट व्यक्त भी कैसे की जाए? अंत में आठ बजे यह निश्चय हो गया कि पूरे अंदमान में उपवास रखा जाए और दूसरे दिन शोक प्रदर्शनार्थ अंतःस्थ सभा का आयोजन किया जाए। तत्काल हमारी संस्था के सहकारी लोगों को यह सूचित किया गया। एक के बाद एक यह समाचार कारागार से लेकर दूर द्वीप के गाँव-गाँव तक फैल गया और भोजन के समय देखा तो कारागृह से सुदूर 'रास' द्वीप तक और अन्य स्थानों पर लोगों ने अपने-अपने भोजन को नकारा।

अधिकारी सोच में पड़ गए, यह क्या? परंतु कोई कारण नहीं बता रहा था, क्योंकि बंदी को राजनीति नहीं आती, जैसे गाय की आत्मा नहीं होती और बंदियों के राजनीति नहीं, बाकी सरकारी राजनीति करने पर कोई पाबंदी नहीं थी। इतना ही नहीं, उन्हें वह भी अपने मन के विरुद्ध करनी पड़ती। उदाहरण—युद्ध के दौरान उस महायुद्धार्थ अंग्रेजी साम्राज्य का स्वर्ण मेरु दिवालिया न हो, इसलिए अंदमान के बंदियों से भी अधिकारियों ने चंदा इकट्ठा करने में कोई कसर नहीं छोड़ी और युद्ध में बंदी के पश्चात् शांति का पालन करने के लिए उन्हें बलपूर्वक घंटा-आधा घंटा चुप बैठना पड़ता। परंतु लोकमान्य की मृत्यु पर शोक प्रकट करने का बंदियों को अधिकार नहीं

---

* अगस्त १९२०

था। उसके लिए भोजन का त्याग करने पर शीघ्र ही राजद्रोहियों से संबंध रखने का अभियोग और बेड़ी लगती। अतः बंदीवानों ने चुप्पी साध ली। धीरे-धीरे अधिकारियों को अपने आप पता चला कि लोकमान्य के लिए हजारों बंदी आज उपवास कर रहे हैं। एक-दो घंटों में यह समाचार चारों तरफ फैल गया और हजारों बंदियों ने संगठित उपवास का कैसे पालन किया, इस बात पर अधिकारियों को सक्रोध आश्चर्य हो रहा था। नौ वर्ष पूर्व इक्का-दुक्का व्यक्ति ही होता या नहीं भी होता, जो तिलक के नाम से परिचित हो और ऐसे राष्ट्रीय बाने का व्यक्ति तो हजारों में एक ही मिलता, जो इस राष्ट्रीय शोक के लिए एक दिन का उपवास रखकर खाली पेट अथक कठोर परिश्रम कर रहा होता। उसी अंदमान में आठ-नौ वर्षों के प्रचार से ऐसा संगठन बन गया और ऐसी राजनीतिक आस्था उत्पन्न हो गई कि जगह-जगह के देशसेवक नेता बंदियों को कारागृह से दो घंटों में संदेश प्राप्त होना संभव हुआ और सहस्रों बंदी एकमत से राष्ट्रीय शोक मना सके।

सभाएँ भी गुप्त रूप से भरने लगीं

यही बात सभा-गोष्ठियों को लेकर थी। बाहर उपनिवेश में हमारी संस्था के प्रमुख व्यक्ति सभा आयोजित करते हुए समय-समय पर लोगों को जाग्रत् करते, राजनीतिक विषय पर भाषण देकर उन्हें शिक्षित करते। अर्थात् इस तरह की सभाएँ संकट से मुक्त नहीं होतीं, क्योंकि बंदियों के लिए एक जिले से दूसरे जिले में जाना निषिद्ध था और इन सभाओं में सौ-सौ बंदी संगठित होते, जो सभी स्थानों से आते। यह संभावना उस उपनिवेश में बंदियों, जो राष्ट्रीय आंदोलन के प्रति अंतःस्थ रूप से अनुकूल थे तथा स्वतंत्र अधिकारियों की सहायता से ही कार्यान्वित होती। परंतु कभी-कभी सबकुछ टाँय-टाँय फिस्स हो जाता और महत्त्वपूर्ण व्यक्ति के ही पकड़े जाने की आशंका रहती। ऐसे बाँके प्रसंग में हम देशभक्त वीरों में जो हलचल मच जाती, वह चिरस्मरणीय होती। पीनसवेग नामक एक जिले का उदाहरण देते हैं। एक बार वहाँ सभा का आयोजन तय हो गया। दूर-दूर से लोग किसी-न-किसी बहाने से आ गए। अंतःस्थ स्थान पर दूर तक पहरे बैठाए गए और सभा भर गई। अब सभी लोगों में राष्ट्रीय आवेश का संचारण हो ही रहा था कि मुख्य अधिकारियों में से पुलिस का एक परिचित व्यक्ति दिखाई दिया। फिर क्या ? एकदम गड़बड़ हो गई। क्या वक्ता, क्या श्रोता और क्या उभरता हुआ वह आवेश—हर कोई घास में से, पत्थरों में से, चाल के पीछे से छिपते-छिपते बाड़ पर से कूदकर उड़न-छू हो गए। जो एक-दो कूदते हुए पकड़े गए बस वही पकड़े गए। पुलिस अधिकारी भी परिचित था। ऊपर किसी ने चुगली खाई थी कि इस प्रकार अंतःस्थ सभाएँ जुटती हैं, अतः उसे वरिष्ठों की आज्ञा मिली और वह वहाँ आ गया था। अन्यथा

अपने आँगन में भरी सभा की ओर भी वह आँख उठाकर नहीं देखता था। कूदते हुए जो गिर गए उन्हें ही उसने धमकाया, परंतु उसी जिले के होने और रविवार के दिन बैठने में कुछ अधिक हानि न होने के कारण अन्य लोगों के नाम-धाम पूछे बिना ही उसने सूचित किया कि सभा वगैरह कुछ नहीं थी। परंतु वहाँ के एक मराठी बंदी को, जो वहाँ का नेता था, दंडस्वरूप आगे चलकर चुपके से लिखने के काम से हटाकर श्रम के काम पर भेजा गया। दो सप्ताह भी नहीं हुए होंगे, हमारे लोगों ने कुछ सिफारिश के साथ उसे पुनः लिखने के काम पर नियुक्त किया।

अंदमान में हमारे देश की रीति, परंपरा के अनुसार दशहरा, दीवाली तथा होली के त्योहार बड़े ठाठ-बाट, धूमधाम से मनाए जाते हैं। वहाँ ऐसे तीन मंदिर हैं जिनमें से एक अखिल हिंदुओं का, एक सिखों का तथा एक आर्यसमाजियों का अस्थायी स्थान है। उन त्योहारों के दिनों में सभी हिंदू बंदियों को छुट्टी दी जाती है और शाम तक बाजारों में खुले घूमने की छूट भी मिलती है। परंतु कारागार के बंदी बाहर नहीं जा सकते। हमने यह नीति तय की थी कि इन त्योहारों की यात्राओं का लाभ यथासंभव प्रचार कार्य के लिए किया जाए। हमारे बाहर रहनेवाले लोग उस दिन छोटे-मोटे संघ के रूप में संगठित होकर भाषण या ऐसी चर्चा करते, जो सार्वजनिक ज्ञान तथा राष्ट्रीय भावना उत्पन्न करनेवाली हो। मंदिरों में कथावाचक (पुराणिक) तथा पुजारी को भी इसी साँचे में ढालने का प्रयास करते। जाति निर्विशेष हिंदुओं के सहभोज कराते। ऐसे समय भोजन से पूर्व सभी लोग राष्ट्रीय प्रार्थना करते। बंदियों से गीता एवं पुराण पर कथाएँ और आर्यसमाज के भजन आयोजित किए जाते। इस प्रकार त्योहार के इन दिनों में शताधिक साधारण अनपढ़ हिंदू बंदियों में राष्ट्रीय विचारों तथा राजनीति की जिज्ञासा एवं रुचि के बीज बो देते। हमारे साथी, जो इससे पूर्व दंड पाकर गए और कारागृह में हमारे साथ थे और वहाँ से संस्था के प्रचार की योजना और व्रत लेकर बाहर अच्छे लेखक, कारखानेदार, गणक आदि अधिकारपूर्ण स्थानों पर नियुक्त थे, कई बार उनके नाम यहाँ प्रकट करना हम अपना कर्तव्य समझते हैं। परंतु कम-से-कम इस संस्करण तक तो हमें इस मोह पर अंकुश रखना ही पड़ेगा—केवल उन्हीं के लिए। उनमें से कई धारवाड़, अकोला, बिहार आदि की ओर के शिक्षित गृहस्थ थे। यद्यपि उनकी गणना साधारण अपराधियों में हो गई थी, तथापि उनपर लगाए गए अभियोग निस्संदेह राजनीतिक थे और इसी कारण वे राजबंदी थे। कुछ ऐसे अनपढ़ बंदी थे जिन्होंने पहले चोरी, डकैती, हत्या आदि जघन्य अपराध किए थे, परंतु अब वे इतने सुधर गए थे कि यह देखकर किसी को भी अपूर्व संतोष मिलता कि ये अपराध उनकी आत्मा को अधोगामी नहीं बना सके। उपरि निर्दिष्ट बंदियों में से सभा तथा आंदोलन करते समय किसी के पकड़े जाने का प्रसंग आ जाता तो आंदोलनकारी होने के नाते अंदमान अपने कानून के अनुसार झटपट फैसला देता और

उनको वर्ष, छह महीने का कारागारीय दंड भी दिया जाता। उपनिवेशीय सुख-सुविधाएँ एवं अधिकार उनसे अस्थायी रूप में छीन लिये जाते। परंतु वे उन संकटों को झेलते। उनकी देशभक्ति का स्वरूप इतना सच्चा एवं उत्कट था कि कारागार में उनकी गणना राजबंदियों के रूप में की जाती, वे आदरणीय बनते।

राजबंदियों का सम्मान होने लगा

इनके साहस से संबंधित एक उदाहरण प्रस्तुत करता हूँ। जैसाकि हमने पीछे ही कहा है, अंदमान में राजबंदियों से बोलना भी अपराध था। कइयों को इस अपराध में पदच्युत होना पड़ा। कइयों को लेखन-कार्य से दूर रहकर तेल के कोल्हू में खटना पड़ता। परंतु जब हिंदुस्थान से सैनिक शिक्षा-प्रशिक्षित राजबंदियों की टोलियाँ आने लगीं तब पुलिस की संपूर्ण व्यवस्था विफल हो गई, क्योंकि अंत:स्थ समारोह में उन्हें आदरपूर्वक फलाहार आदि दिया जाता। उसी तरह जब राजबंदी क्षमादान के कारण बरी होने लगे तब वापसी की यात्रा में निकले उन देशप्रेमियों का सत्कार करके यात्रा के लिए राह खर्च का प्रबंध किया गया। जिनके पास केवल बंदी के ही वस्त्र होते, उन्हें नए कपड़े दिए जाते और थोड़े-बहुत पैसे भी; और यह सबकुछ अंत:स्थ रूप में, क्योंकि यदि इसकी बात फैल गई तो सरकारी दंड मिलता और वे लोग मटियामेट हो जाते। यह सारा व्यय अपनी अपर्याप्त टुटपुँजिया जेब से चंदा इकट्ठा करके किया जाता।

आयोग के सामने हमने कुछ बातों को आवश्यक रूप से सुधार योग्य समझकर आग्रहपूर्वक प्रस्तुत किया था या उनमें उन बातों को प्रमुख स्थान दिया था, जो अंदमान में बंदियों को शिक्षा ग्रहण करने में प्रत्यक्ष-अप्रत्यक्ष रूप में बाधा बनती थीं। आयोग ने जाते समय सर्वाधिक आवश्यक समझकर उधर जो सुधार किए, उनमें पहला सुधार था—वैद्यकीय व्यवस्था। रबड़ के काम, जंगल के काम आदि कठोर कामों की कठोरता में ढील देना—दूसरा सुधार था; और तीसरा सुधार था शिक्षात्मक सुधार, जिसकी हमने माँग की थी। बंदियों को शिक्षात्मक स्वतंत्रता अब काफी अंश तक दी गई। अब शिक्षा ग्रहण करना अपराध नहीं समझा जाता, जैसा कि पहले था। न ही कोई बारी जैसा अधिकारी स्लेट देखते ही उसे तड़ातड फोड़कर कामगारों में धमाचौकड़ी मचाता। उसपर तत्कालीन बंदीपाल तथा पर्यवेक्षक भी शिक्षा प्रसार के पक्ष में थे। यही अवसर पाकर हमने ठान लिया कि अपने तेल गोदाम की सापेक्ष स्वतंत्रता एवं स्थान का इसी दिशा में यथासंभव लाभ उठाया जाए। इससे पूर्व उस बंदीपाल ने देखा-सुना था कि हम प्रथमतः शिक्षा प्रसारार्थ कितने यत्नशील थे। परंतु इससे पूर्व जिस सहनुभूति का वे प्रदर्शन नहीं कर सके, उसे अब अधिकार प्राप्त होते ही प्रदर्शित करने लगे। मैंने उनके साथ चर्चा करके यह तय किया कि बच्चों की टोली में एक अध्यापक नियुक्त करके

बच्चों से काम की तरह ही प्राथमिक तैयारी भी करवाई जाए। इस योजना के अनुसार एक राजबंदी इस काम पर नियुक्त किया गया। कारागार संस्था का यही अनुभव है कि अल्पवयस्क अपराधियों में से शिक्षा ग्रहण करने पर उत्तम युवा नागरिक निकल सकते हैं। उस राजबंदी गुरुजी ने, जो बच्चों पर नियुक्त किया गया था, अपना काम चोखा किया। वे उन्हें अक्षरात्मक शिक्षा ही प्रदान नहीं करते, अपितु हमारे वहाँ के शिक्षा-क्रम के अनुसार मुख्यत: राष्ट्रीय एवं आत्मिक शिक्षा भी प्रदान करते। गीता में से कोई श्लोक, धार्मिक ग्रंथों के श्रेष्ठ तत्त्व, प्रतिदिन के राजनीतिक समाचारों से भी उन्हें नित्य नियमित रूप से परिचित किया जाता। हिंदी भाषा तथा नागरी भी पढ़ाई जाती। अंदमानीय जनता के लिए मैंने कुछ राष्ट्रीय गीत हिंदी में तैयार किए थे। उन्हें तथा अन्य राष्ट्रीय गीतों को अंदमान के स्वतंत्र लोग भी लिखकर ले जाते और अपने बच्चों को पढ़ाते।

वयस्कों के लिए भी शिक्षा की सुविधा

जैसे ही कारागारीय बच्चों की टोली में शिक्षा की व्यवस्था हुई, मैंने वयस्क बंदियों के लिए तेल गोदाम में ही यह व्यवस्था प्रत्यक्ष रूप में करवाई। आज तक यह कार्य चोरी-छिपे करना पड़ता था, परंतु अब वह प्रत्यक्ष रूप में होने लगा। मेरी देखरेख में नारियल के काम में सौ-डेढ़ सौ बंदी थे। मैं उन्हें दो घंटे पढ़ने के लिए छुट्टी देता। इसके पश्चात् वे टोलियाँ बनाकर पढ़ने लगे। अब रविवार के दिन बंदियों को एक साथ बैठकर पढ़ने में कोई रोक-टोक नहीं थी, जैसे कि पहले थी। अत: हमारी भागती हुई साप्ताहिक बैठकें अब आलथी-पालथी लगाकर ठाठ से होने लगीं। भाषण होने लगे। इस प्रदत्त स्वतंत्रता से बंदी उन्मत्त, उद्दंड बने या कामचोर हो गए? अथवा अनुशासन में कोई खोट आ गई? बिलकुल नहीं। प्रत्युत इससे पूर्व अनुशासन का पालन बलपूर्वक कराया अथवा किया जाता था, जबकि अब कर्तव्य भावना से प्रेरित होकर किया जाने लगा। दस-पाँच लोगों में किसी के अनुशासनहीन होते ही अथवा तू-तड़ाक, हाथापाई पर उतरते ही उनमें से ही कोई आँखें तरेरकर कहता, 'ऐ हरामी! अब बेचारे डिगिन्स साहब और बाबूजी हम लोगों को ठीक से रखते हैं तो तुम शैतानी करता है, आँ? बारी के दिनों को भूल गए?'

सरकारी अनुमति से जितना राष्ट्रीय कार्य कर सकते थे, उतना करते हुए जो कार्य खुलेआम नहीं कर सकते थे, वह पूर्ववत् अंत:स्थ रूप में करते रहे। जैसे श्री गोविंदसिंह की जयंती। हमने यह जयंती बड़े पैमाने पर मनाने का निश्चय किया था, ताकि सिख-हिंदुओं में प्रेम तथा संस्कृति के अभिमान का बंधन दृढ़ हो। वह रविवार का दिन था। अत: प्रात:काल के समय नवीन नियमानुसार ही सभी बंदी अपनी इमारत में इकट्ठे बैठे। परंतु इस इमारत के बंदियों का उस इमारत में जाना निषिद्ध होने तथा

मेरा भाषण सुनने के लिए सभी के उत्सुक होने पर किसी-न-किसी बहाने मैंने दो-तीन इमारतों की सभाओं में भाषण किया। प्रत्येक इमारत में सिख राजबंदी के साथ-साथ असिख हिंदू बंदी भी अत्यंत प्रेमपूर्वक शबद-कीर्तन, गुरु गोविंदसिंह के कृत्य तथा हिंदू संगठन का महत्त्व सुनने में व्यस्त थे। उस दिन हमारे कारखाने में तथा एक और स्थान पर प्रसाद बनवाया गया था। यह 'कड़ा प्रसाद' (सत्यनारायण के प्रसाद की तरह) सभी बंदियों में बाँटा गया। इसके पश्चात् रविवार के नियम के अनुसार समस्त बंदी कोठरियों में बंद हो जाते, परंतु हमने अपनी गोष्ठी जमाकर प्राय: सभी सिख राजबंदियों तथा अन्य प्रमुख बंदियों को कोठरियों में खुला रखवाया। और जिस समय वरिष्ठ अधिकारी बाहर चले जाते हैं, उस समय सभी निम्न श्रेणी के अधिकारियों के सहयोग से, जो हमारी ही विचारधारा के थे, गुंबद पर सभा आयोजित की। उसमें प्रत्येक इमारत के चुनिंदा लोग उपस्थित थे। आस-पास लगभग सौ लोग संगठित होकर पहरा देते रहे, ताकि कोई वरिष्ठ अधिकारी न आ टपके। हमने उसी कारागार में राष्ट्रीय गीत गाए। उसके पश्चात् मेरा व्याख्यान उत्साहपूर्वक सुना गया। हाँ, उसी कारागार में, जहाँ पाँच बंदियों का एक साथ विचार-विनिमय करना अपराध था—फिर राष्ट्र का नाम लेनेवाले की तो बात ही दूर। और राष्ट्र का नाम लेनेवाला कोई मिल भी जाता तो सौ में से एक भी व्यक्ति ऐसा नहीं मिलता था जो राष्ट्र का नाम समझ सकता हो या उसे भक्तिभाव से श्रवण कर सकता हो।

ग्रंथालय का विस्तार

बंदियों के इस बुद्धि विकास प्रोत्साहनार्थ, जो कोई शिक्षा ग्रहण करने में तत्परता का प्रदर्शन करता और विचार गोष्ठियों में उपस्थित रहता, उस बंदी को हम हलका-फुलका आरामदेह काम दे देते। प्रथमत: स्लेटें और पुस्तकें हमें अपनी संस्था के द्वारा बाँटनी पड़तीं, परंतु अब शिक्षाप्रिय अधिकारी के आ जाने से हमने आग्रह किया कि सरकार की ओर से बंदी को पुस्तकें और स्लेटें दी जाएँ। आवेदन तथा लिखा-पढ़ी होते-होते इस तरह का आदेश आ गया और सरकारी व्यय से क्रमिक पुस्तकें तथा स्लेटें मिलने लगीं। मैं बार-बार अधिकारियों की दृष्टि में लाता कि वे लोग कितनी उत्सुकता से उनका उपयोग कर रहे हैं। ग्रंथालय में राजबंदियों की ही पुस्तकें किसी बंदी को पढ़ने के लिए उपलब्ध कराने की सुविधा के लिए अनुमति प्राप्त कराई। इसके पश्चात् यह सुझाया कि ग्रंथालय में कुछ पुस्तकें सरकारी व्यय से रखी जाएँ। उसकी टिप्पणियाँ, सूची आदि बनाने का काम हमारे ही पास आने से उसमें यथासंभव राष्ट्रीय पुस्तकें जोड़कर प्रमुखत: हिंदी पुस्तकें अधिक मात्रा में मँगवाईं। उनमें से कुछ नाम उच्च अधिकारी 'आपत्तिकर' समझकर काट देते—फिर उन पुस्तकों को अंत:स्थ रूप में

अपनी संस्था द्वारा मँगवाया। वैसे ही वहाँ अंत:स्थ रूप में यथासंभव राष्ट्रीय आंदोलन चलाया गया। इन पुस्तकों में तमिल, तेलुगु, मलयाली, कन्नड़—इस द्रविड़ संघ की हिंदू भाषाओं की पुस्तकें भी मँगवाई गईं।

अधिकारी आश्चर्यचकित

एक दिन यहाँ के एक यूरोपियन अधिकारी के साथ चर्चा करने पर कि इस संपूर्ण शिक्षा-आंदोलन का कुछ सुपरिणाम भी है या नहीं, यह जानने के लिए हमने कारागार के हिंदू बंदियों में से साधारण लिखना-पढ़ना जाननेवाले बंदी कितने हैं और उनमें से उस कारागार में आने के बाद कितने शिक्षित हुए, इसके आँकड़े इकट्ठे किए। उससे यह ज्ञात हुआ कि हिंदू बंदियों में अस्सी प्रतिशत बंदी ऐसे थे जो अंदमान आने के पश्चात् शिक्षित हुए। इसे आजमाने के विचार से एक रविवार को उस अधिकारी ने अचानक असमय प्रत्येक कोठरी में चक्कर लगाया। तब यह देखकर कि नानाविध विषयों पर पुस्तकें पढ़ने तथा राष्ट्रीय गीत गाने में बंदियों में से अनेक लोग तल्लीन हैं—उस पुराने अधिकारी ने दाँतों तले अंगुली दबा ली, क्योंकि दस वर्ष पूर्व रविवार के दिन उसने प्राय: सभी बंदियों को चौसर, जुआ खेलते, गाली-गलौज करते और अनेक कुकर्मों में व्यस्त रहते हुए ही देखा था। इतना अंतर देखकर उसने विस्मय प्रदर्शित किया।

शिक्षा की व्याख्या

ऊपर हमने उनकी ही संख्या दी है जो साधारण लिखना-पढ़ना जानते थे। परंतु उधर हमने शिक्षा की यह व्याख्या निश्चित की है, जिसे अपने देश की तथा प्रचलित राजनीति की इतनी जानकारी है और जिसका साधारण ज्ञान इतना विकसित हो गया है कि वह भावी संविधान सभा अथवा पंचसभा में अपना प्रतिनिधि चुनने के लिए अपना मत उसका निहित अर्थ समझकर दे सके। इस पैमाने से भी उन हिंदू बंदियों में कम-से-कम चालीस प्रतिशत लोग 'शिक्षित' कहलाने योग्य हो गए थे। यूरोप में भी मतदाता साधारणत: इतना ही शिक्षित होने से मतदान के योग्य समझा जाता है।

बहुत दिनों के पश्चात् थोड़ा सा ही सही, हमें उस तेल गोदाम में व्यक्ति-स्वातंत्र्य का उपभोग करने का अवसर प्राप्त हो गया था। प्रात:काल ही नहीं अपितु कभी-कभी सायंकाल भी हमें कोठरी के बाहर छोड़ा जाता। उस समय स्वच्छ, निर्मल छिटकी हुई चाँदनी में खड़े रहने का आनंद हमने दस वर्षों के पश्चात् अनुभव किया। बड़ा आनंद आता। तथापि उस चाँदनी रात की भी एक कालिमा अवश्य थी और वह यह कि यह कारावासीय चाँदनी है, जैसे श्मशान की चाँदनी।

बाबा की धैर्यशील मूर्ति

थोड़े दिनों के पश्चात् उस मरघट की चाँदनी में मेरे संग मेरे ज्येष्ठ बंधु को सहभागी होने की सहूलियत प्राप्त हो गई। मैं उनके साथ दो-चार घड़ियाँ बिता सकता था। परंतु वह केवल उनका दुःख देखकर खेद प्रकट करने तक ही, क्योंकि उन्हें तपेदिक हो जाने से खाँसी इतनी बढ़ गई थी कि एक बार खाँसना आरंभ होने पर आधा-आधा घंटा साँस लेना दूभर हो जाता। वैसे ही खाँसते-खँखारते बेंत की फटी-पुरानी कुरसी पर हाँफते हुए परंतु मुख पर धैर्य, साहस का स्मित लिये हुए—वे कष्टभोगी देशप्रेमी, मेरे अग्रज—कंबल जैसा फटे-पुराने बोरे का वह कोट जो उनकी टाँगे ढाँपता था—उनकी वह बंदीवान् करुण मूर्ति मुझे आज भी ज्यों-की-त्यों दिखाई दे रही है।

उस मरघट की चाँदनी में, उस क्षणिक उपलब्ध व्यक्ति स्वातंत्र्य में यथासंभव अधिकाधिक प्रचार कार्य करते, यथासंभव कम कुढ़ते, कम कुंठित होते, दिन यापन करते-करते एक दिन प्रातःकाल के समय मेरे सहकष्टभोगी राजबंदी श्रीमान ने जल्दी-जल्दी आकर समाचार-पत्र का एक टुकड़ा मेरी मेज पर रख दिया। उसे छिपाकर ही पढ़ना था अन्यथा कोई देख लेता। मैंने वह पढ़ लिया। देखा तो उसमें यह समाचार था कि सरकार ने अंदमान का उपनिवेश बंद करने का प्रस्ताव किया है, अब नए बंदियों का आगमन रुकेगा। इतना ही नहीं अपितु जो बंदीवान हैं, उनमें भी जो अंदमान में नहीं रहना चाहते हैं, उन्हें कुछ शर्तों पर स्वदेशीय कारागार में भेजा जाएगा।

यह समाचार पढ़ते ही हम कृतार्थ हो गए। कारागारीय मंडल के सामने हमने अदंमान के बंदियों के जो दुःख प्रस्तुत किए थे, उनमें किए हुए निर्भीक विधान के लिए हमें क्षमादान का लाभ नहीं मिलने दिया गया—यह हमें निश्चित ज्ञात था। भले ही हम बरी नहीं हुए, परंतु इन हजारों बंदियों के लिए जो करना संभव था, वह करके उस कार्य में सफलता प्राप्ति के लिए हम आंशिक ही सही, कारणीभूत हो गए—इसी से हम अपनी आत्मा में प्रसन्नता का अनुभव करने लगे।

बंदियों में से सैकड़ों लोगों ने हम पर कृतज्ञ आभारों की बौछार की। उनमें यह बात सभी जानते थे कि हमारे आगमन से और हम अपने राजबंदियों तथा अन्य बंदी साथियों के साथ दस वर्ष संघों के, समाचार-पत्रों के, आवेदनों के, संघर्ष के, विधानसभा प्रश्नों के, प्रतिवादों के, पत्रों के द्वारा जो आंदोलन चलाए हुए थे, उनसे ही अंदमान की ओर, हिंदुस्थान का और हिंदुस्थान सरकार का ध्यान गया और जेल आयोग (Jail Commission) को शीघ्रतापूर्वक अंदमान का मामला हाथ में लेना पड़ा। मैंने उनसे, जो मेरा अभिनंदन कर रहे थे, कहा, "अंदमान आखिर उठ गया। यह घटना किसी भी एक घटना का परिणाम नहीं, अपितु दस वर्षों के अविरत तथा सर्वांगीण आंदोलन का परिणाम है। उसके लिए आप सभी ने, विशेषतः राजबंदियों ने जो, कष्ट उठाए और

उसमें जो आंशिक सफलता प्राप्त हुई है, उसका श्रेय आप सबका है।'' इतना कहकर मैंने उनका प्रत्याभिनंदन किया।

पत्थर की दीवार आखिर टूटी

''आज बारी बाबा चाहिए थे,'' मैंने व्यंग्य में अपने मित्र से कहा। बारी मुझसे नित्य कहता, 'सावरकर, क्यों अपना सिर पाषाण की इस दीवार से टकरा रहे हो? इससे क्या दीवार टूटती है, सिर अवश्य फूटेगा।' आज मैं उससे कहता, 'मि. बारी, अंदमान के कारागार की पाषाणी दीवार पर सिर टकराते रहने से, सत्य ही सिर बहुत बार फूटा, परंतु तुम्हारी पाषाण की यह दीवार भी टूटे बिना नहीं रह सकी।'

उस रात उस समाचार पर विचार करके मैं इस निश्चय पर पहुँच गया कि हिंदू हित की दृष्टि से विचार करके उस सरकारी नीति का कहाँ समर्थन करना चाहिए और कहाँ विरोध करना चाहिए। मैंने इस बात पर भी गौर किया कि मेरी इस नई नीति के कारण मुझे प्रथमतः लोकप्रियता को बलि चढ़ाना होगा। लोगों के रोष को लोक हितार्थ कुछ काल तक सहना पड़ेगा, जैसाकि शुद्धिकरण आंदोलन के समय आरंभ काल में उसी उपनिवेश में हुआ था।

पूरी तरह अंदमान का उपनिवेश तोड़ने की नीति मुझे पहले से ही स्वीकार नहीं थी। अंदमान में जो कुछ चाहिए था, वह उपनिवेश नहीं, अपितु जिन दुष्ट प्रतिगामी तथा अहितकारी नियम के अंतर्गत वह शासन चल रहा था, वे नियम टूटने चाहिए। बंदियों का उपनिवेश मुझे अवश्य चाहिए था, परंतु मेरे विचार से वह ऐसी नीति से समृद्ध किया जाए, जिस नीति से इंग्लैंड के आजन्म कारावास पर भेजे गए अपराधियों द्वारा कनाडा आदि देशों में विकसित किया गया था। इंग्लैंड में चोरी-चकारी से हत्या तक जिन-जिन अपराधियों को खूँखार से भी खूँखार समझा जाता, उन्हें दंडित करके कनाडा भेजा जाता। इंग्लैंड के शिष्ट समाज को विघातक प्रतीत होनेवाली दंडितों की भीषणता कनाडा के बीहड़ भूभाग को बसाने में उपयोगी सिद्ध हुई। सभ्य-शिष्ट समाज के सौम्य कानूनों से किंचित् कठोर और बहुत कड़ाई से पालन किए जानेवाले नियमों के साथ उस शासन की देखरेख में धीरे-धीरे संस्कारित करने से क्रूर-से-क्रूर अपराधियों का क्रूरत्व भी बंदियों का उपनिवेश बसाने में उपयुक्त सिद्ध होता है। केवल उस उपनिवेश की नीति उन बंदियों का विनाश करने अथवा प्रतिशोध की नहीं हो, वरन् समाज के लिए उनका उपयोग कर लेनेवाली हो। कनाडा में अंशतः तथा अमेरिका और अफ्रीका में अधिकांशतः जो अंग्रेज अपराधी दंडित होकर गए, उन्हें कठोर नियमों के अधीन यथासंभव स्वतंत्रता देते रहने से उनकी उग्रता एवं साहस का उचित उपयोग कर लिया गया। उस वीरान खंडहर एवं हिंस्र प्रदेश में उपनिवेश बसाए गए। जो मनुष्य-बल इंग्लैंड के कारागारों में

सड़ रहा था, उसी को कनाडा के इलाकों में भेजकर उनकी संतान-वृद्धि होने दी गई। परिणामत: आज वह शतगुना वृद्धिंगत होकर उनकी संतानों का स्वतंत्र राष्ट्र बन गया। इंग्लैंड का मनुष्य-बल एवं राष्ट्र-बल भी वृद्धिंगत हुआ। राष्ट्रहित की दृष्टि से हम यह आवश्यक समझते हैं कि यही नीति अंदमान के भारतीय बंदियों के उपनिवेश का मूलाधार हो।

अपराधियों का सही उपयोग

अंदमान के बंदियों का उपनिवेश पूर्णत: तोड़ देना और आज तक के सारे कष्ट और व्यय पर पानी फेरना हमारे आंदोलन का ध्येय नहीं था। हमारी इच्छा थी कि इस उपनिवेश को राष्ट्रीय नीति से शासित किया जाए, क्योंकि यदि आजन्म कारावास दंड प्राप्त बंदी अंदमान में या अन्य किसी भी द्वीप में नया उपनिवेश बसाने नहीं भेजे गए तो उन्हें चौदह बरस तक हिंदुस्थान के किसी कारागार में सड़ने के लिए रखा जाएगा। इससे उनका जीवन अत्यंत दूभर होगा। परंतु राष्ट्रीय दृष्टि से इस प्रकार के भयंकर साहसी और प्राय: कट्टर गुणों का भी दुर्गंधयुक्त खाद अथवा विस्फोटक की तरह उचित विनियोग करने में जो उपयोग किया जा सकता है, समाज उससे वंचित होता है। उससे भी अधिक हानि यह होती है कि इतने मनुष्य-बल के कारागार की चट्टानी आग में जलकर व्यर्थ जाने से उनकी संतान-वृद्धि से भी समाज वंचित रहता है।

हमारे मतानुसार जो वैज्ञानिक यह प्रतिपादित करते हैं कि अपराध-प्रवणता आनुवंशिक होती है, वे इस प्रमेय के सत्यांश का अतिरेक करते हैं। यह असत्य, मिथ्या धारणा है कि प्रत्येक दंडित की दुष्टता, प्रत्येक पापी का पाप उसकी संतान में भी आनुवांशिक परंपरा से उतरता है। अपराध-प्रवणता संतान में उतरे, यह मात्र आनुवंशिकता पर भी निर्भर न होकर अनेक तदितर कारणों पर भी निर्भर है। शिक्षा, परिस्थितियाँ, संगति आदि अनेक कारणों में मूल बीज से विक्षिप्त बनी प्रवृत्ति संतान में अपराध-प्रवणता संक्रमित होने का एक कारण है। यदि दुर्गुण और सद्गुण निरपेक्ष रूप में संतान में उतरते तो शिवाजी की कोख में संभाजी और अंग्रेज दंडितों, जो लोग प्रथम कनाडा भेजे गए उन चोर, डाकू आदि क्रूर अपराधियों, की कोख से ऐसे लोग उत्पन्न ही नहीं होते जिन्होंने एक सबल-स्वतंत्र राष्ट्र का निर्माण करके उसे निरंतर चलाया है। जिस तरह यह सत्य नहीं कि कवि का पुत्र कवि ही बनेगा, उसी तरह यह भी सत्य नहीं कि दुष्ट अपराधी का पुत्र दुष्ट अपराधी ही होगा।

अत: कारागार में आजन्म बंद करके अपने राष्ट्र के दंडितों की संतान से वंचित होना, उन दंडितों के अपराधार्थ केवल उन्हें ही नहीं प्रत्युत राष्ट्र को दंड देना भी है। उसकी अपेक्षा इन दंडितों को अंदमान जैसे किसी जंगली इलाके में भेजना, उस भूभाग

को उपजाऊ बनाने के लिए सापेक्षत: कठोर कानून के नीचे लाना, उनसे मनुष्योचित आचरण तथा परिश्रम कराना, उनका शासन करवाना, कुछ समय के पश्चात् यदि यह निदर्शित हो कि उनमें से कुछ लोगों में सामाजिक सद्‌गुण विकसित हो रहे हैं, तो उन्हें सापेक्ष स्वतंत्रता देना, उनका घर बसाना, उन्हें संपत्ति तथा संतति प्राप्त करने की अनुमति देना राष्ट्रीय दृष्टि से उचित है। हमारे मतानुसार अंदमान उपनिवेश के संबंध में सरकार इसी नीति को अपनाए। इससे अंदमान जैसे एक नए द्वीप की जोताई तो होगी ही, दंडितों की संतान से एक होनहार भारतीय उपनिवेश का निर्माण भी होगा और अपनी उस मनुष्यशक्ति से भी जिसे रद्‌दी, बेकार, कूड़ा-करकट समझा गया था, हिंदुस्थान इतना महत्त्वपूर्ण उत्पादन निकाल सकता है, यह भी सिद्ध हो सकेगा। अंदमान का उपनिवेश हानिकारक नहीं था। उसे तोड़ना उचित नहीं था, उचित था उन अनुदार कानूनों को तोड़ना, जिनके अधिकार में उसका शासन था। हमारे आंदोलन का प्रमुख उद्‌देश्य था अंदमानीय दंडितों को सुधारना, उन्हें ऐसी शिक्षा प्रदान करना जिससे उनकी संतान जन्म लेते ही सभ्य जगत् की नागरिक बने। यही उस उपनिवेश की नीति हो और इसी नीति के अनुकूल कानूनों द्वारा उसका नियमन हो।

जेल आयोग के सामने दिए गए लिखित साक्ष्य में तथा मौखिक चर्चा में हमने यह बलपूर्वक प्रतिपादित किया था।

परंतु जो सरकारी प्रस्ताव प्रकाशित हुआ उसमें यद्यपि अंदमानीय वर्तमान उपनिवेश के दोष और कानूनों को अमानुष कठोरता के पर्याय से स्वीकार किया गया था और उस दृष्टि से हमारा आंदोलन सफल हो गया था तथापि इन गलतियों को सुधारने के उपायस्वरूप यह उपनिवेश बंद करके, उधर आजन्म कारावास के बंदी भेजने का चलन छोड़कर वहाँ के बंदियों को ही हिंदुस्थानी कारागार में वापस भेजने का जो निश्चय प्रकाशित हो गया है, वह हमारे विचारानुसार अपायकारी है, न कि उपायकारी। अत: हमने उसके विरोध में देश तथा उस उपनिवेश में आवाज उठाने का निश्चय किया।

विपक्ष की सहानुभूति, स्वपक्ष का विरोध

ये आसार दिखाई देने लगे कि दुर्भाग्यवश हमें इस कार्य में पूर्ववर्ती विपक्ष की सहानुभूति तथा पूर्ववर्ती स्वपक्ष का विरोध सहना होगा, क्योंकि अंदमान के स्थानीय अंग्रेज अधिकारियों की इच्छा थी कि यह उपनिवेश न टूटे, कम-से-कम वहाँ के वर्तमान हजारों बंदियों को इस तरह अचानक वापस स्वदेश न भेजा जाए। उनकी इस इच्छा का कारण हमारी तरह राष्ट्रीय कल्याण नहीं, अपितु यह था कि वहाँ के ओवरसीयर से लेकर कमिश्नर तक अंग्रेज अधिकारियों का अधिकार समाप्त न हो अथवा वहाँ उनका जमा-जमाया लाभदायक रुतबा डाँवाँडोल न हो। वहाँ शताधिक लोगों पर वे जो

निर्बाध शासन चला रहे हैं, हिंदुस्थान में कहीं तबादला होने पर उनकी वह सार्वभौम सत्ता नहीं रहेगी। यह संदेह अनेक को था कि हिंदुस्थान में उतने ही अधिकार तथा सुविधाजनक स्थान मिलेंगे भी या नहीं? अत: सभी स्थानीय अधिकारी, कम-से-कम वहाँ के बंदियों को तो हिंदुस्थान में इस तरह अचानक भेजा न जाए, यह कहते हुए सरकार पर दबाव डालने लगे और सरकारी बंदियों को यथासंभव प्रलोभन देकर सरकारी आज्ञा कार्यान्वित न हो, इसकी चेष्टा करने लगे। हम भी इस प्रयास में लगे रहे कि वहाँ के बंदी हिंदुस्थान न जाएँ, अत: इस कार्य में सरकारी अधिकारियों और हमारा अच्छा-खासा गठबंधन हो गया।

परंतु इस अपूर्व, अनूठे दृश्य से वहाँ के बंदियों में विलक्षण बुद्धि-भेद पैदा हुआ। हमारे जैसे ही प्रचारकों ने अपने राष्ट्र के आज तक के अनुभवों से साधारण लोगों के मन में सरकार के व्यवहार के प्रति अविश्वास तथा संदेह का कीड़ा डाला था। सरकार जो कुछ कहेगी उसमें दाल में काला अवश्य होगा। परंतु एक अज्ञानी, अबोध मनुष्य के मन में एक बार किसी व्यक्ति के प्रति अविश्वास उत्पन्न हो गया तो भले ही आप उस अज्ञानी मनुष्य के लाभ के लिए कोई भी बात करने लगें, तो भी उस अज्ञानी मनुष्य के मन में वह कीड़ा अवश्य कुलबुलाएगा कि 'दाल में कुछ काला अवश्य है'। परंतु उसका अज्ञानी मन वह बात प्रकट करने का साहस नहीं कर सकता। कच्चा खिलाड़ी किसी निपुण मल्ल से कुश्ती लड़ने के लिए मैदान में उतरने पर भूल से भी उस मल्ल का आगे बढ़ा हुआ हाथ पकड़ने से कतराता है। यह समझकर हिचकिचाता है कि कहीं उसे चकमा देने के लिए तो इसने हाथ आगे नहीं बढ़ाया। परिणामत: उसपर प्रति दाँव-पेच का सुनहरा अवसर वह खो बैठता है। ठीक ऐसी ही अवस्था कई बार राजनीतिक आदि व्यवहार में साधारण जनसमूह की होती है। वही स्थिति अंदमान के बंदियों की हो गई। जैसे-जैसे सरकारी अधिकारी उनसे अंदमान में ही रहने का अनुरोध करने लगे, वैसे-वैसे वे गहराई से यही सोचने लगे कि हिंदुस्थान वापस लौटने को तैयार होने में ही अपना सच्चा कल्याण है। जो अधिकारी हमेशा उन्हें फँसाते थे, वही आज उनसे न जाने का अनुरोध कर रहे हैं। तो फिर यही एक कारण उनके जाने के लिए बहुत है। पर जब मैं भी कहने लगा कि 'हिंदुस्थान में जाना ठीक नहीं, यहीं पर रहो, नई सुविधाएँ लाभदायक हैं,' तब वे अत्यधिक असमंजस में पड़ गए। वे इस बात पर आश्चर्य एवं अविश्वास प्रकट करने लगे कि मैं भी सरकारी अधिकारियों की हाँ में हाँ कैसे मिला रहा हूँ। इस तरह मेरे परम स्नेही साथी भी, जो आज तक मेरे कहे में रहते थे, सर्वथा निरुपाय होकर मेरे परामर्श का विरोध करने लगे, क्योंकि सरकारी आज्ञा 'बंदियों को हिंदुस्थान वापस भेजो' इस वाक्य का मर्म उन्होंने नहीं जाना, जबकि मैंने तुरंत जान लिया था। उनकी यह धारणा बन गई कि हिंदुस्थान वापस भेजने का अर्थ है

अपना बंदीवास समाप्त कर देश में पैर रखते ही स्वतंत्र पंछी की तरह बिलकुल मुक्त हो जाना। हिंदुस्थान जाना स्वीकार करते ही सरकार उन्हें छोड़ देगी—आजन्म कारावास की यह मारक शृंखला देश में पाँव रखते ही झन्न से गिर जाएगी, इस उड़ती गप के साथ ही वे हजारों बंदी बावले बन गए। वे एक ही शोर मचाने लगे, 'हम स्वदेश में भूखे मरेंगे, परंतु हमें मुक्त करो, हिंदुस्थान वापस भेज दो।' हमने लाख कहा, 'तुम जैसे हजारों आजन्म कारावास दंडितों को इस तरह अचानक हिंदुस्थान के तट पर ले जाकर मुक्त छोड़ने के लिए सरकार पगलाई नहीं है। क्या यह राजा भोज का राज है ? हिंदुस्थान ले जाकर भी तुम्हें कारागार तथा कोठरियों में चौदह बरस पूरे होने तक बंद रखा जाएगा। 'वापस भेजो' का यही रहस्य है। अत: अंदमान में रहने अथवा स्वदेश भेजने के इस सरकारी प्रस्ताव को वरदान समझकर उनकी दी हुई सुविधाओं को स्वीकार कर अंदमान में ही रहने की बात कहो। इन सुविधाओं के अनुसार अंदमान में बसना भारतीय कारागारीय वास से हजारों गुना अधिक सुखद एवं तुम्हारे राष्ट्र के लिए हितकारक है।'

परंतु प्रथम जोश के साथ ही जो हुल्लड़ मच गया था, उसमें साधारण बंदी ही नहीं अपितु राजबंदी भी बह गए—नहीं! हम हिंदुस्थान जाएँगे और जाते ही छूटकर आजाद पंछी बनेंगे, ऐसे दिवास्वप्न देखने लगे। उनके दिवास्वप्न के राज्य में हमारे शब्दों को अंग्रेजी प्रशासन की तरह ही 'जब्त किया गया' निषिद्ध साहित्य समझकर उसपर पाबंदी लगा दी गई।

लोकहित में लोकप्रियता का बलिदान

परंतु हमारे स्वभाव का गठन ही कुछ ऐसा था कि जब हम किसी बात से आश्वस्त हुए कि यह बात लोकहितकारी है तो उसे कार्यान्वित करने के लिए कमर कसते ही—लोगों द्वारा उसके प्रथम दर्शन में उसके हितकारी पहलू पर गौर न कर सकने के कारण—हमें जनमानस की अप्रियता का शिकार होना पड़ा। तब अपनी बात सही करने के लिए हमारा उत्साह, आवेश जैसे दिन दूना, रात चौगुना बढ़ने लगा। जनमानस की अप्रियता की लहर जितनी बलवती होती, उतना ही उस कार्य में सफलता पाने के प्रयासों का हमारा आवेश भी ठाठें मारने लगता और उसपर नियंत्रण पाना हमारे लिए असंभव होता। अनेक अनुभवों से हमारे चित्त ने यह गाँठ बाँध रखी थी कि मात्र वाहवाही या लोकप्रियता के लिए लोकहितकारी कार्य यूँ ही छोड़ना स्वार्थ का अति निंदनीय स्वरूप है। परंतु इसलिए हमने ऐसा भी कभी नहीं सोचा कि जब तक लोगों को हमारा कहना हितकारक प्रतीत नहीं होता तब तक उनके द्वारा हमारा विरोध करने में अथवा हम पर जो उनकी निष्ठा है, वह डगमगाने में उनका कोई अपराध नहीं था, क्योंकि जैसे हमें मत-स्वतंत्रता है, उसी तरह समाज के प्रत्येक घटक को राष्ट्रीय हिताहित

के संबंध में मत-स्वतंत्रता है। हमारी यही धारणा थी कि हमारी तरह उनमें से भी प्रत्येक का कर्तव्य है कि वह उसपर व्यक्ति निरपेक्ष अमल करे। हाँ, धीरे-धीरे समझौते के साथ हम विचार करेंगे, परंतु मात्र लोकप्रियता के लिए हम कदापि उस कार्य का त्याग करने के लिए तत्पर नहीं होंगे। हमने कई उदाहरणों से यह अनुभव किया था कि जो लोग बहुजन हिताय संघर्ष करने में एक बार घर, द्वार, प्राण तक त्यागने के लिए तैयार होते हैं, वे अपनी लोकप्रियता का त्याग करने, उसे बलि चढ़ाने में तुरंत हिचकिचाते हैं और इस कारण लोकहित का विनाश होते भी हमने देखा था। अतः उस मोह से यथासंभव अपने चित्त पर नियंत्रण रखने का कई बार प्रयास करके लोकहितार्थ स्वार्थ के अन्य प्रलोभनों की तरह ही जब आवश्यकता पड़ी तो लोकप्रियता को भी बलि चढ़ाया है। हाँ, यह भी असत्य नहीं कि इस प्रकार का बलिदान सहर्ष नहीं, अपितु अत्यंत कष्ट के साथ मात्र कर्तव्यस्वरूप दिया जाता है।

अंदमानीय उपनिवेश का सत्य स्वरूप, उसका महत्त्व, उसकी वास्तविक कमियाँ और उनके निवारणार्थ वास्तविक उपाय—इन सभी बातों का मर्म स्वदेश के नेताओं को पूरा अवगत न होने के कारण संविधान सभा के स्वदेशीय सदस्य से लेकर समाचार-पत्रों के लेखकों तक सभी ने अंदमान को समूल उखाड़ने के विषय में तथा वहाँ के हजारों बंदियों को हिंदुस्थान लौटाने के प्रस्ताव पर हर्ष प्रदर्शित किया था। इससे वहाँ के बंदियों की हुल्लड़बाजी को कुछ अधिक ही बल प्राप्त हो गया। हम कारागार में बंद—वहीं से जो प्रकट, अप्रकट विरोध प्रदर्शित कर सकें, उसका परिणाम उस प्रचंड हुल्लड़ को रोकने में अस्थायी रूप में अक्षम होने लगा, तथापि हमने डटकर विरोध करना आरंभ किया।

अंदमानीय बंदी उपनिवेश तोड़ने का हिंदुस्थान सरकार का आदेश आते ही जो बंदी अंदमान में थे, कम-से-कम वे हिंदुस्थान में वापस न लौटें, इसके लिए वहाँ के अधिकारियों ने बंदियों के मनों को अंदमान में ही रहने को तैयार करने के लिए वहाँ से हमारे हिंदुस्थान आने के आगे-पीछे धड़ल्ले से अनेक सुविधाओं की बौछार की। प्रथम थोड़ी सी सुविधाएँ सामने रखीं। परंतु अंदमान में रहने के लिए जब बंदी तैयार नहीं हो रहे थे, तब अधिकारी वर्ग एक के पीछे एक सुविधा तथा आश्वासन देने लगा। उन सुविधाओं की चर्चा करके बंदियों के मत परिवर्तनार्थ बंदियों की छोटी-मोटी गोष्ठियाँ और बैठकें भी खुलेआम करने की उन्हें छूट दी गई। इन सुविधाओं में प्रमुख थी—प्रथम दस वर्षों में मुक्ति और पाँच वर्षों में परिवार के साथ रहने की अनुमति। इनके साथ जो इस प्रकार स्व उपार्जित पद्धति से 'टिकट' निकालकर रहना शुरू करेंगे, उन बंदियों को पहले से कई गुना मात्रा में खेती और खेती की आवश्यक सामग्री के लिए पूँजी नाममात्र अनुबंध पर देना तय हुआ।

यह ज्ञात होते ही कि इस सुविधा का लाभ उठाकर बंदियों को अंदमान में रहना चाहिए—हम इस पक्ष के हैं—पूरे बंदी जगत् में जो खलबली मच गई थी, उसका ऊपर उल्लेख किया ही है। अत: यह आजमाने के लिए कि हमारी असली राय क्या है, बंदियों ने विभिन्न नेताओं को विभिन्न बहानों से हमसे कारागार में मिलने भेजने का उपक्रम शुरू किया। हमने सभी को इस आशय का उपदेश दिया—

बंदियों में से प्राय: सभी लोग स्वदेश से सर्वथा निर्धन और निम्न स्तर के परिवारों से आए हैं। यद्यपि उन्हें आज ही हिंदुस्थान भेजा गया और वहाँ कारागारों में सड़ाते हुए मुक्त किया गया (यह मात्र दुराशा थी, क्योंकि हमें निश्चित ज्ञात था कि अंदमान से हिंदुस्थान जाते ही बरी करने की सरकार की आज्ञा नहीं थी, अपितु उनके चौदह वर्ष पूरे होने तक उन्हें हिंदुस्थान के कारागार में बंद रखा जाना था।) तो उससे क्या होगा? पुन: उन्हें निर्धनता के पंजे में जकड़े रहना पड़ेगा। अपने किसी भाई-बंद ने यदि हाथ भर भूमि अथवा झुग्गी का टुकड़ा अपनी अनुपस्थिति में हड़प लिया, तो इस कारणवश कोर्ट-कचहरी करते रहेंगे या मार-पीट पर उतरेंगे और यह भी असंभव हो तो भीख माँगते-माँगते थककर पुन: चोरियाँ, डाकाजनी करने लगेंगे, दुर्गति का यह दुष्चक्र उनकी तथा राष्ट्र की दृष्टि से भी हितकारी नहीं है। परंतु यदि लोग अंदमान में प्राप्त नई सुविधाओं के अनुसार ठीक से संगठित प्रयास करें और अच्छी खेती-बाड़ी आदि आजीविका के साधनों को स्वीकार करके इधर ही रस-बस जाएँ तो वे हिदुस्थान को अंदमान का एक नया उपनिवेश उपलब्ध कराने का श्रेय प्राप्त करेंगे। इससे पूर्व अंदमान में अत्यंत असुविधाजनक जो दिक्कत थी, वह थी महिलाओं का अभाव और उस कारण स्वतंत्र घर बसाने की ओर रुचि का अभाव। परंतु पाँच वर्ष में और आगे यदि तीन वर्षों के अंदर भी अधिकारियों ने वैसा करने की अनुमति नहीं दी तो अपने परिवार लाने अथवा अंदमानीय स्त्रियों से ब्याह रचाने की जो अनुमति दी है, उससे वह दिक्कत अंशत: दूर हो जाएगी। इससे पूर्व वहाँ के बंदियों को उधर के 'स्वतंत्र' लोगों से विवाह तो दूर, व्यवहार करने की भी अनुमति नहीं थी। परंतु यहाँ इसकी भी सुविधा दी गई है। अत: देश में तुम लोगों के वापस जाकर कारावास में सड़ते रहने से अथवा डेढ़ बित्ते की खेती के लिए भाई-भतीजों से हाथापाई करते हुए अपना हिस्सा माँगते रहने से अच्छा है कि मुफ्त की यह नई भूमि लो, उसे उपजाऊ बनाओ, नया अनाज उपजाओ, उससे जीवन बसर करो। यहाँ के 'स्वतंत्र' लोग हिंदुस्थान के पूर्व काल में आए बंदियों की संतति हैं। अर्थात् अपने ही लहू तथा बीज के देशबांधव। उनसे शरीर संबंध बनाकर संतति बढ़ाओ और सुखी रहो। देश में जाकर इससे अधिक कौन सा तीर मारोगे? देश में आपको इतना भी संपत्ति-सुख तथा संतति-सुख प्राप्त नहीं होगा। पहले तो तुम्हें जाति-बिरादरी में लिये जाने के ही लाले

पड़ेंगे। फिजी आदि स्थानों से आए हुए भारतीय तो झुँझलाकर पुनः उसी विदेश में चले जाते हैं, तो फिर तुम्हारा क्या—तुम तो ठहरे बंदीवान, दंडित। अतः इससे पूर्व जो बीस वर्षों में मुक्ति मिलती थी, वह दस वर्षों में प्राप्त करके और वे दस वर्ष भी कारावास में न रहकर तीन वर्षों में ही परिवार के साथ अथवा वैसे ही 'स्वतंत्रता' का टिकट निकालकर सरकारी खेती लेकर उदर-पोषण करो। समझ लो, अपना भाग्य आजमाने विदेश आए हो।

व्यक्तिशः बंदीवान के दुःख इस तरह टाले जा सकते हैं। इतना ही नहीं, अपितु यदि इस नई स्थिति का लाभ उठाओगे तो कनाडा जैसा—केप कॉलोनी जैसा एक छोटा सा उपनिवेश तुम और तुम्हारी संतति मिलकर निर्माण कर सकोगे और अपनी प्रिय मातृभूमि को एक छोटा सा नया सांस्कृतिक राज्य प्रदान कर सकोगे, क्योंकि अंदमान में यदि तुम बसोगे तो यहाँ हिंदू संस्कृति की ध्वजा लहराती रहेगी।

यहीं निकोबार को देखो। वह भी इसी तरह भारत का एक द्वीप है। परंतु हिंदुओं ने उसे नहीं बसाया तो मलायी और बर्मी लोगों ने बसाया। वह द्वीप हिंदू संस्कृति से सदा के लिए वंचित रह गया है। यही अवस्था अंदमान की होगी। भारतीय बंदियों का उपनिवेश टूटते ही उधर ब्रह्मी अथवा मलायी लोग आकर बसेंगे। उधर अपने बीज तथा धर्म की तीन पीढ़ियों से परिवर्धित संतति नष्ट होगी, तीन पीढ़ियों के रक्तबीज का आरोपण ध्वस्त होगा, परिश्रम की पूँजी अकारथ जाएगी। हिंदू संस्कृति से वंचित रहने पर मात्र राजनीतिक बंधनों से वह द्वीप अगर भारत से जुड़ा रहा तो भी मन से वह हमेशा चीन, मलाया आदि मंगोलियन संस्कृति की ओर ही आकर्षित होता रहेगा।

अग्रगामी बनो

राजनीतिक महत्त्व आपको विदित ही है। ये द्वीप भावी भारत के हवाई तथा सामुद्रिक थाने होंगे। यहाँ हिंदू संतान बसेगी तो शरीर से ही नहीं, आत्मा से भी वह तुमसे चिपककर रहेगी। भारत सिंधु द्वार पर सस्नेही पहरा देंगे।

इतना महत्त्वपूर्ण भाग्य निर्माण आज तुम जैसे घृणित, पतित, दंडित और इसीलिए रद्दी, कूड़ा-करकट कहलाए गए लोगों के हाथों में आया है। अपना जीवन सफल होने का यह अवसर खो मत देना। इसके लिए तुम लोगों में जो दस-पाँच लोग स्वदेश जाने पर महान् सम्मान अथवा संपन्नता प्राप्त करने योग्य हैं, वे भी तुम सभी का नेतृत्व करते हुए तुमसे एक नूतन हिंदू उपनिवेश बसाने, मातृभूमि को एक छोटा सा नया सांस्कृतिक राज्य संपादन करने के इस कार्य को संपन्न करने के लिए कहते हुए भारत की सार्वभौम सत्ता में वापस न जाते हुए बरी होने के पश्चात् अंदमान में ही रहें। एक संपूर्ण जीवन को

सफलता प्राप्त करने के लिए यह ध्येय पर्याप्त है। प्रत्येक स्थल पर इसी तरह के कुछ प्रचारक अग्रगामी तथा पुरोगामी व्यक्ति कुंडली मारकर बैठने और वहीं परिश्रम करते-करते मरने के लिए आवश्यक होते हैं। फिर हिंदुस्थान के लिए अंदमान जीतनेवाले अग्रगामी तुम्हीं क्यों नहीं बनते?

इसी आशय के इन्हीं वाक्यों का बार-बार उच्चारण करने से अंत में बंदियों में से उन लोगों के मन, जो आज तक हमारी संस्था को सहयोग देते रहे, पुनः हमारी ओर प्रवृत्त होने लगे। हिंदुस्थान वापस जाने का अर्थ पूर्ण मुक्ति नहीं बल्कि अंदमान से अधिक कारावासीय कैंची में बंद होना है—इस सत्य पर वे विचार करने लगे। उनमें से कइयों के मन में मेरी शब्द-चेतना से उनके राष्ट्रीय कर्तव्य के संबंध में उच्च भाव उदित हो गए।

तथापि मेरे लिए यह इष्ट ही था कि सरकार को अधिक-से-अधिक सुविधा देने के लिए बाध्य करने के लिए बंदीवान 'मन-मन भावे मूँड हिलावे' का दिखावा करें और यह कहें कि अमुक सुविधा देने से यहाँ रहेंगे, अन्यथा हमें भेज दो। इसके अनुसार बंदियों की सभाएँ होने लगीं। सरकार उस प्रयोग तक सभा की स्वतंत्रता देने लगी। इस सरकारी नियंत्रण की ढिलाई का लाभ उठाकर उन सभाओं में संगठन की, राजनीतिक प्रचार के व्याख्यानों की तथा चर्चा की बात बनाना भी हमने आरंभ किया।

उस समय अन्य लोगों के लिए उदाहरणस्वरूप मैंने स्वयं सरकार को आवेदन-पत्र भेजा कि यदि हिंदुस्थान में भेजते ही मुझे मुक्त नहीं किया जाएगा तो जब तक मेरा दंड समाप्त नहीं होता, मैं अंदमान में ही रहना चाहता हूँ। हाँ, मेरे दस वर्ष पूरे होने पर मुझे सपरिवार अथवा स्वतंत्र टिकट पर द्वीप में रहने की अनुमति दी जाए। कारागार में रखना हो तो अंदमान में ही रखा जाए।

इससे पूर्व मैंने शारीरिक स्वास्थ्य और पिछले अनेक भागों में वर्णित सुविधाओं के लिए राजबंदियों को हिंदुस्थानी कारागार में भेजने के लिए आवेदन-पत्र भेजे थे। परंतु अब यह जानकर कि नई सुविधा के अनुसार अंदमान में सैकड़ों बंदियों का व्यक्तिगत लाभ होने की तथा राष्ट्रीय दृष्टि से एक हिंदू उपनिवेश को टूटने से बचाने का अवसर तथा आवश्यकता आई है, मैंने स्वयं निश्चय किया कि जब तक मैं स्वयं बंदी हूँ, अंदमान में ही रहकर वहाँ के बंदी उपनिवेश के हित साधन का कार्य करना ही अपना एकमात्र उद्देश्य समझूँ। मेरे उदाहरण से अन्य बंदियों को भी वहाँ रहने की प्रेरणा मिलती गई।

यह देखकर कि अंदमान का उपनिवेश स्थिर रखने के लिए मैंने कमर कसी है, वहाँ के 'स्वतंत्र' लोग मेरा उपकार मानने लगे। वे बेचारे मुट्ठी भर लोग! उनकी खेती-बाड़ी कुछ भी नहीं। उनकी उपजीविका बंदी उपनिवेश पर निर्भर। यदि सभी बंदियों को हिंदुस्थान में भेज दिया जाता, वह उपनिवेश उठ जाता तो उनकी कैसी गत बनती?

हिंदुस्थान में भेज दिया जाता, वह उपनिवेश उठ जाता तो उनकी कैसी गत बनती? उनकी भूमि विषयक, उसपर लिये जानेवाले लगान विषयक, सरकारी पद्धति विषयक, जिसमें जब चाहे तब लगान वसूल किया जाता, इस तरह उनकी अनेक पीड़ाएँ दूर करने के लिए उनके आवेदन-पत्र जाएँ और वे भी आंदोलन करें—इसके लिए प्रयास होने लगे। बंदी नित्य यही कहते कि 'स्वतंत्र होकर भी क्या करना है?' अत: यह सिद्ध करने के लिए कि स्वतंत्र होने में भी लाभ है—सरकार को 'स्वतंत्रों' की कुछ व्यवस्था करना आवश्यक था और उसका पूरा लाभ उठाने के लिए आंदोलन आवश्यक था। उनके कुछ नेताओं से मेरी अप्रत्यक्ष भेंट होती, उनके आवेदन-पत्रों का निरीक्षण करके मैं उन्हें सुधार देता।

अहिंसा की मांगलिक झंझा

उस वर्ष राजनीति का प्रमुख विषय 'खिलाफत' और 'असहयोग' था। अपनी सभाओं, चर्चाओं में हम इन दोनों बातों का विरोध करते। 'हिंदुस्थान' में लोकमान्य तिलक का स्वर्गवास होते ही खिलाफत और असहयोग आंदोलन ने जोर पकड़ा। एक पुरातन धारणा है कि किसी असाधारण पुरुष की मृत्यु होते ही वह आघात प्रकृति के लिए असहनीय हो जाता है, प्रचंड मांगलिक झंझा, आँधी तथा संसार में अनेक संक्रामक रोग उत्पन्न हो जाते हैं। लोकमान्य जैसे धुरंधर के अदृश्य होते ही खिलाफत का यह अत्यंत आत्मघाती आंदोलन और इस एक वर्ष में चरखा घुमाकर और अहिंसा की तथा सत्य की अत्यंत उलटी-सीधी व्याख्या पर उभरा हुआ तेजोहीन तथा तेजोविनाशक असहयोग द्वारा स्वराज्य प्राप्त करने की इच्छा करनेवाला आत्मवंचक उन्माद, इसी तरह की एक मांगलिक, अशुभ झंझा चल रही है। यह बुद्धि भ्रम का एक रोग, एक संक्रामक रोग का आरंभ हो गया है।

पहले से ही हमने खिलाफत आंदोलन का—वह जिस सिद्धांत पर उभारा गया था, उसके राष्ट्र विघातक गर्भितार्थ होने का कड़ा विरोध किया। 'यह खिलाफत नहीं, आफत है'—यह वाक्य अंदमान के घर-द्वार तक गरजता रहा। अहिंसा की वह व्याख्या! सत्य की वह व्याख्या! उस समय नित्य घटित होती घटनाओं को स्पष्ट करते हुए और सैकड़ों लोगों का विरोध सहते अंत में प्राय: सभी को उसका खोखला शब्दच्छल और राष्ट्र-विघाती अव्यावहारिकता हमने बड़ी कठिनाई से समझाई।

उस समय ऊपर वर्णित मतों की सत्यता विषयक हमें कई आश्चर्यजनक साक्ष्य मिले, कई संस्मरणीय घटनाएँ घटीं। उनमें से उदाहरणार्थ एक घटना प्रस्तुत करता हूँ—

श्री…ये दोनों राजबंदी आजन्म कालेपानी का दंड भुगतने यहाँ आए थे। उनपर पंजाब के दंगे के वारंट थे। वे लापता हो गए थे। लगभग छह महीने वे देश में ही कार्य

करते हुए घूम रहे थे, परंतु उनका ठिकाना किसी को नहीं मिला। उनके अनुसार वे बाबा गुरुदत्तसिंह की तरह बरसों तक भूमिगत रहकर सरकारी कानूनों को अनदेखा करके कार्य कर सकते थे। परंतु इतने में उन्होंने असहयोग एवं कानून भंग के एक प्रमुख नेता से अत्यंत विश्वास के साथ भेंट करते हुए अपनी पूरी रामकहानी सुनाई। उस नेता ने फनफनाते हुए कहा, ''भई, कितनी भीरुता! सरकारी वारंट से घबराकर भागते रहे हो! इस प्रकार का असत्य आचरण मैं नहीं सह सकता। जाओ और तुरंत मजिस्ट्रेट के सामने उपस्थित हो जाओ।'' हमने कहा, ''उस तरह कानून के अनुसार चलना भी तो सहकारिता ही है। हम तो अभी कानून को बलहीन कर रहे हैं। यही वास्तव में कानून भंग है। अर्थात् वास्तविक असहयोग है। हम (यह) कार्य कर ही रहे हैं, अत: हम डरकर भाग रहे हैं, यह कहना निर्मूल है। आप जो कह रहे हैं, वैसा करना कानून भंग नहीं है, वह तो कानून का पालन होगा। सरकारी उद्‌देश्य की पूर्ति करना तो सहकारिता है।'' उन्होंने नहीं-नहीं कहते हुए मजिस्ट्रेट के सामने उपस्थित होने का आदेश दिया। वे दोनों अपना किराया खर्च करके पुन: उत्तर की ओर गए और उस मजिस्ट्रेट के सामने उपस्थित हो गए। उन्हें पकड़ा गया और क्रांतिकारी विद्रोह के अपराध में यथाविधि आजीवन कालापानी का दंड दिया गया।

परंतु जब वे अपनी इस भूल पर पश्चात्ताप से उफनते हुए उस नेता की निंदा करने लगे तब मैंने कहा, ''भई, निंदा ही करनी है तो अकेले उस उपदेशक की ही नहीं की जा सकती, उन्होंने लाख कहा, परंतु आपने सुना ही क्यों? उन्होंने बुद्धि भेद किया, परंतु आपने करने क्यों दिया?''

प्रतिसहकार

तत्कालीन सारी बातें न देते हुए भी मेरे तत्कालीन विचारों तथा प्रचार का निष्कर्ष और एक-दो वाक्यों में दरशाया जा सकता है। मेरा कहना था—

'हम क्रांतिकारी प्रथमत: इस तत्त्व पर गौर करें कि वास्तविक राजनीति सहकारी भी नहीं होती और असहकारी भी नहीं, वह प्रति-सहकारी होती है। नीति की दृष्टि से भी वह वैसी ही होनी चाहिए। यदि सहयोग द्वारा समस्या का हल होता है तो विपक्ष से अवश्य सहयोग करें। यदि सहयोग नहीं है तो असहयेाग। वह कभी नि:शस्त्र स्वरूप धारण करता है तो कभी सशस्त्र; और वह नि:शस्त्र विरोध भी अस्थायी ही होना चाहिए। असहयोग कोई सिद्धांत नहीं, वह एक तात्कालिक उपाय है। वास्तविक ध्येय यही है कि मनुष्य मात्र सहयोग करे और वह सहयोग परस्पर हित के अनुकूल हो—ऐसा करें अथवा करने के लिए बाध्य करें, तभी ऐसा होगा। अत: उसे प्रतिसहयोग अथवा प्रतियोग कहा जाता है।'

असहयोग आंदोलन में मुल्ला की दौड़ किस मसजिद तक होगी और खिलाफत के परिणामस्वरूप मुसलमानों की राष्ट्रविघातक धर्मांधता कितने भयंकर रूप में भड़क उठेगी*, यह भविष्यवाणी मैंने बार-बार अपने सभी सहयोगी, सहभागी राजबंदियों तथा बंदियों में की थी।

□

* इसी मुसलमानी धर्मांधता ने अंत में भारत का विभाजन किया। उससे भी संतुष्ट न होकर पाकिस्तान आज भी भारत से लड़ रहा है।

प्रकरण–११

अंदमान के अंतिम दिन

इसी दौरान एक दिन मेरे अनुज मुझसे मिलने आ गए।* मेरी मुक्ति की रत्ती भर भी आशा नहीं थी। मेरे ज्येष्ठ बंधु का स्वास्थ्य दिन–ब–दिन गिरता जा रहा था। ऐसी अवस्था में इस तरह भेंट होते ही चित्त में प्रथम विचार यही उभरता कि कहीं यह अंतिम भेंट तो नहीं ? और एक वर्ष पश्चात् भेंट के लिए जब पुनः अनुमति मिलेगी···तब तक···एक वर्ष बीतेगा। कारागार में एड़ियाँ रगड़–रगड़कर घिसी हुई देह को एक–एक दिन चलाना दूभर हो गया था। अतः बंधु को साहस बटोरकर स्पष्ट ही कहा, ''बाल, सत्य चाहे कितना भी निष्ठुर, निर्मोही क्यों न हो, उस सत्य का सामना करने के लिए हाथ–पाँव फूलने जैसा तुम्हारा धैर्य दुर्बल नहीं है—यह निश्चित ज्ञात होने के कारण तुमसे यथार्थ को छिपाने का कोई कारण मुझे नहीं दिखता। उलटे धीरे–धीरे तथा जानते–समझते आ रहे दुःख का आघात अचानक टूटे दुःख–संघर्ष के पहाड़ की अपेक्षा अधिक सुसह्य होता है। अतः मैं कह रहा हूँ कि अब तुम हम दोनों के जीवन का अंतिम समाचार सुनने–कहने के लिए तैयार रहो। अब अधिक दिन निबाह होगा, ऐसा दिखता नहीं है, तथापि यह मत भूलो कि कभी असंभवनीय घटनाएँ भी घटती हैं। शायद इसमें से भी जीवित निकलेंगे। परंतु अब वह संभावना सर्वथा भिन्न है। प्रायः यह हमारी अंतिम भेंट ही होगी।''

एक–एक शब्द हृदय को धक्के दे रहा था। अर्थात् बाल की मुद्रा अचानक स्याह पड़ गई। परंतु वह भी देख रहा था कि ये निष्ठुर शब्द मात्र सत्य की गूँज हैं, एतदर्थ हमने विवेक से कह दिया, उसने सुन लिया।

हमने दस वर्ष पूरे करके 'टिकट' के लिए आवेदन किया था। इसका उत्तर आ गया कि 'तुम्हें और ज्येष्ठ बंधु को कारागार में ही टिकट दिया है।' टिकट का अर्थ ही था कि वह व्यक्ति कुछ स्वतंत्र व्यवसाय कर सके और उपनिवेश में अपना घर बसाकर पत्नी–बच्चों के साथ रह सके। वही टिकट जो अन्य लोगों को तीन वर्षों में देने का

* तारीख ११ से १४ नवंबर, १९२०

आदेश आ गया था, हमें दस वर्षों में मिल गया। कहाँ ? कारागार में। अर्थात् कारागृह से हमें बाहर नहीं छोड़ा गया, स्वतंत्र उपनिवेश तथा घर का तो नाम ही नहीं; और टिकट मिल गया। यह निरी विडंबना थी, सम्मान था, जले पर नमक छिड़का गया था। अंदमान के कानूनों का, वहाँ के बंदियों को लाभ मिल सके, इसके लिए व्यय किए हुए प्रत्येक शब्द का हम मूर्तिमंत अपवाद थे।

इस प्रकार चारों ओर से दम घुटने के कारण कभी-कभी हमारा तथा अन्य राजबंदियों का जीवन असह्य हो जाता। अत: उन्हें और अपने आपको एक अर्थहीन आत्मघात से बचाने के लिए हमने अपने राजबंदियों में से अत्यंत आत्मीय एवं साथियों के साथ निर्णायक रूप में भयंकर षड्यंत्र रचा। उसमें राजबंदी के अतिरिक्त साधारण बंदियों में से भी कुछ लोगों को सम्मिलित किया गया था। जब सर्वथा ऐसा प्रतीत हो कि अब राजबंदियों में से अमुक-अमुक व्यक्तियों की मुक्ति की आशा शेष नहीं रही, वे सब बंदी जिन्हें न छोड़ने के लिए चुना गया है, एक साथ···

एक दिवस जैसे-तैसे कष्ट में बीता और सायंकालीन घंटा बजा कि ऐसा प्रतीत होता—चलो छूटे। अब केवल निद्रानंद! प्रगाढ़ सुख। दु:ख का एक दिवस समाप्त। मुक्ति एक दिन निकट आ गई। परंतु तुरंत ऐसा प्रतीत होता—जी हाँ, मुक्ति एक दिन समीप आ गई और मृत्यु भी। जो दिन समाप्त होता, वह जैसे दंड से कम होता, वैसे ही जीवन की सामयिक पत्रिका से भी कम हो जाता।

ऐसे ही एक दिन सायंकालीन घंटा सुनकर हमने तेल-गोदाम को ताला ठोंका, चाभी बड़े जमादार के हाथों सौंपकर हम कोठरी में बंद होने चल पड़े, क्योंकि 'टिकट' मिलने पर भी हमें जैसे दिन में कारागृह के भीतर रहना था, वैसे ही रात में किसी बिना टिकट बंदी की तरह कोठरी में बंद होकर एकांत तथा अँधेरे में पड़े रहना होता था। हम चाभी देकर वापस लौटे, इतने में बाहर से लौटे वॉर्डर ने मेरे हाथ में गुपचुप एक चिट्ठी थमाई और प्रफुल्लित होकर 'अच्छा समाचार है' कहते हुए झट से खिसक गया। हमने चिट्ठी खोलकर देखी। उसमें यह समाचार था कि आज कमिश्नर के प्रधान कार्यालय में हिंदुस्थान सरकार का यह आदेश प्राप्त हुआ कि सावरकर बंधुओं को हिंदुस्थान वापस भेजो, बंबई सरकार ने उन्हें वापस बुलाया है।

इससे पूर्व इस तरह के समाचार पचास बार आए और गए, परंतु हम वैसे ही अंदमान में पड़े रहे। ऐसे समाचारों पर हमारा कतई विश्वास नहीं रह गया था। यह हमारे मित्र को ज्ञात था, अत: उसने चिट्ठी में लिखा था—'यह समाचार निश्चित है, आदेश प्रत्यक्ष देखा है।'

होगा! अबकी बार यह समाचार सत्य भी हो सकता था, क्योंकि जहाँ बंदियों को तीन वर्षों के अंदर बीवी-बच्चे लाने की अनुमति मिलने लगी, वहाँ हमें दस वर्षों

बाद भी 'कारागृह में टिकट' के विलक्षण एवं असंभाव्य बहाने से दीर्घकाल तक ठूँसे रखने की निर्लज्जता बहुत दिन तक टिकनेवाली नहीं थी। या तो पूर्ण स्वतंत्रतापूर्वक विचरण करने दिया जाए अथवा तत्कालीन बंदियों को हिंदुस्थान वापस भेजने की नई गप का लाभ उठाकर हिंदुस्थान के कारागारों में पुनः सड़ने दिया जाए—यही दो अर्थ निकलते थे। उनमें अर्थात् अंदमान में हमें मुक्त रखने से हिंदुस्थान के कारागृह में बंद रखने का मार्ग ही अधिकारियों के लिए ज्यादा उपयुक्त था। पहले जो चीज हमें माँगकर भी नहीं मिली, वही अब उन्होंने स्वयं हमारी झोली में डाल दी, क्योंकि उसी कारण दस वर्षों बाद भी हमें कारागृह की चारदीवारी में बंद रखना उनके लिए संभव होनेवाला था और वह भी दया के नाम पर, क्योंकि हिंदुस्थान के लोगों के लिए कि हमें हिंदुस्थान में वापस लाया गया है—दूसरा पहलू अज्ञात होने के कारण दया ही लगती थी।

इस तरह के विचार रात भर मन में मँडराते रहे थे। प्रातःकाल कारागृह के अधिकारियों ने भी हमें बुलाकर बताया, "आप पुस्तकें आदि सामान बाँधकर रखिए।" तब यह निश्चित रूप में दिखाई देने लगा कि अब हमें हिंदुस्थान भेजा जाएगा।

परंतु हिंदुस्थान भेजा जाएगा हिंदुस्थान के कारागृह में बंद करने के लिए—उसमें छिपे इस रहस्य की ओर ध्यान न जाने के कारण पूरे अंदमान में समाचार फैल गया—'सावरकर बरी होंगे।' जनता ने हमारी मुक्ति विषयक अपनी उत्कट तथा आस्थापूर्ण इच्छा को ही वास्तविक घटना समझकर स्पष्ट कहना आरंभ किया, "नहीं-नहीं! बाबूजी, अब आपको सलाखों के पीछे कौन रख सकता है? हिंदुस्थान पहुँचते ही आपको अवश्य मुक्त किया जाएगा।" अपनी कामना को ही उसकी पूर्ति समझकर उन स्नेहिल लोगों ने हम पर अभिनंदन की वर्षा की।

परंतु हमें मन-ही-मन उद्विग्नता कचोटने लगी। अंदमान के कारागार में कम-से-कम एक सुख था कि अपने ज्येष्ठ बंधु के साथ हम रह तो सकते थे। अब हिंदुस्थान के कारागार में प्रायः दोनों को अलग करके भिन्न प्रांतों में भेजा जाएगा। दूसरी बात यह कि अंदमान में जिनके संपर्क में पूरे दस वर्ष व्यतीत किए थे, उन उपनिवेशीय लोगों में हमारे अनेक अंतरंग स्नेही बन चुके थे। 'टिकट' मिल जाने से उनमें स्वतंत्र रूप में सपरिवार रहने का अवसर लगभग निकट आ ही रहा था कि पुनः भारतीय बंदीगृह में अपने आपको बंद कर देना पड़ रहा है। इन अंदमानी इष्ट मित्रों से वियोग···जैसे पूर्ववत् अंदमान जाते समय हमारे भारतीय इष्ट मित्रों को आजन्म कारावास का दुःख व्यथित कर रहा था···ठीक उसी तरह अब ऐसी अवस्था में अंदमान से वापस हिंदुस्थान लौटते समय इन इष्ट मित्रों को बिछोह का दुःख व्यथित करने लगा। हमें भी ऐसा लगने लगा कि यह आजन्म कारावास का दूसरा दंड ही है।

हमने अपनी पुस्तकें समेटीं। उनमें से बहुत सारी पुस्तकें वहाँ के ग्रंथालय को दे

दीं। बहुत सारी वहाँ के बंदियों तथा स्वतंत्र जनों में बाँटीं। अंतिम दिन बाहर के लोग किसी-न-किसी बहाने से मिलने आते रहे थे। हर पल मन में यही भय समाया था कि इस भीड़-भड़क्के का सत्यार्थ समझकर यदि अधिकारी इक्के-दुक्के को पकड़ लें तो मेरे लिए उस बेचारे के पेट पर लात मारी जाएगी। परंतु उस दिन लगभग कोई किसी से नहीं पूछ रहा था। उस दिन के लिए सारे बंदियों ने अधिकारियों का भय लगभग ताक पर रख दिया था। अधिकारियों ने भी कोई विशेष ध्यान नहीं दिया। जिन्हें प्रत्यक्ष मिलना असंभव था, उन्होंने भी हमारे मना करने के बावजूद उपहारस्वरूप फल-फूल, मिठाई, सोडे की बोतलें, बिस्कुट के डिब्बे आदि वस्तुएँ कारागृह के द्वार तक पहुँचाने का उपक्रम किया। कितने दीन-निर्धन थे वे बंदीवान तथा स्वतंत्र लोग। जो दस-पाँच रुपए महीना मिलता, उसी से अपनी गृहस्थी की गाड़ी खींचते। परंतु कितनी अटूट भक्ति! बिना पूछे तथा सरकारी नियमों को नकारते हुए वे एकाध केला, तरबूज, एकाध फूल भी कारागृह के द्वार पर रख जाते। दोपहर में मैं चुपके से द्वार तक गया तो उन इकट्ठे हुए डिब्बों, फलों तथा अन्य पेयादि बोतलों-वस्तुओं को उधर ही बाँट दिया। जिस किसी ने मेरी एक नहीं सुनी तो उसकी कुछ वस्तुएँ अपने पास रख लीं। इसके पश्चात् जो एक-दो होनहार इष्ट मित्र शांति से मिलने आए, उनमें से एक को वहाँ की संस्था की शपथ दिलाई—

"एक देव एक देश एक आशा।
एक जाति एक जीव एक भाषा॥"

फिर वहाँ के इस प्रचलित मंत्र का अर्थ उसे समझाया। बताया कि इस एक आशा की पूर्ति के लिए इस तरह 'एक जीव' बने हिंदू मात्र को प्रसंगवश प्राणार्पण के साथ क्या करना चाहिए। रीति के अनुसार उन्हें यह बताया कि इस ध्येय की सिद्धि के लिए जब तक इस तरह महान् स्वार्थ त्याग करने की शक्ति नहीं आती और इसलिए कि वह आ जाए, सद्य:स्थिति में संबंधित व्यक्तियों के अंदमान में क्या-क्या कर्तव्य हैं।

इतने में प्रहरी ने सूचित किया, "साहब आ रहा है। सिपाहियों का वह दल भी आ रहा है जो आपको ले जाएगा।"

हम उठ खड़े हुए। मन को एक तरह के पवित्र संतोष का अनुभव हो रहा था कि अंदमान के इस दस वर्षीय कारागार में अपने आपको आशा की कब्र में दफनाकर रहते हुए आज दस-बारह वर्षों के पश्चात् भी हमारा अंतिम कृत्य ठीक वही था, जिसे करने का असिधारा व्रत हमने ग्यारह वर्ष की आयु में स्वीकारा था। भारतीय युवक को जो दीक्षा देने इस कारागृह के भीतर पग रखना पड़ा, उसी कारागृह के बाहर आज दस वर्षों बाद पग रखते समय भी उसी भारतीय युवक को वही दीक्षा देते हुए कहा—

''एक देव एक देश एक आशा।
एक जाति एक जीव एक भाषा॥''

हमें तथा हमारे बंधु को द्वार के पास खड़ा किया गया। बंदीपाल ने हमें उन सिपाहियों के पहरे में सुपुर्द किया जो हमें हिंदुस्थान ले जाने के लिए आए थे। 'बेड़ियों की आवश्यकता नहीं'—इस तरह उस उदारचरित बंदीपाल के कहने से हमें वैसे ही आगे बढ़ाया गया और आखिर हमारे लिए अंदमान के उस भयंकर बंदीगृह का द्वार खुल गया।

सन् १९०९ में वह द्वार एक बार इसी तरह खुला और हमारे भाई साहब को भीतर लेकर बंद हो गया। सन् १९११ में वह विकराल जबड़ा पुनः खुला और हमें गटककर बंद हो गया। तब किसी को भी यह निश्चित नहीं था कि हम पुनः इससे जीवित बाहर निकल सकेंगे। कारागृह का वह दरवाजा, जो सन् १९११ में बंद हो गया था, आज सन् १९२१ में पुनः चरमराया। उसका वह मुख पुनः खुल गया* और हम दोनों बंधु जीवित रूप में उसमें से बाहर निकल आए।

उस द्वार की लोहे की देहरी पार करते ही हमें स्पष्ट अहसास हुआ कि हम जीवित रूप में अंदमान से बरी हो रहे हैं। मैंने बाबा से कहा, ''बाबा, यह इतनी सी देहरी जीवन-मरण की सीमा-रेखा है। मरण की सीमा से जीवन की सीमा में हमने इसका उल्लंघन किया। बालिश्त भर की इस देहरी को पार करके हमने पुनः एक बार जीवन की सीमा में पग रखा है। अब देखिए आगे-आगे होता है क्या?''

पाबंदी तोड़कर बंदी ने पहनाई चंपा की माला

हमें विदा करने के लिए आए और दूर रहनेवाले उन लोगों की, जिन्होंने हमें कारागार में नहीं देखा था, बाहर भीड़ लगने की संभावना थी। अधिकारी इसके विरुद्ध थे, इसलिए कड़ा बंदोबस्त रखा जाना स्वाभाविक था। बंदियों को जगह-जगह अपने-अपने कामों में उलझाकर रखा गया था। सिपाहियों के पहरे में हम सागर की ओर अभी चले ही थे कि इतने में एक बंदी अधिकारी, जो जमादारी के कार्य पर था और जिसे थोड़े ही दिनों में 'टिकट' पर मुक्ति का अधिकार मिलने की संभावना थी—अचानक आगे बढ़ा और सिपाहियों की चिंता न कर सभी बंदियों की ओर से चंपा के फूलों की एक महकती माला हमारे गले में डाल दी। पहरे के सिपाही शोर मचा ही रहे थे कि वह हमारे चरणों पर अपना मस्तक रखकर जय-जयकार करता चला भी गया। इस प्रकार नियम विरुद्ध कृत्य से उसकी जमादारी छीनी जा सकती थी और उसे दंड भी मिल

* ४ जुलाई, १९११ को वीर सावरकर को अंदमान के कारागार में ठूँसा गया था। २ मई, १९२१ को सावरकर बंधुओं को भारत लाने के लिए महाराजा नौका पर सवार किया गया।

सकता था, परंतु उसने उसकी चिंता नहीं की।

तत्कालीन दृश्य आज भी हमारी आँखों के सामने स्पष्ट दिखाई दे रहा है—एक ओर वह जमादार बंदी, जो श्रद्धा से सभी बंदियों की ओर से सामान्य सी चंपा की वह माला गले में पहना रहा है और दूसरी ओर उस सारे गड़बड़झाले से भयभीत सिपाहियों का अधिकारी हमारी खींचातानी करते हुए हाथ में हथकड़ियाँ डालने का प्रयास कर रहा है। जनमानस में यथासंभव हमारी स्मृति भी शेष न रहे, हमारे छायाचित्र, पुस्तकें, हमारी स्मृतियाँ घर में तथा समाज में जतन से रखने का साहस लोग न करें, इसके लिए इस तरह के कृत्यों को जिस सरकार ने बीस वर्षों से निरंतर अपराध जैसा दंडनीय घोषित कर रखा था, उस सरकार का वह खींचातानी कर हथकड़ी पहनाने का प्रयास करता सरकारी अधिकारी, एक प्रतीक मात्र था और वह बंदी अधिकारी, जिसने हमारे गले में चंपा के फूलों की माला पहनाई थी, हमारे उन देशबांधवों का, जो हमारी स्मृतियों का भक्तिपूर्वक संचय कर रहे हैं, आजीवन प्राप्त प्रेम पगे आदर का दूसरा प्रतीक था। जिन दो शक्तियों के परस्पर विरुद्ध आघात-प्रत्याघातों से भरा यह हमारा जीवन, जो आरंभ से ही एक समरभूमि बन गया है, उसका यह दृश्य एक लाक्षणिक रेखाचित्र ही था। बाबा को यह विचार सुनाए बिना हमसे रहा नहीं गया।

ऐसा प्रतीत हुआ मानो हमारे श्रम का परिहार हो गया। चंपा के वन्य-पुष्पों की वह माला हमें रत्नमाला से भी अधिक प्रिय प्रतीत हो रही थी। उसके गले में पड़ते ही उठा सुदूर तालियों का दबा-दबा सा घोष इस बात का द्योतक था कि उसमें कितनी स्नेहिल कृतज्ञता गुँथी हुई है। चंपक पुष्पों की वह साधारण सी माला जनमानस में मेरे लिए अप्रीति एवं भय पैदा करने के सरकारी प्रयासों का एक अखंडनीय उत्तर था।

नौकायान पर सवार कराने से पूर्व थोड़ा समय हमें वहाँ के कुछ प्रमुख सहकारियों से चुपचाप बात करने का अवसर मिल गया। उनके द्वारा हमने सभी बंदियों को यह संदेश भेजा—'अंदमान में ही रहो, खेती-बाड़ी करो, आपस में विवाह करके संतान वृद्धि करो और इस उपनिवेश में हिंदू संस्कृति के हो रहे फैलाव में सतत वृद्धि करो।' उनके लिए अन्य कार्यक्रमों की योजना भी तैयार करके दी। जिस चढ़ाई से दस वर्ष पूर्व कारागार में जाते समय मन में आया था कि उस चढ़ाई से उतरने का प्रसंग, अर्थात् फिर लौटने का प्रसंग क्या कभी आ सकता है, उसी चढ़ाई को ढलान बनाकर आज हम पुनः हिंदुस्थान लौट रहे हैं।

इतने में 'महाराजा' जहाज आ गया। जहाज कलकत्ता जाएगा। हम ऊपर चढ़ गए। पेट में न जाने कैसा होने लगा। यह स्पष्ट दिखाई दे रहा था कि अंदमान में प्राप्त थोड़ी-बहुत स्वतंत्रता को भी छीनकर हमें दंड के पहले ही दिन जैसी कठोरता में पुनः ढकेला जा रहा है। जहाज पर सवार होते ही हमें एकदम तलहटी में स्थित पिंजरे में

रखा गया, जो बंदियों के लिए बनाया गया था। दस वर्ष पूर्व इसी पिंजरे में मुझे ठूँसा गया था। उसकी स्मृति मात्र से रोंगटे खड़े हो गए। उसपर बाबा तपेदिक से जर्जर और खाँसी से ग्रस्त थे। बाबा के साथ पिंजरे के पास आकर देखा तो सामने एक और संकट मुँह बाए खड़ा था।

पागलों के पिंजरे में

जिस पिंजरे में हम अत्यंत घिचपिच में बंद किए गए थे, वह पूरा का पूरा पागलों से भरा हुआ था। अंदमान से जिन पागलों को हिंदुस्थान में वापस भेजना था, वे सब इसी जलयान से भेजे जा रहे थे। उस पिंजरे में उन पागलों के साथ हमें भी बंद किया गया। वे गाली-गलौज कर रहे थे, अनाप-शनाप बक रहे थे। कोई रो रहा था, कोई अपना ही गला घोंटने का प्रयास कर रहा था। इस पागलपन से निस्तार पाया हुआ एक बंदी उनपर प्रमुख अधिकारी नियुक्त किया गया था। वह एक-एक को पकड़-पकड़कर मार रहा था। तनिक हिलने-डुलने के लिए भी जगह नहीं मिल रही थी। उसी में ज्वर से पीड़ित तथा दुर्बल बने अपने ज्येष्ठ बंधु के साथ मुझे ठूँसा गया।

वे पागल जो देख रहे थे, जो बोल रहे थे, वह उन्हें तात्कालिक सत्य ही प्रतीत हो रहा था। किसी को चूहे का आभास होता और वह जोर-जोर से चिल्लाता, 'मेरी छाती पर चूहे सवार हो रहे हैं।' किसी को यह आभास हो रहा था कि सभी उसे गालियाँ दे रहे हैं, वह रात में उठकर अचानक अपने पड़ोसी की छाती पर सवार होकर उसे मुक्के मारने लगता। उलटियाँ और सोने के स्थान पर ही दस्त और उसी में ये लोट रहे हैं— उनमें जाकर हम बैठ गए। पल भर के लिए सोचा, भला कौन है पागल? हमारी इंद्रियों को जो आभास हो रहा है, वह भी किस आधार पर सत्य है? हो सकता है, उनकी इंद्रियों को हो रहे आभास सत्य हों और कोई-न-कोई इंद्रिय ही इस बात का निर्णय करेगी, न कि किसकी इंद्रियाँ सावधान हैं? यदि सावधान होतीं तो उन्हीं के समान सभी को चूहे दिखाई देते। भला हम ही सच्चे क्यों? कदाचित् वे ही सच्चे हैं और हमें ही पागलपन का आभास हो रहा है कि हम इस दस्त में, उलटियों की गंदगी में बैठे हैं।

सचमुच ही कलेजा धक-धक करने लगा। उस घुप अँधेरे में, जहाज की घर्र-घर्र में, उस दस्त, वमन में, उस सारे घिनौने हल्ले-गुल्ले में जहाँ साँस लेना भी दूभर हो गया था, जी उखड़ा-उखड़ा सा था। बार-बार लगता, हम यह दर्शन-विचार कर रहे हैं या पागलपन का पहला दौरा हम पर सवार हो गया है, जो इंद्रिय-गोचर वस्तुओं से संबंधित भ्रम उत्पन्न कर रहा है।

ज्ञानतंतु—दस-बारह वर्षों के तनाव से क्षीण हुए ज्ञानतंतु—जैसे उस समय क्षीण प्रतीत हुए वैसे कभी बहुत कम प्रतीत हुए थे।

इस पिंजरे से, कम-से-कम उन पागलों से थोड़ा अलग रखने के लिए हमने आवेदन और प्रतिवाद किया। उस जलयान पर ही कुछ भारतीय···हिंदुस्थान वापस लौट रहे थे, उनके तथा प्रमुख···प्रयासों का आधार प्राप्त हुआ और आखिर हमें उस पिंजरे के सामने आधे हिस्से में, परंतु उन पागलों से थोड़ा अलग रखा गया।

परंतु हवा नहीं मिल रही थी। तपेदिक के अन्य रोगी, चोर, डाकू आदि दंडितों को भी उसी जलयान से हिंदुस्थान भेजा जा रहा था। परंतु उन्हें उस उच्चतम 'डेक' पर रखा गया था, ताकि वे खुली हवा का सेवन कर सकें। परंतु बाबा को ? उस निम्नतर तल पर पिंजरे में, जहाँ हवा का नामोनिशान तक नहीं था। वे तपेदिक के रोगी, शरीर में ज्वर! मुझे भी नित्य 'ब्रांकाइटिस' के श्वासावरोध की व्यथा ने जकड़ लिया था।

तब हवा के लिए—कम-से-कम साँस लेने के लिए वायु मिले—इसलिए आवेदन करना पड़ा।

दूसरे दिन से ऊपर से औजारों की एक बड़ी सी थैली लटकती रखकर नीचे के उस तलघर में दिन में थोड़ी-बहुत एक-दो बार हवा छोड़ी जाती। बाद में आधा घंटा डेक पर एक जगह पहरे में बैठने की अनुमति मिल गई।

जलयान के यात्री तथा अधिकारी चोरी-छिपे नीचे उस तल के निकट आकर मिलते। उनमें जो भारतीय लोग थे, वे भी आदर करते। एक शिक्षित ऐंग्लो-इंडियन गृहस्थ ने हमारी मित्रता के लिए बार-बार अभिमान का प्रदर्शन करके हमें 'थॉमस एकेमपिस' जो हमारा प्रिय ग्रंथ था, की एक सुंदर प्रति यादगार के रूप में भेंट की। ये लोग छिपाकर उत्तम भोजन भी भेजते तथापि सोडा वाटर, बर्फ, मिठाई आदि उपहार हम बार-बार वापस लौटाते। कई लोग बलपूर्वक पैसे देने का प्रयास करते। 'हम उधर जाते ही कारागार में बंद होंगे, अतः यह नहीं चाहिए' कहते हुए हम वे उपहार साभार वापस लौटाते, मिठाई मिलने पर हम अपने उन पड़ोसी पागल कष्टभोगियों में बाँट देते।

रात के समय बाबा अपना इतिवृत्त कथन करते। बैरिस्टर की परीक्षा देने सन् १९०६ में जब मैं विलायत गया, तब से बाबा और मेरी आराम से तो क्या, शांत स्वतंत्रता में चार बातें एकांत में हो सकें—ऐसी भेंट आज चौदह वर्षों बाद हुई थी।* तब मेरे पीछे 'अभिनव भारत' का आंदोलन किस प्रकार बढ़ता गया, कौन-कौन···बाबा कैसे पकड़े गए, कारागृह में पूछताछ करने के लिए उनपर कहाँ और कितने अमानुषिक अत्याचार किए गए, फिर भी एक भी शब्द किस तरह उनके मुँह से नहीं निकला—अंत में वे किस तरह मूर्च्छित हो गए···आदि रोमांचकारी वृत्त उन्होंने सुनाए और मैंने सुने।

अंदमान स्थित हमारे प्रिय मित्रों की, जो पीछे छूट गए थे, स्मृति बीच में ही बेचैन करती और जी चाहता—ऐसे ही अंदमान वापस जाएँ और उनसे मिलें।

---

* ५ मई, १९२१

चौथे या पाँचवें दिन जब हमें आधा घंटा डेक पर उन्मुक्त वायु में ले जाया गया तब सामने किनारा दिखाई देने लगा। मुझे पड़ोसी ने बताया—देखो, हिंदुस्थान का किनारा दिख रहा है। मैं चौंका। हिंदुस्थान का तट! जिस प्रिय मातृभूमि की केवल स्मृति से प्रस्फूर्त होकर आज तक ये अनंत यातनाएँ झेलीं, उसकी वह साक्षात् मूर्ति। उन चरणों का पुनर्दर्शन—इसी जन्म में। मैंने मुड़कर बाबा से कहा, ''बाबा, वह देखो भारत! वह देखो उसका नील सागर-जल धौत चरण तल!''

हम दोनों भी भक्तिभाव से रोमांचित हो उठे और उस मातृभूमि के पावन चरणों के सामने हमारे मुँह से ये उद्गार फूटे, ''स्वातंत्र्य लक्ष्मी की जय! वंदे मातरम्!''

□

प्रकरण–१२

दुर्दिनों की पुनरावृत्ति

अंदमान के जहाज से उतरकर कलकत्ता में पाँव रखते ही हमें अलीपुर के कारागृह में पहुँचाकर एक कोठरी में ठूँस दिया गया। उस दिन प्रात:काल अंदमान से निकलते समय जो भय लग रहा था वह सत्य सिद्ध हुआ, क्योंकि बाबा को मुझसे अलग किया गया। हम दोनों अपने-अपने टाट के बिछौने बगल में दबाकर हाथ में 'थाली पाटे' लिये, चोरों जैसे, साथ के सिपाहियों के नेत्र संकेतानुसार चल रहे थे। इतने में सिपाही ने बाबा को एक अत्यंत सँकरे गलियारे की ओर मुड़ने के लिए कहा और हमें साथ लेते हुए वह अन्यत्र चलने लगा। मेरे बाबा बिछुड़ गए।*

उनकी वह राजयक्ष्मा से भरपूर खाँसी मुझे तब तक सुनाई देती रही थी जब तक वे भारी बिछौना जैसे-तैसे बगल में दबाए, काले कंबल का कोट पहने कराहते-खाँसते दूर नहीं निकल गए। मन में सोचा, अब इनका क्या होगा? उस सँकरे गलियारे से वे मुझे छोड़कर नहीं अपितु ऐसा लगा कि कदाचित् मुझे छोड़कर मृत्यु के गलियारे की ओर मुड़ रहे हैं। कदाचित् उनका यह अंतिम दर्शन हो।

मैंने पुन: एक बार पीछे मुड़कर देखा और मन में आक्रोश लिये ऊपर से मैं चुपचाप आगे बढ़ा और एक इमारत की···जो मेरे लिए निर्जन की गई थी, एक कोठरी में मुझे बंद कर दिया गया। मन भयानक बेचैनी फैल गई।

मुझ पर पहरा देनेवाले सिपाहियों के साथ एक वॉर्डर भी आता था। वह चौदह वर्ष कालेपानी का दंड होने के बाद भी तीन-एक वर्षों में ही वॉर्डर होकर सापेक्षत: कितनी स्वच्छंदतापूर्वक घूम रहा था और करीब चौदह वर्ष लगभग कोठरी में बंद रहने के बावजूद मुझ पर कड़े पहरे तथा कारागारीय अत्याचार, यंत्रणाओं का आवरण रत्ती

* बाबाराव को वहाँ से बीजापुर, उसके पश्चात् साबरमती के बंदीगृह में रखा गया। सितंबर १९२२ में वहाँ से वे बरी किए गए। १६ मार्च, १९४५ को सांगली में उनका देहांत हो गया। 'क्रांतिवीर बाबाराव सावरकर' चरित्र ग्रंथ प्रकाशित है।

भर भी शिथिल नहीं हुआ और मुझे अधिक ही दबोचा जा रहा था।

जी बहलाने के लिए मैं लोहे की सलाखों को पकड़कर खड़ा था। साँझ ढल गई थी और अँधेरा छा रहा था। एक सिपाही धीमे स्वर में कुछ बोलने लगा। उस समय राजनीति से संबंधित मूर्खता कितनी फैल गई थी, इसका आंशिक अनुभव उसके संभाषण की एक बात से हुआ। कलकत्ता तथा अन्य राजनीतिक आंदोलनों से संबंधित अपनी अज्ञ भावनाएँ व्यक्त करते-करते उसने कहा, "अब एक-दो महीनों में स्वराज्य प्राप्त होगा, क्योंकि गांधी नामक कोई महाबली योग साधना से लड़ने लगा है। अंग्रेजों की उसके आगे एक नहीं चलती, क्योंकि गोली उसे लगती नहीं और कारागृह में ठूँसने पर वह जादू से कोठरी से अदृश्य हो जाता है और पुनश्च बाहर खड़ा पाया जाता है। हाँ, कई बार यह चमत्कार हुआ है!"

महात्माजी को कई बार छुटपुट दंड हुआ था और बंद होना पड़ा था। दंड का समय पूरा होते ही कई बार उन्हें मुक्त किया गया। इस समाचार का उसके मस्तिष्क में और उसके जैसे शताधिक अज्ञ लोगों के मस्तिष्क में विकृत प्रतिबिंब बना। मैंने हँसते हुए कहा, "यह एक तरह से सही है कि मन में आते ही वे बंदीशाला के बाहर खड़े दिखाई देते हैं। परंतु इसमें स्मरण केवल इतना रखना है कि वे उसी दिन कोठरी से अदृश्य होकर बाहर खड़े रहना चाहते हैं, जिस दिन वे सरकारी दंड से स्वतंत्र होनेवाले होते हैं; और योगबल से स्वराज्य-प्राप्ति के विषय में पूछेंगे तो…"

पड़ोस की कोठरी में बाद में एक चीनी युवक लाया गया, जिसे कोकीन बेचने पर दंड हो गया था। दो दिनों के पश्चात् बरी होना है, इसलिए वह नाचता, कूदता, गाता रहता है, बहुत धमाचौकड़ी मचाता है। यह सुनकर कि दो दिनों में मुक्त होना है—नाचने-गाने का सौभाग्य हमें…ना ना, यह आशा ही नहीं करनी चाहिए।

वह चीनी युवक सनयातसेन का नाम जानता था। संभाषण के दौरान यह भी उजागर हो गया कि वह हमारे नाम से सुपरिचित है। यह ज्ञात होने पर कि मैं वही हूँ, उसे विश्वास नहीं हो रहा था। जिसे मैं इतना महान् पुरुष मानता था, वह भला इस बालिश्त भर की कोठरी में कैसे समा गया! महान् पुरुषों से संबंधित जो एक विराट् धारणा उसके जैसे लोगों की होती है, उसे उस महापुरुष के प्रत्यक्ष दर्शन से जो साधारण मनुष्य के समान ही दिखाई देता है, इसी तरह का धक्का लगता है। उसने मुझसे पूछा, "क्या आपको गोली लगती है?" मैंने कहा, "हाँ, लगनी तो चाहिए।" तब वह बेचारा बहुत निराश हो गया।

एक सिपाही ने पूछा, "आप कितने दिन और रात समुद्र में तैरते रहे थे?" अर्थात् मार्सेलिस में? हमने कहा, "कैसे दिन-रात! बस, दस मिनट भी नहीं तैरा कि किनारा आ गया।" यह अप्रत्याशित उत्तर सुनते ही उसके अकुलप्रिय आदर ने लक्षणीय

झटका खाया। यदि हम डींग हाँकते हुए असत्य कहते तो भी एक बार क्षम्य समझा जाता और वह इतना जोरदार झटका नहीं खाता। कुछ देर के लिए वह तमतमा सा गया। मार्सेलिस से संबंधित वास्तविक जानकारी देने की आदत से इस प्रकार के कितने ही भोले-भाले मित्रों के आदर से हमें वंचित होना पड़ा।

समाचार की भावांजलि

कलकत्ता से आठ दिनों में हमारी रवानगी हो गई—प्रथम यह नहीं पता चला कि किस कारागार में। रेल में फल और समाचार-पत्र प्रत्येक स्टेशन पर लोग देते जाते। लोगों के झुंड-के-झुंड जमा होकर ताक-झाँक करने का प्रयास करते। इससे हमें विश्वास हो गया कि हम कलकत्ता से निकल चुके हैं—यह समाचार किसी ने तत्काल तार द्वारा आगे भेजा होगा। नागपुर से आगे या कहीं पर आते ही इससे संबंधित सूचना कि हमें अंदमान से वापस हिंदुस्थान लाया गया है—आनंद-प्रदर्शक बड़े-बड़े अक्षरों में छपे शीर्षकों और लेखों से भरे समाचार-पत्र दिखाई दिए। हमारी पीछे की सीट पर एक सज्जन इसी तरह एक पत्र खोलकर इस तरह पढ़ते रहे कि हम भी उसे देख सकें। मराठी भाषा—हमारे साथ आ रहे ऐंग्लो-इंडियन अधिकारी के कुछ पल्ले नहीं पड़ रही थी। उन पत्रों से यह दिखाई दिया कि साधारण धारणा के अनुसार हमें एक सप्ताह में बरी किया जाएगा। परंतु वास्तविक मामला हमें ज्ञात था। वह सज्जन मात्र सहानुभूति के लिए उस ट्रेन से यात्रा कर रहे थे और उस अधिकारी से बचकर यथासंभव सहायता कर रहे थे। वह जोर-जोर से समाचार पढ़ता और हम सुनते।

बारह वर्ष बाद नासिक आया

हमारे उन पहरेदार अधिकारियों ने हमें जरा भी कष्ट न देते हुए हमसे उचित व्यवहार किया और हम बंबई पहुँच गए। राह में नासिक स्टेशन पर भरी रात गाड़ी आते ही 'नासिक, नासिक, नासिक' की ध्वनि उभरी। परंतु हमारी बोगी की खिड़कियाँ पहले से ही बंद करके उस ऐंग्लो-इंडियन अधिकारी ने मुझसे बीच में बैठने के लिए कहा था। निकटवर्ती डिब्बे के सामने कुछ लोग आकर बैठ गए। परंतु उस नासिक से हमारी ट्रेन छूटे आज बारह वर्ष बीत चुके थे। एक नई पीढ़ी पनप रही थी। लंबी साधना के पश्चात् उस स्टेशन पर इस जीवन की गाड़ी लौटकर आई। वहाँ अब कौन पहचान का होगा। परंतु फिर भी 'नासिक, नासिक' की ध्वनि सुनकर चित्त में कैसी-कैसी तरंगें हिलोरें लेने लगी थीं! उस स्टेशन पर संपन्न हुए अनेक पान-सुपारी समारोह, कॉलेज यात्रा के वे चिबड़े, तरबूजे। विलायत जाते समय आस-पास घिरे हुए मित्रमंडल के अश्रुसिक्त मुखमंडल—स्वतंत्रता लक्ष्मी के वे जयघोष—हथकड़ियों तथा फाँसी में बदले उनके

चित्र! इसी तरह के चित्र, चलचित्र मन:पटल पर अन्यमनस्क त्वरा से सतत आते रहे।

इधर-उधर न देखने देते हुए बंबई से जलयान पर सवार कराया गया। यात्रा समाप्त होते ही अंत में रात के दस-बारह बजे एक कारागार में ले जाकर हमें बंद किया गया। वह कारागृह रत्नागिरि की बंदीशाला थी। अब इसके आगे हमारे कारावास की जानकारी यथाक्रम एवं यथाप्रमाण विस्तारपूर्वक देना परिस्थितिवश असंभव है। प्रमुख कारण यह कि वह इसी क्षेत्र के कारागृह से संबंधित है तथा सर्वथा वर्तमान कालीन है। तदनुषंगिक अन्य कारण प्रकट ही हैं। अत: वर्तमान स्थिति में यथासंभव संक्षेप में रूपरेखा देते हुए ही यह वृत्तांत समाप्त करते हैं।

रत्नागिरि कारागार

रत्नागिरि के कारागार में प्रथम दो-तीन सप्ताह अत्यंत दुस्सह प्रतीत हुए। अंदमान में हमें भोजन के समय दूध और सुपक्व अन्न मिलने लगने से हमारी पाचनशक्ति वहाँ तनिक सुधर गई थी कि हम अभी एक जानलेवा बीमारी से उठे भी नहीं थे कि रत्नागिरि में आते ही दूध के वे चार घूँट भी बंद हो गए और पुन: कारागृह की उन मोटी-मोटी रोटियों से पाला पड़ गया। अंदमान में दो-चार वर्ष इस नि:सत्त्व भोजन के कारण हम किस तरह मरणासन्न हो गए थे और वहाँ के श्रेष्ठ-से-श्रेष्ठ वैद्यकीय अधिकारियों ने हमें दूध तथा विशेष भोजन देने की व्यवस्था किस तरह कराई थी, यह सारी रामकहानी यहाँ सुनाई, परंतु सब व्यर्थ; यहाँ हमें सर्वथा एकतरफा, एक भी मनुष्य को पास न फटकने देते हुए एक कोठरी में बंद किया गया। दस वर्ष दंड भुगतने पर अंदमान में जो थोड़ी-बहुत सुविधाएँ प्राप्त थीं—पूरे शरीर को ढाँपने योग्य वस्त्र, देह-श्रम से मुक्ति, लिखने का काम, ग्रंथ लेखनार्थ कागज-पेंसिल, दस जनों में उठने-बैठने की स्वतंत्रता, वे सारी सुविधाएँ बंद कर दी गईं और पुन: दंड लग गया, अत: पहले दिन मिला हुआ वही कुरता, वही पचास वर्षीय बंदी का 'सन् १९६० में मुक्ति' लिखा हुआ सीसे का बिल्ला, वही निर्जन एकांत कोठरी—इतना सारा परिवर्तन हो गया जो अत्यंत दुस्सह था। ऐसा प्रतीत हुआ कि सारा दंड पुन: शुरू से भुगतना है।

बाबा का कोई समाचार नहीं मिल रहा था। अंदमान स्थित हमारे इष्ट मित्रों की स्मृति से भी मन छटपटाने लगा। सूत कताई का काम दिया गया, परंतु अभ्यास न होने के कारण वह पूरा नहीं हो रहा था। पुस्तक भी पढ़ने को नहीं मिल रही थी। समय बिताना दूभर हो गया।

आत्मघात का अंतिम झटका

आश्चर्य होगा, परंतु हर पल अधिक दुष्कर लगने लगा। बारह वर्षों से नहीं, जब

मैं विलायत गया तभी से अघटित, असहनीय संकटों और यातनाओं का तनाव सहते-सहते क्षीण बने ज्ञानतंतु इस नए तनाव से कहीं टूट तो नहीं जाएँगे, ऐसा लगने लगा। एक दिन उद्वेग इतना बढ़ गया कि विवेक भी जाता रहा। अब और कितने दिन सहना है। नहीं चाहिए यह जीवन! अब अधिक सड़ते रहने से कुछ लाभ नहीं। मैं उठ गया। उस कोठरी में भी ऊपर दीवार में खिड़की थी, जैसे अंदमान में थी। वहाँ तक हाथ कैसे पहुँचेंगे और अपने जीवन का तंतु उसकी सलाखों से बाँधकर तानते हुए उसे कैसे तोड़ना है, यह योजना बनाई। मन में भयानक विषण्णता का गहरा अँधेरा फैल गया, जो पल-पल अधिकाधिक स्याह होता जा रहा था।

रत्नागिरि के कारागृह में ही—मैं लिख रहा हूँ। वहाँ से कुछ ही दूर स्थित रत्नागिरि के दूर कारागृह से ही अपने आजन्म कारावास के पूरे चौदह वर्षों में जो दो अत्यधिक असहनीय दुःख के क्षण बीते, उनमें से एक और अंतिम क्षण उस घनघोर तमस में बीता।

परंतु तब दिन था, अतः रात की प्रतीक्षा करनी पड़ी। इतने में मन की स्थिरता धीरे-धीरे पुनः प्रस्थापित होने लगी—'अंदमान में इंदुभूषण से लेकर प्रो. परमानंद तक जो अनेक बंगाली, पंजाबी, सिख आदि देशभक्त यातनाओं से ऊबकर आत्मघातार्थ प्रवृत्त हो गए, और जिस कारण से तुमने उन्हें उस कृत्य से परावृत्त किया, उसी कारण से तुम भी परावृत्त हो जाओ। मरना ही है तो सौ के लिए सौ रुपए लेकर।'

रात्रि में पुनः एक बार जीवन की इतिकर्तव्यता की रूपरेखा सुस्पष्ट रूप से आँकने के लिए एकाग्र होकर बैठ गया। नित्य नियमानुसार मन सुप्त सम निश्चल होने तक चित्तवृत्ति का निरोध करता हुआ चुपचाप बैठा रहा। फिर शनैः-शनैः जीवन का त्रिकालाबाधित ध्येय, उससे अनुप्राप्त होनेवाला काल-देश-पात्र से मर्यादित उपध्येय, उसके अनुषंग से निश्चित प्रधान कर्तव्य और तदनुकूल अपरिहार्य बना तात्कालिक जीवन-क्रम, इस सबका विवेचन करके देखा।

असहनीय दुःख सहना ही होगा

उस असह्य को सहना ही उस अवस्था में श्रेष्ठतम कार्य था। उसे संपन्न करके अन्य भी जो साध्य हो, वह करते रहना।

पुनः निश्चय। दूसरे दिन से इसी तरह के निर्जन एकांत में कविता का वह टूटा सूत्र, जिसकी रचना पीछे कुछ काल पूर्व तक कर रहा था—पुनः हाथ में ले लिया और उस काल से जब मैं विलायत में पकड़ा गया, रत्नागिरि के आगमन तक अपने कारावास की कठोर कथा को मन-ही-मन रचना आरंभ किया। मन-ही-मन सोचते हुए जैसे कागज पर लिखते हैं—ग्रंथ के विभाग, प्रकरण तथा प्रमुख घटनाएँ क्रमवार कंठस्थ कीं।

उन्हें कैसे व्यक्त किया जाए, यह सब—फुटकर, छिटपुट बातें भी यथासंभव स्मरण करते-करते मन को उसका एक-एक पन्ना पढ़कर दिखाया। आगे प्रसंग सिद्ध करके क्या करता? आस-पास लाल ईंटों के टुकड़ों आदि से प्रमुख विषय-वस्तु की टिप्पणियाँ, जो मन को समझ में आएँगी, दीवारों पर···खोदकर, रंग चढ़ाकर रखीं। दो-तीन महीनों से यह कार्य तेजी से चल रहा था।

उन्हीं शिलालेखों पर लिखी टिप्पणियों तथा स्मृति-चित्रों का, वर्तमान प्रकाशित ग्रंथ 'आजन्म कारावास' एक विस्तृत कागजी संस्करण है।

उन दो-तीन महीनों में धीरे-धीरे मेरी स्थिति में परिवर्तन आने लगा। भोजन में सुधार आ गया। बीच में कलकत्ता के 'कैपिटल' समाचार-पत्र ने छापा था कि एमडन के जर्मन षड्यंत्र से मेरी साँठ-गाँठ थी, इसलिए उनपर मेरे बंधु ने अभियोग लगाया था, उसकी सूचना प्राप्त होते ही उस पत्र ने क्षमा-याचना की।* इस कांड में कुछ दिन व्यतीत हो गए। घर से कुछ उपहार भी आने लगे।

सिंध तथा अन्य प्रदेशों से अनेक असहयोगी और खिलाफती हिंदू-मुसलमान राजबंदी उसी कारागार में हमारे पीछे-पीछे आ गए। उनकी खिलाफत, हिंदू-मुसलमान एकता की, राजनीति की धारणाएँ, तात्कालिक तथा उस समय मेरे विचार की तुलना में प्रतिकूल उपदेश से कलुषित होने से उनसे क्रमशः प्रत्येक विषय पर सतत चर्चा, संवाद करने का कार्य भी धूमधाम से आरंभ करना पड़ा। थोड़े ही दिनों में अंदमान की पद्धति के अनुसार साप्ताहिक गोष्ठियाँ तथा व्याख्यानों का यहाँ भी श्रीगणेश हुआ। हम लगभग वर्ष-डेढ़ वर्ष साथ रहे। मैंने उन्हें प्रथम देखा, तब एक मित्र तो स्पष्ट रूप में चिल्लाता था, 'मालाबार में मुसलमानों ने ये अत्याचार किए ही नहीं।' दूसरे मित्र उससे भी बुलंद आवाज उठाते, 'यदि किए भी हों तो चिंता नहीं, हिंदू मुसलमान भी हो जाएँ, परंतु स्वराज्य मिलना चाहिए।' अहिंसा और सत्य की व्याख्या की प्रतिकूलता के बारे में तो पूछिए ही नहीं। एक शिक्षित राजबंदी बंधु की निम्नांकित कथा कहने से उस समय मुझे मिले असहयोग तथा खिलाफत के एक ही साँचे में ढले मेरे देशबांधवों की मनोदशा की कल्पना की जा सकती है।

राष्ट्रीय समाचार-प्राप्ति के लिए हम राजबंदी अंदमान में अनेक युक्तियों-प्रत्युक्तियों का अवलंबन करते थे। तब कभी कूड़े-करकट में अथवा बाहर काम के लिए जा रहे बंदियों की चालाकी से समाचार-पत्र का टुकड़ा हाथ लगता। हमारे असहयोगवादी मित्र उस टुकड़े को हमारी तरह ही हाथ में लेकर पढ़ते। दो-तीन बार बहुत ही लापरवाही के साथ खुले आँगन में वह टुकड़ा पढ़ते देखकर दूसरे राजबंदी ने उससे कहा, ''ऐसा मत करना, भाई! अन्यथा समाचार-पत्र पढ़ने पर पाबंदी होने के

---

* २८ मई, १९२१

कारण उस साधन की, जिससे यह टुकड़ा मिलता है, बात फैल जाएगी, तब फिर हमें समाचार नहीं मिलेंगे।" परंतु उस सज्जन ने तमतमाते हुए कहा, "अर्थात्? क्या मैं इसे चोरी-छिपे पढ़ूँ? मैं असहयोगी हूँ। जो गुप्त, वह खोटा—यह आचरण मैं कभी नहीं करूँगा।" अधिक विवाद न करते हुए लोगों ने उन्हें इस तरह का कोई टुकड़ा देना ही बंद कर दिया। तब लाल-पीले होकर उन्होंने धमकाया, "जिस तरह बंदियों की टोलियाँ चोरी-चोरी तंबाकू ले जाती हैं, उसी तरह एकाध दूसरा कागज भी गुप्त रूप से लाते हैं, उनका नाम मैं कल अधिकारियों को बताऊँगा, क्योंकि सत्य छिपाना घोर पाप है।"

मैं असहयोगी-सत्य हमारा आदर्श व्रत

लोगों ने कहा, "अजी, जब आपको यह टुकड़ा मिलता था, तब भी आप जानते थे कि यह गुप्त रूप से मिल रहा है। तो फिर भला उस समय उसे असत्य समझकर त्याज्य क्यों नहीं माना? उसपर जिसकी गुप्त सेवा स्वीकार करते हुए आपने अपनी तृष्णा का शमन किया, अब उसी का नाम प्रकट करना—राष्ट्रीय बंदी समझकर आपकी सहायता करने के बावजूद उसका नाम देना क्या विश्वासघात नहीं है? यदि यह सत्य है तो नरेंद्र गोस्वामी* भी असहयोगी होने के नाते आपको पूजनीय ही होंगे।"

इससे वह व्यक्ति दब गया। परंतु आते-जाते यही बात कहता फिरता कि गुप्त रूप से समाचार लाना पाप है, हम असहयोगवादियों का प्रमुख सिद्धांत यही है—जो आंदोलन छेड़ेंगे सरेआम छेड़ेंगे। उसमें भीरुता का अंश मात्र भी नहीं होगा।

एक दिन उसे मजा चखाने के लिए भोजन के समय राजबंदियों में से कुछ लोगों ने एक चाभी घुमाई। कारागार में जिस दिन चावल पकता, उस दिन ये महाशय रसोइए को दुलार-पुचकारकर चुपचाप उससे गेहूँ की रोटी लेकर खाते। उसी तरह चोरी-चोरी उनके रोटी खाने लगते ही एक ने झूठ-मूठ ही कहा, "अरे, देखो-देखो, पर्यवेक्षक आ रहा है।" इतना सुनने मात्र से इन महाशय ने झट से उस रोटी को टाट के नीचे छुपा दिया और संतभाव से चावल खाना प्रारंभ किया। तब सभी ठहाका लगाने लगे। सब पूछने लगे, "अजी, इस तरह रोटी छिपाना क्या भीरुता नहीं है? चोरी-चोरी रोटी खाना क्या उचित है?" फिर किसी और ने व्यंग्य-बाण छोड़ा, "अर्थात् बित्ते भर पेट के लिए रोटी के टुकड़ों की चोरी करना कुछ असहयोगी सत्यवान हरिश्चंद्रों को निषिद्ध नहीं है। और अपने राष्ट्र की स्थिति का अनुमान लगाने या उसकी सार्वजनिक हित-वृद्धि से समाचार-पत्र का टुकड़ा छिपाकर पढ़ना निषिद्ध है। पापी पेट के लिए असत्य बोलना भीरुता थोड़े ही है? भई, राष्ट्र के लिए असत्य वचन भीरुता है।"

यदि यह बात एक ही व्यक्ति की होती तो हम उसे उजागर नहीं करते, परंतु इस

* माणिकतल्ला अभियोग में क्षमा का साक्षी।

प्रकार की प्रवृत्ति तत्कालीन कई खिलाफती असहयोगियों में पाई गई। उसी मनोरंजक प्रसंग के एक अर्थपूर्ण उदाहरणस्वरूप यह कहानी कहनी पड़ी।

मालाबार की स्थिति का बोध कराने के लिए दो-तीन ऐतिहासिक भाषण दिए। हमारे उन मित्रों के संगठन के विरुद्ध जाने पर उनके सारे कुतर्कों का पर्दाफाश किया। राजनीति को लेकर तो सतत चर्चाएँ चलती ही रहती थीं।

रत्नागिरि के बंदीगृह में शुद्धि

कुछ समय बाद वहाँ भी बंबई से सिंधी अथवा पठानी, मुसलमान बंदी भेजे जाने लगे। उनके द्वारा हिंदू बालकों को भ्रष्ट करने के प्रयास हमारी दृष्टि में आने लगे। वहाँ के अधिकारी इन बातों से सर्वथा अनभिज्ञ थे। परंतु मुसलमानी बंदियों के इस नित्य के तथा सार्वत्रिक उपक्रम से हम भलीभाँति परिचित थे। अत: हमने ही इस बात पर गौर किया और वहाँ भी, जैसा हम अंदमान में करते थे, शुद्धिकरण आंदोलन छेड़ा। दो-तीन पुरबिया वयस्क हिंदुओं तथा कुछ बालकों का शुद्धिकरण किया। आवश्यकतानुसार उनको आर्थिक सहायता भी हम पहुँचाते। विवाद बढ़ने लगा। पर्यवेक्षक तक से तू-तड़ाक हो गई। रत्नागिरि के कारागार में मुसलमान, सिंधी और पठान उन्मत्त हो गए। वे अधिकारियों तथा मराठी सिपाहियों का नाकों दम करने लगे। हम एक-दूसरे के कट्टर शत्रु हो गए। उसमें भी कुछ जो हमारे निकटतम पड़ोसी ही थे, वे हमें मारपीट की धमकियाँ देने लगे। इस पीड़ा का एक उदाहरण देता हूँ।

एक दिन हिंदुओं को केवल तंग करने के उद्देश्य से मुसलमान चोर, डाकू आदि दंडितों ने, जिन्होंने कभी नमाज भी नहीं पढ़ी, तड़के और आधी रात को भी उठकर 'बाँग' देना आरंभ किया। उनके इस तरह हल्ला-गुल्ला करने से सभी की नींद टूटने लगी और बड़ा कष्ट होने लगा। अधिकारियों ने घुड़कियाँ दीं तो ये उलटे चोर कोतवाल को डाँट पिलाने लगे, 'यह हमारा धर्म है।' वरिष्ठ अधिकारियों ने भी उनके समाने हथियार डाल दिए। तब हमने अपनी रामबाण औषधि निकाली। एक-दो उस्ताद हिंदू बंदी, जो गुरूकंटाल थे, उनकी सहायता ली। उनमें से एक पोपले मुँह का व्यक्ति भी था, जो चोरियाँ करने के कारण चार-पाँच बार महादंड भुगतकर कारागृह को ही अपना घर समझता था। इन लोगों ने मुँह अँधेरे उठकर जोर-जोर से 'रामनाम' का जाप आरंभ किया। 'मुसलमान' के बाँग देने के लिए चिल्लाना शुरू करते ही इन हिंदुओं ने नहले पे दहला मारते हुए उनसे भी अधिक ऊँचे स्वर में गला फाड़-फाड़कर तुलसीदास के दोहे तथा राम-राम का उच्चारण करना शुरू किया। सिपाही के हिंदुओं को डाँटते ही हम बीच में पड़ते और कहते, 'यह क्या ? या तो सभी को जोर-जोर से प्रार्थना करने से मना करो, अन्यथा मुसलमानों की तरह इन्हें भी मन:पूत प्रार्थना करने दो। रात में मुसलमानों को

नमाज पढ़ते देखते तो हिंदू भक्त भी भजन करने लगते। मुसलमान आग-बबूला हो जाते, पर विवश थे। वे हिंदुओं की नींद खराब करते, उसी तरह हिंदू भी करने लगे। इस तरह दोनों की धूर्ततापूर्ण परस्पर काट में शेष शून्य रहा और अधिकारियों का कठोर अनुशासन भी जहाँ मुसलमानों की गुंडागर्दी बंद नहीं कर सका था, वहीं जोड़ को तोड़ हिंदू गुंडागर्दी से वह अपने आप बंद हो गया। इसी औषधि से खिलाफती समाचार संपादक मुसलमान की 'समानता' का भ्रम भी काफी हद तक उतार दिया। वह यह कहते हुए 'हिंदू ही क्यों छुएँ? मुसलमान क्या इनसान नहीं हैं?' बलपूर्वक हिंदुओं के लिए अलग रखे जल को छू लेता। मैंने उसकी युक्ति का संपूर्ण समर्थन करते हुए वहीं पर खड़े एक हिंदू मेहतर से उसी पानी के पीपे से शुद्धतापूर्वक स्वयं पानी लेने के लिए कहा। ऐसा होते ही वह 'सभी मनुष्यों को समान' माननेवाला खिलाफती मुसलमान उस मेहतर (अछूत) को डाँटने लगा और उस जल को नमाज के लिए अशुद्ध होने का दावा करते हुए अस्वीकार करने लगा। इस तरह दो-तीन बार उसकी समानता की पोल खुलने से मुसलमानों ने एक हिंदू से चुपचाप पानी लेना आरंभ किया और फिर उन्होंने जल को कभी नहीं छुआ।

रत्नागिरि कारागृह में दंगा

इस बीच उस उद्दंड पठान और कारागृह के एक मुरब्बी, लुच्चे-लफंगे सिंधी मुसलमान से अधिकारियों के ही कानून के अनुशासन को लेकर झड़प हो गई और मामला सीमा से आगे बढ़ गया। तब अंतिम परिचित उपायस्वरूप उन गुंडों ने दंगा करने का निश्चय किया। हिंदू वॉर्डर, हिंदू सिपाही, हिंदू संघटक राजबंदी—इन सभी को बुरी तरह पीटने का षड्यंत्र रचा गया। अंत में एक दिन भोजन से निपटते ही अचानक वे मुसलमान गुंडे उफनकर हिंदुओं पर टूट पड़े। हम पहले से ही कुछ हिंदू सिपाहियों को तथा हिंदू वॉर्डरों को चेतावनी दे रहे थे। अत: उस अप्रत्याशित आक्रमण का हिंदुओं ने भी डटकर सामना किया। कई हिंदू लहूलुहान हो गए। कई मुसलमान गुंडों की रुई की तरह धुनाई की गई। वे हो-हल्ला करते, चीखते-चिल्लाते और मारपीट करते हमपर आक्रमण करने बंदीगृह के अंतर्विभाग में घुसने का प्रयास कर रहे थे। हम भी तैयार एवं सावधानी के साथ कोठरी के बाहर निकलकर हिंदुओं को आत्मरक्षार्थ लड़ने के लिए प्रोत्साहित कर रहे थे। इतने में भय-सूचक घंटा घनघनाने लगा। जिधर देखो उधर मारो, पीटो! हथियारबंद पुलिस के साथ पर्यवेक्षक भी आ धमके। गोलियाँ चलाने के लिए धमकाया गया। तब मुसलमान गुंडों के छक्के छूट गए। वे पकड़े गए। अधिकतर लहू से लथपथ हो गए थे। अभियोग चले। गुंडों को दंड मिला। जिन हिंदू वॉर्डरों ने अपनी तथा अन्य हिंदुओं की रक्षा की थी तथा कानून के पक्ष का समर्थन किया था, उन्हें प्रमाण-पत्र प्रदान किए गए।

इस पूरे कांड से जो हिंदू शुद्धिकरण आंदोलन छेड़ने के कारण हमें 'धर्मभ्रष्ट' कहा करते थे, वे भी शुद्धिकरण के पक्ष में हो गए और थोड़े ही दिनों में जब एक जन्म से मुसलमान को शुद्ध किया तब मुसलमानों को हम पर अभियोग लगाना पड़ा। सदा की तरह सतर्क चर्चा होते-होते अंत में यह निर्णय हुआ कि इससे आगे कारागार में किसी के भी धर्मांतरण पर रोक लगाई जाए। इस तरह हिंदुओं का धर्म भ्रष्ट करने का व्यवसाय ठप हो गया। हम पर आक्रमण करने की घात में बैठे धर्मांध मुसलमानों पर हम अंत तक सावधानी से दृष्टि रखते थे। इससे पूर्व जिन राजबंदियों ने खिलाफत आंदोलन में स्वयं पैसे देकर प्रचार के प्रयास किए थे, उनकी भी इन आंदोलनों और मामलों से आँखें खुल गईं और वे हिंदू संगठन के कट्टर समर्थक बन गए। यही नहीं, संगठन की दूरबीन से देखने के आदी होते ही उनकी राजनीति का भी प्रतियोगी नीति में परिवर्तन हो गया। वहाँ से बरी होने के बाद वे अपने-अपने राज्यों में जीवट वृत्ति के साथ हिंदू संगठन का समर्थन करने लगे थे।

बंदियों में शिक्षा-आंदोलन

अंदमान की तरह रत्नागिरि के कारागार में भी शिक्षा का आंदोलन जोर-शोर के साथ चलाया। कइयों को स्वयं पढ़ाया। अपनी जेब के खर्च से पुरस्कार देकर पुस्तक पढ़ने में रुचि पैदा की। ग्रंथालय में पुस्तकें नहीं थीं। आवेदन-पर-आवेदन भेजकर, बंबई सरकार से पत्र-व्यवहार करके पाँच सौ रुपए तक की नई पुस्तकें मँगवाईं। स्वयं टिप्पणी करके दीं। पर्यवेक्षक तथा शिक्षा विभाग के प्रमुख से सहमति मिलते ही वे मँगवाई गईं। बंदियों की पढ़ने में रुचि इतनी बढ़ गई कि उससे डेढ़ वर्ष में कारागारीय झगड़ों की संख्या में इतनी कमी आई कि कारागार के प्रतिवेदन में अधिकारियों को इसका उल्लेख करना अनिवार्य हो गया। लिखा कि इसका कारण शिक्षा के प्रति बढ़ी अभिरुचि है।

मुसलमानों के ईद आदि त्योहारों पर उन्हें सार्वजनिक प्रार्थना करने में किसी ने आपत्ति नहीं की। मौलवी भी आते, ईसाइयों को भी सुविधा मिलती, परंतु हिंदुओं को नहीं। अतः राजबंदियों ने प्रयास करके बंबई सरकार से हिंदुओं के लिए भी जन्माष्टमी के दिन कथा करने की अनुमति प्राप्त की। उपवास-व्रत के समय फलाहार देने की परिपाटी डाली गई। हरिकथा सार्वजनिक रूप से की गई।

कारागार में राजबंदियों के प्रयासों से अन्य अवस्थाओं में भी बहुत सुधार हुए। उदाहरणार्थ—वहाँ के शौचालय की घिनौनी पद्धति को ही लें। छह-सात लोग एक साथ, एक पंक्ति में उन शौच कूपों में बैठते। बीच में परदा आदि कुछ नहीं। कूपों के ऊपर छप्पर तक नहीं और इतने निकट कि बिलकुल सटी हुई अवस्था में सभी को बैठना पड़ता। साथ में पानी नहीं ले जा सकते, इसलिए सभी को वैसे ही उठकर दूर नल

पर शरीर धोना पड़ता। इस तरह की बेहूदा और गंदगी भरी असुविधाएँ राजबंदी लोगों के आंदोलन से बहुतांश में दूर हो गईं और भोजन में सुधार आ गया। काम की यातनाएँ कम हो गईं और उसके योग से विधिक अनुशासन कम न होते हुए बंदियों का आचरण सुघड़ एवं अनुशासनबद्ध हो गया।

तीन पुस्तकें प्रकाशित

हमारा एक और अधूरा कार्य रत्नागिरि बंदीगृह में रहते हुए आंशिक रूप में पूर्णता की ओर बढ़ रहा था। अंदमान में जब अन्य कोई भी प्रत्यक्ष राष्ट्रकार्य करना असंभव प्रतीत होने लगा तब हमने पाठकों को स्मरण होगा कि मन-ही-मन एक काव्य की रचना करने का निश्चय किया था। आगे अनेक प्रत्यक्ष कार्य करने का अवसर मिलता गया और काव्य संकल्प पीछे छूट गया। रत्नागिरि में बंदीवान होते समय अंदमान में विरचित खंड कविताएँ—जो एक काव्यानुबंध में पिरोई जानेवाली थीं—हमने पूर्ण कीं। पहले पूरी की गई कविताएँ हमने संकलित कीं और हिंदू संगठनार्थ उस अत्यावश्यक कार्य की नींव 'हिंदू' शब्द की व्याख्या, उसका निश्चित रूप आँकने के लिए 'हिंदुत्व' शीर्षक ग्रंथ की रचना की। अंदमान से हमने अपना ढेर सारा साहित्य घर भेजा ही था। उन सभी कविताओं में से चुन-चुनकर हमारे बंधु ने 'कमला', 'सप्तर्षि' तथा 'गोमांतक'[१] शीर्षक काव्य प्रकाशित किए। वे प्रथमतः अन्य नामों से प्रकाशित किए गए। चौथी 'विरहोच्छ्वास' आदि फुटकर कविताओं की पुस्तक भी छप गई थी। परंतु हमारी अनुपस्थितिवश उसमें इतनी मुद्रण त्रुटियाँ रह गईं कि उस अशुद्ध पुस्तक का प्रकाशन बंद करना पड़ा और प्रकाशित संस्करण को भी फेंकना पड़ा। 'कमला', 'गोमांतक' और 'महासागर'—ये खंड काव्य जिस प्रथम संकल्पित महाकाव्य के उपांग स्वरूप निर्माण किए गए थे, वे उपांग जीवित रहे। परंतु उस मुख्य देहलता का अभी तक जन्म भी नहीं हुआ, जिसके ये उपांग थे। ऐसा ही है—प्रयासों का ऐसा भी होता है—कुछ सफल तो कुछ असफल होते ही हैं।

इस ग्रंथ के पीछे-पीछे ही 'हिंदुत्व'[२] नामक हमारा अंग्रेजी में लिखा ग्रंथ हमारे स्नेही श्री केलकर (नागपुर) ने प्रकाशित किया।

रत्नागिरि के कारागृह में स्वयं की पुस्तक भी नहीं मिलती थी। बाद में स्वामी रामदास मिल गए। उनके ग्रंथ से—विशेषतः 'दासबोध' तथा 'स्फुट अभंग'[३] से बाल्यकाल

---

१. सावरकर समग्र साहित्य, खंड-७ में ये सारे काव्य संकलित हैं।

२. सावरकर समग्र साहित्य, खंड-६ में यह ग्रंथ समाविष्ट है।

३. अभंग—चार चरणोंवाला मराठी का एकमात्रा वृत्त। इसके प्रत्येक चरण में तीन से लेकर आठ अक्षर तक होते हैं।

से ही गहरा परिचय था। अन्य कोई पुस्तक भी नहीं थी। अतः उसको बार-बार पढ़ा। आगे और पुस्तकें भी मिलने लगीं और लेखन साहित्य भी उपलब्ध होता गया। फिर पढ़ना-लिखना आरंभ किया। 'पृथ्वीराजरासो', 'भविष्य पुराण', 'वैदिक इंडिया' (दास) आदि अनेक बड़े-बड़े ग्रंथ आद्यंत पढ़ लिये।

बाबा कारामुक्त

एक दिवस ऐसे ही किसी से समाचार पूछने चला गया, तब ज्ञात हुआ कि बाबा अत्यंत चिंताजनक स्थिति में हैं। कलकत्ता के उस गलियारे से उन्हें दूर ले जाने के पश्चात् उनको बीजापुर के बंदीगृह में बंद किया गया। उनसे मिलने मेरे अनुज डॉ. सावरकर गए थे। तब उन्हें कहा गया कि खादी का वेश बदलें तो भीतर आ सकते हैं।

हमारे अनुज ने वह अपमानजनक शर्त नहीं मानी और आंदोलन करते हुए गवर्नर तक बात पहुँचाकर वह शर्त तुड़वाई। आखिर खादी के वेश में ही उन्हें कारागृह में बाबा से मिलने दिया गया। बीजापुर में बाबा को बहुत यातनाएँ सहनी पड़ीं। एक निर्जन, वीरान एवं भयानक कोठरी में, जिसकी कल्पना भी नहीं की जा सकती, उन्हें अकेले रखा गया। आगे चलकर हमने सुना, इसी कारागृह में एक राजबंदी पागल हो गया था। इस कोठरी का बाबा के मन पर बहुत घातक प्रभाव होने लगा। आगे उन्हें अहमदाबाद[१] ले जाया गया। वहाँ एकांतवास की क्रूर यंत्रणाएँ काफी कम हो गईं। परंतु सीमा से अधिक बढ़ते उनके तपेदिक की इतनी सी भी चिंता किसी ने नहीं की। आखिर उनकी अत्यधिक श्रम-सहिष्णु देह की सहनशक्ति को भी हार माननी पड़ी। वे इस विषम स्थिति में बंदीगृह के रुग्णालय में पड़े रहे। एक राजबंदी के साहस से यह समाचार बाहर प्रकट होकर समाचार-पत्र में प्रकाशित हो गया।

हमारे अनुज मिलने गए[२] तो बाबा लगभग आसन्न-मरणावस्था में! परंतु उनका धैर्य, साहस मेरु के समान अचल!

मुझे यह समाचार मिलते ही, मैं सोचने लगा कि अब बाबा हाथ से निकल जाएँगे। वैसे हम सभी जानेवाले, गमनशील यात्री हैं। जीवन तो दो दिन की धर्मशाला है। परंतु बाबा आजन्म दूसरों के लिए कष्ट सहते, घिसते रहे और आज पास में स्नेह से मुख में जल की बूँद डालनेवाला भी कोई नहीं। अंत में कारागृह ने उन्हें जो लीला तो लीला।

हाय! हाय! बाबा को···आखिर मार डाला, यंत्रणाएँ, अत्याचार देकर इन्होंने···! जान भी सौ गुना ली। क्रोध से उफनता मैं मसमसाता रहा! दुःखावेग से पल भर के लिए साँस लेना भी कठिन हो गया। ऐसी मनोदशा में, विकल मन होते ही परिपाटी के

१. जनवरी १९२२

२. जुलाई १९२२

अनुसार स्थिरासन में शांत बैठा रहा। चित्त को यथासंभव सुस्थिर किया और फिर अपने आपसे पूछा, इस तरह जलने-भुनने से क्या लाभ? बाबा यंत्रणाओं का शिकार हुए। प्राय: उनकी बलि···उसने ली। आगे क्या?···आगे शोक नहीं प्रतिशोध!

किसी भी तरह से···और मुक्त होते ही···बस! बाबा की मृत्यु का···। इसके पश्चात् उनका श्राद्ध करूँगा। फिर अन्य देशभक्तों के श्राद्ध भी लोग इसी तरह करने लगेंगे।[१] यह निश्चय मन में स्थिर हो गया। छटपटाहट शांत हो गई।

थोड़े ही दिनों में समाचार मिला—बाबा बरी हो गए। मन बाँसों उछलने लगा। चलो मुक्ति तो मिल गई। परंतु अवस्था इतनी विकट कि मूर्च्छित अवस्था में उन्हें घर लाना पड़ा। फिर भी चिंता नहीं। श्मशान का खर्च बचाने के लिए ही सही, उन्हें बरी तो किया। किंतु श्मशान का व्यय करने का संतोष भी कहाँ हमारे परिवार की झोली में पड़नेवाला था? वह भी एक संदेह ही था। उससे भली—यह मुक्ति—मुक्ति नहीं, बल्कि बाबा का पुनर्जन्म हो गया था। ईश्वर की कृपा तथा देश के सौभाग्यवश उस देशभक्त का स्वास्थ्य भी धीरे-धीरे सुधर रहा था। देश भर में प्रसन्नता की लहर दौड़ गई।

इस बीच—आगे-पीछे कुछ स्मरण नहीं—काकीनाडा की राष्ट्रीय सभा ने स्वयं अध्यक्ष से मेरी मुक्ति का प्रस्ताव रखवाया और सर्वसम्मति से वह पारित हो गया। अंदमान से मैंने जो राजबंदी विषयक सार्वजनिक आंदोलन छेड़ा था, राष्ट्रीय सभा का यह प्रस्ताव उसकी परिसीमा थी। मेरे तथा उस उदाहरण के फलस्वरूप अन्य सभी क्रांतिकारी राजबंदियों की मुक्ति के लिए राष्ट्र आंदोलन करे, वह इस उद्देश्य से कि न केवल उनको वरन् उनके कार्य को भी राष्ट्रीय प्रतिष्ठा प्राप्त होती है। मेरे बंधु तथा सभी राष्ट्रभक्तों को, जो राजबंदियों से सहानुभूति रखते थे, उनके प्रयासों को इस प्रस्ताव से नैतिक सफलता मिल ही गई।

सन् १९२१ में हम अंदमान से रत्नागिरि आए और सन् १९२३ में हमें रत्नागिरि से यरवदा कारागृह में भेजा गया। हमें ऐसा प्रतीत हो रहा है कि सन् जाँच कर देखने के लिए समय नहीं है। आजन्म कारावास के इस समग्र वृत्तांत के संबंध में यह कह देना आवश्यक है कि निश्चित स्मरण न रहने से कालक्रम में थोड़ी-बहुत गलती होने की संभावना है। परंतु अधिक गलत नहीं है।[२]

अंदमान के सह-कष्टभोगी मित्रों से भेंट

यरवदा में यह हमारी दूसरी भेंट थी। प्रथम भेंट सन् १९१० में हुई थी और अब सन् १९२३ में यह दूसरी भेंट। उस समय यरवदा में मुलशी सत्याग्रह के राजबंदी आते-

१. 'उत्तर क्रिया' नाटक में इसी श्राद्ध की परिकल्पना है।

२. यही सत्य है। परिशिष्ट में दी हुई 'इतिहास दर्शिका' देखिए।

जाते रहते थे। उनमें से कइयों पर कोड़े बरसाए गए थे। जो थोड़े लोग पीछे बचे थे, उन्होंने हमें बताया कि उन लोगों पर वहाँ अत्याचार किए गए। इसी तरह वहाँ सिंध, धारवाड़ के अनेक असहयोगी, खिलाफती हिंदू और मुसलमान राजबंदी भी थे। हमें यह घटना अधिक आश्चर्यजनक प्रतीत होती थी कि वहाँ पर हिंदुस्थान सरकार द्वारा अंदमान से वापस लाए गए हमारे सह-कष्टभोगी मित्रों में लाहौर अभियोग के कई सिख तथा अन्य राज्यक्रांतिकारी आजन्म कारावासीय राजबंदी भी थे। हम प्रसन्नता से झूम उठे, जैसे अपने अंतरंग प्रिय संबंधियों से मिलन हो रहा है। हमारे नेत्र सावन-भादों बन गए। अंदमान में हमने साथ-साथ कष्ट झेले, दुःख भुगते थे। उनके अथवा हमारे मन में यदि पाप का संचार होता तो गुप्त षड्यंत्रों का भंडा फोड़कर अन्य बंदियों के गले में फाँसी का फंदा डलवाकर हममें से कोई भी एक दिन में ही अपने आपको मुक्त कर सकता था। परंतु इस तरह की कुमति ईश्वर ने किसी को भी नहीं दी। यातनाओं के तीव्र अंकुश हृदय में चुभते थे। परंतु उन्हें सहते हुए हठी, अड़ियल हाथियों की तरह हम क्रांतिकारी ऐसे प्रत्येक पेच में अपने-अपने मोरचे पर डटकर खड़े थे कि न एक पग आगे रखते थे न पीछे। चारों ओर से असीम अत्याचारों के तीरों की बौछार अविरत हो रही थी।

इन क्रांतिकारियों के संबंध में उन नवागत असहयोगी राजबंदियों की बड़ी विकृत धारणा बन गई थी। वे असहयोगी, जो दो या ढाई वर्ष का दंड प्राप्त करके आए थे, उनमें कई ऐसे अनुभवहीन थे जो थोड़ी सी सफलता पर तीसमार खाँ बने फिरते थे। उन क्रांतिकारी सिखों आदि राजबंदियों के आगे, जिन्होंने दस-दस बरस कालेपानी के कष्ट झेले थे तथा सशस्त्र संघर्ष किया था, उन पुराने जुझारू सूरमा बंदियों में वे अपने दो कौड़ी के डेढ़ बरस के दंडभोगी सत्याग्रह की शेखी बघारना चाहते तथा उन्हें कुछ न समझते।

मैंने इन सभी अज्ञ लोगों की आँखों में तेज अंजन डालना आरंभ किया। उन्हें हिंदू संगठन का नाम भी राष्ट्र-विघातक प्रतीत होता। उनकी सच्ची परंतु अत्यंत उलटी धारणाओं का मैं तीव्र निषेध करने लगा। मैं एक वृक्ष पर चढ़ता—इन राजबंदियों में से कुछ को पहरे पर रखकर अन्य लोग दूसरी ओर के मैदान में इकट्ठे होते और चर्चा आरंभ हो जाती। मैं वृक्ष पर बैठकर आधा-आधा घंटा राजनीतिक तथा संगठन संबंधी चर्चा करता। फिर हमें उन राजबंदियोंवाले हिस्से में ही रखा गया। अब तो हम उन नवागत देश-बांधवों को उस समय प्रतीत होती राजनीति की विकृत कल्पना के चंगुल से छुड़ाने के लिए हर दूसरे दिन चर्चा तथा व्याख्यान सत्र बुलाते। धीरे-धीरे वे सभी उनमें भाग लेने लगे। उन नवागत राजबंदियों की समस्त धारणाएँ, जो हमें विकृत लगतीं, अकाट्य तर्क तथा इतिहास के आधार पर सर्वथा तितर-बितर कर दीं। उनमें से अनेक विपथगामी, अनुभवहीन, राजनीति में अज्ञ, परंतु सच्चे देशभक्त युवकों ने अंत में अंदमान की राष्ट्रीय सेना के तत्त्वों तथा कार्यक्रम को स्वीकार कर लिया। वे अब उन्हीं

सिख आदि राजबंदियों के अतुल धैर्य एवं राष्ट्रीय स्वार्थ-त्याग की सराहना करके उन्हें उचित सम्मान देने लगे।

उन नवागत देश-बंधुओं में हिंदू संगठन के विषय में भी अत्यंत उलटी-पुलटी धारणा थी और वे उस आंदोलन का मनोयोगपूर्वक विरोध करते थे। इस संबंध में उनसे चर्चा करके, उनमें से प्राय: सभी राजबंदियों को संगठन के तत्त्व समझाकर उस कार्य का पूर्ण समर्थक बनाया गया।

मुझे यरवदा लाए जाते ही इससे पूर्व अंदमान में हम पर जो पर्यवेक्षक था और जो इसके पश्चात् कारा-पर्यवेक्षक के पद से उन्नति पाकर अब पंजाब के कारा विभाग का प्रांतीय पर्यवेक्षक था, उस अधिकारी को हेतुपूर्वक हो या न हो, पंजाब से बुलवाकर यरवदा के कारा-पर्यवेक्षक के रूप में नियुक्त किया गया। जनश्रुति यह थी कि इस सज्जन को मेरा अंदमान का वृत्तांत ज्ञात है, इसलिए मुझे बरी करने के प्रश्न पर उसकी राय जानने के लिए उसे उसी कारागार में नियुक्त किया गया है, जहाँ मैं हूँ। कुछ भी हो, उसके यरवदा आने पर हम राजबंदियों को, जो अंदमान से वापस लौटे थे, एक तरह से प्रसन्नता ही हुई, क्योंकि उस व्यक्ति का स्वभाव खुला, निश्छल था और वह आदमी को पहचानता था। उसके शासनकाल में हमें कई बार अंदमान में हड़ताल, प्रचार, षड्यंत्र आदि आंदोलन करने पड़े, अत: उसे हम सभी की संघशक्ति तथा स्वभाव की परख हो गई थी। अत: हमारे मामलों को वह इतना खींचता नहीं था कि टूट जाने की संभावना हो। हमारी न्यायपूर्ण माँगें हद से बढ़ने से पूर्व ही झट से मानने की नीति उसे स्वीकार थी।

इस अधिकारी के पर्यवेक्षक के रूप में आते ही, उसने मुझे कोठरी से निकालकर कुनैन बेचने के एक कारखाने का मुखिया बना दिया। सभी बालकों तथा अन्य कर्मचारियों को, जो वहाँ थे, पढ़ाने की अनुमति भी मुझे दी गई। रत्नागिरि की तरह मैंने यरवदा में भी ग्रंथालय सुधारने की योजना अपने हाथ में ली और खासकर मराठी पुस्तकों की—जिनकी स्थिति बहुत ही गई-बीती थी और जो कीड़ा लगे एक-दो बक्सों में धूल से अँटी पड़ी थीं—दशा में सुधार किया। इन्हीं बक्सों को ग्रंथालय का नाम दिया गया और उनमें कौन सी नई पुस्तकें आवश्यक हैं, उनकी सूची भी बनाई। हिंदी, मराठी आदि श्रेष्ठ पुस्तकों की सूची बनाकर हमने उन्हें सरकारी रीति से मँगवाने की अनुमति भी प्राप्त की। किंतु उसके पश्चात् यह देखने के लिए हम वहाँ नहीं रहे कि वे पुस्तकें आईं या नहीं। उससे पूर्व ही हमें मुक्त कर दिया गया था।

यरवदा में शुद्धिकरण

यरवदा में अन्य आंदोलनों के साथ हमने शुद्धिकरण प्रकरण भी हाथ में लिया था। उन सभी वृत्तांतों के रूप में यहाँ यह एक ही महत्त्वपूर्ण शुद्धि का संक्षिप्त एवं त्रुटित

वर्णन करते हैं।

वहाँ एक मुख्याधिकारी मद्रास की ओर के थे। मैंने जब उन्हें प्रथमतः देखा तो महाशय नख-शिख यूरोपियन वेश-भूषा में मढ़े हुए थे और स्वयं को ईसाई कहलाने में एक तरह का आत्मगौरव समझते थे। परंतु उनके मन में धर्म-विषयक भावना प्रबल हो गई थी और वे हिंदू बनना चाहते थे। उनका विवाह भी ईसाई समाज में ही संपन्न हुआ था। बाल्यावस्था में एक-दो ईसाई मित्रों के घर भोजन करने से हिंदू ब्राह्मणों ने उन्हें बहिष्कृत कर दिया था। इस संपूर्ण कांड की चर्चा होते-होते उनका हिंदू होना निश्चित हो गया। परंतु हिंदू धर्म में वापस लौटते ही, जो नया घर बनाना था, उसकी गृहिणी का अधिकार सँभालने के लिए किसे ढूँढ़ा जाए? उनकी वह ईसाई प्रथम पत्नी तो उनसे लगभग विरक्त हो गई थी। तब वे बंबई में मेरे अनुज के पास गए और हिंदू मिशनरी संस्था में उनका शुद्धिकरण निश्चित हो गया। बंबई में ही उनसे परिचित एक ईसाई परिचारिका (नर्स) थी जो उनके साथ हिंदू होने के लिए तैयार हो गई। वह भी अविवाहित ही थी। यदि उस महिला के नए घर को गृहपति की आवश्यकता थी, तो इन्हें गृहिणी की। अर्थात् माँग और पूर्ति को परस्पर व्यावहारिक रूप देते हुए दोनों की शुद्धि तथा विवाह एक ही दिन में संपन्न किया गया। यह अधिकारी महाशय अपनी हिंदू स्त्री के साथ जिस दिन यरवदा वापस लौटे, उसी दिन वह विलायती टोपी अदृश्य हो गई और संपूर्ण देसी परिवेश धारण करके अवतीर्ण हुए, मानो पुणे का कोई ब्राह्मण। उनके द्वार के आगे रँगोली सजाई जाने लगी। घर में श्रीराम और कृष्ण के चित्र शोभायमान होने लगे। गृहिणी के माथे पर बिंदी तथा गृहपति के ललाट पर तिलक जगमगाने लगा।

''अजी, हमें अब अपने हिंदू आचारानुसार और कौन सा संस्कार करना होगा?'' उस अधिकारी ने पूछा।

''और कुछ नहीं'', हमने हँसकर उत्तर दिया, ''हाँ, अब सत्यनारायण की कथा करा डालो कि सबकुछ हो गया।''

उसके अनुसार उन्होंने सत्यनारायण की कथा कराई। उस समय प्रसाद ग्रहण करने के लिए सभी कारिंदों, सिपाहियों, ग्रामस्थों के मन पहले ही तैयार कर लिये गए थे। सत्यनारायण की कथा सुनने के लिए सभी लोगों को आते देखकर उस सज्जन को, जो पच्चीस बरस से हिंदू समाज से बिछुड़ा हुआ था, विश्वास हो गया कि हिंदू समाज ने उन्हें सचमुच अपना लिया है। उनके मद्रास स्थित परिवार को पत्र भेजे गए। उस हिंदूकृत दंपती की गृहस्थी हिंदू धर्मानुसार सुख-संतोष से व्यतीत होने का समाचार हमें बरसों तक बार-बार मिलता रहा।

प्रथम राजनीति, अन्यथा समाजकार्य

यरवदा के वे पर्यवेक्षक, जिनका हमने पीछे उल्लेख किया था, पहले अंदमान में पर्यवेक्षक थे और हमें यरवदा लाए जाने के बाद उन्हें भी पंजाब से यरवदा लाया गया था, हमसे बार-बार पूछते—मुक्त होने के पश्चात् आप क्या करेंगे? हम भी उन्हें वही निश्चित उत्तर देते—जिन परिस्थितियों में हम बरी होंगे, उन्हीं पर हमारी भविष्य की गतिविधियाँ निर्भर होंगी। इस उत्तर की अधिक चर्चा चलती तब हम कहते कि यदि हम बिना शर्त बरी हो गए तो राजनीति में भरपूर हिस्सा लेंगे। परंतु किस प्रकार की राजनीति? यह भी परिस्थितियों पर निर्भर रहेगा। यदि आज दिए गए अधिकारों के फल से भविष्यकालीन अधिकारों के बीज उत्पन्न होते गए, उन्होंने जड़ पकड़ी और इसी परंपरा से सुधारों के विकास उत्क्रांति होती रही तो हम अपने प्रतियोगी तत्त्वानुरूप शांत तथा वैध मार्ग से राजनीति चलाएँगे। यदि कुछ दिनों के लिए राजनीति में हिस्सा लेने के लिए मुझ पर रोक लगाई गई तो कुछ अराजनीतिक कार्यों में ही वह अवधि व्यतीत करेंगे। कारागृह में रहते हुए जो करना संभव हो सका, उससे कुछ अधिक प्रत्यक्ष सेवा मातृभूमि की करना संभव हो, इस प्रकार की शर्तें स्वीकार करके अपने आपको मुक्त करना प्रतियोगी नीति से ही नहीं अपितु समाज हित की दृष्टि से भी हमारा परम कर्तव्य है।

इससे पूर्व जब हम अंदमान में थे तब भी इस प्रकार की चर्चाएँ बड़े-बड़े अधिकारियों से होती थीं। हमने वहाँ भी यही उत्तर दिए थे। परंतु उनमें से कुछ भी नहीं निकला था। अतः मैंने यह आशा रखी ही नहीं थी कि चर्चा से कुछ निकलेगा। एक ओर हम यथासंभव मुक्ति का प्रयास कर रहे थे, दूसरी ओर यह मानकर कि मुक्ति असंभव है—कारावास में ही यथासंभव देशसेवा कर रहे थे।

परंतु एक दिन अपने नित्य के पेटदर्द तथा अपच विकार से त्रस्त होकर मैं रुग्णालय गया था। तब एक विश्वसनीय अधिकारी द्वारा मुझे सूचित किया गया कि एक-दो दिन में ही बंबई के गर्वनर दो-तीन उच्चाधिकारियों के साथ आपसे मिलने आ रहे हैं।

इससे पूर्व अंदमान में हिंदुस्थान सरकार के गृहमंत्री (होम मेंबर) आदि अधिकारी आते और हमसे राजनीति पर चर्चा भी करते। परंतु इस तरह की भेंटों से भी मुक्ति का प्रश्न हल नहीं हुआ था। मैंने यही माना था कि वही गति इस भेंट की भी होगी। परंतु मैं किस तरह की मुक्ति चाहता हूँ, यह इससे पहले भी कई बार सरकार को सूचित किया गया था—ठीक उसी प्रकार की शर्तें अब भी मैं स्वीकार करने के लिए तैयार हूँ, यह भी सरकार को बताने के बाद, जैसे इससे पहले अनेक बार स्वीकृति विषयक असंतोष व्यक्त किया गया था, पर वैसा नहीं हुआ और गवर्नर महाशय ने कुल मिलाकर संतोष ही व्यक्त किया। इसके पश्चात् राजनीति विषयक चर्चा हुई। उसमें भी उन्हीं मतों की

पुनरुक्ति रही, जो मैंने इससे पूर्व कई बार लिखित तथा मौखिक रूप में की थी। कहा कि 'जब किसी भी प्रकार शांत अथवा वैध मार्ग अपनाकर हमारे राष्ट्र की राजनीतिक आकांक्षाओं की पूर्ति होने की संभावना शेष नहीं रहे, तब क्रांतिकारी मार्ग की ओट तथा भीषण जंगलों से राह निकालते हुए आगे बढ़ने को हमें बाध्य होना पड़ेगा। परंतु यदि वर्तमान सुधारों की उपयोगिता से आगामी सुधारों की प्राप्ति और उसमें से भविष्यकालीन प्रगति की संभावना—इस प्रकार वैध विकास संभव हो तो हमारे क्रांतिकारी आंदोलन भी जिन तत्त्वों पर खड़े किए गए थे, उन प्रतियोगी तत्त्वों की तरह सहर्ष शांत तथा वैध मार्ग का ही अवलंबन करेंगे। इसके अतिरिक्त उन सुधारों का प्रतियोगी पद्धति से राष्ट्रहितार्थ पोषक स्वरूप में यथासंभव लाभ उठाएँगे।'

परंतु हमारे इन वचनों पर कहाँ तक निर्भर रहा जा सकता है। सरकार इस संबंध में ही पूर्व की तरह सशंकित थी।

तो कुछ अवधि तक—राजनीति—प्रत्यक्ष वर्तमान राजनीति में हम भाग नहीं लेंगे। कारागार में भी राजनीति में प्रत्यक्ष भाग नहीं ले सकते, परंतु बाहर राजनीति के अतिरिक्त शिक्षात्मक, धार्मिक, साहित्य आदि क्षेत्रों में राष्ट्र की नानाविध सेवा की जा सकती है। युद्ध में पकड़े गए सेनापति को जब तक युद्ध चल रहा है, 'धरीना मी शस्त्र कदनसमयी या निजकरी'—इस प्रकार यदुकुल वीर की तरह प्रतिज्ञा करवाई जाने पर, उस अभिवचन पर (On Parole) मुक्त किया ही जाता है। उस यदुकुल वीरवत् राजनीतिज्ञ सेनानी ने प्रत्यक्ष शस्त्र-संन्यास लेने के लिए बाध्य किए जाने पर भी राष्ट्र कार्य में उसका कम-से-कम सारथ्य तो कर सके, इसलिए इस तरह की शर्तें मान्य करने में भी किसी तरह का अपमान नहीं समझा, वरन् ऐसा करना ही अपना तत्कालीन कर्तव्य समझा।

इस तरह विचार करते हुए इससे पूर्व अंदमान में जब क्षमादान से सैकड़ों क्रांतिकारियों के बरी होने का समय आया तब उन्हें उपर्युक्त शर्त को लिखित स्वीकृति देने की सलाह दी थी और उन्हीं शर्तों पर हस्ताक्षर करते हुए वे सैकड़ों राजबंदी बरी हो गए थे।

अत: इस शर्त के विषय में कोई महत्त्वपूर्ण कठिनाई नहीं थी। इसी शर्त पर इससे पूर्व हमें बरी नहीं किया गया—इसका कारण यह था कि इस शर्त के साथ ही अतीत में हमारे क्रांतिकारी आंदोलन किस तरह हुए, उसमें कौन था, कितनी तैयारी थी आदि जानकारी देने का संकेत किया जाता। परंतु 'अतीत से संबंधित एक भी शब्द न पूछा जाए, न ही व्यक्त किया जाए। अतीत की घटनाएँ जो एक बार मुहरबंद हो गईं सो हो गईं। अब अगला कहिए।' अपने इस निर्णायक वचन का हमने कड़ाई के साथ उच्चारण किया, फिर भी इस समय तक गवर्नर महाशय ने मुक्ति की चर्चा बंद नहीं की। अंत में केवल 'वर्तमान राजनीति में कुछ निश्चित अवधि तक आपके लिए रोक रखी जाए'

तथा हमें स्थानबद्ध रखा जाए, इन 'दो शर्तों पर आपकी मुक्ति का मैं यथासंभव प्रयास करूँगा और नवागत गवर्नर (सर लेस्ली विल्सन) के सामने यह विषय प्रस्तुत करूँगा।' इस प्रकार का आश्वासन देते हुए गवर्नर सर जॉर्ज ह्वाइट और उनके मंत्रिमंडल के अन्य अधिकारी चले गए। चर्चा के दौरान उन्होंने कभी-कभी हमारे लिए अत्यंत आदरयुक्त उद्‍गार निकाले थे। हमारे कारागारीय पर्यवेक्षक ने भी हमें बरी करने के लिए उनसे प्रबल अनुरोध किया था।

इस चर्चा के पश्चात् पुनः बहुत समय बीत गया तो हमने सोचा—पिछली बातचीत के समान यह चर्चा भी शून्य में विलीन हो गई है।

नित्य के नियमानुसार हम अपने कारागारीय कार्यक्रम यथावत् चलाने लगे। जैसेकि पीछे कहा है, वहाँ के राजबंदियों में ऐसे अनेक नवागत, जो असहयोग आंदोलन की धाँधली में हाल ही में राजनीति में प्रविष्ट हुए थे, उन बंदियों को ऐतिहासिक राज्यक्रांति की तथा राजनीतिक क्रांति की रत्ती भर भी जानकारी नहीं थी। परंतु उनमें से अनेक बड़े ही सच्चे युवक थे, जो देशभक्ति से प्रेरित होकर आए थे। उन्हें पिछली राज्यक्रांति के इतिहास का बोध हो, इसलिए हमने एक व्याख्यानमाला शुरू की। एक बार सभी हिंदू-मुसलमान राजबंदियों को एकत्रित करके 'एकता' की वास्तविक व्याख्या एवं हिंदुस्थान के संविधान की चर्चा करवाई थी। उन मुसलमानों में कुछ नामवर नेता थे और उस समय गांधीजी का भी पड़ोस की दीवार के पार वास्तव्य था। उनके मत के लोग, जो उनके पास आते-जाते रहते, हमें सूचना देते रहते थे। हम उनकी उस असहयोगी मत-प्रणाली तथा खिलाफत के घातक अंतरंग का सतत निषेध कर रहे थे।

इसी व्याख्यानमाला में उस दिन मदनलाल धींगरा के चरित्र पर मेरा व्याख्यान था। प्रायः सभी अभिनव भारतीय युवकों के, जो फाँसी पर चढ़े थे तथा पंचतत्त्व में विलीन हो गए थे, चरित्रों पर वहाँ पर व्याख्यान दिए गए। नवागत राजबंदियों का उनके प्रति आदर दिन दूना रात चौगुना बढ़ रहा था। मदनलाल कांड सुनने के लिए लगभग पचास-पचपन बंदी उस कोठरी में तथा बरामदे में इकट्ठे बैठे थे। दूसरी ओर कहीं अधिकारी तो नहीं आ रहे, इसकी टोह लेते हुए नित्य के नियमानुसार पहरे बैठाए गए थे। मदनलाल के साहस भरे कार्य के वर्णन सुनकर उन राजबंदियों के शरीर में रोमांच हो रहा था।

इतने में पहरे पर तैनात मित्रों ने भागे-भागे आकर सूचित किया, 'फाटक खुलने की आवाज आ रही है, कोई आ रहा है।' देखते-देखते लोग इधर-उधर हो गए। अपनी-अपनी इमारतों और कोठरियों में जाकर वे साँस ले ही रहे थे कि एक सार्जेंट ने मुझे बुलाया। मुझे प्रधान कार्यालय में लाया गया। पर्यवेक्षक के साथ पुनः मुक्ति की चर्चा होने लगी। हमने कहा, ''इस प्रकार की चर्चा से मैं ऊब गया हूँ। मुक्ति का ऊपर

से आदेश आया हो तो इसका कुछ उल्लेख करें।'' उसने कहा, ''जी हाँ, आपकी मुक्ति की इस चर्चा में सरकार ने अपनी शर्तें रखने का निश्चय किया है।''

हमने कहा, ''भई, हम सात-आठ वर्षों से कह रहे हैं कि वे शर्तें हमें स्वीकार हैं। तो फिर यह झंझट क्यों ?''

मुक्ति की शर्तों का प्रारूप

उन्होंने झट से कागज निकालकर शर्तों का प्रारूप बनाया और साथ में सरकार से प्राप्त एक लिखित व्यक्त (statement) हमारे सामने रखा। हमने पढ़ा। 'बेटर्स फ्रॉम अंदमान' शीर्षक पुस्तक में प्रकाशित सन् १९२० के अपने पत्र* का उल्लेख करते हुए हमने कहा कि वैसा वर्णन करने के लिए हम तैयार हैं। परंतु ऊपर से आए हुए इस वक्तव्य में थोड़ा-बहुत परिवर्तन किया जाए तो वह हमारे कथन से मिलता-जुलता हो जाएगा। हमें कहा गया, ''आप ही लिखिए, जो लिखना है। परंतु अत्यावश्यक दो-चार शब्द ही जोड़े जाएँ, जिससे इतना असंभाव्य संयोग, सुनहरा अवसर, बना-बनाया यह खेल न बिगड़े।'' पर्यवेक्षक ने ऐसी सहानुभूतिपूर्वक अपनी इच्छा प्रकट की।

हमने वक्तव्य लिखा। उसमें आयोजित मुख्य शब्द क्यों लिखे—यह स्पष्ट करने के लिए एक-दो उपवाक्य भी जोड़े। पर्यवेक्षक ने यह कहकर कि वह कथन प्रदीर्घ हो रहा है, उसमें पुनः काट-छाँट की। हमने वक्तव्य में जो शब्द आयोजित किए, उनका अर्थ ऊपर उल्लिखित अंदमान से भेजे सन् १९२० के पत्र में किया है। पर्यवेक्षक ने अभिवचन दिया कि वैसा ही माना जाएगा। अतः हमने उन उपवाक्यों को काट दिया और वह वक्तव्य ऊपर भेजा गया। हम पुनः अपनी कोठरी में आ गए।

अबकी बार मुक्ति के आसार दिखने लगे। राजबंदी तथा अन्य सभी हर्षमग्न हुए। परंतु मैं पुनः-पुनः अपने आपको तथा उन्हें सचेत करता, ''प्रायः मुक्ति मिलेगी, परंतु उसी पर निर्भर न रहें, मेरे जीवन में अनेक धोखे हुए हैं।''

□

* देखिए, सावरकर समग्र साहित्य, खंड-५, पृ. ४८८ से ९१

प्रकरण–१३

आजन्म कारावास की अंतिम रात्रि

आजन्म कारावास दंड के कारागृह में वह मेरी अंतिम रात्रि थी। उस रात यह निश्चित रूप से तो नहीं कहा जा सकता था कि वह अंतिम रात्रि है, परंतु अब निश्चित किया जा रहा है कि वह अंतिम रात्रि थी। यदि यह रात मेरे कारागारीय जीवन की अंतिम, कम-से-कम आजन्म कारावास के दंड की अंतिम…रात्रि हो तो अहा हा! कल इस समय ऐसी निद्रा, जिस पर वॉर्डर का पहरा नहीं हो, ऐसी स्वच्छंद निद्रा किसी कमरे में…जिसकी खिड़कियाँ खुली होंगी, ऐसे किसी स्वच्छ चाँदनी बिछे कमरे में होगी।

परंतु यदि यह अंतिम रात्रि न हो तो? न सही। कम-से-कम इस जीवन की जो अंतिम रात्रि होगी, वह तो इस बंदीशाला की अंतिम रात्रि होगी न?

उस रात कड़ाके की सर्दी थी। जनवरी का महीना, फिर भी वर्षा की जोरदार झड़ी लग गई। हमारे ओढ़ावन हमारे लिए पर्याप्त नहीं होते थे। दो कंबल कड़ाके के उस जाड़े के लिए पूरे नहीं पड़ते थे। दो जाँघिए, दो कुरते, एक के ऊपर एक पहनने पर भी सर्दी लगती। पर कपड़ा और था ही नहीं और यह बरखा की झड़ी। पिछवाड़े की दीवार की खिड़की से फुहारों की सतत बौछार हो रही थी, जिससे कोठरी में सोना असंभव सा हो गया। कपड़े भीग गए, अतः एक कोने में शरीर की गठरी बनाकर अधभीगे वस्त्र लपेटकर, दुबककर बैठ गया। उसी सर्दी में झपकी लेते-लेते पौ फटी।

बंदीशाला में इस तरह कोने में गठरी बनकर, दुबककर झपकियाँ लेते, ऊँघते हुए कई रातें बिताई थीं। परंतु यह अंतिम रात्रि होने से विशेष स्मरण रही।

सवेरे नित्य का कार्यक्रम चला। पीछे मदनलाल धींगरा के चरित्र का जो व्याख्यान आधा-अधूरा छोड़ दिया था, उसे पूरा करने के लिए केवल खड़े-खड़े ही दस-पाँच राजबंदियों को वह उत्तरार्ध सुना रहा था, क्योंकि उस दिन सब लोगों की गोष्ठी करके व्याख्यान देने का अवसर नहीं मिला था।

इतने में कार्यालय से पर्यवेक्षक का बुलावा आ गया। उसके साथ-साथ वहाँ के

किसी विश्वसनीय अधिकारी का संदेश भी आया कि आप बरी हो गए।

मेरे सहयोगी, सह-कष्टभोगी तथा सहचर बने उन मित्रों के—जिनके साथ मैंने अंदमान के कष्टमय जीवन के कई बरस गुजारे—नेत्रों में आनंदाश्रु छलकने लगे। परंतु हमारे? हमारे नेत्रों तथा मन में इसका भय थरथराने लगा कि कहीं इन मित्रों को बंदीगृह में ही छोड़कर तो हम मुक्त न हो जाएँगे? उन्होंने मेरा हार्दिक अभिनंदन किया। वे मेरे गले लग गए। साठ-साठ बरस के वे वृद्ध सिख बंधु, 'बाबूजी, आइए! बाबूजी, हमें भूल मत जाना,' कहते स्नेहिल आदर के साथ हमें अपनी बाँहों में भरने लगे, "आप हमसे सात-आठ बरस पहले कालापानी झेल आए हैं, फिर क्या हुआ यदि आप पहले बरी हो गए? आपकी मुक्ति ही हमारी मुक्ति है। आपकी मुक्ति से हमारी मुक्ति का मार्ग खुल गया है। कम-से-कम अपनी प्रियतम मातृभूमि की मुक्ति का मार्ग तो कुछ अंश में निश्चित ही खुल गया है।"

हमने कहा, "आगे देखिए, ईश्वर कैसी शक्ति प्रदान करता है। परंतु बंधुओ, एक बात की गवाही आप देंगे ही कि इस बंदीशाला की यातनाओं के जबड़े में दरदराते रहकर मैंने जो बारह बरस व्यतीत किए, उनमें से इस अंतिम पल में भी मैं आपसे उसी ध्येय के समर्थन में, उसी ध्येय को पाने के लिए संघर्षरत…।

"जब यह भंयकर दंड घोषित हुआ तब मेरे होंठों पर जो जयघोष थिरक रहा था वही जयघोष अपने सारे भय तथा यातनाओं पर स्वयं को बलि चढ़ाते-चढ़ाते आज थककर चूर होकर स्वयं बेहोश होते हुए मेरे और तुम्हारे होंठों पर लरज रहा है। बोलो, बोलो, स्वतंत्रता लक्ष्मी की जय!"

हम सभी ने स्वतंत्रता लक्ष्मी की जय-जयकार की और एक-दूसरे से विदा ली।

कार्यालय में आते ही पर्यवेक्षक ने मुक्ति का आदेश पढ़ा।[१] पाँच वर्षों तक राजनीति में भाग नहीं लेना और रत्नागिरि जिले में ही स्थानबद्ध रहना। ये दो प्रमुख शर्तें तय की गई थीं। उसमें बीनने-चुनने का प्रश्न ही नहीं था। मुझसे कहा गया, 'आज ही कहीं भी न रुकते हुए आपको रत्नागिरि के लिए निकलना होगा'…और बंदीवान के कपड़े उतारकर घरेलू वस्त्र पहनने की आज्ञा दी गई। आजन्म कारावास की यह अंतिम आज्ञा थी।[२]

बंबई के डोंगरी कारागार में सन् १९११ में घर के वस्त्र उतारे थे। आज सन् १९२४ में उन्हें पुन: धारण किया।

चित्त को एक विषण्ण विराम, कुछ उदास प्रसन्नता हो रही थी। उस पर्यवेक्षक ने उदार तथा सरल मन से मेरा अभिनंदन किया और निश्छल भाव से चेतावनी दी,

---

१. ६ जनवरी, सन् १९२४

२. भावी जीवन में उन्हें सन् १९३४ में पंद्रह दिन, १९४१ में दो दिन, १९४८ में एक वर्ष तथा १९५० में सौ दिन का कारावास मिला था।

"अब अपने आपको सँभालना।" 'अब अपने आपको सँभालना' शब्दों में ही मेरे मन के हर्ष की उदासी का कारण छिपा था।

कार्यालय के मेरे सारे देशबंधु, बंदी तथा कनिष्ठ से लेकर उच्च अधिकारियों तक, सभी ने मुझे घेर लिया। उन्होंने कहा, "प्रभु रामचंद्र की तरह आपने चौदह बरस बनवास भुगत लिया। धन्य हो! आज हमारा राष्ट्र फूला नहीं समाएगा।"

उस प्रेममय स्वागत को स्वीकार करते हुए मुझसे यह कहे बिना नहीं रहा गया, "परंतु एक अत्यंत महत्त्वपूर्ण कमी (त्रुटि) इस तुलना से आप सभी के मन में चुभनी चाहिए कि...प्रभु रामचंद्र ने...किया।[१] हमने बनवास तो भुगत लिया...परंतु। वह कार्य होने से ही वास्तविक बनवास का अंत होगा। यदि ईश्वर की कृपा हो तो एक दिन वह कार्य भी गौण कार्य के समान सफल होगा।"[२]

मुझे ले जाने के लिए मेरे निकट संबंधी आए थे। कारागृह का द्वार खुल गया। मैं बाहर निकल पड़ा, जाने कैसी-कैसी युक्तियों का प्रयोग कर बाहर निकला। बंदीशाला के ताले की चाभी के छेद से बाहर निकला।

तो अंत में मैं छूट ही गया। क्षण भर के लिए आस-पास देखा। मन-ही-मन कहा—आजन्म कारावास से मुक्त हो गया—पर क्या कहा जाए...। बंदीगृह को सदा के लिए राम-राम कहने का समय अभी नहीं आया है; उसकी पूरी पहचान छोड़ना ठीक नहीं। मार्सेलिस में भी इसी तरह एक बार छूट गया था—खिसक गया था। यह मुक्ति भी उसी तरह की नहीं होगी, यह कैसे कहा जाए?

इस तरह मित्रों से बातें करते, मुसकराते मोटर में बैठ गया। उसका इंजन घरघराया, पहिए हिले और आजीवन कारावास की सीमा का उल्लंघन करते हुए उसने हमें जीवन की सीमा में पुनः लाकर छोड़ दिया।

जीवन की उस सीमा में पुनः पग रखते ही मेरे पूरे राष्ट्र ने भाव-विभोर होकर स्वागत के कृतज्ञतापूर्वक स्नेहिल आलिंगन में मुझे पल भर के लिए आत्मविस्मृत कर दिया। प्रथम दिवस में ही मैं अपने घर पर बिलकुल सहज हो गया। उनके 'भले वीर' कहकर मेरी पीठ थपथपाते ही इस आजीवन कारावास की यातनाओं के गहरे-से-गहरे तमाम घाव भर गए, उससे संबंधित शेष बची केवल उसकी 'अंदमान की स्मृतियाँ'।

एतदर्थ 'फाँसी की विषाक्त छाया शरीर पर पड़ते ही उसका हलाहलयुक्त डंक सहने की शक्ति आ जाए'—देवी की जिस मूर्ति-शक्ति का हमने इस ग्रंथारंभ में आह्वान किया था, अब उसे उसके कृतज्ञ आभार में इस समय अस्थायी रूप में विसर्जित करते हैं। □

---

१. रावण का वध करके सीता-मुक्ति का कार्य किया। हमने बनवास तो भुगता, पर अंग्रेजों का राज्य हम नष्ट नहीं कर सके।

२. आगे चलकर स्वतंत्र भारत भी सावरकर ने देख लिया।

प्रकरण–१४

प्रिय पाठक !

यह आजीवन कारावास समाप्त हो गया। एक क्या, दो आजीवन कारावासों की इतिश्री हो गई। उनकी स्मृतियाँ 'मेरा आजीवन कारावास' इस ग्रंथ में संक्षेप में तथा टूटी-फूटी संगृहीत की हैं।

इस जगत् में जन्म लेते ही काल के कालेपानी पर भेजे जाते समय हमें जो बड़ा आजीवन कारावास मिला, उसकी स्मृति का यह 'आजीवन कारावास' मात्र एक अध्याय है, मात्र एक विभाग है। भगवान् करे, जिस महान् व्रत के अनुष्ठान में यह 'मेरा आजीवन कारावास' समाप्त हुआ, उसी में वह 'आजीवन कारावास' भी समाप्त हो।

मुक्ति मिल गई—पैरों की लोहे की बेड़ियाँ टूट गईं। परंतु मन में घिरी हुई, उससे जकड़ी हुई कामना, इच्छा-अभिलाषा की बेड़ी नहीं टूटी। बंदीगृह की पत्थर की दीवार के बाहर मैं खड़ा रहा, परंतु तृष्णा के क्षितिज का दुर्लंघ्य परकोटा अभी भी आत्मा को बंद किए खड़ा है।

प्रिय पाठक! यह उबाऊ कर्मकथा लिखते हुए मुझे जितना कष्ट हुआ और वही-वही वर्णन करते-करते मैं जितना उकता गया, उतना ही बार-बार कहे जाने और सुनने से आप भी उकता गए हैं न! यदि हाँ, तो वह इस ग्रंथ की सफलता है, क्योंकि एक दिन में ही पढ़ी जा सकनेवाली इतनी संक्षिप्त कथा भी आपको इतनी उकताहट भरी और असत्य और स्वादहीन लगती रही, उसी आजीवन कारावास के क्षण-क्षण गिनते, उसके चौदह वर्ष प्रत्यक्षत: जीते हुए, हमारे भारतीय राजबंदियों को वह कितनी उकता देनेवाली, निस्सार और असहनीय हुई होगी, इसकी आप भी कुछ कल्पना कर ही पाए होंगे, ऐसा कहा जा सकता है।

प्रिय पाठक! अब हम चलते हैं। चलते-चलते इतनी सी विनम्र प्रार्थना इस टूटी-फूटी लेखनी से भी किए बिना रहा नहीं जाता कि जिसने इस उबाऊ उकताहट भरी कथा से भी न ऊबते हुए कर्तव्य समझकर इसे अंत तक अपनी छाती से लगाया, जो

उस भयंकर अग्नि-परीक्षा में जल गए और जो जलते-जलते भी जलाए न जा सकने के कारण उसमें से बाहर निकल आए, उनकी यह स्मृति आप कभी विस्मृत न करना। भविष्य में आगे-पीछे आपको ही इसका लाभ होगा···।

□

परिशिष्ट

विनायक दामोदर सावरकर के कारागृह की इतिहास-दर्शिका

'मेरा आजीवन कारावास' शीर्षक ग्रंथ के लेखक विनायक दामोदर सावरकर के अंदमान के बंदी-काल की इतिहास-दर्शिका (Jail History Ticket) उनके अपने चरित्र लेखन के लिए लिखे कागजों में प्राप्त हुई थी।

बंबई प्रशासन ने 'भारतीय स्वतंत्रता आंदोलन के इतिहास के साधन' (Source Material for a History of the Freedom Movement in India, Vol. II) सन् १९५८ में प्रकाशित की। उसके द्वितीय खंड, पृष्ठ ४७८ से ८१ तक में सावरकर की इतिहास-दर्शिका है। उसकी तथा वीर सावरकर के कागजों में उनके ज्येष्ठ बंधु बाबाराव सावरकर द्वारा लिखित इतिहास-दर्शिका—दोनों दर्शिकाओं की तुलना करके हम यह दर्शिका प्रस्तुत कर रहे हैं। गृह विभाग ने जो पुराने कागज जतन से रखे हैं, उनमें क्र. H.D. Specit Vol. No. 60 (DF Page 27) में इससे अधिक विस्तृत दर्शिका है। उससे यह दिखाई देता है कि आगे सन् १९१४ के बाद साधारणत: प्रत्येक तीन-चार दिनों के पश्चात् वीर सावरकर को पढ़ने के लिए नई पुस्तक दी जाती थी, इसकी अनेक टिप्पणियाँ उस दर्शिका में हैं। उस दर्शिका में यह भी दिया है कि उन्होंने किस दिन पुस्तक नहीं ली। वैसे टिप्पणियाँ अनेक हैं, परंतु उन्हें इस ग्रंथ में समाहित करने की शासन की अनुमति प्राप्त करना असंभव होने से इस इतिहास-दर्शिका में उनका समावेश नहीं है। शेष दर्शिका आगे प्रस्तुत कर रहे हैं

—बाल सावरकर

विनायक दामोदर सावरकर इतिहास-दर्शिका (History Ticket)

बंदी क्र. ३२७७८ वर्ग-सी ३ बंदीगृह क्र.२ अंतिम तल्ला

दिनांक	*विवरण*
२४.१२.१९१०	प्रथम आजीवन कारावास दंड।
३०.१.१९११	दूसरा आजीवन कारावास दंड।
२७.६.१९११	अंदमान प्रस्थानार्थ 'महाराजा' जलयान पर चढ़ना।
४.७.१९११	अंदमान कारागृह में प्रवेश।
४.७.१९११	प्रतिदिन एक पौंड छिलका कूटने का काम दिया।
१५.७.१९११	छह माह के लिए कोठरी में बंद।
१.८.१९११	रस्सी बटने का काम दिया।
१४.८.१९११	बी.ए. की उपाधि रद्द की। शिक्षा सचिव का पत्र।
१६.८.१९११	चौदह दिनों के लिए हाथ कोल्हू।
२९.८.१९११	रस्सी बटने का काम।
३०.८.१९११	मुख्य आयुक्त को छूट देने का निवेदन।
३.९.१९११	निवेदन अस्वीकार।
६.१२.१९११	एक आने का सिक्का, कागज, पेंसिल साथ रखने के अपराध में चेतावनी।
१५.१.१९१२	कालकोठरी से छह माह बाद बाहर निकाला।
९.५.१९१२	बिना अनुज्ञा के दूसरों को लिखा पत्र और लेखन के लिए आवश्यक कागज।
११.६.१९१२	पेंसिल आदि सामग्री बरामद। इस अपराध के लिए एक महीना एकांत कोठरी।
११.७.१९१२	एकांत कोठरी से निकाला।
७.९.१९१२	दूसरे बंदी को लिखा हुआ पत्र पास मिला।
१०.९.१९१२	उपर्युक्त अपराध के लिए सात दिनों की खड़ी हाथबेड़ी।
१८.९.१९१२	खड़ी हाथबेड़ी पूर्ण।
२९.१०.१९१२	सोलह महीने तक कालकोठरी में सद्व्यवहार के कारण वहाँ से निकालने के लिए बंदीपाल की वरिष्ठों को सूचना।
४.११.१९१२	वरिष्ठों ने सूचना रद्द की।
२२.११.१९१२	दूसरे बंदी द्वारा लिखा हुआ पत्र पास में मिला।
२३.११.१९१२	उपर्युक्त अपराध के लिए एक महीना एकांतवास का दंड।
२३.१२.१९१२	एकांतवास से मुक्ति।
३०.१२.१९१२	पूरे दिन अन्न-ग्रहण अस्वीकार।
३१.१२.१९१२	अन्न-ग्रहण अस्वीकार।

१.१.१९१३	फिर वही।
२.१.१९१३	प्रातः अन्न-ग्रहण किया।
१८.२.१९१३	रस्सी का काम।
२.८.१९१३	रूमाल बरामद (रूमाल पास रखना अपराध)।
२५.८.१९१३	उपर्युक्त अपराधार्थ डाँट।
१४.११.१९१३	गृह विभाग के माननीय सदस्य ने आवेदन-पत्र लिखने की अनुज्ञा दी।
१४.११.१९१३	वैद्यकीय अधीक्षक को चार बजे आवेदन भेजा।
१६.११.१९१३	सर रेजीनॉल्ड क्रॉडाक के आगे खड़ा किया।
१६.१२.१९१३	काम करने से पूर्ण इनकार।
१७.१२.१९१३	उपर्युक्त अपराधार्थ एक महीना एकांतवास का दंड, काम नहीं, पुस्तक नहीं।
१७.१.१९१४	रस्सी बटने का दंड स्थगित।
८.६.१९१४	काम करने के लिए संपूर्ण असहयोगार्थ पाँव में बेड़ियाँ डालकर सात दिन तक खड़े रहने का दंड।
१५.६.१९१४	दस बजे उपर्युक्त दंड पूर्ण।
१६.६.१९१४	काम करने के लिए सर्वथा मना करने से आठ महीने मोटी जंजीर (Chiangauge)।
१८.६.१९१४	काम करने से संपूर्ण मना। दस दिन खोड़ा बेड़ी। (Cross bar fetters)।
१९.६.१९१४	रस्सी बटने के काम की माँग*।
१९.६.१९१४	मुख्य आयुक्त का पत्र १७८/२९,४८ क्रमांक के अनुसार माँगें नहीं मानी जा सकतीं।
२६.६.१९१४	मुख्य आयुक्त क्र.१९४/२९,४८ दिनांक २५.६.१९१४ के अनुसार बंदीवान का आवेदन प्राप्त।
२६.६.१९१४	और पुनः काम पर आने के उपलक्ष्य में आयुक्त द्वारा सराहना।
२९.६.१९१४	खोड़ा बेड़ी निकाले गए।
१०.९.१९१४	मुख्य आयुक्त से आवेदन करने की अनुमति माँगी।
१४.९.१९१४	वैद्यकीय अधीक्षक द्वारा आवेदन भेजा।
१६.१०.१९१४	चार महीनों के पश्चात् मोटी जंजीर निकाली।
१.१२.१९१४	आवेदन की सूचना सरकार द्वारा अस्वीकृत।
१८.५.१९१५	रुग्णालय में प्रवेश दिया और बेड़ी निकाली।
२१.५.१९१५	रस्सी बटने का काम।
१७.३.१९१६	धोती पर कपड़े का टुकड़ा जोड़ा, इसीलिए डाँट पड़ी।

---

* उपर्युक्त दंड असहनीय हुआ होगा, अतः इस काम की माँग की होगी। —*संपादक*

८.८.१९१६	दूसरे वर्ग के लिए आवेदन।
१६.८.१९१६	मुख्य आयुक्त के पत्र १२४ दिनांक १४.८.१९१६ के अनुसार सूचित किया जाता है कि भारतीय बंदीवास में छह महीनों से कम समय रखा जाने से अंदमान में आने के दिन से दंड अवधि गिनकर दूसरा वर्ग दिया जाता है।
२.११.१९१६	दूसरा वर्ग दिया।
३.८.१९१७	काम पर रात के पहरेदार की अवज्ञा करने के कारण डाँट।
२.१०.१९१७	हिंदुस्थान सरकार को आवेदन करने की अनुज्ञा।
१.२.१९१८	मुख्य आयुक्त के पत्र १२६४ दिनांक ३१.१.१९१८ द्वारा सूचित किया गया कि सभी राजबंदियों को बरी करने संबंधित आवेदन हिंदुस्थान राज्य सचिवालय को भेजा गया।
१.१.१९१९	परहेज और औषधोपचारार्थ रुग्णालय में रखा जाए।
१.४.१९१९	अन्न और औषधि हेतु रुग्णालय में रखा। उधर क्र. ५ की इमारत में ऊपरी हिस्से के कोने की कोठरी में रहना होगा और जब काम नहीं चल रहा हो, उस समय छत या नीचे आँगन में जो स्थान रास आ जाए, वहाँ थोड़े समय के लिए व्यायाम करने की अनुमति दी गई।
३०.५.१९१९	पत्नी और बंधु डॉ. सावरकर से एक घंटा भेंट।
३१.५.१९१९	पत्नी और बंधु डॉ. सावरकर से सवा घंटा भेंट।
२४.१.१९२०	कारागृह समिति को आवेदन करने की अनुमति।
६.४.१९२०	भारत शासन की ओर भेजने का आवेदन मुख्यायुक्त को भेजा और दिनांक १२.४.१९२० के दिन वह भारत शासन को भेजा गया।
१४.७.१९२०	छत पर लेखन कार्य करने की अनुमति।
१९.८.१९२०	हिंदुस्थान सरकार की सूचना कि वाइसरॉय साधारण युद्ध-विजय की क्षमा का लाभ सावरकर बंधुओं को देने के लिए तैयार नहीं।
२८.९.१९२०	सावरकर ने इच्छा प्रदर्शित की कि उन्हें नराग्रणी (फोरमैन) नियुक्त किया जाए अथवा लिखने का काम दिया जाए। पहली माँग अभी तो असंभव, दूसरी माँग यथासंभव शीघ्र स्वीकार की जाए।
४.११.१९२०	मुख्य आयुक्त की आज्ञा दिनांक ३.११.१९२० के अनुसार सावरकर को तेल गोदाम पर नराग्रणी नियुक्त किया गया।
२१.१.१९२१	प्रमुख आयुक्त के पत्र सं. २००५ दिनांक १९.१.१९२१ के अनुसार बिल्ला निकाला।
१०.२.१९२१	तीन महीने संतोषजनक काम करने से पक्का किया जाने का पत्र, प्रमुख आयुक्त के पास पत्र क्र. ३७५ द्वारा सूचित।
२.५.१९२१	बंबई भेजने के लिए 'महाराजा' जलयान पर चढ़ाया।

□□□